中國文學研究典籍叢刊

藝概箋釋

下

〔清〕劉熙載 著
袁津琥 箋釋

中華書局

卷四　詞曲概

〇〇一　樂歌，古以《詩》，近代以詞。〔一〕如《關雎》、《鹿鳴》，〔二〕皆聲出於言也；詞則言出於聲矣。〔三〕故詞，聲學也。

〔一〕「樂歌」：有樂器伴奏的唱歌。清張德瀛《詞徵》卷一《古樂遞變》：「《鄉飲酒》義曰：工入升歌三終，主人獻之；笙入三終，主人獻之，間歌三終，合樂三終，工告樂備，遂出。此古樂歌也。」按：張氏此説即本融齋。參卷二第二一〇及注〔一〕、卷四第〇五八。

〔二〕《關雎》：見《詩·周南》。《儀禮·鄉飲酒禮》：「乃合樂，《周南》：《關雎》、《葛覃》、《卷耳》；《召南》：《鵲巢》、《采蘩》、《采蘋》。」東漢鄭玄注：「合樂，謂歌樂與衆聲俱作。」《鹿鳴》：見《詩·小雅·鹿鳴之什》。《儀禮·鄉飲酒禮》：「工歌《鹿鳴》、《四牡》、《皇皇者華》。」東漢鄭玄注：「三者皆《小雅》篇也。《鹿鳴》，君與臣下及四方之賓燕，講道修政之樂歌也。」

〔三〕「聲出於言」者，依詞配樂；「言出於聲」者，依樂填詞。

〇〇二　《説文》解「詞」字曰：「意内而言外也。」〔一〕徐鍇《通論》曰：「音内而言外，在音之内，在言之外也。」〔二〕故知詞也者，言有盡而音意無窮也。

〔一〕見東漢許慎《説文解字·司部》。又清張惠言《詞選序》：「叙曰：詞者，蓋出於唐之詩人，採樂府之音以制新律，因繫其詞，故曰詞。《傳》曰：『意内而言外謂之詞。』」況周頤《蕙風詞話》卷四：「『意内言外』，詞家之恒言也。《韻會舉要》引《説文》作『音内言外』，當是所見宋本如是，以訓詩詞之詞，於誼殊優。凡物在内者恒先，在外者恒後；詞必先有調而後以詞填之，『調』即『音』也。」繆鉞《詩詞散論·論詞》：「《説文》：『詞。意内而言外也。』此自指語詞之詞，段玉裁所謂摹繪物狀及發聲助語之文字也。詞體最初取名，與此無關。後人或以詞體蘊藉，恰與『意内言外』之旨相通，遂附會其説。始於宋陸文奎《山中白雲詞序》，至張惠言而大暢其旨，於是意内言外之義，遂爲論詞者所宗。」王氣中《藝概箋注》：「《説文》所解之『詞』，乃語言學的範疇，一般稱爲辭彙，和文學範疇的『詞』没有關係。張惠言《詞選序》始誤引以説明『詞』的意義……實出於牽强附會，融齋沿襲其誤。」按：繆、王説是也。然融齋本人深於《説文》，曾撰《説文雙聲》、《説文疊韻》，此處未必即不知「詞」之真實語義，或仿昔人賦詩，斷章取義爾。又清沈祥龍《論詞隨筆》：「《説文》：『意内而言外曰詞。』詞貴意藏於内，而迷離其言以出之，令讀者鬱伊愴快，於言外有所感觸。」

〔二〕語見南唐徐鍇《説文解字繫傳》卷三十五《通論下》「詞」字條注。

〇〇三　詞有創調、倚聲，〔一〕本諸倡和。〔二〕倡和莫先於虞廷，觀「乃歌曰」以下三句調，〔三〕即「乃賡載歌」及「又歌」之調所出也。〔四〕《風》、《雅》篇必數章，後章亦多用前調。其或前後小異者，殆猶詞同調之又一體耳。〔五〕

〔一〕「創調」：新創制的歌曲和歌詞。「倚聲」：又稱「寄聲」、「依聲」，指依照原有的歌曲聲律節奏的要求填制的詞。《新唐書》卷一百六十八《劉禹錫傳》：「乃倚其聲，作《竹枝辭》十餘篇。」此爲倚聲之始。

〔二〕「倡和」：一人領唱，他人相和，互相應答。《禮記·樂記》：「倡和清濁。」唐孔穎達《疏》：「先發聲者爲倡，後應聲者爲和。」然則「倡」者，即「創調」也；「和」者，即「倚聲」也。

〔三〕當指《尚書·虞書·益稷》：「帝庸作歌曰：敕天之命，惟時惟幾。乃歌曰：股肱喜哉，元首起哉，百工熙哉。」

〔四〕語見《尚書·虞書·益稷》：「乃賡載歌曰：元首明哉！股肱良哉！庶事康哉！又歌曰：元首叢脞哉！股肱惰哉！萬事墮哉！」按：清陳廷焯《詞壇叢話·詞肇於賡歌》：「唐以前無詞名，然詞之源，肇於賡歌，成於樂府。漢《郊祀歌》、《短簫鐃歌》諸篇，長短句不一，是詞之祖也。」

〔五〕按：同一詞調中，出現最早或最爲流行的被稱爲「正體」，其他字句略有出入的，稱爲「又一體」。

〇〇四　詞導源於古《詩》，〔一〕故亦兼具六義。〔二〕六義之取，各有所當，不得以一時一境盡之。

〔一〕清沈祥龍《論詞隨筆》：「詞導源於詩。詩言志，詞亦貴乎言志。淫蕩之志可言乎哉？『瓊樓玉宇』，識其忠愛；『缺月疏桐』，歎其高妙，由於志之正也。若綺羅香澤之態，所在多有，則其志可知矣。」

〔二〕「六義」：見卷二第二〇一注〔二〕。

〇〇五　樂，「中正爲雅，多哇爲鄭」。〔一〕詞，「樂章」也。〔二〕雅鄭不辨，更何論焉！

〔一〕語見揚雄《法言·吾子》：「或問：『交五聲、十二律也，或雅或鄭，何也？』曰：『中正則雅，多哇則鄭。』」「哇」：淫靡之音。後又以「雅鄭」代指正聲和淫邪之音。宋王灼《碧雞漫志》：「或問：《雅》、《鄭》所分？曰：『中正則雅，多哇則《鄭》。』至論也。何謂中正？凡陰陽之氣，有中有正，故音樂有正聲，有中聲。二十四氣，歲一周天，而統以十二律。中正之聲，正聲得正氣，中聲得中氣，則可用。中正用則平氣應，故曰：中正以平之。若乃得正氣而用中律，得中氣而用正律，律有短長，氣有盛衰，太過、不及之弊起矣。自揚子雲之後，惟魏漢津曉此。東坡曰：『樂之所以不能致氣召和如古者，不得中聲故也。樂不得中聲者，氣不當律也。』東坡知有中聲，蓋見孔子及伶州鳩之言，恨未知正聲耳。近梓潼雍嗣侯者，作《正笙訣》、《琴數》、《還相爲宮解》、《律吕逆順相生圖》，大概謂知音在識律，審律在習數，故師曠之聰，不以六律，不能正五音。諸譜以律通不過者，率皆淫哇之聲。嗣侯自言得律吕真數，著説甚詳，而不及中正。」

〔二〕見卷三第〇〇七及注〔一〕。按：柳永詞集即名《樂章集》。

〇〇六　梁武帝《江南弄》，陶弘景《寒夜怨》，陸瓊《飲酒樂》，徐孝穆《長相思》，皆具詞體，〔一〕而堂廡未大。至太白《菩薩蠻》之「繁情」「促節」，〔二〕《憶秦娥》之「長吟遠慕」，〔三〕遂使前此諸家，「悉歸環内」。〔四〕

〔一〕明楊慎《詞品序》：「詩詞同工而異曲，共源而分派。在六朝，若陶弘景之《寒夜怨》，梁武帝之《江南弄》、陸瓊之《飲酒樂》、隋煬帝之《望江南》，填詞之體已具矣。」

按：南北朝梁梁武帝蕭衍《江南弄》：

衆花雜色滿上林，舒芳耀彩垂輕陰，連手躞蹀舞春心。舞春心，臨歲腴。中人望，獨踟躕。

梁陶弘景《寒夜怨》：

夜雲生，夜鴻驚，淒切嘹唳傷夜情。

西晉陸瓊《飲酒樂》：

蒲桃四時芳醇，琉璃千鍾舊賓。夜飲舞遲銷燭，朝醒弦促催人。春風秋月長好，歡醉日月言新。

陳徐陵《長相思》二首其一：

長相思，望歸難。傳聞奉詔戍皐蘭，龍城遠，雁門寒。愁來瘦轉劇，衣帶自然寬。念君今不見，誰爲抱腰看。

其二：

長相思，好春節，夢裏恒啼悲不洩。帳中起，窗前咽。柳絮飛還聚，遊絲斷復結。欲見洛陽花，如君隴頭雪。

〔二〕「繁情」「促節」：當作「繁音」「促節」。語本唐柳宗元《記里鼓賦》：「鄙繁音之坎坎，陋促節之闐闐。」明唐順之《荆川集》卷七《送陸訓導序》：「文祥之行也，其將能辨之耶？豈所謂詩之遺耶？抑亦浮艷要眇，繁音促節，悲而助欲者耶？」清沈德潛《説詩晬語》卷上：「樂府之妙，全在繁音促節，其來于于，其去徐徐。」

〔三〕後漢禰衡《鸚鵡賦》：「若迺少昊司辰，蓐收整轡，嚴霜初降，涼風蕭瑟。長吟遠慕，哀鳴感類，音聲悽以激揚，容貌慘以顦顇。」

〔四〕見卷一第〇〇一注〔四〕。

〇〇七　太白《菩薩蠻》、《憶秦娥》兩闋，〔一〕足抵少陵《秋興》八首。〔二〕想其情境，殆作於明

皇西幸後乎？〔三〕

〔一〕李白《菩薩蠻》：

平林漠漠煙如織，寒山一帶傷心碧。暝色入高樓，有人樓上愁。玉階空佇立，宿鳥歸飛急。何處是歸程，長亭連短亭。

李白《憶秦娥》：

簫聲咽，秦娥夢斷秦樓月。秦樓月，年年柳色，灞陵傷别。樂遊原上清秋節，咸陽古道音塵絶。音塵絶，西風殘照，漢家陵闕。

按：宋黄昇《花菴詞選》卷一評：「二詞爲百代詞曲之祖。」然二詞是否爲太白所作，歷來頗有爭論：清王琦《李太白集注》卷五引明王應麟「《筆叢》云：『今詩餘名，《望江南》外，《菩薩蠻》、《憶秦娥》稱最古。以《草堂》二詞出太白也，近世文人學士咸以爲然。予謂太白在當時，直以風雅自任。即近體盛行，七言律鄙不肯爲，寧屑事此？且二詞雖工麗，而氣體衰颯，於太白超然之致，不啻穹壤！藉令真出青蓮，必不作如是語。詳其意調，絶類温方城輩，蓋晚唐人詞，嫁名太白，若懷素草書、李赤姑孰耳。原二詞嫁名太白，亦有故。《草堂詞》，宋人編青蓮詩，亦稱《草堂集》，後世以二詞出唐人，而無名氏故僞題太白以冠斯編耶？』」琦按：宋黄玉林《絶妙詞選》以太白《菩薩蠻》、《憶秦娥》二詞爲百代詞曲之祖，然考古本太白集中，缺此二首，蕭本乃有之，其真贋誠未易定決。《筆叢》所辨，未爲無見。至謂其出自《草堂詩餘》之僞題，則非也。蓋

《菩薩蠻》一詞，自北宋時已傳爲太白之作矣。」王國維《人間詞話》：「太白純以氣象勝，『西風殘照，漢家陵闕』，寥寥八字，遂關千古登臨之口」。

〔二〕唐杜甫《秋興八首》：

玉露凋傷楓樹林，巫山巫峽氣蕭森。江間波浪兼天湧，塞上風雲接地陰。叢菊兩開他日淚，孤舟一繫故園心。寒衣處處催刀尺，白帝城高急暮砧。

夔府孤城落日斜，每依北斗望京華。聽猿實下三聲淚，奉使虚隨八月查。畫省香爐違伏枕，山樓粉堞隱悲笳。請看石上藤蘿月，已映洲前蘆荻花。

千家山郭静朝暉，日日江樓坐翠微。信宿漁人還汎汎，清秋燕子故飛飛。匡衡抗疏功名薄，劉向傳經心事違。同學少年多不賤，五陵衣馬自輕肥。

聞道長安似弈棊，百年世事不勝悲。王侯第宅皆新主，文武衣冠異昔時。直北關山金鼓振，征西車馬羽書遲。魚龍寂寞秋江冷，故國平居有所思。

蓬萊宫闕對南山，承露金莖霄漢間。西望瑶池降王母，東來紫氣滿函關。雲移雉尾開宫扇，日繞龍鱗識聖顔。一卧滄江驚歲晚，幾迴青瑣照朝班。

瞿唐峽口曲江頭，萬里風煙接素秋。花萼夾城通御氣，芙蓉小苑入邊愁。朱簾繡柱圍黄鵠，錦纜牙檣起白鷗。迴首可憐歌舞地，秦中自古帝王州。

昆明池水漢時功，武帝旌旗在眼中。織女機絲虚月夜，石鯨鱗甲動秋風。波漂菰米沈雲黑，露冷蓮房墜粉紅。關塞極天唯鳥道，江湖滿地一漁翁。

昆吾御宿自逶迤，紫閣峰陰入渼陂。香稻啄殘鸚鵡粒，碧梧棲老鳳皇枝。佳人拾翠春相問，仙侶同舟晚更移。綵筆曾游干氣象，白頭吟望苦低垂。

按：杜甫《秋興八首》有感於長安昔時之盛，今日之非，慨往傷今，故融齋此取與太白之詞相較。

〔三〕「明皇西幸」：指唐玄宗李隆基（因謚號「至道大聖大明孝皇帝」，故又稱唐明皇）避「安史之亂」入蜀之事。

〇〇八　張志和《漁歌子》：「西塞山前白鷺飛」一闋，〔一〕風流千古。東坡嘗以其成句用入《鷓鴣天》，又用於《浣溪沙》，〔二〕然其所足成之句，猶未若原詞之妙通造化也。黄山谷亦嘗以其詞增爲《浣溪沙》，〔三〕且「誦之有矜色」焉。〔四〕

〔一〕張志和：字子同，婺州金華人。《新唐書》卷一百九十六有傳。《全唐詩》卷九百八十收張志和《漁歌子》五首。其一：

西塞山前白鷺飛，桃花流水鱖魚肥。青箬笠，緑蓑衣，斜風細雨不須歸。

〔二〕按：今蘇軾詞中並無以《漁父詞》成句入《鷓鴣天》者，或是《浣溪沙》之誤。然彼詞《苕溪漁隱叢話》又作黄庭堅詞（詞見注〔三〕）。

〔三〕宋曾慥編《樂府雅詞》卷中：「張志和《漁父詞》云：『西塞山前白鷺飛，桃花流水鱖魚肥。青蒻笠，緑蓑衣，斜風細雨不須歸。』顧況《漁父詞》云：『新婦磯邊月明，女兒浦口潮平，沙頭鷺宿魚驚。』東坡云：『玄真語極麗，恨其曲度不傳，加數語以《浣溪沙》歌之云：西塞山前白鷺飛，散花洲外片帆微，桃花流水鱖魚肥。自庇一身青蒻笠，相隨到處緑蓑衣，斜風細雨不須歸。』山谷見之，擊節稱賞，且云：『惜乎散花與桃花字重疊，又漁舟少有使帆者。』乃取張顧二詞合爲《浣溪沙》云：『新婦磯邊眉黛愁，女兒浦口眼波秋，驚魚錯認月沈鉤。青蒻笠前無限事，緑蓑衣底一時休，斜風細雨轉船頭。』」又宋胡仔《苕溪漁隱叢話》後集卷三十九：「《夷白堂小集》云：『山谷道人向爲余言：張志和《漁父詞》，雅有遠韻。志和善丹青，必有形於圖畫者，而世莫之傳也。』嘗以其詞增損爲《浣溪沙》，誦之有矜色。予以告大年，云：『我不可不成此一段奇事。』久之，乃以煙波圖見歸，其致思深處，不減昔人。詞云：『西塞山邊白鷺飛，散花洲外片帆微，桃花流水鱖魚肥。自庇一身青箬笠，相隨到處緑蓑衣，斜風細雨不須歸。』」而宋吴曾《能改齋漫録》卷十六《水光山色漁父家風》：「徐師川云：『張志和《漁父詞》云：西塞山邊白鷺飛，桃花流水鱖魚肥。青箬笠、緑蓑衣，斜風細雨不須歸。』顧況《漁父詞》：『新婦磯邊月明，小兒浦口潮平，沙頭鷺宿魚驚。』東坡云：『玄真語極清麗，恨其曲度不傳。』加數語以《浣溪沙》歌之云：『西塞山邊白鷺飛，散花洲外片帆微，桃花流水鱖魚肥。自庇一身青箬笠，相隨到處緑蓑衣，斜風細雨不須歸。』山谷見之，擊節稱賞。且云：『惜乎散花與桃花字重疊，又漁舟少有使帆者。』乃取張、顧二詞合爲《浣溪沙》云：『新婦磯邊眉黛愁，女兒浦口眼波秋，驚魚錯認月沈鉤。青箬笠前無限事，緑蓑衣底一時休，斜風細雨轉船頭。』東坡云：『魯直此詞，清新婉麗。問其最得意處，以山光水色，替却玉肌花貌，真得漁父家風也。然才出新婦磯，便入女兒浦，此漁父無乃太瀾浪乎？』山谷晚年，亦悔前作之未工，因表弟李如篪言：《漁父詞》，以《鷓鴣天》歌之，甚協律，恨語少聲多耳。因以憲宗畫象求玄真子文章，及玄真之兄松齡勸歸之意，足前後數句云：『西塞山前白鷺飛，桃花流水鱖魚肥，朝廷尚覓玄真子，何處而今更有詩。青箬笠，緑蓑衣，斜風細雨不須歸。』人間欲避風波險，一日風波十二時。』東坡笑曰：『魯直乃欲平地起風波耶？』師川乃作《浣溪沙》、《鷓鴣天》各二闋，蓋因坡、谷異同而作云：『西塞山前白鷺飛，桃花流水鱖魚肥，一波才動萬波隨。黄帽豈如青箬笠，羊裘何似緑蓑衣，斜風細雨不須歸。』其二云：『新婦磯邊秋月明，女兒浦口晚潮平，沙頭鷺宿戲魚驚。青箬笠前明此事，緑蓑衣裏度平生，斜風細雨小船輕。』其三云：『西塞山前白鷺飛，桃花流水鱖魚肥，朝廷若覓玄真子，恒在長江理釣絲。青箬笠、緑蓑衣，斜風細雨不須歸。浮雲萬里煙波客，惟有滄浪孺子知。』其四云：『七澤三湘碧草連，洞庭江漢水如天。朝廷若覓玄真子，不在江邊即酒邊。明月棹、夕陽船，鱸魚恰似鏡中懸，絲綸釣餌都收却，八字山前聽雨眠。』」所記又有異同。

〔四〕「矜色」：驕傲的神情。

〇〇九　太白《菩薩蠻》、《憶秦娥》，張志和《漁歌子》，兩家一憂一樂，歸趣難名。〔一〕或靈均《思美人》、《哀郢》，〔二〕莊叟《濠上》近之耳。〔三〕

〔一〕「歸趣」：旨歸、意趣。

〔二〕《思美人》：東漢王逸《楚辭章句》：「此章言己思念其君，不能自達，然反觀初志，不可變易，益自修飭，死而後已也。」《哀郢》：東漢王逸《楚辭章句》：「此章言己雖被放，心在楚國，徘徊而不忍去，蔽於讒諂，思見君而不得。故太史公讀《哀郢》而悲其志也。」辭均見屈原《九章》。

〔三〕「濠上」：見《莊子·秋水》：「莊子與惠子遊於濠梁之上。莊子曰：『儵魚出遊從容，是魚之樂也。』惠子曰：『子非魚，安知魚之樂？』莊子曰：『子非我，安知我不知魚之樂？』惠子曰：『我非子，固不知子矣。子固非魚也，子之不知魚之樂，全矣。』莊子曰：『請循其本。子曰：汝安知魚樂云者，既已知吾知之而問我，我知之濠上也。』」晉郭象注：「欲以起明相非而不可以相知之義耳。」

〇一〇　温飛卿詞精妙絶人，〔一〕然類不出乎綺怨。〔二〕韋端己、馮正中諸家詞，〔三〕留連「光景」，〔四〕「惆悵自憐」，〔五〕蓋亦易「飄颻於風雨」者。〔六〕若第論其吐屬之美，〔七〕又何加焉？

〔一〕飛卿：温庭筠之字，《舊唐書》卷一百九十下有傳。舊有《金荃集》，今人劉學鍇有《温庭筠全集校注》。又王國維《人間詞話》：「張皋文謂飛卿之詞『深美閎約』，余謂此四字，唯馮正中足以當之。劉融齋謂飛卿精妙絶人，差近之耳。」

〔二〕「類」：皆。「綺怨」：以綺美之辭抒寫閨怨。

〔三〕端己：韋莊之字。晚唐五代人，有《浣花集》。今人李誼有《韋莊集校注》、聶安福有《韋莊集箋注》。正中：馮延巳之字，五代人，舊有《陽春集》，今人曾昭岷著有《温韋馮詞新校》。

〔四〕《九章·悲回風》：「借光景以往來兮，施黄棘之枉策。」

〔五〕戰國宋玉《九辯》：「廓落兮羈旅而無友生，惆悵兮而私自憐。」

〔六〕戰國宋玉《九辯》：「何曾華之無實兮，從風雨而飛颺。」清馮煦《四印齋本陽春集序》：「善乎劉融齋先生曰：『流連光景，惆悵自憐，蓋亦易飄颺於風雨者。』知翁（注者按：指馮延巳）哉，知翁哉。」按：融齋此節論三家詞而大量徵引《楚辭》中語句，似暗示温庭筠等能「深得屈子之妙，詞亦從楚騷來」。清陳廷焯《白雨齋詞話》卷五云：「飛卿短古，深得屈子之妙，詞亦從楚騷來，所以獨絶千古，難乎爲繼。」又卷七：「飛卿古詩有與騷暗合處，但才力稍弱，氣骨未遒，可爲騷之奴隸，未足爲騷之羽翼也。惟《菩薩蠻》、《更漏子》諸詞，幾與騷化矣。所以獨絶千古，無能爲繼。」清張惠言《詞選》評馮延巳《蝶戀花·六曲闌干偎碧樹等》：「三詞忠愛纏綿，宛然騷辨之義。」即此意。

〔七〕「吐屬」：談吐、作文。此偏指後者。

〇二　馮延巳詞，晏同叔得其俊，〔一〕歐陽永叔得其深。〔二〕

〔一〕同叔：北宋晏殊之字，《宋史》卷三百一十一有傳，有《珠玉詞》傳世。今人張草紉有《二晏詞箋注》。宋劉攽《中山詩話》：「晏元獻尤喜江南馮延巳歌詞，其所自作亦不減延巳。」

〔二〕永叔：北宋歐陽修之字。今人胡可先有《歐陽修詞校注》。按：清馮煦《唐五代詞選序》：「吾家正中翁，鼓吹南唐，上翼二主，下啓歐晏，實正變之樞紐，短長之流別。」陳廷焯《白雨齋詞話》卷一：「晏歐詞，雅近正中，然貌合神離，所失甚遠。蓋正中意餘於詞，體用兼備，不當作艷詞讀。若晏歐，不過極力爲艷詞耳。尚安足重。」王國維《人間詞話》：「馮正中詞雖不失五代風格，而堂廡特大，開北宋一代風氣。」「歐九《浣溪沙》詞：『緑楊樓外出秋千』，晁補之謂只一『出』字，便後人所不能道。余謂此本於正中《上行杯》詞『柳外秋千出畫牆』，但歐語尤工耳。」「馮正中《玉樓春》詞：『芳菲次第長相續，自是情多無處足。尊前百計得春歸，莫爲傷春眉黛促。』永叔一生似專學此種。」

〇三　宋子京詞是宋初體，〔一〕張子野始創「瘦硬」之體，〔二〕雖以佳句互相稱美，〔三〕其實趣尚不同。

〔一〕子京：北宋宋祁之字，與其兄庠齊名，時呼「小宋」、「大宋」。因其詞《玉樓春》中有「紅杏枝頭春意鬧」之句，人稱「紅杏枝頭春意鬧尚書」（見《詩話總龜》卷十四）。「宋初體」：此疑指宋初沿襲《花間》、《尊前》遺韻（可參清王士禎《花草蒙拾》），「格雖不高」，却能「安雅」之「西崑體」詞。參卷二第一三二、卷四第〇九〇。

〔二〕子野：北宋張先之字。初以《行香子》詞有「心中事，眼中淚，意中人」之句，人稱爲「張三中」。後又自舉平生所得意之三詞：「雲破月來花弄影」（《天仙子》）；「嬌柔懶起，簾幕卷花影」（《歸朝歡》）；「柔柳摇摇，墜輕絮無影」（《剪牡丹》），世稱「張三影」（見《類説》卷五十六）。一説指「隔牆送過秋千影」、「雲破月來花弄影」、「浮萍開處見山影」，見《詩話總龜》卷十四）。今人吴熊和等有《張先集編年校注》。「瘦硬」：見卷一第二三一注〔一〕。按：融齋此處實暗示張先爲江西詞派創始人。可參卷一第二三一、卷四第〇九〇。

〔三〕宋胡仔《苕溪漁隱叢話》前集卷三十七《張子野》：「《遯齋閑覽》云：張子野郎中，以樂章擅名一時。宋子京尚書奇其才，先往見之，遣將命者，謂曰：『尚書欲見雲破月來花弄影郎中乎？』子野屏後呼曰：『得非紅杏枝頭春意鬧尚書邪？』遂出，置酒盡歡。蓋二人所舉，皆其警策也。」

〇一三　王半山詞瘦削雅素，〔一〕一洗五代舊習。〔二〕惟未能「涉樂必笑」，「言哀已歎」，〔三〕故深情之士不無間然。〔四〕

〔一〕半山：北宋王安石之號。「雅素」：高雅、樸素。

〔二〕「五代舊習」：謂五代《花間集》、《尊前集》等閨豔之詞。

〔三〕晉陸機《文賦》：「思涉樂其必笑，方言哀而已歎；或操觚以率爾，或含毫而邈然。」本意是説遇到歡樂之處就歡笑，談論到悲哀的地方就長歎，此喻王詞過於矜持，卷二第一三七所謂「冷面」是也。清沈祥龍《樂志簃筆記》卷三《論文隨筆》：「天下之情同也。善言己情者斯能感人之情，故爲文言樂當使人鼓舞，言哀當使人涕泣。若夫無情之文，猶無音之絃耳，何能取聞於人哉？惟情貴乎真，不真則强笑不樂，强哭不哀。忠臣孝子之作，鬱伊善感者，真而已矣。」

〔四〕「間然」：非議、異議。按：可參卷一第二三七。

〔一四〕柳耆卿詞，〔一〕昔人比之杜詩，〔二〕爲其「實説」「無表德」也。〔三〕余謂此論其體則然，〔四〕若論其旨，少陵恐不許之。

〔一〕耆卿：北宋柳永之字。原名三變，字景莊。後改名永，字耆卿。因排行第七，又稱柳七。宋仁宗朝進士，官至屯田員外郎，故世稱柳屯田。今人薛瑞生有《樂章集校注》（增訂本）、陶然等有《樂章集校箋》。

〔二〕宋黄裳《演山集》卷三十五《書樂章集後》：「予觀柳氏《樂章》，喜其能道熹祐中太平氣象，如觀杜甫詩，典雅文華，無所不有。」又宋李之儀《跋吴師道小詞》：「至柳耆卿始鋪叙展衍，備足無餘，形容盛明，千載如逢當日。」

〔三〕宋張端義《貴耳集》卷上：「項平齋自號『江陵病叟』。余侍先君往荆南，所訓學詩當學杜詩，學詞當學柳詞。扣其所云：『杜詩、柳詞皆無表德，只是實説。』」《四庫全書總目・樂章集》：「張端義《貴耳集》亦曰：『項平齋言：詩當學杜詩，詞當學柳詞。杜詩、柳詞皆無表德，只是實説云云。』蓋詞本管絃冶蕩之音，而永所作旖旎近情，故使人易入。雖頗以俗爲病，然好之者終不絶也。」歐明俊《詞中杜甫説總檢討》（刊《中國韻文學刊》二〇〇七年第二期）：「古人有名有字，《顏氏家訓》云：『名以正體，字以表德。』名和字，一爲表面意，一爲深層意。『無表德』意謂不在深層意藴上著力。項安世（平齋）從『無表德』、『實説』（即詞作白描、質樸、真實）角度將柳詞與杜詩並論，示人以學習門徑。」姑録此備參。

〔四〕按：在兩宋詞壇中，柳永是創用詞調最多的詞人，在他現存的二一三首詞中，使用了一三三種詞調。而在宋代所使用的八八〇多個詞調中，有一百多個詞調是柳永首創或首次使用。

〇一五 耆卿詞，細密而「妥溜」，〔一〕明白而家常，善於叙事，有過前人。〔二〕惟「綺羅香澤之態」，〔三〕所在多有，故覺風期未上耳。〔四〕

〔一〕宋張炎《詞源・字面》：「句法中有字面，蓋詞中一個生硬字用不得。須是深加鍛鍊，字字敲打得響，歌誦妥溜，方爲本色語。如賀方回、吴夢窗，皆善於鍊字面，多於温庭筠、李長吉詩中來。字面亦詞中之起眼處，不可不留意也。」又《雜論》：「音律所當參究，詞章先宜精思，俟語句妥溜，然後正之音譜，二者得兼，則可造極玄之域。」

〔二〕宋王灼《碧雞漫志》卷二：「柳耆卿《樂章集》，世多愛賞該洽，序事閒暇，有首有尾，亦間出佳語，又能擇聲律諧美者用之。」清陳廷焯《白雨齋詞話》卷一：「耆卿詞善於鋪叙，羈旅行役，尤屬擅長。」

〔三〕宋胡寅《斐然集》卷十九《向薌林酒邊集後序》：「柳耆卿後出，掩衆製而盡其妙，好之者以爲不可復加。及眉山蘇氏，一洗綺羅香澤之態，擺脱綢繆宛轉之度，使人登高望遠，舉首高歌，而逸懷浩氣，超然乎塵垢之外，於是《花間》爲皁隸，而柳氏爲輿臺矣。」「綺羅香澤」：此以女子的穿著打扮來比喻華麗柔靡的詞風。又宋張炎《詞源·雜論》：「康柳詞，亦自批風抹月中來，風月二字，在我發揮，二公則爲風月所使耳。」

〔四〕「風期未上」：風度品格還未能達到遒上的境界。按：蔡楨《詞源疏證》卷下：「三家評柳詞（注者按：指清周濟《介存齋論詞雜著》、馮煦《蒿庵論詞》及本條），均能發揮其長，而亦不諱其短，較之《詞源》品騭，平允多矣。」

〇二六　東坡詞頗似老杜詩，〔一〕以其無意不可入，無事不可言也。〔二〕若其「豪放」之致，則時與太白爲近。〔三〕

〔一〕蘇軾詞舊有宋傅幹的《注坡詞》，近人朱祖謀、龍榆生《東坡樂府箋》，今人鄭向恒《東坡樂府校訂箋注》、薛瑞生《東坡詞編年箋證》、鄒同慶等《蘇軾詞編年校注》，亦可參考。按：以蘇詞比杜詩似始於清代陳維崧。《詞選序》：「東坡、稼軒諸長調，又騄騄乎如杜甫之歌行，與西京之樂府也。」

〔二〕明徐渭《答龍溪師書》：「詩至李杜、昌黎、子瞻而變始盡，乃無意不可發，無物不可詠。」按：此當與卷二第一五二互參。

〔三〕參卷二第一四七。

〇一七　太白《憶秦娥》，〔一〕「聲情」悲壯。晚唐五代，惟趨「婉麗」，〔二〕至東坡始能復古。後世論詞者，或轉以東坡爲變調，〔三〕不知晚唐、五代乃變調也。

〔一〕見卷四第〇〇七注〔一〕。

〔二〕可參卷四第〇三二注〔四〕引《四庫全書總目》。

〔三〕宋陳師道《後山詩話》：「退之以文爲詩，子瞻以詩爲詞，如教坊雷大使之舞，雖極天下之工，要非本色。今代詞手，惟秦七、黄九爾，唐諸人不迨也。」宋胡仔《苕溪漁隱叢話》後集卷三十三引李清照云：「至晏元獻、歐陽永叔、蘇子瞻，學際天人，作爲小歌詞，直如酌蠡水於大海，然皆句讀不葺之詩爾。又往往不協音律者。」明王世貞《藝苑卮言》附録一：「詞至辛稼軒而變，其源實自蘇長公，至劉改之諸公極矣。」

〇一八　東坡《定風波》云：「尚餘孤瘦雪霜姿。」〔一〕《荷華媚》云：「天然地、別是風流標格。」〔二〕「雪霜姿」、「風流標格」，學坡詞者便可從此領取。〔三〕

〔一〕宋蘇軾《定風波》：

好睡慵開莫厭遲，自憐冰臉不時宜，偶作小紅桃杏色，閑雅，尚餘孤瘦雪霜姿。　休把閒心隨物態，何事，酒生微暈沁瑶肌。詩老不知梅格在，吟詠，更看緑葉與青枝。

按：原句又見蘇軾七律《紅梅三首》其一：

怕愁貪睡獨開遲，自恐冰容不入時。故作小紅桃杏色，尚餘孤瘦雪霜姿。寒心未肯隨春態，酒暈無端上玉肌。詩老不知梅格在，更看緑葉與青枝。

〔二〕宋蘇軾《荷華媚》：

霞苞霓荷碧，天然地、別是風流標格。重重青蓋下，千嬌照水，好紅紅白白。每悵望、明月清風夜，甚低迷不語，妖邪無力。終須放、船兒去，清香深處住，看伊顔色。

〔三〕「領取」：領悟。「取」：詞尾，無義。

〇一九　東坡《與鮮于子駿書》云：「近却頗作小詞，雖無柳七郎風味，亦自成一家。」〔一〕一似欲爲耆卿之詞而不能者。〔二〕然坡嘗譏秦少游《滿庭芳》詞學柳七句法，〔三〕則意可知矣。〔四〕

〔一〕語見宋蘇軾《與鮮于子駿三首》之二：「近却頗作小詞，雖無柳七郎風味，亦自是一家，呵呵。數日前獵於郊外，所獲頗多，作得一闋，令東州壯士抵掌頓足而歌之，吹笛擊鼓以爲節，頗壯觀也。寫呈取笑。」

按：所作詞即《江城子·密州出獵》：

老夫聊發少年狂，左牽黄，右擎蒼。錦帽貂裘，千騎卷平岡。爲報傾城隨太守，親射虎，看孫郎。酒酣胸膽尚開張，鬢微霜，又何妨。持節雲中，何日遣馮唐。會挽雕弓如滿月，西北望，射天狼。

〔二〕「一似」：很象。

〔三〕少游：宋秦觀之字。宋黄昇《花庵詞選》卷二注引：「後秦少游自會稽入京見東坡，坡云：『久别當作文甚勝，都下盛唱公山抹微雲之詞。』秦遜謝。坡遽云：『不意别後，公却學柳七作詞。』秦答曰：『某無識，亦不至是，先生之言無乃過乎？』坡云：『銷魂，當此際，非柳詞句法乎？』秦慚服。然已流傳，不復可改矣。」

按：秦觀《滿庭芳》：

山抹微雲，天連衰草，畫角聲斷譙門。暫停征棹，聊共引離尊。多少蓬萊舊事，空回首，煙靄紛紛。斜陽外，寒鴉万點，流水繞孤村。銷魂，當此際，香囊暗解，羅帶輕分。謾贏得，青樓薄倖名存。此去何時見也，襟袖上，空惹啼痕。傷情處，高城望斷，燈火已黄昏。

〔四〕謂其非不能也，是不爲也。

〇二〇　東坡詞具神仙出世之姿，方外白玉蟾諸家，〔一〕惜未詣此。

〔一〕「方外」：僧道等生活於世俗生活之外的人。白玉蟾：南宋道士，本名葛長庚，字如晦，又字白叟，號海瓊子，又號海南翁、瓊山道人、武夷散人、神霄散史。嘉定中，詔徵赴闕，命館太一宫，封紫清明道真人，舊有《海璚集詞》二卷。今人朱逸輝等有《白玉蟾全集校注》。

〇二一　黄山谷詞用意深至，〔一〕自非小才所能辦。〔二〕惟故以生字俚語侮弄世俗，〔三〕若爲金元曲家濫觴。〔四〕

〔一〕山谷：黄庭堅之號。今人馬興榮等有《山谷詞校注》。「深至」：猶言至深。

〔二〕「辦」：具備。

〔三〕宋吴曾《能改齋漫録》卷十六：「山谷守當塗日，郭功父嘗寓焉。一日，過山谷論文。山谷傳少游《千秋歲》詞，歎其句意之善，欲和之而『海』字難押。功父連舉數『海』字，若孔北海之類，山谷頗厭而未有以却之者。次日，又過山谷問焉，山谷答曰：『昨晚偶得一海字韻。』功父問其所以，山谷云：『羞殺人也爺娘海。』自是功父不復論文於山谷矣。蓋山谷用俚語以却之也。」又清彭孫遹《金粟詞話》「山谷拆字鄙俚」：「山谷『女邊著子，門裏安心』，鄙俚不堪入誦。」清李調元《雨村詞話》卷一《屌䯶》：「黄山谷詞多用俳語，雜以俗諺，多可笑之句。如《鼓笛令》詞云：『共道他家有婆婆。與一口管教屌䯶。』又云：『副靖傳語木大，鼓兒裏，且打一和。更有些兒得處口羅。』又一首云：『打揭兒非常愜意。又却跋翻和九底。』又一首云：『凍著你影䯶村鬼。』此類甚多，皆不可解。且『屌䯶』二字，字書不載，意即甚麽之訛也。又如別詞中奚落、忔憎、吵噉、等字，皆俗俳語也，元人曲有之，皆不宜入詞。」又清周濟《宋四家詞選目録序論》：「周柳黄晁，皆喜爲曲中俚語，山谷尤甚。」

〔四〕「濫觴」：起源、發端。

〇三三　少游詞有小晏之妍，〔一〕其幽趣則過之。梅聖俞《蘇幕遮》云：「落盡梨花春又了，滿地斜陽，翠色和煙老。」〔二〕此一種似爲少游開先。〔三〕

〔一〕少游：北宋秦觀之字，一字太虚，號淮海居士，揚州高郵人，與黄庭堅、張耒、晁補之合稱「蘇門四學士」，《宋史》卷四百四十四有傳。今人徐培均有《淮海居士長短句箋注》。「小晏」：晏殊之子晏幾道。清馮煦《蒿庵詞論》：「淮海、小山，古之傷心人也。其淡語皆有味，淺語皆有致。」

〔二〕「梨花」：原作「梅花」，今據梅堯臣集改正。《蘇幕遮》：

露堤平，煙墅杳。亂碧萋萋，雨後江天曉。獨有庾郎年最少，窣地春袍，嫩色宜相照。接長亭，迷遠道。堪怨王孫，不記歸期早。落盡梨花春又了，滿地殘陽，翠色和煙老。

〔三〕「開先」：開端、起先。按：王國維《人間詞話》：「梅聖俞《蘇幕遮》詞『落盡梨花春事了，滿地斜陽，翠色和煙老』，劉融齋謂少游一生，似專學此種。余謂馮正中《玉樓春》詞『芳菲次第長相續，自是情多無處足。尊前百計得春歸，莫爲傷春眉黛促』，永叔一生似專學此種。」

〇三三　秦少游詞得《花間》、《尊前》遺韻，〔一〕却能自出清新。東坡詞「雄姿」「逸氣」，〔二〕高軼古人，且稱少游爲「詞手」。〔三〕山谷傾倒於少游《千秋歲詞》「落紅萬點愁如海」之句，至不敢和。〔四〕要其他詞之妙，似此者豈少哉！

〔一〕清陳廷焯《白雨齋詞話》卷一：「秦少游自是作手，近開美成，導其先路，遠祖温韋，取其神不襲其貌。」王國維《人間詞話附録一》：「温飛卿《菩薩蠻》『雨後却斜陽，杏花零落香』，少游之『雨餘芳草斜陽，杏花零落燕泥香』，雖自此脱胎，而實有出藍之妙。」

《花間集》：後蜀時期趙崇祚所編選的一部晚唐五代詞集，共分十卷，收録了温庭筠、皇甫松、和凝、孫光憲、韋莊、薛昭藴、牛嶠、張泌、毛文錫、牛希濟、歐陽炯、顧炯、魏承班、鹿虔扆、閻選、尹鶚、毛熙震、李珣等十八位作者的五百首詞。因爲他們的詞風大體相近，後世又稱之爲「花間派」。宋陳振孫《直齋書録解題·花間集》：「此近世倚聲填詞之祖也。」《四庫全書總目·

花間集》：「詩餘變體濫觴於唐而盛行於五代，自宋以後，家數益繁，選録益衆，而溯源星宿，當以此集爲最古。唐末名家詞曲，俱賴以僅存。」今人楊景龍有《花間集校注》。

《尊前集》：無名氏所編選的一部唐五代詞選集，共收録了三十九位作家的二百六十一首詞，所收録詞的時代、地域均較《花間集》爲廣。《四庫全書總目・尊前集》：「且就詞而論，原不失爲《花間》之驂乘。」

〔二〕「雄姿」：見卷二第一三〇注〔一〕引蘇軾詞。「逸氣」：當是「逸懷浩氣」之省。見卷四第〇一五注〔三〕。又蘇軾《和趙郎中捕蝗見寄次韻》：「愛君有逸氣，詩壇專斬伐。」

〔三〕按：稱少游爲詞手者爲陳師道。《後山詩話》：「退之以文爲詩，子瞻以詩爲詞，如教坊雷大使之舞，雖極天下之工，要非本色。今代詞手，唯秦七黄九爾，唐諸人不迨也。」此云東坡，疑誤。

〔四〕宋阮閱《詩話總龜》後集卷三十三：「如秦少游《千秋歲》：『水邊沙外，城郭春寒退。』末云：『春去也，飛紅萬點愁如海』者，山谷嘗歎其句意之善，欲和之而以海字難押。」然秦逝後，黄曾有追和。

《千秋歲・少游得謫，嘗夢中作詞云：醉卧古藤陰下，了不知南北。竟以元符庚辰，死於藤州光華亭上。崇寧甲申，庭堅竄宜州，道過衡陽，覽其遺墨，始追和其千秋歲詞》

苑邊花外，記得同朝退。飛騎軋，鳴珂碎。齊歌雲繞扇，趙舞風回帶。嚴鼓斷，杯盤狼藉猶相對。　灑淚誰能會，醉卧藤陰蓋。人已去，詞空在。兔園高宴悄，虎觀英游改。重感慨，波濤萬頃珠沈海。

按：秦觀《千秋歲·謫虔州作》：

水邊沙外，城郭春寒退。花影亂，鶯聲碎。飄零疏酒盞，離別寬衣帶。人不見，碧雲暮合空相對。憶昔西池會，鵷鷺同飛蓋。攜手處，今誰在？日邊清夢斷，鏡裏朱顏改。春去也，飛紅萬點愁如海。

〔二四〕少游《水龍吟》：「小樓連苑横空，下窺繡轂雕鞍驟。」東坡譏之云「十三個字，只説得一個人騎馬樓前過」，〔一〕語極解頤。其子湛作《卜算子》云：「極目煙中百尺樓，人在樓中否？」〔二〕言外無盡。似勝乃翁，未識東坡見之云何？

〔一〕宋楊萬里《誠齋詩話》：「客有自秦少游許來見東坡。坡問：『少游近有何詩句？』客舉秦《水龍吟》詞云：『小樓連苑横空，下臨繡轂雕鞍驟。』坡笑曰：『又連苑，又横空，又繡轂，又雕鞍，又驟，也勞攘。』坡亦有此詞，云：『燕子樓中，佳人何在？空鎖樓中燕。』」又清徐釚《詞苑叢談》卷三《品藻》：「又問：『別作何詞？』秦舉『小樓連苑横空，下窺繡轂雕鞍驟』。坡云：『十三個字只説得一個人騎馬樓前過。』秦問：『先生近著？』坡云：『亦有一詞説樓上事。』乃舉『燕子樓空，佳人何在，空鎖樓中燕』。晁無咎在座云：『三句説盡張建封燕子樓一段事，奇哉！』」

按：秦觀《水龍吟·贈妓樓東玉》：

小樓連苑横空，下窺繡轂雕鞍驟。朱簾半卷，單衣初試，清明時候。破煖輕風，弄晴微雨，欲無還有。賣花聲過，盡斜陽院落，紅成陣，飛鴛甃。　玉佩丁東別後，悵佳期，參差難又。名繮利鎖，天還知道，和天也瘦。花下重門，柳邊深巷，不堪回首。念多情但有，當時皓月，照人依舊。

宋張炎《詞源》卷下：「大詞之料，可以斂爲小詞；小詞之料，不可展爲大詞，若爲大詞，必是一句之意，引而爲兩三句，或引他意入來，捏合成章，必無一唱三嘆。如少游《水龍吟》云：『小樓連苑横空，下窺繡轂雕鞍驟。』猶且不免爲東坡所誚。」清沈祥龍《論詞隨筆》：「詞當意餘於辭，不可辭餘於意。東坡謂少游『小樓連苑横空，下窺繡轂雕鞍驟』二句，只説得車馬樓下過耳，以其辭餘於意也。若意余於辭，如東坡『燕子樓空，佳人何在？空鎖樓中燕』，用張建封事。白石『猶記深宫舊事，那人正睡裏，飛近蛾緑』，用壽陽事，皆爲玉田所稱，蓋辭簡而餘意悠然不盡也。」王國維《人間詞話》：「詞忌用替代字。美成《解語花》之『桂華流瓦』境界極妙，惜以『桂華』二字代『月』耳。夢窗以下則用代字更多。其所以然者，非意不足，則語不妙也。蓋語妙則不必代，意足則不暇代。此少游之『小樓連苑』、『繡轂雕鞍』所以爲東坡所譏也。」然據宋曾季貍《艇齋詩話》：「少游詞『小樓連苑横空』，爲都下一妓姓樓名琬字東玉，詞中欲藏『樓琬』二字。然少游亦自用出處，張籍詩云：『妾家高樓連苑起。』」則秦詞别有深意，似亦無可厚非矣。

〔二〕按：宋秦湛《卜算子》：

春透水波明，寒峭花枝瘦。極目煙中百尺樓，人在樓中否？四和裊金鳧，雙陸思纖手。擬倩東風浣此情，情更濃於酒。

〇二五　叔原貴異，〔一〕方回贍逸，〔二〕耆卿細貼，〔三〕少游清遠。〔四〕四家詞趣各别，惟尚婉則同耳。

〔一〕叔原：北宋晏幾道之字，號小山，晏殊第七子。與父齊名，稱「大小晏」，舊有《小山詞》，今人張草紉有《二晏詞箋注》。「貴異」：矜貴、高異。

〔二〕方回：北宋賀鑄之字，自號慶湖遺老，舊有《東山詞》，今人鍾振振有《東山詞校注》。「贍逸」：奇贍、放逸。

〔三〕「細貼」：細密、妥貼。參卷四第〇一五。

〔四〕「清遠」：清新、幽遠。參卷四第〇二二、卷四第〇二三。

〇二六　東坡詞在當時鮮與同調，不獨秦七、黄九，别成兩派也。〔一〕晁无咎坦易之懷，〔二〕磊落之氣，差堪驂靳，〔三〕然懸崖撒手處，〔四〕无咎莫能追躡矣。〔五〕

〔一〕秦七、黄九：秦觀、黄庭堅，見卷四第〇一七注〔三〕引《後山詩話》。

〔二〕无咎：北宋晁補之之字，號歸來子，有詞集《晁氏琴趣外篇》，今人喬力有《晁補之詞編年箋注》。

「坦易之懷」：坦率平易的胸懷。

〔三〕「驂靳」：語出《左傳》定公九年：「吾從子，如驂之有靳。」晉杜預注：「靳，車中馬也。猛不敢與書爭，言己從晝如驂馬之隨靳也。」後以「驂靳」喻前後相隨。《四庫全書總目·晁无咎詞》：「補之爲蘇門四學士之一。集中如《洞仙歌》第二首填盧仝詩之類，未免效蘇軾隱括《歸去來辭》之顰，然其詞神姿高秀，與軾實可肩隨。」又清胡薇元《歲寒居詞話》：「其詞神姿高秀，可與坡老肩隨。」

〔四〕語出《五燈會元》卷六「廬山永安净悟禪師」。僧問：『如何是出家底事？』師曰：『萬丈懸崖撒手去。』曰：『如何是不出家底事？』師曰：『迥殊雪嶺安巢節，有異許由挂一瓢。』」此喻關鍵處擺脱一切羈絆的豪情。清魏際瑞《伯子論文》：「《七十二峰記》凡六百一十三字。均分，至少每峰亦應八字有零，乃提要語占去若干，叙次語占去若干，他地名占去若干，地名重者占去若干，方隅向背者占去若干，形勢脈絡占去若干，幾於七十二峰本位無有一字，乃其叙次本位寬然有餘，懸厓撒手，尺水揚波，是何法何力哉？」

〔五〕「追躡」：追趕上並抓住。

〔二七〕无咎詞堂廡頗大。人知辛稼軒《摸魚兒》「更能消幾番風雨」一闋，〔一〕爲後來名家所競效，〔二〕其實辛詞所本，即无咎《摸魚兒》「買陂塘旋栽楊柳」之波瀾也。〔三〕

〔一〕宋辛棄疾《摸魚兒·淳熙己亥，自湖北漕移湖南，同官王正之置酒小山亭賦》：

更能消幾番風雨，匆匆春又歸去。惜春長恨花開早，何況落紅無數。春且住。見説道，天涯芳草迷歸路。怨春不語，算只有殷勤畫簷蛛網，盡日惹飛絮。長門事，準擬佳期又誤。蛾眉曾有人妒。千金縱買相如賦，脈脈此情誰訴？君莫舞，君不見，玉環飛燕皆塵土。閒愁最苦。休去倚危樓，斜陽正在，煙柳斷腸處。

〔二〕按：趙善括、姜夔、魏了翁、劉克莊、劉辰翁、王沂孫、蔣捷、張炎等均填製過《摸魚兒》。

〔三〕宋晁无咎《摸魚兒·東皋寓居》：

買陂塘、旋栽楊柳，依俙淮岸江浦。東皋雨足新痕漲，沙嘴鷺來鷗聚。堪愛處，最好是，一川夜月光流渚。無人獨舞。任翠幄張天，柔茵藉地，酒盡未能去。青綾被，莫憶金閨故步。儒冠曾把身誤。弓刀千騎成何事，荒了邵平瓜圃。君試覷。滿青鏡、星星鬢影今如許。功名浪語。便似得班超，封侯萬里，歸計恐遲暮。

按：龍榆生《詞學十講》第三講《選調和選韻》：「填寫這長調的作品，最早見於晁補之。……這情調和辛詞基本上是一致的，不過辛詞所感更深，情緒也更鬱勃。劉熙載説『辛詞所本，即无咎（原注：補之字）《摸魚兒》買陂塘旋栽楊柳之波瀾』（原注：《藝概》卷四《詞曲概》），也只是就它的聲容態度上來講的。」

〇二八　周美成詞，或稱其無美不備。〔一〕余謂論詞莫先於品。美成詞信「富豔精工」，〔二〕只是當不得個「貞」字。〔三〕是以士大夫不肯學之，學之則不知終日意縈何處矣。

〔一〕美成：北宋周邦彦之字，號清真居士，《宋史》卷四百四十四有傳。舊有宋陳元龍《詳注周美成片玉集》，今人孫虹有《清真集校注》，羅忼烈有《清真集箋注》。按：清周濟《宋四家詞選目録序論》：「清真，集大成者也。」又《介存齋論詞雜著》：「美成思力獨絶千古，如顔平原書，雖未臻兩晉，而唐初之法，至此大備，後有作者，莫能出其範圍矣。」陳廷焯《白雨齋詞話》卷一：「詞至美成，乃有大宗。前收蘇秦之終，復開姜史之始。自有詞人以來，不得不推爲巨擘。後之爲詞者，亦難出其範圍。」王國維《人間詞話補遺》：「詞中老杜，則非先生不可。（注者按：指周邦彦）」俱可與此互參。

〔二〕宋陳振孫《直齋書録解題》卷二十一《清真詞二卷後集一卷》：「（周邦彦）多用唐人詩語，檃括入律，渾然天成。長調尤善鋪叙，富艷精工，詞人之甲乙也。」

〔三〕按：融齋論詞，首重一「品」。美成好冶游，「疏雋少檢，不爲州里推重」（見《宋史》卷四百四十四本傳，另可參宋張端義《貴耳集》卷下），故云。

〇二九　周美成律最精審，〔一〕史邦卿句最警鍊，〔二〕然未得爲君子之詞者，周旨蕩而史意貪也。〔三〕

〔一〕宋沈義父《樂府指迷》：「凡作詞，當以清真爲主。蓋清真最爲知音，且無一點市井氣。」

〔二〕史邦卿：南宋史達祖之字，號梅溪，今人王步高有《梅溪詞校注》。《四庫全書總目・梅溪詞》：「達祖人不足道，而詞則頗工。鎡稱其『分鑣清真，平睨方回，而紛紛三變行輩，不足比數』。清真爲周邦彥之號，方回爲賀鑄之字，三變爲柳永之原名。推奬未免稍溢，然清詞麗句，在宋季頗屬錚錚，亦未可以其人掩其文矣。」其警句如《綺羅春・詠春雨》之「做冷欺花，將煙困柳」，《雙雙燕・詠燕》之「柳昏花暝」等，不一而足。明毛晉《梅溪詞跋》：「余幼讀《雙雙燕》詞，便心醉梅溪。今讀其全集，如『醉玉生春』、『柳髮』、『梳月』等語，則『柳昏花暝』之句又不足多矣。姜白石稱其『奇秀清逸，有李長吉之韻』。蓋能融情景於一家，會句意於兩得，豈易及耶？」並可參卷四第〇七〇注〔二〕。

〔三〕「旨蕩」：意旨放蕩。可參卷四第〇二八注〔三〕。「意貪」：詞意貪婪。按：邦卿託足權門，專牟奸利，「論量物價，專以金帛之多寡爲予奪」（見明楊士奇等編《歷代名臣奏議》卷一百八十五《去邪》），故宜有此論。並可參卷二第一一八、卷二第二六二、卷三第一三四等。又王國維《人間詞話》：「周介存謂梅溪詞中，喜用『偷』字，足以定其品格。劉融齋謂周旨蕩而史意貪。此二語令人解頤。」

〇三〇　辛稼軒風節建豎，卓絶一時，〔一〕惜每有成功，輒爲議者所沮。觀其《踏莎行・和趙國興》有云：「吾道悠悠，憂心悄悄。」〔二〕其志與遇，概可知矣。《宋史》本傳稱其「雅善長短句，悲壯激烈」，〔三〕又稱「謝校勘過其墓旁，有疾聲大呼於堂上，若鳴其不平」。〔四〕然則其長短句之作，〔五〕固莫非假之鳴者哉。〔六〕

〔一〕稼軒：南宋辛棄疾之號，字幼安，《宋史》卷四百一有傳。今人鄭騫《稼軒詞校注》、鄧廣銘《稼軒詞編年箋注》、辛更儒《辛棄疾編年箋注》，均可參考。「建豎」：建樹。

〔二〕「趙國興」：原作「趙興國」，今據辛集改正。

《踏莎行・和趙國興録事韻》：

吾道悠悠，憂心悄悄。最無聊處秋光到。西風林外有啼鴉，斜陽山下多衰草。　長憶商山，當年四老，塵埃也走咸陽道。爲誰書到便幡然，至今此意無人曉。

〔三〕語見《宋史》卷四百一《辛棄疾傳》：「棄疾雅善長短句，悲壯激烈，有《稼軒集》行世。」

〔四〕語見《宋史》卷四百一《辛棄疾傳》：「咸淳間，史館校勘謝枋得過棄疾墓旁僧舍，有疾聲大呼於堂上，若鳴其不平，自昏暮至三鼓不絶聲。枋得秉燭作文，旦且祭之，文成而聲始息。」

〔五〕「長短句」：詞的異稱。宋秦觀、辛棄疾的詞集即均以長短句定名。

〔六〕唐韓愈《送孟東野序》：「大凡物不得其平則鳴。草木之無聲，風撓之鳴；水之無聲，風蕩之鳴。其躍也或激之，其趨也或梗之，其沸也或炙之。金石之無聲，或擊之鳴；人之爲言也亦然，有不得已者而後言。其歌也有思，其哭也有懷。凡出乎口而爲聲者，其皆有弗平者乎？樂也者，鬱於中而泄於外者也，擇其善鳴者而假之。」

〇三一　稼軒詞龍騰虎擲，〔一〕任古書中理語、廋語，〔二〕一經運用，便得風流，天姿是何夐異！〔三〕

〔一〕融齋《游藝約言》「杜詩云『前輩飛騰入，餘波綺麗爲』，以詞而論，『飛騰』，惟稼軒足當之，『綺麗』者，則不可勝舉。」此云「龍騰虎擲」，亦喻其能飛騰也。

〔二〕「廋語」：原做「瘦語」，今正。「廋語」亦稱「廋辭」，指隱語、謎語。清吴衡照《蓮子居詞話》卷一：「辛稼軒别開天地，横絶古今。《論》、《孟》、《詩小序》、《左氏春秋》、《南華》、《離騷》、《史》、《漢》、《世説》、《選》學，李杜詩，拉雜運用，彌見其筆力之峭。」

〔三〕「夐異」：猶迥異。

〇三二　蘇、辛皆至情至性人，〔一〕故其詞瀟灑卓犖，悉出於「温柔敦厚」。〔二〕世或以粗獷託蘇、辛，〔三〕固宜有視蘇、辛爲别調者哉！〔四〕

〔一〕按：此當與卷四第一一五五互參。

〔二〕《禮記·經解》:「温柔敦厚,《詩》教也。」本意謂温柔厚重。

〔三〕宋俞文豹《吹劍續録》:「坡在玉堂,有幕士善歌。因問:『我詞比柳耆卿何如?』對曰:『柳郎中詞只好十七八女郎按執紅牙拍,歌楊柳岸曉風殘月;學士詞須關西大漢執鐵綽板,唱大江東去。』公爲之絶倒。」清譚獻《復堂詞話》評辛棄疾《摸魚兒·淳熙己亥,自湖北漕移湖南,同官王正之置酒小山亭賦》起句「更能消幾度風雨」:「起句嫌有獷氣。」

〔四〕宋張炎《詞源》:「辛稼軒、劉改之作豪氣詞,非雅詞也,於文章餘暇戲弄筆墨爲長短句之詩耳。」《四庫全書總目·東坡詞》:「詞自晚唐五代以來,以清切婉麗爲宗。至柳永而一變,如詩家之有白居易;至軾而又一變,如詩家之有韓愈;遂開南宋辛棄疾等一派。尋源溯流,不能不謂之别格。然謂之不工則不可。故至今日,尚與花間一派並行,而不能偏廢也。」《四庫全書總目·稼軒詞》:「其詞慷慨縱横,有不可一世之概。於倚聲家爲變調。而異軍特起,能於翦紅刻翠之外,屹然别立一宗,迄今不廢。觀其才氣俊邁,雖似乎奮筆而成,然岳珂《桯史》記棄疾自誦《賀新涼》、《永遇樂》二詞,使座客指摘其失。珂謂《賀新涼》詞首尾二腔,語句相似;《永遇樂》詞用事太多。棄疾乃自改其語,日數十易,累月猶未竟,其刻意如此云云。則未始不由苦思得矣。」

〇三三　張玉田盛稱白石,而不甚許稼軒,〔一〕耳食者遂於兩家有軒輊意。〔二〕不知稼軒之體,白石嘗效之矣。集中如《永遇樂》、《漢宫春》諸闋,均次稼軒韻,〔三〕其吐屬氣味,皆若「秘響相通」，〔四〕何後人過分門户耶？

〔一〕白石：南宋姜夔。字堯章，號白石道人，有《白石道人歌曲》。今人夏承燾有《姜白石詞編年箋校》、陳書良有《姜白石詞箋注》。玉田：南宋詞人張炎之號。宋張炎《詞源》：「姜白石詞，如野雲孤飛，去留無迹……不惟清空，又且騷雅，讀之使人神觀飛越。」又：「詞之賦梅，唯姜白石《暗香》、《疏影》二曲，前無古人，後無來者，自立新意，真爲絶唱。」龍松生校編沈曾植《海日碎金·劉融齋詞概評語》：「先生云：玉田學白石，乃似周膳部、王侍書之學晉宋。」

〔二〕「耳食」：不加省察，徒信傳聞，隨聲附和。「軒輊」：見卷三第〇四四注〔二〕。

〔三〕宋姜夔《永遇樂·北固樓次稼軒韻》：

雲隔迷樓，苔封很石，人向何處。數騎秋煙，一篙寒汐，千古空來去。使君心在，蒼厓緑嶂，苦被北門留住。有尊中酒差可飲，大旗盡繡熊虎。　前身諸葛，來游此地，數語便酬三顧。樓外冥冥，江皋隱隱，認得征西路。中原生聚，神京耆老，南望長淮金鼓。問當時、依依種柳，至今在否？

又《漢宫春·次韻稼軒》：

雲曰歸歟。縱垂天曳曳，終反衡廬。揚州十年一夢，俛仰差殊。秦碑越殿，悔舊游、作計全疏。分付與、高懷老尹，管絃絲竹寧無。　知公愛山入剡，若南尋李白，問訊何如。年年雁飛波上，愁亦關予。臨皋領客，向月邊、攜酒攜鱸。今但借、秋風一榻，公歌我亦能書。

又《次韻稼軒蓬萊閣》：「一顧傾吴。苧蘿人不見，煙杳重湖。當時事如對奕，此亦天乎。大夫仙去，笑人間、千古須臾。有倦客、扁舟夜泛，猶疑水鳥相呼。秦山對樓自緑，怕越王故壘，時下樵蘇。只今倚闌一笑，然則非與。小叢解唱，倩松風、爲我吹竽。更坐待、千岩月落，城頭眇眇啼烏。」本意是説隱秘深矣乎？」

〔四〕南朝梁劉勰《文心雕龍·隱秀》：「夫隱之爲體，義生文外，秘響傍通，伏采潛發。」清周濟《宋四家詞選目録序論》：「白石脱胎稼軒，變雄健爲清剛，變馳驟爲疏宕。」又融齋《游藝約言》：「『秘響旁通，伏采潛發。』『響』而曰『秘』，『采』而曰『伏』，文至此，其的聲響暗相貫通。

〇三四　白石，才子之詞；〔一〕稼軒，豪傑之詞。〔二〕才子豪傑，「各從其類」愛之，〔三〕强論得失，皆偏辭也。〔四〕

〔一〕龍松生校編沈曾植《海日碎金·劉融齋詞概評語》：「先生云：論白石却未得真際。」

〔二〕參卷二第〇四一注〔五〕引清沈祥龍《論詞隨筆》。清譚獻《復堂詞話》：「然東坡是衣冠偉人，稼軒則弓刀遊俠。」王國維《人間詞話》：「東坡之詞曠，稼軒之詞豪。」又融齋《昨非集》卷四《虞美人·填詞二首》：「好詞好在鬚眉氣，怕殺香奩體。便能綺怨似閨人，可奈先抛抗髒自家身。剛腸似鐵經千煉。肯作游絲罥？仰天不惜效歌烏，正要歌姝幾輩獻揶揄。」

〔三〕見卷一第二〇三注〔四〕。

〔四〕「偏辭」：片面之言辭。按：揚姜抑辛，前此無過宋人張炎（可參卷四第〇三三及注〔一〕），而揚辛抑姜，後此則無過近人王國維。《人間詞話》：「詠物之詞，自以東坡《水龍吟》爲最工，邦卿《雙雙燕》次之。白石《暗香》、《疏影》，格調雖高，然無一語道着，視古人『江邊一樹垂垂發』等句何如耶？」「白石寫景之作，如『二十四橋仍在，波心蕩，冷月無聲』，『數峰清苦，商略黄昏雨』，『高樹晚蟬，説西風消息』，雖格韻高絶，然如霧裏看花，終隔一層。」「古今詞人格調之高，無如白石。惜不於意境上用力，故覺無言外之味，絃外之響，終不能與於第一流之作者也。」而論稼軒則云：「南宋詞人，白石有格而無情，劍南有氣而乏韻。其堪與北宋頡頏者，唯一幼安耳。」「讀東坡、稼軒詞，須觀其雅量高致，有伯夷柳下惠之風。白石雖似蟬蜕塵埃，然終不免局促轅下。」又《人間詞話删稿》：「東坡之曠在神，白石之曠在貌。白石如王衍口不言阿堵物，而暗中爲營三窟之計，此其所以可鄙也。」

〇三五　姜白石詞「幽韻」、「冷香」，〔一〕令人挹之無盡。「擬諸形容」，〔二〕在樂則琴，在花則梅也。〔三〕

〔一〕「幽韻」、「冷香」：本爲姜詞中語。融齋此處以姜詞中語比擬姜詞意境。

姜夔《暗香》：

舊時月色，算幾番照我，梅邊吹笛。喚起玉人，不管清寒與攀摘。何遜而今漸老，都忘却、春風詞筆。但怪得、竹外疏花，香冷入瑶席。江國，正寂寂。歎寄與路遥，夜雪初積。翠尊易泣，紅萼無言耿相憶。長記曾攜手處，千樹壓、西湖寒碧。又片片、吹盡也，幾時見得。

《疏影》：

苔枝綴玉。有翠禽小小，枝上同宿。客裏相逢，籬角黄昏，無言自倚修竹。昭君不慣胡沙遠，但暗憶、江南江北。想佩環、月夜歸來，化作此花幽獨。猶記深宫舊事，那人正睡裏，飛近蛾緑。莫似春風，不管盈盈，早與安排金屋。還教一片隨波去，又却怨、玉龍哀曲。等恁時、重覓幽香，已入小窗横幅。

〔二〕見卷三第一〇二注〔一〕。

〔三〕按：姜夔善琴，其所著《白石道人歌曲》卷一所收《古怨》，是現存最早的琴歌歌譜。於花中則最喜梅與蓮，屢見於詞，《暗香》、《疏影》尤爲古今詠梅詞中之佳作，宋張炎《詞源》甚或以爲「詞之賦梅，惟姜白石《暗香》、《疏影》二曲，前無古人，後無來者，自立新意，真爲絶唱」。故融齋宜有此喻。

〇三六　詞家稱白石曰「白石老仙」。〔一〕或問畢竟與何仙相似？曰：藐姑冰雪，蓋爲近之。〔二〕

〔一〕語見南宋仇遠《山中白雲詞序》：「讀《山中白雲詞》，意度超玄，律吕協洽，不特可寫音檀口，亦可被歌管、薦清廟。方之古人，當與白石老仙相鼓吹。」

〔二〕《莊子·逍遥游》：「藐姑射之山有神人居焉。肌膚若冰雪，綽約若處子，不食五穀，吸風飲露，乘雲氣，御飛龍，而游乎四海之外。其神凝，使物不疵癘而年穀熟。」

〇三七　陳同甫與稼軒爲友，其人才相若，詞亦相似。〔一〕同甫《賀新郎·寄幼安見懷韻》云：「樹猶如此堪重别。只使君、從來與我，話頭多合。行矣置之無足問，誰换妍皮癡骨。但莫使、伯牙絃絶。」〔二〕其《酬幼安再用韻見寄》云：「斬新换出旌麾别。把當時，一椿大義，拆開收合。據地一呼吾往矣，萬里摇肢動骨。這話欛、只成癡絶。」〔三〕《懷幼安用前韻》云：「男兒何用傷離别。況古來，幾番際會，風從雲合。千里情親長晤對，妙體本心次骨。卧百尺、高樓斗絶。」〔四〕觀此則兩公之氣誼懷抱，俱可知矣。

〔一〕同甫：南宋陳亮之字，號龍川，後改名同。今人夏承燾有《龍川詞校箋》、姜書閣有《陳亮龍川詞箋注》。按：龍松生校編沈曾植《海日碎金·劉融齋詞概評語》：「先生云：終不堪與稼軒同日語，非嫌其面目麤，嫌骨理麤耳。」

〔二〕宋陳亮《賀新郎·寄辛幼安和見懷韻》：

老去憑誰説。看幾番、神奇臭腐，夏裘冬葛。父老長安今餘幾，後死無讐可雪。猶未燥、當時生髮。二十五弦多少恨，算世間、那有平分月。胡婦弄，漢宫瑟。樹猶如此堪重别。只使君、從來與我，話頭多合。行矣置之無足問，誰换妍皮癡骨。但莫使、伯牙絃絶。九轉丹砂牢拾取，管精金、只是尋常鐵。龍共虎，應聲裂。

〔三〕宋陳亮《賀新郎·酬辛幼安再用韻見寄》：

離亂從頭説。愛吾民、金繒不愛，蔓藤纍葛。壯氣盡消人脆好，冠蓋陰山觀雪。虧殺我、一星星髮。涕出女吴成倒轉，問魯爲齊弱何年月。丘也幸，由之瑟。斬新换出旗麾别。把當時、一椿大義，拆開收合。據地一呼吾往矣，萬里摇肢動骨。這話霸、又成癡絶。天地洪爐誰扇鞴，算於中、安得長堅鐵。淝水破，關東裂。

〔四〕宋陳亮《賀新郎·懷辛幼安用前韻》：

話殺渾閑説。不成教、齊民也解，爲伊爲葛。樽酒相逢成二老，却憶去年風雪。新著了、幾莖華髮。百世尋人猶接踵，歎只今、兩地三人月。寫舊恨，向誰瑟。男兒何用傷離别。況古來、幾番際會，風從雲合。千里情親長晤對，妙體本心次骨。卧百尺、高樓斗絶。天下適安耕且老，看買犁賣劍平家鐵。壯士淚，肺肝裂。

〔三八〕同甫《水龍吟》云：「恨芳菲世界，游人未賞，都付與，鶯和燕。」〔一〕「言近指遠」，〔二〕直

有宗留守大呼渡河之意。〔三〕

〔一〕宋陳亮《水龍吟・春恨》：

鬧花深處層樓，畫簾半卷東風軟。春歸翠陌，平莎茸嫩，垂楊金淺。遲日催花，淡雲閣雨，輕寒輕暖。恨芳菲世界，游人未賞，都付與、鶯和燕。寂寞憑高念遠。向南樓、一聲歸雁。金釵鬭草，青絲勒馬，風流雲散。羅綬分香，翠綃封淚，幾多幽怨。正銷魂，又是疏煙淡月，子規聲斷。

〔二〕見卷一第二七〇注〔二〕。

〔三〕宗留守：宗澤，曾任東京留守。《宋史》卷三百六十《宗澤傳》：「（宗澤）憂憤成疾，疽發於背。諸將入問疾，澤矍然曰：『吾以二帝蒙塵，積憤至此。汝等能殲敵，則我死無恨。』衆皆流泣曰：『敢不盡力！』諸將出，澤歎曰：『出師未捷身先死，長使英雄淚滿襟。』翌日，風雨，晝晦。澤無一語及家事，但呼『過河』者三而薨。」按：龍松生校編沈曾植《海日碎金・劉融齋詞概評語》：「先生云：水心所謂同甫微言也。」

〇三九　陸放翁詞，〔一〕安雅清贍，其尤佳者在蘇、秦間。〔二〕然乏超然之致，天然之韻，〔三〕是以人得測其所至。

〔一〕放翁：南宋陸游之號，舊有《渭南詞》。今人夏承燾等有《放翁詞編年箋注》（增訂本）、錢仲聯等有《陸游全集校注》。

〔二〕蘇秦：蘇軾、秦觀。按：《四庫全書總目·放翁詞》：「游生平精力盡於爲詩，填詞乃其餘力。故今所傳者，僅及詩集百分之一。劉克莊《後村詩話》謂其『時掉書袋，要是一病』。楊慎《詞品》則謂其『纖麗處似淮海，雄快處似東坡』。平心而論，游之本意蓋欲驛騎於二家之間，故奄有其勝，皆不能造其極。要之，詩人之言終爲近雅，與詞人之冶蕩有殊。其短其長，故具在是也。」

〔三〕王國維《人間詞話》：「南宋詞人，白石有格而無情，劍南有氣而乏韻。」

〔四〕劉改之詞，〔一〕狂逸之中自饒俊致，雖「沈著」不及稼軒，足以自成一家。其有意效稼軒體者，如《沁園春》「斗酒彘肩」等闋，〔二〕又當别論。

〔一〕改之：南宋劉過之字，號龍洲道人，有《龍洲詞》。《四庫全書總目·龍州詞》：「黄昇《花庵詞選》謂：『改之乃稼軒之客，詞多壯語，蓋學稼軒。』然過詞凡贈辛棄疾者，則學其體。如『古豈無人，可以似吾稼軒者誰』等詞是也。其餘雖跌宕淋漓，實未嘗全作辛體。陶九成《輟耕録》又謂：『改之造語，贍逸有思致。《沁園春》二首，尤纖麗可愛。』今觀集中《詠美人指甲》、《美人足》二闋，刻畫猥褻，頗乖大雅。九成乃獨加推許，不及張端義《貴耳集》獨取其《南樓》一詞，爲不失賞音。」

〔二〕宋劉過《沁園春·寄稼軒承旨》：斗酒彘肩，風雨渡江，豈不快哉。被香山居士，約林和靖，與東坡老，駕勒吾回。坡謂西湖，正如西子，濃抹淡妝臨鏡臺。二公者，皆掉頭不顧，只管銜杯。白云天竺飛來。圖畫裏、崢嶸樓觀開。愛東西雙澗，縱横水遶，兩峰南北，高下雲堆。逋曰不然，暗香浮動，爭似孤山先探梅。須晴去，訪稼軒未晚，且此徘徊。

〔四一〕高竹屋詞爭驅白石，〔一〕然嫌多綺語。〔二〕如《御街行》之詠轎，〔三〕其設想之細膩曲折，何爲也哉？詠簾亦然。〔四〕劉改之《沁園春·詠美人指甲》、《美人足》二闋，〔五〕以褻體爲世所共譏，〔六〕然病在標者，猶易治也。〔七〕

〔一〕竹屋：南宋高觀國之號，字賓王，與史達祖同爲吟社詞友，有《竹屋癡語》。《四庫全書總目·竹屋癡語》：「詞自鄱陽姜夔句琢字鍊，始歸醇雅。而達祖、觀國爲之羽翼。故張炎謂數家格調不凡，句法挺異，俱能特立清新之意，删削靡曼之詞。」

〔二〕「綺語」：本爲佛典語。指涉及閨門、愛欲等華豔辭藻及一切雜穢語。十善戒中列爲四口業之一。此指纖婉輕豔之辭。清陳廷焯《白雨齋詞話》卷五：「近人爲詞，習綺語者，託言温韋。」

〔三〕宋高觀國《御街行·賦轎》：藤筠巧織花紋細。稱穩步、如流水。踏青陌上雨初晴，嫌怕濕、文鴛雙履。要人送上，逢花須住，纔過處、香風起。　裙兒挂在簾兒底。更不把、窗兒閉。紅紅白白簇花枝，恰稱得、尋春芳意。歸來時晚，紗籠引道，扶下人微醉。

〔四〕宋高觀國《御街行・賦簾》：

香波半窣深深院。正日上、花陰淺。青絲不動玉鉤閒，看翠額、輕籠葱蒨。鶯聲似隔，篆醒微度，愛横影、參差滿。　那回低挂朱闌畔。念閒損、無人卷。窺春偷倚不勝情，仿佛見、如花嬌面。纖柔緩揭，瞥然飛去，不似春風燕。

〔五〕宋劉過《沁園春・美人指甲》：

銷薄春冰，碾輕寒玉，漸長漸彎。見鳳鞋泥污，偎人强剔，龍涎香斷，撥火輕翻。學撫瑶琴，時時欲翦，更掬水魚鱗波底寒。纖柔處，試摘花香滿，鏤棗成班。　時將粉淚偷彈。記綰玉曾教柳傳看。算恩情相著，搔便玉體，歸期暗數，畫徧闌干。每到相思，沈吟靜處，斜倚朱脣皓齒間。風流甚，把仙郎暗掐，莫放春閒。

又：《沁園春・美人足》：

洛浦淩波，爲誰微步，輕塵暗生。記踏花芳徑，亂紅不損，步苔幽砌，嫩緑無痕。襯玉羅慳，銷金樣窄，載不起、盈盈一段春。嬉游倦，笑教人款捻，微褪些跟。　有時自度歌聲。悄不覺、微尖點拍頻。憶金蓮移换，文鴛得侣，繡茵催衮，舞鳳輕分。懊恨深遮，牽情半露，出没風前煙縷裙。知何似，似一鉤新月，淺碧籠雲。

〔六〕可參卷四第〇四〇注〔一〕。

〔七〕「標」：末、次要細微。明李時珍《本草綱目·序例上·標準陰陽》：「故百病必先治其本，後治其標。」又此當與卷四第一〇九五參。龍松生校編沈曾植《海日碎金·劉融齋詞概評語》：「先生云：改之、竹屋、邦卿、後村，境地不同，不及前人，只一凡字。」

〇四二　劉後村詞，〔一〕旨正而語有致。真西山《文章正宗·詩歌》一門屬後村編類，「且約以世教民彝爲主」，〔二〕知必心重其人也。後村《賀新郎·席上聞歌有感》云：「粗識《國風》《關雎》亂，羞學流鶯百囀。總不涉、閨情春怨。」〔三〕又云：「我有生平《離鸞操》，頗哀而不愠微而婉。」〔四〕意殆自寓其詞品耶？

〔一〕後村：南宋劉克莊號後村居士，初名灼，字潛夫，舊有《後村先生大全集》一百九十六卷，今人錢仲聯有《後村詞箋注》、辛更儒有《劉克莊集箋校》。

〔二〕宋劉克莊《後村詩話》卷一：「《文章正宗》初萌芽，西山先生以《詩歌》一門屬予編類，且約以世教民彝爲主，如仙釋、閨情、宮怨之類皆勿取。予取漢武帝《秋風辭》，西山曰：『文中子亦以此辭爲悔心之萌，豈其然乎？』意不欲收，其嚴如此。然所謂『攜佳人兮不能忘』之語，蓋指公卿群臣之扈從者，似非爲後宮設。凡予所取而西山去之者太半，又增入陶詩甚多，如三謝之類多不入。」

〔三〕宋劉克莊《賀新郎·席上聞歌有感》：

妾出於微賤。少年時、朱絃彈絶，玉笙吹徧。粗識《國風》《關雎》亂，羞學流鶯百囀。總不涉、閨情春怨。誰向西鄰公子説，要珠鞍、迎入梨花院。身未動，意先懶。主家十二樓連苑。那人人、靚妝按曲，繡簾初卷。道是華堂簫管唱，笑殺雞坊拍衮。回首望、侯門天遠。我有平生離鸞操，頗哀而不慍微而婉。聊一奏，更三歎。

〔四〕「我有生平《離鸞操》」：劉《集》作「我有平生《離鸞操》」，全詞見注〔三〕。

〔四三〕蔣竹山詞，〔一〕未極「流動」、「自然」，然「洗鍊」、「縝密」，〔二〕語多創獲。其志視梅溪較貞，〔三〕其思視夢窗較清。〔四〕劉文房爲「五言長城」，〔五〕竹山其亦長短句之長城與？

〔一〕竹山：蔣捷之號。字勝欲，因家竹山，故以爲號，宋末元初人，舊有《竹山詞》。今人楊景龍有《蔣捷詞校注》。《四庫全書總目·竹山詞》：「其詞練字精深，調音諧暢，爲倚聲家之榘矱。間有故作狡獪者，如《水龍吟·招落梅魂》一闋，通首住句用『些』字，《瑞鶴仙·壽東軒》一闋，通首住句用『也』字，而於虛字之上，仍然叶韻。蓋偶用《詩》《騷》之格，非若黄庭堅、趙長卿輩之全不用叶，竟成散體者比也。」

〔二〕「流動」、「自然」、「洗鍊」、「縝密」：皆爲署名唐司空圖《二十四詩品》中所標舉的二十四種美學風格之一。「流動」：見卷二第一九八注〔一〕。「自然」：見卷二第二〇一注〔二〕。

《洗鍊》：

如鑛出金，如鉛出銀。超心鍊冶，絶愛淄磷。空潭瀉春，古鏡照神。體素儲潔，乘月返真，載瞻星氣，載歌幽人。流水今日，明月前身。

《縝密》：

是有真迹，如不可知。意象欲出，造化已奇。水流花間，清露未晞。要路愈遠，幽行爲遲。語不欲犯，思不欲癡。猶春於緑，明月雪時。

此藉以論詞。

〔三〕按：竹山爲宋德祐進士，易代後，不臣二姓，遁迹不仕。大德間，憲使臧夢解、陸垕交章薦其才，皆不就，有陶靖節之風。其人品自非依附權相韓侂胄，牟爲奸利之史達祖可比。又清周濟《宋四家詞選目録序論》：「梅溪才思，可匹竹山。竹山粗俗，梅溪纖巧……梅溪好用偷字，品格便不高。」

〔四〕吴文英：字君特，號夢窗，晚年又號覺翁。今人楊鐵夫《夢窗詞全集箋釋》、吴蓓《夢窗詞彙校箋釋集評》、孫虹等《夢窗詞集校箋》，均可參考。宋沈義父《樂府指迷》：「夢窗深得清真之妙。其失在用事下語太晦處，人不可曉。」按：此條當與卷四第〇二九五參。又《四庫全書總目·夢窗稿》：「文英及與姜夔、辛棄疾游，倡和具載集中，而又有《壽賈似道》諸作，殆亦晚節頹唐，如朱希真、陸游之比。其詞則卓然南宋一大宗。沈泰嘉《樂府指迷》稱其『深得清真之妙，但用事下語太晦處，人不易知」。張炎《樂府指迷》亦稱其『如七寶樓臺，炫人眼目，折碎下來，不成片段』。所短所長，評品皆爲平允。蓋其天分不及周邦彦，而研鍊之功則過之。詞家之有文英，亦如詩家之有李商隱也。」王國維《人間詞話》：「夢窗之詞，余得取其詞中之一語以評之，曰『映夢窗，零亂碧』。」

〔五〕《新唐書》卷一百九十六《秦系傳》：「(系)與劉長卿善，以詩相贈答。權德輿曰：『長卿自以爲五言長城，系用偏師攻之，雖老益壯。』」按：「五言長城」，當謂其五言近體，工於錘煉，高不可攀，如長城之難以逾越也。又龍松生校編沈曾植《海日碎金·劉融齋詞概評語》：「先生云：竹山詞如蘇靈芝書。」

〇四四 張玉田詞，〔一〕清遠藴藉，悽愴纏綿，大段瓣香白石，〔二〕亦未嘗不「轉益多師」，〔三〕即《探芳信》之次韻草窗，〔四〕《瑣窗寒》之悼碧山，〔五〕《西子妝》之效夢窗可見。〔六〕

〔一〕玉田：宋末元初張炎之號，字叔夏，晚號樂笑翁，舊有《山中白雲詞》，清江昱有《山中白雲詞疏證》八卷。

〔二〕「大段」：大的、主要方面。「瓣香」：師承、敬仰。《四庫全書總目·山中白雲詞》：「炎生於淳祐戊申，當宋邦淪覆，年已三十有三，猶及見臨安全盛之日，故所作往往蒼涼激楚，即景抒情，借寫其身世盛衰之感，非徒以剪紅刻翠爲工。至其研究聲律，尤得神解，以之接武姜夔，居然後勁，宋元之間，亦可謂江東獨秀矣。」

〔三〕「轉益多師」：從衆多人那受到教益。唐杜甫《戲爲六絶句》其六：「未及前賢更勿疑，遞相祖述復先誰。別裁僞體親風雅，轉益多師是汝師。」

〔四〕宋張炎《探芳信・次周草窗韻》：

坐清晝。正治思縈花，餘酲倦酒。甚采芳人老，芳心尚如舊。消魂忍説銅駝事，不是因春瘦。向西園，竹掃頹垣，蔓蘿荒甃。風雨夜來驟。歎歌冷鶯簾，恨凝蛾岫。愁到今年，多似去年否。舊情懶聽山陽笛，目極空搔首。我何堪，老却江潭漢柳。

〔五〕《瑣窗寒・王碧山又號中仙，越人也。能文工詞，琢語峭拔，有白石意度。今絶響矣，余悼之玉笥山，所謂長歌之哀，過於痛哭》：

斷碧分山，空簾剩月，故人天外。香留酒殢。蝴蝶一生花裏。想如今、醉魂未醒，夜臺夢語秋聲碎。自中仙去後，詞牋賦筆，便無清致。都是。淒涼意。悵玉笥埋雲，錦袍歸水。形容憔悴。料應也、孤吟山鬼。那知人、彈折素絃，黄金鑄出相思淚。但柳枝、門掩枯陰，候蛩愁暗葺。

「碧山」：宋末元初詞人王沂孫號。

〔六〕宋張炎《西子妝慢・吴夢窗自製此曲，余喜其聲調妍雅，久欲述之而未能。甲午春，寓羅江，與羅景良野游江上，緑陰芳草，景況離離，因填此解，惜舊譜零落，不能倚聲而歌也》

白浪摇天，青陰漲地，一片野懷幽意。楊花點點是春心，替風前、萬花吹淚。遥岑寸碧。有誰識、朝來清氣。自沈吟、甚流光輕擲，繁華如此。　斜陽外。隱約孤村，隔塢閒門閉。漁舟何似莫歸來，想桃源、路通人世。危橋靜倚。千年事、都消一醉。謾依依，愁落鵑聲萬里。

○四五　評玉田詞者，謂「當與白石老仙相鼓吹」。〔一〕玉田作《瑣窗寒》悼王碧山，序謂碧山：「其詞閑雅，有姜白石意。」〔二〕今觀張、王兩家情韻極爲相近，如玉田《高陽臺》之「接葉巢鶯」，與碧山《高陽臺》之「淺萼梅酸」，〔三〕尤同鼻息。〔四〕

〔一〕見卷四第○三六注〔一〕。「鼓吹」：羽翼、輔佐。

〔二〕見卷四第○四四注〔五〕。然今通行本《瑣窗寒》悼王碧山序又作：「王碧山又號中仙，越人也。能文工詞，琢語峭拔，有白石意度，今絕響矣。余悼之玉笥山，所謂長歌之哀，過於痛哭。」

〔三〕宋張炎《高陽臺·西湖春感》：

接葉巢鶯，平波卷絮，斷橋斜日歸船。能幾番游，看花又是明年。東風且伴薔薇住，到薔薇、春已堪憐。更淒然。萬綠西泠，一抹荒煙。　當年燕子知何處，但苔深韋曲，草暗斜川。見說新愁，如今也到鷗邊。無心再續笙歌夢，掩重門、淺醉閒眠。莫開簾。怕見飛花，怕聽啼鵑。

王沂孫《高陽臺》：

殘萼梅酸，新溝水緑，初晴節序暄妍。獨立雕欄，誰憐枉度華年。朝朝准擬清明近，料燕翎，須寄銀箋。又爭知，一字相思，不到吟邊。　雙蛾不拂青鸞冷，任花陰寂寂，掩户閒眠。屢卜佳期，無憑却恨金錢。何人寄與天涯信，趁東風，急整歸船。縱飄零，滿院楊花，猶是春前。

〔四〕「鼻息」：鼻中呼出的氣息。喻風格如出一轍。

〇四六　文文山詞有「風雨如晦，雞鳴不已」之意，〔一〕不知者以爲變聲，其實乃變之正也。〔二〕故詞當合其人之境地以觀之。

〔一〕文山：文天祥之號。初名雲孫，字天祥，後改字宋瑞，又字履善，《宋史》卷四百十八有傳。有《文山先生全集》。今存詞八首。「風雨如晦，雞鳴不已」：見卷三第〇七五注〔一〕。

〔二〕此當與卷二第〇〇五、卷三第〇一七五互參。又王國維《人間詞話删稿》：「文文山詞風骨甚高，亦有境界，遠在聖與、叔夏、公謹諸公之上。亦如明初誠意伯詞，非季迪、孟載諸人所敢望也。」

〇四七　北宋詞用密亦疏，用隱亦亮，用沈亦快，用細亦闊，用精亦渾；南宋只是掉轉過來。〔一〕

〔一〕「密」：縝密；「疏」：疏宕；「隱」：隱匿；「亮」：顯亮；「沈」：沈著；「快」：痛快；「細」：細膩；「闊」：

闊大；「精」：精能，「渾」：渾雅。皆屬互爲相反之一組美學風格術語。又王國維《人間詞話》：「詞家時代之説，盛於國初。竹垞謂詞至北宋而大，至南宋而深。後此詞人，群奉其説。然其中亦非無具眼者。周保緒曰：南宋下不犯北宋拙率之病，高不到北宋渾涵之詣。又曰：北宋詞多就景叙情，故珠圓玉潤，四照玲瓏。至稼軒、白石，一變而爲即事叙景，使深者反淺，曲者反直。潘四農德輿曰：詞濫觴於唐，暢於五代，而意格之閎深曲摯，則莫盛於北宋。詞之有北宋，猶詩之有盛唐。至南宋則稍衰矣。劉融齋熙載曰：北宋詞用密亦疏，用隱亦亮，用沈亦快，用細亦闊，用精亦渾。南宋只是掉轉過來。可知此事自有公論。雖止庵詞頗淺薄，潘劉尤甚。然其推尊北宋，則與明季雲間諸公，同一卓識也。」按：南北宋之風格，其實也即陰陽風格之差異，可參卷四第一一一。

〇四八　南宋詞近耆卿者多，近少游者少。少游疏而耆卿密也。〔一〕

〔一〕「疏」：疏宕。「密」：縝密。按：清人論南北宋詞之區别夥矣，而以周濟爲甚。《介存齋論詞雜著》：「兩宋詞各有盛衰，北宋盛於文士，而衰於樂工；南宋盛於樂工，而衰於文士。」「北宋詞多就景叙情，故珠圓玉潤，四照玲瓏。至稼軒、白石，一變而爲即事叙景，使深者反淺，曲者反直。」《宋四家詞選目録序論》：「北宋主樂章，故情景但取當前，無窮高極深之趣；南宋則文人弄筆，彼此爭名，故變化益多，取材益富。然南宋有門徑，有門徑故似深而轉淺；北宋無門徑，無門徑故似易而實難。」

〔四九〕詞品喻諸詩：〔一〕東坡、稼軒，李杜也；〔二〕耆卿，香山也；〔三〕夢窗，義山也；〔四〕白石、玉田，大曆十子也。〔五〕其有似韋蘇州者，張子野當之。〔六〕

〔一〕「詞品喻諸詩」：根據詞的品格用詩來比喻。按：清謝章鋌《賭棋山莊詞話續編三·藝概論詞》：「余於滬瀆書肆，得興化劉融齋熙載所著《藝概》。後晤同年吴桐雲大廷觀察，爲言融齋掌教書院，善於談藝。蓋窮年績學之士，惜匆匆歸來，未及見也。《藝概》自詩文及經義皆言及，中有《詞曲概》，雖或爲古人所已言者，抑言之而或有可商者。如謂晚唐五代爲變調，元遺山集兩宋之大成，予皆不能無疑。而精審處不少，不可廢也。……融齋謂詞喻諸詩，東坡、稼軒，李杜也；耆卿，香山也；夢窗，義山也；白石、玉田，大曆十才子也。其有似韋蘇州者，張子野也。此可參次仲之説。次仲兼以時言，融齋專論格耳。」

〔二〕以其無意不可入，無事不可言也。參卷四第〇一六、卷四第〇三一。

〔三〕謂其能於易處見工，明白而又家常也。宋胡仔《苕溪漁隱叢話》後集卷三十九：「彼（注者按：指柳永）其所以傳名者，直以言多近俗，俗子易悦故也。」又王灼《碧雞漫志》卷二：「（柳耆卿《樂章集》）惟是淺近卑俗。」並可參卷二第一六〇、卷四第〇一五、卷四第〇三二注〔四〕引《四庫全書總目》。

〔四〕謂其用語晦澀，索解爲難也。王國維《人間詞話》：「夢窗之詞，余得取其詞中之一語以評之曰：『映夢窗，零亂碧。』」並可參卷四第〇四三注〔四〕、卷四第〇九〇。

〔五〕「大曆十子」：見卷二第一一〇注〔一〕。此謂同尚清雅，而風格單一，不能變化也。按：龍松生校編沈曾植《海日碎金·劉融齋詞概評語》：「先生云：白石當易以碧山。」

〔六〕謂其安恬、婉勁也。可參卷二第一〇八、卷二第一六六。

〇五〇　金元遺山詩兼杜、韓、蘇、黄之勝，〔一〕儼有集大成之意。以詞而論，疏快之中，自饒深婉，亦可謂集兩宋之大成者矣。〔二〕

〔一〕遺山：金元之際文學家元好問之號，字裕之。有詞集名《遺山樂府》。今人趙永源有《遺山樂府校注》、狄寶心有《元好問詩編年校注》。《四庫全書總目·遺山集》：「好問才雄學贍，金元之際，屹然爲文章大宗。所撰《中州集》意在以詩存史，去取尚不盡精。至所自作，則興象深邃，風格遒上，無宋南渡末江湖諸人之習，亦無江西流派生拗麤獷之失，後來雖虞楊范揭名重一代，皆未能凌跨其上。」

〔二〕宋張炎《詞源》卷下：「元遺山極稱稼軒詞，及觀遺山詞，深於用事，精於鍊句，有風流蘊藉處，不減周秦。如《雙蓮》、《雁丘》等作，妙在模寫情態，立意高遠，初無稼軒豪邁之氣。豈遺山欲表而出之，故云耳。」按：龍松生校編沈曾植《海日碎金·劉融齋詞概評語》：「放翁、遺山，工力並到，但賦體多而比興少耳。」

〔五二〕東坡謂陶淵明詩「臞而實腴，質而實綺」。〔一〕余謂元劉靜修之詞亦然。〔二〕

〔一〕語見宋蘇轍《追和陶淵明詩引》引蘇軾語：「淵明作詩不多，然其詩質而實綺，臞而實腴，自曹劉鮑謝李杜諸人皆莫及也。」

〔二〕靜修：元劉因之號。字夢吉，有《靜修集》二十五卷，今卷二收録有《和陶詩》七十六首，故融齋擬之以淵明。

〔五三〕蘇、辛詞似魏玄成之「嫵媚」，〔一〕劉靜修詞似邵康節之「風流」，〔二〕倘泛泛然以「横放」「瘦澹」名之，〔三〕過矣。

〔一〕玄成：魏徵之字。《舊唐書》卷七十一《魏徵傳》：「帝大笑曰：人言魏徵舉動疏慢，我但覺嫵媚，適爲此耳。」又辛棄疾《賀新郎》：「我見青山多嫵媚，料青山見我應如是。情與貌，略相似。」此云「嫵媚」指此。

〔二〕康節：北宋邵雍之謚號，字堯夫，《宋史》卷四百二十七有傳。《擊壤集》卷十八《堯夫吟》：「堯夫吟，天下拙。來無時，去無節。如山川，行不徹。如江河，流不竭。如芝蘭，香不歇。如簫韶，聲不絶。也有花，也有雪。也有風，也有月。又温柔，又峻烈。又風流，又激切。」又元劉因《周邵》：「百年周與邵，積學欲何期。徑路寬平處，襟懷洒落時。風流無盡藏，光景有餘師。辜負靈臺境，圖書重一披。」疑「邵康節之風流」即以其詩中之語擬其人。

〔三〕「横放」：本是前人對蘇軾詞風的概括。宋黄昇《花庵詞選》卷二引：「晁無咎云：東坡詞横放傑出，自是曲子中縛不住者。」

〇五三　虞伯生、薩天錫兩家詞，〔一〕皆兼擅蘇、秦之勝。張仲舉詞大抵導源白石，〔二〕時或以稼軒濟之。

〔一〕伯生：元虞集之字，號邵庵，又號道園，舊有《道園學古録》、《道園遺稿》，今人王頲編有《虞集全集》。天錫：元薩都剌之字，號直齋，今有上海古籍出版社點校本《雁門集》。《四庫全書總目·雁門集》：「虞集作《傳若金詩序》稱：『進士薩天錫最長於情，流麗清婉。』」

〔二〕仲舉：元張翥之字，世稱蜕庵先生，有《蜕巖詞》。《四庫全書總目·蜕巖詞》：「故其詩多憂時傷亂之作，其詞乃婉麗風流，有南宋舊格。其《沁園春》題下注曰：讀白太素《天籟詞》，戲用韻效其體。蓋白樸所宗者，多東坡稼軒之變調；翥所宗者，猶白石夢窗之餘音，門徑不同，故其言如是也。」清鄭廷焯《詞壇叢話》：「仲舉詞，亦是取法白石，屏去浮豔。不獨鍊字鍊句，且能鍊字鍊骨，以云入室則未也，然亦升白石之堂矣。」又：「余每讀仲舉詞，一喜一哀，喜其得白石之妙。

哀者，哀此碩果不食。」

〇五四　詞之章法，不外相摩相盪，〔一〕如奇正、空實、抑揚、開合、工易、寬緊之類是已。

〔一〕「相摩相盪」：見卷三第〇九一注〔三〕。此謂當錯綜變化，交相爲用。按：蔡楨《詞源疏證》卷下以爲融齋此條乃針對張炎《詞源》「詞之語句太寬則容易，太工則苦澀」一節而發。

〇五五　詞中承接轉換，大抵不外紆徐斗健，〔一〕交相爲用，所貴融會章法，按脈理節拍而出之。

〔一〕「紆徐」：從容寬舒貌。漢司馬相如《子虛賦》：「襞積褰縐，紆徐委曲。」此指文辭委婉舒緩。「斗健」：「斗」通「陡」，這裏指峭拔剛健。清沈德潛《說詩晬語》卷上：「至收結處，紆徐而來者，防其平衍，須作斗健語以止之。」

〇五六　元陸輔之《詞旨》云：「對句好可得，起句好難得，收拾全藉出場。」〔一〕此蓋尤重起句也。余謂起、收、對三者皆不可忽。大抵起句非漸引即頓入，〔二〕其妙在筆未到而氣已吞；〔三〕收句非繞回即宕開，其妙在言雖止而意無盡；對句非四字六字，即五字七字，其妙

在不類於賦與詩。〔四〕

〔一〕輔之：元陸友仁之字，平江人。著有《墨史》、《研北雜誌》、《吴中舊事》等，《四庫全書》均已收録。引語見元陶宗儀《説郛》卷八十四下引：「對句好可得，起句好難得，收拾全藉出場。」然此語似本宋嚴羽《滄浪詩話・詩法》：「對句好可得，結句好難得，發句好尤難得。發端忌作舉止，收拾貴在出場。」

〔二〕「漸引」、「頓入」：本佛典語，此藉以論詞。

〔三〕宋蘇軾《王維吴道子畫》：「當其下手風雨快，筆所未到氣已吞。」

〔四〕蔡楨《詞源疏證》卷下：「此論起收對等語句，語語不離乎章法，與前二則所謂紆徐斗健，所謂相摩相盪，息息相通，詞中關鍵，於是乎在。」

〇五七 詞有過變，隱本於詩。〔一〕《宋書・謝靈運傳論》云：「前有浮聲，則後須切響。」〔二〕蓋言詩當前後變化也。而雙調換頭之消息，〔三〕即此已寓。

〔一〕「過變」：又作「過片」、「换頭」。施蟄存《詞學名詞釋義》認爲這裏的「過」就是現在的「過門」，「片」則指詞的分段。從字面上講，「過變」就是詞的章節與章節之間的轉化和過渡。

〔二〕語見南朝梁沈約《宋書》卷六十七《謝靈運傳》：「若夫敷衽論心，商榷前藻，工拙之數，如有可言。夫五色相宜，八音協暢，由乎玄黄律吕，各適物宜。欲使宫羽相變，低昂互節。若前有浮聲，則後須切響。一簡之内，音韻盡殊；兩句之中，輕重悉異；妙達此旨，始可言文。」「浮聲」：平聲。「切響」：仄聲。

〔三〕「雙調」：填詞之格式。詞之由前後兩闋相疊而成者，謂之「雙調」，有前後同段、换頭與前後不同之分；僅一段者謂之「單調」。

「换頭」：詞凡是下遍開始處的句式與上遍開始處不同，就叫做「唤頭」。施蟄存《詞學名詞釋義》説：「日本和尚遍照金剛的《文鏡秘府論》有《論調聲》一章，他説：『調聲之術，其例有三：一曰换頭，一曰護腰，一曰相承。』以下舉了一首《蓬州野望》五言律詩爲例，以説明换頭的意義。他説：『第一句頭二字平聲，第二句頭兩字當用仄聲。第三句頭兩字仍用仄聲，第四句頭兩字又宜用平聲。第五句頭兩字仍用平聲，第六句頭兩字當用仄聲。第七句頭兩字仍用仄聲，第八句頭兩字又當用平聲。如此輪轉終篇，名爲雙换頭，是最善也。若僅换每句第一字，則名爲换頭，然不及雙换頭也。』據此可知『换頭』這個名詞，起於唐人詩律，大概是相對於『八病』中的『平頭』而言的。遍照金剛這部著作，過去没有流傳於中國，唐宋人詩話中，亦從來没有提到過『换頭』。所以無人知道『换頭』這個名詞的來歷。清末劉熙載在他的《藝概》中説：『詞有過變，隱本於詩。《宋書·謝靈運傳論》云：「前有浮聲，則後須切響。」蓋言詩當前後變化也。而雙調换頭之消息，即此已寓。』劉熙載没有見過《文境秘府論》，已想到詞的换頭源於詩律。劉氏詞學之深，極可佩服。」

○五八 「升歌、笙入、間歌、合樂」，〔一〕《楚辭·招魂》所謂「四上競氣」也。〔二〕詞之過變處，節次淺深，準此辨之。

〔一〕見卷二第二一○注〔一〕。

〔二〕《大招》：「四上競氣，極聲變只。」東漢王逸《楚辭章句》：「四上，謂上四國，代、秦、鄭、衛也。」此誤。卷二第二一二不誤。

○五九 詞或前景後情，或前情後景，或情景齊到，相間相融，各有其妙。〔一〕

〔一〕按：此當與卷四第○八七互參。

○六○ 一轉一深、一深一妙，此騷人三昧。〔一〕倚聲家得之，便自超出常境。

〔一〕「騷人三昧」：辭賦家（作辭賦）的訣竅。「三昧」：本佛典用語，又名三摩提，或三摩地，華譯爲正定，指離諸邪亂，攝心不散。此指奥妙，訣竅。按：此當與卷三第○二八互參。

〇六一　空中蕩漾，最是詞家妙訣。上意本可接入下意，却偏不入，而於其間傳神寫照，乃愈使下意栩栩欲動，《楚辭》所謂「君不行兮夷猶，蹇誰留兮中州」也。〔一〕

〔一〕語見屈原《楚辭·九歌·湘君》。

〇六二　詞要放得開，最忌步步相連；又要收得回，最忌行行愈遠。必如天上人間，〔一〕去來無迹，斯爲入妙。

〔一〕「天上人間」：忽而天上、忽而人間，喻既能放得開，又能收得回。按：清江順詒於所輯《詞學集成》中多引融齋論詞語，並注明出處，乃卷六《詞要放得開收得回》條，全録本條而不注出處，殊令人不解。

〇六三　小令難得變化，長調難得融貫。〔一〕其實變化融貫，在在相須，〔二〕不以長短別也。

〔一〕按：明人編纂的《類編草堂詩餘》，根據字數多少把詞分成小令、中調、長調。認爲五十八字以内爲小令，五十九至九十字爲中調，九十一字以上的爲長調。但這種分法其實没任何依據，也過於絶對，因此清代萬樹在《詞律》中曾對此提出了批評。

〔二〕「在在」：處處。按：此又可與卷二第一九〇互參。

〇六四　詞以鍊章法爲「隱」，鍊字句爲「秀」。「秀」而不「隱」，〔一〕是猶百琲明珠而無一綫穿也。〔二〕

〔一〕南朝梁劉勰《文心雕龍·隱秀》：「夫心術之動遠矣，文情之變深矣。源奥而派生，根盛而穎峻。是以文之英蕤，有秀有隱。隱也者，文外之重旨者也。秀也者，篇中之獨拔者也。隱以複意爲工，秀以卓絶爲巧。斯乃舊章之懿績，才情之嘉會也。」又宋張戒《歲寒堂詩話》卷上引：「劉勰云：情在詞外曰隱，狀溢目前曰秀。」並可與此互參。

〔二〕宋歐陽修《減字木蘭花》：「歌檀斂袂，繚繞雕梁塵暗起。柔潤清圓，百琲明珠一綫穿。」「琲」：珠十貫爲一琲。

〇六五　鍊字，數字爲鍊，一字亦爲鍊；〔一〕句則合句首、句中、句尾以見意，多者三四層，少亦不下兩層。詞家或遂謂字易而句難，〔二〕不知鍊句固取相足相形，鍊字亦須遥管遥應也。〔三〕

〔一〕南朝梁劉勰《文心雕龍》有《練字》章，可參觀。

〔二〕宋魏慶之《詩人玉屑》卷八《鍊格》引《金針格》：「鍊句不如鍊字，鍊字不如鍊意，鍊意不如鍊格。以聲律爲竅、物象爲骨、意格爲髓。」

〔三〕「遥管遥應」：遥相統領、遥相呼應。

〇六六　玉田謂：「詞與詩不同，合用虚字呼唤。」〔一〕余謂用虚字，正樂家歌詩之法也。朱子云：「古樂府祇是詩中間却添出許多泛聲，後人怕失了那泛聲，逐一聲添個實字，遂成長短句。今曲子便是。」〔二〕案：朱子所謂實字，謂實有個字，雖虚字亦是有也。

〔一〕語見宋張炎《詞源·虚字》：「詞與詩不同。詞之句，語有兩字、三字、四字至七八字者，若堆疊實字，讀且不通，況付之雪兒乎？合用虚字呼唤。單字如正、但、甚、任之類；兩字如莫是、還又、那堪之類；三字如更能消、最無端、又却是之類；此等虚字，却要用之得其所，若使盡用虚字，句語又俗，雖不質實，恐不無掩卷之誚」

〔二〕語見《朱子語類》卷一百四十：「古樂府只是詩中間却添許多泛聲，後來人怕失了那泛聲，逐一聲添個實字，遂成長短句，今曲子便是。」按：宋人爲與古樂府相對，又稱詞爲今曲子。宋王灼《碧雞漫志》卷一：「古歌變爲古樂府，古樂府變爲今曲子，其本一也。」又吴丈蜀《詞學概説》第一章《詞的起源》：「《全唐詩》在詞部的小注中有這麽一段話：『唐人樂府原用律絶等詩雜和聲歌之。其並和聲作實字，長短其句以就曲拍者爲填詞。』方成培在《香研居詞麈》中説：『唐人所歌，多五七言絶句，必雜以散聲，然後可被之管弦。如《陽關》詩必至三疊而後成音，此自然之理。後來遂譜其散聲，以字句實之，而長短句興焉。故詞者，所以濟近體之窮，而上承樂府之變也。』朱熹在《朱子語類》中説：『古樂府只是詩中間添却許多汎聲，後來人怕失了那汎聲，逐一聲添個實字，遂成長短句，今曲子便是。』以上三種説法，方成培提到散聲，朱熹提到汎聲，而《全唐詩》的詞注中提到和聲。按：散聲、汎聲與和聲，都屬音樂範圍，在漢魏樂府中就開始使用。而詞在最初是隨著樂曲供演唱的，和音樂有密切的關係，所以就用得上散聲、汎聲與和聲。……所謂汎聲，即歌唱時將有字的音使就曲拍。……看來那汎聲在演唱時確可增强藝術效果，所以『後來人怕失了』，於是『逐一聲添個實字』，使詞調固定下來。……事實上，不論散聲、汎聲與和聲，雖各有不同，但其性質則一，都是在原樂曲之外根據需要添加的音聲，目的是便於演唱，增强音樂效果。」

〇六七　詞之好處，有在句中者，有在句之前後際者。陳去非《虞美人》：「吟詩日日待春風，及至桃花開後却匆匆。」〔一〕此好在句中者也。《臨江仙》：「杏花疏影裏，吹笛到天明。」〔二〕此因仰承「憶昔」，俯注「一夢」，故此二句不覺豪酣轉成悵惘。〔三〕所謂好在句外者也。儻謂現在如此，則騃甚矣。〔四〕

〔一〕去非：南宋陳與義之字。號簡齋，《宋史》卷四百四十五有傳。有《無住詞》，共十八首。今人白敦仁有《陳與義集校箋》。

《虞美人》：

張帆欲去仍搔首，更醉君家酒。吟詩日日待春風，及至桃花開後却匆匆。歌聲頻爲行人咽，記著尊前雪。明朝酒醒大江流，滿載一船離恨向衡州。

〔二〕《臨江仙》：

憶昔午橋橋上飲，坐中多是豪英。長溝流月去無聲，杏花疏影裏，吹笛到天明。二十餘年如一夢，此身雖在堪驚。閒登小閣看新晴，古今多少事，漁唱起三更。

按：宋張炎《詞源·令曲》：「至若陳簡齋『杏花疏影裏，吹笛到天明』之句，真是自然而然。」今人白敦仁《陳與義集校箋》引《增注》：「太原元裕之自叙樂府云：山谷《漁父詞》：『青蒻笠前無限事，緑蓑衣底一時休，斜風細雨轉船頭』及陳去非《臨江仙》二闋，詩家謂之言外句，含咀之久，不傳之妙，隱然眉睫間，惟具眼者乃能賞之。」融齋似本此而發。

〔三〕「豪酣」：豪放、酣暢。「悵悒」：惆悵、鬱悒。

〔四〕「騃」：愚蠢、癡呆。

〇六八　賀方回《青玉案》詞。收四句云：「試問閑愁都幾許？一川煙草，滿城風絮，梅子黄時雨。」〔一〕其末句好處，全在「試問」句呼起，及與下「一川」二句並用耳。〔二〕或以方回有「賀梅子」之稱，〔三〕專賞此句，誤矣。且此句原本寇萊公「梅子黄時雨如霧」詩句，〔四〕然則何不目萊公爲「寇梅子」耶？

〔一〕方回：宋賀鑄之字。《宋史》卷四百四十三有傳。

《青玉案》：

淩波不過橫塘路，但目送，芳塵去，錦瑟年華誰與度。月臺花榭，瑣窗朱户，惟有春知處。

碧雲冉冉蘅皋暮，彩筆新題斷腸句。試問閒愁都幾許？一川煙草、滿城風絮，梅子黄時雨。

〔二〕「及與下『一川』二句並用耳」之「下」，原作「上」，各本皆同，此據詞意徑改。

〔三〕宋周紫芝《竹坡詩話》：「賀方回嘗作《青玉案》詞，有『梅子黄時雨』之句。人皆服其工，士大夫謂之『賀梅子』。」

〔四〕宋胡仔《苕溪漁隱叢話》前集卷三十七引「《潘子真詩話》云：世推方回所作『梅子黄時雨』爲絶唱，蓋用寇萊公語也。寇詩云：『杜鵑啼處血成花，梅子黄時雨如霧。』」「寇萊公」：北宋政治家寇凖，因曾封「萊國公」，故後人又稱「寇萊公」。

〇六九　詞之妙全在襯跌。如文文山《滿江紅·和王夫人》云：「世態便如翻覆雨，妾身元是分明月。」〔一〕《酹江月·和友人驛中言别》云：「鏡裏朱顏都變盡，只有丹心難滅。」〔二〕每二句若非上句，則下句之「聲情」不出矣。

〔一〕宋文天祥《和王夫人〈滿江紅〉韻以庶幾後山〈妾薄命〉之意》：

燕子樓中，又捱過、幾番秋色。相思處，青年如夢，乘鸞仙闕。肌玉暗銷衣帶緩，淚珠斜透花鈿側。最無端、蕉影上窗紗，青燈歇。曲池合，高臺滅。人間事，何堪説。向南陽阡上，滿襟清血。世態便如翻覆雨，妾身元是分明月。笑樂昌、一段好風流，菱花缺。

〔三〕宋文天祥《酹江月·和友人驛中言别》：

乾坤能大，算蛟龍，元不是池中物。風雨牢愁無著處，那更寒蟲四壁。横槊題詩，登樓作賦，萬事空中雪。江流如此，方來還有英傑。堪笑一葉飄零，重來淮水，正涼風新發。鏡裏朱顔都變盡，只有丹心難滅。去去龍沙，向江山回首，青山如發。故人應念，杜鵑枝上殘月。

〇七〇　「詞眼」二字，見陸輔之《詞旨》。〔一〕其實輔之所謂眼者，仍不過某字工、某句警耳。余謂眼乃神光所聚，故有通體之眼，有數句之眼，前前後後無不待眼光照映。若舍章法而專求字句，縱爭奇競巧，豈能開闔變化，一動萬隨耶？〔二〕

〔一〕元陶宗儀《説郛》引陸輔之《詞旨·詞眼》：「燕嬌鶯姹潘元質　緑肥紅瘦易安　寵柳嬌花仝　籠燈燃月清真　醉雲醒月夢窗　挑雲研雪碧山　柳昏花暝梅溪　翠陰香遠千里　玉嬌香怨竹屋　蝶淒蜂慘守齋　柳腴花瘦西材　綃燕吟鶯仝　燕昏鶯曉秋崖　漁煙鷗雨　翠顰紅妬可竹　愁胭恨粉玉笛　月約星期團言爲　雨今雲古玉笛　恨煙顰雨東澤　燕窺鶯認梅心　愁羅恨綺虛靜　移紅換紫閒翁　聯詩換酒　選歌試舞　舞勾歌引　三生春夢。」所列多爲名家警句。

〔二〕宋惠洪《冷齋夜話》卷七引華亭船子和尚偈：「千尺絲綸直下垂，一波才動萬波隨。夜靜水寒魚不食，滿船空載月明歸。」此喻通體呼應。又蔡楨《詞源疏證》卷下：「此論詞眼，亦抱定章法説，不專求之字句，可謂破的之論。」

〇七一　詞家用韻，在先觀其韻之通別。別者必不可通，通者仍須知別。如江之於陽，真之於庚，〔一〕古韻既別，雖今吻相通，〔二〕要不得而通也；東、冬於江，歌於麻，古韻雖通，〔三〕然今吻既別，便不可以無別也。至一韻之中，如十三元韻，今吻讀之，其音約分三類，〔四〕亦當擇而取之。餘韻準此。〔五〕

〔一〕按：關於詞韻，並没有任何正式規定。清戈載《詞林正韻》在詩韻的基礎上把平上去三聲分成十四部，入聲分成五部，共十九部。從前遵用的人很多（今人魯國堯從漢語語音史的角度，對流傳到現在的宋詞用韻情況進行了窮盡式的研究，得出了十八部的結論。參見《論宋詞韻及其與金元詞韻的比較》）。其中「江」、「陽」，「真」、「庚」在詩韻中是分屬不同的韻，不能混押。但到了宋代，「江」、「陽」韻和「真」、「庚」韻已經相通，甚至有部分詞人開始混押了。清李漁《閑情偶寄·詞曲部·恪守詞韻》：「一齣用一韻到底，半字不容出入，此爲定格。舊曲韻雜出入無常者，因其法制未備，原無成格可守不足怪也。既有《中原音韻》一書，則猶畛域畫定，寸步不容越矣。常見文人制曲，一折之中，定有一二出韻之字，非曰明知故犯，以偶得好句不在韻中，而又不肯割愛，故勉强入之，以快一時之目者也。杭有才人沈孚中者，所制《綰春園》、《息宰河》二劇，不施浮采，純用白描，大是元人後勁。予初閲時，不忍釋卷，及考其聲韻，則一無定軌，不惟偶犯數字，竟以寒山、桓歡二韻合爲一處用之，又有以支思、齊微、魚模三韻並用者，甚至以真文、庚青、侵尋三韻，不論開口、閉口同作一韻用者。」

〔二〕劉熙載認爲像上面那種情況，即使它們後世的讀音已經相同了，也不能混用。

〔三〕同時劉熙載認爲像「東」韻、「冬」韻和「江」韻，「歌」韻和「麻」韻，這種古韻相近，今音不同的，仍不能混用。

〔四〕按：清李漁《閑情偶寄·詞曲部·魚模當分》：「詞曲韻書，止靠《中原音韻》一種，此系北韻，非南韻也。十年之前，武林陳次升先生欲補此缺陷，作《南詞音韻》一書，工垂成而復輟，殊爲可惜。予謂南韻深渺，卒難成書。填詞之家即將《中原音韻》一書，就平上去三音之中，抽出入聲字，另爲一聲，私置案頭，亦可暫備南詞之用。然此猶可緩，更有急於此者，則魚模一韻，斷宜分别爲二，魚之與模，相去甚遠，不知周德清當日何故比而同之？豈仿沈休文詩韻之例，以元、繁、孫三韻合爲十三元之一韻？」知融齋所説「十三元」韻，今吻讀之，其音約分三類，當爲「元」韻、「繁」韻、「孫」韻三類。

〔五〕清江順詒《詞學集成》卷四：「案：此淺近言之，使學者有門徑可尋。」

〇七二　詞中平仄，體有一定。古人或有平作仄、仄作平者，必合句上句下句内之字，權其律

之所宜，互爲更换，斯得如銅山靈鐘，東西相應。〔一〕故效古者，當專效一體，不可挹彼注兹，〔二〕致譏聲病。〔三〕

〔一〕舊題郭璞《葬書》：「是以銅山西崩，靈鐘東應。」舊注：「漢未央宫一日無故鐘自鳴，東方朔曰：『必主銅山崩應。』未幾，西蜀果奏銅山崩。以日揆之，正未央鐘鳴之日也。帝問朔：『何以知之？』對曰：『銅出於山，氣相感應，猶人受體於父母也。』帝歎曰：『物尚爾，況於人乎？』」此喻前後呼應。

〔二〕「挹彼注兹」：猶言將（詞韻）那個地方的使用情況運用到這個地方。

〔三〕「聲病」：詩文聲律上出現的疵病。

〇七三　「平聲可爲上入」，語本張玉田《詞源》，〔一〕即平去之不可相代審矣。〔二〕然平可代以上入，而上入或轉有不可互代者。玉田稱其父寄閑老人《瑞鶴仙》詞「粉蝶兒撲定花心不去，閑了尋香兩翅」，〔三〕「撲」字不協，遂改爲「守」字，〔四〕此於聲音之道，不其嚴乎？

〔一〕宋張炎《詞源》卷下《音譜》：「蓋五音有脣、齒、喉、舌、鼻，所以有輕清重濁之分，故平聲字可爲上入者此也。聽者不知宛轉遷就之聲，以爲合律；不詳一定不易之譜，則曰失律。矧歌者豈特忘其律，抑且忘其聲字矣。」

〔二〕「即平去之不可相代審矣」：按：宋沈義父《樂府指迷·詞中去聲字最要緊》：「上聲字最不可用去聲字替，不可以上去入，盡道是側聲，便用得，更須調停參訂用之。」

〔三〕寄閑老人：南宋文學家張樞之號。字斗南，一字雲窗，有《寄閑集》。説見宋張炎《詞源》卷下《音譜》引《瑞鶴仙》：

捲簾人睡起。放燕子歸來，商量春事。芳菲又無幾。減風光都在，賣花聲裏。吟邊眼底。被嫩緑、移紅换紫。甚等閑、半委東風，半委小橋流水。　還是苔痕湔雨，竹影留雲，做晴猶未。繁華迤邐。西湖上、多少歌吹。粉蝶兒、撲定花心不去，閑了尋香兩翅。那知人、一點新愁，寸心萬里。

〔四〕按：「撲」，入聲字；「守」，上聲字。可見入聲字、上聲字不能互代。蔡楨《詞源疏證》卷下：「按：『撲』字不協，改『守』字乃協，可知平聲有時能代上入，而上入反而有時不能互代。融齋之説是也。」又夏承燾等《讀詞常識》第四章《詞與四聲》：「案張樞《瑞鶴仙》：『粉蝶兒撲定花心不去』句改『撲』字爲『守』字，可能是因『撲』字是唇音，『守』字是齒音。」此又一説。

〇七四　上入雖可代平，〔一〕然亦有必不可代之處。使以「宛轉遷就之聲」，亂「一定不易之律」，〔二〕則代之一説，轉以不知爲愈矣。

〔一〕夏承燾等《讀詞常識》第四章《詞與四聲》：「張炎《詞源》卷下、沈義父《樂府指迷》都指出詞中平聲字可用入聲字或上聲字替代。入聲字用作平聲字的在宋詞中很多。其中『獨』、『一』、『寂』、『不』、『碧』、『亦』等字最爲常見。其他如張先《踏莎行》『密意欲傳』、『欲』作平聲字用。黄庭堅《漁家傲》『繫驢橛上合頭語』，『合』作平；蘇軾《如夢令》『寄語澡浴人』，『浴』作平；又『簾外百舌兒』，『舌』作平；周邦彦《瑞鶴仙》『正值寒食』，『值』作平；万俟雅言《三臺》『餳香更酒冷踏青路』，『踏』作平；又如向子諲《卜算子》『令我發深省』，辛棄疾《千年調》『萬斛泉』，韓玉《卜算子》『初過寒食節』，蔣捷《賀新郎》『節飲食』的『發』、『斛』、『食』、『節』等也都用作平聲字。上聲字用作平聲字也是宋人成例。《詞律・發凡》解釋上之作平是因爲『上之爲音，輕柔而退遜，故近於平』。並引元曲《清江引》等皆以上代平爲證。其實在宋詞中早有明證。姜夔《鶯聲繞紅樓》『近前舞絲絲』，『近』字下自注『平聲』；又其《解連環》『又見在曲屏近底』，『近』字他本亦有注平聲的。其他如蘇軾《醉蓬萊》『好飲無事』、『爲我西顧』，『飲』、『我』作平；楊萬里《好事近》『看十五十六』，『五』作平；張元幹《賀新郎》『肯爾曹恩怨相爾汝』，『爾』作平；舒亶《菩薩蠻》『憶曾把酒賞紅翠』，『賞』作平等等都是。這些不見得都是亂用平仄。不過把上聲字作平聲字用，沒有像把入聲字作平聲字用那樣來普遍。」

〔二〕參卷四第〇七三注〔一〕。「宛轉」：展轉。又融齋《昨非集》卷二《跋詞林韻釋》：「詞韻通於曲韻，則於南北音並宜。此書每韻以上、去聲分繫平聲後，而以入聲分作平、上、去三聲，復依類繫之。蓋北音止有平、上、去，而無入也。近人詞中用字，不知入聲之宜慎，由未嘗通詞於曲耳。若通詞於曲，則其句中固不必以入作平者，當平尤不可以入作平者；當仄，其韻腳非特入作平者不可當仄，即本作上、去者亦須按之曲韻，同隸一部，乃可並押。至古曲可通之韻，如「支」、「思」通「齊」、「微」者，亦僅節取用之。不然，雖南人謂諧，北人能勿病諸？」

〇七五　「上去不宜相替」，宋沈伯時義甫之說也。〔一〕「去聲當高唱，上聲當低唱」，明沈璟詞隱之說也。〔二〕兩說爲後人論詞者所本，〔三〕爰爲表而出之。

〔一〕沈伯時：名義父，宋理宗時人。引文見其《樂府指迷·詞中去聲字最要緊》：「上聲字最不可用去聲字替，不可以上去入盡道是側聲，便用得，更須調停參訂用之。」但實際上。唐人古體詩中，已有上去通押的情況出現，如杜甫《石壕吏》、白居易《長恨歌》、孟郊《送從弟郢東歸》等。在宋詞中，上去通押開始增多。清鄒祗謨《遠志齋詞衷》就談到「宋詞多上去通用」。又如范仲淹《漁家傲》：「塞下秋來風景異，衡陽雁去無留意，四面邊聲連角起。千嶂裏，長煙落日孤城閉。　濁酒一杯家萬里，燕然未勒歸無計，羌管悠悠霜滿地。人不寐，將軍白髮征夫淚。」押「異、意、起、裏、閉、里、計、地、寐、淚」。其中「起」、「裏」、「里」屬於上聲，「異」、「意」、「計」、「地」、「寐」、「淚」屬於去聲。也許正因爲這種情況在宋代逐漸普遍，沈義父才提出了應該加以規範。

〔二〕沈璟：字寧庵，遁名詞隱。明沈寵綏《度曲須知·四聲批窾》：「昔詞隱先生曰：凡曲去聲當高唱，上聲當低唱，平入聲又當酌其高低，不可令混。」又見明王驥德《曲律》卷二《論平仄》。

〔三〕清江順詒《詞學集成》卷四：「案：後人似指萬氏《詞律》而言。」

〇七六　詞家既審平仄，當辨聲之陰陽，〔一〕又當辨收音之口法。〔二〕取聲取音，以能協爲尚。玉田稱其父《惜花春·起早》詞「瑣窗深」句，〔三〕「深」字不協，改爲「幽」字，又不協，再改爲「明」字，始協。此非審於陰陽者乎？〔四〕又「深」爲閉口音，〔五〕「幽」爲斂脣音，〔六〕「明」爲穿鼻音，〔七〕消息亦別。

〔一〕「聲之陰陽」：指聲調中的陰平聲、陽平聲。普通話語音中聲調有四個，陰平是第一聲，音高而平；陽平是第二聲，中升調。

〔二〕「收音之口法」：指韻尾之情況。

〔三〕事見張炎《詞源》卷下《音譜》。

〔四〕按：張炎《詞源》卷下：「先人……又作《惜花春·起早》云：『瑣窗深。』『深』字音不協，改爲『幽』字，又不協。改爲『明』字，歌之始協。此三字皆平聲，胡爲如是？蓋五音有脣、齒、喉、舌、鼻，所以有輕重清濁之分。故平聲字可爲上入者，此也。」清戈載《詞林正韻·發凡》：「此三字皆平聲，胡爲若是？蓋因五音有脣齒喉舌鼻，分輕清重濁之故。玉田所謂清濁，即陰陽也。『明』字爲陽，『深』、『幽』爲陰，故歌時不同耳。」吴丈蜀《詞學概説》第八章《詞在聲律上的特殊要求》：「有一次張樞作《惜花春・起早》詞，中有『瑣窗深』這個句子。歌者指出句末的『深』字不協，張樞改爲『幽』字，還是不協，最後改爲『明』字，才算協調了。根據這個歌者在這一句詞末一字提出的協與不協的標準來看，『深』、『幽』二字是屬於清音的陰平聲，而『明』字是屬於濁音的陽平聲。由於『瑣窗深』句第二字『窗』已是陰平聲，爲了句中字的聲調不重複而出現起伏，所以第三字既不能用『深』，也不能用『幽』這類陰平聲字。因此，這裏必須用濁音的陽平聲字才協。可是從詞義來看，『深』、『幽』與『明』字的含義正好相反。而張樞爲了詞句協調音律，就乾脆改變詞的内容而遷就形式，以致不惜違反自己所要吟詠的事物的實際情況。這種做法是不足爲訓的。」另可參清江順詒《詞學集成》卷三。蔡楨《詞源疏證》卷下：「按：……『深』字、『幽』字不協，改『明』字始協，《詞學集成》以爲清濁之分，劉氏《藝概》以爲陰陽之辨，其實陰陽清濁，消息相通。顧氏《製曲十六觀》所謂『人聲自然音節，到音當輕清處，必用陰字，音當重濁處，必用陽字，方合腔調』。已暢發其旨。」按：融齋認爲張樞的改動，正證明了詞律中上聲（『守』字）和入聲（『撲』字）不能互相替代。但事實上也有例外，如王國維《人間詞話》（此條通行本已刪）所說：「稼軒《賀新郎》詞：『柳暗淩波路。送春歸、猛風暴雨，一番新緑。』又《定風波》詞：『從此酒酣明月夜。耳熱。』『緑』、『熱』二字，皆作上去用。與韓玉《東浦詞・賀新郎》以『玉』、『曲』叶『注』、『女』，《卜算子》以『夜』、『謝』叶『食』、『月』，已開北曲四聲通押之祖。」

〔五〕「閉口音」：曲韻六部之一，指陽聲韻中以[-m]爲韻尾的韻母。

〔六〕「斂脣」：曲韻六部之一，指陰聲韻中[u]韻母和以[-n]爲韻尾的韻母。

〔七〕「穿鼻」：曲韻六部之一，指陽聲韻中以[-ŋ]爲韻尾的韻母。按：清江順治《詞學集成》卷三：「案：劉氏既知閉口脣舌之別，而不知喉舌脣齒牙之五音，何也？其謂既審平仄，又當辨字之陰陽，當云詞有平仄之分，字尤有喉舌之別。然其論實先得我心，特不知同母異母之源，故言之不暢耳。」

〇七七　古人原詞用入聲韻，〔一〕效其詞者仍宜用入，餘則否。至於句中用入，解人慎之。〔二〕

〔一〕「入聲韻」：收塞音韻尾[-p]、[-t]、[-k]的韻。這些韻都集中在《廣韻》第五卷裏。清戈載《詞林正韻》中把詞韻入聲分成五部：一、屋沃；二、覺藥；三、質術錫職緝；四、勿月曷黠屑葉；五、合洽（戈載《詞林正韻》的韻目依照《集韻》，現在改成「平水韻」）。據《詞林正韻》：詞調中仄聲調必須押入聲韻的有：《鳳凰閣》、《三部樂》、《霓裳中序第一》、《應天長慢》、《西湖月》、《解連環》、《蘭陵王》、《丹鳳吟》、《大酺》、《侍香金童》、《曲江秋》、《琵琶仙》、《雨霖鈴》、《好事近》、《蕙蘭芳引》、《六么令》、《暗香》、《疏影》、《淒涼犯》、《淡黃柳》、《惜紅衣》、《尾犯》、《白苧》、《玉京秋》、《一寸金》、《浪淘沙慢》等。

〔二〕「至於句中用入，解人慎之」一句，《續修四庫》本作：「音節乃峭，如太白《憶秦娥》之類是已。」

按：李白《憶秦娥》本爲入聲韻，乃後人有用平聲韻者（見清萬樹《詞律》卷四），融齋似對此而發。

〇七八　詞家辨句兼辨讀。〔一〕讀在句中，如《楚辭·九歌》每句中間皆有「兮」字，「兮」者，無辭而有聲，即其讀也。更以古樂府觀之，篇終有聲，如《臨高臺》之「收中吾」是也；〔二〕句下有聲，如《有所思》之「妃呼豨」是也。〔三〕何獨於句中之聲而疑之？

〔一〕「句讀」：本指文辭休止和停頓處。文辭語意已盡處爲句，未盡而須停頓處爲讀。書面上用圈（「。」）、點（「、」）來標誌。漢何休《〈春秋公羊傳解詁〉序》：「援引他經，失其句讀。」這裏的「句」指詞句；「讀」指詞中「無辭而有聲」之處。

〔二〕《宋書》卷二十二《臨高臺》：

臨高臺以軒，下有清水清且寒。江有香草目以蘭，黄鵠高飛離哉翻。關弓射鵠，令我主壽萬年，收中吾。

按：元劉履《風雅翼》卷十《臨高臺》：「篇末或有『收中吾』三字，其義未詳。疑特曲調之餘聲，如《樂録》所謂羊吾夷、伊那何之類。」

〔三〕宋郭茂倩《樂府詩集》卷十六《有所思》：

有所思，乃在大海南。何用問遺君？雙珠玳瑁簪，用玉紹繚之。聞君有他心，拉雜摧燒之。摧燒之，當風揚其灰。從今以往，勿復相思。相思與君絶，雞鳴狗吠，兄嫂當知之。妃呼豨！秋風肅肅晨風颸，東方須臾高知之。

按：明方以智《通雅》卷首三《詩説》：「漢立樂府，《練時日》諸篇詞皆雕組，《鐃歌》、《芳樹》、《石流》不可讀者，大字屬詞，細字屬聲，聲詞合録耳。『收中吾』、『妃呼豨』、『奴何奴軒』是也。」

〇七九　詞句中用雙聲疊韻之字，〔一〕自兩字之外，不可多用。〔二〕惟犯疊韻者少，犯雙聲者多，蓋同一雙聲，而開口、齊齒、合口、撮口，〔三〕呼法不同，便易忘其爲雙聲也。解人正須於不同而同者，去其隱疾。〔四〕且不惟雙聲也，凡喉、舌、齒、牙、脣五音，〔五〕俱忌單從一音連下多字。

〔一〕「雙聲」：兩個字的聲母相同。「疊韻」：兩個字的韻相同。不過古今音存在著差異，因此一些現在讀起來屬於雙聲、疊韻的字，在古代並不一定就是雙聲疊韻，反之亦然。融齋本人著有《説文雙聲》、《説文疊韻》。

〔二〕元周德清《中原音韻》卷下《作詞十法》：「不可作：……雙聲疊韻語。如『故國觀光君未歸』是也。夫樂府貴在音律瀏亮，何乃反入艱難之鄉？此體不可無，亦不可專意作而歌之，但可拘肆中白念耳。」清周濟《宋四家詞選目録序論》：「雙聲疊韻字，要著意佈置，有宜雙不宜疊，宜疊不宜雙處。重字則既雙且疊，尤宜斟酌。」夏承燾等《讀詞常識》第四章《詞與四聲》：「宋詞中用雙聲、疊韻的甚多。如姜夔《湘月》『一葉夷猶』，四字雙聲；又如吴文英《探芳新》『歎年端連環轉爛縵』句，八字皆疊韻。清劉熙載《藝概》卷四主張『詞句中用雙聲疊韻之字，自兩字之外，不可多用』。近人王國維《人間詞話》則主張作詞『蕩漾處多用疊韻，促節處多用雙聲』。詞中多用雙聲疊韻能够幫助音節的美聽，增强作品表達感情的效果，應該認爲是好的。但若用之過多，或搭配不好，會成爲像『吃口令』，如吴文英《探芳新》那樣，讀起來反而拗口，這是好奇之過了。」

〔三〕「開口呼」、「齊齒呼」、「合口呼」、「撮口呼」：統稱「四呼」。其中開口呼指没有介音，主要母音又不是[i]、[u]、[y]的韻母。齊齒呼指具有介音[i]或主要母音是[i]的韻母。合口呼指具有介音[u]或主要母音是[u]的韻母。撮口呼指具有介音[y]或主要母音是[y]的韻母。

〔四〕「隱疾」：隱患，潛在的、在聲律方面存在的疵病。

〔五〕中國古代的語言學家把聲母分成喉、舌、齒、牙、唇五類，稱爲「五音」。唇音相當於現代語音學中的雙唇音和唇齒音，舌音相當於現代語音學中的舌尖中音和舌尖後音，齒音相當於現代語音學中的舌尖和舌面的擦音和塞擦音，牙音相當於現代語音學中的舌根音，喉音相當於現代語音學中的喉音和半母音。

〔八〇〕十二律與後世各宫調異名而同實，〔一〕如在黄鍾，則正黄鍾爲宫，大石調爲商，以至

般涉調爲羽；在大呂，則高宮爲宮，高大石調爲商，高般涉調爲羽。《詞源》所列，既明且備矣。〔二〕

〔一〕夏承燾等《讀詞常識》第三章《詞調》：「宮調就是律調，所以限定樂器聲調的高下。宮調是以七音十二律構成。宮、商、角、徵、羽、變宮、變徵叫作七音，用來代歌唱聲音的高低，等於西樂中的1、2、3、4、5、6、7七音。黄鍾、大吕、太簇、夾鍾、姑洗、仲吕、蕤賓、林鍾、夷則、南吕、無射、應鍾叫做十二律，所以定音階的高下，等於西樂風琴有C、♭D、D、♭E、E、F、♭G、G、♭A、A、♭B、B十二級。十二律各有七音。以宮音乘十二律叫做宮，以商、角、徵、羽、變宮、變徵六音承十二律叫做調。宮有十二，調有七十二，合成八十四宮調。但這八十四宮調只是音律的次第，隋唐燕樂是用琵琶來定律的，而琵琶只有四絃，徵絃不備。每絃七調，共二十八調。所以在唐與北宋時實際應用的只有這二十八調。現在把這二十八調列名於下：宮七調：黄鍾宮（俗名正黄鍾宮）、大吕宮（俗名高宮）、夾鍾宮（俗名中吕宮）、中吕宮（俗名道宮）、林鍾宮（俗名南吕宮）、夷則宮（俗名仙吕宮）、無射宮（俗名黄鍾宮）；商七調：無射商（俗名越調）、黄鍾商（俗名大石調）、大吕商（俗名高大石調）、夾鍾商（俗名雙調）、中吕商（俗名小石調）、林鍾商（俗名歇指調）、夷則商（俗名商調）；角七調：無射閏（閏即變宮，俗名越角調）、黄鍾閏（俗名大石角）、大吕閏（高大石角）、夾鍾閏（俗名雙角）、中吕閏（俗名小石角）、林鍾閏（俗名歇指角）、夷則閏（俗名商角）；羽七調：夾鍾羽（俗名中吕調）、中吕羽（俗名正平調）、林鍾羽（俗名高平調）、夷則羽（俗名仙吕調)、無射羽(俗名羽調)、黄鍾羽(俗名般涉調)、大吕羽(俗名高般涉調)；到南宋時，又僅用七宫十二調。」

〔二〕見張炎《詞源》卷上《五音宫調配屬圖》。

〇八一　詞固必期合律。〔一〕然《雅》《頌》合律，桑間濮上亦未嘗不合律也。〔二〕「律和聲」本於「詩言志」，〔三〕可爲專講律者進一格焉。〔四〕

〔一〕宋張炎《詞源》卷下《雜論》：「詞之作必須合律。」

〔二〕「桑間濮上」：《禮記·樂記》：「桑間濮上之音，亡國之音也。其政散，其民流，誣上行私而不可止也。」東漢鄭玄注：「濮水之上，地有桑間者，亡國之音於此之水出也。昔殷紂使師延作靡靡之樂，已而自沈於濮水，後師涓過焉，夜聞而寫之，爲晋平公鼓之，是之謂也。」後因以「桑間濮上」指淫靡之音。

〔三〕《尚書·舜典》：「詩言志，歌永言，聲依永，律和聲，八音克諧，無相多倫，神人以和。」唐孔穎達注：「詩言志以導之，歌詠其義以長其言，聲謂五聲：宫商角徵羽。律謂六律。六吕十二月之音氣，言當依聲律以和樂。」

〔四〕蔡幀《詞源疏證》卷下：「融齋此論，殆爲律協言謬者而發，康柳二家，即不免此病。」

〇八二　昔人詞詠古詠物，隱然只是詠懷，〔一〕蓋其中有我在也。然人亦孰不有我？惟「耿吾得此中正」者尚耳。〔二〕

〔一〕清沈祥龍《論詞隨筆》：「榛苓思美人，風雨思君子，凡登臨弔古之詞，須有此思致，斯託興高遠，萬象皆爲我用，詠古即以詠懷矣。」

〔二〕屈原《離騷》：「跪敷衽以陳辭兮，耿吾既得此中正。」宋朱熹《楚辭集注》：「此言跪而敷衽以陳如上之詞於舜，而耿然自覺吾心已得此中正之道。上與天通，無所間隔，所以埃風忽起，而余遂乘龍跨鳳以上征也。」清包世臣《與金壇段鶴臺玉立明經論書次東坡韻》：「昔吾語文筆，於中必有我。」並可與此參觀。按：此又當與卷二第二七五互參。

〇八三　詞深於興，則覺事異而情同，事淺而情深。故没要緊語正是極要緊語，〔一〕亂道語正是極不亂道語。〔二〕固知「吹皺一池春水，干卿甚事」，〔三〕原是戲言。

〔一〕「没要緊語」：可與卷一第二一二互參。

〔二〕「亂道語」：見卷一第〇八四注〔三〕。按：此又可與卷一第〇五一互參。

〔三〕宋馬令《南唐書》卷二十一：「元宗《樂府辭》云：『小樓吹徹玉笙寒。』延巳有『風乍起，吹皺一池春水』之句，皆爲警策。元宗嘗戲延巳曰：『吹皺一池春水，干卿何事？』延巳曰：『未如陛下小樓吹徹玉笙寒。』元宗悦。」

〔八四〕鄰人之笛，懷舊者感之；〔一〕斜谷之鈴，溺愛者悲之。〔二〕東坡《水龍吟·和章質夫詠楊花》云「細看來不是楊花，點點是離人淚」，〔三〕亦同此意。

〔一〕「懷舊者」：指魏晉時向秀。參見卷三第〇九〇注〔三〕。

〔二〕「溺愛者」：指唐玄宗李隆基。事見唐鄭處誨《明皇雜録》補遺：「明皇既幸蜀西南行，初入斜谷，屬霖雨涉旬，於棧道雨中聞鈴音與山相應。上既悼念貴妃，採其聲爲《雨霖鈴曲》，以寄恨焉。」

〔三〕「章質夫」：原作「章節夫」，今據蘇集改正，即章楶。

宋蘇軾《水龍吟·次韻章質夫楊花詞》：

似花還似非花，也無人惜從教墜。抛家傍路，思量却是，無情有思。縈損柔腸，困酣嬌眼，欲開還閉。夢隨風萬里，尋郎去處，又還被，鶯呼起。不恨此花飛盡，恨西園，落紅難綴。曉來雨過，遺蹤何在？一池萍碎。春色三分，二分塵土，一分流水。細看來不是楊花，點點是離人淚。

〔八五〕東坡《水龍吟》起云「似花還似非花」，此句可作全詞評語，蓋「不離不即」也。〔一〕時有舉史梅溪《雙雙燕·詠燕》、〔二〕姜白石《齊天樂·賦蟋蟀》令作評語者，〔三〕亦曰：「似花還似非花。」

〔一〕「不離不即」：本佛典常語，《圓覺經》：「不即不離，無縛無脱。」此謂既不離題亦不粘題。清張宗枏纂集王士禎《帶經堂詩話》卷十二引《蠶尾文》：「詠物之作，須如禪家所謂不黏不脱，不即不離，乃爲上乘。」

〔二〕宋史達祖《雙雙燕·詠燕》：

過春社了，度簾幕中間，去年塵冷。差池欲住，試入舊巢相並，還相雕梁藻井，又軟語商量不定。飄然快拂花梢，翠尾分開紅影。芳徑。芹泥雨潤，愛貼地爭飛，競誇輕俊。紅樓歸晚，看足柳昏花暝。應自棲香正穩。便忘了天涯芳信。愁損翠黛雙蛾，日日畫欄獨憑。

〔三〕宋姜夔《齊天樂·詠蟋蟀》：

庾郎先自吟愁賦，淒淒更聞私語。露濕銅鋪，苔侵石井，都是曾聽伊處。哀音似訴。正思婦無眠，起尋機杼。曲曲屏山，夜涼獨自甚情緒。西窗又吹暗雨，爲誰頻斷續，相和砧杵？候館迎秋，離宫弔月，别有傷心無數。豳詩漫與。笑籬落呼燈，世間兒女。寫入琴絲，一聲聲更苦。

又王國維《人間詞話》：「詠物之詞，自以東坡《水龍吟》爲最工，邦卿《雙雙燕》次之，白石《暗香》、《疏影》，格調雖高，然無一語道著，視古人『江邊一樹垂垂發』等句何如耶？」

〔八六〕「詞中用事」，貴無事障。〔一〕晦也、膚也、多也、板也，〔二〕此類皆障也。姜白石詞用事入妙，其要訣所在，可於其《詩説》見之，曰：「僻事實用，熟事虛用」，「學有餘而約以用之，善用事者也。乍叙事而間以理言，得活法者也。」〔三〕

〔一〕宋張炎《詞源·用事》：「詞用事最難，要體認著題，融化不澀。如東坡《永遇樂》云：『燕子樓空，佳人何在，空鎖樓中燕？』用張建封事。白石《疏影》云：『猶記深宮舊事，那人正睡裏，飛近蛾緑。』用壽陽事。又云：『昭君不慣胡沙遠，但暗憶江南江北。想珮環月下歸來，化作此花幽獨。』用少陵詩。此皆用事，不爲事所使。」按：此條即係對張炎所論而發，又當與卷一第三一八互參。

〔二〕「晦也、膚也、多也、板也」：晦澀、膚泛、繁多、板滯。蔡楨《詞源疏證》卷下：「按：膚與多之病，即未能體認着題；晦與板之病，即未能融化不澀。蓋一墮事障，鮮不爲事所使者。『僻事熟用，實事虛用』以下數語，持論精闢，足補玉田所不及。」

〔三〕見卷二第二八一注〔一〕。又《白石詩説》：「學有餘而約以用之，善用事者也。意有餘而約以盡之，善措辭者也。乍叙事而間以理言，得活法者也。」按：宋劉克莊《後村集》卷二十四《吕紫微》：「紫微公作《夏均父集序》云：學詩當識活法。所謂活法者，規矩備具，而能出於規矩之外，變化不測而亦不背於規矩也。是道也，蓋有定法而無定法，無定法而有定法。知是者，則可以與語活法矣。」

〇八七　詞有點、有染。〔一〕柳耆卿《雨淋鈴》云：「多情自古傷離別，更那堪冷落清秋節。今宵酒醒何處？楊柳岸，曉風殘月。」〔二〕上二句點出離別冷落，「今宵」二句乃就上二句意染之。點染之間，不得有他語相隔，隔則警句亦成死灰矣。〔三〕

〔一〕「點」、「染」：本繪事術語，傳統中國畫的主體用點筆或清晰的線條勾出，背景用染筆出之，點綴景物與著色暈染。北齊顏之推《顏氏家訓·雜藝》：「畫繪之工，亦爲妙矣。自古名士多或能之。吾家常有梁元帝手畫蟬雀白團扇及馬圖，亦難及也。武烈太子偏能寫真，坐上賓客隨宜點染，即成數人，以問童孺，皆知姓名矣。」後用於論詩，清顧嗣立《寒廳詩話》：「詩家有點染法，有以物色襯地名者，如鄭都官『雨昏青草湖邊過，花落黄陵廟裏啼』是也。有以地名襯物色者，如韋端己『落星樓上吹殘角，偃月營中掛夕暉』是也。」此藉以論詞。「點」，點出主意，多爲情語。「染」，對主意進行烘托、渲染，多爲景語。可參卷四第〇五九。

〔二〕宋柳永《雨霖鈴》：

寒蟬淒切，對長亭晚，驟雨初歇。都門帳飲無緒，留戀處，蘭舟催發。執手相看淚眼，竟無語凝噎。念去去千里煙波，暮靄沈沈楚天闊。多情自古傷離別，更那堪、冷落清秋節。今宵酒醒何處？楊柳岸，曉風殘月。此去經年，應是良辰好景虚設。便總有千種風情，更與何人説。

〔三〕按：此當與卷二第二五七互參。

〇八八　詞有尚風，有尚骨。〔一〕歐公《朝中措》云：「手種堂前楊柳，别來幾度春風。」〔二〕東坡《雨中花慢》云：「高會聊追短景，清商不假餘妍。」〔三〕孰風孰骨可辨。

〔一〕按：以「風骨」論文，始於南北朝梁劉勰《文心雕龍》，見卷二第一四八注〔二〕，此藉以論詞。

〔二〕宋歐陽修《朝中措》：

平山闌檻倚晴空，山色有無中。手種堂前垂柳，别來幾度春風。　文章太守，揮毫萬字，一飲千鍾。行樂直須年少，尊前看取衰翁。

〔三〕宋蘇軾《雨中花慢》：

今歲花時深院，盡日東風，蕩颺茶煙。但有緑苔芳草，柳絮榆錢。聞道城西，長廊古寺，甲第名園。有國豔帶酒，天香染袂。爲我留連。　清明過了，殘紅無處，對此淚灑尊前。秋向晚，一枝何事，向我依然。高會聊追短景，清商不暇餘妍。不如留取，十分春態，付與明年。

按：竊謂歐詞爲抒情語，尚風，蘇詞爲議論語，尚骨。

〇八九　王敬美論詩云：「河下輿隸須驅遣，另换正身。」〔一〕胡明仲稱眉山蘇氏詞：「一洗綺羅香澤之態，擺脱綢繆宛轉之度，使人登高望遠，舉首高歌，而逸懷浩氣，超乎塵垢之表。」〔二〕此殆所謂正身者耶？〔三〕

〔一〕敬美：明王世懋之字。語見其《藝圃擷餘》：「嘗謂作詩者，初命一題，神情不屬，便有一種供給應付之語，畏難怯思，即以充役，故每不得佳。余戲謂河下輿隸須驅遣，另換正身，能破此一關，沈思忽至，種種真相見矣。」

〔二〕見卷四第〇一五注〔三〕。

〔三〕「正身」：本來之身，喻指本色。

〇九〇　詩有西江、西崑兩派，惟詞亦然。〔一〕戴石屏《望江南》云：「誰解學西崑。」〔二〕是學西江派人語，〔三〕吳夢窗一流當不喜聞。〔四〕

〔一〕按：清馮煦《蒿庵論詞·論歐陽修詞》：「且文忠家廬陵，而元獻家臨川，詞家遂有西江一派。」則詞之「西江派」似以地域而分；然融齋龍門弟子沈祥龍《論詞隨筆》：「唐人詞，風氣初開，已分二派。太白一派，傳爲東坡，諸家以氣格勝，於詩近西江。飛卿一派，傳爲屯田，諸家以才華勝，於詩近西崑。後雖迭變，總不越此二者。」則謂詞之「西江派」以藝術風格而言也，此當以沈説爲是。融齋謂「張子野始創瘦硬之體」（見卷四第〇一二），隱以張先爲西江詞派始祖。

〔二〕石屏：南宋文學家戴復古之號。字式之，嘗居南塘石屏山，因自號，舊有詞集名《石屏詞》。今人吳茂雲、張全鎮皆有《戴復古全集校注》。引文見《望江南》：

石屏老，家住海東雲。本是尋常田舍子，如何呼喚作詩人。無益費精神。　千首富，不救一生貧。賈島形模元自瘦，杜陵言語不妨村。誰解學西崑。

〔三〕按：《四庫全書總目·石屏詞》：「復古爲陸游門人，以詩鳴江湖間。方回《瀛奎律髓》稱其清新健快，自成一家。今觀其詞，亦音韻天成，不費斧鑿，其《望江南·自嘲》第一首云：『賈島形模元自瘦，杜陵言語不妨村。誰解學西崑？』復古論詩之宗旨，於此具見。宜其以詩爲詞，時出新意，無一語蹈襲也。」按：陸游詩本出於曾幾，曾幾又出於韓駒（見《詩人玉屑》卷十九《陸放翁》）。

〔四〕夢窗：宋吴文英之號。按：吴文英詞語意晦澀，宋張炎《詞源》卷下《清空》：「詞要清空，不要質實。清空則古雅峭拔，質實則凝澀晦昧。姜白石如野雲孤飛，去留無迹。吴夢窗如七寶樓臺，眩人眼目，拆碎下來，不成片段。此清空質實之説也。」故融齋擬之詞中西崑。可參卷四第〇四〇。

〔九一〕詞之爲物，色香味宜無所不具。以色論之，有借色、〔一〕有真色。〔二〕借色每爲俗情所豔，不知必先將借色洗盡，而後真色見也。

〔一〕「借色」：外在修飾、假借之色。

〔二〕「真色」：真實、本來之色。清王士禛《花草蒙拾·詩文妙訣》：「『生香真色人難學』，爲『丹青女易描，真色人難學』所從出，千古詩文之要訣，盡此七字。」按：此又當與卷二第一三一互參。

〇九二　昔人論詞要「如嬌女步春」。〔一〕余謂更當有以益之，曰：如異軍特起，〔二〕如天際真人。〔三〕

〔一〕昔人：指清王又華。《古今詞論·毛稚黄詞論》：「填詞，長調不下於詩之歌行。長篇歌行，猶可使氣，長調使氣，便非本色。高手當以情致見佳。蓋歌行如駿馬驀坡，可以一往稱快。長調如嬌女步春，旁去扶持，獨行芳徑，徙倚而前，一步一態，一態一變，雖有强力健足，無所用之。」

〔二〕《史記》卷七《項羽本紀》：「人少年欲立嬰便爲王，異軍蒼頭特起。」此喻如「豪傑之詞」之迥不猶人。

〔三〕指藐姑射之山之神人。見卷四第〇三六及注〔二〕。此喻如「才子之詞」之脱棄凡俗。可參卷四第〇三四、卷四第〇三五。

〇九三　詞尚「清空」、「妥溜」，昔人已言之矣。〔一〕惟須「妥溜」中有奇創，「清空」中有沈厚，才見本領。〔二〕

〔一〕「清空」：見卷四第〇九〇注〔四〕。「妥溜」：見卷四第〇一五注〔一〕。

〔二〕按：龍松生校編沈曾植《海日碎金·劉融齋詞概評語》引卷四第〇八九、卷四第〇九〇、卷四第〇九二、卷四第〇九三云：「先生皆賞其言。」

〇九四　詞要恰好。粗不得，纖不得，硬不得，軟不得。不然，非「傖父」即「兒女」矣。〔一〕

〔一〕「傖父」：粗陋鄙俗之人。《晉書》卷九十二《左思傳》：「初陸機入洛，欲爲此賦。聞思作之，撫掌而笑，與弟雲書曰：『此間有傖父欲作《三都賦》，須其成，當以覆酒甕耳。』」此指粗硬。亦即卷五第二一二所謂傖氣。「兒女」：婦人、小女子。參卷第〇三三注〔二〕引南朝梁鍾嶸《詩品》卷中《晉司空張華詩》。此指纖軟。亦即卷二第二六五所謂女態、卷五第二一二所謂婦氣。按：龍松生校編沈曾植《海日碎金·劉融齋詞概評語》：「先生云：至於麤纖互入，硬軟交融，則詞仙化境，漁洋所以心折於二濟也。」

〇九五　黃魯直跋東坡《卜算子》「缺月掛疏桐」一闋云：「語意高妙，似非喫煙火食人語，非胸中有萬卷書，筆下無一點塵俗氣，孰能至此？」〔一〕余案：詞之大要，不外厚而清。厚，包諸所有；清，空諸所有也。〔二〕

〔一〕語見宋黃庭堅《山谷集》卷二十六《跋東坡樂府》：「東坡道人在黃州時作。語意高妙，似非喫煙火食人語，非胸中有萬卷書，筆下無一點塵俗氣，孰能至此。」

按：宋蘇軾《卜算子》

缺月挂疏桐，漏斷人初靜。時見幽人獨往來，飄渺孤鴻影。驚起却回頭，有恨無人省。

揀盡寒枝不肯棲，寂寞沙洲冷。

清沈祥龍《論詞隨筆》：「詞不能堆垛書卷，以誇典博，然須有書卷之氣味。胸無書卷，襟懷必不高妙，意趣必不古雅，其詞非俗即腐，非粗即纖。故山谷稱東坡《卜算子》詞，非胸中有萬卷書，孰能至此。」

〔二〕按：此條可與卷一第三二八、卷五第二四四互參。又融齋《古桐書屋札記》：「學貴自得，則可以空諸依著。彼牽今引古，旁生枝節者，皆無由自得。」

〇九六 詞：澹語要有味，壯語要有韻，秀語要有骨。〔一〕

〔一〕按：語澹則易失深情，語壯則易失雅韻，語秀則易失堅骨，故需相兼。融齋《游藝約言》：「勁氣、堅骨、深情、雅韻四者，詩文書畫不可缺一。」

〇九七 詞要「清新」，〔一〕切忌拾古人牙慧。〔二〕蓋在古人爲清新者，襲之即腐爛也。拾得珠玉，化爲灰塵，豈不重可鄙笑！

〔一〕《楊守齋作詞五要》：「第五要立新意，若用前人詩詞意爲之，則蹈襲無足奇者。」本條似爲此而法。又可參卷四第〇九〇注〔四〕。

〔二〕「牙慧」：舊有的觀點、見解和説法等。清沈祥龍《論詞隨筆》：「詞不尚鋪叙，而事理自明，不尚議論，而情理自見，其間全賴一清字。骨理清、體格清、辭意清，更出以風流藴藉之筆，則善矣。」可與此互參。

〇九八　描頭畫角，〔一〕是詞之低品。蓋詞有全體，宜無失其全；詞有内藴，宜無失其藴。

〔一〕「描頭畫角」：清代俗語，指對事物進行簡單外在的模仿。如《四庫全書總目》卷首一引乾隆三十八年二月十一日上諭：「甚至載入六書篆隸真草字樣，摭拾米芾趙孟頫字格，描頭畫角，支離無謂。」又清王澍《竹雲題跋》卷一：「故學《曹全》者，正當以沈痛求之。不能沈痛，但取描頭畫角，未有能爲《曹全》者也。」《欽定四書文》卷六《愛之能勿勞乎》章：「義理淵然，情思藹然，所謂公誠之心形於文墨，豈小書生描頭畫角者可比。」

〇九九　詞之妙，莫妙於以不言言之。非不言也，「寄言」也。〔一〕如寄深於淺，寄厚於輕，寄勁於婉，寄直於曲，寄實於虚，寄正於餘，皆是。

〔一〕「寄言」：《莊子·逍遥遊》：「藐姑射之山有神人居焉。肌膚若冰雪，綽約若處子」句，晉郭象注：「此皆寄言耳。」清沈祥龍《論詞隨筆》：「詞得屈子之纏綿悱惻，又須得莊子之超曠空靈。

蓋莊子之文。純是寄言，詞能寄言，則如鏡中花，如水中月，有神無迹，色相俱空，此惟在妙悟而已。嚴滄浪云：『惟悟乃爲當行，乃爲本色。』又：「含蓄無窮，詞之要訣。含蓄者意不淺露，語不窮盡，句中有餘味，篇中有餘意，其妙不外寄言而已。」

一〇〇 詞以不犯本位爲高。〔一〕東坡《滿庭芳》「老去君恩未報，空回首、彈鋏悲歌」，〔二〕語誠慷慨，然不若《水調歌頭》「我欲乘風歸去，又恐瓊樓玉宇，高處不勝寒」，〔三〕尤覺空靈蘊藉。

〔一〕「不犯本位」：本是禪宗曹洞宗的話頭，又稱「不犯正位」。宋祝穆《古今事文類聚别集》卷九《不犯正位》：「陳後山詩太似曹洞禪，不犯正位，切忌死語，非冥搜旁引，莫窺其用意深處。」融齋此喻不能粘題。粘題亦稱罵題。明王驥德《曲律》卷三《論詠物》：「詠物毋得罵題，却要開口便見是何物。不貴説體，衹貴説用。佛家所謂不即不離，是相非相，衹於牝牡驪黄之外，約略寫其風韻，令人仿佛中如燈鏡傳影，了然目中，却捉摸不得，方是妙手。……問如何是體？如昔人《詠柳絮》：『一似天半天飄粉，繞樹疑酥，平地飛瓊堵』是也。如何是説用？如《詠草》『斜陽外，幾家斷橋村塢』，又『池塘雨歇，夢回南浦』，又『王孫何事在長途，好歸去，又驚春暮』是也。」「本位」融齋又稱「本地風光」，參卷四第一〇五。

〔二〕宋蘇軾《滿庭芳》：

歸去來兮，清溪無底，上有千仞嵯峨。畫橋東畔，天遠夕陽多。老去君恩未報，空回首、彈鋏悲歌。船頭轉，長風萬里，歸馬駐平坡。無何。何處有，銀潢盡處、天女停梭。問何事人間，久戲風波。顧問同來稚子，應爛汝、腰下長柯。青衫破，群仙笑我，千縷挂煙蓑。

〔三〕宋蘇軾《水調歌頭》：

明月幾時有？把酒問青天。不知天上宮闕，今夕是何年。我欲乘風歸去，又恐瓊樓玉宇，高處不勝寒。起舞弄清影，何似在人間。轉朱閣、低綺户，照無眠。不應有恨，何事長向別時圓。人有悲歡離合，月有陰晴圓缺，此事古難全。但願人長久，千里共嬋娟。

按：清馮煦《蒿庵論詞》：「興化劉氏熙載所著《藝概》，於詞多洞微之言，而論東坡尤爲深至。」

〔一〇一〕司空表聖云：「梅止於酸，鹽止於鹹，而美在酸鹹之外。」〔一〕嚴滄浪云：「妙處透徹玲瓏，不可湊泊，如水中之月，鏡中之象。」〔二〕此皆論詩也，詞亦以得此境爲「超詣」。〔三〕

〔一〕表聖：唐司空圖之字。今人祖保泉等有《司空表聖詩文集箋校》。引文見《與李生論詩書》：「文之難，而詩之尤難，古今之喻多矣，而愚以爲辨於味，而後可以言詩也。江嶺之南，凡足資於適口者，若醯，非不酸也，止於酸而已。若鹽，非不鹹也，止於鹹而已。華之人以充饑而遽輟者，知其鹹酸之外，醇美者有所乏耳。」

〔二〕見宋嚴羽《滄浪詩話》：「盛唐諸人，惟在興趣。羚羊挂角，無迹可求。故其妙處，透徹玲瓏，不可凑泊。如空中之音、相中之色、水中之月、鏡中之象。言有盡而意無窮。」

〔三〕「超詣」：署名唐司空圖《二十四詩品》中論藝術語之一，見卷二第一〇二注〔三〕。

一〇二　玉田論詞曰：「蓮子熟時花自落。」〔一〕余更益以太白詩二句，曰：「清水出芙蓉，天然去雕飾。」〔二〕

〔一〕見元陸友仁《詞旨》引，原作「蓮子結成花自落」。猶言瓜熟蒂落，以喻自然而不假人工。元陶宗儀《説郛》卷八十四引元陸輔之《詞旨·詞説》：「蘄王孫韓鑄，字亦顔，雅有才思，嘗學詞於樂笑翁（注者按：張炎號）。一日與周公謹父買舟西湖，泊荷花而飲酒，杯半，公謹父舉似亦顔學詞之意。翁指花云：『蓮子結成花自落。』」

〔二〕參卷二第〇八〇注〔一〕。宋葛立方《韻語陽秋》卷一：「李白云：『清水出芙蓉，天然去雕飾。』平淡而到天然處，則善矣。」融齋《游藝約言》：「人尚本色，詩文書畫亦莫不然。太白『清水出芙蓉，天然去雕飾』二句，余每讀而樂之。」

一〇三　古樂府中至語，〔一〕本只是常語，一經道出，便成獨得。〔二〕詞得此意，則極鍊如不鍊，出色而本色，〔三〕人籟悉歸天籟矣。〔四〕

〔一〕「至語」：深至之語。

〔二〕蔡楨《詞源疏證》卷下：「按：『極鍊如不鍊，出色而本色』，則已至於渾成之一境。此論較玉田又進一層（注者按：指張炎《詞源·字面》一段所論）」按：此當與卷二第二八四互參。又融齋《持志塾言》卷下《正物》：「天下之至言，原無新奇可喜。管輅引《易》義以規何晏、鄧颺，而鄧颺以爲老生常談，不知常言即是至言，在用之對病耳。」

〔三〕融齋《昨非集》卷四《虞美人·填詞二首》：「填詞有意誇工巧，工處還非妙。要全本色發天機，試問桃花流水豈人爲？　湘魚撥棹歌清調，欸乃誰能肖！愛渠從不解填詞，自後填詞填字可休提。」清沈祥龍《論詞隨筆》：「鍊字貴堅凝，又貴妥溜。句中有鍊一字者，如『雁風吹裂雲痕』是，有鍊兩三字者，如『看足柳昏花暝』是，皆極鍊如不鍊也。」並可與此互參。

〔四〕「人籟」、「天籟」：見《莊子·齊物論》，參卷一第〇五六注〔一〕引。「人籟」：此指人工雕琢的字句，「天籟」：此指天然本色語。

〔〇四〕　詞中句與字，有似「觸著」者，所謂極鍊如不鍊也。〔一〕晏元獻「無可奈何花落去」二句，〔二〕「觸著」之句也；宋景文「紅杏枝頭春意鬧」，〔三〕「鬧」字，「觸著」之字也。

〔一〕按：參卷一第二〇六、卷三第二八一及注〔二〕。清王國維《人間詞話》：「大家之作，其言情也必沁人心脾，其寫景也必豁人耳目。其辭脱口而出，無矯揉妝束之態，以其所見者真，所知者深也。詩詞皆然。持此以衡古今之作者，可無大誤矣。」又可參卷二第二八一注〔二〕引融齋《游藝約言》。

〔二〕宋晏殊《浣溪沙》：

一曲新詞酒一杯，去年天氣舊亭臺。夕陽西下幾時迴。無可奈何花落去，似曾相識燕歸來。小園香徑獨徘徊。

按：句又見晏殊《假中示判官張寺丞王校勘》：

元巳清明假未開，小園幽徑獨徘徊。春寒不定斑斑雨，宿醉難禁灩灩杯。無可奈何花落去，似曾相識燕歸來。游梁賦客多風味，莫惜青錢萬選才。

〔三〕語見宋宋祁《玉樓春》：

東城漸覺風光好，縠皺波紋迎客棹。綠楊煙外曉寒輕，紅杏枝頭春意鬧。浮生長恨歡娛少，肯愛千金輕一笑。爲君持酒勸斜陽，且向花間留晚照。

按：清劉體仁《七頌堂詞繹》：「『紅杏枝頭春意鬧』，一『鬧』字卓絶千古。」王國維《人間詞話》：「『紅杏枝頭春意鬧』，著一『鬧』字而境界全出。」

一〇五　詞貴得「本地風光」。〔一〕張子野游垂虹亭，〔二〕作《定風波》有云：「見説賢人聚吳分，試問，也應傍有老人星。」〔三〕是時子野年八十五，而坐客皆一時名人，意確切而語自然，洵非易到。

〔一〕「本地風光」：佛典語，又稱「本來面目」。本是形容自己心性本分之禪語。此指「意確切而語自然」，區別於空泛不實。

〔二〕子野：張先之字。「垂虹亭」：在吴江（今江蘇蘇州吴江區）。

〔三〕宋莊季裕《雞肋編》卷下：「蘇子瞻與劉孝叔、李公擇、陳令舉、楊公素會於吴興。時張子野在坐，作《定風波》詞以詠六客，卒章云：『盡道賢人聚吴分，試問：也應旁有老人星。』後十五年，蘇公再至吴興，則五人者皆已亡矣。」「吴分」：吴之分野。即吴地。「老人星」：南部天空一顆光度較亮的二等星。古人認爲它象徵長壽，故又名「壽星」。張先用以自喻。

按：全詞見張先《安陸集》：

西閣名臣奉詔行，南牀吏部錦衣榮。中有瀛仙賓與主，相遇。平津選首更神清。溪上玉樓同宴喜，歡醉。繞堤紅葉惜秋英。盡道賢人聚吴分，試問：也應中有老人星。

一〇六　詩「放情曰歌，悲如蛩螿曰吟，通乎俚俗曰謠，載始末曰引，委曲盡情曰曲」。〔一〕詞腔遇此等名，當於詩義溯之。又如腔名中有「喜」、「怨」、「憶」、「惜」等字，〔二〕亦以還他本意爲合。〔三〕

〔一〕姜夔《詩説》：「守法度曰詩，載始末曰引，體如行書曰行，放情曰歌，兼之曰歌行，悲如蛩螿曰吟，通乎俚俗曰謡，委曲盡情曰曲。」又清王士禎《師友傳燈録》：「問：『七言律詩而外，如古詩、歌、詞、行、曲、引、篇、章、吟、詠、歎、謡、風、騷、哀、怨、擬、弄諸體，其體格音律字句，何以分別，始不混雜？』阮亭答：『姜白石《詩説》云：載始末曰引，體如行書曰行，放情曰歌，悲如蛩螿曰吟，通乎俚俗曰謡，委曲盡情曰曲。』大略如此，可以意會。」

〔二〕按：詞牌中以「喜」命名的有《喜長新》、《喜春來》、《喜秋天》、《喜朝天》、《喜團圓》、《喜遷鶯》、《喜遷鶯令》等。以「怨」命名的有《怨三三》、《怨王孫》、《怨回紇》、《怨朱絃》、《怨東風》、《怨春風》、《怨春郎》、《怨啼鵑》等。以「憶」命名的有《憶人人》、《憶分飛》、《憶少年》、《憶王孫》、《憶仙姿》、《憶多嬌》、《憶江南》、《憶君王》、《憶吹蕭》、《憶東坡》、《憶帝京》、《憶故人》、《憶柳曲》、《憶真妃》、《憶桃源慢》、《憶秦娥》、《憶章臺》、《憶悶令》、《憶黄梅》、《憶漢月》、《憶瑶姬》、《憶餘杭》、《憶舊游》、《憶舊游慢》、《憶蘿月》。以「惜」命名的有《惜長久》、《惜久長》、《惜分飛》、《惜分釵》、《惜奴嬌》、《惜花春起早慢》、《惜芳時》、《惜芳菲》、《惜春令》、《惜春郎》、《惜春容》、《惜春纖》、《惜秋芳》、《惜秋華》、《惜紅衣》、《惜寒梅》、《惜黄花》、《惜黄花慢》、《惜餘妍》、《惜餘春》、《惜餘春慢》、《惜餘歡》、《惜瓊花》、《惜雙雙》、《惜雙雙令》等。

〔三〕按：詞牌本與所表達内容是一致的，如張志和的《漁歌子》即反映漁家生活，李白的《憶秦娥》即描寫一秦地女子對遠方游子的思念，但此後詞牌逐漸和所表現的内容之間發生脱離，成爲僅僅對某種聲律腔調格式的指稱。如史達祖曾經用《壽樓春》填製哀悼之詞。融齋希望詞牌的名稱能重新和内容一致，這當然是辦不到的了。

一〇七　詞莫要於有關係。〔一〕張元幹仲宗因胡邦衡謫新州，作《賀新郎》送之，坐是除名，〔二〕然身雖黜而義不可没也。張孝祥安國於建康留守席上賦《六州歌頭》，致感重臣罷席。〔三〕然則詞之興觀群怨，〔四〕豈下於詩哉！

〔一〕「關係」：此指關懷時事，維係世道人心。清沈祥龍《論詞隨筆》：「詞不顯言、直言而隱然能感動人心，乃有關係。所謂言者無罪，聞者足戒也。南唐李後主遊宴，潘佑進詞云：『樓上春寒山四面，桃李不須誇爛漫。已失了春風一半。』蓋謂外多敵國，地日侵削也。後主爲之罷宴。詞能如此，何減諫章？」按：此又可與卷三第一二九互參。

〔二〕張元幹：字仲宗，自號真隱山人，又號蘆川居士、蘆川老隱。有《蘆川詞》，今人曹濟平有《蘆川詞校注》。胡銓：字邦衡，《宋史》卷三百七十四有傳。

張元幹《賀新郎·送胡邦衡待制赴新州》：

夢繞神州路。悵秋風、連營畫角，故宫離黍。底事昆侖傾砥柱，九地黄流亂注？聚萬落千村狐兔。天意從來高難問，況人情老易悲如許。更南浦，送君去。　涼生岸柳催殘暑。耿斜河，疏星淡月，斷雲微度。萬里江山知何處？回首對床夜語。雁不到，書成誰與？目盡青天懷今古，肯兒曹恩怨相爾汝！擧大白，聽金縷。

按：張元幹因作詞送胡銓被除名事見宋王明清《揮麈録》後録卷十。

〔三〕張孝祥：字安國，號于湖居士，有《于湖詞》，今人宛敏灝有《張孝祥詞校箋》。「重臣」：指張浚。

張孝祥《六州歌頭》：

長淮望斷，關塞莽然平。征塵暗，霜風勁，悄邊聲。黯銷凝。追想當年事，殆天數，非人力，洙泗上，絃歌地，亦羶腥。隔水氈鄉，落日牛羊下，區脱縱橫。看名王宵獵，騎火一川明。笳鼓悲鳴。遣人驚。　念腰間箭，匣中劍，空埃蠹，竟何成。時易失，心徒壯，歲將零。渺神京。干羽方懷遠，靜烽燧，且休兵。冠蓋使，紛馳騖，若爲情。聞道中原遺老，常南望、羽葆霓旌。使行人到此，忠憤氣填膺。有淚如傾。

按：明陳耀文《花草粹編》卷二十四注引「《朝野遺記》云：安國在建康留守席上賦此歌闋，魏公爲罷席而入」，亦見明陳霆《渚山堂詞話》卷一。

〔四〕語見《論語·陽貨》：「子曰：『小子何莫學夫詩？詩可以興，可以觀，可以群，可以怨。邇之事父，遠之事君，多識於鳥獸草木之名。』」

一〇八　詞尚「風流儒雅」。〔一〕以塵言爲「儒雅」，〔二〕以綺語爲「風流」，〔三〕此「風流儒雅」之所以亡也。

〔一〕此用杜詩論詞。參卷三第〇一五及注〔二〕。

〔二〕「塵言」：世俗低下的言論。

〔三〕「綺語」：見卷四第〇四一注〔二〕。

一〇九　綺語有顯有微。依花附草之態，〔一〕略講詞品者亦知避之，然或不著相而染神，〔二〕病尤甚矣。

〔一〕「依花附草」：此喻用淺白直露之方法來描寫男女豔情。即所謂綺語之顯者。

〔二〕「著相」：本爲佛典語。指有意識地表現出來的形象狀態。唐慧能《壇經·機緣品》：「無端起知見，著相求菩提。」「不著相而染神」即所謂綺語之微者。又可參卷四第〇四一。又王國維《人間詞話》：「詞之雅鄭，在神不在貌。永叔、少游雖作豔語，終有品格。方之美成，便有淑女與倡妓之別。」可與此互參。

一一〇　「没些兒媻姍勃窣，也不是峥嶸突兀，管做徹元分人物」，此陳同甫《三部樂》詞也。〔一〕余欲借其語以判詞品。詞以「元分人物」爲最上，〔二〕「峥嶸突兀」猶不失爲奇傑，〔三〕「媻姍勃窣」則淪於側媚矣。〔四〕

〔一〕陳亮《三部樂》：

入腳西風，漸去去來來，早三之一。春花無數，畢竟何如秋實。不須待、名品如麻，試爲君屈指。是誰層出。十朝半月，爭看搏空霜鶻。從來別真共假，任盤根錯節，更饒倉卒。還他濟時好手、封侯奇骨。没些兒、媻姗勃窣，也不是、崢嶸突兀。百二十歲，管做徹、元分人物。

〔二〕「元分人物」：本色人物。

〔三〕「崢嶸突兀」：卓犖不凡貌。

〔四〕「媻跚勃窣」：匍匐而行、跛行。西漢司馬相如《子虛賦》：「於是乃相與獠於蕙圃，媻珊勃窣上金堤。」唐李善注引韋昭曰：「媻跚勃窣，匍匐上也。」宋陳鵠《耆舊續聞》卷二：「誰言水北無人到，亦有槃珊勃窣行。」此喻諂媚之態。「側媚」：用不正當的手段討好别人。《書·冏命》：「慎簡乃僚，無以巧言令色，便辟側媚。」唐孔穎達疏：「側媚者，爲僻側之事以求媚於君。」按：此可與卷二第二六二互參。

一二

詞有陰陽，陰者采而匿，陽者疏而亮。本此以等諸家之詞，〔一〕莫之能外。〔二〕

〔一〕「等」：分等、區别。

〔二〕「莫之能外」：没有能例外。按：此亦即南北宋詞風格之差異，見卷四第〇四七。

一二二　桓大司馬之聲雌，以故不如劉越石。〔一〕豈惟聲有雌雄哉？意趣、氣味皆有之。品詞者辨此，亦可因詞以得其人矣。

〔一〕《晉書》卷九十八《桓温傳》：「初，温自以雄姿風氣是宣帝、劉琨之儔，有以其比王敦者，意甚不平。及是征還，於北方得一巧作老婢，訪之，乃琨妓女也。一見温，便潸然而泣。温問其故，答曰：『公甚似劉司空。』温大悦，出外整理衣冠，又呼婢問。婢云：『面甚似，恨薄；眼甚似，恨小；須甚似，恨赤；形甚似，恨短；聲甚似，恨雌。』温於是褫冠解帶，昏然而睡，不怡者數日。」

一二三　齊梁小賦、唐末小詩、五代小詞，〔一〕雖小却好，雖好却小，〔二〕蓋所謂「兒女情多，風雲氣少」也。〔三〕

〔一〕「齊梁小賦」：指南北朝時出現之篇幅短小、重在抒寫個人情感之賦作，以别於兩漢盛行之重在描寫京都宫觀等宏大景物、崇尚鋪排之大賦。「唐末小詩」：指晚唐絶句。「五代小詞」：指五代以《花間》、《尊前》爲代表之令詞。

〔二〕按：「雖小却好」之「小」，指篇幅之短小。「雖好却小」之「小」，指意境之狹小，觀後引鍾嶸《詩品》可知。

〔三〕見卷二第〇三三注〔二〕引南朝梁鍾嶸《詩品》卷中《晉司空張華詩》。

二四　耆卿《兩同心》云：「酒戀花迷，役損詞客。」〔一〕余謂此等只可名迷戀花酒之人，不足以稱詞客，詞客當有「雅量高致」者也。〔二〕或曰：不聞「花間」、「尊前」之名集乎？〔三〕曰：使兩集中人可作，〔四〕正欲以此質之。〔五〕

〔一〕語見宋柳永《兩同心》：

佇立東風，斷魂南國。花光媚、春醉瓊樓，蟾彩迥、夜遊香陌。憶當時、酒戀花迷，役損詞客。　別有眼長腰搦。痛憐深惜。鴛會阻、夕雨淒飛，錦書斷、暮雲凝碧。想別來，好景良時，也應相憶。

〔二〕「雅量高致」：恢弘的氣度、高雅的情致。晉陳壽《三國志·吴志》卷九《周瑜傳》宋裴松之注引《江表傳》：「幹還，稱瑜雅量高致，非言辭所間。」

〔三〕按：《説文》：「尊，酒器也。」故以「尊前」、「花間」名集，即含「酒戀花迷」之意。可參卷四第〇二三注〔一〕。

〔四〕「作」：死而復生。

〔五〕「質」：質問、就正。

二五　詞家先要辨得「情」字。《詩序》言「發乎情」，〔一〕《文賦》言「詩緣情」，〔二〕所貴於情者，爲得其正也。〔三〕忠臣孝子，義夫節婦，皆世間極有情之人。流俗誤以欲爲情，欲長情

消，患在世道。〔四〕倚聲一事，其小焉者也？〔五〕

〔一〕見卷二第〇〇二注〔四〕。

〔三〕見卷三第〇七八注〔三〕。

〔三〕此當與卷二第二五六互參。又融齋《昨非集·讀詩序》：「『發乎情，止乎禮義』，蓋詩之情正者，即禮義。初非情縱之，而禮義操之也。」

〔四〕按：清錢裴仲《雨華盦詞話·情與褻判然兩途》：「言情之作易於褻，其實情與褻，判然兩途，而人每流情入褻。余每以爲好爲褻語者，不足與言情。」又融齋《游藝約言》：「《莊子》、《離騷》少欲多情。知情與欲不同，則知兩家之同。」

〔五〕按：宋張炎《詞源》有《賦情》、《離情》二節，此條隱然對其而發。

二一六　詞進而人亦進，其詞可爲也；詞進而人退，其詞不可爲也。〔一〕詞家彀到「名教之中自有樂地」，〔二〕「儒雅」之內自有「風流」，〔三〕斯不患其人之退也夫！

〔一〕「進」：猶言上進。「退」：猶言墮落。

〔二〕南朝宋劉義慶《世説新語·德行》：「王平子、胡毋彦國諸人皆以任放爲達，或有裸體者。樂廣笑曰：『名教之中自有樂地，何爲乃爾也。』」「彀」：牢籠、圈套。這裏有以……爲約束、範圍的意思。又清沈曾植《茵閣瑣談・融齋論詞較止庵精當》：「止庵而後，論詞精當，莫若融齋。涉覽既多，會心特遠，非情深意超者，固不能契其淵旨。而得宋人詞心處，融齋較止庵真際尤多。」今附録於融齋論詞之末，備參。

〔三〕見卷三第〇一五及注〔二〕。龍松生校編沈曾植《海日碎金・劉融齋詞概評語》引卷四第〇九六、卷四第〇九九、卷四第一一一、卷四第一一六云：「先生皆賞其言。」又：「先生云：論詞遠不逮論書。涉其津涯，與入其閫奥，境地固殊也。」

一一七　曲之名古矣。〔一〕近世所謂曲者，乃金、元之北曲，〔二〕及後復溢爲南曲者也。〔三〕未有曲時，詞即是曲；既有曲時，曲可悟詞。苟曲理未明，詞亦恐難獨善矣。

〔一〕按：「曲」之名始見《國語・周語上》：「使公卿至於列士獻詩，瞽獻曲，史獻書。」三國吴韋昭注：「曲，樂曲也。」

〔二〕「北曲」：中國最早的戲曲聲腔之一。爲金元時期流行於北方的雜劇與散曲所用的音樂。這種音樂之所以稱爲「曲」，是與宋詞相區别而言；稱爲「北曲」，又是爲了與南宋以來流傳於南方的「南曲」相區别。

〔三〕「南曲」：中國最早的戲曲聲腔之一。是南宋以來流行於南方各地的南戲所用的音樂。南曲最初是從浙江温州一帶的民間歌舞基礎上發展起來的。明徐渭《南詞叙録》：「永嘉雜劇興，則又即村坊小曲而爲之，本無宫調，亦罕節奏，徒取其畸農、市女順口可歌而已，諺所謂隨心令者，即其技歟？」按：清江順詒《詞學集成》卷一：「詒案：此論亦先得我心，於詞之源流，了然豁然。」

二八　詞如詩，曲如賦。〔一〕賦可補詩之不足者也。昔人謂：「金元所用之樂，嘈雜、淒緊、緩急之間，詞不能按，乃更爲新聲。」〔二〕是曲亦可補詞之不足也。

〔一〕「詞如詩」，爲其「導源於古詩」，參卷四第〇〇四。「曲如賦」，爲其長於鋪叙也。

〔二〕見明王世貞《曲藻序》：「曲者，詞之變。自金元入中國，所用胡樂，嘈雜、淒緊、緩急之間，詞不能按，乃更爲新聲以媚之。」

二九　南北成套之曲，遠本古樂府，近本詞之過變。〔一〕遠如漢《焦仲卿妻》詩，〔二〕叙述備首尾，情事言狀，無一不肖。〔三〕梁《木蘭辭》亦然。〔四〕近如詞之三疊、四疊，有《戚氏》、《鶯啼序》之類。〔五〕曲之套數，〔六〕殆即本此意法而廣之；所别者，不過次第其牌名以爲記目耳。〔七〕

〔一〕「成套之曲」：即套數。見注〔六〕。宋鄭樵《通志》卷四十九《樂略》：「古之詩，今之辭曲也。若不能歌之，但能誦其文而説其義，可乎？」宋胡寅《斐然集》卷十九《向薌林酒邊集後序》：「詞曲者，古樂府之末造也。古樂府者，詩之旁行也。」

〔二〕詩見陳徐陵《玉臺新詠》卷一《古詩無名人爲焦仲卿妻作並序》。

〔三〕按：《焦仲卿詩》及《木蘭辭》等語言「俚俗」（見《四庫全書總目・廣文選》），「委曲瑣屑」（見《四庫全書總目・震堂集》），且「皆非其人自作也，特代爲其人之言耳」（見清陳啓源《毛詩稽古編》卷四《氓》），此皆實有類南北成套之曲也。《四庫全書總目・欽定曲譜》：「自古樂亡而樂府興，後樂府之歌法至唐不傳。其所歌者，皆絶句也。唐人歌詩之法，至宋亦不傳，其所歌者，皆詞也。宋人歌詞之法，至元又漸不傳，而曲調作焉。考《三百篇》以至詩餘，大都抒寫性靈，緣情綺靡。惟南北曲則依附故實，描摹情狀，連篇累牘，其體例稍殊。然《國風》『氓之蚩蚩』一篇已詳叙一事之始末，樂府如《焦仲卿妻詩》、《秋胡行》、《木蘭詩》並鋪陳點綴，節目分明，是即傳奇之濫觴矣。」又清吴喬《答萬季埜詩説》：「問：『《焦仲卿妻》在樂府中，又與餘篇不同，何也？』答曰：『意者此篇如董解元《西廂》，今之《山坡羊》，乃一人彈唱之詞，無可考矣。』」

〔四〕詩見宋郭茂倩《樂府詩集》卷二十五。按：此詩《樂府詩集》云古辭，並未注明時代。惟明曹學佺《石倉歷代詩選》卷九列入後梁，疑此或從《石倉歷代詩選》。

〔五〕《戚氏》：二百十二字，三疊。《鶯啼序》：二百四十字，四疊，爲詞調最長者。可參清萬樹《詞律》卷二十。

〔六〕「套數」：劇曲或散曲（小令除外）中，用多種曲調互相聯貫，有首有尾，組成的一個單位。一般有兩個特點：一是必須有兩支以上同一宮調的曲子相聯，如宮調雖異，管色相同者也可互借入套。二是全套無論長短，必須首尾一韻。散曲的套數或套曲，又稱「散套」。

〔七〕「牌名」：通稱「曲調」。明王驥德《曲律》卷一《論調名》：「曲之調名，今俗曰牌名。」如《點絳唇》、《山坡羊》、《掛枝兒》等，名色多至几千個。每一曲牌都有一定的曲調、唱法、字數、句法、平仄，可據以填寫詞。曲牌大都來自民間，一部分由詞發展而來，故曲牌名也有與詞牌名相同的。有的曲牌有調无詞，只供演奏。曲調音節，古代都寫在牌子上，故又稱爲曲牌。

一三〇 樂曲「一句爲一解」，「一章爲一解」，並見《古今樂録》。〔一〕王僧虔《啓》云：「古曰章，今曰解。」余案：以後世之曲言之，小令及套數中牌名，無非章解遺意。

〔一〕《古今樂録》，南朝陳釋智匠撰，今已散佚。引文見宋郭茂倩《樂府詩集》卷二十六《相和歌辭》引：「《古今樂録》曰：『傖歌以一句爲一解，中國以一章爲一解。』王僧虔《啓》云：『古曰章，今曰解，解有多少。』」

一三一 洪容齋論《唐詩戲語》，〔一〕引杜牧「公道世間惟白髮，貴人頭上不曾饒」，〔二〕高駢「依稀似曲才堪聽，又被吹將別調中」，羅隱「自家飛絮猶無定，爭解垂絲絆路人」，〔三〕余謂觀此則南北劇中之本色當家處，〔四〕古人早透消息矣。

〔一〕容齋：宋洪邁之號。語見其《容齋隨筆》卷十一《唐詩戲語》：「士人於棋酒間，好稱引戲語，以助譚笑，大抵皆唐人詩。後生多不知所從出，漫識所記憶者於此：『公道世間惟白髮，貴人頭上不曾饒。』杜牧《送隱者》詩也。『因過竹院逢僧話，又得浮生半日閒。』李涉詩也。『只恐爲僧僧不了，爲僧得了盡輸僧。』『啼得血流無歇處，不如緘口過殘春。』杜荀鶴詩也。『數聲風笛離亭晚，君向瀟湘我向秦。』鄭谷詩也。『今朝有酒今朝醉，明日愁來明日愁。』『勸君不用分明語，語得分明出轉難。』『自家飛絮猶無定，爭解垂絲絆路人。』『明年更有新條在，撓亂春風卒未休。』『采得百花成蜜後，不知辛苦爲誰甜。』羅隱詩也。高駢在西川，築城禦蠻，朝廷疑之，徙鎮荆南。作《風箏詩以見意》曰：『昨夜箏聲響碧空，宮商信任往來風。依稀似曲才堪聽，又被吹將別調中。』今人亦好引此句也。」

〔二〕唐杜牧《送隱者一絶》：「無媒徑路草蕭蕭，自古雲林遠市朝。公道世間唯白髮，貴人頭上不曾饒。」

〔三〕唐羅隱《柳》：「灞岸晴來送別頻，相偎相倚不勝春。自家飛絮猶無定，爭解垂絲絆路人。」

〔四〕「本色當家」：猶「本色當行」，古典戲曲評論術語。源自宋嚴羽《滄浪詩話·詩法》：「須是本色，須是當行。」意爲本然之色、（某方面的）行家裏手。明徐渭《西廂序》：「世事莫不有本色，有相色。本色猶俗言正身也，相色，替身也。替身者，即書評中『婢作夫人終覺羞澀』之謂也。……

故余於此本中賤相色，貴本色。」淩濛初《譚曲雜札》：「曲始於胡元，大略貴當行不貴藻麗。其當行者曰本色。」此當謂多「生字俚語」、「借俗寫雅」也。明胡應麟《詩藪》内篇卷六《絶句下》：「『公道世間惟白髮，貴人頭上不曾饒』，『年年點檢人間事，只有春風不世情』，『世間甲子須臾事，逢著仙人莫看棋』，『雖然萬里連雲際，爭似堯階三尺高』，『坑灰未冷山東亂，劉項元來不讀書』，皆僅去張打油一間。」並可參卷四第〇二一、卷四第一二二。融齋《昨非集》卷三《檢書》：「檢書得雜劇，作者多元人。……世俗厭莊論，借諷理亦存。」與此可互參。

一三　《魏書・胡叟傳》云：「既善爲典雅之詞，又工爲鄙俗之句。」〔一〕余變換其義以論曲，以爲其妙在借俗寫雅，面子疑於放倒，〔二〕骨子彌復認真。雖半莊半諧，不皆典要，〔三〕何必非莊子所謂「直寄焉，以爲不知己者詬厲」耶？〔四〕

〔一〕《魏書》卷五十二《胡叟傳》：「胡叟，字倫許，安定臨涇人也。世有冠冕，爲西夏著姓。叟少聰敏，年十三，辨疑釋理，知名鄉國，其意之所悟，與成人交論，尠有屈焉。學不師受，友人勸之。叟曰：『先聖之言，精義入神者，其唯《易》乎？猶謂可思而過半，末世腐儒，粗別剛柔之位，寧有探賾未兆者哉？就道之義，非在今矣。』及披讀群籍，再閲於目，皆誦於口。好屬文，既善爲典雅之詞，又工爲鄙俗之句。」

〔二〕「面子疑於放倒」：表面上好像丢開。

〔三〕「典要」：典雅、得當。

〔四〕語見《莊子·人間世》。意謂只不過是寄託罷了，致使不瞭解它的人訾議它。

一三三　王元美云：「詞不快北耳而後有北曲，北曲不諧南耳而後有南曲。」〔一〕何元朗云：「北字多而調促，促處見筋；南字少而調緩，緩處見眼。」〔二〕二説其實一也，蓋促，故快；緩，故諧耳。

〔一〕元美：明王世貞之字，語見其《曲藻》：「三百篇亡而後有騷賦，騷賦難入樂，而後有古樂府。古樂府不入俗，而後以唐絶句爲樂府，絶句少宛轉，而後有詞。詞不快北耳，而後有北曲，北曲不諧南耳，而後有南曲。」

〔二〕元朗：明何良俊之字，語見卷三第〇〇八注〔一〕。

一三四　元張小山、喬夢符爲曲家翹楚，〔一〕李中麓謂猶唐之李、杜。〔二〕《太和正音譜》評小山詞：「如披太華之天風，招蓬萊之海月。」〔三〕中麓作《夢符詞序》云：「評其詞者，以爲若天吴跨神鼇，噀沫於大洋，波濤洶湧，有截斷衆流之勢。」〔四〕案：小山極長於小令。夢符雖頗作雜劇、散套，亦以小令爲最長。兩家固同一騷雅，不落俳語，惟張尤翛然獨遠耳。

〔一〕小山：元張可久之號，字伯遠（一作仲遠），有《小山樂府》，存小令八五五首、套數九篇。夢符：元喬吉之字，號笙鶴翁，又號惺惺道人，現存雜劇三種，小令二〇九首，套數十一篇。今人呂薇芬有《張可久集校注》。「翹楚」：語出《詩・周南・漢廣》：「翹翹錯薪，言刈其楚。」東漢鄭玄《箋》：「楚，雜薪之中尤翹翹者。」本指高出雜樹叢之荊樹。此喻傑出之人才。

〔二〕中麓：明李開先。字伯華，號中麓子、中麓山人及中麓放客。《明史》卷二百八十七有傳，著有《詞謔》等。李開先《喬夢符小令序》：「元之張喬，其猶唐之李杜乎？」

〔三〕《太和正音譜》二卷，明朱權著，朱權是明太祖朱元璋的第十七子，別號臞仙、涵虛子、丹丘先生等，初封大寧，後改封南昌，卒謚「獻」，又稱「寧獻王」。《太和正音譜》主要記載和古典戲曲理論和史料及北「雜劇」的曲譜。分樂府體式、古今群英樂府格勢、雜劇十二科、群英所編雜劇、善歌之士、音律宮調、詞林須知、樂府八部分。引文見《太和正音譜・古今群英樂府格勢》：「張小山詞，如瑤天笙鶴。其詞清而且麗，華而不豔，有不吃煙火食氣，真可謂不羈之材；若被太華之仙風，招蓬萊之海月，誠詞林之宗匠也，當以九方皋之眼相之。」

〔四〕「云」：《續修四庫》本作「稱」。引文見李開先《喬夢符小令序》。

一三五　曲以破有、破空爲至上之品。〔一〕中麓謂小山詞「瘦至骨立，血肉銷化俱盡，乃鍊成萬轉金鐵軀」，〔二〕破有也；又嘗謂其「句高而情更款」，〔三〕破空也。

〔一〕按：融齋此以佛典論曲。「破有」：破除執有的見解。此指破除陳腐俗濫之辭。「破空」：破除空執。「空執」：即執著於空法而否定諸法的存在。此指空泛而不切之辭。卷四第一三七：「語意既忌占實，又忌落空；既怕掛漏，又怕夾雜。」「占實」、「夾雜」即此處「有」之謂也。「落空」、「掛漏」即此處「空」之謂也。

〔二〕語見明李開先《詞謔·詞套》：「小山清勁，瘦至骨立，而血肉銷化俱盡，乃孫悟空鍊成萬轉金鐵軀矣。」

〔三〕語見明李開先《詞謔·詞套》：「《尾聲》：『無心學鍾王字，遣興閒觀李杜詩，風月關情隨人志，酒不到半卮，飯不到半匙，瘦損了青春少年子』——韻窄而字不重，句高而情更款。」

三六 北曲名家，不可勝舉，如白仁甫、貫酸齋、馬東籬、王和卿、關漢卿、張小山、喬夢符、鄭德輝、宮大用，其尤著也。〔一〕諸家雖未開南曲之體，然南曲正當得其神味。觀彼所製，圓溜瀟灑，纏綿蘊藉，於此事固若有別材也。〔二〕

〔一〕仁甫：元白朴之字，號蘭谷。初名恒，現存小令三十七、套數四、雜劇三種。酸齋：元貫雲石之號，又號蘆花道人。今存小令七九、套數八。東籬：元馬致遠之號，字千里，現存小令一一五、套數一六、雜劇七種。王和卿：生平事迹不詳，現存小令二一、套數一、殘套數二。關漢卿：號一齋、已齋叟，現存小令五七、套數一三、殘套數二、雜劇十八種。「小山」：張可久之號。夢符：

喬吉之字，號笙鶴翁。現存小令二零九、套數一一、雜劇三種。德輝：鄭光祖之字。現存小令六、套數二、雜劇七種。大用：宫天挺之字，現存雜劇二種。明王驥德《曲律》卷三《論訛字》：「唐三百年，詩人如林。元八十年，北詞名家亦不下二百人，明興二百四十年，作南曲錚錚者，指不易多屈，何哉？」

〔三〕「别材」：特殊的才能。宋嚴羽《滄浪詩話·詩辯》：「夫詩有别材，非關書也；詩有别趣，非關理也。」

一三七　《太和正音譜》諸評，〔一〕約之只清深、豪曠、婉麗三品。清深如吴仁卿之「山間明月」也，〔二〕豪曠如貫酸齋之「天馬脱羈」也，〔三〕婉麗如湯舜民之「錦屏春風」也。〔四〕

〔一〕按：此所云諸評當是對其中的《古今群英樂府格勢》而言。

〔二〕明朱權《太和正音譜》卷上《古今群英樂府格勢》：「吴仁卿之詞，如山間明月。」按：吴弘道，字仁卿，元金台蒲陰人，《全元散曲》收録其小令三十四，套數四。

〔三〕明朱權《太和正音譜》卷上《古今群英樂府格勢》：「貫酸齋之詞，如天馬脱羈。」

〔四〕明朱權《太和正音譜》卷上《古今群英樂府格勢》：「湯舜民之詞，如錦屏春風。」按：湯式字舜民，號菊莊，元末明初人。《全元散曲》收録其套數六十八、小令一百七十、殘曲一。

二八　北曲六宮十一調，各具「聲情」，元周德清氏已傳品藻。六宮曰：「仙呂清新綿邈，南呂感歎悲傷，中呂高下閃賺，黃鍾富貴纏綿，正宮惆悵雄壯，道宮飄逸清幽。」十一調曰：「大石風流蘊藉，小石旖旎嫵媚，高平條暢滉漾，般涉拾掇坑塹，歇指急併虛歇，商角悲傷宛轉，雙調健捷激裊，〔一〕商調悽愴怨慕，角調嗚咽悠揚，宮調典雅沈重，越調陶寫冷笑。」〔二〕製曲者每用一宮一調，俱宜與其神理吻合。南曲之九宮十三調，〔三〕可準是推矣。

〔一〕「激裊」：明王世貞《曲藻》作「激梟」。

〔二〕引語見元周德清《中原音韻》卷下《正語作詞起例》：「大凡聲音，各應於律呂，分於六宮十一調，共計十七宮調。『仙呂調清新綿邈，南呂宮感嘆傷悲，中呂宮高下閃賺，黃鍾宮富貴纏綿，正宮惆悵雄壯，道宮飄逸清幽，大石風流醞藉，小石旖旎嫵媚，高平條拘滉漾，般涉拾掇坑塹，歇指急并虛歇，商角悲傷宛轉，雙調健棲激裊，商調悽愴怨慕，角調嗚咽悠揚，宮調典雅沉重，越調陶寫冷笑。』」按：夏承燾等《讀詞常識》第三章《詞調》：「案《苕溪漁隱叢話前集》卷五十一引《王直方詩話》說秦觀嘗和王仲至詩。仲至讀之笑曰：『此語又待入小石調也。』這是指秦觀的詩近於『旖旎嫵媚』。可見《中原音韻》對六宮十一調聲情的分析，當傳自宋代，並不始於元人。宋詞與元曲的聲情，應是相去不遠。」其說甚是。元燕南芝庵《唱論》亦有：「大凡聲音，各應於律呂，分於六宮十一調，共計十七調宮：仙呂調唱清新綿邈，南呂宮唱感歎傷悲，中呂宮唱高下閃賺，黃鐘宮唱富貴纏綿，正宮唱惆悵雄壯，道宮唱飄逸清幽，大石唱風流蘊藉，小石唱旖旎嫵媚，高平唱條物滉漾，般涉唱健捷激裊，商調唱悽愴怨慕，角調唱嗚咽悠揚，宮調唱典雅沉重，越調唱陶寫冷笑。」元燕南芝庵生卒年及生平事迹皆不見記載。元楊朝英于正午年間編《樂府新編陽春白雪》中已收入《唱論》，可知其爲元至正（當公元一三四一至一三六一年）以前人，因此此節不可能是鈔自《中原音韻》，亦可見這種對六宮十一調聲情的分析確實由來已久。

〔三〕清王奕清《曲譜・凡例》：「南曲九宮十三調：蓋以仙呂爲一宮，而羽調附之；正宮爲一宮，而大石調附之；中呂爲一宮，而般涉調附之；南呂爲一宮；黄鍾爲一宮；越調爲一宮；商調爲一宮，而小石調附之；雙調爲一宮；仙呂入雙調爲一宮；共爲九宮十三調也。」

二三九　曲有借宮，〔一〕然但有例借而無意借。〔二〕既須考得某宮調中可借某牌名，更須考得部位宜置何處，乃得節律有常，而無破裂之病。〔三〕

〔一〕「借宮」：北曲的套數是由同一宮調的若干曲子按一定規則聯綴而成的。在雜劇的套數中有時借用相近宮調的曲子入套，稱爲借宮。散曲的套數不借宮。如元王實甫《西廂記》第四本第三折套數的曲調是正宮，但其所用曲子中屬於正宮的只是前面的《端正好》、《滾繡球》、《叨叨令》、《脱布衫》、《小梁州》等幾支；後面的《上小樓》、《滿庭芳》、《快活三》、《朝天子》、《四邊静》等屬於中吕宫，《要孩兒》、《煞》（包括《五煞》、《四煞》、《三煞》、《二煞》、《一煞》）等屬於般涉調。這種現象，即稱借宮。可參閲元周德清《中原音韻》。

〔二〕「例借」：遵循舊例借用。「意借」：隨心所欲、想當然的借用。「意」：通「臆」。

〔三〕「破裂」：破音、裂音。指音律方面的疵病。

一三〇　曲套中牌名，有名同而體異者，有體同而名異者。〔一〕名同體異，以其宮異也；體同名異，亦以其宮異也。輕重雄婉之宜，當各由其宮體貼出之。〔二〕

〔一〕一個套曲由同一宮調的不同曲牌組成，曲牌不同，其體制格式一般來説是不同的，但有時有這樣的情況：不同宮調中的一些不同的牌名，實際上體制格式却是相同的，因而形成了雖然名稱不同但體制格式完全相同的牌名進入兩種以上的宮調的情況。例如仙吕中的《雙燕子》和商調中的《雙雁兒》，名稱不同而體制完全相同。這種情況就稱「體同名異」。相反，有些牌名相同的曲牌，體制格式却是完全不同的。如正宮和仙吕都有《端正好》，但它們的體制和格式却是完全不同的。這種情況就稱「名同體異」。

〔二〕因宮調各具聲情也。參卷四第一一二八。

一三一　牌名亦各具神理。昔人論歌曲之善，謂：「《玉芙蓉》、《玉交枝》、《玉山供》、《不是路》要馳騁，《鍼線箱》、《黄鶯兒》、《江頭金桂》要規矩，《二郎神》、《集賢賓》、《月雲高》、《念

奴嬌》、《本序》、《刷子序》要抑揚。」蓋若已兼爲製曲言矣。〔一〕

〔一〕「昔人」：指明魏良輔。語見其《南詞引正》：「唱曲俱要唱出各様曲名理趣，宋元人自有體式。如《玉芙蓉》、《玉交枝》、《玉山頽》、《不是路》俱要馳驟；如《針線箱》、《黄鶯兒》、《江頭金桂》要規矩；如《二郎神》、《集賢賓》、《月雲高》、《本序》、《刷子序》、《獅子序》要悠揚；如《撲燈蛾》、《紅繡鞋》、《麻婆子》雖疾而無腔，有板，板要下得匀淨。」《月雲高》：原作《月兒高》，今據《曲律》改。

一三二　曲莫要於依格。同一宫調，而古來作者甚多，既選定一人之格，則牌名之先後，句之長短，韻之多寡、平仄，當盡用此人之格，未有可以張冠李戴、斷鶴續鳧者也。〔一〕

〔一〕《莊子・駢拇》：「長者不爲有餘，短者不爲不足。是故鳧脛雖短，續之則憂；鶴脛雖長，斷之則悲。」此喻肆意拼湊。

一三三　曲所以最患失調者，一字失調，則一句失調矣，一牌、一宫俱失調矣。乃知王伯良之《曲律》，〔一〕李玄玉之《北詞廣正譜》，〔二〕原非好爲苛論。

〔一〕伯良：明王驥德之字。又字伯駿，號方諸生，别署秦樓外史，浙江會稽人。所著《曲律》四卷，是最早的一部關於南北曲作曲的著作。

〔二〕玄玉：明末清初戲曲家李玉之字。所著《北詞廣正譜》系根據徐于室等所輯曲譜擴編而成。共十八卷，内四卷有目無曲。選録曲牌四四七支，多采元雜劇、散套及明初諸家所著北詞，依宮按調，彙爲全書。於牌名、體格之同異，辯證精詳，尤以點板正確見稱，爲後世曲家用作填寫曲詞的依據。

一三四　姜白石製詞，自記拍於字旁。〔一〕張玉田《詞源》詳十二律諸記，〔二〕足爲注腳，蓋即應律之工尺也。《遼史·樂志》云：「大樂，其聲凡十：五、凡、工、尺、上、一、四、六、勾、合。」〔三〕樂家既視遼《志》爲故常，〔四〕當不疑姜記爲奇秘矣。〔五〕

〔一〕按：《四庫全書總目·白石道人歌曲》：「其《九歌》皆注律吕於字旁，琴曲亦注指法於字旁，皆尚可解。惟《自製曲》一卷及二卷《鬲溪梅令》、《杏花天影》、《醉吟商小品》、《玉梅令》，三卷之《霓裳中序第一》，皆記拍於字旁。宋代曲譜今不可見，亦無人能歌，莫辨其節奏安在，然歌詞之法，僅僅留此一線。」「尺」：音扯。

〔二〕見宋張炎《詞源》卷上《十二律吕》。

〔三〕語見《遼史》卷五十四：「大樂聲各調之中，度曲協音，其聲凡十：曰五、凡、工、尺、上、一、四、六、勾、合。近十二雅律，於律吕各闕其一，猶雅音之不及商也。」其中「五、凡、工、尺、上、一、四、六、勾、合」爲十個不同音高的符號，這十個符號與十二律吕中的十個律吕（其中律、吕各缺一）

相對應。按：「大樂十聲」之説，已見張炎《詞源·管色應指詞譜》。

〔四〕「故常」：舊規、常例。

〔五〕「奇秘」：珍奇、罕見。

一三五　曲辨平仄，兼辨仄之上去。〔一〕蓋曲家以去爲送音，以上爲頓音，〔二〕送高而頓低也。辨上去，尤以煞尾句爲重；煞尾句，尤以末一字爲重。〔三〕

〔一〕北曲中仄聲包括上聲、去聲（按理説：仄聲還包括入聲。但在北曲盛行時代，入聲已逐漸消失，或者説在戲曲唱腔中已經開始消失。元周德清《中原音韻》「作詞十法·知韻」：「無入聲，止有平、上、去三聲。」明王驥德《曲律》卷二《論平仄》：「北音重濁，故北曲無入聲。」）近體詩只對平仄有要求，但在北曲有些地方，對聲律的區分比近體詩更細，不僅要求是仄聲，而且還要求必須是仄聲中的上聲或去聲。明王驥德《曲律》卷二《論平仄》：「其用法，則宜平不得用仄，宜仄不得用平（原注：此仄兼上去），宜上不得用去，宜去不得用上，宜上去不得用去上，宜去上不得用上去。」

〔二〕「送音」：明沈寵綏《度曲須知》卷上《四聲批窾》引明沈璟：「凡曲，去聲當高唱，上聲當低唱，平入聲又當酌其高低，不可令混。」沈寵綏認爲，去聲高唱，在陰去則可；若陽去，初出不嫌稍平，轉腔乃始高唱，則平出去收，字方圓穩。出口高唱，即所謂「送音」。「送音者，出口即高唱，其音直送不返也。」陰去聲，出口即「送音」。而陽去聲，則漸高而「送音」。「頓音」：明沈寵綏《度曲須知》卷上《四聲批窾》：「上聲固宜低出，第前文間遇揭字高腔，及緊板時曲情促急，勢有拘礙，不能過低，則初出稍高，轉腔低唱，而平出上收，亦肖上聲字面。古人謂去有送音，上有頓音。」所謂頓音者，即指所落低腔，欲其短，不欲其長，一出即頓住。上聲字不是都要用頓音，其所以用頓音，是因爲間遇去聲字時唱清上聲字，以使警峭。

〔三〕元周德清《中原音韻》卷下《末句》：「詩頭曲尾是也。如得好句，其句意盡，可爲末句。前輩已有『某調末句是平煞、某調末句是上煞、某調末句是去煞』。照依後項用之。夫平仄者，平者，平聲。仄者，上去聲也。後云上者，必要上；去者，必要去；上去者，必要上去；去上者，必要去上。仄仄者，上去、去上皆可。上上、去去若得回避尤妙，若是造句且熟，亦無害。」又清萬樹《詞律・發凡》：「尾句尤爲吃緊，如《永遇樂》之『尚能飯否』，《瑞鶴仙》之『又成瘦損』，『尚』、『又』必仄，『能』、『成』必平，『飯』、『瘦』必去，『否』、『損』必上，如此然後發調。末二字若用平上、或平去、或去去、上上、上去，皆爲不合。元人周德清論曲有『煞句定格』；夢窗論詞亦云某調用何音煞。雖其言未詳，而其理可悟。」凡此皆可見詞曲對煞尾句要求的嚴格。可參卷四第一三六注〔二〕。

一三六　玉田《詞源》最重結聲，〔一〕蓋十二宫所住之字不同者，必不容相犯也。〔二〕此雖以

六、凡、工、尺、上、一、四、勾、合、五言之，而平、上、去可推矣。

〔一〕按：張炎《詞源》卷上有《結聲正訛》專章進行論述。

〔二〕明王驥德《曲律》卷三《論尾聲》：「尾聲以結束一篇之曲，須是愈著精神。末句更得一極俊語收之，方妙。凡北曲煞尾，定佳。……各宮調尾聲，或平煞，或仄煞，各有定格。」

三七　北曲楔子先於隻曲，〔一〕南曲引子先於正曲。〔二〕語意既忌占實，又忌落空；既怕罣漏，〔三〕又怕夾雜：此爲大要。

〔一〕按：元雜劇分宮聯套，每本四折，分用四個宮調，演唱一個故事。既符合事物從發生、發展到轉變、結束四個階段的順序，同時又可以按劇中人物矛盾的開端、發展、高潮、結束來安排情節和場面。高潮往往出現在第三折。由於有些比較複雜的人物故事，在四折中不好安排，補救的辦法是加上一個短小的場子，唱一二支曲子，稱作「楔子」。「楔子」多數是放在第一折之前，作爲劇情的開端，也有放在折與折之間，起銜接過渡的作用類似現在戲劇的過場戲。楔子在音樂上没有獨立性，它雖然有一二支唱曲，但在宮調上則從屬於後一折的套曲。

〔二〕「引子」：指戲曲中重要脚色登場時的第一個曲子，大都介紹劇中的規定情境。如《琵琶記·高堂稱慶》的《瑞鶴仙》，《牡丹亭·遊園》的《繞池遊》，是一種半念半唱的形式，念的部分爲韻白，唱的部分則爲有固定的音高與節奏的旋律，因此又可視爲白與唱相間的結合體。清謝元淮《填詞淺説·引子》：「引子即登場第一曲，北曰楔子，南曰引子，本於詩餘。原可加板作曲，向來唱引子者，皆於句盡處用一底板。」

〔三〕「罣漏」：即挂漏。

一三八　曲一宮之内，〔一〕無論牌名幾何，其篇法不出始、中、終三停。〔二〕始要含蓄有度，中要縱橫盡變，終要優游不竭。

〔一〕按：在古代音樂理論中，凡以「宮」爲主音的樂曲稱「宮」。以「商」、「角」、「徵」、「羽」爲主音的樂曲稱「調」。二者合稱「宮調」，因此宮調一詞既有調高的意義，又有調式的意義。根據「十二律旋相爲宮」的理論，七音與十二律相乘，可得八十四調，但實際運用上没有那麽多繁雜。到了元代，北曲只用十二宮調，但在舞臺上常用的却只有九個宮調。不過北曲因爲採用曲牌聯套體形式，對宮調的運用非常嚴格，必須一宮到底。南曲的宮調不像北曲那麽嚴格，一套曲子不限於一個宮調，可以用兩個或三個。不過這些宮調必須是笛色相同或可以相通的。可參明王驥德《曲律》卷二《論宮調》。

〔二〕「三停」：三部分。

一三九　「纍纍乎端如貫珠」，〔一〕歌法以之，〔二〕蓋取分明而聯絡也。曲之章法，所尚亦不外此。

〔一〕《禮記·樂記》：「故歌者上如抗，下如隊，曲如折，止如槁木。倨中矩，句中鉤，累累乎端如貫珠。」

〔二〕「以」：通「似」。

一四〇　曲句有當奇，〔一〕有當偶。當奇而偶，當偶而奇，皆由昧於句讀、韻腳及襯字以致誤耳。〔二〕

〔一〕「當」：音都郎切，平聲。應該。後同。

〔二〕「襯字」：曲詞中在曲律規定的字數之外增加的字。常用以補足語氣，增加聲情色彩。它在歌唱時不占重要拍子，不能用於句末，不能做韻腳。字數不論，一般小令襯字少，套數多，雜劇更多。也稱墊字。明王驥德《曲律·論襯字》：「古詩餘無襯字，襯字自南、北二曲始。北曲配弦索，雖繁聲稍多，不妨引帶。南曲取按拍板，板眼緊慢有數；襯字太多，搶帶不及，則調中正字，反不分明。」

一四一　曲於句中多用襯字，〔一〕固嫌喧客奪主，〔二〕然亦有自昔相傳用襯字處，不用則反不靈活者。

〔一〕按：明王驥德《曲律》卷三《論曲禁》：「曲律，以律曲也。律則有禁，具列以當約法：……襯字多。」融齋此條當對《曲律》而發。

〔二〕「喧客奪主」：猶喧賓奪主，此喻本末倒置。

一四二　曲止小令、雜劇、套數三種。〔一〕小令、套數不用「代」字訣，雜劇全是「代」字訣。〔二〕不代者品欲高，代者才欲富。此亦如「詩言志」、「賦體物」之别也。〔三〕又套數視雜劇尤宜貫串，以雜劇可借白爲聯絡耳。〔四〕

〔一〕「套數」：若干支曲牌聯合成套，稱爲套數，今人稱套曲。初見於元代燕南芝庵《唱論》：「有尾聲名『套數』，時行小令唤『葉兒』。」本指北曲，但後人相襲，把南曲的套曲亦稱爲套數。「雜劇」：此特指元雜劇。元雜劇的曲詞採取曲牌聯套體的形式，一本四折，每折聯結不同的曲牌爲一套，四折戲用四個宫調：第一折多用仙吕，第二折多用南吕，第三折多用中吕或越調，第四折多用雙調。每套曲詞一韻到底。

〔二〕「代字訣」：根據戲劇中人物角色的不同而代爲立説。清焦循《易餘籥録》卷十七：「元人曲，止正旦、正末唱，餘不唱。其爲正旦、正末者，必取義夫貞婦、忠臣孝子厚德有道之人，他宵小市井不得而干之。余謂八股入口氣，代其人論説，實原本曲劇。」可參卷二第二一五及注〔一〕。

〔三〕「詩言志」：見卷一第三四〇注〔三〕；「賦體物」：見卷三第〇七八注〔三〕。按：此以「小令」擬詩，「套數」擬賦。明王驥德《曲律》卷三《論套數》：「套數之曲，元人謂之『樂府』，與古之辭賦，今之時義，同一機軸。」

〔四〕「白」：戲曲中只説不唱的部分，又分念白和韻白。其源甚早，唐變文《維摩詰經變文》已用白字，以別於唱。元王實甫《西廂記》第一本第二折：「夫人上，白。」明李詡《戒庵老人漫筆·曲賓白》：「北曲中有全賓、全白，兩人對説曰賓，一人自説曰白。」

一四三　曲家高手，往往尤重小令。〔一〕蓋小令一闋中，要具事之首尾，又要言外有餘味，所以爲難，〔二〕不似套數可以任我鋪排也。

〔一〕宋張炎《詞源》：「詞之難於小令，如詩之難於絶句。不過十數句，一句一字閑不得，末最當留意，有有餘不盡之意乃佳。」王國維《人間詞話》：「散文易學而難工，駢文難學而易工。近體詩易學而難工，古體詩難學而易工。小令易學而難工，長調難學而易工。」並可與此互參。

〔二〕明王驥德《曲律》卷三《論小令》：「作小令與五七言絶句同法，要蘊藉，要無襯字，要言簡而趣味無窮。」

一四四　辨小令之當行與否，〔一〕尤在辨其務頭。〔二〕蓋腔之高低，節之遲速，此爲關鎖。〔三〕故但看其務頭深穩瀏亮者，必作家也。〔四〕俗手不問本調務頭在何句何字，只管平塌填去，〔五〕關鎖之地既差，全闋爲之減色矣。

〔一〕「當行」：在行，本行。

〔二〕「務頭」：戲曲、説唱藝術術語，其義解説不一。或指曲中最緊要或最精彩、動聽之句，或指曲中平、上、去三聲聯串之處。《水滸傳》第五一回：「那白秀英唱到務頭，這白玉喬按喝道：『雖無買馬博金藝，要動聰明鑒事人。看官喝采，道是去過了，我兒且回一回，下來便是襯交鼓兒的院本。』」可參觀元周德清《中原音韻·作詞十法》、明王驥德《曲律》卷二《論務頭》、清李漁《閑情偶寄·詞曲部·務頭》。

〔三〕「關鎖」：（曲子的）關鍵處。

〔四〕「作家」：行家，高手。

〔五〕「平塌」：猶言平鋪直叙。

一四五　曲以六部收聲：東、冬、江、陽、庚、青、蒸七韻，穿鼻收；〔一〕支、微、齊、佳、灰五韻，展輔收；〔二〕魚、虞、蕭、肴、豪、尤六韻，斂脣收；〔三〕真、文、元、寒、删、先六韻，舐齶收；〔四〕歌、麻二韻，直喉收；〔五〕侵、覃、鹽、咸四韻，閉口收。〔六〕六部既明，又須審其高下疾徐，歡愉悲戚，某韻畢竟是何神理，庶度曲時情韻不相乖謬。〔七〕

〔一〕「穿鼻」：韻尾爲[-ŋ]的一類韻，爲詞曲家分別韻類所用。

〔二〕「展輔」：韻尾爲[-i]的一類韻。

〔三〕「斂脣」：韻尾爲[-u]的一類韻。

〔四〕「舐齶」：亦稱「抵顎」。韻尾爲[-n]的一類韻。

〔五〕「直喉」：没有韻尾的一類韻。「齶」：即「顎」。

〔六〕「閉口」：收脣音尾[-m]、[-p]的韻。

〔七〕清李漁《閑情偶寄·廉監宜避》：「侵尋、監咸、廉纖三韻，同屬閉口之音。而侵尋一韻，較之監咸、廉纖，獨覺稍異。每至收音處，侵尋閉口，而其音猶帶清亮。至監咸、廉纖二韻，則微有不同。此二韻者，以作急板小曲則可，若填悠揚大套之詞，則宜避之。《西厢》『不念《法華經》，不理《梁王懺》』一折用之者，以出惠明口中，聲口恰相合耳。此二韻宜避者，不止單爲聲音，以其一韻之中，可用者不過數字，餘皆險僻艱生，備而不用者也。若惠明曲中之『揞』字、『攙』字、『燂』、『饡』、『餡』、『醃』、『颭』字，惟惠明可用，亦惟才大如天之王實甫能用，以第二人作《西厢》，即不敢用此險韻矣。初學填詞者不知，每於一折開手處誤用此韻，致累全篇无好句；又有作不終篇，棄去此韻而另作者。失計妨時，故用韻不可不擇。」今録此備參。

一四六　詩韻有入聲者，〔一〕東、冬、江、真、文、元、寒、删、先、陽、庚、青、蒸、侵、覃、鹽、咸是也。北曲韻俱無入聲。〔二〕詩韻無入聲者，支、微、魚、虞、齊、佳、灰、蕭、肴、豪、歌、麻、尤是也。北曲韻即以東、冬至鹽、咸各韻入聲，配隸支、微等韻之平、上、去三聲。〔三〕如屋本東之入聲，沃本冬之入聲，曲俱隸魚模上聲。以及覺本江入，曲隸蕭豪上；質，真入，曲齊微上；物，文入，曲魚模去；月，元入，曲車遮去；曷，寒入，曲歌戈平；黠，删入，曲家麻平；屑，先入，曲車遮上；藥，陽入，曲蕭豪去；陌，庚入，曲皆來去；錫，青入，職，蒸入，緝，侵入，曲俱齊微上；合，覃入，曲歌戈平；葉，鹽入，曲車遮去；洽，咸入，曲家麻平。〔四〕是其概已。

〔一〕按：詩韻中平聲韻比入聲韻多十三個，因此只有十七個平聲韻有相對應的入聲韻，另十三個平聲韻就没有相對應的入聲韻了。見卷二第二四一注〔二〕。

〔二〕見卷四第一三五注〔一〕。

〔三〕見卷四第一四八注〔一〕。

〔四〕這是介紹元周德清《中原音韻》中「入派三聲」的具體情況。

一四七　平仄互叶，詞先於曲。〔一〕如《西江月》、《醜奴兒慢》、《少年心》、《换巢鸞鳳》、《戚氏》

是也。〔二〕又《鼓笛令》、《撥棹子》、《蝶戀花》、《漁家傲》、《惜奴嬌》、《大聖樂》亦俱有互叶之一體。〔三〕然詞止以上、去叶平，非若北曲以入與三聲互叶也。〔四〕

〔一〕按：近體詩的寫作，不僅對用韻有要求，即要求必須同屬一韻，而且還對聲調有要求，即限押平聲韻。同屬一韻而聲調不同的字是不能互相用來壓韻的。但在詞的填製中，同屬一韻而聲調不同的平仄聲字有時是可以互相押韻。稱「平仄互叶」。清況周頤《餐櫻廡隨筆·平仄互叶緣起》：「金元以還，名人製曲，如《西廂記》、《牡丹亭》之類，平仄互叶，幾於句句有韻。付之歌喉，聲情极致流美。溯其初哉肇祖，出於宋人填詞。詞韻平仄互叶，於北宋已有之，姑舉一以起例。賀方回《水調歌頭》：『南國本瀟灑，六代浸豪奢。臺城游冶，襞牋能賦屬宮娃。雲觀登臨清夏，璧月留連長夜，吟醉送年華。回首飛鴛瓦，却羨井中蛙。訪烏衣，成白社，不容車。舊時王謝，堂前雙燕過誰家？樓外河横斗挂，淮上潮平霜下，檣影落寒沙。商女篷窗罅，猶唱後庭花。』」

〔二〕《西江月》：雙調，五十字，前後段各四句，兩平韻，一仄韻。《醜奴兒慢》：九十字，又名愁春未醒，平仄互叶體。《少年心》：雙調，六十字，前後段各五句，三仄韻，一平韻。《換巢鸞鳳》：雙調，一百字，前段九句，五平韻，一仄韻。後段十一句，六仄韻。《戚氏》：三段，二百十二字。前段十五句，九平韻。中段十二句，六平韻。後段十六句，六平韻，兩仄韻。

〔三〕《鼓笛令》：《詞譜》謂雙調五十五字，前後段各四句，四仄韻。無又一體。清萬樹《詞律》卷八引黃庭堅「見來便覺情於我」，謂：「『婆囉』二字以平叶仄，此又一平仄通叶體也。」《撥棹子》：雙調，六十一字。前段五句五仄韻，後段四句四仄韻。又一體，雙調，六十一字。前段五句，兩平韻、兩疊韻、一仄韻。後段五句，五仄韻。《蝶戀花》：正體，雙調，六十字。前後段各五句，四仄韻。又一體，雙調，六十字。前段五句兩叶韻，兩仄韻。後段五句，四仄韻。《漁家傲》：正體，雙調六十二字，前後段各五句，五仄韻。又一體，雙調，六十二字。前後段各五句，兩平韻，三仄韻。《惜奴嬌》：《詞譜》謂正體，雙調，七十一字。前段七句，五仄韻。後段七句，四仄韻，一疊韻。無平仄互叶之又一體。清萬樹《詞律》引石孝友「合下相逢」，謂：「『枉駞』句『多』一字，『寃家』二字，乃以平叶仄，此又一平仄通叶之體也。」《大聖樂》：《詞譜》謂正體雙調一百十字，前段十一句，一仄韻，三平韻。後段十一句，四平韻。無平仄互叶之又一體。清萬樹《詞律》卷十九引蔣捷「笙月涼邊」，謂：「『破』字以去聲起韻，『歌』字換平，以下俱叶平韻，又是一平仄通用之調也。」

〔四〕仄聲包括上聲、去聲和入聲。融齋認爲詞中雖然有時可以平仄互叶，但僅限同一韻中的平聲和上聲、去聲。不像北曲時代可以完全不拘聲調，入聲韻和平聲、上聲、去聲韻三個聲調通叶了。但事實上却並非如此。清戈載《詞林正韻·發凡》：「惟入聲作三聲，詞家亦多承用。如晏幾道《梁州令》『莫唱陽關曲』，『曲』字作丘雨切，叶魚虞韻；柳永《女冠子》『樓臺悄似玉』，『玉』字作于句切；又《黃鶯兒》『暖律潛催幽谷』，『谷』字作公五切，皆葉魚虞韻；晁補之《黃鶯兒》『兩兩三三修竹』，『竹』字作張汝切，亦叶魚虞韻；黃庭堅《鼓笛令》『眼斷打過如拳踢』，『踢』字作他禮切，叶支微韻；辛棄疾《醜奴兒慢》『過者一霎』，『霎』字作雙鮓切，叶家麻韻；杜安世《惜春令》『悶無緒玉簫抛擲』，『擲』字作徵移切，叶支微韻；張炎《西子妝慢》『遥岑寸碧』，『碧』字作邦移切，亦叶支微韻；又《徵招》换頭『京洛染緇塵』，『洛』字須韻作郎則切，叶蕭豪韻，此皆以入聲作三聲而押韻也。又有作三聲而在句中者，……諸如此類，不可悉數。」

一四八 入聲配隸三聲，〔一〕《中原音韻》自一東鍾至十九廉纖皆是也。〔二〕然曲中用入作平之字，可有而不可多，多則習氣太重，且難高唱矣。〔三〕

〔一〕「入聲配隸三聲」：亦稱「入派三聲」。元代的周德清在《中原音韻》的韻譜中，把原來的入聲字，收録於「陰聲韻」的支思、齊微、魚模、皆來、蕭豪、歌戈、家麻、車遮、尤喉等九個韻裏面，分別派入平聲陽、上聲、去聲。他的「派入」不是直截了當地跟平、上、去聲字並在同一小韻，而是單獨成小韻。對於「入派三聲」，一種看法是反映了當時實際語言中入聲的消失；一種看法是爲了曲詞唱念方便擴大押韻範圍，而在戲曲語言裏對入聲字行腔吐字採取的變通辦法。

〔二〕《中原音韻》分十九韻：東鍾、江陽、支思、齊微、魚模、皆來、真文、寒山、桓歡、先天、蕭豪、歌戈、家麻、車遮、庚青、尤侯、侵尋、監先、廉纖。

〔三〕按：清李漁《閑情偶寄·詞曲部·少填入韻》：「入聲韻脚，宜於北而不宜於南。以韻脚一字之音，較他字更須明亮，北曲止有三聲，有平上去而無入，用入聲韻字作韻脚，與用他字無異也。

南曲四聲俱備，遇入聲之字，定宜唱作入聲，稍類三音，即同北調矣。以北音唱南曲可乎？」

「高唱」：高妙的唱腔。

一四九　昔人言正清、次清之入聲，北音俱作上聲；〔一〕次濁作去，正濁作平。〔二〕此特舉其大略而已。檢《中原》韻部，入作上者，雖皆清聲，要其清聲之作去者，不下十之三四，作平者亦十之二三，焉得不別而識之！

〔一〕「昔人」：指清戈載。其所著《詞林正韻·發凡》云：「凡入聲之正次清音轉上聲，正濁作平，次濁作去。隨音轉協，始有所歸耳。高安雖未明言其理，而予測其大略如此。」即全濁的派入陽平，全清、次清的派入上聲，次濁與「影」母字派入去聲。「正清」：亦稱「全清」、「純清」、「最清」等。指聲帶不發生顫動的不送氣的塞音、擦音和塞擦音。「次清」：聲帶不發生顫動的送氣的塞音和塞擦音。

〔二〕「正濁」：亦稱「全濁」、「純濁」、「最濁」等。指聲帶發生顫動的不送氣的塞音、擦音和塞擦音。「次濁」：聲帶發生顫動的鼻音、邊音、半母音和帶音的鼻音加摩擦。

一五〇　北曲用《中原音韻》，南曲用《洪武正韻》，明人有其説矣。〔一〕然南曲祇可從《正韻》

分平、上、去之部，不可用其入聲爲韻腳。案：《正韻》二十二韻，入聲凡十。自東之入屋，以至鹽之入葉，其入聲徑讀入聲，三聲皆不能與之相叶；即句中各字於《中原》之入作平者，並以勿用爲妥。蓋南曲本脱胎於北，亦須無使北人棘口也。〔二〕

〔一〕明沈寵綏《度曲須知・字釐南北》：「北準《中原》，南遵《洪武》。」《洪武正韻》：明樂韶鳳等奉敕編纂，書成於洪武八年（當公元一三七五年）。共分七十六韻，即平、上、去各二十二韻，入聲十韻。該書平聲不分陰陽，聲母系統還保留著全濁聲母，共有三十一個聲母。此書存在許多不足，但由於此書反映的語音系統中許多特點與當時的南方方言接近，所以明代作南曲者往往參用它來製作。

〔二〕「棘口」：拗口。

一五一　曲家之所謂陰聲，即等韻家之所謂清聲；〔一〕曲家之所謂陽聲，即等韻家之所謂濁聲。〔二〕自《切韻指掌》、《切韻指南》、《四聲等子》於三十六字母已標清濁，〔三〕明陳藎謨獻可之《轉音經緯》，〔四〕尤明白易曉，是以沈君徵《度曲須知》列入之。《轉音經緯》：見、端、知、幫、非、精、影、照八母，爲純清；〔五〕溪、透、徹、滂、敷、曉、清、心、穿、審十母，次清；群、定、澄、並、奉、匣、從、邪、牀、禪十母，純濁；〔六〕疑、泥、孃、明、微、喻、來、日八母，次濁。總無所謂半清半濁、不清不濁者，〔七〕故可尚也。曲韻自《中原音韻》始分陰陽平，明范善溱《中州全韻》始分陰陽去，〔八〕後人又分陰陽上，且於入聲之作平、上、去者，均以陰陽分之。〔九〕其實陰陽之說未興，清濁之名早立矣。〔一〇〕

〔一〕「陰聲」：見卷四第〇七六注〔一〕。「清聲」：發音時聲帶不顫動的輔音聲母。按：後世聲調中的陰平聲和陽平聲主要是由古代聲母的清濁決定的。古清聲母演變成後世的陰平，古濁聲母演變成後世的陽平。「等韻家」：古代專門研究和分析漢語發音原理、方法的學者。

〔二〕「陽聲」：見卷四第〇七六注〔一〕。「濁聲」：發音時聲帶顫動的輔音聲母。融齋《四音定切》卷首：「陰聲、陽聲之名，自元人定曲韻始有之，其實非有他也。彼所謂陰者類即清，所謂陽者類即濁而已。」

〔三〕《切韻指掌》：即《切韻指掌圖》，宋代等韻著作，相傳爲司馬光著，但據近人考證，此圖並非司馬光著，全書分爲二十圖，每圖注明「開」、「合」或「獨」。它對我們瞭解宋代語音的面貌及其發展具有重要的價值。《切韻指南》：即《經史正音切韻指南》，元劉鑑撰。《四聲等子》：著者不詳，大約出於宋遼僧人之手，它首先採用「攝」的概念和名稱來統率各韻，對後世影響較大。

〔四〕陳藎謨：字獻可，又字益謙，號澄真子，明末清初江蘇嘉興人。黄道周弟子。著有《皇極圖韻》、《母音統韻》等。明沈寵綏《度曲須知·經緯圖説》：「近得檇李陳獻可所著《皇極圖韻》，中有《四聲經緯》及《轉音經緯》之圖。蓋體釋氏《等韻》諸編，翻爲簡徑捷法。」可知《轉音經緯》實爲

《皇極圖韻》的一部分。兩《經緯》均爲圖表，《轉音經緯》按發音部位將三十六字母分類橫向排列於上方，下方則分別標明其發音方法之清濁及五音，中間則列出與字母相應的各韻部之字，每一韻部還相應標出四呼。因此從圖中即可得知某一字屬於某韻、某聲、某呼及清濁。

〔五〕「純清」：元代劉鑑《切韻指南》和清人李元撰《音切譜》所用術語。相當於一般通稱的「清」（如《韻鏡》）或「全清」（如《四聲等子》及《切韻指掌圖》）。

〔六〕「純濁」：清李元所撰《音切譜》所用術語。相當於一般通稱的「濁」（如《韻鏡》）或「全濁」（如《四聲等子》及《切韻指掌圖》）。

〔七〕「半清半濁」、「不清不濁」：都是「次濁」的別稱。元代劉鑑《切韻指南》把「次濁」稱爲「半清半濁」。宋代的沈括《夢溪筆談》、無名氏《四聲等子》把「次濁」稱爲「不清不濁」。

〔八〕范善溱：明代姑蘇人，生平事迹不詳。《中州全韻》：又稱《北詞韻正》，體製與《中原音韻》相似，同爲劃分爲十九個韻部，除平聲分陰陽外，去聲亦區分爲陰陽之調。

〔九〕明戚繼光在《戚參軍八音字義便覽》、清代黄謙在《彙音妙語》中，都根據南方方言的實際，把中古平、上、去、入四聲，各分爲「陰陽」或「上下」兩類，形成陰平、陽平、陰上、陽上、陰去、陽去、陰入、陽入共八種聲調。現在吴閩粤等地方言猶然，例如「統」是陰上，「動」是陽上；「痛」是陰去，「洞」是陽去；「禿」是陰入，「毒」是陽入。

〔一〇〕音韻學中，「清濁」這對術語的出現時間要比「陰陽」出現的時間早許多。據《隋書》卷七十六

《潘徽傳》記載，三國魏李登的《聲類》、晉呂靜的《韻集》(今已佚)中就已經出現了「清濁」的概念。

一五二 曲辨聲、音，音之難知過於聲。聲不過如平仄、頓送、陰陽而已，〔一〕音則有出字、收音、〔二〕圓音、尖音之別，〔三〕其理頗微，未易悉言。姑舉其概曰：蕭出西，江出幾，尤出移；魚收于，模收嗚，齊收噫，麻收哀巴切之音。〔四〕圓如其、孝，尖如齊、笑。

〔一〕「頓送」：見卷四第一三五。「陰聲」、「陽聲」：見卷四第○七六注〔一〕。

〔二〕「出字」：又稱「出音」，指反切上字，融齋在《四音定切》中又把它稱做字頭、出口音。指一個字的聲母歸屬情況。「收音」：反切下字，可根據其確定韻母歸屬情況。清戈載《詞林正韻・發凡》：「反切者，即牙舌脣齒喉之分，以上下兩字相合而成音。上字主出音，……下字主收音。」

〔三〕「圓音」：亦稱「團音」、「團字」。凡古代「見」、「溪」、「群」、「曉」、「匣」五母字，現在的韻母是[-i]、[-y]或以[-i]、[-y]開頭的稱團音字，如「姜」、「結」。「圓音」一名最早見於清代存之堂編纂的《圓音正考》。因該書「見」、「溪」、「群」、「曉」、「匣」五母字用圓頭的滿文字母k、g、h拼寫，故名。「尖音」：亦稱「尖字」。凡古代「精」、「清」、「從」、「心」、「邪」五母字，現在的韻母是[-i]、[-y]或以[-i]、[-y]開頭的稱尖音字，如「將」、「節」等。「尖音」一名最早見於清代存之堂編纂的《圓音正考》。因該書「精」、「清」、「從」、「心」、「邪」五母字用尖頭的滿文字母c、j、s拼寫，故名。

普通話不分尖團，但部分方言和戲曲中，還進行區分。

〔四〕按：此節可參融齋《四音定切叙》，見附録一蕭穆《劉融齋中允別傳》引。

一五三 《度曲須知》謂字之頭、腹、尾音與切字之理相通，切法即唱法。〔一〕余以爲唱法所用，乃係合聲。合聲者，切法之尤精者也。〔二〕切字上一字爲母，辨聲之清濁，不論口法開合。合聲則兼辨開合矣。切字下一字爲韻，辨口法開合，不論聲之清濁。合聲則兼辨清濁矣。且合聲法，收聲不出影、喻二母，如哀、噫、嗚、于皆是。〔三〕

〔一〕《度曲須知》：明沈寵綏撰。寵綏字君徵，號適軒主人，萬曆時江蘇吴江人，約卒於公元一六四五年，生平事迹不詳，著有《絃索辨訛》、《度曲須知》。「字之頭、腹、尾音與切字之理相通，切法即唱法」見其所著《度曲須知·字母堪刪》條。

〔二〕「合聲」：本是清人李光地等在《音韻闡微》中所使用的一個術語，是對舊反切一種改良。《音韻闡微·凡例》：「世傳切韻之書，其用法繁而取音難。今依本朝字書合聲切法，則用法簡而取音易。如公字，舊用古紅切，今擬姑翁切；巾字，舊用居銀切，今擬基因切；牽字，舊用苦堅切，今擬欺煙切；蕭字，舊用蘇彫切，今擬西腰切。蓋翻切之上一字定母，下一字定韻。今於上一字，擇其能生本音者；下一字，擇其能收本韻者。緩讀之爲二字，急讀之即成一音，此法啓自國書十二字頭，括音韻之源流，握翻切之竅妙，簡明易曉，乃前古所未有也。」也就是説反切上字選用單母音韻母的字，反切下字選用零聲母的字，上下字的清濁開合都一致。融齋《四音定切·卷首》：「合聲法：切開口字，用開口韻，並用開口母。切合口字，用合口韻，並用合口母。切清聲字，不惟母清，韻亦用清。切濁聲字，不惟母濁，韻亦用濁。且字母必取字頭，字頭亦名出口音，如『蕭』出於『西』，『尤』出於『移』之類。取韻必直取收聲之字，如必以『翁』字爲韻切『東』字，以『焉』字爲韻切『先』字之類。此合聲法也。」

〔三〕「影」、「喻」二母及後面的「哀」、「噫」、「嗚」、「于」等都是屬於零聲母。

一五四　事莫貴於真知。〔一〕周挺齋不階古昔，撰《中原音韻》，〔二〕永爲曲韻之祖；明嘉、隆間江西魏良輔創水磨調，始行於婁東，後遂號爲崑腔，〔三〕真知故也。余謂曲可不度，而聲音之道不可不知。鄭漁仲《七音略序》云：「釋氏以參禪爲大悟，以通音爲小悟。」〔四〕夫小悟亦豈易言哉！

〔一〕「真知」：理學術語，與「常知」相對。指切身感受與體驗後所得的知識。

〔二〕挺齋：元周德清之字，江西高安人，生卒年及事迹不詳，或謂生於公元一二七七，歿於公元一三六五（參寧繼浮《周德清生卒年與中原音韻初刻時間及版本》，刊《吉林大學學報》一九七九年第二期）。工樂府、善音律。「不階」：不遵循。

〔三〕元代後期，南戲流經崑山一帶，與當地語音和音樂相結合，經崑山音樂家顧堅的歌唱和改進，推動了它的發展，至明初遂有「崑山腔」之稱。明嘉靖十年至二十年間，居住在太倉的魏良輔憑借張野塘、謝林泉等民間藝術家的幫助，總結北曲演唱藝術的成就，吸取海鹽、弋陽等腔的長處，對崑腔加以改革，總結出一系列戲曲理論，從而建立了委婉細膩、流利悠遠，號稱「水磨調」的崑腔歌唱體系。「嘉」：嘉靖，明世宗朱厚熜的年號，當公元一五二二至一五六六年。「隆」：隆慶，明穆宗朱載垕的年號，當公元一五六二至一五七二年。

〔四〕鄭漁仲：鄭樵之字，別號溪西遺民，世稱夾漈先生，南宋史學家。語見其《通志》卷三十六。按：佛家把生起真智，反轉迷夢，覺悟真理實相，稱作「悟」。與「迷」相對。悟分種種，從悟之程度而言，悟一分爲小悟，悟十分爲大悟；若依時間之遲速，可分漸悟、頓悟；依智解而言，解知其理，稱爲解悟；由修行而體達其理，則稱證悟。可參《大佛頂首楞嚴經》卷四、《法華經玄義》卷八下、《古尊宿語録》卷三十《龍門佛眼和尚語録》。

一五五　張平子始言「度曲」，〔一〕《西京賦》所謂「度曲未終，雲起雪飛」是也。製曲者體此二語，則於曲中揚抑之道，〔二〕「思過半矣」。〔三〕

〔一〕平子：東漢張衡之字。

〔二〕《西京賦》：張衡作，見《文選》卷二。唐李善注：「班固《漢書》曰：『元帝自度曲。』瓚曰：『度曲歌終，更授其次，謂之度曲。』」所引班書，今見《漢書》卷九《元帝紀》贊，更在張賦之前。融齋此殆以「雲起」狀曲聲之高揚，以「雪飛」狀曲聲之幽抑。

〔三〕參卷三第〇三四注〔三〕。

一五六　王元美評曲，謂「北筋在絃，南力在板」。〔一〕可知元美時，絃索之律，〔二〕猶有存者。後此則知有板而已。然板存即是絃存，沈君徵論板之正贈，〔三〕通於彈拍，近之。〔四〕

〔一〕元美：明代著名學者王世貞之字，《明史》卷二百八十七有傳。引語可參卷三第〇〇八注〔一〕。

〔二〕「絃索」：絃樂器上的絃。因指絃樂器。金元以來，北方戲曲或曲藝多以絲絃樂器伴奏，後人因以「絃索」爲北曲的代稱。如金董解元《西廂記諸宮調》亦稱《絃索西廂》。

〔三〕明沈寵綏《度曲須知・絃律存亡》：「夫北詞絃索，何異南詞鼓板，板則其正，鼓則其贈，若絃索則兼正贈合鼓板而備之者也。姑以今時絃索喻，彼歌聲每度一板，而指法之最清者，彈數約之凡四，雖其間或彈密而爲滾，又或滾密而爲促，似乎簡煩懸異，然總之節節排勻，彈彈有聲，稍着乘除，拍不入眼矣。試觀南詞之板，緊曲則正一而贈亦一，慢曲則正一而贈乃三，斯即一板四彈之榜樣也。更加以滾促之多彈，隱然常拍之外，備添贈拍，豈非贈且復贈，較之鼓板，尤密尤均乎？」「正板」：即板。我國傳統音樂和傳統戲曲唱腔的節拍。第一小節中的强拍，多以鼓板敲擊按拍，稱板。「贈板」：一種板眼組合特稱，爲曲唱所特有，在南曲「細曲」曲唱中使用得最多。它最能爲曲唱「水磨」的韻味提供足够的表現時間。因爲是在原不動板之處動了板，使司板者和唱者都有了很大的方便，故稱贈板。

〔四〕「彈拍」：絃索伴奏的節拍。

一五七 《樂記》言「聲歌各有宜」，歸於「直己而陳德」。〔一〕可知歌無今古，皆取以「正聲感人」。〔二〕故曲之無益風化，無關勸戒者，君子不爲也。〔三〕

〔一〕《禮記·樂記》：「子贛見師乙而問焉，曰：『賜聞聲歌各有宜也，如賜者，宜何歌也？』師乙曰：『乙，賤工也，何足以問所宜，請誦其所聞，而吾子自執焉。愛者宜歌《商》。温良而能斷者，宜歌《齊》。夫歌者，直己而陳德也。動己而天地應焉，四時和焉，星辰理焉，萬物育焉。故《商》者，五帝之遺聲也。寬而靜、柔而正者，宜歌《頌》。廣大而靜，疏達而信者，宜歌《大雅》。恭儉而好禮者，宜歌《小雅》，正直而靜，廉而謙者，宜歌《風》。』」「聲歌各有宜」：唱歌各人有各人所適宜的歌。「直己而陳德」：唱歌是用來直抒胸臆和陳述功德的。

〔二〕《禮記·樂記》：「凡姦聲感人，而逆氣應之；逆氣成象，而淫樂興焉。正聲感人，而順氣應之；順氣成象，而和樂興焉。」

〔三〕明高明《琵琶記》第一齣《副末開場》：「《水調歌頭》：正是不關風化體，縱好也徒然。」

一五八 《堯典》末，鄭注云：「歌所以長言詩之意。」「聲之曲折，又長言而爲之，聲中律乃爲和。」〔一〕《周禮・樂師》鄭注云：「所爲合聲，亦等其曲折，使應節奏。」〔二〕余謂曲之名義，〔三〕大抵即曲折之意。《漢書・藝文志》「《河南周歌聲曲折》，七篇。《周謠歌詩曲折》，七十五篇」，〔四〕殆此類耶？

〔一〕見《毛詩注疏・詩譜序》：「《虞書》曰：『詩言志，歌永言，聲依永，律和聲，然則詩之道放於此』」句唐孔穎達《疏》引：「正義曰：《虞書》者，《舜典》也。鄭不見《古文尚書》，伏生以《舜典》合於《堯典》，故鄭注在《堯典》之末。彼注云：『詩，所以言人之志意也。永，長也。歌又所以長言詩之意。聲之曲折，又長言而爲之。聲中律乃爲和。』彼《舜典》命樂，已道歌詩，經典言詩，無先此者，故言詩之道也。」若《史記》卷一《五帝本紀》：「詩言意，歌長言」句，南朝宋裴駰《史記集解》：「馬融曰：歌所以長言詩之意也。」則又以爲馬融説。

〔二〕見《周禮注疏》卷二十三：「秋，頒學合聲」句，東漢鄭玄注：「春使之學，秋頒其才藝，所爲合聲，亦等其曲折，使應節奏。」

〔三〕「名義」：（事物）得名的緣由。西方語言學家又稱作「詞的內部形式」。

〔四〕見《漢書》卷三十。

一五九　詞曲本不相離，惟詞以文言，曲以聲言耳。詞、辭通。《左傳》襄二十九年杜注云：「此皆各依其本國歌所常用聲曲。」《正義》云：「其所作文辭，皆準其樂音，令宮商相和，使成歌曲。」〔一〕是辭屬文，曲屬聲，明甚。古《樂府》有曰「辭」者，有曰「曲」者，〔二〕其實辭即曲之辭，曲即辭之曲也。〔三〕襄二十九年《正義》又云：「聲隨辭變，曲盡更歌。」〔四〕此可爲詞、曲合一之證。

〔一〕《左傳》襄公二十九年：「請觀於周樂，使工爲之歌《周南》、《召南》」句，晉杜預《注》、唐孔穎達《疏》。

〔二〕著名的如《西洲曲》和《木蘭辭》。

〔三〕夏承燾等《讀詞常識》第二章《詞的名稱》：「曲是指音樂的部份，詞是指文辭的部份。在樂曲歌辭中，這二者原是一個東西的兩個方面，不可分離的。清劉熙載《藝概》卷四説『詞即曲之詞，曲即詞之曲』，清宋翔鳳《樂府餘論》説『以文寫之則爲詞，以聲度之則爲曲』，這些話都對詞曲兩者之間的關係作了正確的解釋。所以我們可以説曲子詞是詞體最確切的全稱。」

〔四〕《左傳》襄公二十九年：「見舞《象箾》、《南籥》者」句，唐孔穎達《疏》：「樂之爲樂，有歌有舞，歌則詠其辭而以聲播之，舞則動其容而以曲隨之。歌者樂器同而辭不一，聲隨辭變，曲盡更歌，故云爲之歌風，爲之歌雅。舞則每樂别舞，其舞不同。」又融齋《昨非集》卷四《曲自序》：「或問曰：『曲殆不足爲詩餘乎？』余曰：『何也？』曰：『體卑於詞也。』曰：『是當論其實，不當論其體。且子之所謂詩者，當必不遺《三百篇》者也。詩以《三百篇》爲至，非以其實乎？後世之作苟無其實，雖詩亦不足謂之詩餘也；苟有其實，雖曲亦何不足以當之哉？』」今録此備參。

卷五　書概

〇〇一　「聖人作《易》」，〔一〕「立象以盡意」。〔二〕意，「先天」，書之本也；象，「後天」，書之用也。〔三〕

〔一〕《易·説卦》：「昔者聖人之作易也，幽贊於神明而生蓍，參天兩地而倚數，觀變於陰陽而立卦，發揮於剛柔而生爻，和順於道德而理於義，窮理盡性以至於命。」「聖人」：周文王姬昌。《漢書》卷六十二《司馬遷傳》：「蓋西伯拘而演《周易》。」

〔二〕《易·繫辭上》：「子曰：聖人立象以盡意，設卦以盡情僞，繫辭焉以盡其言，變而通之以盡利，鼓之舞之以盡神。」此指藉助符號來表達概念。

〔三〕「先天」「後天」：見卷一第一七二注〔三〕。按：這裏的「意」指文字用來記録的，語言表達中所指稱的概念。「象」指記録文字的符號。文字是思維的産物，後於語言而産生。書法首先是用來記録語言的，其次纔是爲了美觀。融齋《持志塾言》卷下《致用》：「先天之中有用，後天之中有體。立本趣時，原自拆開不得。」

〇〇三 「與天爲徒」、〔一〕「與古爲徒」，〔二〕皆學書者所有事也。天，當觀於其章；古，當觀於其變。〔三〕

〔一〕《莊子·人間世》：「内直者，與天爲徒，與天爲徒者，知天子之與己皆天之所子，而獨以己言蘄乎而人善之，蘄乎而人不善之邪？若然者，人謂之童子，是之謂與天爲徒。」融齋此借用來表示像自然萬物學習，如李陽冰，可參卷五第一〇三。

〔二〕《莊子·人間世》：「成而上比者，與古爲徒。其言雖教，讁之實也，古之有也，非吾有也。若然者，雖直而不病，是之謂與古爲徒。」融齋此藉用來表示像古人學習，如王羲之，可參卷五第〇八〇。

〔三〕「章」：通「彰」，彰顯、明白。《易·繫辭上》：「是故君子居則觀其象而玩其辭，動則觀其變而玩其占。」

〇〇三 周篆委備，〔一〕如《石鼓》是也。〔二〕秦篆簡直，〔三〕如《嶧山》、《琅邪臺》等碑是也。〔四〕其辨可譬之麻冕與純焉。〔五〕

〔一〕「周篆」：秦統一前東周戰國時代的文字，主要包括鐘鼎文、石鼓文及《説文》中的古文，今通稱「大篆」。「委備」：詳盡、繁複。

〔二〕「石鼓」：亦稱獵碣，或雍邑刻石，是我國現存最早的刻石文字。無具體年月，初唐時始發現於天興（今陝西鳳翔），因呈鼓形而得名，共有十具，各刻四言古詩一首。現文字多已漫漶，原石藏北京故宫博物院。傳世墨拓善本有元代趙孟頫藏本（即范氏天一閣藏本）、明代安國藏中權本、先鋒本（亦稱「前茅本」）、後勁本，皆北宋拓本。天一閣藏本已毁於火，後三種今藏日本東京三井紀念美術館，有影印本行世。今人徐寶貴著有《石鼓文整理研究》。明郭宗昌《金石史》卷一《吴天發碑》：「古篆定當以岐陽石爲第一。」融齋《游藝約言》：「石鼓有磅礴、鬱積、盤拏、倔强之意。」

〔三〕「秦篆」：即秦小篆、小篆。「簡直」：簡捷、筆直。

〔四〕「嶧山」：即嶧山刻石。秦始皇二十八年（當公元前二一九年），巡遊齊魯故地時，登嶧山所刻，傳爲李斯書。原石早已被北周武帝派人推倒，後又被野火焚毁。今存嶧山刻石爲宋太宗趙光義淳化四年（當公元九九三年）鄭文寶根據五代南唐徐鉉的拓本重刻於長安（稱《長安本》），碑陰有鄭文寶題記。今藏陝西西安碑林博物館。

「琅邪臺」：即瑯邪臺刻石。秦始皇二十八年（當公元前二一九年）刻。傳碑文出李斯之手。始皇死後，秦二世亦循其父蹤迹巡遊天下，在始皇碑刻旁加刻文字。因年代久遠，到北宋時，始皇刻石已泯滅無存，僅存二世碑亦已迸裂。清乾隆年間，諸城知縣宫懋讓爲防止石碑迸裂，用鐵箍將裂石束住。後鐵箍鏽折，二世碑遂迸散無蹤。直到一九二二年，諸城縣教育局督學王培祜受命兩次到琅琊臺尋找，終將殘石找回。今藏於國家博物館。

〔五〕《論語·子罕》：「子曰：麻冕，禮也。今也純，儉，吾從衆。」此喻周篆和秦篆筆畫一複雜，一簡省。

〇〇四　李斯作《倉頡篇》，趙高作《爰歷篇》，胡母敬作《博學篇》，〔一〕皆爲小篆。而高、敬之書迄無所存，然安知不即雜於世所傳之小篆中耶？〔二〕衛恒《書勢》稱李斯篆，〔三〕并言「漢建初中，扶風曹喜少異於斯，而亦稱善」，〔四〕是喜固偉然足自立者。後世乃傳有喜所書之《大風歌》，〔五〕書體甚非「古雅」，〔六〕不問而知爲僞物矣。

〔一〕東漢許慎《説文解字叙》：「秦始皇帝初兼天下，丞相李斯乃奏同之，罷其不與秦文合者。斯作《倉頡篇》、中車府令趙高作《爰歷篇》、太史令胡母敬作《博學篇》，皆取史籀大篆或頗省改，所謂小篆者也。」又據《漢書》卷三十《藝文志》載：「漢興，閭里書師，合《倉頡》、《爰歷》、《博學》三篇，斷六十字以爲一章，凡五十五章，並爲《倉頡篇》。」中唐以後逐漸亡佚，二十一世紀初，在甘肅、安徽等地出土的漢簡中尚有部分記載。胡母：複姓，一説「母」音無，字又作「毋」。

〔二〕按：三書本是用於教育學童識字的字書，但因唐以前典籍多爲傳鈔，故此類字書亦常成學習書法之範本。如唐李陽冰，宋徐鉉、徐鍇，元吾丘衍，明趙宧光，清桂馥、江沅等皆精研《説文解字》而兼工篆書即是也。

〔三〕衛恒：西晉書法家，字巨山，所著《書勢》，又稱《四體書勢》，見《晉書》卷三十六《衛恒傳》引。《書勢》：「秦時，李斯號爲工篆。諸山及銅人銘，皆斯書也。」

〔四〕語見《晉書》卷三十六《衛恒傳》引《四體書勢》。曹喜：唐張懷瓘《書斷》卷中：「曹喜字仲則，扶風平陵人。明帝建初中，爲秘書郎，篆隸之工，收名天下。」「建初」：東漢漢章帝劉炟年號（當公元七六年至八四年）。

〔五〕《大風歌》：碑名，舊志（《徐州府志》、《沛縣志》）以爲東漢蔡邕或曹喜書。《大風歌碑》現存碑文二十字。清王昶《金石萃編》卷二十一《大風歌》引《金石存》：「予按此碑不知刻自何時，相傳爲漢曹喜書，亦無可據。碑自大德中已經重刻。其舊碑，即非漢刻，亦必唐宋人所爲，何近在彭城而歐趙皆不收録也。」又於其後附己按語云：「按：《大風歌》首見於《史記》本紀，此碑首題漢高祖皇帝字，且篆體亦不類秦漢人書，其非當時原刻無疑。蓋後人以沛爲高祖發祥之地，而歌内有『歸故鄉』之文，遂書其文刻之於石耳。或指爲曹喜書，亦無確據。」今藏江蘇沛縣博物館。

〔六〕卷五第一一二：「言隸者，多以漢爲『古雅』、『幽深』。」融齋當據此而反推之。

〇〇五　玉筯之名僅可加於小篆。〔一〕舒元輿謂「秦丞相斯變《倉頡》籀文爲玉筯篆」是也。〔二〕顧論其别，則頡籀不可爲玉筯；論其通，則分、真、行、草，〔三〕亦未嘗無玉筯之意存焉。

〔一〕「玉筯」：小篆之一種，傳秦李斯所創，又作「玉箸」。宋朱長文《墨池編》卷一：「小篆：秦丞相李斯所造，妙於篆法，乃删改《史籀》大篆而爲小篆。其銘題鐘鼎及作符璽，至今用焉。爲楷隸之祖，乃不易之軌也。《書》曰『作謨作則』，其斯之謂也。今相承或謂之玉筯篆。」清陳澧《摹印述》：「篆書筆畫兩頭肥瘦均匀，末不出鋒者，名曰『玉筯』，篆書正宗也。」

〔二〕舒元輿：唐人。引文見宋朱長文《墨池編》卷四引其《玉箸篆志》：「秦丞相斯變蒼頡籀文爲玉箸篆，體尚太古，謂古若無人。當時議書者皆輸伏之，故拔乎能成一家法式。」

〔三〕「分真行草」：八分書、隸書、行書、草書。

〇〇六　玉筯在前，懸針在後。〔一〕自有懸針，而波、磔、〔二〕鉤、挑由是起矣。懸針作於曹喜，然籀文却已豫透其法。〔三〕

〔一〕「懸針」：懸針篆。傳東漢曹喜所創，故云在後。舊本題唐韋續撰《墨藪》卷一：「懸針篆者，亦曹喜所作。有似針鋒而名，用題五經篇目。」

〔二〕「波」：捺筆的折波。見卷一第二〇四注〔三〕。「磔」：書寫時的捺筆。

〔三〕「籀文」：亦稱籀書、大篆，因著録於《史籀篇》而得名。字體多重疊，春秋、戰國間通行於秦國，與篆文近似，今存石鼓文即這種字體的代表。唐張彦遠《法書要録》卷七載唐張懷瓘《書斷》卷上《籀文》：「案：籀文者，周太史史籀之所作也。與古文大篆小異，後人以名稱書，謂之籀文。」

〇〇七　孫過庭《書譜》云：「篆尚婉而通。」〔一〕余謂此須婉而愈勁，〔二〕通而愈節，乃可。不然，恐涉於「描字」也。〔三〕

〔一〕「通」：貫通。謂分、真、行、草都有篆書筆意存焉。可參卷五第〇〇五。

〔二〕融齋《游藝約言》：「書之所貴在勁與婉。硬者似勁愈不勁，軟者似婉愈不婉，然後知勁婉之難言也。」

〔三〕宋米芾《海岳名言》：「海岳以書學博士召對。上問本朝以書名世者凡數人，海岳各以其人對，曰：『蔡京不得筆，蔡卞得筆而乏逸韻，蔡襄勒字，沈遼排字，黄庭堅描字，蘇軾畫字。』上復問：『卿書如何？』對曰：『臣書刷字。』」近人沈尹默《書法論》：「米元章説，沈遼排字、蔡襄勒字、蘇軾畫字、黄庭堅描字、他自己刷字，這都是就各人的短處而言的。但是寫字時，結體必須排匀整，但只顧匀整，就少變化，這是講結體。用澀筆寫便是勒，用快筆寫便是刷，用筆重按著寫便是畫，用筆輕提著寫便是描，這是講用筆。澀、快、輕、重等筆的用法，寫字的人一般都是要相適應地配合著運用的。若果偏重了一面，便成毛病。米元章的話，是針對各人偏向講的，不可理解爲寫字不應當端詳排比，不應當有勒、有刷、有畫、有描的筆致，這不可不知。」

〇〇八　篆書要如「龍騰鳳翥」，〔一〕觀昌黎歌石鼓可知。〔二〕或但取整齊而無變化，則槧人優爲之矣。〔三〕

〔一〕唐張懷瓘《書斷》卷上：「龍騰鳳翥，若飛若驚。」「翥」：飛。

〔二〕唐韓愈《石鼓歌》：

張生手持石鼓文，勸我試作石鼓歌。少陵無人謫仙死，才薄將奈石鼓何。周綱凌遲四海沸，宣王奮起揮天戈。大開明堂受朝賀，諸侯劍佩鳴相磨。蒐于岐陽騁雄俊，萬里禽獸皆遮羅。鐫功勒成告萬世，鑿石作鼓隳嵯峨。從臣才藝咸第一，揀選撰刻留山阿。雨淋日炙野火燎，鬼物守護煩撝呵。公從何處得紙本，毫髮盡備無差訛。辭嚴義密讀難曉，字體不類隸與科。年深豈免有缺畫，快劍斫斷生蛟鼉。鸞翔鳳翥衆仙下，珊瑚碧樹交枝柯。金繩鐵索鎖鈕壯，古鼎躍水龍騰梭。陋儒編詩不收入，二雅褊迫無委蛇。孔子西行不到秦，掎摭星宿遺羲娥……

因其中有對篆書字體的描繪，故融齋云「觀昌黎歌石鼓可知」。

〔三〕「槧人」：刻字匠人。按：「整齊而無變化」則流於匠氣。

〇〇九　篆之所尚，莫過於筋，〔一〕然筋患其弛，亦患其急。欲去兩病，韌字乃要訣也。〔二〕

〔一〕「筋」：或謂字之筆鋒。元陳繹曾《翰林要訣·筋法》：「字之筋，筆鋒是也。斷處藏之，連處度之，藏者首尾蹲搶是也。」融齋指字之轉換處。見卷五第〇五七。

〔二〕「韌字乃要訣也」句：《續修四庫》本作「趯筆自有訣也」。按：「趯」：清朱履貞《書學捷要》卷上：

「趯音歷，行也。」舊本題唐韋續《墨藪》卷二引顏真卿《張長史十二意筆法第十一》：「曰：力爲骨體，子知之乎？曰：豈不謂趯筆則點畫皆有筋骨，字體自然雄媚之謂乎？」沈尹默《歷代名家學書經驗談輯要釋義》：「『趯』字是表示速行的樣子，又含有盜行或側行的意思。盜行、側行皆須舉動輕快而不散漫才能做到，如此則非用意專一，聚集精力爲之不可。」然作「趯字乃要訣也」亦可通。融齋《游藝約言》：「書要韌而愈勁，峻而愈韻。」

〔二〇〕魏初邯鄲生傳古文，同時惟衛覬亦善之，〔一〕餘無聞焉。蓋古文有字學，有書法，〔二〕必取相兼，是以難也。雖三代遺器款識，後世亦多有從事者，〔三〕然但務識字，已矜絕學。使古人復作，〔四〕其遂饜志也耶？〔五〕

〔一〕邯鄲生：邯鄲淳。唐張懷瓘《書斷》卷中：「邯鄲淳，字子淑，潁川人。志行清潔，才學通敏。初爲臨淄王傳，累遷給事中。書則八體悉工，師於曹喜，尤精古文、大篆、八分。隸書自杜林、衛密以來，古文泯絕，由淳復著。」衛覬：唐張懷瓘《書斷》卷下：「魏衛覬，字伯儒，河南安邑人。官至侍中，尤工古文、篆隸。草體傷瘦，筆迹精絕。」又《晉書》卷三十六《衛瓘傳》引衛恒《四體書勢》：「魏初，傳古文者出於邯鄲淳，恒祖敬侯寫淳《尚書》後以示淳，而淳不別。至正始中，立三字石經，轉失淳法，因科斗之名，遂效其形。」按：敬侯即指衛覬。

〔二〕按：中國古代的文字學家對漢字的研究大致分成兩個方面：一是側重於對漢字的字音字義的

研究，是謂小學或字學；一是側重於對漢字形體演變及書寫規律的研究，是謂書學。

〔三〕指北宋興起的「款識之學」，參卷五第〇一一。

〔四〕「復作」：(死而)復生。

〔五〕「饜志」：滿意。

〇一一　款識之學，始興於北宋。〔一〕歐公《集古録》稱「劉原父博學好古，能讀古人銘識，考知其人事迹，每有所得，必摹其文以見遺」。〔二〕今觀《毛伯敦》、〔三〕《龔伯彝》、〔四〕《叔高父煮簋》、〔五〕《伯庶父敦》諸銘，〔六〕載録中者皆是也。時太常博士楊南仲亦能讀古文篆籀，原父釋《韓城鼎銘》，公謂與南仲所寫時有不同，〔七〕蓋雖未判兩家孰是，而古文之難讀見矣。然如鄭漁仲《金石略》，自晉姜鼎迄軹家釜，列三代器名二百三十有七，〔八〕可不謂多乎？未詳其辭何！

〔一〕「款識之學」：指自北宋興起的重在研究古器物和碑石拓片上的銘刻、題跋等文字的學科，又稱「金石學」，這一時期重要的學者和著作有劉敞《先秦古器圖碑》(已佚)、呂大臨《考古圖》、《宣和博古圖》、薛尚功《歷代鐘鼎彝器款式法帖》、歐陽修《集古録》、趙明誠《金石録》、洪适《隸釋》等。

〔二〕宋歐陽修《集古録》卷一《古敦銘》:「原父博學好古,多藏古奇器物,能讀古文銘識,考知其人事迹。而長安,秦漢故都,時時發掘所得,原父悉購而藏之。以予方集録古文,故每有所得,必模其銘文以見遺。」原父:北宋學者劉敞之字。

〔三〕見宋歐陽修《集古録》卷一《古敦銘·毛伯敦銘》。「敦」:音對。古代食器。用以盛黍、稷、稻、粱等。形狀較多。一般爲三短足,圓腹,二環耳,有蓋。圈足的敦,蓋上多有提柄,流行於春秋戰國時期。

〔四〕見宋歐陽修《集古録》卷一《古敦銘·龔伯彝銘》。

〔五〕見宋歐陽修《集古録》卷一《古敦銘·叔高父煮簋銘》。「簋」音軌。古代祭祀宴享時盛黍稷的器皿。一般爲圓腹,侈口,圈足。商代的簋多無蓋、無耳或有二耳。西周和春秋的簋常帶蓋,有二耳,四耳。

〔六〕見宋歐陽修《集古録》卷一《古敦銘·伯庶父敦銘》。

〔七〕宋歐陽修《集古録》卷一《韓城鼎銘》跋文:「右原甫既得鼎韓城,遺余以其銘。而太常博士楊南仲能讀古文篆籀,爲余以今文寫之,而闕其疑者。原甫在長安所得古奇器物數十種,亦自爲《先秦古器記》。原甫博學,無所不通,爲余釋其銘以今文,而與南仲時有不同。」楊南仲:北宋學者楊登之字。生平事迹可參張典友《北宋楊南仲其人其藝考》,刊《美術觀察》二〇一三年第一期。

〔八〕見宋鄭樵《通志》卷七十三。《金石略》是他所著《通志》二十略中的一部分。

〔一三〕「古文字少」，〔一〕故有無偏旁而當有偏旁者，〔二〕有語本兩字而書作一字者。〔三〕自大小篆興，孳乳益多，〔四〕則無事此矣。然大輅之中，椎輪之質固在。〔五〕

〔一〕宋歐陽修《集古録》卷三《後漢熊君碑》：「其云『治歐羊尚書』，其字非訛闕，而以陽爲羊。蓋古文字少，故須假借。至漢字已備，而猶假用，何哉？」

〔二〕宋歐陽修《集古録》卷一《韓城鼎銘》：「大抵古字多省偏旁而趣簡易，故隹、司、巠、自、亾等字，皆假借也。鄭司農説《周禮》云：古者書『儀』但爲『義』。又云古者『立』、『位』同字。古文《春秋經》『公即位』爲『公即立』者是也。」按：此類字多爲古今字，清王筠《説文釋例》稱之爲「累增字」和「分別文」。「無偏旁」者多爲「古字」，「有偏旁」者多爲後來才産生的「今字」。

〔三〕此類字大都爲合音字。宋沈括《夢溪筆談》卷十五：「古語已有二聲合爲一字者：如『不可』爲『叵』；『何不』爲『盍』；『如是』爲『爾』；『而已』爲『耳』；『之乎』爲『諸』之類。」融齋本人精研音韻，著有《四音定切》，宜有此論。

〔四〕「孳乳」：此指文字滋生繁衍，逐漸變多。北魏酈道元《水經注・穀水》：「倉頡本鳥迹爲字，取其孳乳相生，故文字有六義焉。」

〔五〕南北朝梁蕭統《文選序》：「若夫椎輪爲大輅之始，大輅寧有椎輪之質；增冰爲積水所成，積水曾微增冰之凜。何哉？蓋踵其事而增華，變其本而加厲。」「椎輪」：原始的無輻的車。「大輅」：天子所乘坐的精美的車。此喻在紛繁複雜的事物表像下還能看得到它早期的雛形。

〇一三　隸與八分之先後同異，〔一〕辨而愈晦，其失皆坐狹隸而寬分。〔二〕夫隸體有古於八分者，故秦權上字爲隸；〔三〕有不及八分之古者，故鍾、王正書亦爲隸。〔四〕蓋隸其通名，〔五〕而八分統矣。〔六〕稱錘可謂之鐵，鐵不可謂之稱錘。從事隸與八分者，盍先審此？

〔一〕「八分」：唐張懷瓘《書斷》卷上《八分》：「案：八分者，秦羽人上谷王次仲所作也。王愔云：『次仲始以古書方廣，少波勢，建初中，以隸草作楷法，字方八分，言有模楷。』又蕭子良云：『靈帝時，王次仲飾隸爲八分。』二家俱言後漢，而兩帝不同。且靈帝之前，工八分者非一，而云方廣，殊非隸書，既言古書，豈得稱隸？若驗方廣，則篆籀有之；變古爲方，不知其謂也。案《序仙記》云：『王次仲，上谷人。少有異志，早年入學，屢有靈奇。年未弱冠，變蒼頡書爲今隸書。始皇時，官務煩多，得次仲文簡略，赴急疾之用，甚喜。』」則八分產生之時代有秦、東漢之說。另可參清顧藹吉《隸辨》卷八《隸八分考》。康有爲《廣藝舟雙楫·分變》。以爲八分非定名，漢隸爲小篆之八分，小篆爲大篆之八分，今隸爲漢隸之八分。

〔二〕「坐」：因爲。「狹隸寬分」：把隸書看得狹窄而把分書看得寬泛。

〔三〕「權」：秤砣。書迹見宋薛尚功《歷代鐘鼎彝器款識法帖》卷十八。元吾丘衍《學古編·字源八・辨字》：「秦隸……即是秦權秦量上刻字。」清顧藹吉《隸辨》卷八：「張紳《法書通釋》云：『吾衍謂隸有秦隸、漢隸。』灼是至論。今當以晉人真書謂之晉隸，則自然易曉矣。」

〔四〕鍾：三國魏鍾繇，字元常，《三國志》卷十三有傳。唐張懷瓘《書斷》卷中：「魏鍾繇，字元常，潁川長社人。……繇善書，師曹喜、蔡邕、劉德昇，真書絶世，剛柔備焉。點畫之間，多有異趣，可謂幽深無際，古雅有餘，秦漢以來，一人而已。」王：指東晉王羲之，字逸少，《晉書》卷八十有傳。唐張懷瓘《書斷》卷中評云：「尤善書。草、隸、八分、飛白、章行，備精諸體，自成一家法。千變萬化，得之神功，自非造化發靈，豈能登峰造極？」

〔五〕按：元代以來，論書著作中除前注「秦隸」、「漢隸」、「晉隸」之稱外，又有「魏隸」（見清顧藹吉《隸辨》卷八《魏封孔羡碑》）、唐隸（見卷五第一一〇注〔一〕）等稱，故融齋宜有此言。

〔六〕「統」：統轄、包含。

〇二四　八分書「分」字，有分數之分，〔一〕如《書苑》所引蔡文姬論八分之言是也；〔二〕有分別之分，如《説文》之解「八」字是也。〔三〕自來論八分者，不能外此兩意。〔四〕

〔一〕「分數」：比例。

〔二〕《書苑》：此當指宋周越《古今法書苑》。宋潘自牧《記纂淵海》卷八十二：「蔡文姬曰：臣父云割隸字八分，取二分；割篆二分，取八分，故名八分。」原注：《法書苑》。

〔三〕東漢許慎《説文解字》：「八，别也。象分别相背之形。」

〔四〕「外」：超出。

〇一五　《書苑》引蔡文姬言：「割程隸字八分取二分，割李篆字二分取八分，於是爲八分書。」〔一〕此蓋以「分」字作分數解也。〔二〕然信如割取之説，雖使八分隸二分篆，其體猶古於他隸，況篆八隸二，不儼然篆矣乎？是可知言之不出於文姬矣。

〔一〕見卷五第〇一四注〔三〕。按：蔡文姬，東漢人，蔡邕女，見《後漢書》卷八十四《董祀妻傳》。

〔二〕「分數」：見卷五第〇一四注〔一〕。

〇一六　凡隸體中皆暗包篆體，〔一〕欲以分數論分者，當先問程隸是幾分書。〔二〕雖程隸世已無傳，然以漢隸逆推之，當必不如《閣帖》中所謂程邈書直是正書也。〔三〕

〔一〕元鄭杓《衍極》卷上：「草本隸，隸本篆，篆出於籀，籀始於古文。皆體於自然，殺法天地。」清錢泳《書學》：「隸書生於篆書，而實是篆之不肖子。何也？篆書一畫、一直、一鉤、一點，皆有義理，所謂指事、象形、諧聲、會意、轉注、假借是也，故謂之六書。隸既變圓爲方，改弦更轍，全違父法，是六書之道由隸而絶。」

〔二〕「程隸」：傳説隸書爲秦時程邈所作，故稱隸書爲程隸。《晉書》卷三十六引衛恒《四體書勢》：「秦始皇帝初兼天下，丞相李斯乃奏益之，罷不合秦文者。斯作《倉頡篇》、中車府令趙高作《爰歷篇》、太史令胡毋敬作《博學篇》，皆取史籀大篆，或頗省改，所謂小篆者。或曰下杜人程邈爲衙獄吏，得罪始皇，幽繫雲陽十年，從獄中作大篆。少者增益，多者損減；方者使員，員者使方；奏之始皇，始皇善之。出以爲御史。使定書。或曰：邈所定乃隸字也。」

〔三〕《閣帖》：當指《淳化閣帖》。見卷五第〇九七注〔四〕。《淳化秘閣法帖考正》卷五引：「秦淮海云：程邈始作隸字，今漢碑在者皆隸字，而程邈此書乃是小楷。觀其氣象，豈敢遂信以爲秦人書？長睿云：有此隸，方生今正書，不應邈已作之。」融齋所説似指此。

〇一七　王愔云：「次仲始以古書方廣少波勢，建初中，以隸草作楷法，字方八分，言有模楷。」〔一〕吾丘衍《學古編》云：「八分者，漢隸之未有挑法者也。比秦隸則易識，比漢隸則微似篆，若用篆筆作漢隸字，即得之矣。」〔二〕「波勢」與「篆筆」，兩意難合。洪氏《隸釋》言：「漢字有八分、有隸，其學中絶，不可分别。」〔三〕非中絶也，漢人本無成説也。〔四〕

〔一〕王愔：南北朝時劉宋人。著有《古今文字志目》，生平事迹不詳，《山東通志》卷二十五之一有同姓名者，云晉人，「陽平太守，琅邪臨沂人」，疑與此即一人。引文見卷五第〇一三注〔一〕引。次仲：即王次仲，秦上谷人。

〔二〕吾丘衍：字子行，號竹房，元太末人，家於錢塘，嗜古學，通經史百家言，工於篆籀，其精妙不在秦唐二李下。性放曠，不事檢束。眇左目，左足跛，而風度特醖藉。每以郭忠恕自比，自號貞白處士。著有《竹素山房詩集》、《周秦刻石音釋》、《學古編》。事迹見胡長孺編《吾子行文塚銘》、明宋濂《文憲集》卷十《吾衍傳》等。引文見其《學古編・字源八・辯字》。按：吾丘：複姓。吾通虞。《集韻》牛居切。「挑法」：即趯筆。宋陳思《書苑菁華》卷二：「問曰：凡字之出鋒謂之挑，今更爲趯，何也？論曰：挑者，語其小異而其體一也。夫趯者，筆鋒去而言之趯，自弩筆下殺筆趯起是也。法須挫衄轉筆出鋒，佇思消息，則神蹤不墜矣。」

〔三〕語見宋洪适《隸釋》卷八《淳于長夏承碑》。

〔四〕「成說」：定論。按：龍松生校編沈曾植《海日碎金・劉融齋書概評語》：「卓見。」又：「松生附記：言八分者，是對秦篆略有減損，不爲具足而言。觀今世所傳秦時權量諸文，可以意得也。言隸書者，是就程邈爲隸人所作，因以受名，如稱周金爲籀其文是也。」

〇一八　王愔所謂「字方八分」者，〔一〕蓋字比於「八」之分也。《説文》：「八，別也。象分別相背之形。」此雖非爲八分言之，而八分之意法具矣。〔二〕

〔一〕語見唐張懷瓘《書斷》卷上《八分》條引，可參卷五第〇一三注〔一〕。「方」：模仿。

〔二〕清包世臣《歷下筆談》：「及中郎變隸而作八分，『八』，背也，言其勢左右分佈相背然也。」或爲融齋所本。

〔一九〕《開通褒斜道石刻》，〔一〕隸之古也；《祀三公山碑》，〔二〕篆之變也。《延光殘碑》、《夏承碑》、吴《天發神讖碑》差可附於八分篆二分隸之説，〔三〕然必以此等爲八分，則八分少矣。或曰《鴻都石經》乃八分體也。〔四〕

〔一〕《開通褒斜道石刻》：全稱《漢鄐君開通褒斜道刻石》，俗稱《大開通》，東漢明帝永平六年刻（當公元六三年），爲現存最早的東漢刻石，本摩崖書，今移置陝西漢中博物館。清錢大昕《潛研堂金石文跋尾》卷一《漢中太守鄐君開通褒斜道碑》：「文字古朴，東京分隸傳於今者，以此爲最先焉。」

〔二〕《祀三公山碑》：全稱《漢常山相馮君祀三公山碑》，俗稱《大三公山碑》。東漢安帝元初四年（當公元一一七年）立，書體在篆隸之間，亦稱「繆篆」，今在河北元氏縣封龍山上。清翁方綱《兩漢金石記》卷十一《三公山碑》：「此刻雖是篆書，乃是由篆入隸之漸，減篆之縈折爲隸之逕直。不必以《嵩山石闕》爲徵者矣……碑凡十行，每行字數參差不齊，字勢長短不一，錯落古勁，是兼篆之古隸也……又弟三行『離』字之左半，弟七行『屢』字之下半，兼帶行艸之勢，是篆隸所絶無者。」

〔三〕《延光殘碑》：亦稱《都官是吾殘碑》、《是吾殘碑》。東漢安帝延光四年（當公元一一二五年）八月立。隸書。康熙十六年，出土於山東諸城超然臺故址，後毁於一九五八年「大躍進」。清翁方綱《兩漢金石記》卷十四《延光殘碑》：「是碑與近日元氏出土之《三公山碑》字勢相似，蓋在篆初變隸之時，是謂兼篆法之古隸。」

《夏承碑》：全稱《漢北海淳于長夏承碑》，亦稱《夏仲兖碑》。隸書，東漢靈帝建寧三年（當公元一七〇年）六月立。無書人姓名，元王惲定爲蔡邕書（見《秋澗集》卷七十一《跋蔡中郎隸書後》），石舊在河北永年，「元祐間，因治河堤，得於土壤中」（見宋趙明誠《金石録》卷十六）。明嘉靖二十二年，毁於工匠築城。宋洪适《隸釋》卷八《淳于長夏承碑》：「此碑字體頗奇怪，唐人蓋所祖述。」明都穆《金薤琳琅》卷六引「梁庾元威論書載『隸有十餘種，此乃其間之一體』。宋鄭僑書衡云：『漢石經諸刻，乃隸體八分；《夏承碑》，乃篆體八分。』然三家皆不言爲何人書也。元王文定公跋此碑云：『蔡邕書《夏承碑》如夏金鑄鼎，形模怪譎，雖蛇神牛鬼，厖雜百出，而衣冠禮樂已胚胎乎其中，所謂氣凌百代，筆陣堂堂者乎。』予由是始知爲中郎之迹。碑在今廣平府學，後刻尚書蔡邕伯喈及永樂七年等字，乃庸妄人所加」。何良俊《四友齋書論》：「夫八分書之流傳於世者，獨蔡中郎《夏承碑》，蓋言用篆之二分，兼隸之八分，是於二者之間別構一體，《夏承碑》正用此也。其圓匀倉古，可謂妙絶，後亦無有能繼之者。」

《天發神讖碑》：亦稱《天璽紀功碑》、《吴孫皓紀功碑》。三國吴末帝天璽元年（當公元二七六年），末帝孫皓因天降符瑞而立碑記功。石舊在江寧天禧寺（今江蘇南京）。呈圓幢形，環而刻之。傳爲皇象書。清嘉慶十八年八月，毁於火。拓本以羅振玉舊藏（後歸朱翼盦先生）北宋拓本爲最舊善本。宋黄伯思《東觀餘論》卷上：「象書人間殊少，惟建業有吴時《天發神讖碑》，若篆若隸，字勢雄偉，相傳乃象書也。」張懷瓘目以沈著痛快，真得其筆勢云。」明詹景鳳《書旨》：「皇象三段斷碑……其字非篆非分，横睇直視，無人無我，奇哉。」清朱彝尊《曝書亭集》卷四十八《吴天璽紀功碑跋》：「觀其字，在篆隸之間，雖古而近拙，亦未必定出於皇象手迹也。《金陵瑣事》謂是蘇建書，不知何據。」王澍《竹雲題跋》卷一《吴天璽紀功碑》：「書法銛厲奇崛，於秦漢外别搆一體，然是篆書之變，褚河南《聖教序》題額實學此書。董廣川以爲本漢隸；黄長睿以爲若篆若隸，字勢雄偉；至楊東里竟目爲八分書；朱竹垞亦以爲在篆隸之間；皆非能知皇象者也。」

〔四〕《鴻都石經》：又稱熹平石經。東漢蔡邕以經籍去前代久遠，文字多謬，俗儒穿鑿，疑誤後學。東漢靈帝熹平四年（當公元一七五年），奏求正六經文字，邕乃自書於碑，大屋覆藏，立太學門外，號「鴻都石經」。事見《後漢書·蔡邕傳》。宋趙明誠《金石録》卷十六《漢石經遺字》：「右漢石經遺字者，藏洛陽及長安人家，蓋靈帝熹平四年所立，其字則蔡邕小字八分書也。其後屢經遷徙，故散落不存。今所有者，才數千字，皆土壤埋没之餘，磨滅而僅存者爾。按：《後漢書·儒林傳叙》云『爲古文篆隸三體者』，非也。蓋邕所書乃八分，而《三體石經》，乃魏時所建也。」洪适《隸釋》卷十四：「史稱邕自書丹，使工鐫刻。今所存諸經，字體各不同，雖邕能分善隸，兼備衆體，但文字之多，恐非一人可辦。」然亦有學者認爲此事并不存在，可參潘竹《鴻都石經辨誤》，見《河北師大學報》（哲社版）二〇一五年第二期。

〇二〇 以參合篆體爲八分，〔一〕此後人亢而上之之言也。〔二〕以有波勢爲八分，覺於始制八分情事差近。〔三〕

〔一〕「參合」：摻雜。

〔二〕「後人」：指阮元，因爲其鄉賢，故不願指斥。清阮元《揅經室集續三集》卷一《摹刻天發神讖碑跋》：「按：此碑張勃《吴録》以爲皇象所書，張懷瓘《書斷》以爲官至侍中，八分亞於蔡邕，《梁書》、《南史·皇侃傳》並云『青州刺史』，惜《吴志》不爲立傳。此碑始末見於王司寇《金石萃編》等書，其字體乃合篆隸而取方折之勢，疑即八分書也。八分書起於隸字之後，而其筆法篆多於隸，是中郎所造，以存古法，惜人不能學之也。」「亢而上之」：盡力向前追溯。

〔三〕「差近」：最爲接近。

〇二一 由大篆而小篆，由小篆而隸，皆是寖趨簡捷，獨隸之於八分不然。蕭子良謂「王次仲飾隸爲八分」，〔一〕「飾」字有整飭矜嚴之意。〔二〕

〔一〕蕭子良：字雲英，南北朝時齊武帝次子，封竟陵王，著有《古今篆隸字體》。引語見舊題唐韋續《墨藪》卷一引，可參卷五第〇一三注〔一〕。

〔二〕《荀子·王制》：「飾動以禮義。」清王念孫《讀書雜誌》：「飾讀爲飭。古字通以飾爲飭。」不過「王次仲飾隸爲八分」之「飾」，一般人認爲是「文飾」之意。

〇三三　衛恒《書勢》言「隸書者，篆之捷」，即繼之曰：「上谷王次仲始作楷法。」〔一〕楷法實即八分，而初未明言。直至叙梁鵠弟子毛弘，〔二〕始云：「今八分皆弘法。」可知前此雖有分書，〔三〕終嫌字少，非出於假借，則易窮於用，〔四〕至弘乃益之，使成大備耳。

〔一〕《晉書》卷三十六《衛瓘傳》引衛恒《四體書勢》：「秦既用篆，奏事繁多，篆字難成，即令隸人佐書，曰隸字。漢因行之，獨符、印璽、幡信、題署用篆。隸書者，篆之捷也。上谷王次仲始作楷法。至靈帝好書，時多能者，而師宜官爲最。大則一字徑丈，小則方寸千言，甚矜其能。或時不持錢詣酒家飲，因書其壁，顧觀者以酬酒，討錢足而滅之。每書輒削而焚其柎。梁鵠乃益爲版而飲之酒，候其醉而竊其柎。鵠卒以書至選部尚書，宜官後爲袁術將，今鉅鹿宋子有《耿球碑》，是術所立，其書甚工，云是宜官也。」

〔二〕梁鵠：字孟皇，安定烏氏人。少好書，受法於師宜官，以善八分書知名。舉孝廉，爲郎亦在鴻都門下，選部郎，靈帝重之（見清杭世駿《三國志補注》卷一）。毛弘：字文雅，河南陽武人，工書，服膺梁鵠，研精八分，成一家法。獻帝時，爲郎中，教於秘書，八分皆傳弘法，以建安末卒（見宋陳思《書小史》卷三）。

〔三〕「分書」：八分書。

〔四〕「假借」：六書之一。東漢許慎《說文解字敘》：「假借者，本無其字，依聲託事，令長是也。」又可參卷五第〇一一。

〇二三　衛恒言「王次仲始作楷法」，〔一〕指八分也。隸書簡省篆法，取便徒隸，〔二〕其後「從流下而忘反」，〔三〕俗陋日甚。譬之於樂，「中聲以降，五降之後不容彈」。〔四〕故八分者，隸之節也。八分所重在字畫有常，勿使增減遷就，上亂古而下入俗，則楷法於是焉在，非徒以波勢一端示別矣。〔五〕

〔一〕見卷五第〇二二注〔一〕。

〔二〕宋朱長文《墨池編》卷一引《唐林罕小說序》：「隸之所起，始自秦時。篆者，取蟲篆之形。隸者，便徒隸之用。」「徒隸」：刑徒奴隸，服勞役的犯人。

〔三〕《孟子·梁惠王下》：「從流下而忘反謂之流，從流上而忘反謂之連。」此謂沈溺於俗書的簡易而忘了回到原來的正體中去。

〔四〕《左傳》昭公元年：「先王之樂，所以節百事也，故有五節，遲速本末以相及，中聲以降，五降之後，不容彈矣。」晉杜預注：「此謂先王之樂得中聲，聲成五降而息也。」楊伯峻《春秋左傳注》：「宫商角徵羽五聲，有遲有速，有本有末，調和而得中和之聲，然後降於無聲。」「五降」：猶言經過五次降調。

〔五〕見卷五第〇一三注〔一〕引。又唐張懷瓘《書斷》卷上《八分》：「楷隸初制，大範幾同，故後人惑之，學者務之。蓋其歲深，漸若『八』字分散，又名之爲八分。時人用寫篇章，或寫法令，亦謂之章程書。」所謂若「八」字分散，即波勢。

〇三四　鍾繇謂八分書爲章程書。章程，大抵以其字之合於功令而言耳。〔一〕漢律：以六體試學童，隸書與焉。吏民上書，字或不正，輒舉劾。〔二〕是知一代之書，必有章程。章程既明，則但有正體而無俗體。其實漢所謂正體，不必如秦；秦所謂正體，不必如周。後世之所謂正體，由古人觀之，未必非俗體也。〔三〕然俗而久，則爲正矣。後世欲識漢分孰合功令，亦惟取其書占三從二而已。〔四〕

〔一〕「章程書」：本指書寫奏章、法令等正式場合使用的字體。「程」：法令。《漢書·高帝紀下》：「二月，詔曰：『欲省賦甚。今獻未有程，吏或多賦以爲獻，而諸侯王尤多，民疾之。』」唐顔師古注：「程，法式也。」並可參卷五第〇一三注〔五〕。融齋此處以爲法規、程式要求的字體。

〔二〕《漢書》卷三十《藝文志》："漢興，蕭何草律，亦著其法，曰：『太史試學童，能諷書九千字以上，乃得爲史。又以六體試之，課最者以爲尚書御史史書令史。吏民上書，字或不正，輒舉劾。』六體者，古文、奇字、篆書、隸書、繆篆、蟲書，皆所以通知古今文字，摹印章，書幡信也。"

〔三〕"正體"：官方認定的使用於公文的規範字體。"俗體"：民間通行的使用於非正式文書的字體。唐顔元孫《干禄字書》："所謂俗者，例皆淺近，唯籍帳、文案、券契、藥方，非涉雅言，用亦無爽。……所謂正者，並有憑據，可以施著述、文章、對策、碑碣，將爲允當。"

〔四〕"占三從二"：此指少數服從多數，根據多數來研判。《尚書·洪範》："三人占，則從二人之言。"

〇二五　小篆，秦篆也；八分，漢隸也。〔一〕秦無小篆之名，〔二〕漢無八分之名，〔三〕名之者皆後人也。後人以籀篆爲大，故小秦篆；〔四〕以正書爲隸，故八分漢隸耳。〔五〕

〔一〕元吾丘衍《學古編·字源八·辯字》："八分者，漢隸之未有挑法者也。比秦隸則易識，比漢隸則微似篆者。"

〔二〕"小篆"之名，始見東漢許慎《説文解字叙》。參卷五第〇〇四注〔一〕。

〔三〕"八分"一名的起源年代，歷來有歧見：孫海波《中國文字學概述》以爲始於晉以後。啓功先生《古代字體論稿》中據《古文苑》卷十七所録魏時聞人牟準《魏敬侯碑陰文》有"八分書"一詞，指出其名始於"漢魏之際"，現已基本爲學術界所接受。

〔四〕元吾丘衍《學古編·字源八·辯字》：「小篆者，李斯省籀文之法同天下書者，比籀文體十存其八，故小篆爲之八分小篆也。既有小篆，故謂籀文爲大篆文也。」

〔五〕南朝梁庾肩吾《書品》：「尋隸體發源秦時，隸人下邽程邈所作，始皇見而重之，以奏事繁多，篆字難製，遂作此法，故曰隸書，今時正書是也。」

〇二六　書之有隸，生於篆，〔一〕如音之有徵，生於宮。〔二〕故篆取力弇氣長，〔三〕隸取「勢險節短」，〔四〕蓋運筆與奮筆之辨也。〔五〕

〔一〕「生」：產生。可參卷五第〇一六注〔一〕。

〔二〕「徵」：音止。「徵」、「宮」：都是古代五音（或稱「五聲」）中的術語。《淮南子》卷四《墬形訓》：「音有五聲，宮其主也。……變宮生徵，變徵生商，變商生羽，變羽生角，變角生宮。」

〔三〕「弇」：深。按：此當與卷五第一〇四互參。

〔四〕《孫子·勢篇》：「激水之疾，至於漂石者，勢也。鷙鳥之疾，至於毀折者，節也。是故善戰者，其勢險，其節短。勢如彍弩，節如發機。」

〔五〕「運筆」：亦稱「行筆」，指使筆毫在點畫中移動運行。「奮筆」：書法術語，指「心」、「必」等字中三點的寫法。可參宋不著撰人名字《翰林密論·二十四條用筆法》。

〇二七　隸形與篆相反，〔一〕隸意却要與篆相用。以峭激蘊紆餘，以倔强寓款婉，〔二〕斯徵品量。〔三〕不然，如「撫劍疾視」，〔四〕適足以見其無能爲耳。

〔一〕謂一取「力弇氣長」，一取「勢險節短」；一爲「外抱」，一多「内抱」也。參卷五第〇二六，卷五第一九七。

〔二〕「款婉」：舒緩柔婉。按：此又可與卷五第〇〇七互參。

〔三〕「品量」：品格、氣量。

〔四〕《孟子·梁惠王下》：「曰：王請無好小勇，夫撫劍疾視，曰：彼惡敢當我哉？此匹夫之勇，敵一人者也。」此喻徒作姿態。

〇二八　蔡邕作飛白，〔一〕王僧虔云：「飛白，八分之輕者。」〔二〕衛恒作散隸，韋續謂「迹同飛白」。〔三〕顧曰「飛」、曰「白」、曰「散」，其法不惟用之分隸。此如垂露、懸針，皆是篆法，〔四〕他書亦恒用之。

〔一〕「飛白」：亦作「飛白書」，這種書法，筆畫中絲絲露白，像枯筆所寫。漢魏宫闕題字，曾廣泛採用。唐張懷瓘《書斷》卷上：「案飛白者，後漢左中郎將蔡邕所作也。王隱、王愔並云：飛白變楷制也。本是宫殿題署，勢既徑丈，字宜輕微不滿，名爲飛白。」唐李綽《尚書故實》：「飛白書始於蔡邕，在鴻門見匠人施堊箒，遂創意焉。」今人容庚有《飛白考》可參看。

〔二〕語見唐張懷瓘《書斷》卷上引。王僧虔：字簡穆，《南齊書》卷四十三有傳。

〔三〕前人把爲了快捷，用散漫隨意的筆法所作的隸書，稱「散隸」。宋沈括《夢溪筆談》卷十八：「古人以散筆作隸書，謂之散隸。近歲蔡君謨又以散筆作草書，謂之散草。或曰飛草。其法皆生於飛白，亦自成一家。」舊題唐韋續《墨藪》卷一：「散隸者，衛恒所作，迹同飛白也。」

〔四〕「垂露」：即「垂露篆」，傳爲漢章帝時曹喜所創。唐徐堅《初學記》卷二十一：「垂露書，如懸針而勢不遒勁，阿那若濃露之垂，故謂之垂露。」「懸針」：即「懸針篆」。參卷五第〇〇六注〔二〕。

〇三九　分數不必用以論分，而可借以論書。〔一〕漢隸既可當小篆之八分書，是小篆亦大篆之八分書，正書亦漢隸之八分書也。然正書自顧野王本《説文》以作《玉篇》，〔二〕字體間有嚴於隸者，其分數未易定之。

〔一〕「分數」：比例、程度。按：康有爲《廣藝舟雙楫》卷二《分變》：「唯時時轉變，形體少異，得舊日之八分，因以八分爲名。蓋漢人相傳口説，如秦篆變《石鼓》體而得其八分；西漢人變秦篆長體爲扁體，亦得秦篆之八分；東漢又變西漢而增挑法，且極扁，又得西漢之八分；正書變東漢隸體而爲方形圓筆，又得東漢之八分。八分以度言，本是活稱，伸縮無施不可。猶王次仲作楷法，則漢隸也，而今正書亦稱楷。……八分可爲通稱，亦猶是也。善乎劉督學熙載曰：『漢隸可當小篆之八分，是小篆亦大篆之八分，正書亦漢隸之八分。』真知古今分合轉變之由，其識甚通。以兩漢碑考之，其次序誠可見也。」

〔二〕顧野王：南北朝梁陳時期吴郡吴縣人，字希馮，能書畫，虞世南曾從其受業十年。《陳書》卷三十、《南史》卷六十九有傳。元馬端臨《文獻通考》卷一百八十九：「陳左將軍顧野王更因《説文》造《玉篇》三十卷，梁武帝大同末獻之。」現已殘缺。

〇三〇 未有正書以前，八分但名爲隸；〔一〕既有正書以後，隸不得不名八分。名八分者，所以別於今隸也。〔二〕歐陽《集古録》於漢曰「隸」，於唐曰「八分」。〔三〕論者不察其言外微旨，則譏其誤也亦宜。〔四〕

〔一〕「正書」：此指正書之名稱。按：正書之名始見於南北朝梁庾肩吾《書品》。清顧藹吉《隸辨》卷八：「按唐所謂隸書，即今之正書；所謂八分，即漢之隸書。魏晉以降，凡工正書者，史皆稱其善隸。《王羲之傳》云：『善隸書，爲古今之冠』是也。唐亦因之弗改耳。」

〔二〕按：書法史上把秦代至西漢初期通行的隸書稱古隸，亦稱秦隸或程隸。而把楷書稱今隸。元鄭杓《衍極》卷上，劉有定注：「隸書之別十三，曰古隸。程邈、王次仲作。曰今隸，亦曰正書、出於古隸，鍾繇、衛瓘習之。頗有異體，鍾繇謂之銘石，羲獻復變新奇，故別爲今隸書，謂之楷法，而隸楷分矣。」明張萱《疑耀》卷三《八分隸楷辨》：「是八分與隸及楷，唐以前皆作一體。唐以後，隸與八分爲一體，而楷遂自爲一體矣。故今之楷，全無隸意，則歐虞壞之也。余謂今之楷書不宜謂之楷，只宜謂之今隸，而漢之隸爲古隸可也。」

〔三〕宋歐陽修《集古録》於卷六所收唐碑正書，統稱「八分」。

〔四〕「論者」：指宋趙明誠。趙明誠《金石録》卷二十一《東魏大覺寺碑陰》：「右大覺寺碑陰。題銀青光禄大夫臣韓毅隸書，蓋今楷字也。庾肩吾曰：『隸書，今之正書也。』張懷瓘《六體書論》亦云：『隸書者，程邈造，字皆真正，亦曰真書。』自唐以前皆謂楷字爲隸。至歐陽公《集古録》誤以八分爲隸書，自是舉世凡漢時石刻，皆目爲漢隸。有一士人力主此論，余嘗出漢碑數本問之，何者爲隸？何者爲八分？蓋自不能分也。因覽此碑毅自題爲隸書，故聊誌之，以祛來者之惑。」

〔三一〕漢《楊震碑》隸體略與後世正書相近，〔一〕若吴《衡陽太守葛府君碑》則直是正書，〔二〕故評者疑之。〔三〕然鍾繇正書已在《葛碑》之前，繇之死在魏太和四年，其時吴猶未以長沙西部爲衡陽郡也。〔四〕

〔一〕《楊震碑》：具體刊刻時間不詳，原石已毀。清王昶《金石萃編》卷十五《太尉楊震碑》：「按：碑字縹渺如游絲，古質如蟲穿蝨蝕，兼有隸楷體。昔人謂褚登善書如美女簪花，或謂其出於漢隸，觀此碑知非欺人之論。」「正書」：又稱「真書」，今通稱楷書。楊震：字伯起，弘農華陰（今屬陝西）人，有「關西孔子」之稱，《後漢書》卷五十四有傳。

〔二〕《衡陽太守葛府君碑》：三國吴刻碑，具體刊刻時間不詳。舊在句容（今江蘇句容）縣城西門外五里梅家邊石碑岡，後佚，一九六五年重新發現，現藏江蘇南京博物院。元陸友仁《研北雜志》卷上：「句容縣西五里石門村，有吴《故衡陽太守葛府君之碑》仆野田中。近歲一村大疫，巫言立此碑則安。民始共起立之。已二三年，人猶未有省者。至元三年正月，童丘戚光始屬友人樊楷仲式與縣之好事者觀之，以其石理甚麄，文皆漫滅，可樵者祇額十一字耳。」清王昶《金石萃編》卷二十四引孫星衍《跋》：「楷書之見於法帖者，則有程邈最先，然不足信。其見於碑碣，亦始於此，良足寶也。」清錢大昕《潛研堂金石文字目録》卷一：「吴《衡陽郡太守葛府君碑額》，正書。」

〔三〕清繆荃孫《藝風堂金石文字目》卷一《吴衡陽郡太守葛祚碑額》：「案：《萃編》、《訪碑録》、《江甯金石記》均繫之吴，以題有『吴』字也。然正書始於齊梁之間，吴時未嘗有此，《法帖》中，鍾繇、索靖皆唐人僞造，何足信哉？字體與梁闕相類，因坿梁末。」

〔四〕明王紱《論書》：「鍾太尉尤爲一時獨步。今世所傳《力命》、《賀捷》，真書之鼻祖也。」又據《三國志・吴志・孫亮傳》：「（太平）二年春二月甲寅，大雨，震電。乙卯，雪，大寒。以長沙東部爲湘東郡，西部爲衡陽郡，會稽東部爲臨海郡，豫章東部爲臨川郡。」「太平二年」：當公元二五七年。「魏太和四年」：當公元二三〇年。

〇三二　唐太宗御撰《王羲之傳》曰：「善隸書，爲古今之冠。」〔一〕或疑羲之未有分隸，其實自唐以前皆稱楷字爲隸，〔二〕如東魏《大覺寺碑》題曰「隸書」是也。〔三〕郭忠恕云：「八分破而隸書出。」〔四〕此語可引作《羲之傳》注。

〔一〕唐太宗：李世民，唐高祖李淵次子。事詳《舊唐書》卷二卷三、《新唐書》卷二。按：《晉書》爲唐房玄齡奉敕撰，惟卷一《宣帝紀》、卷三《武帝紀》、卷五十四《陸機傳》、卷八十《王羲之傳》後，其論皆稱「制曰」，蓋出於唐太宗親撰。然亦僅爲論而已，未必全傳悉出於御撰。引文見《晉書》卷八十《王羲之傳》：「王羲之字逸少，司徒導之從子也。……及長，辯贍，以骨鯁稱，尤善隸書，爲古今之冠。論者稱其筆勢，以爲飄若浮雲，矯若驚龍，深爲從伯敦、導所器重。」

〔二〕見卷五第〇三〇注〔一〕。

〔三〕宋趙明誠《金石録》卷二《目録二》：「第三百八十《東魏大覺寺碑》　韓毅隸書，天平四年八月。」同書卷二十一《東魏大覺寺碑》：「右東魏大覺寺碑，在洛陽。碑陰題韓毅書。據《北史》：毅，魯郡人，工正書，神武用爲博士，以教彭城景思王攸，當時碑碣往往不著名氏，毅以書知名，故特自著之也。然遺迹見於今者，獨此碑爾。」明王紱《論書》：「若東魏《大覺碑》曰隸書，今楷書也。」

〔四〕郭忠恕：字恕先，宋書畫家、文字學家，著有《汗簡》、《佩觿》等。《宋史》卷四百四十二有傳。引文見其所著《佩觿》。

○三三　正書雖統稱今隸，〔一〕而途徑有別。波磔小而鉤角隱，〔二〕近篆者也；波磔大而鉤角顯，近分者也。

〔一〕「今隸」：見卷五第○三○注〔二〕。

〔二〕今人沈尹默《歷代名家學書經驗談輯要釋義》：「啄、磔、趯三者都是篆體中所無，自從有了隸字以後，才出現的。……磔有撐張開來的意思，又叫作波。是取它具有曲折流行之態。流俗則一般叫作捺，是三過筆形成的，所以有一波三折之説。」

○三四　楷無定名，不獨正書當之。漢北海敬王睦善史書，世以爲楷，〔一〕是大篆可謂楷也。衛恒《書勢》云「王次仲始作楷法」，是八分爲楷也。〔二〕又云「伯英下筆必爲楷則」，是草爲楷也。〔三〕

〔一〕《後漢書》卷十四《宗室傳》：「（北海敬王睦）善史書，當世以爲楷則，及寢病，帝驛馬令作草書尺牘十首。」按：原文「楷」後尚有一「則」字，「楷則」謂（取以爲）楷模、法則也。融齋似不明詞義，誤以爲虛詞而删，故此條所論殊誤。清段玉裁《説文解字注》十五卷上：「凡《漢書·元帝紀》、《王尊傳》、《嚴延年傳》、《西域傳》之《馮嫽》，《後漢書·皇后紀》之《和熹鄧皇后》、《順烈梁皇后》，或云『善史書』，或云『能史書』，皆謂便習隸書，適於實用，猶今人之工楷書耳。而自應仲遠注《漢》，已云『史書，周宣王太史籀所作大篆十五篇也』，殊爲謬解。」

〔二〕按：此條所説「楷法」義同楷則，謂楷模法則，非論書體，融齋理解似誤。

〔三〕按：張芝，字伯英，東漢人，善章草，有「草聖」之稱。晉衛恒《四體書勢》：「弘農張伯英者，因而轉精甚巧。凡家之衣帛，必書而後練之。臨池學書，池水盡黑。下筆必爲楷則，號匆匆不暇草書，寸紙不見遺，至今世尤寶其書。」

〔三五〕以篆隸爲古，以正書爲今，〔一〕此只是據體而言。其實書之辨全在身分斤兩，〔二〕體其末也。

〔一〕「古」：古文字。「今」：今文字。

〔二〕「身分」：結構、間架。

〔三六〕世言漢劉德升造行書，〔一〕而《晉·衛恒傳》但謂：「魏初有鍾、胡二家爲行書法，俱學之於劉德升。」〔二〕初不謂行書自德升造也。至三家之書品，庾肩吾已論次之。〔三〕蓋德升中之上，胡昭上之下，鍾繇上之上云。

〔一〕唐張懷瓘《書斷》卷中：「劉德升字君嗣，潁川人，桓靈之時，以造行書擅名。雖以草創，亦甚妍美。風流婉約，獨步當時。胡昭、鍾繇並師其法，世謂鍾繇行押書是也。……劉德昇即行書之祖也。」

〔二〕語見《晉書》卷三十六《衛瓘傳》引衛恒《四體書勢》。

〔三〕庾肩吾：南朝梁文學家、書法理論家。字子慎，一字慎之，自號玄靜先生。《梁書》卷四十九有傳。其所著《書品》把自漢至當時以來書家分成上上、上中、上下；中上、中中、中下；下上、下中、下下共九品。

〇三七　行書有真行，有草行。〔一〕真行近真，而縱於真；〔二〕草行近草，而斂於草。〔三〕東坡謂「真如立，行如行，草如走」。〔四〕行豈可同諸立與走乎？

〔一〕舊本題唐韋續《墨藪》卷一引《書論》：「夫行書，非草非真，離方遁圓，在乎季孟，兼真者謂之真行，帶草者謂之行草。」

〔二〕「縱」：放縱。

〔三〕「斂於草」：比草書更收斂。

〔四〕宋蘇軾《書唐氏六家書後》：「今世稱善草書者或不能真行，此大妄也！真生行，行生草。真如立，行如行，草如走，未有未能行立而能走者也。」按：蘇軾此語實本唐張懷瓘《六體書論》：「大率真書如立，行書如行，草書如走，其於舉趣蓋有殊焉。」又融齋《游藝約言》：「詩與古別，草書與真書别。蓋意興所發不致，改常所由，乘風與凌雲無所不可也。」

〔三八〕行書行世之廣，與真書略等，〔一〕篆隸草皆不如之。然從有此體以來，未有專論其法者。蓋行者，真之捷而草之詳。〔二〕知真草者之於行，如繪事欲作碧緑，〔三〕只須會合青黄，無庸别設碧緑料也。〔四〕

〔一〕「略等」：完全相同。

〔二〕「真之捷而草之詳」：行書是楷書的快捷的寫法和草書的詳細的寫法。

〔三〕「繪事」：從事繪畫。

〔四〕「會合」：會集、調和。按：美術中把紅、黄、藍（青）三種顔色，稱爲色彩三原色。用這三種顔色按不同比例混合後，就可以合成任何一種其他顔色，故融齋以此取喻。

〔三九〕許叔重謂「漢興，有草書」，〔一〕衛恒《書勢》謂草書「不知作者姓名，至齊相杜度號善作篇」云云，〔二〕是草固不始於度矣。或又以褚先生補《史記》嘗云「謹論次其真草詔書，編於左方」，〔三〕遂謂孝武時已有草書。〔四〕然解人第以裨諶草創、〔五〕屈原屬草稾例之。〔六〕且彼以「真」、「草」對言，豈孝武時已有真書之目耶？〔七〕

〔一〕叔重：東漢許慎之字。語見《説文解字叙》。又南朝梁庾肩吾《書品》：「草勢起於漢時，解散隸法，用以赴急。本因草創之義，故曰草書。建初中，京兆杜操始以善草知名，今之草書是也。」

〔二〕語見《晉書》卷三十六《衛瓘傳》引衛恒《四體書勢》：「漢興而有草書，不知作者姓名。至章帝時，齊相杜度號善作篇，後有崔瑗、崔寔，亦皆稱工。」

〔三〕語見《史記》卷六十褚少孫補《三王世家》。

〔四〕「或」：指清顧炎武。《日知録》卷二十一《草書》：「褚先生補《史記·三王世家》曰：『至其次序分絶，文字之上下，簡之參差長短，皆有意，人莫之能知。謹論次其真草詔書，編於左方。』是則褚先生親見簡策之文，而孝武時詔即已用草書也。《魏志·劉廙傳》：『轉五官將文學，文帝器之，令廙通草書。』則漢魏之間，箋啓之文，有用草書者矣。（原注：《晉書·郄鑒傳》：『帝以鑒有器望，萬機動静輒問之，乃詔特草上表疏，以從簡易。』）故草書之可通於章奏者，謂之章草。」

〔五〕《論語·憲問》：「子曰：爲命，裨諶草創之，世叔討論之，行人子羽修飾之，東里子産潤色之。」

〔六〕《史記》卷八十四《屈原賈生列傳》：「懷王使屈原造爲憲令，屈平屬草稿未定，上官大夫見而欲奪之，屈平不與。」按：東漢許慎《説文解字叙》：「漢興，有艸書。」宋徐鍇《説文解字繫傳》：「案書傳多云張芝作艸。又云齊相杜度作。據《説文》，則張芝之前已有矣。蕭子良云：藁書者，董仲舒欲言災異，藁艸未上，即爲藁書。藁者，艸之初也。《史記》：上官奪屈原藁艸。今云：漢興有艸，知所言藁艸，是創詞，非艸書也。」明方以智《通雅》卷三十一《詔書有真草又有案有宣》，亦以《三王世家》褚少孫所補「謹論次其真草詔書」中之「草」爲文體而非書體。

〔七〕按：「真書」一詞唐代始見。如唐張彦遠《法書要録》卷一：「凡學書字先學執筆，若真書去筆頭二寸一分，若行草書去筆頭三寸一分。」

〇四〇　章草「章」字，乃章奏之章，非指章帝，前人論之備矣。〔一〕世誤以爲章帝，由見《閣帖》有漢章帝書也。〔二〕然章草雖非出於章帝，而《閣帖》所謂章帝書者，當由集章草而成。〔三〕《書斷》稱張伯英善草書，「尤善章草」。〔四〕《閣帖》張芝書末一段，字體方匀，波磔分明，與前數段不同，與所謂章帝書却同。末段乃是章草，而前僅可謂草書。大抵章草用筆結字，取乎有制。孫過庭言「章務檢而便」，〔五〕蓋非檢不足以敬章也。又如《閣帖》皇象草書，亦章草法。〔六〕

〔一〕宋黄伯思《法帖刊誤》卷上：「章草當在草書先，然本無章名，因漢建初中，杜操伯度善此書，章帝稱之，故後世目焉。今此卷首帖偶章草，便以爲章帝書，誤矣。」又宋董逌《廣川書跋》卷五《章帝書》：「《要録》謂章草，本漢章帝書也。今官帖有海鹹河淡。其書爲後世章草宗，其取名如此。以書考之，非也。此書本章奏所用，以便急速，惟君長告令用之，臣下則不得。建初中，杜伯度善草，見稱於時，章帝詔使草書上奏，然則章奏用草，寔自章帝時，不可謂因章帝名書也。」

〔二〕書迹見《淳化閣帖》歷代帝王法帖卷一《漢章帝書》，共九行八十四字。

〔三〕《御製詩集》三集卷八十：「《淳化閣帖》首列漢章帝書八十三字，皆千文語，『非寶』作『非尚』。按：興嗣梁人，始集散字作千文。後漢時，安得書此？明顧從義謂是録書者集章草成千文，以爲章帝語，誤矣。」按：顧説見《法帖釋文考異》卷一。

〔四〕唐張懷瓘《書斷》卷中：「（張芝）好書，凡家之衣帛，皆書而後練，尤善章草。」

〔五〕語見唐孫過庭《書譜》：「篆尚婉而通，隸欲精而密，草貴流而暢，章務檢而便。」

〔六〕唐張彥遠《法書要録》卷三引唐徐浩《古迹記》：「漢章帝始爲章草名。」書迹見《淳化閣帖》歷代名臣法帖卷二《吴青州刺史皇象書》。

〔四一〕章草，有史游之章草，蓋其「《急就章》解散隸體，簡略書之」，此猶未離乎隸也；〔一〕有杜度之章草，蓋章帝愛其草書，令上表亦作草書，〔二〕是用則章，實則草也。至張伯英善草書，「尤善章草」。〔三〕故張懷瓘謂伯英「章則勁骨天縱，草則變化無方」，〔四〕以示別焉。

〔一〕唐張懷瓘《書斷》卷上：「王愔云：漢元帝時史游客作《急就章》，解散隸體，麤書之，漢俗簡惰，漸以行之是也。史游即章草之祖。」

〔二〕唐張懷瓘《書斷》卷上：「至建初中，杜度善草，見稱於章帝。上貴其迹，詔使草書上事。」

〔三〕見卷五第〇四〇注〔四〕。

〔四〕語見唐張懷瓘《書斷》卷下《評曰》：「若章則勁骨大縱，草則變化無方，則伯英第一。」

〇四二　黄長睿言：「分波磔者爲章草，非此者但謂之草。」〔一〕昔人亦有謂「各字不連綿曰章草，相連綿曰今草者」。〔二〕按：草與章草，體宜純一；世俗書或二者相間，〔三〕乃所謂以爲龍又無角，謂之蛇又有足者也。〔四〕

〔一〕長睿：宋黄伯睿之字。别字霄賓，號雲林子，北宋書法家、書法理論家。著有《東觀餘論》、《法帖刊誤》等。《法帖刊誤》卷上：「凡草書分波磔者名章草，非此者但謂之草。」

〔二〕「昔人」：指清段玉裁。東漢許慎《説文解字叙》：「漢興有艸書。」段玉裁《注》：「其各字不連綿者曰章草，晉以下相連綿者曰今草。猶隸之有漢隸、今隸也。」

〔三〕「間」：間雜。

〔四〕《漢書》卷六十五《東方朔傳》：「朔自贊曰：臣嘗受《易》，請射之。乃别蓍布卦而對曰：臣以爲龍又無角，謂之爲虵又有足，跂跂脈脈，善緣壁，是非守宫即蜥蜴。」此指四不像、非驢非馬。

〇四三　漢篆《祀三公山碑》「屢」字，下半帶行草之勢；〔一〕隸書《楊孟文頌》「命」字，〔二〕《李孟

初碑》「年」字，〔三〕垂筆俱長兩字許，亦與草類。然草已起於建初時，不當强以莊周注郭象也。〔四〕

〔一〕見卷五第〇一九注〔二〕。

〔二〕《楊孟文頌》：全稱《漢司隸校尉楊孟文頌》，亦稱《石門頌》。摩崖書，原在陝西褒城縣東北褒斜谷石門崖壁，東漢桓帝建和二年十一月刻（當公元一四八），現移藏陝西漢中博物館。清王昶《金石萃編》卷八：「按：是刻書體勁挺有資致，與《開通褒斜道》摩崖隸字疏密不齊者，各具深趣，推爲東漢人傑作。然石刻皆在褒斜谷中，捶拓頗險，臨池家或不盡得，故近人學之者少。碑中『命』字、『升』字、『誦』字垂筆甚長，而『命』字幾過二格，與《李孟初碑》『年』字相似，皆漢隸所僅見者。」

〔三〕《李孟初碑》：全稱《宛令李孟初神祠碑》。東漢桓帝永興二年（當公元一五四）立，清乾隆年間，因河水沖刷，而出土於河南南陽，現藏河南南陽卧龍崗漢碑亭。清王昶《金石萃編》卷八引《兩漢金石記》：「婁氏《漢隸字源》云：『漢碑年字垂筆有長過一二字者。』然此碑婁所不載也。《楊孟文》、《石門頌》『命』字，則以石紋斷裂，適當垂處，不遑寫下一字，而引上脚使長，又與是碑『年』字不同。」畢沅《中州金石記》卷一《宛令李孟初神祠碑》：「書法疏秀似韓仁銘，當爲唐蔡有鄰所本。『永興二年』『年』字末一筆甚長，過兩字，於漢碑少見。」

〔四〕郭象：字子玄，西晉人，曾注《莊子》。「莊周注郭象」：語本宋釋普濟《五燈會元》卷二十：「師曰：曾見郭象注《莊子》，識者曰：却是莊子注郭象。」此喻本末倒置。

〇四四　蕭子良云：「稾書者，董仲舒欲言災異，稾草未上，即爲稾書。」〔一〕按：此所謂稾，其字體不可得而知矣。可知者，如韋續言「稾者，行草之文」，近是。〔二〕

〔一〕見卷五第〇三九注〔六〕引。

〔二〕唐韋續《墨藪》卷一：「稾書者，行草之文也，晉衛瓘索靖善之。」

〇四五　周興嗣《千字文》：「杜稾鍾隸。」〔一〕稾之名似乎惟草當之。然黄山谷於顔魯公《祭伯父濠州刺史文稾》，〔二〕謂其「真、行、草法皆備」，〔三〕可見稾不拘於一格矣。〔四〕

〔一〕周興嗣：字思纂，南北朝時梁人，《梁書》卷四十九、《南史》卷七十二有傳。據唐張彦遠《法書要録》卷三《唐武平一徐氏法書記》：「武帝敕周興嗣撰《千字文》，使殷鐵石模次羲之之迹，以賜八王。」「杜稾鍾隸」：杜度的稾書，鍾繇的隸書。

〔二〕顔魯公：唐顔真卿，曾封魯國郡公。

《祭伯父濠州刺史文稾》：紙本。凡三十六行，四百十字。爲乾元元年，貶饒州刺史途中，祭伯父顔元孫作。有宋甲秀堂帖，拓本藏北京故宫博物院。

〔三〕見宋黄庭堅《山谷集》卷二十八：「魯公與郭令公書論魚軍容坐席，凡七紙。而長安安氏兄弟異財時，以前四紙作一分，後三紙及《乞鹿脯》帖作一分，以故人間但傳至『不願與軍容爲佞柔之友』而止。元祐中，余在京師，始從安師文借得後三紙，遂合爲一。此書雖特奇，猶不及《祭濠州刺史》文之妙，蓋一紙半書，而真行草法皆備也。」

〔四〕按：竊謂顏書之「稾」乃就内容而言，謂未定之文也，非關書體。

〇四六　書家無篆聖、隸聖，而有草聖。〔一〕蓋草之道千變萬化，執持尋逐，〔二〕失之愈遠，非「神明自得」者，〔三〕孰能「止於至善」耶？〔四〕

〔一〕按：書法史上有「草聖」之名者頗多，如後漢杜度、張芝，唐徐嶠之、懷素、張旭都被時人尊爲「草聖」。

〔二〕「執持」：固執，拘泥。

〔三〕《荀子·勸學》：「積土成山，風雨興焉；積水成淵，蛟龍生焉；積善成德，而神明自得，聖心備焉。」唐楊倞注：「神明自得謂自通於神明。」又宋朱長文《墨池編》卷四引晉索靖《書勢》：「蓋草聖之爲狀也，婉若銀鉤，漂若驚鸞，舒翼未發，若舉復安，蟲蛇蚴虬，或往或還，頹阿那以羸羸，欻奮亹而桓桓……」又引吳楊泉《草書賦》：「惟六書之爲體，美草法之最奇。……解隸體之微細，散委曲而得宜；乍揚抑而奮發，似龍鳳之騰儀；應神靈之變化，象日月之盈虧；……衆巧百態，無不盡奇，宛轉翻覆，如絲相持。」均可與此所論「草之道千變萬化」互相發明。

〔四〕《禮記·大學》：「大學之道，在明明德，在親民，在止於至善。」指達到盡善的地步。按：融齋《游藝約言》：「書要『無一物而不化』之筆。或以有爲求化，乃愈失之。」按：龍松生校編沈曾植《海日碎金·劉融齋書概評語》：「先生云：墨王二字，亦當作如是觀。」

〇四七　他書「法」多於「意」，草書「意」多於「法」。故不善言草者，意法相害；〔一〕善言草者，意法相成。草之意法，與篆隸正書之意法，有對待，〔二〕有旁通；〔三〕若行，固草之屬也。

〔一〕「意法相害」：指意趣與法度互相妨礙。「意法」：論書術語。舊本題唐韋續《墨藪》卷二有《張長史十二意筆法》。又可參卷一第〇九七及注〔二〕引《游藝約言》。

〔二〕「對待」：對立、對抗。

〔三〕「旁通」：暗相關聯。

〇四八　移易位置，增減筆畫，以草較真有之，〔一〕以草較草亦有之。學草者「移易」易知，而「增減」每不盡解。蓋變其短長肥瘦，〔二〕皆是「增減」，非止多一筆少一筆之謂也。

〔一〕唐歐陽詢《三十六法·增減》：「字有難結體者，或因筆畫少而增添。……或因筆畫多而減省。……但欲體勢茂美，不論古字當如何也。」宋戴侗《六書故・六書通釋》：「六書始於象形、指事，古鐘鼎文猶可見其一二焉。許氏書祖李斯小篆，徒取形勢之整齊，不免增損點畫，移易位置，使人不知制字之本。」明趙宧光《寒山帚談》卷上：「字之增減筆，惟篆書兩用之，若徒隸真草有減無增。」清包世臣《藝舟雙楫・答熙載九問》：「少師結字，善移部位，自二王以至顏柳之舊勢，皆以展蹙變之，故按其點畫如真行，再相其氣勢則狂草。」如「過」的簡化字「过」、「還」的簡化字「还」，均來源於漢代草書。

〔二〕「肥瘦」：皆爲書學術語。指字劃的肥與瘦。肥者多肉少骨，昔人擬之「墨豬」，瘦者多骨少肉，融齋謂之「骷髏」。唐張懷瓘《書斷》卷中《劉德昇》：「胡昭、鍾繇並師其法（注者按：指東漢劉德昇，字君嗣）世謂鍾繇行押書是也。而胡書體肥，鍾書體瘦，亦各有君嗣之美。」又卷中《歐陽詢》：「子通亦善書，瘦怯於父。薛純陀亦效詢草，傷於肥鈍。」又卷下《僧智果》：「時有僧述、僧特，與果並師智永。述困於肥鈍，特傷於瘦怯。」宋李之儀《姑溪居士前集》卷四十《跋荊公金剛經書》：「骨多肉少則瘦，肉多骨少則肥。惟骨肉相稱，然後爲盡善。」可參卷五第二〇八。

〇四九　草書結體貴偏而得中。偏如上有偏高偏低，下有偏長偏短，〔一〕兩旁有偏爭偏讓皆是。〔二〕

〔一〕清馮武《佩文齋書畫譜》卷三引《歐陽率更書三十六法・覆蓋》：「如寶、容之類，點須正，畫須員明，不宜相著，上長下短。」

〔二〕清馮武《書法正傳》卷六引《歐陽率更書三十六法·偏側》：「字之正者固多，若有偏側、欹斜，亦當隨其字勢結體。偏向右者，如心、戈、衣、幾之類；向左者，如夕、朋、乃、勿、少、厷之類；正而偏者，如亥、女、丈、乂、互、不之類；字法所謂偏者正之，正者偏之，又其妙也。《八訣》又謂勿令偏側，亦是也。」

〔五〇〕庸俗行草結字之體尤易犯者：上與左，小而瘦；下與右，大而肥。〔一〕其橫豎波磔，用筆之輕重亦然。

〔一〕清馮武《書法正傳》卷六引《歐陽率更書三十六法·左小右大》：「人之結字，易於左小而右大。」

〔五一〕古人草書，空白少而神遠，空白多而神密。俗書反是。〔一〕

〔一〕「俗書」：此指氣韻惡俗的書。清包世臣《藝舟雙楫·國朝書品》：「至於狂怪軟媚，並系俗書，縱負時名，難入真鑒。」融齋《游藝約言》：「兵家『能而示之不能，用而示之不用』二語，亦書家所寶。」

〇五二　懷素自述草書所得，謂「觀夏雲多奇峰，嘗師之」。〔一〕然則學草者徑師「奇峰」可乎？曰：不可。蓋「奇峰」有「定質」，〔二〕不若夏雲之「奇峰」無「定質」也。

〔一〕見宋陳思《書小史》卷十：「顏魯公嘗問師（注者按：指懷素）曰：『夫草書於師授之外，師有自得之乎？』師曰：『貧道觀夏雲多奇峰，輒嘗師之，夏雲因風變化，乃無常勢，又遇壁坼之路，一一自然。』顏公曰：『噫，草聖之淵妙，代不絶人，可謂聞所未聞之旨也。』」

〔二〕「定質」：固定的形狀。宋蘇軾《與謝民師推官書》：「所示書教及詩賦雜文，觀之熟矣。大略如行雲流水，初無定質。但常行於所當行，常止於所不可不止，文理自然，姿態横生。」

〇五三　昔人言「爲書之體，須入其形」，以「若坐若行、若飛若動、若往若來、若卧若起、若愁若喜」狀之，〔一〕取「不齊」也。〔二〕然「不齊」之中，流通照應，必有大齊者存。故辨草者，尤以書脈爲要焉。

〔一〕「昔人」：指東漢蔡邕。唐舊本題韋續《墨藪》卷一引《筆論》：「字體形勢，若坐若行，若飛若動，若往若來，若卧若起，若愁若喜，若蟲食木葉，若利刀戈，若强弓之末。若水火，若雲霧，若日月，縱横有象，可謂書矣。」

〔二〕宋姜夔《續書譜·真書》：「且字之長短小大、斜正疏密，天然不齊。……魏晉書法之高，良由各盡字之真態，不以私意參之耳。」

〇五四　草書尤重筆力。蓋草勢尚險，〔一〕凡物險者易顛，〔二〕非具有大力，奚以固之？

〔一〕宋朱長文《墨池編》卷一引《晉王羲之草書勢》：「或卧而似側，或立而似顛；斜而復正，斷而還連。」又引《唐僧懷素草書歌行》：「吾師醉後倚繩床，須臾掃盡數千張。飄風驟雨驚颯颯，落花飛雪何茫茫。起來向壁不停手，一行數字大如斗。怳怳如聞神鬼驚，時時只見蛟龍走。左盤右蹙如驚電，狀同楚漢相攻戰。」即皆「尚險」之謂也。按：此又可與卷五第一〇四五參。

〔二〕「顛」：傾覆。

〇五五　草書之筆畫，要無一可以移入他書，而他書之筆意，草書却要無所不悟。

〇五六　地師相地，〔一〕先辨龍之動不動，〔二〕直者不動而曲者動，〔三〕蓋猶草書之用筆也。然明師之所謂曲直，與俗師之所謂曲直異矣。

〔一〕「地師」：風水先生。

〔二〕「龍」：舊時堪輿家稱山脈的走勢爲龍。《青囊奧語心印》：「先看金龍動不動，次察血脈認來龍。」又：「動則易於取裁，不動則配合無自。」

〔三〕《青囊奧語心印》：「第八裁：屈曲流神認去來……流神不可失之直，必來去屈曲之元爲美。」又《地理金丹》：「若不起伏曲折，如死鰍、死鱔。」

〇五七　草書尤重筋節，〔一〕若筆無轉換，一直溜下，則筋節亡矣。雖氣脈雅尚綿亘，〔二〕然總須使前筆有結，後筆有起，明續暗斷，斯非浪作。〔三〕

〔一〕「筋節」：筆之轉換處。

〔二〕「綿亘」：連綿不絶。

〔三〕按：融齋論文亦有所謂斷續法，當即是從草書中悟得。可參卷一第〇五三、卷一第二七八、卷六第〇六九。

〇五八　草書渴筆，〔一〕本於飛白。〔二〕用渴筆分明認真，其故不自渴筆始。必自每作一字，筆筆皆能中鋒雙鉤得之。〔三〕

〔一〕「渴筆」：亦稱「枯筆」。謂用含墨較少的筆書寫，字間有露白的枯筆。宋米芾《書史》：「唐彭王傅徐浩書贈張九齡司徒告，浩，九齡之甥，在其孫曲江仲容處。用一尺絹書，多渴筆，有鋒芒。」

〔二〕「飛白」：見卷五第〇二八注〔一〕。

〔三〕「中鋒」：指書寫時，「毫端聚墨最濃處注在畫中」者，可參清蔣驥《續書法論·中鋒》。「雙鉤」：有三義，一是書寫毛筆字的一種執筆方法。宋朱長文《墨池編·唐陸希聲傳筆法》：「錢鄧州若水嘗言：古之善書鮮有得筆法者，陸希聲得之，凡五字：擫、押、鉤、格、氐。用筆雙鉤，則點畫遒勁，而盡妙矣，謂之撥燈法。」宋黄庭堅《論書》：「凡學書，欲先學用筆。用筆之法，欲雙鉤回腕，掌虚指實，以無名指倚筆，則有力。」二是指雙鉤廓填。三是指書法工夫到家，筆筆中鋒，故字畫中有一絲如髮，墨在字畫兩邊成雙鉤狀。清包世臣《藝舟雙楫·述書上》：「魯斯書名藉甚，嘗語余曰：『古人用兔毫，故書有中綫；今用羊毫，其精者乃成雙鉤。吾耽此垂五十年，才什得三四耳。』」此用後義。

〇五九　正書居靜以治動，草書居動以治靜。〔一〕

〔一〕「靜以治動」：工整中見流動。「動以治靜」：流動中見工整。按：此條當與卷五第〇六二互參。融齋《游藝約言》：「詩與古別，草書與真書別。蓋意興所發不致改常，所由乘風淩雲，無所不可也。」

〇六〇　草書比之正書，要使畫省而意存，〔一〕可於爭讓、向背間悟得。〔二〕

〔一〕「畫省而意存」：筆畫簡省而筆意保存。

〔二〕「間」：原作「聞」，今從《續修四庫》本。「爭讓」：亦稱「避就」。指作書時爲使結構之險易、疏密、遠近得以調和得當，須講求「避讓」。唐歐陽詢《三十六法》：「避就：避密就疏，避險就易，避遠就近。欲其彼此映帶得法。」清戈守智《漢溪書法通解・結字卷第五》：「避者，懼其相觸。就者，惡其相離。如一『抛』法，『鳩』字，避也；『鵝』字，就也。如一『捺』法，『頗』字，避也；『鵝』字，就也。」

「向背」：「向」指字結構之兩部分相對者，如「好」、「妙」等。「背」指字之結構兩部分相背離者，如「北」、「兆」等。唐歐陽詢《三十六法・向背》：「字有相向者，有相背者，各有體勢，不可差錯。相向如『辭』、『卯』、『好』、『知』、『和』之類是也；相背如『北』、『兆』、『肥』、『根』之類是也。」宋姜夔《續書譜・向背》：「向背者，如人之顧盼、指畫、相揖、相背。發於左者應於右，起於上者伏於下。大要點畫之間施設各有情理，求之古人，右軍蓋爲獨步。」按：龍松生校編沈曾植《海日碎金・劉融齋書概評語》：「先生皆別識其言。」

〇六二　欲作草書，必先「釋智遺形」，〔一〕以至於「超鴻濛，混希夷」，〔二〕然後下筆。古人言「匆匆不及草書」，〔三〕有以也。〔四〕

〔一〕漢賈誼《鵩鳥賦》：「真人恬漠兮，獨與道息，釋知遺形兮，超然自喪。」本意是説抛棄智慮而忘其身形。

〔二〕唐柳宗元《愚溪詩序》：「以愚辭歌愚溪，則茫然而不違，昏然而同歸。超鴻蒙，混希夷，寂寥而莫我知也。」「鴻蒙」：本指元氣。「希夷」：無色曰夷，無聲曰希。此喻擺脱一切外在形體的約束和羈絆。

〔三〕指東漢張芝。見卷五第〇三四注〔三〕。關於這句話向來有不同的理解，後人多把「匆匆不及草書」，理解成草書的書寫並不是隨心所欲的，而是要遵循嚴格的法則。融齋當亦從此，可參卷五第一六八。並可參清趙翼《論書札記·不暇草書》、錢鍾書《管錐編·全上古三代秦漢三國六朝文》一〇八，今人辛德勇有《張芝匆匆不暇草書本義辨説》（刊《中國典籍與文化》二〇〇九年第一期）。按：此又當與卷五第〇五三互參。謂能入亦能出也。

〔四〕「有以」：有原因和根據的。

〇六三　書凡兩種：篆、分、正爲一種，〔一〕皆「詳而靜者」也；〔二〕行、草爲一種，皆簡而動者也。〔三〕

〔一〕「分」：八分書。

〔二〕舊本題後周王朴撰《太清神鑑》卷三：「《玉管》云：『詳而靜者，其神安；虛而急者，其神躁。』故於君子善養其性者，無暴其氣，其氣不暴，則形安，形安而神不全者，未之有也。」此指筆劃繁複而工整。

〔三〕「簡而動」：筆劃簡省而流動。

〇六三　石鼓文，韋應物以爲文王鼓，〔一〕韓退之以爲宣王鼓，〔二〕總不離乎周鼓也。而《通志·金石略序》云：「三代而上，惟勒鼎彝，秦人始大其制而用石鼓，始皇欲詳其文而用豐碑。」〔三〕故《金石略》列秦篆之目，以石鼓居首。夫謂秦用鼓，事或有之，然未見即爲「遯車既工」之鼓。〔四〕不然，何以是鼓之辭醇字古，與豐碑顯異耶？〔五〕

〔一〕宋歐陽修《集古録》卷一《石鼓文》：「右石鼓文，岐陽石鼓。初不見稱於前世，至唐人始盛稱之。而韋應物以爲周文王之鼓，宣王刻詩。韓退之直以爲宣王之鼓。在今鳳翔孔子廟中。鼓有十，先時散棄於野，鄭餘慶置於廟，而亡其一。皇祐四年，向傳師求於民間，得之乃足。其文可見者四百六十五，不可識者過半。」葛立方《韻語陽秋》卷十四：「《左傳》云周成王蒐於岐陽。而韓退之《石鼓歌》則曰宣王，所謂宣王憤起揮天戈，蒐於岐陽騁雄俊是也。韋應物《石鼓歌》則曰文王，所謂周文大獵岐之陽，刻石表功何煒煌是也。」然今唐韋應物《石鼓歌》：「宣大獵兮岐之陽，刻石表功兮煒煌煌。石如鼓形數止十，風雨缺訛苔蘚澁。今人濡紙脱其文，既擊既埽白黑分。忽開滿卷不可識，驚潛動蟄走云云。喘逶迤相糺錯，乃是宣王之臣史籀作。一書遺此天地間，精意長存世冥寞。秦家祖龍還刻石，碣石之罘李斯迹。世人好古猶共傳，持來比此殊懸隔。」並未言是文王時鼓，未知是宋人所見爲訛本，亦或今傳本有誤。

〔二〕見卷五第〇〇八注〔二〕。

〔三〕語見宋鄭樵《通志》卷七十三。

〔四〕爲石鼓中第一鼓的語句。今見《詩·小雅·車攻》。參宋薛尚功《歷代鐘鼎彝器款識法帖》卷十七。

〔五〕「豐碑」：本古代殯葬天子或諸侯，用以下棺的工具。《禮記·檀弓下》：「公室視豐碑，三家視桓楹。」東漢鄭玄注：「豐碑，斲大木爲之，形如石碑，於槨前後四角樹之，穿中於間，爲鹿盧，下棺以繂繞。天子六繂四碑，前後各重鹿盧也。」此指秦刻石。

〇六四　《祀巫咸大湫文》，俗呼《詛楚文》，字體在大小篆間。〔一〕論小篆者，謂始於秦，而不始於李斯，引此文爲證，〔二〕蓋以爲秦惠文王時書也。〔三〕然《通志·金石略》作李斯篆，〔四〕其必有所考與？

〔一〕《詛楚文》：傳秦刻石。北宋發現三塊，所記爲秦王祈求天神保佑秦國獲勝，詛咒楚國敗亡之語。後人乃據其所祀神，名曰大沈久湫、巫咸、亞駝。清王澍《竹雲題跋》卷一《秦詛楚文》：「《詛楚文》世有三石。董廣川云初得《大沈湫》文於郊，又得《巫咸》文於渭，最後得《亞駝》文於洛。其辭盡同，惟所以質於神者，則隨其號以異。此其祀《巫咸》文也，歲久刓弊，廣川氏據舊本補完之、余借得錫山秦氏所藏文待詔本，與絳汝二帖所刻校勘，毫髮不異，因據文氏本摹之。筆法簡古，在大小篆之間，其篆法將變時書歟？」

〔二〕宋王應麟《困學紀聞》卷八：「夾漈《金石略》云：《祀巫咸大湫文》，李斯篆。愚按：方氏《跋詛楚文》以爲秦惠文王二十六年，石湖亦謂當惠文王之世，後百餘年東巡泰山刻石，則小篆非出於李斯。」

〔三〕秦惠文王當公元前三五六至三一〇在位。

〔四〕宋鄭樵《通志》卷七十三《金石略》：「《祀巫咸大湫文》：俗呼《詛楚文》，李斯篆，鳳翔府。又渭州州學本與鳳翔小異。」

〇六五　《閣帖》以正書爲程邈隸書，〔一〕蓋因張懷瓘有「程邈造，字皆真正」之言。〔二〕然如漢隸《開通褒斜道石刻》，〔三〕其字何嘗不「真正」哉！亦何嘗不與後世之正書異也！

〔一〕按：《淳化閣帖》卷二以程邈隸書爲楷書。

〔二〕宋陳思《書苑菁華》卷十二引張懷瓘《六體書論》：「隸書者，程邈造也，字皆真正，曰真書。」

〔三〕見卷五第〇一九注〔一〕。

〇六六　漢人書隸多篆少，而篆體方扁，每駸駸欲入於隸〔一〕。惟《少室》、《開母》兩石闕銘，〔二〕雅潔有制，差覺上蔡法程，〔三〕於兹未遠。

〔一〕「駸駸」：漸進貌。

〔二〕《少室》：即《嵩嶽少室神道石闕銘》，分東西兩闕，與《嵩山泰室石闕銘》、《嵩山開母廟石闕銘》合稱爲《嵩山三闕》。東闕爲江孟等題名，無刻石年月，隸書，四行，行六字。西闕亦無刻石年月，王澍等考爲東漢安帝延光二年（當公元一二三年）三月，篆書。清王昶《金石萃編》卷五引《金石存》：「嵩山三石闕：《太室》以隸，《開母》、《少室》以篆，《繹》《泰》刻石而後，此篆爲最古，且係原石，非他傳摹者比。」今在河南登封嵩山南麓邢家鋪村西。

《開母》：即《嵩山開母廟西石闕銘並題名》，篆書。今在河南登封嵩山南麓萬歲峰下。

〔三〕「上蔡」：指李斯。《史記》卷八十七《李斯列傳》：「李斯者，楚上蔡人也。」「法程」：法則和程式。

〇六七　《集古録》跋尾云：「余家集古所録三代以來鐘鼎彝器銘刻備有，至後漢以來始有碑文，欲求前漢時碑碣，卒不可得，是則冢墓碑自後漢以來始有也。」〔一〕案：前漢墓碑固無，即他石刻亦少，〔二〕此魯孝王之片石所以倍增光價與？〔三〕

〔一〕語見宋歐陽修《集古録》卷四《宋文帝神道碑》。

〔二〕舊本題宋陳櫄《負暄野録》卷上《前漢無碑》：「《集古》目録並《金石録》所載，自秦碑之後，凡稱漢碑者，悉是後漢。其前漢二百年中，並無名碑，但有金石刻銘識數處耳。歐陽公《集古》目録不載其説，第於《答劉原父書》嘗及之。趙明誠云：『西漢文字世不多有，不知何爲希罕如此？略不可曉。』然《金石録》却載有《陽朔磚》數字，故云希罕，言不多，非無也。余嘗聞之尤梁溪先生袤云：西漢碑，自昔好古者固嘗旁採博訪，片簡隻字，搜括無遺，竟不之見。如《陽朔磚》，要亦非真。非一代不立碑刻，聞是新莽惡稱漢德，凡所在有石刻，皆令仆而磨之，仍嚴其禁，不容略留。至於秦碑，乃更加營護，遂得不毁，故至今尚有存者。」

〔三〕《魯孝王刻石》：又稱《五鳳刻石》。西漢宣帝五鳳二年（當公元前五六年）刻，今藏山東曲阜漢魏碑刻陳列館。明趙崡《石墨鐫華》卷一《漢五鳳二年殘字》：「此石，金高德裔修孔廟，掘得之太子釣魚池中。池在靈光殿基南三十步。太子者，景帝子劉餘封魯，故俗以太子呼之也。石曰五鳳二年，宣帝號也。又曰魯三十四年，德裔以爲餘孫，孝王時也。又曰六月四日成者，必當時創建或鑿池而記其成功之日也。西漢石刻傳者極少，此字簡質古朴，存之以示後人。」清朱彝尊《跋漢五鳳二年磚字》：「西京陶旊之式，存於今者，惟此爾。」

〇六八　漢碑蕭散如《韓敕》、《孔宙》，〔一〕嚴密如《衡方》、《張遷》，〔二〕皆隸之盛也。若《華山廟碑》，〔三〕「旁礴鬱積」，〔四〕「瀏漓頓挫」，〔五〕意味尤不可窮極。

〔一〕《韓敕》：全稱《漢魯相韓敕造孔廟禮器碑》，隸書，東漢桓帝永壽二年（當公元一五六年）立。今在山東曲阜孔廟。明郭宗昌《金石史》卷一《漢韓明府叔節修孔廟禮器碑》：「《漢韓明府修孔子廟器碑》才剥蝕十一字，存者猶有鋒鍛。文殊高古，尚可讀，豈神物固有鬼神呵護耶？其字畫之妙，非筆非手，古雅無前，若得之神功，弗由人造。所謂星流電轉，纖踰植髮，尚未足形容也。漢諸碑結體命意，皆可髣髴，獨此碑如河漢，可望不可即也。」清王澍《虚舟題跋補原·漢魯相爲孔廟置百石卒史碑》：「漢孔廟碑傳於世者，於今有三：一《乙瑛》、二《韓敕》、三《史晨》，皆魯相也。三碑，《乙瑛》雄古，《韓敕》變化，《史晨》嚴謹，皆漢隸之極則。」又《漢魯相韓敕孔廟碑》：「唯《韓敕》無美不備，以爲清超却又遒勁，以爲遒勁却有肅括，自有分隸來，莫有超妙如此碑者。則此碑實足並有《孔龢》、《史晨》之勝。千變萬化，而不逾矩，更非《孔龢》、《史晨》所能盡而知，而好之者曾無一人，不自老夫發之千百載後，誰復知古人有此一段奇特。」

《孔宙》：全稱《泰山都尉孔宙碑》，東漢桓帝延熹七年（當公元一六四年）立。今在山東曲阜孔廟。清萬經《分隸偶存》卷上《漢泰山都尉孔宙碑》：「《隸釋》云：凡漢碑，有額者首行即入詞，無額者或題其前，已篆其上，復標其端。惟此碑爾字較諸碑特巨，規矩整齊，一筆不苟，而姿態却自横溢。有《卒史》之雄健，而去其板重；化《韓敕》之方幅，而有其清真。實超前絶後第一手也。厥後《曹全》、《孔靇》俱從此脱胎耳。」

〔二〕《衡方》：全稱《漢故衛尉卿衡府君之碑》。東漢靈帝建寧元年（當公元一六八年）立。今藏于山東泰安岱廟。清萬經《分隸偶存》卷上《漢衛尉卿衡方碑》：「細玩之，其遒勁靈秀之致固在也。」

《張遷》：全稱《漢故穀城長蕩陰令張君表頌》，亦稱《張遷表》。東漢靈帝中平三年立（當公元一八六年），現存於山東泰安岱廟。拓本有朱翼盦先生舊藏明出土初拓本（又稱《東里潤色》本），今藏北京故宫博物院。清孫承澤《庚子銷夏記》卷五《蕩陰令張遷碑》：「《張蕩陰碑》，建於中平十年，石完好無缺。而書法方整爾雅，漢石中不多見者。」

〔三〕《華山廟碑》：全稱《漢西嶽華山廟碑》，東漢桓帝延熹八年（當公元一六五年）刻，隸書，石舊在陝西華陰縣西嶽廟中，明嘉靖三十四年（當公元一五五五年）毁於地震。唐徐浩以爲蔡邕所書。唐張彦遠《法書要録》卷三《唐徐浩古迹記》：「蔡邕：鴻都《三體石經》。八分：《西岳》、《光和》、《殷華》、《馮敦》等數碑，並伯喈章草，並爲曠絶。」又以爲郭香察書，見宋洪适《隸釋》卷二。明郭宗昌《金石史》卷一《漢華山碑》：「新豐郭香察書《西岳華山廟碑》，其結體運意，乃是漢隸之壯偉者。割篆未會，時或肉勝。一古一今，遂爲隋唐作俑。」清朱彝尊《曝書亭集》卷四十七《跋華山碑》：「漢隸凡三種：一種方整，《鴻都石經》、《尹宙》、《魯峻》、《武榮》、《鄭固》、《衡方》、《劉熊》、《白石神君》諸碑是已。一種流麗，《韓敕》、《曹全》、《史晨》、《乙瑛》、《張表》、《張遷》、《孔彪》、《孔伷》是已。一種奇古，《夏承》、《戚伯著》諸碑是已。惟《延熹華山碑》，正變乖合，靡所不有，兼三者之長，當爲漢隸第一品。」傳世拓本有：一、長垣本。原爲河北長垣王文蓀舊藏，後爲端方所有，民國初年流落日本，歸日本中村不折氏，現藏日本東京上野書道博物館。此拓本爲宋拓本，是傳世最早、碑文最完整，最全的本子。二、華陰本。三、四明本。均爲明拓本，現藏故宫博物院。四、順德本。現藏香港中文大學。

〔四〕「旁礴鬱積」：本指氣勢充盈、蓄積。唐韓愈《送廖道士序》：「氣之所窮，盛而不過，必蜿蟺扶輿，磅礴鬱積。」按：此當與卷五第〇〇三所引《游藝約言》互參，謂其儼有東周石鼓文之風采。

〔五〕「瀏漓頓挫」：流暢飄逸貌。唐杜甫《觀公孫大娘弟子舞劍器行並序》：「開元三載，余尚童稚，記於郾城觀公孫氏舞劍器渾脱，瀏灕頓挫，獨出冠時。」

〇六九　《華山》、《郭泰》、《夏承》、《郙閣》、《魯峻》、《石經》、《范式》諸碑，皆世所謂蔡邕書也。〔一〕《乙瑛》、《韓敕》、《上尊號》、《受禪》諸碑，〔二〕皆世所謂鍾繇書也。邕之死，繇之始仕，皆在獻帝初。〔三〕談漢碑者，遇前輒歸蔡，遇後輒歸鍾，附會尤爲近似。〔四〕至《乙瑛》、《韓敕》二碑時，在鍾前，《范式》碑時，在蔡後，則尤難解，然前人固有解之者矣。〔五〕

〔一〕《華山》：見卷五第〇六八注〔三〕。

《郭泰》：即《郭有道碑》、《郭林宗碑》。東漢靈帝建寧二年正月立（當公元一六九年）。原石已佚。隸書。宋洪适《隸釋》卷二十七：「《漢郭有道碑》。在太原府平晉縣，蔡邕文並書，在龍泉側。」清王昶《金石萃編》卷十一引《兩漢金石記》：「子章重刻《郭林宗碑》云：『予近過許昌，摹魏《受禪文》，參之斯碑，字體畫一，其出蔡手無疑，王乃命工刻之貞珉。』據此云，字體與《受禪》相類，則是方整一種者矣。」

《夏承》：見卷五第〇一九注〔三〕。

《郙閣》：全稱《漢李翕析里橋郙閣頌》，摩崖書。在陝西略陽西北。隸書，東漢靈帝建寧五年（當公元一七二年）二月刻。明趙崡《石墨鐫華》卷一《漢李翕折里橋郙閣銘》：「此碑在略陽。相傳爲蔡邕書，馬伯循信之，固未的然。」清萬經《分隸偶存》卷上《漢李翕析里橋郙閣頌》：「字樣彷彿《夏承》，而險怪特甚。相其下筆麤鈍，酷似村學堂五六歲小兒描所作。而仔細把玩，一種古樸不求討好之致，自在行間。蓋磨崖，則書刻俱倍難於上石耳。」

《魯峻碑》：全稱《漢故司隸校尉忠惠父魯君碑》，隸書，東漢靈帝熹平二年四月立（當公元一七三年），石今存山東濟寧漢碑館。宋洪适《隸釋》卷二十七：「《漢司隸校尉魯峻碑》。在任城縣墓前，蔡邕文并書。」清孫承澤《庚子銷夏記》卷五《司隸校尉魯峻碑》：「《魯仲嚴碑》已剥落不可讀，然其所存字分法勁拔古雅，漢石之佳者。」

《石經》：見卷五第〇一九注〔四〕。

《范式》：全稱《廬江太守范式碑》，亦稱《范巨卿碑》，三國魏明帝青龍三年正月立（當公元二三五年）。石今存山東濟寧漢碑館。宋趙明誠《金石録》卷二十：「右《范式碑》。《法書要録》云：『蔡邕書。』今以碑考之，乃魏青龍三年立，非邕書也。」洪适《隸釋》卷十九《范式碑》：「此碑雖不及延康、黄初四刻，在魏隸它碑中可取爾。唐李嗣真作《書後品》乃云：『蔡公諸體，惟《范巨卿碑》風華艶麗，古今冠絶。』甚矣，藻鑒之謬也。」

〔二〕《乙瑛》：全稱《漢魯相乙瑛置百石卒史碑》，亦稱《漢魯相請置百石卒史碑》、《孔龢碑》。隸書，在山東曲阜孔廟同文門西。東漢桓帝永興元年（當公元一五三年）立。影印本以延光室印古物同欣社本爲最。

《韓敕》：見卷五第〇六八注〔二〕。

《上尊號碑》：全稱《公卿將軍上尊號奏》，亦稱《勸進碑》、《百官勸進表》、《上尊號奏》等。東漢獻帝延康元年（當公元二二〇年）立，隸書，石今在河南臨潁南三十里繁城鎮漢獻帝廟内。《三國志·文帝紀》裴松之注中有其文，與石刻稍異。顧炎武《金石文字記》卷二云此文當寫於（東漢）延康元年，而刻於三國魏黄初之後。故宫博物院藏明初拓本。宋洪适《隸釋》卷十九：「右《公卿將軍上尊號奏》。篆額。在潁昌，相傳爲鍾繇書，其中有『大理東武亭侯臣繇』者，乃其人也。」明郭宗昌《金石史》卷一《魏勸進碑》：「《勸進表》或謂是鍾繇書，又謂梁鵠書，皆未有據。視封《孔羨碑》雖無其矯飾屈强，亦無漢人雍雍超逸古雅之致。阿瞞才弋漢鼎，書法頓分時代，人概以漢隸目之，謬矣。」

《受禪碑》：亦稱《受禪表》，三國魏文帝黄初元年（當公元二二〇年）十月刻。隸書，石今在河南臨潁南三十里繁城鎮漢獻帝廟内。清王昶《金石萃編》卷二十三引《兩漢金石記》：「方綱按：此二碑實出一手書，蓋純取方整，開唐隸之漸矣。」宋婁機《漢隸字源》引劉禹錫《嘉話》云：「《受禪表》乃王朗文，梁鵠書，鍾繇鐫字，謂之『三絶』。」明趙崡《石墨鐫華》卷一《魏文帝受禪碑》：「此傳是司徒王朗文，梁鵠書，太傅鍾繇刻石，謂之三絶碑。又云即鍾繇書，亦未有的據。然謂爲鍾書者，出顔魯公，言或不妄。隸法大都與《勸進碑》同。」明王世貞《弇州四部稿》卷一百五十三《藝苑卮言附録二》：「衍又曰：『隸書人謂宜扁，殊不知妙不在扁，挑拔平硬如折刀頭，方是漢隸。』衍此語尤合作，正《受禪》、《勸進》之所以妙也。」

〔三〕按：蔡邕之死及鍾繇始仕均當在漢獻帝初平三年（當公元一九二年）董卓被誅之後不久。

〔四〕清王昶《金石萃編》卷九《韓敕造孔廟禮器碑》引清王澍《虚舟題跋》：「《百石卒史碑》，宋張稚圭據《圖經》謂是鍾太尉書，此碑《兖州府志》亦云出太尉手。按：《魏志》：繇以太和四年卒，上距永興元年尚七十八年，距永壽二年亦七十四年，計此時繇尚幼沖，決無能書碑之理。今之談漢碑者，稍前必以歸之蔡邕，稍後必以歸之鍾繇。二碑正當蔡邕之時，或以歸諸邕，尚有可據，而云鍾繇，決無是理。大段邕所書碑有據者，唯《鴻都石經》；繇所書碑有據者，唯《勸進》、《受禪表》，餘皆無據，不足信也已。」

〔五〕按：二碑不出鍾蔡之手，前人已有詳考。宋洪适《隸釋》卷一《孔廟置守廟百石孔龢碑》：「右《孔廟置守廟百石卒史孔龢碑》，無額，在兖州仙源縣，威宗永興元年立。嘉祐中，郡守張稚圭按《圖經》云：『鍾繇書碑。』載孔子十九世孫麟廉請置百石卒史一人，掌廟中禮器。魯相乙瑛書言之於朝，司徒吴雄、司空趙戒奏於上，詔魯相選年四十以上通一經者爲之。時瑛已滿秩去，後相平復以其事上於朝。予家所藏石刻，可以見漢代文書之式者，有史晨《祠孔廟碑》、樊毅《復華祖碑》、太常耽《無極山碑》與此而四。此一碑之中，凡有三式：三公奏於天子一也，朝廷下郡國二也，郡國上朝廷三也。按：《孔僖傳》云：永元四年襃成侯損徙封襃亭侯，子孫相傳，迄於漢末，襲襃亭之封者二人。此碑與《史晨碑》皆在永元之後，仍稱襃成，又《安帝紀》：『延光三年，賜襃成侯帛。』《韓敕碑》陰有襃成侯建壽，即損也。疑損未嘗徙封，傳之誤爾。鍾繇以魏太和四年卒，去永興蓋七十八年，《圖經》所云非也。」又明趙崡《石墨鐫華》卷一《漢魯相置孔子廟卒史碑》：「碑後又有刻云：『後漢鍾太尉書。宋嘉祐七年，張稚圭按圖題記。』按此碑永興元年造，元常獻帝初，始爲黄門侍郎，距永興且四十年，此非元常書明甚。未知張稚圭所按何圖？其叙事簡古，隸法遒逸，令人想見漢人風采，政不必附會元常也。」

宋趙明誠《金石録》卷二十《范式碑》：「右《魏范式碑》。《法書要録》云：『蔡邕書。』今以碑考之，乃魏青龍三年立，非邕書也。」又清翁方綱《兩漢金石記》卷八《故廬江太守范府君碑》：「今年夏，曲阜桂未谷書來云：『於歷城郭氏見《范巨卿碑》翦褾本，可辨者三百三十字而已。結體在《衡方》、《韓仁》之間，與漢石經絶不類，李嗣真乃定爲蔡書，無論立碑年歲不符，即筆法亦大相遠矣。』未谷精於分隸，所鑒當不誣。得是札後，寤寐以之。其秋九月，得黄小松自濟寧所寓書，乃知是碑爲小松所得，將托孔茳谷使人之便寄京，俾予與同人題之。至其冬十二月，是碑寄至，予既爲嚮拓一本，又爲補未谷所未辨之字十有一，正洪氏誤字一，潛心坐卧其下者三日而知未谷之鑒弗確也。蔡中郎卒於初平三年壬申，是碑立於青龍三年乙卯，相去四十年，此非他碑在漢末所立可以附會蔡書比也，稍有知識者，不至謬誤如此。況李嗣真在唐初負藝苑盛名，其肯自蹈於後人之譏議乎？自趙明誠《金石録》始駁嗣真之誤，洪文惠《隸釋》、婁彦發《漢隸字源》以至今，凡著録金石者，無不以此爲口實，於是未谷又增一語，以爲與石經不類而李嗣真之謬妄爲千人共掊者矣。予乃取李嗣真《書後品》之文讀之，而知李嗣真不誤而諸家誤也。《書品》此條乃論列梁蔡皇衛諸家之書，其言曰：『《毋丘興碑》云是索書，比蔡石經無相假借。蔡公諸體惟有《范巨卿碑》風華豔麗，古今冠絶。』詳李此言之意，蓋合同時諸家與蔡相衡校。而漢碑多不著名氏，漢末，一時隸法大都習蔡之體者居多。惟有毋丘興一碑云是索書，則其意以《范巨卿碑》爲不知何人書可知矣。其上句云『比蔡石經無相假借』，是專指蔡書石經之一體也。所以下句轉出蔡公諸體，謂同時學蔡書者不止學其石經一體耳。蓋隸之爲勢非一，而蔡之結體公私鉅細，其應千變，如當時芝英體，亦或以爲蔡書是也。蔡書之體既非一端，而學蔡書者亦非一人，就其中蔡體之善者，則莫善於《范巨卿碑》耳，此言極易明白，猶之後人品唐碑亦云歐體顔體，豈可即指爲率更魯公之書乎？」

〇七〇　蔡邕「洞達」，〔一〕鍾繇「茂密」。〔二〕余謂兩家之書同道，「洞達」正不容緘，「茂密」正能走馬。〔三〕此當於神者辨之。〔四〕

〔一〕唐韋續《墨藪》卷一引《梁武帝書評第五》：「蔡邕書骨氣洞達，奕奕如有神力。」按：又見唐張彦遠《法書要録》卷二引袁昂《古今書評》。

〔二〕唐韋續《墨藪》卷一引《梁武帝書評第五》：「鍾繇書如雲鵠游天，群鳧戲海。行間茂密，實亦難過。」按：又見唐張彥遠《法書要録》卷二引袁昂《古今書評》。

〔三〕禪籍中有「官不容針，私通走馬」的説法（見宋釋普濟《五燈會元》卷十三、十四、十五等處）。本意是説：官法嚴密，不能出現哪怕是針眼大的空子給人鑽。但私情則不妨從寬。此謂兩人書法疏中有密，密中有疏。又包世臣《藝舟雙楫・述書上》：「是年，又受法於懷寧鄧石如頑伯，曰：『字畫疏處可以走馬，密處不使透風，常計白以當黑，奇趣乃出。』以其説驗六朝人書，則悉合。」

〔四〕融齋《游藝約言》：「聖而不可知之謂神。書之神者變動無方，不但人不能知，己亦不能豫知，聖殆不足以名之。」

〇七一　稱鍾繇、梁鵠書者，必推《乙瑛》、《孔羨》二碑，〔一〕蓋一則「神超」，一則骨鍊也。〔二〕《乙瑛》碑時，在鍾前，自非追立，難言出於鍾手。至《孔羨》則更無疑其非梁書者。〔三〕《上尊號碑》及《受禪碑》，書人爲鍾爲梁，所傳無定。〔四〕其書愈工而垢彌甚，非書之累人，乃人之累書耳。〔五〕

〔一〕《乙瑛》：見卷五第〇六九注〔二〕。

《孔羨》：亦稱《魏修孔子廟碑》，三國魏黄初元年（當公元二二〇年）立，石在山東曲阜同文門西。隸書。清王昶《金石萃編》卷二十三《孔子廟碑》：「碑高六尺二寸，廣三尺五寸五分，二十行，行四十字。額題『魯孔子廟之碑』六字，篆書。左方有宋嘉祐七年張稚圭正書題記云：『曹植詞，梁鵠書。』昔人評其書云：龍震虎威，氣雄力厚，魏刻之冠。」宋洪适《隸釋》卷十九《魏脩孔子廟碑》：「魏隸可珍者四碑，此爲之冠，甚有《石經論語》筆法。《大饗碑》蓋不相遠，若《繁昌》兩碑，則自是一家。亦有以爲鵠書者，非也。」明郭宗昌《金石史》卷一《魏封孔羨祀孔子碑》：「書法方削寡情，矯强未適。視漢隸雍穆之度，不啻千里。書之所自，可以知風。謂書一藝云乎哉？」清包世臣《藝舟雙楫・論書十二絶句》其二：「中郎派别有鍾梁，茂密雄强正雁行。底事千文傳祖法，頓教分隸意參商。自注：鍾之《乙瑛》、梁之《孔羨》，北朝隸石，恪守兩宗。」

〔二〕唐孫過庭《書譜》：「暨乎《蘭庭》興集，思逸神超；私門誡誓，情拘志慘。」

〔三〕按：梁鵠乃漢靈帝時人（當公元一六八至一八九在位）。

〔四〕《上尊號碑》：見卷五第〇六九注〔二〕。《受禪碑》：見卷五第〇六九注〔二〕。

〔五〕按：《上尊號碑》、《受禪碑》乃記東漢獻帝末年，華歆、賈詡、王朗等漢臣對曹丕勸進，逼漢獻帝禪讓事，故云「書愈工而垢彌甚」。又清王士禎《居易録》卷三十四：「跋古人書畫，須論人品。品格高，足爲書畫增重，否則適足爲辱耳。葉石林《詩話》載王摩詰《江干初雪圖》末，有元豐間王珪、蔡確、韓縝、章惇、安惇、李清臣等七人題詩，詩非無佳語，但諸人名字，千古而下，見之欲唾，此圖之辱爲何如哉？余少嘗語汪鈍翁云：吾輩立品，須爲他日詩文留地步。正此意也。每觀《鈐山集》，亦作此歎。」

〇七二 正、行二體始見於鍾書，〔一〕其書之「大巧若拙」，〔二〕後人莫及，蓋由於分書先不及也。過庭《書譜》謂「元常不草」，〔三〕殆亦如伯昏無人所云「不射之射」乎？〔四〕

〔一〕鍾：鍾繇。明王紱《論書》：「鍾太傅尤爲一時獨步，今世所傳《力命》、《賀捷》諸表，真書之鼻祖也。」行書舊説爲後漢劉德昇所作。唐張彦遠《法書要録》卷七：「案行書者，後漢潁川劉德昇所作也。即正書之小僞，務從簡易，相間流行，故謂之行書。王愔云：晉世以來工書者，多以行書著名，昔鍾元常善行狎書是也。爾後王羲之、獻之並造其極焉。」但現存晉人書迹已多不可信。

〔二〕《老子》四十五章：「大成若缺，其用不敝；大盈若沖，其用不窮。大直若屈，大巧若拙，大辯若訥。」意謂工巧到極至了，反而顯得樸拙。

〔三〕唐孫過庭《書譜》：「伯英不真而點畫狼藉，元常不草，使轉縱橫。」

〔四〕見《莊子·田子方》：「伯昏無人曰：是射之射，非不射之射也……」按：語又見《列子·黄帝》。晉張湛注：「忘其能否，雖不射而同乎射也。」

〇七三 崔子玉《草書勢》云「放逸生奇」，又云：「一畫不可移。」〔一〕「奇」與「不可移」合而一

之，故難也。今欲求子玉草書，自《閣帖》所摹之外，〔二〕「不少概見」，〔三〕然兩言津逮，〔四〕足當「妙迹」已多矣。〔五〕

〔一〕子玉：東漢崔瑗之字。引文見其所著《草書勢》。《晉書》卷三十六衛恒《六體書勢》引《草書勢》：「或黝黗點黵，狀似連珠，絶而不離，畜怒怫鬱，放逸生奇。或淩邃惴慄，若據槁臨危，旁點邪附，似蜩螗挶枝。絶筆收勢，餘綖糾結，若杜伯揵毒緣巇，騰蛇赴穴，頭没尾垂。是故遠而望之，漼焉若沮岑崩崖，就而察之，一畫不可移。」

〔二〕今見《淳化閣帖》卷二，凡一帖，五行三十五字。

〔三〕見《叙》注〔二〕。

〔四〕「津逮」：本指由津渡而到達，此喻達到目的的途徑。

〔五〕似本唐張懷瓘《書斷》卷下：「（庾翼）因與王（羲之）書云：吾昔有伯英章草十紙，因喪亂遺失，嘗謂人曰：妙迹永絶。今見足下答家兄書，焕若神明，頓還舊觀。」

〇七四　張伯英草書「隔行不斷」，謂之「一筆書」。〔一〕蓋「隔行不斷」，在書體均齊者猶易，惟大小疏密，〔二〕短長肥瘦，倏忽萬變，而能「潛氣内轉」，〔三〕乃稱神境耳。

〔一〕伯英：東漢張芝之字。「一筆書」：今草之連寫者。唐張彦遠《歷代名畫記》卷二《論顧陸張吴用筆》：「昔張芝學崔瑗、杜度草書之法，因而變之以成今草。書之體勢，一筆而成，氣脉通連，隔行不斷，唯王子敬明其深旨。故行首之字往往繼其前行，世上謂之一筆書。」

〔二〕「疏密」：指結字時筆畫安排之寬疏與緊密，疏密相得方爲佳作。宋姜夔《續書譜·疏密》：「書以疏爲風神，密爲老氣。如『佳』之四横，『川』之三直，『魚』之四點，『畫』之九畫，必須下筆勁净，疏密停匀爲佳。當疏不疏，反成寒乞；當密不密，必至凋疏。」

〔三〕三國繁欽《與魏文帝牋》：「潛氣内轉，哀音外激，大不抗越，細不幽散。」本用來形容歌聲。後人或以論文，融齋此又藉以論書，指氣脈綿亘，暗中相關係也。可參卷五第〇五七。

〇七五　評鍾書者，謂如「盛德君子，容貌若愚」，〔一〕此易知也。評張書者，謂如「班輸構堂，不可增減」，〔二〕此難知也。然果能於鍾究「拙中之趣」，〔三〕亦漸可於張得「放中之矩」矣。〔四〕

〔一〕〔二〕宋不著撰人名字《宣和書譜》卷十二《千文二》云：宋有岑宗旦（注者按：字子文，開封人）「嘗取古之善書者，自漢迄唐，凡十有一人爲論。以評其書曰：張芝如班輸構堂，不可增減；鍾繇如盛德君子，容貌若愚。」班輸：春秋魯國的巧匠公輸班。一説班指魯班，輸指公輸般，「班輸」爲兩人的合稱。《漢書·叙傳上》：「逢蒙絶技於弧矢，班輸榷巧於斧斤。」顔師古注：「班輸即魯公輸班也。一説，班，魯班也，與公輸氏爲一人也，皆有巧藝也。《古樂府》云：『誰能爲此器，公輸與魯班。』〔二〕」

〔三〕〔四〕明王世貞《弇州四部稿》卷一百五十三《藝苑巵言附録二》：「學鍾張殊極不易。不得柔中之骨，不究拙中之趣，則鍾降而笨矣。不得放中之矩，不得變中之雅，則張降而俗矣。」

〇七六　晉隸爲宋、齊所難繼，而《孫夫人碑》及《吕望表》尤爲晉隸之最。〔一〕論者以其峻整超逸，分比梁鍾，〔二〕非過也。

〔一〕《孫夫人碑》：全稱《晉任城太守羊君夫人孫氏碑》。西晉武帝泰始八年（當公元二七二年）十二月立，石今在山東泰安岱廟碑廊。清王昶《金石萃編》卷二十五引錢大昕《金石堂跋尾》：「點畫嚴整，頗似《范氏碑》筆意。」又引黄易跋：「晉碑本少，婦人墓銘則尤少。況文古書莊，不減漢魏。」清毛鳳枝《石刻書法源流考》：「西晉隸體碑刻無多，間有一二如《太公吕望表》、《孫夫人碑》皆别具風格，清雋瀟灑。正如揮麈清談，不染塵俗。」

《吕望表》：全稱《齊太公吕望表》。盧無忌撰。西晉武帝太康十年（當公元二八九年）三月立，此碑前刻太康十年范陽盧無忌文，後刻汲郡太守穆子容叙。石在河南汲縣孔廟。明時横斷爲二，後又直裂成四石，清嘉慶四年，始移入孔廟學宫。隸書，清畢沅《中州金石記》卷一《太公吕望碑》：「此碑書法方正，筆力透露，爲顔真卿藍本。魏齊刻石之字，無能比其工者。」錢大昕《潛研堂金石文跋尾》卷一《太公吕望表》：「字畫頗古雅，不似東魏之率易。然以魏碑校其文，存者雖無甚異同，而以所闕字數驗之，頗有多寡不合。且既録其文，何又去其韻語？或好事者假託爲之，未可知也。劉青藜亦以此碑爲後人重刻。」

〔二〕「論者」：指清包世臣。包世臣《藝舟雙楫·歷下筆談》：「西晉分書，《孫夫人碑》是《孔羨》法嗣。用筆沉痛不減，而體稍疏儁。《太公望碑》是《乙瑛》法嗣，結字宕逸相逼，而氣加凝整。大率晉人分法，原本鍾梁，尤近隸勢。自北魏以逮唐初，皆宗《孫夫人》及會稽晚出，始尚《太公望》，極於韓史，益趨便媚。分法不古，隸勢因之，晉人隸書，世無傳石，研究二碑，可以意測。蓋中郎立極，梁傳其勢，鍾傳其韻，後遂判爲二派。」又《藝舟雙楫·論書十二絶句》其三：「《吕望》翩仙接《乙瑛》，峻嚴《孔羨》毓《任城》。歐徐倒置滋流弊，具體還應溯巨卿。自注：西晉分書有《太公望》、《任城太守孫夫人二碑》，雖峻逸殊科，而皆曲折流宕，姿致天成。至率更法《任城》、會稽法《吕望》，惟於波髮注意，其牽引環轉處，多行以今隸之法，中郎洞達之風息矣。」「分比梁鍾」：此謂其足以與傳説梁鵠所書之《孔羨》、鍾繇所書之《乙瑛》相比。

〇七七　索幼安分隸，〔一〕前人以韋誕、鍾繇、衛瓘比之，〔二〕而尤以草書爲極詣。其自作《草書狀》云：「或若俶儻而不群，或若自檢於常度。」〔三〕惟「俶儻」而彌「自檢」，〔四〕是其所以真能「俶儻」與？

〔一〕幼安：晉索靖之字，著有《草書狀》，《晉書》卷六十有傳。

〔二〕唐張懷瓘《書斷》卷中：「索靖字幼安，敦煌龍勒人。張伯英之離孫，父湛，北地太守。幼安善章草，書出於韋誕，峻險過之。有若山形中裂，水勢懸流，雪嶺孤松，冰河危石，其堅勁則古今不逮。或云楷法則過於瓘，然窮兵極勢，揚威耀武，觀其雄勇，欲陵於張，何但於衛？王隱云：靖草絶世，學者如云，是知趣皆自然，勸不用賞。時人云：精熟至極，索不及張；妙有餘姿，張不及索。蕭子良云：其形甚異，又善八分，韋鍾之亞。《毋丘興碑》是其遺迹也。大安二年卒，年六十，贈太常，章草入神，八分、草入妙。」韋誕：字仲將，三國魏京兆人。《書斷》卷中有傳。

〔三〕「於」：原作「其」，據《晉書》卷六十《索靖傳》引改。

〔四〕「俶儻」：豪爽灑脱。

〇七八　「索靖書如飄風忽舉，鷙鳥乍飛」，〔一〕其爲「沈著痛快」極矣。〔二〕論者推之爲北宗，〔三〕以歐陽信本書爲其支派，説亦近是。〔四〕然三日觀碑之事，不足引也。〔五〕

〔一〕宋朱長文《墨池編》卷二引梁武帝《書評》：「索靖書如飄風忽舉，鷙鳥乍飛。」按：唐韋續《墨藪》卷一引梁武帝《書評》又作：「索靖書如王謝家子弟，縱復不端正，奕奕有一種風氣也；王僧虔書如飄風忽舉，鷙鳥乍飛。」則又以爲是王僧虔矣。

〔二〕唐張懷瓘《書斷》卷中：「吴皇象，字休明，廣陵江都人也。官至侍中，工章草，師於杜度。先是有張子並，於時有陳良輔，並稱能書。然陳恨瘦，張恨峻，休明斟酌其間，甚得其妙。與嚴武等稱八絶，世謂沈著痛快。」錢振鍠《名山書論》：「如錐畫沙，言其痛快；如印印泥，言其沈著。無一處不著力，謂之沈著；無軟裖扭捏之態，謂之痛快。」

〔三〕「論者」：指清阮元。清阮元《揅經室三集》卷一《南北書派論》：「蓋由隸字變爲正書、行草，其轉移皆在漢末、魏、晋之間，而正書行草之分爲南北兩派者，則東晋、宋齊、梁陳爲南派；趙燕、魏齊、周隋爲北派也。南派由鍾繇、衛瓘及王羲之、獻之、僧虔等，以至智永、虞世南；北派由鍾繇、衛瓘、索靖及崔悦、盧諶、高遵、沈馥、姚元標、趙文深、丁道護等以至歐陽詢、褚遂良。南派不顯於隋，至貞觀始大顯。然歐褚諸賢，本出北派。洎唐永徽以後，直至開成碑版石經，尚沿北派餘風焉。南派乃江左風流，疏放妍妙，長於啓牘，減筆至不可識。而篆隸遺法，東晋已多改變，無論宋、齊矣。北派則是中原古法，拘謹拙陋，長於碑榜。而蔡邕、韋誕、邯鄲淳、衛覬、張芝、杜度篆隸、八分、草書遺法，至隋末唐初（原注：貞觀、永徽金石可考）猶有存者。兩派判若江河，南北世族，不相通習。至唐初，太宗獨善王羲之書，虞世南最爲親近，始令王氏一家兼掩南北矣。然此時王派雖顯，縑楮無多，世間所習，猶爲北派。趙宋《閣帖》盛行，不重中原碑版，於是北派愈微矣。……歐陽詢書法方正勁挺，實是北派。試觀今魏齊碑中格法勁正者，即其派所從出（原注：詳見《跋》中）。《唐書》稱詢始習王羲之書，後險勁過之，因自名其體。嘗見索靖所書碑，宿三日乃去。」「北宗」：北派宗師。指魏晋以後南北書法風格不同，而分成的流派。南宋時已有此説。宋趙孟頫《論書》云：晋宋而下，分爲南北。「北方多樸，有隸體，無晋逸雅」。

〔四〕信本：唐歐陽詢之字。

〔五〕《新唐書》卷一百九十八《歐陽詢傳》：「嘗行見索靖所書碑，觀之，去數步復返。及疲，乃布坐，至宿其傍，三日乃得去，其所嗜類此。」按：此暗駁阮元。因阮爲融齋鄉賢，故不欲指斥。見注〔三〕。

〇七九　右軍《樂毅論》、〔一〕《畫像贊》、〔二〕《黄庭經》、〔三〕《太師箴》、〔四〕《蘭亭序》、〔五〕《告誓文》，〔六〕孫過庭《書譜》論之，推極「情」「意」「神」「思」之微。〔七〕在右軍爲「因物」，〔八〕在過庭亦爲「知本」也已。〔九〕

〔一〕右軍：指東晉王羲之，號澹齋，嘗官右軍將軍，《晉書》卷八十有傳。《樂毅論》：傳王羲之小楷書。有「正書第一」之譽（見舊本題宋桑世昌《蘭亭考》卷五）。宋歐陽修《集古録》卷四《晉樂毅論》：「右《晉樂毅論》，石在故高紳學士家。紳死，家人初不知惜，好事者往往就閲，或模傳其本，其家遂祕藏之，漸爲難得。後其子弟以其石質錢於富人，而富人家失火，遂焚其石，今無復有本矣。益爲可惜也。」宋趙明誠《金石録》卷二十《晉樂毅論》：「富人家失火遂焚其石者，非也。元祐間，余侍親官徐州時，故郎官趙竦被旨開吕梁洪挈此石隨行，已斷裂，用木爲匣貯之。竦尤珍惜，親舊有求墨本者，必手模以遺之。竦殁，今遂不知所在。」清王澍《竹雲題跋》卷一

《王右軍樂毅論》：「筆法端謹，爲右軍楷迹第一。貞觀十三年，敕馮承素等勾摹六本，分賜長孫無忌等諸人，終宋之世，唯存高紳學士家，『海』字不全本耳。明季收藏家乃有唐摹二本：一貞觀六年褚遂良奉敕審定，一則新安吴用卿所藏。諸本在涿鹿馮伯衡家，端謹有餘，頗乏勝概。惟吴氏本筆勢精妙，似柔而剛，似謹而逸。邢子愿所謂『既純且綿，亦温而栗』者，信爲得之。」

〔二〕《畫像贊》：傳王羲之小楷書。宋董逌《廣川書跋》卷六《畫贊》：「《畫贊》，世傳晉右將軍王羲之書。考其筆墨蹊逕，輒不類，知後人爲之，託之逸少以傳也。」明張丑《清河書畫舫》卷二上：「《東方朔畫像贊》，相傳逸少真迹，乃永和十二年五月十三日書與王敬仁者。筆蹤茂密，法律森嚴。」

〔三〕《黄庭經》：傳王羲之小楷書，單刻帖。六十行，計一千二百餘字，以沈氏鰈硯廬藏秘閣真本最佳。宋歐陽修《集古録》卷十《黄庭經》：「右《黄庭經》一篇。晉永和中刻石，世傳王羲之書。書雖可喜，而筆法非羲之所爲，《黄庭經》者，魏晉時道士養生之書也。」宋董逌《廣川書跋》卷六《畫贊》：「《黄庭》第一，《畫贊》第二，《告誓》第三，韋挺以《畫贊》是僞迹，夫《畫贊》已亡而更出者，可知其爲僞也。」

〔四〕《太師箴》：傳王羲之小楷書。宋朱長文《墨池編》卷二《梁武帝答陶弘景論書一》：「《太師箴》小復方媚，筆力過嫩，書體乖異。」又卷四《陳僧智永題右軍樂毅論後》：「陶貞白云：《大雅吟》、《樂毅論》、《大師箴》等筆力妍媚，紙墨精新，斯得之矣。智永記。」

〔五〕《蘭亭序》：王羲之行書。唐張彦遠《法書要録》卷三引唐何延之《蘭亭記》：「《蘭亭》者，晉右將軍會稽内史瑯琊王羲之字逸少所書之詩序也。……用蠶繭紙，鼠鬚筆，遒媚勁健，絶代更無，凡二十八行，三百二十四字，有重者皆搆别體，就中『之』字最多，乃有二十許個，變轉悉異，遂無同者。其時廼有神助，及醒後，他日更書數十百本，無如祓禊所書之者。右軍亦自珍愛寶重此書，留付子孫，傳掌至七代孫智永……近百歲，乃終其遺書，並付弟子辯才。」後唐太宗以計賺之，遺命陪葬昭陵，真迹遂亡。有「行書第一」之譽（見舊本題宋桑世昌《蘭亭考》卷五），傳世拓本、摹本至多，以定武本爲最。宋歐陽修《集古録》卷四《晉蘭亭修禊序》：「右《蘭亭修禊序》，世所傳本尤多，而皆不同。蓋唐數家所臨也。其轉相傳模，失真彌遠，然時時猶有可喜處，豈其筆法或得其一二邪？想其真迹宜如何也哉。世言真本葬在昭陵，唐末之亂，昭陵爲温韜所發，其所藏書畫皆剔取其裝軸金玉而棄之，於是魏晉以來諸賢墨迹遂復流落於人間。太宗皇帝時購募所得，集以爲十卷，俾模傳之，數以分賜近臣，今公卿家所有法帖是也。然獨《蘭亭》真本亡矣，故不得列於法帖以傳。」

〔六〕《告誓文》：宋董逌《廣川書跋》卷六《告誓文》：「《告誓文》，今入《晉書》傳中。昔逸少爲王懷祖檄也，當時以不能堪摘細事，遂脱幘自投，朝廷以其誓苦，故不强起以官。夫迫之陿地，不能自適其情，其誓固陋也。開元中，此書得於潤州瓦官講堂鴟尾，其書一字爲數體，一體别成點畫，不可一概求之。如字有横顯異行法變，草未嘗復出，實天下奇作也。」

〔七〕唐孫過庭《書譜》：「但右軍之書，代多稱習，良可據爲宗匠，取立指歸。豈惟會古通今，亦乃情深調合。致使摹搨日廣，研習歲滋，先後著名，多從散落；歷代孤紹，非其效與？試言其由，略陳數意：止如《樂毅論》、《黄庭經》、《東方朔畫贊》、《太史箴》、《蘭亭集序》、《告誓文》，斯並代俗所傳，真行絶致者也。寫《樂毅》，則情多怫鬱；書《畫讚》，則意涉瓌奇；《黄庭經》，則怡懌虚無；《太史箴》，又縱横爭折；暨乎《蘭亭》興集，思逸神超，私門誡誓，情拘志慘。所謂涉樂方笑，言哀已歎。」

〔八〕「因物」：根據外物。西晉成公綏《隸書體》：「自王頡作文，因物構思，觀彼鳥迹，遂成文字。」

按：此又當與卷五第二三三互參。

〔九〕「知本」：《禮記·大學》：「此謂知本，此謂知之至也。」

〇八〇　右軍自言見李斯、曹喜、梁鵠等字，見蔡邕《石經》於從弟洽處，復見張昶《華嶽碑》，〔一〕是其書之取資博矣。或第以爲王導攜《宣示表》過江，〔二〕輒謂東晉書法不出此《表》，以隱寓微辭於逸少。〔三〕蓋以見王書不出鍾繇之外，而《宣示》之在鍾書，又不及十一也。然使平情而論，當不出此。

〔一〕唐韋續《墨藪》卷一《用筆陣圖法第九》：「羲之少學衛夫人書，將謂大能。及後渡江北游名山，比見李斯、曹喜等書；又之許，見鍾繇、梁鵠書；又之洛，見蔡邕石經書；又於從兄洽處，見張昶

《華嶽碑》，始知學衛夫人書，徒費年月爾。」蔡邕《石經》：即熹平石經，見卷五第〇一九注〔四〕。張昶：唐張懷瓘《書斷》卷中：「張昶字文舒，伯英季弟，爲黄門侍郎。尤善章草，家風不墜。奕葉清華，書類伯英，時人謂之亞聖。……又工極八分，況之蔡公，長幼差耳。《華岳廟》前一碑，建安十年刊也。《祠堂碑》，昶造並書。後鍾繇鎮關中，題此碑後云：『漢故給事黄門侍郎華陰張府君諱昶字文舒，造此文。』又題碑頭云：『時司隸校尉侍中東武亭侯潁川鍾繇字元常書』」《華嶽碑》：已佚，莫究其詳。

〔二〕《宣示表》：傳魏鍾繇書，或謂晉王羲之臨本。小楷，十八行，書法古雅樸質。以宋賈似道門客廖瑩中摹、王用和鐫者最佳。唐張彦遠《法書要録》卷一南《齊王僧虔論書》：「亡高祖丞相導亦甚有楷法，以師鍾衛，好愛無厭。喪亂狼狽，猶以鍾繇尚書《宣示帖》衣帶過江，後在右軍處。右軍借王敬仁，敬仁死，其母見脩平生所愛，遂以入棺。」影印本以文明書局及日本《書苑·晉唐小楷專號》爲佳。

〔三〕「微辭」：委婉而隱含諷諭的言辭、隱晦的批評。按：此暗駁阮元。清阮元《南北書派論》：「舊稱王導初師鍾衛，攜《宣示表》過江，此可見書派南遷之際。」

〇八一　右軍書「不言而四時之氣亦備」，〔一〕所謂「中和誠可經」也。〔二〕以毗剛毗柔之意學之，〔三〕總無是處。

〔一〕南朝宋劉義慶《世説新語·德行》：「謝太傅絶重褚公，常稱褚季野雖不言，而四時之氣亦備。」融齋《持志塾言》卷上《力行》：「不言而四時行者，天也。」此暗喻王書達天工之境界。

〔二〕見卷二第〇二九注〔一〕。

〔三〕《莊子·在宥》：「人大喜邪，毗於陽；大怒邪，毗於陰；陰陽並毗，四時不至，寒暑之和不成，其反傷人之形乎！使人喜怒失位，居處無常，思慮不自得，中道不成章。」毗：過於。按：此可與卷五第二二八互參。

〇八二 右軍書以二語評之，曰：力屈萬夫，〔一〕韻高千古。〔二〕

〔一〕舊本題唐韋續《墨藪》卷一：「李陽冰書若古釵倚物，力有萬夫。李斯之後，一人而已。」此藉用。按：此又當與卷五第〇八八互參。

〔二〕舊本題宋桑世昌《蘭亭考》卷五：「善法書者各得右軍之一體：若虞世南得其美韻，而失其俊邁；歐陽詢得其力，而失其温秀；褚遂良得其意，而失於變化；薛稷得其清，而失於窘拘；顔真卿得其筋，而失於粗魯；柳公權得其骨，而失於生獷；徐浩得其肉，而失於俗；李邕得其氣，而失於體格；張旭得其法，而失於狂。獨獻之俱得之，而失於驚急無蘊藉態度。此歷代寶之爲訓，所以敻高千古。」此化用。

〔八三〕羲之之器量，見於郗公求壻時。東牀坦腹，獨若不聞，〔一〕宜其書之靜而多妙也。〔二〕經綸見於規謝公以「虛談廢務，浮文妨要」，〔三〕宜其書之實而求是也。〔四〕

〔一〕郗公：郗鑒。南朝宋劉義慶《世説新語·雅量》：「郗太傅在京口，遣門生與王丞相書，求女壻。丞相語郗信：『君往東廂，任意選之。』門生歸白郗曰：『王家諸郎亦皆可嘉，聞來覓壻，咸自矜持，唯有一郎在東牀上坦腹卧，如不聞。』郗公云：『正此好。』訪之，乃是逸少，因嫁女與焉。」

〔二〕署名王羲之《白雲先生書訣》：「望之惟逸，發之惟靜，敬兹法也，書妙盡矣。」

〔三〕「經綸」：籌劃治理國家大事。謝公：謝安。南朝宋劉義慶《世説新語·言語》：「王右軍與謝太傅共登冶城。謝悠然遠想，有高世之志。王謂謝曰：『夏禹勤王，手足胼胝；文王旰食，日不暇給。今四郊多壘，宜人人自效，而虛談廢務，浮文妨要，恐非當今所宜。』謝答曰：『秦任商鞅，二世而亡，豈清言致患邪？』」

〔四〕見卷一第二五四注〔三〕。

〔八四〕唐太宗著《王羲之傳論》，謂蕭子雲無丈夫氣，〔一〕以明逸少之「盡善盡美」。〔二〕顧後來名爲似逸少者，其「無丈夫之氣」甚於子雲，遂致昌黎有「羲之俗書趁姿媚」之句，〔三〕然逸少不任咎也。

〔一〕蕭子雲：字景喬，《梁書》卷二十九有傳。唐張懷瓘《書斷》卷中：「梁蕭子雲，字景喬，晉陵人。父嶷。景喬官至侍中，少善草、行、小篆，諸體兼備，而創造小篆飛白，意趣飄然，點畫之際，若有騫舉，妍妙至極，難與比肩，但少乏古風，抑居妙品。故歐陽詢云：張烏巾冠世。其後逸少、子敬又稱絶妙。爾飛而不白，蕭子雲輕濃得中，蟬翼掩素，遊霧崩雲，可得而語。其真書少師子敬，晚學元常，及其暮年，筋骨亦備，名蓋當世，舉朝效之。其肥鈍無力者，悉非也。今之謬賞，十室九焉。梁武帝擢與二王並迹，則若牝雞仰於鸞鳳，子貢賢於仲尼。雖絶唱於彼朝，未曰陽春白雪。以太清三年卒。景喬隸書、飛白入妙，小篆、行草、章行入能。」按：昔人亦曾以「無丈夫氣」譏議右軍。唐張彥遠《法書要録》卷四：「逸少草有女郎材，無丈夫氣，不足貴也。」又：龍松生校編沈曾植《海日碎金・劉融齋書概評語》：「先生云：《述書賦》品子雲曰：『景喬則潤色鍾門，性情勵己。豐媚輕巧，纖慢旖旎。詩雖易其國風，賜豈賢乎夫子？猶鸞窺鏡而鼓翼，虎咥尾而不噬。』味其論旨，與太宗略同。又曰：筆墨相副曰豐，意居形外曰媚，筆道流便曰輕，文過於質曰纖，舉止閑詳曰慢。」

〔三〕見《晉書》卷八十《王羲之傳》：「子雲近出，擅名江表，然僅得成書，無丈夫之氣。行行若縈春蚓，字字如綰秋蛇；卧王濛於紙中，坐徐偃於筆下；雖禿千兔之翰，聚無一毫之筋，窮萬轂之皮，斂無半分之骨；以兹播美，非其濫名邪？此數子者，皆譽過其實。所以詳察古今，研精篆素，盡善盡美，其惟王逸少乎？觀其點曳之工，裁成之妙，煙霏露結，狀若斷而還連；鳳翥龍蟠，勢如斜而反直；翫之不覺爲倦，覽之莫識其端；心慕手追，此人而已。其餘區區之類，何足論哉。」又宋不著撰人名字《宣和書譜》卷十七：「（草書）蕭子雲綿弱。」

〔三〕語見唐韓愈《石鼓歌》。可參卷五第〇〇八注〔二〕。按：《東雅堂韓昌黎集注》卷五引：「王得臣《塵史》云：王右軍書多不講偏旁，此退之所謂羲之俗書趁姿媚者也。」其説大誤。此之「俗書」非指書寫簡易之俗體，乃指作意迎合討好世人，氣韻之惡俗。唐張懷瓘《書斷》卷中稱褚遂良「長則祖述右軍真書，甚得其媚趣」，可證前人以爲羲之書本有「媚」之一面。然韓愈所論，自是後世末流之弊，所謂「小禪自縛，豈佛之過哉？」參卷五第一一五。

〇八五　黃山谷云：「大令草書殊迫伯英。所以中間論書者，以右軍草入能品，而大令草入神品。」〔一〕余謂大令「擅奇」固尤在草，〔二〕然論大令書不必與右軍相較也。〔三〕

〔一〕大令：指東晉王獻之。《晉書·王珉傳》：「（王珉）代王獻之爲長兼中書令。二人素齊名，世謂獻之爲『大令』，珉爲『小令』。」宋朱長文《墨池編》卷三：「晉王獻之字子敬，羲之第七子，累遷中書令卒。……幼學於父，次習於張（注者按：指張芝）。後改變制度，別創其法……子敬五六歲時學書，右軍潛於後掣其筆，不脱。乃歎曰：『此兒當有大名。』遂書《樂毅論》與之學，竟能極小真書，可謂窮微入聖。觔骨緊密不減於父，如大字則尤直而少態，豈可同年？唯行草之間，逸氣過也。及論諸體，多劣右軍。總而言之，季孟差耳。子敬隸、行、草、章草、飛白，五體俱入神，八分入能。」《晉書》卷八十有傳。引文見宋黄庭堅《山谷集》卷二十八《跋法帖》：「大令草法殊迫伯英，淳古少可恨，彌覺成就爾，所以中間論書者，以右軍草入能品，而大令草入神品也。」

〔二〕宋岳珂《寶真齋法書贊》卷四《王獻之洛神賦帖》：「贊曰：慶雲絢彩，河漢縈之。列星垂天，日月明之。先民授能，維聖成之。英英後先，疇其勝之。有晉大令，父而兄之。一門擅奇，世共稱之。」

〔三〕按：二王書法之優劣，歷代頗有聚訟。明王世貞《弇州四部稿》卷一百五十三《藝苑卮言附録二》：「宋齊之際，右軍幾爲大令所掩。梁武一評，右軍復伸。唐文再評，大令大損。若唐文之論，是偏好語，不足以服大令心也。人謂右軍内擫，故森嚴而有法；大令外拓，故散朗而多姿。法自兼姿，姿不能無累法也。後人學右軍，終不能似。大令已自逗漏李北海、蘇眉山、趙吳興筆，然則大令之於右軍，直父子耳，不可稱伯仲也。」故融齋於此調和之。

〔八六〕大令《洛神十三行》，〔一〕黄山谷謂：「宋宣獻公、周膳部少加筆力，亦可及此。」〔二〕此似言之太易，然正以明大令之書，不惟以「妍妙」勝也。〔三〕其《保母磚志》，〔四〕近代雖祇有摹本，却尚存勁質之意。學晉書者，固尤當以勁質先之。

〔一〕《洛神十三行》：單刻帖，即王獻之小楷所書曹植《洛神賦》殘本，因自宋以來，僅殘存賦中自「以遨以嬉」之「嬉」至「若將飛而未翔」之「飛」，二百五十字，十三行，故簡稱《洛神十三行》，今傳世拓本有「碧玉版本」和「白玉版本」，以「碧玉版本」爲精。「碧玉版本」於明萬曆年間在杭州西湖葛嶺的半閑堂舊址出土，現藏於北京首都博物館。「白玉版本」毁於嘉慶三年，乾清宫火災。明趙宧光《寒山帚談坿録·金石林緒論》：「子敬《洛神》暢絶千古，惜其不能消磨紈袴習氣，是亦王家子弟故態，直得忍其跌蕩恣睢矣。惜所存惟十有三行耳，近世溢出多本，可以一粲。」

〔二〕宋黄庭堅《山谷集》卷二十八《題洛神賦後》：「予嘗疑《洛神賦》非子敬書，然以字學筆力去之甚遠，不敢立此論。及今觀之，宋宣獻公、周膳部少加筆力，亦可及此。」按：宋宣獻公：指宋綬，字公垂，謚宣獻，《宋史》卷二百九十一有傳。宋朱長文《墨池編》卷三：「宋宋綬字公垂，在章聖朝以文章處禁林，在神文朝以風節參機政，特工筆法，本朝以來言書者，稱李西臺與公垂云。」又《書史》：「宋宣獻公授作參政，傾朝學之，號曰朝體。」周膳部：指周越，字子發，宋代書法家，嘗官膳部員外郎，著有《古今法書苑》。宋朱長文《墨池編》卷三：「宋周越，字子發，仕歷三門發運判官，以司勳員外郎知國子監書學，遷主客郎中以卒。草書精熟，博學有法度，而真翰不及。如俊士半酣，容儀縱肆，雖未可以語妙，於能則優矣。當天聖慶曆間，子發以書顯，學者翕然宗尚之，然終未有克成其業者也。」

〔三〕唐張彦遠《法書要録》卷二引《梁中書侍郎虞龢論書表》：「父子之間又爲古今，子敬窮其妍妙，固其宜也。」

〔四〕《保母磚志》：行書磚刻，原磚久已不存。傳爲東晉哀帝興寧三年王獻之書（當公元三六五年）。

南宋嘉泰二年出土於黄閍岡。出土時磚石已碎。當時即有疑非王獻之手筆之論（見宋趙彦衛《雲麓漫抄》卷五），而姜夔極爲稱讚，有十一跋，論之甚詳，並稱此磚有七美，其二曰：「備盡楷則，筆法勁正，與《蘭亭序》、《樂毅論》合。」其三曰：「此乃大令在時刻，筆意都在，求二王法，莫信於此。」其五曰：「此刻甚深，惟取筆力，一求圓美，『雙』字之掠，『夫』字之磔，『載』字之戈，『志』字之心，再三刻削及成妙畫……恐是大令自刻，不然何其妙也。」有《戲鴻堂法帖》、《鄰蘇園帖》、《玉煙堂帖》等翻刻本傳世。

〔八七〕「清」，恐人不知，不如恐人知。〔一〕子敬書「高致」、「逸氣」，〔二〕視諸右軍，其如胡威之於父質乎？〔三〕

〔一〕按：昔人或以「清」形容二王之藝術風格。唐張懷瓘《書斷》卷中：「鍾公云：『（衛夫人）碎玉壺之冰，爛瑶臺之月，婉然芳樹，穆若清風。』右軍少常師之。」唐張彦遠《法書要録》卷三：「（王羲之）若草行雜體，如清風出袖，明月入懷。」又：「子敬草書，逸氣過父，如丹穴鳳舞，清泉龍躍。」

〔二〕「高致」：宋歐陽修《集古録》卷四《晉王獻之法帖》：「右王獻之法帖。予嘗喜覽魏晉以來筆墨遺迹，而想前人之高致也。所謂法帖者，其事率皆弔哀、候病、叙睽離、通訊問，施於家人朋友之間，不過數行而已。蓋其初非用意，而逸筆餘興，淋漓揮灑，或妍或醜，百態横生。披卷發函，爛然在目，使人驟見驚絶，徐而視之，其意態愈無窮盡，故使後世得之，以爲奇翫，而想見其人也。至於高文大册，何嘗用此？」「逸氣」：語見卷一第〇八〇引唐張懷瓘《書斷》卷上語。

〔三〕《晉書》卷九十《胡威傳》：「（胡威）後入朝，武帝語及平生，因歎其父清。謂威曰：『卿孰與父清？』對曰：『臣不如也。』帝曰：『卿父以何爲勝邪？』對曰：『臣父清恐人知，臣清恐人不知，是臣不及遠也。』帝以威言直而婉，謙而順。」

〇八八　《集古録》謂：「南朝士人，氣尚卑弱，字書工者，率以纖勁清媚爲佳。」〔一〕斯言可以矯枉，而非所以持平。〔二〕南書固自有「高古」嚴重者，〔三〕如陶貞白之流便是，〔四〕而右軍「雄强」無論矣。〔五〕

〔一〕語見宋歐陽修《集古録》卷四《宋文帝神道碑》。

〔二〕「持平」：秉持公平。

〔三〕「高古」：爲署名唐司空圖《二十四詩品》中所標舉的二十四種美學風格之一，見卷二第〇八八注〔一〕。又宋陳思《書小史》卷八：「史陵善正書，筆法精妙，不減歐虞。張懷瓘云：『褚遂良嘗師受史陵。』然史亦有高古，傷於疏瘦。」「嚴重」：莊嚴、厚重。宋董逌《廣川書跋》卷六《告誓文》：「今碑字刻畫過於嚴重，無復前法，似是唐經手搨摹以傳。」

〔四〕陶貞白：陶弘景，南朝齊梁時人，字通明，自號華陽隱居，卒謚貞白先生，《梁書》卷五十一有傳。唐張懷瓘《書斷》卷下稱其：「善書，師祖鍾王，采其氣骨，然時稱與蕭子雲、阮研等各得右軍一體。其真書勁利，歐虞往往不如，隸行入能。」

〔五〕宋朱長文《墨池編》卷二《梁武帝書評》：「王右軍書，字勢雄强。如龍跳天門，虎卧鳳閣。故歷代寶之，永以爲訓。」按：此當與卷五第〇八二五參。

〇八九 《瘞鶴銘》剥蝕已甚，〔一〕然存字雖少，其舉止歷落，〔二〕氣體弘逸，令人味之不盡。〔三〕書人本難確定主名，〔四〕其以爲出於貞白者，特較言逸少、顧況爲近耳。〔五〕

〔一〕《瘞鶴銘》：摩崖書，刊刻時間不詳，黄庭堅《跋翟公巽所藏石刻》稱爲「大字之祖」。《四庫全書總目·瘞鶴銘考》：「《瘞鶴銘》在鎮江府焦山之下，以雷震墮入江，其石破碎不完，故字多殘缺，傳本往往不同。又作書者或以爲王羲之，或以爲陶宏景，或以爲顧況，自宋歐陽修《集古録》以後，著録者數十家，彼此譏駁，幾如聚訟。而海昌陳氏《玉煙堂帖》本尤爲輾轉失真。康熙丁未，淮安張弨親至水瀵，仰卧而手搨之，共得六十九字，較諸本獨多。因爲考證成書。後四十六年，陳鵬年守鎮江，乃募工出石於江中，陷之焦山亭壁間，其石分而爲五，所存七十七字又不全九字，其無字處以空石補之，按其辭義，補綴聯合，益爲完善。」今故宫博物院藏有宋拓仰石本，落水前精拓本，存三十餘字。「已」：非常、太。

〔二〕「歷落」：磊落，灑脱不拘。

〔三〕按：此當與卷五第一六四五參。謂《瘞鶴銘》之高韻。

〔四〕宋歐陽修《集古録》卷十《瘞鶴銘》：「右《瘞鶴銘》題云：『華陽真逸撰。』刻於焦山之足，常爲江水所没，好事者伺水落時，模而傳之，往往衹得其數字，云『鶴壽不知其幾』而已。世以其難得，尤以爲奇。惟余所得六百餘字，獨爲多也。按：《潤州圖經》以爲王羲之書，字亦奇特，然不類羲之筆法，而類顔魯公，不知何人書也。『華陽真逸』是顧況道號，今不敢遂以爲況者，碑無年月，不知何時，疑前後有人同斯號者也。」又宋董逌《廣川書跋》卷六《書黄學士瘞鶴銘後》：「昔陶弘景嘗以其居華陽觀，故自號『華陽隱居』。貞白平時著書不稱建元，直以甲子紀其歲。今曰『壬辰歲得之山陰』，『甲午歲葬于朱方』。壬辰當天監十一年，甲午則其十三年也。隱居以天監七年游海岳，住會稽，來永嘉，至十年還茅山。十二年，弟子周子良仙去，貞白作傳，即十一年在華陽，此其可知也。或曰：《茅山碑》前一行貞白自書，與今銘甚異，則不得爲陶隱居所書。然華陽真逸，特其撰銘。若其書者，上皇山樵也四人，各以其號自别，固不得識其姓名，疑皆隱君子也。然其書在江巖石壁，摹搨最難，又石摧壓其上，人不得至，風雨雪霜不及，故字畫至今尚完。或疑梁以書傳逮六百年，不應如新刻於石。余求銘後王瓚書，蓋自貞觀至今，亦無譌缺，貞觀去梁未久，可考而知也。」

〔五〕宋黄伯思《東觀餘論》卷上：「予又云：焦山《鶴銘》俗傳王逸少書，非也。一小書中載云：『陶隱居書。』此或近之。然此山有唐王瓚一詩刻，字畫全類此銘，不知即瓚書，抑瓚學銘中字而書此詩也。劉曰：『嘗親至彼觀，疑即瓚書也。』下有云：『皇山樵人逸少書。』非王逸少也，蓋唐有此人，亦號逸少耳。」

〔九〇〕《瘞鶴銘》用筆隱通篆意，〔一〕與後魏鄭道昭書若合一契，〔二〕此可與究心南北書者共參之。〔三〕蔡忠惠乃云：「元魏間盡習隸法，自隋平陳，多以楷隸相參，《瘞鶴文》有楷隸筆，當是隋代書。」〔四〕其論北書未嘗推本於篆，〔五〕故論《鶴銘》亦未盡肖也。

〔一〕清何紹基《東洲草堂金石跋》：「自來書律，意合篆分，派兼南北，未有如貞白《瘞鶴銘》者。」

〔二〕鄭道昭：北魏時人。字僖伯，號中岳先生。官國子祭酒、光州刺史、青州刺史，後入爲秘書監，謚文恭。書迹見於青、光二州山崖的衆多題刻，總稱「雲峰刻石」（包括掖縣的雲峰山、太基山，平度縣的天柱山，益都縣的玲瓏山）。其中以《鄭文公上碑》、《鄭文公下碑》、《論經書詩》、《觀海童詩》等摩崖刻石最爲著名。清包世臣《藝舟雙楫・歷下筆譚》：「北碑體多旁出，《鄭文公碑》字獨真正，而篆勢、分韻、草情畢具。……以《中明壇題名》、《雲峰山五言》驗之，爲中嶽先生書無疑。碑稱其『才冠秘穎，研圖注篆』，不虚耳。南朝遺迹唯《鶴銘》、《石闕》二種，蕭散駿逸，殊途同歸。」《藝舟雙楫・論書十二絶句》其五：「從來大字苦拘攣，岱麓江崖若比肩。多謝云封經石峪，不教山谷盡書禪。自注：泰山經石峪大字，完好者不下二百，與焦山《鶴銘》相近，而淵穆時或過之。」楊守敬《平碑記》：「雲峰《鄭道昭》諸碑。遒勁氣偉，與南朝之《瘞鶴銘》異曲同工。」

〔三〕「南北」：本指地域之間的差異，後指書法風格的不同。清馮班《鈍吟雜録》卷六：「畫有南北，書亦有南北。」阮元即著有《南北書派論》、《北碑南帖論》，可參《揅經室集續三集》卷一。又袁昶《觀融齋老人所作草隸》詩自注：「先生（注者按：指劉熙載）晚年著《論書訣》一卷，謂北宗鄭道昭與南宗《鶴銘》、《蕭憺》、《井闌》諸石，同一氣格。極有微解。」

〔四〕蔡忠惠：宋蔡襄之謚號。引文見元陶宗儀《輟耕録》卷十四：「蔡君謨曰：《瘞鶴文》非逸少字。東漢末多善書，惟隸最盛，至於晉魏之分，南北差異。鍾王楷法，爲世所尚。元魏間盡習隸法。自隋平陳，中國多以楷隸相參，《瘞鶴文》有楷隸筆，當是隋代書。」

〔五〕按：此當與卷五第一一九五參。

〇九一　索征西書，〔一〕世所奉爲北宗者。〔二〕然蕭子雲臨征西書，世便判作索書，〔三〕南書顧可輕量也哉！〔四〕

〔一〕索征西：指西晉索靖。曾官征西司馬。

〔二〕見卷五第〇七八注〔三〕。

〔三〕宋黄庭堅《山谷集》卷二十八《跋續法帖》：「往在館中時，於閣下一觀李懷琳臨右軍《絶交書》，大有奇特處。今觀此，十未得其二三。以此言之，十卷中大率皆如此。又智永《十八行》判作右軍書；蕭子雲臨索征西書，便判作靖書。此等難使鄭彰輩任其責，劉無言箋題便不類今人書，使之春秋高，江東又出一羊欣、薄紹之矣。」明王世貞《弇州四部稿》卷一百五十四：「索靖《出師頌》亦有宣和記識，考書譜良合。然宋時諸公極黜稱蕭子雲《出師頌》，而秘殿不收。蓋是唐人臨作蕭子雲頌，因見《閣帖》内靖數行相類，遂鑒定以爲靖《出師頌》耳。」按：龍松生校編沈曾植《海日碎金·劉融齋書概評語》：「先生云：可謂君子表微。又云：嘗謂北宗之説，始自馮定遠，不始阮雲臺；北碑之開，起於陳子文，不起包慎伯。世人多知阮包，少知馮陳，所謂不能紀遠，乃紀於近也。」

〔四〕「輕量」：輕視。

〔九二〕歐陽《集古録》跋王獻之《法帖》云：「所謂法帖者，率皆弔哀、候病、叙暌離、〔一〕通訊問。施於家人朋友之間，不過數行而已。蓋其初非用意，而逸筆餘興，淋漓揮灑，或妍或醜，百態横生，使人驟見驚絶，守而視之，其意態愈無窮盡。至於高文大册，何嘗用此。」〔二〕案：「高文大册」，非碑而何？〔三〕公之言雖詳於論帖，而重碑之意亦見矣。

〔一〕「暌離」：分離。

〔二〕見卷五第〇八七注〔二〕。

〔三〕「高文大册」：（用於莊嚴盛大場合的）高雅厚重的文章。宋徐鉉《重修説文序》：「高文大册，則宜以篆籀著之金石。至於常行簡牘，則草隸足矣。」

〔九三〕「晉氏初禁立碑」，〔一〕語見任彦昇爲范始興作《求立太宰碑表》。〔二〕宋義熙初，〔三〕裴世期《表》言：「碑銘之作，以明示後昆，自非殊功異德，無以允應茲典。俗敝僞興，華煩已久，不加禁裁，其敝無已。」〔四〕則知當日視立碑爲異數矣。〔五〕此禁至齊未弛，故范《表》之所請，卒寢不行。〔六〕北朝未有此禁，是以碑多。竇臮《述書賦》列晉、宋、齊、梁、陳至一百四十五人。〔七〕向使南朝無禁，安知碑迹之盛，不駕北而上之耶？〔八〕

〔一〕《宋書》卷十五《禮志二》：「漢以後，天下送死奢靡，多作石室、石獸、碑銘等物。建安十年，魏武帝以天下雕弊，下令不得厚葬。又禁立碑。魏高貴鄉公甘露二年，大將軍參軍太原王倫卒。倫兄俊作《表德論》以述倫遺美，云：『祇畏王典，不得爲銘，乃撰録行事，就刊於墓之陰云爾。』此則碑禁尚嚴也。此後復弛替。」

〔二〕〔六〕彦昇：南朝梁任昉之字。《文選》卷三十八任昉《爲范始興作求立太宰碑表》。唐李善注：「吴均《齊春秋》曰：『竟陵文宣王子良薨，西昌侯以天子命假黄鉞贈太宰。』蕭子顯《齊書》曰：『建武中，故吏范雲上表爲子良立碑，事不行。』」又正文「昔晉氏初禁立碑」，唐李善注：「《晉令》曰：諸葬者不得作祠堂碑石獸。」范始興：范雲，曾爲始興内史。

〔三〕「義熙」：本東晉安帝司馬德宗年號（當公元四〇五至四一八）。唯時實權已掌握在後來建立宋朝的劉裕手中，此故云「宋義熙」。

〔四〕世期：南朝宋裴松之之字。文見《宋書》卷六十四《裴松之傳》。

〔五〕「異數」：特殊的禮遇。

〔七〕《四庫全書總目·述書賦》：「《述書賦》二卷，唐竇臮撰，竇蒙注。臮字靈長，扶風人，官至檢校户部員外郎，宋汴節度參謀。蒙，字子全，臮之兄，官至試國子司業，兼太原縣令，並見徐浩《古迹記》。按：唐張彦遠《法書要録》稱臮作《述書賦》精窮旨要，詳辨秘義。今觀其賦上篇所述，自上古至南北朝，下篇所述，自唐代高祖太宗武后睿宗明皇以下，而終於其兄蒙及劉秦之妹，蓋其文成於天寶中也。首尾凡一十三代，一百九十八人。篇末系以徐僧權等署證八人，太平公主等印記十一家。『徵求寶玩』韋述等二十六人，『利通貨易』穆韋等八人，文與上篇相屬，蓋以卷帙稍重，故分而爲二耳。其品題叙述，皆極精核，其印記一章，兼畫印模於句下，遂爲朱存理《鐵網珊瑚》、張丑《清河書畫舫》、《真迹日録》之祖。注文尤典要不支，舊以爲出其兄蒙，考賦中蒙條下注曰：『家兄蒙，字子全，司議郎，安南都護。』又似乎臮所自注。且所叙仕履與卷首結銜亦不同，均爲疑竇。然張彦遠《法書要録》所題，已同今本。單文孤證，未敢遽易舊文，姑仍原本録之焉。」「臮」：音計。

〔八〕「駕北而上之」：凌駕於北朝而出於北朝之上。按：王國維《觀堂别集》卷二《梁虞思美造象跋》：「阮文達公作《南北書派論》，世人推爲創見。然世所傳北人書皆碑碣，南人書多簡尺；北人簡尺，世無一字傳者。然敦煌所出蕭涼草書札，與羲獻規摹亦不甚遠，南朝碑板，則如《始興忠武王碑》之雄勁，《瘞鶴銘》之浩逸，與北碑自是一家眷屬也。此造像若不著年號地名，又誰能知爲梁朝物耶？不知文達見此，又將何説也？」所論書體因書寫材質不同而不同，頗可與此相發明。又可參錢鍾書《管錐編・全上古秦漢三國六朝文》二二六。

〇九四　西晉索靖、衛瓘善書齊名。〔一〕靖本傳言：「瓘筆勝靖，然有楷法，遠不及靖。」〔二〕此正見論兩家者不可觭爲輕重也〔三〕。瓘之書學，上承父覬，下開子恒，〔四〕而靖未詳受授。要之兩家皆並籠南北者也。渡江以來，王、謝、郗、庾四氏，書家最多；而王家羲、獻，世罕倫比，遂爲南朝書法之祖。其後擅名，宋代莫如羊欣，實親受於子敬；〔五〕齊莫如王僧虔，梁莫如蕭子雲，淵源俱出二王；〔六〕陳僧智永尤得右軍之髓。〔七〕惟善學王者，率皆本領是當。苟非「骨力」堅强，〔八〕而徒摹擬形似，此北派之所由誚南宗與！

〔一〕《晉書》卷三十六《衛瓘傳》：「瓘學問深博，明習文藝，與尚書郎敦煌索靖俱善草書，時人號爲一臺二妙。」

〔二〕見《晉書》卷六十：「靖與尚書令衛瓘俱以善草書知名，帝愛之。瓘筆勝靖，然有楷法，遠不能及靖。」

〔三〕「觭」：偏倚。

〔四〕覬：衛覬。字伯儒，東漢河東安邑人，鳥篆隸草無所不善。《三國志・魏志》卷二十一有傳。唐張懷瓘《書斷》卷中：「伯玉採張芝法，取父書參之，遂至神妙。」恒：衛恒，字巨山，瓘之仲子，官至黄門侍郎。瓘嘗云：「我得伯英之筋，恒得其骨。」見唐張懷瓘《書斷》卷中。

〔五〕羊欣：字敬元，南朝宋著名書法家，梁庾肩吾《書品》列其書爲「中之上」，並且説他「早隨子敬，最得王體」，《宋書》卷六十二有傳。

〔六〕唐張懷瓘《書斷》卷中：「齊王僧虔，瑯琊臨沂人。曾祖洽，父曇首，官至司空，善書。宋文帝見其書素扇，嘆曰：『非唯迹逾子敬，方當器雅過之。』」蕭子雲：見卷五第〇八四注〔一〕。唐張彦遠《法書要録》卷一《傳授筆法人名》：「蔡邕受於神人，而傳之崔瑗及女文姬，文姬傳之鍾繇，鍾繇傳之衛夫人，衛夫人傳之王羲之，王羲之傳之王獻之，王獻之傳之外甥羊欣，羊欣傳之王僧虔，王僧虔傳之蕭子雲，蕭子雲傳之僧智永，智永傳之虞世南，世南傳之歐陽詢。」

〔七〕智永：陳隋間僧人，名法極，俗姓王，爲王羲之七世孫，王羲之第五子徽之之後。山陰永興寺僧，人稱「永禪師」，可參卷五第一〇二注〔一〕。

〔八〕唐人論王書的美學特徵之一。《晉書·王獻之傳》：「獻之骨力遠不及父，而頗有媚趣。」

〇九五　論北朝書者，上推本於漢魏，若《經石峪大字》、《雲峰山五言》、《鄭文公碑》、《刁惠公志》，則以爲出於《乙瑛》；若《張猛龍》、《賈使君》、《魏靈藏》、《楊大眼》諸碑，則以爲出於《孔羨》。〔一〕余謂若由前而推諸後，唐褚、歐兩家書派，亦可準是辨之。〔二〕

〔一〕「論北朝書者」：指清包世臣。《藝舟雙楫·歷下筆譚》：「北魏書《經石峪大字》《雲峰山五言》、《鄭文公碑》、《刁惠公志》爲一種，皆出《乙瑛》，有雲鶴海鷗之態。《張公清頌》、《賈使君》、《魏靈藏》、《楊大眼》、《始平公》各造像爲一種，皆出《孔羨》，具龍威虎震之規。」

《經石峪大字》：亦稱《泰山佛説金剛經》，摩崖刻石，北齊文宣帝天保年間（公元五五〇至五五九年）刻於山東泰山斗母宫東北一公里山谷之溪床上。字徑五十釐米，字體介於隸楷之間，一九一六年，震亞書局縮印本初版《泰山經石峪金剛經法帖》，共録一二三六字，大約是目前已知字數最多的一個版本。此舊拓片集由瓶齋主人清道人收藏，上海震亞書局編輯發行，帖後有著名書法家曾熙、鄭孝胥、清道人的題跋。清楊守敬《平碑記》：「北齊《泰山經石峪》以徑尺之大書，如作小楷，紆徐容與，絶無劍拔弩張之迹，擘窠大書，此爲極則。」楊震方《碑帖叙録》云：「泰山《金剛般若經》刻於花崗岩溪床，字大方一尺或亦有一尺五寸不到者……書法雄渾似隸書，又似楷書，隸楷參半。無撰書人姓名，因字體與刻於尖山摩崖《唐邕題名》相似，故或以爲唐邕所書，或以爲王子椿所書。清阮元《山左金石記》作北齊天保間（當公元五五〇至五五九）人所作。」

《雲峰山五言》：全稱《詩五言與道俗□人出萊城東南九里登雲峰山論經書一首》。北魏宣武帝永平四年（當公元五一一年）刻，乃鄭道昭書其自作之詩。在山東掖縣雲峰山陰，正書，二十行，行二十一字。爲雲峰山石刻的一部分。雲峰山石刻是北魏至北齊年間摩崖刻石。在山東掖縣、益都、平度境内，包括雲峰、太基、天柱、百峰諸山刻石。其中刻於北魏者爲鄭道昭所書，刻於北齊者爲其子述祖書。全拓約四十九種：計雲峰山十九種、太基山十九種、天柱山七種、百峰山三種、斧山一種。

《鄭文公碑》：摩崖刻石。分上下碑，上碑全稱《魏故中書令秘書監鄭文公之碑》，下碑全稱《魏故中書令秘書監使持節督兖州諸軍事安東將軍兖州刺史南陽文公鄭君之碑》，鄭道昭書，北魏宣武帝永平四年（當公元五一一年）立。上碑在山東平度天柱山，二十行，行五十字。下碑在掖縣雲峰山之東寒洞山，五十一行，行二十九字。按：此又可與卷五第〇九〇互參。

《刁惠公志》：全稱《雒州刺史刁惠公墓誌銘》。北魏孝明帝熙平二年（當公元五一七年）十月刻。清雍正年間從河北省滄縣西南之南皮縣廢寺中掘出，出土時右下角即缺失，現藏於山東博物館。通行有文物本、楊魯安藏本及國家圖書館藏「彝」字不損本。清王昶《金石萃編》卷二十八引《汪師韓跋》：「余閱其文簡淨，書復遒媚。」包世臣在《藝舟雙楫·述書中》：「《刁惠公志》最茂密。予尤愛其取勢排宕，結體莊和。一波磔，一起落，處處含蓄，耐人尋味，不曾此中問津者，不知也。」又：「《刁遵志》足繼太傅、河南《聖教記》，其書右行，從左觀至右，則字字相迎，從右看至左，則筆筆相背。」又：「《刁惠公志》最茂密，平原於茂字少理會，會稽於茂字欠工夫。《書評》謂太傅茂密，右軍雄强。雄則生氣勃發，故能茂；强則神理充足，故能密，是茂密之妙已概雄强矣。」

《賈使君碑》：全稱《兖州刺史賈思伯碑》。北魏孝明帝神龜二年（當公元五一九年）四月立，原在山東兖州府學。碑陰上截有宋哲宗紹聖三年温益觀跋，稱褚遂良筆法得自此碑。今藏山東曲阜孔廟。此碑最舊拓本爲明拓，第九行漫漶處處完好，清拓則較殘泐。有石印本明拓傳世，王孝禹收藏題字，原本今藏故宫博物院。清王昶《金石萃編》卷二十八引《金石録補》：「筆法高古。」

《張猛龍碑》：全稱《魯郡太守張府君清頌碑》，北魏孝明帝正光三年（當公元五二二年）正月立。今藏山東曲阜孔廟。明趙崡《石墨鐫華》卷一《後魏魯郡太守張猛龍碑》：「正書虬健，已開歐虞之門户。碑首正書大字十二，尤險勁，又蘭臺之所自出也。」清包世臣《藝舟雙楫·述書中》引黄小仲：「《張猛龍》足繼大令。」

《魏靈藏》：全稱《魏靈藏薛法紹造像記》。北魏刻石，無年月，在河南洛陽龍門山古陽洞北壁。清乾隆錢塘黄易訪拓後，始顯於世。後人與《楊大眼》等合稱《龍門四品》（又稱《龍門二十品》）。清王昶《金石萃編》卷二十八引《中州金石記》：「字體似《楊大眼記》。」

《楊大眼》：全稱《楊大眼爲孝文皇帝造像記》，北魏刻石，無年月，在河南洛陽龍門山古陽洞北壁。清王昶《金石萃編》卷二十八引《授堂金石跋》：「書勢尤礫卓，魏石刻亦希見。」

〔二〕此謂《孔羡》如歐陽詢，《乙瑛》如褚遂良，一則「骨鍊」，一則「神超」也。參卷五第〇七一、卷五第一二八。

〇九六　歐陽公跋東魏《魯孔子廟碑》云：「後魏、北齊時書多如此，筆畫不甚佳，然亦不俗，而往往相類。疑其一時所尚，當自有法。」〔一〕跋《北齊常山義七級碑》云：「字畫佳，往往有古法。」〔二〕余謂北碑固長短互見，不容相掩，然所長已不可勝學矣。

〔一〕語見宋歐陽修《集古録》卷四《魯孔子廟碑》。按：可參卷五第一〇一注〔五〕。又龍松生校編沈曾植《海日碎金·劉融齋書概評語》：「先生云：觀此語，歐公亦覺其用筆有異後世矣。直至包慎伯，乃實實將根底勘出耳。又云：歐公漸漬君謨，故於書學極有悟解處，觀歐公造詣所到，益知君謨不可輕議。」又：「松生附記：君謨之在宋，猶歐虞之在唐，皆所謂堂堂正正之師，不務爲盡態極妍者也。」

〔二〕語見宋歐陽修《集古録》卷四《北齊常山義七級碑》：「右常山義七級碑。不著書撰人名氏，文辭聲偶而甚怪，書字頗有古法。……義者，衆成之名，猶若今謂義井之類也。」按：融齋《游藝約言》：「不毁萬物，當體便無；不設一物，當體便有。書之有法而無法，至此進乎技矣。」

〇九七　北朝書家，莫盛於崔、盧兩氏。《魏書·崔玄伯傳》詳玄伯之善書云：「玄伯祖悦，與范陽盧諶並以博藝著名。諶法鍾繇，悦法衛瓘，而俱習索靖之草，皆盡其妙。諶傳子偃，偃傳子邈；悦傳子潛，潛傳玄伯；世不替業。故魏初重崔、盧之書。」〔一〕觀此則崔、盧家風，豈下於南朝羲、獻哉！惟自隋以後，唐太宗表章右軍〔二〕；明皇篤志大令《桓山頌》，其批答至有「桓山之頌，復在於兹」之語。〔三〕及宋太宗復尚二王，其命翰林侍書王著摹《閣帖》，〔四〕雖博取諸家，歸趣實以二王爲主。以故藝林久而成習，與之言羲、獻，則怡然；與之言悦、諶，則惘然。況悦、諶以下者乎！

〔一〕見《魏書》卷二十四。

〔二〕可參卷五第〇八四。「表章」：表彰。

〔三〕見《曲江集》卷十三《御批》，又可參清王澍《竹雲題跋》卷三。

〔四〕宋淳化三年（當公元九九二年），宋太宗趙炅令出内府所藏歷代墨迹，命翰林侍書王著編次摹勒上石於禁内，名《淳化閣帖》（又名《淳化秘閣法帖》，簡稱《閣帖》）。共十卷。第一卷爲歷代帝王書，二、三、四卷爲歷代名臣書，第五卷是諸家古法帖，六、七、八卷爲王羲之書，九、十卷爲王獻之書。計收録了先秦至隋唐一千多年間一〇三位書法家的四二〇幅書迹。傳世的宋拓本有安思遠藏本（現藏上海博物館）、潘允諒藏本（現藏上海圖書館）、潘祖純藏本（現藏上海博物館）、懋勤殿本（現藏北京故宫博物院）、浙江圖書館藏本。元趙孟頫《松雪齋文集·閣帖跋》曰：「宋太宗……淳化中，詔翰林侍書王著，以所購書，由三代至唐，釐爲十卷，摹刻秘閣。賜宗室、大臣人一本，遇大臣進二府輒墨本賜焉。後乃止不賜，故世尤貴之。」宋代記録此帖爲木板刻，初拓用「澄心堂紙」、「李廷珪墨」，但未見此種拓本流傳。淳化閣帖是我國最早的一部叢帖，由於王著識鑒不精，至使法帖真僞雜糅，錯亂失序。然「鐫集尤爲美富」，摹勒逼真，先人書法賴以流傳。此帖有「法帖之祖」之譽，對後世影響深遠。

〇九八　「篆尚婉而通」，南帖似之；「隸欲精而密」，北碑似之。〔一〕

〔一〕引文見卷五第〇四〇注〔五〕。

〇九九　北書以骨勝，〔一〕南書以韻勝。然北自有北之韻，南自有南之骨也。〔二〕

〔一〕「骨」：字剛勁有力，氣勢雄强。宋蘇軾《論書》：「書必有神、氣、骨、肉、血，五者缺一，不成爲書也。」可參觀清張廷相、魯一貞《玉燕樓書法·骨法》。按：前人已有南書以韻勝之論。明趙宧光《寒山帚談》卷下：「鍾王並儞，鍾以格勝，王以調勝。晉唐媲美，晉以韻勝，唐以力勝。格力名近，品位殊絶矣。晉韻獨冠古今，自足千古。骨似稍遜，力足以扶之。後之學書者，不得振救，方徒事嫵媚態，流而不返，法書何有哉？」

〔二〕按：此論南北書派不當過分畛域。可參卷五第〇九〇、卷五第〇九一、卷五第二一一。又龍松生校編沈曾植《海日碎金·劉融齋書概評語》：「先生云：實則南骨即北骨，北韻即南韻。」又「松生附記：論大較則南骨多清嚴，北骨多重厚；南韻多和雅，北韻多俊逸。論其流别，各以類相從，南北固多相通。」

一〇〇　南書温雅，北書雄健。南如袁宏之《牛渚諷詠》，〔一〕北如斛律金之《敕勒歌》。〔二〕然此祇可擬一得之士，〔三〕若「母群物」而「腹衆才」者，〔四〕風氣固不足以限之。

〔一〕《晉書》卷九十二《袁宏傳》：「少孤貧，以運租自業。謝尚時鎮牛渚，秋夜乘月，率爾與左右微服泛江。會宏在舫中諷詠，聲既清會，辭又藻拔，遂駐聽久之。遣問焉，答云：『是袁臨汝郎誦詩。』即其詠史之作也。」詩見《藝文類聚》卷五十五。

〔二〕《北齊書》卷二《神武本紀》：「使斛律金《敕勒歌》，神武自和之，哀感流涕。」詩見宋郭茂倩《樂府詩集》卷八十六。

按：金元好問《論詩三十首》：「慷慨歌謠絶不傳，穹廬一曲本天然。中州萬古英雄氣，也到陰山敕勒川。」此喻「雄健」。

〔三〕「一得之士」：僅僅得到某一方面的人。

〔四〕唐孟郊《大隱坊·趙記室俶在職無事》：「大道母群物，達人腹衆才。」此指奄有衆長。

一〇一　蔡君謨識隋丁道護《啓法寺碑》云：「此書兼後魏遺法。隋唐之交，善書者衆，皆出一法，道護所得最多。」〔一〕歐陽公於是碑跋云：「隋之晚年，書家尤盛。吾家率更與虞世南，皆當時人也，後顯於唐，遂爲絶筆。余所集録開皇、仁壽、大業時碑頗多，其筆畫率皆精勁。〔二〕由是言可知歐、虞與道護若合一契，〔三〕而魏之遺法所被廣矣。推之《隋龍藏寺碑》，歐陽公以爲「字畫遒勁，有歐、虞之體」。〔四〕後人或謂出東魏《李仲琁》、《敬顯儁》二碑，〔五〕蓋猶此意，惜書人不可考耳。

〔一〕蔡君謨：宋蔡襄之字。

《啓法寺碑》：隋代正書碑刻。隋内史李德林撰，襄州祭酒從事丁道護書。隋文帝仁壽二年（當公元六〇二年）立，石於宋代已佚。傳世宋拓僅有臨川李宗瀚舊藏墨拓本。宋歐陽棐《集古録目》、宋陳思《寶刻叢編》卷三均有著録。引文見宋歐陽修《集古録》卷五《隋丁道護啓法寺碑》。「識」：記載。宋米芾《海嶽名言》：「丁道護歐虞筆始勻，古法亡矣。」

〔二〕見宋歐陽修《集古録》卷五《隋丁道護啓法寺碑》。

〔三〕明楊慎《墨池瑣録》卷一：「丁道護襄陽《啓法寺碑》最精，歐虞之所自出。北方多朴而有隸體，無晉逸，謂之氊裘氣。蓋骨格者，書法之祖也；態度者，書法之餘也。氊裘之喻，謂少態度耳。」楊守敬《平碑記》：「《趙芬殘碑》、丁道護《啓法寺》，又爲顔柳之禰祖。」

〔四〕《龍藏寺碑》：亦稱《正定府龍興寺碑》。隋文帝開皇六年（當公元五八六年）十二月立。碑在今河北正定隆興寺大悲閣月臺東側，正書。宋歐陽修《集古録》卷五《隋龍藏寺碑》：「右齊開府長兼行參軍九門張公禮撰，不著書人名氏。字畫遒勁，有歐虞之體。」清包世臣《藝舟雙楫・論書絶句十二首》其七：「中正冲和《龍藏碑》，擅場或出永禪師。山陰面目迷梨棗，誰見匡廬霧霽時。」自注：隋之《龍藏寺》，出魏《李仲璇》、《敬顯儁》兩碑，而加純淨，左規右矩近《千文》，而雅健過之。《書評》謂右軍字勢雄強，此其庶幾。若如《閣帖》所刻，絶不見雄强之妙，即定武《蘭亭》，亦未稱也。」《龍藏寺碑》存世所見最早拓本爲明初拓本。

〔五〕《李仲琁》：全稱《李仲琁修孔子廟碑》，又稱《魯孔子廟碑》。正書碑刻。隸書額題「魯孔子廟之碑」六字。東魏孝靜帝興和三年（當公元五四一年）立於魯縣孔廟。今藏山東曲阜孔廟。明趙崡《石墨鐫華》卷一《魏修孔子廟碑》：「碑正書時作篆筆，間以分隸，形容奇怪。考古書法，大小篆謂之篆。東漢諸碑，減篆筆有批法者，謂之隸。以篆筆作隸書，謂之八分，亦謂之隸。正書謂之今隸，亦謂之楷。然則如此碑篆耶？分耶？古今隸耶？」「後人」：指清包世臣。參注〔四〕引《藝舟雙楫》。

《敬顯儁碑》：又稱《敬史君碑》，正書碑刻。東魏興和二年（當公元五四〇年）立，原在潁川長社縣禪靜寺寶剎，現立於河南長葛市老城鎮。清王昶《金石萃編》卷三十引沈青崖《跋》：「乾隆初年，長葛民墾地得古碑，剔之完好，樹於陘山書院。按：碑爲北齊僕射永安敬史君顯儁功德撰銘，揚厥休烈。文雜儷體，書則自晉趨唐，爲歐褚前驅，居然古氣磅礴。惜作者書者皆不叙名。」「後人」：指清包世臣。《藝舟雙楫·歷下筆談》：「《李仲琁》、《敬顯儁》别成一種，與右軍致相近。……隋《龍藏寺》庶幾紹法。」又《藝舟雙楫·論書十二絶句》其七後，自注：「隋

《龍藏寺》，出魏《李仲琁》、《敬顯儁》兩碑，而加純淨。」毛鳳枝《石刻書法源流考》：「魏《敬史君碑》……皆日趨工整，一變古拙。」「歐陽出於《張猛龍》，虞出於《敬史君》。」楊守敬《平碑記》：「余謂六朝正書多隸體，此獨有篆意。」

一〇二　永禪師書，東坡評以「骨氣深穩，體兼衆妙，精能之至，反造疏澹」。〔一〕則其「實境」、「超詣」爲何如哉？〔二〕今摹本《千文》，世尚多有，〔三〕然律以東坡之論，相去不知幾由旬矣。〔四〕

〔一〕永禪師：智永，南北朝陳隋之際書法家。唐張懷瓘《書斷》卷中：「陳永興寺僧智永，會稽人。師遠祖逸少。歷記專精，攝齊升堂，真草唯命，夷途良轡，大海安波。微尚有道之風，半得右軍之肉；兼能諸體，於草最優。氣調下於歐虞，精熟過於羊薄。智永章草、草書入妙；隸入能。兄智楷亦工草，丁現亦善隸，時人云丁真楷草。」引語見宋蘇軾《書唐氏六家書後》：「永禪師書，骨氣深穩，體兼衆妙，精能之至，反造疏淡。如觀陶彭澤詩，初若散緩不收，反復不已，乃識其奇趣。」按：龍松生校編沈曾植《海日碎金·劉融齋書概評語》：「先生極賞此語。」

〔二〕「實境」、「超詣」：皆爲署名唐司空圖《二十四詩品》中所標舉的二十四種美學風格之一，見卷二第一〇二注〔三〕。此藉以論書。

〔三〕《千文》：舊本題宋桑世昌《蘭亭考》卷二：「（智永）臨逸少真草《千文》，擇八百本散在浙東，後並模帖傳弟子辯才。」現傳世的有墨迹、刻本兩種。墨迹本爲日本所藏，紙本，册裝。計二百零二行，每行十字，原爲谷鐵臣舊藏，後歸小川爲次郎。後有楊守敬、内藤湖南所寫兩跋，論者認爲墨迹本爲智永真迹，也有人疑爲唐人臨本，故宫博物院藏拓本。石刻本爲北宋大觀三年（當公元一一〇三年），薛嗣昌摹刻於西安，俗稱「關中本」，今藏陝西西安碑林博物館。後人多疑爲僞作。

〔四〕「由旬」：爲梵語yojana音譯。古印度計程單位。一由旬的長度，我國古有八十里、六十里、四十里等諸説。見《翻譯名義集·數量》。此極言距離之遠。

一〇三　李陽冰學《嶧山碑》，〔一〕得延陵季子墓題字而變化。〔二〕其自論書也，謂於天地山川、日月星辰、雲霞草木、文物衣冠，皆有所得。〔三〕雖未嘗顯以篆訣示人，然已示人畢矣。

〔一〕李陽冰：字少温，歷官集賢院學士、將作少監。善篆書，人稱「筆虎」。宋朱長文《墨池編》卷三：「陽冰篆品入神，自秦李斯以蒼頡、史籀之迹變而新之，特製小篆，備三才之用，合萬物之變，包括古籀，孕育分隸，功已至矣。歷兩漢魏晉至隋唐逾千載，學書者惟真草是工，窮英擷華，浮功相尚，而曾不省其本根，由是篆學中廢。陽冰生於開元，始學李斯《嶧山碑》，後見仲尼篆《吴季札墓誌》，精探小學，得其淵源，遍觀前人遺迹，以謂未有點畫，但偏傍模刻而已。嘗歎曰：『天之未喪斯文也，故小子得篆籀之宗旨。』其以書爲己任也如此。當世説者皆傾服之，以爲其格峻，其氣壯，其法備，又光大於秦斯矣。」《嶧山碑》：見卷五第〇〇三注〔四〕。

〔二〕宋歐陽修《集古録》卷八《唐重摹吴季子墓銘》：「古篆文曰：『嗚呼，有吴延陵季子之墓。』自前世相傳以爲孔子所書。」今江蘇丹陽市延陵鎮有明正德六年重刻石。宋董逌《廣川書跋》卷三《延陵墓字》：「李陽冰書篆奄數百年，人常謂初學《嶧山碑》，後見仲尼書季札墓字，便變化開合，如虎如龍，勁利豪爽，風行雨集。是陽冰所從得法，不可謂非古也。此嘗自有妙處，今人不到陽冰地，安能議其是非所極哉？」

〔三〕宋朱長文《墨池編》卷一引《唐李陽冰上李大夫論古篆書》：「陽冰志在古篆，殆三十年。見前人遺迹，美即美矣，惜其未有點畫，但偏傍模刻而已。緬想聖達立製造書之意，乃復仰觀俯察六合之際焉。於天地山川，得方圓流峙之形；於日月星辰，得經緯昭回之度；於雲霞草木，得霏布滋蔓之容；於衣冠文物，得揖讓周旋之體；於鬚眉口鼻，得喜怒慘舒之分；於蟲魚禽獸，得屈伸飛動之理；於骨角齒牙，得擺拉咀嚼之勢。隨手萬變，任心所成，可謂通三才之氣象，備萬物之情狀者矣。」

一〇四　李陽冰篆活潑「飛動」，〔一〕全由力能舉其身。〔二〕一切書皆以身輕爲尚，〔三〕然除却長力，〔四〕別無輕身法也。

〔一〕「活潑」：元吾丘衍《學古編·三十五舉》：「八舉曰小篆。……李陽冰圓活姿媚。」「飛動」：舊本題唐韋續《墨藪》卷一引李陽冰《論篆》：「吾志於古篆殆三十年，……於蟲魚禽獸，得屈伸飛動之理；於骨角齒牙，得擺拉咀嚼之勢；隨手萬變，任心有成。可謂通三才之品彙，備萬物之情狀者矣。」

〔二〕《荀子·子道》：「孔子曰：『由志之，吾語女，雖有國士之力，不能自舉其身；非無力也，勢不可也。』」此反用，喻李篆多力。舊本題唐韋續《墨藪》卷一：「李陽冰書若古釵倚物，力有萬夫，李斯之後，一人而已。」又宋不著撰人名字《宣和書譜》卷二：「議者以蟲蝕鳥迹語其形，風行雨集語其勢，太阿龍泉語其利，嵩高華岳語其峻，實不爲過論。有唐三百年，以篆稱者，惟陽冰獨步。」

〔三〕按：道家修煉術，强調辟穀輕身，以使自己最終能達到排除身體内滓穢，得道成仙之目的。《史記·留侯世家》：「留侯乃稱曰：『……願棄人間事，欲從赤松子游耳。』乃學辟穀，道引輕身。」此移以論書，謂能舉重若輕，筆力嚴重而飄逸。又龍松生校編沈曾植《海日碎金·劉融齋書概評語》：「先生頗取此語。」

〔四〕「長」：增長。

一〇五　唐碑少大篆，賴《碧落碑》以補其闕。〔一〕然凡書之所以傳者，必以筆法之奇，不以託體之古也。〔二〕李肇《國史補》言李陽冰見此碑，寢臥其下，數日不能去。〔三〕論者以爲陽冰篆筆過於此碑，不應傾服至此，〔四〕則亦不然。蓋人無陽冰之學，焉知其所以傾服也？即其書不及陽冰，然右軍書師王廙，〔五〕及其成也，過廙遠甚。青出於藍，〔六〕事固多有。謂陽冰必蔑視此碑，夫豈所以爲陽冰哉！〔七〕至書者或爲陳惟玉，或爲李譔，前人已不能定矣。〔八〕

〔一〕〔八〕《碧落碑》：全稱《唐龍興宫碧落碑》，唐高宗總章三年（當公元六七〇年）立，今在山西新絳龍興寺。宋歐陽修《集古録》卷五《唐龍興宫碧落碑》：「右《碧落碑》。在絳州龍興宫，宫有碧落尊像，篆文刻其背，故世傳爲《碧落碑》。據李璿之以爲陳惟玉書，李漢以爲黄公譔書，莫知孰是。《洛中紀異》云：『碑文成而未刻，有二道士來，請刻之，閉户三日，不聞人聲，人怪而破户，有二白鴿飛去，而篆刻宛然。』此説尤怪，世多不信也。碑文言有唐五十三祀，龍集敦牂，乃高宗總章三年，歲在庚午也。又云哀子李訓、誼、譔、諶爲妣妃造石像。按《唐書》：韓王元嘉有子訓、誼、譔而無諶，又有幼子訥。元嘉以則天垂拱四年見殺，在總章三年。後十八年，有子訥不足怪，而不應無諶，蓋史官之闕也。嘉祐八年十月初四日書。」按：龍松生校編沈曾植《海日碎金·劉融齋書概評語》：「先生云：近代惟錢竹汀傾心此碑。」

〔二〕按：《碧落碑》字體古奥，前人多有論述。明趙崡《石墨鐫華》卷三《唐碧落碑》：「其書雜出頡籀鍾鼎款識。」郭宗昌《金石史》卷二《唐碧落碑》：「余謂篆書，三代尚矣，下訖秦絶矣。世傳三代遺迹，皆屬贋作，獨岐陽石鼓文彝器款識爲真。即字畫不必盡識，而古雅無前，望而可辯。此碑獨以怪異奥人，以不可解，所以有扃户化鴿之説。而點畫形象，結體命意雜亂不理，其高處不能遠追上古，下者已墮近代惡趣。如村學究教小兒角險，凡俗可厭。定爲惟玉輩書無疑。不知唐人於八分尚不能造極，況古篆乎？後人懾於傳聞之異，眩然莫辯，遂不敢輕加評駁。李陽冰之慕習，非爲盲瞽，定屬謬傳，曷足據爲斷案耶？」清錢大昕《潛研堂金石文跋尾》卷四《碧落碑》：「篆書奇古，小儒咋舌不能讀，賴有鄭承規釋文，稍可句讀。」

〔三〕唐李肇《國史補》卷上：「絳州有碑，篆字，與古文不同，頗爲怪異。李陽冰見而寢處其下，數日不能去。驗其文，是唐初，不載書者姓名，碑上有『碧落』二字，人謂之《碧落碑》。」明孫鑛《書畫題跋》卷二下《碧落碑》：「余不解篆書，然如此碑，則絶愛之。其筆法正與李監陽冰相似，豈李篆果由此悟入耶？然陽冰端整，此則稍有運筆勢，微近李丞相。内有數字與常篆不同，亦稍怪異，乍睹之彷彿石鼓文，第字形稍長耳。雙白鴿事良涉誕妄，然世間怪事固有。彼時有如此篆手，不應無聞，亦不應祇書此一碑，傳疑可也。」

〔四〕「論者」：指宋趙明誠。《金石録》卷二十四《唐碧落碑》：「李肇及李漢並言李陽冰見此碑，徘徊數日不去。又言陽冰自恨其不如，以槌擊之，今缺處是也。此説恐不然。陽冰嘗自述其書以謂：『斯翁之後，直至小生。』於他人書蓋未嘗有所推許。唐人以大篆當時罕見，故妄有稱説耳。其實筆法不及陽冰遠甚也。」

〔五〕王廙：字世將，王羲之叔父，曾官至平南將軍、荆州刺史，能章草，師傳鍾繇書法。《晉書》卷七十六有傳。梁庾肩吾《書品》、唐張彦遠《法書要録》卷二都説「王廙爲右軍之師」。

〔六〕《荀子·勸學》：「青取之於藍而青於藍，冰水爲之而寒於水。」此指後來居上。

〔七〕宋董逌《廣川書跋》卷七《碧落碑》：「然字法奇古，行筆詣絶，不類世傳篆學。而惟玉於唐無書名於世，不應一碑便能奄有秦漢遺文，徑到古人絶處。此後世所疑也。李陽冰於書未嘗許人，至愛其書寢卧其下，數日不能去，世人論書不逮陽冰，則未必知其玅處，論者固應不同。」

一〇六　元吾丘衍謂李陽冰即杜甫甥李潮，〔一〕論者每不然之。〔二〕觀《唐書·宰相世系表》，趙郡李氏雍門子，長湜；次澥，字堅冰；次陽冰。〔三〕潮之爲名，與湜、澥正復相類，陽冰與堅冰似皆爲字，或始名潮字陽冰，後以字爲名，而别字少温，未可知也。且杜詩云「况潮小篆逼秦相」，〔四〕而歐陽《集古録》未有潮篆，鄭漁仲《金石略》於唐篆家，陽冰外但列唐玄度、李庚、王遹諸人，亦不及潮，何也？〔五〕

〔一〕元吾丘衍《學古編·李陽冰新泉銘》：「迺陽冰最佳者，人多以舒原輿之言，稱《新驛記》，殊不知此碑勝百倍也。陽冰名潮，杜甫甥也。後以字行，因以爲名，而别字少温。」

〔二〕「論者」：當指清顧炎武。顧炎武《金石文字記》卷四：「元吾丘衍謂陽冰即杜甫之甥，名潮，取

《海賦》「陽冰不治」之義爲字。既以字行，乃別字少温。楊用修嘗辨其非（原注：按陽冰，趙郡人，太白從叔，其字少温，見於《宣和書譜》，與其名相應。若名潮而以陽冰、少温爲字，於義皆無取。且陽冰工篆書，潮工八分，觀趙氏《金石録》載《城隍神祠記》、《忘歸臺銘》、《孔子廟記》、《先塋碑》、《三墳記》等爲李陽冰篆書，而《慧義寺彌勒像碑》、《彭元曜墓誌》爲李潮書，則其非一人明矣）。」

〔三〕見《新唐書》卷七十一。

〔四〕見卷一第二三一注〔一〕。

〔五〕見宋鄭樵《通志》卷七十三《金石略》。

唐玄度：宋朱長文《墨池編》卷三：「唐玄度，文宗時待詔翰林，精於小學，書有楷則，作《九經字樣》、《十體書》，學者資之。」書迹有《陰符經》、《塔陰文》。

李庚：生平事迹不詳，書迹有《浯溪銘》、《浯臺銘》。

王遹：生平事迹不詳，《寶刻類編》卷五以爲嘗官虞城令、錢塘令。宋歐陽修《集古録》卷八《唐虞城李令去思頌》：「右虞城李令去思頌。李白撰文，王遹篆。唐世以書自名者多，而小篆之學不數家。自陽冰獨擅，後無繼者。其前惟有《碧落碑》而不見名氏。遹，開元天寶時人，在陽冰前而相去不遠，然當時不甚知名，雖字畫不爲工，而一時未有及者，所書篆字惟有此爾。世亦罕傳，余以集録，求之勤且博，僅得此爾。今世以小篆名家，如邵不疑、楊南仲、章友直，問之，皆云未嘗見也。治平元年二月七日書。」書迹有《唐邱漢高祖頌》、《虞城縣令長新戒》、《虞城令李公去思碑》、《胥山銘》。又清康有爲《廣藝舟雙楫》卷二《杜工部不稱陽冰之篆而稱李潮》一段，與此條全同。按：康有爲《廣藝舟雙揖》多襲前人之説而没其名，此其一也。

一〇七　李陽冰篆書，自以爲：「斯翁之後，直至小生。」〔一〕然歐陽《集古録》論唐篆，於陽冰之前稱王遹，〔二〕於其後稱李靈省，〔三〕則當代且非無人，而況於古乎！

〔一〕唐李肇《國史補》卷上：「李陽冰善小篆，自言：『斯翁之後，直至小生，曹嘉蔡邕不足言也。』」又宋徐鉉本《説文解字》卷十五下引徐鉉《表》：「唐大曆中，李陽冰篆迹殊絶，獨冠古今。自云『斯翁之後，直至小生』，此言爲不妄矣。於是刊定《説文》，修正筆法，學者師慕，篆籀中興。然頗排斥許氏，自爲臆説。」

〔二〕見卷五第一〇六注〔五〕。

〔三〕李靈省：元和中人，生平事迹不詳，《寶刻類編》卷五以爲嘗官夏縣尉。《唐朝名畫録》有同名畫家，然不能確定是否爲一人。宋歐陽修《集古録》卷八《唐陽公舊隱碣》：「右陽公舊隱碣。胡證撰，黎煟書，李靈省篆額。唐世篆法，自李陽冰後，寂然未有顯於當時，而能自名家者，靈省所書陽公碣，筆畫甚可佳。既不顯聞於時，亦不見於他處。以余家所藏之博，而見於録者惟此，雖未爲絶筆，亦可惜哉。嗚呼！士有負其能而不爲人所知者，可勝道哉。」

一〇八　唐八分，杜詩稱韓擇木、蔡有鄰、李潮三家，〔一〕歐陽六一合之史維則，稱四家。〔二〕四家書之傳世者，史多於韓，韓多於蔡，李惟《慧義寺彌勒像碑》《彭元曜墓志》載於趙氏《金石録》，〔三〕何寥寥也！吾丘衍疑潮與陽冰爲一人，〔四〕則篆既盛傳，分雖少，可無憾矣。

〔一〕見卷一第二三一注〔一〕。

按：韓擇木：宋朱長文《墨池編》卷三：「當肅代世以八分得名。時韓雲卿以文顯，李陽冰以篆顯，擇木以八分顯。天下欲銘其先人功者，不得此三人，不稱三服。……觀其迹，雖不及漢魏之奇偉，要之莊重有古法。而首唱於天寶之間，宜寘妙品。又如山東老儒，雖姿宇不至峻茂，而嚴正可畏云。」宋鄭樵《通志》卷七十三《金石略》列其八分書凡二十二種。

蔡有鄰：唐竇蒙《述書賦》注：「蔡有隣，濟陽人，善八分。本拙弱，至天寶之間，遂至精妙，相衛中多其迹。」宋鄭樵《通志》卷七十三《金石略》列其八分書凡十一種。宋董逌《廣川書跋》卷七《盧舍那碑》：「《盧舍那佛像記》，蔡有鄰書。今見於世者三碑，惟《尉遲迥廟》與此存耳，書法勁險，驅使筆墨，盡得如意，當與《鴻都石經》相繼也。」

李潮：杜甫之甥，善八分、小篆。見杜甫《李潮八分小篆歌》。

史維則，通作史惟則，宋朱長文《墨池編》卷三：「唐史惟則，吴郡人。天寶中，嘗爲伊闕尉、集賢院待制，後至殿中侍御史。在唐中葉以八分名家者四人，惟則與韓擇木、蔡有隣、李潮也。

擇木尤妙，名重當時。惟則可以亞之。或評云『鴈印平沙，魚躍深淵』也。李潮八分世傳者幾希，杜詩云『況潮小篆逼秦相，快劍長戟森相向。八分一字直千金，蛟龍盤拏骨肉强』，歌詩不無溢美，亦足以知其能。」宋鄭樵《通志》卷七十三《金石略》列其八分書凡二十八種。

〔二〕見宋歐陽修《集古録》卷六《唐大照禪師碑》：「右大照禪師碑。唐吏部員外郎盧僎撰，伊闕縣尉集賢院待制兼校理史惟則書。碑天寶元年立。唐世分書名家者四人而已：韓擇木、李潮、蔡有鄰及惟則也。」

〔三〕宋趙明誠《金石録》卷二十七《唐慧義寺彌勒像碑》：「右唐慧義寺彌勒像碑，李潮八分書。潮書初不見重於當時，獨杜甫詩盛稱之，以比蔡有鄰、韓擇木。今石刻在者絶少，惟此碑與《彭元曜墓誌》耳，余皆得之。其筆法亦不絶工，非韓蔡比也。」

〔四〕見卷五第一〇六注〔一〕。

一〇九　歐陽文忠於唐八分尤推韓、史、李、蔡四家。〔一〕夫四家固卓爲書傑，而四家外若張璪，瞿令問，顧戒奢，張廷珪，胡證，梁升卿，韓秀榮、秀弼、秀實，劉升，陸堅，李著，周良弼，史鎬，盧曉，各以能鳴，〔二〕亦未可謂餘子碌碌也。〔三〕近代或專言漢分，比唐於「自鄶以下」，〔四〕其亦過矣。

〔一〕按：歐推四家之處見《集古録》卷六《唐大照禪師碑》、《唐崔潭龜詩》、《唐蔡有隣盧舍那珉像碑》、《唐植柏頌》。

〔二〕按：張璪：字文通，吴郡人，八分書有《渭北節度使臧希讓碑》、《復鄠縣記》。

瞿令問：曾任道州江華縣令。八分書有《舜塚碑》。

顧戒奢：曾任太子文學、翰林待詔，八分書有《吕諲祠記》、《郭慎微碑》、《吕公表》、《五原太守郭英奇碑》。

「張廷珪」：原作「張庭珪」，據《通典》卷七十三《金石略》改。河南濟源人，官至太子詹事，素與李邕親善，屢上表薦之。《舊唐書》卷一百一、《新唐書》卷一百一十八有傳。八分書有《孔子廟碑》、《魏州刺史狄仁傑生祠碑》、《周信行禪師碑》、《兖州刺史韋元珪遺愛頌》、《桂州都督長史程文英碑》、《東林佛馱禪師舍利塔銘》、《趙公碑》、《左僕射劉延景碑》。

胡證：字啓中，河中河東人，舉進士第，寶曆初拜嶺南節度史，《舊唐書》卷一百六十三、《新唐書》卷一百六十四有傳。八分書有《狄梁公祠堂》、《胡珦碑》、《工部尚書田宋正先廟碑》、《贈工部尚書烏承玼碑》、《少府監胡珦碑》、《夏縣令韋公遺愛碑》、《尚書省石幢記》、《王粲石井欄記》、《忠武公將佐略》。

梁升卿：字里事迹不詳，曾官奉天尉。都督廣州。八分書有《斛斯府君碑》、《光禄鄭曾碑》、《張君碑》、《同州刺史解琬碑》、《御史臺精金銘》、《岷州刺史王君碑》、《華州刺史楊公遺愛頌》、《工部侍郎李景伯碑》、《寧州刺史裴守正碑》、《龐承宗碑》、《古義士伯夷叔齊碑》、《贈吏部尚書蕭雍碑》、《李希倩碑》、《贈梁州都督郭知運碑》、《太子賓客楊元琰碑》、《樊君祠堂碑》。

韓秀榮：字里事迹不詳，唐代宗時人。八分書有《故尚書左丞暢悦碑》、《工部尚書辛京杲碑》、《長安縣尉贈秘書監王府君碑》、《鄭清叔碑》。

韓秀弼：字里事迹不詳，唐代宗時人。八分書有《裴公碑》、《汝州刺史李深碑》、《華州刺史李元諒懋功昭德頌》、《西平郡王李晟先廟碑》、《御史中丞裴曠改葬碑》、《鮮于氏里門記》。

韓秀實：字里事迹不詳，曾任梁州司馬、翰林待詔，大曆時人。八分書有《少保李光進碑》、《唐平蠻頌》、《鮮于氏里門碑》。

劉升：延景子，景雲中授右武衛騎曹參軍，開元中累遷太子右庶衛。八分書有《蘇氏造觀音像碑》、《徐州刺史蘇詵碑》。

陸堅：河南洛陽人，初爲汝州參軍，以友壻李慈伏誅，貶涪州參軍，再遷通事舍人。有詔起復，遣中官敦諭，不就。以給事中兼學士。《新唐書》卷二百有傳。八分書有《左驍衛將軍趙元禮碑》、《王方翼碑》、《張嘉貞碑》。

李著：字里事迹不詳，唐代宗時人。八分書有《亳州刺史劉懷碑》、《河橋城樓記》。

周良弼：字里事迹不詳，唐玄宗時人。八分書有《蘇源明正德表》、《壽張令劉公仁政碑》。

史鐈：字里事迹不詳，唐代宗時人。八分書有《明皇哀册文》、《白蘋亭記》、《甘棠館記》。

盧曉：字里事迹不詳，唐玄宗時人。八分書有《右僕射裴遵慶碑》、《兖州都督劉好順碑》。

按：融齋此條所舉唐代擅八分之書家，順序全同鄭樵《通志》卷七十三《金石略》，而於「陸堅」後漏舉李德裕（八分書有《節堂記》、《秋日望贊皇山詩沖虛真人廟記》、《唐三像記》），疑有脱文，或可補。

〔三〕「餘子碌碌」：謂其他人平庸無能。《後漢書》卷八十《禰衡傳》：「唯善魯國孔融及弘農楊脩。常稱曰：『大兒孔文舉，小兒楊德祖。餘子碌碌，莫足數也。』」

〔四〕《左傳》襄公二十九年：「（吴公子札）請觀於周樂，使工爲之歌《周南》、《召南》，曰：『美哉！始基之矣，猶未也，然勤而不怨矣。』……自鄶以下無譏焉。」後因以「自鄶以下」表示自此以下的不值得一提。

二〇　唐隸規模出於魏碑者十之八九，其「骨力」亦頗近之，〔一〕大抵嚴整警策，是其所長。〔二〕

〔一〕按：唐隸之名起於明。明趙宧光《寒山帚談》：「唐隸視漢似古而體稍不雅，然法度實備，取材可也。」可參卷五第一〇一、卷五第一一六。「規模」：制度、程式。融齋《游藝約言》：「漢隸能物物，唐隸物於物。化齊處一，通得此意，可以辨一切書。然豈惟書哉？」

〔二〕見卷五第二〇九注〔一〕。

二一　論唐隸者，謂唐初歐陽詢、薛純陁、殷仲容諸家，〔一〕「漢魏遺意」尚在，〔二〕至開元間，則變而即遠，〔三〕此以氣格言也。然力量在人，不因時異，更當觀之。

〔一〕歐陽詢：字信本，唐代著名書法家，嘗官太子率更令，弘文館學士，封渤海縣男，《舊唐書》卷一百八十九上、《新唐書》卷一百九十八有傳。唐張懷瓘《書斷》卷中：「（歐陽詢）八體盡能，筆力勁險，篆體尤精。……真行之書，雖於大令亦別成一體，森森焉若武庫矛戟。風神嚴於智永，潤色寡於虞世南。其草書迭蕩流通，視之二王，可爲動色。然驚奇跳駿，不避危險，傷於清雅之致。自羊薄以後，略無勍敵。唯永公特以訓兵精練，議欲旗鼓相當。歐以猛鋭長驅，永乃閉壁固守。」

薛純陁：唐太宗時人，宋陳思《書小史》卷九：「薛純陀，太宗時官至秘書，其書有筆法，遒勁精悍，不減歐陽詢。張懷瓘云：薛純陀學歐陽詢草書，傷於肥鈍，亦通之亞也。」

殷仲容：據宋陳思《書小史》卷九：「殷仲容，令民之子，官至禮部郎中，善正書，尤精題署。武后嘗詔仲容題資聖寺額、王知敬題清禪寺額，當時謂之雙絶。《書賦》云：『殷公王公，兼正兼署。大乃有則，小非無據。麒麟將騰，鸞鳳欲翥。題二榜而迹在，歎百川而身去。』」明趙崡《石墨鐫華》卷二稱其《唐中書令馬周碑》：「仲容名書，此碑分隸有法，雖存者少，亦足以觀矣。」

〔二〕明趙崡《石墨鐫華》卷三《唐贈太師孔宣公碑》：「此崔行功撰，孫庭範書。行功嘗書《開元寺千佛記》者。庭範無書名，而此碑分隸是唐初法，亦有漢魏遺意，可與《唐詔表碑》同觀。」按：此謂諸家尚多存隸筆，可參卷五第一二二。

〔三〕「開元」：唐玄宗年號（公元七一三至七四一年），凡二十九年。按：此當指顔真卿變法，顔真卿開元十二年登進士第。見卷五第一四四。又宋米芾《海嶽名言》：「唐官告在世爲褚陸、徐嶠之體，殊有不俗者。開元已來，緣明皇字體肥俗，始有徐浩以合時君所好，經生字亦自此肥，開元已前古氣無復有矣。」康有爲《廣藝舟雙楫·體變》：「唐世書凡三變，唐初歐虞、褚薛、王陸並轡疊軌，皆尚爽健。開元御宇，天下平樂，明皇極豐肥，故李北海、顔平原、蘇靈芝輩並趨時主之好，皆宗肥厚。元和後，沈傳師、柳公權出矯肥厚之病，專尚清勁，然骨存肉削，天下病矣。」

一二三　言隸者，多以漢爲「古雅」、「幽深」，〔一〕以唐爲平滿淺近。〔二〕然蔡有鄰《尉遲迥碑》，〔三〕《廣川書跋》謂當與《鴻都石經》相繼，〔四〕何嘗於漢唐過分畛域哉！〔五〕至有鄰《興唐寺石經藏讃》，歐陽公謂「與三代器銘何異？」〔六〕論雖似過，亦所謂「以我不平，破汝不平」也。〔七〕

〔一〕見卷五第〇一三注〔四〕引張懷瓘《書斷》卷中《鍾繇》條。又明王世貞《弇州四部稿》卷一百二《鍾太傅季直表贊》：「舞鶴飛鴻，秋山寒澗。譽冠時評，迹無代見。豐劍星寒，泗鼎波濺。騰瑞墨林，流規穎傳。古雅幽深，豐妍峭蒨。一字神呵，千金爲賤。疇疑子輿，隆準誰辨。」

〔二〕「平滿」：本清包世臣對漢隸特點的歸納。《藝舟雙楫・述書中》：「漢人分法，無不平滿，中郎見刷牆堊痕而作飛白，以堊帚鋒平刷痕滿足，因悟書勢，此意可推矣。」

〔三〕《尉遲迥碑》：唐玄宗開元二十六年立，成伯嶼撰，蔡有鄰書。

〔四〕見卷五第一〇八注〔一〕。

〔五〕「畛域」：界限。

〔六〕宋歐陽修《集古録》卷六《唐興唐寺石經藏贊》：「右《興唐寺石經藏贊》，皆其作者自書，而八分者數家，惟蔡有鄰著其姓氏。有鄰名重當世，杜甫嘗稱之於詩，其爲苑咸所書小字，與三代器銘何異？可謂名實相稱也。」

〔七〕隋吉藏撰《百論疏》卷下之餘《破空品第十》：「此破即是畢竟空之異名，故一切無成。又如以我不平，破汝不平，令汝得平，則是我平。故一切平也。」此指矯枉過正。

二三　後魏《孝文弔比干墓》文，體雜篆隸，〔一〕相傳爲崔浩書。〔二〕東魏《李仲琁修孔子廟碑》、〔三〕隋《曹子建碑》，〔四〕皆衍其流者也。唐《景龍觀鐘銘》蓋亦效之，〔五〕然頗能「節之以禮」。〔六〕

〔一〕《孝文弔比干墓》：全稱《孝文皇帝弔比干墓文》。北魏孝文帝太和十八年（當公元四九四年）十一月刻，楷書，傳崔浩書。原石久佚，宋元祐五年（當公元一〇九〇年）九月重刻，今在河南衛輝市北比干墓祠。清王昶《金石萃編》卷二十七引《隱緣軒題識》：「比干墓上字體奇怪，他碑所無，似楷似隸，因以見當時筆法之遞變，點畫多少。」清顧炎武《金石文字記》卷二：「別體之字莫多於此碑，雜體之書莫過於《李仲琁》。」崔浩：字伯淵，小名桃簡。河東武城人。官至太常卿。博覽經史，通天文。工書，世寶其迹。後因修國史，得罪誅死，滅族。《魏書》卷三十五有傳。

〔二〕按：崔浩早於立碑前之北魏太武帝太平真君十一年六月（當公元四五〇年）爲魏太武帝所誅。宋黄伯思《東觀餘論》卷上《汝州新刻諸帖辨》：「頃在洛中，聞汝州新鐫諸帖，謂之汝刻，其名已弗典矣。意謂其彙擇必佳，及見之，乃大不然，雜取《瀘帖》、《續帖》中所有者，時載之，又珉玉間箧不能辨也。此猶亡害，至其集古帖及碑中字萃爲僞帖，並以一帖省其文，別爲帖語及强名者甚多，稍識書者便可別之。……取衛州《魏孝文弔比干》文中數行，强名爲崔浩書，如北齊碑，便目爲温子升，後魏碑便目爲沈法會，如此者甚多。且如《弔比干文》，魏孝文作。而崔浩之死在太武時，乃目爲浩書，其不稽古如此。」

〔三〕《李仲璇修孔子廟碑》：見卷五第一〇一注〔五〕。清朱彝尊《魏李仲璇修孔子廟碑跋》：「雜大小篆分隸於正書中。」

〔四〕《曹子建碑》：又名《陳思王曹子建廟碑》，隋文帝開皇十三年（當公元五九三年）立，石在山東東阿西八里魚山祠内。清王昶《金石萃編》卷三十九引清王士禛《居易録》：「東阿縣魚山陳思王墓道有隋碑，書法雜用篆隸八分，甚古，此碑文不極工。」

〔五〕《景龍觀鐘銘》：唐睿宗景雲二年（當公元七一一年）九月刻。明趙崡《石墨鐫華》卷二《唐景龍觀鐘銘》：「景龍觀者，中宗所作。景雲二年，睿宗爲之鑄鐘制銘也。字正書而稍兼篆隸，奇偉可觀，鐘今在西安府城鐘樓。」明郭宗昌《金石史》卷一《後魏兖州刺史李仲璇修孔子廟碑》：「（唐景龍觀鐘銘）源出於此。」現存於陝西西安碑林博物館。

〔六〕《論語·學而》：「有子曰：禮之用，和爲貴。先王之道，斯爲美，小大由之。有所不行，知和而和，不以禮節之，亦不可行也。」《淮南子·精神訓》：「故目雖欲之，禁之以度；心雖樂之，節之以禮。」

二一四　唐僧懷仁集《聖教序》古雅有淵致。〔一〕黄長睿謂：「碑中字與右軍遺帖所有者，纖微克肖。」〔二〕今遺帖之是非難辨，轉以此證遺帖可矣。〔三〕或言懷仁能集此序，何以他書無足表見？〔四〕然更何待他書之表見哉！

〔一〕懷仁集《聖教序》：又稱《七佛聖教序》。唐高宗咸亨三年（當公元六七三年）十二月刻石，爲集王字之始。原在陝西西安弘福寺，現藏陝西西安碑林博物館。今有文物出版社影印明劉正宗藏北宋拓本，較通行。宋不著撰人名字《宣和書譜》卷十一：「釋懷仁，不載於傳記，而書家或能言之。積年學王羲之書，其合處，幾得意味。若語淵源，固未足以升羲之之堂也。然點畫富於法度，非初學所能到者。昔太宗作《聖教序》，世有二本，其一褚遂良書，一則懷仁書集羲之諸行字法所成也。二本皆爲後學之宗。模仿羲之之書，必自懷仁始。豈羲之之絶塵處不可窺測，而形容王氏者惟懷仁近其藩籬耶？」清王澍《竹雲題跋》卷二《唐僧懷仁集王右軍書聖教序》：「自唐以來，士林甚重此碑，匪直《興福寺隆闡法師》等碑爲顯效其體，即李北海、張司直、蘇武功亦皆從此奪胎。自有院體之目，於是光焰遂殺。以故宋元以來黄米諸巨手皆弗道，乃獨《宣和書譜》、黄長睿始爲吐氣耳。至有明弘正間，士大夫始復重此碑，購求一本，往往傾囊倒篋，以爲難得。雖已斷者，購之猶數十金。蓋至於今二三百餘年。而《聖教石刻》遂至斷闕剥蝕，幾於無字可尋矣。」

〔二〕宋黄伯思《東觀餘論》卷下《題集逸少書聖教序後》：「《書苑》云：唐文皇制聖教序時，都城諸釋諉弘福寺懷仁集右軍行書勒石，累年方就。逸少劇迹，咸萃其中。今觀碑中字與右軍遺帖所有者，纖微克肖，《書苑》之説信然。」

〔三〕清翁方綱《蘇齋題跋》卷下《宋拓懷仁集聖教序》即以此碑所集王字反證傳世王帖《蘭亭叙》。

〔四〕「表見」：表現。

一一五　學《聖教》者致成爲院體，起自唐吴通微，〔一〕至宋孫崇望、白崇矩益貽口實。〔二〕故蘇、黄論書但盛稱顔尚書、楊少師，〔三〕以見與《聖教》別異也。其實顔、楊於《聖教》，如禪

之翻案，〔四〕於佛之心印，〔五〕取其明離暗合；院體乃由死於句下，不能下轉語耳。〔六〕小禪自縛，豈佛之過哉！〔七〕

〔一〕吴通微：唐人。宋陳思《書小史》卷十：「吴通玄，海州人。與弟通微，皆博學善文章，並侍太子游。德宗立，弟兄踵爲翰林學士，並知制誥。通微工行草書，翰林習之，號院體。」黄伯思《東觀餘論》卷下《題集逸少書聖教序後》：「然近世翰林侍書輩，多學此碑，學弗能至，了無高韻，因自目其書爲院體。由唐吴通微昆弟已有斯目，故今士大夫玩此者少，然學弗至者自俗耳，碑中字未嘗俗也。」明趙宧光《寒山帚談》卷上：「草書中亦曰行楷，如二王諸帖之稍真者，十當八九。僧懷仁等所集《聖教》、《興福》、《孔廟》碑之類，唐人所稱入院體者是也。」

〔二〕「孫崇望」：原作「高崇望」，據《宋史》等改。明趙崡《石墨鐫華》卷五《宋修唐太宗廟碑》：「宋承五季，文靡極矣，此李瑩奉敕爲之者，猥冗不稱。孫崇望書全出吴通微，昔人謂之院體，院體即如今所謂中書體，蓋誚之也。」又同卷《宋修兖州文宣王廟碑》：「吕文穆廷試第一，後爲賢相，此文殊弱不稱。白崇矩書大似孫崇望，而遜其圓逸，二人皆以書待詔者，見一時所尚如此。」又同卷《宋修唐憲宗廟碑》：「仁願與孫崇望、白崇矩、尹熙古皆待詔書院，王元美所謂文與書俱拖遝不足觀者。」

〔三〕顔尚書：顔真卿，曾官吏部尚書。楊少師：楊凝式，曾官太子少保。因曾佯瘋自晦，又稱「楊風（瘋）子」。蘇軾論書稱顔、楊之處，如《書唐氏六家書後》：「顔魯公書雄秀獨出，一變古法，如杜子美詩，格力天縱，奄有漢魏晉宋以來風流。後之作者，殆難復措手。」又《仇池筆記》卷下《荆公書》：「王荆公書得無法之法，然不可學，學之則無法。僕書作意爲之，頗似蔡君謨。稍得意，則似楊風子，更放，則似言法華。」黄庭堅論書稱顔、楊之處，如《山谷集》卷二十八《跋法帖》：「似二王者，惟顔魯公、楊少師仿佛大令爾。魯公書，今人隨俗多尊尚之；少師書，口稱善而腹非也。欲深曉楊氏書，當如九方臯相馬，遺其玄黄牝牡，乃得之。」宋曾季貍《艇齋詩話》：「前人論詩，初不知有韋蘇州、柳子厚，論字亦不知有楊凝式，二者至東坡而後發此祕，遂以韋柳配淵明，凝式配魯國，東坡真有德於三子者。」

〔四〕「翻案」：推翻舊説，另立新説。

〔五〕「心印」：「心」指佛心，「印」謂印可或印定之義。禪宗不立文字，不依言語，只以心傳心，以佛心印定衆生心，證不二相，以期頓悟。此指精深微妙之處。

〔六〕「轉語」：禪宗把參禪參到進退維谷處，請人代下一語，以爲撥轉，而得轉身自在，乃至於轉迷開悟稱「轉語」。此指過於拘執，不能另辟蹊徑。

〔七〕「小禪」：狹隘、拘泥的禪學者。按：此又當與卷二第一九九互參。

二一六　唐人善集右軍書者，懷仁《聖教序》外，推僧大雅之《吴文碑》。〔一〕《聖教》行世，固爲尤盛，然此碑書足備一宗。〔二〕蓋《聖教》之字雖間有峭勢，而此則尤以峭尚，〔三〕想就右軍書之峭者集之耳。唐太宗御製《王羲之傳》曰：「勢如斜而反正。」〔四〕觀此，乃益有味其言。

〔一〕僧大雅：開元時，興福寺僧人，生平事迹不詳。《吴文碑》：又稱半截碑、興福寺碑。唐玄宗開元九年（當公元七二一年）立。清王昶《金石萃編》卷七十三：「碑僅存下截，高三尺一寸，廣四尺二寸，三十五行，字數無考，行書。」又引《墨林快事》：「此碑却少上半，其叙之人，只存其名而已，姓亦不存。集人大雅，乃興福寺僧，故世謂之興福帖。其集王字，顧獨得其精神筋力，儼如生動。不比懷仁只得其形模，並其古澹之趣而已。是以書家重之。」又引《鐵函齋書跋》：「古今碑刻集右軍書見諸載記者，凡十八家，皆從《聖教序》出，此碑其最著者也。」明郭宗昌《金石史》卷二《唐大雅集王右軍書吴將軍碑》：「此碑破碎已無碑形，余手摹其文，止餘一二十字，文已不可讀，尚存弘福寺僧大雅集右軍書，爲大將軍吴文立，又有開元九年字，若神鬼呵護，並姓名年代無一殘闕，亦奇矣。碑字極類《聖教序》，第大雅、懷仁已分人天，何能較優劣耶？」清王澍《竹雲題跋》卷二：「集右軍書爲碑者，自唐以來不可一二數。若《吴文斷碑》、《絳州夫子廟碑》、《周孝侯碑》，皆絶有名於時。唯《吴文碑》風力遒雋，爲不失右軍手意，餘者皆不足觀。然《吴碑》雖摹搨至精，而嚴謹有餘，風度不足。比於《聖教》，則氣象之大小，相懸千里矣。當時去右軍未遠，真迹捆萃極于天府，又得懷仁妙手，積二十餘年之工，宜其直入神解，足稱右軍嫡嗣。下此相去滋遠，但從石本摹取，輾轉移搨，愈遠而愈失真矣。」今藏陝西西安碑林博物館。

〔二〕清王澍《竹雲題跋》卷二：「集右軍書爲碑者，自唐以來不可一二數。若《吴文斷碑》、《絳州夫子廟碑》、《周孝侯碑》，皆絶有名於時。唯《吴文碑》風力遒雋，爲不失右軍手意，餘者皆不足觀。然《吴碑》雖摹搨至精，而嚴謹有餘，風度不足。比於《聖教》，則氣象之大小，相懸千里矣。當時去右軍未遠，真迹捆萃，極於天府，又得懷仁妙手，積二十餘年之工，宜其直入神解，足稱右軍嫡嗣。下此相去滋遠，但從石本摹取，輾轉移搨，愈遠而愈失真矣。」

〔三〕宋朱長文《墨池編》卷一引《晉王羲之草書勢》：「或有飛走流注之勢，驚竦峭絶之氣。」同書卷二引唐張懷瓘《玉堂禁經·三畫異勢》有「峭峻勢」，「亦草書之法，嶮利爲勝」。按：龍松生校編沈曾植《海日碎金·劉融齋書概評語》：「先生云：懷仁、大雅集書之比，正如蘭亭歐褚之比。《聖教》證神龍，《吴文》證定武，學右軍二門交參。」又：「松生附記：學右軍書，終不如歐虞交參。」

〔四〕見卷五第〇八四注〔一〕。此謂王書險峻，而筆力過人，能「力屈萬夫」。可參卷五第〇五四、卷五第〇八二。

二一七　虞永興書出於智永，〔一〕故不「外耀鋒芒」而「内涵筋骨」。〔二〕徐季海謂「歐虞爲鷹隼」。〔三〕歐之爲「鷹隼」易知，虞之爲「鷹隼」難知也。

〔一〕虞世南：字伯施，仕隋爲秘書監，賜爵永興縣子，故稱「虞永興」或「虞秘監」。《舊唐書》卷七十二、《新唐書》卷一百二有傳。《新唐書》本傳：「世南始學書於浮屠智永，究其法，爲世秘愛。」又可參卷五第〇九四注〔六〕。

〔二〕唐孫過庭《書譜》：「或恬憺雍容，内涵筋骨；或折挫槎枿，外曜鋒芒。」唐張懷瓘《書斷》卷中：「伯施隸、行書入妙。然歐之與虞，可謂智均力敵，亦猶韓盧之追東郭㕙也。論其成體，則虞所不逮。歐若猛將深入，時或不利；虞若行人妙選，罕有失辭。虞則内含剛柔，歐則外露筋骨；君子藏器，以虞爲優。」又融齋《游藝約言》：「商丘子力無敵於天下，而六親不知，蓋力貴含不貴露也，書力亦當如是。」

〔三〕見唐張彦遠《法書要録》卷三《唐徐浩論書》：「近古以來，蕭永歐虞頗得筆勢，褚薛以降，自謂不譏矣。人謂虞得其筋，褚得其肉，歐得其骨，當矣。夫鷹隼乏彩而翰飛戾天，骨勁而氣猛也；翬翟備色而翱翔於百步，肉豐而力沈也。若藻曜而高翔，書之鳳凰矣。歐虞爲鷹隼，褚薛爲翬翟焉。」

二八 學永興書，第一要識其筋骨勝肉。綜昔人所以稱《廟堂碑》者，是何「精神」！〔一〕而展轉翻刻，往往入於膚爛，〔二〕在今日則轉不如學《昭仁寺碑》矣。〔三〕

〔一〕《孔子廟堂碑》：虞世南撰並書，相王李旦書額。唐太宗貞觀七年（當公元六三三年）立。現存石兩塊，一塊現藏陝西歷史博物館，傳世著名的拓本有宋王彦超摹刻本，謂之「西廟堂碑」（又稱陝西本）；一塊現藏山東成武縣文物館，謂之「東廟堂碑」（又稱成武本）；有元至元年間摹刻本，清代臨川李宗翰藏本，原爲元康里氏所藏，今在日本。宋陳思《書苑菁華》卷十七《賈耽虞書歌》：「衆書之中虞書巧，體法自然歸大道。不同懷素只攻顛，豈類張芝惟札草。形勢素、肌骨老，父子君臣相揖抱。孤青似竹更飕飕，闊白如波長浩渺，能方正、不隳倒，功夫未至難尋奥。須知《孔子廟堂碑》，便是青緗中至寶。」明湯臨初《書指》：「唐諸書家，當以虞永興稱首。……永興《廟堂》真書，圓秀渾成，深得右軍三昧。」清徐用錫《字學札記》：「虞伯施《廟堂碑》，或側頸拖腳，或昂左墜右，極伸縮取勢而一歸寬綽，得魏晉人奇巧而機軸能新，可謂鴻制。」清王澍《虚舟題跋》卷四《唐虞世南孔子廟堂碑》：「此碑重刻於宋初，蓋已失其本真矣，而清和圓勁，不使氣質，不立間架，虚而委蛇，行所無事，尚足照映一世，欻流百代。不知唐刻原本妙更何如？馳仰未已。迴視歐褚猶覺有筆墨痕迹在，未若永興之書，以無結構爲結構，無所用力，而自得右軍心法也。」另可參卷五第一一八注〔一〕。按：「精神」亦爲署名唐司空圖《二十四詩品》所標舉的二十四種美學風格之一，見卷二第二二八注〔二〕。

〔二〕「膚爛」：此喻陳腐、俗爛。

〔三〕《昭仁寺碑》：全稱《大唐豳州昭仁寺之碑》。宋歐陽修《集古録》卷五《唐豳州昭仁寺碑》：「右昭仁寺碑，在豳州。唐太宗與薛舉戰處也。唐自起義與群雄戰處，後皆建佛寺，云爲陣亡士薦福。湯武之敗，桀紂殺人，固亦多矣，而商周享國各數百年，其荷天之祐者，以其心存大公，爲民除害也。唐之建寺，外雖託爲戰亡之士，其實自贖殺人之咎爾。其撥亂開基，有足壯者，乃區區於此，不亦陋哉？碑文朱子奢撰，而不著書人名氏，字畫甚工，此余所録也。治平甲辰秋分後一日書。」至南宋鄭樵《通志》卷七十三《金石略》始以爲虞世南書，唐太宗貞觀四年（當公元六三〇年）立。今存於陝西長武昭仁寺内。明趙崡《石墨鐫筆》卷二《唐昭仁寺碑》：「余觀其筆法大類《廟堂》。《廟堂》豐逸，此稍瘦勁。《廟堂》五代重勒，此伯施真迹也。歐公亦不言誰書，鄭樵直以爲伯施，都玄敬謂必有據。而曹明仲曰歐陽通書。通書《道因》諸碑，殊與此不類。」清王澍《虚舟題跋》卷三《唐昭仁寺碑》：「按：此書雖似永興，然《廟堂》豐逸，此則瘦勁，面目雖似，神骨則殊。又書法自入唐以來，六朝纖怪氣習，破除淨盡。今觀永興《廟堂碑》無一字落六朝陋習者，此碑……猶有六朝陋習。永興書規行矩步，決不如此。總之，吾輩論書，但當以書爲主。書不工，雖名何用？苟工矣，又何必强爲主名乎？如此碑，正使永興執筆，亦未必有過，固不待主名永興始可爲貴也。」按：龍松生校編沈曾植《海日碎金・劉融齋書概評語》：「先生云：永興固無學法，今亦無書可學，必不得已，請仍以東坡之言曰：精能之至，反造疏澹耳。然非於南北法意源流，一一冥會，終亦仍無下手處也。又云：《昭仁寺》究不足見虞之骨力，然則永興精能，從何處尋之？曰：虞無精能，北魏歐褚，皆虞之精能也。」又：「松生附記：學虞書者，終當以澹遠簡淨爲宗。得此意者，今所傳《廟堂碑》，皆可學也。此大匠規矩，不期於精粗者也。」

一二九　論唐人書者，別歐、褚爲北派，虞爲南派。〔一〕蓋謂北派本隸，〔二〕欲以此尊歐、褚也。

然虞正自有篆之玉筋意，〔三〕特主張北書者不肯道耳。〔四〕

〔一〕「論唐人書者」：指清阮元《南北書派論》，見卷五第〇七八注〔三〕。

〔二〕「本」：根柢於……按：宋蘇軾《書唐氏六家書後》：「褚河南書清遠蕭散，微雜隸體。」清汪中《文宗閣雜記三編・唐道因禪師碑》：「歐陽率更楷法，源出古隸。」又可參卷五第一二二。

〔三〕「玉筋」：即玉筋篆。可參卷五第〇〇五及注〔一〕。按：此節令人費解。竊謂此之「虞」必是「歐」或「褚」之誤（從書中論述看，以「褚」字近是）。蓋清人阮元等以爲書有南北兩派，北派本隸，南派本篆；北派尚筋骨，南派尚氣韻；各有界限，不相逾越。融齋則以爲，書法不當過分畛域。「論其別，則頡籀不可爲玉筋；論其通，則分、真、行、草，亦未嘗無玉筋之意存焉」（卷五第〇〇五）；「南書固自有『高古』嚴重者，如陶貞白之流便是，而右軍『雄强』無論矣」（卷五第〇八八）；「索征西書，世所奉爲北宗者。然蕭子雲臨征西書，世便判作索書，南書顧可輕量也哉」（卷五第〇九一）；「北書以骨勝，南書以韻勝。然北自有北之韻，南自有南之骨也」（卷五〇九九）；即以筆意論，「虞永興掠磔亦近勒努，褚河南勒努亦近掠磔，其關捩隱由篆隸分之」（卷五一二九）；未嘗如楚河漢界焉。

〔四〕「主張」：提出……觀點。

一三〇　王紹宗書似虞伯施，〔一〕觀《王徵君青石銘》可見。〔二〕紹宗與人書，嘗言「鄙夫書無工者」，〔三〕又言：「吴中陸大夫嘗以余比虞君，以不臨寫故也。」〔四〕數語乃書家真實義諦，〔五〕不知者則以爲好作勝解矣。〔六〕

〔一〕王紹宗：《舊唐書》卷一百八十九：「王紹宗，揚州江都人也，梁左民尚書銓曾孫也，其先自琅邪徙焉。紹宗少勤學，徧覽經史，尤工草隸。家貧常傭，力寫佛經以自給。每月自支錢，足即止。雖高價盈倍，亦即拒之。寓居寺中，以清淨自守垂三十年。」《新唐書》卷一百九十九亦有傳。

〔二〕即《王徵君臨終口授銘》，唐睿宗垂拱二年立（當公元六八六年），王紹宗撰文並書。清錢大昕《潛研堂金石文跋尾》卷五《王徵君臨終口授銘》：「今觀此碑，楷法圓勁，結體似褚河南而鋒穎不露，殊得永興三昧，洵唐刻之極佳者。」

〔三〕〔四〕見《新唐書》卷一百九十九本傳：「嘗與人書曰：『鄙夫書無工者，特由水墨之積習耳。常精心率意，虛神靜思以取之。吴中陸大夫常以余比虞君，以不臨寫故也。聞虞被中畫腹，與余正同。』虞即世南也。」又見唐張懷瓘《書斷》卷下。「鄙夫」：粗鄙之人。「鄙夫書無工者」，爲書品出於人品。可參卷五第二四〇「書，如也」；卷五第二一二「書氣，以士氣爲上」。「不臨寫」，當系「似我者俗，學我者死」也。參卷五第一三五即知。按：龍松生校編沈曾植《海日碎金·劉融齋書概評語》：「先生云：略筆界而崇流美，此爲不臨寫。又云：安吴論書，貫串古今，然止言得臨寫地位耳，透得此關，便當與晉人相視而笑矣，然透得大難。」又：「松生附記：非有絶人之資，不能崇流美；非有神解之智，不能透重關。故靈運有生天成佛之説，此虞君之所以不可及也。然具體而微，正復不易。至於目炫五彩，必矜博雅，斯必不能幾矣。書雖小道，要當執其要，乃有濟耳。晚近碑帖最盛，眼界大開，多歧亡羊，罕有能立，昧乎此耳。」

〔五〕「真實義諦」：即「真諦」。最真實的意義或道理。

〔六〕「勝解」：本佛典語，此指深刻的見解。

一三　率更《化度寺碑》「筆短意長」，〔一〕「雄健」彌復深雅。〔二〕評者但謂是「直木曲鐵法，如介胄有不可犯之色」〔三〕，未盡也。或移以評蘭臺《道因》，〔四〕則近耳。

〔一〕率更：指歐陽詢。嘗官太子率更令。見卷五第一一一。

《化度寺碑》：全稱《化度寺故僧邕禪師舍利塔銘》。唐李百藥撰文，歐陽詢書。唐太宗貞觀五年（當公元六三一年）立，楷書三十五行，行書三十三字。原石已佚。拓本有敦煌莫高窟唐拓剪裱殘本，今分藏法國國家圖書館、英國倫敦博物館。吴縣吴湖帆四歐堂藏唐代原石北宋拓本，今藏上海圖書館。明孫鑛《書畫跋跋》卷二下《化度寺碑》：「此碑亦多殘缺，惟韓宗伯一本有五百餘字，當是宋初搨本。字畫亦饒精采，絶爲不易得。體方筆圓，在《醴泉碑》上，第以虞恭公較之，此猶覺少拘耳。」清王澍《竹雲題跋》卷四《跋自臨皇甫明公碑後》：「昔人謂有唐一代楷書，歐陽率更第一。率更碑版，《化度寺》、《醴泉銘》爲最。」「筆短意長」本是黄庭堅對索靖的書法特點的讚美。語見宋黄庭堅《山谷集》卷二十八《跋法帖》：「索征西筆短意長，誠不可及。長沙古帖中有《急就章》數十字，劣於此帖。今人作字大概筆多而意不足。」

〔二〕按：此謂《化度寺碑》奄有南北書派之長。參卷五第一〇〇。明郁逢慶《書話題跋記》卷二：「趙子固評楷法，以《化度寺》、《九成》、《廟堂》三碑爲古今集大成，舍是他求，是南轅而北轍也。余來京師，見《化度》舊本三，其嚴致縝密，神氣深穩，始悟子固之言爲然。況模拓之工如此本者，尤難得也。」明楊慎《墨池瑣録》卷一：「入道於楷，僅有三焉：《化度》、《九成》、《廟堂》耳。」清馮武《書法正傳》卷五：「學隸楷於魏晉之下，邈乎無以稽也。僅有《化度寺》、《九成宮》、《廟堂碑》三者耳。」

〔三〕宋黄庭堅《山谷集別集》卷十《題化度寺碑》：「歐陽率更書所謂直木曲鐵法也，如介胄有不可犯之色，然未能端冕而有德威也。」按：《禮記・曲禮上》：「臨喪則必有哀色。執紼不笑，臨樂不歎，介胄則有不可犯之色。」

〔四〕蘭臺：歐陽詢第四子歐陽通。字通師，曾爲蘭臺郎。《道因》：全稱《大唐故翻經大德益州多寶寺道因法師碑文並序》，李儼撰文，歐陽通書，唐高宗龍朔三年（當六六三年）立，現藏於陝西西安碑林博物館。

一三　大小歐陽書並出分隸，〔一〕觀蘭臺《道因碑》有批法，則顯然隸筆矣。〔二〕或疑蘭臺學隸，何不盡化其迹？然初唐猶參隋法，〔三〕不當以此律之。

〔一〕大小歐陽：唐歐陽詢、歐陽通父子。唐竇臮《述書賦》卷下：「學有大小夏侯，書有大小歐陽。父掌邦禮，子居廟堂。隨運變化，爲龍爲光。」清侯仁朔《侯氏書品·道因禪師碑》：「大小歐陽源出古隸，故筆鋒俱蒼勁痛快。特蘭臺用筆較重，不若率更之洞達，且横畫多作波磔，竟直用分書批法，率更亦未遽著相至此。若神氣超脱，則父子略同。」

〔二〕參卷五第一〇一注〔五〕引明趙崡《石墨鐫華》。又明王世貞《弇州四部稿》卷一百五十三：「顔魯公《家廟碑》今隸中之有小篆筆者，歐陽蘭臺《道因碑》今隸中之有古隸筆者，皇象《天發碑》分篆中之有章法者，《瘞鶴銘》行書中之有古隸者。」清孫承澤《庚子銷夏記》卷六《歐陽通道因碑》：「蘭臺父子齊名，號『大小歐陽』，然率更世傳數碑，而蘭臺止存一《道因碑》。率更楷法源出古隸，居唐楷第一；而蘭臺早孤，購求父書不惜重貲，力學不倦，作書每用批法，蓋學其父書也。」又清侯仁朔《道因法師碑》：「大小歐陽源出古隸，故筆鋒俱蒼勁痛快，特蘭臺用筆較重，不若率更之洞達，且横畫多作波磔，竟直用分書批法，率更亦未遽著相至此。若神氣超脱，則父子略同。」

〔三〕「參」：同「摻」。宋李昉《文苑英華》六百八十九引唐柳冕《與權侍郎書》：「隋氏尚吏道，貴其官位，故其人寡廉恥。唐承隋法，不改其理。」此指書法。

一二三　東坡評「褚河南書清遠蕭散」，〔一〕張長史告顔魯公述河南之言，謂「藏鋒畫乃沈

著」，〔二〕兩説皆足爲學褚者之資，〔三〕然有看繡、度鍼之别。〔四〕

〔一〕宋蘇軾《書唐氏六家書後》：「褚河南書清遠蕭散，微雜隸體。古之論書者兼論其平生，苟非其人，雖工不貴也。」

〔二〕張長史：張旭。見卷五第一三七注〔二〕。顔魯公：顔真卿。見卷五第一四四注〔一〕。舊本題唐韋續《墨藪》卷二引顔真卿《張長史十二意筆法第十一》：「至後聞於褚河南公，用筆當須知印泥畫沙。始而不悟，後於江島，見沙地平淨，令人意悦。欲書，乃偶以利鋒畫其勁險之狀，明利媚好。乃悟用筆如錐畫沙，使其藏鋒，畫乃沈著。當其用鋒，常欲使其透過紙背，此功成之極矣。」

〔三〕「資」：資糧。

〔四〕佛家有「鴛鴦繡出從教看，不把金鍼度與人」之説（見宋釋普濟《五燈會元》卷十四、卷二十）。融齋此用「看繡」喻蘇軾僅指出了褚遂良書法具有的意境，而用「度鍼」喻張旭更進而指出了褚遂良書法之所以形成以上意境根源之所在。

二三四　褚河南書爲唐之廣大教化主，〔一〕顔平原得其筋，〔二〕徐季海之流得其肉。〔三〕而季海不自謂學褚未盡，轉以「暈翟」爲譏，何詩也！〔四〕

〔一〕褚河南：褚遂良，字登善，陽翟人（今河南禹州），曾封河南郡公，《舊唐書》卷八十、《新唐書》卷一百五有傳。唐張懷瓘《書斷》卷中：「善書，少則服膺虞監，長則祖述右軍，真書甚得其媚趣在。瑶臺青鏁，窅映春林，美人嬋娟，不任羅綺，增華綽約，歐虞謝之。其行草之間，即居二公之後。」「教主」：某一宗教的創始人，或教中地位最高的人。《方廣大莊嚴經·轉法輪品》：「隨應演説法，教化諸群生，能到於彼岸，故名爲教主。」此言褚遂良爲「廣大教化主」，喻其風格多樣，無所不包也。唐張爲《主客圖》曾以白居易爲詩界「廣大教化主」。清王澍《虚舟題跋》卷五《唐褚遂良雁塔聖教序》：「褚河南書陶鑄有唐一代。稍險勁則爲薛曜，稍痛快則爲顏真卿，稍堅卓則爲柳公權，稍纖媚則爲鍾紹京，稍腴潤則爲吕向，稍縱逸則爲魏栖梧，步趨不失尺寸則爲薛稷。」明張丑《清河書畫舫》卷三下：「褚河南書，班孟堅史贊，萩林兩絶矣。河南書初規永興，晚步右軍，而此書用歐法，正見其集大成也。」皆「廣大教化主」之謂也。龍松生校編沈曾植《海日碎金·劉融齋書概評語》：「先生善此語。」又沈曾植《海日樓書法答問》：「松生案：唐徐浩論書，謂褚得肉，歐得骨。以今考之，褚書自具二種，即劉融齋所謂廣大教化主也。」

〔二〕顏平原：顏真卿見卷五第一四四注〔一〕。按：以「筋骨肉」等術語論書，似始於南朝宋羊欣，見唐張彦遠《法書要録》卷一《宋羊欣采古來能書人名》，此後唐徐浩踵之。見唐張彦遠《法書要録》卷三《唐徐浩論書》。融齋此亦沿襲之。「筋」：謂「含忍之力」也。參卷五第二〇六。顏真卿之書，以筋力見稱，後世有「顏筋柳骨」之説。參卷五第二〇七注〔三〕引宋范仲淹《祭石學士文》。

〔三〕〔四〕見卷五第一一七注〔三〕。宋朱長文《墨池編》卷三：「唐徐浩字季海，授書法於父。少而清勁，隨肩褚薛；晚益老重，潛精羲獻。其正書可謂妙之又妙也，八分真行皆入能。」宋黄庭堅《山谷集》卷二十八《題徐浩碑》：「唐自歐虞後，能備八法者，獨徐會稽與顔太師耳。然會稽多肉，太師多骨，而此書尤姿媚可愛。時人快其書，以爲如怒猊抉石，渴驥奔泉。余以爲非是。」

二三五　褚書《伊闕佛龕碑》，〔一〕兼有歐、虞之勝。〔二〕至《慈恩聖教》，〔三〕或以王行滿《聖教》擬之。〔四〕然王書雖「縝密」、「流動」，終遜其「逸氣」也。〔五〕

〔一〕《伊闕佛龕碑》：亦稱《褚遂良碑》、《三龕記》，篆額題《伊闕佛龕之碑》，唐太宗貞觀十五年（當公元六四一年）刻於洛陽龍門石窟賓陽洞内。爲目前所見褚書楷書之最大者，傳世墨拓以明何良俊清森閣舊藏明初拓本爲最佳。宋歐陽修《集古録》卷五《唐岑文本三龕記》：「右《三龕記》。唐兼中書侍郎岑文本撰，起居郎褚遂良書。字畫尤奇偉，在河南龍門山。山夾伊水，東西可愛。俗謂其東曰香山，其西曰龍門。龍門山壁間鑿石爲佛像，大小數百，多後魏及唐時所造，惟此三龕像最大，乃魏王泰爲長孫皇后造也。」

〔二〕清梁巘《評書帖》：「褚河南書《龍門三龕記》，中年筆也，平正剛健，法本歐陽，多參八分，碑頭字尤佳。」

〔三〕《慈恩聖教》：亦稱《慈恩寺聖教序》、《雁塔聖教序》。唐高宗永徽四年（當公元六五三年）立於陝西西安慈恩寺大雁塔下。凡二石，前石刻序，唐太宗李世民撰文，褚遂良書。今存於陝西西安碑林博物館。後石刻記，唐高宗李治撰文，褚遂良書。今存於陝西西安大雁塔下。楊守敬《平碑記》：「至若虞之《廟堂》、歐之《醴泉》、褚之《聖教》，遂爲楷法極則。」

〔四〕王行滿：唐高宗時人。工正書，事迹無考，生卒年月不詳，官至門下録事。所書《聖教》，亦稱《大唐二帝聖教序》、《招提寺聖教序》、《偃師聖教序》。唐高宗顯慶二年（當公元六五七年）立於偃師，又稱「河南聖教」。今藏河南偃師商城博物館。清畢沅《中州金石記》卷二《招提寺三藏聖教序並記》：「觀其用筆，端方綿密，綽有委致，不在遂良之下。蓋當時御製，自擇善書人寫刊，偶不顯於史耳。」融齋《游藝約言》：「『利斷金』、『温如玉』，二語可作書評。褚河南之『金生玉潤』，缺一則未免有弊。」

〔五〕署名唐司空圖《二十四詩品》中有《縝密》、《流動》等，此借用。見卷五第一二六。「縝密」：見卷四第〇四三注〔二〕。「流動」：見卷二第一九八注〔一〕。「逸氣」：古人認爲二王書法的重要美學特徵之一，此謂褚書具二王之風神。參卷一第〇八〇及卷五第〇八七。

二二六　唐歐、虞兩家書，各占一體。〔一〕然上而溯之，自東魏《李仲琁》、《敬顯儁》二碑，〔二〕已可「觀其會通」，〔三〕不獨歐陽六一以「有歐、虞體」評隋《龍藏寺》也。〔四〕

〔一〕舊説歐陽詢筆法受之於虞世南，見卷五第〇九四注〔六〕。故後人每以「歐虞」並稱。可參卷五第一一七注〔二〕。

〔二〕《李仲琁》、《敬顯儁》：見卷五第一〇一注〔五〕。

〔三〕《易·繫辭上》：「聖人有以見天下之動，而觀其會通，以行其典禮。」按：按：此謂「方圓剛柔，交相爲用」。見卷五第一二七。

〔四〕見卷五第一〇一注〔四〕。

一三七　歐、虞並稱，〔一〕其書方圓剛柔，〔二〕交相爲用。善學虞者「和而不流」，〔三〕善學歐者「威而不猛」。〔四〕

〔一〕如唐張懷瓘《書斷》卷下：「其（注者按：指陶弘景）真書勁利，歐虞往往不如。」並可參卷五第九四注〔六〕引唐張彦遠《法書要録》。

〔二〕明趙宧光《寒山帚談》卷上：「筆法尚圓，過圓則弱而無骨；體裁尚方，過方則剛而不韻。筆圓而用方謂之遒，體方而用圓謂之逸。逸近於媚，遒近於疏。媚則俗，疏則野。惟媚與疏即未入惡道，亦野俗之濫觴乎？預防其流毒，斯不爲魔中。」

〔三〕《禮記·中庸》：「故君子和而不流，强哉矯！中立而不倚，强哉矯！」謂隨和却不失之放任。舊本題唐韋續《墨藪》卷一：「虞世南書體段遒媚，舉止不凡。」

〔四〕《論語・述而》：「子温而厲，威而不猛，恭而安。」謂威嚴却不失之兇猛。舊本題唐韋續《墨藪》卷一：「歐陽詢書若草裏蛇驚，雲間電發。若金剛之瞋目，力士之揮拳。」

二三八　歐、褚兩家並出分隸，〔一〕於「遒」「逸」二字各得所近。〔二〕若借古《書評》評之：〔三〕歐其如「龍威虎震」，〔四〕褚其如「鶴游鴻戲」乎？〔五〕

〔一〕清王澍《淳化秘閣法帖考正》卷十二：「歐褚自隸來，顏柳從篆來。」又《竹雲題跋》卷三《歐陽蘭臺道因法師碑》：「歐褚兩家書，多自隸出，而率更得之尤多。」梁巘《評書帖》：「歐褚真書參八分。」翁方綱《復初齋書論集萃・歐虞褚論》：「虞，晉楷也；歐褚，唐楷也。」

〔二〕「遒逸」：本來是對唐代虞世南書法風格的評述。唐張懷瓘《書斷》卷中：「其書（注者按：指虞世南）得大令之宏規，含五方之正色；姿榮秀出，智勇在焉。秀嶺危峰，處處間起，行草之際，尤所偏工。及其暮齒，加以遒逸，臭味羊薄，不亦宜乎？是則東南之美，會稽之竹箭也。」而歐陽詢與虞同時，褚遂良又學書於虞，故取與相較。又融齋《游藝約言》：「書尚遒逸。遒非直勁焉而已，逸非直秀焉而已。」

〔三〕指南北朝梁武帝蕭衍《書評》。

〔四〕「龍威虎震」：本是梁武帝《書評》中對梁鵠書法的評述，「梁鵠書如龍威虎震，劍拔弩張。」此喻歐書「筆力勁險」（《書斷》卷中語）。按：龍松生校編沈曾植《海日碎金・劉融齋書概評語》：「味

《述書賦》及米元章贊語，疑歐自書家别調，不必專以此求之。」又：「松生附記：歐虞自是正宗。褚乃别派，爲後世太宗耳。然褚之長正在能翻歐之俊，若跳擲以出己意，於莊若對越，非所致意也。」

〔五〕「鶴游鴻戲」：本是梁武帝《書評》中對鍾繇書法的評述，「鍾繇書如雲鶴游天，群鴻戲海。行間疏密，實亦難代」。此喻褚書之「媚趣」（《書斷》卷中語）。

二三九　虞永興掠磔亦近勒努，〔一〕褚河南勒努亦近掠磔，其關捩隱由篆隸分之。〔二〕

〔一〕「掠」、「磔」、「勒」、「努」：皆「永字八法」之筆畫名。據宋朱長文《墨池編》卷二引唐張懷瓘《玉堂禁經·用筆法》，舊本題宋桑世昌《蘭亭考》：點爲「側」（即「永」字之第一筆），横爲「勒」（即「永」字之第二筆），直筆爲「努」（即「永」字之第三筆），鉤爲「趯」（即「永」字之第四筆），仰横爲「策」（即「永」字之第五筆），長撇爲「掠」（即「永」字之第六筆），短撇爲「啄」（即「永」字之第七筆），捺筆爲「磔」（即「永」字之第八筆）。古人「以其八法之勢，能通一切也」（見宋陳思《書苑菁華》卷二《永字八法》）。

〔二〕「關捩」：關鍵、奥秘。按：此謂虞書存篆筆筆意，褚書存隸筆筆意。可參卷五第一一九、卷五第一九七。清王澍《翰墨指南》：「鍾王虞永，多用篆體；歐陽褚薛，多用隸體。」按：龍松生校編沈曾植《海日碎金·劉融齋書概評語》：「先生云：妙語。」又：「松生附記：河南只有掠磔，永興只有努勒，河南全是中虛，永興全是中實；永興正而不譎，河南譎而不正。」

一三〇　陸柬之之書渾勁，〔一〕薛稷之書清深。〔二〕陸出於虞，〔三〕薛出於褚。〔四〕世或稱歐、虞、褚、薛，〔五〕或稱歐、虞、褚、陸，〔六〕得非以宗尚之異，而漫爲軒輊耶？〔七〕

〔一〕〔三〕唐張懷瓘《書斷》卷中：「陸柬之，吴郡人。官至朝散大夫、太子司議郎，虞世南之甥。少學舅氏，臨寫所合，亦猶張翼换羲之表奏，蔡邕爲平子後身。晚習二王，尤尚其古。中年之迹，猶有怯懦；總章已後，乃備筋骨。殊矜質朴，恥夫綺靡，故欲暴露疵，同乎馬不齊髦，人不櫛沐，雖爲時所鄙，回也不愚。拙於自媒，有若達人君子。尤善運筆，或至興會，則窮理極趣矣。調雖古澀，亦猶文王嗜菖蒲葅，孔子蹙頞而嘗之，三年乃得其味。一覽未窮，沈研始精。然工於仿效，劣於獨斷，以此爲少也。隸、行入妙，章草書入能。」今存書迹有《唐陸柬之書陸機文賦卷》。又可參卷五第一八六及注〔三〕。

〔二〕〔四〕唐張懷瓘《書斷》卷下：「薛稷，河東人，官至太子少保。書學褚公，尤尚綺麗媚好，膚肉得師之半，可謂河南公之高足，甚爲時所珍尚。雖似范雎之口才，終畏何曾之面質，如聽言信行，亦可使爲行人；觀行察言，或見非於宰我。以罪伏誅。稷隸、行入能，魏草書亦其亞也。」唐朱景玄《唐朝名畫録》：「薛稷，天后朝位至宰輔，文章學術，名冠時流。學書師褚河南，時稱『買褚得薛，不失其節』。」

〔五〕歐虞褚薛：即後人所謂初唐四家。舊本題宋桑世昌《蘭亭考》卷五：「唐之學者心慕手追，輔成己能，流而爲歐虞褚薛。」宋黄庭堅《題縫本法帖》：「觀唐人斷紙餘墨，皆有妙處。故知翰墨之勝，不獨在歐虞褚薛也。惟恃耳而疑目者，蓋難與共談耳。」

〔六〕歐虞褚陸：即後人對初唐四家的另一種説法。宋朱長文《墨池編》卷三：「後人論書歐虞褚陸，皆有異論。惟君無間言。」又宋董逌《廣川書跋》卷七《薛稷雜碑》：「薛稷於書得歐虞褚陸遺墨至備，故於法可据。然其師承血脉，則於褚爲近。」按：融齋謂四家各有攸長，不容漫爲高下。

〔七〕「宗尚」：宗法、崇尚。「軒輊」：見卷三第〇四四注〔三〕。

〇一三 唐初歐、虞、褚外，王知敬、〔一〕趙模兩家書，〔二〕皆精熟遒逸，在當時極爲有名。知敬書《李靖碑》，〔三〕模書《高士廉碑》，〔四〕既已足徵意法，而同時有書佳而不著書人之碑，潛鑒者每謂出此兩家之手。〔五〕書至於此，猶不得儕歐、虞之列，此登嶽者所以必凌絶頂哉！〔六〕

〔一〕唐張懷瓘《書斷》卷下：「王知敬，洛陽人，官至太子家令。工草及行，尤善章草，入能，膚骨兼有。戈戟足以自衛，毛翮足以飛翻；若翼大略宏圖，摩霄殄寇，則未奇也。」

〔二〕宋不著撰人名字《宣和書譜》卷四：「趙模，史闕其傳，不知何許人也。模喜書，工臨仿。始習羲獻學，集成千文，其合處不減懷仁，然古勁則不迨。」

〔三〕《李靖碑》：全稱《唐衛國公李靖碑》，唐高宗顯慶三年五月立（當公元六五八年），今在陝西醴泉昭陵。有元拓本，藏故宫博物院。清孫承澤《庚子銷夏記》卷七《王知敬書李靖碑》：「《李衛公碑》稍泐，《金石録》謂爲王知敬書。知敬負書名，當時與房玄齡、殷仲容相伯仲，宜其所書遒美可愛如此。唐初名手，人止知虞褚，如《李衛公碑》、《蘭陵公主碑》、《崔敦禮碑》、《高士廉塋兆記》、《孔穎達碑》、《馬周碑》、《薛收碑》、《褚亮碑》有著名者，有不著名者，皆精妙絶倫，不遜虞褚。人罕見之，故多不知也。」

〔四〕《高士廉碑》：又稱《高士廉塋兆記》。唐高宗永徽六年（當公元六五五年）立，原存於陝西禮泉縣煙霞鄉山底村高士廉墓前，今移至昭陵博物館。明趙崡《石墨鐫華》卷二《唐申公高士廉塋兆記》：「趙模在貞觀中以書名，嘗與諸葛貞臨《蘭亭》刻石者。此書方整秀逸，大類歐虞，惜不全見。」

〔五〕如清孫承澤《庚子銷夏記》卷七《中書令崔敦禮碑》：「崔公初名元禮，高祖改敦禮。墓碑已剥落，然所存者整潔俊逸，顆顆明珠也。筆致大似《李衛公碑》，當亦是王知敬書。秦人趙崡云：此碑久仆，少傳於世。又《薛收碑》書法亦類此，當俱是王書也。」又同卷《蘭陵公主碑》：「公主，太宗第十九女也。碑文不知出何人手，方整娟秀，書家傾國也。余嘗見趙模所書《高申公塋兆記》，筆致相合。模擅書名，太宗嘗命之摹《蘭亭》者，此爲模書無疑也。」「潛鑒者」：不知情的鑒定者。

〔六〕唐杜甫《望嶽》：「會當凌絶頂，一覽衆山小。」此喻學習當取法乎上，力爭上游。

一三三　孫過庭草書，〔一〕在唐爲善宗晉法。〔二〕其所書《書譜》，〔三〕用筆破而愈完，〔四〕紛而愈治，〔五〕「飄逸」愈「沈著」，〔六〕「婀娜」愈「剛健」。〔七〕

〔一〕孫過庭：宋不著撰人名字《宣和書譜》卷十八：「孫過庭字虔禮，陳留人，官至率府參軍録事。好古博雅，工文辭，得名翰墨間。作草書，咄咄逼羲獻，尤妙於用筆，雋拔剛斷，出於天材，非功用積習所至。善臨模，往往真贋不能辨。文皇嘗謂：『過庭小字，書亂二王。』蓋其似真可知也。作《運筆論》，字逾數千，妙有作字之旨，學者宗以爲法。然落筆喜急速，議者病之，要是其自得趣也。」按：《運筆論》，今通稱《書譜》，今人朱建新著有《孫過庭書譜箋證》。

〔二〕「善宗晉法」：謂善學二王也。宋米芾《書史》：「孫過庭草書《書譜》甚有右軍法，作字落脚差近前而直，此乃過庭法。凡世稱右軍書有此等字，皆孫筆也。凡唐草得二王法，無出其右。」

〔三〕《書譜》：孫過庭唐睿宗垂拱三年（當公元六八七年）所作，是我國書法史上最著名的書法理論著作。分上、下卷。下卷已佚，上卷的主要内容談《運筆》，故又稱《運筆論》，爲孫過庭的代表作品。墨迹現藏臺北故宫博物院，清安岐曾摹勒刻石。

〔四〕「破」、「完」：指破筆、完筆。可參卷五第一九〇。

〔五〕「紛」：紛亂。「治」：猶言整齊。《左傳》隱公四年：「臣聞以德和民，不聞以亂。以亂，猶治絲而棼之也。」

〔六〕「飄逸」、「沈著」：皆爲署名唐司空圖《二十四詩品》中所標舉的二十四種美學風格之一，此藉以論書。「沈著」：見卷一第〇三三注〔一〕。「飄逸」：見卷一第三二九注〔二〕。

〔七〕見卷五第一三六注〔三〕。按：「破」、「完」，「紛」、「治」，「飄逸」、「沈著」，「婀娜」、「剛健」，皆爲互爲相反之一組美學術語。

一三三 孫過庭《書譜》謂「古質而今妍」。〔一〕而自家書却是「妍」之分數居多，〔二〕試以旭、素之「質」比之，〔三〕自見。

〔一〕唐孫過庭《書譜》：「評者云：彼之四賢，古今特絶，而今不逮古，古質而今妍。」則此實爲轉述他人之語。按：當爲南朝梁虞龢説。可參卷二第〇五九注〔二〕。又融齋《游藝約言》：「《書譜》云：『古質而今妍。』可知妍、質爲書所不能外也。然質能藴妍，妍每掩質，物理類然。」「亂頭粗服，自有龍章鳳姿。太史公文準是觀之。」《昨非集》卷二《自爲書贊》：「古人書質，余觀愈美。後人書妍，余乃不喜。筆墨以外，具辨神理。余偶作書，但率其真。文不勝質，書之野人。」

〔二〕「分數」：成分、數量。

〔三〕「質」：勁質。可參卷五第〇八六。

一三四　李北海書氣體高異，〔一〕所難尤在一點一畫皆如抛磚落地，〔二〕使人不敢以虚憍之意擬之。〔三〕

〔一〕李北海：指唐李邕，字泰和，江都人。初爲諫官，歷任郡守，官至汲郡、北海太守。故人稱「李北海」。《舊唐書》卷一百九十中、《新唐書》卷二百二有傳。宋陳思《書小史》卷九：「李邕字泰和，揚州江都人，官至北海太守，善行書，以文名天下。時稱李北海。盧藏用嘗謂邕如干將莫邪，難與争鋒。《翰林美事云》：李北海文章書翰，公直詞辨，義烈英邁，皆一時之傑。夫人之藝術多不兼稱，至於王逸少以書掩其文，李淳風以術映其學，如公之藝，六事咸絶，古今罕儔。吕捴云：李邕書如華岳三峰，黄河一曲。」明張丑《清河書畫舫》卷二上《李後主題右軍禊帖》：「善法書者各得右軍之一體：……李邕得其氣而失於體格。」

〔二〕按：以「抛磚」爲喻，屢見禪籍（如《五燈會元》），清代成爲俗語，此喻指李書筆力遒逸、厚重。

〔三〕「虚憍」同「虚驕」，此指無相應的才能或力量却盲目的驕傲。《莊子・達生》：「紀渻子爲王養鬭雞。十日而問：雞可鬥已乎？曰：未也，方虚憍而恃氣。」晉郭象注：「虚憍：高仰頭也。」

一三五　李北海書以拗峭勝，〔一〕而落落不涉作爲。〔二〕昧其解者，有意低昂，走入佻巧一路，此北海所謂「似我者俗，學我者死」也。〔三〕

〔一〕元袁裒《題書學纂要後》：「李北海專事奇崛。」清姚孟起《字學臆參》：「李北海書，每字上半右邊皆極欹，至末畫兩邊放平。欹故峭，平故穩。」

〔二〕宋朱長文《墨池編》卷三：「邕書如寬大長者，逶迤自肆，而終歸於法度，能品之優者也。」即此意。「落落」：孤高貌。「不涉作爲」：不刻意修飾。

〔三〕當作「學我者拙，似我者死」，見《李北海集·附録》：「李北海書當時便多法之，北海笑云：『學我者拙，似我者死。』」又清梁同書《與張芑堂論書》：「帖教人看，不教人摹。今人只是刻舟求劍，將古人書一一摹畫，如小兒寫仿本，就便形似，豈復有我？試看晉唐以來多少書家，有一似者否？羲獻父子不同，臨《蘭亭》者千家，各不同。……故李北海云：『學我者死，似我者俗。』正爲世之向木佛求舍利者痛下一金針。」

一三六　李北海、徐季海書多得異勢，〔一〕然所恃全在筆力。〔二〕東坡論書謂：「守駿莫如跛。」〔三〕余亦謂用跛莫如駿焉。

〔一〕季海：唐徐浩之字。《舊唐書》卷一百三十七、《新唐書》卷一百六十有傳。「異勢」：書學術語，指獨特的藝術效果。宋朱長文《墨池編》卷二引《唐張懷瓘玉堂禁經·用筆法》就有：「烈火異勢」、「勒法異勢」、「策變異勢」、「三畫異勢」、「啄展異勢」、「乙脚異勢」、「宀頭異勢」、「倚戈異勢」、「頁脚異勢」、「垂針異勢」等。

〔二〕清梁巘《承晉齋積聞録》：「李北海書以力勝。」「李北海書全憑氣力，拓開間架。」又：「季海書兩頭用力，結字極穩。其轉筆、住筆，用盡氣力，一筆不放，倔强拗折，皆有怒張之意。古人所謂『怒猊抉食，渴驥奔泉』也。」

〔三〕宋蘇軾《次韻子由論書》：

吾雖不善書，曉書莫如我。苟能通其意，常謂不學可。貌妍容有矉，璧美何妨橢。端莊雜流麗，剛健含婀娜。好之每自譏，不謂子亦頗。書成輒棄去，繆被旁人裹。體勢本闊落，結束入細麽。子詩亦見推，語重未敢荷。邇來又學射，力薄愁官笴。多好竟無成，不精安用夥。何當盡屏去，萬事付懶惰。吾聞古書法，守駿莫如跛。世俗筆苦驕，衆中强嵬騀。鍾張忽已遠，此語與時左。

「守駿莫如跛」：謂書當陰陽奇正平險勢力等交相爲用，對待之中暗藴旁通。明婁堅《學古緒言》卷二十三《跋蘇文忠墨迹》：「坡公書肉豐而骨勁，態濃而意淡，藏巧於拙，特爲秀偉。公詩有云：『守駿莫如跛。』蓋言其所自得於書者如此。」得之。

一三七　過庭《書譜》稱右軍書「不激不厲」。〔一〕杜少陵稱張長史草書「豪蕩感激」。〔二〕實則如止水、流水，非有二水也。〔三〕

〔一〕唐孫過庭《書譜》：「是以右軍之書，末年多妙，當緣思慮通審，志氣和平，不激不厲，而風規自遠。」

〔二〕張長史：張旭，曾官金吾長史。引文見卷二第一六五注〔四〕。

〔三〕《莊子·德充符》：「仲尼曰：人莫鑑於流水，而鑑於止水。」按：王羲之、張旭二人書法風格差異較大，融齋這裏則指出，這兩種風格其實又是統一的。好比「不激不厲」是靜止的水，「豪蕩感激」是流動的水。

二三八　張長史真書《郎官石記》，〔一〕東坡謂「作字簡遠，如晉宋間人。」〔二〕論者以爲知言。然學張草者，往往未究其法，先挾「狂怪」之意。〔三〕豈知草固出於其真，而長史之真何如哉？〔四〕山谷言：「京洛間人，傳摹狂怪字，不入右軍父子繩墨者，皆非長史筆。」〔五〕審此而長史之真出矣。

〔一〕《郎官石記》：亦稱《郎官石柱記》，唐代正書碑刻，陳九言撰文，張旭書。唐玄宗開元二十九年（當公元七四一年）立於長安，是張旭存世的唯一楷書作品。原石久佚，傳世僅明王世貞舊藏宋拓孤本，董其昌曾刻入《戲鴻堂帖》。宋曾鞏《元豐類稿》卷五十《尚書省郎官石記序》：「《尚書省郎官石記序》陳九言撰，張顛書。記自開元二十九年郎官石名氏，爲此序。張顛草書見於世者，其縱放可怪，近世未有。而此序獨楷字精勁，嚴重出於自然，如動容周旋中禮，非强爲者。書一藝耳，至於極者，迺能如此。其楷字蓋罕見於世，則此序尤爲可貴也。」明趙崡《石墨鐫華》卷四《唐石柱題名》：「書者不知爲何人，筆法出歐陽率更，兼永興、河南，雖骨力不逮，而法度森然。」

〔二〕宋蘇軾《書唐氏六家書後》：「今長安猶有長史真書《郎官石柱記》，作字簡遠，如晉宋間人。」

〔三〕〔五〕宋黄庭堅《跋周子發帖》：「顔太師稱張長史雖姿性顛佚，而書法極入規矩也。故能以此終其身，而名後世。如京洛間人，傳摹狂怪字不入右軍父子繩墨者，皆非長史筆迹也。」又《山谷集》卷二十八：「長史行草帖多出於贋作。人聞張顛，未嘗見其筆墨，遂妄作狂蹶之書，託之長史。其實張公姿性顛逸，其書字字入法度中也。」

〔四〕明張丑《清河書畫舫》卷四下引董其昌跋：「長史《郎官壁記》世無別本，惟王奉常敬美有之。陳仲醇摹以寄余，知學草必自真入也。」清《石渠寶笈》卷三十七引董其昌跋：「張長史《郎官壁記》乃狂草之築基。」融齋《游藝約言》：「有狂篆、狂隸，有莊行、莊草。莊正而狂奇，此亦『裒益平施』之理。」另可參卷五第一四三及注〔一〕。

三九　學草書者，探本於分隸二篆，〔一〕自以爲不可尚矣。張長史得之古鐘鼎銘、科斗篆，〔二〕却「不以觭見之」。〔三〕此其視彼也，不猶海若之於河伯耶？〔四〕

〔一〕唐韋續撰《墨藪》卷一引王羲之《用筆陣圖法第九》：「其草書亦須象篆勢，八分、古隸相雜。」按：又可參卷五第一四一注〔三〕引包世臣詩。

〔二〕宋黄庭堅《跋爲王聖子作字》：「老夫病眼眚，不能多作楷，而聖子求予正書與兒子作筆法，試書此。初不能成楷，目前已有黑花飛墜矣。然學書之法乃不然，但觀古人行筆意耳。王右軍初學衛夫人小楷，不能造微入妙。其後見李斯、曹喜篆，蔡邕隸八分，於是楷法妙天下。張長史觀古鐘鼎銘、科斗篆，而草聖不愧右軍父子。」

〔三〕見卷一第〇五七注〔一〕。謂不主於一端。「觭」：通「奇」，指單一。

〔四〕「不猶海若之於河伯耶」：猶言小巫見大巫。《莊子・秋水》：「秋水時至，百川灌河。涇流之大，兩涘渚崖之間，不辨牛馬。於是焉河伯欣然自喜，以天下之美爲盡在己，順流而東行，至於北海，東面而視，不見水端。於是焉河伯始旋其面目，望洋向若而歎曰：『野語有之曰：聞道百，以爲莫己若者，我之謂也。且夫我嘗聞少仲尼之聞，而輕伯夷之義者，始吾弗信，今我睹子之難窮也。吾非至於子之門，則殆矣。吾長見笑於大方之家。』」

一四〇　韓昌黎謂張旭書「變動猶鬼神不可端倪」。〔一〕此語似奇而常。夫鬼神之道，亦不外屈信闔闢而已！〔二〕

〔一〕引文見卷一第〇九七注〔一〕。「端倪」：琢磨、揣測。

〔二〕「屈信」：屈伸。《易・繫辭下》：「往者，屈也；來者，信也。屈信相感而利生焉，尺蠖之屈，以求信也，龍蛇之蟄，以存身也，精義入神，以致用也。」又《易・繫辭上》：「是故闔户謂之坤，闢户謂之乾，一闔一闢謂之變，往來不窮謂之通。見乃謂之象，形乃謂之器，制而用之謂之法，利用出入，民咸用之謂之神。」按：融齋《游藝約言》：「書要筆筆實落，又要筆筆變動，蓋道不越乎『誠而神』。」

一四一　長史、懷素皆祖伯英今草。〔一〕長史《千文》殘本，〔二〕雄古深邃，「邈焉寡儔」。〔三〕懷素大小字《千文》，〔四〕或謂非真，〔五〕顧「精神」雖遜長史，其機勢「自然」，〔六〕當亦從原本脱胎而出；至《聖母帖》，〔七〕又見與二王之門庭不異也。〔八〕

〔一〕張長史：指張旭，字伯高，蘇州吳人，曾官金吾長史，草書入神品，後人論書歐虞褚陸皆有異論，惟於旭無間言。《舊唐書》卷一百九十中、《新唐書》卷二百二有傳。唐杜甫《殿中楊監見示張旭草書圖》：「斯人已云亡，草聖秘難得。及兹煩見示，滿目一悽惻。悲風生微綃，萬里起古色。鏘鏘鳴玉動，落落群松直。連山蟠其間，溟漲與筆力。有練實先書，臨池真盡墨。俊拔爲之主，暮年思轉極。未知張王後，誰並百代則。嗚呼東吳精，逸氣感清識。楊公拂篋笥，舒卷忘寢食。念昔揮毫端，不獨觀酒德。」唐錢起《送外甥懷素上人歸鄉侍奉》：「能翻梵王字，妙盡伯英書。」是唐人已以張懷二人書祖張芝也。懷素：宋朱長文《墨池編》卷三：「唐僧懷素，字藏真，長沙人也。自云得草書三昧。始其臨學勤苦，故筆頹委，作筆塚以瘞之。嘗觀夏雲隨風變化，頓有所悟，遂至妙絶。如壯士拔劍，神彩動人。顔公嘗有書云：『昔張長史之作也，時人謂之張顛。今懷素之爲也，僕實謂之狂僧。以狂繼顛，孰爲不可耶？』其爲名流推與如此。」

〔二〕《千文》：即《千字文》。現已殘缺，僅餘六石，二百數十字，字徑二至三寸，今藏陝西西安碑林博物館。此外收入《寶賢堂帖》與複製於江寧者亦同，但均無署名，不過歷來傳爲張旭書。收入《筠清館法帖》者有四十三字，字形書體均與「西安本」相同，可能即爲一物。

〔三〕元鄭杓《衍極》卷下：「或問：懷素草書隣於長史，君謨有僕奴之譏，過乎？曰：人無百歲之壽而有千年之信，豪傑復起，相知於異世之下，齺然若合符節。未達。曰：人莫不飲食也，鮮能知味也。夫張公者，人龍也，邈焉寡儔。而素欲策駑駘與之方駕九地之下，重天之顛耳。然則高閑、亞栖之流與？」清包世臣《藝舟雙楫·論書絶句十二首》其八：「伯英遺篆爲狂草，長史偏從隸勢來。八法幸窺龍虎氣，東明春草總成灰。自注：伯英變章爲草，歷大令而至伯高，始能窮奇盡勢，然惟《千文》二百餘字是真迹，他帖皆趙宋以後俗手所爲。余玩《千文》，而悟伯高爲草隸，藏真爲草篆，景度爲草分，雖同出伯英，得筆各有原本。然征西風流，遂爾邈絶，此大令所爲嘆章草宏逸也。」

〔四〕大小字《千文》：有墨迹本及單刻帖兩種。墨迹本，亦稱《小草千字文》、《千金帖》。書於唐太宗貞元十五年（當公元七九九年），絹本，草書，八十四行，一千零四十五字。或譽之爲「一字值千金」，遂或稱《千金帖》，現藏臺北故宫博物院。單刻帖，亦稱《大草千字文》。明時刻於陝西西安。今藏陝西西安碑林博物館。筆力矯健，結字多變，鐫刻亦精。此帖宋時曾刻入《群玉堂帖》。《群玉本》與《西安本》書法大致相同，惟「海鹹河淡」之「海」字，顯見一大一小，故有大小字《千文》之説。

〔五〕《山谷集》别集卷十《跋懷素千字文》：「予嘗見懷素師自叙草書數千字，用筆皆如以勁鐵畫剛木。此《千字》用筆不實，决非素所作。書尾題字亦非君謨書。然此書亦不可棄，亞栖所不及也。」

〔六〕「精神」、「自然」：均爲署名唐司空圖《二十四詩品》中所列舉的二十種美學風格之一。「精神」：見卷二第二二八注〔三〕。「自然」：見卷二第二〇一注〔二〕。

〔七〕《聖母帖》：單刻帖，唐懷素書，宋元祐三年（當公元一〇八八年）刻石，今藏陝西西安碑林博物館。草書，五十五行，篆書年月一行，正書題名五行。明趙崡《石墨鐫華》卷四《唐懷素聖母帖》：「此帖輕逸圓轉，幾貫王氏之壘而拔其赤幟矣。」王世貞《弇州四部稿》卷一百三十五《懷素聖母帖》：「素師諸帖皆遒瘦而露骨，此書獨匀穩清熟，妙不可言。唯姿態少遜大令，餘翩翩近之矣。」清張照等《秘殿珠林》卷十六《明董其昌書旁釋聖母帖一卷》引董其昌款識云：「懷素書以《聖母帖》爲最，乃全類右軍，骨肉匀稱。」

〔八〕「門庭」：門徑、方法。

一四二　張長史書悲喜雙用，〔一〕懷素書悲喜雙遣。〔二〕

〔一〕按：當指張旭書傾注了個人情感，猶卷一第〇九七所謂「以萬物爲我」。宋董逌《廣川書跋》卷七《張長史草書》：「百技原於道，惟致一則精復神化，此進乎道也。世既以道與技分矣，則一涉技能，便不復知其要妙，此豈託於事，游泳乎道者耶？張旭於書則進乎技者也，可以語此矣。故凡於書一寓之酒，當時沈酣，不入死生憂懼，時振筆大呼以發，其鬱怒不平之氣，至頭抵墨中，淋漓牆壁；至於雲烟出没，忽乎滿前，醒後自視，以爲神異，初不知也。今考其筆迹所寄，殆真得是哉。夫神定者，天；馳氣全者，材。放致一於中而化形自出者，此天機所開而不得留者也。故遇感斯應，一發而不可改，有不知其爲書也。」即此意。

〔二〕按：當指懷素書摒棄了個人情感。猶卷一第〇九七所謂「無我」。宋董逌《廣川書跋》卷八《懷素洪州詩》：「懷素似不許右軍得名太過。謂漢家聚兵，楚無人也。其與阮籍言世無英雄，使豎子成名。氣亦略等矣。觀李廣射石，秦人扑虎，皆在氣全未分時，使心一改而氣已移，雖有勇決剛果，何施於用耶？懷素，氣成乎技者也。直視無前，而能坐收成功，天下至莫與争勝，其氣蓋一世久矣。故能致一而終身不衰也。」又融齋《游藝約言》：「懷素書，筆筆現清涼世界。」

一四三　旭、素書可謂「謹嚴」之極，〔一〕或以爲「顛」「狂」而學之，〔二〕與宋向氏學盜何異？〔三〕旭、素必謂之曰：「若失顛狂之道至此乎？」

〔一〕宋蔡襄《端明集》卷三十四：「張長史正書甚謹嚴。」宋不著撰人名字《宣和書譜》卷十八《天童經》：「其(注者按：指張旭)名本以顛草，而至於小楷、行書，又復不減草字之妙。其草字雖奇怪百出，而求其源流，無一點畫不該規矩者，或謂張顛不顛者是也。」清王澍《竹雲題跋》卷四：「懷素草書以小字《千文》爲最。以其用力謹嚴，猶不失晉人尺度。」又融齋《游藝約言》：「東坡云：『我書意造本無法。』蓋無法者，法之至。佛言『無法可説，是名佛法』即此意也。」「古人書看似放縱者，骨裏彌復謹嚴；看似奇變者，骨裏彌復靜正。或疑書真有放縱奇變者，真不知書矣。然豈惟不知書而已哉。」「神仙迹若游戲，骨裏乃極謹嚴。旭、素草書如之」，「書有分數(注者按：這裏的『分數』是法度、規範的意思)，非難；有無分數之分數，爲難。」

〔二〕見卷五第一四一注〔一〕引《墨池編》。

〔三〕《列子·天瑞》：「齊之國氏大富，宋之向氏大貧。自宋之齊，請其術。國氏告之曰：『吾善爲盜。始吾爲盜也，一年而給，二年而足，三年大壤。自此以往，施及州閭。』向氏大喜，喻其爲盜之言，而不喻其爲盜之道。遂踰垣鑿室，手目所及，亡不探也。未及時，以贓獲罪，没其先居之財。向氏以國氏之謬己也，往而怨之。國氏曰：『若爲盜若何？』向氏言其狀。國氏曰：『嘻，若失爲盜之道至此乎！今將告若矣。吾聞天有時、地有利，吾盜天地之時利、雲雨之滂潤，山澤之産育，以生吾禾、殖吾稼、築吾垣、建吾舍；陸盜禽獸、水盜魚鼈，亡非盜也。夫禾稼土木、禽獸魚鼈，皆天之所生，豈吾之所有？然吾盜天而亡殃。夫金玉珍寶、穀帛財貨，人之所聚，豈天之所與？若盜之而獲罪，孰怨哉？』」

一四四　顔魯公書，自魏、晉及唐初諸家皆歸檃括。〔一〕東坡詩有「顔公變法出新意」之句，〔二〕其實「變法」得古意也。

〔一〕顔真卿：字清臣，琅邪臨沂人（今山東臨沂），開元間中進士，遷殿中侍御史，爲楊國忠所惡，出爲平原太守，故世稱顔平原。安史之亂，抗賊有功，入京歷任吏部尚書，太子太師，封魯郡公。德宗時，李希烈叛亂，他親赴敵營，曉以大義，爲李希烈縊殺。《舊唐書》卷一百二十八、《新唐書》卷一百五十三有傳。「檃括」：吸收歸納、總結。宋蘇軾《書吴道子畫後》：「故詩至於杜子美，文至於韓退之，書至於顔魯公，畫至於吴道子，而古今之變，天下之能事畢矣。」宋朱長文《墨池編》卷三：「自秦行篆籀，漢用分隸，字有義理，法貴謹嚴。魏晉而下，始減損筆畫以就字勢，惟公合篆籀之義理，得分隸之謹嚴，放而不流，拘而不拙，善書之至也。」黄庭堅《山谷集》卷二十八《題顔魯公帖》：「觀魯公此帖，奇偉秀拔，奄有漢魏晉隋唐以來風流氣骨。回視歐虞、褚薛、徐沈輩，皆爲法度所窘，豈如魯公蕭然出於繩墨之外，而卒與之合哉？蓋自二王後，能臻書法之極者，惟張長史與魯公二人。其後楊少師頗得髣髴，但少規矩，復不善楷書，然亦自冠絶天下後世矣。」

〔二〕見卷二第〇九一注〔一〕、卷五第一一五注〔三〕引《書唐氏六家書後》。按：龍松生校編沈曾植《海日碎金·劉融齋書概評語》：「先生云：東坡所謂新意，正如《述書賦》罪褚公以澆漓。」又：「松生附記：平原長史之書，猶李杜韓公之文，一洗六代之習，此所以獨得古意也。」

一四五　顏魯公正書，或謂出於北碑《高植墓志》及穆子容所書《太公呂望表》，〔一〕又謂其行書與《張猛龍碑》後行書數行相似，〔二〕此皆近之。然魯公之學古，何嘗不「多連博貫」哉！〔三〕

〔一〕「或謂」：指清畢沅。《山左金石志》卷九《高植墓誌》：「此碑存者，字體精整，鋒穎猶新，爲顏魯公所祖，洵可珍也。」按：《高植墓誌》：北魏神龜二年立。原藏田氏家祠，後不知何時，石碎無存。穆子容：北魏代人。《北史》卷二十有傳。又可參卷五第○七六注〔一〕引畢沅、錢大昕說。

〔二〕「又謂」：指清阮元。《揅經室集續三集》卷一《顏魯公〈爭坐位帖〉跋》：「試觀北魏《張猛龍碑》後有行書數行，可識魯公書法所由來矣。」

〔三〕多方的聯繫，廣泛的貫通。語出西漢董仲舒《春秋繁露》卷三《精華》：「是故爲《春秋》者，得一端而多連之，見一空而博貫之，則天下盡矣。」

一四六　歐、虞、褚三家之長，顏公以一手擅之。〔一〕使歐見《郭家廟》碑，〔二〕虞、褚見《宋廣平碑》，〔三〕必且「撫心高蹈」，如師襄之發歎於師文矣。〔四〕

〔一〕按：宋朱長文《墨池編》卷三：「或曰：『公之於書，殊少媚態，又似太露筋骨，安得越虞褚，而偶羲獻耶？』答曰：『公之媚非不能，恥而不爲也。』退之嘗云『羲之俗書姿媚』，蓋以爲病耳。求合流俗，非公志也。又其大露筋骨者，蓋欲不踵前迹，自成一家，豈與前輩競其妥帖妍媸哉？今所傳《千福寺碑》，公少爲武部員外時也，遒勁婉熟，已與歐虞徐沈晚筆相上下。而魯公中興以後，筆迹迥與前異者，豈非年彌高學愈精耶？以此質之，則公於柔媚圓熟非不能也，恥而不爲也。」此似暗駁。

〔二〕《郭家廟碑》：全稱《有唐故中大夫使持節壽州諸軍事壽州刺史上柱國贈太保郭公廟碑銘並序》。唐代正書碑刻，唐代宗廣德二年（當公元七六四年）立於長安。碑陰無書寫者名字，宋趙明誠《金石録》卷七以爲顔真卿書，有南宋留元剛《忠義堂帖》拓本，今藏陝西西安碑林博物館。清王澍《虚舟題跋》卷七《唐顔真卿郭太保廟碑》：「今觀此碑與《自書告》略同，而朗暢處更出《自書告》上。直使人不復思《自書告》矣。碑陰雖無魯公款，然决知亦是魯公書。公既已大書其前，誰敢更續貂其後，故趙德甫《金石録》斷然目爲魯公書。書雖非公經意之作。然即此尚可函蓋徐季海、張少悌等數十輩，豈直正碑爲足高出一切而已。」此謂顔書筆力勁險過於歐。

〔三〕《宋廣平碑》：即《宋璟碑》，全稱《有唐開府儀同三司行尚書右丞相上柱國贈太尉廣平文貞公宋公神道碑銘並序》。顔真卿撰並書，唐代宗大曆七年（當公元七七二年）九月立。宋時曾佚，明中葉復出土時，石斷，正書，三面刻，兩面各二十七行，行五十二字，側七行，行五十字。另一側刻《唐故太尉廣平文貞公宋公神道碑側記》，正書十行，行七十字。今在河北邢臺市橋西區李村鄉東户村鄉中學院内。國家圖書館藏明代整拓。清翁方綱《蘇齋題跋》卷下《宋拓麻姑仙壇記》：「顏平原書，以《宋廣平碑》爲第一，而其碑側之字尤妙，是乃張長史口傳之秘法。褚河南得之於虞永興，永興得之於右軍者也。平原書脈所以直接晉人者，正在於此。」清蔣衡《拙存堂題跋·宋廣平碑》：「顏魯公書法出於褚河南，此《宋文貞公碑》，瘦潤圓勁，尤得神髓。然細玩數千言，無筆不似，而絕無一點褚家習氣，所謂魯男子善學柳下惠者也。」按：此謂顏書柔媚過於虞褚。

〔四〕《列子·湯問》：「瓠巴鼓琴而鳥舞魚躍。鄭師文聞之，棄家從師襄游。柱指鉤弦，三年不成章。師襄曰：『子可以歸矣！』師文舍其琴，歎曰：『文非弦之不能鉤，非章之不能成。文所存者不在弦，所志者不在聲。內不得於心，外不應於器，故不敢發手而動弦。且小假之，以觀其後。』無幾何，復見師襄。師襄曰：『子之琴何如？』師文曰：『得之矣，請嘗試之。』於是當春而叩商弦，以召南呂。涼風忽至，草木成實。及秋而叩角弦，以激夾鍾，溫風徐迴，草木發榮。當夏而叩羽弦，以召黃鍾。霜雪交下，川池暴沍。及冬而叩徵弦，以激蕤賓。陽光熾烈，堅冰立散。將終，命宮而總四弦，則景風翔、慶雲浮、甘露降、澧泉湧。師襄乃撫心高蹈曰：『微矣，子之彈也！雖師曠之清角，鄒衍之吹律，亡以加之。彼將挾琴執管而從子之後耳。』」意謂捶打著心胸跳起來，極言驚奇。

〔一四七〕魯公書《宋廣平碑》，〔一〕紆餘蘊藉，令人味之無極，然亦實無他奇，只是從《梅花賦》

傳神寫照耳。〔二〕至前人謂其從《瘞鶴銘》出，〔三〕亦爲知言。

〔一〕《宋廣平碑》：見卷五第一四六注〔三〕。又清王澍《竹雲題跋》卷三《顔魯公宋廣平碑並碑側記》：「顔書多以沈雄痛快爲工，獨《宋廣平碑》紆餘佚蕩，以韻度勝。東坡、元章皆謂顔書自褚出。此碑尤覺全體呈露，碑側記無意求工，而規矩之外别具勝趣，尤是顔書第一合作。蓋前碑直入神品，而碑側更居逸品矣。」

〔二〕《梅花賦》：唐宋璟撰，見《歷代賦彙》卷一百二十四。皮日休《桃花賦》：「余常慕宋廣平之爲相，貞姿勁質，剛態毅狀，疑其鐵腸石心，不解吐婉媚辭。然睹其文，而有《梅花賦》，清便富豔，得南朝徐庾體，殊不類其爲人也。」

〔三〕見卷五第〇八九注〔四〕。又宋黄庭堅《山谷集》卷二十八《題瘞鶴銘後》：「右軍嘗戲爲龍爪書，今不復見。余觀《瘞鶴銘》勢若飛動，豈其遺法邪？歐陽公以魯公書《宋文貞碑》得《瘞鶴銘》法，詳觀其用筆意，審如公説。」

一四八　《坐位帖》，〔一〕學者苟得其意，則自運而輒與之合，故評家謂之方便法門。〔二〕然必胸中具旁礴之氣，腕間贍真實之力，乃可語庶乎之詣。〔三〕不然，雖字摹畫擬，終不免如莊生所謂似人者矣。〔四〕

〔一〕《爭坐位帖》：單刻帖，亦稱《論座帖》、《與郭僕射書》，行書，短行不計共六十行，一一九三字。爲唐代宗廣德二年（當公元七六四年）顔真卿寫給僕射郭英乂的書信手稿。《爭座位帖》原迹已佚，現今已知最早的刻石爲北宋安師文刻石，但此石久佚，今無拓本流傳。最早的刻本出於宋關中刻石，現存陝西西安碑林博物館。明董其昌《畫禪室隨筆》卷一：「以平原《爭坐位》求蘇米，方知其變。宋人無不寫《爭坐位帖》也。」

〔二〕「評家」：指清包世臣。包世臣《藝舟雙楫·答三子問》：「唯《爭坐位》，至易滑手，一入方便門，難爲出路。」

〔三〕「庶乎之詣」：（達到了）接近（高妙）的境地。「庶乎」：「庶幾乎」之省。

〔四〕《莊子·徐無鬼》：「曰：子不聞夫越之流人乎？去國數日，見其所知而喜；去國旬月，見所嘗見於國中者喜；及期年也，見似人者而喜矣。不亦去人滋久，思人滋深乎？」此指徒具皮相而無其精神氣質。

一四九　顔魯公書，書之汲黯也。〔一〕「阿世」如公孫弘，〔二〕「舞智」如張湯，〔三〕無一可與並立。

〔一〕汲黯：西漢武帝時人，以正直愚戇有稱於時。《史記》卷一百二十《汲黯傳》：「當是時，太后弟武安侯蚡爲丞相，中二千石來拜謁，蚡不爲禮。然黯見蚡未嘗拜，常揖之。天子方招文學儒者，上曰吾欲云云。黯對曰：『陛下内多欲而外施仁義，奈何欲效唐虞之治乎？』上默然，怒，變色而罷朝。公卿皆爲黯懼。上退，謂左右曰：『甚矣，汲黯之戇也。』」清馮班《鈍吟雜録》卷七：「魯公書如正人君子，冠佩而立。望之儼然，即之也温。」即此意。

〔二〕公孫弘：西漢武帝時人，曾官至丞相。《史記》卷一百二十一《轅固生傳》：「固之徵也，薛人公孫弘，亦徵，側目而視固。固曰：『公孫子，務正學以言，無曲學以阿世。』」「阿世」：迎合世俗。

〔三〕張湯：西漢武帝時人。《史記》卷一百二十二《張湯傳》：「湯爲人多詐，舞智以御人。」「舞智」：玩弄智巧。

一五〇　或問顔魯公書何似？曰：似司馬遷。懷素書何似？曰：似莊子。曰：不以一「沈著」，一「飄逸」乎？〔一〕曰：必若此言，是謂馬不「飄逸」，莊不「沈著」也？〔二〕

〔一〕「沈著」、「飄逸」：皆爲署名唐司空圖《二十四詩品》中所標舉的二十四種美學風格之一。「沈著」：見卷一第〇三三注〔一〕。「飄逸」：見卷一第三二九注〔三〕，此藉以論書。

〔二〕按：融齋於此暗指顔書沈著之中含飄逸，懷書飄逸之中有沈著。明解縉《春雨雜述》：「學書以沈著頓挫爲體，以變化牽掣爲用，二者不可缺一。若專事一偏，便非至論。如魯公之沈著，何嘗不嘉？懷素之飛動，多有意趣。世之小子謂魯公不如懷素，是東坡所謂嘗夢見王右軍脚汗氣耶？」又可參卷一第〇九五、卷一第三二九。

〔五一〕　蘇靈芝書，〔一〕世或與李泰和、顔清臣、徐季海並稱。〔二〕然靈芝書但妥帖舒暢，其於李之倜儻，顔之雄毅，徐之韻度，皆遠不能逮，而所書之碑甚多。〔三〕歐陽六一謂唐有寫經手，〔四〕如靈芝者，亦可謂唐之寫碑手矣。

〔一〕蘇靈芝：宋朱長文《墨池編》卷三：「蘇靈芝者，頗好書，石迹與霈然相上下。」又宋不著撰人名字《宣和書譜》卷十《執筆帖》：「蘇靈芝，儒生也。史亡其傳，嘗爲易州刺史。……靈芝行書有二王法，而成就頓放，當與徐浩雁行。戈脚復類世南體，亦善於臨仿者。在唐人翰墨中，固不易得。」

〔二〕泰和：李邕之字。清臣：顔真卿之字。季海：徐浩之字。清李光暎《金石文考略》卷十《憫忠寺塔頌》：「今觀其字（注者按：指蘇靈芝），奄有李顔二家，而視北海則加莊，視太師又多雋，誠足述也。」

〔三〕宋鄭樵《通志·金石略》列其書迹即有《唐陽實諦寺詔碑》、《安聖像應見記》、《易州刺史田仁琬德政碑》、《鐵像記》、《候臺記》（原注：未詳）、《候臺記》（原注：易州）、《唐夢真容碑》等七種。

〔四〕宋歐陽修《集古録》卷十《遺教經》：「右《遺教經》，相傳云羲之書，僞也。蓋唐世寫經手所書。唐時佛書今在者，大抵書體皆類此，第其精麤不同爾。近有得唐人所書經，題其一云薛稷、一云僧行敦書者，皆與二人他所書不類，而與此頗同，即知寫經手所書也。然其字亦可愛，故録之。蓋今士大夫筆畫能髣髴乎此者，鮮矣。」

一五二　柳誠懸書《李晟碑》出歐之《化度寺》，〔一〕《玄秘塔》出顔之《郭家廟》，〔二〕至如《沂州普照寺碑》，雖係後人集柳書成之，〔三〕然「剛健含婀娜」，〔四〕乃與褚公神似焉。

〔一〕誠懸：唐柳公權之字，京兆華原人（今陝西銅川），官至太子少師，世稱「柳少師」，與顔真卿齊名。《舊唐書》卷一百六十五、《新唐書》卷一百六十三有傳。宋朱長文《墨池編》卷三：「公權博貫經術，正書及行皆妙品之最，草不失能。蓋其法出於顔而加以遒勁豐潤，自名一家，而不及顔之體局寬裕也。……當時大臣家碑誌非其筆，人以子孫爲不孝。外夷入貢，皆別署貨貝曰：『此購柳。』嘗書京兆《西明寺金剛經》，有鍾王、歐虞、褚陸諸家法，自謂得意。」

《李晟碑》：裴度撰，柳公權正書，並篆額。唐文宗大和三年（當公元八三九）立。此碑明代已多漫漶，近拓石花滿布。本在李晟墓側，現移至陝西高陵縣第一中學校園内。清孫承澤《庚子銷夏記》卷七《柳公權書李晟碑》云：「字雖剥落，然一段挺拔不群之概，尚可捫而得之也。」

《化度寺》：見卷五第一二一注〔一〕。

〔二〕《玄秘塔碑》：裴休撰文，柳公權書並篆額，唐武宗會昌元年十二月立（當公元八四二年），今藏陝西西安碑林博物館。明趙崡《石墨鐫華》卷三《唐玄秘塔碑》：「書雖極勁健，而不免脱巾露肘之病。大都源出魯公而多疏。」清王澍《虚舟題跋》云：「誠懸極矜鍊之作。」明王世貞《弇州四部稿》卷一百三十六《玄秘塔碑》云：「此碑柳書中最露筋骨者，遒媚勁健，固自不乏，要之晉法一大變耳。」

《郭家廟》：見卷五第一四六注〔二〕。

〔三〕《沂州普照寺碑》：金碑，集唐柳公權書。金熙宗皇統四年（當公元一一四四年）釋覺海立於沂州普照寺（今山東臨沂），康熙七年，爲地震震碎，雖經修復，但殘缺一二八字，後毀於文革。清王昶《金石萃編》卷一百五十四《沂州府普昭寺碑》：「碑不連額高一丈一尺，廣四尺，文二十四行，行六十二字，正書，篆額。」明王世貞《弇州四部稿》卷一百三十六《集柳書普照寺》：「集書自《聖教》外，最難逼真。此碑遒勁方整，有一夫當關時力，視誠懸真迹不啻如之。」清錢大昕《潛研堂金石文跋尾》卷十八《沂州普照寺碑》：「碑文集柳誠懸書，駸駸欲亂真，與懷仁《聖教序》可謂異曲同工。」

〔四〕見卷五第一三六注〔三〕。

一五三　裴公美書，大段宗歐〔一〕，米襄陽評之以「真率可愛」。〔二〕「真率」二字，最爲難得，陶詩所以過人者在此。〔三〕

〔一〕公美：唐裴休之字，濟源人。登進士第，舉賢良方正異等，累擢監察御史、兵部侍郎。大中中，拜同中書門下平章事。《舊唐書》卷一百七十七、《新唐書》卷一百八十二有傳。歐：指歐陽詢。明趙崡《石墨鐫華》卷四《唐圭峰禪師碑》：「此碑裴相公休撰並書。法全出歐陽信本，而瘦勁不及也。當時柳誠縣書名動一時，乃任篆，休自任書，亦信能書矣。余不敏，竊謂此固當勝柳書。」「大段」：大的、主要的方面。

〔二〕米襄陽：指米芾。嘗居今湖北襄陽，自號襄陽漫士。宋米芾《書史》：「歐陽詢書道林之寺碑，在潭州道林寺。筆力勁險，勾勒而成，有刻板本。又江南廬山多裴休題寺塔諸額，雖乏筆力，皆真率可愛。」又可參卷一第三二四注〔二〕。

〔三〕《宋書》卷九十三《陶潛傳》：「潛不解音聲，而畜素琴一張，無絃，每有酒適，輒撫弄以寄其意。貴賤造之者，有酒輒設，潛若先醉，便語客：『我醉欲眠，卿可去。』其真率如此。」又見《南史》卷七十五。清王士禛《師友傳燈録》：「陶淵明純任真率，自寫胸臆。」按：此又當與卷二第〇四七互參。

一五四　秦碑力勁，漢碑氣厚，一代之書，無有不肖乎一代之人與文者。〔一〕《金石略序》云：「觀晉人字畫，可見晉人之風猷；觀唐人書蹤，可見唐人之典則。」〔二〕諒哉！〔三〕

〔一〕此當與卷二第〇二三、卷三第〇五四互參。

〔二〕語見宋鄭樵《通志》卷七十三《金石略序》。按：此可與卷五第二四〇互參。

〔三〕「諒」：確實。

一五五　五代書，蘇黄獨推楊景度。〔一〕今但觀其書之尤傑然者，如《大仙帖》，〔二〕非獨勢奇

力强，其骨裏謹嚴，〔三〕真令人無可尋問。〔四〕此不必沾沾於摹顏擬柳，而顏、柳之實已備矣。〔五〕

〔一〕景度：五代楊凝式之字，號虛白、癸巳人、希維居士、關西老農，華陰（今屬陝西）人，居洛陽（今屬河南）。仕唐爲秘書郎，歷仕梁、唐、晉、漢、周五朝，官至太子太保，世稱「楊少師」。《舊五代史》卷一百二十八《楊凝式傳》：「凝式體雖蕞眇，而精神穎悟，富有文藻，大爲時輩所推。……凝式長於歌詩，善於筆札，洛川寺觀藍牆粉壁之上，題紀殆遍，時人以其縱誕，有『風子』之號焉。」宋蘇軾《東坡志林》卷八：「唐末五代，文章藻麗，字畫隨之。而楊公凝式筆迹獨雄强，往往與顏柳相上下，甚可怪也。」黄庭堅《山谷集》卷二十八《跋王立之諸家書》：「見顏魯公書，則知歐虞褚薛未入右軍之室；見楊少師書，然後知徐沈有塵埃氣。」又卷二十九《跋東坡書》：「余嘗論右軍父子以來，筆法超逸絶塵，惟顏魯公、楊少師二人。」

〔二〕《大仙帖》：亦稱《新步虛詞帖》，行草法帖。後唐末帝清泰三年書（當公元九三六年），真迹久佚，刻本僅藉《戲鴻堂帖》以傳，共六十七行。明董其昌《畫禪室隨筆》卷一《臨楊少師帖跋後》：「楊少師《步虛詞帖》，即米老家藏《大仙帖》也。其書騫翥簡澹，一洗唐朝姿媚之習，宋四大家皆出於此。余每臨之，亦得一斑。」

〔三〕清吴德旋《初月樓論書隨筆》：「學楊少師書，如讀周秦諸子，乍看若散漫無紀，細玩却自有條理可尋，於詩則陶靖節也。」又可參卷五第一四三及注〔一〕。

〔四〕「無可尋問」：此反用《莊子》之典，謂無可指摘，可參卷一第〇八四注〔二〕。

〔五〕見卷五第一四四注〔一〕引黄庭堅説。又清包世臣《藝舟雙楫·答熙載九問》：「至《大仙帖》，即今傳《新步虚詞》，望之如狂草，不辨一字，細心求之，則真行相參耳。以真行聯綴成册，而使人望爲狂草，此破削之神也。蓋少師結字，善移部位，自二王以至顔柳之舊勢，皆以展蹙變之，故按其點畫如真行，而相其氣勢則狂草。山谷云：『世人盡學蘭亭面，欲换凡骨無金丹。誰知洛下楊風子，下筆便到烏絲闌。』言其變盡《蘭亭》面目，而獨得神理也。」

一五六　楊景度書，機括本出於顔，〔一〕而加以不衫不履，〔二〕遂自成家。然學楊者，尤貴筆力足與抗行，〔三〕不衫不履，其外焉者也。〔四〕

〔一〕宋米芾《書史》：「楊凝式字景度，書天真爛熳，縱逸類顔魯公《爭坐位帖》。」又明董其昌《書禪室隨筆》卷一：「楊景度書自顔尚書、懷素得筆，而溢爲奇怪，無五代衰薾之氣，黄米俱宗之。《書譜》曰：『即得正平，須迢險絶。』景度之謂也。」

〔二〕「不衫不履」：衣著不整齊。此指灑脱、不拘形迹。又融齋《昨非集》卷三《題不衫不履圖》：「脱落復脱落，逌然見天真。便著衫與履，知非衫履人。」《游藝約言》：「顔魯公書不顛不狂，而自有天趣；楊少仲書亦顛亦狂，而自有分數。謂顔似杜甫，楊似李白，意在斯乎？」

〔三〕「抗行」：抗衡。

〔四〕可参卷五第一四三注〔一〕引《游藝約言》。

一五七　歐陽公謂：「徐鉉與其弟鍇皆能八分小篆，而筆法頗少力。」〔一〕黄山谷謂鼎臣篆「氣質高古，與陽冰並驅爭先」。〔二〕余謂二公皆據偶見之徐書而言，非其書之本無定品也。必兩言皆是，則惟取其「高古」可耳。

〔一〕徐鉉：字鼎臣。徐鍇：字楚金。五代南唐趙宋之際著名《説文》學者，文學家。引文見宋歐陽修《集古録》卷十《徐鉉雙溪院記》：「右《雙溪院記》，徐鉉書。鉉與其弟鍇皆能八分小篆，而筆法頗少力。其在江南，皆以文翰知名，號『二徐』，爲學者所宗。」

〔二〕宋黄庭堅《跋湘帖群公書》：「徐鼎臣筆實而字畫勁，亦似其文章。至於篆，則氣質高古，與陽冰並驅爭先也。」

一五八　徐鼎臣之篆正而純，〔一〕郭恕先、僧夢英之篆奇而雜。〔二〕英固方外，〔三〕郭亦畸人，〔四〕論者不必强以徐相絜度也。〔五〕英論書獨推郭而不及徐，郭行素狂，當更少所許可。〔六〕要之，徐之字學冠絶當時，〔七〕不止踰於英、郭。或不苛字學而但論書才，〔八〕則英、郭固非徐下耳。

〔一〕宋歐陽修《集古録》卷十《王文秉小篆千字文》：「學者皆云鉉筆雖未工，而有字學，一點一畫皆有法也。」

〔二〕郭恕先：宋郭忠恕之字。《宋史》卷四百四十二有傳。清李光暎《金石文考略》卷十三《摩利支天經並陰符經》：「宋初文字，徐以篆，夢英以雜體，袁以楷，皆得郭忠恕之一端。」

〔三〕「方外」：僧道等生活於世俗生活之外的人。《莊子·大宗師》：「孔子曰：彼，遊方之外者也，而丘，遊方之内者也。」宋朱長文《墨池編》卷三：「宋釋夢英，衡州人。效十八體書，尤工玉箸。嘗至大梁，太宗召之簾前，易紫服，去游中南山，當世名士如郭恕先、陳希夷、宋翰林白、賈大參黄中之儔，皆以詩稱述之。師號宣義，其後廬山僧顥彬學王關右，僧夢正學柳浙東，僧宛基學顔，亦爲時人所稱。」傳世書迹有《篆書千字文》、《十八體書》、《偏旁篆書》等。

〔四〕「畸人」：志行獨特，不諧流俗之人。《莊子·大宗師》：「子貢曰：『敢問畸人？』曰：『畸人者，畸於人而侔於天。』」唐成玄英疏：「畸者，不耦之名也。修行無有，而疏外形體，乖異人倫，不耦於俗。」宋蘇軾《郭忠恕畫贊並叙》：「忠恕字恕先，以字行，洛陽人。少善屬文，及史書小學，通《九經》。七歲舉童子，漢湘陰公辟從事，與記室董裔爭事，謝去。周祖召爲《周易》博士。國初，與監察御史符昭文爭忿朝堂，貶乾州司户。秩滿，遂不仕。放曠岐、雍、陝、洛間，逢人無貴賤，口稱猫。遇佳山水，輒留旬日，或絶粒不食。盛夏暴日中，無汗，大寒鑿冰而浴。尤善畫，妙於山水屋木。有求者，必怒而去。意欲畫，即自爲之。郭從義鎮岐下，延止山亭，設絹素粉墨於坐。

經數月，忽乘醉就圖之一角，作遠山數峰而已，郭氏亦寶之。岐有富人子，喜畫，日給淳酒，待之甚厚。久乃以情言，且致匹素。恕先爲畫小童持線車放風鳶，引線數丈滿之。富家子大怒，遂絶。時與役夫小民入市肆飲食，曰：『吾所與游，皆子類也。』太宗聞其名，召赴闕，館於内侍省押班竇神興舍。恕先長髯而美，忽盡去之。神興驚問其故，曰：『聊以效顰。』神興大怒。除國子監主簿，出，館於太學，益縱酒肆言時政，頗有謗讟。語聞，決杖配流登州，至齊州臨清，謂部送吏曰：『我逝矣。』因掊地爲穴，度可容面，俯窺焉而卒。槀葬道左。後數月，故人欲改葬，但衣衾存焉。蓋尸解也。」

〔五〕「絜度」：衡量、揣度。宋不著撰人名字《宣和書譜》卷二：「後人跋其書者，以謂筆實而字畫勁，亦似其文章。至於篆籀，氣質高古，幾與陽冰並驅爭先，此非私言，天下之言也。嘗奉詔校定許慎《説文》三十卷行於世。」明趙崡《石墨鐫華》卷五《宋郭忠恕三體陰符經》：「忠恕篆筆匹徐鉉而誚英公。」

〔六〕明王世貞《弇州四部稿·弇州續稿》卷一百六十七《夢英篆書偏傍字源》：「夢英篆書《偏傍字源》自謂秦斯雖妙盡方圓，而點畫簡略，直以墨寶歸之李監，而已與郭忠恕能繼其美，復録忠恕報書於後。第吾子行諸君絶不取英篆，以爲少師承。而忠恕書末所謂『何人知之？惟英公知之』。亦大含譏諷，何也？」

〔七〕「字學」：語言文字學上的學養。徐鉉字學之作有校訂許慎《説文解字》，郭忠恕有《汗簡》、《佩觿》，僧夢英有《篆書目録偏旁部首》，故此取與相較。宋岳珂《寶真齋法書贊》卷九引宋米芾帖：「徐常侍字學與郭忠恕同時，當代無出其右。」又：「鉉嗜古根性，跨斯軼冰，國初以來，一人而已。」

〔八〕「書才」：書法上的才能。

一五九　歐陽公謂：「唐世人人工書」，〔一〕「今士大夫忽書爲不足學，往往僅能執筆。」〔二〕此蓋歎宋正書之衰也。而分書之衰更甚焉。其善者，郭忠恕以篆古之筆溢爲分隸，獨成高致。至如嗣端、雲勝兩沙門，〔三〕並以隸鳴。嗣端尚不失唐人遺矩，雲勝僅堪取給而已。金党懷英既精篆籀，〔四〕亦工隸法，此人惜不與稼軒俱南耳。〔五〕

〔一〕宋歐陽修《集古録》卷九《唐夔州都督府記》：「余嘗謂唐世人人工書，故其名堙没者，不可勝數，每與君謨歎息於斯也。如具靈、該繆、師愈，今人尚不知其姓名，況其書乎？余以集録之博，僅各得其一爾。」

〔二〕宋歐陽修《集古録》卷九《唐辨石鐘山記》：「右《辨石鐘山記》並《善權寺詩》、《游靈岩記》，附覽三子之文，皆有幽人之思。迹其風尚，想見其人。至於書畫，亦皆可喜。蓋自唐以前，賢傑之士莫不工於字書，其殘篇斷稾，爲世所寶傳於今者，何可勝數？彼其事業超然高爽，不當留情於此小藝，豈其習俗承流，家爲常事？抑學者猶有師法？而後世偷薄，漸趨苟簡，久而遂至於廢絶歟？今士大夫務以遠自高，忽書爲不足學，往往僅能執筆。而間有以書自名者，世亦不甚知爲貴也。至於荒林敗塚，時得埋没之餘，皆前世碌碌無名子，然其筆畫有法，往往今人不及，兹甚可歎也。《石鐘山記》字畫在二者間，頗爲劣，而亦不爲俗態，皆忘憂之佳玩也。」

〔三〕嗣端：宋真宗時人。明趙崡《石墨鐫華》卷五《宋藍田縣修夫子廟碑》稱其「分隸則深得唐人遺法者」。雲勝：宋太宗時人，書迹有《宋譯三藏聖教序》，明趙宧光《寒山帚談·金石論緒論》稱其「《聖教序》不失唐法」。「取給」：取用供給。此喻雖足效仿，不足名家。

〔四〕党懷英：字世傑，《金史》卷一百二十五《党懷英傳》：「懷英能屬文，工篆籀，當時稱爲第一，學者宗之。」

〔五〕《宋史》卷四百一《辛棄疾傳》：「辛棄疾字幼安，齊之歷城人。少師蔡伯堅，與党懷英同學，號『辛党』。始筮仕，決以蓍，懷英遇《坎》，因留事金。棄疾得《離》，遂決意南歸。」

一六〇　北宋名家之書，學唐各有所尤近：蘇近顏，黄近柳，米近褚。〔一〕惟蔡君謨之所近頗非易見，山谷蓋謂其「真行簡札，能入永興之室云」。〔二〕

〔一〕宋黄庭堅《題歐陽佃夫所收東坡大字卷尾》：「東坡先生常自比於顔魯公。以余考之，絶長補短，兩公皆一代偉人也。至於行草正書，風氣皆略相似。嘗爲余臨蔡明遠及魯公《祭兄濠州刺史》及《姪季明》文、《論魚軍容坐次書》、《乞脯》、《天氣殊未佳》帖皆逼真也。此一卷字形如《東方朔畫贊》，俗子喜妄譏評，故具之。」並可參卷五第一六二。明王世貞《弇州四部稿》卷一百五十三《藝苑卮言附録二》：「子瞻似顏平原，故極口平原；魯直效《瘞鶴》，故推尊《瘞鶴》；元章出褚河南，故左袒河南河南。」清錢泳《書學·宋四家書》：「董思翁嘗論宋四家書皆學顏魯公。余謂不然，宋四家皆學唐人耳，思翁之言誤也。如蘇東坡學李北海，而參之參寥；山谷學柳誠懸，而直開畫蘭畫竹之法；元章學褚河南，又兼得馳驟縱橫之勢；學魯公者，惟君謨一人而已。」按：龍松生校編沈曾植《海日碎金·劉融齋書概評語》：「先生云：黄近褚，米不近也。」又：「松生附記：先生嘗云：學者仍須裴柳，乃能褚薛。此度世金針，山谷枕中秘也。又記：米得褚之迹也。黄以裴柳入褚，以庶幾歐陽莊若對越之旨，然二家終不能通之。知率更之不易到，而米老終傷於跳盪之習也。」

〔二〕宋黄庭堅《題蔡致君家廟堂碑》：「頃年觀《廟堂碑》摹本，竊怪虞永興名浮於實。及見舊刻，乃知永興得智永筆法爲多，又知蔡君謨真行簡札，能入永興之室也。」永興：唐虞世南。見卷五第一一七注〔一〕。按：蘇、黄、米、蔡，所謂宋四大家也。明王紱《論書》：「與蘇黄並駕齊驅者，則米南宮芾，今人奉以追配端明，號爲宋四大家，洵不愧耳。」

一六一　蔡君謨書，評者以爲宋之魯公。〔一〕此獨其大楷則然耳，然亦不甚似也。山谷謂「君謨《渴墨帖》仿佛似晉宋間人書」，〔三〕頗覘微趣。

〔一〕蔡君謨：名襄，興化仙遊人（今福建仙遊），宋代著名書法家，《宋史》卷三百二十本傳稱：「襄工於書，爲當時第一，仁宗尤愛之。」元劉有定《衍極》卷上《注》：「宋徽宗曰：蔡君謨書包藏法度，停蓄鋒鋭，宋之魯公也。蘇子瞻曰：君謨天資既高，積學深至，心手相應，變化不窮，爲宋朝第一。」又清梁巘《評書帖》：「蔡君謨書學顏。」

〔三〕宋黄庭堅《跋蔡君謨書》：「君謨《渴墨帖》髣髴似晉宋間人書，乃因倉卒忘其善書名天下，故能工耳。」

〔六三〕東坡詩如華嚴法界，〔一〕「文如萬斛泉源」，〔二〕惟書亦頗得此意。即行書《醉翁亭記》便可見之。〔三〕其正書「字間櫛比」，〔四〕近顏書《東方畫讚》者爲多，〔五〕然未嘗不自「出新意」也。〔六〕

〔一〕「華嚴法界」：此指清涼界。融齋《游藝約言》：「東坡詩，字字華嚴法界。華嚴界，一謂清涼界。坡所謂『讀我壁間詩，清涼洗煩煎』是也。余因是意而廣之曰：《列子》文，字字現華胥界，陶淵明詩，字字現桃源界」（注者按：這裏的「清涼界」，當指清涼三昧的境界，指斷除一切憎恨與恩愛的念頭以使身心清涼的三昧）。宋惠崇《冷齋夜話》卷五《蘇王警句》：「唐詩有曰：『長因送人處，憶得別家時。』又曰：『舊國別多日，故人無少年。』荆公用其意作古今不經人道語。荆公詩曰：『木末北山烟冉冉，草根南澗水泠泠。』『繰成白雪桑重緑，割盡黄雲稻正青。』東坡曰：『桑疇雨過羅紈膩，麥隴風來餅餌香。』如《華嚴經》舉因知果，譬如蓮花方其吐華，而果具蕊中。」明瞿式耜《牧齋先生初學集目録後序》：「讀《華嚴經》，益嘆服子瞻之文，以爲從華嚴法界中流出。」錢謙益《初學集》卷八十三《讀蘇長公文》：「吾讀子瞻《司馬温公行狀》、《富鄭公神道碑》之類，平鋪直序，如萬斛水銀，隨地湧出，以爲古今未有此體，茫然莫得其涯涘也。晚讀《華嚴經》，稱性而談，浩如煙海，無所不有，無所不盡，乃喟然而歎曰：『子瞻之文，其有得於此乎？』文而有得於《華嚴》，則事理法界，開遮湧現，無門庭，無牆壁，無差擇，無擬議。世諦文字，固已蕩無纖塵，又何自而窺其淺深，議其工拙乎？朱少章云：東坡未作《勝相經藏》及《大悲閣記》，嘗與陳季常論文曰：『某獨不曾作《華嚴經》耳。』季常指魚魫冠曰：『請擬《華嚴經》頌之。』坡索筆疾書，不易一字。少章知《魚魫冠頌》之爲《華嚴》，而不知他文之皆《華嚴》也。此非知坡之深者也。蘇黄門言少年習制舉，與先兄相後先，自黄州已後，乃步步趕不上。其爲子瞻行狀曰：『公讀《莊子》，喟然歎息曰：吾昔有見於中，口未能言，今見《莊子》，得吾心矣。』後讀釋氏書，深悟實相，參之孔老，博辯無礙。然則子瞻之文，黄州已前得之於《莊》，黄州已後得之於釋，吾所謂有得於《華嚴》者信也。中唐已前，文之本儒學者，以退之爲極則；北宋已後，文之通釋教者，以子瞻爲極則。《孟子》曰：孔子之謂集大成，二子之於文也，其幾矣乎？」清王士禎《古夫于亭雜録》卷二《東坡文》：「此跋（注者按：指前引錢文）論東坡，語語破的，諸家序論皆可廢矣。余昔有題坡集後絶句云：『慶曆文章宰相才，晚爲孟博亦堪哀。淋漓大筆千秋在，字字《華嚴》法界來。』」

〔二〕蘇軾《自評文》：「吾文如萬斛泉源，不擇地皆可出。在平地，滔滔汩汩，雖一日千里無難。及其與山石曲折，隨物賦形，而不可知也。所可知者，常行於所當行，常止於不可不止，如是而已矣。其他雖吾亦不能知也。」按：此又當與卷二第一四一五參。

〔三〕《醉翁亭記》：北宋碑刻。宋歐陽修撰，蘇軾書。有二。其一在安徽滁州，正書，作於北宋哲宗元祐六年（當公元一零九一年），凡七石，後刻款記云：「……滁守王君詔請以滁人之意求書於軾。軾於先生爲門下士，不可以辭……」碑字大小書法與《豐樂亭記》相仿佛，原石已毁。一行草，原迹曾歸趙孟堅。明隆慶五年（當公元一五七一年），文彭摹勒，吴應析刻於河南新鄭。但後人多懷疑爲贋迹。

〔四〕宋蘇軾《題顔魯公書畫讚》：「顔魯公平生寫碑，唯《東方畫讚》爲清雄，字間櫛比，而不失清遠。其後見逸少本，乃知魯公字字臨此書，雖小大相懸，而氣韻良是，非自得於書，未易爲言此也。」

〔五〕《東方畫讚》：全稱《漢太中大夫東方先生畫讚並序》，晉夏侯湛撰，唐顔真卿書並篆額。唐玄宗天寶十三年（當公元七五四年）十二月立，今在山東德州陵縣文化館。又可參卷五第一六〇注〔一〕。

〔六〕此以蘇詩移評其書法，可參卷五第一四四、卷五第二三六。

一六三　《端州石室記》，或以爲張庭珪書，或以爲李北海書；〔一〕東坡正書有其傲岸旁礴之氣。〔二〕

〔一〕《端州石室記》：摩崖書，在廣東肇慶七星岩。宋歐陽修《集古録》卷六《唐李邕端州石室記》：「右《端州石室記》，唐李邕撰，不著書人名氏。考其筆迹似張庭珪書，疑庭珪所書也。」明云此記爲李邕所撰而或爲張庭珪所書，清倪濤《六藝之一録》卷八十三《端州石室記》，乃云據《集古録目》爲「李邕撰並書」，大誤。

〔二〕宋蘇軾《自評字》：「昨日見歐陽叔弼云：『子書大似李北海。』予亦自覺其如此。世或以謂似徐書者，非也。」宋董更《書録》卷中：「東坡先生書，浙東西士大夫無不規摹，頗有用意精到，得其彷彿。至於老年下筆，沈著痛快，似顔魯公、李北海處，遂無一筆可尋。」又：「東坡少時規模徐浩，筆圓而姿媚有餘；中年喜臨顔尚書，真行造次爲之，便欲窮本；晚年乃喜李北海書，其豪勁多似之。」

一六四　黄山谷論書最重一「韻」字，蓋俗氣未盡者，皆不足以言韻也。〔一〕觀其《書嵇叔夜詩與姪榎》，稱其詩「無一點塵俗氣」，因言：「士生於世，可以百爲，惟不可俗，俗便不可醫。」〔二〕

是則其去俗務盡也，〔三〕豈惟書哉！即以書論，識者亦覺《鶴銘》之高韻，此堪追嗣矣。〔四〕

〔一〕宋黄庭堅《論作字》：「晁美叔嘗背議予書，唯有韻耳。」《題絳本法帖》：「論人物，要是韻勝爲尤難得。蓄書者能以韻觀之，當得髣髴。」《題東坡字後》：「今世號能書者數家，雖規摹古人，自有長處。至於天然自工，筆圓而韻勝，所謂兼四子之有以易之，不與也。」又可參卷五第〇〇九注〔二〕引融齋《游藝約言》。

〔二〕見宋黄庭堅《書嵇叔夜詩與姪榎》：「叔夜此詩豪壯清麗，無一點塵俗氣。凡學作詩者，不可不成誦在心，想見其人。雖沈於世故者，暫而攬其餘芳，便可撲去面上三斗俗塵矣，何況探其義味者乎？故書以付榎。可與諸郎皆誦取，時時諷詠，以洗心忘倦。余嘗爲諸子弟言：『士生於世，可以百爲，唯不可俗，俗便不可醫也。』或問不俗之狀？余曰：『難言也。視其平居，無以異於俗人。臨大節而不可奪，此不俗人也。士之處世，或出或處，或剛或柔，未易以一節盡其蘊，然率以是觀之。』」

〔三〕此當與卷五第二二五互參。

〔四〕元鄭杓《衍極》卷下：「若夫魯直之瓌變，劉濤諸人所不能及，而有長史之遺法。然其真行，多得於《瘞鶴》。」明祝允明《跋山谷書李詩》：「雙井之學，大底以韻勝。……姑論其書，……要之得晉人之韻。」楊守敬《平碑記》：「山谷一生得力於此（注者按：指《瘞鶴銘》）。」又可參卷五第一六〇注〔二〕引明王世貞説。

一六五　米元章書大段出於河南，〔一〕而復善摹各體。〔二〕當其刻意宗古，一時有「集字」之譏；〔三〕迨既自成家，則「惟變所適」，〔四〕不得以轍迹求之矣。〔五〕

〔一〕元章：宋米芾之字，吴人。《宋史》卷四百四十四：「芾爲文奇險，不蹈襲前人軌轍，特妙於翰墨。沈著飛翥，得王獻之筆意。畫山水人物，自名一家，尤工臨移，至亂真不可辨。精於鑒裁，遇古器物書畫，則極力求取，必得乃已。王安石嘗摘其詩句書扇上，蘇軾亦喜譽之。冠服效唐人，風神蕭散，音吐清暢，所至人聚觀之。而好潔成癖，至不與人同巾器。所爲譎異，時有可傳笑者。無爲州治有巨石，狀奇醜，芾見大喜曰：『此足以當吾拜。』具衣冠拜之，呼之爲兄。又不能與世俯仰，故從仕數困，嘗奉詔仿《黄庭》小楷，作周興嗣《千字》韻語，又入宣和殿觀禁内所藏，人以爲寵。」「大段」：主要的方面。河南：褚遂良。可參卷五第一二四注〔一〕。

〔二〕宋米芾《寶晉英光集》卷八：「余初學顔，七八歲也，字至大一幅，寫簡不成。後見柳而慕緊結，乃學柳《金剛經》。久之，知出於歐，乃學歐。久之，如印板排筭，乃慕褚，而學最久。又慕段季展轉摺肥美，八面皆全。久之覺段全繹《蘭亭》，遂並看法帖，入晉魏平淡，棄鍾左而師師宜官《劉寬碑》是也。篆便愛《詛楚》《石鼓文》，又悟竹簡以竹聿行漆，而鼎銘妙古先焉。其書壁以沈傳師爲主，小字大不取也。」

〔三〕宋米芾《海嶽名言》：「人謂我書爲集古字，蓋取諸長處，總而成之。既老，始自成家。人見之，不知以何爲祖也。」清馮武《書法正傳》卷八：「米芾字元章，采古人之筆而成一家書，一時謂之集字。」

〔四〕《易·繫辭下》：「易之爲書也不可遠，爲道也屢遷，變動不居，周流六虚，上下無常，剛柔相易，不可爲典要，唯變所適。」晉韓康伯注：「變動貴於適時。」

〔五〕「轍迹」：外在的痕迹。《老子》第二十章：「善行無轍迹，善言無瑕讁。」

一六六　米元章書「脱落凡近」，〔一〕雖時有諧氣，〔二〕而諧不傷雅，故高流鮮或訾之。〔三〕

〔一〕「脱落」：擺脱、抛棄。唐元稹《唐故工部員外郎杜君墓係銘》：「詞氣豪邁而風調清深，屬對律切而脱棄凡近。」

〔二〕「諧氣」：俳諧之氣，融齋或又稱爲「俳氣」，參卷五第二一二。

〔三〕「高流」：才識出衆的人物。

一六七　宋薛紹彭道祖書得二王法，〔一〕而其傳也，不如唐人高正臣、張少悌之流。〔二〕蓋以其時蘇、黄方尚「變法」，故循循晉法者見絀也。〔三〕然如所書《樓觀詩》，〔四〕雅逸足名後世矣。

〔一〕薛紹彭：明陶宗儀《書史會要》卷六：「薛紹彭字道祖，長安人。官至秘閣修撰，出爲梓潼漕，自謂河東三鳳後人。書名亞米芾，符祐間，號能書。」明趙崡《石墨鐫華》卷六《宋薛紹彭詩刻》：「虞學士集評書，謂坡谷出而魏晉之法盡。米元章、薛紹彭、黄長睿方知古法。又云：長睿書不逮言，惟紹彭最佳，而世遂不傳，米氏父子世學其奇怪。據此似於坡谷之後，獨取紹彭也。今中南樓觀有紹彭書詩刻，余凡得五紙，其一書唐人玉真公主莊、玉真觀諸詩，小楷法出入《黄庭》、《洛神》，無一毫滲漏。其一書蘇子瞻詩，其一書其叔薛周詩，其一書王工部詩，其一書一絶句，字稍大，或作真行，其法皆自晉唐，絶不作側筆惡態，真可寶也。紹彭號翠微居士，其父師正重模《定武蘭亭》，其子嗣昌刻智永《千文》，蓋世有書學者，伯生之鑒精矣哉。」清孫承澤《庚子銷夏記》卷一《薛道祖詩卷》：「宋人書能存晉法者，惟薛紹彭道祖。蓋彼時定武蘭亭妙石在其家，故所書詩稿五紙，筆筆用右軍法，無論不肯帶唐人格調，即大令亦略不涉及，此深於書學者也。」

〔二〕高正臣：唐張懷瓘《書斷》卷下：「廣平人。官至衛尉少卿，習右軍之法，脂肉頗多，骨氣微少。」書迹有《唐夏州都督姜協碑》、《唐莊嚴寺行虔法師碑》、《唐攝山明徵君碑》（行書，今存）等。

張少悌：唐天寶大曆時期人，善行書。書迹有正書《唐贈潞州都督桑如珪碑》、《唐贈太尉吴令珪碑》等，行書《唐邠寧節度馬璘德政碑》、《唐臨淮武穆王李光弼碑》、《唐高力士墓誌》等。明趙崡《石墨鐫華》卷三稱其《唐臨淮武穆王李光弼碑》：「此碑殊勁拔清圓，深得右軍行草遺意。」

〔三〕「變法」：參卷五第一四四。此謂二人以學唐人書法相號召。可參卷五第一六〇。元虞集《題吴傳朋書並李唐山水跋》：「大抵宋人書自蔡君謨以上，猶有前代意。其後坡谷出，遂風靡從之，而魏晉之法盡矣。米元章、薛紹彭、黄長睿諸公方知古法，而長睿所書不逮所言，紹彭最佳，而世遂不傳。」

〔四〕《樓觀詩》：元祐元年（當公元一〇八六年）刻。凡三段，今鑲嵌在陝西盩厔縣樓觀臺説經臺正殿東西山牆外。明楊慎《升庵集》卷六十七《樓觀》：「樓觀，本尹喜之居，有草樓焉。後人創立道宫，名曰樓觀。今在終南之陰盩厔縣，韓翃有《題樓觀詩》。」

一六八 或言游定夫先生多草書，〔一〕於其人似乎未稱。〔二〕曰：草書之律至嚴，爲之者不惟膽大，而在心小。〔三〕「只此是學」，〔四〕豈獨正書然哉！

〔一〕定夫：宋游酢之字，建州建陽人，理學家，程門四大弟子之一，善草書，清石梁編《草字彙》曾譽其爲「草聖」，《宋史》卷四百二十八有傳。

〔二〕按：理學家立身謹飭，於事不苟。元居仁「作字必楷整」（見《元史》卷一百八十九），游酢讀書「心專目到」（見清朱軾《史傳三編》卷五），其立雪程門一事，尤見理學家爲人之端謹，乃工草書，是謂不稱。明趙宧光《寒山帚談》：「《書法》云：『作字不可急促。』王介甫書一似大忙中作，不知此公有如許忙？嗟乎！可憐忙忙作字，豈惟字醜，人品亦從此分矣。」然此説出自何人，俟考。

〔三〕唐劉肅《大唐新語》卷十《隱逸》：「（孫思邈）又曰：膽欲大而心欲小，智欲圓而行欲方。詩曰：『如臨深淵，如履薄冰。』謂小心也。『赳赳武夫，公侯干城。』謂大膽也。『不爲利回，不爲義疚。』行之方也。『見機而作，不俟終日。』智之圓也。」後藉以論文，宋謝枋得《文章軌範》分「放膽文」、「小心文」。清張謙宜《絸齋論文》卷一：「孫思邈曰『膽欲大而心欲小』，此行文之格言也。膽大則能創獲，心小則能入細。膽雖大而心不小，或是粗莽；心雖小而膽不大，必至委葸。」此用以論書。按：此當與卷五第〇六一、卷五第二一四互參。

〔四〕《二程遺書》卷三：「某寫字時甚敬，非是要字好，只此是學。」

一六九　書重用筆，〔一〕用之存乎其人。故善書者用筆，不善書者爲筆所用〔二〕。

〔一〕唐張彥遠《法書要録》卷一引《晉衛夫人筆陣圖》：「夫三端之妙，莫先乎用筆。」

〔二〕宋黄庭堅《題絳本法帖》：「心能轉腕，手能轉筆，書字便如意。古人工書無它意，但能用筆耳。」又清《石渠寶笈》卷六引陸士仁《明文徵明湖山新霽圖跋》云：「古人有言：用筆勿爲筆所用，使墨勿爲墨所使。」

一七〇　蔡中郎《九勢》云：「令筆心常在點畫中行。」〔一〕後如徐鉉小篆，「畫之中心有一縷濃墨正當其中，至於屈折處亦當中，無有偏側處」。〔二〕蓋得中郎之遺法者也。

〔一〕宋陳思《書苑菁華》卷十九《書訣》引《蔡邕九勢八訣》：「藏頭，圓筆屬紙，令筆心常在點畫中行。」元盛熙明《法書考》卷三又以爲王羲之説。疑誤。

〔二〕宋沈括《夢溪筆談》卷十七：「江南徐鉉善小篆，映日視之，畫之中心有一縷濃墨正當其中。至於屈折處，亦當中，無有偏側處，乃筆鋒直下不倒側，故鋒常在畫中，此用筆之法也。」

一七一 每作一畫，〔一〕必有中心，有外界。中心出於主鋒，外界出於副毫。鋒要始、中、終俱實，毫要上下左右皆齊。〔二〕

〔一〕「畫」：筆劃。後同。

〔二〕按：此當與卷五第一八一互參。

一七二 起筆欲斗峻，〔一〕住筆欲峭拔，〔二〕行筆欲充實，〔三〕轉筆則兼乎住起行者也。

〔一〕「起筆」：用筆法之一，亦稱「發筆」、「興筆」、「引筆」、「落筆」等。晉王羲之《筆勢論十二章·觀形章第八云》：「起筆者不下（原注：於腹内舉，勿使露筆，起止取勢，令不失節）。」

〔二〕「住筆」：亦稱「結筆」、「收筆」，行筆至筆畫終了時。

〔三〕「行筆」：沈尹默《書法論》：「前人往往説行筆，這個『行』字，用來形容筆毫的動作是很妙的。筆毫在點畫中移動，好比人在路上行走一樣：人行路時，兩脚必然一起一落，筆毫在點畫中移動，也得要一起一落才行。落就是將筆鋒按到紙上去，起就是將筆鋒提開來。」

一七三　逆入、〔一〕澀行、〔二〕緊收，是行筆要法。如作一横畫，往往末大於本，中減於兩頭，其病坐不知此耳。〔三〕豈撇捺亦然。

〔一〕「逆入」：用筆法之一，全稱「逆入平出」，指起筆時，筆鋒從相反的方向逆鋒著紙，隨即轉鋒行筆，使筆毫平鋪而出。

〔二〕宋陳思《書苑菁華》卷十九《書訣》引《蔡邕九勢八訣》有「澀勢」，「澀勢在於緊駛戰行之法」。

〔三〕「坐」：因爲。

一七四　筆心，〔一〕帥也；副毫，卒徒也。卒徒更番相代，帥則無代。論書者每曰換筆心，實乃换向，非换質也。〔二〕

〔一〕「筆心」：即主毫、主鋒。在行筆過程中，改變主鋒的方向稱「换筆心」。清包世臣《藝舟雙楫·述書中》：「蓋行草之筆多環轉，若信筆爲之，則轉卸皆成扁鋒，故須暗中取勢换轉筆心也。」

〔二〕「非换質也」：不是從根本上發生改變。清徐謙《筆法探微·换筆》：「换筆者，筆行内轉，忽然换力之方面也。凡筆之外形改變方向者，曰轉，曰折；其外形未改變方向，而内力已變方面者，則謂之换。」

一七五　張長史書「微有點畫處，意態自足」。〔一〕當知「微有點畫」處，皆是筆心實實到了；〔二〕不然，雖大有點畫，筆心却反不到，何足之可云！

〔一〕見卷二第三二九注〔一〕。

〔二〕按：龍松生校編沈曾植《海日碎金·劉融齋書概評語》：「先生云：趣生於筆心。」又：「松生附記：趣生於機，味存夫筆。」

一七六　中鋒、側鋒、藏鋒、露鋒、實鋒、虚鋒、全鋒、半鋒，似乎鋒有八矣。〔一〕其實中、藏、實、全，祇是一鋒；側、露、虚、半，亦祇是一鋒也。

〔一〕「中鋒」：用筆法之一。作書時，將筆之主鋒保持在字畫中間，謂之「中鋒」。「側鋒」：亦稱「偏鋒」。指運筆時將筆之鋒尖偏在字點畫之一面者，使寫出之點畫一邊光一邊毛。「藏鋒」：亦稱「隱鋒」。清蔣驥《續書法論·藏鋒》：「藏鋒者，點畫起止不露芒鋩也。」「露鋒」：亦稱「出鋒」，指露出筆鋒之收筆動作。清周星蓮《臨池管見》：「書法在用筆，用筆貴用鋒。用鋒之説，吾聞之矣，或曰正鋒、或曰中鋒、或曰藏鋒、或曰出鋒、或曰側峰，或曰扁鋒。知書者有得於心，言之了了。知而不知者，各執一見，亦復言之津津，究竟聚訟紛紜，指歸莫定。」可參觀。

一七七　中鋒畫圓，〔一〕側鋒畫扁。舍鋒論畫，足外固有迹耶？〔二〕

〔一〕清笪重光《書筏》：「古今書家同一圓秀，然惟中鋒勁而直、齊而潤，然後圓，圓斯秀矣。」「能運中鋒，雖敗筆亦圓。」

〔二〕《列子·湯問》：「然後輿輪之外，可使無餘轍；馬蹄之外，可使無餘地。未嘗覺山谷之險，原隰之夷。視之一也。吾術窮矣，汝其識之。」晉張湛注：「夫行之所踐，容足而已。足外無餘，而人不敢踐者，此心不夷，體不閒故也。」此化用其意，指鋒畫之間是互相依附的，不能分離。

一七八　書用中鋒，如「師直爲壯」，不然，如「師曲爲老」。〔一〕兵家不欲自老其師，書家奈何異之？

〔一〕《左傳》僖公二十八年：「子玉怒，從晉師。晉師退。軍吏曰：『以君辟臣，辱也。且楚師老矣，何故退？』子犯曰：『師直爲壯，曲爲老，豈在久乎？微楚之惠不及此。』」本意是説打仗時，軍隊如果師出有名是正義的，則士氣高漲，如果理虧，則士氣低落。

一七九　要筆鋒無處不到，須是用「逆」字訣。〔一〕勒則鋒右管左，努則鋒下管上，皆是也。然亦只暗中機括如此，著相便非。〔二〕

〔一〕清周星蓮《臨池管見》：「字有解數，大旨在『逆』。」又近人沈尹默《書法論》：「點畫要有力，筆的出入都必須取逆勢，相反適可相成，所以必須用藏鋒。」

〔二〕「著相」：佛典語。有意識地表現出來的形象狀態。唐慧能《壇經·機緣品》：「無端起知見，著相求菩提。」此指拘執。按：龍松生校編沈曾植《海日碎金·劉融齋書概評語》：「先生云：『著相便非』四字，得之。」

一八〇　書以側、勒、努、趯、策、掠、啄、磔爲八法。〔一〕凡書下筆多起於一點，即所謂側也。故側之一法，足統餘法。欲辨鋒之實與不實，觀其側，則「思過半矣」。〔二〕

〔一〕「八法」：即「永字八法」也，古人以爲寫字必須練習的八種最基本筆畫。宋朱長文《墨池編》卷二：「八法起於隸字之始後漢崔子玉，歷鍾王已下，傳授所用八體該於萬字。」可參卷五第一二九注〔一〕。

〔二〕參卷三第〇三四注〔三〕。

一八一　畫有陰陽。〔一〕如横則上面爲陽，下面爲陰；豎則左面爲陽，右面爲陰。惟毫齊者能陰陽兼到，否則獨陽而已。〔二〕

〔一〕「畫」：筆劃。明倪後瞻《倪氏雜著筆法》：「字能分陰陽方可美觀。陰陽二字最難明，淺言之祇在用墨肥瘦、濃淡處，深求之則在用筆矣。」

〔二〕「毫」：副毫。可參卷五第一七一。

一八二　書能筆筆還其本分，〔一〕不稍閃避取巧，便是極詣。〔二〕永字八法，只是要人横成横、豎成豎耳。〔三〕

〔一〕「本分」：（書家之）本來面目，如性情、才志等。可參卷五第二三〇、卷五第二三二、卷五第二四〇。

〔二〕「極詣」：極至。

〔三〕「永字八法」：可參卷五第一二九注〔一〕、卷五第一八〇。係以「永」字八筆爲例，概括漢字的八種最基本筆畫。按：沈曾植《海日樓書法答問·辛酉九月十七日答松生問》：「問：前人論書，皆忌平直，謂如算子。近人論書，皆言平直，即劉融齋亦謂古人横成横，豎成豎，何也？答：横平豎直，習書定則。有横直而無筆勢運之，則書家所忌耳。經生寫經，三館應舉，精則精矣。如行款工而書勢泯絶，何以有算子之譬？右軍《黄庭》《曹娥》《畫贊》，何嘗不用當時寫經行款？而驚鴻舞鶴，天際翱翔，筆勢洞精，又何嘗不横是横，豎成豎乎？若行草破觚爲圓，削繁成簡，正别有不横不直，以成横直，以運横直者。此其淵源甚遠，蔡邕篆勢，衛恒隸勢，熟讀精思，自當有悟入處。悟後則周金漢石，一一可與羲獻顛素草作證，有大志願，得大正在，正恐前賢畏後生耳。」

一八三　蔡中郎云：「筆輭則奇怪生焉。」〔一〕余按：此一「輭」字，有獨而無對。〔二〕蓋能柔能剛之謂輭，非有柔無剛之謂輭也。

〔一〕「生」：《續修四庫》本作「出」。宋陳思《書苑菁華》卷十九《書訣》引《蔡邕九勢八訣》：「夫書，肇於自然。自然既立，陰陽生焉。陰陽既立，形勢盡矣。藏頭護尾，力在字終。下筆用力，肌膚之麗。故曰：勢來不可立，勢去不可遏，惟筆軟則奇怪生焉。」

〔二〕「有獨而無對」：獨有而無對應。

一八四　凡書要筆筆按，筆筆提。〔一〕辨按尤當於起筆處，辨提尤當於止筆處。

〔一〕「按」：用筆法之一，與「提」相對而言。指在垂直方向上向下用筆的動作。《説文解字》：「按，下也。」清段玉裁注：「以手抑之使下也。」「提」：則指在垂直方向向上用筆的動作。

一八五　書家於「提」、「按」兩字，有相合而無相離。故用筆重處正須飛提，用筆輕處正須實按，〔一〕始能免「墮」、「飄」二病。

〔一〕按：用筆重則需「按」，用筆輕則需「提」，融齋則以爲「按」中仍需「提」，「提」中仍要「按」。有「按」而無「提」則易「墮」；有「提」而無「按」則易「飄」；所謂「有相合而無相離」也。

一八六　書有振、攝二法：〔一〕索靖之「筆短意長」，〔二〕善攝也；陸柬之之「節節加勁」，〔三〕善振也。

〔一〕「振」、「攝」：兩種相對的筆法，振，猶「提」；攝，猶「按」。參卷五第一八四。又融齋《游藝約言》：「飛筆、振筆、養筆，三者最要。恐其滯，則用飛；恐其懈，則振；恐躁，則養。」

〔二〕宋黄庭堅《山谷集》卷二十八《跋法帖》：「索征西筆短意長，誠不可及。長沙古帖中有《急就章》數十字，劣於此帖。今人作字大概筆多而意不足。」

〔三〕宋不著撰人名字《宣和書譜》卷八：「（陸柬之）佳處，論者以爲如偃蓋之松，節節加勁。」

一八七　行筆不論遲速，〔一〕期於備法。〔二〕善書者雖速而法備，不善書者雖遲而法遺。然或遂貴速而賤遲，則又誤矣。

〔一〕唐孫過庭《書譜》：「夫勁速者，超逸之機；遲留者，賞會之致。將反其速，行臻會美之方；專溺於遲，終爽絶倫之妙。能速不速，所謂淹留；因遲就遲，詎名賞會？非夫心閑手敏，難以兼通者焉。」宋姜夔《續書譜·遲速》：「遲以取妍，速以取勁。必先能速，然後爲遲；若素不能速而專事遲，則無神氣；若專事速，又多失勢。」

〔二〕「備法」：法則完備。

一八八　古人論用筆，不外「疾」、「澀」二字。〔一〕澀非遲也，疾非速也。以遲速爲疾澀，而能疾澀者無之！

〔一〕宋陳思《書苑菁華》卷十九《書訣》引《蔡邕九勢八訣》：「書有二法：一曰疾，二曰澀。得『疾』、『澀』二法，書妙盡矣。」又宋陳思《書小史》卷九：「（孫過庭）與王知敬友善，王則過於遲緩，孫亦傷於急速，使夫二子寬猛相濟，是爲合矣。」

一八九　用筆者皆習聞「澀筆」之説，〔一〕然每不知如何得澀。惟筆方欲行，如有物以拒之，竭

力而與之爭，斯不期澀而自澀矣。澀法與戰掣同一機竅，〔二〕第戰掣有形，强效轉至成病，不若澀之隱以神運耳。〔三〕

〔一〕「澀筆」：即「澀勢」。見卷五第一八八注〔一〕。宋陳思《書苑菁華》卷三引《翰林密論》：「凡攻書之門有十二種隱筆法：即是遲筆、疾筆、逆筆、順筆、澀筆、倒筆、轉筆、渦筆、提筆、啄筆、罨筆、趯筆。並用筆生死之法，在於幽隱。遲筆法在於疾，疾筆法在於遲。逆入倒出，取勢加攻；診候調停，偏宜寂靜；其於得妙，須在功深，草草求玄，終難得也。」

〔二〕「戰掣」：亦稱「顫掣」，指顫動拖拽。是書畫中的一種筆法。宋米芾《畫史》：「武岳學吴，有古意。子洞清元，作佛象羅漢，善戰掣筆，作髭髮尤工。」宋不著人姓氏著《宣和畫譜》卷十七《花鳥三》：「江南僞主李煜，字重光。政事之暇，寓意於丹青，頗到妙處。自稱鍾峰隱居。又略其言曰：鍾隱後人。遂與鍾隱畫溷淆稱之。然李氏能文善書畫，書作顫筆樛曲之狀，遒勁如寒松霜竹，謂之金錯刀，畫亦清爽不凡，别爲一格。然書畫同體，故唐希雅初學李氏之錯刀筆，後畫竹，乃如書法有顫掣之狀，而李氏又復能爲墨竹，此互相取備也。」

〔三〕《莊子·養生主》：「方今之時，臣以神遇而不以目視，官知止而神欲行。」又舊本題唐韋續撰《墨藪》卷二引《虞世南筆髓論第十三》：「故知書道玄妙，必資神遇，不可以力求也。」

一九〇　筆有用完、有用破。「屈玉」「垂金」，〔一〕「古槎怪石」，〔二〕於此别矣。

〔一〕宋朱勝非《紺珠集》卷十二《屈玉垂金》：「（竇臮）又有作《小篆贊》曰：丞相斯法，神慮清深。釵頭屈玉，鼎足垂金。」此喻完筆。

〔二〕明郁逢慶《續書畫題跋記》卷六《蘇東坡書離騷九辯卷》：「東坡先生中年愛用宣城諸葛豐雞毛筆，故字畫稍加肥壯。晚歲自儋州回，挾大海風濤之氣，作字如古槎怪石，如怒龍噴浪、奇鬼搏人，書家不可及也。」此喻破筆。

一九一　書以筆爲質，以墨爲文。〔一〕凡物之文見乎外者，無不以質有其内也。〔二〕

〔一〕見卷一第〇一一注〔三〕。

〔二〕《淮南子·本經訓》：「必有其質，乃爲之文。」按：龍松生校編沈曾植《海日碎金·劉融齋書概評語》：「先生云：臺閣之材，墨多於筆，所以有吏楷之誚也。山林之姿，筆勝於墨，所以有僧書之稱也。」

一九二　《孫子》云：「勝兵先勝而後求戰，敗兵先戰而後求勝。」〔一〕此意通之於結字，必先隱爲部署，使立於不敗而後下筆也。字勢有因古，〔二〕有自構。因古難新，自構難穩，總由先機未得焉耳。

〔一〕《孫子·形篇》：「是故勝兵先勝而後求戰，敗兵先戰而後求勝；善用兵者修道而保法，故能爲勝敗之政。」

〔二〕「因」：借。「因古」：即「我化爲古也」；「自構」：即「古化爲我也」。可參卷五第一三八。

一九三 欲明書勢，須識九宫。〔一〕九宫尤莫重於中宫，中宫者，字之主筆是也。主筆或在字心，亦或在四維四正，〔二〕書著眼在此，是謂識得活中宫。如陰陽家旋轉九宫圖位，起一白，終九紫，以五黄爲中宫，五黄何嘗必在戊己哉！〔三〕

〔一〕「九宫」：亦稱「九宫格」。係用以臨寫碑帖的一種界格紙。在方格中劃「井」字形，使成等分的九格，因九格的形位有類古代的明堂九宫，故名。相傳此法創自唐代著名書法家歐陽詢。清蔣驥續創九宫新式，一方格内均分三十六格。可參閲元陳繹曾《翰林要訣》、清蔣驥《續書法論》、包世臣《藝舟雙楫·述書下》。

〔二〕「四維」：東南、西南、東北、西北四隅。《淮南子·天文訓》：「帝張四維，運之以斗……日冬至，日出東南維，入西南維……夏至，出東北維，入西北維。」「四正」：東、西、南、北。「四維」、「四正」和中宫，一起組成「九宫」。

〔三〕古人或以九色配九宫：一白、二黑、三碧、四緑、五黄、六白、七赤、八白、九紫。五黄居中宫。又以十天干配九色，分别是甲乙、丙丁、庚辛、壬癸、戊己、乙丙、丁庚。對應五黄的就是戊己。但如果周而復始下去，下次對應五黄的就不是戊己了。

一九四　畫山者必有主峰，爲諸峰所拱向；〔一〕作字者必有主筆，爲餘筆所拱向。〔二〕主筆有差，〔三〕則餘筆皆敗，故善書者必争此一筆。

〔一〕「拱向」：環繞、朝向。宋郭熙《林泉高致·畫訣》：「山水先理會大山，名爲主峰。主峰已定，方作以次近者、遠者、小者、大者。以其一境主之於此，故曰主峰，如君臣上下也。」

〔二〕清朱和羹《臨池心解》：「作字有主筆，則紀綱不紊。寫山水家萬壑千巖，經營滿幅，其中要先立主峰。主峰立定，其餘層巒疊嶂，旁見側出，皆血脉流通。作書之法亦如之。每字中立定主筆，凡布局展勢，結構操縱，側瀉力撑，皆主筆左右之也。有此主筆，四面呼吸相通。」按：此可與卷三第〇九三、卷三第〇九四、卷六第〇一三五參。

〔三〕「差」：差失。

一九五　字之爲義，取孳乳浸多，〔一〕言孳乳，則分形而同氣可知也。〔二〕故凡書之仰承俛注，左顧右盼，皆欲無失其同焉而已。

〔一〕東漢許慎《説文解字》「子」部：「字，乳也。」又《説文解字叙》：「倉頡之初作書，蓋依類象形，故謂之文。其後形聲相益，即謂之字。字者，言孳乳而浸多也。」

〔二〕《吕氏春秋・精通》：「子之於父母也，一體而兩分，同氣而異息。若草莽之有華實也，若樹木之有根心也。」

一九六　結字疏密，〔一〕須彼此互相乘除，〔二〕故疏不嫌疏，密不嫌密也。然乘除不惟於疏密用之。

〔一〕參卷五第〇七四注〔二〕。

〔二〕「乘除」：增減消長。

一九七　字形有内抱，有外抱。如上下二横，左右兩豎，其有若弓之背向外，弦向内者，内抱也；背向内，弦向外者，外抱也。篆不全用内抱，而内抱爲多；隸則無非外抱。辨正、行、草書者，以此定其消息，〔一〕便知於篆隸孰爲出身矣。〔二〕

〔一〕「消息」：區別。按：此當與卷五第一二九互參。

〔二〕「出身」：源出於……。

一九八 字體有整齊、有參差。整齊，取正應也；參差，取反應也。〔一〕

〔一〕「正應」：正面照應。「反應」：反面照應。

一九九 書要「曲而有直體」，〔一〕直而有曲致。若「弛而不嚴」，「剽而不留」，〔二〕則其所謂曲直者誤矣。

〔一〕《左傳》襄公二十九年：「吴公子札來聘。……爲之歌《大雅》，曰：『廣哉，熙熙乎！曲而有直體，其文王之德乎？』」句中的「曲」本指「樂曲」，此借用其字面的意思。按：此可與上條互參。蓋書皆「曲」或「直」，則有「整齊」而無「參差」，缺乏變化了。

〔二〕見卷一第〇〇九注〔五〕。此喻運筆迅疾而少渟蓄。清包世臣《藝舟雙楫·述書中》：「余見六朝碑拓，行處皆留，留處皆行。凡横直平過之處，行處也，古人必逐步頓挫，不使率然徑去，是行處皆留也。轉折挑剔之處，留處也，古人必提鋒暗轉，不肯（僻字）筆使墨旁出，是留處皆行也。」可與此互參。

二〇〇 書一於方者，〔一〕以圓爲模棱；一於圓者，以方爲徑露。盍思地矩天規，〔二〕不容偏有取舍。

〔一〕「一」：猶言統一。「方」、「圓」：皆書學術語。宋姜夔《續書譜·方圓》：「方圓者，真草之體用。真貴方，草貴圓。方者，參之以圓；圓者，參之以方；斯爲妙矣。然而方圓曲直不可顯露，直須涵泳，一出於自然。如草書尤忌横直分明，横直多則字有積薪束葦之狀，而無蕭散之氣，時時一出，斯爲妙矣。」元鄭杓《衍極》卷下：「執筆貴圓，字貴方；篆貴圓，隸貴方。圓效天，方法地；圓有方之理，方有圓之象；篆不篆，隸不隸，吾不知其爲書也。」清朱履貞《書學捷要》卷下：「書之大要，可一言而盡之，曰：筆方勢圓。方者，折法也，點畫波撇起止處是也。方出指，字之骨也；圓者，用筆盤旋空中，作勢是也。圓出臂腕，字之筋也。故書之精能，謂之遒媚，蓋不方則不遒，不圓則不媚也。」並可與此互參。

〔二〕「地矩天規」：明項穆《書法雅言·規矩》：「圓爲規以象天，方爲矩以象地。方圓互用，猶陰陽互藏。」清周星蓮《臨池管見》：「古人作書，落筆一圓便圓到底，落筆一方便方到底，各成一種章法。《蘭亭》用圓，《聖教》用方，二帖爲百代書法模楷，所謂規矩方圓之至也。歐顔大小字皆方，虞書則大小字皆圓，褚書則大字用方，小字用圓。究竟方圓，仍是並用。以結構言之，則體方而用圓；以筆質言之，則骨方而肉圓，此是一定之理。」與此可互參。此喻書法不宜單調而缺乏變化。

二〇一　書宜平正，不宜攲側。〔一〕古人或偏以攲側勝者，〔二〕暗中必有撥轉機關者也。《畫訣》有「樹木正，山石倒；山石正，樹木倒」，〔三〕豈可執一石一木論之。

〔一〕「攲側」：傾斜、歪斜。唐孫過庭《書譜》：「至如初學分布，但求平正；既知平正，務追險絶；既能險絶，復歸平正。」

〔二〕按：清王澍《竹雲題跋》卷四《顔魯公東方朔畫像贊》：「魏晉以來，作書者多以秀勍取姿，攲側取勢。獨至魯公，不使巧，不求媚，不趨簡便，不避重複，規繩矩削，而獨守其拙，獨爲其難。」又清王應奎《柳南隨筆》卷四：「吾友顧文寧所藏松雪《黄庭》墨迹，蓋臨右軍本也，用筆頗以側取致，以瘦標骨，以澀見古，與石刻迥然不同。」

〔三〕清石濤《畫譜·蹊徑第十一》：「寫山有蹊徑六則：對景不對山、對山不對景、倒景、借景、截斷、險峻。此六則，須明辨之。……如樹木正，山石倒；山石正，樹木倒；皆倒景也。」

二〇二　論書者謂晉人尚意，唐人尚法，〔一〕此以觚棱間架之有無別之耳。〔二〕實則晉無觚棱間架，而有無觚棱之觚棱，無間架之間架，是亦未嘗非法也；唐有觚棱間架，而諸名家各自成體，不相因襲，是亦未嘗非意也。〔三〕

〔一〕「論書者」：疑指明董其昌。清倪濤《六藝之一録》卷二百八十《明董其昌論書》：「晉人書取韻，唐人書取法，宋人書取意。」然此論不見於今董之著述，且亦未言「晉人尚意」。與此相近之論述見明董其昌《畫禪室隨筆》卷一：「晉宋人書但以風流勝，不爲無法，而妙處不在法。至唐人始專以法爲蹊徑，而盡態極妍矣。」明趙宧光《寒山帚談·法書》：「不學唐字無法，不學晉字無韻。」清馮班《鈍吟雜録》卷二：「結字：晉人用理，唐人用法，宋人用意。用理，則從心所欲不踰矩。因晉人之理而立法，法定則字有常格，不及晉人矣。宋人用意，意在學晉人也。意不周匝，則病生，此時代所壓。趙松雪更用法而參以宋人之意，上追二王，後人不及矣。」

〔二〕「觚稜」：又作「觚棱」。宋王觀國《學林》卷五《觚角》：「所謂觚稜者，屋角瓦脊成方角稜瓣之形，故謂之觚稜。」後爲書法借用。宋董逌《廣川書跋》卷八《徐浩題經》：「題經，楷法最密，殆於《樂毅論》得其結字妙處。至形密執疏，字細畫短，故當在伯仲間。然方而有規，圓而藏矩，未嘗刓角耀鋒，構成觚稜。」明王澍《竹雲題跋》卷四《臨文待詔隸書第四》：「有明一代隸書，前有全室叟，後推文待詔。全室承趙文敏遺烈，作書古淡，猶有前人風韻。文待詔專以觚稜斬截爲工，則去古法愈遠矣。余稍以漢魏法臨待詔，使就簡勁，即其觚稜不煩繩削自然淵渾，透過一步乃適得其正，凡臨古人，不可不解此法。」「間架」：結字。清馮班《鈍吟雜録》卷二：「先學間架，古人所謂結字也。」

〔三〕按：此條可與卷五第〇四七及注〔一〕互參。

二〇三 書之章法有大小，〔一〕小如一字及數字，大如一行及數行，一幅及數幅，皆須有相避相形、相呼相應之妙。

〔一〕「章法」：指安排佈置整幅作品中，字與字、行與行之間呼應、照顧等關係的方法。亦即整幅作品的「布白」，亦稱「大章法」。習慣上又稱一字之中的點畫佈置和一字與數位之間的佈置的關係爲「小章法」。明張紳《法書通釋》：「古人寫字政如作文，有字法、有章法、有篇法，終篇結構首尾相應。」明董其昌《畫禪室隨筆》卷一：「古人論書，以章法爲一大事，蓋所謂行間茂密是也。」

二〇四　凡書，筆畫要堅而渾，〔一〕體勢要奇而穩，〔二〕章法要變而貫。〔三〕

〔一〕「堅而渾」：堅韌而渾勁。

〔二〕按：此似以論文之語移以論書。參卷一第二一七及注〔三〕、卷六第〇八三。

〔三〕「變而貫」：變化而又融貫。參卷二第一九〇、卷四第〇六三。

二〇五　書之要，統於「骨氣」二字。骨氣而曰「洞達」者，〔一〕中透爲「洞」，邊透爲「達」。「洞達」則字之疏密肥瘦皆善，否則皆病。

〔一〕唐張彦遠《法書要録》卷二引《梁庾肩吾書品論》：「蔡邕書骨氣洞達，爽爽有神。」

二〇六　字有「果敢之力」，骨也；有「含忍之力」，〔一〕筋也。用骨得骨，故取指實；用筋得筋，故取腕懸。〔二〕

〔一〕「果敢之力」、「含忍之力」：《禮記·中庸》：「子曰：南方之强與？北方之强與？抑而强與？寬柔以教，不報無道，南方之强也，君子居之。衽金革，死而不厭，北方之强也，而强者居之。」宋朱熹《集注》：「南方風氣柔弱，故以含忍之力勝人爲强，君子之道也。」「北方風氣剛勁，故以果敢之力勝人爲强，强者之事也。」此喻兩種不同的書法風格。按：龍松生校編沈曾植《海日碎金·劉融齋書概評語》：「先生皆是其言。」又：「松生附記：非果敢不痛快，非含忍不沉著。」

〔二〕明陶宗儀《書史會要》卷九《腕法》：「枕腕：以左手枕右手腕，提腕，肘著按而虚提手腕。懸腕：懸著空中，最有力。」又《手法》：「大凡學書：指欲實、掌欲虚、管欲直、心欲圓。」明不著撰人姓氏《書訣》：「指實臂懸，筆有全力。」按：「骨筋」之别，見卷五第二〇七注〔二〕。

二〇七　衛瓘善草書，時人謂「瓘得伯英之筋」，〔一〕猶未言骨；《衛夫人筆陣圖》乃始以「多骨豐筋」並言之。〔二〕至范文正《祭石曼卿文》有「顔筋柳骨」之語，〔三〕而筋骨之辨愈明矣。

〔一〕唐張懷瓘《書斷》卷中：「晉衛瓘字伯玉，河東安邑人。父顗，魏侍郎。瓘弱冠仕魏，爲尚書郎。入晉，爲尚書令。善諸書，引索靖爲尚書郎，號一臺二妙。時議放手流便過索，而法則不如之。

嘗云：『我得伯英之筋，恒得其骨，靖得其肉。』」

〔二〕「多骨豐筋」：按：今作「多力豐筋」。唐張彥遠《法書要録》卷一《晉衛夫人筆陣圖》：「善筆力者多骨，不善筆力者多肉；多骨微肉者謂之筋書，多肉微骨者謂之墨豬；多力豐筋者，聖；無力無筋者，病；一一從其消息而用之。」

〔三〕宋范仲淹《祭石學士文》：「維慶曆三年九月日，具位某謹致祭於故友曼卿學士之靈。嗚呼！曼卿之才，大而無媒。不登公卿，善人爲哀。曼卿之筆，顔筋柳骨。散落人間，寶爲神物。曼卿之詩，氣雄而奇。大愛杜甫，獨能嗣之。曼卿之心，浩然無機。天地一醉，萬物同歸。不見曼卿，憶兮如生。希闊之人，必爲神明。尚饗。」

二〇八 書少骨則致誚「墨豬」。〔一〕然骨之所尚，又在不枯不露，不然，如髑髏，固非少骨者也。

〔一〕「墨豬」：比喻筆畫豐肥而無骨力的書法。參卷五第二〇七注〔三〕。按：此當與卷五第二一五互參。

二〇九 「骨力」、「形勢」，書家所宜並講。必欲識所尤重，則唐太宗已言之，曰：「求其骨力而形勢自生。」〔一〕

〔一〕唐張彦遠《法書要録》卷四引《唐朝叙書録》：「十四年四月二十二日，太宗自爲真草書屏風，以示群臣，筆力遒勁，爲一時之絶。嘗謂朝臣曰：『……今吾臨古人之書，殊不學其形勢，唯在求其骨力。及得其骨力，而形勢自生耳。然吾之所爲，皆先作意，是以果能成也。』」

二二〇

書要兼備陰陽二氣。大凡沈著、屈鬱，〔一〕陰也；奇拔、豪達，陽也。〔二〕

〔一〕「沈著」：爲署名唐司空圖《二十四詩品》所標舉的二十四種美學風格之一。見卷一第〇三三注〔一〕。「屈鬱」：屈曲、鬱積。按：此似以「沈著」、「屈鬱」喻高韻、深情。參卷五第二一一。

〔二〕「奇拔」：瑰異、出衆。「豪達」：豪放、曠達。此似以「奇拔」、「豪達」喻堅質浩氣。參卷五第二一一。

二二一

高韻深情，堅質浩氣，缺一不可以爲書。〔一〕

〔一〕融齋《游藝約言》：「勁氣、堅骨、深情、雅韻四者，詩文書畫不可缺一。」按：此又當與卷二第二七四互參。「堅質」即要如銅牆鐵壁。「浩氣」即要如天風海濤。又可參卷五第〇九九。龍松生校編沈曾植《海日碎金・劉融齋書概評語》：「先生獨取堅質。」又：「松生附記：四者得一，即可名家，欲求其全，古人亦罕。」

三二　凡論書氣，以士氣爲上。〔一〕若婦氣、〔二〕兵氣、〔三〕村氣、〔四〕市氣、〔五〕匠氣、〔六〕腐氣、〔七〕傖氣、〔八〕俳氣、〔九〕江湖氣、〔一〇〕門客氣、〔一一〕酒肉氣、〔一二〕蔬筍氣，〔一三〕皆士之棄也。

〔一〕「氣」：氣韻。「士氣」：猶言書卷氣、學者氣。清呂留良《呂晚邨先生論文彙鈔》：「文字有學者氣、有大人名士氣、有和尚氣、有村教書氣、有市井氣。時下最是市井氣多，其典型則村教書氣而已，惟學者氣絶少。」又融齋《游藝約言》：「書要有金石氣、有書卷氣、有天風海濤，高山深林之氣。」

〔二〕「婦氣」：猶言女人氣。此指扭捏作態，婉弱之風。清倪濤《六藝之一録》卷三百四十三引《宋學士集》：「公嘗謂李致堯云：『書要拙多於巧。近見少年作字如新婦子，妝梳百種點綴，終無烈婦氣。』」卷二第二六五又稱之爲「女態」。

〔三〕「兵氣」：士卒驕横輕狂之氣。

〔四〕「村氣」：猶言土氣、鄉野氣。明顧起龍《説略》卷十四：「人欠雅致曰村氣。《唐語林》：薛萬徹尚丹陽公主。太宗嘗謂人曰：『薛駙馬村氣。』」蘇軾《書諸集僞謬》：「唐末五代，文章衰盡，詩有貫休，書有亞栖，村俗之氣，大率相似。」

〔五〕「市氣」：市井之氣、市儈之氣。宋沈義父《樂府指迷》：「凡作詞，當以清真爲主。蓋清真最爲知音，且無一點市井氣。」清魏際瑞《伯子論文》：「著佳語佳事太多，如京肆列雜物，非不眩目，正爲有市井氣。」均可與此互參。

〔六〕「匠氣」：槧人刻板之氣，指「整齊而無變化」。可參卷五第〇〇八。又元吴鎮《梅花道人遺墨》卷下：「古今墨竹雖多，而超凡入聖脱去工匠氣者，惟宋之文湖州一人而已。近世高尚書彦敬甚得法，余得其指教甚多，此譜一一推廣其法也。」清王夫之《夕堂永日緒論内編》云：「詠物詩，齊梁始多有之。其標格高下，猶畫之有匠作，有士氣。徵故實，寫色澤，廣比譬，雖極鏤繪之工，皆匠氣也。」蔣和《學書要論》：「法可以人人而傳，精神興會則人所自致。無精神者，書雖可觀，不能耐久索玩；無興會者，字體雖佳，僅稱『字匠』。」又融齋《游藝約言》：「古人詩以言志，而後人或且喪志者，由詩外無事而已。然有事無事，正可從詩辨之。」「東坡論少陵『詩外尚有事』，蓋詩外無事者，詩匠也。詩而匠，則詩亦焉能爲有哉？」皆可與此互參。

〔七〕「腐氣」：陳腐之氣。可參卷四第〇九七。

〔八〕「傖氣」：粗鄙之氣。可參卷四第〇九四注〔一〕。

〔九〕「俳氣」：俳諧之氣。可參卷五第一六六。

〔一〇〕「江湖氣」：一些奔走於四方權貴之間的人身上具有的逢迎誇誕、媚俗不雅的氣息。清曾朴《孽海花》第三回：「上海雖繁華世界，究竟五方雜處，所住的無非江湖名士，即如寫字的莫友芝，畫畫的湯塤伯，非不洛陽紙貴，名震一時，總嫌帶著江湖氣。比到我們蘇府裏姚鳳生的楷書、楊詠春的篆字，任阜長的畫，就有雅俗之分了。」

〔一一〕「門客氣」：寄食於權貴門下的人的奴態。明趙宧光《寒山帚談》卷上：「名家作字，挑剔波折，有無一致。俗書則不然。去此便覺欠一肢者，然即是奴書也。」又融齋《游藝約言》：「堂上人氣象，與趨走供役於堂下者不同，詩文書畫所以貴有度有品。」「『直在胸中貧亦樂，屈於人下貴奚爲』，此邵子詩也。文家常誦此二語，其文當無奴隸之態。」

〔二〕「酒肉氣」：粗俗不雅之氣。宋張舜民《畫墁録》卷五《題姚氏家藏畫》：「今日姚熙州出衆畫，惟老子一幀，最爲奇古，晉人筆也。老子床坐，從者三四，皆土形木質，神王如金精玉彩，固神仙人也。其次徐熙花，今之畫花者多矣，苟取一花並張之，形色皆奪，所謂婢對夫人也。又有孫知微五星，近世之奇筆也，爲仙佛者略使之，無酒肉氣，已足尚矣。今人畫仙佛。惟要紅紅白白，乃是世間富貴之士，非神仙之質也。俗人執筆必爲俗狀，以賈俗人，授售之間，彼此各不知，或有淄澠，則人舉非之。吁！百年之後，當有鑒者。」

〔三〕「蔬筍氣」：僧人的寒儉之氣。宋吴自牧《夢粱録》卷十七：「東坡守杭時，因參寥入智果精舍，賦詩云：『雲崖有淺井，玉醴常半尋。遂名參寥泉。可濯幽人襟。』又作《參寥泉銘》，記之歲月。東坡愛其詩。嘗稱無一點蔬筍氣味，體制絶似儲光羲，非近世詩僧比。」宋朱熹《跋南上人詩》：「南上人以此卷求余舊詩，夜坐，爲寫此及《遠游》《秋夜》等篇，顧念山林，俯仰疇昔，爲之慨然。南詩清麗有餘，格力閒暇，絶無蔬筍氣。如云『沾衣欲濕杏花雨，吹面不寒楊柳風』，余深愛之。不知世人以爲如何也？淳熙辛丑清明後一日，晦翁書。」按：清王夫之《夕堂永日緒論内編》：「門庭之外，更有數種惡詩：有似婦人者，有似衲子者，有似鄉塾師者，有似游食客者。婦人、衲子，非無小慧；塾師、游客，亦侈高談。但其識量不出鍼線、蔬筍、數米、量鹽、抽豐、告貸之中，古今上下，哀樂了不相關。即令揣度言之，亦粵人詠雪，但言白冷而已。」又：「前所列諸惡詩，極矣。更有猥賤於此者，則詩傭是也。詩傭者，衰腐廣文，應上官之徵索；望門幕客，受主人之雇託也。」並與此可互參。

二一三 書要力實而氣空，〔一〕然求空必於其實，未有不「透紙」而能「離紙」者也。〔二〕

〔一〕按：「力實」方能「透紙」，「氣空」方能「離紙」。龍松生校編沈曾植《海日碎金·劉融齋書概評語》：「先生云：《述書賦·字例》：『氣感風雲曰實。』此語極有味。」又「松生附記：興化猶是死語，先生舉《字例》，乃是活句也。巧拙不同，雅俗即異，氣之通塞，亦遂隨之大別矣。知其解者旦暮遇之，味其旨者徒勞捉月矣。」

〔二〕見卷五第一二三注〔二〕。宋朱長文《墨池編》卷一有王羲之寫字入木三分之説。又清王澍《淳化秘閣法帖考正》卷十二：「虞褚離紙一寸，顏柳直透紙背，惟右軍恰好到紙。然必力透紙背，方能離紙一寸，故知虞褚顏柳，不是兩家書。至筆力恰好到紙，則須是天工至、人巧錯，天地和明之氣絪緼會萃於指腕之間，乃能得之，有數存焉已。」

二一四 書要心思微，魄力大。微者，條理於字中；大者，旁礴乎字外。〔一〕

〔一〕「旁礴」：同「磅礴」，形容氣勢盛大。

二一五 筆畫少處，力量要足，以當多；瘦處，力量要足，以當肥。信得多少肥瘦，形異而實同，則書進矣。〔一〕

〔一〕宋李之儀《姑溪居士前集》卷四十《跋荆公金剛經書》：「骨多肉少則瘦，肉多骨少則肥。惟骨肉相稱，然後爲盡善。」融齋《游藝約言》：「字畫之長短肥瘠，無取意同，但觀鳥行蟲食之迹可悟。」又可參卷五第〇四八。

二一六 司空表聖之《二十四詩品》，〔一〕其有益於書也過於庾子慎之《書品》。〔二〕蓋庾《品》祇爲古人標次第，〔三〕司空《品》足爲一己陶胸次也。〔四〕此惟深於書而不狃於書者知之。〔五〕

〔一〕表聖：唐代文學家司空圖之字。《二十四詩品》：見卷二第〇三六注〔一〕。

〔二〕《書品》：《四庫全書總目·書品》：「案《書品》一卷，梁庾肩吾撰。肩吾字子慎，新野人，起家晉安王國常侍，元帝時，官至度支尚書，事迹具《梁書·文學傳》。是書載漢至齊梁能真草者一百二十八人，分爲九品，每品各繫以論，而以總序冠於前。考竇臮《述書賦》稱：『肩吾通塞，並乏天性，工歸文華，拙見草正，徒聞師院，何至遼敻，使鉛刀之均鋒，稱並利而則佞』云云。其於肩吾書學，不甚推許。又其論述作一條，稱庾中庶品格拘於文華，則於是書亦頗致不滿。然其論列多有理致，究不失先民典型。如序稱：『尋隸體發源，秦時隸人下邽程邈所作，始皇見而重之，以奏事繁多，篆字難製，遂作此法，故曰隸書，今時正書是也。』此足證歐陽修以八分爲隸之誤。惟唐之魏徵與肩吾時代邈不相及，而並列其間，殊爲顛舛。故王士禎《居易録》詆毛晉刊本之訛，又序稱一百二十八人，而書中所列實止一百二十三人，數亦不符，殆後人已有所增削。然張彥遠《法書要録》全載此書，已同此本，併魏徵之謬亦同，則其來久矣。」

〔三〕「次第」：等第。可參卷五第〇三六注〔三〕。

〔四〕「足爲一己陶胸次」：猶言足以陶冶自己的情操。

〔五〕「狃」：囿、局限。

二一七　書與畫異形而同品。〔一〕畫之意象變化，不可勝窮，約之，不出神、能、逸、妙四品而已。〔二〕

〔一〕唐張彥遠《歷代名畫記》卷一《叙畫之源流》：「是故知書畫異名而同體也。」元柯九思《論畫》：「寫竹榦用篆法，枝用草書法，寫葉用八分法，或用魯公撇筆法，木石用折釵股、屋漏痕之遺意。」元楊維楨《圖繪寶鑑序》：「予曰：書成於晉，畫盛於唐宋。書與畫一耳。士大夫工畫者必工書，其畫法即書法所在。然則畫豈可以妄庸人得之乎？」清朱履貞《書學捷要》卷下：「書肇於畫。象形之書，書即畫也；籀變古文，斯邈因之；楷真草行之變，書離於畫也。」清周星蓮《臨池管見》：「字畫本自同工，字貴寫，畫亦貴寫。以書法透入於畫，而畫無不妙，以畫法參入於書，而書無不神。故曰：善書者必善畫，善畫者亦必善書。」清朱和羹《臨池心解》：「古來善書者多善畫，善畫者多善書，書與畫殊途而同歸也。」又融齋《游藝約言》：「詩文書畫之品，有狂有狷。若鄉愿，無是品也。」「東坡文有能品，有逸品。其逸品在能品之上。」「文章書畫有神品、逸品。神，無方無體；逸，無思無爲。『神氣風霆，逸情雲上』二語，可以見意。」

〔二〕按：宋黄休復《益州名畫録》論畫分「逸」、「神」、「妙」、「能」四格。清包世臣論書分「神」、「妙」、「能」、「逸」、「佳」五品。《藝舟雙楫·國朝書品》：「平和簡靜，遒麗天成曰神品。醞釀無迹，横直相安曰妙品。逐迹窮源，思力交至曰能品。楚調自歌，不謬風雅，曰逸品。墨守迹象，雅有門庭，曰佳品。」又龍松生校編沈曾植《海日碎金·劉融齋書概評語》：「先生云：神能逸妙之釋，亦當以《字例》爲準，曰：非意所至可以識之曰神，千種風流曰能，百般滋味曰妙，縱任無方曰逸。」又：「松生附記：識得此格，可以語於書矣。此非興化所知，夫子自道耳。」

二一八　論書者曰「蒼」、曰「雄」、曰「秀」，余謂更當益一「深」字。凡蒼而涉於老秃，雄而失於麤疏，〔一〕秀而入於輕靡者，不深故也。〔二〕

〔一〕「麤」：同粗。

〔二〕融齋《游藝約言》：「書能蒼中藏秀，乃是真蒼。蓋老而不老者，仙也；不老而老者，凡也。」「無論文章書畫，俱要蒼而不枯，雄而不粗，秀而不浮。」「《老子》有云：『微妙玄通，深不可識。』余謂書之道，正復如此。故氣質粗者，不可以爲書。」按：龍松生校編沈曾植《海日碎金·劉融齋書概評語》：「先生云：別負英威曰雄，翔集難名曰秀。」又：「松生附記：評右軍書者，曰龍跳天門，虎臥鳳闕。不如二語尤有味也。」

二一九　靈和殿前之柳，令人生愛；〔一〕孔明廟前之柏，令人起敬。〔二〕以此論書，取姿致何如尚氣格耶？〔三〕

〔一〕《南史》卷三十一《張緒傳》：「劉悛之爲益州，獻蜀柳數株，枝條甚長，狀若絲縷。時舊宮芳林苑始成，武帝以植於太昌靈和殿前，常賞玩咨嗟，曰：『此楊柳風流可愛，似張緒當年時。』其見賞愛如此。」此喻姿致。

〔二〕此處暗用杜甫《古柏行》：

孔明廟前有老柏，柯如青銅根如石。霜皮溜雨四十圍，黛色參天二千尺。雲來氣接巫峽長，月出寒通雪山白。君臣已與時際會，樹木猶爲人愛惜。憶昨路繞錦亭東，先主武侯同閟宮。崔嵬枝幹郊原古，窈窕丹青户牖空。落落盤踞雖得地，冥冥孤高多烈風。扶持自是神明力，正直元因造化功。大厦如傾要梁棟，萬牛迴首丘山重。不露文章世已驚，未辭翦伐誰能送。苦心豈免容螻蟻，香葉終經宿鸞鳳。志士幽人莫怨嗟，古來材大難爲用。

按：此喻氣格。

〔三〕明董其昌《畫禪室隨筆》卷一：「凡人學書，以姿態取媚。」

二三〇　學書者始由不工求工，〔一〕繼由工求不工。〔二〕不工者，工之極也。《莊子・山木篇》曰：「既雕既琢，復歸於樸。」善夫！〔三〕

〔一〕清朱履貞《書學捷要》卷下：「凡學書，須求工於一筆之内，使一筆之内，棱側起伏，書法具備。而後逐筆求工，則一字俱工；一字既工則一行俱工；一行既工，則全篇皆工矣。」並可參卷五第二二三。

〔二〕清王澍《淳化秘閣法帖考正》卷十二：「工妙之至，至於如不能工，方入神解。此元常之所以勝右軍，魏晉之所以勝唐宋也。」

〔三〕語見《莊子》卷七。按：又可參卷五第一三三及注〔一〕。

二三一　怪石以醜爲美，〔一〕醜到極處，便是美到極處。〔二〕一醜字中，丘壑未易盡言。〔三〕

〔一〕此暗用米芾事。見卷五第一六五注〔一〕。

〔二〕此「醜」指將生活中的「醜」，轉化爲藝術中的美的過程。清鄭燮《板橋題畫・石》：「米元章論石，曰瘦、曰皺、曰漏、曰透，可謂盡石之妙矣。東坡又曰：『石文而醜。』一『醜』字則石之千態萬狀，皆從此出。彼元章但知好之爲好，而不知陋劣之中有至好也。東坡胸次，其造化之爐冶乎？燮畫此石，醜石也。醜而雄，醜而秀。」所論頗可與此互參。又可參卷二第一一七。

〔三〕「丘壑」：喻指深遠的意境。宋黄庭堅《題子瞻枯木》詩：「折衝儒墨陳堂堂，書入顔楊鴻鴈行。胸中元自有丘壑，故作老木蟠風霜。」

二三三　俗書非務爲妍美，則故託醜拙。〔一〕美醜不同，其爲「爲人」之見一也。〔二〕

〔一〕融齋《游藝約言》：「詩有俗體，文亦有俗體，乃至書法亦有俗體。俗體不一，矯揉造作其尤也。」「高手作書，於衆所矜處不矜，於衆所忽處不忽。觀此，始知俗書之矜所不必矜，忽所不可忽也。」

〔二〕《論語・憲問》：「子曰：古之學者爲己，今之學者爲人。」宋邢昺疏引「范曄云：爲人者，馮譽以顯物。」前「爲」音薳支切，平聲，是的意思。後「爲」音于僞切，去聲，爲了的意思。又融齋《游藝約言》：「徐季海論書，以爲亞於文章。余謂文章取示己志，書誠如是，則亦何亞之有？」

二三三　書家同一尚熟，〔一〕而熟有精麤深淺之别，惟能用生爲熟，熟乃可貴。〔二〕自世以輕俗滑易當之，而真熟亡矣。〔三〕

〔一〕宋歐陽修《試筆》：「作字要熟，熟則神氣完實而有餘。」明董其昌《畫禪室隨筆》卷二：「畫與字各有門庭。字可生，畫不可熟。字須熟後生，畫須生外熟。」明趙宧光《寒山帚談》卷上：「不熟則不成字。熟一家則無生氣，熟在内不在外，熟在法不在貌。」按：「麤淺之熟」之「熟」即所謂「輕俗滑易」，亦即刻板陳腐缺乏變化與創造之「匠氣」，可參卷五第二一二注〔六〕。而「用生爲熟」的「生」則是指在原有的藝術風格基礎上進行的新的藝術探索。「精深之熟」則指達到的新境界，形成的新風格。

〔二〕明湯臨初《書指》卷下：「書必先生而後熟，亦必先熟而後生。始之生者，學力未到，心手相違也。熟而生者，不落蹊徑，不隨世俗，新意時出，筆底具化工也。」明趙宧光《寒山帚談》卷下：「字熟必變。熟而不變者，庸俗生厭矣。字變必熟，變不由熟者，妖妄取笑矣。故熟而不變，雖熟猶生。何也？非描工即寫照耳，離此疏矣。變不由熟，雖變亦庸。何也？所變者非狂醒即昏夢耳，醒來恥矣。」清吴德旋《初月樓論書隨筆》：「董思翁云：作字須求熟中生。此語度盡金針矣。」清姚起孟《字學憶參》：「書貴熟後生。」又：「書貴熟，熟則樂書；書忌熟，熟則俗。」

〔三〕此卷五第二二〇五參。按：龍松生校编沈曾植《海日碎金·劉融齋書概評語》：「先生云：《字例》以過猶不及爲熟。唐人風尚可知。其釋滑字曰：遂乏精采。語尤確鑿也。」又「松生附記：

師舉《字例》以爲興化進一解，不啻禹鑿龍門手段。大抵由興化論，可以盡俗，不能盡雅。」

二三四　書非使人愛之爲難，而不求人愛之爲難。〔一〕蓋「有欲」、「無欲」，〔二〕書之所以別人天也。〔三〕

〔一〕唐韓愈《答李翊書》：「其觀於人也，笑之則以爲喜，譽之則以爲憂，以其猶有人之説者存也。」陸游《明日復理夢中意作》：「白盡髭鬚兩頰紅，頹然自以放名翁。客從謝事歸時散，詩到無人愛處工。高挂蒲帆上黄鶴，獨吹銅笛過垂虹。閑人浪迹由來事，那計猿驚蕙帳空。」似並皆爲融齋所本，言不求媚俗也。清梁巘《評書帖》：「學書勿惑俗議，俗人不愛而後書學進。」又融齋《游藝約言》：「『大善不飾』，故書到人不愛處，正是可愛之極。」

〔二〕《老子》第一章：「故常無欲，以觀其妙；常有欲，以觀其徼。」舊本題河上公注：「人常能無欲，則可以觀道之要。」「常有欲之人，可以觀世俗之所歸趣也。」又融齋《游藝約言》：「不論書畫、文章，須以無欲而靜爲主。」

〔三〕「人天」：人力和天工。可參卷五第二四五。又融齋《游藝約言》：「書要有規矩繩墨，然規矩繩墨有天、有人。人似嚴而實寬，天似寬而實嚴也。」

二三五　學書者務益不如務損。其實損即是益，〔一〕如去寒、去俗之類，去得盡，非益而

何？〔二〕

〔一〕《老子》第四十二章：「故物或損之而益，或益之而損。」又《九章算術》卷八：「術曰：如方程，損之曰益，益之曰損。」本意謂在等式的一端減損，就相當於在另一端增益。在等式的一端增益，就相當於在等式的另一端減損。融齋本人精於天算，此處疑藉用。又融齋《古桐書屋札記》：「作詩文者，亢之使高，鑿之使深，矯之使奇，此藝之所矜，道之所病也。君子以爲不如舍矣。」並可參卷一第〇四三注〔二〕引《持志塾言》卷上《爲學》。

〔二〕此當與卷五第一六四、卷五第二一二、卷五第二七一互參。「寒」即所謂蔬筍氣，指寒儉。「俗」即所謂市氣。又融齋《游藝約言》：「《老子》有『爲道日損，損之又損』之言；禪家有『剥蕉心』之喻。書得此意，塵俗何從犯其筆端？」「詩文書畫之病凡二：曰薄，曰俗。去薄，在培養本根；去俗，在打磨習氣。」

三六　書要「有爲」，又要「無爲」，〔一〕脱略、安排俱不是。〔二〕

〔一〕《莊子·在宥》：「有天道，有人道。無爲而尊者，天道也；有爲而累者，人道也。主者，天道也；臣者，人道也。天道之與人道也，相去遠矣，不可不察也。」舊本題唐韋續撰《墨藪》引《虞世南筆髓論第十三》：「然字雖有質，迹本無爲。」「學者心悟於至妙，書契於無爲。」又融齋《游藝約言》：「無爲者，性也、天也；有爲者，學也、人也。學以復性，人以復天，是有爲仍蘄至於無爲也。畫家逸品出能品之上，意之所通者廣矣。」「文之道，在鼓之舞之以盡神。鼓舞有爲而神無爲，有爲正無爲之所自見也。」「或問：書以何爲正脈？曰：王道者是。問：何爲王道？曰：純乎德禮，而無所爲而爲之者是。」「無爲之境，書家最不易到；如到，便是達天。」

〔二〕「脱略」：猶言漫不經心。唐張懷瓘《書斷》卷上：「或筆下始思，困於鈍滯；或不思而製，敗於脱略。」「安排」：猶言苦心經營。宋米芾《海嶽名言》：「歐虞褚柳顔，皆一筆書也。安排費工，豈能垂世？」

二三七　《洛書》爲書所託始。〔一〕《洛書》之用，五行而已；〔二〕五行之性，五常而已。〔三〕故書雖學於古人，實取諸性而自足者也。〔四〕

〔一〕「洛書」：古人關於文字産生過程的傳説之一。《易·繫辭上》：「天垂象，見吉凶，聖人象之；河出圖，洛出書，聖人則之。」北魏酈道元《水經注》卷十五《洛水》引：「《河圖玉版》曰：倉頡爲帝，南巡，登陽虚之山，臨于玄扈、洛汭之水，靈龜負書，丹甲青文以授之，即於此水也。」此似據《洛書》以論書之體用：文字雖爲記録語言，但使用文字者亦要體現出自家心性。

〔二〕「五行」：水、火、金、木、土。《孔子家語》卷六《五帝》：「天有五行：水、火、金、木、土，分時化育，以成萬物。」

〔三〕《禮記·樂記》：「道五常之行，使之陽而不散，陰而不密。」東漢鄭玄注：「五常，五行也。」《荀子·非十二子》：「案往舊造説謂之五行。」唐楊倞注：「五行：五常，仁、義、禮、智、信是也。」

〔四〕按：此當與卷五第二四〇、卷五第二四一互參。

二三八　書，陰陽剛柔不可偏陂，〔一〕大抵以合於《虞書》九德爲尚。〔二〕

〔一〕《易·説卦》：「昔者聖人之作易也，將以順性命之理。是以立天之道曰陰與陽，立地之道曰柔與剛，立人之道曰仁與義。」融齋取以論藝。並可參卷五第〇八一、卷五第一八一、卷六第〇八四。「偏陂」：即「偏頗」，本指不公正、不公平。引申爲偏重、傾向某一方。《書·洪範》：「無偏無陂，遵王之義。」僞孔《傳》：「偏，不正；陂，不平。」

〔二〕「九德」：見卷二第二四六注〔二〕。元鄭杓《衍極》卷上：「夫字有九德，九德則法。」融齋《持志塾言》卷下《禮樂》：「『九德』皆禮樂之意。」又融齋《游藝約言》：「善書者不出廉、立、寬、敦四字。然則欲從事於書，莫如先師夷惠。不然，則頑、懦、鄙、薄之書，且將接迹於世也。」

二三九　揚子以書爲心畫，〔一〕故書也者，心學也。心不若人而欲書之過人，其「勤而無所」也宜矣。〔二〕

〔一〕見卷一第二五五注〔二〕。按：揚雄所言書，乃著述之意。融齋此以爲書迹，自是斷章取義。

〔二〕《左傳》僖公三十二年：「穆公訪諸蹇叔。蹇叔曰：『勞師以襲遠，非所聞也。師勞力竭，遠主備之，無乃不可乎？師知所爲，鄭必知之，勤而無所，必有悖心。且行千里，其誰不知？』公辭焉。」此指勤苦而無所得。按：此條可與卷一第二五五互參。

二三〇　寫字者，寫志也。〔一〕故張長史授顏魯公曰：「非志士高人，詎可與言要妙？」〔二〕

〔一〕《梁書·庾肩吾傳》：「時太子與湘東王書論之：……吟詠情性，反擬内則之篇；操筆寫志，更摹酒誥之作。」

〔二〕見舊題唐韋續《墨藪》卷二引顏真卿《張長史十二意筆法第十一》：「長史久不言，乃左右眄視，怫然而起。僕乃從行，歸來竹林院小堂，張公乃當堂踞坐床，而命僕居乎小榻，而曰：『筆法玄微，難妄傳授，非志士高人，詎可與言要妙也？』」又融齋《游藝約言》：「陶淵明言『常著文章自娱，頗示己志』，書畫家當亦云爾，彼蓋即以書畫爲文章也。」

二三一　宋畫史「解衣槃礴」，〔一〕張旭「脱帽露頂」，〔二〕不知者以爲「肆志」，〔三〕知者服其「用志不紛」。〔四〕

〔一〕「畫史」：猶言畫師。引文見《莊子·田子方》：「宋元君將畫圖，衆史皆至，受揖而立，舐筆和墨，在外者半。有一史後至者，儃儃然不趨，受揖不立，因之舍。公使人視之，則解衣槃礴，臝。君曰：『可矣，是真畫者也。』」「槃礴」：箕坐，形容倨傲。

〔二〕《舊唐書》卷一百九十中《賀知章傳》：「旭善草書而好酒。每醉後，號呼狂走，索筆揮灑，變化無窮，若有神助，時人號爲『張顛』。」唐杜甫《飲中八仙歌》：「張旭三杯草聖傳，脱帽露頂王公前，揮毫落紙如雲煙。」

〔三〕《莊子·繕性》：「故不爲軒冕肆志，不爲窮約趨俗，其樂彼與此同，故無憂而已矣。」指放縱自己的心志。

〔四〕《莊子·達生》：「孔子顧謂弟子曰：『用志不分，乃凝於神，其痀僂丈人之謂乎？』」猶言專心致志。宋陳善《捫蝨新話》上集卷三：「顧愷之善畫，而人以爲癡；張長史工書，而人以爲顛。予謂此二人之所以精於書畫者也，《莊子》曰：『用志不分，乃凝於神。』」

二三二　筆性墨情，皆以其人之性情爲本。〔一〕是則理性情者，書之首務也。〔二〕

〔一〕宋姜夔《續書譜·情性》：「藝之至，未始不與精神通。」清吴肅公《街南文集》卷七《顔魯公法帖序》：「書一藝耳，而性情、人品、學術，皆由以出。首援詩文而例及書法，以性情爲本，中因書法而推見人品。」清朱和羹《臨池心解》：「書不過一藝耳，然立品是第一關頭。」按：此又可與卷一第二七九互參。

〔二〕「首務」：第一位的事務。

二三三　鍾繇《筆法》曰：「筆迹者，界也。流美者，人也。」〔一〕右軍《蘭亭序》言「因寄所託」，「取諸懷抱」，〔二〕似亦隱寓書旨。

〔一〕宋朱長文《墨池編》卷一《魏鍾繇筆法》：「魏鍾繇見伯喈《筆法》於韋誕坐，自搥胸，盡青，因嘔血。太祖以五靈丹救之，得活。繇苦求之，不與。及誕死，繇令人盜發其墓，遂得之。故知多力豐筋者，聖；無力無筋者，病。一一從其消息而用之，由是更妙。繇曰：『筆迹者，界也；流美者，人也。非凡庸所知。』」按：龍松生校編沈曾植《海日碎金·劉融齋書概評語》：「先生云：北碑字有定體，而出之奇變，確守此言。」又：「松生附記：安吴書得自簡牘，純以草法爲運用，故不免困於法數縱横，萬化千變，點畫離披，不可窮詰之中。又不知中實中虚，各有獨至，真草有不必相通之迹，智解不明，而欲舍彼取此，强爲一之，遂以書有定體，而出之奇變，爲書之極則。不知以虞書之簡遠二字視之，正復常言耳。豈能盡其難盡之情乎？以迹象論，有定體者，原不必有奇變；有奇變者，亦不必有定體。要在意能發筆，筆能稱意，神理性情，昭然可見，乃爲僅之。爲南爲北，爲草爲真；或曲或直，或繁或簡；種種門面，要必得此以相撑拄，斯固鍾傳之本意也。」

〔二〕東晉王羲之《蘭亭集序》：「夫人之相與，俯仰一世。或取諸懷抱，晤言一室之内；或因寄所託，放浪形骸之外。雖趣舍萬殊，靜躁不同，當其欣於所遇，暫得於己，快然自足，不知老之將至。」按：「因寄所託」即「因古」、「觀物」；「取諸懷抱」即「自構」、「觀我」。參卷五第一九二、卷五第二四六。

二三四　張融云：「非恨臣無二王法，恨二王無臣法。」〔一〕余謂但觀此言，便知其善學二王。儻所謂「見過於師，僅堪傳授」者耶？〔二〕

〔一〕唐張懷瓘《書斷》卷中：「張融，字思光，吴郡人。……思光官至司徒左長史，博涉經史，早標孝行。書兼諸體，於草尤工。而時有稽古之風，寬博有餘，嚴峻不足，可謂有文德而無武功。然齊梁之際，殆無以過。或有鑑不至深，見其有古風，多誤實之，以爲張伯英書也。」引文見《南史》卷三十二《張融傳》：「融善草書，常自美其能。帝曰：『卿書殊有骨力，但恨無二王法。』答曰：『非恨臣無二王法，亦恨二王無臣法。』」

〔二〕「儻」：或許。宋釋普濟《五燈會元》卷三：「師曰：『如是如是。見與師齊，減師半德；見過於師，方堪傳授。子甚有超師之見。』檗便禮拜。」意謂見識超過老師的學生，才值得傳授。

二三五　唐太宗論書曰：「吾之所爲，皆先作意，是以果能成。」〔一〕虞世南作《筆髓》，其一爲《辨意》。〔二〕蓋書雖重法，然意乃之所受命也。

〔一〕見卷五第二〇九注〔一〕。

〔二〕按：舊本題唐韋續《墨藪》卷二引虞世南《筆髓》只有《辨應》而無《辨意》。清倪濤《六藝之一録》卷一百七十云：「唐虞世南《筆髓法》一卷。一辨意、二指意、三釋真、四釋行、五釋草、六契妙、七勸學，李嗣真書後品一卷。」疑融齋從倪説而誤。

二三六　東坡論吴道子畫「出新意於法度之中，寄妙理於豪放之外」。〔一〕推之於書，但尚「法度」與「豪放」，而無「新意」「妙理」，末矣。〔二〕

〔一〕蘇軾《書吴道子畫後》：「出新意於法度之中，寄妙理於豪放之外，所謂遊刃餘地，運斤成風，蓋古今一人而已。」

〔二〕「末」：非根本的、次要的事。多與「本」對言。此言舍本求末。

二三七　學書通於學仙，鍊神最上，鍊氣次之，鍊形又次之。〔一〕

〔一〕此條可與卷一第一七二及注〔三〕引清梁章鉅《制義叢話》、卷二第〇九五互參。

二三八　書貴「入神」，〔一〕而神有我神、他神之別。入他神者，我化爲古也；入我神者，古化爲

我也。〔三〕

〔二〕參卷一第二三一注〔一〕引杜詩。又《易・繫辭下》：「精義入神，以致用也。」三國魏王弼注：「神寂然不動，感而遂通，故能乘天下之微，會而通其用也。」袁宏道《徐文長傳》：「予不能書，而謬謂文長書決當在王雅宜、文徵仲之上，不論書法而論書神。」融齋《游藝約言》：「書有骨重神寒之意，便爲法物。」亦可與此參觀。

〔三〕按：「我神」：即前所謂「自構」。「他神」：即前所謂「因古」。可參卷五第一九二。龍松生校編沈曾植《海日碎金・劉融齋書概評語》：「先生云：觀古書者，須有他心通本領始得。」

二三九　觀人於書，莫如觀其行、草。〔一〕東坡論《傳神》，謂：「具衣冠坐，斂容自持，則不復見其天。」〔二〕《莊子・列禦寇》篇云：「醉之以酒而觀其則。」〔三〕皆此意也。

〔一〕此謂楷如坐、行如走、草如跑，走跑更易見其人情性也。可參卷五第〇三七。

〔二〕宋蘇軾《傳神記》：「傳神與相一道，欲得其人之天，法當於衆中陰察之，今乃使人具衣冠坐，注視一物，彼方斂容自持，豈復見其天乎？」「天」：天性。

〔三〕《莊子・列禦寇》：「故君子遠使之而觀其忠，近使之而觀其敬，煩使之而觀其能，卒然問焉而觀其知，急與之期而觀其信，委之以財而觀其仁，告之以危而觀其節，醉之以酒而觀其則，雜之以處而觀其色，九徵至，不肖人得矣。」本意是説讓他喝醉酒以觀察其儀態。

二四〇　書，如也。〔一〕如其學，如其才，如其志，總之曰如其人而已。〔二〕

〔一〕東漢許慎《説文解字叙》：「著於竹帛謂之書。書者，如也。」清段玉裁《注》：「謂如其事物之狀也。」南北朝顔之推《顔氏家訓》卷下：「真草書迹，微須留意。江南諺云：尺牘書疏，千里面目也。」唐孔穎達《尚書序正義》引《書緯·璿璣鈐》：「書者，如也。則書者，寫其言，如其意，情得展舒也。」宋劉清之《戒子通録》卷七：「劉道原之子羲仲本佳，近亦變壞。子雲稱：『言，心聲。書，心畫。』羲仲每有書來，呼兒輩譯之數四，有不能識者，字小而闇弱，亦其心術之不明類此。安世每於書畫之間，得其人之太半。」

〔二〕龍松生校編沈曾植《海日碎金·劉融齋書概評語》：「先生云：宋書多才人，唐書多學者。」融齋《游藝約言》：「詩文書畫，皆生物也。然生不生，亦視乎爲之之人，故人以養生氣爲要。」「如蘭、如玉、如金、如石，文章書畫兼此『四如』，那得差。」「字不出雕、樸兩種。循其本，則人雕者字雕，人樸者字樸。」可參卷五第二四一。

二四一　賢哲之書温醇，駿雄之書沈毅，畸士之書歷落，〔一〕才子之書秀穎。〔二〕

〔一〕「畸士」：猶畸人，如郭恕先，參卷五第一五八注〔二〕。「歷落」：猶磊落。

〔二〕唐孫過庭《書譜》：「是知偏工易就，盡善難求。雖學宗一家，而變成多體。莫不隨其性欲，便以爲姿。質直者則徑侹不遒，剛佷者又掘强無潤，矜斂者弊於拘束，脱易者失於規矩，温柔者傷於軟緩，躁勇者過於剽迫，狐疑者溺於滯澁，遲重者終於蹇鈍，輕瑣者染於俗吏。斯皆獨行之士，偏翫所乖。」舊本題明朱存理《趙氏鐵網珊瑚》：「昔人云：作書類人。若顏書之剛勁，虞書之美麗，歐書之清瘦，人亦似之。」按：此可與卷五第二四〇互參。

二四二　書可觀識。〔一〕筆法字體，彼此取舍各殊，識之高下存焉矣。

〔一〕按：融齋以爲學書亦如修史，當具才、學、識、志四長也。觀卷五第〇九四、卷五第一五八、卷五第二四〇可知。

二四三　「揖讓」、「騎射」，兩人各善其一，不如並於一人。〔一〕故書以才度相兼爲上。〔二〕

〔一〕「揖讓」、「騎射」：暗用宋蘇洵《養才》：「今有二人焉，一人善揖讓，一人善騎射，則人未有不以揖讓賢於騎射矣。然而揖讓者，未必善騎射，而騎射者，捨其弓以揖讓於其間，則未必失容。何哉？才難强而道易勉也。」此以「揖讓」比氣度修爲。「騎射」比才幹。

〔二〕「才度」：才能和氣度。

二四四　書尚清而厚，〔一〕清厚要必本於心行。〔二〕不然，書雖幸免薄濁，亦但爲他人寫照而已。〔三〕

〔一〕「清」者，謂能「空諸所有」；入我神也；「厚」者，謂能「包諸所有」，入他神也。可參卷四第〇九五、卷五第二三八。

〔二〕融齋此以心性論書。《孟子·盡心下》：「孟子曰：口之於味也，目之於色也，耳之於聲也，鼻之於臭也，四肢之於安佚也，性也，有命焉，君子不謂性也。仁之於父子也，義之於君臣也，禮之於賓主也，智之於賢者也，聖人之於天道也，命也，有性焉，君子不謂命也。」宋朱熹《集注》：「程子曰：仁義禮智天道，在人則賦於命者，所稟有厚薄清濁，然而性善可學而盡，故不謂之命也。張子曰：晏嬰智矣，而不知仲尼。是非命邪？ 愚按：所稟者厚而清，則其仁之於父子也至，義之於君臣也盡，禮之於賓主也恭，智之於賢否也哲，聖人之於天道也，無不吻合而純亦不已焉。薄而濁，則反是，是皆所謂命也。」又按：融齋《游藝約言》：「書之病，如『薄』、『俗』之類，皆人之病所形也。倘不由末推本而變化之，可乎？」

〔三〕「爲他人寫照」：即卷五第二三八所謂他神也。

二四五　書當造乎自然。〔一〕蔡中郎但謂「書肇於自然」，〔二〕此「立天定人」，〔三〕尚未及乎由人復天也。〔四〕

〔一〕「造乎自然」：達到自然的高度。融齋以爲書法來源於自然（肇於自然），書家應根據自然的法則來進行藝術創作，最終摒棄人工的痕迹再回歸到自然的高度（由人復天）。

〔二〕「肇於自然」：見卷五第一八三注〔一〕引。本意是説書法來源取法於自然。又融齋《游藝約言》：「無爲者，性也、天也。有爲者，學也、人也。學以復性，人以復天，是有爲仍蘄至於無爲也。畫家逸品出能品之上，意之所通者廣矣。」

〔三〕《陰符經》：「天性，人也；人心，機也。立天之道以定人也。」託名諸葛亮注：「亮曰：以爲立天定人，其在於五賊。」

〔四〕按：此當與卷五第二二〇互參。

二四六　學書者有二觀：曰「觀物」，曰「觀我」。〔一〕觀物以「類情」，觀我以「通德」。〔二〕如是，則書之前後莫非書也，〔三〕而書之時可知矣。

〔一〕宋邵雍《皇極經世書》卷十二《觀物内篇》：「聖人之所以能一萬物之情者，謂其聖人之能反觀也。所以謂之反觀者，不以我觀物也。不以我觀物者，以物觀物之謂也。既能以物觀物，又安有我於其間哉？是知我亦人也，人亦我也，我與人皆物也。此所以能用天下之目，爲己之目，其目無所不觀矣。」又卷十四《觀物外篇》：「以物觀物，性也；以我觀物，情也。性，公而明；情，偏而暗。」此移用。又按：融齋《游藝約言》：「悟有頓漸。學書從摹古人得者，漸也；從觀物得者，頓也。」可與此參觀。

〔二〕「類情」、「通德」：語本《易·繫辭下》：「古者包犧氏之王天下也，仰則觀象於天，俯則觀法於地，觀鳥獸之文，與地之宜，近取諸身，遠取諸物，於是始作八卦，以通神明之德，以類萬物之情。」本意是説：用來貫通神奇光明的德性，用來類聚天下萬物的情態。

〔三〕「書」：此用爲動詞，指書寫。

卷六　經義概

〇〇一　經義試士，自宋神宗始行之。〔一〕神宗用王安石及中書門下之言定科舉法，使士各專治《易》、《詩》、《書》、《周禮》、《禮記》一經，兼《論語》、《孟子》，初試本經，次兼經大義，而經義遂爲定制。〔二〕其後元有《四書》疑，〔三〕明有《四書》義，〔四〕實則宋制已試《論》、《孟》、《禮記》，《禮記》已統《中庸》、《大學》矣。〔五〕今之《四書文》，學者或並稱經義。〔六〕《四書》出於聖賢，聖賢「吐辭爲經」，〔七〕以經尊之，名實未嘗不稱。爲經義者，誠思聖賢之義，宜自我而明，不可自我而晦，則爲之自不容苟矣。

〔一〕「經義」：八股文異稱之一，因明清兩代鄉試、會試内容均取自《四書》、《五經》，故云。《明史》卷七十《選舉志》：「科目者，沿唐宋之舊而稍變其試士之法，專取《四子書》及《易》、《書》、《詩》、《春秋》、《禮記》五經命題試士，蓋太祖與劉基所定。其文略仿宋經義，然代古人語氣爲之，體用排偶，謂之八股，通謂之制義。」其他還有時文、四書文、帖括、程文、墨卷、房稿、行卷、社稿之稱呼。按照傳統的說法，經義試士始於宋神宗熙寧四年（當公元一〇七一年）。《宋史·神宗本紀二》：「（熙寧四年）二月丁巳朔，罷詩賦及明經諸科，以經義論策試進士。」可參清周壽昌

《思益堂日札》卷四《經義》。今人方笑一亦有《「經義」考》（刊《華東師範大學學報》二〇〇二年第六期）。

〔二〕按：《宋史》卷一百五十五《選舉志》：「四年，乃立經義、詩賦兩科，罷試律義。凡詩賦進士於《易》、《詩》、《書》、《周禮》、《禮記》、《春秋左傳》內聽習一經。初試本經義二道，《語》《孟》義各一道，次試賦及律詩各一首，次《論》一首，末試子史時務策三道。凡專經進士，須習兩經，以《詩》、《禮記》、《周禮》、《左氏春秋》爲大經，《書》、《易》、《公羊》、《穀梁》、《儀禮》爲中經，《左氏春秋》得兼《公羊》、《穀梁》、《書》，《周禮》得兼《儀禮》或《易》，《禮記》、《詩》並兼《書》。願習二大經者，聽。不得偏占兩中經。初試本經義三道，《論語》義一道；次試本經義三道，《孟子》義一道；次論策如詩賦科，並以四場通定高下，而取解額中分之，各占其半。專經者，用經義定取捨；兼詩賦者，以詩賦爲去留；其名次高下，則於策論參之。」

〔三〕《元史》卷八十一《選舉志》引元仁宗皇慶二年十一月詔書：「考試程式：蒙古、色目人，第一場經問五條，《大學》、《論語》、《孟子》、《中庸》內設問，用朱氏章句集注。其義理精明，文辭典雅者，爲中選。第二場策一道，以時務出題，限五百字以上。漢人、南人第一場明經經疑二問，《大學》、《論語》、《孟子》、《中庸》內出題，並用朱氏章句集注，復以己意結之，限三百字以上；經義一道，各治一經，《詩》以朱氏爲主，《尚書》以蔡氏爲主，《周易》以程氏朱氏爲主。已上三經，兼用古注疏，《春秋》許用三傳及胡氏傳，《禮記》用古注疏，限五百字以上，不拘格律。第二場古賦詔誥章表内科一道，古賦詔誥用古體，章表四六，參用古體。第三場策一道，經史時務内出題，不矜浮藻，惟務直述，限一千字以上成。蒙古、色目人，願試漢人、南人科目，中選者加一等注授。蒙古色目人作一榜，漢人南人作一榜，第一名賜進士及第，從六品；第二名以下及第二甲，皆正七品；第三甲以下，皆正八品。兩榜並同。」又：「元統癸酉科，廷試進士同同、李齊等，復增名額，以及百人之數，稍異其制，左右榜各三人，皆賜進士及第，餘賜出身有差。科舉取士，莫盛於斯。後三年，其制遂罷。又七年而復興，遂稍變程式，減蒙古、色目人明經二條，增本經義；易漢、南人第一場《四書》疑一道爲本經疑，增第二場古賦外，於詔誥章表内又科一道。此有元科目取士之制，大略如此。」

〔四〕按：《明史》卷六十九《選舉志》：「諸生應試之文，通謂之舉業。《四書》義一道，二百字以上；經義一道，三百字以上。取書旨明晳而已，不尚華采也，其後標新領異，益漓厥初。」

〔五〕按：《中庸》原見《禮記注疏》卷五十二、卷五十三，《大學》原見《禮記注疏》卷六十。

〔六〕按：清顧炎武《日知録》卷十六《試文格式》：「經義之文，流俗謂之八股。蓋始於成化以後，股者，對偶之名也。天順以前，經義之文不過敷演傳注，或對或散，初無定式，其單句題亦甚少。成化二十三年會試，『樂天者，保天下』文，起講先提三句，即講樂天四股，中間過接四句，復講保天下四股，復收四句，再作大結。弘治九年會試『責難於君謂之恭』文，起講先提三句，即講『責難於君』四股，中間過接二句，復講『謂之恭』四股，復收二句，再作大結。每四股之中，一反一正，一虛一實，一淺一深（原注：亦有聯屬二句、四句爲對，排比十數對成篇，而不止於八股者）。其兩扇立格（原注：謂題本兩對，文亦兩大對），則每扇之中各有四股，其次第之法，亦復如之，故今人相傳謂之八股。若長題則不拘此。嘉靖以後，文體日變，而問之儒生，皆不知八股之何謂矣。孟子曰：『大匠誨人，必以規矩。』今之爲時文者，豈必裂規偭矩矣乎？發端二句或三四句，謂之破題。大抵對句爲多，此宋人相傳之格（原注：本之唐人賦格）。下申其意作四五句，謂之承題。然後提出夫子（原注：曾子、子思、孟子皆然）爲何而發此言，謂之原起。至萬曆中，破，止二句。承，止三句。不用原起，篇末敷演聖人言畢，自攄所見。或數十字，或百餘字，謂之大結。明初之制，可及本朝時事，以後功令益密，恐有藉以自炫者，但許言前代，不及本朝。至萬曆中，大結止三四句，於是國家之事，罔始罔終；在位之臣，畏首畏尾，其象已見於應舉之文矣。」所論八股文的起源發展，最爲簡明。

〔七〕唐韓愈《進學解》：「是二儒者，吐辭爲經，舉足爲法。絶類離倫，優入聖域。其遇於世何如也？」

〇〇二　杜元凱《左傳序》云「先經以始事」，「後經以終義」，「依經以辯理」，「錯經以合異」。〔一〕余謂經義用此法操之，便得其要。經者，題也；〔二〕先之後之、依之錯之者，文也。〔三〕

〔一〕元凱：西晉杜預之字。引文見卷一第〇七八注〔二〕。

〔二〕「題」：考官所出之題。

〔三〕「文」：考生所作之文。又清沈祥龍《樂志簃筆記》卷三《論文隨筆》：「文有提主意於首句，其後乃逐層闡發者，如李斯《諫逐客書》是。有點主意於結句，其前惟逐節翻騰者，如賈誼《過秦論》上篇是。此『先經始事』，『後經終義』之法，主意，即經也。」

〇〇三　凡作一篇文，其用意俱要可以一言蔽之。擴之則爲千萬言，約之則爲一言，所謂主腦者是也。〔一〕破題、起講，扼定主腦；承題、八比，〔二〕則所以分攄乎此也。〔三〕主腦皆須「廣大」「精微」，〔四〕尤必審乎章旨、節旨、句旨之所當重者而重之，不可硬出意見。主腦既得，則制動以靜，治煩以簡，一綫到底，百變而不離其宗，〔五〕如兵，非將不御；射，非鵠不志也。〔六〕

〔一〕「主腦」：見卷一第三一四注〔一〕。

〔二〕「破題」：明左培《書文式·文式》卷下：「破者，舍矢如破之義。」即説明題意，要求點破文題的要義，必須與朱熹的《四書集注》注釋相一致，不准隨意注釋，也不能錯解題意，否則稱「罵題」。破題限用兩句，放在文章的開頭，文字可用對偶，也可散行。破題最後一字，清代規定要用一個單音虚詞，如焉、也、矣等。按功令要求，破題不准直呼聖賢名姓，提到孔孟、周文王、周武王及周公等，需用「聖人」、「聖」，遇到孔門弟子如顏淵、曾子等，要稱「賢」、「賢者」，直呼其名，則是不恭。破題的方法很多，常見的有明破、暗破、順破、倒破、正破、反破等。「起講」：亦稱「小講」、「發凡」。在破題和承題之後，明左培《書文式·文式》卷下：「起者，起講起頭之謂。前俱是己意說題，此便是替聖賢說話了，必設身處地而察其心，想這一句話，爲甚的說，有上文，則本上文來，無上文，則會本章本節本句意思來。渾渾作一段，以爲大講張本。」其主要內容是進一步發揮題意。起講開頭多用「且夫」、「嘗謂」、「若曰」、「嘗思」等雙音詞。明代八股起講比較簡單，一般用三五句就可以了。清代較複雜，多用十句左右，根據內容可以伸縮。起講的文字與破、承在文字上最明顯的區别是要開始「入口氣」，可用排偶，也可以散行。「承題」：清梁章鉅《制義叢話》卷二十三：「徐儆弦先正《文鈔撮要》云：破題之後爲承題。承者，接也，因破義尚渾融，故又將破中緊要字樣承接下來。或正破則反承，或反破則正承；順破則逆承，逆破則正承，餘以類推。總要明快斬截，亦不宜使破自破，承自承也。」承題一般用四五句話進一步説明題義，並根據所破題義指明作者文章主旨，開頭用「夫」、「而」、「蓋」等單音虚詞，末一字用「耳」、「焉」、「矣」等虚詞。承題提到堯舜、周公、孔孟等聖賢時，可以不諱其名，此與破題要求不同。承題的文字從破題而來，行文須要注意破承之間的關係。要求二者如「雙龍抱珠」，忌諱「破自破，承自承」，所以舊時論八股作法者，常以「破承」爲名。

「八比」：這個名稱來源於元代王充耘撰的《書義矜式》，分起比（亦稱提比）、中比、後比、束比。

明憲宗朱見深成化後規定，提比之後又有虛比，每比兩股對照。但到了清代，提、中、後三比没有變化，虛比就不大注意了。後來大約有人嫌「股」字不雅，便稱「八股」爲「八比」，殊不知「八比」就是十六股，名實不符了。

〔三〕「分攄」：分別加以鋪叙。

〔四〕可參卷二第二七〇注〔一〕。

〔五〕可參卷一第〇三九注〔一〕。

〔六〕「射非鵠不志」：比喻目標明確專一，今人所謂不見兔子不撒鷹。《孟子·告子上》：「弈秋，通國之善弈者也。使弈秋誨二人弈。其一人專心致志，惟弈秋之爲聽；一人雖聽之，一心以爲有鴻鵠將至，思援弓繳而射之。雖與之俱學，弗若之矣。」

〇〇四　昔人論文，謂未作破題，文章由我；既作破題，我由文章。〔一〕余謂題出於書者，可以斡旋；〔二〕題出於我者，惟抱定而已。破題者，我所出之題也。

〔一〕「既作破題」：《續修四庫》本作「既生破題」。按：破題是文章寫作者對所出試題理解後所確立的寫作主旨。所以没有確定破題前，自己還可以根據試題的理解自由選取寫作的重點和角度；一旦確定了破題後，自己就不能自由發揮，而只能圍繞著破題展開論述了。又按：此語出處俟考。

〔二〕「斡旋」：運轉、扭轉。宋羅人經《鶴林玉露》卷十六：「作詩要健字撑拄，要活字斡旋。」此喻能借助靈活迴旋的餘地，另闢蹊徑。《古今圖書集成・理學彙編・文學典》第一百八十卷《經義部》引明董其昌《論文・斡》：「李長吉云：『筆補造化天無功。』此『斡』之所自始也。以時文論，雖聖賢語，豈無待作者斡旋處？如禹稷當平世，三過其門不入。既平世矣。何爲却須三過其門不入？程文則云：『蓋洪水艱食，天下雖若猶未平也，而君明臣良，則天下有所賴以平也。』出人意表。又如壬子南畿墨卷『君子不可小知而可大受也』，他人講『不可小知』，只隨題講去，若將謂君子於細事全不理會。孫溥卷則云：『故以一事之盡善，而謂其爲君子焉，吾意君子不如是之隘也；以一事之未善，而謂其非君子焉，吾意君子不如是之淺也，果可以小知乎哉？』場中得此四句，遂作舉首。故缺漏處，須用意斡旋。」

〇〇五　文莫貴於尊題。〔一〕尊題自破題、起講始。承題及分比，〔二〕只是因其已尊而尊之。尊題者，將題説得極有關係，乃見文非苟作。

〔一〕「尊題」：見卷三第〇六四注〔二〕。

〔二〕「分比」：通稱「分股」。爲文章之正題，按程式規定，八股正題要根據題意加以具體發揮，闡述作者對題意的理解和認識，表現作者對經典的看法，要用古人的口吻闡發儒家思想，所謂「代聖賢立言」，主要體現在這一部分。這部分内容要用對偶的文字，通過「起二股」、「中二股」、

「後二股」、「束二股」這八股來表現。這「八股」之中，「起二股」之後有「出題」，「中二股」與「後二股」中間可有「過接」，「出題」、「過接」可用散句。

〇〇六　破題是個小全篇。〔一〕人皆知破題有題面，有題意，〔二〕以及分合明暗、反正倒順、探本推開、代説斷做、照下繳上諸法，〔三〕不知全篇之神奇變化，此爲見端。

〔一〕「小全篇」：篇幅短小的整篇文章。極言「破題」之重要。宋魏天應《論學繩尺·破題》：「破題爲論之首。一篇之意，皆涵蓄於此，尤當立意詳明，句法嚴整，有渾厚氣象。論之去取，實係於破題。破題不佳，後雖有過人之文，有司亦不復看。」清梁章鉅《制義叢話》卷二十三：「陳桂舫曰：一學使衡文草率，每閲一破題便定去取，以下不肯多閲一字。一日，以『不爲酒困』命題，有童子窘甚，不能落筆，旁一叟戲之曰：『孔子飲酒不過一鍾，汝未之聞乎？』童子即順口成破題云：『聖人之於酒，一中焉已耳。』蓋『鍾』字又誤作『中』字，學使但閲破題，以爲用『中』字立意，遽取入庠，而其下文理之荒謬，則並未寓目也。」

〔二〕「題面」：題的表面所傳達出的意思。「題意」：題面之外所傳達出的深層意思。清梁章鉅《制義叢話》卷二引陸清獻公：「成弘以前之文，叙題面處多，發所以然處少，而題意已顯然於題面之中；成弘以後之文，發所以然處多，叙題面處少，而題面亦躍然於題意之内，兩者不可偏廢也。」

〔三〕「照下繳上」：猶言照應下面，呼應上面。

〇〇七　有認題，〔一〕有肖題。〔二〕善認題，故題外無文；〔三〕善肖題，故文外無題。〔四〕

〔一〕宋魏天應《論學繩尺·認題》：「凡作論之要，莫先於體認題意。故見題目，則必詳觀其出處上下文，及細玩其題中有要切字，方可立意。蓋看上下文，則識其本原，而立意不差。知其要切字，則方可就上面着工夫，此最作論之關鍵也。」清梁章鉅《制義叢話》卷五引陳百史：「鄒泗山與李晉江，名位相伯仲，文亦相似，而泗山文境尤高妙。『是故君子有大道』節，言忠信，但言精神志慮日周於天下；言驕泰，但言精神志慮不在於天下。淡而深，約而該，後人爲之，累牘不能盡矣。其作『孟施舍之守氣又不如曾子之守約』文，亦愈清淺愈深徹。此二句，宋時點本二『守』字皆一讀，朱子謂守約者，言守得其要，非以約爲一物而可守也。泗山文中『無煩思神，無煩慮方』，是從『守』字説到約處，若以『約』字當一實落字義，便於孟施『守約』二字説不去，此前輩之善於認題也。」

〔二〕所謂肖題是説行文的語氣要符合題目中人物的身份、地位、場合等等。清梁章鉅《制義叢話》卷五引《書香堂筆記》：「作制義者，有題理，有題神，人皆知之。而每題各有題之形貌，文亦必與之相稱，而後爲肖題。」包世臣《藝舟雙楫·或問》：「古文言皆己意，八比則代人立言，故其要首在肖題，而肖題之機，在審脈。」鄧雲鄉《清代八股文》：「用現在的話説，認題就是要透徹地理解題目；把題目真正的内涵要求，充分發揮圓滿。肖題就是文章符合題目要求，不要説到題外話。」

〔三〕「題外無文」：謂扣題要緊。

〔四〕「文外無題」：謂抉發題義要盡。

〇〇八 文之要：曰識、曰力。識，見於認題之真；〔一〕力，見於肖題之盡。〔二〕

〔一〕清梁章鉅《制義叢話》卷二引李雨村：「乾隆四十四年順天鄉試，首題爲『子曰毋』，放榜後，金壇于相國敏中孫德裕中式舉人。時方駐蹕熱河，德裕以大臣子弟例得赴行在謝恩，上令將闈中詩文默出呈覽，諭左右大臣曰『雖大致尚屬清順，但首篇内朝廷自有養賢之典，何臣子偏爲過激之詞』，又『今日之粟，非出之於家，國家無以報功，而臣下實爲多事』等句，俱與傳注不合。朱注：『孔子爲魯司寇時，以思爲宰。』是思乃孔子家臣，九百之粟即夫子所與，非受禄於魯國，更非頒禄於周室也。朝廷之語，魯國尚不足以當之，而況夫子之家乎？又有『夫子行芳志潔』語，非六經所有，而以擬孔子更覺不倫，此實認題不真及遺詞不當之故。」

〔二〕所謂「肖題之盡」是説要充分透徹地闡發題意，既不能增加出題目中没有的意思，也不能遺漏題目中包含（包括暗含）的意思。可參卷六第〇一六。

〇〇九 認題、肖題，全在善於讀題。〔一〕《春秋》僖二十一年《穀梁傳》云：「以，重辭也。」〔二〕宣七年《傳》云：「而，緩辭也。」〔三〕文家重讀、輕讀、急讀、緩讀之法，此已開之。〔四〕

〔一〕「讀題」：理解、領會題意。

〔二〕語見《春秋穀梁傳注疏》卷九。又見《春秋穀梁傳注疏》卷十九定公七年。晉范甯《集解》：「此傳及定七年『齊人執衛行人北宫結以侵衛』，傳皆曰：『以，重辭也。』然則以有二義矣。國之所重，故曰重辭。」按：據此，則「重辭」與「重讀」，了不相涉。

〔三〕語見《春秋穀梁傳注疏》卷十二。唐楊士勛《疏》：「言緩辭也者，此日中克葬，足乎日，故云緩也。定十五年：『日下昃乃克葬。』故云：乃，急辭也。是二文相對爲緩急。」

〔四〕此當與卷一第〇二〇互參。按：注疏中之「重讀」、「輕讀」等爲音韻學之術語，與誦讀之讀無涉，融齋斷章取義。

〇二〇　肖題者，無所不肖也，肖其神，肖其氣，肖其聲，肖其貌。〔一〕有題字處，切以肖之；無題字處，補以肖之。自非肖題，則讀題、認題亦歸於無用矣。

〔一〕因八股文屬「代人立言」，要「入口氣」。題目是孔子、曾子、子思、孟子及其它孔門弟子時，就得模仿這些聖賢的口氣，如果題目是陽虎、孺子、齊人妻妾，與夫權臣、嬖幸、狂士、隱者之流，亦須設身處地，想象自己實爲此人，而類比仿效其口吻以爲文（記事題和連章題則不須「入口氣」）。因此寫作時，要「肖題」，也就成了決定一篇文章好壞的最基本要求。清梁章鉅《制義叢話》卷一：「（李文貞光地《榕村語録》）又云：做時文要講口氣，口氣不差，道理亦不差，解經便是如此。若口氣錯，道理都錯矣。」

〇二一　題有筋有節。文家辨得一「節」字，則界畫分明；〔一〕辨得一「筋」字，則脈絡聯貫。〔二〕

〔一〕「界畫」：界限。清王元啓《惺齋論文》：「一切古文，亦須從先後界畫上看起，勿便講求高妙。界畫上看得分明，則行文時自然出落有法。」

〔二〕鄧雲鄉《清代八股文》：「（劉熙載）又説到題的筋、節、題眼等等，即要抓住題中各層意思的層次、環節。」龔篤清《明代八股文史探》：「它指的就是作八股文時，只有認清題位，才能把握住本題與其上下文的關聯，劃清本題與上下文的界限，理清本題與上下文間的發展脈絡。只有如此，行文時才不致犯上連下，違反功令。」

〇二二　題有題眼，文有文眼。〔一〕題眼或在題中實字、或在虚字、或在無字處；〔二〕文眼即文之注意實字、虚字、無字處是也。〔三〕

〔一〕「題眼」、「文眼」：題目和文章中的關鍵處。

〔二〕「無字處」：謂文章之轉折、闔合、接續、彌縫處。可參卷二第一九四。

〔三〕「注意」：文意所貫注。

〇二三　有題要，有題緒。〔一〕善扼題要，所以統題緒也；善理題緒，所以拱題要也。

〔一〕「題要」：題的中心和主綫。「題緒」：主綫上的頭緒。

〇二四　章旨在本題者，〔一〕闡本題即所以闡章旨也。章旨在上下文者，必以本題攝之。攝有三位：實字、虛字、無字處。

〔一〕「章旨」：猶言「段落大意」。古代的文章理論家把文章結構分成「篇」、「章」、「節」、「句」、「字」等。「節」相當於自然段，「章」相當於由自然段構成的段落。

〇二五　有題面與題意同者，〔一〕有題面與題意異者。「實與而文不與」，實不與而文與，〔二〕皆所謂異也。

〔一〕「題面」：題目所傳達出的字面義、表層義。「題意」：題目所傳達的字外義、深層義。前人或以「皮膚」、「筋骨」相稱。《古今圖書集成·理學彙編·文學典》第一百八十卷《經義部》引吳默《論文·認題》：「有題之皮膚、有題之筋骨。吾舍其皮膚而操其筋骨，故片言而有餘。不然，費盡心力，只成一篇訓詁。如辛未會場『先進』題，從『先進』字面，此題之皮膚也。而『先進』之所以當從，則題之筋骨也。程講云：『禮樂所以養德也，而養德宜處其實不宜處其華，所以維風也。而維風者，宜居其厚不宜居其薄，以求諸實，先進有焉。有其實則用以治心而心平，用以治身而身正。周公之懿範猶存，固吾所夢想者也。雖戾於俗，奚恤乎以求諸厚』云云。正解從『先進』字面只吾所夢想雖戾奚恤二句，餘皆解『先進』所以當從處，寫得十分精神，所謂得其解者，故爲從來程文之冠。」

〔二〕「實與而文不與」：實際上是贊成，表面文字上却似不贊成。《春秋公羊傳》卷十《僖公二年》：「桓公城之。曷爲不言桓公城之？不與諸侯專封也。曷爲不與？實與而文不與。文曷爲不與？諸侯之義不得專封也。」「實不與而文與」：實際上是不贊成，表面文字上却似贊成。明朱朝瑛《讀春秋略記》卷八：「故如京師，不書；諸侯會諸侯，不書。劉子、成子實不與而文亦不與也。實不與而文予之者，存其名以寓實；實不與而文亦不與者，去其名以辨實也。」

〇一六　題義有而文無，是謂減題；題義無而文有，是謂添題。文貴如題，〔一〕或減或添俱失之。

〔一〕「減題」：亦稱「漏題」。清梁章鉅《制義叢話》卷二十三引梁素冶：「凡作破題，最要扼題之旨，肖題之神，期於渾括清醒，精確不移，其法不可侵上，不可犯下，不可漏題，不可罵題。語涉上文謂之侵上，語犯下文謂之犯下。將本題意思未經破全或有遺漏，謂之漏題，將本題字眼全然寫出，不能渾融，是謂罵題。」「文貴如題」句是説寫作時，不能增加出題義所没有的内容，也不能少了題義中應該有的内容，要嚴格符合題義的要求。清劉大櫆《時文論》：「八比時文，是代聖賢説話，追古人神理於千載之上，須是逼真。聖賢意所本無，我不得增之使有。」按：融齋《游藝約言》：「如題之法，有約題，有展題，不然謂之死於題下；行文之法，有約文，有展文，不然謂之死於文下。」「不龜手之方用之戰，好道用之解牛。善文者之御題，不震於大，不忽於小，如之。」「身在瓮外方能運瓮，身在衣内方能勝衣。斯意也，在文則一馭題，一稱題也。」並可與此互參。

〇一七　題有平有串，〔一〕做法未嘗不通。蓋在平題爲分做者，在串題爲截做；在平題爲總做者，在串題爲滚做也。〔二〕至宜分宜截，宜總宜滚，善相題者自知之。〔三〕

〔一〕「平題」：指兩個或兩個以上的論題處於對等的地位，彼此之間没有輕重緩急等的區分。「串題」：指兩個或兩個以上的論題彼此存在著邏輯上的因果先後等順序。此條可與卷三第〇九五、卷六第〇四六互參。

〔二〕「滚做」：猶言混做。和前面的「總做」其實並没有本質的區别。這裏只是爲要區别「平題」和「串題」，所以分立了兩個不同的術語。宋黎靖德《朱子語類》卷九十八：「《西銘》大綱是理一而分自爾殊。然有二説：自天地言之，其中固自有分别，自萬殊觀之，其中亦自有分别，不可認是一理了，只滚做一看，這裏各自有等級差別。」

〔三〕「相題」：仔細觀察題目。宋李耆卿《文章精義》：「文字貴相題廣狹。晦庵先生諸文字如長江大河，滔滔汩汩，動數千萬言而不足。及作《六君子贊》，人各三十二字，盡得描畫其平生，無欠無餘，所謂相題而施者也。」

〇一八　問分做、截做與總做、滚做，其文之意義何尚？曰：分截取乎結實，總滚取乎空靈。〔一〕

〔一〕此當與卷一第一六一五參。

〇一九　題字句少則宜用「拆」字訣，字句多則宜用並字訣。〔一〕雖用「並」字訣，然緊要之字句仍須特説，是亦未嘗非拆字也。

〔一〕融齋《游藝約言》：「詩無論五言、七言，總不出『分』、『並』二法。何謂分？一句分作數句是也。何謂並？數句合作一句是也。當分而並，則躁而竭；當並而分，則鈍而累。故分合極宜審也。」「消多爲少，衍少爲多，馭題作文皆有之。」「化一題爲數題，則有『息法』；化數題爲一題，則有『消法』。《易》曰：『損益盈虚，與時偕行。』善爲文者以之。」並可與此互參。

〇二〇　拆題字法，如數字各爲一義，一字自爲數義，皆是也。拆句、拆節亦如之。〔一〕

〔一〕清唐彪《讀書作文譜》卷九《拆題分疏法》：「凡作文，將題拆開分疏，則文有生發，而前後又不至重複，誠妙法也。然有三義，有拆開逐字分疏者，傅感丁『我善養吾浩然之氣』文，一股『氣』，一股『浩然』，一股『養』，一股『善養』。秦靖然『不憤不啓』二句題文，先『憤悱』，次『啓發』。次『不憤不啓，不悱不發』是也。有拆開平列分對者，趙南星『從流上而忘反謂之連』，將『流上』與『忘反』分股到底是也。有拆題錯綜分疏者，李斯義『朽木不可雕』題文，先點『雕木』，次反發『朽木』，次正發『朽木』，次發『朽木不可雕』，次更挑剔『不可』虚字以完餘意是也。學者欲文有生發而免於重複，則三法不可不知矣。」

〇二一　「拆」字訣有似於反，〔一〕如題言不可如此，文先說如此，次說可如此，後說不可如此。其說如此與可如此處，即似反矣，其實乃拆字也。

〔一〕可參卷六第〇六三。

〇二二　題前有豫作，〔一〕題後有補作，〔二〕題中亦補作亦豫作。

〔一〕「題前」：又稱「頂位」。清梁章鉅《制義叢話》卷二：「唐翼修曰：前輩制藝之法有六位。六位者，曰頂。……頂位者，題前也。題前有一層者，有二層者，有在上文者，有在本題者。知題有頂位，則文有來歷，前半不患無生發矣。」「豫作」：八股論文術語。清唐彪《讀書作文譜》卷七：「有預伏法。如一篇文中所載不止一事與一意，或此一事一意，不能於篇首即見而見於中幅，或見於後幅，作者恐後突然而出，嫌於無根，則於篇首預伏一二句，以爲張本，則中後文章皆有脈絡。故《鄢陵之戰》篇預伏『姚句耳與往』句。《公出奔次於陽州》篇，預伏『叔孫昭子如闞』句是也。汪武曹論時藝上下兩截題：『作上句，必須預伏下句意，則發下句易爲力也。』其他題應用伏法者可以類推。」

〔二〕「題後」：又稱「足位」。清梁章鉅《制義叢話》卷二：「唐翼修曰：前輩制藝之法有六位。六位者，……曰足。足位者，題之後一層也。知題有後一層，必宜於後幅補之，而題意始完也。」「補作」：八股論文術語。清唐彪《讀書作文譜》卷七：「以時藝言之，有補題缺法，有補題前、題後法，有補文情不足法。何謂補題？如『如有所譽者』兩句題。『無毀』之意，當補出也。『文王我師也』兩句題，必將周公之言補在講下，後幅闡發下句，始有原委，此補題缺法也。何謂補題前後法？其補在題前者，如楊枝起『慎終追遠』題，將『有位者生前之尊養，不足以盡孝』意補在一二股中。章楓山《從我於陳蔡》題文，將思念平日講學意補在起講與一二比中是也。其補在題後者，如吴霦《弟子入則孝出則弟》文，言『由是擴充其天良，可以馴致於聖賢之域』意，補在後幅是也。何謂補文情不足法？文章於前半題義已説完，而神未充，氣未暢者，後幅皆可用諸法以襯補之。或以引經補，或以推原補，或以往事補，或以詠歎補，或以翻進一層補。一法補之不足者，可用諸法以補之。不特此也，即一股内其上截已將題義説完，下更無可闡發，宜用諸法補足之。魏允中『作者七人矣』五六比文，股中、末皆用襯補法。觀此文而他文可類推矣。若夫古文之補法，又自有體，不可不知。如《三傳》、《史記》諸傳中，凡叙一人必詳悉備至，苟與其人有相關之事，雖事在國家，或事屬他人，必補出之以著其是非。又前數年之事與後數年之事，苟與其事有相關，必補出之以著其本末。又用文中有兩意兩事，不能於一處並寫者，則留一意一事於閑處補之，皆補法也。」

〇三三　題前題後，不必全題之前，全題之後也。如題有三層，一層之後即二層之前，二層之後即三層之前，而一層乃復有前，三層乃復有後也。

〇三四　文有攻棱、補窪二法：〔一〕攻棱，做題字也；補窪，做題問也。

〔一〕「攻棱」：修理整治棱角。「攻」：修理、整治。「補窪」：填補窪陷。「窪」：同「洼」。

〇三五　題有題縫。〔一〕題縫中筆法有四，曰：急脈緩受，緩脈急受，直脈曲受，曲脈直

受。〔二〕

〔一〕「題縫」：兩截題中間所截取的部分。清方苞《欽定四書文》卷七劉侗《然則廢釁鐘與》，評語：「於題縫中發意，小中見大，思議宏闊，仍於題氣不失，故佳。」参卷六第〇二七。

〔二〕按：「急脈緩受」等，本堪輿術語，此藉以論文。《古今圖書集成・理學彙編・文學典》第一百八十卷《經義部》引明董其昌《論文・脱》：「脱者，脱卸之意。凡山水融結，必於脱卸之後，謂分支別脈，一起一伏於散亂節脈中，直脱至平夷藏聚處，乃是絶佳風水。故青鳥家專重脱卸，所謂急脈緩受，緩脈急受。文章亦然。勢緩處須急做，不令扯長冷淡；勢急處須緩做，務令紆徐曲折，勿得埋頭，勿得直脚。如乙酉南京墨卷：『吾有知乎哉？無知也。』講完至『有鄙夫問於我，空空如也。我叩其兩端而竭焉』，此處是急脈。施天性墨卷云：『然存一大公之心，毋論昏明矣；達一不倦之教，毋論智愚矣。故自問我者而觀，一空空之鄙夫也，若不可以盡知也；自我應問者而觀，即人人有良知也，無不可以與誨也。』此是急脈令緩。又『爲高必因丘陵，爲下必因川澤』至『爲政必因先王之道』，此緩脈也。袁茂英墨卷云：『君人者，運至於上則先王之丘陵在，有操更張於成憲，則悖矣；施澤於下則先王之川澤在，有作聰明於舊章則昧矣。』此是緩脈令急。又如『使禹治之』，此急脈也。程文則云：『以上則君憂臣勞而弗恤，以下則父舍子用而不疑，凡以爲天下而已。』此急脈令緩也。『禹掘地而注處』，急脈也。瞿卷則云：『水之爲民患者，水之未有所歸也，而未可以力排也，於是乎掘地而注諸海焉。』此是急脈令緩。『述而不作』

至『信而好古』有許多推原，此緩脈也。壬午陝西程文則云：『我惟篤信好學，是訓是行而已，焉用作乎此？』是緩脈令急。」又顏延年《秋胡詩》其八：「有懷誰能已，聊用申苦難。離居殊年歲，一別阻河關。春來無時豫，秋至恒早寒。明發動愁心，閨中起長歎。慘悽歲方晏，日落游子顏。」清張玉穀《古詩賞析》卷十五：「八章叙潔婦述懷事。前二，總提。後八，則以殊年歲、阻河關領入，下乃就一歲中，由春秋說到歲晏；就一日中，由明發說到日落，細細鋪叙。而歲晏日落，不接春秋明發直下，撮叙在後，雙頂作收，錯綜之甚。頂慚歎來，可竟接末章切責辭矣，此却補第四章所略，反將五載中思慕苦情詳述。是急脈緩承法，亦是虛實互用法。」與此可互參。

〇二六　題縫不獨兩截題有之，〔一〕凡由題中此字說到彼字，彼字說到此字，欲到未到之間皆是。

〔一〕據盧前《八股文小史》所言，八股文常見的命題方式有三十九種之多，這裏說的「兩截題」，即相當於其中的第十一種「截上下題」。如「是亦爲政」。見《論語·爲政》。原文爲：「或謂孔子曰『子奚不爲政？』子曰：『《書》云：孝乎惟孝，友於兄弟。施於有政，是亦爲政。奚其爲爲政？』」

〇二七　題兼虛實字者，文則有坐虛呼實、坐實呼虛二法。題兼上下句者，文則有坐上呼下、坐下呼上二法。此猶地師相地，〔一〕有空滿二向、順逆二局也。〔二〕

〔一〕「地師」：風水先生。

〔二〕「空向」、「滿向」、「順局」、「逆局」：皆爲堪輿術語，本指墓穴與山形水勢的關係。宋蔡元定《發微論·向背篇》：「其次莫若審向背。向背者，言乎其情性也。夫地理與人事不遠，人之情性不一，而向背之道可見。其向我者，必有周旋相與之意；其背我者，必有厭棄不顧之狀。雖或暫焉矯飾，而真態自然不可揜也。故觀地者，必觀其情之向背。向者不難見：凡相對如君臣，相待如賓主，相親相愛如兄弟骨肉，此皆向之情也。背者亦不難見：凡相視如讐敵，相拋如路人，相忌如嫉冤逆寇，此皆背之情也。觀形貌者，得其僞；觀情性者，得其真；向背之理明，而吉凶禍福之機灼然，故嘗謂地理之要，不過山水向背而已矣。」《發微論·順逆篇》：「其次又當分順逆。順逆者，言乎其去來也。其來者，何水之所發、山之所起是也。其去者，何水之所趨、山之所止是也。知來去，而知順逆者有矣；不知來去，而知順逆者，未之有也。夫順逆二路，如盲如聾，自非灼然有見，鮮不以逆爲順，以順爲逆者矣。要知順山順水者，順也；所謂來處來者是也。逆山逆水者，逆也；所謂去處去者是也。立穴之法，要順中取逆，逆中取順，此一定之理，不可改易。若又推而廣之，則脉有順逆，龍有順逆，順龍之穴，結必逆；逆龍之穴，結必順；此亦山川自然之勢也。大抵論逆順者，要知山川之大勢。默定於數里之外，而後能推順逆於咫尺微茫之間，否則黑白混淆，以逆爲順，以順爲逆者多矣。」又清冒春榮《葚原説詩》卷二：「形家論龍穴砂水，喜逆而惡順，惟詩亦然。逆則力厚，順則勢走，此章、句、字三者倒叙、倒裝、倒押之法所宜講也。」

〇二八　題字有重、有輕。詳重略輕，文之常也。然亦有不詳而固已重之，不略而固已輕之者，存乎其神之向背也。〔一〕

〔一〕《古今圖書集成·理學彙編·文學典》第一百八十卷《經義部》引吴默《論文·文貴用虚》：「文之貴講、貴實尚矣。然人但知講之講而不知以不講爲講，但知實之實而不知以虚爲實。夫講之爲講而實之爲實，説一句纔是一句，説一字纔是一字，其於一句一字之外，已毫不能通，而於一句一字之中，又渾非其解，故意不透露而機不玲瓏。惟夫不講而講，虚而實也，而後爲批大郤導大窾，而後極文之致。總之，貴議論而不貴鋪排，貴抉其所以然而不貴贅其所當然。當然者，傳其形，所以然者，傳其神。鋪排者，銖積寸累而無功；議論者，挈領提綱而了了。故一言可當百千言，反言可當正言，無言可當有言。以意言之爲至實，以機言之爲至虚。至於善用虚而所爲精深者、澹宕者皆舉之矣。」所論頗可與此相發明。

〇二九　點題字緩急蓄洩之異，〔一〕皆從題之真際涵泳得之。先點必後做，後點必先做；先點以開下，後點以結上。「後經終義」，「先經始事」。〔二〕點者，乃經也。

〔一〕按：提比之後，常常會用一二句或三四句散句醒出全文之眼，稱做出題，亦稱點題。有的文章在入題部分即已點題，則此處就不用再出題了。

〔二〕見卷一第〇七八注〔二〕。

〇三〇 點題字有明、有暗。如作破題，明破爲破，暗破亦爲破也，但須相其宜而行之。〔一〕

〔一〕所謂明破，就是照題面的字來闡述題意；所謂暗破，就是闡述題意時不能露出題面中的字來。如有人以「學而時習之，不亦説（悦）乎」兩句爲題。清代同治進士陳康祺破云：「爲學而憚其苦，聖人以時習誘之焉。」破題不從文題中的「悦」字説起，却從其反面的「苦」字著眼，這是反破。嘉慶舉人高鳳臺破云：「説（悦）因學而生，唯時習者能之也。」這是明破（亦稱正破）。明人趙時春，少年聰明過人，九歲應童子試，八股文已做得很好，考官疑其有人代作，當場以「子曰」爲題，令其作破題。趙應聲破道：「匹夫而爲百世師，一言而爲天下法。」接著考官又以他的名字「趙時春」三字讓他作破題，趙又立答：「姓冠百家之首，名居四序之先。」一時傳爲佳話。上面趙做的兩個破題都十分巧妙。前者借用蘇軾《韓文公廟碑》中的兩句話，「百世師」指孔子，句中暗含子曰之意。後者用「姓冠百家之首」暗指「趙」字，因爲「趙」字是《百家姓》的第一字；用「名居四序之先」暗指「時春」二字。「四序」：春夏秋冬四個節序。「四序之先」即「春」字。這都是暗破。

〇三一　點題字要自然，又戒率意。或在比中，或在比外，皆須「出」得有力。〔一〕

〔一〕「出」：八股術語。可參卷六第〇三三。

〇三二　題中要緊之字，宜先於空中刻鏤，〔一〕反處攻擊；〔二〕若非要緊之字，或可作平常説出。

〔一〕「空中刻鏤」：猶言單刀直入，直切主題。

〔二〕宋李耆卿《文章精義》：「文字有反類尊題者。子瞻《秋陽賦》先説夏潦之可憂，却説秋陽之可喜。絶妙。若出《文選》諸人手，則通篇説秋陽，漸無餘味矣。」「反類尊題」與此處所云「反處攻擊」可互參。

〇三三　「出」、「落」二字有别。自無題字處點題字，可謂之「出」，不可謂之「落」；自題中此字出彼字，就彼字而言謂之出，就自此之彼而言謂之落。審於「出」、「落」之來路去路，文之脈理斯真矣。

〇三四　「出」、「落」以結上開下，須視結至何處，開至何處。有所結多而所開少者，有所結少而所開多者。大凡在前者多開，在後者多結，中間或多結或多開。

〇三五　昔人論布局，有原、反、正、推四法：原，以引題端；反，以作題勢；正，以還題位；〔一〕推，以闡題蘊。〔二〕

〔一〕「題位」：題目的要求。

〔二〕鄧雲鄉《清代八股文》：「用現在的話説：原就是先説出題目的原始話頭；反就是再立起原始話頭的對立面，以建立論證的形勢，正面闡述題意的本位，進而推論題目的全部内涵，充分發揮。」

〇三六　空中起步，〔一〕實地立腳，〔二〕絶處逢生，〔三〕局法具此三者，文便不可勝用；尤在審節次而施之。〔四〕

〔一〕「空中起步」及卷六第〇三二「空中刻鏤」，猶卷四第〇六一所謂「空中蕩漾」，可參觀。

〔二〕按：此當與卷一第二〇七互參。

〔三〕「絶處逢生」：可參卷一第二〇六及注〔二〕、卷一第二一〇「故設困境以顯通之之妙用」、卷二第一四〇注〔二〕。

〔四〕鄧雲鄉《清代八股文》：「『空中起步』就可以領會爲一下説到本質，在詩文名篇中這種章法很多，八股雖然形式上不同於一般詩文，但其思維表現内容時的技巧是有相通之處的。『實地立脚』這條便可理解爲多從實際處著想，要儘量在論證時把抽象的理論、語言，落在實處。也就是言之有物，不可空走。再説得具體一點，就是必須要有自己的實在話，而不是人云亦云的空話。至於所謂絶處逢生，就是在思維枯滯，没有話可説時，忽然有所領悟，或者忽發奇想，有了神來之筆。」又清沈祥龍《論詞隨筆》：「詞當於空處起步，閑處著想。空則不占實位，而實意自籠住；閑則不犯正位，而正意自顯出。若開口便實、便正，神味索然矣。」融齋《游藝約言》：「文尚奥衍久矣。直者曲之，奥也；狹者廣之，衍也。奥，故熟者能避；衍，故絶處能生。」按：此當與卷一第一六〇五互參。

〔三七〕起、承、轉、合四字，〔一〕起者，起下也，連合亦起在内；合者，合上也，連起亦合在内；中間用承用轉，皆兼顧起合也。

〔一〕「起承轉合」：本論詩術語。元范梈《詩法》：「作詩有四法：起、承、轉、合。起要平直、承要春容、轉要變化、合要淵永。」

〔三八〕局法：有從前半篇推出後半篇者，有從後半篇推出前半篇者。推法固順逆兼用，〔一〕

而順推往往不如逆推者，逆推之路較寬且活也。

〔一〕「順推」、「逆推」：見卷六第〇三九。

〇三九　文之順逆，因題而名。〔一〕順謂從題首遞下去，逆謂從題末繞上來。以一篇位次言之，大抵前路宜用順，後路宜用逆，蓋一戒淩蠟，〔二〕一避板直也。

〔一〕龔篤清《八股文百題·什麽叫順逆之法》：「『順逆之法』只用於八股文全篇，屬篇法。……明代嘉靖時，以『可也簡』題試士。八股文大家瞿景淳說：『此題當先講可也，後講簡字，不然，文勢似簡也可矣。』這就告訴我們，凡題面不可倒過來的便要用順寫之法。……如明末金正希《唐虞之際》二句題文，在起講之下便逆提『盛』字，因題前原本就有『盛』字之意在內。」清包世臣《藝舟雙楫·文譜》：「然而文勢之振，在於用逆；文氣之厚，在於用順。順逆之於文，如陰陽之於五行，奇正之於攻守也。《論語》『公叔文子之臣大夫僎』，逆而順也；『君取於吳爲同姓，謂之吳孟子』，順而逆也；《孟子》『無恒產而有恒心者，惟士爲能』。本言當制民產，先言取民有制，又先言民之陷罪，由於無恒心，而無恒心，本於無恒產，並先言惟士之恒心，不繫於恒產，則逆之逆也。『天下大悅而將歸己』章，『桀紂之失天下』章，全用逆。『君子之所以異於人者』章，全用順。」

〔二〕「淩蠟」：超越一定的順序。

〔四〇〕文局有寬有緊。〔一〕大抵題位寬則局欲緊，題位緊則局欲寬。

〔一〕《古今圖書集成·理學彙編·文學典》第一百八十卷《經義部》引王衡《論文·緊》：「文章有一字訣曰緊。緊非縮丈爲尺，蹙尺爲寸之謂也。謂文之接縫鬬筍處也。古人布局寬，結構緊；今人布局緊，結構寬。巧者如駿馬驀澗，拙者如駑牛登山。自來文章詞曲、書法弈法，皆不出此一字，吾蓋知之而未之逮也。」

〔四一〕文局有先空後實，有先實後空，亦有疊用實疊用空者；有先反後正，有先正後反，亦有疊用正疊用反者。其疊用者，必所發之題字不同。至正反俱有空實，空實俱有正反，固不待言。〔一〕

〔一〕此言文章需佈置安排也。《古今圖書集成·理學彙編·文學典》第一百八十卷《經義部》引明沈位《論文·文要佈置》：「文章最要相生次序。如先虛後實，先略後詳，此其常也。亦有先實後虛，先詳後略者，則其變也。如此佈置，則文有起伏，有首尾，輕重徐疾各得其所，觀者不厭。」

〇四二　文之有出對比共七法，〔一〕曰：剖一爲兩，補一爲兩，迴一爲兩，反一爲兩，截一爲兩，剥一爲兩，襯一爲兩。〔二〕

〔一〕「七法」：指剖、補、回、反、截、剥、襯。

〔二〕鄧雲鄉《清代八股文》：「這裏所説的『剖一爲兩』，不就是現在人們常説的一分爲二嗎？所説的『反一爲兩』，不就是現在所説的一個問題的兩個方面嗎？」按：清梁章鉅《制義叢話》卷二：「唐翼修曰：文有一意分出兩層者。如黄陶庵《敬事而信》題文：『推此心以敬國家之大事，推此心以敬國家之小事。』吴國華《在下位不援上》題文：『上援我而我援之上，上不援我而我援之』之類是也。有一意翻出兩層者。如魏光國《孰能一之》題文：『以無論諸侯王實競且爭，無問諸敵國實應且憎。』宋學顯《丹之治水也愈於禹》題文：『以禹治難而丹治易，禹治遠而丹治隘。』分股作翻之類是也。有一層襯出兩層者。如蕭士瑋《鄰人與楚人戰》題文後幅：『臣見今人之所欲類此，臣見今人之所求似此。』分股襯貼之類是也。知此三法，則凡題到手，自不患窘縮矣。」

〇四三　柱分兩義，〔一〕總須使單看一比則偏，合看兩比則全。若單看已全，則合看爲贅矣。〔二〕

〔一〕「柱」：分股中上下兩股是爲一柱。「柱義」：即兩股所論述之意。有明柱、暗柱之分。

〔三〕按：清李紱《秋山論文》：「時文最忌合掌。大士先生謂生平得力在分股不分股。將併其一股而亡之。真篤論也。夫八股猶散文耳，假令作散行文字，每段重説一遍，豈成文理？」又鄧雲鄉《清代八股文》：「這就是説前面所説『一』與『兩』的關係，是內容上的，或分兩面説一個問題、或作補充；或説其因，或説其反面；或分成兩個層次，或説明其表裏，或找一個照應陪襯，總之都是內容上的需要，內容上得到更大的滿足，而不是形式上的重複。如同律詩對仗的『合掌』之病，這就如『惠風吹柳絮，淑氣舞楊花』之類的句子，是對偶中的大病。」

〇四四　立柱須明三對。〔一〕大抵言對不如意對，正對不如反對，平對不如串對。〔二〕

〔一〕按：分股柱中上下兩股例需用對仗。

〔二〕「言對」：指不使用典故的對仗句。「意對」：使用前人典故的對仗句。「正對」、「反對」、「平對」、「串對」：可參卷二第一八九注〔三〕。

〇四五　柱意最要精確，如題中實字、虛字及無字處，各有當立之柱。若非其柱而立之，則可移入他題。即不然，亦可於本篇中前後互換矣。〔一〕

〔一〕《古今圖書集成·理學彙編·文學典》第一百八十卷《經義部》引明袁黄《論文·立柱之法》：

「股中立柱，第一忌陳腐，如窮達常變之類，一見令人可憎。第二貴切題，講聖人題，用不得明健作柱；講三代以後題，用不得皇猷帝載作柱。其餘如細題用不得俗柱，仿此推之。」

〇四六　分析題義，用兩與用二不同。二，有次序，串義也；〔一〕兩，乃敵耦，平義也。〔二〕

〔一〕「二」：謂時間的先後。

〔二〕「兩」：此謂空間的平行排列。又清沈祥龍《樂志簃筆記》卷三《論文隨筆》：「兩不立則一不可見。有始自有終，有本自有末，自然之理也。文之用偶亦即此理。古人立言必合兩以成一，中或以始貫終，或由末及本，皆兩也，故其言能徹上徹下。」

〇四七　文家皆知鍊句鍊字，〔一〕然單鍊字句則易，對篇章而鍊字句則難。字句能與篇章映照，始爲文中藏眼，不然，乃修養家所謂瞎鍊也。〔二〕

〔一〕清薛雪《一瓢詩話》：「篇中鍊句，句中鍊字，鍊得篇中之意工到，則氣韻清高深渺，格律雅健雄豪，無所不有，詩文之能事畢矣。」

〔二〕「修養家」：從事修生養性的道家。「瞎鍊」：本來是盲目修鍊的意思。清魏裔介《兼濟堂文集》卷五《黄庭内景外景經序》：「崑林子曰：世人妄意學仙，往往引入旁門，祇緣不識陰陽之大道，盲修瞎鍊，終歸枯朽。」此指盲目錘鍊。清沈祥龍《樂志簃筆記》卷三《論文隨筆》：「文貴於鍊。鍊局爲要，鍊句、鍊字次之。鍊必出於自然，所謂極鍊如不鍊也。若有意鍊成短句險字，反爲文病。杜牧之《阿房宫賦》起四句可謂鍊矣。然後人譏其求奇反劣，宋子京《新唐書》亦因過求簡鍊而轉失條達。」並可與此互參。

〇四八　多句之中必有一句爲主，多字之中必有一字爲主。鍊字句者，尤須致意於此。〔一〕

〔一〕「致意」：用心。《古今圖書集成·理學彙編·文學典》第一百八十卷《經義部》引吴默《論文·認題》：「題有綫索，其精神結聚處是也。有數句而結聚於一句者，有數字而結聚於一字者，有本題而結聚於上下文者，有結聚於實字者，有結聚於虚字者，有不在於句字之中而結聚於句字之外者，推此類不可悉舉。」

〇四九　文家用筆之法，不出紆陡相濟。紆而不懈者，有陡以振其紆也；陡而不突者，有紆以養其陡也。〔一〕

〔一〕融齋《游藝約言》：「文至易隤處，即須飛起。然天下事當得此意者不惟文。」

〇五〇　筆法之大者三：曰起，曰行，曰止。而每法中未嘗不兼具三法，如起，便有起之起、有起之行、有起之止也。〔一〕

〔一〕此以書法論文，可參卷五第一七二。

〇五一　起筆無論反正虛實，皆須貫攝一切，然後以轉接收合回顧之。〔一〕

〔一〕「回顧」：猶言呼應。按：融齋《游藝約言》：「『善建者不拔』，起筆取之；『善抱者不脱』，收筆取之。」可與此互參。

〇五二　正起反接，反接後復將反意駁倒，則與正接同實，且視正接者題位較展，而題義倍透。故此法尤爲作家所尚。〔一〕

〔一〕《古今圖書集成·理學彙編·文學典》第一百八十卷《經義部》引明郭子章《論文·反題式》：「反題正起、正題反起，此舉業至論。而反題比正題更難，股股要依他口氣道去便佳。又曰：反題末處須要道正意。」

〇五三　文有因轉接而合者，有因轉接而開者。春夏秋冬，秋冬春夏，一也。〔一〕

〔一〕「春夏秋冬」句：猶言一回事。《古今圖書集成·理學彙編·文學典》第一百八十卷《經義部》引明董其昌《論文·轉》：「文章之妙，全在轉處，轉則不窮，轉則不板。如游名山。至山窮水盡處，以爲觀止矣。俄而懸崖穿徑，忽又别出境界，則應接不暇。武夷九曲，遇絶則生，若千里江陵直下奔迅，便無轉勢矣。文章隨題敷衍，開口即竭，須於言盡語竭之時，别行一路。太史公《荆軻傳》，方叙荆軻刺秦王，至始皇環柱而走，所謂言盡語竭，忽用三個字轉云『而秦法』，自此三字以下，又生出多少煙波。制義如成弘間大家，元氣渾灝，勢取直捷，轉處無形。至王文恪『齊景公』二節文，則珠走盤而不出於盤，聖於此法矣。甲午廣西墨卷『君子信而後勞其民』至『容有疑君子之真厲之也』，得此一轉又增出幾行文字，此其易見者。但拙者爲之，則頭腦多而不遒勁，病在不審賓中之主。」

〇五四　筆法，〔一〕初非本領之所存，然愈有本領，愈要講求筆法，筆法所以達其本領也。

〔一〕「筆法」：作文之技巧。

〇五五　問起講何尚？〔一〕曰：要起得起。問入手領題何尚？〔二〕曰：要領得起。問提比何尚？曰：要提得起。〔三〕

〔一〕「起講」：可參卷六第〇〇三注〔二〕。又清曹宮《文法心傳·文家心訣》：「三曰領。領者，凡一篇一股大意，以一二語領之。」

〔二〕「領題」：起講後的三四句。又稱領上、入題、落題，亦稱提筆者。

〔三〕「提比」：可參卷六第〇〇三注〔二〕。又清施閏章《學餘堂文集·餘集》卷二：「八股猶人之四肢也。今或起講一直説盡，無復虛冒，是開口而臟腑具見，病一也；提比籠罩冠冕，方有氣象。今或强作掀翻，散行一段，頭目傾斜，病二也。虛比往往逕删，反從中股後出題，咽項不貫，病三也；中股宜實而虛、宜正而反、宜全發而忽半截，無復起承轉合，心腹空虛，病四也；後幅忽作二大股，或又加二小股，股大於腰，指大於臂，病五也。夫耳目易位，西子無所逞其妍；榱棟倒施，輪般無所用其巧。讀書好古之士，範我馳驅而蹊逕自別。至於全章一節，剪裁頓挫，自見古人手筆，顧具眼者一振之。」又清曹宮《文法心傳》卷上《文家心訣》：「五曰提。題意緊要處，以一筆提起，所謂高提重墜也。」

〇五六　提比要訣，全在原題。〔一〕不知原題而横出意議，豈但於本位不稱，並中後之文亦無根本關係矣。

〔一〕「原題」：亦稱原起。宋魏天應《論學繩尺·原題》：「題下正咽喉之地，推原題意之本原，皆在於此。若題下無力，則一篇可知。或設議論，或便説題目，或使譬喻，或使故事，要之，皆欲推明主意而已。」清梁章鉅《制義叢話》卷一：「元仁宗皇慶初，復行科舉，仍用經義，而體式視宋爲小變。綜其格律，有破題、接題、小講，謂之『冒子』。冒子後入官題，官題下有原題、有大講、有餘意，亦曰『從講』，又有原經，亦曰『考經』，有結尾。承襲既久，以冗長繁複爲可厭，或稍稍變通之，而大要有冒題、原題、講題、結題，則一定不可易。」又卷二十三引唐翼修：「承題之理，其小節處，梁素冶言之已詳。茲取其大者言之，則莫如原題一款。」並參卷六第〇〇一注〔六〕引顧炎武《日知録》。

〇五七 前路要意寬語緊，緊乃所以善用其寬；〔一〕後路要意實語靈，〔二〕靈乃所以善用其實。

〔一〕按：此當與卷六第〇四〇互參。

〔二〕「實」：結實。「靈」：空靈。按：此當與卷一第一六一互參。

〇五八 制藝體裁有二：〔一〕一本注釋，就題詮題也；一本古文，夾敘夾議也。〔二〕注釋，合多開少；古文，小開大合，大開小合，俱有之。

〔一〕「制藝」：又稱「制義」，八股文異稱之一。

〔二〕鄧雲鄉《清代八股文》：「所謂一本注釋，就是指朱注，一本古文，就是以唐宋古文筆法，在以朱注解經之後，並發揮自己之意見，所以叫夾叙夾議。叙是注釋；議是發揮。」並可參卷一第二九〇注〔二〕。

〇五九　先叙後議，我注經也；〔一〕先議後叙，經注我也。〔二〕文法雖千變萬化，總不外於叙議二者求之。

〔一〕「先叙後議」句：謂先叙述前代聖賢的觀點，然後自己再搜集論據去論證，這好比是「我」給經書做注釋。宋魏天應《論學繩尺·三平不如一冠》引吴琮：「會做論人只是借他題目，說自家道理。」

〔二〕「先議後叙」句：謂先發表自己的觀點，再選擇前代典籍中的論述映證自己的觀點，這好比是用經書來給「我」做注釋。

〇六〇　開合分大小，〔一〕以文言，不以題言也。就一比論之，開大者，如十句開，一句合是也；合大者，如一句開，十句合是也。若按諸題字，則爲題中一字作開者，必仍就此一字合，合處不得添出一題字；爲題中兩字作開者，必仍兼此兩字合，合處不得減去一題字。何大小之可分耶？

〔一〕「開」、「合」：亦稱「離」、「合」。清曹宮《文法心傳·文家心訣》：「離者，擲筆空中，有舉頭天外之勢。文有離筆，便不粘滯。」「合者，就開處轉到本位。」今人猶有「大開大合」之說。

〇六一　立一義於先，然後有離有合。〔一〕離者，離此；合者，合此也。〔二〕若未嘗先有所立之義，不知是離合個甚。〔三〕

〔一〕「一義」：此指文章的主題、主旨。可參卷一第二八九、卷六第〇〇二。

〔二〕《古今圖書集成·理學彙編·文學典》第一百八十卷《經義部》引明董其昌《論文·離》：「文字最忌排行，貴在錯綜。其勢散能合之，合能散之。離者，散也。左氏《晉語》云：『太子之善在於早諭教與選左右。』『早諭教』、『選左右』，是兩事也。賈誼《政事疏》却云：『心未濫而先諭教則化易成也，開於道術智誼之指則教之力也。』此是『早諭教』。下云：『若其服習積貫，則左右而已。夫胡粵之人，生而同聲，嗜欲不異。及其長而成俗，累數譯而不能相通，相通行者雖死而不相爲者，則教習然也。』此是『選左右』。以此二事離作兩段，全不排比，自六朝以後，皆畫段爲文，少此氣味矣。時文如『出門如見大賓』四句，主敬行恕，後來印板也。陶石簣作此題，先將『出門』、『使民』二句相對，却用一過文另做『己所不欲』，破板爲活。又如『索隱行怪』全章，庚辰會試卷講至末節，却以『君子依乎中庸』對『遁世不見知而不悔』，雖一串做，總有痕迹。惟劉廷蘭講四比云：『故君子之依乎中庸也，擇之也精，而依之以爲知者，不惑於似是之非，守之也一，而依之以爲行者，不淆於他岐之惑，由是而遯於世焉，吾安之而已。由是而不見知乎人焉，吾弗悔而已。』深得離之趣。」

〔三〕按：融齋《游藝約言》：「先有在物之理，而後有處物之義。作事然，作文亦然。」可與此互參。

〇六二　文有合前之開，有開前之開。如「今又棄寡人而歸」兩句，以「得侍同朝甚喜」爲開；「得侍」句又以「前日願見而不可得」爲開也。〔一〕

〔一〕《孟子·公孫丑下》：「孟子致爲臣而歸，王就見孟子曰：前日願見而不可得，得侍同朝，甚喜。今又棄寡人而歸，不識可以繼此而得見乎？對曰：不敢請耳，固所願也。」

〇六三　文於題全反爲正，半反爲翻。〔一〕如題言如此則好，文言不如此則不好，是上下兩截俱攻題背，要其意中則仍是言如此則好耳，故曰全反爲正。若題言如此則好，文言不如此也好，是反上截；或言如此也未必好，是反下截，所謂半反爲翻也。

〔一〕清曹宮《文法心傳·文家心訣》：「反者，於題先反立議，如講學先講不學也。」「翻者，與反面不同，將題意翻剥，由一層以至數層。如老吏舞文，雖已成鐵案，亦能翻轉，故謂之翻。」

〔六四〕凡就題之反面抉其弊者，是正文，〔一〕非反文也。〔二〕而人往往以反文目之，爲其與反文相似耳。欲實知其爲正爲反，有驗之之法，但權將本題接入文下，而以「故」字冠其首，如接得者，便知是正文矣。若非正文，何以不待用「然」字作轉乎？

〔一〕「正文」：從正面立論的文章。

〔二〕「反文」：從反面批駁的文章。按：《古今圖書集成·理學彙編·文學典》第一百八十卷《經義部》引明董其昌《論文·反》：「文字從反。《語》曰：『文者，言之變也。』又曰：『擬議以成其變化。』作文謂以變合正，古文聳動人精神者，莫如《國策》。策士游説不曰不如此不利，而曰不如此必有害，其所以敲骨打髓，令人主陡然變色者，專用此法也。寧獨策士，且如《論語》中説『管氏樹塞門』，若正言之，則曰『管氏不知禮』，何等明盡？却又曰：『管氏而知禮，孰不知禮？』此反也。九合諸侯，一匡天下，若正言之，只宜曰『管仲有仁者之功』，却云：『微管仲，吾其被髮左衽矣。』此反也。韓昌黎説周公好士，正言已盡，却又一反云：『向使周公輔理承化之功未盡，章章如是，而無聖人之才，而非叔父之親，則將不暇食與沐矣，寧止吐哺握髮之勤而已哉？』得此一反，並吐哺握髮，精神奇警。又如漢詔『有功不賞，有罪不誅。雖聖王不能以化天下』，亦其例也。時文有全篇用反者。如『君子三戒，戒之在色、戒鬭、戒得』等，只應痛説『色』、『鬭』之爲害，而『戒』字意自明，若隨題講云『若何以戒之』，則俗格矣。又有丙子南京鄉試卷，講『堯以不得舜處』云：『由是觀之，堯一日而無舜則孰與命禹益？舜一日而無禹益，則孰與拯昏墊之害而登天下於平成？堯一日而無舜，則孰與命稷契？舜一日無稷契，則孰與拯阻飢之民而躋天下於揖遜？然則憂舜之不得者，堯也，君道也。憂禹皋陶之不得者，舜也，相道也。』此皆反格。」

〇六五　文有非面，如「不知者以爲爲肉」是也；有似面，如「其知者以爲爲無禮」是也。〔一〕

〔一〕《孟子·告子下》：「曰：孔子爲魯司寇不用，從而祭，燔肉不至，不税冕而行。不知者以爲爲肉也，其知者以爲爲無禮也。」

〇六六　襯法有捧題，有壓題。〔一〕捧題，以低淺；壓題，以高深。

〔一〕「襯法」：清包世臣《藝舟雙楫·文譜》又將其稱爲「墊拽」。「墊拽者，爲其立説之不足聳聽也，故墊之使高；爲其抒議之未能折服也，故拽之使滿，高則其落也峻，滿則其發也疾。……拽之法有正有反。」「捧題」：拔高主題。即包世臣説的「墊」，又稱「尊題」，可參卷三第〇六四注〔二〕。「壓題」：打壓主題。即包世臣説的「拽」。按：此條所論即今人所謂逆向思維。

〇六七　襯託不是閑言語，乃相形相勘緊要之文，非幫助題旨，即反對題旨，所謂客筆主意

也。〔一〕

〔一〕按：此可與卷一第二八一互參，又《古今圖書集成·理學彙編·文學典》第一百八十卷《經義部》引明董其昌《論文·賓》：「昔洞山禪立四賓主：主中主、賓中賓、賓中主、主中賓。故曰：『我向正位中來，爾向賓位中接。』又曰：『忌十成死語。』文章亦然。一部《莊子》莫非寓言，並無一句犯正位，然未嘗一句離正位，若一犯正位，則如《逍遥》、《齊物論》、《秋水》諸篇，正意不過數句可竟，何得蔓衍恢奇乃爾？何謂正位？正位者，主也。正位如君王拱默威嚴，外人莫睹，而三公九卿、六部五府皆承天子威光，建立功業。若必要天子口倡手捉，濟得甚事？《詩》則賦爲主，比興皆賓也；《易》則義畫爲主，六爻皆賓也。以時文論，題目爲主，文章爲賓；實講爲主，虚講爲賓。兩股中或一股賓，一股主；一股中或一句賓，一句主；一句中或一二字賓，一二字主，明暗相參，生殺互用，文之妙也。故或進前一步，或退後一步，皆謂之賓。或斤斤講而題意反不透露，是高品俗品之分。蘇子瞻《表忠觀碑》，惟叙蜀漢抗衡不服，而錢氏順命自見，此以賓形主也。此竅勿論前輩大家名家，但執管者，即已游於其中，自不明了耳。往往有單門淺學而蚤取科第者，彼雖不知所以，要未嘗不暗合，若有不合，則永斷入路耳。第能合之，則拍拍成令，雖文采不章而機鋒自契。今夫農人之歌，豈知聲律？然一唱衆和，前後輕重，若經慣習，雖善歌者不能易之，於此見人心有自然之節奏，以此機相感，洒然善矣，但不可作。賓中賓謂於題目旁意中又入旁意，則是臣子不奉天子威光，擅自稱制，乃野狐禪也。惟賓中有主，主中有賓，步步戀著正意而略不傷觸，乃爲賓字法門。且如『如有王者，必世而後仁』，講者曰：『如有王者，躬應帝命，應五百之昌期；統繼神明，開兩間之泰運。』此著實依題目『王者』二字講，乃犯主也。中間二比云：『聖王之精神雖易達，而欲使天下固結於吾之精神，必其精日運，而世與民相貫徹焉，然後耳目一而渾然其大同也；明王之德澤雖易孚，而欲使天下融液於吾之德澤，必其德澤日流，而與民相涵濡焉，然後心志聯而怡然其共適也。』此依題講『世』字、『仁』字，乃犯主也。會元則云：『治之極於仁尚矣。天下無一日不以仁望於王者，乃王者則未嘗以旦夕而求仁於天下。』此賓也。『吾試度之，如有王者作也，其必世而後仁乎？』惟此是主也。自此以下云『道至於王固轉移之』，有神機，賓也。『而治至於仁則大化之成，無速效』，主中賓也。『德教所敷，不崇朝而遍天下可矣。』此賓也。『然可以遍天下，不可以深入乎天下』，此主中賓也。『誠舉一世而時雍之，是仁也，是必世而後能也』，此主也。『王者日以其精神心術與天下相流貫』，此賓也。『而至於一世』，此主也。『則所隆施久矣』，此賓也。『天下所以咸若其化也』，此主也。『不然，非悠遠而求博厚能乎哉？』此賓也。『信乎未至於世，雖欲有赫赫之績，而亦不可得也，功深則弗可驟也。』此賓也。『既至於世，雖欲無熙熙之俗而不可得也，化積則弗可掩也。而曰雖欲無，曰不可得。』是主中賓也。以此類推，靡文不有。」分析至詳。

○六八　文之颺處爲寬，拍處爲緊。用寬用緊，取其相間相形。若全寬，是無寬；全緊，是無

緊也。〔一〕

〔一〕此之「拍」、「颺」就是後面所説的「抑」、「揚」。又《古今圖書集成·理學彙編·文學典》第一百八十卷《經義部》引明沈位《論文·文要爾我相形》：「如本當説『東』，然單説東則或意不明、氣不揚，則當以『西』形之。如本説『己欲如此』，然單説『己欲如此』，則或意不明、氣不揚，則當以『人亦欲如此』形之。《孟子》『今王鼓樂』、『先生以仁義』二章，皆此法也。」

〇六九　文忽然者爲斷，變化之謂也，如斂筆後忽放筆是；復然者爲續，貫注之謂也，如前已斂筆，中放筆，後復斂筆以應前是。〔一〕

〔一〕這裏的「斷」和「放筆」類似今人所説的插叙。「續」和「斂筆」則指結束插叙後，又回到原來文章的叙述中來。按：此條可與卷一第〇五三互參。

〇七〇　抑揚之法有四，曰：欲抑先揚，欲揚先抑，欲抑先抑，欲揚先揚。〔一〕「沈鬱頓挫」，〔二〕必於是得之。

〔一〕按：這裏的「抑」、「揚」猶卷六第〇六六所説的「壓」、「捧」，又同卷六第〇六八中所説的「拍」、「颺」。宋魏天應《論學繩尺·論頭》：「論頭乃一篇綱領。破題又論頭綱領。兩三句間，要括一篇意。承題要開闊，欲養下文，漸下莫説盡爲佳。欲抑先揚，欲揚先抑，最嫌直致無委曲。講題，舉題只有詳略兩體。前面意説盡，則舉題當略；前面説未盡，則舉題當詳。繳結收拾處，要緊切，前後相照。」又《古今圖書集成・理學彙編・文學典》第一百八十卷《經義部》引明沈位《論文・文要開闔》：「一篇中自有開闔，一股中自有開闔。如欲抑先揚，欲揚先抑，正題先反，反題先正也。」清唐彪《讀書作文譜》卷七：「凡文欲發揚，先以數語束抑，令其收斂，筆情屈曲，故謂之抑。抑後隨以數語振發，乃謂之揚。使文章有氣有勢，光焰逼人。此法文中用之極多，最爲緊要。太史公諸《贊》乃抑揚之一端，非全體也。世人不知，竟以爲其法止可用之評論人物，何其小視此法也。」

〔二〕卷一第〇三五注〔二〕。

〇七一　「振」字訣其用有三，曰：振下，振上，兼振上下。〔一〕

〔一〕清曹宮《文法心傳・文家心訣》：「振者，恐文勢太平，用一筆振起，以鼓其勢。」按：八股論文術語之「振筆」，當從書法而來。又宋張鎡《仕學規範》卷三十五：「凡作文須要言語健，須會振發，轉換亦不要思量遠過，纔過便晦。」可參卷五第一八八。又可參卷六第〇四九。

〇七二　文有關鍵便「緊」。〔一〕有題字之關鍵，如做此動彼是也；有文法之關鍵，如前伏後應是也。

〔一〕「緊」：緊湊。是當時八股論文術語。如《欽定四書文》卷五錢世熹《上好禮》後，評：「以老筆寫緊勢，顧上按下，神理恰合，不用一語張皇，而好字中，體用兼該。」按：此又當與卷六第〇八〇互參。

〇七三　文要鍼鋒相對：〔一〕起對收、收對起、起收對中間。但有一字一句不鍼對，即爲無著，〔二〕即爲不純。

〔一〕「鍼鋒相對」：比喻密合。

〔二〕「無著」：没著落。按：此節論文章需通體呼應也。《古今圖書集成·理學彙編·文學典》第一百八十卷《經義部》引明沈位《論文·文要照應》：「照應則文字謹嚴，不至汗漫而不可收拾。然有起繳照應者，有前後照應者，有一股中自照應者，在人善用之耳。」與此可互參。

〇七四　章法之相間，〔一〕如反正、淺深、虚實、順逆皆是；句法之相間，如明暗、長短、單雙、婉峭皆是。

〔一〕「相間」：相間雜。以免文章章法、句法之單一也。宋吕祖謙《古文關鍵·總論》：「文字一篇之中，須有數行齊整處，須有數行不齊整處。或緩或急，或顯或晦。緩急、顯晦相間，使人不知其爲緩急、顯晦，常使經緯相通，有一脉過接乎其間也。蓋有形者，綱目；無形者，血脉也。」明左培《書文式·文式》卷下：「章法非篇法也。篇法乃一篇之提反虛實挑繳結也。所謂章者，片段之謂。就一篇中，股股貫串，句句接續，乃成章片，一反一正，一實一虛，一起一跌，一開一合，一放一收，絲絲密扣，纖毫勿走；若參差歪紐，不接不串，便非章法。」《古今圖書集成·理學彙編·文學典》第一百八十卷《經義部》引明沈位《論文·文要錯綜》：「用股長短相間，用句偶散相生，則錯綜矣。」並可與此互參。

〇七五 拍題有正拍、反拍、順拍、倒拍之不同，而全在未拍之先，善爲之地，所謂「翔而後集」也。〔一〕

〔一〕《論語·鄉黨》：「色斯舉矣，翔而後集。」宋朱熹注：「言鳥見人之顔色不善，則飛去，回翔審視而後下止，人之見幾而作，審擇所處亦當如此。」此喻要根據具體的情況進行具體的分析後再下筆。

〇七六 文不外理、法、辭、氣。〔一〕理取正而精，法取密而通，辭取雅而切，氣取清而厚。〔二〕

〔一〕宋吴子良《荆溪林下偶談》卷二：「爲文大概有三：主之以理，張之以氣，束之以法。」清《世宗憲皇帝聖訓》卷十：「上諭禮部制科，以《四書文》取士，所以覘士子實學，且和其聲以鳴國家之盛也。《語》云：『言爲心聲。』文章之道與政治通，所關鉅矣。韓愈論文云：『惟陳言之務去。』柳宗元云：『文者所以明道，不徒務采色，夸聲音，而以爲能也。』況《四書文》號爲經義，原以闡明聖賢之義藴，而體裁格律，先正具在，典型可稽。雖風尚日新，華實並茂，而理、法、辭、氣，指歸則一。近科以來，文風亦覺丕變，但士子逞其才氣辭華，不免有冗長浮靡之習，是以特頒諭旨，曉諭考官，所拔之文務令雅正清真，理法兼備。雖尺幅不拘一律，而支蔓浮夸之言，所當屏去。秋闈期近，可行文傳諭知之。」

〔二〕參卷二第二六四。按：融齋《游藝約言》：「文之理法通於詩，詩之情志通於文。作詩必詩，作文必文，非知詩文者也。」「文之善有三：理法存乎戒也，才思存乎慧也，志趣存乎定也。不善亦有三：貪者不節，癡者不活，嗔者不和。」亦可與此互參。

〇七七　有題之理法，有文之理法。以文言之，「言有物」爲理，「言有序」爲法。〔一〕

〔一〕按：此當與卷一第二八三互參。

〇七八　文之要三：主意，〔一〕要純一而貫攝；〔二〕格局，要整齊而變化；〔三〕字句，要刻畫而自

然。〔四〕

〔一〕「主意」：主題、中心思想。清魏際瑞《伯子論文》：「凡文須有主意。」

〔二〕「純一」：謂經義不可「雜以百家之學」，當「惟聖道是明」也。可參卷六第〇九二。又可參卷一第三二五：「文有七戒：曰旨戒雜。」「貫攝」：「貫」：貫穿（全文）。「攝」：猶言統領（全文）。亦即後面説到的「不散神、不破氣」。可參卷六第〇八二。宋魏天應《論學繩尺·論主意》：「主意一定，中間要常提掇起，不可放過。」所謂「常提掇起」即「貫攝」。

〔三〕按：此當謂「局戒亂」也，可參卷一第三二五。「格局」：（文章的）佈局和結構。

〔四〕按：此當謂「字戒僻」也。可參卷一第三二五。

〇七九　文無一定局勢，因題爲局勢；〔一〕無一定柱法，因題爲柱法；無一定句調，因題爲句調。不然，則所謂局勢、柱法、句調者，粗且外矣。

〔一〕「因」：根據、依照。

〇八〇　文莫貴於高與緊。不放過爲緊，不犯手爲高。〔一〕

〔一〕「犯手」：沾手。此指粘題，沒有超卓的意境。又清梁章鉅《制義叢話》卷二：「（王耘渠）又論初學入門》：「一曰清，清楚而不模糊也；一曰醒，醒豁而不晦悶也；一曰緊，緊密而不鬆懈也；一曰警，警策而不庸弱也。」融齋《游藝約言》：「凡文中緊要之地，斷不可以放過些子。此即專管本意猶恐有不及處，若復以他意參之，與認賊作子何異？」皆可與此互參。

〇八一　文之善於用事者，實者虚之，虚者實之；文之善於抒理者，顯者微之，微者顯之。〔一〕

〔一〕按：這裏的「虚之」、「實之」、「微之」、「顯之」中的「虚」、「實」、「顯」、「微」都是使動用法。又此當與卷一第三二八互參。

〇八二　文要不散神，不破氣，〔一〕如樂律然，既已認定一宫爲主，〔二〕則不得復以他宫雜之。

〔一〕「不散神」：即卷一第三二五所謂「旨戒雜」、卷六第〇七八所謂「主意，要純一而貫攝」。元倪士毅《作義要訣》：「或題目散，頭緒多。我須與他提一個大頭腦，如王會龍省試義，提『道』字串是也。」「破氣」：猶言文氣不餒。按：此當與卷一第三二五互參。

〔二〕「宫」：宫調。此喻文章的中心。又融齋《游藝約言》：「文要去盡外話。外話者，出乎本段、本篇宗旨之外者也。外話起於要多、要好。簡則由他簡，澹則由他澹，斯外話鮮矣。」與此可互參。

〇八三　文尚奇而穩，此旨本昌黎《答劉正夫書》。〔一〕奇則所謂「異」也，穩則所謂「是」也。〔二〕

〔一〕見卷一第一四八注〔一〕。按：此又當與卷一第二〇七、卷一第二一七參觀。

〔二〕清梁章鉅《制義叢話》卷二：「紀文達師曰：文之清真者，惟其理之是而已；文之古雅者，惟其詞之是而已。」

〇八四　「立天之道曰陰與陽，立地之道曰柔與剛。」〔一〕文，「經緯天地」者也，〔二〕其道惟陰陽剛柔可以該之。〔三〕

〔一〕見卷五第二三八注〔一〕。

〔二〕《左傳》昭公二十八年：「經緯天地曰文。」晉杜預注：「經緯相錯，故織成文。」

〔三〕按：「陰陽剛柔」後又成爲桐城派論文術語。清姚鼐《惜抱軒文集》卷六《復魯絜非書》：「鼐聞天地之道，陰陽剛柔而已。文者，天地之精英，而陰陽剛柔之發也。」

〇八五　《易·繫傳》言：「物相雜，故曰文。」〔一〕《國語》言：「物一無文。」〔二〕可見文之爲物，必有對也，〔三〕然對，必有主是對者矣。

〔一〕見卷一第三三七及注〔一〕。

〔二〕見卷一第三三七注〔二〕。

〔三〕「對」：匹配。

〇八六　制義推明經意〔一〕，近於傳體。傳莫先於《易》之《十翼》。〔二〕至《大學》以「所謂」字釋經，〔三〕已隱然欲代聖言，如文之入語氣矣。〔四〕

〔一〕「制義」：八股文異稱之一。參卷六第〇〇一注〔一〕。

〔二〕「十翼」：《易》之《上彖》、《下彖》、《上象》、《下象》、《上繫》、《下繫》、《文言》、《説卦》、《序卦》、《雜卦》十篇，相傳爲孔子所作，總稱「十翼」。翼，輔助。南朝梁劉勰《文心雕龍·宗經》：「於是《易》張十翼，《書》標七觀。」唐孔穎達《周易正義序》：「若夫龍出於河，則八卦宣其象；麟傷於澤，則十翼彰其用。」

〔三〕按：《大學》以「所謂」釋經處，凡五見：「所謂誠其意者，毋自欺也。如惡惡臭，如好好色，此之謂自謙，故君子必慎其獨也。」「所謂修身，在正其心者，身有所忿懥，則不得其正；有所恐懼，則不得其正；有所好樂，則不得其正；有所憂患，則不得其正。」「所謂齊其家，在修其身者，人之其所親愛而辟焉，之其所賤惡而辟焉，之其所畏敬而辟焉，之其所哀矜而辟焉，之其所敖惰而辟焉。」「所謂治國，必先齊其家者，其家不可教，而能教人者無之。故君子不出家而成教於國者，孝者所以事君也，弟者所以事長也，慈者所以使衆也。」「所謂平天下在治其國者，上老老而民興孝，上長長而民興弟，上恤孤而民不倍，是以君子有絜矩之道也。」

〔四〕「入語氣」：即入口氣。參卷六第〇〇三注〔二〕、卷六第〇一〇注〔一〕。錢鍾書《談藝録》四《附說四・八股文》：「八股古稱『代言』，蓋揣摩古人口吻，設身處地，發爲文章，以俳優之道，抉聖賢之心。董思白《論文九訣》之五曰『代』是也。宋人《四書》文自出議論，代古人語氣似始於楊誠齋，及明太祖乃規定代古人語氣之例。竊謂欲揣摩孔孟情事，須從明清兩代佳八股文求之，真能栩栩欲活。」

〇八七　漢桓譚「偏習五經，皆訓詁大義，不爲章句」，〔一〕於此見「義」對「章句」而言也。至經義取士，亦有所受之。趙岐《孟子題辭》云：「漢興，孝文廣游學之路，《孟子》置博士。迄今諸經通義得引《孟子》以明事，謂之博文。」〔二〕唐楊瑒奏：「有司試帖明經，不質大義。」因著其失。〔三〕宋仁宗時，范仲淹、宋祁等奏言有云：「問大義，則執經者不專於記誦矣。」〔四〕合數說觀之，所以用經義之本意具見。

〔一〕語見《後漢書》卷二十八《桓譚傳》。唐章懷太子李賢注：「章句謂離章辨句，委曲枝派也。」《漢書》卷三十《藝文志》，唐顔師古注：「桓譚《新論》云：秦近君能說《堯典》，篇目兩字之說至十餘萬言，但説『曰若稽古』，三萬言。」此皆棄大義而務研章句之儒也。

〔二〕語見《孟子注疏》卷首引。

〔三〕《新唐書》卷一百三十《楊瑒傳》：「瑒奏：『有司帖試明經，不質大義，乃取年頭、月尾、孤經、絶句，且今習《春秋》三家、《儀禮》者纔十二，恐諸家廢無日，請帖平文以存學家，其能通者，稍加優宦，獎孤學。』」

〔四〕見宋李燾《續資治通鑑長編》卷一百四十七《仁宗》：「（慶曆四年三月甲戌）於是翰林學士宋祁，御史中丞王拱辰，知制誥張方平、歐陽修，殿中侍御史梅摯，天章閣侍講曾公亮、王洙，右正言孫甫，監察御史劉湜等合奏曰：『夫上之所好，下之所趨也。今先策論，則文詞者留心於治亂矣；簡程式，則閎博者得以馳騁矣；問大義，則執經者不專於記誦矣。』」按：此文今見《文忠集》卷一百四《詳定貢舉條狀》，知實出歐陽修之手。

〇八八　《宋文鑑》載張才叔《自靖，人自獻於先王》一篇，〔一〕隱然以經義爲古文之一體，〔二〕似乎自亂其例。然宋以前已有韓昌黎《省試顏子不貳過論》，〔三〕可知當經義未著爲令之時，此等原可命爲古文也。〔四〕

〔一〕才叔：宋張庭堅之字。文見《宋文鑑》卷一百十一：

君子之去就死生，其志在於天下國家，而不在於一身，故其死者非沽名，其生者非懼禍，而引身以求去者，非要利以忘君也。仁之所存，義之所主，鬼神其知之矣。昔商之三仁，或生或死，或爲之奴，而皆無媿於宗廟社稷，豈非謀出於此歟？此其相戒之言曰：「自靖，人自獻於先王。」蓋於是時，紂欲亡而未寤也。其臣若飛廉、惡來者，皆道王爲不善，而不與圖存。若伯夷、太公，天下可謂至賢者，則潔身退避，而義不與俱亡。夫爲商之大臣，而且於王爲親，惟王子比干、箕子、微子也。三人者，欲退而視其敗，則不忍；欲進而與王圖存，則不可與言；雖有忠孝誠慤之心，其誰達之哉？顧思先王創業垂統，以遺其子孫，設爲職業禄位，以處天下之賢俊；俾相與左右而扶持之，期不至危亡而後已。子孫弗率，亡形既見，而忠臣義士之徒，猶不忘先王所以爲天下後世之意，以爲志不上達，道與時廢，亂者弗可治也，傾者弗可支也，而臣子所以報先王者，惟各以其能自獻可也。雖然，君子之志不同，而欲死生去就各當於義，不獲罪於先王，非人所能爲之謀，其在於自靖乎！蓋若商祀之顛隮，則微子以爲心憂，而辱於臣僕，不與其君俱亡者，箕子、比干之所羞爲也。微子抱祭器適周，以請後，則奉先王之孝得矣。比干諫不從，故繼以死，則事君之節盡矣。箕子以父師爲囚奴，猶眷眷不去，則愛君之仁至矣。其死者若愚，其囚者若污，而其輒去者若背叛非忠也，然三子皆安然行之，不以所不能爲自愧，而亦不以所能爲媿人，更相勸勉，以求合於義，而不期於必同。夫謂先王所以望於後世臣子者，惟忠與孝也，故微子之去，自獻以其孝；比干以諫死，箕子以正囚，則自獻以其忠；則是三子之非苟爲也。處垂亡之世，猶眷眷乎天下國家，而不在一身，故其志之所謀，各出其所欲爲，以期先王之知耳。古所謂較然不欺其志者，非斯人之謂乎！雖然《書》載微子與箕子相告戒之辭，而比干不與焉，何哉？人臣之義，莫易明於死節，莫難明於去國，而屈辱用晦者亦所難辨者也。比干以死無足疑，故不必以告人，而箕子、微子不免云云者，重去就之義而厚之故也；不然安得並稱三仁哉？

按：「自靖，人自獻於先王」句見《尚書·微子》。意謂每個人做的或走或留的決定，都是爲了已故的國君。

〔二〕《四庫全書總目·欽定四書文》：「蓋經義始於宋。《宋文鑑》中所載張才叔《自靖，人自獻於先王》一篇，即當時程試之作也。」

〔三〕見韓集卷十四：

論曰：登孔氏之門者衆矣，三千之徒，四科之目，孰非由聖人之道，爲君子之儒者乎？其於過行過言，亦云鮮矣。而夫子舉不貳過惟顏氏之子，其何故哉？請試論之：夫聖人抱誠明之正性，根中庸之至德，苟發諸中形諸外者，不由思慮，莫匪規矩；不善之心，無自入焉；可擇之行，無自加焉：故惟聖人無過。所謂過者，非謂發於行、彰於言，人皆謂之過而後爲過也；生於其心則爲過矣。故顏子之過此類也。不貳者，蓋能止之於始萌，絶之於未形，不貳之於言行也。《中庸》曰：『自誠明謂之性，自明誠謂之教。』自誠明者，不勉而中，不思而得，從容中道，聖人也，無過者也；自明誠者，擇善而固執之者也，不勉則不中，不思則不得，不貳過者也。故夫子之言曰：回之爲人也，擇乎中庸，得一善，則拳拳服膺而不失之矣。又曰：顔氏之子，其殆庶幾乎。言猶未至也。而孟子亦云：顔子具聖人之體而微者。皆謂不能無生於其心，而亦不暴之於外。考之於聖人之道，差爲過耳。顔子自惟其若是也，於是居陋巷以致其誠，飲一瓢以求其志，不以富貴妨其道，不以隱約易其心，確乎不拔，浩然自守，知高堅之可尚，忘鑽仰之爲勞，任重道遠，竟莫之致；是以夫子嘆其『不幸短命』，『今也則亡』，謂其不能與己並立於至聖之域，觀教化之大行也。不然，夫行發於身加於人，言發乎邇見乎遠，苟不慎也，敗辱隨之；而後思欲不貳過，其於聖人之道不亦遠乎？而夫子尚肯謂之『其殆庶幾』，孟子尚復謂之『具體而微』者哉？則顔子之不貳過，盡在是矣。謹論。

〔四〕「命」：名。

〇八九　元倪士毅撰《作義要訣》，以明「當時經義之體例」。〔一〕「第一要識得道理透徹，第二要識得經文本旨分曉，第三要識得古今治亂安危之大體」。〔二〕余謂第一、第三俱要包於第二之中。聖人「瞻言百里」，〔三〕識經旨則一切攝入矣。〔四〕

〔一〕《四庫全書總目·作義要訣》：「元倪士毅撰。士毅有《四書輯釋》，已著録。是編皆當時經義之體例。……是書所論雖規模淺狹，未究文章之本源，然如云：『第一要識得道理透徹，第二要識得經文本旨分曉，第三要識得古今治亂安危之大體。』又云：『長而轉換新意不害其爲長，短而曲折意盡不害其爲短；務高則多涉乎僻，欲新則類入乎怪。』『下字惡夫俗，而造作太過則語澁；立意惡夫同，而搜索太甚則理背。』皆後來制藝之龜鑒也。」

〔二〕按：此實倪士毅引曹涇説。《作義要訣》：「（宏齋曹氏涇）又論立説大要曰：主張題目，第一要識得道理透徹；第二要識得經文本旨分曉；第三要識得古今治亂安危之大體。然後一見題目，胸中便有稱量。」

〔三〕引文參卷二第二四五注〔二〕。

〔四〕鄧雲鄉《清代八股文》：「劉熙載《藝概》引元倪士毅所作《作義要訣》道：『第一要識得道理透徹，第二要識得經文本旨分曉，第三要識得古今治亂安危之大體。』這三點其實已説到八股文作法的本質上。本是符合客觀實際的。而劉熙載在引文後却又加一派『大道理』的按語道：『余謂第一、第三俱要包於第二之中。聖人瞻言百里，識經旨則一切攝入矣。』這就是把聖人神化了。既否定了第一點『識得道理透徹』，即思維嚴格訓練、思路清楚這一内在因素第一位的重要性，又排斥了第三點歷史知識、史識、史斷等淵博知識的重要性，而認爲『識經旨』一通百通，便失去其論述的客觀性，而是故作高深，大打官腔。……他的《藝概》一書，前面《文概》、《詩概》、《賦概》、《詞曲概》、《書概》等數種，無不道理通達，見解扼要，真可説是藝海寶筏，足以啓迪藝事疑航，順登彼岸。没有通達思路，淵博學識，又如何能寫得出？豈止是『識經旨』一點便可全能的呢？」

〇九〇　經義戒平直，亦戒艱深。《作義要訣》云：「長而轉換新意，不害其爲長；短而曲折意盡，不害其爲短。」〔一〕戒平直之謂也；又云：「務高則多涉乎僻，欲新則類入乎怪」；〔二〕「下字惡夫俗，而造作太過則語澀；立意惡夫同，而搜索太甚則理背。」〔三〕戒艱深之謂也。

〔一〕〔二〕〔三〕元倪士毅《作義要訣》：「或曰：行文關鍵多，則響。常讀熟做熟，則行文自熟。凡做商周題用唐虞事，則精神壯觀；做唐虞題用商周事，則不甚好。大凡義不必長，亦不必短，在措辭如何耳。長而轉換新意，不害其爲長；短而曲折意盡，不害其爲短。務高則多涉乎僻，欲新則類入於怪；晦則讀之使人厭，淺則讀之使人輕。下字惡夫俗，而造作太過則語澀；立意惡夫同，而搜索太甚則理背；皆學者所當知也。又凡做君題、國家題，反處不可太甚。只須輕輕説過。」按：宋李耆卿《文章精義》：「文章有短而轉折多、氣長者，韓退之《送董邵南序》、王介甫《讀孟嘗君傳》是也。有長而簡直氣短者，盧裒《西征記》是也。」又：「學文切不可學怪句。先明白正大，務要十句百句只如一句，貫串意脉，説得通處儘管説去，説得反覆竭處，自然佳。所謂行乎其所當行，止乎其所不可不止，真作文之大法也。」

〇九一　厚根柢，定趨向，以窮經爲主。〔一〕秦漢文取其當理者，〔二〕唐宋文取其切用者，制義宜多讀先正，〔三〕餘慎取之。〔四〕

〔一〕清李紱《秋山論文》:「爲文須根柢經傳。然在時文,必須醞釀而出。昔人謂『傾群言之瀝液,漱六籍之芳潤』,非謂將成句闌入。若運用史事,尤宜空舉。」又清梁章鉅《制義叢話》卷一:「吴蘭陔懋政曰:要作好時文,全在讀書。今之父兄者,樂子弟之速化,讀《四書章句集注》後,隨意讀一二經並《古文觀止》、《古文析義》數首,即授以時文、帖括,使之依樣壺盧,僥倖弋獲。或有筆性英敏者,遇試題得手,亦遂掇巍科以去。然根柢淺薄,終身不復能自振拔,況又未必能弋獲耶?」並可與此互參。

〔二〕「當」:適合、符合。

〔三〕「先正」:亦作「先政」。前代的賢臣。《書·説命下》:「昔先正保衡,作我先王。」僞孔《傳》:「正,長也,言先世長官之臣。」後亦泛稱前代的賢者。又《古今圖書集成·理學彙編·文學典》第一百八十卷《經義部》引明茅坤《論文·練格》:「格者,猶言品局也。後世之論古文,首先秦西京者,以其去古未遠,神理渾雄也。薄晉宋以下者,以其行既衰薄而神理不振也。唐三百年僅得韓昌黎柳柳州一二人。宋三百年僅得歐蘇曾王三四人。何者?諸君子能窺測理道,約《六經》之旨而成文,是以其格獨高耳。餘則否。即如舉子業亦然。世之名家往往能深於《六經》,故其胸中所見既超卓,鏗之爲聲響,布之爲風藻,與人夐别。不然,終不免爲卑品下局矣。」

〔四〕「餘」:其餘。

〇九二　他文猶可雜以百家之學，經義則惟聖道是明，〔一〕大抵不離「天地之常經，古今之通義也」。〔二〕然觀王臨川《答曾子固書》云：「讀經而已，則不足以知經。」〔三〕此又見群書之宜博也。

〔一〕按：此謂經義宜純一，可參卷六第〇七八。

〔二〕「通義」：又作「通誼」。可參卷一第一〇二注〔三〕。

〔三〕宋王安石《答曾子固書》：「然世之不見全經久矣。讀經而已，則不足以知經。故某自百家諸子之書，至於《難經》、《素問》、《本草》、諸小説無所不讀；農夫女工，無所不問；然後於經爲能知其大體而無疑。」

〇九三　欲學者知存心修行，當以講書爲第一事。講書須使切己體認，〔一〕及證以目前常見之事，方覺有味。且宜多設問以觀其意，然後出數言開導之。惟不專爲作文起見，故能有益於文。〔二〕

〔一〕「切己」：猶切身。密切聯繫自身，和自己有密切關係。明王守仁《傳習録》卷上：「文公精神氣魄大，是他早年合下便要繼往開來，故一向只就考索著述上用功。若先切己自修，自然不暇及此。」

〔二〕參卷一第一五八及注〔二〕。

〔九四〕明儒馮少墟先生名所輯舉業爲《理學文鵠》，〔一〕理學者，兼「致知」「力行」而言之也。〔二〕我朝論文名言，如陳桂林《寄王罕皆書》云：「雖不應舉，亦可當格言一則。」〔三〕此亦足破干禄之陋見，〔四〕證求理之實功已。

〔一〕少墟：明馮從吾之號，字仲好，萬曆己丑進士，《明史》卷二百四十三有傳，所著有《元儒考略》、《少墟集》，《四庫全書》已收録。「舉業」：八股文之異稱。《明史》卷六十九《選舉志》：「諸生應試之文，通謂之舉業。」明曹于汴《理學文鵠序》：「關中少墟馮先生輯諸大家舉子藝百數十首，以式多士，命曰《理學文鵠》。不命以舉業而曰理學，何也？見理學、舉業之非二也。」

〔二〕「致知」：獲取知識。《禮記·大學》：「欲誠其意者，先致其知；致知在格物。」「力行」：竭力施行。《禮記·中庸》：「好學近乎知，力行近乎仁，知恥近乎勇。」

〔三〕陳桂林：即陳弘謀。字汝咨，又字榕門，桂林人。清雍正癸卯解元，甲辰進士，東閣大學士，謚文恭。有《横塘陳氏一門朱卷》。「王罕皆」：即王步青。字巳山，又字漢階、罕皆，江蘇金壇人。清康熙甲午舉人、雍正癸卯進士，翰林檢討，有《敦復堂稿》、《制義所見集》、《程墨所見集》、《考卷所見集》、《八法集》、《塾課分編》等。

〔四〕「干禄」：求取利禄。《論語·爲政》：「子張學干禄。」東漢鄭玄注：「干，求也。禄，禄位也。」

〇九五　文不易爲，亦不易識。〔一〕觀其文，能得其人之性情、志尚於工拙疏密之外，〔二〕庶幾「知言」、「知人」之學也與！〔三〕

〔一〕可參卷一第三三六。

〔二〕「志尚」：志趣、崇尚。

〔三〕「知言」：《孟子·公孫丑》：「何謂知言？曰：詖辭知其所蔽，淫辭知其所陷，邪辭知其所離，遁辭知其所窮。」「知人」：《書·皋陶謨》：「知人則哲，能官人。」《論語·堯曰》：「不知言無以知人也。」又盧前《八股文小史》：「劉熙載《藝概》卷六《經義概》之論八股文，無不精切。有云：『文要不散神，不破氣，如樂律然，即已認定一宮爲主，則不得復以他宮雜之。』又：『文之有出對比共七法，曰：剖一爲兩，補一爲兩，迴一爲兩，反一爲兩，截一爲兩，剥一爲兩，襯一爲兩。』『襯法有捧題，有壓題。捧題以低淺，壓題以高深。』『襯託不是閑言語，乃相形相勘緊要之文，非幫助題旨，即反對題旨，所謂客筆主意也。』而總概之以一語曰：『文之要：曰識、曰力。識，見於認題之真；力，見於肖題之盡。』又云：『題義有而文無，是謂減題；題義無而文有，是謂添題。文貴如題，或減或添俱失之。』『元倪士毅撰《作義要訣》，以明當時經義之體例。第一要識得道理透徹，第二要識得經文本旨分曉，第三要識得古今治亂安危之大體。余謂第一、第三俱要包於第二之中。聖人瞻言百里，識經旨則一切攝入矣。』凡此可見劉氏論八股文之能扼要也。」按：融齋《游藝約言》：「道家『養嬰兒』，書亦應爾。嬰兒養成，則入乎形内、出乎形外，莫非是物。豈復可尋行數墨以求之?」「以《易》道論詩文,文取『擬之議之』,要歸於『何思何慮』;詩取『何思何慮』,要起於『擬之議之』。」「冰桃雪藕,食之鮮可以飽,然卻病延年,粱肉不逮。論詩者所以當知無用之用也」,「文中要有丘壑,有路徑。路徑在通處見,丘壑在别處見」,「或謂樂志之文别有懷抱,非也。乃不樂者自生顛倒耳」兩條無所附麗,今録於後。

主要參考文獻

劉熙載　藝概六卷　續修四庫全書影印清同治古桐書屋六種本
劉熙載　藝概六卷　江蘇古籍出版社影印同治十二年古桐書屋六種本
劉熙載　藝概六卷　光緒丁丑四月領南重刊本
王國安標點　藝概　上海古籍出版社一九七八年版
徐中玉　蕭華榮校點　劉熙載論藝六種　巴蜀書社一九九〇年版
劉立人　陳文和點校　劉熙載集　華東師範大學出版社一九九三年版
薛正興標點　劉熙載文集　江蘇古籍出版社二〇〇一年版
王氣中　藝概箋注　貴州人民出版社一九八六年版
袁津琥　藝概注稿　中華書局二〇〇九年版
金學智　書概評注　上海書畫出版社一九九〇年版
周駿富編　清代傳記叢刊　臺灣明文書局一九八五年版

沈祥龍　樂志簃筆記　光緒辛丑春沈氏藏版
沈祥龍　樂志簃文録　光緒庚子冬文墨齋寫刻本
文淵閣四庫全書　臺灣商務印書館一九八六年版
叢書集成初編　中華書局一九八五年版
紀昀等　欽定四庫全書總目　中華書局一九九七年版
羅竹風主編　漢語大詞典　漢語大詞典出版社一九八六年版
梁披雲主編　中國書法大辭典　香港書譜出版社　廣東人民出版社一九八七年版
慈怡主編　佛光大辭典　書目文獻出版社一九八九年版
逯欽立　先秦漢魏晉南北朝詩　中華書局一九八三年版
曹寅等　全唐詩　中華書局一九六〇年版
唐圭璋編　全宋詞　中華書局一九六五年版
王水照編　歷代文話　復旦大學出版社二〇〇七年版
何文焕輯　歷代詩話　中華書局一九八一年版
丁福保輯　歷代詩話續編　中華書局一九八三年版
丁福保輯　清詩話　上海古籍出版社一九七八年版

郭紹虞編選　清詩話續編　中華書局一九八三年版
胡應麟　詩藪　上海古籍出版社一九七九年版
沈德潛　古詩源　中華書局二〇〇六年版
方東樹　昭昧詹言　人民文學出版社一九六一年版
唐圭璋編　詞話叢編　中華書局一九八六年版
俞爲民　孫蓉蓉編　歷代曲話彙編唐宋元編　黄山書社二〇〇六年版
俞爲民　孫蓉蓉編　歷代曲話彙編明代編　黄山書社二〇〇九年版
俞爲民　孫蓉蓉編　歷代曲話彙編清代編　黄山書社二〇〇八年版
歷代書法論文選　上海書畫出版社一九七九年版
歷代書法論文選續編　上海書畫出版社一九九三年版
崔爾平　明清書論集　上海辭書出版社二〇一一年版
沈子丞編　歷代論畫名著彙編　文物出版社一九八二年版
戈載　詞林正韻　上海古籍出版社二〇〇九年版
蔡楨　詞源疏證　中國書店一九八五年版
夏承燾　吴熊和　讀詞常識　中華書局二〇〇〇年版

吴丈蜀　詞學概説　中華書局一九八三年版
施蟄存　詞學名詞釋義　中華書局一九八八年版
唐作藩　漢語音韻學常識　上海教育出版社二〇〇五年版
曹述敬主編　音韻學辭典　湖南出版社一九九一年版
中國大百科全書戲曲曲藝卷　中國大百科全書出版社一九八三年版
王昶　金石萃編　中國書店一九八五年版
陳夢雷　古今圖書集成　中華書局　巴蜀書社一九八六年版
梁章鉅　制義叢話　上海書店出版社二〇〇一年版
王凱符　八股文概説　中華書局二〇〇二年版
鄧雲鄉　清代八股文　河北教育出版社二〇〇四年版
李學勤　十三經注疏整理本　北京大學出版社二〇〇〇年版
李昉等　太平御覽　中華書局一九六〇年版
歐陽詢　藝文類聚　上海古籍出版社一九九九年版
劉向　戰國策　上海古籍出版社一九七八年版
司馬遷　史記　中華書局標點本一九五九年版

班固　漢書　中華書局標點本一九六二年版
陳壽　三國志　中華書局標點本一九五九年版
范曄　後漢書　中華書局標點本一九六五年版
房玄齡等　晉書　中華書局標點本一九七四年版
沈約　宋書　中華書局標點本一九七四年版
魏收　魏書　中華書局標點本一九七四年版
李延壽等　南史　中華書局標點本一九七五年版
劉昫等　舊唐書　中華書局標點本一九七五年版
歐陽修等　新唐書　中華書局標點本一九七五年版
脱脱等　宋史　中華書局標點本一九七七年版
宋濂　元史　中華書局標點本一九七六年版
趙爾巽等　清史稿　中華書局標點本一九七六年版
陳鼓應　莊子今注今譯　中華書局一九八三年版
朱鑄禹　世説新語彙校集注　上海古籍出版社二〇〇二年版
洪興祖　楚辭補注　中華書局一九八三年版

蕭統　文選　上海古籍出版社一九八六年版
郭茂倩　樂府詩集　中華書局一九七九年版
范文瀾　文心雕龍注　人民文學出版社一九五八年版
王琦　李太白全集　中華書局一九七七年版
仇兆鰲　杜詩詳注　中華書局一九七九年版
錢仲聯　韓昌黎詩繫年集釋　上海古籍出版社一九八四年版
馬其昶　韓昌黎文集校注　上海古籍出版社一九八六年版
柳宗元　柳宗元集　中華書局一九七九年版
李逸安點校　歐陽修全集　中華書局二〇〇一年版
曾棗莊等　嘉祐集箋注　上海古籍出版社一九九三年版
陳杏珍等點校　曾鞏集　中華書局一九八四年版
王安石　王文公文集　上海人民出版社一九七四年版
王文誥輯注　蘇軾詩集　中華書局一九八二年版
孔凡禮點校　蘇軾文集　中華書局一九八六年版
陳宏天等點校　蘇轍集　中華書局一九九〇版

魏慶之　詩人玉屑　上海古籍出版社一九七八年版
王仲鏞　唐詩紀事校箋　巴蜀書社一九八九年版
胡仔　苕溪漁隱叢話　人民文學出版社一九六二年版
周本淳校點　詩話總龜　人民文學出版社一九八七年版
朱傑人等　朱子全書　上海古籍出版社、安徽教育出版社二〇〇二年版
李漁　李漁全集　浙江古籍出版社一九九二年版
王夫之　船山全書　嶽麓書社一九九六年版
阮元　揅經室集　中華書局一九八五年版
普濟　五燈會元　中華書局一九八四年版
錢鍾書　談藝録　中華書局一九八四年版
錢鍾書　管錐編　中華書局一九七九年版
錢鍾書　宋詩選注　三聯書店二〇〇二年版
玄修　劉融齋詩概詮説　同聲月刊　一九四一年第一卷第十二期
玄修　劉融齋詩概詮説續　同聲月刊　一九四二年第二卷第一期
玄修　劉融齋詩概詮説續　同聲月刊　一九四二年第二卷第三期

玄修　説李　同聲月刊　一九四一年第一卷第九期
玄修　説李　同聲月刊　一九四一年第一卷第十一期
玄修　説韓　同聲月刊　一九四二年第二卷第二期
沈曾植　海日碎金　同聲月刊　一九四二年第二卷第十一期

附録一 《藝概》提要兩種

《續修四庫全書總目提要·藝概》(稿本)

瞿宣穎

清劉熙載撰。劉熙載字融齋，江蘇興化人。道光二十四年進士，官中允，督學廣東，未滿任，乞歸。主講上海龍門書院十四年，以正學教弟子，士論翕然。所著有《説文雙聲》、《疊韻》、《四音定切》、《昨非集》等書。是書分《文概》、《詩概》、《賦概》、《詞曲概》、《書概》、《經義概》六門，前有同治癸酉自敘。標舉作書之旨在「舉此以概乎彼，舉少以概乎多」，取《莊子》「概乎皆嘗有聞」、《史記》「文辭不少概見」之語，以名其書。大抵爲書院諸生講授之用，每條多不過十數語，少僅一二語，未嘗貫串，似未脱宋人語録窠臼。然熙載學有本原，未嘗剿襲膚闊之論，如於文取蕭穎士「於《穀梁》師其簡，於《公羊》師其覈，於《左氏》師其文」之説；又取杜預「《左氏》文緩」，曹植「優游緩節」之説；於學取雷次宗儒史玄文之説；又取晏殊「祖述墳典，憲章騷雅，上傳三古，下籠百氏，橫行闊視於綴述之場」之説；又云「韓文起八代之衰，實集八代之成。蓋惟善用古者能變古，以無所不包，故無所不掃也」，此皆高揭群言，奄有衆流，不似墨守唐宋古文家法者。特其語氣，終未能盡脱評文家積習。如云：「文家用筆得『斗』字訣，便能一落千丈，一飛沖天。」又云：「文之神妙，莫過於能飛。《莊子》之言鵬曰：『怒而飛。』今觀其文，無端而來，無端而去，殆得飛之機者」；又云：「《莊子》是跳過法，《離騷》是回抱法，《國策》是獨闢法，《左傳》、《史記》是兩寄法」；此類則不免近於陋矣。熙載於詩本非當行，而所見有出諸評詩家之上者。如云「杜詩有不可解及看不出好處之句，作者本不求知，讀者非身當其境，亦何容强臆邪？」「昌黎鍊質，少陵鍊神。昌黎無疏落處而少陵有之，然天下之至密，莫少陵若」；又云「常語易，奇語難，此詩之初關也；奇語易，常語難，此詩之重關也。香山用常得奇，此境良非易到。」按：王士禛於杜詩之難解者，頗加詆斥，於白詩亦有貶詞，皆由不知唐人文理疏闊及用常得奇之旨，故以後人眼光繩之，而相去愈左。熙載此論，固非深知詩義利病者，不克辦也。又考《清史》熙載本傳，稱生平於六經子史及仙釋家言靡不通曉，又治經無漢宋門户之見，而别無自成一家言之著作。此書藴釀精醇，蓋亦印其平日精力所萃歟？

——齊魯書社一九九六年版

《續修四庫全書總目提要·集部·藝概》

劉德重、張寅彭、詹杭倫

劉熙載生平見前《昨非集》提要。此書成於同治十二年（一八七三）。卷首有自叙。全書分《文概》、《詩概》、《賦概》、《詞曲概》、《書概》、《經義概》各一卷，分别論述散文、詩、賦、詞曲、書法及八股文。大抵前半評作家作品，後半論藝。《文概》、《詩概》評歷代作家，皆至唐宋止，不及明清。《賦概》更以屈宋及漢魏六朝賦家爲主，偶涉唐宋，其後賦家及排律賦概未論及。其持論首重人品、志向，强調「詩品出於人品」。又重視作家修養，如《文概》稱文人「才、學、識三長，識爲尤重」。《詩概》稱「雅人有深致，風人騷人亦各有深致」。《賦概》稱「賦兼才學」。《經義概》稱「欲學者知存心修行，當以讀書爲第一事」。作者對散文、詩、賦、八股文作家分别提出不同要求，評論各家各派，注意前後傳承、風格流變，善於比較異同，剔抉深微，頗多會心獨到之論。

作者論藝，善於辨體，多能抓住要領，一言中的。如論詩文之别，承吴喬「詩酒文飯」説，謂：「大抵文善醒，詩善醉，醉中語亦有醒時道不到者。」論詩賦之别，謂：「詩爲賦心，賦爲詩體。」「情事雜沓，詩不能馭，故爲賦以鋪陳之。」雖本自前人，但又别出機杼。書中於辨體立意，篇章結構，格律音韻、作法技巧等，亦分體論述。如賦之平仄聲調，前人所論多指律賦，作者則論及古賦、騷賦。清人論賦多探討律賦作法，惟陳廷祚《騷賦論》與此書《賦概》論古賦、騷賦，於清代賦論中别樹一幟。

此書有清同治十二年刻《古桐書屋六種》本，今據以影印。

——上海古籍出版社二〇一五年版

附録二　劉熙載傳記資料選輯

寤崖子傳

劉熙載

寤崖子，揚州興化人也。姓劉氏。生數歲，父於與言時，許其趣尚曰：「是子可以入道，殆少欲而能思者也。」寤崖子十歲而孤，九歲猶未命名，既而父名之曰熙載。父蓋隱君子，鄉人稱鶴與先生。時有人問之曰：「隱者以此名子，稱乎？」答曰：「夫隱也者，豈不婚不宦者乎？且禹稷、顏子，易地皆然，名何分乎仕隱哉！」

寤崖子既長，有妻有子，且登仕籍。惟仕皆師儒之位，自其爲諸王師，爲太學師，與夫在鄉塾爲童子師，客游爲遠方士子師，出處不同，而視之未嘗不一也。寤崖子嘗戲言曰：「星命家好推官禄，如遇我輩命當爲師者，竊恐彼技窮矣。」

寤崖子於古人志趣尤契陶淵明。其爲學與教人，以遷善改過爲歸，而不斤斤爲先儒爭辨門户。嘗曰：「子貢方人，聖人自言不暇，豈吾人而轉暇乎哉？」

寤崖子者，蓋其自謂。或譽之曰：「寤，悟也。吾觀於子，誠大悟者乎？」寤崖子愯然曰：「是何言與？此吾以自警也。吾之惛瞀，若無日不在寐中，名此者，意欲庶幾一寤云爾。且張乖崖之乖也非乖，則寤崖豈即寤乎？」

或謂寤崖子：「子盍自按年爲譜？」曰：「此易耳。《論語》『吾十有五』章，章凡六節，但於節中無『不』字者增一『不』字，有『不』字者減一『不』字，即合矣。」

寤崖子生於嘉慶癸酉，當光緒丙子年六十四，猶自以爲未寤，不知後竟何如？

——選自《昨非集》卷二

左春坊左中允劉君墓碑

俞　樾

光緒七年，國史館上言：「《儒林傳》曠不修，懼經明行修之士久而湮没不著，宜下各直省採訪以聞。」從之。於是江蘇巡撫以故左春坊左中允劉君事實咨送史館。海内士大夫知其事者，僉曰：「允哉！」君事實既在史館，自足傳後，無待空言表襮。然墓道立碑，自漢以來然矣。君自上海以疾歸，微語諸子曰：「如我死，則志墓之文以屬德清俞樾。」君卒，諸子以狀告於樾。樾亦病，因循未作，而君已葬矣，貍幽無及焉。乃爲譜其系，叙其出處，述其行誼與其學術，紀其生卒，因及其所生而係以銘，俾刻石墓道，用諗來者。

其系曰：君諱熙載，字伯簡，號融齋，江蘇興化劉氏。曾祖考諱瓚，字瑟玉；祖考諱銓，字衡掌；考諱松齡，字鶴與。自曾祖妣以至於妣，並姓王氏。祖、父皆以君貴贈奉政大夫，妣皆宜人。

其出處曰：君於道光十九年舉於鄉，二十四年成進士，改翰林院庶吉士，授編修。咸豐三年，文宗顯皇帝召對稱旨，旋奉命值上書房。久之，上見其氣體充溢，蚤莫無倦容，問所養，對以「閉户讀書」。上嘉焉，書「性静情逸」四大字賜之。六年，大計群吏，君在一等，記名以道府用。君旋以病乞假。十年，胡文忠公特疏薦君「貞介絶俗」。同治元年，詔起舊臣，而君與焉。其明年，兩奉寄諭，趣入都。三年，補國子監司業。其秋，命爲廣東學政，補春坊左右中允，引疾歸，遂不出。主上海龍門書院講席以終。

其行誼曰：君少孤苦，及貴，不改其初。以翰林直内廷，徒步無車馬。視廣東學，一介不苟取。諸生試卷，無善否畢讀之。或曰：「次藝可無閲。」君曰：「不觀其全，而謂吾已得之，欺人乎？自欺也？」試畢，進諸生而訓之。作《懲忿》、《窒欲》、《遷善》、《改過》四箴以示之。其主講龍門歷十四年，與諸生講習，終日不倦。每五日必一一問其所讀何書？所學何事？講去其非而趨於是。丙夜或周視齋舍，察諸生在否。其嚴密如此。然與之居，温温然無疾言厲色。性嗜酒，招之飲，欣然往，雖醉不亂。樾時亦頻至上海，至必訪君。君亦數數來，談諧甚樂，初不覺其藐然高厲也。而意所不可，卒莫之能奪。嘗有異邦人求見，三至三却之。一日徑造其庭，君在内抗聲曰：「吾不樂與爾曹見。」其人悚然去，竟不得見。

其學術曰：君幼敏悟，父鶴與君曰：「此子學問當以悟入。」故晚年自號寤崖子云。自六經、子史外，凡天文、算術、字學、韻學、及仙釋家言，靡不通曉。而尤以躬行爲重。嘗曰：「學求盡人道而已。」所著書有《持志塾言》二卷、《藝概》六卷、《四音定切》四卷、《説文雙聲》二卷、《説文疊韻》二卷、《昨非集》四卷，皆刊以行世。日記若干卷，藏於家，未刊。

其生卒曰：君生於嘉慶十八年正月癸巳，卒於光緒七年二月乙未，年六十有九。於某年月日葬某原。娶宗氏，以君官封宜人，先卒。生丈夫子三：彝程，國學生；展程，光緒元年恩科舉人；尊程，縣學生。女子子二：高郵吴嵩、泰州唐恩祥，其婿也。孫三人：啓詵，增詵，祥詵。

其銘曰：士生今世，學術大明。貴在擇守，無取更張。云何漢宋，若判井疆。我觀君容，恭儉温良。粹然無滓，元酒太羹。我觀君行，克柔克剛。意之所可，歡然承迎。其所不可，凛若冰霜。我讀君書，靡有不詳。高論道德，下逮文章。至於聲律，剖豪析芒。至於詞曲，乃亦所長。君之所學，小大具臧，宜其翕然，令聞令望。天子嘉歎，巨公表揚，名在國史，澤在膠庠。學無宋元，亦無漢唐。一言居要，要在躬行。躬行君子，久而彌芳。

我作斯文，刻石墓傍。俾千百世，知學之方。學君之學，吾道以亨。

——選自《春在堂雜文》四編三

劉融齋中允別傳

蕭穆

光緒八年月日，國史館上言：「《儒林》《文苑傳》曠不修，懼經明行修之士久而湮没不著，宜下各直省采訪以聞。」從之。於是江蘇巡撫衛公榮光以故左春坊左中允興化劉君事實上聞。七月日奉旨：「原任詹事府左春坊左中允劉熙載，前在上書房行走，曾任廣東學政，旋因病請假，主講上海龍門書院，品學純粹，以身爲教，成就甚多，洵足爲士林表率。著即宣付國史館，列入《儒林傳》，以彰碩學。欽此。」仰見聖主敦崇實學，嘉惠儒臣，式刑多士之至意，於是海内士大夫知其事者僉曰：「允哉。」公傳在史館，名在天下，既足傳諸天下後世矣。然金匱石室之藏，非草茅所得聞見。穆自同治十一年壬申之冬，客游海上，與公還往凡八九年，稍能窺公學行崖略，乃據公《家狀》及其所撰諸書大旨，別爲一傳，以示同志者焉。

公諱熙載，字伯簡，一字融齋，江蘇興化劉氏。曾祖瓚，祖銓，考松齡，世以耕讀傳家。公少孤貧力學，中道光十九年己亥恩科舉人。二十四年甲辰，成進士，改翰林院庶吉士。

二十五年乙巳，散館授編修。咸豐三年癸丑，文宗顯皇帝召對稱旨，奉命直上書房。久之，上見其氣體充溢，早莫無倦容，問所養，對以「閉户讀書」。上嘉焉，書「性靜情逸」四大字賜之。六年丙辰，京察，公名在一等，記名以道府用。旋以病乞假。十年庚申，湖北巡撫胡公林翼特疏薦公「貞介絶俗」。

同治元年壬戌，詔起舊臣，公與焉。其明年，兩奉寄諭入都。三年甲子，補國子監司業。其秋，命督廣東學政，旋補春坊左右中允。五年丙寅，引疾歸，遂不出。當道請主講上海龍門書院，凡十四年以終。

公秉性儉約，至貴不改其初。嘗以翰林直内廷，徒步無車馬，有晏子「浣衣濯冠」之風。視廣東學，一介不苟取，諸生試卷無善否，畢閲之。試畢，進諸生而訓之，如家人父子焉。作《懲忿》、《窒欲》、《遷善》、《改過》四箴以示之。其主講龍門書院，與諸生講習，終日不倦。每五日必一一問其所讀何書？所學何事？黜華崇實，祛惑存真。嘗午夜周覽諸生寢室，其嚴密如是。與人居，温温然無疾言厲色。與客言，善談議，亦時雜詼諧嘲笑，恒不見其有高邁遠俗之概。而意有所不可，亦卒莫之能奪也。閒居敝衣糲食，不多用一錢。親故有貴顯，遠有饋不一取，有貧苦必多方周濟，而待客又必盡豐潔。其處己接物，變動不拘又如此。幼敏悟，太翁鶴與公，嘗曰：「此子學問當以悟人。」故公晚年亦自號寤崖子。

自六經、子史、天文、算法、字學，韻學，下至詞曲以及仙釋家言，靡不通曉。尤以躬行爲重。嘗曰：「所貴於學者，求盡人道而已。」所著書有《四音定切》四卷、《説文雙聲》二卷、《説文疊韻》二卷、《持志塾言》二卷、《藝概》六卷、《昨非集》四卷，皆公晚年在書院自爲校刊行世。又有自記語録若干卷，藏於笥，未能整理。

其叙《四音定切》曰：余幼讀《爾雅·釋詁》至卬、吾、台、予四字，忽有所悟，以爲此四字能收一切之音。後證之諸韻書，皆合，益自信，乃易以欸、意、烏、于四字。蓋欸、意、烏、于，皆取聲音之名以爲名，其於卬、吾、台、予，則欸代卬，意代台，烏代吾，于代予也。前數年，客有問余以切字法者，余先問之曰：「子知開口正音，開口副音乎？」曰：「知之。」「子知合口正音，合口副音乎？」曰：「知之。」「開正一名開口，開副一名齊齒，合正一名合口，合副一名撮口，子知之乎？」曰：「知之。」曰：「吾有常言之四字：欸、意、烏、于是也，子知之乎？」客曰：「將焉用此？」曰：「然則子之所謂知者，豈誠知乎？夫欸字收聲者，名開口音，意字收聲者，名齊齒音，以及收烏名合口，收于名撮口。自非先辨欸、意、烏、于，何以能定開齊合撮也？不能定開齊合撮而欲切音，更何以能定上一字母、下一字韻也？吾試問子：關、雎、河、洲四字於欸、意、烏、于，宜若何分屬？」客謝未能。余曰：「子試於關字長其聲以讀之，雎、河、洲三字皆長讀之。」客從余言。余曰：「子覺關字下隱然有一彎字乎？睢字下隱然有一于字乎？河字下隱然有一阿字乎？洲字下隱然有一優字乎？」曰：「然。」「彎亦烏也，阿亦欸也，優亦意也，于則無俟復言。是則開齊合撮不既定矣乎？推之一切韻之收聲可知矣。」客悦，曰：「此指吾未前聞，然尤願論撰以貽後學，俾得與能也。」余時頗心許之。今余爲《圖説》既成，又因及門黄接三鑽研韻學，與之準《佩文詩韻》字數，輯爲《韻釋》四卷。事固有難已者，書名《四音定切》，蓋原其實，且使余向者之所以自悟與所以告客者，胥統焉。

其叙《説文雙聲》曰：切音始於西域乎？非也。始於魏孫炎乎？亦非也。然則於何而起？曰：起於始制文字者也。許氏《説文》於字下繫之以聲，其有所受之矣。夫六書中較難知者，莫如諧聲。疊韻、雙聲，皆諧聲也。許氏論形聲，及於江、河二字。方許氏時，未有疊韻、雙聲之名。然河、可爲疊韻，江、工爲雙聲，是其實也。後世切音，下一字爲韻，取疊韻；上一字爲母，取雙聲。非此何以開之哉？是編獨詳雙聲者，以韻有古今之别，雙聲則古今一也。徐鉉等注《説文》字音，以孫愐《唐韻》音切爲定。要之許氏之聲本可爲切，由古人制字，其中本具字母也。是編韻借孫氏母，即用許氏之聲。如江字，許云工聲，注：古雙切。今用許氏之本聲，易古雙切爲工雙切，不正切江字乎？由江字推之，如脂字，許氏旨聲。模字，許云：莫聲。孫氏業已取其聲以爲母矣。至於虞、佳，殷、蕭、宵、尤等字：虞，吴聲；佳，圭聲；殷，㐆聲；蕭，肅聲；宵、肖聲；尤，又聲。苟以許聲加孫韻，皆可爲切，而一切雙聲之字，不皆可知乎？夫雙聲之大略，不外乎清、濁二聲之從類，及開口、齊齒、合口，撮口四呼之相通。自有切音以來，學者固皆知之。惟其知之，則與余之溯源於古人制字之本音必有合也。余纂《説文雙聲》，僅舉崖略。及門陳仲英以爲裨於小學，孜矻助余成之。學者誠因是編以契許氏之聲，因許氏以契古人制字之音，庶無負諧聲之本指也哉。

其序《説文疊韻》曰：書以《説文疊韻》名，疊韻也者，疊古韻也。古韻有與今同，有與今異。與今同者，即爲今韻。何以不疊今韻？今韻不勝疊也。夫古韻可據者，有若《詩三百篇》焉，有若屈、宋之辭焉。推之凡古有韻之文無不可見，何必許氏一人之書？顧許氏於字下繫聲。所以著韻即出於其字，雖雙聲亦在其内。要不及疊韻之多。即但以疊古韻而言，其字亦豈少哉？論者於河、可共知爲疊今韻，於江、工或但以雙聲目之。其實雖取雙聲，亦取疊古韻也。然則欲明古韻，舍《説文》其可乎？間嘗以此語及門袁竹一，竹一所見輒符余，因與之輯《疊韻》上下卷，以明《説文》合體之字與獨體之聲。體既相因，韻自相合，即有不合，亦由後人之失讀，類非古韻之本然。是編於許聲雖若有信之過者，然過信猶愈於過疑，況信未必過也。同校者爲及門黄淵甫，蓋亦以其明於許書而屬之，至

《古韻大指》，爲余舊著，今列爲首卷。雖所言不專在《説文》，要與《説文》相發云。

公於音韻小學確有心得之外，而潔身修行與有宋諸儒言行相爲表裏。凡日有心得，隨筆記載，晚年手編定爲《持志塾言》上下二卷。内分子目二十事：曰立志、曰爲學、曰窮理、曰存省、曰擴充、曰克志、曰力行上卷。曰盡倫、曰立教、曰人品、曰才器、曰致用、曰濟物、曰正物、曰處事、曰處境、曰處世、曰天地、曰心性、曰禮樂下卷。復爲之序曰：「孟子始言『持志』，志之賴於持也久矣。持之義不一端，大要維持之欲其正也，操持之欲其久也。持之之方不一端：大要善其志之所以養也，慎其志之所以發也。每念古人之學，無不以此爲兢兢；而即可準此以見吾人之失。故余之教於塾也，嘗以『持志』二字顔其齋焉。塾中講貫，自聖賢經義以及先儒格言，固皆日有課程矣。其有不及舉古人之辭，但自言之，以取易明者，則隨時筆而存之，蓋以便學者之復習也。原本即名《持志塾言》，惟不立門類，不避重複，未免雜而難約。今姑删複分類，以成二卷，然亦但如原本之所有而未嘗增益，實亦未嘗得整齊次第之宜焉。夫持志之功，深求之而未有盡者也。學者誠由所至而進推焉，則是編者或亦由淺之深之藉也與？」

公既以《持志塾言》教授及門諸子及窮鄉晚進之餘，又探討古今人詩賦、古文、詞曲、書法、經義，深造自得，復爲《藝概》六卷。子目有六：曰《文概》、曰《詩概》、曰《賦概》、曰

《詞曲概》、曰《書概》、曰《經義概》。自爲之序曰：「藝者，道之形也。學者兼通《六藝》，尚矣！次則文章名類，各舉一端，莫不爲藝，即莫不當根極於道。顧或謂藝之條緒綦繁，言藝者，非至詳不足以備道。雖然，欲極其詳，詳有極乎？若舉此以概乎彼，舉少概以乎多，亦何必殫竭無餘，始足以名指乎？是故余平昔言藝，好言其概。今復於存者輯之，以名其名也。《莊子》取『概乎皆嘗有聞』、太史公歎『文辭不少概見』，聞、見皆以『概』爲言，非限於一曲也。蓋得其大意，則小缺爲無傷，且觸類引伸，安知顯缺者非即隱備者哉？抑聞之《大戴記》曰：『通道必簡。』概之云者，知爲簡而已矣。至果爲通道與否，則存乎人之所見，余初不敢意必於其間焉。」

公於古人詞章文學，既有深造獨得之境，嘗有述作，不自收拾，隨時散佚。晚年就篋中所存詩文、詞曲各類，編定四卷。而以所仿周秦諸子書寓言四十二篇，曰《寤崖子》，列爲卷端。總爲之序曰：「此集始名《四旬集》，蓋集中所編入，大率四十以前作也。余之少也，學不知道。雖從事於六經，然頗好周秦間諸子，又泛濫諸仙釋書，並騷人辭客之悲愁放曠，惜衰暮、感羈旅者，亦未嘗不寓目焉。故當時所作，指趣多所出入，且有傲然自得，而不知其爲非者，豈非沈溺之甚也哉！四十後乃始悔之。又後，則欲勿存之矣。既而思之：非與是不容偏掩者也；是中有非，非中亦豈必無是？狂言聖擇，理或同與？且即未必有是，然存之以著其非，庶鑒余非者，得以及時趨是，而不至若余之過時而悔與？偶憶陶淵明辭，有『昨非』二字，因以名集。昨之云者，豈獨爲四十以前言之乎？四十以後附入者，自視實亦未見是也，故並以『昨非』概之。」

以上六書，惟《持志塾言》成於同治丁卯，《藝概》成於癸酉，餘四種均成於光緒三、四、五間先後，公自校刊成之。遺書有《讀書札記》、《游藝約言》、《制藝書存》三種，乃公歿後，公子彝程等從公篋中所存手稿分類鈔出，示公及門諸弟子，於丁亥冬續刊之。《札記》與《持志塾言》相類，《游藝約言》與《藝概》相類，《制藝書存》原爲《昨非集》之第六卷，公刊集時，尚在游移，未能即時刊入者也。

公早年工行楷書法，晚年喜模漢、魏人八分篆書。久之，鎔鑄一體，規模奇古，變化無端。人有求者，亦時應之。又嘗命工爲刻一石，時以餉人，亦自喜也。公以光緒六年庚辰夏五月，上海龍門書院構寒疾。其初尚輕，尚能時時見客及拜客。穆以四月間，由上海廣方言館附輪船回里，至五月二十七日回館。次日即到龍門書院候公起居，時公構疾已十餘日，尚能談話如故，留同午食。至六月初三日，公乃到廣方言館訪談，移時乃去。自是以後，穆數日輒往書院候問公疾，雖未瘳，尚能坐話移時。至十七日，公門弟子沈約齋、袁竹一到館，言公疾久不痛，思回興化。穆即同局總辦李勉林觀察相商。李君故與公友善，乃爲主張，以本局小火輪船拖帶公舟回鄉較速。公乃清理書院一切事宜，即於七月十三日登舟。時穆亦將有事於蘇州，即附公舟，於十四日巳刻抵蘇州胥門外小泊。穆即别公上岸，時公病已不能興矣。公歸里後，疾亦時重時輕，中間尚能訪老友陳君茂亭一談。至七年辛巳二月乙未，乃終於里第正寢。距生於嘉慶十八年癸酉正月癸巳，享年六十有九。夫人宗氏先公年殁。

公子三人：長彝程，太學生，精通天文算法。公嘗與穆談及，時以爲慮，曰：「察見淵魚不祥。」次展程，光緒元年乙亥恩科舉人。三尊程，縣學生。女二人：長適高郵吴嵩泰、次適泰州唐恩祥。孫三人：啓詵、增詵、祥詵。

——選自《敬孚類稿》卷一二

左春坊左中允劉先生行狀

沈祥龍

曾祖諱瓚，祖諱銓，贈奉政大夫翰林院編修。考諱松齡，國學生，贈奉政大夫翰林院編修。妣王氏，贈太宜人。

先生諱熙載，字伯簡，號融齋，江蘇興化人。生有異禀，自幼不苟言笑，七歲能賦詩，讀書深悟義理。父鶴與先生許其趣尚，曰：「是子可以入道，殆少欲而能思者也。」又曰：

「他日學問當以悟入。」故先生晚年自號「寤崖子」。先生十歲而孤，事母至孝，家貧，饘粥不給，刻苦志學，常以「志士不忘在溝壑」、「遯世不見知而不悔」二語自勵。賃廡佛庵，精研群籍，往往終夜不寢。弱冠，補邑諸生。道光己亥，登賢書。甲辰，成進士，改庶吉士，授編修。歷充國史館纂修協修，庚戌殿試受卷官，壬子順天鄉試磨勘官。癸丑，教習庶吉士。在官固窮自守，敝衣徒步，非人所堪，處之晏如。

咸豐三年，直上書房，與諸王講授，左右博喻，一歸於正。貧不能役僕，退直則獨居温理所業，自以脱粟合惡草具煮食。一日，中涓來索犒金，見之曰：「此可以食耶？」太息而去。時故相倭文端同直上齋，以操尚相友重，每五更初，先他人至朝房論學。倭宗程朱，先生兼取陸王及康節、白沙諸儒，而仍折衷於程朱。嘗手録文端日記數册，文端索觀先生所著，謙抑不敢出。顯廟知先生賢，召對數次，御書「性靜情逸」額以賜。六年，京察一等，記名以道府用，旋乞病假。湖北巡撫胡文忠以「貞介絶俗，學冠時人」疏薦，延主漢陽書院。至，則省城戒嚴，諸生未集，辭，去之山西，授徒自給。

同治元年，奉召入都，擢國子監司業。三年，視學廣東，遷詹事府右春坊右中允，轉左，至則崇禮教，黜浮華，裁陋規，減供張。行部所至，蕭然無異寒素。評校試卷，反復慎密，所取多賢士，作《懲忿》、《窒欲》、《遷善》、《改過》四箴以訓，謂士學聖賢，當從事於此四者。五年，引疾歸，篋書襆被，不名一錢。主上海龍門書院講席十四年，定課程，務實學，以身爲教，正而不迂，寬而不弛，讀書行事令各劄記，因材誘掖，使人人知學有大本，反躬自治，咸底於善而後已。嘗言：「士人處達處窮，皆當以正人心，維世道爲己任。」又嘗語學者曰：「真博必約，真約必博。」曰：「才出於學，器出於養。」凡平日垂教之旨，多平實可條録，遠近之士聞風來學，前後著録者數百人，學舍不能容，闢旁屋處之。及卒，諸門人千里赴弔，莫不哀慟，至今誦先生遺言不衰。自作《寤崖子傳》有云：「自其爲諸王師，爲太學師，與夫在鄉塾爲童子師，客游爲遠方士子師，出處不同而視之未嘗不一也。」此可見先生師道矣。

光緒六年，先生在書院遘疾旋里。七年二月，卒於里第，年六十有九。

先生學問博大純正，治經無漢宋分門之見，而於子史、小學、音韻、算數旁及九流二氏言，靡不綜覽，手鈔書至數百卷，顧終身兢兢尤在性道，而持循於倫紀日用間。大旨以慎獨主敬爲宗，合宋元以來諸儒書沈潛研究，身體力行，而未嘗辨論同異。以爲近日斯道大明，學者當集諸儒之長，不當訾諸儒之短。每言學惟盡人道而已，踐形復性其要也。故一生謹言行、嚴操守，處己待人，悉本誠敬，酬酢事變，則斷以義理，確乎不可易。一介不苟取，束脩所入，歲以資族姻故舊之貧者。與人交，始終不渝。其戚宗君裕昆疾革，貽書屬歸教其子，或怪先生將考差矣，歸何亟亟？先生曰：「使垂死之言可負，余豈有人心者哉？」

先生充養完粹，體貌豐碩，目秀而長，慈愛之意溢於顔色，而舉止嚴重，有喬嶽泰山氣象。居恒肅而温，謙而有禮，雖大寒暑，衣冠沖整無惰容，俯仰斗室中，書卷外無長物。入夜，一燈坐對，寂如枯僧，每信口哦古名家詩詞以自樂。自言於古人志趣，尤契淵明。蓋超曠高淡，與陶近也。先生虚懷取善，雖才不己若者，言苟有當，無不信從。訂刊所著諸書，時與及門再三商榷，或獻一疑，隨手改易，曰：「古人言『舊學商量加邃密』，勤商量，學乃進，其可自是自足耶？」晚歲喜作大字，乘興揮洒，融合四體筆法，氣魄雄古，自成一家。性善飲，平時涓滴不入口，客至，雖罄百觚，彌見温克。

先生所著書：曰《持志塾言》。皆平日所心得書以訓及門者。曰《藝概》。分文、詩、賦、詞曲、書、經義六門，而評論其源流體製法度，意多創獲。曰《昨非集》。則所撰《寤崖子》及古文詩詞也。先生之友陳君廣德謂博涉借喻，理實以精，氣和以直，非爲己慎獨者不能爲。又悟切音法，惟欸意烏于四音能統一切字音。欲知字音開口、齊齒、合口、撮口四呼之别，必以此四音試之乃定，因著《四音定切》四卷。又謂許氏《説文》雖未有雙聲疊韻之名，然就「江」、「河」二字言：「江」、「工」雙聲，「河」、「可」疊韻，由此以推知雙聲疊韻即具於古人制字之初，因著《説文雙聲》二卷、《説文疊韻》三卷，皆刊以行世。

先生之配宗宜人，同邑諱定保女，前卒。子三：彝程，國學生，國子監典籍銜；展程，光緒乙亥科舉人；尊程，邑庠生。女二：長適高郵廪貢生吴嵩泰，次適泰州國學生唐恩祥。恩祥龍自同治六年始受業於先生，朝夕待函丈者十餘載，知先生志行之介潔，品學之純粹，在貴彌瘠，處約逾榮，表裏渾然，夷險一節，德量淵邃，卓然純儒，此固當世所共推，非小子一人之私言也。先生大端已列入國史《儒林傳》，顧平日行事緒論有他人未盡悉，祥龍則習聞而略知之者，因綜次之如左。

——選自《樂志簃文録》卷四

劉熙載

朱克敬

劉熙載字容齋，江蘇興化人。道光甲辰進士，由編修官國子監司業。居京師授徒自給，不受親故餽遺。咸豐時，入值上書房，每徒步先至，大風雪，未嘗乘車，衣履垢敝，諸王子竊笑，稱爲「厨子翰林」。歲時，内監多以酒脯餽直官求賜。至熙載宅，户無簾，牀無帳，熙載方踞地爇薪，以砂鐺煮糲飰。内監歎曰：「劉公貧至此，我輩忍取求乎？」即持酒脯去。文宗知熙載廉窘，特授廣東學政。熙載至，盡裁上下陋規，胥吏患之，知熙載狷，故爲蜚語刻洋報中，熙載見之果恚，即日乞病歸。著有《藝概》二卷、《塾志》《塾言》各若干卷。

——選自《儒林瑣記》

劉學政

齊學裘

興化劉融齋先生名熙載，由翰林上書房行走，出放廣東學政，引疾歸里，爲經師授徒，年得館修百金，安貧樂道。手著雜論詩詞曲制義，删存若干卷，名《昨非集》。又有《藝概》數卷，不出示人。同治丁卯，主講上海龍門書院，余亦是年十月爲應敏齋方伯刊校陳同甫《龍川文集》並《蔣劍人文集》，館於滬上也是園。冬十一月，融齋過訪湛華堂，一見如故，意氣相投。見余所述《見聞隨筆》一書，攜之而去。半月後，微雪灑空，獨自還書而來，謂「此書有關世道人心，可傳之作，速刊爲要」云云。從此或一月一見，或數月一見，或一月數見，觀其爲人，奉至聖温良恭儉讓五字爲嚴師，余敬之重之，常以畏友事之。一夜，忽夢與融齋談論：「古之賢者，胸次間常有一段光明磊落氣象，真不可及。」融齋聞言大悦曰：「誠哉，士人胸次，不可一日無此氣象也。」曾爲余作擘窠書「光明磊落之居」六字，高懸寓齋以作座銘。又集邵康節先生詩「樂天爲事業，養志是生涯」二語，書聯見贈。又到余小齋索紙，提大筆書「容膝易安」四字而去。余年六十有四，陶嘯峰寫余小象，沈旭庭補《還山圖》贈余，融齋見此圖，欣然題《唐多令》一闋云：「壯志稱蓬弧，先生計不疏。快遨遊，漫道飢驅。底事欲攜仙眷屬，尋舊隱，賦歸與。　天地是蘧廬，田園未覺蕪。且陶然，客裏琴書。飽看吴山情亦得，便歸去，待何如。」丁卯十二月二十一日，融翁過訪也是園，作詩奉贈云：「山林鐘鼎雲泥隔，歲暮何期遇海隅。我喜實心行實事，君辭名宦作名儒。英才爭立程門雪，明月來從甓社湖黄山谷詩甓社湖中有明月。時除昇平慶同樂，歌聞擊壤笑掀鬚。余作《平匪頌》就正有道余流寓滬上，閉門却掃，融翁時時相過，慰余寂寥。庚午秋，用《滿江紅》調作詞一闋贈融翁云：「老客天涯，喜良友、時時觀我。頓唤起，懶殘成癖，北窗高卧。祇愛海天明月好，渾忘老屋秋風破。怪長虹，一道出簷前，高軒過。齋十笏，淹留坐。霏玉屑，清言吐。聽陽春白雪，曲高難和。拋棄高官如敝屣，潛脩天爵尊王佐。算龍門講學得先生，真堪賀。」融齋見而笑曰：「何以克當。」辛未六月下澣，余遊吴門返滬，走問起居。適逢融翁示疾，商酌良方，議刊舊著。坐談片刻，氣鬱不舒，有呻吟聲，余即告退。握管書之，以志欽佩。

——選自《見聞隨筆》卷十九

劉太史融齋

王　韜

劉太史融齋，名熙載，江蘇興化人。道光甲辰進士，官至翰林院編修，詹事府中允。以廣東學政引疾歸里，爲經師，設帳授徒，安貧樂道，怡然自得。著有《昨非集》、《藝概》兩書，秘諸篋衍，不出示人。同治丁卯，應敏齋觀察蘇松，聘之主講上海龍門書院。時婺源齊玉溪方僑寓滬中，小駐於也是園湛華堂，屢相過從。嘗謂「士人胸次，不可一日無光明磊落氣象」。洵哉是言，足以覘劉君學養矣。

——選自《瀛壖雜誌》

劉融齋中允

李　詳

吾鄉劉融齋中允，先世阜寧人，蚤孤，刻苦厲學。爲童子師時，默誦蔡沈《書經集傳·禹貢注》，熟則繞案背之，貧未見注疏本也。中允道光甲辰赴禮部試，場畢，謁鄉試座師鈕松泉殿撰，鈕問：「場中時藝稿帶來否？」中允赧然曰：「同鄉高南卿先生，以前後作墨卷二比，忽摹名家，體不一律，恐難出房。」鈕取閱之，云：「中郎在此。」後果然。中允督學廣東，僅考四府，移病歸里。步訪親友，一兒捧大帽，一兒執名刺。故友早逝者，每登堂拜母，奉以餅金，助甘旨之需，或兼藥物，如化橘紅及桑寄、生亭之類。後主講上海龍門書院，江浙能文之士著録甚夥。已中風矣，猶閱諸生日記。李勉林制軍，時爲製造局總辦，蕭敬孚先生言於李，以小輪船送歸揚州，年餘遂不起。

吾鄉清宦，先生其一也。先生主講時，好食鹽漬鴨卵以十許，千文一枚，每日僅食其半。憶蒯禮翁告余一事，云昔寓上海，從先生學算。先生每日午前徒步來，略具數簋待之。先生曰：「不可，即具一肴，毋將我脾氣改壞。」蒯從之。己酉五月，值湘潭王壬秋先生於江寧，曾問先生後裔何如？余具對。王云：「融齋先生很看得起我。」余曰：「見尊集贈劉詩便知。」壬老曰：「然。此先生謙德溉人，壬秋年少時便令心折，亦不易也。」

——選自《李審言文集·藥裹慵談》卷五

劉融齋先生

姚永樸

興化劉融齋先生熙載學極淵博，而接人語言木納、誠意盎然。或有所詢，儻未記，則直答曰：「不知。」徐入内，檢平時鈔撮諸册出示云：「頃所問乃如此。」先生主講上海龍門書院，有服敝衣冠來受業者，察之非貧者也，叩其學，則所宗爲王陽明。數日後，先生徐告之曰：「學陽明乃在敝衣冠乎？」其人悚然，由是漸知爲學之要。

先生爲詞林，在上書房行走，一日，太監至其宅，有所餽，大呼門者，乃無一人。至廳事後，見一持斧劈柴者，則先生也。因獻所持物，且曰：「公放廣東學政矣。」意在打抽豐也。先生固辭不受，太監不得已去，中途遇續來者，亟摇手曰：「慎無往，往没趣矣。」先生論學，嘗言：「真博必約，真約必博。」

——選自《舊聞隨筆》卷三

劉融齋先生

（清咸豐）十三年甲戌，二十二歲。三月，由龍門書院在院肄業生李伯塤宗兄介紹，晉謁山長興化劉融齋先生，許補缺住院。四月，入院肄業。院中英才濟濟，前輩如沈君約齋，袁君竹一、何君秋士、朱君子美，及同舍李幹甫宗兄，皆長於詞章之學。余從而討論，遂留意詩古文詞……

光緒元年乙亥，二十三歲。……是年十月下旬，赴松科試。余偕張經甫硯兄寓使院前。袁君竹一適有事到松，與沈君約齋過訪，因偕往飲酒甚多。是日爲報考經古截止期，余初報詩賦兼經解，繼念日晷漸促，恐不及完卷，擬專考詩賦，二君以爲然。遂偕往學寓，書辦以不及造册拒，正爭論間，學官出問何事，二君見其頭戴氈笠，身穿半袖，手攜長煙管，煙容滿面，以爲書辦一流也，勿與爲禮。時余正在改寫名册，及寫畢，回頭見學官與二君惡聲相對，余亦被酒，見此情形，遂拉二君出。翌日即聞學官以擅撕名册，藐視學師，備文報劣。蓋學官知二君籍隸他縣，且不在學中，無可與較，遷怒及余也。余頗不介意，正訂於十一月下旬成婚，不願與試，買舟返滬。到院亦不告同學，事爲劉師所知，問明情由，深以學官輕報爲非，往語滬道馮竹儒觀察。馮師夙器余，聞之憤甚，即修書致提調楊太守，請轉告學使，仍准與試。時距上海試期尚有一日，乃命余星夜赴松見太守，是日爲十一月十一日，冬令水涸，舟行不及，乃乘馬往，圉人年幼不識路，繞至泗涇鎮，日將暮，一路徑窄橋危，乃下馬行二十餘里，比至耿府，已二鼓矣。三鼓至府署，候提調出見云：「道信已呈學使，報劣可不准，應試已不及矣。」乃回耿府，伯齊言：「連日試場各縣考生，皆不直學官所爲，喧嘩之聲達於使座。學使福建林公天齡，深以報劣爲過甚，退回呈文。」余乃即日回滬，報告劉師。師猶以未及應試勿懌焉。

二年丙子，二十四歲。四月，稟准劉師請假赴京，應北闈試。

六年庚辰，二十八歲。是年四月，劉師患病，至七月辭講席，回籍養疴。余等送至江干，皆依依不能舍，同學有送至興化者。蓋劉師道德入人之深，其感化有莫知其所以然者焉。

七年辛巳，二十九歲。……三月，得劉師噩耗，同學設位於後廊，素服哭臨，有失聲者，乃稟鮑師設粟主，朔望於朱子位前拈香畢，至劉師位前行禮，後建祠於院西。

——節選自《李平書七十自叙》，標題爲選者所加。

曩吾師劉中允棲道院止攜一炊家子每隔扉連呼之不譍予請簉治先生欣然而笑曰老夫自爲京朝官至今受家人譴訶多矣漠然無所鐃於中殊不失其大常也追憶作此詩　袁昶

光風汎灑到傭奴，寂漠先生踞竈觚。不與王褒續僮約，幾疑田甲盜靈符。有時塵涴青精飰，無意芟除碧草蕪。戲借先生鐵拄杖，橫穿牛鼻應傳呼。

——選自《安般簃詩續鈔》壬

詠融齋老人逸事并序

袁昶

同治七年，先師融齋老人主講龍門精舍，臘底將歸興化掃墓，榷使者爲買大舟資之行，先生堅却不受，呼僮別賃一行艓子，篙師裁二名，桅高於頂，篷裁及肩。傴俯而入，不可詘伸，有似石室，前後洞然。抱膝促坐，僅容二人，卷舒卧具，衾綻枕穿。予送先生至黄浦江畔，磬折隨入舟，撰杖問答兩炊時許。顧謂渡北江時，風浪惡，舟小如葉，何以禦之？先生怡然。既而笑曰：「若無憂。遇晴明則徑渡。如守風，待風平浪静時，自然得渡也。」觀先生之立身如此。迴憶先生立朝日，佩玉而形若槁木，對越而心存嚴師，神理貫澈，抑可知矣。適坐車中，風景宛似小舟，忽憶吾師事，追述短章。

青鵲白鵠舫，喧呼何郡郎。緬惟賈充輩，修禊洛水旁。凝妝耀朝日，繁吹蕩人腸。見譏夏仲御，熱慄小海唱。褫彼炙手熱，未死魄已僵。吾師隱無名，拂衣謝時會。俯冥物論齊，仰觀天宇大。金石不能焦，兕刃不爲害。純白守真常，世樂盡淘汰。常於空寂光，坐發鸞𩆜籟。勿嗤行艓小，可遊六合外。雙丸入船窗，五緯爲之蓋。太虚作明燭，清輝映藻繢。奢者心常貧，儉者心常泰。飄然獨往來，輕颸出煙靄。其事可以風，颯然破昏昧。

——選自《春闈雜詠》

萬劉主講龍門書院

徐珂

上海龍門書院，創自應寶時，地在城西幽處，陂塘蘆葦，頗似村居，講堂學舍，環以曲水，規制亦甚嚴肅。學生名額限二十人，課程以躬行爲主，萬清軒、劉融齋先後主講，甚負時望。每午，師生會堂上請益考課，寒暑無間。誦讀之外，終日不聞人聲。有私事乞假，必限以時，莫敢逾期不歸。劉主講最久，士論尤協。途遇其徒，望而知爲院中人也。劉没後，一顯宦告休寓此，大府薦主是院，學生執業以請，則告以生輩高材，何煩日課；乞假以出，則告以生輩植品，何煩定假。積日既久，院中出入無禁，日夕在外者有之。課試一事，等諸尋常校藝，昔之良法美意，蕩然盡矣。應初意，欲駕學海堂而上之，專講躬行，輔以文術。然學海堂定制，用意極精，以廣東物力之富，道光全盛之時，而公費歲入不過五百金，僅可自給。但立學長，不立山長，學長若缺，即由學生推補。阮文達公當時創建，其儉如此。上以杜貴要挾薦，下以杜游閒請託，而專爲真讀書之士，謀一下帷地也。龍門大旨與學海相類，而主講者束脩優厚，予人以覬覦之端，未及二十年，時移而事遷矣。

——選自《清稗類鈔·教育類》

劉融齋償逋不逾期

徐珂

興化劉融齋司業熙載，嘗以翰林侍上書房，貧無僕，每入直，懷食物以往。屆年節，内豎例索犒金，一日某小閹至，見其方以脱粟煮於老瓦礶，詢之曰：「君所食耶？」逡巡去。久之，愈窘，將斷炊，乃辭官，乞假游晉，假寓某同年所，設帳授徒。脩脯所入，輒銖積寸累，以償宿逋，戚友所貸，雖一金必還，且無一逾期者。

——選自《清稗類鈔·敬信類》

袁忠節師高劉

徐　珂

桐廬袁忠節公昶幼貧，日從溪邊罾小魚，雜野蔬爲食。後游學杭州，聞高伯平主講東城精舍，憐其才，周卹備至。繼而問樂於興化劉融齋中允。自謂聞縣、興化兩師，一生衣被所在也。

——選自《清稗類鈔·師友類》

存目九篇

清趙爾巽　《清史稿》卷四百八十

清國史館原編　《清史列傳》卷六十七

諸可寶纂録　《疇人傳》三編卷五

黄嗣東　《道學淵源録清代篇》卷二十八

徐世昌　《清儒學案》卷一七九《融齋學案》

蔡冠洛　《清代七百名人傳》第四編

支偉成　《清代樸學大師列傳》卷十二

朱汝珍輯《詞林輯略》卷六

李放纂輯《皇清書史》卷二十三

附録三　八股文資料選輯

八股文結構表（常式）

題目
- 破題（兩句，或偶或散）
- 承題（四、五散句）
- 起講（七、八至十餘句，或偶或散）
- 入題（一、二至三、四散句）
- 分股
  - 起二股
    - 前股
    - 後股
    - （前後對偶成文）
  - 出題（一、二至三、四散句）
  - 中二股
    - 前股
    - 後股
    - （前後對偶成文）
  - 過接
  - 後二股
    - 前股
    - 後股
    - （前後對偶成文）
  - 束二股
    - 前股
    - 後股
    - （前後對偶成文）
- 收結（結語或落下）

知所以修身　合下節　程　李東陽

《中庸》論修身之理，於政之施者無不該〔一〕。（破題）

舉爲政之經〔二〕，自身而推者有其序〔三〕。甚矣身之不可不修也，《中庸》於此，舉政以該於身，而自身以推於政也。（承題）

獨無意乎？子思述孔子答哀公問政之言及此〔四〕，謂夫爲政固在於修身。（起講）吾身之理，即在人之理也，誠知所以修身，則德立道行。其於人也，特推而及之耳，豈不知所以治人者乎？

一人之理，即萬人之理也，既知所以治人，則篤近舉遠〔五〕，其於衆人也，特舉而措之耳，豈不知所以治天下國家者乎？（起二股）

身之可以該乎政者如此。然天下國家不可以不治，其政之經常者有九焉，夫爲天下國家之本在身，故所謂修身者其始也。（出題）

修身之道，當資於人〔六〕，故人之賢者，必尊之而不敢慢。道之所進，莫先其家，故族之親者〔七〕，必親之而不敢疏。（中二股）

繇家以及朝廷〔八〕，大小之臣，皆立於朝者也，於大臣則敬之而盡其禮，於群臣則體之而察其心。

繇朝廷以及其國，百工之衆，皆聚於國者也。於庶民則子愛之以遂其生，於百工則招來之以盡其力。（後二股）

繇其國以及天下，有遠人焉，則柔而服之，使之各得其所。有諸侯焉，則綏而懷之（九），使之不失其度。（東二股）

治天下國家之政，於是乎盡矣。政之自身而推者又如此，然則人君豈可不以修身爲務哉？（結語）

作者介紹：

李東陽（一四四七——一五一六）字賓之，號西涯，茶陵（今屬湖南）人。天順八年（一四六四）成進士，年僅十八歲。弘治間入内閣，進太子少保、禮部尚書兼文淵閣大學士。正德初期，劉瑾亂政，迫害正直大臣，他「潛移默奪，保全善類」。爲官五十年，清節不逾。善詩文，爲文壇領袖，他能「獎成後學，推挽才俊，風流弘長，衣被海内，學士大夫出其門牆者，文章學術粲然有所成就」（錢謙益《列朝詩集小傳》）。在當時，形成了以他爲中心的「茶陵派」作家群體。著有《懷麓堂集》等。

注釋：

〔一〕該：恰當，合適。以上二句意謂：把《中庸》書中所講的修養道德以完善自身的道理，用於政理政務，是完全合適的。

〔二〕爲政之經：從事政治的常規。經：規範，常規。

〔三〕序：輕重次第。

〔四〕子思（前四八三——前四〇二）孔子之孫，相傳曾受業於曾子，儒家認爲《中庸》一書是他作的。朱熹《四書集注·中庸章句序》：「《中庸》何爲而作也？子思子憂道學之失其傳而作也。」李東陽此文題目出於《中庸》第二十章，此章内容均爲引孔子答魯哀公之言。

〔五〕篤近舉遠：指篤重切身（修身）之近而聯想到治國平天下之遠。

〔六〕資：用，依託。

〔七〕族之親者：家族親屬之人。

〔八〕「繇」：通「由」。

〔九〕綏而懷之：安撫而關懷。

說明：

該文題出《中庸》第二十章，是「截搭題」。《中庸》原文：「知所以修身，則知所以治人；知所以治人，則知所以治天下國家矣。凡爲天下國家有九經，曰修身也，尊賢也，親親也，敬大臣也，體群臣也，子庶民也，來百工也，柔遠人也，懷諸侯也。」原文爲兩節，前四句爲一節，「凡爲天下國家有九經」以下爲一節。該文題取頭一節之第一句「知所以修身」，截去後三句，再加上第二節文句爲題。故爲「截搭題」。

截搭題在八股中是比較難作的一種，它既要照顧截去的字句，又要把題面上的前後文句搭連在一起，所以寫起來較難把握，寫作時必須要把截去的字句及題面上的前後文合在一起來確定文章的主旨和行文次第。

該文的題目包有兩層意思，一是講修身與治理天下國家的關係，一是講治理天下國家的方法（即「九經」）。作此文的難點在於要把這兩層意思聯繫在一起進行立意和行文。該文用「《中庸》論修身之理，於政之施者無不該」兩句話破題，從修身與施政的關係講起，加上「承題」的幾句發揮，這是全文的綱領，也是下文的伏筆（在截搭題八股中也稱「釣下」）。「起講」中的幾句，指出子思在《中庸》中引述孔子的話，重提「爲政固在於修身」的道理，並由此引入正題，起了承上啓下的過渡作用（截搭題文也稱「渡」）。文章正題通過八股的形式比較深人地論述了修身與治理天下國家的關係以及治理國家的方法。中二股後的「出題」，首句用了「身之可以該乎政者如此」一句，有照應破題、承題文意的意義，在截搭題文中稱作「挽上」。

截搭題雖然難作，此文却主旨鮮明，前後連貫，如一氣呵成。清代八股大家李光地稱道此文「老筆高識，故聯合而不傷巧」。評價可謂公允。

——以上轉引自王凱符《八股文概説》

逸民伯夷叔齊

清 周 鎬

有逸於商周之際者，民之望也。

（以上破題）

夫夷齊之遇，不爲民不可，同爲民而又不忍也。民而稱逸，此其所以爲夷齊乎。

（以上承題）

且自古聖人並起，莫盛於商周易姓之交。生文武以爲君也，生三仁又生十亂以爲臣也，天生夷齊何爲也哉？曰以爲民也。夫君臣不易得，民則滔滔皆是，安用聖人？不知有易代無易民，苟任其互興互廢於其間，民彝之性先亡，君臣之統愈亂。聖人適遭其變，不敢自外於民，而又不忍自混於民，於是有逸之一法，所以立民極存民心也。故魯論叙逸民而首舉兩人焉，曰伯夷叔齊。

（以上起講。這篇起講做的較長。「故魯論」等十七字有人稱它爲「原題」，也可稱爲「領題」或「出題」，聯在起講之尾，又可成起講的一部分。）

仄平　平仄平平　仄仄平平　平平仄仄　平平平仄　平平平仄　平平平仄平平
首陽之薇蕨誠甘，則北海高棲，奚爲引領就岐山之養。知姬宗行善，夷齊非有違心也。

仄仄　平平　仄仄平平　平平仄仄　平平　仄仄平平仄仄
載木主而東征，死父難欺；三分服事之孤忠，入地應傷扣馬。

（以上第一股。説明夷齊並非原來就想隱居，也並不反對文王。只是認爲武王伐紂的行爲不太合理。）

仄仄　平平仄仄　仄平平仄　平仄平平　平仄平平　仄仄平平　平平仄仄平平
鎬洛之屏藩可慕，則墨胎華胄，奚不承祧襲孤竹之封。知蓋世功名，夷齊不屑縈懷也。

仄平　平仄　平平平仄　仄仄仄平　平仄　仄平平仄平平
告武成而班爵，桓裳雖貴；八百會盟之侯服，戴天宜愧從龍。

（以上第二股。説明夷齊原來就没有做官求榮的心，受武王酬勳封爵的人，比起夷齊，應該有愧。這一比是從夷齊正式去做逸民之前説起。）

且夫

（這是「出題」，也就是進入正面題旨的起手處。）

平仄仄仄
不得已而逸者，其逸最苦；

（以上第三股）

不必逸而逸者，其逸最奇。

（以上第四股。這是一小比，也起著引入正面題旨的作用。）

謂夷齊生不逢時，時則何害於夷齊也。千古非常之舉，數見則安。放桀南巢，來世不聞口實。況軍士倒戈而反鬭，簞筐載幣以迎師，天心亦可知矣。夷齊素屬布衣，去就不妨自決。即周旋二姓，豈有隳名失節之嫌。此亦何須於逸者，而夷齊乃不忍不逸也。殷民也歟哉，如獨夫何；周民也歟哉，如舊君何。以暴易暴之言，直欲澹麾旄仗鉞之心，勉嗣王於養晦。故義人扶去，深恐阻撓大計，而又羞蒙殺士之名。斯豈普天率土之恒規所得强而拘也。逸焉已矣。

（以上第五股。反復説明這次政變原與夷齊無關，夷齊本可不逸，而又不忍不逸。因爲如果堅持做殷民，那個獨夫紂王實在不配擁護；如果便作周民，又對不起舊君紂王。在陣前駡了武王是「以暴易暴」。竟没被殺，且被稱爲義士而扶去，在這種兩難而微妙的處境中，只好逸吧！）

謂夷齊所事非君，而君則何棄於夷齊也。我周鼎革之初，憐才甚篤。商容復位，下車首拔名賢。矧朝鮮拜訪範之師，東夏留象賢之客，王度亦恢宏矣。夷齊分異周親，出處無難從便。即黄冠旋里，亦備新朝顧問之資。此又何容於逸者，而夷齊乃不敢不逸也。遺民也歟哉，呼之亦可；游民也歟哉，應之亦可。我適安歸之歎，直欲破銜璧負圖之案，警百爾以偷生。故槁餓奇蹤，其文不載尚書，恐彰勝國耆英之醜。此豈崇德報功之盛典所得羅而致也。逸焉已矣。

（以上第六股。站在周朝立場來説，滅殷立國以來，做了許多禮賢之事，夷齊當然會被重視。本不必逸，而夷齊乃不敢不逸。他們兄弟曾發出無處可去之歎，足以反映周朝並不高明，這便能使那些投降派自愧偷生。《書經》中没記夷齊的事，大概是照顧殷朝歸順之臣。可見武王的酬勞，對夷齊並無作用。夷齊只好逸吧！這一股拿歸順周朝的殷人對比，襯出夷齊只有逸的一條路了。《論語》原文這一章開頭便説「逸民伯夷叔齊……」，並没記載這話出自孔子，所以通篇不「入口氣」。既出《論語》，必是周人所記，用「我周」二字，也就符合記録《論語》者的立場和他的口氣了。這一比，正面發揮夷齊必逸的理由。）

平仄平平仄仄　平平仄仄　仄平　平仄平平　仄仄仄平　仄仄仄仄平仄仄　平平仄
蓋天下惟民最賤，壺漿簞食，反顏結新主之歡。逸以恥之，而德與怨兩無所任。西山片

仄　平仄　平平　平平仄仄　平平平仄平平　仄仄平平　仄仄仄平平仄
石，猶恨在寰中也。腥聞易染，紂不能興淵藪之波；大賚難辭，武不敢賜鉅橋之粟。

（以上第七股。一般的民，對任何統治者都不敢不表順從。而夷齊的逸，從君民兩方説，都無德無怨。即首陽山也屬多餘的，因爲夷齊的超脱，竟使紂王的虐政不能加到他們；武王的恩賜，也不敢給到他們。）

平仄平平仄平　仄仄平平　平平平仄　仄仄仄平　仄仄仄仄平仄平　平平　仄
周室惟民最頑，紀叙圖功，乘釁煽多方之變。逸以謝之，而畔與服兩無所徇。黃農之宇

仄　平仄　平仄　仄仄仄平　仄仄仄平平仄　仄平仄仄　平平仄仄平平
宙，何異在今日也。墓木受封，死不願效比干之烈；寶龜見兆，生不輕爲小腆之愚。

（以上第八股。殷民歸周之後，仍不太順，被稱爲頑民。他們私自記録小邦的政事。而夷齊的逸，超出了叛與服的兩端。他像是處在黃帝神農的天地裏。他死了也不會像比干墓木的受封，活著也不做頑民寫自己政事的笨事。這一比從夷齊已逸之後發揮，説明他們逸的偉大。）

嗚呼！自有夷齊而民心可以不朽矣，此其所以爲逸民之冠歟。

（以上收結。《論語》這一章記許多逸民，首先提出的是伯夷叔齊。此文最後用冠字結束，點明這一章中諸人的次序，也表明夷齊在逸民中的地位。）（本篇引自《犢山文稿》）

怎當他臨去秋波那一轉

清　尤　侗

想雙文之目成，情以轉而通焉。

（以上破題）

蓋秋波非能轉，情轉之也。然則雙文雖去，其猶有未去者存哉。

（以上承題）

張生若曰：世之好色者，吾知之矣。來相憐，去相捐也。此無他，情動而來，情靜而去耳。鍾情者正於將盡之時，露其微動之色，故足致人思焉。

（以上起講）

有如雙文者乎？

（以上領題，亦稱出題）

最可念者，囀鶯聲於花外，半晌方言，而今餘音歇矣。乃口不能傳者，目若傳之。

（以上第一股）

更可戀者，襯玉趾於殘紅，一步漸遠，而今香塵滅矣。乃足不能停者，目若停之。

（以上第二股）

唯見盈盈者波也，脈脈者秋波也，乍離乍合者，秋波之一轉也。吾向未之見也，不意於臨去時遇之。

（以上領題，亦稱出題）

吾不知未去之前，秋波何屬。或者垂眺於庭軒，縱觀於花柳，不過良辰美景，偶爾相遭耳。猶是庭軒已隔，花柳方移，而婉兮清揚，忽徘徊其如送者奚爲乎？所云含睇宜笑，轉正有轉於笑之中者。雖使覿修矑於覿面，不若此際之銷魂矣。

（以上第三股）

吾不知既去之後，秋波何往。意者凝眸於深院，掩淚於珠簾，不過怨粉愁香，淒其獨對耳。惟是深院將歸，珠簾半閉，而嫣然美盼，似恍惚其欲接者奚爲乎？所云渺渺愁余，轉正有轉於愁之中者。雖使關羞目於燈前，不若此時之心蕩矣。

（以上第四股）

此一轉也，以爲無情耶？轉之不能忘情可知也。以爲有情耶？轉之不爲情滯又可知也。人見爲秋波轉，而不見彼之心思有與爲之轉者。吾即欲流睞相迎，其如一轉之不易受何！

（以上第五股）

此一轉也，以爲情多耶？吾惜其止此一轉也。以爲情少耶？吾又恨其餘此一轉也。彼知爲秋波一轉，而不知吾之魂夢有與爲千萬轉者。吾即欲閉目不窺，其如一轉之不可却何！

（以上第六股）

噫嘻！

（以上過接）

召楚客於三年，似曾相識；

（以上第七股）

傾漢宫於一顧，無可奈何。

（以上第八股）

有雙文之秋波一轉，宜小生之眼花撩亂也哉！抑老僧四壁畫西廂，而悟禪恰在個中。蓋一轉者，情禪也，參學人試於此下一轉語！

（以上收結）（本篇引自《西堂雜俎》。《制藝叢話》刻本漏掉了一股。我藏有一册抄本，全是《西廂記》句子爲題的，作者都題爲唐寅，可疑是僞託的。）

——以上轉引自啓功《説八股》

齊人有一妻一妾一節

劉熙載

乞於外而驕於家，心黜富貴者也。

夫人至於乞，無可驕矣，乃設爲富貴以驕妻妾，乞人之心黜爲何如！且夫執「貧賤驕人，富貴安敢驕人」之説者，不善處貧賤者也。乃今之貧賤者，則又不然。今之貧賤者，不以己之貧賤驕人，而以人之富貴驕人；且不能以人之富貴驕人，而更設爲有之人之富貴以驕人。此其狀於何得之？得之齊人。齊人者，乞人也，非富貴人也，乃不啻若富貴人也者，以彼有一妻一妾處室，問其出而所與飲食者，而彼驕以盡富貴也。

夫即所與飲食者盡富貴焉，豈遂足使齊人重哉？而齊人弗思也。使當日者，妾雖未之敢言，而妻或從而試之曰：「良人每出，酒肉是饜，得無從乞來乎？」彼必啞然曰：「斯言何爲至於我也！浸假使與吾飲食者聞之，其謂之何？」

且夫其妻豈必遽挾一不然之見，以疑其所與哉？方且以爲「吾聞富貴之人多驕，不輕與人款洽，而良人獨得之於彼者，意其平時必氣節自高，絶無乞哀請憐之態。故所與者亦自忘其爲顯者歟？今雖未見顯者之來，安知不蚤戒其家，灑掃治具，以待良人之至歟？」惟然，故不能已於告妾及蚤起施從，以瞷其所之焉。大凡有酒肉而與人飲食者，富貴人之常也，亦富貴人之唯恐不能常者也。故當鳴鐘列鼎，抵掌揚眉，往往發「古而無死，其樂如何」之嘆。及念夫「朝露易晞，墓木將拱」，則繼以泣下沾襟，又未嘗不嘆向之挾所有以驕人者，皆不足以潤墦間之朽骨也。使齊人悟此，非特鄙富貴之人無足與談，且將視富貴之家有若墦間然者，更何屑較夫彼我之有餘不足，致自淪於辱人賤行乎？而胡以其妻瞷之，乃貿然一乞人也？蓋國中既無所遇，卒乃之東郭也，迹其乞墦間之祭餘，不足，又顧而之他，而向所謂饜酒肉者，其故亦從可識矣。斯時也，使其良人俯而自思，必深悔曰：「吾爲妻妾終身仰望之人，而今若此哉！吾以乞爲饜足，妻妾雖不吾知，吾能無自訕自泣乎？」乃良人未出此而妻已知之，安得不歸告其妾，而共訕且相泣也？然妻已知之，而良人卒未知之，猶施施從外來，驕其妻妾。

吁！彼固不識人間有羞恥事，其驕也不亦宜乎？

——選自《古桐書屋續刻三種·制義書存》

《藝概》論藝篇目索引

（袁馨溢編訂）

說明

一、本索引中所稱之篇目係指劉熙載《藝概》中所評述之書賦、碑帖名。

二、個別篇目，如《檀弓》、《考工記》、《中庸》等，本屬原書之篇名，但後世學者曾析出加以研究，劉氏相沿，故本索引亦據以單獨立目。

三、先秦著作，書名與人名或同稱。如孟子、左氏之類，各章節中孰爲書名，孰爲人名，今悉以《箋釋》中標點爲定。

四、古人稱引，本極隨意，如《中説》或稱《文中子》，《尚書》或稱《書》之類，極繁，今悉以通名立目，而附注別名於後。

五、書中部份合稱（如新舊唐書稱《唐書》之類），分屬各書（《新唐書》、《舊唐書》）。

六、本索引各筆畫所列篇目，以字數多寡爲序，字數相同者，則以書中出現之先後爲序，但首字相同之篇目，均排列在一起，不加以分割。

七、篇目後所列数字，前指卷次，后指条目。如九歌 1/191，指九歌一詞見《箋釋》卷一第一九一条。

一畫

二畫

三畫

四畫

五畫

六畫

七畫

八畫

九畫

十畫

十一畫

十二畫

十三畫

十四畫

十五畫

十六畫

十七畫

十八畫

十九畫

二十畫

二十二畫

二十三畫

二十四畫

二十八畫

《藝概》人名索引

（袁馨溢編訂）

一、本索引所人名，指《藝概》中所評述之作家及文學社團（如大曆十子）。

二、除帝王列謚號外，其他均只列姓名。書中出現之同一人之其他異稱，如字號、謚號、郡望、職官等，皆附注於相關姓名之後，不另立條目。

二、本索引各筆劃下所列姓氏，以字數多寡爲序字數相同者，以書中出現之先後爲序，但同一姓氏不加分割。

二畫

三畫

四畫

五畫

六畫

七畫

八畫

九畫

十畫

十一畫

十二畫

十三畫

十四畫

十六畫

十七畫

十八畫

中國文學研究典籍叢刊

藝概箋釋

上

〔清〕劉熙載 著
袁津琥 箋釋

中華書局

圖書在版編目(CIP)數據

藝概箋釋/(清)劉熙載著;袁津琥箋釋. —北京:中華書局,2019.10(2024.6 重印)
(中國文學研究典籍叢刊)
ISBN 978-7-101-14071-2

Ⅰ.藝… Ⅱ.①劉…②袁… Ⅲ.文藝評論-中國-古代 Ⅳ.I206.2

中國版本圖書館 CIP 數據核字(2019)第 181504 號

責任編輯:許慶江
封面設計:周 玉
責任印製:陳麗娜

中國文學研究典籍叢刊
藝概箋釋
(全二册)
〔清〕劉熙載 著
袁津琥 箋釋
*
中華書局出版發行
(北京市豐臺區太平橋西里 38 號 100073)
http://www.zhbc.com.cn
E-mail:zhbc@zhbc.com.cn
大廠回族自治縣彩虹印刷有限公司印刷
*
850×1168 毫米 1/32 · 33¾印張 · 4 插頁 · 800 千字
2019 年 10 月第 1 版 2024 年 6 月第 3 次印刷
印數:2901-3400 册 定價:118.00 元

ISBN 978-7-101-14071-2

《中國文學研究典籍叢刊》出版説明

中國古代學者對文學的認識、思考、研究和總結，是以多種形式書寫、流傳並發生影響的，有的是理論性的專著，有的是隨筆式的評論，有的是作品前後的序跋，有的是作品之中的評點。這些典籍數量豐富，種類衆多，涉及各個時期的不同的文學現象和文學思潮，以及不同的作家作品和文體文類。對這些典籍文獻的收集、整理，在近百年來，一直是學術界著力的重點，取得了很大的成績。

爲了進一步推動這一工作的進展，我們組織了《中國文學研究典籍叢刊》，選擇歷代具有代表性的、比較重要的典籍，採用所能得到的善本，進行深入的整理。因各類典籍情況差異較大，整理的方式也因書而異，不求一律，或校勘，或標點，或注釋，或輯佚，詳見各書的前言與凡例。《叢刊》的目的，是系統地爲學術界提供一套承載著中國古代學者文學研究成果的，內容更爲準確、使用更爲方便的基礎資料。我們熱切地期待學術界的同仁們參與這一澤惠學林的工作，並誠摯地歡迎讀者對我們的工作提出批評指正。

中華書局編輯部

二〇〇六年六月

目録

談談《藝概》的注釋

《藝概》是晚清學者劉熙載所著的一部文藝理論批評著作。該書自問世以來，即以其文字之簡約、內容之全面、論述之精當，備受後世學人推崇：清譚獻《復堂日記》卷四：「閲劉融齋《藝概》七卷，樸至深遠，得未曾有。」又丁亥年記：「讀劉融齋先生《藝概》、陳蘭甫先生《東塾讀書記》，如飲醍醐。」又光緒二十七年正月：「兩日温《藝概》，劉先生言一字一珠，不獨四方導師，亦千載導師也。」清馮煦《蒿庵論詞》：「興化劉氏熙載所著《藝概》，於詞多洞微之言，而論東坡尤爲深至。」沈曾植《茵閣瑣談·融齋論詞較止庵精當》：「止庵而後，論詞精當，莫若融齋。涉覽既多，會心特遠，非情深意超者，固不能契其淵旨。而得宋人詞心處，融齋較止庵真際尤多。」夏敬觀《劉融齋詩概詮説》：「自來闡明作詩之法，能透徹明曉者，無過於劉融齋《藝概》中之《詩概》。融齋主講上海龍門書院十數年，其所作《藝概》正爲從學生徒而發，出言平實，見地頗高，其《詩概》一門，言作詩之法尤備。」

又《學山詩話》：「《藝概》一書，雖不無誤處，其精博之處，究非通儒不能爲。」

劉咸炘《學略·八·序略》：「文詞書技，近世劉融齋《藝概》一書，已近其理，其書章節短簡，語淺而識深，亦以啓導初學，名之曰概。」

王伯祥《庋榢偶識續編·藝概》：「曩侍先師孫君伯南於草橋精舍，獲示融齋《藝概》原刻本。謂不佞曰：此書雖晚出，其談藝卓見，一時無出其右者，是不可以不研治之。未幾，師移席可園存古學堂，即慫恿當事者畀諸鉛印。不佞分得一帙，晨夕披讀，不減侍立師門也。」

據筆者不完全統計，僅在建國前就出現過：清同治年間《古桐書屋六種》、清同治十二年《古桐書屋六種》、清光緒興化劉氏《古桐書屋六種》本《藝概》，我們不妨稱之爲合刊本；清光緒三年領南重刊本、清光緒十五年清秘閣重刊本、清光緒二十九年成都官書局排印本、清光緒三十一年鉛印本、清光緒三十四年排印本、清宣統三年山西兩級師範學堂排印本、民國十二年上海開明書局鉛印本、日本大正二年談書會校印本等《藝概》，我們不妨稱之爲單行本。甚至還出現了將《藝概》各卷析出印行的情況：如民國七年上海有正書局的

《文概》本、民國二十三年《詞概》鉛印本、民國二十四年雙流黄氏濟忠堂《文概》刊本、民國二十九年中華書局《詞概》鉛印本、民國二十九年上海中華書局《曲概》本等等，我們不妨稱之爲析印本。

建國後，國内又陸續出現了王國安《藝概》標點本和王氣中《藝概箋注》（實際只注釋了《文概》、《詩概》、《賦概》、《詞曲概》四卷）、鄧雲《詞曲概·經義概注譯》、金學智《書概評註》等一系列選註本。

二〇〇九年五月，中華書局出版了由筆者校注的《藝概》的第一個全注本——《藝概注稿》。然而由於種種原因，該書不僅没有達到讀者預期的高度，甚至亦没有達到筆者認爲自己應該可以達到的高度。幸運的是，二〇〇八年七月，筆者在《藝概注稿》基礎上申報的國家社科青年項目獲得批准，使得筆者得以將這一研究工作繼續進行下去。二〇一一年，該課題順利結題並通過鑒定，但筆者仍未停止研究工作，並續有創獲，自謂終能窺其堂奥，發百年研究者之所未發。然而爲體例所囿，筆者在研讀該書中的一些體會，尚無法充分表述於《箋釋》之中，故成此小文，略陳新撰《箋釋》工作之種種。

一、重新調整了底本。

關於《藝概》的注本，通行的是清同治年間的《古桐書屋六種》本，此後，重要的刻本尚有清光緒三年丁丑四月領南重刊本。在《注稿》前言中，筆者已經説明，《注稿》是以《續修四庫全書》中影印的同治年間《古桐書屋六種·藝概》作爲底本，因此版本出現時間最早，且係作者「自校刊成之」（見蕭穆《敬孚類稿》卷十二《劉融齋中允别傳》），故最值得珍視。但在這次注釋過程中，筆者無意中發現廣陵書社影印的同治十二年《古桐書屋六種·藝概》（以下簡稱《廣陵》本）和《續修四庫全書》中收録的同治年間《古桐書屋六種·藝概》（以下簡稱《續修》本），其實存在着一些細微的差異，不能完全視爲一個版本。

我們不妨看看下面的一些例子：

《續修》本卷二《詩概》第一八一：唐初七古，節次多而清韻婉，詠歎取之；盛唐七古，節次少而魄力雄，鋪陳尚之。

按：「清韻」《廣陵》本作「情韻」。「情韻」是。「情韻」爲融齋論藝的常用術語。卷二《詩概》第〇六〇：「謝玄暉詩以情韻勝，雖才力不及明遠，而語皆自然流出，同時亦未有其比。」又同卷第一五三：「唐詩以情韻、氣格勝。宋蘇、黄皆以意勝，惟彼胸襟與手法俱高，故不以『精能』傷『渾雅』焉。」是其證。

《續修》本卷二《詩概》第二八四：「清風明月不用一錢買」，上四字其知也，下五字獨得也。凡佳章中必有獨得之句，佳句中必有獨得之字。惟在首在腰在足，則不必同。

按：「其知」頗令人費解。查《廣陵》本作「共知」。「共知」是。融齋《游藝約言》：「文之用意，有共知，有獨喻。合二者論之，則各有所宜，亦各有所弊也。」又「文有官、有家。官，所同也；家，所獨也」，是其證。

以上條目，均可證《廣陵》本要優于《續修》本。

《廣陵》本卷四《詞曲概》第〇七七：古人原詞用入聲韻，效其詞者仍宜用入，餘則否。至於句中用入，解人慎之。

按：「餘則否，至於句中用入，解人慎之」一句，《續修》本作：「音節乃峭。如太白《憶秦娥》之類是已。」不僅更清楚地説明了作者爲什麽要堅持「古人原詞用入聲韻，效其詞者仍宜用入」的原因，而且指示讀者去結合具體的篇目進行思考。

《廣陵》本卷五《書概》第〇〇九：篆之所尚，莫過於筋，然筋患其弛，亦患其急。欲去兩病，韌字乃要訣也。

按：「韌字乃要訣也」句，《續修》本作「遷筆自有訣也」，從異文的情況不難看出，融齋對遷筆特點的認識——韌。

以上條目，《續修》本與《廣陵》本，各有攸長。

當然也有《續修》本優于《廣陵》本的情況，

如《廣陵》本卷二《詩概》第〇四三：陶詩有「賢哉回也」、「吾與點也」之意，直可嗣洙泗遺音。其貴尚節義，如《詠荆卿》、美田子泰寺作，則亦孔子賢夷齊之志也。

按：「寺作」不辭，《續修》本作「等作」，《續修》本是。

從筆者對兩者最終比對的情況看，《廣陵》本顯然更優。遺憾的是，這個問題，不僅此前的研究《藝概》的專家没有注意到，就是筆者在校注《注稿》時，也没有對這兩種版本有個正確的認識，反而以《續修》本作爲底本，故此次予以調整。

二、增補了新發現的一些重要專題研究材料。

劉熙載《藝概》一書問世後，一時風行大江南北，備受學界推崇。甚至出現了專門對其中某些領域進行專題研究的學者。其中最著名的首推夏敬觀。夏氏曾以玄修爲筆名在一九四一年第一卷第十二期《同聲月刊》發表了《劉融齋詩概詮説》，嗣後又在一九四二年第二卷第一期、一九四二年第二卷第三期《同聲月刊》發表了《劉融齋詩概詮説續》、《説李》（刊《同聲月刊》一九四一年第一卷第九期、一九四一年第一卷第十一期）、《説韓》（刊《同聲月刊》一九四二年第二卷第二期）等一系列專題論文，對融齋《藝概》卷二《詩概》中的相關條目進行了精闢的闡釋。筆者當年在撰寫《注稿》時，限於研究條件，僅根據王氣中先生《藝概箋注》附録五轉引了其中的《劉融齋詩概詮説》，此次則全數予以收録，並增補了沈曾植《海日碎金》（刊《同聲月刊》一九四二年第二卷第十一期，主要是針對《藝概》卷五《書概》進行批評），這些新增加的材料對後世讀者研讀《藝概》具有重要的參考價值。如卷二《詩概》第一八九：「起有分合緩急，收有虛實順逆，對有反正平串，接有遠近曲直。欲窮律法之變，必先於是求之」中提到的分起、合起、緩起、急起、虛收、實收、順收、逆收、反對、正對、平對、串對、遠接、近接、曲接、直接等重要術語，《注稿》均付之闕如，而此次《箋釋》則根據夏氏論述，全部補引了相關詩句，夏氏的論述雖不一定完全正確，但對讀者却不無參考價值，同時也使本書初步起到了將建國前研究《藝概》專題資料集成的性質。

三、重新對原來的注釋進行了增訂。

新增補和修訂的主要包括以下幾個部分：

（一）改正了《注稿》中存在的一些錯誤。

《注稿》問世後，筆者陸續發現了原書中的一些錯誤，這些錯誤有的屬於過於自信，全憑腹笥，没有核查原文造成的：

如卷三《賦概》第〇九三：賦家主意定則群意生。試觀屈子辭中，忌己者如黨人，憫己者如女嬃、靈氛、巫咸，以及漁父别有崇尚，詹尹不置是非，皆由屈子先有主意，是以相形相對者，皆若遝然偕來，拱向注射之耳。

「漁父別有崇尚，詹尹不置是非」句：《注稿》：「以上人物均見《漁父》。」今按：「詹尹」即鄭詹尹，見《卜居》。

有的則是由於筆者相關領域知識的缺陷造成的：

如卷五《書概》第一二一：率更《化度寺碑》「筆短意長」，「雄健」彌復深雅。評者但謂是「直木曲鐵法，如介胄有不可犯之色」，未盡也。或移以評蘭臺《道因》，則近耳。「蘭臺」：《注稿》：「指歐陽詢子歐陽通，歐陽通字蘭臺。」

今按：歐陽通字通師，因其曾拜蘭臺郎，故云。

諸如此類，此次《箋釋》均予以訂正。

（二）進一步統一了全書體例，删除了原《注稿》中徵引的部分作品。

在《注稿・前言》中，筆者曾説：「整個注釋以箋明典故、引文出處爲主。凡是涉及到對作品評述的，我們儘量把整個作品徵引出來，以使讀者可以把劉熙載的論述和作品結合起來進行對照分析。」但在本次箋釋中，我們不僅没有盡數徵引，反而進行了大量删減。事實上，在當年拙著初稿提交鑒定時，即有個别專家認爲這樣做是否徵引太繁？ 有位專家甚至質問道：「試想如果劉熙載此書多寫一篇《小説概》，你是否要把《三言》、《二拍》、《三國》、《西遊》、《紅樓》、《水滸》這樣巨無霸也塞進你的箋注中去？」且不説《藝概》中根本没有《小説概》，劉熙載《藝概》這種著述方式本身就不適合對小説這種文學體裁進行批評，又何必杞人憂天，無事自擾？筆者以爲在整理注釋古典文藝理論批評著作時，將作者涉及到的相關作品，詳加徵引，以使讀者對照參觀，這是古代文藝理論研究者的優良傳統。古人歷來如此，今人如范文瀾等在注釋《文心雕龍》時，也仍是如此。何況劉熙載論藝，頗具隻眼，《藝概》一書中所涉及到的不少作家作品，迄今仍無單行本行世，或者雖有單行本，但出版已歷年所，尋檢不易，如劉蜕、孫樵、李翱諸人之文集即是。將相關論述的文章加以徵引，既可作劉氏文選看，亦可減省讀者自己翻閲查找之勞，有何不可？古籍整理，本有雖簡而不可增，雖繁而不可删者。不過爲了避免可能引起讀者的誤解認爲這是在「注水」，此次大量進行了删減。删減的部分主要是卷一《文概》、卷二《詩概》和卷三《賦概》中的一些作家作品。

（三）根據最新的研究成果，更爲詳盡地箋注了原書中的引語，並將書中相關論述進行了繫聯。

劉氏《藝概》一書，一直以來被學界認爲是一種札記體或者詩話體著作。筆者近年來經過潛心研究，發現《藝概》實爲一部體例獨特的曠世奇書。這個「奇」，主要體現在兩個方面：

第一、在寫作上，全書採取的是「織錦爲文」的寫作方式。即精心選取前人著作中的相關語句，融入到自己的叙述中，使得書中的不少論藝語句，形成了字面上所傳遞的表層意思和通過精心選取的引文之間暗示出來的深層意思的雙層含義，極大地增加了全書論藝的厚度和深度（可參拙作《鑲金嵌玉　碎錦成文——淺談〈藝概〉一書的寫作特點》，原刊《古典文學知識》二〇一一年第一期）。

卷一《文概》第一七三：柳州係心民瘼，故所治能有惠政。讀《捕蛇者説》、《送薛存義序》，頗可得其精神「鬱結」處。

按：此條中之「鬱結」一詞，非普通名詞，實碎取自《楚辭·遠遊》：「遭沈濁而污穢兮，獨鬱結其誰語？」這是劉熙載在寫作《藝概》時經常採用的一種寫作形式：即在評論某一作家或作品時，通過引用其他作家作品中的相關語句，暗示兩者之間的關係。明乎此，我們就不難理解，劉氏在這裏其實還有想提示讀者，要注意柳文與《楚辭》之間的淵源關係的意思在其中。故劉氏在卷二《詩概》第一一三條中又説：「韋云『微雨夜來過，不知春草生』，是道人語。柳云『迴風一蕭瑟，林影久參差』，是騷人語。」這種寫作手法，書中幾乎處處皆是。所以《藝概》一書的箋釋極爲艱巨，因爲它要求箋注者不能單純地去追溯相關詞語的最早出處，而是要去在浩如煙海的典籍中篩選、探尋出作者最有可能選擇的典籍中的最合適的那個特定詞語。故嘗謂其他古典文學理論批評著作或可以無注，而《藝概》則非注不了。

卷四《詞曲概》第〇一〇：温飛卿詞精妙絶人，然類不出乎綺怨。韋端己、馮正中諸家詞，留連「光景」，「惆悵自憐」，蓋亦易「飄颻於風雨」者。若第論其吐屬之美，又何加焉？

按：此條中之「光景」，亦非普通名詞，而是出《九章・悲回風》：「借光景以往來兮，施黄棘之枉策。」「惆悵自憐」出戰國宋玉《九辯》：「廓落兮羈旅而無友生，惆悵兮而私自憐。」「飄颻於風雨」語出戰國宋玉《九辯》：「何曾華之無實兮，從風雨而飛揚。」劉氏在這裏是想向讀者暗示，温韋等人詞與《楚辭》之間的關係。清陳廷焯《白雨齋詞話》卷五：「飛卿短古，深得屈子之妙，詞亦從楚騷來，所以獨絶千古，難乎爲繼。」又卷七：「飛卿古詩有與騷暗合處，但才力稍弱，氣骨未遒，可爲騷之奴隸，未足爲騷之羽翼也。惟《菩薩蠻》、《更漏子》諸詞，幾與騷化矣。所以獨絶千古，無能爲繼。」即此意。

第二，在結構上，全書各條之間看似互不相屬，其實明斷暗續，潛相呼應，形成一個個事實上的專題論述，譬如常山之蛇，擊其首，則尾動；擊其尾，則首動；擊其中，則首尾具動；乃所謂蟠珠交互體（可參拙作《一動萬隨　明斷暗續——再談〈藝概〉一書的寫作特點》，原刊《古典文學知識》二〇一一年第六期）。

卷一《文概》第〇六二：文章蹊徑好尚，自《莊》《列》出而一變，佛書入中國又一變，《世説新語》成書又一變。此諸書，人鮮不讀，讀鮮不嗜，往往與之俱化。惟涉而不溺，役之而不爲所役，是在卓爾之大雅矣。

按：本條所論文章之三變，其具體表現形式爲如何？劉熙載似乎引而未發。但如果我們能聯繫同卷第〇五二、第〇五三、第〇五七、第〇六三等論《莊》《列》各條，就不難推知所謂「自《莊》《列》出而一變」，是指善用斷續法，得寓言之妙，意出塵外，怪生筆端也。同理，如果我們能聯繫卷二《詩概》第一四一、卷五《書概》第一六二等條，我們就知道所謂「佛書入中國又一變」，是指善於用喻，説盡事理也。

因此，這就要求箋注者除了要做好其他古籍整理需要完成的常規工作外，尤其要箋注清楚書中所使用的引文，並儘可能的將書中前後相關的各條論述，繫聯貫串起來。這兩點可以説是關係《藝概》全書注釋成敗的關鍵。

而筆者前所著《注稿》時，於此類疏漏實多，今《箋釋》則力求一一注明，並通貫全書，加以繫聯。有的注釋雖僅寥寥數語，而其背後求索之艱辛，固非外人所能知也。因爲劉熙載《藝概》中的引文類型極爲複雜，除了常見的明引、摘句引外，還有大量的暗引、意引、反引、摘字引等等。試舉數例：

卷一《文概》第三〇八：辭命之旨在「忠告」，其用却全在「善道」。奉使「受命不受辭」，蓋「因時適變」，自有許多衡量在也。

按：此條雖短，却鎔鑄了四處引文。「忠告」、「善道」在這裏並非一個普通詞語，而是特定的詞語，源出《論語・顏淵》：「子貢問友。子曰：『忠告而善道之，不可則止，毋自辱焉。』」這是碎引，或者摘詞引。「受命不受辭」，出自《公羊傳》莊公十九年：「大夫無遂事，此其言遂何？聘禮，大夫受命不受辭。」這是句引。「因時適變」，則節自宋曾鞏《元豐類稿》卷十一《戰國策目録序》：「惟先王之道，因時適變，爲法不同，而考之無疵，用之無弊，故古之聖賢，未有以此而易彼也。」三個不同時代不同典籍中的詞句就這樣通過不同的引文方式自然而又巧妙地鎔鑄在了一起。

《書概》第一〇四：李陽冰篆活潑飛動，全由力能舉其身。一切書皆以身輕爲尚，然除却長力，別無輕身法也。

按：「力舉其身」，看似是一個非常普通的比喻，其實却是源出《荀子・子道》：「孔子曰：『由，志之，吾語汝，雖有國士之力，不能自舉其身；非無力也，勢不可也。』」《荀子》説「雖有國士之力，不能自舉其身」，劉却説李陽冰「力能舉其身」，這是反用。比喻李篆多力。舊本題唐韋續《墨藪》：「李陽冰書若古釵倚物，力有萬夫，李斯之後，一人而已。」又宋不著撰人名字《宣和書譜》：「議者以蟲蝕鳥迹語其形；風行雨集語其勢；太阿龍泉語其利；嵩高華嶽語其峻；實不爲過論。有唐三百年，以篆稱者，惟陽冰獨步。」即此意。

書中還有些引文，無關作者論述微旨，只是起增加文章文采的作用。

如卷二《詩概》第二三一：大起大落，大開大合，用之長篇，此如黄河之「百里一曲，千里一曲一直」也。然即短至絶句，亦未嘗無尺水興波之法。

今按：「百里一曲，千里一曲一直」《注稿》未注。因當時考慮此類，語言淺顯，讀者知道也好，不知道也好，都無礙文意的理解。《箋釋》則增引《爾雅・釋水》：「河出崐崘虚，色白。所渠並千七百，一川色黄。百里一小曲，千里一曲一直。」因此類引語，書中多有，不注則無法彰顯本書「織錦爲文」的寫作特點也。

（四）注釋上精益求精，注重以劉注劉，《藝概》互注。

劉氏《藝概》一書，體例獨特，語句精簡，惟部分論述或失之苛簡，故有賴注釋以發明，然注釋亦固不易也。

如卷一《文概》第〇三三：文之快者每不沈，沈者每不快。《國策》乃沈而快。文之雋者每不雄，雄者每不雋，《國策》乃雄而雋。

劉氏這裏提到了文章的四種美學風格：「快」、「沈」、「雋」、「雄」。應如何理解？《注稿》只注釋了「沈」，謂「深沈」。孤立地看，似乎也很難説存在什麽問題。但在《箋釋》中，筆者改注「沈」爲沈著，增注「雄」爲雄渾，「沈著」、「雄渾」均爲署名司空圖《二十四詩品》中所標舉的美學風格之一。劉氏書中好以司空圖《二十四詩品》中的語句作爲自己的論藝術語之處，隨處可見，如卷二《詩概》第一〇二：「高常侍、岑嘉州兩家詩，皆可亞匹杜陵。至岑『超』高『實』，則趣尚各有近焉。」「超」即指超詣，「實」即指「實境」，同爲署名唐司空圖《二十四詩品》論詩術語。「快」爲明快，證據是卷一《文概》第〇三四：「《國策》明快無如虞卿之折樓緩，慷慨無如荆卿之辭燕丹。」「雋」則指名雋，即明雋。如卷二《詩概》第〇九八：「王右丞詩，一種近孟襄陽，一種近李東川，清高名雋，各有宜也。」又卷二《詩概》第一二四：「劉夢得詩稍近徑露，大抵骨勝於白，而韻遜於柳。要其名雋獨得之句，柳亦不能掩也。」相信這樣的注釋和以前的注釋相比，更信而有徵，這是屬於以《藝概》中的論藝術語來注釋《藝概》中的論語術語，是《藝概》互證。

卷四《詞曲概》第一一五：詞家先要辨得「情」字。《詩序》言「發乎情」，《文賦》言「詩緣情」，所貴於情者，爲得其正也。忠臣孝子，義夫節婦，皆世間極有情之人。流俗誤以欲爲情，欲長情消，患在世道。倚聲一事，其小焉者也？

《箋釋》增補劉氏《昨非集·讀詩序》：「『發乎情，止乎禮義』，蓋詩之情正者，即禮義。

初非情縱之，而禮義操之也。」這樣可以使讀者更爲全面地理解劉氏對「情」的看法。這是用劉氏其他著述中的觀點來補充解釋《藝概》中的觀點，是以劉注劉。《注稿》問世，迄今已歷年所，讀者每有指摘，或以爲應更加詳，所謂探河窮源，剥蕉至心是也；或以爲應痛加删削，所謂要言不煩，無取冗長是也。真所謂東家欲雨西欲晴，南鄰盼風北欲住，然則正不妨卿自用卿法，我自用我法，何必作濠梁之爭也？據筆者的不完全統計，在對原《注稿》進行大幅的精簡删削改正的同時，新《箋釋》的字數和《注稿》相比，篇幅已增加了近三分之一，實際改動處超過一半，應該説《箋釋》才反映出筆者近年來對《藝概》的最新研究成果和認識。如果説前注尚僅十得五六的話，那麽今注則或已十得八九矣。

雖然，筆者僻居一隅，學殖荒疏，所在學校條件又極爲有限。而《藝概》一書，字數雖少，却博涉多端，不僅時間跨度極大，而且涉及學科領域衆多，有些領域，直到現在，仍無集成式的資料彙編類叢書出現，更缺乏有效便捷的檢索手段。爲釐清一條論藝觀點的來源，就經常需要「上窮碧落下黄泉，動手動腳找材料」。即或如此，如卷一《文概》第〇〇九：「吕東萊謂『文章從容委曲而意獨至，惟《左氏》所載當時君臣之言爲然。蓋繇聖人餘澤未遠，涵養自别，故其辭氣不迫如此』」中吕説的出處；《文概》第一五五：「東坡嘗與黄山谷言柳子厚《賀王參元失火書》，曰：『此人怪怪奇奇，亦三端中得一好處也』」中東坡語的出處；卷二《詩概》第〇八三：「『頌其詩』，貴『知其人』。先儒謂杜子美情多，得志必能濟物，可爲看詩之法」中的先儒爲誰；卷四《詞曲概》第〇二八：「周美成詞，或稱其無美不備」、卷五《書概》第一六八：「或言游定夫先生多草書，與其人似乎未稱。曰：草書之律至嚴，爲之者不惟膽大，而在心小。『只此是學』，豈獨正書然哉」中的或人爲誰；卷六《經義概》第〇〇四：「昔人論文，謂未作破題，文章由我；既生破題，我由文章」中的昔人爲誰；筆者縱竭盡所能，迄今仍未能得其解。

區區小書，本難言著述，今之康成，求之不難。「陸士衡聞而撫掌，是所甘心；張平子見而陋之，固其宜矣」。

最後必須感謝我的妻子、女兒一直以來對我工作的理解、包容，責任編輯許慶江先生的任勞任怨、不厭其煩，素未謀面的小友畫盧葉水心女史慨然題簽，當然還有廣大讀者的厚愛、支持！

袁津琥

於丁酉國慶

感謝廣大讀者的厚愛，拙著迎來了二版二印的機會。我近年來因從事蘇轍詩文集的注釋，目力大損，看書寫作，多有不便，故此次加印，只得煩請小女利用暑期疫情居家，沒有外出的機會，按照我的設想，編訂了《藝概》索引兩種，補録於全書之後，庶幾可使讀者省卻翻檢之勞。當《藝概注稿》初版時，我尚屬青年，她則是一個還未入學的幼童；如今我已頭童齒豁，步入老年；她則風華正茂，開始了大學生活，能協助我完成一些簡單的工作。昔人云「芳林新葉催陳葉，流水前波讓後波」，誠不我欺也，不勝人世迭代之感。

辛丑七夕於時過獨學齋

凡例

一、本書以江蘇古籍出版社二〇〇二年影印的廣陵書社藏同治十二年《古桐書屋六種·藝概》作爲底本，參校以上海古籍出版社二〇〇二年《續修四庫全書》收録的《古桐書屋六種·藝概》，凡廣陵本不誤者，不另出校記。

二、書中的諱字，如「弘」、「丘」、「玄」等，皆逕行改正，至於原書中的異體字，則酌情予以保留。

三、由於《藝概》結構特殊，各條之間多明斷暗續，潛相呼應，爲便於繫聯，我們對全書各條分别進行了編號，以便讀者能「觀其全」。然前後兩條相關聯者，則不予注明。

四、整個注釋以箋明引文出處，疏解劉熙載論藝觀點來源爲主。

五、書中涉及到的一些作家、作品，我們僅做了簡要的介紹，介紹止於能疏通全書内容而已，不求其全。

六、劉熙載的《游藝約言》是一部和《藝概》性質相近的著作，其中不少條目可以和《藝概》互相發明，今全部採入，散入相關各條之下，其無所附麗者，統列於《經義概》全卷之後。

七、書中部分引文，間有未知者，則注明俟考。

八、附録三種：《藝概》提要一種，反映了《藝概》問世以來，學界部分學者對《藝概》一書的認知；《劉熙載生平事迹選輯》一種，有助於讀者知人論世；《八股文資料選輯》一種，便於讀者更好地瞭解八股文。

叙

藝者，道之形也。〔一〕學者兼「通《六藝》」，〔二〕尚矣。〔三〕次則文章名類，〔四〕各舉一端，莫不爲藝，即莫不當根極於道。〔五〕顧或謂藝之條緒綦繁，〔六〕言藝者，非至詳不足以備道。〔七〕雖然，欲極其詳，詳有極乎？ 若舉此以概乎彼，舉少以概乎多，亦何必殫竭無餘，始足以明指要乎？〔八〕是故余平昔言藝，好言其概。〔九〕今復於存者輯之，以名其名也。〔一〇〕《莊子》取「概乎皆嘗有聞」，〔一一〕太史公歎「文辭不少概見」，〔一二〕「聞」、「見」皆以「概」爲言，非限於一曲也。〔一三〕蓋得其大意，則小缺爲無傷，〔一四〕且觸類引伸，安知顯缺者非即隱備者哉？〔一五〕抑聞之《大戴記》曰：「通道必簡。」〔一六〕概之云者，知爲簡而已矣。 至果爲「通道」與否，則存乎人之所見，余初不敢意必於其間焉。〔一七〕

同治癸酉仲春，〔一八〕興化劉熙載融齋自叙。

〔一〕「藝者，道之形也」：藝，是道的外在表現形式。 當然本書中的「道」指的是儒家的思想和學說。 又融齋《持志塾言》卷上《立志》：「志於道，則藝亦道也；志於藝，則道亦藝也。 故君子必先辨志。」

〔二〕《史記》卷四十七《孔子世家》：「孔子以《詩》、《書》、《禮》、《樂》教，弟子蓋三千焉。身通《六藝》者七十有七人。」「六藝」：六部儒家經典的總稱。《莊子·天運》：「孔子謂老聃曰：『丘治《詩》、《書》、《禮》、《樂》、《易》、《春秋》六經，自以爲久矣，孰知其故矣。』」《史記》卷一百二十六《滑稽列傳》：「孔子曰：『六藝於治一也。《禮》以節人，《樂》以發和，《書》以道事，《詩》以達意，《易》以神化，《春秋》以義。』」

〔三〕「尚」：通上。上乘，高妙。

〔四〕「名類」：名目、類别。

〔五〕「根極」：根底、把……作爲根本。

〔六〕「綦」：非常、很。

〔七〕「備道」：使自己的學説完備。

〔八〕「指要」：大旨、要義。

〔九〕「概」：梗概、大略。按：融齋另有「《游藝約言》一書，與《藝概》相類」（見《古桐書屋續刻三種跋》），亦以簡約見長。

〔一〇〕「以名其名」：用它來作爲自己這本著作的名稱。前面的「名」是動詞，命名。後面的「名」是名詞，指書的名稱。

〔一一〕《莊子·天下》：「彭蒙、田駢、慎到不知道，雖然，概乎皆嘗有聞者也。」意謂彭蒙、田駢、慎到不明白至道，不過，他們也還聽到過至道的一些概要。

〔一二〕《史記》卷六十一《伯夷列傳》：「余以所聞由、光義至高，其文辭不少概見，何哉？」意謂有關他們的事迹，各種典籍記載中竟然没有稍微保存梗概。又融齋《游藝約言》：「舉少見多，貫多以少，皆是《史記》潔處。」

〔一三〕「一曲」：猶一隅。曲：局部，片面。《荀子》卷十五《解蔽》：「凡人之患，蔽於一曲而闇於大理。」唐楊倞注：「一曲，一端之曲説。」

〔一四〕「小缺」：小的缺失或缺陷。《管子·宙合》：「苟大意得，不以小缺爲傷。」

〔一五〕按：卷一第三一六：「文有以不言言者。」

〔一六〕《大戴記》：即《大戴禮記》。東漢戴德傳，以别於其侄戴聖所傳《禮記》（又稱《小戴禮記》）。原有八十五篇，今存三十九篇。舊有北周盧辯的注、清孔廣森《大戴禮記補註》和王聘珍《大戴禮記解詁》。今人方向東有《大戴禮記匯校集解》。引文今見《大戴禮記》卷十一《小辨》：「子曰：辨而不小。夫小辨破言，小言破義，小義破道，道小不通，通道必簡。」意謂貫通的大道一定簡要。

〔一七〕「意必」：臆測、固執。《論語·子罕》：「子絶四：毋意、毋必、毋固、毋我。」宋朱熹《論語集注》：「意，私意也。必，期必也。固，執滯也。我，私己也。」

〔一八〕同治：清穆宗愛新覺羅·載淳的年號。癸酉：即公元一八七三年。仲春：春季的第二個月，即農曆二月。因處春季之中，故稱。

卷一　文概

〇〇一　《六經》，文之範圍也。〔一〕聖人之旨，於經觀其大備；〔二〕其「深博無涯涘」，〔三〕乃《文心雕龍》所謂「百家騰躍，終入環内」者也。〔四〕

〔一〕《六經》：又稱《六藝》，是六部儒家經典的總稱。見《叙》注〔二〕。北齊顔之推《顔氏家訓·文章》：「夫文章者，原出《五經》。詔命策檄，生於《書》者也；序述論議，生於《易》者也；歌詠賦頌，生於《詩》者也；祭祀哀誄，生於《禮》者也；書奏箴銘，生於《春秋》者也。」宋李耆卿《文章精義》：「《易》、《詩》、《書》、《儀禮》、《春秋》、《論語》、《大學》、《中庸》、《孟子》，皆聖賢明道經世之書，雖非爲作文設，而千萬世文章從是出焉。」

〔二〕「大備」：完備。《大戴禮記·文王官人》：「覆其微言，以觀其信；曲省其行，以觀其備成。」《莊子·徐无鬼》：「夫大備矣，莫若天地，然奚求焉而大備矣。」唐成玄英疏：「備，具足也。」

〔三〕唐韓愈《柳子厚墓誌銘》：「務記覽，爲詞章汎濫停蓄，爲深博無涯涘。」

〔四〕《文心雕龍》：南朝梁劉勰著。舊有清黄叔琳《文心雕龍輯注》及李詳《補注》，今人楊明照《校注拾遺》、范文瀾《文心雕龍注》、詹鍈《文心雕龍義證》、林其錟《增訂文心雕龍集校合編》，亦可參考。引文見卷一《宗經》：「故論説辭序，則《易》統其首；詔策章奏，則《書》發其源；賦頌歌讚，則《詩》立其本；銘誄箴祝，則《禮》總其端；紀傳銘檄，則《春秋》爲根。並窮高以樹表，極遠以啓疆，所以百家騰躍，終入環内者也。」意思是説後世各種文體的産生，歸根結底還是落入「六經」的範圍。

〇〇二　有「道理之家」，有「義禮之家」，有「事理之家」，有「情理之家」；四家説見劉劭《人物志》。〔一〕文之本領，〔二〕祇此四者盡之，〔三〕然孰非經所統攝者乎？〔四〕

〔一〕「義禮」：原作「義理」，據《人物志》改。語見三國魏劉劭《人物志》卷上：「是故質性平淡、思心玄微、能通自然，道理之家也；質性警徹、權略機捷、能理煩速，事理之家也；質性和平、能論禮教、辯其得失，義禮之家也；質性機解、推情原意、能適其變，情理之家也。」

〔二〕「本領」：根本、要領。

〔三〕「祇」：同只，後同。

〔四〕「統攝」：統領、總轄。

〇〇三　九流皆託始於《六經》，〔一〕觀《漢書・藝文志》可知其概。〔二〕左氏之時，〔三〕有《六經》，未有各家，〔四〕然其書中所取義，已不能有純無雜。揚子雲謂之「品藻」，〔五〕其意微

矣。〔六〕

〔一〕「九流」：春秋末年戰國初期時的儒、道、陰陽、法、名、墨、縱橫、雜、農，九個重要流派。東漢班固在《漢書》卷三十《藝文志》中曾説「序『六藝』爲九種」，又説「諸子十家，其可觀者九家而已。……雖有蔽短，合其要歸，亦《六經》之支與流裔。」

〔二〕「知其概」：了解它的梗概。

〔三〕左氏：左丘明，舊説爲春秋時魯國史官，與孔子同時，作《春秋左氏傳》。通行的舊注有收録在《十三經注疏》中的晉杜預注、唐孔穎達疏，清洪亮吉《春秋左傳詁》、劉文淇等《左傳舊注疏證》、日人竹添光鴻《左氏會箋》。今人楊伯峻《春秋左傳注》、吴靜安《春秋左氏傳舊注疏證續》，亦可參考。

〔四〕「各家」：《漢書・藝文志》録「諸子十家」，以爲起於「戰國從衡，真僞分爭，諸子之言紛然殽亂」之時。

〔五〕西漢揚雄《法言・重黎》：「或問《周官》？曰：立事。《左氏》？曰：品藻。」宋司馬光《注》：「品第善惡，藻飾其事。」

〔六〕「微」：（用意）深微。

〇〇四　《春秋》「文見於此，起義在彼。」〔一〕左氏窺此秘，故其文虛實互藏，兩在不測。〔二〕

〔一〕《春秋》：是我國現存的第一部編年體史書，記載了上起魯隱公元年（當公元前七二二年）下迄魯哀公十四年（當公元前四八一年）共二百四十二年的史實。相傳爲孔子所作。引文見晉杜預《春秋左氏傳序》。可參卷一第〇〇五注〔一〕。

〔二〕「兩在不測」：（虚實）兩種都存在，令人難以窺測。又融齋在後文中（見卷一第〇〇六）說：「左氏叙事，紛者整之，孤者輔之，板者活之，直者婉之，俗者雅之，枯者腴之。翦裁運化之方，斯爲大備。」根據本條，也許還應該加上「虚者實之，實者虚之」吧。可參卷六第〇八一。清沈祥龍《樂志簃筆記》卷三《論文隨筆》：「傳主叙，實者也。論主議，虚者也。然貴有變化。史公《伯夷列傳》叙之後，即發議，是化實爲虚；賈生《過秦論》上篇議之前先叙事，是變虚爲實。」並可與此互參。

〇〇五　「微而顯」、「志而晦」、「婉而成章」、「盡而不汙」、「懲惡而勸善」。〔一〕左氏釋經有此五體。其實左氏叙事，亦處處皆本此意。

〔一〕晉杜預《春秋左氏傳序》：「故發傳之體有三，而爲例之情有五：一曰微而顯。文見於此，而起義在彼。『稱族，尊君命；舍族，尊夫人』、『梁亡』、『城緣陵』之類是也。二曰志而晦。約言示制，推以知例。參會不地、與謀曰『及』之類是也。三曰婉而成章。曲從義訓，以示大順。諸所諱辟，璧假許田之類是也。四曰盡而不汙。直書其事，具文見意。丹楹刻桷、天王求車、齊侯獻捷之類是也。五曰懲惡而勸善。求名而亡，欲蓋而章。書齊豹『盜』、三叛人名之類是也。推此五體，以尋經傳，觸類而長之。附於二百四十二年行事，王道之正，人倫之紀備矣。」本意是說《左傳》在解釋《春秋》一書時，注意使它隱微的地方變得顯露，明白的地方變得含蓄；需要婉飾的地方又能語句明暢，需要描寫詳盡的地方又能不汙曲；既能懲戒罪惡又能鼓勵良善。

〇〇六　左氏叙事，紛者整之，孤者輔之，板者活之，直者婉之，俗者雅之，枯者腴之。翦裁運化之方，〔一〕斯爲大備。

〔一〕「翦裁」：即「剪裁」。「運化」：運用變化。

〇〇七　劉知幾《史通》謂《左傳》「其言簡而要，其事詳而博。」〔一〕余謂百世史家，類不出乎此法。〔二〕《後漢書》稱荀悦《漢紀》「辭約事詳」，〔三〕《新唐書》以「文省事增」爲尚，〔四〕其知之矣。

〔一〕劉知幾：字子玄，避唐玄宗李隆基嫌名，以字行。「幾」：音機，平聲。《舊唐書》卷一百二、《新唐書》卷一百三十二均有傳，清人避聖祖玄燁諱，又改稱名，所著《史通》是我國第一部系統性的史論專著。通行的舊注有清浦起龍《史通通釋》，今人張振《史通箋注》亦可參考。引文今見

《史通》卷一《六家》：「觀《左傳》之釋經也，言見經文而事詳傳內。或傳無而經有，或經闕而傳存。其言簡而要，其事詳而博。信聖人之羽翮，而述者之冠冕也。」

〔二〕「類」：皆。

〔三〕南朝宋范曄《後漢書》卷六十二《荀悦傳》：「帝好典籍，常以班固《漢書》文繁難省，乃令悦依《左氏傳》體以爲《漢紀》三十篇，詔尚書給筆札，辭約事詳，論辨多美。」

〔四〕宋曾公亮《新唐書進表》：「其事則增於前，其文則省於舊；至於名篇著目，有革有因；立傳紀實，或增或損；義類凡例，皆有據依；纖悉綱條，具載別録。」又《歐陽修全集》附録卷二歐陽發《先公事迹》：「先公既奉敕撰《唐書》紀志表，又自撰《五代史》七十四卷。……其於《五代史》尤所留心，褒貶善惡，爲法精密。發論必以『嗚呼』，曰：『此亂世之書也。』其論曰：『昔孔子作《春秋》，因亂世而立治法；余述本紀，以治法而正亂君。此其志也。書成，減舊史之半，而事迹添數倍，文省而事備。』」又融齋《游藝約言》：「《書》『有倫有要』，《左氏》似之。」

〇〇八　「煩而不整」、「俗而不典」、「書不實録」、「賞罰不中」、「文不勝質」：史家謂之五難。〔一〕評《左氏》者借是説以反觀之，〔二〕亦可知其衆美兼擅矣。〔三〕

〔一〕唐劉知幾《史通》卷八《模擬》：「袁山松云：書之爲難也有五：煩而不整，一難也；俗而不典，二難也；書不實録，三難也；賞罰不中，四難也；文不勝質，五難也。」全句意謂：史書的寫作讓人厭惡的地方表現在五個方面：材料煩雜而不整齊，這是第一個讓人厭惡的方面；語句鄙俗而不典雅，這是第二個讓人厭惡的方面；敘述不能做到根據事實加以記録，這是第三個讓人厭惡的地方；獎賞和懲罰不能做到不偏不倚，這是第四個讓人厭惡的地方；文章的形式和内容不能相匹配，這是第五個讓人厭惡的地方。「難」：厭惡。

〔二〕此謂《左傳》能化亂爲整，化俗爲雅，書能實録，賞罰得中，文質兼勝。

〔三〕「衆美兼擅」：各種優點都具備。

〇〇九　杜元凱序《左傳》曰「其文緩」。〔一〕吕東萊謂：「文章從容委曲而意獨至，惟《左氏》所載當時君臣之言爲然。蓋繇聖人餘澤未遠，涵養自别，故其辭氣不迫如此。」〔二〕此可爲元凱下一注腳。〔三〕蓋「緩」乃無矜無躁，〔四〕不是「弛而不嚴也」。〔五〕

〔一〕元凱：西晉杜預之字，《晉書》卷三十四有傳。引文見其所著《春秋左氏傳序》：「身爲國史，躬覽載籍，必廣記而備言之，其文緩，其旨遠，將令學者原始要終，尋其枝葉，究其所窮。」又宋張鎡《仕學規範》卷三十三：「《史記》其意深遠，則其言愈緩；其事繁碎，則其言愈簡；此《詩》《春秋》之義也。」

〔二〕吕東萊：北宋吕本中。其祖曾以恩封東萊郡侯。引文今見宋王正德《餘師録》卷三引。

〔三〕「注腳」：本指解釋典籍中正文的文字，因爲一般寫在書的最下邊的空白處，故稱「注腳」。

〔四〕「矜」、「躁」：皆指氣而言。「矜氣」：當本柳宗元語。見注〔五〕，並可參卷一第一六八。

〔五〕唐柳宗元《答韋中立論師道書》：「始吾幼且少，爲文章以辭爲工。及長，乃知文者以明道，是固不苟爲炳炳烺烺，務采色，夸聲音，而以爲能也。凡吾所陳，皆自謂近道，而不知道之果近乎？遠乎？吾子好道而可吾文，或者其於道不遠矣。故吾每爲文章，未嘗敢以輕心掉之，懼其剽而不留也；未嘗敢以怠心易之，懼其弛而不嚴也；未嘗敢以昏氣出之，懼其昧没而雜也；未嘗敢以矜氣作之，懼其偃蹇而驕也。抑之欲其奥，揚之欲其明；疏之欲其通，廉之欲其節；激而發之欲其清，固而存之欲其重；此吾所以羽翼夫道也。本之《書》，以求其質；本之《詩》，以求其恒；本之《禮》，以求其宜；本之《春秋》，以求其斷；本之《易》，以求其動；此吾所以取道之原也。參之《穀梁氏》，以厲其氣；參之《孟》《荀》，以暢其支；參之《莊》《老》，以肆其端；參之《國語》，以博其趣；參之《離騷》，以致其幽；參之《太史公》，以著其潔。此吾所以旁推交通而以爲之文也。」本意是説文章結構鬆弛（即不緊湊）而不嚴密。

〇一〇 文得元氣便厚。〔一〕《左氏》雖説衰世事，〔二〕却尚有許多元氣在。

〔一〕按：以氣論文是中國古代文藝理論批評家的傳統。近人高步瀛在《唐宋文舉要》卷二唐韓愈《答李翊書》後，對此有段簡明扼要的介紹，今迻録於後：「養氣之説，發自《孟子》，《論衡·自紀》篇亦言之。而以氣論文，則始自魏文帝《典論·論文》，其言文以氣爲主，遂開後來養氣之功。《文心雕龍·氣骨》篇、《顔氏家訓·文章》篇皆有所闡發，而公言氣盛則言之短長與聲之高下者皆宜，尤爲深造自得之言。」不過本節以「元氣」論文，則明顯是受宋人吕祖謙的影響，吕氏著述中即頗多談及「元氣」者，如《增修東萊書説》卷二：「如人之身，元氣雖固，不廢保護，則外邪客氣無自而入。」卷二十四：「國之元命，猶人之元氣，有則生，無則死也。」至於以「元氣」論《左傳》，更是指不勝屈。如《吕氏春秋集解》卷十七：「如世之治病者，不務實其本，而唯病之攻，病雖暫已，而元氣脱矣。」《左氏傳説》卷一《楚武王侵隨》條：「蓋外域之强弱，常由中夏之盛衰。政治，元氣也；兵革，亂氣也。元氣全，則亂氣不能入；元氣喪，則亂氣乘之。楚之爲患其來有自矣。」《左氏博議》卷三《潁考叔爭車》條：「理之在天下，猶元氣之在萬物也。一氣之春，播於品物。其根其莖、其枝其葉、其華其色、其芬其臭，雖有萬而不同」等等，皆可證。

〔二〕「衰世」：東周。周平王東遷後，王室衰微，故史或以「衰周」相稱。按：宋黎靖德編《朱子語類》卷一百三十九《論文上》：「有治世之文，有衰世之文，有亂世之文。《六經》，治世之文也。如《國語》委靡繁絮，真衰世之文耳。是時語言議論如此，宜乎周之不能振起也。至於亂世之文，則《戰國》是也。然有英偉氣，非衰世《國語》之文之比也。」宋李耆卿《文章精義》：「《六經》是治世之文，《左傳》、《國語》是衰世之文（原注：《書·平王之命》一篇，已有衰世氣象），《戰國策》是亂世之文。」又清沈祥龍《樂志簃筆記》卷三《論文隨筆》引：「汪若文云：昌明博大，盛世之文也；煩促破碎，衰世之文也；顛倒悖謬，亂世之文也。」

〇二一　學《左氏》者，當先「意法」，而後「氣象」。〔一〕氣象所長在雍容爾雅，〔二〕然亦有因當時文勝之習而觭重以肖之者。〔三〕後人必沾沾求似，〔四〕恐失之嘽緩侈靡矣。〔五〕

〔一〕「意法」：猶言義法。「氣象」：已見卷二第〇八九引杜甫詩，疑融齋取以爲論藝術語。

〔二〕「雍容爾雅」：從容不迫，文辭高雅。

〔三〕「文勝之習」：即「文勝質之習」之省。指崇尚文飾的習俗。《論語·雍也》：「子曰：質勝文則野，文勝質則史，文質彬彬然後君子。」三國魏何晏《論語集解》引：「包曰：野如野人，言鄙略也。」「史者，文多而質少。」宋朱熹《論語集注》引楊氏：「文質不可以相勝。然質之勝文，猶之甘可以受和，白可以受采也；文勝而至於滅質，則其本亡矣。雖有文，將安施乎？然則與其史也，寧野。」明劉宗周《論語學案》卷八：「子嘗曰：文勝質則史。《春秋》文勝之習，於一史得其概矣。」「觭重」：偏重。

〔四〕「沾沾求似」：拘執地求其形似。

〔五〕「嘽緩」：聯綿詞，柔和舒緩貌。漢王褒《四子講德論》：「有二人焉，乘輅而歌……嘽緩舒繹，曲折不失節。」唐呂延濟注：「嘽緩舒繹，柔和之聲也。」此指冗沓。「侈靡」：聯綿詞，指大。此喻空架子。

〇二二　蕭穎士《與韋述書》云：「於《穀梁》師其簡，於《公羊》得其覈。」〔一〕二語意皆明白。惟

言「於《左氏》取其文」，「文」字要善認，當知孤質非文，浮豔亦非文也。〔二〕

〔一〕蕭穎士：字茂挺，曲阿人，《舊唐書》卷一百九十下有傳。今人黃大宏等有《蕭穎士集校箋》。引文見《蕭茂挺文集·贈韋司業書》：「於《左氏》取其文、《穀梁》師其簡、《公羊》得其覈。綜三傳之能事，標一字以舉凡。扶孔左而中興，黜遷固爲放命。」「覈」：通核。

〔二〕「浮艷」：謂騁才使學，不能有所節制。參卷一第〇一六。宋黎靖德編《朱子語類》卷八十三：「左氏一部書都是這意思，文章浮艷，更無事實。」融齋《持志塾言》卷下《禮樂》：「真博必約，真約必博。偏文偏質，偏損偏益，其未明乎宰制經緯之道一也。」

〇一三　《左氏》敘戰之將勝者，必先「有戒懼之意」。〔一〕如韓原秦穆之言、〔二〕城濮晉文之言、〔三〕邲楚莊之言皆是也。〔四〕不勝者反此。〔五〕觀指睹歸，故文貴於所以然處著筆。〔六〕

〔一〕宋黎靖德編《朱子語類》卷七十六《易》：「『使知懼』便是使人有戒懼之意。《易》中説如此則吉，如此則凶，是也。既知懼，則雖無師保，一似臨父母相似，常恁地戒懼。」融齋論藝，每好引用理學家語，此其一也。

〔二〕見《左傳》僖公十五年秦晉韓原之戰。此所云戒懼之言，大概是指：「秦伯使公孫枝對曰：『君之未入，寡人懼之；入而未定列，猶吾憂也。苟列定矣，敢不承命？』」

〔三〕見《左傳》僖公二十八年晉楚城濮之戰：「楚師背酅而舍，晉侯患之，聽輿人之誦曰：『原田每每，舍其舊而新是謀。』公疑焉。子犯曰：『戰也。戰而捷，必得諸侯。若其不捷，表裏山河，必無害也。』公曰：『若楚惠何？』欒貞子曰：『漢陽諸姬，楚實盡之。思小惠而忘大恥，不如戰也。』晉侯夢與楚子搏，楚子伏己而盬其腦，是以懼。」

〔四〕見《左傳》宣公十二年晉楚邲之戰：「楚子使唐狡與蔡鳩居告唐惠侯曰：『不穀不德而貪，以遇大敵，不穀之罪也。然楚不克，君之羞也。敢藉君靈，以濟楚師。』」

〔五〕如《左傳》成公二年齊晉鞌之戰。「癸酉，師陳於鞌。邴夏御齊侯，逢丑父爲右。晉解張御郤克，鄭丘緩爲右。齊侯曰：『余姑翦滅此而朝食。』」即描寫齊頃公之輕狂，爲後齊師敗績埋下伏筆。

〔六〕「所以然」：產生這種結果的原因，猶根本。後成八股論文術語。《古今圖書集成·理學彙編·文學典》第一百八十卷《經義部》引吳默《論文·文貴用虛》：「總之，貴議論不貴鋪排，貴抉其所以然而不貴贅其所當然。當然者，傳其形，所以然者，傳其神。」清梁章鉅《制義叢話》卷二：「唐翼修曰：前輩制藝之法有六位。六位者，……曰心。」「心位者，題之所以然也。知題有所以然，則當求其所在而搜剔之，斯理境深入不落膚浮矣。」「著筆」：着筆。

〇二四《左傳》善用密，〔一〕《國策》善用疏。〔二〕《國策》之章法、筆法，奇矣，若論字句之精

嚴，則左公允推獨步。〔三〕

〔一〕「密」：遣辭造句之精嚴。「疏」：章法筆法之奇妙。
〔二〕《國策》：即《戰國策》。
〔三〕「獨步」：獨自漫步，以喻無人能比並，獨一無二。

〇一五　左氏與史遷同一「多愛」，〔一〕故於《六經》之旨均不無出入。〔二〕若論不動聲色，〔三〕則左於馬加一等矣。

〔一〕史遷：西漢司馬遷，曾任太史令。「多愛」：西漢揚雄《法言·君子》：「文麗用寡，長卿也；多愛不忍，子長也。仲尼多愛，愛義也；子長多愛，愛奇也。」宋司馬光《集注》：「《史記》叙事，但美其長，不貶其短，故曰多愛。」
〔二〕「出入」：違背，不吻合。宋黎靖德編《朱子語類》卷八十三：「左氏之病是以成敗論是非，而不本於義理之正。嘗謂左氏是個猾頭熟事，趨炎附勢之人。」並可參卷一第〇二二。東漢班固《漢書》卷六十二《司馬遷傳》：「贊曰：又其是非頗繆於聖人。論大道，則先黄老而後《六經》；序《遊俠》，則退處士而進姦雄；述《貨殖》，則崇勢利而羞賤貧，此其所蔽也。」即此意。
〔三〕「不動聲色」：此喻舉重若輕。

〇一六　「馳騁田獵，令人心發狂。」〔一〕以左氏之才之學，而文必「範我馳驅」，〔二〕其識慮遠矣。

〔一〕《老子》第十二章：「五色令人目盲，五音令人耳聾，五味令人口爽，馳騁田獵，令人心發狂，難得之貨，令人行妨。是以聖人爲腹不爲目，故去彼取此。」本謂縱情於畋獵，令人心醉。

〔二〕《孟子·滕文公下》：「昔者趙簡子使王良與嬖奚乘，終日而不獲一禽。嬖奚反命曰：『天下之賤工也。』或以告王良。良曰：『請復之。』强而後可，一朝而獲十禽。嬖奚反命曰：『天下之良工也。』簡子曰：『我使掌與女乘。』謂王良，良不可。曰：『吾爲之範我馳驅，終日不獲一，爲之詭遇，一朝而獲十。《詩》云：「不失其馳，舍矢如破。」我不貫與小人乘，請辭。』」此喻約束自己的才情，避免肆意發揮。即卷一第〇二一所謂「《左氏》尚禮」、卷一第〇二四「森嚴」之謂也。否則流於「浮豔」，而「浮豔亦非文也」矣。並可參卷一第〇一二。

〇一七　《國語》：〔一〕《周》、《魯》多掌故，〔二〕《齊》多制，〔三〕《晉》、《越》多謀。〔四〕其文有甚厚、甚精處，亦有翦裁疏漏處，〔五〕讀者宜別而取之。〔六〕

〔一〕《國語》：我國最早的一部國別體史書，分别記載了周、魯、齊、晉、鄭、楚、吴、越八國的史實，因以記言爲主，故名。其作者出自何人，説者不一，西漢司馬遷《太史公自序》謂「左丘失明，厥有

《國語》」，然實不可信。舊有三國吴韋昭注、清董增齡《國語正義》，近人徐元誥《國語集解》亦可參考。

〔二〕「掌故」：舊制舊例。

〔三〕「制」：（治國之）法度。按：《齊語》多記管仲輔佐齊桓公稱霸所推行之政事。

〔四〕「謀」：權謀。按：《晉語》多記驪姬亂晉、重耳流亡、文公稱霸等事，《越語》多記吴越爭霸時事。

〔五〕宋黎靖德編《朱子語類》卷八十三：「《國語》與《左傳》似出一手。然《國語》使人厭看，如《齊》、《楚》、《吴》、《越》諸處，又精采。如紀《周》、《魯》，自是無可説，將虚文敷衍。如説籍田等處，令人厭看。」

〔六〕「別而取之」：有區別的對它進行選取。

〇一八　柳柳州嘗作《非國語》，〔一〕然自序其書，稱《國語》「文深閎傑異」，〔二〕其《與韋中立書》謂：「參之《國語》，以博其趣。」〔三〕則《國語》之懿，〔四〕亦可見矣。

〔一〕柳州：指唐柳宗元。曾任柳州刺史。《非國語》是柳宗元爲批評《國語》中不符合中庸、堯舜之道而所寫的一組札記性質的文章，共六十八篇，今見於文集卷四十四、四十五。

〔二〕語見《非國語序》：「左氏《國語》其文深閎傑異，固世之所耽嗜而不已也。而其説多誣淫不概於聖。余懼世之學者溺其文采，而淪於是非。是不得由中庸以入堯舜之道。本諸理，作《非國語》。」

〔三〕見卷一第〇〇九注〔五〕。宋黎靖德編《朱子語類》卷一百三十七：「《國語》文字多有重疊無義理處。蓋當時只要作文章，説得來多爾。故柳子厚論爲文，有曰：『參之《國語》，以博其趣。』」

〔四〕「懿」：《説文》：「嫥久而美也。」南朝梁劉勰《文心雕龍》尤喜以「懿」衡文，如《夸飾》：「然飾窮其要，則心聲鋒起；夸過其理，則名實兩乖。若能酌《詩》《書》之曠旨，翦揚馬之甚泰，使夸而有節，飾而不誣，亦可謂之懿也。」則此或謂《國語》「夸而有節，飾而不誣」也。融齋取以爲論藝術語，可參卷一第三一二、卷二第〇〇九等處。

〇一九　《公》、《穀》二傳，〔一〕解義皆「推見至隱」，〔二〕非好學深思不能有是。至傳聞有異，〔三〕疑信並存，〔四〕正其不敢「過而廢之」之意。〔五〕

〔一〕《公》、《穀》：指《公羊傳》、《穀梁傳》。相傳是春秋末年公羊高和穀梁赤（或云名俶，或云名喜）的經師分別所撰寫的解釋《春秋》的書。《公羊傳》、《穀梁傳》與《左傳》，合稱「春秋三傳」。通行的注本有收録在《十三經注疏》中的東漢何休《公羊傳注》、唐徐彦《疏》；晉范寧《穀梁傳注》、唐楊士勛《疏》。清陳立《公羊義疏》、鍾文烝《春秋穀梁傳補注》、廖平《穀梁古義疏》，亦較通行。不過，《公羊傳》和《穀梁傳》二書對當時及後世的影響，主要體現在思想史上。融齋自己亦言：「論文鮮有極稱《穀梁》、《孫》《吴》者。」（見卷一第二〇三）此條所論二書文學上的成就，似均有過當之嫌。

〔二〕《史記》卷一百一十七《司馬相如傳》：「太史公曰：《春秋》推見至隱。」南朝宋裴駰《集解》：「韋昭曰：推見事至於隱諱，謂若晉文召天子，《經》言狩河陽之屬。」唐司馬貞《索隱》：「李奇曰：隱猶微也。言其義彰而文微，若隱公見弑，而《經》不書，諱之也。」又元陳繹曾《文章歐冶》：「穀梁氏善議論，簡當清潔。《左氏》議論在序事中，《穀梁》議論在議論中，比看各是一奇也。」清呂留良《呂晚邨先生論文彙鈔》：「古文中能縮大爲小，第一算《公》、《穀》。以短節促拍爲排場縹渺之勢，令人讀之不覺其短促，此《公》、《穀》之妙也。」融齋《游藝約言》：「《春秋》本文，有實字，有虛字，有無字處。《公羊》、《穀梁》於實、虛字皆有發明，其發明無字處，乃所謂『補苴罅漏，張皇幽渺』也。」可與此互參。

〔三〕《公羊傳》隱公元年：「公子益師卒。何以不日？遠也。所見異辭，所聞異辭，所傳聞異辭。」

〔四〕《穀梁傳》桓公五年：「《春秋》之義，信以傳信，疑以傳疑。」

〔五〕「過而廢之」：因爲存在錯誤就廢棄它。《漢書》卷三十六《劉歆傳》：「往者博士：《書》有歐陽，《春秋》公羊，《易》則施、孟。然孝宣皇帝猶復廣立《穀梁春秋》、梁丘《易》、大小夏侯《尚書》，義雖相反，猶並置之，何則？與其過而廢之也，寧過而立之。」

〇三〇 《公》、《穀》兩家善讀《春秋》本經：輕讀、重讀、緩讀、急讀，讀不同而義以別矣。〔一〕《莊

子》逸篇：「仲尼讀《春秋》，老聃踞竈觚而聽。」〔二〕雖屬「寓言」，〔三〕亦可爲《春秋》尚讀之證。〔四〕

〔一〕按：今《公羊》、《穀梁》中並無「輕讀」、「重讀」、「緩讀」、「急讀」之類術語。通常情況下，上古典籍中的「急讀」、「緩讀」爲訓詁術語，義同「急聲」、「慢聲」，而非誦讀之義。析言之，二音快讀，連爲一音，爲急聲；反之則爲慢聲。如「之乎」、「之於」是緩讀，「諸」是急讀。融齋此條和卷六第〇〇九所論似俱屬斷章取義。

〔二〕語見宋李昉編《太平御覽》卷一百八十六《居處部》十四「竈」條。「觚」：本是一種飲酒器，此指邊角、棱角。

〔三〕《莊子·寓言》：「寓言十九，重言十七，卮言日出，和以天倪。寓言十九，藉外論之。親父不爲其子媒，親父譽之，不若非其父者也；非吾罪也，人之罪也。與己同則應，不與己同則反；同於己爲是之，異於己爲非之。」晉郭象注：「寓，寄也。以人不信己，故託之他人。」

〔四〕按：此當與卷六第〇〇九互參。

〇三二　《左氏》尚禮，故文；〔一〕《公羊》尚智，故通；〔二〕《穀梁》尚義，故正。〔三〕

〔一〕「尚」：崇尚。西晉范甯《春秋穀梁傳序》疏引東漢鄭玄《六藝論》云：「左氏善於《禮》、《公羊》善於識、《穀梁》善於經，是先儒同遵之義也。」按：此條又當與卷一第〇一六、卷一第〇八〇、卷一第〇九二互參。謂節制也。「文」：謂文辭富豔。晉范甯《春秋穀梁傳序》：「左氏豔而富。」按：此條又當與卷一第〇一二互參。

〔二〕唐徐彦《春秋公羊傳序》疏：「欲存《公羊》者，閔其愚闇；欲毁《公羊》者，笑其謬通也。」又可參卷一第〇七五。

〔三〕按：治《穀梁》者，每喜標舉一「義」字，如晉范甯《春秋穀梁傳序》言「淫縱破義者比肩」，「德之所助，雖賤必申；義之所抑，雖貴必屈」，「若此之類，傷教害義」云云。「正」：旨歸正。《穀梁》解經，每以「正」、「不正」對歷史事件加以評判。如《春秋穀梁傳》卷一：「君之不取爲公，何也？將以讓桓也。讓桓正乎？曰：不正。」又可參卷一第〇二三。

〇二三　《公羊》堂廡較大，〔一〕《穀梁》指歸較正，《左氏》堂廡更大於《公羊》，而指歸往往不及《穀梁》。〔二〕

〔一〕「堂廡」：本指正堂及四周之廊屋，此指作品的意境和規模。宋黎靖德編《朱子語類》卷八十三《春秋》：「《公羊》説得宏大，如『君子大居正』之類。《穀梁》雖精細，但有些鄒搜狹窄。」

〔二〕宋黎靖德編《朱子語類》卷八十三：「左氏見識甚卑。如言趙盾弑君之事，却云：『孔子聞之曰：惜哉，越境乃免。』如此則專是回避占便宜者得計，聖人豈有是意？聖人作《春秋》而亂臣賊子懼，豈反爲之解免耶？」又「因舉陳君舉説《左傳》：『左氏是一個審利害之幾，善避就底人，所以其書有貶死節等事，其間議論有極不是處。』」

〔三〕《檀弓》語少意密，〔一〕顯言直言所難盡者，但以「句中之眼」、「文外之致」含藏之，〔二〕已使人自得其實，是何神境？

〔一〕《檀弓》：西漢戴聖所輯《禮記》中的一個篇目。但因《禮記》各篇本系後人集合孔門弟子及其後學者之説所成書，所以後人又將其中各篇單獨視爲一書加以專題研究。著名的像宋朱熹《四書章句集注》中的《大學章句》和《中庸章句》，就都是今小戴《禮記》中的一個篇目。檀弓，據舊注：魯人，善於禮，因即以名篇。後人特别是宋及宋以後人認爲《檀弓》富於文采，因此把它作爲文學創作中學習取法的對象。如黄庭堅《與王觀復書》：「往年嘗請問東坡先生作文章之法，東坡云：『但熟讀《禮記·檀弓》當得之。』既而取《檀弓》二篇讀數百過，然後知後世作文章不及古人之病，如觀日月也。」宋莊季裕《雞肋集》卷三十一《歸來子名緡城所居記》：「獨於文詞喜左丘明、檀弓、莊周、屈原、司馬遷、相如、枚乘。」宋陳騤《文則》卷上：「觀《檀弓》之載事，言簡而不疏，旨深而不晦，雖《左氏》之富艷，敢奮飛於前乎？」「鶴脛雖長，斷之則悲；鳧脛雖短，續之則憂。」《檀弓》文句長短有法，不可增損，其類是哉？」「鼓瑟不難，難於調弦；作文不難，難於鍊句。《檀弓》之文鍊句益工，參之《家語》，其妙睹矣。」宋張鎡《仕學規範》卷三十五：「《檀弓》與

《左氏》紀太子申生事詳略不同，讀《左氏》然後知《檀弓》之高遠也。」清段玉裁《戴東原先生年譜》引戴震語：「先生言爲古文當讀《檀弓》。余好批《檀弓》，朋儕有請余評點者，必爲之評點。」關於《檀弓》的注本：舊有收在《十三經注疏》中的東漢鄭玄《注》、唐孔穎達《疏》，清孫希旦《禮記集解》、朱彬《禮記訓纂》亦較通行。

〔二〕「句中之眼」：句中關鍵的字詞。「文外之致」：文句字面義之外所暗含的深層意思。《山谷集》卷一附宋黄罃《山谷年譜》：「罃於是各書元載外集、别集今附於下，則雖素所未讀，一見亦昭然矣。至於句中之眼，言外之意，觀者當自得之。」

〇二四 《左氏》森嚴，〔一〕文贍而義明，人之盡也。〔二〕《檀弓》渾化，語疏而情密，天之全也。〔三〕

〔一〕「森嚴」：（法度）森密、嚴格。按：此當與卷一第〇二一互參。

〔二〕「人之盡也」：人的才情發揮到了極至。

〔三〕「渾化」：渾然一體。「天之全也」：天然的形態得到保全。宋李耆卿《文章精義》：「《易》、《詩》、《書》、《儀禮》、《春秋》、《論語》、《大學》、《中庸》、《孟子》皆聖賢明道經世之書，雖非爲作文設，而千萬世文章從是出焉。《國語》不如《左傳》，《左傳》不如《檀弓》，叙晉獻公驪姬申生一事繁簡可見。」

〇三五　文之自然無若《檀弓》，刻畫無若《考工》〔一〕、《公》、《穀》。〔二〕

〔一〕《考工》：即《考工記》，主要記叙百工的設置、職責、製作、規模等。今收録於《周禮》卷三十九至四十二中，或别行。通行的舊注有收録於《十三經注疏》中的東漢鄭玄的《注》、唐賈公彦的《疏》，清孫詒讓《周禮正義》。宋陳騤《文則》卷上：「《考工記》之文，權而論之，蓋有三美：一曰雄健而雅，二曰宛曲而峻，三曰整齊而醇。」宋楊萬里《誠齋詩話》：「柳子厚《答韋中立書》云：『抑之欲其奥，揚之欲其明，疏之欲其通，廉之欲其節，激而發之欲其清，固而存之欲其重。』此用《周禮·考工記·函人》句法云：『眡其鑽空，欲其怨也；眡其裏，欲其易也；眡其股，欲其直也；櫜之，欲其約也；舉而眡之，欲其豐也；衣之，欲其無斷也。』」明王世貞《弇州四部稿》卷一百五十三《藝苑卮言附録二》：「《檀弓》、《考工記》、《孟子》、《左氏》、《戰國策》、司馬遷，聖於文者乎？其叙事則化工之肖物。」又：「《檀弓》簡，《考工記》煩。《檀弓》明，《考工記》奥。各極其妙。雖非聖筆，未是漢武以後人語。」清八股文家以其文辭古奥對其頗爲推崇，清梁章鉅《制義叢話》卷一引顧咸正：「且昔之讀書者，自《六經》而外，多讀《左傳》、《國策》、《史記》、《漢書》、漢唐宋諸大家及《通鑑綱目》、《性理》諸書，累年莫能究，而其用之於文也，乃澹澹然無用古之迹，故用力多而見功遲；今之讀書者，只讀《陰符》、《考工記》、《山海經》、《越絶書》、《春秋繁露》、《關尹子》、《鶡冠子》、《太玄經》、《易林》等書，卷帙不多，而用之於文也，無不斑斑駁駁，奇奇怪怪，故用力少而見功速。」

〔二〕唐劉知幾《史通・叙事》：「又叙事之省，其流有二焉。一曰省句，二曰省字。……若《公羊》稱郤克眇，季孫行父秃，孫良夫跛，齊使跛者逆跛者，秃者逆秃者，眇者逆眇者。蓋宜除跛者已下字，但云各以其類逆者。必事皆再述，則於文殊費，此爲煩句也。」按：事見《公羊傳》成公二年：「前此者，晉郤克與臧孫許同時而聘於齊……則客或跛或眇。於是使跛者迓跛者，使眇者迓眇者。」《穀梁傳》成公元年：「季孫行父秃，晉郤克眇，衛孫良夫跛，曹公子手僂，同時而聘於齊。齊使秃者御秃者，使眇者御眇者，使跛者御跛者，使僂者御僂者，蕭同姪子處臺上而笑之。」《左傳》宣公十七年：「春，晉侯使郤克徵會於齊。齊頃公帷婦人使觀之，郤子登，婦人笑於房。」三傳相較，《公》《穀》以刻畫勝。

〇二六　《檀弓》「誠慤」「頎至」，〔一〕《考工》「樸屬微至」。〔二〕

〔一〕「誠慤」：誠實、恭謹。《禮記・檀弓》：「苟無禮義忠信誠慤之心以涖之，雖固結之，民其不解乎？」「頎至」：真誠、樸質到極點了。「頎」：音懇。《集韻》：口很切。《禮記・檀弓》：「稽顙而後拜，頎乎其至也。」按：融齋此處刺取《檀弓》中之語句以評《檀弓》之寫作風格。此類手法，書中習用，讀者當知之。又融齋《游藝約言》：「《左氏》之文儘整肅，《檀弓》之文儘豈弟。」

〔二〕「樸屬微至」：結合緊密到極至。「樸屬」：附著堅固貌。《周禮・考工記序》：「凡察車之道，欲其樸屬而微至；不樸屬無以爲完久也，不微至無以爲戚速也。」東漢鄭玄注：「樸屬，猶附著堅固貌也。」

〔二七〕《問喪》一篇，纏綿悽愴，與《三年問》皆爲《戴記》中之至文。〔一〕《三年問》大要出於《荀子》。〔二〕知《問喪》之傳，亦必古矣。

〔一〕《問喪》：今見《禮記注疏》卷五十六，唐孔穎達《禮記正義》：「案鄭《目録》云：『名曰《問喪》者，以其記善問居喪之禮所由也。此於《別録》屬《喪服》。』」《三年問》：今見《禮記注疏》卷五十八，唐孔穎達《禮記正義》：「案鄭《目録》云：『名曰《三年問》者，善其問以知喪服年月所由。此於《別録》屬《喪服》。』」融齋少失怙恃，即哭踊如禮，故於此等文字，或別有感觸。「至文」：最好的文章。

〔二〕「大要」：主旨。按：《三年問》文句與《荀子・禮論》多同。南朝梁劉勰《文心雕龍・諸子》：「《三年》《問喪》，寫乎荀子之書。」清黄叔琳《輯注》：「《荀子・禮論》前半，褚先生補《史記・禮書》採入；其後半，皆言喪禮。《三年之喪》一段與《禮記・三年問》同文。」清孫希旦《禮記集解》卷五十五《三年問第三十八》：「此篇設問，以發明喪服年月之義，又見於荀卿之書，蓋其所作也。」

〔二八〕《家語》非劉向校定之遺，〔一〕亦非王肅、孔猛所能託。〔二〕大抵儒家會集記載而成書，〔三〕是以有純有駁，在讀者自辨之耳。

〔一〕《家語》：《孔子家語》。宋晁公武《郡齋讀書志》卷一《孔子家語十卷》：「右魏王肅序注，凡四十四篇，劉向校録止二十七篇。後肅得此於孔子二十四世孫猛家。」按：《孔子家語》與西漢劉向所編定的《説苑》内容多同（據今人謝明仁《劉向説苑研究》統計，《説苑》與《孔子家語》互見者，共一一六章），故或以爲《孔子家語》乃劉向校定之遺。

〔二〕《四庫全書總目·孔子家語》：「《家語》十卷，魏王肅注。肅字子雍，東海人。官至中領軍散騎常侍，事迹具《三國志》本傳。是書肅自序云：『鄭氏學行五十載矣，義理不安，違錯者多，是以奪而易之。孔子二十二世孫有孔猛者，家有其先人之書。昔相從學，頃還家，方取以來，與予所論，有若重規疊矩』云云。是此本自肅始傳也。《漢書·藝文志》有《孔子家語》二十七卷。顔師古注云：『非今所有《家語》。』《樂記》稱：『舜彈五絃之琴，以歌《南風》。』鄭注：『其詞未聞。』肅作《聖證論》引《家語》『阜財解愠』之詩以難康成。孔穎達《疏》引馬昭之説亦云：『《家語》王肅所增加，非鄭所見。』故王柏《家語考》曰：『四十四篇之《家語》，乃王肅自取《左傳》、《國語》、《荀》《孟》、二戴《記》割裂織成之。孔衍之序亦王肅自爲也。』獨史繩祖《學齋佔畢》曰：『《大戴》一書，雖列之十四經，然其書大抵雜取《家語》之書分析而爲篇目。其《公冠》篇載成王冠祝辭，内有先帝及陛下字，周初豈曾有此？《家語》止稱王字，當以《家語》爲正』云云。今考『陛下離顯先帝之光曜』已下，篇内已明云：『孝昭冠辭。』繩祖誤連爲祝雍之言，殊未之考。蓋王肅襲取《公冠》篇爲《冠頌》，已誤合孝昭《冠辭》於成王《冠辭》，故删去『先帝陛下』字。《家語》襲《大戴》，非《大戴》襲《家語》。就此一條，亦其明證。其割裂他書亦往往類此。反復考證，其出於肅手無疑。特其流傳既久，且遺文軼事，往往多見於其中，故自唐以來，知其僞而不能廢也。其書至明代，傳本頗稀。故何孟春所注《家語》自云未見王肅本，王鏊《震澤長語》亦稱：『《家語》今本，爲近妄庸所删削，惟有王肅注者，今本所無，多具焉。』則亦僅見之也。周亮工《書影》曰：『閩徐興公家有王肅注《家語》，中缺二十餘頁，毛子晉家亦有宋刻王肅注者，與興公藏本稍異，憾不能合毛徐二本對校刊行。』今徐本不知存佚，此本則毛晉所校刊，較之坊刻猶爲近古者矣。」可參張心澂《僞書通考》子部《儒家》。一九七三年，河北定縣八角廊西漢墓出土的竹簡《儒家者言》，内容與今本《家語》相近。一九七七年，安徽阜陽雙古堆西漢墓亦出土了篇題與《儒家者言》相近的簡牘，内容亦與《家語》有關。都進一步證實了劉熙載這裏所説《孔子家語》不是僞造的推測。通行的舊注除王肅的注外，清孫志祖、陳士珂和今人王利器都著有《孔子家語疏證》。

〔三〕宋陳騤《文則》卷上：「夫《論語》、《家語》皆夫子與當時公卿大夫及群弟子答問之文。然《家語》頗有浮辭衍説，蓋出於群弟子共相叙述，加之潤色，其才或有優劣，故使然也。」又可參卷一第一三九注〔一〕。

〇二九　《家語》好處，可即以《家語》中一言評之，曰：「篤雅有節。」〔一〕

〔一〕《孔子家語》卷三《觀周》：「莊而能肅，志通而好禮，儐相兩君之事，篤雅有節，是公西赤之行也。」意謂厚重典雅有禮節。

〇三〇　《家語》之文，純者可幾《檀弓》，〔一〕雜者甚或不及《孔叢子》。〔二〕

〔一〕「幾」：達到。

〔二〕《孔叢子》：《四庫全書總目·孔叢子》：「舊本題曰孔鮒撰，所載仲尼而下子上、子高、子順之言行，凡二十一篇。又以孔臧所著賦與書上下二篇附綴於末，別名曰《連叢》。鮒字子魚，孔子八世孫，仕陳涉爲博士。臧，高祖功臣孔聚之子，嗣爵蓼侯，武帝時官太常。然後人或以爲王肅僞造。其書《文獻通考》作七卷，今本三卷，不知何人所併。晁公武《讀書志》云：漢志無《孔叢子》，儒家有《孔臧》十篇，雜家有孔甲《盤盂書》二十六篇，其《獨治篇》，鮒或稱孔甲。意者孔叢子即孔甲，《盤盂》、《連叢》即《孔臧書》。案《漢書·藝文志》顔師古注，謂孔甲，黄帝之史，或云夏后孔甲，似皆非。則《孔叢》非《盤盂》。又《志》於儒家《孔臧》十篇外，詩賦家別出《孔臧賦》二十篇，今《連叢》有賦，則亦非儒家之《孔臧》。公武未免附會。《朱子語類》謂《孔叢子》文氣軟弱，不似西漢文字，蓋其後人集先世遺文而成之者。陳振孫《書録解題》亦謂：按《孔光傳》，孔子八世孫鮒，魏相順之子，爲陳涉博士，死陳下，則固不得爲漢人，而其書記鮒之没，則又安得以爲鮒撰？其説當矣。《隋書·經籍志》論語家有《孔叢》七卷，注曰：陳勝博士孔鮒撰。其序録稱《孔叢家語》，並孔氏所傳仲尼之旨，則其書出於唐以前。然《家語》出王肅依托，《隋志》既誤以爲真，則所云《孔叢》出孔氏所傳者，亦未爲確證。朱子所疑，蓋非無見。即如《舜典》禋於六宗，何謂也？子曰：所宗者六，皆潔祀之也，埋少牢於泰昭，所以祭時也；祖迎於坎壇，所以祭寒暑也；主於郊宫，所以祭日也；夜明，所以祭月也；幽禜，所以祭星也；雩禜，所以祭水旱也。禋於六宗，此之謂也。其説與僞《孔傳》、僞《家語》並同，是亦晚出之明證也。其中第十一篇即世所傳《小爾雅》，注疏家往往引之，然皆在晉宋以後。惟《公羊傳疏》所引賈逵之説，謂俗儒以六兩爲鋝，正出此書，然謂之俗儒，則非《漢藝文志》之《小爾雅》矣。又《水經注》引《孔叢子曰》：夫子墓塋方一里，在魯城北六里泗水上。諸孔丘封五十餘所，人名昭穆不可復識，有碑銘三所，獸碣具存云云。今本無此文，似非完帙。然其文與全書不類，且不似孔氏子孫語，或酈道元誤記，抑或傳寫有訛，以他書誤題《孔叢》歟？」另可參今人張心澂《僞書通考》子部《儒家類》，舊有宋宋咸注，今人傅亞庶著有《孔叢子校釋》。又宋黎靖德編《朱子語類》卷一百三十七《戰國漢唐諸子》：「《家語》雖記得不純，却是當時書；《孔叢子》是後來白撰出。」

〔三一〕《國策》疵弊，曾子固《戰國策目録序》盡之矣。〔一〕抑蘇老泉《諫論》曰：「蘇秦、張儀，吾取其術，不取其心。」〔二〕蓋嘗推此意以觀之，如魯仲連之不帝秦，正矣。然自稱「爲人排患、釋難、解紛亂」，其非無術可知。〔三〕然則讀書者亦顧所用何如耳，使用之不善，亦何讀而可哉！〔四〕

〔一〕《國策》：即《戰國策》，又稱《國事》、《短長》、《事語》、《長書》等，爲西漢劉向所編輯，主要記述戰國説士（縱横家）之言行。舊有東漢高誘、宋鮑彪、元吴師道的注，今人繆文遠《戰國策新校注》、諸祖耿《戰國策集注彙考》、范祥雍《戰國策箋證》，亦可參考。子固：宋曾鞏之字。曾鞏《戰國策目録序》：「（戰國之游士）不知道之可信，而樂於説之易合。其設心注意，偷爲一切之計而已。故論詐之便而諱其敗，言戰之善而蔽其患。其相率而爲之者，莫不有利焉，而不勝其害也。有得焉，而不勝其失也。卒至蘇秦、商鞅、孫臏、吴起、李斯之徒以亡其身，而諸侯及秦用之亦滅其國，其爲世之大禍明矣，而俗猶莫之悟也。惟先王之道，因時適變，爲法不同，而考之無疵，用之無敝，故古之聖賢，未有以此而易彼也。」

〔二〕蘇老泉：蘇洵。按：老泉本係蘇洵墓地老翁泉名之省稱。宋及宋以後人誤以爲老蘇之字，沿誤至今。清平步青《霞外攟屑》卷七《老泉非明允號》條，有詳考。引文見《諫論上》：「噫！龍逢比干，不獲稱良臣，無蘇秦張儀之術也；蘇秦張儀，不免爲游説，無龍逢比干之心也。是以龍逢比干，吾取其心不取其術；蘇秦張儀，吾取其術不取其心。以爲諫法。」

〔三〕事見《戰國策·趙三》「秦攻趙，平原君使人請救於魏」章、《史記》卷八十三《魯仲連鄒陽列傳》。

《史記》本傳：「於是平原君欲封魯連。魯連辭讓者三，終不肯受。平原君乃置酒，酒酣，起，前，以千金爲魯連壽。魯連笑曰：『所貴於天下之士者，爲人排患、釋難、解紛亂而無取也。即有取者，是商賈之事也，而連不忍爲也！』遂辭平原君而去，終身不復見。」

〔四〕融齋《游藝約言》：「讀書皆須有用。如讀《莊子》，可於『窮賤易安，幽居靡悶』處會之。」

〇三二 戰國説士之言，其用意類能先立地步，〔一〕故得如「善攻者使人不能守，善守者使人不能攻」也。〔二〕不然，專於措辭求奇，雖復可驚可喜，不免脆而易敗。〔三〕

〔一〕「先立地步」：先佔據有利地形。指先樹立起有利於自己的論點。「地步」：地段、位置。

〔二〕《孫子兵法·虚實》：「故善攻者，敵不知其所守；善守者，敵不知其所攻。微乎微乎，至於無形；神乎神乎，至於無聲，故能爲敵之司命。」

〔三〕「脆而易敗」：謂論點薄弱而容易失敗。

〇三三 文之「快」者每不「沈」，〔一〕「沈」者每不「快」。《國策》乃「沈」而快。文之雋者每不「雄」，〔二〕「雄」者每不雋，《國策》乃「雄」而雋。

〔一〕「快」：明快。「沈」：沈著。爲署名唐司空圖《二十四詩品》中所標舉的二十四種美學風格之一。

《沈著》：

「緑林野屋，落日氣清。脱巾獨步，時聞鳥聲。鴻雁不來，之子遠行。所思不遠，若爲平生。海風碧雲，夜渚月明。如有佳語，大河前横。」宋嚴羽《滄浪詩話》：「其大概有二：曰優游不迫，曰沉着痛快。」「沈著痛快」又爲論書常語，唐張彦遠《法書要録》卷一：「吴人皇象能草，世稱沉著痛快。」此移以論文。

〔二〕「雋」：名雋，即明雋。「雄」：雄渾。亦爲署名唐司空圖《二十四詩品》中所標舉之二十四種美學風格之一。

《雄渾》：

大用外腓，真體内充。返虚入渾，積健爲雄。具備萬物，横絶太空。荒荒油雲，寥寥長風。超以象外，得其環中。持之匪强，來之無窮。

〇三四 《國策》明快無如虞卿之折樓緩，〔一〕「慷慨」無如荆卿之辭燕丹。〔二〕

〔一〕事見《戰國策》卷二十《趙三》：

秦攻趙於長平，大破之，引兵而歸。因使人索六城於趙而講，趙計未定。樓緩新從秦來，趙王與樓緩計之曰：「與秦城何如不與？」樓緩辭讓曰：「此非臣所能知也。」王曰：「雖然，試言公之私。」樓緩曰：「王亦聞夫公甫文伯母乎？公甫文伯官於魯，病死，婦人爲之自殺於房中者二八。其母聞之，不肯哭也。相室曰：『焉有子死而不哭者乎？』其母曰：『孔子，賢人也。逐於魯，是人不隨。今死而婦人爲死者十六人，若是者，其於長者薄而於婦人厚。』故從母言之之爲賢母也；從婦言之之必不免爲妬婦也。故其言一也，言者異，則人心變矣。今臣新從秦來，而言勿與，則非計也；言與之，則恐王以臣之爲秦也，故不敢對。使臣得爲王計之，不如予之。」王曰：「諾。」虞卿聞之，入見王。王以樓緩言告之。虞卿曰：「此飾説也。」王曰：「何謂也。」虞卿曰：「秦之攻趙也，倦而歸乎？亡其力尚能進，愛王而不攻乎？」王曰：「秦之攻我也，不遺餘力矣。必以倦而歸也。」虞卿曰：「秦以其力攻其所不能取，倦而歸，王又以其力之所不能攻以資之，是助秦自攻也。來年秦復攻王，王無以救矣。」王以虞卿之言告樓緩。樓緩曰：「虞卿能盡知秦力之所至乎？誠知秦力之所不至，此彈丸之地，猶不予也，令秦來年復攻，王得無割其內而媾乎？」王曰：「誠聽子割矣，子能必來年秦之不復攻我乎？」樓緩對曰：「此非臣之所敢任也。昔者三晉之交於秦，相善也。今秦釋韓魏而獨攻王，王之所以事秦，必不如韓魏也。今臣爲足下解負親之攻，啓關通敝，齊交韓魏，至來年，而王獨不取於秦，王之所以事秦者，必在韓魏之後也。此非臣之所敢任也。」王以樓緩之言告虞卿。虞卿曰：「樓緩言不媾，來年秦復攻王，得無更割其內而媾？今媾，樓緩又不能必秦之不復攻也，雖割何益？來年復攻，又割其力之所不能取而媾也，此自盡之術也，不如無媾。秦雖善攻，不能取六城。趙雖不能守，亦不至失六城。秦倦而歸，兵必罷，我以五城，收天下以攻罷秦，是我失之於天下，而取償於秦也。

吾國尚利，孰與坐而割地自弱以强秦？今樓緩曰：秦善韓魏而攻趙者，必王之事秦不如韓魏也。是使王歲以六城事秦也，即坐而地盡矣。來年秦復求割地，王將予之乎？不與，則是棄前功而挑秦禍也；與之，則無地而給之。語曰：强者善攻，而弱者不能自守。今坐而聽秦，秦兵不敝而多得地，是强秦而弱趙也。以益愈强之秦，而割愈弱之趙，其計固不止矣。且秦，虎狼之國也，無禮義之心，其求無已，而王之地有盡。以有盡之地給無已之求，其勢必無趙矣。故曰：此飾説也。王必勿與。」王曰：「諾。」樓緩聞之，入見於王。王又以虞卿言告之。樓緩曰：「不然。虞卿得其一，未知其二也。夫秦趙構難而天下皆説，何也？曰：我將因强而乘弱。今趙兵困於秦，天下之賀戰勝者，則必盡在於秦矣。故不若亟割地求和以疑天下，慰秦心。不然，天下將因秦之怒，乘趙之敝而瓜分之，趙且亡，何秦之圖？王以此斷之，勿復計也。」虞卿聞之，又入見王曰：「危矣，樓子之爲秦也。夫趙兵困於秦，又割地爲和，是愈疑天下，而何慰秦心哉？是不亦大示天下弱乎？且臣曰勿予者，非固勿予而已也。秦索六城於王，王以五城賂齊，齊，秦之深讎也。得王五城並力而西擊秦也，齊之聽王不待辭之畢也。是王一舉結三國之親，而與秦易道也。」趙王曰：「善。」因發虞卿東見齊王，與之謀秦。虞卿未反，秦之使者已在趙矣。樓緩聞之，逃去。

〔二〕事見《戰國策》卷三十一《燕三》：

太子遲之，疑其有改悔，乃復請之曰：「日以盡矣。荆卿豈無意哉？丹請先遣秦武陽。」荆軻怒，叱太子曰：「今日往而不反者，豎子也！今提一匕首，入不測之强秦，僕所以留者，待吾客與俱！今太子遲之，請辭決矣！」遂發。太子及賓客知其事者，皆白衣冠以送之，至易水上，既祖，取道，高漸離擊筑，荆軻和而歌，爲變徵之聲，士皆垂淚涕泣。又前而爲歌曰：「風蕭蕭兮易水寒，壯士一去兮不復還。」復爲忼慨羽聲，士皆瞋目，髮盡上指冠。於是，荆軻遂就車而去，終已不顧。

〇三五　《國策》文有兩種：一「堅明約束」，賈生得之；〔一〕一「沈鬱頓挫」，〔二〕司馬子長得之。〔三〕

〔一〕賈生：西漢賈誼。「生」：先生。「堅明約束」：語出《史記》卷八十一《廉頗藺相如列傳》：「相如至，謂秦王曰：『秦自繆公以來二十餘君，未嘗有堅明約束者也。臣誠恐見欺於王而負趙，故令人持璧歸，間至趙矣。且秦彊而趙弱，大王遣一介之使至趙，趙立奉璧來。今以秦之彊而先割十五都予趙，趙豈敢留璧而得罪於大王乎？臣知欺大王之罪當誅，臣請就湯鑊，唯大王與群臣孰計議之。』」

〔二〕唐杜甫《進雕賦表》：「倘使執先祖之故事，拔泥塗之久辱，則臣之述作，雖不能鼓吹《六經》，先鳴數子，至於沈鬱頓挫，隨時敏捷，揚雄枚皐之徒庶可企及也。」

〔三〕可參卷一第〇九九。子長：西漢司馬遷之字。

〇三六　杜詩《義鶻行》云：「斗上捩孤影。」〔一〕一「斗」字，形容鶻之奇變極矣。文家用筆得「斗」字訣，便能一落千丈，一飛沖天。〔二〕《國策》其尤易見者。

〔一〕唐杜甫《義鶻行》：「斗上捩孤影，噭哮來九天。」清仇兆鰲《杜詩詳注》卷六：「斗上，陡然飛上也。捩影，張翅迴旋也。噭哮，厲聲長鳴也。」

〔二〕「一落千丈」二句：喻文章縱筆自如，大開大闔。按：明杜浚《杜氏文譜》卷二：「《戰國策》善辭令，其法有九：……二曰飛。不可言處，藉別語飛入，不覺墮其術。」

〇三七　韓子曰：「孟氏醇乎醇。」〔一〕程子曰：「孟子儘雄辯。」〔二〕韓對荀、揚言之，程對孔、顏言之也。〔三〕

〔一〕孟氏：名軻，鄒人，《史記》卷七十四有傳。今所傳《孟子》一書，司馬遷認爲是與門弟子萬章之徒所著。通行的注本有收録在《十三經注疏》中的東漢趙岐注、宋孫奭疏，清焦循、焦廷琥父子的《孟子正義》。韓子：唐韓愈。引文見其《讀荀子》：「孟氏醇乎醇者也，荀與揚大醇而小疵。」

〔二〕程子：宋代理學家程顥。宋朱熹《近思録》卷十四《總論聖賢》：「明道先生曰：孔子儘是明快人，顏子儘豈弟，孟子儘雄辯。」「明道先生」：程顥。「儘」：甚、非常。又融齋《游藝約言》：「《春秋》，議體也。《莊子》云：『《春秋》經世先王之志，聖人議而不辯。』然則孰爲辯體？曰：『如《孟子》便是。」可與此互參。

〔三〕荀揚孔顔：荀子、揚雄、孔子、顔回。

〇三八 孟子之文，至簡至易，如舟師執柂，〔一〕中流自在，而推移費力者不覺自屈。龜山楊氏論《孟子》「千變萬化，只説從心上來」，〔二〕可謂探本之言。〔三〕

〔一〕「柂」：即「舵」。後同。

〔二〕龜山楊氏：宋代理學家楊時，世居南劍州將樂縣北龜山。引文今見《龜山集》卷十二《語録三》：「《孟子》一部書，只是要正人心，教人存心養性，收其放心。至論仁義禮智，則以惻隱、羞惡、辭讓、是非之心爲之端；論邪説之害，則曰生於其心，害於其政；論事君，則曰格君心之非，正君而國定。千變萬化，只説從心上來，人能正心，則事無足爲者矣。」

〔三〕「探本」：探求根本。

〇三九 《孟子》之文，百變而不離其宗，〔一〕然此亦諸子所同。〔二〕其「度越諸子」處，〔三〕乃在析「義」至精，不惟用「法」至密也。〔四〕

〔一〕「百變而不離其宗」：無論（事物）形式上發生了多少變化，本質或目的並没有任何改變。又《老子》第七十章：「言有宗，事有君。」

〔二〕謂「皆有個自家在内」也，可參卷一第〇六六。

〔三〕「度越」：超越。《漢書》卷八十七《揚雄傳》：「若使遭遇時君，更閱賢知，爲所稱善，則必度越諸子矣。」

〔四〕按：融齋喜以「義法」衡文，此其一也。並可參卷一第二八二。

〇四〇　「集義」「養氣」，〔一〕是孟子本領。〔二〕不從事於此，而學《孟子》之文，「得無象之然乎」？〔三〕

〔一〕《孟子·公孫丑上》：「曰：『我知言，我善養吾浩然之氣。』『敢問何謂浩然之氣？』曰：『難言也。其爲氣也，至大至剛，以直養而無害，則塞於天地之間。其爲氣也，配義與道，無是，餒也。是集義所生者，非義襲而取之也。行有不慊於心，則餒矣。』」又融齋《游藝約言》：「『剛健中正，純粹以精』，『篤實輝光』，孟子之文兼擅乎此。太史公之雄深雅健，恐猶若舍黝之於曾子、子夏焉。」「《孟子》之文，可即評以孟子之言，曰：『是集義所生者。』曰：『其爲氣也，至大至剛。』」皆可與此互參。

〔二〕「本領」：根本、要領。

〔三〕唐韓愈《送高閑上人序》：「是其爲心，必泊然無所起；其於世，必淡然無所嗜。泊與淡相遭，頹墮委靡，潰敗不可收拾，則其於書得無象之然乎？」意謂該不會僅得其皮相？

〇四一　荀子明「《六藝》之歸」，〔一〕其學分之足了數大儒。〔二〕其尊孔子，黜異端，貴王賤霸，猶孟子志也。〔三〕讀者不能擇取之，而必過「疵」之，亦惑矣。〔四〕

〔一〕荀子：名況，趙人。《史記》卷七十四有傳。《荀子》一書，舊有唐楊倞注，清王先謙《荀子集解》。近人梁啓雄《荀子柬釋》、今人李滌生《荀子集釋》、王天海《荀子校釋》、董志治安等《荀子匯校匯注》，亦可參考。按：《史記》卷八十七《李斯列傳》：「（李斯）乃從荀卿學帝王之術，……太史公曰：斯知《六藝》之歸。」

〔二〕「學分」：學養、天分。「了」：了解、明瞭。此似指《荀子・非十二子》篇中對當時各家學派的總結和批評。或曰：當於「分之」後斷句，此之「分」，讀平聲，謂分開。「了」猶言對付、抵擋。

〔三〕宋黄震《黄氏日抄》卷五十五：「知尊王而賤霸，知尊孔氏而黜異端，孟子之後，僅有荀子一人。」清李慈銘《越縵堂讀書記・荀子》：「荀子生衰周，力尊仲尼，與孟子之識學無稍差。」按：「尊孔子」，可參《宥坐》、《子道》、《法行》諸篇。「黜異端」，可參《非十二子》篇；「貴王賤霸」：可參《仲尼》、《王霸》諸篇。

〔四〕參卷一第〇三七注〔一〕引韓愈《讀荀子》語。

〔四二〕孟子之時，孔道已將不著，〔一〕況荀子時乎？〔二〕荀子矯世之枉，雖立言之意時或過激，〔三〕然非「自知明而信道篤」者不能。〔四〕

〔一〕《孟子·滕文公章句下》：「孟子曰：『……聖王不作，諸侯放恣，處士横議，楊朱墨翟之言盈天下。天下之言，不歸楊，則歸墨……』」又據《韓非子》卷十九《顯學》：「世之顯學，儒墨也。儒之所至，孔丘也；墨之所至，墨翟也。自孔子之死也，有子張之儒、有子思之儒、有顏氏之儒、有孟氏之儒、有漆雕氏之儒、有仲良氏之儒、有孫氏之儒、有樂正氏之儒。自墨子之死也，有相里氏之墨，有相夫氏之墨，有鄧陵氏之墨。故孔墨之後，儒分爲八，墨離爲三，取舍相反不同，而皆自謂真孔墨。孔墨不可復生，將誰使定後世之學乎？」

〔二〕《史記》卷七十四《孟子荀卿列傳》：「荀卿嫉濁世之政，亡國亂君相屬，不遂大道而營於巫祝，信機祥，鄙儒小拘，如莊周等又滑稽亂俗，於是推儒墨道德之行事興壞，序列著數萬言而卒。」

〔三〕荀子《非十二子》批評子思、孟子，《性惡》以人性本惡，最遭後世學者非議。

〔四〕唐韓愈《伯夷頌》：「士之特立獨行，適於義而已。不顧人之是非，皆豪傑之士，信道篤而自知明者也。」

〔四三〕《易傳》言：「智崇禮卑。」〔一〕荀卿立言不能皆粹，〔二〕然大要在「禮」「智」之間。〔三〕

〔一〕《易·繫辭上》：「子曰：易其至矣乎！夫易，聖人所以崇德而廣業也。知崇禮卑，崇效天，卑法地，天地設位而易行乎其中矣。」三國魏王弼注：「知以崇爲貴，禮以卑爲用。」本意是指智慧崇高而禮節謙卑。

〔二〕荀卿：即荀子。唐韓愈《讀荀子》：「及得荀氏書，於是又知有荀氏者也。考其辭，時若不醇粹。」「孟氏醇乎醇者也，荀與揚大醇而小疵。」又融齋《持志塾言》卷上《爲學》：「荀卿儘是窺著聖道，而平生雜見解、雜議論却不肯埋没，受病殊非小小。故知學貴能舍，但務多知，適以自蔽也。文中子自謂『不雜學，故明』，殆爲近之。」

〔三〕「大要」：要旨。按：此當與卷一第一〇七、卷一第一三四互參。

〇四四　屈子《離騷》之旨，〔一〕只「百爾所思，不如我所之」二語足以括之。〔二〕「百爾」：如女嬃、靈氛、巫咸皆是。〔三〕

〔一〕屈子：屈原。

〔二〕語見《詩·鄘風·載馳》。唐孔穎達《毛詩注疏》卷四：「汝百衆大夫君子縱有所思念於衛，不如我所思之篤厚也。」「括」：概括。

〔三〕按：據東漢王逸《楚辭章句》：「女嬃，屈原姊也。」「靈氛，古明占吉凶者也。」「巫咸，古神巫也，當殷中宗之時。」並見《離騷》。

〇四五　太史公《屈原傳贊》曰：「悲其志。」又曰：「未嘗不垂涕想見其爲人。」〔一〕「志」也、「爲人」也，論屈子辭者，其斯爲觀其深哉！

〔一〕《史記》卷八十四《屈原列傳》：「太史公曰：余讀《離騷》、《天問》、《招魂》、《哀郢》，悲其志。適長沙，觀屈原所自沈淵，未嘗不垂涕，想見其爲人。及見賈生弔之，又怪屈原以彼其材，游諸侯，何國不容？而自令若是！讀《服鳥賦》，同生死、輕去就，又爽然自失矣。」

〇四六　《孟子》曰：「《小弁》之怨，親親也。親親，仁也。」〔一〕夫忠臣之事君，孝子之事親，一也。屈子《離騷》若經孟子論定，必深有取焉。

〔一〕語見《孟子·告子下》。意謂《小弁》的怨惱，是親近親人。親近親人，是仁的表現。《小弁》：見《詩·小雅》。據《詩小序》：「《小弁》，刺幽王也，太子之傅作焉。」「弁」：音盤。《集韻》：蒲官切。

〇四七　「文麗用寡」，揚雄以之稱相如；〔一〕然不可以之稱屈原。蓋屈之辭，能使讀者興起盡忠疾邪之意，便是「用」不寡也。

〔一〕見卷一第〇一五注〔一〕引《法言》。本意謂文辭華麗而用處少。「稱」：稱說。清沈祥龍《樂志簃筆記》卷三《論文隨筆》：「文不貴悦目而貴有用。桃李之妍不及禾稼，錦繡之美不及布帛。文之見稱於世俗者，必見棄於君子。『文麗用寡』，子雲所以譏長卿也。」

〔四八〕國手置棋，〔一〕觀者迷離，〔二〕置者明白。《離騷》之文似之。不善讀者，疑爲於此於彼，〔三〕恍惚無定，不知只由自己眼低。

〔一〕「國手」：稱雄一國之能手。「置棋」：下圍棋。按：融齋善弈，故此以圍棋取喻。

〔二〕「迷離」：迷茫。清梁章鉅《退庵隨筆》：「今人讀《離騷》者，但以爲憂惶瞀亂，所以一句説向天，一句説到地。」

〔三〕語出《禮記·郊特牲》：「不知神之所在，於彼乎？於此乎？」「於」：在。

〔四九〕蘇老泉謂「詩人優柔，騷人清深」，〔一〕其實「清深」中正復有「優柔」意。

〔一〕語見蘇洵《上田樞密書》：「數年來退居山野，自分永棄，與世俗日疏闊，得以大肆其力於文章。詩人之優柔，騷人之精深，孟韓之温淳，遷固之雄剛，《孫》《吴》之簡切，投之所嚮，無不如意。」

〔五〇〕古人意在筆先，〔一〕故得舉止閑暇；後人意在筆後。故至手腳忙亂。杜元凱稱《左氏》「其文緩」，〔二〕曹子桓稱屈原「優游」「緩節」，〔三〕「緩」，豈易及者乎？

〔一〕「意在筆先」：本論書術語，此借書寫工具之「筆」爲「文筆」之「筆」。晉王羲之《筆勢論十二章·啓心章第二》：「夫欲學書之法，先乾研墨，凝神思慮，預想字形大小、偃仰、平直、振動，則筋脈相連。意在筆前，然後作字。」又宋荆浩《山水賦》：「凡畫山水，意在筆先。」

〔二〕見卷一第〇〇九注〔一〕。此指成竹在胸，從容不迫。

〔三〕王氣中《藝概箋注》謂《北堂書鈔》卷一百引：「魏文帝《典論》云：『或問屈原相如之賦孰愈？』曰：優游按衍，屈原之尚也；窮侈極妙，相如之長也；然原據託譬喻，其意周旋，綽有餘度，長卿子雲意未能及。按：王逸《楚辭章句序》也説『屈原之辭，悠游婉順』，當爲曹丕所本。本條引作『悠游緩節』，未知所據。」按：「緩節」語見《九歌·東皇太一》：「揚枹兮拊鼓，疏緩節兮安歌。」此或以《九歌》之辭借評《楚辭》亦未可知，不當作一句看。

〇五一　莊子文看似胡説亂説，〔一〕骨裏却儘有分數。〔二〕彼固自謂「猖狂妄行而蹈乎大方也」，〔三〕學者何不從「蹈大方」處求之？

〔一〕莊子：名周，《史記》卷六十三有傳。舊有晉郭象注、唐成玄英《疏》，清郭慶藩《莊子集釋》、王先謙《莊子集解》等，今人劉武《莊子集解内篇補正》，陳鼓應《莊子今注今譯》，亦可參考。

〔二〕「分數」：法度、規範。按：此謂《莊子》飄逸中又含沉著。可參卷五第一五〇。

〔三〕《莊子·山木》：「南越有邑焉，名爲建德之國。其民愚而朴，少私而寡欲；知作而不知藏，與而不求其報；不知義之所適，不知禮之所將；猖狂妄行，乃蹈乎大方。」意謂從心所欲率意而行却合乎大道。又融齋《昨非集》卷二有《書〈莊子·山木〉篇後》，可參觀。

〇五二　《莊子》寓真於誕，寓實於玄，〔一〕於此見「寓言」之妙。〔二〕

〔一〕「寓真於誕、寓實於玄」：將真實寄寓於荒誕，將現實寄寓於玄想。

〔二〕見卷一第〇二〇注〔三〕。又《史記》卷六十三《老韓列傳》：「莊子者，蒙人也，名周。周嘗爲蒙漆園吏，與梁惠王齊宣王同時。其學無所不闚，然其要本歸於老子之言，故其著書十餘萬言，大抵率寓言也。」並可參卷一第二八八。

〇五三　《莊子》文法斷續之妙，如《逍遥游》忽説鵬，忽説蜩與鷽鳩、斥鴳，〔一〕是爲斷；下乃接之曰「此大小之辨也」，則上文之斷處皆續矣，而下文宋榮子、許由、接輿、惠子諸斷處，亦無不續矣。〔二〕

〔一〕《莊子·逍遥游》：

北冥有魚，其名爲鯤。鯤之大，不知其幾千里也；化而爲鳥，其名爲鵬。鵬之背，不知其幾千里也；怒而飛，其翼若垂天之雲。是鳥也，海運則將徙於南冥。南冥者，天池也。齊諧者，志怪者也。諧之言曰：鵬之徙於南冥也，水擊三千里，摶扶摇而上者九萬里。去以六月息者也。野馬也，塵埃也，生物之以息相吹也。天之蒼蒼，其正色邪？其遠而無所至極邪？其視下也，亦若是則已矣。且夫水之積也不厚，則其負大舟也無力。覆杯水於坳堂之上，則芥爲之舟；置杯焉則膠，水淺而舟大也。風之積也不厚，則其負大翼也無力。故九萬里，則風斯在下矣。而後乃今培風；背負青天而莫之夭閼者，而後乃今將圖南。蜩與學鳩笑之曰：我決起而飛，搶榆枋而止，時則不至而控於地而已矣。奚以之九萬里而南爲？適莽蒼者，三湌而反，腹猶果然；適百里者，宿舂糧；適千里者，三月聚糧。之二蟲又何知？小知不及大知，小年不及大年。奚以知其然也？朝菌不知晦朔，蟪蛄不知春秋，此小年也。楚之南有冥靈者，以五百歲爲春，五百歲爲秋；上古有大椿者，以八千歲爲春，八千歲爲秋，此大年也。而彭祖乃今以久特聞，衆人匹之，不亦悲乎？湯之問棘也是已：湯問棘曰：上下四方有極乎？棘曰：無極之外，復無極也。窮髮之北有冥海者，天池也。有魚焉，其廣數千里，未有知其修者，其名爲鯤。有鳥焉，其名爲鵬，背若太山，翼若垂天之雲，摶扶摇羊角而上者九萬里，絶雲氣，負青天，然後圖南，且適南冥也。斥鴳笑之曰：彼且奚適也？我騰躍而上，不過數仞而下，翱翔蓬蒿之間，此亦飛之至也。而彼且奚適也？此小大之辯也。

按：此又當與卷一第二七八、卷六第〇六九互參。

〔二〕宋榮子、許由、接輿、惠子：皆《逍遥游》中人物。

〇五四　文有合兩篇爲關鍵者。《莊子·逍遥游》：「小知不及大知，小年不及大年。」讀者初不覺意注何處，直至《齊物論》「天下莫大於秋毫之末」四句，〔一〕始見前語正豫爲此處翻轉地耳。

〔一〕《莊子·齊物論》：「天下莫大於秋毫之末，而大山爲小；莫壽於殤子，而彭祖爲夭。天地與我並生，而萬物與我爲一。」晉郭象注：「夫以形相對，大山大於秋毫也。若各據其性分，物冥其極，則形大未爲有餘，形小不爲不足。苟各足於其性，則秋毫不獨小其小，而大山不獨大其大矣。若以性足爲大，則天下之足未有過於秋毫也。若性足者非大，則雖大山亦可稱小矣。故曰：天下莫大於秋毫之末，而大山爲小。大山爲小，則天下無大矣。秋毫爲大，則天下無小也。無小無大，無壽無夭，是以蟪蛄不羨大椿，而欣然自得；斥鷃不貴天池，而榮願以足。苟足於天然而安其性命，故雖天地未足爲壽，而與我並生；萬物未足爲異，而與我同得。則天地之生，又何不並？萬物之得，又何不一哉？」宋林希逸《莊子口義》卷一：「『小知不及大知，小年不及大年』，此兩句又是文之一體。以小知、大知一句，結上鵬鳩，又以小年、大年一句，生下一段譬喻。」

〇五五　文之神妙，莫過於能飛。〔一〕《莊子》之言鵬曰：「怒而飛。」〔二〕今觀其文，無端而來，無端而去，殆得「飛」之機者。〔三〕烏知非鵬之學爲周耶？〔四〕

〔一〕南朝梁鍾嶸《詩品》卷下《齊諸暨令袁嘏詩》：「平平耳，多自謂能。常語：『徐太尉云我詩有生氣，須人捉著，不爾便飛去。』」

〔二〕《莊子·逍遥游》：「北冥有魚，其名爲鯤，鯤之大不知其幾千里也。化而爲鳥，其名爲鵬，鵬之背，不知其幾千里也。怒而飛，其翼若垂天之雲。」

〔三〕「機」：玄機。清金聖歎《讀第六才子書·西廂記法》：「文章最妙，是此一刻被靈眼覷見，便於此一刻放靈手捉住。蓋於略前一刻亦不見，略後一刻便亦不見，恰恰不知何故，却於此一刻忽然覷見，若不捉住，便更尋不出。」「僕今言靈眼覷見，靈手捉住，却思人家子弟何曾不覷見，只是捉不住。蓋覷見是天付，捉住須人工也。」融齋《游藝約言》：「《易》『無方無體』，《莊子》似之。」「《莊子》之文，如空中捉鳥，捉不住則飛去。俗文乃如捉死鳥。夫鳥既死矣，猶待捉哉？」「文至易隳處，即須飛起。然天下事當得此意者不惟文。」並可與此參觀。

〔四〕《莊子·齊物論》：「昔者莊周夢爲胡蝶，栩栩然胡蝶也，自喻適志與，不知周也。俄然覺，則蘧蘧然周也。不知周之夢爲胡蝶與，胡蝶之夢爲周與？」此反其意而用之。

〇五六　《莊子·齊物論》「大塊噫氣，其名爲風」一段，〔一〕體物入微。與之神似者，《考工

記》。〔二〕後柳州文中亦間有之。〔三〕

〔一〕《莊子·齊物論》：「子綦曰：『偃，不亦善乎，而問之也。今者吾喪我，汝知之乎？汝聞人籟而未聞地籟，汝聞地籟而未聞天籟夫？』子游曰：『敢問其方？』子綦曰：『夫大塊噫氣，其名爲風。是唯無作，作則萬竅怒呺。而獨不聞之翏翏乎？山陵之畏佳，大木百圍之竅穴，似鼻、似口、似耳、似枅、似圈、似臼、似洼者、似污者；激者、謞者、叱者、吸者、叫者、譹者、宎者、咬者，前者唱于而隨者唱喁。泠風則小和，飄風則大和，厲風濟則衆竅爲虛。而獨不見之調調之刁刁乎？』」

〔二〕宋陳騤《文則》卷下：「文有數句用一類字所以壯文勢，廣文義也。然皆有法。韓退之爲古文霸，於此法尤加意焉。如《賀册尊號表》用『之謂』字，蓋取《易·繫辭》；《畫記》用『者』字，蓋取《考工記》；《南山詩》用『或』字，蓋取《詩·北山》。悉注於後，孰謂退之自作古哉？……『者法』《考工記》曰：脂者、膏者、臝者、羽者、鱗者。又曰以脰鳴者、以注鳴者、以旁鳴者、以翼鳴者、以股鳴者、以胸鳴者。《莊子》：激者、謞者、叱者、吸者、叫者、譹者、宎者、咬者。韓退之《畫記》云：行者、牽者、涉者、陸者、翹者、顧者、鳴者、寢者、訛者、立者、人立者、齕者、飲者、溲者、陟者、降者，凡此用『者』字，其原出於《考工記》，因用《莊子》法也。」

〔三〕此言《考工記》和柳宗元文與《莊子》文神似，當就是指的這種「者」字句法。按：柳文中用「者」字句法處可參《斷刑論下》。

〇五七　「意出塵外，怪生筆端。」〔一〕《莊子》之文，可以是評之。其根極則《天下篇》已自道矣，〔二〕曰：「充實不可以已。」〔三〕

〔一〕唐朱景玄《唐朝名畫録·妙品》：「王維字摩詰，官至尚書右丞，家於藍田輞川，兄弟並以科名文學冠絶當時。故時稱『朝廷左相筆，天下右丞詩』也。其畫山水、松石，蹤似吴生，而風致標格特出。今京都千福寺西塔院有掩障一合，畫青楓樹一圖。又嘗寫《詩人襄陽孟浩然馬上吟詩》見傳於世。復畫《輞川圖》，山谷鬱鬱盤盤，雲水飛動。意出塵外，怪生筆端。嘗自題詩云：『夙世謬詞客，前身應畫師。』其自負也如此。」本意是説王維的畫作意境出乎世俗想象之外，各種難以描摹的景象都能産生在他的筆下。此藉用以論文。

〔二〕根極：根底、根本。

〔三〕語出《莊子·天下》篇：「芴漠無形，變化無常，死與生與？天地並與？神明往與？芒乎何之，忽乎何適，萬物畢羅，莫足以歸。古之道術有在於是者。莊周聞其風而悦之。以謬悠之説、荒唐之言、無端崖之辭，時恣縱而不儻，不以觭見之也。以天下爲沈濁，不可與莊語，以卮言爲曼衍，以重言爲真，以寓言爲廣。獨與天地精神往來而不敖倪於萬物。不譴是非以與世俗處。其書雖瓌瑋而連犿無傷也；其辭雖參差而諔詭可觀。彼其充實不可以已，上與造物者遊，而下與外死生無終始者爲友。其於本也，弘大而辟，深閎而肆；其於宗也，可謂稠適而上遂矣。雖然，其應於化而解於物也，其理不竭，其來不蜕，芒乎昧乎，未之盡者。」意謂充溢而没有止境。

〇五八　老年之文多平淡。〔一〕《莊子》書中有莊子將死一段，〔二〕其爲晚年之作無疑，然其文一何「諔詭」之甚。〔三〕

〔一〕宋張鎡《仕學規範》卷三十二引蘇軾「《與姪帖》云：二郎：得書，知汝安，並議論可喜。書字亦進，文字亦苦無難處。止有一事與汝説：凡文字，少小時須令氣象崢嶸，采色絢爛。漸老漸熟，乃造平淡。其實不是平淡，乃絢爛之極也。汝只見爹伯而今平淡，一向只學此樣，何不取舊日應舉時文字，看高下抑揚，如龍蛇捉不住？當且學此，書字亦然，善思吾言」。

〔二〕《莊子·列禦寇》：「莊子將死，弟子欲厚葬之。莊子曰：『吾以天地爲棺槨，以日月爲連璧，星辰爲珠璣，萬物爲齎送，吾葬具豈不備耶？何以加此？』弟子曰：『吾恐烏鳶之食夫子也。』莊子曰：『在上爲烏鳶食，在下爲螻蟻食，奪彼與此，何其偏也？以不平平，其平也不平；以不徵徵，其徵也不徵。明者唯爲之使，神者徵之。夫明之不勝神也久矣，而愚者恃其所見入於人，其功外也，不亦悲乎？』」按：此節見《莊子·雜篇》，一般認爲是其門人後學所著。又融齋《游藝約言》：「老年之人，胸次以瀟灑閑澹爲上。此本『戒之在得』之義，非爲作文而然也。然能如是，則所養可知，而文亦可知矣。」

〔三〕「一何」：多麼。「諔詭」：奇幻。可參卷一第〇五七注〔三〕。按：此引《莊子》語以移評《莊子》。

〇五九　《莊子》是跳過法，〔一〕《離騷》是回抱法，〔二〕《國策》是獨闢法，〔三〕《左傳》《史記》是兩寄法。〔四〕

〔一〕「跳過法」：即前所謂斷續法，可參觀卷一第〇五三、卷六第〇六九。

〔二〕「回抱法」：可參觀卷三第〇一八、卷三第〇二二。又：清金聖歎《讀第六才子書〈西廂記〉法》：「文章最妙，是先覷定阿堵一處，已却於阿堵一處之四面，將筆來左盤右旋，右盤左旋，再不放脱，却不擒住。分明如獅子滚毬相似，本只是一個毬，却教獅子放出通身解數，一時滿棚人看獅子，眼都看花了，獅子却是並没交涉。人眼自射獅子，獅子眼自射毬。蓋滚者是獅子，而獅子之所以如此滚，如彼滚，實都爲毬也。」所論與此可互參。

〔三〕「獨闢法」：可參觀卷一第〇三二。

〔四〕「兩寄法」：即虛實互藏法。可參觀卷一第〇〇四。又清金聖歎《讀第六才子書·西廂記法》：「文章最妙，是目注彼處，手寫此處。若有時必欲目注此處，則必手寫彼處。一部《左傳》，便十六都用此法。若不解其意，而目亦注此處，手亦寫此處，便一覽已盡。」「文章最妙，是目注此處，却不便寫，却去遠遠處發來，迤邐寫到將至時，便且住，却重去遠遠處更端再發來，再迤邐又寫到將至時，便又且住；如是更端數番，皆去遠遠處發來，迤邐寫到將至時，即便住，更不復寫出目所注處，使人自於文外瞥然親見，《西廂記》純是此一方法，《左傳》、《史記》亦純是此一方法。」所論與此可互參。

〔六〇〕有路可走，卒歸於無路可走，如屈子所謂「登高吾不説，入下吾不能」是也；〔一〕無路可走，卒歸於有路可走，如《莊子》所謂「今子有五石之瓠，何不慮以爲大樽而浮於江湖」，「今子有大樹，何不樹之於無何有之鄉，廣莫之野」是也。〔二〕而二子之書之全旨，亦可以此概之。

〔一〕屈原《九章·思美人》：「登高吾不説兮，入下吾不能。」宋洪興祖《楚辭補注》：「此章言己思念其君，不能自達。然反觀初志，不可變易，益自脩飭，死而後已也。」按：此論屈子忠貞之情懷。《離騷》：「思九州之博大兮，豈惟是其有女？曰勉遠逝而無狐疑兮，孰求美而釋女？何所獨無芳草兮，爾何懷乎故宇？」《漁父》：「漁父曰：聖人不凝滯於物，而能與世推移。世人混濁，何不淈其泥而揚其波？衆人皆醉，何不餔其糟而歠其釃？何故深思高舉，自令放爲？」此皆所謂「有路可走」之意。《離騷》：「既莫足與爲美政兮，吾將從彭咸之所居。」《漁父》：「寧赴湘流，葬於江魚之腹中。」此即「卒歸於無路可走也」之意。

〔二〕引文均見《莊子·逍遥游》。按：此論《莊子》之善闢蹊徑也。又可參卷二第一四一。

〔六一〕柳子厚《辯列子》云：「其文辭類《莊子》，而尤爲質厚，少爲作。好文者可廢耶？」〔一〕案：《列子》實爲《莊子》所宗本，〔二〕其辭之「諔詭」，〔三〕時或甚於《莊子》，惟其氣不似《莊

子》「放縱」耳。〔四〕

〔一〕文見《柳河東集》卷四。「少爲作」：高步瀛《唐宋文舉要》卷四注：「猶言少造作，其文自然也。」

〔二〕東漢班固《漢書》卷三十《藝文志》雖云《列子》「先莊子，莊子稱之」，但今人一般認爲今本已非漢人所見本，而是漢以後人所僞造。《列子》成書的時間其實晚於《莊子》。可看近人張心澂《僞書通考》子部《列子》和張永言《從詞彙史看〈列子〉的撰寫時代》（收入《語文學論集增補本》）。不過前代文學評論家或多以爲《列子》一書文學成就在《莊子》之上。如宋洪邁《容齋續筆》卷十二《列子書事》：「《列子》書事簡勁宏妙，多出《莊子》之右。」宋張鎡《仕學規範》卷三十四：「《列子》氣平文緩，亦非《莊子》步驟所能到也。」宋黎靖德《朱子語類》卷一百二十五《老氏》：「《莊子》全寫《列子》，又變得峻奇。」明宋濂《文憲集》卷二十七《諸子辨》：「〈列子〉若書事簡勁宏妙，則似勝於周。」清俞樾《春在堂尺牘》卷一《與戴子高》：「《莊子》書……精義微言，尚不及《列子》。即以文論，《莊子》雖汪洋自恣，尚不如《列子》之曲盡事理。」錢鍾書《管錐篇·列子張湛注》一：「《漢書·古今人表》置老子於『中上』、列子於『中中』、莊子即『嚴周』於『中下』，軒輊之故，不可致詰矣。《文心雕龍·諸子》篇先以『孟軻膺儒』與『莊周述道』並列，及乎衡鑑文詞，則道孟、荀而不及莊，獨標『列禦寇之書氣偉而采奇』；《時序》篇亦稱孟、荀而遺莊，至於《情采》篇不過借莊子語以明藻繪之不可或缺而已。蓋劉勰不解於諸子中拔《莊子》，正如其不解於史傳中拔《史記》、於詩詠中拔陶潛。……然劉氏失之於《莊》耳，於《列》未爲不得也。

《列》固衆作之有滋味者，視《莊》徐行稍後。《列》之文詞遜《莊》之奇肆飄忽，名理遜《莊》之精微深密，而寓言之工於敘事，娓娓井井，有倫有序，自具一日之長。即或意出撏撦，每復語工鎔鑄。」舊有晉張湛注，今人楊伯峻有《列子集釋》。

〔三〕「諔詭」：見卷一第〇五八注〔三〕。按：此引《莊子》語以藉評《列子》。

〔四〕宋王雱《南華真經新傳》卷十：「此周之爲言雖放縱不一，而未嘗離於道本也。」

〇六二　文章蹊徑好尚，〔一〕自《莊》《列》出而一變，〔二〕佛書入中國又一變，〔三〕《世説新語》成書又一變。〔四〕此諸書，人鮮不讀，讀鮮不嗜，往往與之俱化。〔五〕惟涉而不溺，役之而不爲所役，〔六〕是在卓爾之大雅矣。〔七〕

〔一〕「蹊徑」：門徑。「好尚」：喜好、崇尚。

〔二〕按：謂善用斷續法，得寓言之妙，意出塵外，怪生筆端也。參卷一第〇五二、卷一第〇五三、卷一第〇五七、卷一第〇六三等論《莊》《列》各條，不備舉。

〔三〕按：謂善於用喻，説盡事理也。可參卷二第一四一、卷五第一六二等。

〔四〕《世説新語》：南北朝劉義慶撰。唐劉知幾《史通》卷八《書事》：「又自魏晉已降，著述多門。《語林》、《笑林》、《世説》、《俗説》皆喜載調謔小辯，嗤鄙異聞，雖爲有識所譏，頗爲無知所説。而斯風一扇，國史多同。」當即此意也。舊有劉孝標的《注》，今人徐震堮《世説新語校箋》、余嘉錫

《世説新語箋疏》、楊勇《世説新語校箋》、朱鑄禹《世説新語彙校集注》、龔斌《世説新語校釋》及蔣宗許等《世説新語大辭典》、張萬起《世説新語詞典》等，均可參考。

〔五〕「化」：熏染、改變。

〔六〕「涉而不溺，役之而不爲所役」：涉獵而不陷溺於其中，役使它而不被它所役使。《漢書》卷八十七《揚雄傳》：「雖小辯，終破大道而或衆，使溺於所聞而不自知其非也。」

〔七〕「卓爾大雅」：超群出衆的大才。

〇六三　文家於《莊》《列》外，喜稱《楞嚴》、《淨名》二經。〔一〕識者知二經乃似《關尹子》，而不近《莊》《列》。〔二〕蓋二經筆法「有前無却」，《莊》《列》俱有曲致。〔三〕而《莊》尤縹緲奇變，乃如「風行水上」，自然成文也。〔四〕

〔一〕《楞嚴》：即《楞嚴經》，凡十卷。是《大佛頂如來密因修證了義諸菩薩萬行首楞嚴經》的簡稱。又稱《大佛頂首楞嚴經》、《大佛頂經》。唐代剌蜜帝譯。收於《大正藏》第十九册。本經闡明「根塵同源，縛脱無二」之理，並解説三摩提之法與菩薩之階次。其内容初述阿難至外地托鉢行乞，遭受摩登伽女之誘惑，幾將破戒。佛陀知阿難被淫術所困，遂派遣文殊師利以神咒護持之。待阿難返回住所後，摩登伽女亦尾隨而至。此時佛陀即爲此女開示，而使之出家學道。本經最著名者爲卷五之二十五圓通法門。其中第二十四叙説大勢至菩薩念佛圓通，此段常被淨土宗所引用。

《淨名》：即《維摩詰經》之通稱。維摩詰，梵名Vimalakirti，意譯淨名。例如吉藏所作《維摩經》之論疏有二，一書稱爲《淨名玄論》，一書稱爲《維摩經義疏》。又玄奘將《維摩詰經》譯爲《無垢稱經》，玄奘以後則皆以《淨名經》稱之。本經旨在闡説維摩所證之不可思議解脱法門，故又稱《不可思議解脱經》。本書叙述維摩居士爲佛陀住世時印度毗舍離城長者；昔時佛陀在毗舍離城，五百長者之子往詣佛所，請佛爲之説法。維摩稱病，欲令佛遣諸比丘菩薩問其病，藉此機會與佛派來問病之文殊師利等，反復論説佛法，因成此經。通行有晉代鳩摩羅什的譯本。

宋李耆卿《文章精義》：「子瞻文學《莊子》（原注：入虚處似。《淩虚臺記》、《清風閣記》之類是也）、《戰國策》（原注：論利害處似。策略、策別、策斷之類是也）、《史記》（原注：終篇惟作他人説，末後自己只説一句，《表忠觀碑》之類是也）、《楞嚴經》（原注：《魚枕冠頌》之類是也。子瞻文字到窮處，便濟之以此一着，所以千萬人過他關不得）。」「佛是掃除事障，禪是掃除理障，熟讀《楞嚴經》自見。」「《維摩詰經》亦有作文法，三十二菩薩各説不二法門，此未得不二法門者也。維摩詰默然，不説不二法門者，乃真得不二法門者也。」柳子厚《晉問》，微用此體。」按：前人多以《列子》有似佛經，故此取與並論。明王世貞《藝苑卮言》卷三：「《莊生》、《列子》、《楞嚴》、《維摩詰》，鬼神於文者乎？其達見，峽決而河潰也，窈冥變幻而莫知其端倪也。」又「《圓覺》之深妙，《楞嚴》之宏博，《維摩》之奇肆，駸駸乎《鬼谷》、《淮南》上矣」。並可參清文廷式《純常子枝語》卷二《列子與佛經相參》。又融齋《昨非集》卷三《查芙波先生借梵書》序：「先生道光辛巳順天解元，榜名咸勤。曾爲吾邑文正書院山長，承示爲文之法甚悉。北歸後，余官京師，仍得時往請益。一日問余：『比來得何異書？』余以《楞嚴》、《圓覺》、《淨名》三經對。索觀之，輒悟了義，嘗以爲相助有緣云。」並可與此互參。

〔二〕《關尹子》：舊題周關尹喜撰。然後人多以爲僞。明宋濂《文憲集》卷二十七《諸子辨》：「間讀其書，多法釋氏及神僊方技家，而藉吾儒言文之。……其爲假託蓋無疑者。或妄謂二家之說實祖於此，過矣。然其文雖峻潔，亦頗流於巧刻，而宋象先之徒乃復尊信如經，其亦妄人哉。」另可參近人張心澂《僞書通考》子部《關尹子》、任繼愈主編的《道藏提要》。清朱一新《無邪堂答問》卷二：「釋氏蓋《莊》、《列》一流，其言多與《列子》相出入，而於『虛無』、『寂滅』之說推闡尤精，以之自治或可，以治天下則悖矣（原注：《楞嚴》、《華嚴》諸書，亦以詞勝，故文士易爲所溺）。」清譚獻《復堂日記》卷四：「《關尹子》句意凡猥，雖間有精語，已在唐譯佛經之後，多有與《圓覺》、《楞嚴》相出入者。秦漢人已不容作僞，況周人乎？稚川一序，文句險譎，亦贋鼎也。他本有劉向校進序，考爲宋人僞作。」又錢鍾書《管錐編·全上古三代秦漢三國六朝文》一四八：「按：《關尹子》之爲贋託，説者無異詞，其文琢洗瑩潔，顯出唐宋人手，格調不特非先秦，亦不足以充六朝也……然張湛序《列子》所謂『所明往往與佛經相參，大歸同於老莊』，則大可移評今本《關尹子》。……《關尹子》雖依傍前人，而融貫禪玄，擇精削繁。欲知吾國神秘宗指略，易簡便讀，無或逾其書焉者。」

〔三〕「有前無却」：只知向前不知後退。《梁書》卷十二《韋叡傳》：「叡怒曰：『寧有此邪？將軍死綏，有前無却。』」此謂直來直去，平鋪直叙少曲致。「曲致」：曲折之情致。南朝梁劉勰《文心雕龍・神思》：「至於思表纖旨，文外曲致，言所不追，筆固知止。」

〔四〕《易・涣》：「象曰：風行水上，涣，先王以享於帝，立廟。」本謂：風行水面上，象徵涣散。後用於論文，指行文之自然，可參卷一第二〇四。

〇六四　韓非鋒穎太鋭。〔一〕《莊子・天下》篇稱老子道術所戒曰：「鋭則挫矣。」〔二〕惜乎非能作《解老》、《喻老》而不鑒之也。〔三〕至其書大端之得失，太史公業已言之。〔四〕

〔一〕韓非：戰國時期韓國人。《史記》卷六十三有傳。《韓非子》一書，舊有清王先慎《韓非子集解》。今人陳奇猷《韓非子新校注》、陳啓天《增訂韓非子校釋》、張覺《韓非子校疏》，亦可參考。宋張鎡《仕學規範》卷三十四《作文》：「居仁云：文章須要説盡事情，如韓非諸書，大略可見。至於一唱三歎有遺音者，則非有所養不能也。」即「鋒穎太鋭」之謂也。

〔二〕《莊子・天下》：「以深爲根，以約爲紀，曰堅則毁矣，鋭則挫矣。常寬容於物，不削於人，可謂至極。關尹老聃乎？古之博大真人哉！」意謂鋒鋩太鋭利就容易受到挫折。按：《老子》第四章及第十六章皆有「挫其鋭，解其紛，和其光，同其塵」。

〔三〕《解老》、《喻老》爲《韓非子》中闡述老子意旨之兩個篇名。所説「不鑒之」當是指「韓非知説之難，爲《説難》，書甚具，終死於秦，不能自脱」（見《史記》卷六十三《韓非列傳》）。

〔四〕「其書大端之得失」：當是指《韓非列傳》末：「太史公曰：老子所貴道，虚無，因應變化於無爲，故著書辭稱微妙難識。莊子散道德，放論，要亦歸之自然。申子卑卑，施之於名實。韓子引繩墨，切事情，明是非，其極慘礉少恩。皆原於道德之意，而老子深遠矣。」

〇六五　管子用法術而本源未爲失正，〔一〕如：「上服度則六親多固，四維張則君令行。」〔二〕此等語豈申、韓所能道？〔三〕

〔一〕管仲：字夷吾，潁上人，《史記》卷六十二有傳。《管子》舊有託名唐房玄齡注，價值不高，明劉績《管子補注》稍好。今人郭沫若等《管子集校》、黎翔鳳《管子校注》，亦可參考。按：《管子》有《七法》、《法禁》、《法法》等篇，論法術之重要，《漢書》卷三十《藝文志》、《隋書》卷三十四《經籍志》列入道家類；《舊唐書》卷四十七《經籍志》、《新唐書》卷五十九《藝文志》及《四庫全書》等則將其列入子部《法家類》，故此云「用法術」。另可參梁啓超《管子評傳》第六章《管子之法治主義》。

〔二〕《管子》卷一《牧民》：「凡有地牧民者，務在四時，守在倉廩，國多財。則遠者來，地辟舉，則民留處。倉廩實則知禮節，衣食足則知榮辱，上服度則六親固，四維張則君令行。」署名唐房玄齡注：「服，行也。上行禮度，則六親各得其所，故能感恩而結固之。」「四維」：見《管子》卷一《四維》：「國有四維：一維絶則傾，二維絶則危，三維絶則覆，四維絶則滅。傾可正也，危可安也，覆可起也，滅不可復錯也。何謂四維？一曰禮，二曰義，三曰廉，四曰恥。」

〔三〕申韓：法家代表人物申不害、韓非。按：此等語崇禮尊親之語，實近儒家而不近法家。

〇六六　周秦間諸子之文，雖純駁不同，〔一〕皆有個自家在内。〔二〕後世爲文者，於彼於此，左顧右盼，以求當衆人之意，〔三〕宜亦諸子所深恥與！

〔一〕南朝梁劉勰《文心雕龍・諸子》，以《禮記・月令》、《三年問》、《問喪》爲「純粹之類」；《莊子》、《列子》、《淮南子》爲「踳駁之類」；「其純粹者入矩，踳駁者出規」。

〔二〕明唐順之《荆川集》卷四《與茅鹿門主事書》：「秦漢以前儒家者，有儒家本色。至如老莊家，有老莊家本色；縱横家，有縱横家本色；名家、墨家、陰陽家，皆有本色。雖其爲術也駁，而莫不皆有一段千古不可磨滅之見。是以老家必不肯勦儒家之説，縱横必不肯借墨家之談，各自其本色而鳴之爲言，其所言者，其本色也，是以精光注焉，而其言遂不泯於世。」又融齋《游藝約言》：「偶爲書訣云『古人之書不學可，但要書中有個我。我之本色若不高，脱盡凡胎方證果』，不惟書也。」按：此當與卷一第〇三九互參。

〔三〕「於彼於此」：見卷一第〇四八注〔三〕。「左顧右盼」：猶言左右逢迎。「當」：迎合。按：此條可與卷三第〇八二五參。

〇六七　秦文雄奇，漢文醇厚。〔一〕大抵「越世高談」，〔二〕漢不如秦；「本經立義」，〔三〕秦亦不能如漢也。

〔一〕按：此之「漢文」，謂董仲舒等經生家之文。「醇」：思想純正。「厚」：意蘊深厚。

〔二〕南朝梁劉勰《文心雕龍·諸子》：「夫自六國以前，去聖未遠，故能越世高談，自開户牖。」意謂超越世俗，談論高妙的道理。

〔三〕南朝梁劉勰《文心雕龍·辯騷》：「《離騷》之文，依經立義。」意謂源本經典確立議題。指董仲舒、劉向、匡衡。可參卷一第〇七五、卷一第〇七七、卷一第一〇三。

〇六八　西京文之最不可及者，〔一〕文帝之詔書也。〔二〕《周書·吕刑》論者以爲「哀矜惻怛，猶可以想見三代忠厚之遺意」。〔三〕然彼文至而實不至，孰若文帝之「情至而文生耶」？〔四〕

〔一〕「西京」：指西漢。劉邦所建立的漢朝都長安（今陝西西安附近），相對於後來劉秀所建立的都洛陽的漢朝，地理位置偏西，後人因稱長安爲西京、洛陽爲東京。東漢張衡即著有《二京賦》。

〔二〕文帝：劉恒，漢高祖劉邦第四子，謚號孝文。可參《漢書》卷四《文帝紀》。關於漢文帝的詔書，清嚴可均輯《全上古三代秦漢三國六朝文・全漢文》卷二《文帝》收集較全。宋張鎡《仕學規範》卷三十五：「漢高紀詔令雄健，孝文紀詔令温潤，去先秦古書不遠，後世不能及。至孝武紀詔令，始事文采，文亦寖衰矣。」明曹安《讕言長語》：「漢之文章渾厚森嚴。試以漢之文章讀之，自見。漢詔尤不可及。」

〔三〕「論者」：指宋蔡沈。蔡沈《書經集傳》卷六注：「夫子録之，蓋亦示戒。然其一篇之書哀矜惻怛，猶可以想見三代忠厚之遺意云爾。」「三代」：夏、商、周。

〔四〕明賀復徵《文章辨體彙選》卷三百五十一引歸子慕《王孟夙母魏孺人六十序》：「禮之行也，必本於情。情至而文生，文生而禮成。」

〇六九　西漢文無體不備：言大道則董仲舒，該百家則《淮南子》，〔一〕叙事則司馬遷，論事則賈誼，辭章則司馬相如。人知數子之文純粹、〔二〕旁礴、〔三〕窈眇、〔四〕昭晰、〔五〕雍容，〔六〕各有所至，〔七〕尤當於其原委窮之。〔八〕

〔一〕「該」：齊備。

〔二〕指董仲舒等經生之文，無秦氣。可參卷一第〇七五、卷一第〇七七。宋黎靖德《朱子語類》卷一百三十七《戰國漢唐諸子》：「漢儒惟董仲舒純粹，其學甚正，非諸人比。」

〔三〕此指司馬遷文章「雄」之一面，參卷一第〇八五、卷一第〇九五。

〔四〕「窈眇」：幽微、深遠。唐皇甫湜《韓文公墓志銘》：「然而栗密窈眇，章妥句適，精能之至，入神出天。」此指司馬遷文章「逸」之一面。可參卷一第〇九五。

〔五〕指賈誼文章之「明」。可參卷一第〇七二。

〔六〕指司馬相如「舉止矜貴，揚搉典碩」。參卷一第一〇〇。

〔七〕「各有所至」：各在自己的領域有所造詣。

〔八〕「原委」：始末。

〇七〇 賈生「陳政事」，〔一〕大抵以《禮》爲根極。〔二〕劉歆《移讓太常博士書》云：「在漢朝之儒，惟賈生而已。」〔三〕一「儒」字下得極有分曉。〔四〕何太史公但稱其「明申商」也？〔五〕

〔一〕賈生：賈誼。西漢著名文學家，《史記》卷八十四、《漢書》卷四十八有傳。今人王淵明等有《賈誼集校注》，方向東有《賈誼集彙校集解》。「陳政事」：指賈誼所上奏疏。南朝梁劉勰《文心雕龍·奏啓》：「陳政事、獻典儀、上急變、劾愆謬，總謂之奏。」又《漢書》卷四十八《賈誼傳》：「誼數上疏陳政事，多所欲匡建。」

〔二〕今賈誼《新書》有《禮》、《禮容語》篇，且《傅職》、《保傅》、《胎教》諸篇，語多本之《大戴禮記》，故此云「大抵以《禮》爲根極」。

〔三〕語見《漢書》卷三十六《劉歆傳》。南朝梁蕭統《文選》卷四十三劉子駿下擬題作《移書讓太常博士》：「在朝之儒，惟賈生而已。」

〔四〕「分曉」：明白、清楚。

〔五〕語見《史記》卷一百三十《太史公自序》：「維我漢繼五帝末流，接三代絶業，周道廢，秦撥去古文，焚滅《詩》《書》，故明堂石室、金匱玉版，圖籍散亂。於是漢興，蕭何次律令，韓信申軍法，張蒼爲章程，叔孫通定禮儀，則文學彬彬稍進，《詩》《書》往往間出矣。自曹參薦蓋公言黄老，而賈生鼂錯明申商，公孫弘以儒顯，百年之間，天下遺文古事靡不畢集太史公。」

〇七一　賈生謀慮之文，非策士所能道；〔一〕「經制」之文，非經生所能道。〔二〕漢臣後起者，得其一支一節，〔三〕皆足以建議朝廷，擅名當世。然孰若其籠罩群有而精之哉？〔四〕

〔一〕「謀慮之文」：指後人擬題的《過秦論》等文。「策士」：戰國游説獻策於諸侯之間的縱横之士。

〔二〕「經制」：（治國）常規。指後人擬題的《陳政事疏》等文。《漢書》卷四十八《賈誼傳》：「豈如今定經制，令君君臣臣，上下有差，父子六親，各得其宜，姦人亡所幾幸，而群臣衆信，上不疑惑！」

〔三〕「漢臣後起者」：指鼂錯、趙充國及後世陸贄、李綱等。可參卷一第〇七四、卷一第一四〇、卷一第二四〇。「一支一節」：喻每一個細小的方面。

〔四〕「籠罩群有」句：猶言具備衆人的體裁而更加專精。

〇七二　柳子厚《與楊京兆憑書》云：「明如賈誼。」一「明」字，體用俱見。〔一〕若《文心雕龍》謂「賈生俊發，故文潔而體清」，〔二〕語雖較詳，然似將賈生作文士看矣。

〔一〕唐柳宗元《與楊京兆憑書》：「誠使博如莊周、哀如屈原、奥如孟軻、壯如李斯、峻如馬遷、富如相如、明如賈誼、專如揚雄，猶爲今之人笑，則世之高者至少矣。」「體用」：體裁和作用。

〔二〕見南朝梁劉勰《文心雕龍·體性》。

〇七三　《隋書·李德林傳》：任城王湝《遺楊遵彦書》曰：「經國大體，是賈生、鼂錯之儔；雕蟲小技，殆相如、子雲之輩。」〔一〕此重美德林之兼長耳。〔二〕然可見馬、揚所長在研鍊字句，其識議非賈、鼂比也。

〔一〕語見《隋書》卷四十二。「任城王」：高湝，《北齊書》卷十有傳。

〔二〕「重美」：器重、讚美。

〇七四　鼂家令、趙營平皆深於籌策之文。〔一〕趙取成其事，不必其「奇」也；鼂取切於時，不必其「高」也。〔二〕

〔一〕鼂家令：鼂錯，曾任太子家令。《史記》卷一百一、《漢書》卷四十九有傳。上海人民出版有《鼂錯集注釋》。趙營平：趙充國，曾封營平侯。《漢書》卷六十九有傳。清嚴可均《全上古三代秦漢三國六朝文·全漢文》卷二十九輯有文章六篇。「籌策」：籌劃計謀。

〔二〕按：此謂趙文雖不甚「雄奇」，鼂文雖不甚「越世高談」，然皆具先秦諸子之一斑也，亦即「漢家文章，周秦並法」之意。可參卷一第〇六七、卷一第〇七七。

〇七五　董仲舒學本《公羊》，〔一〕而「進退容止，非《禮》不行」，〔二〕則其於《禮》也深矣。至觀其論大道，深奥宏博，又知於諸經之義無所不貫。〔三〕

〔一〕董仲舒：廣川人，《漢書》卷五十六有傳。《漢書》卷二十七《五行志》：「漢興，承秦滅學之後，景武之世，董仲舒治《公羊春秋》，始推陰陽，爲儒者宗。宣元之後，劉向治《穀梁春秋》，數其禍福，傳以《洪範》，與仲舒錯。」

〔二〕語見《漢書》卷五十六《董仲舒傳》：「少治《春秋》，孝景時爲博士。下帷講誦。弟子傳以久次相授業，或莫見其面。蓋三年不窺園，其精如此。進退容止，非《禮》不行，學士皆師尊之。」今人袁長江編有《董仲舒集》。

〔三〕按：「《公羊》尚智，故通。」可參卷一第〇二一。

〇七六　董仲舒對策，言：「諸不在《六藝》之科、孔子之術者，皆絶其道，勿使並進。」〔一〕其見

卓矣。揚雄「非聖哲之書不好」，〔二〕蓋衷此意，〔三〕然未若董之「自得」也。〔四〕

〔一〕《漢書》卷五十六《董仲舒傳》：「臣愚以爲諸不在六藝之科、孔子之術者，皆絶其道，勿使並進。邪辟之説滅息，然後統紀可一，而法度可明，民知所從矣。」亦即後世所謂《天人三策》之三。

〔二〕《漢書》卷八十七《揚雄傳》：「自有大度，非聖哲之書不好也；非其意，雖富貴不事也。」「好」：喜好。

〔三〕「衷」：善、贊成。

〔四〕《孟子·離婁下》：「君子深造之以道，欲其自得之也。自得之，則居之安；居之安，則資之深；資之深，則取之左右逢其原，故君子欲其自得之也。」

〇七七 漢家制度，王霸雜用；〔一〕漢家文章，周秦並法。惟董仲舒一路無秦氣。〔二〕

〔一〕《漢書》卷九《元帝紀》：「嘗侍燕從容言：『陛下持刑太深，宜用儒生。』宣帝作色曰：『漢家自有制度，本以霸王道雜之，奈何純任德教，用周政乎？且俗儒不達時宜，好是古非今，使人眩於名實，不知所守，何足委任？』」

〔二〕「一路」：一類。指漢經生家董仲舒、劉向、匡衡、班固等人之文。參卷一第〇九九、卷一第一〇三、卷一第一一〇可知。融齋《持志塾言》卷下《天地》：「人心之蔽於天道，秦爲最甚，西漢承秦之餘，聰明特達之士，尚不免視仁義若矯弊之用，而未知爲陰陽之理之自然也，至董仲舒乃始推本於天以立言。」此言經生家「本經立義」，故文氣「醇厚」，可參卷一第〇六七、卷一第一一二。

〇七八　馬遷之《史》與《左氏》一揆。〔一〕《左氏》「先經以始事」、「後經以終義」、「依經以辯理」、「錯經以合異」，〔二〕在馬則夾叙夾議，〔三〕於諸法已「不移而具」。〔四〕

〔一〕馬遷：及後文之「太史公」、「子長」皆指西漢司馬遷。其所著《史記》是我國第一部紀傳體通史。通行的舊注有南朝宋裴駰《集解》、唐司馬貞《索隱》和張守節《正義》。日人瀧川資言《史記會注考證》及今人王叔岷《史記斠證》，亦可參考。《漢書》卷六十二有傳。「一揆」：如出一轍。

〔二〕晉杜預《春秋左傳序》：「左丘明受經於仲尼，以爲《經》者，不刊之書也。故《傳》或先經以始事，或後經以終義，或依經以辯理，或錯經以合異，隨義而發。」唐孔穎達《疏》：「此説作傳解經而傳文不同之意。丘明以爲經者，聖人之所制，是不可刊削之書也。非傳所能亂之，假使傳有先後，不畏經因錯亂，故傳或先經爲文以始後經之事，或後經爲文以終前經之義，或依經之言以辯此經之理，或錯經爲文以合此經之異，皆隨義所在而爲之發。傳期於釋盡經意而已，是故立文不同也。」按：此條當與卷一第二八九互參。

〔三〕參卷一第二九〇注〔一〕、卷六第〇五八

〔四〕《漢書》卷五十一《賈山傳》：「鍾鼓帷帳，不移而具。」

〇七九　文之道，時爲大。〔一〕《春秋》不同於《尚書》，無論矣。即以《左傳》、《史記》言之，强《左》爲《史》，則「噍殺」，〔二〕强《史》爲《左》，則「嘽緩」。〔三〕惟「與時爲消息」，〔四〕故不同正所以同也。〔五〕

〔一〕「時」：跟隨時代。

〔二〕〔三〕「强」：强迫、勉强。「噍殺」：聲音急促，不舒緩。《禮記・樂記》：「是故，其哀心感者，其聲噍以殺；其樂心感者，其聲嘽以緩。」唐孔穎達《疏》：「噍殺，謂樂聲噍蹙殺小。」「嘽緩」：舒緩。

〔四〕《易・豐卦》：「日中則昃，月盈則食，天地盈虛，與時消息，而況於人乎？況於鬼神乎？」

〔五〕宋黎靖德編《朱子語類》卷八：「須是盡知其所以不同，方知其所謂同也。」

〇八〇　文之有左、馬，猶書之有羲、獻也。〔一〕張懷瓘論書云：「若逸氣縱横，則羲謝於獻；若簪裾禮樂，則獻不繼羲。」〔二〕

〔一〕左馬：左丘明、司馬遷。羲獻：東晉著名書法家王羲之、王獻之父子。《晉書》卷八十有傳。

〔二〕語見唐張懷瓘《書斷》卷上。按：此以「王羲之」比左丘明，「王獻之」比司馬遷。「簪裾禮樂」即

「尚禮法」之謂也。可參卷一第〇九二。宋黄庭堅《山谷集》卷二十八《跋法帖》亦云：「余嘗以右軍父子草書比之文章，右軍似左氏，大令似莊周也。」

〇八一　「末世爭利，維彼奔義」，〔一〕太史公於叙《伯夷列傳》發之。而《史記》全書重義之旨，亦不異是。書中言利處寓貶於褒，班固譏其「崇勢利而羞貧賤」，〔二〕宜後人之復譏固與！〔三〕

〔一〕《史記》卷一百三十《太史公自序》：「末世爭利，維彼奔義。讓國餓死，天下稱之。作《伯夷列傳第一》。」日人瀧川資言《史記會注考證》卷六十一《伯夷列傳》引村尾元融：「太史公欲求節義最高者爲列傳首，以激叔世澆漓之風，並明己述作之旨。」

〔二〕見卷一第〇一五注〔二〕。

〔三〕南朝宋范曄《後漢書》卷四十《班固列傳》：「論曰：彪、固譏遷，以爲是非頗謬於聖人。然其論議常排死節，否正直，而不叙殺身成仁之爲美，則輕仁義、賤守節愈矣！固傷遷博物洽聞不能以智免極刑，然亦身陷大戮，智及之而不能守之。嗚呼！古人所以致論於目睫也！」

〇八二　太史公文，精神氣血，無所不具。學者不得其真際而襲其形似，〔一〕此《莊子》所謂

「非生人之行而至死人之理，適得怪焉」者也。〔二〕

〔一〕「真際」：精髓。

〔二〕語見《莊子·天下》。意謂不是活人所能實行的而是死人的道理，這適足以使人覺得怪異罷了。

〔八三〕太史公文，疏與密皆詣其極。〔一〕密者，義法也。〔二〕蘇子由稱其「疏蕩有奇氣」，〔三〕於義法猶未道及。

〔一〕「詣其極」：達到了極至。

〔二〕「義法」：清代桐城派方苞等喜用之論文術語，方集中屢見，指爲文所應遵循之法則。融齋取以論文。清戴鈞衡《重刻方望溪先生全集序》：「惟先生掉臂游行周漢唐宋諸家，義法亦先生出而後揭如星月，而其文之謹嚴樸質，高渾凝固，又足以戢學者之客氣，而湔其浮言。」按：此當與卷一第〇八四互參。

〔三〕語見蘇轍《上樞密韓太尉書》：「太史公行天下，周覽四海、名山大川，與燕趙間豪俊交游，故其文疏蕩，頗有奇氣。」

〇八四　太史公時有「河漢」之言，〔一〕而意理却細入「無間」。〔二〕評者謂「亂道却好」，〔三〕其實本非「亂道」也。

〔一〕《莊子·逍遥游》：「肩吾問於連叔曰：『吾聞言於接輿，大而無當，往而不反，吾驚怖其言，猶河漢而無極也。大有逕庭，不近人情焉。』」此喻司馬遷文如《莊子》飄逸之一面，可參卷五第一五〇。

〔二〕《莊子·養生主》：「彼節者有間，而刀刃者無厚，以無厚入有間，恢恢乎其於遊刃必有餘地矣。」按：融齋此處當反用《莊子》語，以暗示《史記》與《莊子》之關係。又融齋《游藝約言》：「『大德不逾閒，小德出入可也』，此一部《史記》大意。然論乎其世，已難以比之《書》與《春秋》矣。」並可參卷二第〇九一引杜詩「細筋入骨如秋鷹」。另可參卷一第〇八四。

〔三〕宋强幼安述《唐子西文録》：「子西言：司馬遷敢亂道，却好；班固不敢亂道，却不好；不亂道又好，是《左傳》；亂道又不好，是《唐書》。」按：此條可與卷一第〇五一、卷四第〇八三互參。

〇八五　《史記》叙事，文外無窮，雖一溪一壑，〔一〕皆與長江大河相若。

〔一〕「一溪一壑」：喻指枝節、細微之處。

○八六　敘事不合參入斷語。〔一〕太史公寓主意於客位，〔二〕允稱「微妙」。〔三〕

〔一〕「斷語」：判案的結論，此指作者個人的主觀性論斷。清顧炎武《日知録》卷二十六《史記於序事中寓論斷》：「古人作史，有不待論斷，而於序事之中即見其指者，惟太史公能之。《平準書》末載卜式語，《王翦傳》末載客語，《荆軻傳》末載魯句踐語，《鼂錯傳》末載鄧公與景帝語，《武安侯田蚡傳》末載武帝語，皆史家於序事中寓論斷法也。後人知此法者鮮矣。惟班孟堅間一有之如《霍光傳》載任宣與霍禹語，見光多作威福；《黄霸傳》載張敞奏，見祥瑞多不以實。通傳皆褒，獨此寓貶，可謂得太史公之法者矣。」又清梁章鉅《制義叢話》卷一引《書香堂筆記》：「予觀《左傳》及《史記》，不惟篇末多斷語，如『諸侯會於申』篇，中幅忽於疏解經旨口氣中插入『君子謂宋左師善守先代，子産善相小國』二句，『會於宋』篇忽於疏解經旨中插入『仲尼使舉是禮也，以爲多文辭』，此皆斷語也。《史記・屈原列傳》『人君無智愚賢不肖』一段，《孟荀列傳》『昔武王以仁義伐紂而王』一段，皆突地插入斷語。」

〔二〕「寓主意於客位」：把對傳主的批評通過傳記中的次要人物之口旁敲側擊的表現出來。

〔三〕「微妙」：見卷一第〇六四注〔四〕。此引《史記》語以移評《史記》。

○八七　太史公文，悲世之意多，憤世之意少，〔一〕是以立身常在高處。至讀者或謂之悲，或謂之憤，又可以自徵器量焉。〔二〕

〔一〕「悲世」：融齋又稱「憂世」，指悲天憫人的情懷。《史記》卷十五《六國年表》：「學者牽於所聞，見秦在帝位日淺，不察其終始，因舉而笑之，不敢道，此與以耳食無異。悲夫！」卷二十四《樂書》：「太史公曰：余每讀《虞書》，至於君臣相敕，維是幾安，而股肱不良，萬事墮壞，未嘗不流涕也。」卷二十九《河渠書》：「太史公曰：余南登廬山，觀禹疏九江，遂至於會稽太湟，上姑蘇，望五湖；東闚洛汭、大邳，迎河，行淮泗濟漯洛渠；西瞻蜀之岷山及離碓；北自龍門至於朔方。曰：甚哉，水之爲利害也！余從負薪塞宣房，悲《瓠子之詩》而作《河渠書》。」卷三十七《衛康叔世家》：「太史公曰：余讀世家言，至於宣公之太子以婦見誅，弟壽爭死以相讓，此與晉太子申生不敢明驪姬之過同，俱惡傷父之志。然卒死亡，何其悲也！」卷四十《楚世家》：「太史公曰：楚靈王方會諸侯於申，誅齊慶封，作章華臺，求周九鼎之時，志小天下；及餓死於申亥之家，爲天下笑。操行之不得，悲夫！勢之於人也，可不慎與？棄疾以亂立，嬖淫秦女，甚乎哉，幾再亡國。」卷五十七《絳侯周勃世家》：「太史公曰：絳侯周勃始爲布衣時，鄙樸人也，才能不過凡庸。及從高祖定天下，在將相位，諸吕欲作亂，勃匡國家難，復之乎正。雖伊尹周公，何以加哉？亞夫之用兵，持威重，執堅刃，穰苴曷有加焉！足己而不學，守節不遜，終以窮困，悲夫！」卷六十一《伯夷列傳》：「伯夷叔齊雖賢，得夫子而名益彰。顔淵雖篤學，附驥尾而行益顯。巖穴之士，趣舍有時若此，類名堙滅而不稱，悲夫！」卷六十三《老子韓非列傳》：「申子韓子皆著書，傳於後世，學者多有。余獨悲韓子爲《説難》而不能自脱耳。」卷六十五《孫子吴起列傳》：「太史公曰：世俗所稱師旅，皆道《孫子》十三篇、吴起《兵法》，世多有，故弗論，論其行事所施設者。語曰：『能行之者未必能言，能言之者未必能行。』孫子籌策龐涓明矣，然不能蚤救患於被刑。吴起説武侯以形勢不如德，然行之於楚，以刻暴少恩亡其軀，悲夫！」卷六十六《伍子胥列傳》：「太史公曰：怨毒之於人甚矣哉！王者尚不能行之於臣下，況同列乎？向令伍子胥從奢俱死，何異螻蟻！棄小義，雪大恥，名垂於後世，悲夫！方子胥窘於江上，道乞食，志豈嘗須臾忘郢邪？故隱忍就功名，非烈丈夫孰能致此哉？白公如不自立爲君者，其功謀亦不可勝道者哉！」卷八十三《魯仲連鄒陽列傳》：「太史公曰：魯連其指意雖不合大義，然余多其在布衣之位，蕩然肆志，不詘於諸侯，談説於當世，折卿相之權。鄒陽辭雖不遜，然其比物連類，有足悲者，亦可謂抗直不橈矣。吾是以附之列傳焉。」卷八十四《屈原賈生列傳》：「太史公曰：余讀《離騷》、《天問》、《招魂》、《哀郢》，悲其志。」卷九十三《韓信盧綰列傳》：「太史公曰：韓信、盧綰非素積德累善之世，徼一時權變，以詐力成功，遭漢初定，故得列地，南面稱孤。内見疑彊大，外倚蠻貊以爲援，是以日疏自危，事窮智困，卒赴匈奴，豈不哀哉！陳豨，梁人，其少時數稱慕魏公子，及將軍守邊，招致賓客而下士，名聲過實。周昌疑之，疵瑕頗起，懼禍及身，邪人進説，遂陷無道。於戲悲夫！夫計之生孰成敗於人也深矣！」卷一百一十二《平津侯主父偃列傳》：「太史公曰：公孫弘行義雖脩，然亦遇時。漢興八十餘年矣，上方鄉文學，招俊乂，以廣儒墨，弘爲舉首。主父偃當路，諸公皆譽之，及名敗身誅，士爭言其惡。悲夫！」卷一百二十《汲鄭列傳》：

「太史公曰：夫以汲鄭之賢，有勢則賓客十倍，無勢則否，況衆人乎？下邽翟公有言，始翟公爲廷尉，賓客闐門，及廢，門外可設雀羅。翟公復爲廷尉，賓客欲往，翟公乃大署其門曰：『一死一生，乃知交情；一貧一富，乃知交態；一貴一賤，交情乃見。』汲鄭亦云，悲夫。」卷一百二十四《游俠列傳》：「余悲世俗不察其意，而猥以朱家郭解等令與暴豪之徒同類而共笑之也。」悲世之意可見。又可參卷一第一九七、卷三第〇一一注〔三〕引《昨非集》卷二《讀楚辭》。「憤世」：僅從個人的遭遇出發而抨擊時世。可參卷一第一三七。

〔二〕「徵」：印證。「器量」：器局、度量。按：融齋《游藝約言》：「《史記》低昂反覆，善矣。然較三代之文，有不平意，蓋當時身世使然。」

〇八八 太史公文，兼括「六藝」「百家」之旨。〔一〕第論其惻怛之情、〔二〕抑揚之致，則得於《詩三百》篇及《離騷》居多。

〔一〕《史記》卷一百三十《太史公自序》：「凡百三十篇，五十二萬六千五百字，爲《太史公書》。序略，以拾遺補藝，成一家之言，厥協《六經》異傳，整齊百家雜語，藏之名山，副在京師。俟後世聖人君子。」

〔二〕「第」：只。「惻怛」：惻隱，同情。《史記》卷八十四《屈原列傳》：「《離騷》者，猶離憂也。夫天者，人之始也；父母者，人之本也。人窮則反本，故勞苦倦極，未嘗不呼天也；疾痛慘怛，未嘗不呼父母也。」

〇八九　學《離騷》：得其「情」者爲太史公，得其「辭」者爲司馬長卿。〔一〕長卿雖非無得於「情」，要是「辭」一邊居多。〔二〕「離形得似」，〔三〕當以史公爲尚。

〔一〕長卿：西漢司馬相如之字。按：南朝梁劉勰《文心雕龍·情采》：「故情者，文之經；辭者，理之緯。經正而後緯成，理定而後辭暢；此立文之本源也。」

〔二〕「要」：總之。按：此條所云「情」、「辭」，當指《情采》、《麗辭》，可參《文心雕龍》卷七。

〔三〕「離形得似」：拋棄形骸而得其神髓。語見署名唐司空圖《二十四詩品·形容》：

絶佇靈素，少迴清真。如覓水影，如寫陽春。風雲變態，花草精神。海之波瀾，山之嶙峋。俱似大道，妙契同塵。離形得似，庶幾斯人。

〇九〇　「學無所不闚」、「善指事類情」，太史公以是稱《莊子》，〔一〕亦自寓也。

〔一〕《史記》卷六十三《老韓列傳》：「莊子者，蒙人也，名周。周嘗爲蒙漆園吏，與梁惠王、齊宣王同時。其學無所不闚，然其要本歸於《老子》之言。故其著書十餘萬言，大抵率寓言也。作《漁父》、《盜跖》、《胠篋》，以詆訿孔子之徒，以明老子之術，《畏累虛》、《亢桑子》之屬，皆空語無事實。然善屬書離辭，指事類情，用剽剝儒墨，雖當世宿學不能自解免也。其言洸洋自恣以適己，故自王公大人不能器之。」

〇九一　文如雲龍霧豹，〔一〕出没隱見，「變化無方」；〔二〕此《莊》《騷》、《太史》所同。〔三〕

〔一〕「雲龍」：《莊子·天運》：「孔子見老聃歸，三日不談，弟子問曰：『夫子見老聃，亦將何規哉？』孔子曰：『吾乃今於是乎見龍。龍，合而成體，散而成章，乘雲氣而養乎陰陽，予口張而不能嗋，予又何規老聃哉？』」「霧豹」：《列女傳·陶答子妻》：「妾聞南山有玄豹，霧雨七日而不下食，何也？欲以澤其毛而成文章也，故藏而遠害。」此喻後面所説的出没隱現，變化無方。

〔二〕宋羅願《爾雅翼》卷二十八《釋魚》：「龍以變化無方，物不能制。」「見」：現。

〔三〕唐韓愈《進學解》：「周誥殷盤，佶屈聱牙。《春秋》謹嚴，《左氏》浮誇。《易》奇而法，《詩》正而葩。下逮《莊》《騷》，《太史》所録。子雲相如，同工異曲。」

〇九二　尚禮法者，好《左氏》；〔一〕尚「天機」者，好《莊子》；〔二〕尚性情者，好《離騷》；尚智計者，好《國策》；〔三〕尚意氣者，好《史記》。〔四〕好各因人，書之本量初不以此加損焉。〔五〕

〔一〕「尚」：崇尚。「好」：喜好。宋張鎡《仕學規範》卷三十五：「讀《莊子》令人意思寬大，敢作；讀

《左傳》便使人入法度，不敢容易。此二書不可偏廢。」按：可參卷一第〇二一、卷一第〇二四。

〔二〕「天機」：天然機趣。《莊子·大宗師》：「其耆欲深者，其天機淺。」按：此引《莊子》語以移評《莊子》。

〔三〕按：此當指《國策》如兵家「善先立地步」。參卷一第〇三一、卷一第〇三二。

〔四〕此當指《史記》「精神氣血，無所不具」等特點。參卷一第〇八〇、卷一第〇八二、卷一第〇八四、卷一第〇八七。

〔五〕「本量」：本來面目，本色。「初不」：一點亦不。又融齋《游藝約言》：「《國策》之文尚意，《史記》之文尚氣，《左氏》之文尚物則。」與此可互參。

〇九三　太史公文與楚漢間文相近。〔一〕其傳楚漢間人，成片引其言語，〔二〕與己之精神相入無間，直令讀者莫能辨之。〔三〕

〔一〕「楚漢」：項羽和劉邦建立的兩個政權名，此指秦末漢初之際。

〔二〕「傳楚漢間人」：爲楚漢之間的人作傳。東漢班固《漢書》卷六十二《司馬遷傳》：「故司馬遷據《左氏》、《國語》，采《世本》、《戰國策》，述《楚漢春秋》，接其後事，訖於大漢。」按：此當與卷一第二九二互參。

〔三〕清包世臣《藝舟雙楫·與楊季子論文書》：「文類既殊，體裁各別，然惟言事與紀事爲最難。言事之文，必先洞悉所事之條理原委，抉明正義，然後述現事之所以失，而條畫其補救之方。紀事之文，必先表明緣起，而深究得失之故，然後述其本末，則是非明白，不惑將來。凡此二類，固非率爾所能。而古今能者，必宗此法，機勢萬變，樞括無改。至紀事而叙入其人之文爲尤難。《史記》點竄《内外傳》、《戰國》諸書，遂如己出；班氏襲用前文，微有增損，而截然爲兩家，斯如製藥冶金，隨其鎔範，形依手變，性與物從，非具神奇，徒嫌依傍。馬班紀載舊文，多非原本，故《史記》善賈生推言之論，而班氏《典引》。直指以爲司馬。《始皇紀》後，亦兼載賈馬之名，賈生之文入《漢書》者，已屬摘略，而其局度意氣，與《過秦》殊科，則知其出於司馬删削無疑也。比及陳范所載全文，多形蕪穢，或加以删薙，輒又見爲碎缺。故子瞻約趙忭之牘以行己意，而介甫歎爲子長復出者，蓋深知其難也。」

〇九四　子長精思逸韻，俱勝孟堅。〔一〕或問逸韻非孟堅所及，固也。精思復何以異？曰：子長能從無尺寸處起尺寸，〔二〕孟堅遇尺寸難施處，「則差數睹矣」。〔三〕

〔一〕孟堅：東漢班固之字。

〔二〕「尺寸」：可供依傍、借鑒的規則和標準。

〔三〕《莊子·秋水》：「知天地之爲稊米也，知毫末之爲丘山也，則差數睹矣。」「差數」：差别。融齋《游藝約言》：「馬班文各有所似：馬如高帝之無可無不可，意豁如也；班如光武之動如節度，不喜飲酒也。然子長之修飾邊幅，班亦不取之矣。」

○九五　太史公文，韓得其「雄」，〔一〕歐得其「逸」。〔二〕「雄」者善用直捷，故發端便見出奇；「逸」者善用紆徐，故引緒乃覘入妙。〔三〕

〔一〕韓：唐韓愈。元劉壎《隱居通議》卷十八《昌黎文法》：「韓文世謂其本於經，或謂出於《孟子》，然其碑銘妙處，實本太史公也。」

〔二〕歐：宋歐陽修。明茅坤《唐宋八大家文鈔評文・歐陽文忠公文鈔引》：「予所以獨愛其文，妄謂世之文人學士得太史公之逸者，獨歐陽子一人而已。」按：「雄」：雄渾。「逸」：飄逸。皆爲署名司空圖《二十四詩品》中所標舉的二十四種美學風格之一。「雄渾」：見卷一第○三三注〔一〕。「飄逸」：見卷一第三二九注〔二〕。關於融齋以爲馬之文風飄逸，可參卷五第一五○。

〔三〕「引緒」：牽引絲緒。比喻從容不迫。「覘」：窺測。按：此即歐文「柔婉」之處，當與卷一第二二○互參。

○九六　畫訣：「石有三面」，「樹少四枝」。〔一〕蓋筆法須兼陰陽向背也。〔二〕於司馬子長文往往遇之。

〔二〕「少」：原作「有」。按：唐荆浩《畫山水賦》：「山腰雲塞、石壁泉塞、樓臺樹塞、道路人塞。石看三面、路看兩蹊、樹觀頂顛、水看岸基，此其法也。」又明朱謀垔《畫史會要》卷五《畫法》：「古人云：石分三面，此語是筆亦是墨。」卷五《畫法》：「宋饒自然繪宗十二忌」：「八曰：樹少四枝」，又明唐志契《繪事微言》卷下《看畫訣》：「石止一面，樹少四周。」或融齋所本，「有」「少」形近，故易致誤。

〔三〕「筆法」：本書法術語，此移用論文。「陰筆」、「陽筆」：可參卷五第一八一。「向背」：可參卷五第〇六〇注〔二〕。

〇九七　太史公文，如張長史於歌舞戰鬥，〔一〕悉取其意與法以爲草書。〔二〕其秘要則在於無我，而以萬物爲我也。

〔一〕張長史：唐張旭，曾官金吾長史。《新唐書》卷二百二《文藝》：「自言始見公主、擔夫爭道，又聞鼓吹而得筆法意，觀倡公孫舞劍器得其神。」唐韓愈《送高閑上人序》：「往時張旭善草書，不治他伎。喜怒窘窮、憂悲愉佚、怨恨思慕、酣醉無聊不平，有動於心，必於草書焉發之。觀於物，見山水崖谷、鳥獸蟲魚，草木之花實，日月列星、風雨水火、雷霆霹靂、歌舞戰鬭、天地事物之變，可喜可愕，一寓於書，故旭之書，變動猶鬼神，不可端倪。」

〔二〕舊本題唐韋續撰《墨藪》卷二收有傳爲顔真卿所述《張長史十二意筆法》。又融齋《游藝約言》：

「學亦游也，游亦學也。若太史公者，其可與游學者乎？」又融齋《游藝約言》：「作文、作詩、作書，皆須兼意與法，任意廢法，任法廢意，均無是處。」

〇九八　《淮南子》連類喻義，〔一〕本諸《易》與《莊子》，〔二〕而奇偉宏富，又能「自用其才」，〔三〕雖使與先秦諸子同時，亦足成一家之作。

〔一〕《淮南子》：西漢淮南王劉安招集賓客編纂而成的一部雜家類著作。時稱《内書》，又稱《淮南鴻烈》、《淮南子》。舊有東漢高誘《注》，今人劉文典《淮南鴻烈集解》、何寧《淮南子集釋》、張雙棣《淮南子校釋》，亦可參考。淮南王劉安：《史記》卷一百一十八、《漢書》卷四十四有傳。「連類喻義」：即類喻。宋陳騤《文則》卷上稱之：「三曰類喻。取其一類，以次喻之。《書》曰：『王省惟歲，卿士月，師惟日。』歲、月、日一類也。賈誼《新書》曰：『天子如堂，群臣如陛，衆庶如地。』堂、陛、地，一類也。此類是也。」然融齋此處所論，似亦包括所謂博喻。宋陳騤《文則》卷上：「六曰博喻。取以爲喻，不一而足。《書》曰：『若金，用汝作礪；若濟巨川，用汝作舟楫；若歲大旱，用汝作霖雨。』《荀子》曰：『猶以指測河也，猶以戈舂黍也，猶以錐飡壺也。』此類是也。」西方所稱「莎士比亞式的比喻」，指排比用喻，用幾個喻體反復設喻去説明一個本體。錢鍾書《宋詩選注·蘇軾》：「他在風格上的大特點是比喻的豐富、新鮮和貼切，而且在他的詩裏還看得到宋代講究散文的人所謂『博喻』或者西洋人所稱道的沙士比亞式的比喻，一連串把五花八門的形象來表達一件事物的一個方面或一種狀態。這種描寫和襯託的方法彷彿是採用了舊小説裏講的『車輪戰法』，連一接二的搞得那件事物應接不暇，本相畢現，降伏在詩人的筆下。在中國散文家裏，蘇軾所喜歡的莊周和韓愈就都用這個手法；例如莊周的《天運》篇連用『芻狗已陳』、『舟行陸、車行水』、『猿狙衣服』、『桔槔』、『柤梨橘柚』、『醜人學西施』六個比喻來説明不合時宜這一點。韓愈的《送石處士序》連用『河決下流』、『駟馬駕輕車就熟路』、『燭照』、『數計』、『龜卜』五個比喻來表示議論和識見的明快這一點。在中國詩歌裏，《詩經》每每有這種寫法，像《國風》的《柏舟》連用鏡、石、席三個形象來跟心情參照，《小雅》的《斯干》連説『如跂斯翼，如矢斯棘，如鳥斯革，如翬斯飛』來形容建築物線條的整齊挺聳。」可與此參觀。

〔二〕《易》連類喻義處如卷十《説卦》：「乾爲天、爲圜、爲君、爲父、爲玉、爲金、爲寒、爲冰、爲大赤、爲良馬、爲老馬、爲瘠馬、爲駁馬、爲木果」等處，不一而足，《莊子》連類喻義處，可見卷一第〇五六注〔一〕及本條注〔二〕。

〔三〕宋蘇軾《賈誼論》：「非才之難，所以自用者實難。惜乎賈生王者之佐，而不能自用其才也。」

〇九九　賈長沙、太史公、《淮南子》三家文，皆有先秦遺意；〔一〕若董江都、劉中壘，乃漢文本色也。〔二〕

〔一〕賈長沙：西漢賈誼，曾任長沙王太傅。「先秦遺意」：先秦諸子散文遺留下的風采。宋黎靖德

《朱子語類》卷一百三十九《論文上》：「司馬遷文雄健，意思不帖帖，有戰國文氣象。賈誼文亦然。」按：此當與卷一第○三五、卷一第○九八互參。

〔二〕董江都：董仲舒，曾任江都王相。劉中壘：劉向，曾任中壘校尉。宋黎靖德編《朱子語類》卷一百三十七《戰國漢唐諸子》：「賈誼之學雜。他本是戰國縱横之學，只是較近道理，不至如儀秦蔡范之甚爾。他於這邊道理見得分數稍多，所以説得較好，然終是有縱横之習，緣他根脚只是從戰國中來故也。漢儒惟董仲舒純粹，其學甚正，非諸人比。」按：此條可與卷一第○七七互參。

一〇〇　司馬長卿文雖乏實用，〔一〕然舉止矜貴，〔二〕揚搉典碩，〔三〕故昌黎碑板之文，〔四〕亦儀象之。〔五〕

〔一〕長卿：司馬相如之字，西漢著名文學家，《史記》卷一百一十七、《漢書》卷五十七有傳。今人金國永、朱以清均著有《司馬相如集校注》，張連科有《司馬相如集編年箋注》。「雖乏實用」：見卷一第○一五注〔一〕引《法言》及卷一第○四七。

〔二〕「矜貴」：矜持、高貴。即卷三第○四六所謂「似不從人間來者」。

〔三〕「揚搉」：大抵。「典碩」：（文辭）典雅，（氣勢）宏大。

〔四〕「碑板之文」：碑碣等上所刻的誌傳文字。

〔五〕「儀象」：作爲學習取法的對象。清姚鼐《與張翰宣書》：「昌黎詩文中效相如處極多，如《南海碑》中叙景瑰麗處，即效相如賦體也。」

一〇一　用辭賦之駢麗以爲文者，〔一〕起於宋玉《對楚王問》，〔二〕後此則鄒陽、枚乘、相如是也。〔三〕惟此體施之，必擇所宜，古人自「主文譎諫」外，〔四〕鮮或取焉。

〔一〕見卷三第〇七一及注〔一〕。

〔二〕宋玉：戰國時楚人，傳爲屈原弟子。文見《文選》卷四十五《對問》。清李兆洛《駢體文鈔》卷二十《設辭類》即予收録。

〔三〕鄒陽：西漢人，《史記》卷八十三、《漢書》卷五十一有傳。《文選》卷三十九《上書》收録其《上書吴王》、《獄中上書自明》。枚乘：字叔，西漢人，《漢書》卷五十一有傳。《文選》卷三十四《七》收録其《七發》。清丁晏輯有《枚叔集》。司馬相如，《文選》共收録七篇。卷七《賦・畋獵》收録其《子虚賦》，卷八《賦・畋獵》收録其《上林賦》。按：此節所論當與南朝梁劉勰《文心雕龍・雜文》參觀。

〔四〕語見《毛詩序》：「上以風化下，下以風刺上，主文而譎諫。言之者無罪，聞之者足以戒，故曰風。」意謂根據樂曲的旋律填制歌詞，通過委婉的方式對國君進行勸諫。

一〇二　劉向文足繼董仲舒。〔一〕仲舒治《公羊》、向治《穀梁》。〔二〕仲舒對策，向上封事，引《春秋》並言：「天地之常經，古今之通義。」〔三〕亦可見所學之務乎其大，〔四〕不似經生習氣，譊譊置辯於細故之異同也。〔五〕

〔一〕劉向：字子政，本名更生。《漢書》卷三十六有傳。明張溥輯有《劉中壘集》一卷，收入《漢魏六朝百三名家集》。清嚴可均《全上古三代秦漢三國六朝文·全漢文》卷三十五至卷三十九收録較全。

〔二〕《漢書》卷三十六《劉向傳》：「會初立《穀梁春秋》，徵更生受《穀梁》，講論《五經》於石渠。」並可參卷一第〇七五注〔一〕。

〔三〕語見《漢書》卷三十六《劉向傳》：「由此觀之，和氣致祥，乖氣致異；祥多者其國安，異衆者其國危，天地之常經，古今之通義也。」後人擬題爲《條災異封事》。董仲舒語見《漢書》卷五十六本傳引：「春秋，大一統者，天地之常經，古今之通誼也。」後人擬題爲《賢良策》三。

〔四〕宋蘇轍《上樞密韓太尉書》：「且夫人之學也，不志其大，雖多而何爲？」按：學當務乎其大，乃陸學根本。宋陸九淵《與邵叔誼》：「思則得之，得此者也；先立乎其大者，立此者也。」又：「某屢言先立乎其大者，又嘗申之曰：誠能立乎其大者，必不相隨而爲此言矣。」《語録上》：「近有議吾者云：『除了先立乎其大者一句，全無伎倆。』吾聞之曰：『誠然。』」融齋雖宗程朱，然亦兼取陸王，此處即可證。

〔五〕「譊譊」：嘵嘵不休貌。「細故」：細小而不值得計較的事。

一〇三　劉向、匡衡文皆本經術。〔一〕向傾吐肝膽，誠懇悱惻，〔二〕説經却轉有大意處；衡則説經較細，然覺「志」不逮「辭」矣。〔三〕

〔一〕匡衡：字稚圭，經學絶倫，當世少雙，尤善説《詩》，時人爲之語曰：「無説《詩》，匡鼎來；匡語《詩》，解人頤。」《漢書》卷八十一有傳。清姚鼐《古文辭類纂》卷十五《奏議類》録其《上政治得失疏》、《論治性正家疏》、《戒妃匹勸經學威儀之則疏》，嚴可均《全上古三代秦漢三國六朝文·全漢文》卷三十四輯録其文章較全。

〔二〕《漢書》卷三十六《劉向傳》：「言多痛切，發於至誠。」「轉」：反而。又可參卷一第〇六七。

〔三〕按：論「文」、「志」、「辭」三者之關係，始於孟子。《孟子·萬章上》：「故説《詩》者不以文害辭，不以辭害志，以意逆志，是爲得之。如以辭而已矣，《雲漢》之詩曰：『周餘黎民，靡有孑遺。』信斯言也，是周無遺民也。」

一〇四　揚子雲「説道理」，〔一〕可謂「能將許大見識尋求」。〔二〕然從來足於道者，文必自然流出；《太玄》、《法言》抑何氣盡力竭耶？〔三〕

〔一〕子雲：西漢揚雄之字，《漢書》卷八十七有傳。今人張震澤、林貞愛皆著有《揚雄集校注》，鄭文有《揚雄文集箋注》。「説道理」：指其所著《太玄經》、《法言》等。宋黎靖德編《朱子語類》卷一百二十六：「西漢時儒者説道理，亦只是黄老意思，如揚雄《太玄經》皆是。」

〔二〕《二程遺書》卷一：「韓愈亦近世豪傑之士。如《原道》中言語雖有病，然自孟子而後，能將許大見識尋求者，才見此人。」此藉用。「許大」：如此大、很大。

〔三〕《太玄》：即《太玄經》，是揚雄仿照《易經》所寫的一部著作，舊有宋司馬光《集注》，今人鄭萬耕有《太玄校釋》、劉韶軍有《太玄校注》。《法言》則是他仿照《論語》所寫的一部著作，舊有晉李軌注，今人汪榮寶有《法言義疏》。融齋《持志塾言》卷上《爲學》：「學者徒慕聖人之名，必至侈著述而略躬行。如揚子雲《太玄》、《法言》，何關己分上事？」又可參卷一第一〇八。

一〇五

揚子《法言》有些憨意，蓋專己創言。〔一〕人雖怪且厭之，弗爲少動也。〔二〕

〔一〕「專己創言」：一味地使用自己創造的言語。

〔二〕《漢書》卷八十七《揚雄傳》：「《玄》文多，故不著；觀之者難知，學之者難成。客有難《玄》大深，衆人之不好也，雄解之，號曰《解難》。」又：「雄以病免，復召爲大夫。家素貧，耆酒，人希至其門。時有好事者載酒肴從游學，而鉅鹿侯芭常從雄居，受其《太玄》、《法言》焉。劉歆亦嘗觀之，謂雄曰：『空自苦。今學者有禄利，然尚不能明《易》，又如《玄》何？吾恐後人用覆醬瓿也。」「雄笑而不應。」「客有難《玄》大深，衆人之不好也」即「人怪且厭之」之意；「雄笑而不應」即「弗爲少動也」之意。

一〇六　東坡《答謝民師書》謂揚雄「好爲艱深之辭，以文淺易之説。」〔一〕子固《答王深甫論揚雄書》云：「鞏自度學每有所進，則於雄書每有所得。」〔二〕曾、蘇所見不同如此。介甫《與王深甫書》亦盛推雄，如所謂「孟子没，能言大人而不放於《老》、《莊》者，揚子而已」是也。〔三〕

〔一〕東坡：宋蘇軾之號。引文見《東坡全集》卷七十五《與謝民師推官書》：「孔子曰：『言之不文，行之不遠。』又曰：『辭達而已矣。』夫言止於達意，疑若不文，是大不然。求物之妙，如繫風捕影，能使是物了然於心者，蓋千萬人而不一遇也，而況能使了然於口與手者乎？是之謂辭達。辭至於能達，則文不可勝用矣。揚雄好爲艱深之詞，以文淺易之説。若正言之，則人人知之矣。此正所謂雕蟲篆刻者。其《太玄》、《法言》，皆是類也，而獨悔於賦，何哉？終身雕蟲，而獨變其音節，便謂之經，可乎？」

〔二〕宋曾鞏《元豐類稿》卷十六：「鞏自維度學每有所進，則於雄書每有所得。介甫亦以爲然。則雄之言，不幾於測之而愈深，窮之而愈遠者乎？故於雄之事，有所不通，必且求其意，況若雄處莽之際，考之於經而不謬，質之於聖人而無疑，固不待議論而後明者也。」

〔三〕見宋王安石《臨川文集》卷七十二。「放」：音仿，模仿。

一〇七　司馬温公叙《揚子》，謂：「孟子好《詩》《書》，文直而顯；荀子好《禮》，文富而麗；揚子好《易》，文簡而奥。」〔一〕孟、荀、揚並稱無别，與昌黎之論三子異矣。〔二〕

〔一〕温公：宋司馬光，曾封温國公。語見其《注揚子法言序》。

〔二〕按：唐韓愈《讀荀子》：「孟氏醇乎醇者也，荀與揚，大醇而小疵。」尊孟而抑荀揚。

一〇八　揚子雲之言，其病正坐近似聖人。〔一〕《朱子語類》云：「若能得聖人之心，則雖言語各别，不害其爲同。」〔二〕此可知學貴實有諸己也。〔三〕

〔一〕「坐」：因爲。按：揚雄善爲模擬之作，《漢書》卷八十七《揚雄傳》：「以爲經莫大於《易》，故作《太玄》；傳莫大於《論語》，作《法言》；史篇莫善於《倉頡》，作《訓纂》；箴莫善於《虞箴》，作《州箴》；賦莫深於《離騷》，反而廣之；辭莫麗於相如，作四賦；皆斟酌其本，相與放依而馳騁云。」

〔二〕宋黎靖德編《朱子語類》卷九十三：「又曰：而今假令親見聖人説話，盡傳得聖人之言不差一字，若不得聖人之心，依舊差了，何況猶不得其言？若能得聖人之心，則雖言語各别，不害其爲同。如曾子説話，比之孔子又自不同。子思傳曾子之學，比之曾子，其言語亦自不同。孟子比之子思又自不同。然自孔子以後，得孔子之心者，惟曾子、子思、孟子而已。後來非無能言之士，如揚子雲《法言》模仿《論語》，王仲淹《中說》亦模仿《論語》，言愈似而去道愈遠。直至程子方略明得四五十年，爲得聖人之心。然一傳之門人，則已皆失其真矣。」

〔三〕按：此當與卷一第〇六六、卷三第一二三互參。

一〇九　孫可之《與高錫望書》云：「文章如面，史才最難。到司馬子長之地，千載獨聞得揚子雲。」〔一〕余謂子雲之史，今無可見，大抵已被班氏取入《漢書》。《漢書·揚雄傳》或疑出於雄所自述，〔二〕亦可見其梗概矣。〔三〕

〔一〕可之：唐孫樵之字。文見《孫可之集》卷二。

〔二〕按：《漢書》卷八十七《揚雄傳贊》：「雄之自序云爾。」唐顏師古注：「自《法言》目之前，皆是雄本自序之文也。」又《史通》卷十六《雜說》：「《漢書·東方朔傳》委瑣煩碎，不類諸篇。且不述其亡殁歲時及子孫繼嗣，正與司馬相如、司馬遷、揚雄傳相類。尋其傳體，必曼倩之自叙也。但班氏脫略，故世莫之知。」細諳文意，似劉知幾亦以爲《揚雄傳》出於其自述。

〔三〕「梗概」：大概、概略。

一一〇　班孟堅文，〔一〕宗仰在董生、匡劉諸家。〔二〕雖氣味已是東京，〔三〕然爾雅深厚，〔四〕其所長也。

〔一〕孟堅：東漢班固之字，《後漢書》卷四十有傳。所著《漢書》是我國第一部斷代體史書，舊有唐顔師古注、清王先謙《漢書補注》。今人楊樹達《漢書窺管》亦可參考。近人丁福保輯有《班孟堅集》。

〔二〕「宗仰」：宗法、景仰。「董生匡劉」：董仲舒、匡衡、劉向。可參卷一第一〇三。

〔三〕「東京」：東漢。可參卷一第〇六八注〔一〕。

〔四〕「爾雅深重」：文章典雅厚重而又有深度。

一二 蘇子由稱太史公「疏蕩有奇氣」，〔一〕劉彦和稱班孟堅「裁密而思靡」。〔二〕「疏」、「密」二字，其用不可勝窮。

〔一〕見卷一第〇八三注〔三〕。

〔二〕彦和：南朝梁劉勰之字，《梁書》卷五十、《南史》卷七十二有傳。引文見其所著《文心雕龍·體性》：「子政簡易，故趣昭而事博；孟堅雅懿，故裁密而思靡。」

一三 王充、王符、仲長統三家文，〔一〕皆東京之矯矯者。分按之：大抵《論衡》奇創，略近

《淮南子》；《潛夫論》醇厚，略近董廣川；〔二〕《昌言》「俊發」，〔三〕略近賈長沙。范《史》譏三子「好申一隅之説」，〔四〕然無害爲各自成家。〔五〕

〔一〕王充：字仲任，著有《論衡》。近人劉盼遂《論衡集解》、黄暉《論衡校釋》、楊寶忠《論衡校箋》、張宗祥《論衡校注》皆可參考。王符：字節信，著有《潛夫論》。舊有清汪繼培的《箋》，今人彭鐸有《潛夫論校正》、張覺有《潛夫論校注》。仲長統：字公理，著有《昌言》，今人孫啓治有《昌言校注》。《後漢書》卷四十九並有傳。

〔二〕《四庫全書總目·潛夫論》：「（范）曄以符與王充、仲長統同傳，韓愈因作《後漢三賢贊》。今以三家之書相較：符書洞悉政體似《昌言》，而明切過之；辨別是非似《論衡》，而醇正過之；前史列之儒家，斯爲不愧。」「醇厚」：思想純正，意藴深厚。此謂能「無秦氣」，「本經立義」也。參卷一第○七五、卷一第○七七。

〔三〕參卷一第○七二及注〔二〕。

〔四〕南朝宋范曄《後漢書》卷四十九《王充王符仲長統列傳》：「論曰：……數子之言當世失得皆究矣，然多謬通方之訓，好申一隅之説。」

〔五〕「無害」：不妨礙。

一三　王充《論衡》獨抒己見，思力絶人，雖時有激而近僻者，然不掩其卓詣。〔一〕故不獨蔡

中郎、劉子玄深重其書，〔二〕即韓退之性有三品之説，〔三〕亦承藉於其《本性》篇也。〔四〕

〔一〕《四庫全書總目·論衡》：「充書大旨詳於《自紀》一篇，蓋内傷時命之坎坷，外疾世俗之虚僞，故發憤著書，其言多激。《刺孟》、《問孔》二篇，至於奮其筆端，以與聖賢相軋，可謂誖矣。又露才揚己，好爲物先。至於述其祖父頑很，以自表所長，傎亦甚焉。其他論辨如日月不圓諸説，雖爲葛洪所駁，載在《晉志》，然大抵訂譌砭俗，中理者多，亦殊有裨於風教。儲泳《祛疑説》，謝應芳《辨惑編》不是過也。」「卓詣」：高卓之見詣。

〔二〕蔡中郎：東漢蔡邕，曾官左中郎將。《後漢書》卷四十九《王充傳》唐章懷太子李賢《注》引《袁山松書》：「充所作《論衡》，中土未有傳者，蔡邕入吴始得之，恒秘玩以爲談助。其後王朗爲會稽太守，又得其書，及還許下，時人稱其才進。或曰：不見異人，當得異書。問之，果以《論衡》之益。由是遂見傳焉。」《太平御覽》卷六一七引葛洪《抱朴子》：「王充所作《論衡》，北方都未有得之者。蔡伯喈嘗到江東，見之，歎其高文，度越諸子，恒愛玩而獨秘之。及還中國，諸儒覺其談論更遠，嫌得異書，或搜求其隱處，果得《論衡》。捉數卷將去。伯喈曰：『唯我與你共之，勿廣也。』」劉子玄：即唐代著名史學家劉知幾。《史通》卷七《鑒識》：「夫人廢興，時也；窮達，命也。而書之爲用亦復如是。蓋《尚書古文》，六經之冠冕也；《春秋左氏》，三傳之雄霸也；而自秦至晉，年逾五百，其書隱没不行於世。既而梅氏寫獻，杜侯訓釋，然後見重一時，擅名千古。若乃《老經》撰於周日，《莊子》成於楚年；遭文景而始傳，值嵇阮而方貴；若斯流者，可勝紀哉？故曰廢興，時也；窮達，命也。適使時無識寶，世缺知音。若《論衡》之未遇伯喈，《太玄》之不逢平子，逝將煙燼火滅，泥沈雨絶。安有殁而不朽，揚名於後世者乎？」

〔三〕退之：唐韓愈之字。「性有三品」説見《原性》：「性也者，與生俱生也。情也者，接於物而生也。性之品有三，而其所以爲性者五；情之品有三，而其所以爲情者七。曰：何也？曰：性之品有上、中、下三。上焉者，善焉而已矣；中焉者，可導而上下也；下焉者，惡焉而已矣。」

〔四〕「承藉」：仰承、憑藉。王充《論衡·本性》：「余固以孟軻言人性善者，中人以上者也；孫卿言人性惡者，中人以下者也；揚雄言人性善惡混者，中人也。」

二四　《潛夫論》皆貴德義、抑榮利之旨，〔一〕雖論卜、論夢亦然。〔二〕

〔一〕按：《潛夫論·讚學》：「天地之所貴者，人也；聖人之所尚者，義也。德義之所成者，智也；明智之所求者，學問也。」此即「貴德義」之旨。而《遏利》、《論榮》篇所論，即「抑榮利」之旨。

〔二〕指《潛夫論》卷六《卜列》、卷七《夢列》。

二五　東漢文浸入排麗，〔一〕是以難企西京。繆襲稱仲長統「才章足繼董、賈、劉、揚」，〔二〕今以《昌言》與數子之書並讀，氣格果相伯仲耶？〔三〕

〔一〕「排麗」：駢儷，指過於追求句式的整齊和辭藻的華麗。宋黎靖德編《朱子語類》卷一百三十九《論文上》：「東漢文章尤更不如，漸漸趨於對偶。」「浸」：逐漸。

〔二〕語見《後漢書》卷四十九《王充王符仲長統列傳》引。按：繆襲字熙伯，東漢人，曾官至尚書光禄勳。「董賈劉揚」：董仲舒、賈誼、劉向、揚雄。

〔三〕「伯仲」：喻指接近。

一一六　仲長統深取崔寔《政論》，〔一〕謂「凡爲人主，宜寫一通，置之坐側」。〔二〕按：《政論》所言，主權不主經，〔三〕謂「濟時拯世不必體堯蹈舜」，〔四〕此豈爲治之常法哉？而統服之若此，宜其所著之《昌言》，旨不皆粹也。

〔一〕崔寔：見卷一第一一七注〔一〕。今人孫啓治有《政論校注》。

〔二〕語見《後漢書》卷五十二《崔寔傳》。可參卷一第一一七注〔一〕。

〔三〕「主權不主經」：提倡臨時權變的舉措而不提倡可經常奉以爲法則的舉措。按：融齋《持志塾言》卷下《處事》：「兼兩端而稱其輕重者爲權，不論常變也。苟事宜守常，如閔子『仍舊貫，何必改作』之言，乃正是權。若一味主變，則王荆公之變法，可謂權乎？」

〔四〕語見《後漢書》卷五十二《崔寔傳》引。原作：「且濟時拯世之術，豈必體堯蹈舜，然後乃治哉？」

一一七　崔寔《政論》，〔一〕參霸政之法術；〔二〕荀悦《申鑒》，〔三〕明古聖王之仁義。〔四〕悦言屏四患、崇五政，〔五〕允足爲後世法戒。寔言孝宣優於孝文，〔六〕意在矯衰漢之弊，故不覺言之過當耳。

〔一〕崔寔：《後漢書》卷五十二《崔寔傳》：「寔字子真，一名台，字元始。少沈靜，好典籍。父卒，隱居墓側。服竟，三公並辟，皆不就。桓帝初，詔公卿郡國舉至孝獨行之士，寔以郡舉，徵詣公車，病不對策，除爲郎。明於政體，吏才有餘，論當世便事數十條，名曰《政論》，指切時要，言辯而確，當世稱之。仲長統曰：『凡爲人主，宜寫一通，置之坐側。』」

〔二〕《後漢書》卷五十二《崔寔傳》引《政論》：「故宜量力度德，《春秋》之義，今既不能純法八代，故宜參以霸政，則宜重賞深罰以御之，明著法術以檢之。」又錢鍾書《管錐編·全上古三代秦漢三國六朝文》五三：「崔寔《政論》。按漢人言治國不可拘守儒家所謂王道，而必用霸術者，以此論爲尤切（原注：參觀《史記》卷論《始皇本紀》），《隋書·經籍志》入法家，是也。」

〔三〕荀悦：字仲豫。《後漢書》卷六十二《荀悦傳》：「志在獻替，而謀無所用，乃作《申鑒》五篇。」舊有明黄省曾注，今人梁榮茂有《申鑒校注》、孫啓治有《申鑒注校補》。

〔四〕《申鑒》卷一《政體》：「夫道之本，仁義而已矣。五典以經之，群籍以緯之，詠之歌之，弦之舞之，前鑒既明，後復申之。故古之聖王，其於仁義也，申重而已。篤序無疆，謂之申鑒。」

〔五〕「屏四患」、「崇五政」：見《後漢書》卷六十二《荀悦傳》：「夫道之本，仁義而已矣。五典以經之，群籍以緯之，詠之歌之，弦之舞之，前監既明，後復申之。故古之聖王，其於仁義也，申重而已。致政之術，先屏四患，乃崇五政。一曰僞、二曰私、三曰放、四曰奢。僞亂俗，私壞法，放越軌，奢敗制，四者不除，則政末由行矣。夫俗亂則道荒，雖天地不得保其性矣；法壞則世傾，雖人主不得守其度矣；軌越則禮亡，雖聖人不得全其道矣；制敗則欲肆，雖四表不得充其求矣。是謂四患。興農桑以養其生，審好惡以正其俗，宣文教以章其化，立武備以秉其威，明賞罰以統其法，是謂五政。」

〔六〕語見《後漢書》卷五十二《崔寔傳》引《政論》：「近孝宣皇帝明於君人之道，審於爲政之理，故嚴刑峻法，破姦軌之膽。海内清肅，天下密如。薦勳祖廟，享號中宗。筭計見效，優於孝文。」

二八　「遒文壯節」，〔一〕於漢季得兩人焉：〔二〕孔文舉、臧子源是也。〔三〕曹子建、陳孔璋文爲「建安之傑」，〔四〕然尚非其倫比。〔五〕

〔一〕唐元稹《唐故工部員外郎杜甫墓係銘》：「建安之後，天下之士遭罹兵戰，曹氏父子鞍馬間爲文，往往横槊賦詩，故其遒文壯節，抑揚怨哀悲離之作，尤極於古。」

〔二〕「漢季」：東漢末年。

〔三〕文舉：東漢孔融之字，曾任北海相，故又稱「孔北海」，《後漢書》卷七十有傳。今人路廣正有《孔融集校注》、杜志勇有《孔融陳琳合集校注》。子源：東漢臧洪之字，《後漢書》卷五十八有傳。

〔四〕子建：三國曹植之字。孔璋：三國陳琳之字。按：南朝梁鍾嶸《詩品序》：「元嘉中，有謝靈運，才高詞盛，富豔難踪，固已含跨劉郭，淩轢潘左。故知陳思爲建安之傑，公幹仲宣爲輔；陸機爲太康之英，安仁景陽爲輔；謝客爲元嘉之雄，顔延年爲輔。斯皆五言之冠冕，文辭之命世也。」

〔五〕「倫比」：等同、比併。

一二九　孔北海文，雖體屬駢麗。然卓犖遒亮，令人想見其爲人。〔一〕唐李文饒文，〔二〕氣骨之高，差可繼踵。〔三〕

〔一〕宋蘇軾《樂全先生文集叙》：「孔北海志大而論高，功烈不見於世。然英偉豪傑之氣，自爲一時所宗。其論盛孝章、郗鴻豫書，慨然有烈丈夫之風。」清李兆洛《駢體文鈔》卷十五《薦達類》，即收録其《薦謝該上書》、《薦禰衡表》。

〔二〕文饒：唐李德裕之字。《舊唐書》卷一百七十四、《新唐書》卷一百八十有傳。有《會昌一品集》傳世。宋陳振孫《直齋書録解題》卷十六謂：「其論精深，其詞峻潔，可見其英偉之氣。」

〔三〕「差可繼踵」：非常接近。「差」：非常、很。「繼踵」：腳跟接腳跟。

一三〇　鄭康成《戒子益恩書》，〔一〕「雍雍」「穆穆」，〔二〕隱然涵《詩》、《禮》之氣。〔三〕

〔一〕康成：東漢鄭玄之字。北海高密人（今山東高密），曾遍注群經，爲後世所尊奉。《後漢書》卷三十五有傳。《戒子益恩書》見《後漢書》本傳引：

吾家舊貧，爲父母群弟所容，去厮役之吏，游學周、秦之都，往來幽、并、兖、豫之域，獲覲乎在位通人，處逸大儒，得意者咸從捧手，有所受焉。遂博稽《六藝》，粗覽傳記，時睹祕書緯術之奥。年過四十，乃歸供養，假田播殖，以娱朝夕。遇閹尹擅埶，坐黨禁錮，十有四年，而蒙赦令，舉賢良方正有道，辟大將軍三司府。公車再召，比牒併名，早爲宰相。惟彼數公，懿德大雅，克堪王臣，故宜式序。吾自忖度，無任於此，但念述先聖之元意，思整百家之不齊，亦庶幾以竭吾才，故聞命罔從。而黄巾爲害，萍浮南北，復歸邦鄉。入此歲來，已七十矣。宿素衰落，仍有失誤，案之禮典，便合傳家。今我告爾以老，歸爾以事，將閑居以安性，覃思以終業。自非拜國君之命，問族親之憂，展敬墳墓，觀省野物，胡嘗扶杖出門乎？家事大小，汝一承之。咨爾煢煢一夫，曾無同生相依。其勗求君子之道，研鑽勿替，敬慎威儀，以近有德。顯譽成於僚友，德行立於己志。若致聲稱，亦有榮於所生，可不深念邪？可不深念邪？吾雖無紱冕之緒，頗有讓爵之高。自樂以論贊之功，庶不遺後人之羞。末所憤憤者，徒以亡親墳壟未成，所好群書率皆腐敝，不得於禮堂寫定，傳與其人。日西方暮，其可圖乎？家今差多於昔，勤力務時，無恤饑寒。菲飲食，薄衣服，節夫二者，尚令吾寡恨。若忽忘不識，亦已焉哉。

〔二〕「雍雍穆穆」：柔和恭敬貌。《詩·周頌·雝》：「有來雝雝，至止肅肅。相維辟公，天子穆穆。」此以《詩經》之語藉評鄭文。

〔三〕按：鄭玄曾箋注《毛詩》和《周禮》、《儀禮》、《禮記》。今並收入唐宋人《十三經注疏》中，融齋故云。

一二　漢魏之間，文滅其質。〔一〕以武侯經世之言，〔二〕而當時怪其「文采不豔」。〔三〕然彼「豔」者，如實用何？〔四〕

〔一〕《莊子·繕性》：「心與心識知，而不足以定天下，然後附之以文，益之以博。文滅質，博溺心。」

〔二〕武侯：三國蜀諸葛亮，曾封武鄉侯。《三國志》卷三十五《蜀志》有傳。今人段熙仲等編校有《諸葛亮集》、張連科等有《諸葛亮集校注》。「經世」：治理國事。

〔三〕《三國志》卷三十五《諸葛亮傳》：「論者或怪亮文彩不豔，而過於丁寧周至。」

〔四〕融齋《持志塾言》卷上《力行》：「學不以躬行爲主意，則所學者，必至於文滅質，博溺心，到要用時俱不濟事。」

一三　曾子固《徐幹中論目録序》謂幹：「能考《六藝》，推仲尼、孟子之旨。」〔一〕余謂幹之文，非但其理不駁，其氣亦雍容靜穆，非有「養」不能至焉。〔二〕

〔一〕子固：宋曾鞏之字。語見《元豐類稿》卷十一。徐幹：字偉長，三國曹魏時人，《三國志》卷二十一有傳。今人林家驪、張蕾皆有《徐幹集校注》。

〔二〕宋蘇轍《上樞密韓太尉書》：「太尉執事：轍生好爲文，思之至深。以爲文者，氣之所形。然文不可以學而能，氣可以養而致。」並可參卷一第一四三。

一三三　徐幹《中論》説道理俱正而實。〔一〕《審大臣》篇極推荀卿而不取游説之士，〔二〕《考僞》篇以「求名爲聖人之至禁」，〔三〕其指概可見矣。魏文稱其「含文抱質，恬淡寡欲，有箕山之志」，〔四〕蓋爲得之。然偉長豈以是言增重哉？

〔一〕「正而實」：即「正實」，謂正大篤實。可參卷一第一三九注〔一〕。按融齋論學，尤重「正而實」。《持志塾言》卷上《立志》：「立志須是正而實。」又《爲學》：「知行俱要正而實。」又《中論》今有張舜徽《注》（見《舊學輯存》下册）、徐湘霖《中論校注》、孫啓治《中論解詁》，均可參考。

〔二〕《中論》卷下《審大臣第十六》：「昔荀卿生乎戰國之際，而有叡哲之才。祖述堯舜，憲章文武，宗師仲尼，明撥亂之道。然而列國之君，以爲迂闊不達時變，終莫之肯用也。至於游説之士謂其邪術，率其徒黨，而名震乎諸侯。所如之國，靡不盡禮郊迎，擁篲先驅。受賞爵，爲上客者，不可勝數也。故名實之不相當也，其所從來尚矣，何世無之。天下有道，然後斯物廢矣。」

〔三〕《中論》卷下《考僞第十一》：「以此毒天下之民，莫不離本趣末，事以僞成。紛紛擾擾，馳騖不已。其流於世也，至於父盜子名，兄竊弟譽，骨肉相紿，朋友相詐，此大亂之道也。故求名者，聖人至禁也。」

〔四〕魏文：魏文帝曹丕。今人張蕾、魏宏燦均有《曹丕集校注》。《三國志》卷二十一《魏略》引曹丕《與元城令吴質書》：「昔年疾疫，親故多離其災。徐、陳、應、劉一時俱逝。……觀古今文人，類不護細行，鮮能以名節自立。而偉長獨懷文抱質，恬淡寡欲，有箕山之志，可謂彬彬君子矣。著《中論》二十餘篇，成一家之業，辭義典雅，足傳於後，此子爲不朽矣。」「箕山」：許由隱居之處。見《呂氏春秋·求人》。

三四　陳壽《三國志》，〔一〕文中子謂其「依大義而削異端」，〔二〕晁公武《讀書志》謂其「高簡有法」，〔三〕可見「義」、「法」二字爲史家之要。

〔一〕陳壽：字承祚，漢晉之間人，《晉書》卷八十二有傳。所著《三國志》舊有南朝宋裴松之《注》，近人盧弼有《三國志集解》。

〔二〕文中子：隋末王通之謚號。引文見其所著《中説》卷二《天地》：「子謂陳壽有志於史，依大義而削異端。」宋阮逸注：「壽字承祚，著《三國志》，善叙事。初，王沈撰《魏書》，韋耀續成之。壽乃具吴蜀三國，變史稱志，大抵簡略存其大義。」

〔三〕宋晁公武《郡齋讀書志》卷二《三國志》：「王通數稱壽書，細觀之，實高簡有法。」

一三五　晉元康中，范頵等上表，謂陳壽「文豔不及相如，而質直過之。」〔一〕此言殆外矣。〔二〕相如自是辭家，壽是史家，體本不同，文質豈容並論？

〔一〕《晉書》卷八十二《陳壽傳》：「梁州大中正、尚書郎范頵等上表曰：昔漢武帝詔曰：『司馬相如病甚，可遣悉取其書。』使者得其遺書，言封禪事。天子異焉。臣等案：故治書侍御史陳壽作《三國志》，辭多勸誡，明乎得失，有益風化。雖文豔不若相如，而質直過之，願垂採録。」「元康」：晉惠帝司馬衷的年號（當公元二九一至二九九）。

〔二〕「外」：猶言外行、流於表面。按：錢鍾書《管錐編·全上古三代秦漢三國六朝文》一四七：「按（范頵）於西漢兩司馬中，不舉遷而舉相如，較擬失倫，大似比量『木與夜孰長？智與粟孰多？』（原注：《墨子·經説》下）劉熙載《藝概》卷一斥范《表》……是也。且范所引而相比者，司馬相如之《封禪文》，則導諛之作耳，與稱陳壽之『辭多勸誡』，適相反背。以此爲文中賓主，真圖前而却步，不近而愈遠矣。」

一三六　文中子抑遷、固而與陳壽，〔一〕所言似過。然觀壽書練覈事情，〔二〕每下一字一句，極有斤兩，〔三〕雖遷、固亦當心折。〔四〕

〔一〕《中説》卷二《天地》：「子曰：史之失，自遷固始也，記繁而志寡；春秋之失，自歆向始也，棄經而任傳。」又：「子謂陳壽有志於史，依大義而削異端；謂范寧有志於《春秋》，徵聖經而詰衆傳。子曰：『使陳壽不美於史，遷固之罪也；使范寧不盡美於《春秋》，歆向之罪也。』」「抑」：貶抑。「與」：舉。

〔二〕「練覈」：練達、確實。

〔三〕「斤兩」：分量。

〔四〕「心折」：從心裏感到佩服。「折」：折服、佩服。

二三七　六代之文，麗才多而練才少。〔一〕有練才焉，如陸士衡是也。〔二〕蓋其思既能入微，而才復足以籠鉅，〔三〕故其所作，皆傑然自樹質幹。〔四〕《文心雕龍》但目以「情繁辭隱」，〔五〕殊未盡之。

〔一〕「六代」：西晉、東晉及南朝之宋、齊、梁、陳。「麗才」：文章綺麗之才。可參觀卷一第一一五、卷一第一一九、卷二第〇三七等處。「練才」：文章練覈之才。即卷一第一二六所説「壽書練覈事情」之謂。

〔二〕士衡：西晉陸機之字，《晉書》卷五十四有傳。今人劉運好有《陸士衡文集校注》、楊明有《陸機集校箋》，其所著《文賦》，今人張少康輯有《文賦集釋》。

〔三〕「籠鉅」：籠罩。

〔四〕「傑然」：高大貌。

〔五〕南朝梁劉勰《文心雕龍・體性》：「安仁輕敏，故鋒發而韻流；士衡矜重，故情繁而辭隱。」

三八　陶淵明爲文不多，〔一〕且若未嘗經意。然其「文不可以學而能」，〔二〕非文之難，有其胸次爲難也。〔三〕

〔一〕陶淵明：南朝晉宋之交人，字元亮，别號五柳先生，晚年更名潛，卒後親友私謚「靖節」。《宋書》卷九十三、《晉書》卷九十四、《南史》卷七十五有傳。陶集注本較多：舊有清陶澍注《靖節先生集》。今人逯欽立有《陶淵明集》校注本，王叔岷有《陶淵明詩箋證稿》，楊勇、袁行霈、龔斌皆有《陶淵明集箋注》。按：今陶集僅存賦辭、記傳贊述、疏祭文等十二首。

〔二〕見卷一第一二三注〔二〕。

〔三〕「胸次」：胸懷。清沈德潛《説詩晬語》卷上：「陶詩胸次浩然，其中有一段淵深樸茂不可到處。」

三九　史家學識當出文士之上，〔一〕范蔚宗嘗自言「恥作文士文」，〔二〕然其史筆於文士纖雜之見，往往振刷不盡。〔三〕

〔一〕《新唐書》卷一百三十二《劉子玄傳》：「禮部尚書鄭惟忠嘗問：『自古文士多，史才少，何耶？』對曰：『史有三長：才、學、識，世罕兼之，故史者少。夫有學無才，猶愚賈操金，不能殖貨；有才無學，猶巧匠無楩柟斧斤，弗能成室。善惡必書，使驕君賊臣知懼，此爲無可加者。』融齋當就此而發。

〔二〕蔚宗：南朝劉宋范曄之字，《宋書》卷六十九有傳。所著《後漢書》，舊有唐章懷太子李賢注，清王先謙《後漢書集解》。引文見《宋書》卷六十九《范曄傳》：「常恥作文士文，患其事盡於形，情急於藻。義牽其旨，韻移其意。雖時有能者，大較多不免此累，政可類工巧圖繢，竟無得也。」

〔三〕「振刷」：抖落、掃除，此指去除。

一三〇　《史通》稱孟堅：「辭惟温雅，理多愜當，其尤美者，有《典》、《誥》之風。」〔一〕范《史》自謂：「《循吏》以下諸《序》《論》，筆勢縱放，往往不減《過秦篇》。」〔二〕《史通》亦言：「蔚宗參蹤於賈誼。」〔三〕班、范兩家宗派，於此別矣。〔四〕

〔一〕唐劉知幾《史通》卷四《論贊》：「孟堅辭惟温雅，理多愜當。其尤美者，有《典》《誥》之風，翩翩奕奕，良可詠也。」

〔二〕《宋書》卷六十九引范曄《獄中與諸甥侄書》：「吾雜《傳》《論》皆有精意深旨，既有裁味，故約其詞句。至於《循吏》以下及六夷諸《序》《論》，筆勢縱放，實天下之奇作，其中合者，往往不減《過秦》篇。嘗共比方班氏所作，非但不愧之而已。」

〔三〕唐劉知幾《史通》卷八《模擬》：「符朗則比迹於莊周，范曄則參蹤於賈誼。」

〔四〕按：此謂班史爲經生之史，范史爲文士之史。

一三一　酈道元叙山水，〔一〕「峻潔」、「層深」，〔二〕奄有《楚辭·山鬼》、《招隱士》勝境。〔三〕柳柳州游記，此其先導耶？〔四〕

〔一〕酈道元：字善長，《魏書》卷八十九有傳。所著《水經注》，舊有王先謙《合校水經注》，楊守敬等《水經注疏》。今人陳橋驛有《水經注》點校本。

〔二〕「峻潔」：見唐柳宗元《報袁君陳秀才避師名書》：「穀梁子、太史公甚峻潔，可以出入。」謂高峻、簡潔。此以柳語贊酈文，以暗示柳文山水遊記胎息於酈。「層深」：層層深入。酈道元《水經注》，如卷九《清水》：「左右石壁層深，獸迹不交。隍中散水霧合，視不見底。」此以酈語移評酈文。

〔三〕「奄有」：完全有。《山鬼》：見《楚辭·九歌》。《招隱士》：可參卷三第三二注〔五〕。

〔四〕明張岱《跋寓山注二則》其二：「古人記山水，太上酈道元，其次柳子厚，近時則袁中郎。」清姚鼐《古文辭類纂》卷三十《柳子厚與李翰林建書》評語：「子厚山水記，間用《水經注》興象。」按：此又當與卷三第○二六、卷三第○二七、卷三第○三二、卷三第○四二、卷三第○四三等互參。

〔一三〕劉勰《新論》，〔一〕體出於《韓非子・説林》及《淮南子・説山訓》、《説林訓》。〔二〕其中格言如《慎獨》篇：「獨立不慙影，獨寢不愧衾」二語，〔三〕六朝時幾人能道及此！

〔一〕劉勰：字彦和，南朝梁人，著有《文心雕龍》等，《梁書》卷五十有傳。文中所説《新論》又稱《劉子》，其作者主要有劉勰、北齊劉晝二説。向無定論。舊有唐袁孝政《注》，今人傅亞庶《劉子校釋》、林其錟等《劉子集校合編》、楊明照等《增訂劉子校注》、王叔岷《劉子集證》，皆可參考。

〔二〕按：《新論》廣徵載籍以説事理，與《韓非子》、《淮南子》同。清王先慎《韓非子集解》卷七《説林》：「《索隱》云：《説林》者，廣説諸事，其多若林，故曰《説林》也。」《淮南子・要略》：「《説山》《説林》者，所以竅窕穿鑿百事之壅遏，而通行貫扃萬物之窒塞者也。假譬取象，異類殊形，以領理人之意，解墮結細，説捍摶囷，而以明事埒事者也。」漢高誘《淮南子・説山訓》：「山爲道本，仁者所處，説道之旨，委積若山，故曰説山。」又《説林訓》：「木叢生曰林。説萬物承阜，若林之聚矣，故曰説林。」

〔三〕《劉子》卷二《慎獨》：「故身恒居善，則内無憂慮，外無畏懼。獨立不慚於影，獨寢不愧於衾，上可以接神明，下可以固人倫，德被幽明，慶祥臻矣。」按：此語爲理學家所樂道。《宋史》卷四百三十四《蔡元定傳》：「愛元定者謂：『宜謝生徒。』元定曰：『彼以學來，何忍拒之？若有禍患，亦非閉門塞竇所能避也。』貽書訓諸子曰：『獨行不愧影，獨寢不愧衾。勿以吾得罪故遂懈。』」

一三三　王仲淹《中説》，〔一〕似其門人所記。〔二〕其意理精實，氣象雍裕，〔三〕可以觀其所藴，亦可以知記者之所得矣。

〔一〕仲淹：指隋末王通之字，曾官蜀郡司馬書佐，死後其門人私謚爲「文中子」。著有《中説》十卷，或稱《文中子》、《文中子中説》，舊有宋阮逸《注》，今人張沛有《中説校注》。

〔二〕《四庫全書總目·中説》：「所謂《中説》者，其子福郊、福畤等纂述。」此暗駁《總目》。

〔三〕「雍裕」：雍容寬緩。

一三四　荀子與文中子皆深於《禮》、《樂》之意。〔一〕其文則荀子較雄峻，文中子較深婉，可想其質學各有所近。〔二〕後此如韓昌黎、李習之兩家文，〔三〕分途亦然。〔四〕

〔一〕按：「荀卿所學，本長於《禮》。」（可參清汪中《荀卿子通論》）今《荀子》卷十三有《禮論》、卷十四有《樂論》，且内容多與大小戴《禮記》同。清謝墉《荀子箋釋序》：「小戴所傳《三年問》全出《禮論》篇；《樂記》、《鄉飲酒》所引，具出《樂論》篇；《聘義》子貢問貴玉賤珉，亦與《德行》篇大同，大戴所傳《禮三本》篇，亦出《禮論》篇；《勸學》篇即《荀子》首篇，而以《宥坐》篇末見大水一則，附之《哀公問》、《五義》出《哀公》篇之首，則知荀子所著，載在二戴記者尚多。」並可參卷一第二四八。而王通《中説》卷六亦有《禮樂》篇，故云。按：此當與卷一第〇四三、卷一第一〇七互參。

〔二〕「質學」：資質、學問。

〔三〕習之：唐李翺之字，《舊唐書》卷一百六十、《新唐書》卷一百七十七並有傳。有《李文公集》十八卷行於世。

〔四〕「分途」：區別、差異。

一三五　《荀子》言「法後王」，〔一〕《文中子》稱漢「七制之主」，〔二〕特節取之意耳。至宋永嘉諸公，遂本此意衍爲學派，〔三〕而一切議論因之，未免「偏據而規小」矣。〔四〕

〔一〕《荀子》卷四《儒效》：「術繆學雜，不知法後王而一制度，不知隆禮義而殺詩書。」唐楊倞注：「後王，後世之王。」

〔二〕按：《中説》稱頌漢七制之主之處甚多，今僅舉一例：卷二《天地》：「文中子曰：二帝三王吾不得而見也，捨兩漢將安之乎？大哉！七制之主！其以仁義公恕統天下乎？其役簡，其刑清；君子樂其道，小人懷其生。四百年間，天下無二志，其有以結人心乎？終之以禮樂，則三王之舉也。」「七制」：宋阮逸《注》：「《續書》有七制，皆漢之賢君，立文武之功業者。高祖、孝文、孝武、孝宣、光武、孝明、孝章是也。」

〔三〕指在南宋時期形成發展的一個學派。因其代表人物葉適等多爲永嘉人（今浙江温州地區），故名。可參《宋元學案》卷五十四《水心學案》。

〔四〕東漢張衡《東京賦》：「彼偏據而規小，豈如宅中而圖大。」

一三六　「畏天憫人」四字，見《文中子・周公》篇，蓋論《易》也。〔一〕今讀《中説》全書，覺其心法皆不出此意。〔二〕

〔一〕《中説》卷四《周公》：「文中子曰：《易》之憂患業業焉、孜孜焉。其畏天憫人，思及時而動乎？」宋阮逸注：「業業，畏天；孜孜，憫人。易者，天人以時而動也。」融齋《游藝約言》：「文有忸氣、有勝氣。忸氣在小人爲多，勝氣雖君子不免。若誠知畏天憫人，何以勝爲？」

〔二〕「心法」：本佛教語，後理學家多用來指授受的重要心得和方法。

一三七　元次山文，〔一〕狂狷之言也。〔二〕其所著《出規》，意存乎「有爲」；《處規》，意存乎「有守」；〔三〕至《七不如七篇》，雖若憤世太深，〔四〕而「憂世」正復甚摯。〔五〕是亦足使頑廉懦立，〔六〕未許以矯枉過正目之。

〔一〕次山：唐元結之字，《新唐書》卷一百四十三有傳。今人孫望有《新校元次山集》。

〔二〕「狂狷」：志向高遠的人與拘謹自守的人。《論語・子路》：「子曰：『不得中行而與之，必也狂狷乎！狂者進取，狷者有所不爲也。』」三國魏何晏《集解》引包咸曰：「中行，行能得其中者，言不得中行則欲得狂狷者。狂者，進取於善道。狷者，守節無爲。欲得此二人者，以時多進退，取其恒一。」又宋朱熹《論語集注》：「狂者志極高而行不掩，狷者知未及而守有餘。」

〔三〕「有爲」：有所作爲。「有守」：有所執守。《尚書·周書·洪範》：「凡厥庶民，有猷有爲有守，汝則念之。」僞孔安國傳：「民戢有道，有所爲，有所執守，汝則念録敘之。」

〔四〕《出規》：見《次山集》卷十一《五規》。

〔五〕《四庫全書總目·次山集》：「結性不諧俗，亦往往迹涉詭激。初居商餘山，稱元子；及逃難猗玕洞，稱猗玕子；又或稱浪士，或稱聱叟，或稱漫叟。爲官後，稱漫郎，頗類於古之狂者。然制行高潔，有閔時憂世之心。」

〔六〕「頑廉懦立」：使貪婪者變得廉潔，使懦弱者能够自立。形容志節之士對社會的感化力量之大。「頑」：通「忨」。語本《孟子·萬章下》：「故聞伯夷之風者，頑夫廉，懦夫有立志。」東漢趙岐注：「頑貪之夫，更思廉潔；懦弱之人，更思有立義之志也。」

二三八　陸宣公文，〔一〕「貴本親用」，〔二〕既非「腐儒」之迂疏，〔三〕亦異雜霸之功利，〔四〕於此見情理之外無經濟也。〔五〕

〔一〕陸宣公：唐陸贄。字敬輿，卒後謚「宣」。《舊唐書》卷一百三十九、《新唐書》卷一百五十七有傳。今人王素、劉澤民皆有點校本《陸贄集》。

〔二〕《荀子·禮論》:「祭,齊大羹而飽庶羞,貴本而親用也。貴本之謂文,親用之謂理。兩者合而成文,以歸大一,夫是之謂大隆。」此指陸文能「窮理」。融齋《持志塾言》卷上《窮理》:「窮理須貴本親用。」

〔三〕「瞀儒」:愚昧無知之儒生。《荀子·非十二子》:「世俗之溝猶瞀儒,嚾嚾然不知其所非也。」唐楊倞注:「瞀儒,暗也。」

〔四〕「雜霸」:摻雜霸道。《後漢書》卷四十四《胡廣傳》:「漢承周秦,兼覽殷夏,祖德師經,參雜霸軌。」又融齋《持志塾言》卷上《爲學》:「禪,理欲並遣;霸,理欲並存;儒,存理去欲。故禪狂霸雜,而儒取乎純。」

〔五〕「經濟」:經世濟民。宋黎靖德編《朱子語類》卷一百三十六《歷代》:「陸宣公奏議末數卷,論税事極盡纖悉,是他都理會來此,便是經濟之學。」

一三九 陸宣公奏議,評以四字曰:「正實切事。」〔一〕

〔一〕西漢孔安國《孔子家語後序》:「《孔子家語》者,皆當時公卿士大夫及七十二弟子之所諮訪、交相對問言語者,既而諸弟子各自記其所問焉,與《論語》、《孝經》並時。弟子取其正實而切事者,別出爲《論語》,其餘則都集録,名之曰《孔子家語》。」此藉用。又宋李耆卿《文章精義》:「陸宣公文字不用事,而句語鏗鏘,法度嚴整,議論切當,事情明白,得君臣告戒之體。」

一四〇　陸宣公奏議，妙能不同於賈生。賈生之言猶不見用，〔一〕況德宗之量非文帝比？〔二〕故激昂辯折有所難行，而「紆餘委備」可以巽入。〔三〕且氣愈平婉，愈可將其意之沈切。〔四〕故後世進言多學宣公一路，惟體制不必仍其排偶耳。〔五〕

〔一〕《史記》卷八十四《屈原賈生列傳》：「諸律令所更定及列侯悉就國，其説皆自賈生發之。於是天子議以爲賈生任公卿之位。絳灌、東陽侯、馮敬之屬盡害之，乃短賈生曰：『雒陽之人，年少初學，專欲擅權，紛亂諸事。』於是天子後亦疏之，不用其議。」

〔二〕德宗：唐德宗李适（音闊）。《新唐書》卷七《德宗本紀》：「德宗猜忌刻薄。」又《新唐書》卷一百五十七《陸贄傳》：「觀贄論諫數十百篇，譏陳時病，皆本仁義，可爲後世法，炳炳如丹。帝所用纔十一，唐祚不競，惜哉。」

〔三〕「紆餘委備」：指委婉詳備。蘇洵《上歐陽内翰第一書》：「執事之文紆餘委備，往復百折，而條達疏暢，無所間斷。氣盡語極，急言竭論，而容與間易，無艱難勞苦之態。」「巽」：謙遜、卑下。

〔四〕「將」：傳達、表達。

〔五〕「仍」：沿襲。「排偶」：鋪排、對偶。「後人」：當指唐李德裕、宋汪藻等人。《四庫全書總目·浮溪文粹》：「藻學問賅贍，貫串百家。所作爾雅精純，追配燕許。其制詞温厚剴切，能使人聞風感動，説者至擬之陸贄。謂高宗南渡立國，詞命亦與有功，卓然爲一代文苑之冠。」清王士禛《池北偶談》卷十七稱：「其《會昌一品制集》，駢偶之中雄奇駿偉，與陸宣公上下。」並可參卷一第一一九注〔二〕、卷一第二四〇。

一四一　賈生、陸宣公之文氣象固有辨矣。〔一〕若論其實，陸象山最説得好：「賈誼是就事上説仁義，陸贄是就仁義上説事。」〔二〕

〔一〕「辨」：分辨、區別。宋黎靖德編《朱子語類》卷一百三十六《歷代》：「史以陸宣公比賈誼，誼才高似宣公，宣公諳練多學，便純粹。大抵漢去戰國近，故人才多是不粹。」

〔二〕陸象山：陸九淵，號象山翁，字子靜。引文今見《陸九淵集》卷三十五《語録上》：「或問：賈誼陸贄言論如何？曰：賈誼是就事上説仁義，陸贄是就仁義上説事。」

一四二　獨孤至之文，〔一〕「抑邪與正」，〔二〕與韓文同。《唐實録》稱「韓愈師其爲文」，〔三〕乃韓則未嘗自言，學於韓者復不言。《唐書》本傳亦僅言「梁肅、高參、崔元翰、陳京、唐次、齊抗師事之」，〔四〕而韓不與焉。要其文之足重，固不係乎韓師之也。

〔一〕至之：唐獨孤及之字，《新唐書》卷一百六十二有傳。

〔二〕唐韓愈《上宰相書》：「其所讀皆聖人之書，楊墨釋老之學，無所入於其心；其所著皆約《六經》之旨而成文，抑邪與正。」

〔三〕宋晁公武《郡齋讀書志》卷十七：「及爲文，以立憲戒世、褒賢遏惡爲用，長於議論。《唐實録》稱韓愈師其爲文云。」按：《舊唐書》卷一百六十《韓愈傳》：「大曆、貞元之間，文字多尚古學，效揚雄、董仲舒之述作，而獨孤及、梁肅最稱淵奥，儒林推重。愈從其徒遊，鋭意鑽仰，欲自振於一代。」《四庫全書總目·毘陵集》：「考唐自貞觀以後，文士皆沿六朝之體，經開元、天寶，詩格大變，而文格猶襲舊規。元結與及始奮起湔除，蕭穎士、李華左右之，其後韓柳繼起，唐之古文遂蔚然極盛，斵雕爲樸，數子實居首功。《唐實録》稱韓愈學獨孤及之文，當必有據。」

〔四〕《新唐書》卷一百六十二《獨孤及傳》：「及喜鑒拔後進，如梁肅、高參、崔元翰、陳京、唐次、齊抗皆師事之。」

一四三　昌黎接孟子「知言」「養氣」之傳，〔一〕觀《答李翊書》「學」、「養」並言可見。〔二〕

〔一〕昌黎：韓愈。字退之，祖籍昌黎，世稱韓昌黎，晚年曾任吏部侍郎，因稱「韓吏部」，卒謚爲「文」，又稱「韓文公」。《舊唐書》卷一百六十、《新唐書》卷一百七十六並有傳。今人屈守元等有《韓愈全集校注》、劉真倫等有《韓愈文集彙校箋注》。「知言」、「養氣」：見卷一第〇四〇注〔一〕。按：韓愈《原道》：「曰：斯道也何道也？曰：斯吾所謂道也，非向所謂老與佛之道也，堯以是傳之舜，舜以是傳之禹，禹以是傳之湯，湯以是傳之文武周公，文武周公傳之孔子，孔子傳之孟軻，軻之死不得其傳焉。」即毅然以傳承孔孟之道者自居。

〔二〕語見唐韓愈《答李翊書》：

六月二十六日，愈白。李生足下：生之書辭甚高，而其問何下而恭也？能如是，誰不欲告生以其道？道德之歸也有日矣。況其外之文乎？抑愈所謂望孔子之門牆而不入於其宮者，鳥足以知是且非邪？雖然，不可不爲生言之。生所謂立言者是也，生所爲者與所期者，甚似而幾矣。抑不知生之志，蘄勝於人而取於人邪？將蘄至於古之立言者邪？蘄勝於人而取於人，則固勝於人而可取於人矣；將蘄至於古之立言者，則無望其速成，無誘於勢利，養其根而俟其實，加其膏而希其光。根之茂者其實遂，膏之沃者其光曄。仁義之人，其言藹如也。抑又有難者。愈之所爲，不自知其至猶未也。雖然，學之二十餘年矣。始者，非三代兩漢之書不敢觀，非聖人之志不敢存。處若忘，行若遺，儼乎其若思，茫乎其若迷，當其取於心而注於手也，惟陳言之務去，戛戛乎其難哉！其觀於人也，不知其非笑之爲非笑也。如是者亦有年，猶不改。然後識古書之正僞，與雖正而不至焉者，昭昭然白黑分矣，而務去之，乃徐有得也。當其取於心而注於手也，汩汩然來矣。其觀於人也，笑之則以爲喜，譽之則以爲憂，以其猶有人之説者存也。如是者亦有年，然後浩乎其沛然矣。吾又懼其雜也，迎而距之，平心而察之，其皆醇也，然後肆焉。雖然，不可以不養也，行之乎仁義之途，游之乎《詩》《書》之源。無迷其途，無絶其源，終吾身而已矣。氣，水也；言，浮物也。水大而物之浮者大小畢浮，氣之與言猶是也，氣盛則言之短長與聲之高下者皆宜。雖如是，其敢自謂幾於成乎？雖幾於成，其用於人也，奚取焉？雖然，待用於人者，其肖於器邪？用與舍屬諸人。君子則不然，處心有道，行己有方，用則施諸人，舍則傳諸其徒，垂諸文而爲後世法。如是者，其亦足樂乎？其無足樂也？有志乎古者希矣，志乎古必遺乎今，吾誠樂而悲之。亟稱其人，所以勸之，非敢褒其可褒而貶其可貶也。問於愈者多矣，念生之言不志乎利，聊相爲言之。愈白。

一四四　昌黎謂：「仁義之人，其言藹如。」〔一〕蘇老泉以孟韓爲「温淳」，〔二〕意蓋隱合。

〔一〕語見唐韓愈《答李翊書》，參卷一第一四三注〔二〕。

〔二〕「淳」：原作「醇」，據蘇集改，參卷一第〇四九注〔一〕。

一四五　説理論事，涉於遷就，便是本領不濟。〔一〕看昌黎文老實説出緊要處，〔二〕自使用巧騁奇者望之辟易。〔三〕

〔一〕宋黄震《黄氏日抄》卷六十：「韓文論事説理，一一明白透徹，無可指擇者。」

〔二〕「老實」：平實。清李漁《閑情偶寄·詞曲部下·意取尖新》：「詞人忌在老實。老實二字，即纖巧之仇家敵國也。」又清沈祥龍《樂志簃筆記》卷三《論文隨筆》：「注意於緊要處是謂擒題。惟能離，然後能擒。離則展局寬，布勢遠，縱横發揮，歸宿恰在題奥中，如善棋者布子所爭在界外也。步步拘住，則棋死矣。」

〔三〕「辟易」：本指後撤、躲避。引申爲望而却步。

一四六　韓「文起八代之衰」，〔一〕實集八代之成。蓋惟善用古者能變古，以無所不包，故能無所不埽也。〔二〕

〔一〕宋蘇軾《潮州韓文公廟碑》：「文起八代之衰，而道濟天下之溺；忠犯人主之怒，而勇奪三軍之帥。」「八代」：東漢、魏、晉、宋、齊、梁、陳、隋八個王朝的總稱。

〔二〕「埽」：掃棄陳言，自生新意。可參卷一第一六〇。

一四七　八代之衰，其文内竭而外侈；〔一〕昌黎易之以「萬怪惶惑」、「抑遏蔽掩」，〔二〕在當時真爲補虚消腫良劑。〔三〕

〔一〕「内竭而外侈」：内容貧乏而文辭華麗繁縟。

〔二〕語見宋蘇洵《上歐陽内翰第一書》：「韓子之文，如長江大河，渾浩流轉。魚黿蛟龍，萬怪惶惑，而抑遏蔽掩，不使自露。而人望見其淵然之光，蒼然之色，亦自畏避不敢迫視。」

〔三〕「虚」：謂内竭。「腫」：謂外侈。可參本條注〔一〕。

一四八　昌黎論文曰：「惟其是爾。」〔一〕余謂「是」字注腳有二：曰正，曰真。〔二〕

〔一〕唐韓愈《答劉正夫書》：「有來問者，不敢不以誠答。或問：『爲文宜何師？』必謹對曰：『宜師古聖賢人。』曰：『古聖賢人所爲書具存，辭皆不同，宜何師？』必謹對曰：『師其意不師其辭。』又問曰：『文宜易？宜難？』必謹對曰：『無難易，惟其是爾。』如是而已。非固開其爲此，而禁其爲彼也。夫百物朝夕所見者，人皆不注視也。及睹其異者，則共觀而言之。夫文豈異於是乎？」

〔二〕按：融齋《昨非集》卷二《論文》：「文之道二：曰循古，曰自得。循古者尚正，而庸者托焉；自得者尚真，而僻者託焉。庸者害真，亦害正也；僻者害正，亦害真也。如是之文日出，害且不獨在文也。」《古桐書屋札記》：「學要認真、歸真。真之中，要離不得個是字。」《持志塾言》卷上《窮理》：「『是』之一字，是口頭常言語。不知所謂『是』者畢竟是個甚？殆非天理之極，不足以當所指。」皆可與此互參。又此節論「正」可參卷二第一一一，論「真」可參卷一第三二四。

一四九　昌黎以「是」、「異」二字論文，〔一〕然二者仍須合一。若不「異」之「是」，則庸而已；不「是」之「異」，則妄而已。

〔一〕按：以「是」論文已見上條注〔一〕引，以「異」論文，如《答尉遲生書》：「抑所能言者皆古之道，古之道不足以取於今，吾子其何愛之異也。」

一五〇　昌黎自言：「約《六經》之旨而成文。」〔一〕「旨」字專以本領言，不必其文之相似。故雖於《莊》、《騷》、《太史》、子雲、相如之文博取兼資，〔二〕其約經旨者自在也。陸傪聞李習之論《復性》，〔三〕曰：「子之言，尼父之心也。」〔四〕亦不以文似孔子而云然。

〔一〕見卷一第一四二注〔二〕。又清沈祥龍《樂志簃筆記》卷三《論文隨筆》：「昌黎自言『約《六經》之旨而成文』，子厚自述：『爲文皆取原於《六經》。』夫文之理與辭，固當法經，然言理而掇拾古人陳言，撰辭而規摹古人成語，豈韓柳所謂『約』與『原』哉？方氏望溪論文謂理正而皆心得，辭古而必己出。斯真善取《六經》者也。」

〔二〕參卷一第〇九一注〔三〕。

〔三〕「聞李習之論《復性》」：《續修四庫》本作「見李習之《復性書》」。《復性書》今見李翱《李文公集》卷二。按：「復性」之名當本《莊子》，可參清阮元《揅經室集續三集》卷三《復性辨》。

〔四〕陸傪：字公佐，與李翱同鄉。引文見《復性書》上：「陸傪曰：子之言，尼父之心也。東方如有聖人焉，不出乎此也；南方如有聖人焉，亦不出乎此也。惟子行之不息而已矣。」

一五一　昌黎謂柳州文：「雄深雅健，似司馬子長。」〔一〕觀此評，非獨可知柳州，並可知昌黎所得於子長處。〔二〕

〔一〕唐劉禹錫《唐故尚書禮部員外郎柳君集紀》：「子厚之喪，昌黎韓退之誌其墓，且以書來弔曰：哀哉！若人之不淑！吾嘗評其文，雄深雅健似司馬子長，崔蔡不足多也。」又明茅坤《唐宋八大家文鈔》卷十七：「予覽子厚書，由貶謫永州、柳州以後，大較並從司馬遷《答任少卿》及楊惲《報孫會宗書》中來，故其爲書多悲愴嗚咽之旨，而其辭氣環詭跌宕，譬之聽胡笳、聞塞曲，令人斷腸者也。」

〔二〕此當與卷一第〇九五互參。

一五三　論文或專尚「指歸」，或專尚「氣格」，皆未免著於一偏。〔一〕《舊唐書·韓愈傳》：「經誥之指歸，遷雄之氣格」二語，〔二〕推韓之意以爲言，〔三〕可謂「觀其備」矣。〔四〕

〔一〕「著於一偏」：顯露出在某一方面的片面。

〔二〕《舊唐書》卷一百六十：「常以爲自魏晉已還，爲文者多拘偶對，而經誥之指歸，遷、雄之氣格，不復振起矣。故愈所爲文，務反近體，抒意立言，自成一家新語。後學之士，取爲師法，當時作者甚衆，無以過之，故世稱『韓文』焉。」

〔三〕「推」：推衍。此當指推衍「約《六經》之旨而成文」，「雄深雅健，似司馬子長」等語，可參卷一第一五〇、卷一第一五一。

〔四〕見卷一第〇〇一注〔二〕。

一五三　昌黎文兩種，皆於《答尉遲生書》發之：一則所謂「昭晰者無疑」，「行峻而言厲」是也；一則所謂「優游者有餘」，「心醇而氣和」是也。〔一〕

〔一〕唐韓愈《答尉遲生書》：「夫所謂文者，必有諸其中，是故君子慎其實。實之美惡，其發也不揜。本深而末茂，形大而聲宏；行峻而言厲，心醇而氣和；昭晰者無疑，優游者有餘。體不備，不可以爲成人；辭不足，不可以爲成文。愈之所聞者如是，有問於愈者，亦以是對。」

一五四　昌黎自言其文「亦時有感激怨懟奇怪之辭」，〔一〕揚子雲便不肯作此語。此正韓之胸襟坦白高出於揚，非不及也。

〔一〕唐韓愈《上宰相書》：「居窮守約，亦時有感激怨懟奇怪之辭，以求知於天下，亦不悖於教化。妖淫諛佞、譸張之説，無所出於其中。」「怨懟」：怨恨、不滿。

一五五　昌黎《送窮文》自稱其文曰：「不專一能，怪怪奇奇，不可時施，祇以自嬉。」〔一〕東坡嘗與黄山谷言柳子厚《賀王參元失火書》，曰：「此人怪怪奇奇，亦三端中得一好處也。」〔二〕「亦」字言外寓推韓微旨。

〔一〕唐韓愈《送窮文》：「又其次曰文窮。不專一能，怪怪奇奇，不可時施，祇以自嬉。」

〔三〕山谷：黄庭堅之號。《宋史》卷四百四十四《黄庭堅傳》：「初，游灊皖山谷寺石牛洞，樂其林泉之勝，因自號山谷道人云。」「三端」：文士之筆端、武士之鋒端、辯士之舌端。見《韓詩外傳》卷七。然此語今蘇集不載，俟考。

一五六　「一波未平，一波已作」，「出入變化，不可紀極，而法度不可亂」，此姜白石《詩説》也。〔一〕是境常於韓文遇之。

〔一〕見宋魏慶之《詩人玉屑》卷一引《白石詩説》：「波瀾開闔，如在江湖中。一波未平，一波已作。如兵家之陣，方以爲正，又復是奇；方以爲奇，忽復是正。出入變化，不可紀極，而法度不可亂。」按：南宋姜夔號「白石道人」。

一五七　昌黎《與李習之書》，紆餘澹折，便與習之同一意度。〔一〕歐文若導源於此。〔二〕

〔一〕習之：唐李翱之字。「意度」：意境、氣度。按：此當與卷一第一八一互參。

〔二〕歐：歐陽修。按：此謂李歐皆尚「柔婉」也。可參卷一第一九九、卷一第二二〇。

一五八　昌黎言：「作爲文章，其書滿家。」〔一〕書非「止爲作文用」也。〔二〕觀所爲《盧殷墓誌》

云：「無書不讀，然止用以資爲詩。」〔三〕曾是惜人者而自蹈之乎！〔四〕

〔一〕語見韓愈《進學解》。

〔二〕宋黎靖德編《朱子語類》卷一百三十七《戰國漢唐諸子》：「問荀揚王韓四子。曰：『……韓退之則於大體處見得，而於作用施爲處却不曉。如《原道》一篇，自孟子後無人，似它見得。』郊焉而天神格，廟焉而人鬼享。以之爲人，則愛而公；以之爲心，則和而平；以之爲天下國家，無所處而不當。説得極無疵。只是空見得個本原如此，下面工夫都空疏，更無物事撐住襯簟，所以於用處不甚可人意。緣他費工夫去作文，所以讀書者，只爲作文用。自朝至暮，自少至老，只是火急去弄文章，而於經綸實務不曾究心，所以作用不得。」並可參卷六第〇九三。

〔三〕語見唐韓愈《登封縣尉盧殷墓誌》：「君能爲詩，自少至老，詩可録傳者，在紙凡千餘篇。無書不讀，然止用以資爲詩。」

〔四〕「惜人者而自蹈」：惋惜别人不該去做可自己却又去做。宋阮閱《詩話總龜》後集卷三十四：「韓退之作《李干墓誌》云：『余不知服食之説自何起，殺人不可計，而慕尚之益，至臨死乃悔其爲。』而退之乃躬自蹈之。以至於死。」又融齋《持志塾言》卷下《致用》：「道須有益於生人之用，乃與自私自利有别。昌黎《原道》大旨，括於一『公』字。儒家既見得佛老不公，豈可復自蹈之？」

一五九　李義山《韓碑》詩云：「點竄《堯典》《舜典》字，塗改《清廟》《生民》詩。」〔一〕其論昌黎也外矣。古人所稱俳優之文，〔二〕何嘗不正如義山所謂？

〔一〕義山：唐李商隱之字。《堯典》、《舜典》是《尚書》中的兩個篇名。《清廟》、《生民》則是《詩・周頌》和《大雅》中的兩個篇名。此指韓愈《元和聖德詩》厚重典雅，取法《尚書》與《詩經》之《雅》《頌》也。

〔二〕「俳優之文」：滑稽玩世的游戲類文章。參卷三第〇七四注〔一〕引《漢書・揚雄傳》語。又《漢書》卷五十一《枚皋傳》：「（枚）皋不通經術，詼笑類俳倡，爲賦頌，好嫚戲，以故得媟黷貴幸。比東方朔、郭舍人等，而不得比嚴助等得尊官。……皋賦辭中自言爲賦不如相如。又言爲賦迺俳，見視如倡，自悔類倡也。故其賦有詆娸東方朔，又自詆娸。其文骫骳，曲隨其事，皆得其意，頗詼笑，不甚閑靡。凡可讀者百二十篇，其尤嫚戲不可讀者尚數十篇。」

一六〇　昌黎尚「陳言務去」，〔一〕所謂陳言者，非必勦襲古人之説以爲己有也，〔二〕只識見議論落於凡近，未能高出一頭，深入一境，自「結撰至思」者觀之，〔三〕皆陳言也。

〔一〕見卷一第一四三注〔二〕。

〔二〕《論語・陽貨》：「子貢曰：『君子亦有惡乎？』子曰：『有。……惡徼以爲知者。』」西漢孔安國注：「徼，抄也。抄人之意以爲己有。」

〔三〕語出宋玉《招魂》：「結撰至思，蘭芳假些；人有所極，同心賦些。」宋朱熹《楚辭集注》卷七：「結述其深至之情思。」

一六一 文或結實，或空靈，〔一〕雖各有所長，皆不免囿於資學。〔二〕試觀韓文，結實處何嘗不空靈？空靈處何嘗不結實？

〔一〕「結實」、「空靈」：本八股論文術語，可參卷六第○一八。

〔二〕「囿於資學」：《續修四庫》本作「著於一偏」。可參卷一第一五二注〔一〕。按：文之結實者，有學養而乏天資；文之空靈者，有天資而乏學養。

一六二 昌黎曰：「學所以爲道，文所以爲理耳。」〔一〕又曰：「愈之所志於古者，不惟其辭之好，好其道焉耳。」〔二〕東坡稱公「文起八代之衰，道濟天下之溺」。〔三〕「文」與「道」豈判然兩事乎哉？〔四〕

〔一〕唐韓愈《送陳彤秀才書》：「讀書以爲學，纘言以爲文，非以誇多而鬭靡也。蓋學所以爲道，文所以爲理耳。苟行事得其宜，出言適其要，雖不吾面，吾將信其富於文學也。」

〔二〕語見唐韓愈《答李師錫秀才書》。

〔三〕見卷一第一四六注〔一〕。

〔四〕「判然」：截然，明顯。宋朱熹《晦庵集》卷三十《與汪尚書》：「蓋道無適而不存者也。故即文以講道，則文與道兩得而一以貫之。否則，亦將兩失之矣。」又明楊慎《升庵集》卷六十五《璅語》：「文，道也。詩，言也。《語録》出而文與道判矣，《詩話》出而詩與言離矣。」

〔六三〕張籍謂昌黎與人爲「無實駁雜之説」，〔一〕柳子厚盛稱《毛穎傳》。〔二〕兩家所見，若相逕庭。〔三〕顧韓之論文曰「醇」、曰「肆」，〔四〕張就「醇」上推求，柳就「肆」上欣賞，皆韓志也。

〔一〕唐張籍《張司業集》卷八《與韓愈書》：「比見執事多尚駁雜無實之説，使人陳之於前以爲歡，此有以累於令德。又商論之際，或不容人之短，如任私尚勝者，亦有所累也。」按：前人或以爲即針對《毛穎傳》而言。

〔二〕唐柳宗元《讀韓愈所著毛穎傳後題》：「自吾居夷，不與中州人通書。有來南者，時言韓愈爲《毛穎傳》，不能舉其辭，而獨大笑以爲怪。而吾久不克見。楊子誨之來，始持其書，索而讀之，若捕龍蛇，搏虎豹，急與之角而力不敢暇，信韓子之怪於文也……則韓子之辭，若壅大川焉，其必決而放諸陸，不可以不陳也。且凡古今是非六藝百家，大細穿穴用而不遺者，毛穎之功也。韓子窮古書，好斯文，嘉穎之能盡其意，故奮而爲之傳，以發其鬱積。而學者得以勵，其有益於世歟？是其言也，固與異世者語，而貪常嗜瑣者，猶呫呫然動其喙，彼亦甚勞矣乎。」按：《毛穎傳》乃韓仿照史傳筆法爲毛筆所寫的一篇遊戲文章。今見韓集卷三十六。

〔三〕「徑庭」：猶言違背。

〔四〕唐韓愈《答李翊書》：「吾又懼其雜也，迎而距之，平心而察之，其皆醇也，然後肆焉。」

一六四　呂東萊《古文關鍵》謂：「柳州文出於《國語》。」〔一〕王伯厚謂：「子厚《非國語》，其文多以《國語》爲法。」〔二〕余謂柳文從《國語》入，不從《國語》出。〔三〕蓋《國語》每「多言舉典」，〔四〕柳州之所長乃尤在「廉之欲其節」也。〔五〕

〔一〕柳宗元：字子厚，河東人，世稱柳河東。因曾任禮部員外郎、柳州刺史，故又稱柳儀曹、柳柳州，《舊唐書》卷一百六十、《新唐書》卷一百六十八有傳。舊有明蔣之翹《注》，今人尹占華等有《柳宗元集校注》。引文見宋呂祖謙《古文關鍵·總論》：「看柳文法　關鍵　出於《國語》當學他好處　當戒他雄辨　議論文字亦反覆。」又宋李耆卿《文章精義》：「柳子厚文學《國語》（原注：《國語》段全，子厚段碎，句法却相似）、西漢（原注：諸傳髣髴似之）。」

〔二〕伯厚：南宋王應麟之字。語見其所著《困學紀聞》卷六：「江端禮嘗病柳子厚作《非國語》，乃作《非非國語》。東坡見之曰：『久有意爲此書，不謂君先之也。』然子厚非《國語》，而其文多以國語爲法。」又清王應奎《柳南隨筆》卷一：「柳子厚文本《國語》；却每每非《國語》，曾子固文宗劉向，却每每短劉向。雖云文人反攻，然學之者深，則知之者至。故能舉其病也。」

〔三〕「入」：入手，學習的地方。「出」：得力，取法之所在。

〔四〕《左傳》昭公十五年：「叔向曰：『……言以考典，典以志經，忘經而多言舉典，將焉用之？』」本意是説言語之間喜歡多標舉典故。

〔五〕見卷一第〇〇九注〔五〕。本意是説收斂它以使它有所節制。

一六五　柳文之所得力，具於《與韋中立論師道書》。〔一〕東萊謂：「柳州文出於《國語》。」〔二〕蓋專指其一體而言。

〔一〕見卷一第〇〇九注〔五〕。

〔二〕見卷一第一六四注〔一〕引吕祖謙《古文關鍵》。

一六六　柳州《答韋中立書》云：「參之《穀梁》，以厲其氣」、「參之《莊》《老》，以肆其端；參之《國語》，以博其趣；參之《離騷》，以致其幽；參之《太史》，以著其潔。」〔一〕《報袁君陳秀才書》亦云：「《左氏》、《國語》、莊周、屈原之辭稍采取之；《穀梁子》、《太史公》甚峻潔可以出入。」〔二〕

〔一〕見卷一第〇〇九注〔五〕。

〔二〕唐柳宗元《報袁君陳秀才避師名書》：「大都文以行爲本，在先誠其中。其外者當先讀《六經》，次《論語》、《孟軻》書皆經言。《左氏》、《國語》、莊周屈原之辭，稍采取之。《穀梁子》、《太史公》甚峻潔，可以出入，餘書俟文成異日討也。」

一六七　東萊謂學柳文「當戒他雄辯」，〔一〕余謂柳文兼備各體，非專尚「雄辯」者。且「雄辯」亦正有不可少處，如程明道謂「孟子儘雄辯」是也。〔二〕

〔一〕見卷一第一六四注〔一〕引。

〔二〕見卷一第〇三七注〔二〕引。

一六八　柳州自言爲文章「未嘗敢以昏氣出之」，「未嘗敢以矜氣作之」。〔一〕余嘗以一語斷之曰：「柳文無耗氣。」凡「昏氣」、「矜氣」，皆「耗氣」也。〔二〕惟「昏」之爲耗也易知，「矜」之爲耗也難知耳。

〔一〕見卷一第〇〇九注〔五〕。「矜氣」：驕矜浮囂之氣。

〔二〕《莊子·達生》：「魯侯見而問焉，曰：『子何術以爲焉？』對曰：『臣工人，何術之有？雖然，有一焉，臣將爲鐻，未嘗敢以耗氣也，必齋以靜心。』」宋林希逸《莊子口義》卷六：「耗氣者，氣不定也。」

一六九　柳文如奇峰異嶂，層見疊出。〔一〕所以致之者有四種筆法：突起、紆行、峭收、縵迴也。

〔一〕此當與卷一第一七七互參。

一七〇　柳州「記山水」、〔一〕狀人物、〔二〕論文章，〔三〕無不形容盡致。其自命爲「牢籠百態」，固宜。〔四〕

〔一〕《柳河東集》卷二十九《記山水》，共收録山水遊記十一篇。

〔二〕當指《柳河東集》卷八《行狀》、卷十七《傳》類文章。

〔三〕當指《柳河東集》卷三《論》、卷四《議辯》類文章。

〔四〕唐柳宗元《愚溪詩序》：「余雖不合於俗，亦頗以文墨自慰。漱滌萬物，牢籠百態，而無所避之，以愚辭歌愚溪，則茫然而不違，昏然而同歸。超鴻蒙，混希夷，寂寥而莫我知也。」本謂把各種事物用牢籠貯存起來，此喻對各種物象都能進行窮形盡相的描摹。

一七一　柳子厚《永州龍興寺東丘記》云：「游之適，大率有二：曠如也、奥如也，如斯而已。」《袁家渴記》云：「舟行若窮，忽又無際。」《愚溪詩序》云：「漱滌萬物，牢籠百態。」此等語皆若自喻文境。〔一〕

〔一〕清《唐宋文醇》卷十五《愚溪詩序》評：「若夫『漱滌萬物，牢籠百態』。實乃喜自狀其文，可爲實録。」「自喻文境」：自己揭示自己文章的意境。

一七二　文以「鍊神」、「鍊氣」爲上半截事，〔一〕以鍊字、鍊句爲下半截事，〔二〕此如《易》道有「先天」、「後天」也。〔三〕柳州天資絶高，故雖自下半截得力，而上半截未嘗偏絀焉。〔四〕

〔一〕「鍊神」、「鍊氣」：本道家修鍊語。明高濂《遵生八牋》卷一引《坐忘樞要》：「得道之人，心身有五時七候。心有五時者：一動多靜少，二動靜相半，三靜多動少，四無事則靜，事觸還動，五心與道合，觸而不動。進至此地，罪垢滅盡，無復煩惱，始得安樂。七候者，一舉動順時，容色和悦。二宿疾並消，身心輕爽。三填補殀傷，還元復命。四延數千歲，名曰仙人。五鍊形爲氣，名曰真人。六鍊氣成神，名曰神人。七鍊神合道，名曰至人。雖久學定，心身無五時七候者，促齡穢質，色謝歸空。」此藉以論文。

〔二〕「上半截」、「下半截」：本是理學家講學常用語，喻指做事時的先後輕重等。如清陸隴其《四書講義困勉録》卷十一：「正心誠意是上半截事，家齊國治而天下平是下半截事。」又清梁章鉅《制義叢話》卷八：「吴蘭陔曰：墨訣在鍊，而鍊句不如鍊氣，鍊氣不如鍊神。」

〔三〕「先天」「後天」：見《易·乾傳》：「夫大人者，與天地合其德，與日月合其明，與四時合其序，與鬼神合其吉凶。先天而天弗違，後天而奉天時。」按：「先天」爲本，「後天」爲用。可參卷五第〇〇一。

〔四〕「偏絀」：偏廢、貶黜。「絀」：通「黜」。

一七三　柳州係心民瘼，〔一〕故所治能有惠政。〔二〕讀《捕蛇者説》、〔三〕《送薛存義序》，〔四〕頗可得其精神「鬱結」處。〔五〕

〔一〕「民瘼」：百姓疾苦。「瘼」：病痛。

〔二〕唐韓愈《柳子厚墓誌銘》：「元和中，嘗例召至京師，又偕出爲刺史，而子厚得柳州。既至，歎曰：『是豈不足爲政耶？』因其土俗，爲設教禁，州人順賴。其俗以男女質錢，約不時贖，子本相侔，則没爲奴婢。子厚與設方計，悉令贖歸，其尤貧力不能者，令書其傭，足相當，則使歸其質。觀察使下其法於他州，比一歲，免而歸者且千人。」

〔三〕唐柳宗元《捕蛇者説》：

永州之野産異蛇，黑質而白章，觸草木，盡死。以齧人，無禦之者。然得而腊之以爲餌，可以已大風、攣踠、瘻癘，去死肌，殺三蟲。其始，太醫以王命聚之，歲賦其二，募有能捕之者，當其租入，永之人爭奔走焉。有蔣氏者專其利三世矣。問之，則曰：「吾祖死於是，吾父死於是，今吾嗣爲之十二年，幾死者數矣。」言之，貌若甚慼者。余悲之，且曰：「若毒之乎？余將告於蒞事者，更若役，復若賦，則何如？」蔣氏大戚，汪然出涕曰：「君將哀而生之乎？則吾斯役之不幸，未若復吾賦不幸之甚也。嚮吾不爲斯役，則久已病矣。自吾氏三世居是鄉，積於今六十歲矣，而鄉鄰之生日蹙，殫其地之出，竭其廬之入；號呼而轉徙，飢渴而頓踣；觸風雨，犯寒暑；呼嘘毒癘，往往而死者相藉也。曩與吾祖居者，今其室十無一焉；與吾父居者，今其室十無二三焉；與吾居十二年者，今其室十無四五焉；非死而徙爾。而吾以捕蛇獨存。悍吏之來吾鄉，叫囂乎東西，隳突乎南北；譁然而駭者，雖雞狗不得寧焉。吾恂恂而起，視其缶，而吾蛇尚存，則弛然而卧，謹食之，時而獻焉，退而甘食其土之有，以盡吾齒。蓋一歲之犯死者二焉，其餘則熙熙而樂，豈若吾鄉鄰之旦旦有是哉？今雖死乎此，比吾鄉鄰之死則已後矣，又安敢毒耶？」余聞而愈悲。孔子曰：「苛政猛於虎也。」吾嘗疑乎是，今以蔣氏觀之，猶信。嗚呼！孰知賦斂之毒有甚是蛇者乎！故爲之説，以俟夫觀人風者得焉。

〔四〕唐柳宗元《送薛存義之任序》：

河東薛存義將行，柳子載肉於俎，崇酒於觴，追而送之江之滸，飲食之，且告曰：「凡吏於土者，若知其職乎？蓋民之役非以役民而已也。凡民之食於土者，出其十一傭乎吏，使司平於我也。今我受其直怠其事者，天下皆然，豈唯怠之，又從而盜之。向使傭一夫於家，受若直，怠若事，又盜若貨器，則必甚怒而黜罰之矣。以今天下多類此，而民莫敢肆其怒與黜罰，何哉？勢不同也。勢不同而理同，如吾民何？有達於理者，得不恐而畏乎？存義假令零陵二年矣，蚤作而夜思，勤力而勞心。訟者平，賦者均，老弱無懷詐暴憎，其爲不虛取直也的矣。其知恐而畏也審矣。吾賤且辱，不得與考績幽明之説，於其往也，故賞以酒肉，而重之以辭。

〔五〕《楚辭·遠遊》：「遭沈濁而汙穢兮，獨鬱結其誰語？」此引《楚辭》語以評柳，暗示柳文與楚辭之關係。並可參卷二第一二三。又清賀裳《載酒園詩話又編·柳宗元》：「《南澗》詩從樂而説至憂，《覺衰》詩從憂説至樂，其胸中鬱結則一也。」

一七四　文莫貴於「精能」、「變化」。〔一〕昌黎《送董邵南游河北序》，〔二〕可謂變化之至；柳州《送薛存義序》，可謂「精能」之至。〔三〕

〔一〕「精能」：精通、熟練。見卷一第〇六九注〔四〕引皇甫湜文。又融齋《游藝約言》：「文章、書法，皆有乾坤之别。乾，變化；坤，安貞也。」

〔二〕唐韓愈《送董邵南游河北序》：

燕趙古稱多感慨悲歌之士，董生舉進士，連不得志於有司，懷抱利器，鬱鬱適茲土，吾知其必有合也。董生勉乎哉！夫以子之不遇時，苟慕義彊仁者，皆愛惜焉，矧燕趙之士出乎其性者哉！然吾嘗聞風俗與化移易，吾惡知其今不異於古所云邪？聊以吾子之行卜之也。董生勉乎哉！吾因之有感矣，爲我弔望諸君之墓，而觀於其市復有昔時屠狗者乎？爲我謝曰：明天子在上，可以出仕矣。

按：宋李耆卿《文章精義》：「文章有短而轉折多、氣長者，韓退之《送董邵南序》王介甫《讀孟嘗君傳》是也。」清吳調侯、吴楚材《古文觀止》：「文僅百十餘字，而又無限開闔、無限變化、無限含蓄，短章聖手。」

〔三〕柳宗元《送薛存義序》：見卷一第一七三注〔四〕。

一七五　昌黎論文之旨，於《答尉遲生書》見之，曰：「君子慎其實。」〔一〕柳州論文之旨，於《報袁君陳秀才書》見之，曰：「大都文以行爲本，在先誠其中。」〔二〕

〔一〕見卷一第一五三注〔一〕。

〔二〕見卷一第一六六注〔二〕。

一七六　昌黎屢稱子雲，〔一〕柳子厚於《法言》嘗爲之注。〔二〕今觀兩家文，修辭鍊字，皆有得於揚子，〔三〕至意理之多所取資，固矣。

〔一〕韓愈稱揚揚雄處可見《讀荀子》、《重答張籍書》、《答劉正夫書》等文。又柳宗元《答韋珩示韓愈相推以文墨事書》：「退之所敬者司馬遷、揚雄。」

〔二〕唐柳宗元嘗注《法言》，今收録於宋宋咸注中。

〔三〕《新唐書》卷一百七十六《韓愈傳》：「其《原道》、《原性》、《師説》等數十篇，皆奥衍閎深，與孟軻、揚雄相表裏，而佐佑六經云。」又可參卷一第〇七二注〔一〕。

一七七　昌黎之文如水，柳州之文如山。〔一〕「浩乎」、「沛然」，〔二〕「曠如」、「奥如」，〔三〕二公殆各有「會心」。〔四〕

〔一〕按：以水喻韓文，已見宋蘇洵《上歐陽内翰第一書》，可參卷一第一四七注〔二〕引。以山喻柳文，已見明唐順之《荆川稗編・文章雜論下》：「柳文如峻峰絶壑，壁立千仞，間見層出，森然於蒼烟杳靄之外。望之者不能躋，躋之者不能踰。」

〔二〕按：融齋此以韓柳文中之語以移評韓柳之文。「浩乎」、「沛然」：見卷一第一四三注〔三〕引韓愈《答李翊書》。本是形容水勢之大、充沛，所以説韓文如水。

〔三〕「曠如」、「奥如」：參卷一第一七一。按：此當與卷一第一六九互參。

〔四〕「會心」：體會、心得。南朝宋劉義慶《世説新語・言語》：「簡文入華林園，顧謂左右曰：『會心處不必在遠，翳然林水，便自有濠濮閒想也。』」

一七八　朱子曰：「韓退之議論正，規模闊大，然不如柳子厚較精密。」〔一〕此原專指柳州《論鶡冠子》等篇，〔二〕後人或因此謂一切之文「精密」概出韓上，〔三〕誤矣。

〔一〕朱子：南宋著名理學家朱熹。宋黎靖德編《朱子語類》卷一百三十九《論文上》：「先生方修《韓文考異》，而學者至，因曰：『韓退之議論正，規模闊大，然不如柳子厚較精密。如《辨鶡冠子》及説《列子》在《莊子》前及《非國語》之類，辨得皆是。』黄達才言：『柳文較古。』曰：『柳文是較古，但却易學，學便似他。不似韓文規模闊，學柳文也得，但會衰了人文字。』」

〔二〕今作《辨鶡冠子》，見柳集卷四。

〔三〕「概」：一概、都。

一七九　學者未能深讀韓、柳之文，輒有意尊韓抑柳，〔一〕最爲陋習。晏元獻云：「韓退之扶導聖教，剗除異端，是其所長。若其祖述《墳》《典》，憲章《騷》《雅》，上傳三古，下籠百氏，横行闊視於綴述之場，子厚一人而已。」〔二〕此論甚爲偉特。〔三〕

〔一〕「尊韓抑柳」比較有代表性的如宋黄震。《黄氏日抄》卷六十：「柳以文與韓並稱焉。韓文論事説理，一一明白透徹，無可指擇者。所謂貫道之器，非歟？柳之達於上聽者，皆諛辭；致於公卿大臣者，皆罪謫後，羞縮無聊之語；碑碣等作，亦老筆與俳語相半。間及經旨義理，則是非多謬於聖人，凡皆不根於道故也。惟紀志人物，以寄其嘲罵；模寫山水，以舒其抑鬱；則峻潔精奇，如明珠夜光，見輒奪目。此蓋子厚放浪之久，自寫胸臆，不事諛、不求哀、不關經義，又皆晚年之作，所謂大肆其力於文章者也。故愚於韓文無擇，於柳不能無擇焉，而非徒曰並稱。然此猶以文論也。若以人品論，則歐陽子謂如夷夏之不同矣。歐陽子論文亦不屑稱韓柳，而稱韓李，李指李翺云。」

〔二〕語見宋陳善《捫虱新話》卷三《李杜韓柳優劣》引。「元獻」：北宋著名詞人晏殊之謚號。

〔三〕「偉特」：卓異出衆。

一八〇　李習之文，〔一〕蘇子美謂「辭不逮韓，而理過於柳」。〔二〕蘇老泉《上歐陽内翰書》取其「俯仰揖讓之態」，〔三〕合「理」與「態」，而其全見矣。

〔一〕習之：唐李翺之字，韓門弟子，《舊唐書》卷一百六十、《新唐書》卷一百七十七有傳。舊有《李文公集》十八卷，今人郝潤華有校點本《李翺集》。《四庫全書總目·李文公集》：「翺爲韓愈之姪婿，故其學皆出於愈。集中載《答皇甫湜書》自稱《高愍女》、《楊烈婦傳》，不在班固、蔡邕下。其自許稍過。然觀《與梁載言書》，論文甚詳，至《寄從弟正辭書》謂人號文章爲一藝者，乃時世所好之文，其能到古人者，則仁義之詞，惡得以一藝名之？故才與學雖皆遜愈，不能鎔鑄百氏，皆如已出，而立言具有根柢。大抵温厚和平，俯仰中度，不似李觀、劉蜕諸人有矜心作意之態。

蘇舜欽謂其詞不逮韓，而理過於柳，誠爲篤論。鄭獬謂其尚質而少工，則貶之太甚矣。」

〔二〕宋晁公武《郡齋讀書志》卷四上《李翱集》：「前有蘇舜欽序云：『唐之文章稱韓柳，翱文雖辭不迨韓，而理過於柳。』」

〔三〕語見蘇洵《上歐陽内翰第一書》：「惟李翱之文，其味黯然而長，其光油然而幽，俯仰揖讓，有執事之態。」

一八一　昌黎答劉正夫問文曰：「無難易，惟其是而已。」〔一〕李習之《答王載言書》曰：「其愛難者，則曰文章宜深不當易；其愛易者，則曰文章宜通不當難。此皆情有所偏滯而不流，未識文章之所主也。」〔二〕於此見兩公文一脈相通矣。

〔一〕見卷一第一四八注〔一〕。

〔二〕今文集通作《答朱載言書》，此或從《唐文粹》。

一八二　李習之文氣似不及昌黎，然《傳》稱其「辭致渾厚，見推當時」。〔一〕由一「致」字求之，〔二〕便可隱知其妙。

〔一〕語見《新唐書》卷一百七十七《李翱傳》：「翱始從昌黎韓愈，爲文章辭致渾厚，見推當時，故有司亦謚曰文。」

〔二〕「致」：情致。

一八三　韓文出於《孟子》，〔一〕李習之文出於《中庸》；〔二〕宗李多於宗韓者，宋文也。〔三〕

〔一〕唐韓愈《讀荀》：「始吾讀孟軻書，然後知孔子之道尊，聖人之道易行。王易王、霸易霸也。以爲孔子之徒没，尊聖人者，孟氏而已矣。晚得揚雄書，益尊信孟氏，因雄書而孟氏益尊，則雄者亦聖人之徒歟？」又宋李耆卿《文章精義》：「韓退之文學《孟子》。原注：不及《左傳》。」

〔二〕《中庸》：本爲《禮記》中的一個章節，舊説爲孔子之孫子思作之，以昭明聖祖之德。按：歐陽修《讀李翺文》：「予始讀翺《復性書》三篇。曰：『此《中庸》之義疏爾。智者誠其性，當讀《中庸》。愚者雖讀此，不曉也，不作可焉。』」

〔三〕按：此指歐陽修等學李。可參卷一第一五七、卷一第一八七、卷一第一九九。

一八四　韓昌黎不稱王仲淹《中説》，〔一〕而李習之《答王載言書》稱之。〔二〕今觀習之之文，「俯仰揖讓」，〔三〕固於《中説》爲近。

〔一〕今韓愈文集中，無稱説王通《中説》之處。

〔二〕唐李翺《答進士王載言書》：「其理往往有是者，而詞章不能工者有之矣：劉氏《人物表》、王氏《中説》、俗傳《太公家教》是也。」

〔三〕「俯仰揖讓」：見卷一第一八〇注〔三〕。猶言一舉一動，喻其每一個細節也。

一八五 皇甫持正論文，〔一〕嘗言「文奇理正。」〔二〕然綜觀其意，究是一於好奇。如《答李生書》云：「意新則異常，異於常則怪矣；詞高則出衆，出於衆則奇矣。」〔三〕此蓋學韓而第得其所謂「怪怪奇奇，祇以自嬉」者。〔四〕

〔一〕持正：唐皇甫湜之字，韓門弟子，《新唐書》卷一百七十六有傳。舊有《皇甫持正文集》六卷。

〔二〕《皇甫持正文集》卷四《答李生第二書》：「夫文者，非他言之華者也。其用在通理而已，固不務奇，然亦無傷於奇也。使文奇而理正，是尤難也。」

〔三〕《皇甫持正文集》卷四《答李生第一書》：「夫意新則異於常，異於常則怪矣；詞高則出衆，出衆則奇矣。」

〔四〕見卷一第一五五注〔一〕。

一八六 或問：「持正文於揚子雲何如？」〔一〕曰：「辭近《太玄》，理猶未及《法言》。」問：「較李元賓之尚辭何如？」〔三〕曰：「不沿襲前人似之。」

〔一〕「於」：和……比。

〔二〕元賓：唐李觀之字。文與韓愈齊名，且同爲貞元八年進士，《新唐書》卷一百二十八有傳。舊有《李元賓文編》三卷、《外編》兩卷、《補編》一卷傳世。唐陸希聲《李元賓文編原序》：「文以理爲本，而辭質在所尚。元賓尚於辭，故辭勝其理；退之尚於質，故理勝其辭。」

一八七　文得昌黎之傳者：李習之精於理，皇甫持正練於辭。〔一〕習之一宗，直爲北宋名家發源之始；〔二〕而祖述持正者，則自孫可之後，〔三〕已罕聞成家者矣。

〔一〕《四庫全書總目·皇甫持正集》：「其文與李翺同出韓愈。翺得愈之醇，而湜得愈之奇崛。」按：此將韓文分成崇理、尚辭兩類，似受蘇舜欽論李翺文影響。可參卷一第一八〇。

〔二〕當指歐陽修。可參卷一第一五七、卷一第一九九。

〔三〕蘇軾《謝歐陽内翰書》：「蓋唐之古文，自韓愈始。其後學韓而不至者爲皇甫湜；學皇甫湜而不至者爲孫樵。自樵以降，無足觀矣。」又可參卷一第一八九、卷一第一九二。

一八八　杜牧之識見自是一時之傑。〔一〕觀所作《罪言》，謂「上策莫如自治」，「中策莫如取魏」，「最下策爲浪戰」。〔二〕又兩進策於李文饒，〔三〕皆案切時勢，見利害於未然。以文論之，亦可謂不「浪戰」者矣。

〔一〕牧之：唐杜牧之字。《舊唐書》卷一百四十七、《新唐書》卷一百六十六有傳。舊有宋元間朝鮮刻本《樊川文集夾注》，今人吴在慶有《杜牧集繫年校注》、何錫光有《樊川文集校注》。

〔二〕今見《樊川文集》卷一。

〔三〕文饒：唐李德裕之字，參卷一第一一九注〔二〕。文見《樊川文集》卷八《上李司徒相公論用兵書》、卷十三《上李太尉論北邊事啓》。

一八九　孫可之《與友人論文書》云：「詞必高然後爲奇，意必深然後爲工。」〔一〕如斯宗旨，其即可之得之來無擇，無擇得之持正者耶？〔二〕

〔一〕可之：唐孫樵之字，舊有《孫可之集》十卷行於世。引文見文集卷二《與友人論文書》：「嘗與足下評古今文章，似好惡不相闊者，然不有所竟。顧樵何所得哉？古今所謂文者，辭必高然後爲奇，意必深然後爲工，焕然如日月之經天也，炳然如虎豹之異犬羊也。」

〔二〕無擇：來擇之字，約唐文宗太和末前後在世，舊有《秣陵子集》一卷。《孫可之集》卷二《與王霖秀才書》：「樵嘗得爲文真訣於來無擇，來無擇得之於皇甫持正，皇甫持正得之於韓吏部退之，然樵未始與人言及文章，且懼得罪於時。」融齋此論當對此而發。

一九〇　廣明時，詔書謂孫樵「有揚馬之文」。〔一〕樵《與高錫望書》自稱：「熟司馬遷、揚子雲書。」〔二〕然則詔所云馬者，殆亦指史遷，非相如耶？〔三〕

〔一〕「廣明」：唐僖宗李儇時的年號（當公元八八零年至八八一年）。宋計有功《唐詩紀事》卷六十三《司空圖》：「黃巢陷長安，孫樵赴岐隴，授職方員外。詔書曰：『行在三絕。』以常侍李潼有曾閔之行、圖有巢由之風、樵有揚馬之文故也。」

〔二〕孫樵《與高錫望書》：「樵雖承史法於師，又嘗熟司馬遷、揚子雲書，然才韻枯梗，文過乎質。」

〔三〕「揚馬」並稱，「馬」一般指司馬相如，故融齋有此問。

一九一　劉蛻文意欲自成一子，〔一〕如《山書》十八篇、《古漁父》四篇，〔二〕辭若僻而寄託未嘗不遠。〔三〕學《楚辭》尤有深致，《哀湘竹》、《下清江》、《招帝子》，〔四〕雖止三章，頗得《九歌》遺意。〔五〕

〔一〕劉蛻：字復愚，號文泉子。荆南（一作商州，一作桐廬，亦作長沙）人。生卒年均不詳，約唐懿宗咸通初前後在世。原有《文泉子集》十卷，已佚。明吴馡輯有《劉蛻集》六卷。按：「意欲自成一子」嘗謂其文多難字棘句也。可參卷一第二四七。《四庫全書總目・文泉子集》：「他文皆原本揚雄，亦多奇奥。險於孫樵，而易於樊宗師。」即此意。

〔二〕見《文泉子集》卷二。按：《山書》今集中僅存十六篇，作十八篇者，或今文有脱漏，或原題「十八」爲「十六」之誤，亦未可知。

〔三〕此當與卷一第二四七互參。又《四庫全書總目・李元賓文編》：「今觀其文，大抵琱琢艱深，或格格不能自達其意，殆與劉蜕孫樵同爲一格，而鎔鍊之功或不及。」可與此互參。

〔四〕《哀湘竹》、《下清江》、《招帝子》均見文集卷一。

〔五〕《九歌》：見卷三第〇二四注〔一〕。蜕爲楚人，故融齋取與《九歌》相較。

一九二　李習之《與陸傪書》盛推昌黎文，謂：「嘗書其一章曰《獲麟解》，其他可以類知。」〔一〕孫可之《與王霖書》稱《進學解》：「拔地倚天，句句欲活。」〔二〕今觀兩家文，信乎各得所近。

〔一〕唐李翺《李文公集》卷七《與陸傪書》：「又思我友韓愈，非兹世之文，古之文也；非兹世之人，古之人也。其詞與其意適，則孟軻既没，亦不見有過於斯者。當其下筆時，如他人疾書寫之，誦其文，不是過也。其詞乃能如此。嘗書其一章曰《獲麟解》，其他可以類知也。」

〔二〕唐孫樵《孫可之文集》卷二《與王霖秀才書》：「譬玉川子《月蝕詩》、楊司成《華山賦》、韓吏部《進學解》、馮常侍《清河壁記》，莫不拔地倚天，句句欲活。讀之如赤手捕長蛇，不施控騎生馬，急不得暇，莫不捉搦。又如遠人入太興城，茫然自失。」注者按：以上合論李翺、孫樵兩家文，而與前後所論各家均無涉，似當移至卷一第一八四論李翺文後。又此當與卷一第一八七互參。

一九三　《宋史·柳開傳》稱其「始慕韓愈、柳宗元爲文」。〔一〕《穆修傳》亦言「自五代文敝，國初柳開始爲古文」。〔二〕今觀伯長所爲《唐柳先生文集後序》云：「天厚余嗜多矣，始而饜我以韓，既而飫我以柳，謂天不吾厚，豈不誣也哉！」〔三〕可知其所學與仲塗一矣。〔四〕

〔一〕「稱其」：《續修四庫》本作「稱開」。柳開：字仲塗，《宋史》卷四百四十有傳，有《河東先生集》十六卷行於世。引文見《宋史》卷四百四十《柳開傳》：「既就學，喜討論經義。五代文格淺弱，慕韓愈、柳宗元爲文，因名肩愈，字紹先，既而改名字，以爲能開聖道之塗也。著書自號『東郊野夫』，又號『補亡先生』。」

〔二〕穆修：字伯長，《宋史》卷四百四十二有傳，有《河南穆公集》三卷行於世。

〔三〕見《河南穆公集》卷二《唐柳先生集後序》。

〔四〕《四庫全書總目·穆參軍集》：「其文章，則莫考所師承。而歐陽修《論尹洙墓誌書》謂其學古文在洙前，朱子《名臣言行録》亦稱洙學古文於修，而邵伯温《辨惑》稱修家有唐本韓柳集，募工鏤版，今《柳宗元集》尚有修後序。蓋天姿高邁，沿溯於韓柳而自得之。宋之古文實柳開與修爲倡，然開之學及身而止，修則一傳爲尹洙，再傳爲歐陽修，而宋之文章於斯極盛，則其功亦不尠矣。」

一九四　尹師魯爲古文先於歐公。〔一〕歐公稱其文「簡而有法」，〔二〕且謂「在孔子《六經》中，惟《春秋》可當」。〔三〕蓋師魯本「深於《春秋》」，范文正爲撰文集序嘗言之。〔四〕錢文僖起雙桂樓，建臨園驛，尹、歐皆爲作記。歐記凡數千言，而尹祇用五百字，歐「服其簡古」。〔五〕是亦「簡而有法」之一證也。

〔一〕師魯：宋尹洙之字，《宋史》卷二百九十五有傳，有《河南先生文集》行於世。宋邵伯温《聞見録》卷十五：「本朝古文柳開仲塗、穆脩伯長首爲之唱，尹洙師魯兄弟繼其後。歐陽文忠公早工偶儷之文，故試於國學南省，皆爲天下第一。既擢甲科，官河南，始得師魯，乃出韓退之文學之。公之自叙云爾。蓋公與師魯於文雖不同，公爲古文則居師魯後也。」宋蘇轍《歐陽文忠公神道碑》：「公從之京師，兩試國子監，一試禮部，皆第一人。遂中甲科，補西京留守推官。始從尹師魯遊，爲古文議論當世事，迭相師友。」

〔二〕宋歐陽修《尹師魯墓誌銘》：「師魯爲文章，簡而有法，博學彊記，通知今古，長於《春秋》。其與人言，是是非非，務窮盡道理乃已。」

〔三〕宋歐陽修《論尹師魯墓誌》：「誌言『天下之人識與不識，皆知師魯文學、議論、材能』，則文學之長、議論之高、材能之美，不言可知。又恐太略，故條析其事，再述於後。述其文則曰：『簡而有法。』此一句，在孔子《六經》，惟《春秋》可當之，其他經非孔子自作文章，故雖有法，而不簡也。修於師魯之文不薄矣。」

〔四〕宋范仲淹《河南集序》：「洛陽尹師魯少有高識，不逐時輩。與穆伯長游，力爲古文。而師魯深於《春秋》，故其文謹嚴，辭約而理精，章奏疏議大見風采。」

〔五〕錢惟演：字希聖，卒謚「文僖」。《宋史》卷三百十七有傳。關於尹、歐爲臨園驛作記之事，見宋邵伯温《聞見録》卷八：「錢相與希深而下，亦畫其旁。因府第起雙桂樓西城，建臨園驛。命永叔、師魯作記。永叔文先成，凡千餘言，師魯曰：『某止用五百字可記。』及成，永叔服其簡古，永叔自此始爲古文。」然《雙桂樓》、《臨園驛記》，尹、歐兩家文集均不載，蓋已散佚。「衹」：只，後同。按：融齋《游藝約言》：「辭取乎文久矣，而文亦有別：蓋富而文者易見，簡而文者難知。」可與此互參。

一九五　范文正貶饒州，師魯上書言：「仲淹，臣之師友，願得俱貶。」〔一〕其爲國重賢如此。而於文正所爲《岳陽樓記》，則曰：「《傳奇》體耳。」〔二〕其不阿所好又如此。固宜能以古學振起當時也。〔三〕

〔一〕文正：宋范仲淹之謚號。《宋史》卷三百十四有傳。按：據《宋史》卷十《仁宗本紀》：「（景祐三年）丙戌（當公元一〇三六年），天章閣待制范仲淹坐譏刺大臣，落職知饒州。」歐陽修《尹師魯墓誌銘》：「天章閣待制范公貶饒州，諫官御史不肯言。師魯上書，言：『仲淹，臣之師友。願得俱貶。』貶監郢州酒税，又徙唐州。遭父喪，服除，復得太子中允，知河南縣。」

〔二〕宋陳師道《後山詩話》：「范文正公爲《岳陽樓記》，用對語説時景，世以爲奇。尹師魯讀之曰：『《傳奇》體爾。』《傳奇》，唐裴鉶所著小説也。」

〔三〕《四庫全書總目·河南集》：「蓋其氣節幹濟，均有足重者。至所爲文章，古峭勁潔，繼柳開、穆修之後一挽五季浮靡之習，尤卓然可以自傳……蓋有宋古文，修爲巨擘，而洙實開其先，故所作具有原本。自修文盛行，洙名轉爲所掩，宋之史官遂謂洙才不足以望修，殊非公論矣。」

一九六　歐陽公文幾於「史公之潔」，〔一〕而幽情雅韻，得騷人之指趣爲多。〔二〕

〔一〕歐陽修：字永叔，號「醉翁」，晚更號「六一居士」，卒謚「文忠」。《宋史》卷三百十九有傳。舊有《歐陽文忠公文集》一百五十三卷，附録三卷行於世。今人洪本健《歐陽修詩文集校箋》、李之亮《歐陽修集編年箋注》，皆可參考。「幾」：及、達到。「史公之潔」：見卷一第〇〇九注〔五〕。

〔二〕此當與卷一第一九八互參。

一九七　歐陽公《五代史》諸論，〔一〕深得「畏天憫人」之旨，〔二〕蓋其事不足言，而又不忍不言，言之，怫於己；〔三〕不言，無以懲於世。「情見乎辭」，〔四〕亦可悲矣。公他文亦多惻隱之

意。〔五〕

〔一〕《五代史》：今通稱《新五代史》。宋張鎡《仕學規範》卷三十五《作文》：「歐公《五代史》其間議論多感嘆，又多設疑。蓋感嘆則動人，設疑則意廣，此作文之法也。」宋李耆卿《文章精義》：「歐陽永叔《五代史贊》首必有『嗚呼』二字，固是世變可歎，亦是此老文字，遇感慨處便精神。」

〔二〕見卷一第一三六注〔一〕。

〔三〕「怫」：抑鬱，心情不舒暢。

〔四〕《易・繫辭下》：「聖人之情見乎辭。」謂聖人的意旨體現在卦爻辭中。此借「卦爻辭」之「辭」爲「文辭」。

〔五〕按：此即司馬遷「悲世」之意。參卷一第〇八七。明茅坤編《唐宋八大家文鈔》卷四十三：「歐陽公於叙事處往往得太史遷髓，而其所爲《新唐書》及《五代史》短論，亦並有太史公風度。」又融齋《游藝約言》：「『抗兵相加，哀者勝矣』，王仲淹《中説》、歐陽永叔《五代史傳贊》，皆得此哀字訣者。」

一九八　屈子《卜居》、《史記・伯夷傳》，〔一〕妙在於所不疑事，却參以活句。〔二〕歐文往往似此。

（一）屈原《卜居》：

屈原既放，三年不得復見，竭知盡忠，而蔽障於讒。心煩慮亂，不知所從，往見太卜鄭詹尹曰：「余有所疑，願因先生決之。」詹尹乃端筴拂龜，曰：「君將何以教之？」屈原曰：「吾寧悃悃款款朴以忠乎？將送往勞來斯無窮乎？寧誅鋤草茅以力耕乎？將游大人以成名乎？寧正言不諱以危身乎？將從俗富貴以媮生乎？寧超然高舉以保真乎？將哫訾栗斯，喔咿嚅兒以事婦人乎？寧廉絜正直以自清乎？將突梯滑稽，如脂如韋，以潔楹乎？寧昂昂若千里之駒乎？將氾氾若水中之鳧乎，與波上下，偷以全吾軀乎？寧與騏驥亢軛乎？將隨駑馬之迹乎？寧與黄鵠比翼乎？將與雞鶩争食乎？此孰吉孰凶？何去何從？世溷濁而不清，蟬翼爲重，千鈞爲輕。黄鐘毁棄，瓦釜雷鳴。讒人高張，賢士無名。吁嗟默默兮，誰知吾之廉貞？」詹尹乃釋策而謝，曰：「夫尺有所短，寸有所長；物有所不足，智有所不明；數有所不逮，神有所不通。用君之心，行君之意，龜策誠不能知此事。」

司馬遷《史記》卷六十一《伯夷列傳》：

夫學者載籍極博，猶考信於六藝。《詩》《書》雖缺，然虞夏之文可知也。堯將遜位，讓於虞舜，舜禹之間，岳牧咸薦，乃試之於位，典職數十年，功用既興，然後授政。示天下重器，王者大統，傳天下若斯之難也。而説者曰：堯讓天下於許由，許由不受，恥之逃隱。及夏之時，有卞隨務光者。此何以稱焉？太史公曰：余登箕山，其上蓋有許由冢云。孔子序列古之仁聖賢人，如吴太伯、伯夷之倫詳矣。余以所聞由光義至高，其文辭不少概見，何哉？孔子曰：『伯夷叔齊，不念舊惡，怨是用希。』『求仁得仁，又何怨乎？』余悲伯夷之意，睹軼詩可異焉。其傳曰：伯夷、叔齊，孤竹君之二子也。父欲立叔齊，及父卒，叔齊讓伯夷，伯夷曰：『父命也。』遂逃去。叔齊亦不肯立而逃之。國人立其中子，於是伯夷、叔齊聞西伯昌善養老，盍往歸焉。及至，西伯卒，武王載木主，號爲文王，東伐紂。伯夷、叔齊叩馬而諫曰：『父死不葬，爰及干戈，可謂孝乎？以臣弑君，可謂仁乎？』左右欲兵之。太公曰：『此義人也。』扶而去之。武王已平殷亂，天下宗周，而伯夷、叔齊恥之，義不食周粟，隱於首陽山，采薇而食之。及餓且死，作歌。其辭曰：『登彼西山兮，采其薇矣。以暴易暴兮，不知其非矣。神農虞夏忽焉没兮，我安適歸矣？于嗟徂兮，命之衰矣！』遂餓死於首陽山。由此觀之，怨邪非邪？或曰：『天道無親，常與善人。』若伯夷、叔齊，可謂善人者非邪？積仁絜行如此而餓死！且七十子之徒，仲尼獨薦顔淵爲好學。然回也屢空，糟糠不厭，而卒蚤夭。天之報施善人，其何如哉？盗蹠日殺不辜，肝人之肉，暴戾恣睢，聚黨數千人横行天下，竟以壽終。是遵何德哉？此其尤大彰明較著者也。若至近世，操行不軌，專犯忌諱，而終身逸樂，富厚累世不絶。或擇地而蹈之，時然後出言，行不由徑，非公正不發憤，而遇禍災者不可勝數也。余甚惑焉，儻所謂天道，是邪非邪？子曰：『道不同，不相爲謀。』亦各從其志也。故曰：『富貴如可求，雖執鞭之士，吾亦爲之。如不可求，從吾所好。』『歲寒，然後知松柏之後凋。』舉世混濁，清士乃見。豈以其重若彼，其輕若此哉？

『君子疾没世而名不稱焉。』賈子曰：『貪夫徇財，烈士徇名；夸者死權，衆庶馮生。』『同明相照，同類相求。』『雲從龍，風從虎，聖人作而萬物睹。』伯夷、叔齊雖賢，得夫子而名益彰。顏淵雖篤學，附驥尾而行益顯。巖穴之士，趣舍有時若此，類名堙滅而不稱，悲夫！閭巷之人，欲砥行立名者，非附青雲之士，惡能施於後世哉？

〔二〕「不疑事」句：按《禮記·曲禮》：「疑事毋質。」此反其意而用之。「活句」：本是禪宗用來指含意深刻，非從言外之意深參而不能了悟的語句。宋釋惠洪《林間録》卷上：「予建中靖國之初，故人處獲洞山初禪師語一編，福嚴良雅所集，其語言宏妙，真法窟爪牙大略。曰：『語中有語，名爲死句；語中無語，名爲活句。未達其源者，落在第八魔界中。』」宋釋普濟《五燈會元》卷十五《雲門偃禪師法嗣》：「但參活句，莫參死句。」宋代特別是一些理學家評論詩文時亦用以指含蓄生動而有深意的句子。如宋朱熹《晦庵集》卷四十五《答廖子晦》：「李先生説『不忘』二字是活句，須向這裏參取。愚謂若果識得此意，辨得此心，則無入而不自得，而彼之權勢威力亦皆無所施矣。」但此指活絡的語句，以使文章摇曳多姿也。

一九九　歐公稱昌黎文「深厚雄博」，〔一〕蘇老泉稱歐公文「紆餘委備」，〔二〕大抵歐公雖極意學韓，〔三〕而性之所近，乃尤在李習之。〔四〕不獨老泉於公謂「李翱有執事之態」，〔五〕即公文亦云「欲生翱時，與翱上下其論」，〔六〕所尚蓋可見矣。

〔一〕語見宋歐陽修《記舊本韓文後》：「予少家漢東。漢東僻陋，無學者。吾家又貧，無藏書，州南有大姓李氏者，其子堯輔頗好學。予爲兒童時，多遊其家，見有弊筐貯故書在壁間，發而視之，得唐《昌黎先生文集》六卷，脱落顛倒無次序，因乞李氏以歸，讀之，見其言深厚而雄博。」

〔二〕見卷一第一四〇注〔三〕。

〔三〕宋李耆卿《文章精義》：「歐陽永叔學韓退之（原注：諸篇皆以退之爲祖，加以姿態。惟《五代史》過《順宗實録》遠甚，所謂青出於藍而青於藍者也）。」吕祖謙《古文關鍵·總論》：「看歐文法平淡　祖述韓子　議論文字最反覆。」

〔四〕此當與卷一第一五七互參。

〔五〕見卷一第一八〇注〔三〕。

〔六〕宋歐陽修《讀李翱文》：「恨翱不生於今，不得與之交；又恨予不得生翱時，與翱上下其論也。」

二〇〇　謝疊山云：「歐陽公文章爲一代宗師，然藏鋒斂鍔、韜光沈馨，不如韓文公之奇奇怪怪、可喜可愕。」〔一〕按：歐之奇不如韓固有之，然於韓之「抑遏蔽掩，不使自露」，詎相遠乎？〔二〕

〔一〕疊山：南宋謝枋得之號，字君直。引文見其編《文章軌範》卷四：「歐陽公文章爲一代宗師，然藏鋒斂鍔，韜光沈馨，不如韓文公之奇奇怪怪，可喜可愕。學韓不成，亦不庸腐；學歐不成，必無精彩。獨《上范司諫書》、《朋黨論》、《春秋論》、《縱囚論》，氣力健、光焰長，少年熟讀，可以發才氣，可以生議論。」

〔三〕見卷一第一四七注〔三〕。按：此即卷一第一九六所謂「得騷人之指趣爲多」之處。又當與卷一第一九六、卷三第〇二二五參。

二〇一 蘇老泉迂董詐鼂，〔一〕謂賈生「有二子之才而不流」。〔二〕余謂老泉取徑異於董，而用意往往雜以鼂。迂董，於董無損；詐鼂，恐鼂不服也。

〔一〕蘇老泉：蘇洵，字明允，《宋史》卷二百二有傳。舊有《嘉祐集》十六卷，今人曾棗莊等有《嘉祐集箋注》。「迂」、「詐」：這裏都是形容詞的意動用法，以……迂、以……詐。

〔二〕宋蘇洵《上田樞密書》：「常以爲：董生得聖人之經，其失也流而爲迂；鼂錯得聖人之權，其失也流而爲詐；有二子之才而不流者，其惟賈生乎？」

二〇二 昌黎《答劉正夫書》曰：「若聖人之道不用文則已，用則必尚其能者。」曾南豐稱蘇老泉之文曰：「脩能使之約，遠能使之近；大能使之微，小能使之著；煩能不亂，肆能不流。」〔一〕「能」之一字，足明老泉之得力，正不必與韓量長較短也。

〔一〕曾鞏：北宋南豐人（今江西南豐）。引文見其《蘇明允哀詞》：「明允姓蘇氏，諱洵。眉州眉山人也。始舉進士，又舉茂才異等，皆不中。歸，焚其所爲文，閉户讀書，居五六年。所有既富矣，乃始復爲文，蓋少或百字，多或千言，其指事析理，引物託喻，侈能盡之約，遠能見之近，大能使之微，小能使之著；煩能不亂，肆能不流；其雄壯俊偉，若決江河而下也，其輝光明白，若引星辰而上也；其略如是。以余之所言於余之所不言，可推而知也。」據此，「脩」當是「侈」字之誤。

二〇三　論文鮮有極稱《穀梁》、《孫》《吴》者。〔一〕獨柳州曰：「參之《穀梁》以厲其氣。」〔二〕老泉曰：「《孫》《吴》之簡切。」〔三〕殆好必從其所類耶？〔四〕

〔一〕《孫》《吴》：指傳春秋吴國孫武所著《孫子兵法》及衛國吴起所著《吴子》。《史記》卷六十五有傳。南朝梁劉勰《文心雕龍·程器》：「孫武《兵經》，辭如珠玉，豈以習武而不曉文也？」宋陳傳良《止齋集》卷四十一《跋徐薦伯詩集》：「今觀武書十三篇，蓋與《考工記》《穀梁子》相上下。」宋張鎡《仕學規範》卷三十五：「《孫子十三篇》論戰守次第，與山川險易，長短小大之狀，皆曲盡其妙。摧高發隱，使物無遁情，此尤文章妙處。」宋李耆卿《文章精義》：「《老子》《孫武子》一句一語，如串八寶珍瑰，間錯而不斷，文字極難學，惟蘇老泉數篇近之（原注：《心術》《春秋論》之類是也）。」元陳繹曾《文章歐冶》：「穀梁氏善議論，簡當清潔。」又：「孫武子善議論，算計精詳。密處盛得水住，無絲毫罅縫；妙處勝算如神明，只從省力處用心，幾於無爲之爲。有此心計，方有此文章。」按：此自是謂清以前，若清，則稱説《穀梁》者漸衆矣。

〔二〕見卷一第〇〇九注〔五〕。

〔三〕參卷一第〇四九注〔一〕。

〔四〕《易·乾》：「子曰：『同聲相應，同氣相求。水流濕，火就燥；雲從龍，風從虎；聖人作而萬物睹；本乎天者親上，本乎地者親下，則各從其類也。』」又蘇轍《欒城後集》卷二十三《歐陽文忠公神道碑》：「公之在翰林也，先君文安先生，以布衣隱居鄉閭，聞天子復用正人，喜以書遺公，公一見其文，曰：『此孫卿子之書也。』」

二〇四　蘇老泉云：「風行水上，涣，此天下之至文也。」〔一〕余謂大蘇文「一瀉千里」，〔二〕小蘇文一波三折，〔三〕亦本此意。

〔一〕語見蘇洵《仲兄字文甫説》。「風行水上，涣」：見《易·涣》。宋王應麟《困學紀聞》卷二十：「《詩·伐檀》毛氏《傳》云：『風行水成文曰漣。』老泉謂：『「風行水上，涣」，此天下之至文也。』本於此。」清沈祥龍《樂志簃筆記》卷三《論文隨筆》：「《易》曰：『風行水上，涣。』蘇氏指爲『天下之至文』。又曰『雷電合而成章』，涣則散，合則聚。文章之道，不外聚散二者。風水相激，波瀾迭興，此文之暢其言論者也，故散爲萬殊。雷電相併，聲光自顯，此文之明其意旨者也，故合爲一。本法《易》象，而文章之能事畢矣。」又：「蘇明允以風水喻文。風水，天地之積氣也，積盛則發，發則相激，行乎自然而已。古人但知有學，不知有文。文者，使之出，愈出而思愈竭；學者，使之入，愈入而理愈宏。理宏於中，自然形於外，其爲文也，猶積氣之盛而必發也。」

〔二〕大蘇：蘇軾。以區别於其父蘇洵（又稱「老蘇」）與其弟蘇轍（又稱「小蘇」）。宋黄震《黄氏日抄》卷六十二《蘇文》：「東坡之文如長江大河，一瀉千里。至其混浩流轉，曲折變化之妙，則無復可以名狀，蓋能文之士莫之能尚也。」

〔三〕「一波三折」：本論書術語，唐張彦遠《法書要録》卷一《王右軍題衛夫人筆陣圖後》：「昔宋翼常作此書。翼是鍾繇弟子，繇乃叱之，翼三年不敢見繇。即潛心改迹，每作一波，常三過折筆。」此移以論文。又宋蘇軾《答張文潛書》：「子由之文實勝僕，而世俗不知，乃以爲不如。其爲人深不願人知之。其文如其爲人，故汪洋澹泊，有一唱三歎之聲，而其秀傑之氣，終不可没。」可與此互參。

二〇五　東坡文，〔一〕亦孟子，亦賈長沙；〔二〕陸敬輿亦莊子，亦秦、儀。〔三〕心目窒隘者，可資其博達以自廣，〔四〕而不必概以純詣律之。〔五〕

〔一〕蘇軾：字子瞻，號東坡居士，卒謚「文忠」。《宋史》卷三百三十八有傳。其文集舊有南宋郎曄《經進東坡文集事略》，今人孔凡禮有《蘇軾文集》點校本，張志烈等有《蘇軾全集校注》，李之亮有《蘇軾文集編年箋注》。

〔二〕蘇軾《上梅直講書》：「今年春，天下之士群至於禮部，執事與歐陽公實親試之，誠不自意獲在第二。既而聞之人，執事愛其文，以爲有孟軻之風，而歐陽公亦以其能不爲世俗之文也而取焉。」又宋邵博《聞見後録》卷二十一：「東坡帥揚州，曾旼罷州學教授，經真州見呂惠卿。惠卿問：『軾何如人？』旼曰：『聰明人也。』惠卿怒曰：『堯聰明？舜聰明邪？大禹之聰明邪？』旼曰：『雖非三者之聰明，是亦聰明也。』惠卿曰：『軾學何人？』旼曰：『學孟子。』惠卿益怒，起立曰：『何言之不倫也。』旼曰：『孟子以民爲重，社稷次之，此所以知蘇公學孟子也。』惠卿默然。」蘇轍《東坡先生墓誌銘》：「公之於文得之於天，少與轍皆師先君。初好賈誼、陸贄書，論古今治亂，不爲空言。」

〔三〕「儀秦」：張儀、蘇秦，戰國時縱横家代表人物。

〔四〕「博達」：廣博通達。漢董仲舒《春秋繁露·楚莊王第一》：「然則《春秋》，義之大者也。得一端而博達之，觀其是非，可以得其正法。」

〔五〕「純詣」：見解的純粹。宋呂祖謙《古文關鍵總論·看文字法》：「看蘇文法　波瀾　出於《戰國策》《史記》　亦得關鍵法　當戒他不純處。」

二〇六　東坡文只是拈來法，〔一〕此由悟性絶人，故處處「觸著」耳。〔二〕至其理有過於通而難守者，〔三〕固不及備論。

〔一〕宋葉夢得《石林燕語》卷八：「蘇子瞻自在場屋，筆力豪騁，不能屈折於作賦。省試時，歐陽文忠公鋭意欲革文弊，初未之識。梅聖俞作考官，得其《刑賞忠厚之至論》，以爲似《孟子》，然中引『皐陶曰殺之三。堯曰宥之三』，事不見所據，亟以示。文忠大喜，往取其賦，則已爲他考官所落矣。即擢第二，及放榜，聖俞終以前所引爲疑，遂以問之。子瞻徐曰：『想當然耳，何必須要有出處！』聖俞大駭，然人已無不服其雄俊。」融齋所説「拈來法」，或者可以説就是前人所記載的「想當然法」，或即卷六第〇三六所謂絶處逢生法。即能根據文章的情境，旁徵博引，甚至順手拈來自我作古來對文章中的觀點加以論述。宋樓昉編《崇古文訣》卷二十五評蘇軾《大悲閣記》：「看拈起甚麽一種話頭，便被他對副了。觀此文如生蛇活龍，不惟義理通徹，亦是佛書精熟之故，所謂信手拈來，物物真者。」舊本題明李贄《疑耀》卷二《坡公詩文》：「蘇東坡絶世之才，早年學詩獨宗劉禹錫，而不及王楊盧駱、高岑李杜諸公。晚年雖曰學李青蓮，其得意處雖迫真，然多失於粗，止能爲白居易。則以信手拈來，不復措意耳。又言平生不好司馬《史記》，然其文多有模仿司馬者。朱考亭謂坡公晚年海外文字，多是信筆胡説，全不看道理。此又非知坡公也。」又可參卷二第一四〇及注〔二〕論「無中生有」。

〔二〕「觸著」：按：此當與卷二第一八一及注〔二〕、卷四第一〇四互參。

〔三〕「難守」：立論不嚴謹，難以持守。按：此似暗指蘇文僅得《戰國策》之一端，可參卷一第〇三一。

二〇七　東坡文雖打通牆壁説話，〔一〕然立腳自在「穩」處。〔二〕譬如舟行大海之中，把柁未嘗

不定，視「放言」而不「中權」者異矣。〔三〕

〔一〕「打通牆壁」：意當同卷二第一三八所謂「打通後壁」，亦即卷二第一三九所謂「能透過一層」。並可參卷五第一六二注〔二〕引錢謙益文。

〔二〕參卷一第二一七。按：此節及卷一第二一七所論「穩」，爲「是」，不悖於理之意。又可參卷六第〇八三。

〔三〕「放言而不中權」：肆意談論却不符合一定（權變）的原則。「放言」：放縱其言，不拘節制也。《後漢書・禰衡傳》：「又前與白衣禰衡跌蕩放言。」李賢注：「放，縱也。」又融齋《游藝約言》：「太白詩、東坡文，俱有『空山無人，水流花開』之意。」按：此論蘇文源出《孟子》，可參卷一第〇三八。

二〇八　《老子》云：「信言不美，美言不信。」〔一〕東坡文不乏「信言」可採，學者偏於「美言」歎賞之，何故？

〔一〕《老子》第八十一章：「信言不美，美言不信；善者不辯，辯者不善；知者不博，博者不知；聖人不積，既以爲人己愈有，既以與人己愈多。天之道，利而不害；聖人之道，爲而不爭。」三國王弼注：「滋美之言者，孳孳華詞。不信者，飾僞多空虛也。」本意是説真實的言辭不華美，華美的言辭不真實。

二〇九　坡文多「微妙」語。〔一〕其論文曰「快」、曰「達」、曰「了」，〔二〕正爲非此不足以發「微」闡「妙」也。

〔一〕宋蘇轍《亡兄子瞻端明墓誌銘》：「公之於文，得之於天。少與轍皆師先君，初好賈誼、陸贄書，論古今治亂，不爲空言。既而讀《莊子》，喟然歎息曰：『吾昔有見於中，口未能言，今見《莊子》，得吾心矣。』乃出《中庸論》，其言微妙，古人所未喻。」按：此又當與卷二第二八一互參。

〔二〕按：宋何薳《春渚紀聞》卷六《東坡事實·文章快意》：「先生嘗謂劉景文與先子曰：『某平生無快意事，惟作文章，意之所到，則筆力曲折無不盡意，』自謂世間樂事，無踰此者。」又蘇軾《與謝民師推官書》：「夫言止於達意，即疑若不文，是大不然。求物之妙，如繫風捕影，能使是物了然於心者，蓋千萬人而不一遇也，而況能使了然於口與手者乎？是之謂辭達。辭至於能達，則文不可勝用矣。」

二一〇　「遠想出宏域，高步超常倫。」〔一〕文家具此能事，則遇困皆通，且不妨故設困境以顯通之之妙用也。〔二〕大蘇文有之。

〔一〕語見南朝梁江淹《雜詩·嵇中散言志》。「常倫」：庸常之輩。

〔二〕《易·繫辭下》：「困窮而通。」按：此即「絕處逢生」之法，參卷六第〇六。

二一　東坡讀《莊子》，嘆曰：「吾昔有見，口未能言；今見是書，得吾心矣。」〔一〕後人讀東坡文，亦當有是語。蓋其過人處在能説得出，〔二〕不但「見得到」已也。〔三〕

〔一〕見卷一第二〇九注〔一〕。

〔二〕宋黎靖德編《朱子語類》卷一百三十九《論文上》：「人做文字不著，只是説不著、説不到、説自家意思不盡。」融齋觀點當從此出。又融齋《游藝約言》：「東坡文有與天爲徒之意。前此，則莊子、淵明、太白也。」「東坡之文，近於太白之詩，此由高亮灑落，胸次略同，非可以其迹象論離合也。」

〔三〕宋朱熹《晦庵集》卷四十三《答李伯諫》：「嘗聞之師曰：『二蘇聰明過人，所説《語》《孟》儘有好處，蓋天地間道理不過如此，有時便見得到，皆聰明之發也。但見到處却有病，若欲窮理，不可不論也。』『見到處却有病』，此語極有味，試一思之，不可以爲平常而忽之也。」

二二　東坡最善於没要緊底題，説没要緊底話；〔一〕未曾有底題，説未曾有底話。〔二〕抑所謂「君從何處看，得此無人態」耶！〔三〕

〔一〕按：此亦東坡有得於莊子處。可參卷一第〇五一，又可與卷四第〇八三互參。

〔二〕此即「無中生有」，參卷二第一四〇及注〔二〕。

〔三〕語見宋蘇軾《高郵陳直躬處士畫雁二首》其一。

二三　歐文「優游有餘」，蘇文「昭晰無疑」。〔一〕

〔一〕「優游有餘」、「昭晰無疑」：見卷一第一五三注〔一〕。

二四　介甫之文長於埽，〔一〕東坡之文長於生。〔二〕埽，故高；生，故贍。

〔一〕介甫：宋王安石之字。「埽」：掃除窠臼，自出機杼。按：此條當與卷一第二二三、卷一第二二九互參。

〔二〕「生」：生發新意。按：此條當與卷一第二一二、卷二第一四〇、卷二第一四一互參。

二五　東坡之文工而易，〔一〕觀其言「秦得吾工，張得吾易」，〔二〕分明自作贊語。文潛卓識偉論過少游，然固在坡函蓋中。

〔一〕「工而易」：工巧而平易。

〔二〕宋王應麟《困學紀聞》卷十七：「秦少游、張文潛學於東坡。東坡以爲：『秦得吾工，張得吾易。』」「少游」：秦觀之字。《宋史》卷四百四十四本傳稱「觀長於議論，文麗而思深。」舊有《淮海集》，今人周義敢等有《秦觀集編年校注》。「文潛」：張耒之字。《宋史》卷四百四十四本傳稱其「儀觀甚偉，有雄才。筆力絶健，於騷詞尤長」。又云「作詩晚歲益務平淡，效白居易體，而樂府效張籍」。舊有《柯山集》，今人李逸安等點校有《張耒集》。《宋史》卷四百四十四《黄庭堅傳》稱「(黄庭堅)與張耒、晁補之、秦觀俱游蘇軾門，天下稱爲四學士」。

二六　子由稱歐陽公文「雍容俯仰，不大聲色，而義理自勝」。〔一〕東坡《答張文潛書》謂子由文「汪洋澹泊，有一唱三歎之聲，而其秀傑之氣，終不可没」。〔二〕此豈有得於歐公者耶？

〔一〕蘇轍：字子由，晚年自號「潁濱遺老」。與父蘇洵、兄蘇軾齊名，稱「三蘇」，《宋史》卷三百三十九有傳。舊有《欒城集》行於世，今人陳宏天等有校點本《蘇轍集》，蔣宗許等有《蘇轍文編年箋注》。引文見《歐陽文忠公神道碑》。

〔二〕見卷一第二〇四注〔三〕。

二七　子由曰：「子瞻之文奇，吾文但穩耳。」〔一〕余謂百世之文，總可以「奇」、「穩」兩字判之。〔二〕

〔一〕語見蘇轍孫蘇籀所編《欒城遺言》：「公曰：『子瞻之文奇，予文但穩耳。』」

〔三〕宋黎靖德編《朱子語類》卷一百三十九《論文上》：「文字奇而穩方好。不奇而穩，只是闒靸。」

二八　王震《南豐集序》云：「先生自負似劉向，不知韓愈爲何如爾。」《序》内却又謂其「衍裕雅重，自成一家」。〔一〕噫！藉非能「自成一家」，亦安得爲善學劉向與？〔二〕

〔一〕曾鞏：字子固，《宋史》卷三百十九有傳。舊有《元豐類稿》，今人陳杏珍等有《曾鞏集》點校本。引文見宋人王震《元豐類稿原序》：「先生自負要似劉向，不知韓愈爲何如爾。中間久外徙，世頗謂偃蹇不偶。一時後生輩鋒出，先生泊如也。晚還朝廷，天下望用其學，而屬新官制，遂掌書命。於是更置百官，舊舍人無在者。已試即入院，方除目填委，占紙肆書，初若不經意，午漏盡，授草院吏上馬去。凡除郎御史數十人，所以本法意，原職守，而爲之訓敕者，人人不同，咸有新趣，而衍裕雅重，自成一家。」「衍裕」：漫衍深厚。

〔二〕宋李耆卿《文章精義》：「曾子固文學劉向（原注：平平説去，亹亹不斷，最淡而古。但劉向老，子固嫩；劉向簡，子固煩；劉向枯槁，子固光潤耳）。」

二九　曾文「窮盡事理」，〔一〕其氣味爾雅深厚，令人想見「碩人之寬」。〔二〕王介甫云：「夫安驅徐行，轥《中庸》之廷而造乎其室，舍二賢人者而誰哉？」〔三〕二賢謂正之、子固也。然則子固之文，即肖子固之爲人矣。

〔一〕宋曾鞏《贈黎安二生序》：「趙郡蘇軾，余之同年友也。自蜀以書至京師遺余，稱蜀之士曰黎生、安生者。既而黎生攜其文數十萬言，安生攜其文亦數千言，辱以顧余。讀其文，誠閎壯雋偉，善反復馳騁，窮盡事理，而其才力之放縱，若不可極者也。」此即以曾文之語移評其文。

〔二〕語見《詩·衛風·考槃》。宋朱熹《詩集傳》卷二：「詩人美賢者隱處澗谷之間，而碩大寬廣，無戚戚之意。」

〔三〕宋王安石《同學一首別子固》：「夫安驅徐行，轥中庸之廷而造於其堂，舍二賢人者而誰哉？」融齋引文略有出入。「轥」：進入。正之：據李壁《王荊公詩注》卷十：「（孫）正之名侔，字少述，吳興人。文甚奇古，内行孤峻，少許可。非其所善，雖鄰不與通也。」

二三〇　昌黎文意思來得硬直，〔一〕歐曾來得柔婉。硬直見本領，柔婉正復見涵養也。〔二〕

〔一〕宋胡仔《苕溪漁隱叢話》前集卷五：「荊公云：詩人各有所得……『横空盤硬語，妥帖力排奡。』此韓愈所得也。」按：此又當與卷一第〇九五互參。「發端便見出奇」即「硬直」之謂也。

〔二〕按：此韓歐有得於司馬子長處。可參卷一第〇九五。又可參卷一第一五七。

三二　韓文學不掩才，〔一〕故雖「約《六經》之旨而成文」，〔二〕未嘗不自我作古。〔三〕至歐曾則不敢直以作者自居，〔四〕較之韓若有「智崇禮卑」之别。〔五〕

〔一〕南朝梁劉勰《文心雕龍·事類》：「是以屬意立文，心與筆謀，才爲盟主，學爲輔佐，主佐合德，文采必霸，才學褊狹，雖美少功。」此論作文與才學關係之始。

〔二〕見卷一第一四二注〔二〕。

〔三〕「自我作古」：自創新規，不循舊法。唐劉知幾《史通》卷二《二體》：「夫史之篇目，皆還所創。豈以自我作故，而名實無準？」又宋陳模《懷古録》：「曾樽齋云：『文字須要自我作古，其次師經，師古文又次之。』」

〔四〕「作者」：創始者。即不自我作古之謂。

〔五〕見卷一第〇四三注〔一〕。

三三　王介甫文取法孟、韓。〔一〕曾子固《與介甫書》述歐公之言曰：「孟、韓文雖高，不必似之也，取其自然耳。」〔二〕則其學之所幾與學之過當，〔三〕俱可見矣。

〔一〕王安石：字介甫，撫州臨川人，號半山，封荆國公，卒謚「文」。《宋史》卷三百二十七有傳，舊有《臨川文集》行於世。今人王水照有《王安石全集》，李之亮有《王荆公文集箋注》。宋司馬光

《傳家集》卷六十《與王介甫書》：「介甫於諸書無不觀，而特好《孟子》與《老子》之言。」又王安石《奉酬永叔見贈》：「欲傳道義心雖壯，强學文章力已窮。他日若能窺孟子，終身何敢望韓公。」

「若」：張相《詩詞曲語辭彙釋》卷一：「猶怎也；那也。」「他日猶云平生；言平生那能窺孟子也。」

〔二〕宋曾鞏《與王介甫第一書》：「歐公更欲足下少開廓其文，勿用造語及摸擬前人，請相度示及。歐云：『孟韓文雖高，不必似之也，取其自然耳。』餘俟到京作書去，不宣，鞏再拜。」

〔三〕「幾」：及、達到。按：此條可與卷一第二三三五參。

二三三　王安石《解孟子》十四卷，爲崇、觀間舉子所宗，説見《郡齋讀書後志》。〔一〕觀介甫《上人書》有云：「《孟子》曰：『君子欲其自得之也。』孟子之云爾，非直施於文而已，然亦可託以爲作文之本意。」是則《解孟》亦豈無意於文乎？

〔一〕王安石《解孟子》，十四卷，今佚。宋趙希弁《郡齋讀書後志》卷二：「介甫素喜《孟子》，自爲之解，其子雱與其門人許允成皆有注釋。崇、觀間，場屋舉子宗之。」「崇觀」：指崇寧、大觀，爲宋徽宗趙佶的年號（當公元一一零二至一一一零年）。

二三四　介甫文之得於昌黎在「陳言務去」。〔一〕其譏韓有「力去陳言誇末俗」之句，〔二〕實乃

心鄉往之。〔三〕

〔一〕見卷一第一四三注〔二〕。按：融齋《游藝約言》：「辭必己出，書畫亦當然。」

〔二〕宋王安石《韓子》：「紛紛易盡百年身，舉世何人識道真。力去陳言誇末俗，可憐無補費精神。」

〔三〕可參錢鍾書《談藝録》一八《荆公用昌黎詩》。又此條當與卷二第一三七互參。

三三五　曾子固稱介甫「文學不減揚雄」，〔一〕而介甫《詠揚雄》亦云：「千古雄文造聖真，眇然幽息入無倫。」〔二〕慕其文者如此其深，則必效之惟恐不及矣。

〔一〕宋邵博《聞見後録》卷二十：「王荆公與曾南豐平生以道義相附。神宗問南豐：『卿交王安石最蚤，安石何如人？』南豐曰：『安石文學行義不減揚雄，以吝，故不及。』」

〔二〕宋王安石《揚子三首》其三：「千古雄文造聖真，眇然幽思入無倫。他年未免投天禄，虚爲新都著《劇秦》。」

三三六　介甫文兼似荀、揚。〔一〕荀，好爲其矯；〔二〕揚，好爲其難。〔三〕

〔一〕按：王安石集中推崇揚雄之處頗多，如《答龔深父書》、《答曾子固書》、《答吴孝宗書》等，《揚子二首》其一竟謂：「儒者陵夷此道窮，千秋止有一揚雄。」足見慕習之深。又融齋《游藝約言》：

「荀、揚之文，與董仲舒、王仲淹之文氣體有別。退之、介甫似荀、揚，歐、曾似董、王。」

〔二〕「矯」：矯枉。謂其「矯世之枉」，「立言之意，時或過激」也。可參卷一第〇四二、卷一第二二七互參。

〔三〕「難」：此指荆公用語奇創，迥不猶人。可參卷一第一〇六、卷一第二三一。

二二七　柳州作《非國語》，而文學《國語》；〔一〕半山謂荀卿「好妄」，〔二〕荀卿「不知禮」，〔三〕而文亦頗似《荀子》。〔四〕文家不以訾讆爲棄取，〔五〕正如東坡所謂「我憎孟郊詩，復作孟郊語」也。〔六〕

〔一〕按：此當與卷一第〇一八、卷一第一六四互參。

〔二〕宋王安石《周公》：「甚哉！荀卿之好妄也！載周公之言曰：『吾所執贄而見者十人，還贄而相見者三十人，貌執者百有餘人，欲言而請畢事千有餘人。』是誠周公之所爲，則何周公之小也。」

〔三〕宋王安石《禮論》：「嗚呼！荀卿之不知禮也！其言曰『聖人化性而起僞』，吾是以知其不知禮也。」

〔四〕明茅坤《唐宋八大家文鈔》卷八十九王安石《禮樂論》後評語：「中多名言，行文處類荀卿。」

〔五〕「訾讆」：錯誤的稱譽或憎惡。《管子》卷二十《形勢解》：「毁訾賢者之謂訾，推譽不肖之謂讆。」此指不以人廢言。

〔六〕語見宋蘇軾《讀孟郊詩二首》其二：「我憎孟郊詩，復作孟郊語。飢腸自鳴喚，空壁轉饑鼠，詩從肺腑出，出輒愁肺腑。」

三八　荆公文是能以品格勝者，〔一〕看其人取我棄，自處地位儘高。〔二〕

〔一〕「品格」：此指文品。指荆公文不「夸世媚俗」。可參卷三第一三四。

〔二〕按：宋徐積《節孝集》卷三十一《語録》：「公曰：某少讀《貨殖傳》，見所謂『人棄我取，人取我與』，遂悟爲學法。蓋學能知人所不能知，爲文能用人所不能用，斯爲善矣。人所共知事，可略也。」又：此可與卷一第二三三互參。

三九　半山文善用揭過法，〔一〕只下一二語，便可埽却他人數大段，是何簡貴！〔二〕

〔一〕「揭過」：翻過。如《朱子語類》卷一百四：「如今人不曾竭盡心力，只見得三兩分了，便草草揭過，少間只是鶻突無理會，枉著日月，依舊似不曾讀相似。只如韓退之老蘇作文章，本自没要緊事，然他大段用功，少間方會漸漸掃去那許多鄙俗底言語，換了個心胸，説這許多言語出來。如今讀書須是加沈潛之功，將義理去澆灌胸腹，漸漸蕩滌去那許多淺近鄙陋之見，方會見識高明。」融齋此指王文刻意求新，迥不猶人。又稱「剥去」法。參卷一第一三三。

〔二〕融齋《游藝約言》：「善文者，内出而無窮；不善文者，外挹而有限。」「文家會用字者，一字能抵無數字；不會用字者，一字抵不到一字。字如此，則句與段落皆可知矣。」並可與此互參。

二三〇　謝疊山評荆公文曰：「筆力簡而健。」〔一〕余謂南人文字，失之冗弱者十常八九，〔二〕殆非如荆公者不足以矯且振之。

〔一〕疊山：宋謝枋得之號。所編《文章軌範》卷五王安石《讀孟嘗君傳》後評語：「筆力簡而健！然一篇得意處，只是『擅齊之强，得一士焉，宜可以南面而制秦，尚取雞鳴狗盜之力哉？』先得此數句，作此一篇文字。然亦是祖述前言。韓文公《祭田横墓》文云：『當嬴氏之失鹿，得一士而可王，何五百人之擾擾，不能脱夫子於劍鋩？豈所寳之非賢？抑天命之有常。』」

〔二〕按：前人每以爲南北學者，立術各殊。以文學論，則南人文字或失之柔靡冗弱，而爲北方學者所鄙視。清全祖望《鮚埼亭集》卷二十六《陽曲傅先生事略》中就記載身爲北人的傅山「雅不喜歐公以後之文，曰：『是所謂江南之文也。』」近人劉師培更著有《南北學派不同論》，可參看。

二三一　半山文「瘦硬通神」，〔一〕此是江西本色，〔二〕可合黄山谷詩派觀之。〔三〕

〔一〕語見唐杜甫《李潮八分小篆歌》：

蒼頡鳥迹既茫昧，字體變化如浮雲。陳倉石鼓又已訛，大小二篆生八分。秦有李斯漢蔡邕，中間作者寂不聞。嶧山之碑野火焚，棗木傳刻肥失真。苦縣光和尚骨立，書貴瘦硬方通神。惜哉李蔡不復得，吾甥李潮下筆親。尚書韓擇木、騎曹蔡有鄰。開元已來數八分，潮也奄有二子成三人。況潮小篆逼秦相，快劍長戟森相向。八分一字直百金，蛟龍盤拏肉屈强。吴郡張顛誇草書，草書非古空雄壯。豈知吾甥不流宕，丞相中郎丈人行。巴東逢李潮，逾月求我歌。我今衰老才力薄，潮乎潮乎奈汝何。

按：原詩本是形容書法，此藉用來形容王安石文章之特色。「瘦」當謂其剥除常語，偏質。「硬」當謂其乏情韻，尚意。又融齋《游藝約言》：「東坡文以透漏勝，半山文以皺瘦勝，其皆師於石者耶？」可與此參觀。

〔二〕按：此指江西文派，因其成員歐陽修、王安石、曾鞏等皆爲江西人，故云。元劉壎《隱居通議》卷十三《半山總評》：「我宋盛時，首以文章著者，楊億、劉筠。學者宗之，號楊劉體。然其承襲晚唐五代之染，習以雕鐫偶儷爲工，又號曰西崑體。歐陽公惡之。嘉祐中，知貢舉，思革宿弊，故文涉浮靡者，一皆黜落，獨取深醇渾厚之作。一時士論雖譁，而文體自是一變，漸復古雅。南豐曾文定公、臨川王荆公，皆歐公門下士也，繼出而羽翼之，天下更號曰江西體，論遂以定。」

〔三〕此當與卷二第一五〇、卷二第一五一互參。

二三二　荆公《游褒禪山記》云：「入之愈深，其進愈難，而其見愈奇。」〔一〕余謂「深」、〔二〕「難」、〔三〕「奇」三字，〔四〕公之學與文得失並見於此。

〔一〕見《臨川文集》卷八十三。

〔二〕此當與卷一第二三三互參。

〔三〕此當與卷一第二三六互參。

〔四〕此當與卷一第二三四互參。

二三三　介甫文於下愚及中人之所見，〔一〕皆剥去不用，〔二〕此其長也；至於上智之所見，亦剥去不用，則病痛非小。

〔一〕中國古代的哲學家常根據人的品性，把人分成三等：上智、中人和下愚。如《論語·陽貨》：「子曰：『唯上知與下愚不移。』」按：此即荆公文「似揚，好爲其難」之處。並可參卷一第二二六、卷一第二二八、卷二第二七一。

〔二〕「剥」：本爲八股論文術語。此借用，指人取我棄，參卷一第二二八，又可參卷二第二七一。

二三四　介甫《上邵學士書》云：「某嘗患近世之文，辭弗顧於理，理弗顧於事。以襞積故實爲有學，以雕繪語句爲精新。譬之擷奇花之英，積而玩之，雖光華馨采，鮮縟可愛，求其根柢濟用，則蔑如也。」〔二〕又《上人書》云：「所謂文者，務爲有補於世而已矣。所謂辭者，猶器之有刻鏤繪畫也。誠使巧且華，不必適用；誠使適用，亦不必巧且華。」〔三〕余謂介甫之文，洵異於尚「辭」、「巧華」矣，特未思免於此弊，仍未必「濟用」、「適用」耳。

〔一〕語見《臨川文集》卷七十五。「襞積」：重複、堆積。

〔二〕語見《臨川文集》卷七十七。

二三五　半山文其猶藥乎？治病可以致生，養生或反致病。〔一〕

〔一〕宋呂祖謙《呂氏家塾讀詩記》卷二十八：「李氏曰：文猶膏粱，武猶藥石。藥石可以治病，而不可以養生。」融齋取喻似本此。

二三六　半山「説得世人之病好，只是他立處未是」。〔一〕

〔一〕「立處」：根基、根本。按：《陸九淵集》卷三十五《語録下》：「諸子百家説得世人之病好，只是他立處未是，佛老亦然。」此似化用。又同卷：「讀介甫書，見其凡事歸之法度，此是介甫敗壞天下處……或問：介甫比商鞅何如？先生云：商鞅是脚踏實地，他亦不問王霸，只要事成，却是先定規模。介甫慕堯舜三代之名，不曾踏得實處，故所成就者，王不成，霸不就，本原皆因不能格物，模索形似，便以爲堯舜三代如此而已，所以學者先要窮理。」疑「立處」本指王變法之宗旨，此當指立論之根基。可參卷一第二三三。

二三七　介甫文每言及骨肉之情，酸惻嗚咽，語語自腑肺中流出，〔一〕他文却未能本此意擴而充之。〔二〕

〔一〕宋張鎡《仕學規範》卷三十四《作文》：「李格非善論文章，嘗曰：諸葛孔明《出師表》、劉伶《酒德頌》、陶淵明《歸去來詞》、李令伯《乞養親表》皆沛然如肺肝中流出，殊不見斧鑿痕。是數君子在後漢之末兩晉之間，初未嘗欲以文章名世，而其詞意超邁如此，是知文章以氣爲主，氣以誠爲主。」

〔二〕按：明茅坤編《唐宋八大家文鈔》收王安石碑狀、墓誌、銘表及祭文凡七十三首，爲諸家之冠。《亡兄王常甫墓誌銘》評：「令人讀之而有餘悲。」《祭范潁州文》文後評曰：「荆公爲人多氣岸，不妄交，所交者皆天下名賢。故於其殁而祭也，其文多奇崛之氣，悲愴之思，令人讀之不能以不掩卷而涕洟。」又：「范公爲一代殊絶人物，而荆公祭文亦極力摹寫，涕洟嗚咽，可爲兩絶矣。」《祭王回深甫文》評：「交深而言戚，可裂肺肝。」均可與此互參。

二三八　李泰伯文，〔一〕朱子謂其「自大處起議論，如古《潛夫論》之類」。〔二〕劉壎《隱居通議》謂其所作《袁州學記》「高出歐蘇，百世不朽」。〔三〕按：泰伯之學，深於《周禮》，〔四〕其所爲文，率皆法度謹嚴。《宋史》本傳但載其所上《明堂定制圖序》，尚非其極也。東坡謂嘗見泰伯自述其文曰：「天將壽我與？所爲固未足也；不然，斯亦足以藉手見古人矣。」〔五〕觀是言，其生平之力勤諧卓具見。〔六〕

〔一〕泰伯：宋李覯之字，人稱「盱江先生」，《宋史》卷四百三十二有傳。舊有《直講李先生文集》，今人王國軒有《李覯集》點校本。

〔二〕宋黎靖德編《朱子語類》卷一百三十九《論文上》：「李泰伯文實得之經中，雖淺，然皆自大處起議論，首卷《潛書》、《民言》，好。如古《潛夫論》之類。」

〔三〕劉壎：字起潛，宋末元初人。引文見《隱居通議》卷十八《李盱江文》：「盱江李先生《長江賦》、《袁州學記》高出歐蘇，百世不朽。當與《平淮西碑》並傳。」

〔四〕《盱江集》卷五收《周禮致太平論五十一篇》，可爲「深於《周禮》」之證。

〔五〕《盱江集序》：「李覯泰伯以舉茂材罷歸，其明年，慶曆癸未秋，因料所著文，自冠迄兹十五年，得草稿二百三十三首。將恐亡散，姑以類辯爲十二卷，寫之，間或應用而爲，未能盡無愧，閔其力之勞，輒不棄去。至於妖淫刻飾，尤無用者，雖傳在人口，皆所弗取。噫！天將壽我乎？所爲固未足也。不然，斯十二卷庶可藉手見古人矣。故自序云。」《宋文鑑》卷八十九、王偁《東都事略》卷一百十四同，但文中並未言東坡見李自述其文云云，此疑誤。

〔六〕「力勤詣卓」：用力精勤而造詣高超。

二三九　劉原父文「好摹古」，〔一〕故論者譽訾參半。〔二〕然其於學無所不究，〔三〕其大者如解《春秋》，〔四〕多有「古人所未言」。〔五〕「朝廷每有禮樂之事，必就其家以取決」，〔六〕豈曰文焉已哉！即以文論，歐公爲作墓誌，稱其「立馬却坐，一揮九制，文辭典雅，各得其體」，〔七〕朱子稱其「才思極多，湧將出來」，〔八〕亦可見其崖略矣。〔九〕

〔一〕原父：宋劉敞之字，人稱公是先生，《宋史》卷三百十九有傳，有《公是集》行於世。宋晁公武《郡齋讀書志》卷四《劉公是集七十五卷》：「人明白俊偉，自六經百氏下至傳記，無所不通。爲文章尤敏贍，好摹仿古語句度。在西掖時，嘗食頃草九制，各得其體。英宗嘗語及原父，韓魏公對以有文學，歐陽公曰：其文章未佳，特博學可稱耳。」

〔二〕「譽訾參半」：猶言毁譽參半。「訾」：詆毁之辭。《四庫全書總目·公是集》：「敞之談經，雖好與先儒立異，而淹通典籍，具由心得，究非南宋諸家遊談無根者比。故其文湛深經術，具有本原。攽序稱其：『合衆美爲己用，超倫類而獨得，瓌偉奇特，放肆自若。』又稱其『考百子之雜博，六經可以折衷，極帝王之治功，今日可以按行。學聖人而得其道，所以優出於前人』。友于之情，雖未免推揚太過，然曾肇《曲阜集》有《敞贈特進制》曰：『經術文章，追古作者。』朱子《晦菴集》有《墨莊記》曰：『學士舍人兄弟，皆以文章大顯於時而名後世。』《語録》曰：『原父文才思極多，湧將出來。每作文，多法古，絶相似。有幾件文字學《禮記》，《春秋説》學《公》《穀》。』又曰：『劉侍讀氣平文緩，乃自經書中來，比之蘇公，有高古之趣』云云。則其文詞古雅，可以概見矣。晁公武《讀書志》謂歐陽修嘗短其文於韓琦，葉適《習學記言》亦謂『敞言經旨，間以謔語酬修，積不能平，復忤韓琦，遂不得爲翰林學士』，蓋祖公武之説。今考修草敞知制誥詔曰：『議論宏博，詞章爛然。』又作其父立之墓誌曰：『敞與攽皆賢而有文章。』又作敞墓誌曰：『於學博，自六經百氏、古今傳記，下至天文地理、卜醫數術、浮屠老莊之説，無所不通。爲文章尤敏贍，常直紫薇閣，一日追封皇子、公主九人，方將下直，止馬却作，一揮九制數千言，文辭典雅，各得其體。』其銘詞曰：『惟其文章燦日星，雖欲有毁知莫能。』則修亦雅重之。晁氏、葉氏所言，殆非其實歟？」可參看。

〔三〕《宋史》卷三百一十九《劉敞傳》：「敞學問淵博，自佛老卜筮、天文方藥、山經地志，皆究知大略。」

〔四〕按：《宋史》卷三百一十九《劉敞傳》：「長於《春秋》。」今《四庫全書》收録其所著《春秋》類著作就有《春秋權衡》、《劉氏春秋傳》、《劉氏春秋意林》、《春秋傳説例》等。

〔五〕宋晁公武《郡齋讀書志》卷一下《春秋權衡十七卷春秋意林二卷春秋劉氏傳十五卷》：「右皇朝劉敞原父撰。《權衡》論三傳之失；《意林》叙其解經之旨；《劉氏傳》，其所解經也。如桓無王、季友卒、胥命用郊之類，皆古人所未言。」

〔六〕語見《宋史》卷三百一十九《劉敞傳》。

〔七〕語見宋歐陽修《集賢院學士劉公墓誌銘》。

〔八〕《朱子語類》卷一百三十九《論文上》：「劉原父才思極多，湧將出來。每作文，多法古，絶相似。有幾件文字學《禮記》《春秋説》，學《公》《穀》，文勝貢父。」

〔九〕「崖略」：梗概。

二四〇　李忠定奏疏論事，〔一〕指畫明豁，其天資似更出陸宣公上。然觀其《書檄志》云：「一應書檄之作，皆當以陸宣公爲法。」〔二〕則知得於宣公者深矣。

〔一〕李忠定：宋李綱。字伯紀，別號梁谿先生、梁谿居士、梁谿病叟，卒謚「忠定」。《宋史》卷三百五十八、三百五十九有傳。舊有《梁谿集》，今嶽麓書社有《李綱全集》。

〔二〕語見《梁谿集》卷一百三十六。

二四一　朱子之文，〔一〕表裏瑩徹。故平平説出，而轉覺矜奇者之爲庸；〔二〕明明説出，而轉覺恃奥者之爲淺。其立定主意，步步回顧，方遠而近，似斷而連，特其餘事。

〔一〕朱子：朱熹。字元晦，又字仲晦，晚號晦翁、雲谷老人、滄洲病叟、遁翁，别稱紫陽、考亭。《宋史》卷四百二十九有傳。詩文集舊有《晦庵集》行於世，今人朱傑人等編纂有《朱子全書》。

〔二〕「矜奇」：炫耀新奇。清王士禛《池北偶談》卷十三《唐書》：「予嘗論《新唐書》不及《舊書》，蓋矜奇字句，全失本色。」

二四二　朱子云：「余年二十許時，便喜讀南豐先生之文，而竊慕效之，竟以才力淺短，不能遂其所願。」〔一〕又云：「某未冠而讀南豐先生之文，愛其詞嚴而理正，居常以爲人之爲言，必當如此，乃爲非苟作者。」〔二〕朱子之服膺南豐如此，〔三〕其得力尚須問耶？〔四〕

〔一〕語見宋朱熹《晦庵集》卷八十四《跋曾南豐帖》。

〔二〕語見宋朱熹《晦庵集》卷八十三《跋曾南豐帖》。

〔三〕「服膺」：牢記於心、衷心信奉服從。

〔四〕此當謂朱熹之文「窮盡事理」，「爾雅深厚」。可參卷一第二一九。

二四三　陳龍川「喜學歐文」，〔一〕嘗選歐文曰《歐陽文粹》。〔二〕其序極與歐文相類，〔三〕然他文却不盡似之。此如人飲水，冷暖自知，〔四〕原不必字摹句擬，類於執迹以求履憲也。〔五〕

〔一一〕〔三〕陳龍川：陳亮。字同甫，號龍川，後改名同，《宋史》卷四百三十六有傳。舊有《龍川集》行於世，今中華書局有《陳亮集》點校本。元劉壎《隱居通議》卷十五《龍川宗歐文》：「龍川先生陳公亮喜歐陽文，其所作有絶似處。嘗選歐文一百三十篇，命曰《歐陽文粹》。其序有曰：……以上皆龍川所作，而亦紆餘寬平，甚似歐文。豈非誦習之熟，自然逼真歟？」

〔二〕《歐陽文粹》二十卷，陳亮編，共選録歐陽修文章共一百三十篇。

〔四〕佛家常語。唐善無畏《大日經疏》卷十二：「如飲水者，冷熱自知。」宋釋普濟《五燈會元》卷二：「師曰：某甲雖在黄梅隨衆，實未省自己面目，今蒙指授入處，如人飲水，冷暖自知。今行者即是某甲師也。」此喻體會深淺，心中自明。

〔五〕《管子》卷四《宙合》：「夫成軸之多也，其處大也不究，其入小也不塞，猶迹求履之憲也。」意謂根據鞋印來行走。

二四四　陳同甫《上孝宗皇帝書》貶駁道學，至謂「今世之儒士，以爲得正心誠意之學者，皆風痺不知痛癢之人」。〔一〕而其自跋《中興論》，復言：「一日讀《楊龜山語録》，謂『人住得然後可以有爲，才智之士非有學力却住不得』，不覺恍然自失。」〔二〕可見同甫之所駁者，乃無實之人，〔三〕非龜山一流也。

〔一〕語見《龍川集》卷一，原題作《上孝宗皇帝第一書》。《四庫全書總目・龍川文集》：「亮與朱子友善，故搆陷唐仲友於朱子，朱子不疑。然才氣雄毅，有志事功，持論乃與朱子相左。羅大經《鶴林玉露》記朱子告亮之言曰：『凡真正大英雄，須是戰戰兢兢，從薄冰上履過去。』蓋戒其氣之鋭也。岳珂《桯史》又記：『吕祖謙殁，亮爲文祭之，有孝弟忠信常不足以趨天下之變，而材術辨智，常不足以定天下之經語。』朱子見之，大不契。遺書婺人，詆爲怪論。亮聞之，亦不樂。他日《上孝宗書》曰：『今世之儒士，自謂得正心誠意之學者，皆風痺不知痛癢之人也。』蓋以微諷晦翁，晦翁亦不訝也云云。足見其負氣傲睨，雖以朱子之盛名，天下莫不攀附，亦未嘗委曲附和矣。」

〔二〕語見《龍川集》卷二《中興論·論正體之道》。楊龜山：南宋楊時，著有《龜山集》，語録今見卷十至卷十三。

〔三〕「無實」：没有根底。

二四五　陳同甫文箴砭時弊，指畫形勢，自非絀於用者之比。〔一〕如四《上孝宗皇帝書》及《中興五論》之類是也。〔二〕特其意思揮霍，〔三〕氣象張大，若使身任其事，恐不能耐煩持久。試觀趙營平、諸葛武侯之論事，〔四〕何嘗揮霍張大如此！

〔一〕《四庫全書總目·龍川文集》：「今觀集中所載，大抵議論之文爲多。其才辨縱横，不可控勒，似天下無足當其意者。使其得志，未必不如趙括馬謖狂躁僨轅，但就其文而論，則所謂開拓萬古之心胸，推倒一時之豪傑者，殆非盡妄。」融齋此處似暗駁《總目》。

〔二〕按：四《上孝宗皇帝書》今見《龍川集》卷一，《中興五論》今見《龍川集》卷二。

〔三〕「揮霍」：迅疾、不篤厚。所謂剽而不留是也，可參卷五第一九九。

〔四〕按：清姚鼐《古文辭類纂》卷十四《奏議類》録趙充國《陳兵利害書》、《屯田奏三首》；卷十五《奏議類》録諸葛亮《出師表》。按：此謂陳文不切實用，可參卷一第一二一。

二四六　陸象山文，〔一〕《隱居通議》稱其《王荆公祠堂記》，又稱其《與楊守書》及《與徐子宜侍郎書》，且各繫以評語。〔二〕余謂陸文得孟子之實，〔三〕不容意爲去取，亦未易評。評之須如其《語録》中所謂「從天而下，從肝肺中流出，是自家有底物事」，〔四〕乃庶幾焉。

〔一〕陸象山：陸九淵。字子靜，自號存齋、象山翁，南宋理學家，《宋史》卷四百三十四有傳。舊有《象山集》，今有鍾哲點校的《陸九淵集》。

〔二〕元劉壎《隱居通議》卷十七《象山先生言吏姦二書》：「象山先生作《王荆公祠堂記》，筆力宏妙，自謂斷百餘年未了底公案。聖人復起，不易吾言。此一大題目，非先生不敢言，非先生不能言也。當來更加揫斂，使歸簡嚴，則前無古人矣。先生精於説理，長於論事，惟其天材宏縱，横説竪説，逗盡底裏，沛然不窮，讀之使人氣涌神懮，聞風興起，而況於親炙之者乎？嘗有《與楊守》一書，言吏奸者，其説甚妙。……又有《與徐子宜侍郎一書》……此二書明暢痛快，説盡吏奸。」

〔三〕按：九淵學宗孟子，《陸九淵集》卷三十五《語録下》：「某嘗問先生之學亦有所受乎？曰：因讀《孟子》而自得之。」故融齋宜有此論。

〔四〕語見《陸九淵集》卷三十四《語録上》。

二四七　後世學子書者，不求諸本領，專尚難字棘句，〔一〕此乃大誤。欲爲此體，須是神明過人，窮極精奥，斯能託寓萬物，因淺見深，非光不足而强照者所可與也。唐宋以前，蓋難備論。《郁離子》最爲晚出，〔二〕雖體不盡純，意理頗有實用。

〔一〕「本領」：根本。「棘句」：像荆棘般的句子，比喻艱澀、不順暢，亦形容苦心遣字所造的句子。唐韓愈《貞曜先生墓誌銘》：「及其爲詩，劌目鉥心，刃迎縷解，鉤章棘句，掐擢胃腎，神施鬼設，間見層出。」

〔二〕《四庫全書總目·郁離子》：「明劉基撰。……是書原本十卷，分十八篇，一百九十五條。今止二卷，蓋後人所併也。基初仕元不得志，因棄官入青田山中，著此書。天台徐一夔序曰：郁離者，離爲火，文明之象。言用之其文郁郁然，爲盛世文明之治也。」今人曹道衡有《郁離子譯注》。按：融齋本人另著有《寤崖子》，見《昨非集》。

二四八　儒學、史學、玄學、文學，見《宋書・雷次宗傳》。〔一〕大抵儒學本《禮》，荀子是也；〔二〕史學本《書》與《春秋》，馬遷是也；玄學本《易》，莊子是也；〔三〕文學本《詩》，屈原是也。後世作者，取途弗越此矣。

〔一〕《宋書》卷九十三《雷次宗傳》：「元嘉十五年，徵次宗至京師，開館於雞籠山，聚徒教授，置生百餘人。會稽朱膺之、潁川庾蔚之並以儒學，監總諸生。時國子學未立，上留心藝術，使丹陽尹何尚之立玄學，太子率更令何承天立史學，司徒參軍謝元立文學，凡四學並建。車駕數幸次宗學館，資給甚厚。」

〔二〕「本」：原本。可參卷一第一三四及注〔一〕。

〔三〕宋李耆卿《文章精義》：「《莊子》者，《易》之變；《離騷》者，《詩》之變；《史記》者，《春秋》之變。」又清錢澄之《田間文集》卷十二《莊屈合詁自序》：「然吾觀其書（注者按：指《莊子》），則一本於《易》。夫《易》之道惟其時而已，《莊子》以自然爲宗，而詆仁義，斥禮樂，訾毀先王之法者，此矯枉過正之言也。彼蓋以遵其迹者未能得其意，泥於古者不能適於今，名爲治之，適以亂之。因其自然，惟變所適，而《易》之道在是矣。……豈惟《莊子》本於《易》，屈子亦《易》也。」另可參卷一第〇九八。

二四九　《孔叢子》：「宰我問：『君子尚辭乎？』孔子曰：『君子以理爲尚。』」〔一〕文中子曰：「言文而不及理，是天下無文也。」〔二〕昌黎雖嘗謂「辭不足，不可以爲成文」，而必曰：「學所以爲道，文所以爲理。」〔三〕陸士衡《文賦》曰：「理扶質以立幹。」〔四〕劉彦和《文心雕龍》曰：「精理爲文。」〔五〕然則舍理而論文辭者，奚取焉？

〔一〕語見《孔叢子》卷上《嘉言》。

〔二〕語見隋末王通《中説》卷一《王道》。

〔三〕「辭不足不可以爲成文」：語見韓愈《答尉遲生書》。「學所以爲道」句：見韓愈《送陳彤秀才書》。

〔四〕西晉陸機《文賦》：「理扶質以立幹，文垂條以結繁。」唐李善注：「文之體必須以理爲本，『垂條』，以樹喻也。」

〔五〕語見南朝梁劉勰《文心雕龍·徵聖》。

二五〇　文無論奇正，皆取明理。〔一〕試觀文孰奇於《莊子》？而陳君舉謂其「憑虚而有理致」，〔二〕況正於《莊子》者乎？

〔一〕參卷一第一八五。《陸九淵集》卷三十五《語録下》：「文以理爲主，荀子於理有蔽，所以文不雅馴。」清李光地《榕村集》卷十二《楊賓實制義序》：「顧經義之文，主於明理，明理之文，主於深厚簡切，平易疏暢，而惡乎以才亂之。」

〔二〕語見宋陳振孫《直齋書録解題》卷四《史記》：「竊嘗謂著書立言，述舊易，作古難。『六藝』之後，有四人焉。摭實而有文采者，左氏也；憑虚而有理致者，《莊子》也；屈原變國風雅頌而爲《離騷》，及子長易編年而爲紀傳，皆前未有其比，後可以爲法。非豪傑特起之士，其孰能之？」按：此云「陳君舉」，乃宋陳傅良之字，誤。又融齋《莊子題辭》：「《南華》自道是荒唐，我道《南華》語太莊。應爲世間莊語少，狂人多謂不狂狂。」

二五一　明理之文，大要有二，曰：闡前人所已發，擴前人所未發。〔一〕

〔一〕清厲鶚《樊榭山房文集》卷第八《寓簡跋》：「明遠爲葉石林弟子，學有元本。論説經史，能闡前人所未發。」

二五二　論事叙事，皆以「窮盡事理」爲先。〔一〕事理盡後，斯可再講筆法。不然，離「有物」以求有章，〔二〕曾足以「適用」而「不朽」乎？〔三〕

〔一〕見卷一第二一九注〔一〕。

〔二〕此當與卷一第二八三互參。

〔三〕按：此條當與卷一第二三四、卷一第二三八互參。

二五三　揚子《法言》曰：「事辭稱則經。」〔一〕余謂不但事當稱乎辭而已，義尤欲稱也。觀《孟子》「其事則齊桓、晉文」數語可見。〔二〕

〔一〕語見揚雄《法言·吾子》。

〔二〕《孟子·離婁下》：「孟子曰：『王者之迹熄而《詩》亡，《詩》亡然後《春秋》作。晉之《乘》、楚之《檮杌》、魯之《春秋》一也。其事則齊桓、晉文，其文則史。孔子曰：其義則丘竊取之矣。』」

二五四　言此事必深知此事，到得「事理曲盡」，〔一〕則其文確鑿不可磨滅，如《考工記》是也。《梁書·蕭子雲傳》載其「著《晉史》，至二王列傳，欲作論草隸法，不盡意，遂不能成」。〔二〕此亦見「實事求是」之意。〔三〕

〔一〕宋真德秀《文章正宗》卷二《赦天下令》：「按：祠祭詔及今此令才數語，而事理曲盡，存之以見漢詔簡嚴之體云。」

〔二〕語見《梁書》卷三十五。

〔三〕《漢書》卷五十三《河間獻王劉德傳》：「河間獻王德以孝景前二年立，修學好古，實事求是。」唐顏師古注：「務得事實，每求真是也。」

二五五　《易・繫傳》謂「易其心而後語」，〔一〕揚子雲謂言爲「心聲」，〔二〕可知言語亦心學也。況文之爲物，尤言語之精者乎？〔三〕

〔一〕《易・繫辭下》「子曰：『君子安其身而後動，易其心而後語。定其交而後求』」，大意謂心平氣和後再言語。「易」：和易。

〔二〕西漢揚雄《法言・問神》：「故言，心聲也；書，心畫也；聲畫形，君子小人見矣。聲畫者，君子小人之所以動情乎？」按：又融齋《游藝約言》：「文不本於心性，有文之恥甚於無文。」「文，心學也。心當有餘於文，不可使文餘於心。」清沈祥龍《樂志簃筆記》卷三《論文隨筆》：「言爲心聲，文章亦言也。言之美惡本乎心之美惡。鳳凰不作鴟鴞之音，麒麟不爲豺虎之吼；心不同也。古之君子不特大著作固自異人，即偶爾涉筆，亦隱然寓立身行道於其内。美言無實者，其能假託乎？」並可與此參觀。按：此可與卷五第二二九五參。

〔三〕唐韓愈《送孟東野序》：「人聲之精者爲言，文辭之於言，又其精也。」又宋程端學《陵陽集序》：「文者，言語之精華也。」

二五六　志者，文之總持。〔一〕文不同而志則一，猶鼓琴者聲雖改而操不變也。〔二〕善夫陶淵明之言曰：「常著文章自娱，頗示己志。」〔三〕

〔一〕《孟子·公孫丑上》:「夫志,氣之帥也;氣,體之充也。夫志至焉,氣次焉。故曰:持其志,無暴其氣。」又可參卷二第二四七。「總持」:總匯、秉持。極言其關鍵、重要。

〔二〕「操」:彈奏的方法。又可參卷二第二四七。

〔三〕晉陶淵明《五柳先生傳》:「常著文章自娱,頗示己志,忘懷得失,以此自終。」

二五七　或問淵明所謂「示己志」者,〔一〕「己志」其有以别於人乎?曰:只是「稱心而言」耳。〔二〕使必以異人爲尚,豈天下之大,千古之遠,絶無同己者哉?〔三〕

〔一〕「示己志」:見卷一第二五六注〔三〕。

〔二〕晉陶淵明《時運》:「洋洋平津,乃漱乃濯。邈邈遐景,載欣載矚。稱心而言,人亦易足。揮兹一觴,陶然自樂。」此以陶語移評其文。融齋《游藝約言》:「文求自慊,非以慊人。然人心之同,卒亦不出自慊之外。陶淵明文『示己志』,所以人多好之。」又《昨非集》卷四《詞自序》:「詞要有家數,尤要得未經人道語。前人論詞,往往不出此意。然語之曾經人道與否,豈己之所能盡知?亦各道己語可也。余詞不工,却間有自道語,至家數,自不患無之。何也?工是家數,不工亦是家數也。然則余當以不工者自爲家數,又安能沾沾求工,至轉失自道語哉!且不必工者,非獨詞也。夫吾之自爲詞序,亦若是則已矣。」同卷《文章經濟贊》:「是真文章,貴不擇言。自言己志,其籟也天。是真經濟,祇在目前。致和育物,物無間然。一涉有待,空手窮年。」並可與此互參。融齋《持志塾言》卷上《立志》論述更詳。

〔三〕按：融齋《持志塾言》卷下《人品》：「有真品者，檢身常若不及，又何暇矯矯示異於衆？若臨深以爲高，加少以爲多，其人可知。」「有意立異，無論其異非當異，亦且有難勉難繼之時，真品只是個『常』，《記》所謂『貫四時，而不改柯易葉』也。」清沈祥龍《樂志簃筆記》卷三《論文隨筆》：「文固貴異不貴同，然文可異，文中之義理不可異。義理一而已。惟見之確、言之精，則至淺近處皆有深旨，不求異而自異矣。《六經》無異理而各自爲説，言不相同，若離義理而求異，未免近於詖辭。」

二五八　「聖人之情見乎辭」，〔一〕爲作《易》言也。作者「情生文」，斯讀者「文生情」。〔二〕《易》教之神，〔三〕神以此也。使情不稱文，豈惟人之難感，在己先「不誠無物」矣。〔四〕

〔一〕見卷一第一九七注〔四〕。

〔二〕南朝宋劉義慶《世説新語·政事》：「孫子荊除婦服，作詩以示王武子。王曰：『未知文生於情，情生於文，覽之悽然，增伉儷之重。』」

〔三〕《易·觀》：「觀天之神道，而四時不忒，聖人以神道設教，而天下服矣。」

〔四〕《禮記·中庸》：「誠者，自成也，而道自道也。誠者，物之終始，不誠無物，是故君子誠之爲貴。」宋朱熹《中庸章句》：「故人之心，一有不實，則雖有所爲，亦如無有。而君子必以誠爲貴也。蓋人之心能無不實，乃爲有以自成，而道之在我者，亦無不行矣。」清沈祥龍《樂志簃筆記》卷三《論文隨筆》：「人須有真氣鬱盤，斯爲豪傑。真氣者，根於性情，出於學問，一毫不可假託者也。昌黎之文、少陵之詩、稼軒之詞，皆真氣所結，故歷久不刊。無真氣，必無文章，所謂不誠無物也。」

二五九　《文賦》「意司契而爲匠」，〔一〕文之宜尚意明矣。〔二〕推而上之，聖人「書不盡言，言不盡意」，〔三〕正以意之無窮也。

〔一〕晉陸機《文賦》：「辭程才以效伎，意司契而爲匠。」唐李善注：「衆辭俱湊，若程才效伎。取捨由意，類司契爲匠。」

〔二〕唐杜牧《答莊充書》：「某白莊先輩足下：凡爲文以意爲主，以氣爲輔，以辭彩章句爲之兵衛。未有主彊盛而輔不飄逸者，兵衛不華赫而莊整者。」

〔三〕《易·繫辭上》：「子曰：『書不盡言，言不盡意。』」又融齋《游藝約言》：「琴家諸手法，吟爲最妙，爲其不盡也，詩文亦均以之。」清沈祥龍《樂志簃筆記》卷三《論文隨筆》：「《易》言：『書不盡言，言不盡意。』故文貴渾含平淡中，能該貫一切。若語語求盡，反多挂漏。《六經》之文，衹以一二語舉其大要，而證之萬事無所不通。後世文愈繁而意愈晦，豈聖人不盡之旨哉？」與此可互參。

二六〇　《莊子》曰：「語之所貴者，意也。意有所隨，意之所隨者不可以言傳也。而世因貴言傳書。」〔一〕是知意之所以貴者，非徒然也。爲文者苟不知貴意，何論「意之所隨者」乎？

〔一〕「意有所隨」：原作「意有所施」，據《莊子・天道》正。意謂語言之所以可貴，是因爲表達思想。思想雖然借助語言表達，却無法通過語言完全傳達。而世間的人却看重語言和書籍上的記載。

二六一　文以識爲主。認題立意，非識之高卓精審，無以中要。〔一〕才、學、識三長，識爲尤重，豈獨作史然耶？〔二〕

〔一〕「中要」：切中要害。

〔二〕參卷一第一二九注〔一〕。按：清葉燮《原詩》内篇：「大凡人無才，則心思不出；無膽，則筆墨畏縮；無識，則不能取捨；無力，則不能自成一家。」

二六二　「出辭氣，斯遠鄙倍矣。」〔一〕此以氣論辭之始。至昌黎《與李翊書》、柳州《與韋中立書》，皆論及於氣，〔二〕而韓以氣歸之於「養」，立言較有本原。〔三〕

〔一〕《論語・泰伯》：「曾子言曰：『鳥之將死，其鳴也哀；人之將死，其言也善。君子所貴乎道者三：

動容貌，斯遠暴慢矣；正顏色，斯近信矣；出辭氣，斯遠鄙倍矣。』」宋朱熹《論語集注》卷四：「辭，言語。氣，聲氣也。鄙，凡陋也。倍，與背同。謂背理也。」意謂説話時注意文辭氣息，自然就離粗鄙悖逆遠了。

〔二〕韓語見卷一第一四三注〔二〕。柳語見卷一第〇〇九注〔五〕。

〔三〕「本原」：根本、源頭。

二六三　自《典論·論文》以及韓柳，〔一〕俱重一「氣」字。余謂文氣當如《樂記》二語曰：「剛氣不怒，柔氣不懾。」〔二〕

〔一〕《文選》卷五十二引三國曹丕《典論·論文》：「徐幹時有齊氣」，「孔融體氣高妙」，「文以氣爲主，氣之清濁有體，不可力强而致。譬諸音樂，曲度雖均，節奏同檢，至於引氣不齊，巧拙有素，雖在父兄，不能以移子弟。」韓柳文中以氣論文之處，可參卷一第二六二注〔二〕。

〔二〕《禮記·樂記》：「是故先王本之情性，稽之度數，制之禮義，合生氣之和，道五常之行，使之陽而不散，陰而不密，剛氣不怒，柔氣不懾。四暢交於中而發作於外，皆安其位而不相奪也。」意謂樂氣剛健而不粗暴，柔和而不畏縮。

二六四　文貴備四時之氣，〔一〕然氣之純駁厚薄，〔二〕尤須審辨。

〔一〕《論語・陽貨》：「子曰：『天何言哉？四時行焉，百物生焉，天何言哉？』」「四時」謂春夏秋冬。又南朝宋劉義慶《世説新語・德行》：「謝太傅絶重褚公。常稱：『褚季野雖不言，而四時之氣亦備。』」又可參卷一第三三二。

〔二〕「駁」：馬毛色不純。此指文氣不純。宋滕珙編《經濟文衡》續集卷二：「臣竊謂天道流行，發育萬物。而人物之生，莫不得其所以生者以爲一身之主。但其所以爲此身者，則又不能無所資乎陰陽五行之氣，而氣之爲物，有偏有正，有通有塞，有清有濁，有純有駁。」

二六五　韓昌黎《送陳秀才彤序》云：「文所以爲理耳。」《答李翊書》云：「氣，水也；言，浮物也。水大而物之浮者大小畢浮，氣盛則言之短長與聲之高下者皆宜。」周益公序《宋文鑑》曰：「臣聞文之盛衰主乎氣，辭之工拙存乎理。昔者帝王之世，人有所養而教無異習，故其氣之盛也，如水載物，小大無不浮。其理之明也，如燭照物，幽隱無不通。」〔一〕意蓋悉本昌黎。

〔一〕周益公：宋周必大，封益國公。《宋史》卷三百九十一有傳。《宋文鑑》是宋吕祖謙編的一部宋人文章選本，凡一百五十卷。

二六六　文要與元氣相合，〔一〕戒與盡氣相尋，〔二〕翕聚、僨張，〔三〕其大較矣。〔四〕

〔一〕「元氣」：本原之氣。參卷一第〇一〇。

〔二〕「盡氣」：意同卷一第一六八所謂「耗氣」，將耗盡的衰竭之氣。「相尋」：相繼、相連接。

〔三〕「翕聚」，收聚。此指盡氣。「僨張」：擴張。此指元氣。

〔四〕「大較」：大略（的區別）。

二六七　《孔叢子》曰：「平原君謂公孫龍曰：『公無復與孔子高辯事也。其人理勝於辭，公辭勝於理。』」〔一〕〔二〕揚子曰：「事辭稱則經。」〔三〕韓昌黎則曰：「辭不足，不可以爲成文。」〔三〕此「辭」字大抵已包理事於其中。不然，得無如荀子所謂「惠子蔽於辭而不知實」者乎？〔四〕

〔一〕《孔叢子》卷中《公孫龍》：「平原君弗能應。明日謂公孫龍曰：『公無復與孔子高辨事也，其人理勝於辭，公辭勝於理，辭勝於理，終必受詘。』」按：此可與卷一第二九七互參。

〔二〕語見西漢揚雄《法言·吾子》。宋司馬光注：「事辭相稱乃合經典。」

〔三〕語見唐韓愈《答尉遲生書》。

〔四〕語見《荀子·解蔽》。唐楊倞注：「惠子蔽於虚辭而不知實理。」

二六八 辭之患，不外過與不及。〔一〕《易・繫傳》曰「其辭文」，無不及也；〔二〕《曲禮》曰「不辭費」，〔三〕無太過也。

〔一〕《論語・先進》：「子貢問：『師與商也孰賢？』子曰：『師也過，商也不及。』曰：『然則師愈與？』子曰：『過猶不及。』」宋朱熹《論語集注》引：「尹氏曰：中庸之爲德也，其至矣乎？夫過與不及，均也。差之毫釐，繆以千里。故聖人之教，抑其過，引其不及，歸於中道而已。」

〔二〕《易・繫辭下》：「夫易彰往而察來，而微顯闡幽，開而當名辨物，正言斷辭則備矣。其稱名也小，其取類也大。其旨遠，其辭文，其言曲而中，其事肆而隱。」「無」：通「毋」。

〔三〕《禮記・曲禮》：「夫禮者，所以定親疏、決嫌疑、别同異、明是非也。禮不妄説人，不辭費。」東漢鄭玄注：「爲傷信，君子先行其言而後從之。」

二六九 文中用字，在當不在奇。〔一〕如宋子京好用奇字，〔二〕亦一癖也。

〔一〕「當」：恰當。

〔二〕子京：宋宋祁之字，曾與歐陽修同修《新唐書》。宋祝穆《古今事文類聚》前集卷二十：「宋景文公修唐史，好以艱深之辭文淺易之説。歐公思有以諷之。一日大書其壁曰：『宵寐匪貞，札闥洪休。』宋見之曰：『非夜夢不祥，題門大吉耶？何必求異如此？』歐公曰：『《李靖傳》云：震雷無暇掩聰亦是類也。」宋公慚而退，今所謂震霆不及掩耳者係再改。」又陳師道《後山詩話》：「揚子雲之文好奇而卒不能奇也，故思苦而詞艱。善爲文者因事以出奇，江河之行，順下而已。至其觸山赴谷，風搏物激，然後盡天下之變。子雲惟好奇，故不能奇也。」

二七〇　文，辭也；質，亦辭也。〔一〕博，辭也；約，亦辭也。〔二〕質，其如《易》所謂「正言斷辭」乎？〔三〕約，其如《書》所謂「辭尚體要」乎？〔四〕

〔一〕見卷一第〇一一注〔三〕引《論語》。

〔二〕《孟子·盡心下》：「孟子曰：言近而指遠者，善言也；守約而施博者，善道也。君子之言也，不下帶而道存焉。」東漢趙岐注：「守約施博，約守仁義，大可以施德於天下也。」

〔三〕見卷一第二六八注〔二〕。此謂言辭正大而義理完備。

〔四〕語見《尚書·周書·畢命》。此謂言辭崇尚精當。

二七一　言辭者必兼及音節，〔一〕音節不外諧與拗。淺者但知諧之是取，不知當拗而拗，拗亦諧也；〔二〕不當諧而諧，諧亦拗也。

〔一〕此似指揚雄。可參卷一第一〇六注〔一〕。又宋唐庚《眉山文集》卷八《上蔡司空書》：「所謂古文，雖不用偶儷，而散語之中暗有聲調，其步驟馳騁，亦皆有節奏，非但如今日苟然而已。」清劉大櫆《論文偶記》：「神氣者，文之最精處也；音節者，文之稍粗處也；字句者，文之最粗處也。然論文而至於字句，則文之能事盡矣。蓋音節者，神氣之迹也；字句者，音節之矩也。神氣不可見，於音節見之，音節無可準，以字句準之。」

〔一〕以拗爲諧的情況，在詩詞中尤多。清田同之《西圃詞説·拗句不可改》可參看。又夏承燾等《讀詞常識》第四章《詞與四聲》：「詞中的『拗句』有時也須謹守字聲，不能隨意改『拗』爲順，因爲這些『拗句』往往也是音律吃緊處，它們正是以『拗』爲順的。這在周邦彦、姜夔、吴文英三家詞中尤多。周邦彦詞如《瑞龍吟》的『歸期晚，纖纖池塘飛雨』，《倒犯》的『駐馬望素魄』，《憶舊游》的『東風竟日吹露桃』，《花犯》的『今年對花太匆匆』，姜夔詞如平韻《滿江紅》的『正一望千頃翠瀾』，《暗香》的『江國，正寂寂。歎寄與路遥，夜雪初積』，《淒涼犯》的『匆匆不肯寄與，誤後約』，《秋宵吟》的『今夕何夕恨未了』，吴文英詞如《霜花腴》的『病懷强寬』、『更移畫船』等等，讀時雖覺拗口，歌時必須如此，方能和律。」至於杜甫的拗體律詩，更是拗中求諧的典範。又可參清李漁《閑情偶寄·詞曲部·拗句難好》。

二七二　「書法」二字見《左傳》，〔一〕爲文家言法之始。《莊子·寓言》篇曰：「言而當法。」〔二〕晁公武稱陳壽《三國志》「高簡有法」，〔三〕韓昌黎謂「經承子厚口講指畫爲文辭者，悉有法度可觀」,〔四〕歐陽永叔稱尹師魯爲文章「簡而有法」,〔五〕具見法之宜講。

〔一〕《左傳》宣公二年:「孔子曰:董狐,古之良史也,書法不隱;趙宣子,古之良大夫也,爲法受惡。」「書法」:記事的法則。

〔二〕《莊子·寓言》:「孔子云:夫受才乎大本,復靈以生。鳴而當律,言而當法,利義陳乎前,而好惡是非直服人之口而已矣。使人乃以心服,而不敢蘁立。定天下之定。」「言而當法」是説言語應合乎法度。

〔三〕見卷一第一二四注〔三〕。本意是指文辭高峻簡潔而又有法度。

〔四〕語見唐韓愈《柳子厚墓誌銘》:「衡湘以南爲進士者,皆以子厚爲師。其經承子厚口講指畫爲文詞者,悉有法度可觀。」

〔五〕永叔:北宋歐陽修之字。語見卷一第一九四注〔二〕。

二七三 「通其變,遂成天地之文」,〔一〕「一闔一闢謂之變」,〔二〕然則文法之變可知已矣。

〔一〕語見《易·繫辭上》。本意謂會通《易》的變化,就能形成天地的文采。此藉用。

〔二〕語見《易·繫辭上》:「一闔一闢謂之變,往來不窮謂之通,見乃謂之象。」本意是指乾、坤兩卦的推演。此藉用。

二七四　「兵形象水」，〔一〕文脈亦然。〔二〕水之發源、波瀾、歸宿，所以示文之始、中、終，不已備乎？〔三〕

〔一〕語見《孫子兵法·虚實》：「夫兵形象水，水之行避高而趨下，兵之形避實而擊虚。」

〔二〕「文脈亦然」：《續修四庫》本作「惟文亦然」。

〔三〕南朝梁劉勰《文心雕龍·鎔裁》：「是以草創鴻筆，先標三準：履端於始，則設情以位體；舉正於中，則酌事以取類；歸餘於終，則撮辭以舉要。」融齋《游藝約言》：「文不外乎始、中、終。始有不得求諸中終，終有不得求諸始中，中有不得求諸始終。但執本句本字以論得失，非知文者也。」按：此又當與卷二第〇一四、卷四第一三八、卷五第一七一互參。

二七五　揭全文之指，〔一〕或在篇首、或在篇中、或在篇末。在篇首，則後必顧之；〔二〕在篇末，則前必注之；〔三〕在篇中，則前注之、後顧之；「顧」、「注」，抑所謂文眼者也。〔四〕

〔一〕「指」：旨。

〔二〕「顧」：回顧、呼應。

〔三〕「注」：貫注。

〔四〕「文眼」：喻指一篇之關鍵。並可參卷六第〇一二。又融齋《游藝約言》：「意先文後，謂後路之文，其意反是先有，意後文先，謂前路之文，其意反是後有也。至意先文先、意後文後者，則無待辨而知之。」「凡文發端必有交代，若無交代，是猶前無發端也。交代後必有發端，若無發端，是猶前無交代也，自一篇以至數句皆然。」

二七六　作短篇之法，不外「婉而成章」；作長篇之法，不外「盡而不汙」。〔一〕

〔一〕見卷一第〇〇五注〔一〕。

二七七　《文心雕龍》謂「貫一爲拯亂之藥」，〔一〕余謂「貫一」尤以泯形迹爲尚，〔二〕唐僧皎然論詩所謂「抛鍼擲綫」也。〔三〕

〔一〕語見南朝梁劉勰《文心雕龍·神思》：「然則博見爲饋貧之糧，貫一爲拯亂之藥，博而能一，亦有助乎心力矣。」本意是説寫作時使自己的思路貫穿一致，是防止辭藻蕪亂的良藥。

〔二〕所謂「泯形迹」，可參卷一第三三〇。

〔三〕皎然：俗姓謝，爲南朝宋謝靈運十世孫，唐代吴興人（今浙江湖州）。主要生活於大曆、貞元年間。著有《詩式》，今人李壯鷹有《詩式校注》。引文見《詩式·明作用》：「作者措意，雖有聲律，不妨作用。如壺公瓢中自有天地日月。時時抛鍼擲綫，似斷而復續，此爲詩中之仙，拘忌之徒非可企及矣。」

二七八　章法不難於續而難於斷。先秦文善斷，〔一〕所以高不易攀。然「抛鍼擲綫」，全靠眼光不走；〔二〕「注坡驀澗」，〔三〕全仗韁轡在手。明斷正取暗續也。

〔一〕清黄生《唐詩續評》附《漢魏五言古·古詩爲焦仲卿妻作》：「起十字便截斷，第三句便陡接，是古人法。先秦如《荀子》文，往往一句截斷，陡接陡轉。」按：此即卷一第〇五九所謂「跳過法」，又可參卷六第〇六九。

〔二〕此條似對上節的引申和補充。「眼光不走」：喻明斷暗續。「走」：走神。

〔三〕宋蘇轍《欒城三集·詩病五事》：「予愛其詞氣，如百金戰馬，注坡驀澗，如履平地，得詩人之遺法。如白樂天詩，詞甚工，然拙於紀事，寸步不遺，猶恐失之。此所以望老杜之藩垣而不及也。」

二七九　文章之道，「斡旋」「驅遣」，〔一〕全仗乎筆。筆爲性情，墨爲形質。〔二〕使墨之從筆，如雲濤之從風，斯無施不可矣。〔三〕

〔一〕「斡旋」：回旋。喻委婉深曲。可參卷六第〇〇四及注〔二〕。「驅遣」：喻直抒胸臆。

〔二〕「情性」（融齋作「性情」）、「形質」：本爲書法術語。「情性」：字之精神、氣勢、韻味等。「形質」：字之形體。唐孫過庭《書譜》：「真以點畫爲形質，使轉爲情性；草以點畫爲情性，使轉爲形質。」

〔三〕「無施不可」：施用到哪里都可以。宋歐陽修《六一詩話》：「退之筆力，無施不可，而嘗以詩爲文章末事。」

二八〇　一語爲千萬語所託命，〔一〕是爲筆頭上擔得千鈞。〔二〕然此一語正不在「大聲以色」，〔三〕蓋往往有以輕運重者。

〔一〕「託命」：寄託性命。此極喻重要。

〔二〕宋張鎡《仕學規範》卷三十四：「晁以道言：近見東坡説，凡人作文字，須是筆頭上挽得數萬斤起，可以言文字也。余曰：豈非興來筆力千鈞重乎？」

〔三〕語見《詩·大雅·皇矣》：「帝謂文王，予懷明德，不大聲以色。」

二八一　客筆主意，主筆客意。〔一〕如《史記·魏世家贊》、〔二〕昌黎《送董邵南游河北序》，〔三〕皆是此訣。

〔一〕「主意」：主旨、主題。「客意」：主旨之外的旁義。「主筆」：寫作重點，一般屬於詳寫。「客筆」：重點之外，旁及之處，一般略寫。可參卷六第〇六七。按：昔洞山禪立四賓主：主中主、賓中賓、賓中主、主中賓。見宋釋普濟《五燈會元》卷十一。此當是化用。

〔二〕《史記》卷四十四《魏世家》：「太史公曰：吾適故大梁之墟，墟中人曰：秦之破梁，引河溝而灌大梁，三月城壞。王請降，遂滅魏。説者皆曰：魏以不用信陵君故國削弱至於亡。余以爲不然。天方令秦平海内，其業未成，魏雖得阿衡之佐，曷益乎？」

〔三〕文見卷一第一七四注〔二〕。

二八二　義法居文之大要。〔一〕《史記·十二諸侯年表序》稱孔子次《春秋》，「約其辭文，去其煩重，以制義法」。〔二〕此言「義法」之始也。〔三〕

〔一〕「義法」：見卷一第〇八三注〔二〕。「大要」：最重要。

〔二〕語見《史記》卷十四。

〔三〕清方苞《書五代史安重誨傳後》：「記事之文惟《左傳》、《史記》各有義法，一篇之中脈相灌輸，而不可增損，然其前後相應，或隱或顯，或偏或全，變化隨宜，不主一道。」又方苞《讀書筆記》：「《春秋》之制義法，自太史公發之，而後之深於文者亦具焉。『義』即《易》之所謂言有物也；『法』即《易》之所謂言有序也。義以爲經，而法緯之，然後爲成體之文。」

二八三　長於理則「言有物」，長於法則「言有序」。〔一〕治文者矜言「物」、「序」，〔二〕何不實於理法求之？〔三〕

〔一〕「言有物」、「言有序」：語出《易經》。《易·下經》：「君子以言有物而行有恒。」又：「六五，艮其輔，言有序，悔亡。」清包世臣《藝舟雙楫》卷一《與楊季子論文書》：「竊謂自唐氏有爲古之學，上者好言道，其次則言法，説者曰：『言道者，言之有物者也；言法者，言之有序者也。』」

〔二〕清沈祥龍《樂志簃筆記》卷三《論文隨筆》：「昔人以『言有物』、『言有序』括文之要，然此豈易易哉？『言有物』者，由於積理厚也，『言有序』者，由於積氣厚也。二者本諸學力，究天人之故，體性道之精，蓄積既深，自然醇厚。發而爲文，則充然不空而有物矣。秩然不紊而有序矣。其致功先在理氣也，彼理之粗淺浮薄，氣之恣肆散亂者，安能有此物序耶？」

〔三〕「理法」：事理義法。按：以「理法」論文，已見於唐代。柳宗元《上王學士第三書》：「尋其辭，求諸理法而依行之，述而取用之，曰：道若是。有矣。」後成八股衡文標準。清焦循《雕菰樓集》卷十《時文説三》：「學究以時文教人者，動曰理法。」吴敬梓《儒林外史》第十三回《蘧駪夫求賢問業　馬純上仗義疏財》：「馬二先生道：『文章總以理法爲主，任他風氣變，理法總是不變，所以本朝洪永是一變，成弘又是一變，細看來，理法總是一般。』」可參卷六第〇七六及注〔一〕、卷六第〇七七。

二八四　文之尚理法者，「不大勝亦不大敗」；尚才氣者，「非大勝則大敗」。觀漢程不識、李廣，唐李勣、薛萬徹之爲將可見。〔一〕

〔一〕程不識、李廣：皆西漢名將。事見《史記》卷一百九《李將軍列傳》：「廣行，無部伍行陣，就善水草屯，舍止，人人自便，不擊刀斗以自衛，莫府省約文書籍事，然亦遠斥候，未嘗遇害。程不識正部曲行伍營陳，擊刀斗，士吏治軍簿至明，軍不得休息，然亦未嘗遇害。不識曰：『李廣軍極簡易，然虜卒犯之，無以禁也；而其士卒亦佚樂，咸樂爲之死。我軍雖煩擾，然虜亦不得犯我。』」李勣、薛萬徹：皆唐代名將。事見《舊唐書》卷六十九《薛萬徹傳》：「太宗從容謂從臣曰：『當今名將唯李勣、道宗、萬徹三人而已。李勣、道宗不能大勝，亦不大敗；萬徹非大勝，即大敗。』」

二八五　東坡《進呈陸宣公奏議札子》云：「藥雖進於醫手，方多傳於古人。」〔一〕《上神宗皇帝書》云：「大抵事若可行，不必皆有故事。」〔二〕蓋法高於意則用法，意高於法則用意，用意正其神明於法也。文章一道，何獨不然？

〔一〕按：今文集作《乞校正陸贄奏議上進札子》。

〔二〕按：今文集作《上皇帝書》。

二八六　敘事之學，須貫《六經》九流之旨；敘事之筆，須備五行四時之氣。〔一〕「維其有之，是以似之」，〔二〕弗可易矣。

〔一〕「四時」：見卷一第二六四。按：此又當與卷一第三三二互參。

〔二〕語見《詩·小雅·裳裳者華》。意謂因爲文家具有這種品質，所以他才能在文章中表現出來。

二八七　「大書特書」、「牽連得書」，〔一〕敘事本此二法，便可推擴不窮。

〔一〕唐韓愈《答元侍御書》：「濟逢父子自吾人發。《春秋》美君子、樂道人之善，夫苟能樂道人之善，則天下皆去惡爲善，善人得其所，其功實大。足下與濟父子，俱宜牽聯得書。足下勉逢令終始其躬，而足下年尚彊，嗣德有繼，將大書特書，屢書不一書而已也。愈既承命，又執筆以竢，愈再拜。」

二八八　敘事有寓理，〔一〕有寓情、有寓氣、有寓識。無寓，則如偶人矣。〔二〕

〔一〕「寓」：寄寓。又融齋《游藝約言》：「詩中有詩，文中有文，真也。詩莫作詩解，文莫作文解，寓也。」

〔二〕按：「偶」、「寓」古音同。

二八九　叙事有主意，〔一〕如傳之有經也。〔二〕主意定，則先此者爲「先經」，後此者爲「後經」，依此者爲「依經」，錯此者爲「錯經」。〔三〕

〔一〕宋唐庚《文録》：「古樂府命題皆有主意。」宋張鎡《仕學規範》卷三十五：「凡爲文須要有主客。先識主客，然後成文字。如今作文，須當使一件故事後，却以己説佐之，此是不知主客也。須是先自己意，然後以故事佐吾説方可。」明陶宗儀《輟耕録》卷三《正統辯》：「而問之以《春秋》之大法，綱目之主意，則概乎其無以爲言也。」按：此條可與卷一第〇七八互參。

〔二〕「傳」是古代經學家的用來釋經的一種文體。

〔三〕見卷一第〇七八注〔二〕。

二九〇　叙事有特叙、有類叙、有正叙、有帶叙、有實叙、有借叙、有詳叙、有約叙、有順叙、有倒叙、有連叙、有截叙、有豫叙、有補叙、有跨叙、有插叙、有原叙、有推叙，種種不同。〔一〕惟能綫索在手，則錯綜變化，惟吾所施。〔二〕

〔一〕按：元陳繹曾《文章歐冶·叙事》分：正叙、總叙、間叙、引叙、鋪叙、略叙、列叙、直叙、婉叙、意叙、平叙十一類。清李紱《秋山論文》：「文章惟叙事最難，非具史法者不能窮其奥窔也。有順叙，有倒叙，有分叙，有類叙，有追叙，有暗叙，有借叙，有補叙，有特叙。順叙最易拖闒，必言簡而意盡乃佳。蘇子瞻《方山子傳》，則倒敘之法也。分敘者，本合也，而故析其理。類敘者，本分也，而巧相聯屬。追敘者，事已過而覆數於後。暗敘者，事未至而逆揭於前。《左傳》『蹇之役』，敘狼瞫取戈斬囚事，追敘之法也。蹇叔哭送師曰『晉人禦師必於殽』云云，暗敘之法也。類敘者，本敘中所闕，重綴於後爲補敘。不用正面，旁逕出之爲借敘。《史記》『鉅鹿之戰』，敘事已畢，忽添出諸侯從壁上觀一段，此補敘而兼借敘也。特敘者，意有所重，特表而出之。如昌黎作《子厚墓誌》，獨抽出『以柳易播』一段是也。而又有夾敘夾議者。如《史記·伯夷》、《屈原》等傳是也。」

〔二〕按：此當與卷一第二七八互參。

二九一　敘事要有尺寸、〔一〕有斤兩、〔二〕有剪裁、〔三〕有位置、有精神。〔四〕

〔一〕「尺寸」：標準和限度。按：此當與卷一第〇九四互參。

〔二〕「斤兩」：分量。按：此當與卷一第一二六互參。

〔三〕「位置」：佈置、安排。可參卷一第二八九。

〔四〕此當與卷一第〇八二互參。按：本節若謂敘事當取法《左》《史》《三國》也。

二九二　論事調諧，敘事調澀。左氏每成片引人言，是以論入敘，故覺諧多澀少也。〔一〕

〔一〕論事：當代人述當代語，故調諧。叙事：後世人述叙前代事，故終隔一層，調澀。唐劉知幾《史通・載言》：「古者言爲《尚書》，事爲《春秋》，左右二史，分尸其職。……逮左氏爲書，不遵古法，言之與事，同在傳中，然而言事相兼，煩省合理，故使讀者尋繹不倦，覽諷忘疲。」此又當與卷一第〇九三互參。「調」：言辭。《文選・顏延之〈秋胡詩〉》：「義心多苦調，密比金玉聲。」唐李善注：「調，猶辭也。」

二九三　史莫要於「表微」，〔一〕無論「紀事」「纂言」，〔二〕其中皆須有「表微」意在。

〔一〕「莫要」：重要性莫過於。「表微」：闡明抉發其精微之所在。《禮記・檀弓下》：「武子曰：不亦善乎？君子表微。」

〔二〕「纂言」：匯集言語。唐韓愈《進學解》：「記事者必提其要，纂言者必鈎其玄。」

二九四　爲人作傳，必人己之間，「同弗是，異弗非」，〔一〕方能持理之平，而施之不枉其實。

〔一〕《禮記・儒行》：「世治不輕，世亂不沮，同弗與，異弗非也，其特立獨行有如此者。」又《莊子・寓言》：「與己同則應，不與己同則反；同於己爲是之，異於己爲非之。」意謂不因和自己觀點相同就加以贊成，也不因和自己不同就加以非議。

二九五　傳中叙事，或叙其有致此之由而果若此，或叙其無致此之由而竟若此，大要合其人之志行與時位，〔一〕而稱量以出之。〔二〕

〔一〕「志行」：志向、品行。融齋《持志塾言》卷下《人品》：「觀品者，觀其志與行。『志』、『行』俱離『正』、『實』字不得。」

〔二〕「稱量」：計算、估量。

二九六　劉彦和謂群論立名，始於《論語》，〔一〕不引《周官》「論道經邦」一語，〔二〕後世誚之，其實過矣。〔三〕《周官》雖有「論道」之文，然其所論者未詳。《論語》之言，則原委具在。然則論非《論語》奚法乎？

〔一〕南朝梁劉勰《文心雕龍·論説》：「聖哲彝訓曰經，述經叙理曰論。論者，倫也；倫理無爽，則聖意不墜。昔仲尼微言，門人追記，故仰其經目，稱爲《論語》。蓋群論立名，始於兹矣。」

〔二〕《尚書·周官》：「立太師、太傅、太保，兹惟三公。論道經邦，燮理陰陽。官不必備，惟其人。」

〔三〕宋王應麟《困學紀聞》卷十七就引晁子止説，劉勰「不知《書》有『論道經邦』」。范文瀾《文心雕龍注》：「案：諸家皆誤會彦和語意，遂率斷爲疏漏。其實『《論語》以前，經無論字』，非謂經書中不見『論』字，乃謂經書無以『論』爲名者也。上文云『群論立名』，下文云『《六韜》二論』，皆指書名篇名言之。」

二九七　論不可使「辭勝於理」，〔一〕「辭勝理」則「以反人爲實」，「以勝人爲名」，〔二〕弊且不可勝言也。〔三〕《文心雕龍·論説》篇解「論」字，有「倫理有無」及「彌綸群言，研精一理」之説，〔四〕得之矣。

〔一〕見卷一第二六七注〔一〕。

〔二〕語見《莊子·天下》：「以反人爲實，而欲以勝人爲名，是以與衆不適也。」意謂把和人唱反調作爲目的，務求超過他人來博取聲名。

〔三〕融齋《古桐書屋札記》：「學有弊二：曰俗、曰僻。俗者，專好與人同；僻者，專好與人異；是皆由不窮理耳。窮理，則能以是非定同異矣。」

〔四〕「倫理有無」：當作「倫理無爽」，見卷一第二九六注〔一〕。

二九八　有俊傑之論，有儒生、俗士之論。〔一〕利弊明而是非審，其斯爲俊傑也與？

〔一〕《三國志·蜀書》卷三十五《諸葛亮傳》宋裴松之注引《襄陽記》：「劉備訪世事於司馬德操。德操曰：『儒生、俗士豈識時務？識時務者在乎俊傑。此間自有伏龍、鳳雛。』備問爲誰？曰：

『諸葛孔明、龐士元也。』」此似藉用。

二九九　論之失，或在失出，〔一〕或在失入。〔二〕失出視失入，其猶愈乎？

〔一〕「失出」：重罪輕判或應判刑而未判刑。見《唐律疏議》。此喻論述不深入。

〔二〕「失入」：輕罪重判或不當判刑而判刑。此喻持論過苛。

三〇〇　法以去弊，亦易生弊。立論之當慎，與立法同。

三〇一　論是非，所以定從違也，〔一〕從違不可苟，是非可少紊乎？〔二〕

〔一〕「從違」：依從或違背，引申爲取捨。

〔二〕「少紊」：稍微紊亂。

三〇二　人多事多難偏論。〔一〕借一論之，一索引千鈞，是何關係？〔二〕

〔一〕「偏」：通「遍」。

〔二〕此當與卷一第二七八、卷一第二八〇互參。

三〇三　《文賦》云：「論精微而朗暢。」〔一〕「精微」以意言，「朗暢」以辭言。「精微」者，不惟其「難」，惟其「是」；〔二〕「朗暢」者，不惟其「易」，惟其「達」。〔三〕

〔一〕晉陸機《文賦》：「頌優游以彬蔚，論精微而朗暢。」唐李善注：「論以評議臧否，以當爲宗，故精微朗暢。」

〔二〕此當與卷一第一四八互參。

〔三〕此當與卷一第一八一、卷一第三三五互參。又融齋《游藝約言》：「文固尚意，然頗僻邪侈之文，固非無意也。意之所尚，亦曰『惟其是』而已。」

三〇四　論不貴强下斷語，〔一〕蓋有置此舉彼，從容叙述，而本事之理已「曲到無遺」者。〔二〕

〔一〕此當與卷一第〇八六互參。又清王應奎《柳南隨筆》卷二：「記者，記其事不下一斷語，故陳後山云：『今之記乃論也。』」

〔二〕「曲到無遺」：（記述）詳曲而無遺漏。《易·繫辭上》：「曲成萬物而不遺。」

三〇五　《莊子》曰：「六合之外，聖人存而不論；六合之内，聖人論而不議；《春秋》經世先王之志，聖人議而不辯。」〔一〕余謂有「不論」、「不議」、「不辯」，論、議、辯斯當矣。〔二〕

〔一〕語見《莊子·齊物論》。「六合」：指天地四方。意謂天地以外的事，聖人只了解而不談論；天地以內的事，聖人只談論而不評議；《春秋》是先王治世的記載，聖人加以評論却不去爭辯。

〔二〕「當」：適宜、恰當。

三〇六　敘事要有法，然無識則法亦虚；論事要有識，然無法則識亦晦。〔一〕

〔一〕融齋《游藝約言》：「作文、作詩、作書，皆須兼意與法。任意廢法，任法廢意，均無是處。」

三〇七　文有辭命一體，〔一〕命與辭非出於一人也。古行人奉使，「受命不受辭」，〔二〕觀展喜犒師，公使受命於展禽可見矣。〔三〕若出於一人而亦曰辭命，則以主意爲命，〔四〕以達其意者爲辭，義亦可通。

〔一〕「辭命」：即「六辭之命」，本是古代諸侯、士大夫交往時，六種常用的辭令。《周禮·秋官·大祝》：「作六辭，以通上下親疏遠近。一曰祠，二曰命，三曰誥，四曰會，五曰禱，六曰誄。」東漢鄭玄注：「鄭司農云：祠當爲辭，謂辭令也。命，《論語》所謂『爲命，裨諶草創之』。」宋真德秀《文章正宗·綱目》：「質諸先儒注釋之説，則辭命以下皆王言也；太祝以下掌爲之辭，則所謂代言者也。以書考之，其可見者有三：一曰誥。以之播告四方。《湯誥》、《盤庚》、《大誥》、《多士》、《多方》、《康王之誥》是也。二曰誓。以之行師誓衆。《甘誓》、《泰誓》、《牧誓》、《費誓》、《秦誓》是也。三曰命。以之封國命官。《微子》、《蔡仲》、《君陳》、《畢命》、《君牙》、《冏命》、《呂刑》、《文侯之命》是也。他皆無傳焉。」

〔二〕「行人」：使臣。「受命不受辭」：接受使命却不接受言辭。《公羊傳》莊公十九年：「大夫無遂事，此其言遂何？聘禮，大夫受命不受辭。」

〔三〕事見《左傳》僖公二十六年：「夏，齊孝公伐我北鄙。衛人伐齊，洮之盟故也。公使展喜犒師，使受命于展禽。齊侯未入竟，展喜從之，曰：『寡君聞君親舉玉趾，將辱於敝邑，使下臣犒執事。』齊侯曰：『魯人恐乎？』對曰：『小人恐矣，君子則否。』齊侯曰：『室如懸罄，野無青草，何恃而不恐？』對曰：『恃先王之命。昔周公、大公股肱周室，夾輔成王。成王勞之而賜之盟曰：世世子孫，無相害也。載在盟府，大師職之。桓公是以糾合諸侯，而謀其不協，彌縫其缺，而匡救其災，昭舊職也。及君即位，諸侯之望曰：其率桓之功。我敝邑用不敢保聚，曰：豈其嗣世九年，而棄命廢職？其若先君何！君必不然，恃此以不恐。』齊侯乃還。」

〔四〕「主意」：人主的意旨。

三〇八　辭命之旨在「忠告」，其用却全在「善道」。〔一〕奉使「受命不受辭」，蓋「因時適變」，〔二〕自有許多衡量在也。〔三〕

〔二〕《論語·顏淵》：「子貢問友。子曰：『忠告而善道之，不可則止，無自辱焉。』」

〔三〕可參卷一第〇三一注〔一〕引曾鞏《戰國策目録序》。

〔三〕「衡量」：斟酌、考慮。

三〇九　辭命亦祗叙事、議論二者而已。〔一〕觀《左傳》中辭命可見。

〔一〕宋真德秀編《文章正宗》二十卷，其目凡四，曰辭命、曰議論、曰叙事、曰詩賦。

三一〇　辭命體，推之即可爲一切應用之文。〔一〕應用文有上行、有平行、有下行。〔二〕重其辭乃所以重其實也。

〔一〕「應用文」：此指公務往來案牘之文。宋阮閱《詩話總龜》卷十：「王審知據閩，黄滔爲其判官，幕府應用文及塔廟碑碣，半出其手。」

〔二〕「上行」：下級機構給上級機構行文，「平行」：同級機構之間相互行文，「下行」：上級機構給下級機構行文。《大唐六典》卷一：「凡上之所以逮下，其制有六：曰制、敕、册、令、教、符；凡下之所以達上，其制亦有六：曰表、狀、牋、啓、辭、牒；諸司自相質問，其義有三：曰關、刺、移。」宋歐陽修《與陳員外書》：「凡公之事：上而下者，則曰符、曰檄、問、訊、列；對下而上者，則曰狀；位等相以往來，曰移、曰牒。」

三一　陳壽《上故蜀丞相諸葛亮故事》曰：「皋陶之謨略而雅，周公之誥煩而悉。何則？皋陶與舜禹共談，周公與群下矢誓故也。」〔一〕《晉書·李密傳》中語略與之同。〔二〕辭命各有所宜，可由是意推之。

〔一〕語見《三國志·蜀志·諸葛亮傳》。按：「皋陶之謨」：當指《尚書·皋陶謨》。僞孔安國傳：「謨，謀也。皋陶爲帝舜謀。」「周公之誥」：當指《康誥》、《酒誥》、《梓材》等篇。《尚書·康誥》：「成王既伐管叔、蔡叔，以殷餘民封康叔，作《康誥》、《酒誥》、《梓材》。」

〔二〕語見《晉書》卷八十八。

三二　文之要：本領、氣象而已。本領欲其大而深，〔一〕氣象欲其純而懿。〔二〕

〔一〕可參卷二第〇八一。

〔二〕可參卷一第〇〇三、卷一第〇一八、卷一第二六四、卷二第〇〇九等處。

三三　《老子》曰：「言有宗。」〔一〕《墨子》曰：「立辭而不明於其類，則必困矣。」〔二〕「宗」、「類」

二字，於文之體用包括殆盡。

〔一〕語見《老子》第七十章，舊本題河上公注：「我所言有宗祖根本。」

〔二〕語見《墨子·大取》。「類」：事理。《孟子·告子上》：「指不若人，則知惡之；心不若人，則不知惡，此之謂不知類也。」趙岐注：「類，事也。」

三四　文固要句句字字受命於主腦，〔一〕而主腦有純駁平陂高下之不同，若非慎辨而去取之，則「差若毫釐，繆以千里」矣。〔二〕

〔一〕「主腦」：主旨、中心。清李漁《閑情偶寄·詞曲部·立主腦》：「古人作文一篇，定有一篇之主腦。主腦非他，即作者立言之本意也。」

〔二〕《大戴禮記·禮察》：「《易》曰：君子慎始。差若毫釐，繆以千里，取舍之謂也。」

三五　文之所尚，不外當無者盡無，當有者盡有。〔一〕故昌黎《答李翊書》云：「惟陳言之務去。」《樊紹述墓誌銘》云：「其富若生蓄，萬物必具。」〔二〕柳州《愚溪詩序》云：「漱滌萬物，牢籠百態。」〔三〕

〔一〕融齋《游藝約言》：「文之善者，疏而不漏；不善者，漏而不疏。」所説「疏」就是這裏説的「當無者盡無」；所説「不漏」就是這裏説的「當有者盡有」。

〔二〕今集作《南陽樊紹述墓誌銘》：「必出入仁義，其富若生蓄萬物，必具海含地負，放恣縱橫，無所統紀，然而不煩於繩削而自合也。」融齋此處斷句與通常理解不同。

〔三〕見卷一第一七〇注〔四〕。

三一六　文有以不言言者。〔一〕《春秋》有書有不書，〔二〕書之事顯，不書之意微矣。〔三〕

〔一〕此可與卷四第〇九九五參。

〔二〕按：《春秋》有書有不書，是《左傳》揭示的《春秋》寫作體例之一。西晉杜預《春秋左氏傳序》：「諸稱『書』、『不書』、『先書』、『故書』、『不稱』、『書曰』之類，皆所以起新舊，發大義，謂之變例。」唐孔穎達《疏》：「稱『書』者，若文二年『書士縠，堪其事』；襄二十七年『書先晉，晉有信』，如此之類是也。『不書』者，若隱元年春『正月，不書即位，攝也』；『邾子克，未王命，故不書爵』，如此之類是也。」

〔三〕「微」：深微。融齋《游藝約言》：「文章家知尚見解、尚議論，而不以虛見解、虛議論爲戒，則雖實多虛少且以害事，況實少虛多乎？」「古人所知者多，所言者少，是以其人純而厚；後人所知者少，所言者多，是以其文雜而薄。」

三七　文有寫處，有做處。人皆云云者，〔一〕謂之寫；我獨云云者，謂之做。《左傳》、《史記》兼用之。〔二〕

〔一〕「云云」：猶言如此這般。

〔二〕按：此之「寫」、「做」之意，近似《論語》「述而不作」中的「述」和「作」，凡是沿襲別人的文字就是「寫」，凡是屬於自己獨創的、發前人所未發的文字就是「做」。融齋《游藝約言》：「文之用意，有共知，有獨喻。合二者論之，則各有所宜，亦各有所弊也。」「文有官有家。官，所同也；家，所獨也。」「共知」、「官」即「寫」；「獨喻」、「家」即「做」。

三八　乍見道理之人，言多「理障」；乍見故典之人，言多「事障」。〔一〕故艱深正是淺陋，〔二〕繁博正是寒儉。〔三〕文家方以此自足而夸世，何耶？

〔一〕「理障」、「事障」：合稱「二障」，源出佛典。《圓覺經》卷下：「云何二障？一者理障，礙正知見。二者事障，續諸生死。」即障正知見之惑，名爲理障，而令生死相續之惑，名爲事障。唐宗密《圓覺經略疏》卷下依《大乘起信論》所說而謂：「一者理障，礙正知見，根本無夜。不達法界性相，是礙正知見義故，故彼論云，是心從本已來自性清淨，以不達一法界故，心不相應，忽然念起，名爲無明。二者事障。續諸生死，六種染心也。三細乃至起業受報，是續生死義故。故彼論云：此清淨心爲無明所染，有其染心，染心義者，名煩惱礙等。」此借用字面的意思，指作家在文章寫作過程中，由於一味説理或使用生僻文字或者典故而給讀者造成的閲讀和理解的障礙。

〔二〕見卷一第一〇六注〔一〕。

〔三〕見卷一第〇一二注〔二〕。

三一九

白賁占於賁之上爻，乃知品居極上之文，只是本色。〔一〕

〔一〕《易·賁卦》：「上九，白賁，無咎。」又《象》曰：『白賁無咎。』上得志也。」謂白賁是賁卦中最好的。「賁」：樸素無華的文飾。融齋《游藝約言》：「古人作文，視飾爲塵垢；後世作文，以塵垢爲飾。文品相去所由遠矣。」「文之不飾者，乃飾之極。蓋人飾不如天飾也，是故《易》言『白賁』。」清沈祥龍《樂志簃筆記》卷三《論文隨筆》：「和璧隋珠，不飾五采者，惟其爲真寶也。作文飾於意，意必不真；飾於詞，詞必不真；以艱深文固陋，以華麗掩闇淡，不久即易澌滅。古人傳世之文，何嘗有一毫僞飾耶？」並可與此參觀。又可參卷二第二七八。

三二〇

君子之文無欲，小人之文多欲。〔一〕多欲者美勝信，無欲者信勝美。〔二〕

〔一〕《論語·公冶長》：「子曰：『吾未見剛者。』或對曰：『申棖。』子曰：『棖也欲，焉得剛。』」

〔二〕「美」：美言。「信」：信言。見卷一第二〇八注〔一〕。又融齋《游藝約言》：「文不本於心性，有文之恥甚於無文。」「學文學書，皆有古有俗。凡所貴於古者，爲其無欲也。若借古要譽，是其欲顯。然視出於俗者，其俗尤甚。」「不論書畫文章，須以無欲而靜爲主。」「《莊子》、《離騷》少欲多情。知情與欲不同，則知兩家之同。」「淵明少欲，屈子多情，此就兩家文而論其迹也。然其趨則未嘗不同。」並可與此參觀。

三二　文尚華者日落，尚「實」者日茂。〔一〕其類在「色老而衰」，「智老而多」矣。〔二〕

〔一〕可參卷一第一四三注〔二〕引唐韓愈《答李翊書》。按：此以樹喻培養根本的重要性。「華」：花。此指華美的形式。

〔二〕「類」：道理。引文見《戰國策·趙策》：「或謂建信君：『君之所以事王者，色也；葺之所以事王者，智也；色老而衰，智老而多，以日多之智而逐衰惡之色，君必困矣。』」

三三　文有古近之分。〔一〕大抵古樸而近華，古拙而近巧，古信己心而近取世譽，〔二〕不是作散體便可名古文也。〔三〕

〔一〕「古近」：古體的文章和近體的文章。通常所説的古文是指經唐代韓柳等人大力推動和鼓吹的以先秦兩漢文章作爲取法對象的散體文章。近體指魏晉以來的駢儷之文。

〔二〕「信」：通「伸」。

〔三〕「散體」：不講求詞句齊整對偶的文體，即散文體。與「駢體」相對而言。章炳麟《文學論略》：「蓋自梁、李、韓、柳……來、張之輩，競爲散體，而自美其名曰『古文辭』，將使駢儷諸家，不登文苑。」

三三　文有三古：作古之言近於《易》，〔一〕則古之言近於《禮》，〔二〕治古之言近於《春秋》。〔三〕

〔一〕「作古」：不依舊規，自創先例。

〔二〕「則古」：取法古人。

〔三〕「治古」：學習研究古人。

三四　文貴法古。然患先有一「古」字横在胸中。蓋文「惟其是」，〔一〕惟其真。〔二〕舍是與真，而於形模求古，〔三〕所貴於古者果如是乎？

〔一〕見卷一第一四八注〔二〕。按：融齋《游藝約言》：「文尚學者，要歸尚道。尚道者，『損之又損』。」

「文固尚意，然頗僻邪侈之文，固非無意也。意之所尚，亦曰：惟其是而已。」可以與此互參。

〔二〕按：融齋論藝，喜標舉一「真」字。《游藝約言》：「大家貴真，名家貴精。然纖屑非精，率易非真也。文章書畫，俱可本此辨之。」可參卷一第一四八、卷二第〇四七及注〔三〕、卷二第〇八五、卷二第一〇七、卷二第一三一、卷三第〇一六、卷三第〇六一、卷四第〇九一、卷五第一五三等。

〔三〕「形模求古」：僅僅從外形上模仿取法古人。

三三五 文有七戒。曰：旨戒雜、〔一〕氣戒破、〔二〕局戒亂、〔三〕語戒習、〔四〕字戒僻、〔五〕詳略戒失宜、〔六〕是非戒失實。〔七〕

〔一〕謂旨意要「純一」也。可參卷六第〇七八。

〔二〕此可與卷六第〇八二互參。

〔三〕謂「格局要整齊」也。可參卷六第〇七八。

〔四〕「習」：熟習，謂當「陳言務去」也。可參卷一第一六〇。

〔五〕謂「字句要刻畫而自然」也。可參卷六第〇七八。

〔六〕謂當「詳重略輕」也。可參卷六第〇二八。

〔七〕謂當明利弊而審是非。可參卷一第二五四、卷一第二九八、卷一第三〇一。

三二六　《文心雕龍》以「隱秀」二字論文，〔一〕推闡甚精。其云「晦塞非隱」、「雕削非秀」，〔二〕更爲善防流弊。

〔一〕南朝梁劉勰《文心雕龍》有《隱秀》一章。不過，此章自宋後有缺文，今本「始正而末奇」至「此閨房之悲極也」一大段，可能出自明人增補，詳參范文瀾《文心雕龍注》卷八。

〔二〕南朝梁劉勰《文心雕龍》卷八《隱秀》：「或有晦塞爲深，雖奥非隱；雕削取巧，雖美非秀矣。」按：「晦塞」、「雕削」皆「過」之弊也。可參卷一第二六八。

三二七　言外無窮者，茂也；〔一〕言内畢足者，密也。漢文茂如西京，密如東京。

〔一〕按：此可與卷二第○二五五互參。

三二八　多用事與不用事，〔一〕各有其弊。善文者滿紙用事，未嘗不「空諸所有」；〔二〕滿紙不用事，未嘗不包諸所有。〔三〕

〔一〕南朝梁鍾嶸《詩品》卷中《梁太常任昉詩》：「但昉既博物，動輒用事，所以詩不得奇，少年士子，效其如此，弊矣。」又唐僧皎然《詩式·詩有五格》：「不用事第一，作用事第二。」

〔二〕「空諸所有」：謂雖用典而使人不覺用典。宋釋普濟《五燈會元》卷三《龐蘊居士》：「州牧于公頔問疾次，士謂之曰：『但願空諸所有，慎勿實諸所無。好住，世間皆如影響。』言訖枕于公膝而化。」此藉用。

〔三〕「包諸所有」：謂雖不用典亦能起到用典之效果。按：「空諸所有」者「清」，「包諸所有」者「厚」。參卷四第〇九五。融齋《游藝約言》：「學文藝者，執名相窠臼求之，則藝必難進；就使能進，亦復易退。要知非空諸所有，不能包諸所有也。」「書家體不潔，由其志不潔也。志潔者，必能空諸所有，不至以猥雜之習錮之。」按：此又可與卷六第〇八一五參。

三九　善書者，點畫微而「意態自足」，〔一〕點畫大而氣體不累。文之「沈著」、「飄逸」，當準是觀之。〔二〕

〔一〕宋蘇軾《書唐氏六家書後》：「張長史草書頹然天放，略有點畫處而意態自足，號稱神逸。」

〔二〕「沈著」：沉着。後同。按：《沈著》、《飄逸》皆爲署名唐司空圖《二十四詩品》中所標舉的二十四種美學風格之一。《沈著》：見卷一第〇三三注〔一〕。

《飄逸》：

落落欲往，矯矯不群。緱山之鶴，華頂之雲。高人惠中，令色絪緼。御風蓬葉，汎彼無垠。如不可執，如將有聞。識者期之，欲得愈分。

此藉以論文。以「意態自足」指「沈著」，「氣體不累」指「飄逸」。

三三〇　治勝亂，〔一〕至治勝治。〔二〕至治之氣象，皞皞而已。〔三〕文或秩然有條而轍迹未泯，〔四〕更當躋而上之。

〔一〕「治」、「亂」：治世，亂世。

〔二〕「至治」：國家治理達到極致，安定昌盛、教化大行的時世。《尚書·君陳》：「我聞曰：至治馨香，感於神明。黍稷非馨，明德惟馨。」

〔三〕「皞皞」：《孟子·盡心上》：「孟子曰：霸者之民，驩虞如也；王者之民，皞皞如也。」宋朱熹《四書章句集注》：「皞皞，廣大自得之貌。」

〔四〕按：此當與卷一第二七七互參。

三三一　誦述古義，鍼砭末俗，〔一〕文之正變，即二者可以別之。

〔一〕「誦述古義」：《續修四庫》本作「詞述古義」，非是。「誦述古義、箴砭末俗」，文正儷對。

三三二　文有四時：《莊子》，「獨寐寤言」時也；〔一〕《孟子》，「嚮明而治」時也；〔二〕《離騷》，「風雨如晦」時也；〔三〕《國策》，「飲食有訟」時也。〔四〕

〔一〕語見《詩·衛風·考槃》。東漢鄭玄箋：「在澗獨寐，覺而獨言。」

〔二〕語見《易·説卦傳》。意謂面向光明而處理政務。

〔三〕語見《詩·鄭風·風雨》。可参卷三第〇七五。

〔四〕語見《易·序卦傳》。原作「飲食必有訟」。意謂面對飲食問題一定會有訟爭。

三三三　文有仰視、有俯視、有平視。仰視者，其言恭；〔一〕俯視者，其言慈；平視者，其言直。

〔一〕融齋《游藝約言》：「《記》言后稷『其辭恭，其欲儉』。後世講文度、文品者，可以思矣。」

三三四　文有本位。〔一〕孟子於本位毅然不避，至昌黎則漸避本位矣，永叔則避之更甚矣。〔二〕凡避本位易窈眇，亦易選懦。〔三〕文至永叔以後，方以避本位爲獨得之傳，蓋亦頗矣。〔四〕

〔一〕「本位」：本佛典語，指本來的身。此似指題中應有之義。融齋《游藝約言》：「文之用意，有共知，有獨喻。合二者論之，則各有所宜，亦各有所弊也。」「共知」即本位。

〔二〕宋陳模《懷古録》：「文字有題目不好處，須着借景説起。如欲説甲，甲無可説處，甲與乙鄰，乙却好説，只得借乙説起。歐公《釋秘演詩集叙》，始終把石曼卿同説之類也。」即避本位之意。

〔三〕「窈眇」：幽遠。見卷一第〇六九注〔四〕。「選懦」：亦作「選愞」。「選」：通「巽」，柔弱、怯懦。

〔四〕「頗」：偏頗。

三三五　文之道，可約舉經語以明之，曰「辭達而已矣」、〔一〕「脩辭立其誠」、〔二〕「言近而指遠」、〔三〕「辭尚體要」、〔四〕「乃言厎可績」、〔五〕「非先王之法言不敢言」、〔六〕「易其心而後語」。〔七〕

〔一〕語見《論語·衛靈公》。意謂言辭足以表達出自己的意思就行了。按：融齋《游藝約言》：「文貴於達。直達、曲達，皆達也。就一篇中論之，要隨在各因其宜，不拘成見。」今録此備參。

〔二〕語見《易·乾》。意謂修辭要建立在真實的基礎上。

〔三〕見卷一第二七〇注〔二〕。

〔四〕見卷一第二七〇注〔四〕。

〔五〕語見《尚書·虞書·舜典》。意謂（我）認爲你可以取得功業。「厎」：獲取。

〔六〕語見《孝經·卿大夫》。意謂不符合先王禮法的言語不要去説。

〔七〕見卷一第二五五注〔一〕。

三三六　文家「得力處」人不能識，如東坡《表忠觀碑》，王荆公問坐客畢竟似子長何語？坐客悚然是也。〔一〕「用力處」人不能解，如歐陽公欲作文，先誦《史記·日者傳》是也。〔二〕

〔一〕事見宋胡仔《苕溪漁隱叢話》前集卷三十八引：「《潘子真詩話》云：東坡作《表忠觀碑》，荆公置坐隅，葉致遠、楊德逢二人在坐。有客問曰：『相公亦喜斯人之作也？』公曰：『斯作絶似西漢。』坐客歎譽不已。公笑曰：『西漢誰人可擬？』德逢對曰：『王褒。』蓋易之也。公曰：『不可草草。』德逢復曰：『司馬相如、揚雄之流乎？』公曰：『相如賦《子虚》、《大人》洎《喻蜀文》、《封禪書》耳。雄所著《太玄》、《法言》，以準《易》、《論語》，未見其叙事典贍如此也。直須與子長馳騁上下！』坐客又從而贊之。公曰：『畢竟似子長何語？』坐客悚然。公徐曰：『《楚漢以來諸侯王年表也》。』」按宋李耆卿《文章精義》：「子瞻《表忠觀碑》終篇述趙清獻公奏，不增損一字，是學《漢書》。但王介甫以爲《諸侯王年表》，則非也。」

〔三〕宋吕祖謙《東萊别集》卷十四《辨史記十篇有録無書》：「其九曰《日者列傳》。自余志而著之以上，皆太史公本書。歐陽文忠公每有製作，必取此傳讀數過，然後下筆，其愛之如此。」又《近思録》卷二引程顥：「凡人才學，便須知著力處；既學，便須知得力處。」「著力處」：用力處。

三三七　《易·繫傳》：「物相雜，故曰文。」〔一〕《國語》：「物一無文。」〔二〕徐鍇《説文·通論》：「强弱相成，剛柔相形，故於文，『人乂』爲『文』。」〔三〕《朱子語録》：「兩物相對待，故有文；若相離去，便不成文矣。」〔四〕爲文者，盍思「文」之所由生乎？

〔一〕語見《易·繫辭下》。「文」：紋飾。

〔二〕語見《國語·鄭語》：「聲一無聽，物一無文，味一無果，物一不講。」三國吴韋昭注：「五色雜，然後成文也。」〔一〕：單一。

〔三〕語見宋徐鍇《說文解字繫傳·通論》「文」字條。「乂」：才德過人。《書·皋陶謨》：「俊乂在官。」孔穎達疏：「乂訓爲治，故云治能。馬王鄭皆云才德過千人爲俊，百人爲乂。」

〔四〕語見《朱子語類》卷七十六《周易十二》。原文作：「物相雜故曰文。如有君又有臣便爲君臣之文，是兩物相對待在這裏，故有文；若相離去，不相干，便不成文矣。」按：融齋《游藝約言》：「『文』字，古多作『文明』解。蓋自內出，非由外飾也。」

三三八　《左傳》：「言之無文，行而不遠。」〔一〕後人每不解何以謂之「無文」？不若仍用《外傳》作注，〔二〕曰：「物一無文。」〔三〕

〔一〕語見《左傳》襄公二十五年：「仲尼曰：《志》有之：『言以足志，文以足言。』不言，誰知其志？言之無文，行而不遠。」

〔二〕《外傳》：指《國語》，《漢書》卷二十一引《國語》稱《春秋外傳》。三國吳韋昭《國語解叙》：「其文不主於經，故號曰：《外傳》。」

〔三〕引文見卷一第三三七注〔二〕。

三三九　《國語》言「物一無文」，後人更當知物無一則無文。蓋「一」乃文之真宰，〔一〕必有一

在其中，斯能用夫不一者也。〔二〕

〔一〕「真宰」：主宰、關鍵。《莊子·齊物論》：「若有真宰，而特不得其眹。」

〔二〕錢鍾書《管錐篇·周易正義》二四：「劉氏標一與不一相輔成文，其理殊精：一則雜而不亂，雜則一而能多。古希臘人談藝，舉『一貫寓於萬殊』(Unity in variety)爲第一義諦(the fundamental theory)，後之論者至定爲金科玉律(das Gesetz der Einheit in der Mannigfaltigkeit)，正劉氏之言『一在其中，用夫不一』也。枯立治論詩家才力愈高，則『多多而益一』(il più nell'uno)，亦資印證。」

三四〇　古人或名文曰筆。〔一〕《梁書·庾肩吾傳》：太子《與湘東王書》曰：「謝朓、沈約之詩，任昉、陸倕之筆。」〔二〕筆對詩言者，蓋言志之謂詩，〔三〕述事之謂筆也。其實筆本對口談而言，《晉書·樂廣傳》：「廣善清言，而不長於筆。將讓尹，請潘岳爲表，岳曰：『當得君意。』廣乃作二百句語述己之志。岳因取次比，便成名筆。時人咸云：『若廣不假岳之筆，岳不取廣之旨，無以成斯美也。』」〔四〕昌黎亦云：「不惟舉之於其口，而又筆之於其書。」〔五〕觀此而筆之所以命名者見矣。然昌黎於筆多稱文，如謂「漢朝人莫不能爲文，獨司馬相如、太史公、劉向、揚雄爲之最」是也。〔六〕

〔一〕按：古代「文」、「筆」有别，但具體「文」、「筆」所指，則衆説紛紜，莫衷一是。可參觀郭紹虞《照隅室古典文學論集·文筆説考辨》。

〔二〕語見《梁書》卷四十九。「太子」：指梁簡文帝蕭綱。

〔三〕按：古人以爲「詩言志」，此意先秦典籍中屢見。《左傳》襄公二十七年：「文子告叔向曰：『伯有將爲戮矣！詩以言志，志誣其上，而公怨之，以爲賓榮，其能久乎？幸而後亡。』」《尚書·舜典》：「帝曰『……詩言志，歌永言，聲依永，律和聲。八音克諧，無相奪倫，神人以和。』」《禮記·樂記》：「詩言其志也。」《莊子·天下》：「《詩》以道志，《書》以道事，《禮》以道行，《樂》以道和，《易》以道陰陽，《春秋》以道名分。其數散於天下而設於中國者，百家之學時或稱而道之。」《荀子·儒效》：「《詩》言是其志也；《書》言是其事也；《禮》言是其行也；《樂》言是其和也；《春秋》言是其微也。」緯書《春秋説題辭》：「詩者天地之精，星辰之度、人心之操也。在事爲詩，未發爲謀，恬淡爲心，思慮爲志，故詩之爲言志也。」

〔四〕語見《晉書》卷四十三。

〔五〕語見唐韓愈《原道》。

〔六〕語見唐韓愈《答劉正夫書》。

卷二　詩概

〇〇一　《詩緯含神霧》曰：「詩者，天地之心。」〔一〕《文中子》曰：「詩者，民之性情也。」〔二〕此可見詩爲天人之合。〔三〕

〔一〕即《詩含神霧》，是緯書的一種，已佚，所謂緯書係對儒家的經書而言，《四庫全書總目·易緯》：「緯者，經之支流，衍及旁義。」元陶宗儀《説郛》、明孫瑴《古微書》卷二十三、《七緯》卷十六、清馬國翰《玉函山房輯佚書》卷四皆有輯録。

〔二〕見隋末王通《中説》卷十《關朗》。原文作：「薛收問曰：『今之民胡無詩？』子曰：『詩者，民之情性也，情性能亡乎？非民無詩，職詩者之罪也。』」

〔三〕唐歐陽詢《藝文類聚》卷五十五引《春秋説題》：「詩，天人之精，皇后之度，故詩爲言志。」可與此互參。

〇〇二　「詩言志」，〔一〕孟子「文辭志」之説所本也。〔二〕「思無邪」，〔三〕子夏《詩序》「發乎情，止乎禮義」之説所本也。〔四〕

〔一〕見卷一第三四〇注〔三〕。

〔二〕見卷一第一〇三注〔三〕。

〔三〕語見《論語·爲政》：「子曰：『《詩三百》，一言以蔽之，曰：思無邪。』」三國魏何晏《論語集解》卷二：「包曰：歸於正也。」

〔四〕今毛詩《關雎》小序「《關雎》，后妃之德也」後有長序一篇，南北朝梁蕭統編纂《文選》時，收入卷四十五，稱《毛詩序》，署名卜子夏。後人亦稱爲《詩大序》。引文見《毛詩序》：「國史明乎得失之迹，傷人倫之廢，哀刑政之苛，吟詠情性，以風其上，達於事變而懷其舊俗者也。故變風發乎情，止乎禮義。發乎情，民之性也。止乎禮義，先王之澤也。」

〇〇三　《關雎》取「摯而有別」，〔一〕《鹿鳴》取「食則相呼」。〔二〕凡詩能得此旨，皆應乎《風》、《雅》者也。〔三〕

〔一〕語見《詩·周南·關雎》西漢毛亨《傳》：「鳥摯而有別。」東漢鄭玄《箋》：「摯之言至也，謂王雎之鳥，雌雄情意至然而有別。」「取」：贊同。

〔二〕「食則相呼」：宋呂祖謙《呂氏家塾讀詩紀》卷二：「滎陽公曰『南有樛木，葛藟纍之』，但取其下曲，則葛藟得纍之，而不取其木亦得以自蔽也。『呦呦鹿鳴，食野之苹』，但取其食則相呼，非取其群居則環其角外向也。」

〔三〕「應」：符合。三國魏曹植《與楊德祖書》：「夫街談巷説，必有可采；擊轅之歌，有應《風》《雅》。匹夫之思，未易輕棄也。」

〇〇四 《詩序》：「風，風也。風以動之。」〔一〕可知風之義至微至遠矣。觀《二南》詠歌「文王之化」，〔二〕辭意之微遠何如？

〔一〕《毛詩序》：「風，風也，教也。風以動之，教以化之。」「風」：諷喻、教育。通過委婉含蓄的方式來打動讀者，達到教化百姓的目的。前面的「風」音豐。後面的「風」音諷。

〔二〕「二南」：《國風》中的《周南》、《召南》。據《詩·周南·關雎》小序：「《關雎》，后妃之德也」句，唐孔穎達《疏》：「《二南》之風，皆文王未受命之詩也。」又説：「《二南》之風，實文王之化。」又據《詩小序》：《周南》中的《漢廣》、《汝墳》，《召南》中的《羔羊》、《摽有梅》、《江有汜》、《野有死麕》、《騶虞》等篇皆詠「文王之化」者也。

〇〇五 變風始《柏舟》。〔一〕《柏舟》與《離騷》同旨，〔二〕讀之當兼得其人之志與遇焉。

〔一〕所謂變風，據《毛詩序》：「至於王道衰、禮義廢、政教失、國異政、家殊俗，而變風、變雅作矣。」唐孔穎達《疏》：「《詩》之風雅，有正有變，故又言變之意。至於王道衰，禮義廢而不行，政教施之失所，遂使諸侯國國異政，下民家家殊俗。詩人見善則美，見惡則刺之，而變風變雅作矣。」按照這種説法，「變風」主要是指西周末年，王室衰微後，詩人所創作出的風格明顯不同於此前的一些諷喻及批評時政之作。《柏舟》：見《詩·邶風》。《詩小序》：「《柏舟》，言仁而不遇也。衛頃公之時，仁人不遇，小人在側。」又唐孔穎達《毛詩注疏》：「《邶》、《鄘》、《衛》者，商紂畿内千里之地。《柏舟》之作夷王之時，有康叔之遺烈，武公之盛德，資母弟之戚，成入相之勳，文公則滅而復興，徙而能富，土地既廣，詩又早作，故以爲變風之首。」

〔三〕《孟子·盡心下》趙岐注：「《詩·邶風·柏舟》之篇。曰『憂心悄悄』，憂在心也；『愠于群小』，怨小人聚而非議賢者也。」此與屈原「竭忠盡智，以事其君，讒人間之，可謂窮矣。信而見疑，忠而被謗，能無怨乎？屈平之作《離騷》，蓋自怨生也」同旨。

〇〇六　《大雅》之變，具憂世之懷；〔一〕《小雅》之變，多憂生之意。〔二〕

〔一〕《毛詩序》：「雅者，正也。言王政之所由廢興也。政有小大，故有小雅焉，有大雅焉。」按：如《大雅》之《民勞》、《板》、《蕩》、《抑》、《桑柔》等篇即是。

〔二〕按：如《小雅》之《采薇》、《沔水》、《祈父》、《節南山》、《正月》、《十月之交》、《雨無正》等篇即是。又融齋《游藝約言》：「《詩》之衰也，有憂生之意。六朝晚唐皆然。」按：憂世者及人，憂生者爲己。又《孔叢子·記義》：「孔子讀《詩》，及《小雅》喟然而嘆曰：『吾……於《節南山》，見忠臣之憂世也。』」融齋不取。

○○七　頌固以「美盛德之形容」，〔一〕然必原其所以至之之由，以寓勸勉後人之意，則義亦通於雅矣。〔二〕

〔一〕《毛詩序》：「頌者，美盛德之形容，以其成功，告於神明者也。」

〔二〕按：蓋王政興，乃美盛德之形容所以至之之由。故融齋云頌義亦通於雅。

○○八　《雅》、《頌》相通，如《頌·閔予小子》、《訪落》、《敬之》、《小毖》近《雅》；〔一〕《雅·生民》、《篤公劉》近《頌》。〔二〕

〔一〕《閔予小子》、《訪落》、《敬之》、《小毖》：均見《周頌》。《詩小序》：「《閔予小子》，嗣王朝於廟也。」鄭玄箋云：「嗣王者，謂成王也。除武王之喪，將始即政，朝於廟也。」朱熹《詩集傳》以爲「後三篇仿此」，因具「憂世」、「憂生」之意，故此云近《雅》。

〔二〕《生民》：見《大雅》，爲讚美周之先祖后稷而作。《詩小序》：「《生民》，尊祖也。后稷生於姜嫄，文武之功起於后稷。」《篤公劉》：今稱《公劉》，亦見《大雅》。爲讚美后稷之曾孫公劉而作，《詩小序》：「《公劉》，召康公戒成王也。成王將蒞政，戒以民事，美公劉之厚於民而獻是詩也。」故云近《頌》。

〇〇九　「穆如清風」，「肅雝和鳴」，〔一〕《雅》、《頌》之懿，兩言可蔽。〔二〕

〔一〕「穆如清風」：語見《詩·大雅·烝民》：「吉甫作誦，穆如清風。」東漢鄭玄箋：「穆，和也。吉甫作此工歌之誦，其調和人之性，如清風長養萬物。」「肅雝和鳴」：語見《詩·周頌·有瞽》：「既備乃奏，簫管備舉，喤喤厥聲。肅雝和鳴，先祖是聽。」本意是説樂聲和緩而又肅穆。

〔二〕「懿」：可参卷一第〇〇三、卷一第〇一八、卷一第二六四、卷一第三一二等處。「蔽」：概括。

〇一〇　《詩序正義》云：「比與興，雖同是附託外物，比顯而興隱，當先顯後隱，故比居先也。《毛傳》特言興也，爲其理隱故也。」〔一〕案：《文心雕龍·比興》篇云：「毛公述《傳》，獨標興體，豈不以風異而賦同，比顯而興隱哉！」〔二〕《正義》蓋本於此。

〔一〕《詩序正義》：即《毛詩序》唐孔穎達疏。引文今見《毛詩序》「故詩有六義焉」句《疏》：「賦比興如此次者，言事之道，直陳爲正，故《詩經》多賦，在比興之先。比之與興，雖同是附託外物，比顯而興隱，當先顯後隱，故比居興先也。」

〔二〕語見南朝梁劉勰《文心雕龍》卷八。「異」：或作「通」。

〇二一　「取象曰比，取義曰興」，語出皎然《詩式》。〔一〕即劉彦和所謂「比顯興隱」之意。〔二〕

〔一〕語見唐僧皎然《詩式·用事》。

〔二〕語見南朝梁劉勰《文心雕龍·比興》：「詩文弘奥，包韞六義。毛公述傳，獨標興體，豈不以風通而賦同，比顯而興隱哉？」按：此又可參卷二第〇一〇及注〔一〕。

〇二三　《詩》，「自樂」是一種，「衡門之下」是也；〔一〕「自勵」是一種，「坎坎伐檀兮」是也；〔二〕「自傷」是一種，「出自北門」是也；〔三〕「自譽自嘲」是一種，「簡兮簡兮」是也；〔四〕「自警」是一種，「抑抑威儀」是也。〔五〕

〔一〕語見《詩·陳風·衡門》。按：宋朱熹《詩集傳》卷三：「此隱居自樂而無求者之辭。言衡門雖淺陋，然亦可以遊息。泌水雖不可飽，然亦可以玩樂而忘飢也。」

〔二〕語見《詩·魏風·伐檀》。按：宋朱熹《詩集傳》卷三：「詩人言有人於此用力伐檀，將以爲車而行陸也。今乃寘之河干，則河水清漣而無所用，雖欲自食其力，而不可得矣。然其志則自以爲不耕則不可以得禾，不獵則不可以得獸，是以甘心窮餓而不悔也。詩人述其事而歎之，以爲是真能不空食者。後世若徐穉之流，非其力不食，其厲志蓋如此。」

〔三〕語見《詩·邶風·北門》。按：宋朱熹《詩集傳》卷二：「衛之賢者處亂世，事暗君，不得其志，故因出北門而賦以自比，又歎其貧窶，人莫知之，而歸之於天也。」

〔四〕語見《詩・邶風・簡兮》。按：宋朱熹《詩集傳》卷二：「賢者不得志而仕於伶官，有輕世肆志之心焉。故其言如此，若自譽而實自嘲也。」

〔五〕語見《詩・大雅・抑》。按：宋朱熹《詩集傳》卷七：「衛武公作此詩，使人日誦於其側以自警。」

〇一三　「心之憂矣，其誰知之」，〔一〕此詩人之憂過人也；「獨寐寤言，永矢弗告」，此詩人之樂過人也。〔二〕憂世樂天，固當如是。〔三〕

〔一〕語見《詩・魏風・園有桃》。按：宋朱熹《詩集傳》卷三：「詩人憂其國小而無政，故作是詩。」

〔二〕語見《詩・衛風・考槃》。按：宋朱熹《詩集傳》卷二：「詩人美賢者隱處澗谷之間，而碩大寬廣，無戚戚之意，雖獨寐而寤言，猶自誓其不忘此樂也。」

〔三〕按：范罕《蝸牛舍説詩新語》：「按《詩》未有出於憂樂之外者。」

〇一四　「皎皎白駒，在彼空谷」，〔一〕出乎外也；「我任我輦，我車我牛」，〔二〕入乎中也。「雝雝鳴雁，旭日始旦」，〔三〕宜其始也；「風雨如晦，雞鳴不已」，持其終也。〔四〕

〔一〕語見《詩・小雅・白駒》。按：宋朱熹《詩集傳》卷五謂末章：「賦也，賢者之去而不可留矣。」故此云：「出乎外也。」

〔二〕語見《詩·小雅·黍苗》。按：宋朱熹《詩集傳》卷五謂二章：「營謝之役，既成而歸也。」故此云：「入乎中也。」

〔三〕語見《詩·邶風·匏有苦葉》。按：言於一天之始，旭日初出之時，行婚禮中第一步之納采禮。故此云「宜其始也」。

〔四〕語見《詩·鄭風·風雨》。按：《毛傳》：「晦，昏也。」故此云「持其終也」。

〇二五 真西山《文章正宗·綱目》云：「《三百五篇》之詩，其正言義理者蓋無幾，而諷詠之間，悠然得其性情之正，即所謂義理也。」〔一〕余謂詩或寓義於情而義愈至，或寓情於景而情愈深，此亦《三百五篇》之遺意也。〔二〕

〔一〕真西山：南宋真德秀。字景元，又字景希，學者稱西山先生，《宋史》卷四百三十七有傳。《四庫全書總目·文章正宗》：「是集分辭命、議論、叙事、詩歌四類。《左傳》、《國語》以下至於唐末之作。其持論甚嚴，大意主於論理而不論文。」

〔二〕龍松生校編沈曾植《海日碎金·詩概評一則》：「先生云：興化精語。」又：「松生附記：詩本吟詠性情，舊説也，亦後賢所同祖述也。顧止夫禮義之説，罕有傳之者。何哉？然則《三百篇》之旨，缺失固已久矣，説詩者多以辭害意，不知但存其興觀群怨之情，斯即得之矣。申之以樂而不淫，哀而不傷，旨趣益明，而無遺蘊矣。蓋由哀樂興感而言，則謂之發夫情，謂之修辭立其誠；由不淫不傷而言，則謂之止夫禮義，謂之閑其邪存其誠，原始要終，詩之極則，數語盡之矣。此詩之所謂性情義理之正，所謂一言以蔽之曰思無邪者，後人不以聖人論詩之意爲宗，而欲以大學斬頭覓活之正以述聖而傳詩，此所謂南轅北轍者，宜夫於義理不能有大發明也。」

〇一六　詩喻物情之微者，近《風》；〔一〕明「人治之大者」，〔二〕近《雅》；通「天地鬼神之奧」者，近《頌》。〔三〕

〔一〕此當與卷二第〇〇四五參。

〔二〕《禮記·大傳》：「名者，人治之大者也，可無慎乎？」此藉用。

〔三〕宋周敦頤《周元公集》卷一：「《易》何止五經之源，其天地鬼神之奧乎？」此藉用。融齋《游藝約言》：「問：詩文書畫何以能通鬼神之奧？曰：中有體物不遺者存。」

〇一七　《離騷》，淮南王比之《國風》、《小雅》，〔一〕朱子《楚辭集注》謂：「其語祀神之盛幾乎《頌》。」〔二〕李太白《古風》云：「正聲何微茫，哀怨起騷人。」〔三〕蓋有「《詩》亡《春秋》作」之意，〔四〕非抑《騷》也。

〔一〕屈原：名平，據《離騷》，又名正則，字靈均。戰國時楚國人。《史記》卷八十四有傳。關於《楚辭》的注本，歷代極多，比較重要的舊注有東漢王逸《楚辭章句》、宋洪興祖《楚辭補注》和朱熹《楚辭集注》。今人金開誠等《屈原集校注》、黃靈庚《楚辭章句疏證》、《楚辭集校》，亦可參考。東漢王逸《楚辭章句》卷三引班孟堅序：「昔在孝武，博覽古文。淮南王安敘《離騷傳》，以《國風》好色而不淫，《小雅》怨悱而不亂，若《離騷》者，可謂兼之矣。」後又被司馬遷采入《屈原列傳》中，見《史記》卷八十四。

〔二〕今見朱熹《楚辭集注》卷一。原作：「其語祀神歌舞之盛，則幾乎頌。」

〔三〕語見唐李白《古風》其一。

〔四〕《孟子·離婁下》：「孟子曰：王者之迹熄而《詩》亡，《詩》亡然後《春秋》作。」又元趙孟頫《古風》其一：「詩亡春秋作，仲尼蓋苦心。」

〇一八　劉勰《辨騷》謂《楚辭》「體慢於三代，風雅於戰國」，〔一〕顧論其體不如論其志，志苟可質諸三代，雖謂「易地則皆然」可耳。〔二〕

〔一〕語見南朝梁劉勰《文心雕龍》卷一。范文瀾《文心雕龍注》：「『體慢』應據唐寫本作『體憲』，憲，法也。體法於三代，謂同乎風雅之四事。『風雅』亦應據唐寫本作『風雜』。『風雜於戰國』，謂異於經典之四事。」

〔二〕《孟子·離婁下》：「孟子曰：『禹稷顔回同道。禹思天下有溺者，由己溺之也；稷思天下有飢者，由己飢之也。是以如是其急也。禹稷顔子易地則皆然。』」

〔一九〕漢武帝《秋風辭》，〔一〕《風》也；《瓠子歌》，〔二〕《雅》也。《瓠子歌》憂民之思，足繼《雲漢》，〔三〕文中子何但以《秋風》爲「悔志之萌耶」？〔四〕

〔一〕漢武帝：劉徹，漢景帝劉啓第十子，謚號孝武。見《漢書》卷六《孝武本紀》。《秋風辭》：見《文選》卷四十五。

〔二〕《瓠子歌》：見《史記》卷二十九《河渠書》。

〔三〕見《詩·大雅·雲漢》。據《詩小序》：「《雲漢》，仍叔美宣王也。宣王承厲王之烈，有撥亂之志，遇災而懼，側身修行，欲銷去之。天下喜於王化復行，百姓見憂，故作是詩也。」

〔四〕隋末王通《中説》卷四《周公》：「子曰：《大風》安不忘危，其霸心之存乎？《秋風》樂極哀來，其悔志之萌乎？」宋阮逸注：「漢武歌云『歡樂極兮哀情多』，此悔悟前過，志形哀痛之詔也。」

〔二〇〕武帝《秋風辭》、《瓠子歌》、《柏梁與群臣賦詩》，〔一〕後世得其一體，皆足成一大宗，〔二〕而帝之爲大宗不待言矣。

〔一〕《柏梁與群臣賦詩》：見《藝文類聚》卷五十六引。漢孝武帝元封三年，作柏梁臺，詔群臣二千石有能爲七言者，人各一句，集句爲詩。然後人多疑爲僞作。

〔二〕「大宗」：宗法社會以嫡系長房爲「大宗」，餘子爲「小宗」。《儀禮·喪服》：「爲人後者孰後？後大宗也。曷爲後大宗？大宗者，尊之統也。」此猶言大家。

○二二 或問《安世房中歌》與孝武《郊祀》諸歌孰爲奇正？〔一〕曰：《房中》，正之正也；《郊祀》，奇而正也。

〔一〕《安世房中歌》：凡十七章，見《漢書》卷二十二《禮樂志》。《郊祀歌》：凡十九章，見《漢書》卷二十二《禮樂志》。

○二三 漢《郊祀》諸樂府，以《樂》而象《禮》者也。〔一〕所以典碩肅穆，視他樂府別爲一格。

〔一〕按：融齋論賦，以象《樂》者「深婉」、「尚神理」，象《禮》者「雄峻」、「尚事實」也。可參卷三第○五六、卷三第○五八。又融齋《持志塾言》卷下《禮樂》：「樂主於發散，禮主於收斂。禮樂互根，而陰陽通復之義存乎其間。」《古桐書屋札記》：「《禮》以辨分，《樂》以達情。經綸之道，不能外此。」今録此備參。

〇二三　秦碑有韻之文質而勁，漢樂府典而厚。如商、周二《頌》，〔一〕氣體攸别。〔二〕

〔一〕《商頌》：今見《毛詩注疏》卷二十，凡《那》、《烈祖》、《玄鳥》、《長發》、《殷武》五篇。《商頌譜》：「商者，契所封之地。有娀氏之女名簡狄者，吞鳦卵而生，契，堯之末年，舜舉爲司徒，有五教之功，乃賜姓而封之。世有官守，十四世至湯，則受命伐夏桀，定天下。後世有中宗者，嚴恭寅畏，天命自度，治民祗懼，不敢荒寧。後有高宗者，舊勞於外，爰洎小人。作其即位，乃或諒闇，三年不言，言乃雍。不敢荒寧，嘉静殷邦。至於小大，無時或怨。……自從政衰散亡，商之禮樂，七世至戴公，時當宣王，大夫正考父者，校商之名頌十二篇於周太師，以《那》爲首，歸以祀其先王。孔子録《詩》之時，則得五篇而已，乃列之以備三頌，著爲後王之義，監三代之成功，法莫大於是矣。」

《周頌》：今見《毛詩注疏》卷二十，凡《清廟之什》、《臣工之什》、《閔予之什》，計三十一篇。《周詩譜》：「《周頌》者，周室成功致太平德洽之詩。其作在周公攝政，成王即位之初。」

〔二〕「攸别」：分别。「攸」：語助，無義。

〇二四　質而文，直而婉，《雅》之善也。漢詩《風》與《頌》多，而《雅》少。《雅》之義，非韋傅《諷諫》，其孰存之？〔一〕

〔一〕韋傳：西漢韋孟，曾爲楚元王傅。元王孫戊荒淫無道，孟因作詩諷諫。南朝梁劉勰《文心雕龍·明詩》：「漢初四言，韋孟首唱。匡諫之義，繼軌周人。」明馮惟訥《古詩紀》卷一百四十七引《竹林詩評》：「韋孟四言，誹而不亂，《小雅》之流風也。」許學夷《詩源辯體》卷三：「韋孟四言《諷諫》、韋玄成四言《自劾》等詩，其體全出《大雅》。」清沈德潛《古詩源》卷二：「漢詩中有此拙重之作，去變《雅》未遠。」詩見《漢書》卷七十三《韋賢傳》。

〇二五　李陵贈蘇武五言，〔一〕但叙别愁，無一語及於事實，而言外無窮，使人黯然不可爲懷。至「徑萬里兮度沙幕」一歌，意味頗淺，而《漢書·蘇武傳》載之，〔二〕以爲陵作，其果然乎？

〔一〕李陵：字少卿，西漢人，《史記》卷一百九、《漢書》卷五十四有傳。李陵贈蘇武詩凡三首，見《文選》卷二十九《與蘇武詩》。《文選六臣注》引李周翰：「五言詩，自陵始也。」但後人多認爲屬僞作。

〔二〕見《漢書》卷五十四。

〇二六　《古詩十九首》與蘇、李同一「悲慨」。〔一〕然《古詩》兼有「豪放」、「曠達」之意，與蘇、李之一於「委曲」、「含蓄」，〔二〕有「陽舒陰慘」之不同。〔三〕知人論世者，〔四〕自能得諸言外，

固不必如鍾嶸《詩品》謂《古詩》「出於《國風》」，李陵「出於《楚辭》」也。〔五〕

〔一〕《悲慨》：爲署名唐司空圖《二十四詩品》中所標舉的二十四種美學風格之一。

大風卷水，林木爲摧。適苦欲死，招憩不來。百歲如流，富貴冷灰。大道日喪，若爲雄才。壯士拂劍，浩然彌哀。蕭蕭落葉，漏雨蒼苔。

《古詩十九首》：見《文選》卷二十九。今人隋樹森編有《古詩十九首集釋》。

〔三〕按：「豪放」、「曠達」、「含蓄」、「委曲」皆爲署名唐司空圖《二十四詩品》中所標舉的二十四種美學風格之一。

《豪放》：

觀花匪禁，吞吐大荒。由道反氣，處得以狂。天風浪浪，海山蒼蒼。真力彌滿，萬象在旁。前招三辰，後引鳳凰。曉策六鰲，濯足扶桑。

《曠達》：

生者百歲，相去幾何。歡樂苦短，憂愁實多。何如尊酒，日往煙蘿。

《委曲》：

登彼太行，翠繞羊腸。杳靄流玉，悠悠花香。力之於時，聲之於羌。似往已回，如幽匪藏。水理漩洑，鵬風翱翔。道不自器，與之圓方。

《含蓄》：

不著一字，盡得風流。語不涉己，若不堪憂。是有真宰，與之沉浮。如滿緑酒，花時反秋。悠悠空塵，忽忽海漚。淺深聚散，萬取一收。

〔三〕語出南朝梁劉孝標《廣絶交論》：「陽舒陰慘，生民大情；憂合歡離，品物恒性。」唐李善注引《西京賦》：「人在陽時則舒；在陰時則慘。」融齋此藉以喻詩歌的兩種不同風格。

〔四〕《孟子·萬章下》：「孟子謂萬章曰：一鄉之善士，斯友一鄉之善士；一國之善士，斯友一國之善士；天下之善士，斯友天下之善士。以友天下之善士爲未足，又尚論古之人。頌其詩、讀其書、不知其人可乎？是以論其世也。是尚友也。」

〔五〕鍾嶸：字仲偉，南北朝梁人。《詩品》是他的詩歌評論專著，以五言詩爲主，將自漢至梁的著名詩人，分爲上中下三品，並指出其淵源所自，故稱爲《詩品》。《隋書》卷三十二《經籍志》又稱爲《詩評》，後通稱《詩品》。今人曹旭編有《詩品集注》（增訂本）。《詩品》卷上《古詩》：「其體源出於《國風》。陸機所擬十四首，文温以麗，意悲而遠，驚心動魄，可謂幾乎一字千金。其外『去者日以疏』四十五首，雖多哀怨，頗爲總雜，舊疑是建安中曹王所製。『客從遠方來』、『橘柚垂華實』亦爲驚絶矣。人世冥滅，而清音獨遠，悲夫。」又同卷：「漢都尉李陵。其源出於《楚辭》，文多悽愴，怨者之流。陵，名家子，有殊才，生命不諧，聲頽身喪，使陵不遭辛苦，其文亦何能至此。」

〇二七　《十九首》鑿空亂道，〔一〕讀之自覺四顧躊躇，百端交集。〔二〕詩至此，始可謂「其中有物」也已！〔三〕

〔一〕「鑿空亂道」：無所依傍，稱心而言。猶卷四第〇六一所謂「空中蕩漾」。

〔二〕「百端交集」：猶言百感交集，指各種思緒都彙集在一起。「交」：都。

〔三〕《老子》第二十一章：「惚兮恍兮，其中有象；恍兮惚兮，其中有物；窈兮冥兮，其中有精。」此藉以論詩，指其中有人。又融齋《游藝約言》：「《古詩十九首》，喜怒哀樂，無不親切高妙，所以令人味之無極。」「《古詩》『努力崇明德，皓首以爲期』，此『止乎禮義』也，前此諸悽愴之言，皆所謂『發乎情』。」

〇二八　曹公詩氣雄力堅，〔一〕足以籠罩一切，建安諸子，〔二〕未有其匹也。子建則隱有「仁義之人，其言藹如」之意。〔三〕鍾嶸品詩，不以「古直」「悲涼」加於「人倫周孔」之上，豈無見乎？〔四〕

〔一〕曹公：曹操。字孟德，《三國志》卷一有傳。近人黄節有《魏文帝魏武帝詩注》，夏傳才有《曹操集校注》。宋敖陶孫《詩評》：「魏武帝如幽燕老將，氣韻沉雄。」又融齋《游藝約言》：「骨深氣邁，於文得一家，曰太史公；於詩得一家，曰曹公。」

〔二〕「建安」：漢獻帝劉協年號（當公元一九六年至二二〇年）。「建安諸子」：通稱「建安七子」，指孔融、陳琳、王粲、徐幹、阮瑀、應瑒、劉楨。今人郁賢皓等有《建安七子詩箋註》、吴雲有《建安七子集校注》。

〔三〕語見唐韓愈《答李翊書》，參卷一第一四三注〔二〕。

〔四〕「古直」、「悲涼」：南朝梁鍾嶸《詩品》卷下：「曹公古直，甚有悲涼之句。」「人倫周孔」：南朝梁鍾嶸《詩品》卷上：《魏陳思王植詩》：「其源出於《國風》，骨氣奇高，詞彩華茂；情兼雅怨，體被文質；粲溢今古，卓爾不群。嗟乎，陳思之於文章也，譬人倫之有周孔、鱗羽之有龍鳳、音樂之有琴笙、女工之有黼黻。」

〇二九　曹子建《贈丁儀王粲》有云：「歡怨非貞則，中和誠可經。」〔一〕此意足推風雅正宗。至「骨氣」、「情采」，則鍾仲偉論之備矣。〔二〕

〔一〕子建：三國魏曹植之字，《三國志》卷十九有傳，因其最後之封地在陳郡，卒謚思，故後人又稱之爲「陳王」或「陳思王」。近人黄節《曹子建詩注》、古直《曹植詩箋》，趙幼文《曹植集校注》，均可參考。引詩見《贈丁儀王粲》，唐李善注：「言歡怨雖殊，俱非忠貞之則，惟有中和樂職，誠可謂經也。」

〔二〕見卷二第〇二八注〔四〕。

〇三〇　公幹「氣」勝，仲宣情勝，〔一〕皆有陳思之一體。後世詩率不越此兩宗。〔二〕

〔一〕公幹：三國魏劉楨之字。今人張蕾有《阮瑀劉楨應瑒集校注》。仲宣：三國魏王粲之字，《三國志》卷二十一有傳。今人張蕾有《王粲集校注》。南朝梁鍾嶸《詩品》卷上：「故知陳思爲建安之傑，公幹、仲宣爲輔。」又《魏文學劉楨詩》：「其源出於古詩。仗氣愛奇，動多振絶，貞骨凌霜，高風跨俗，但氣過其文，雕潤恨少。然自陳思已下，楨稱獨步。」又《魏侍中王粲詩》：「其源出於李陵。發愀愴之詞，文秀而質羸，在曹劉間，别構一體。方陳思不足，比魏文有餘。」明胡應麟《詩藪》内編卷二《古體中》：「若子桓、仲宣、士衡、安仁、景陽、靈運，以詞勝者也；公幹、太沖、越石、明遠，以氣勝者也；兼備二者，惟獨陳思。」

〔二〕按：「情」：「情韻」；「氣」：「氣格」。參卷二第〇六〇、卷二第一五三。

〇三一　陸士衡詩，粗枝大葉，有失出，無失入，〔一〕平實處不妨屢見。正其無人之見存，所以獨到處亦躋卓絶。豈如沾沾戔戔者，〔二〕才出一言，便欲人道好耶？〔三〕

〔一〕「粗枝大葉」：此喻陸機詩風之粗獷豪邁，不似太康詩風之柔弱綺靡。「失出」：見卷一第二九九注〔一〕，此指平淡无奇。「失入」：見卷一第二九九注〔二〕，此指過於雕琢。

〔二〕「沾沾」：自矜貌。此指沾沾自喜，自以爲是之人。「戔戔」：淺小貌，此指學識短淺之人。

〔三〕按：融齋《游藝約言》：「鄉愿之文，要做成個雅俗共賞，究之俗賞而已。若雅，則方且惡之，又何賞焉？」

〇三二 劉彥和謂「士衡矜重」，〔一〕而近世論陸詩者，或以累句訾之。〔二〕然有累句，無輕句，〔三〕便是大家品位。〔四〕

〔一〕南朝梁劉勰《文心雕龍·體性》：「安仁輕敏，故鋒發而韻流；士衡矜重，故情繁而辭隱。」

〔二〕明陸時雍《古詩鏡》卷九：「孫綽云：陸深而蕪，潘淺而淨。詩緣情而綺靡，病所流於蕪也。篇中累句，皆綺靡所爲。」

〔三〕「輕句」：輕薄、不厚重之語句。

〔四〕清沈德潛《古詩源》卷七：「士衡詩亦推大家。」

〇三三 士衡樂府，金石之音，〔一〕風雲之氣，〔二〕能令讀者「驚心動魄」。〔三〕雖子建諸樂府，且不得專美於前，〔四〕他何論焉！

〔一〕「金石之音」：比喻詩文音調鏗鏘優美。南朝宋劉義慶《世説新語·文學》：「孫興公作《天台賦》成，以示范榮期。云：『卿試擲地，要作金石聲。』范曰：『恐子之金石，非宮商中聲。』然每至佳句，輒云：「應是我輩語。」」

〔二〕「風雲之氣」：比喻氣勢豪邁，風格遒上。南朝梁鍾嶸《詩品》卷中《晉司空張華詩》：「其源出於王粲。其體華艷，興託不奇，巧用文字，務爲妍冶。雖名高曩代，而疏亮之士，猶恨其兒女情多，風雲氣少。」

〔三〕南朝梁鍾嶸《詩品》卷上《古詩》：「其體源出於《國風》。陸機所擬十四首，文温以麗，意悲而遠，驚心動魄，可謂幾乎一字千金。」又清李紱《秋山論文》：「詩文之妙，平奇濃淡，初無定質，要須有一種動人處。『思涉樂其必笑，方言哀而已嘆』，能如士衡云云，自然驚心動魄，一字千金。」

〔四〕「專美」：獨美。清何焯《義門讀書記》卷四十七：「陸士衡樂府　數詩沈著痛快，可以直追曹王。顔延年專寫仿其典麗，則偶人而已。」

〔三四〕阮嗣宗《詠懷》，〔一〕其旨固爲淵遠，〔二〕其屬辭之妙，去來無端，不可蹤迹。後來如射洪《感遇》，〔三〕太白《古風》，〔四〕猶瞻望弗及矣。〔五〕

〔一〕嗣宗：阮籍之字，三國魏人，因曾擔任步兵校尉，後人又稱「阮步兵」，《三國志》卷二十一、《晉書》卷四十九有傳。今人陳伯君有《阮籍集校注》。按：阮籍《詠懷》詩凡四言十三首，五言八十二首，此當指八十二首五言《詠懷》詩。

〔二〕南朝梁鍾嶸《詩品》卷上《晉步兵阮籍詩》：「其源出於《小雅》。無雕蟲之功。而《詠懷》之作，可以陶性靈，發幽思。言在耳目之內，情寄八荒之表。洋洋乎會於《風》《雅》，使人忘其鄙近，自致遠大。頗多感慨之詞。厥旨淵放，歸趣難求。顔延年注解，怯言其志。」

〔三〕「射洪」：陳子昂，四川射洪人。《感遇》詩凡三十八首。明胡應麟《詩藪》内編卷二《古體中》：「子昂《感遇》，盡削浮靡，一振古雅，唐初自是傑出。蓋魏晉之後，惟此尚有步兵餘韻。」清黄生《詩麈》卷二：「子昂《感遇》詩，其源出於阮籍《詠懷》。」

〔四〕李白《古風》凡五十九首。

〔五〕明陸時雍《詩鏡總論》：「太白《古風》八十二首，發源於漢魏，而託體於阮公。然寄託猶苦不深，而作用間尚未盡委蛇盤礴之妙，要之雅道時存。」清沈德潛《唐詩別裁》卷二：「太白詩縱横馳驟，獨《古風》二卷，不矜才，不使氣，原本阮公，風格俊上，伯玉《感遇》詩後，有嗣音矣。」

〇三五　叔夜之詩峻烈，〔一〕嗣宗之詩曠逸。夷、齊「不降」「不辱」，〔二〕虞仲、夷逸「隱居放言」，〔三〕趣尚乃自古別矣。〔四〕

〔一〕叔夜：三國魏嵇康之字，《三國志》卷二十一、《晉書》卷四十九有傳。今人戴明揚有《嵇康集校注》。南朝梁鍾嶸《詩品》卷中《晉中散嵇康詩》：「頗似魏文。過爲峻切，訐直露才，傷淵雅之致。然託喻清遠，良有鑒裁，亦未失高流矣。」又南朝梁劉勰《文心雕龍·明詩》：「唯嵇志清峻，阮旨遥深，故能標焉。」

〔二〕夷齊：伯夷、叔齊。原爲商朝大臣，商亡後，因不食周粟，餓死於首陽山。《論語・微子》：「子曰：不降其志，不辱其身，伯夷叔齊與？」融齋此比嗣宗。

〔三〕「放言」：不談世事。《論語・微子》：「謂虞仲、夷逸，隱居放言，身中清，廢中權。」何晏《集解》引包咸曰：「放，置也；不復言世務。」融齋此比叔夜。

〔四〕「趣尚」：趨向、崇尚。

〇三六　野者，詩之美也。故表聖《詩品》中有「疏野」一品。〔一〕若鍾仲偉謂左太沖「野於陸機」，〔二〕「野」乃不美之辭。然太沖是「豪放」，〔三〕非「野」也，觀《詠史》可見。〔四〕

〔一〕表聖：唐司空圖之字，《舊唐書》卷一百九十下、《新唐書》卷一百九十四有傳。這裏説的《詩品》，通稱《二十四詩品》，是用四言韻語的形式對二十四種美學風格的闡述，《疏野》即其一。但其作者，目前學界尚存爭議，可參姚大勇《近年來二十四詩品真僞問題研究概述》（刊《文史知識》二〇〇一年第六期）。今人郭紹虞有《詩品集解》。

《疏野》：

惟性所宅，真取不羈。控物自富，與率爲期。築物松下，脱帽看詩。但知旦暮，不辨何時。
倘然適意，豈必有爲。若其天放，如是得之。

〔二〕太沖：晉左思之字。鍾嶸《詩品》卷上《晉記室左思詩》：「其源出於公幹。文典以怨，頗爲清切，得諷諭之致。雖野於陸機，而深於潘岳。謝康樂常言：『左太沖詩、潘安仁詩，古今難比。』」

〔三〕清沈德潛《古詩源》卷七《左思》：「鍾嶸評左詩，謂『野於陸機，而深於潘岳』，此不知太沖者也。太沖胸次高曠，而筆力又復雄邁，陶冶漢魏，自製偉詞，故是一代作手，豈潘陸輩所能比埒？」又《豪放》爲署名唐司空圖《二十四詩品》論藝術語之一。

〔四〕左思《詠史》凡八首，見《文選》卷二十一。

〇三七　張景陽詩開鮑明遠。〔一〕明遠遒警絶人，然練不傷氣，〔二〕必推景陽獨步。「苦雨」諸詩，〔三〕尤爲高作。故鍾嶸《詩品》獨稱之。〔四〕《文心雕龍·明詩》云：「景陽振其麗。」〔五〕「麗」何足以盡景陽哉！

〔一〕景陽：張協之字，西晉人，《晉書》卷五十五有傳。明遠：南北朝宋鮑照之字，《宋書》卷五十一、《南史》卷十三有傳，近人黄節《鮑參軍詩注》、錢仲聯《鮑參軍集注》、丁福林等《鮑照集校注》，均可參考。南朝梁鍾嶸《詩品》卷中《宋參軍鮑照詩》：「其源出於二張。善製形狀寫物之詞，得景陽之諔詭，含茂先之靡嫚，骨節强於謝混，驅邁疾於顔延。總四家而擅美，跨兩代而孤出。嗟其才秀人微，故取湮當代。然貴尚巧似，不避危仄，頗傷清雅之調，故言險俗者，多以附照。」可與此互參。

〔二〕「練不傷氣」：練辭而不傷氣格。參卷二第二六三。

〔三〕按：今張協詩中並無以「苦雨」名篇之作，許文雨《詩品講疏》以爲指《文選》卷二十九《雜詩》其十中的「黑蜧躍重淵，商羊舞野庭」之作。王氣中《藝概箋注》：「張協《雜詩》十首，其中《大火流坤維》、《金風扇素節》、《朝霞迎白日》、《統宇窮岡曲》、《黑蜧躍重淵》幾首都寫久雨苦狀。『苦雨』諸詩，當是指這些雜詩。」

〔四〕南朝梁鍾嶸《詩品》：「陳思《贈弟》、仲宣《七哀》、公幹《思友》、阮籍《詠懷》、子卿《雙鳧》、叔夜《雙鸞》、茂先《寒夕》、平叔《衣單》、安仁《倦暑》、景陽《苦雨》、靈運《鄴中》、士衡《擬古》、越石《感亂》、景純《詠仙》、王微《風月》、謝客《山泉》、叔源《離宴》、鮑照《戍邊》、太沖《詠史》、顔延《入洛》，陶公《詠貧》之製，惠連《搗衣》之作；斯皆五言之警策者也。所以謂篇章之珠澤，文彩之鄧林。」

〔五〕語見南朝梁劉勰《文心雕龍》卷二。

〔三八〕劉公幹、左太沖詩壯而不「悲」，〔一〕王仲宣、潘安仁「悲」而不壯，〔二〕兼「悲」壯者，其惟劉越石乎？〔三〕

〔一〕太沖：左思之字。西晉人，《晉書》卷九十二有傳。「悲」：悲慨。署名唐司空圖《二十四詩品》所標舉的二十四種美學風格之一。見卷二第○二六注〔一〕。

〔二〕安仁：潘岳之字，西晉人，《晉書》卷五十五有傳。

〔三〕越石：劉琨之字。西晉人，《晉書》卷六十二有傳。南朝梁鍾嶸《詩品》卷中《晉太尉劉琨詩、晉中郎盧諶詩》：「其源出於王粲。善爲悽戾之詞，自有清拔之氣。琨既體良才，又罹厄運，故善叙喪亂，多感恨之詞，中郎仰之，微不逮者矣。」清沈德潛《説詩晬語》卷上：「過江以還，越石悲壯。」

〇三九　孔北海《雜詩》：「吕望老匹夫」，〔一〕「管仲小囚臣。」〔二〕劉越石《重贈盧諶》詩：「惟彼太公望，昔在渭濱叟。」〔三〕又稱：「小白相射鉤。」〔四〕於漢於晉，「興復」之志同也。〔五〕北海言：「人生有何常，但患年歲暮。」〔六〕越石言：「時哉不我與，去乎若雲浮。」〔七〕其欲「及時」之志亦同也。〔八〕鍾嶸謂越石詩出於王粲，〔九〕以格言耳。〔一〇〕

〔一〕〔二〕〔六〕語見東漢孔融《雜詩》二首其一。

〔三〕〔四〕〔七〕語見西晉劉琨《重贈盧諶》。

〔五〕「興復」：中興、光復。三國蜀諸葛亮《前出師表》：「願陛下託臣以討賊興復之效，不效，則治臣之罪，以告先帝之靈。」

〔八〕《易·乾》：「君子進德修業，欲及時也。」

〔九〕見卷二第〇三八注〔三〕。

〔一〇〕「以格言耳」：根據其氣格而論。

〔四〇〕劉越石詩，定亂扶衰之志；郭景純詩，〔一〕除殘去穢之情。第以「清剛」、「儁上」目之，〔二〕殆猶未覘厥藴。

〔一〕景純：郭璞之字，晉人，《晉書》卷七十二有傳。

〔二〕南朝梁鍾嶸《詩品》卷上：「永嘉時，貴黄老，稍尚虚談。于時篇什，理過其辭，淡乎寡味。爰及江表，微波尚傳。孫綽、許詢、桓、庾諸公詩，皆平典似《道德論》，建安風力盡矣。先是郭景純用儁上之才，變創其體；劉越石仗清剛之氣，贊成厥美；然彼衆我寡，未能動俗。」融齋殆指此。

〔四一〕嵇叔夜、郭景純皆亮節之士，〔一〕雖《秋胡行》貴「玄默」之致，〔二〕《遊仙詩》假「棲遯」之言，〔三〕而激烈悲憤，〔四〕自在言外，乃知識曲宜聽其真也。〔五〕

〔一〕「亮節之士」：忠亮高節之人。

〔二〕《秋胡行》：嵇康作，又名《代秋胡歌詩》、《重作四言詩》，共七章。宋郭茂倩《樂府詩集》卷三十六有收録。引文見其五。

〔三〕《遊仙詩》：郭璞作，今存十九首（包括殘篇），《文選》卷二十一收録七首。引文見其一。南朝梁鍾嶸《詩品》卷中《晉弘農太守郭璞詩》：「憲章潘岳，文體相輝，彪炳可玩。始變永嘉平淡之體，故稱中興第一。《翰林》以爲詩首。但《游仙》之作，詞多慷慨，乖遠玄宗。其云『奈何虎豹姿』，又云『戢翼栖榛梗』，乃是坎壈詠懷，非列仙之趣也。」

〔四〕「激烈」：此指嵇康詩歌之風格。即卷二第〇三五所謂「峻烈」。「悲憤」：此指郭璞詩歌之風格。

〔五〕「識曲宜聽其真」：語本《古詩十九首》之四，融齋此處化用。又清沈祥龍《論詞隨筆》：「古詩云：『識曲聽其真。』『真』者，性情也，性情不可强。觀稼軒詞知爲豪傑，觀白石詞知爲才人，其真處有自然流出者，詞品之高低，當於此辨之。」「詞之言情，貴得其真。勞人思婦，孝子忠臣，各有其情。古無無情之詞，亦無假託其情之詞。」並可與此互參。

〇四二　曹子建、王仲宣之詩出於《騷》，〔一〕阮步兵出於《莊》，〔二〕陶淵明則大要出於《論語》。〔三〕

〔一〕按：曹王之詩，多忠君愛民之意。清沈德潛《古詩源》卷六評王粲《七哀詩》：「少陵《無家别》、《垂老别》諸篇之祖也。」即此意。

〔二〕明胡應麟《詩藪》内編卷二《古體中》：「步兵虚無恬澹類《莊》、《列》。」按：謂其「屬辭之妙，去來無端，不可蹤迹」，有似《莊子》「無端而來，無端而去」也。可參卷一第〇五五、卷二第〇三四。

〔三〕陶淵明：見卷一第一二八注〔二〕。「大要」：大的方面、主要。清沈德潛《古詩源》卷九評陶淵明

《飲酒》云：「晉人詩，曠達者徵引《老》《莊》，繁縟者徵引班揚，而陶公專用《論語》。漢人以下，宋儒以前，可推聖門弟子者，淵明也。康樂亦善用經語，遜其無痕。」然朱自清《陶詩的深度——評古直〈陶靖節詩箋定本〉》云：「從《古箋定本》引書切合的各條看，陶詩用事，《莊子》最多，共四十九次，《論語》第二，共三十七次，《列子》第三，共二十一次。用吴瞻泰《陶詩彙注》及陶澍注本比勘，本書所引爲兩家所無者，共《莊子》三十八條，《列子》十九條；至於引《論語》兩家全未注出，當時大約因爲這是人人必讀書，所以從略。這裏可以看出古先生爬羅剔抉的工夫；而《列子》書向不及《莊子》煊赫，陶詩引《列子》竟有這麽多條，尤爲意料所不及。沈德潛説：『晉人詩曠達者徵引《老》《莊》，繁縟者徵引班揚，而陶公專用《論語》。漢人以下，宋儒以前，可推聖門弟子者，淵明也。』照本書所引，單是《莊子》便已比《論語》多，再算上《列子》，兩者共七十次，超過《論語》一倍有餘。那麽，沈氏的話便有問題了。」融齋此處沿沈之誤。

〔四三〕陶詩有「賢哉回也」、「吾與點也」之意，〔一〕直可嗣洙泗遺音。〔二〕其貴尚節義，如詠荆卿、美田子泰等作，〔三〕則亦孔子賢夷、齊之志也。〔四〕

〔一〕「賢哉回也」：《論語·雍也》：「子曰：賢哉回也！一簞食，一瓢飲，在陋巷，人不堪其憂，回也不改其樂，賢哉回也。」三國何晏《論語集解》引漢孔安國：「顔淵樂道，雖簞食在陋巷，不改其所樂。」「吾與點也」語出《論語・先進》：「曰：莫春者，春服既成。冠者五六人，童子六七人，浴乎沂，風乎舞雩，詠而歸。夫子喟然歎曰：吾與點也。」宋朱熹《論語集注》卷六：「曾點之學，蓋有以見夫人欲盡處，天理流行，隨處充滿，無少欠闕。故其動静之際，從容如此。而其言志，則又不過即其所居之位，樂其日用之常，初無舍己爲人之意。而其胸次悠然，直與天地萬物上下同流，各得其所之妙，隱然自見於言外。視三子之規規於事爲之末者，其氣象不侔矣，故夫子歎息而深許之。」清牟願相《小澥草堂雜論詩》：「讀淵明詩，覺一草一木，一酒一琴，都有『吾與點也』之意。」

〔二〕「洙泗遺音」：孔子曾在洙水泗水之間聚徒講學。《禮記・檀弓上》：「吾與女事夫子於洙泗之間。」後因以「洙泗」代稱孔子及儒家。

〔三〕「等」：原作「寺」，今從《續修四庫本》。「詠荆卿」：指陶集中《詠荆軻》。「美田子泰」：指陶集中《擬古》其二。

按：《陶淵明集・總論》：「楊文清公曰：按詩中言本志少，説固窮多。夫惟忍於飢寒之苦，而後能存節義之閑，西山之所以有餓夫也。」

〔四〕見卷二第〇三五注〔二〕。

〇四四　陶詩「吾亦愛吾廬」，〔一〕我亦具物之情也；「良苗亦懷新」，〔二〕物亦具我之情也。《歸

去來辭》亦云：「善萬物之得時，感吾生之行休。」〔三〕

〔一〕陶淵明《讀山海經》其一：「衆鳥欣有託，吾亦愛吾廬。」明陸時雍《古詩鏡》卷十：「『衆鳥欣有托，吾亦愛吾廬。』覺物我大小俱得。」清沈德潛《古詩源》卷九：「觀物觀我，純乎元氣。」

〔二〕陶淵明《癸卯歲始春懷古田舍二首》其二：「平疇交遠風，良苗亦懷新。」明陸時雍《古詩鏡》卷十：「『平疇交遠風，良苗亦懷新』，似欣然有望。」

〔三〕《六臣注文選》卷四十五：「銑曰：休謂死也。言感吾人生行將死也。」

〇四五　陶詩云：「願言躡清風，高舉尋吾契。」〔一〕又云：「即事如已高，何必升華嵩。」〔二〕可見其玩心高明，〔三〕未嘗不腳踏實地，不是「倜然無所歸宿」也。〔四〕

〔一〕語見陶淵明《桃花源詩》。「躡」：追隨。「契」：投契之人。

〔二〕語見陶淵明《五月旦作和戴主簿》。「即事」：猶言遇事。「華嵩」：華山、嵩山。又融齋《古桐書屋札記》：「『即事如已高，何必升華嵩』，抑所謂『務外游不如務内觀』也。」

〔三〕「玩心」：醉心。清陸世儀《思辨録輯要》卷三：「古語有玩物喪志、玩物適情、玩心高明三語。玩物喪志，其最下者矣；玩物適情，其賢者之事乎？至於玩心高明，則非大賢以上不能知此者，其庶幾乎？」

〔四〕「倜然」：高遠貌，此喻浮泛。《荀子·非十二子》：「終日言成文典，及紃察之，則倜然無所歸宿。」

〇四六　鍾嶸《詩品》謂阮籍《詠懷》之作，「言在耳目之内，情寄八荒之表。」〔一〕余謂淵明《讀山海經》，〔二〕言在「八荒之表」，而情甚親切，尤詩之深致也。

〔一〕見卷二第〇三四注〔二〕。

〔二〕按：陶淵明《讀山海經》詩凡十三首。

〇四七　詩可數年不作，不可一作不真。〔一〕陶淵明自庚子距丙辰十七年間，作詩九首，〔二〕其詩之真，更須問耶？〔三〕彼無歲無詩，乃至無日無詩者，意欲何明？

〔一〕此當與卷五第一五三互參。清沈德潛《説詩晬語》卷上：「陶詩合下自然，不可及處在真、在厚。」又融齋《昨非集·題楊一丈詩文集二首》其一：「作詩不必多，所貴肝膽真。」

〔二〕宋胡仔《苕溪漁隱叢話》後集卷三：「《復齋漫録》云：《文選》五臣注《辛丑歲七月赴假還江陵，夜行途中詩》云：『淵明、晉所作者，皆題年號，入宋所作，但題甲子而已。意者恥事二姓，故以異之。』思悦考淵明詩，有以甲子題者，始庚子，距丙辰凡十七年間，只九首耳，皆晉安帝時所作也。」「庚子」：東晉安帝司馬德宗隆安四年（當公元四〇〇）。「丙辰」：東晉安帝司馬德宗義熙十二年（當公元四一六年）。

〔三〕明馮惟訥《古詩紀》卷一百四十八引《詩譜》評陶：「心存忠義，身處閑逸。情真、景真、事真、意真，幾於《十九首》矣。但氣差緩耳。至其工夫精密，天然無斧鑿痕迹，又有出於《十九首》之表者。盛唐諸家風韻皆出此。」又融齋《游藝約言》：「陶淵明詩文，幾於知道。至語氣真率，亦不詩，亦不讓，亦令人想見其爲人。」又：「有爲，法之所以不貴者，人也，非天也，天真而人僞。夫文章書畫，亦欲其真而已矣。」「陶詩：『誰謂形迹拘，任真無所先。』《五柳先生傳》大意，即此可括。」《昨非集》卷三《題楊一丈詩文集二首》：「作詩不必多，所貴肝膽真。」並可與此互參。按：此又當與卷五第一五三互參。

〇四八　謝才顏學，〔一〕謝奇顏法，〔二〕陶則兼而有之，大而化之，〔三〕故其品爲尤上。

〔一〕謝：謝靈運。宋不著撰人名氏《錦繡萬花谷》前集卷二十三：「謝靈運云：『天下才共一石，曹子建獨得八斗。我得一斗，自古及今，共用一斗。奇才博識，安足繼之？』」此「謝才」之謂也。顏：顏延之。《南史》卷三十四《顏延之傳》：「嘗問鮑照，己與靈運優劣。照曰：『謝五言如初發芙蓉，自然可愛；君詩若鋪錦列繡，亦雕績滿眼。』」「鋪錦列繡，亦雕績滿眼」即「顏學」之謂也。

〔二〕「奇」：奇語。「法」：法語。指符合法度的話。《論語·子罕》：「子曰：『法語之言能無從乎？改之爲貴。』」又可參卷二第〇五〇、卷二第〇五三。

〔三〕「大而化之」：發揚光大並融會貫通。

〇四九 陶、謝用理語各有勝境。〔一〕鍾嶸《詩品》稱：「孫綽、許詢、桓、庾諸公詩，皆平典似《道德論》。」〔二〕此由乏理趣耳，〔三〕夫豈尚理之過哉？

〔一〕按：清沈德潛《説詩晬語》卷上：「晉人多尚放達，獨淵明有憂勤語、有自任語、有知足語、有悲憤語、有樂天安命語、有物我同得語，倘幸列孔門，何必不在季次、原憲下？」即理語之謂也。可參卷二第〇四二。又明王世懋《藝圃擷餘》：「謝靈運出而《易》辭、《莊》語，無所不用矣。」《四庫全書總目・文選顔鮑謝詩評》：「所評如謝靈運詩，多取其能作理語。」清沈德潛《古詩源》卷十評謝靈運《從遊京口北固應詔》：「理語入詩，而不覺其腐，全在骨高。」「勝境」：美好的意境。

〔二〕語見南朝梁鍾嶸《詩品》卷上。《道德論》：《道德經》。

〔三〕「理趣」：指用文學的審美特性來表達哲理，從而使讀者在閱讀中能感受到一種特有的情趣。宋李耆卿《文章精義》：「《選》詩惟陶淵明、唐文惟韓退之自理趣中流出，故渾然天成，無斧鑿痕。餘子止字煉句煆，鏤刻工巧而已。」然融齋以「理語」、「理趣」論詩似本沈德潛。《古詩源》卷十：「（謝靈運）山水閑適，時遇理趣。」錢鍾書《談藝録》六九《隨園論詩中理語》：「余嘗細按沈氏著述，乃知『理趣』之説，始發於乾隆三年爲虞山釋律然《息影齋詩鈔》所撰序（原注：按《歸愚文鈔》中未收）。略曰：『詩貴有禪理禪趣，不貴有禪語。王右丞詩：行到水窮處，坐看雲起時；

松風吹解帶，山月照彈琴；韋蘇州詩：經聲在深竹，高齋空掩扉；水性自云靜，石中本無聲，如何兩相激，雷轉空山驚；柳儀曹詩：寒月上東嶺，泠泠疏竹根；山花落幽戶，中有忘機客；皆能悟入上乘。宋人精禪學者，孰如蘇子瞻？然贈三朵花云：兩手欲遮瓶裏雀，四條深怕井中蛇。意盡句中，言外索然矣。』乾隆九年沈作《説詩晬語》，卷下云：『杜詩：江山如有待，花柳自無私；水深魚極樂，林茂鳥知歸；水流心不競，雲在意俱遲。俱入理趣。邵子則云：一陽初動處，萬物未生時，以理語成詩矣。王右丞詩不用禪語，時得禪理。東坡則云：兩手云云。言外有餘味耶。』乾隆二十二年冬選《國朝詩别裁》，《凡例》云：『詩不能離理，然貴有理趣，不貴下理語』云云，分剖明白，語意周匝。乾隆三十六年冬，紀曉嵐批點《瀛奎律髓》，卷四十七《釋梵類》有盧綸、鄭谷兩作，紀批皆言：『詩宜參禪味，不宜作禪語。』與沈説同。」又《管錐編・全上古三代秦漢三國六朝文》一一九：「（劉熙載）蓋謂詞章異乎義理，敷陳形而上者，必以形而下者擬示之，取譬拈例，行空而復點地，庶堪接引讀者。實則不僅説理載道之文爲爾，寫情言志，亦貴比興，皆須『事物當對』（objective correlative），别見《楚辭》卷論《九辯》一。劉氏理趣之説本之沈德潛。釋氏所謂非迹無以顯本，宋儒所謂理不能離氣，舉明道之大綱，以張談藝之小目，則理趣是矣。其詞早見於釋典，如《成唯識論》卷四論『第八識』：『證此識有理趣無邊，恐有繁文，略述綱要。』又卷五論『第七識』：『證有此識，理趣甚多。』其義即卷八：『義類無邊，恐厭繁文，略示綱要。』初與文藝無涉，……沈德潛始以『理趣』、『理語』連類辨似。」

〇五〇 謝客詩刻畫微眇，〔一〕其造語似子處，〔二〕「不用力而功益奇」，〔三〕在詩家爲獨闢之境。

〔一〕謝客：謝靈運，南朝梁鍾嶸《詩品》卷上《宋臨川太守謝靈運》：「初，錢塘杜明師夜夢東南有人來入其館，是夕即靈運生於會稽，旬日，而謝安亡。其家以子孫難得，送靈運於杜治養之，十五方還都，故名客兒。」《宋書》卷六十七、《南史》卷十九有傳。近人黃節有《謝康樂詩注》，顧紹柏有《謝靈運集校注》。

〔二〕此當謂其工於錘鍊字句，「窮極精奥也」。可参卷一第二四七。

〔三〕唐韓愈《石鼎聯句詩序》：「道士高踞大唱曰：『劉把筆吾詩』云云，其不用意而功益奇。」此謂謝詩不尚「難字棘句」，可参卷一第二四七。

〇五一 康樂詩較顔爲放手，〔一〕較陶爲刻意，鍊句用字，在生熟深淺之間。

〔一〕康樂：謝靈運，曾襲爵爲康樂侯。「放手」：放縱、擺脱束縛。「手」，詞尾，無義。

〇五二 沈約《宋書·謝靈運傳論》謂靈運「興會標舉」，延年「體裁明密」，〔一〕所以示學兩家者，當相濟有功，〔二〕不必如惠休上人好分優劣。〔三〕

〔一〕南朝梁沈約《宋書》卷六十七《謝靈運傳》：「爰逮宋氏，顔謝騰聲。靈運之興會標舉，延年之體裁明密，並方軌前秀，垂範後昆。」

〔二〕「相濟」：互相補充、完善。

〔三〕按：南朝梁鍾嶸《詩品》卷中《宋光禄大夫顔延之詩》：「其源出於陸機，故尚巧似，體裁綺密然，情喻淵深，動無虚散，一句一字，皆致意焉。又喜用古事，彌見拘束。雖乖秀逸，是經綸文雅。才減若人，則陷於困躓矣。湯惠休曰：『謝詩如芙蓉出水，顔詩如錯彩鏤金。』顔終身病之。」若《南史·顔延之傳》「延之與陳郡謝靈運俱以辭采齊名，而遲速縣絶。文帝嘗各敕擬《樂府·北上》篇，延之受詔便成，靈運久之乃就，延之嘗問鮑照己與靈運優劣，照曰：『謝五言如初發芙蓉，自然可愛；君詩若鋪錦列繡，亦雕繢滿眼。』延之每薄湯惠休詩，謂人曰：『惠休制作，委巷中歌謡耳，方當誤後生。』」則又以爲鮑照言矣。

〇五三　顔延年詩體近方幅，〔一〕然不失爲正軌，以其字字稱量而出，〔二〕無一苟下也。文中子稱之曰：「其文約以則，有君子之心。」〔三〕蓋有以觀其深矣。

〔一〕延年：南朝宋顔延之之字，《宋書》卷七十三、《南史》卷三十四有傳。「方幅」：（典誥、詔命、表奏等）厚重典雅之文體。亦即卷二第〇五四所云「廊廟之體」。元陳繹曾《文章歐冶》：「顔延年辭氣厚重，有館閣之體。」即此意。

〔二〕「稱量」：斟酌、估量。

〔三〕語見隋末王通《中説》卷三《事君》：「子謂：顏延之、王儉、任昉有君子之心焉，其文約以則。」

〇五四 延年詩長於廊廟之體，〔一〕然如《五君詠》，〔二〕抑何善言林下風也？〔三〕所藴之富，亦可見矣。

〔一〕「廊廟之體」：朝廷使用的詔誥之類的典雅的文章體裁。

〔二〕《宋書》卷七十三《顏延之傳》：「（顏延年）每犯權要，謂湛曰：『吾名器不升，當由作卿家吏。』湛深恨焉，言於彭城王義康，出爲永嘉太守。延之甚怨憤，乃作《五君詠》以述『竹林七賢』，山濤、王戎以貴顯被黜。」五君者：阮籍、嵇康、劉伶、阮咸、向秀。詩見《文選》卷二十一。

〔三〕「林下風」：居處於山林田野中隱士之風采。

〇五五 左太沖《詠史》似論體，〔一〕顏延年《五君詠》似傳體。〔二〕

〔一〕「論」：此指體似史論也。按：清李重華《貞一齋詩話》：「詠史記實事者，即史中贊論體。」

〔二〕「傳」：此處指其體似史傳也。按：二家詩皆近史家之言，故取以相較也。

〇五六 韋傳《諷諫詩》，經家之言；〔一〕阮嗣宗《詠懷》，子家之言；〔二〕顏延年《五君詠》，史家

之言；〔三〕張景陽《雜詩》，辭家之言。〔四〕

〔一〕謂其源出《雅》《頌》也。

〔二〕按：此當謂其善「託寓萬物，因淺見深」也，可參卷一第二四七。

〔三〕按：謂其體近史傳。

〔四〕詩見《文選》卷二十九。

按：此當謂其工於錬辭而不傷氣格也。可參卷二第〇三七。

〇五七　「孤蓬自振，驚沙坐飛。」〔一〕此鮑明遠賦句也。若移以評明遠之詩，頗復相似。〔二〕

〔一〕明遠：南朝宋鮑照之字。引文見《蕪城賦》。《文選》卷十一有收録，唐李善《文選注》：「無故而飛曰坐飛。」另可參卷二第一六六。

〔二〕《南齊書》卷五十二《文學傳論》：「（鮑照）發唱驚挺，操調險急，雕藻淫豔，傾炫心魂。」與此可互參。

〇五八　明遠長句，〔一〕「慷慨任氣，磊落使才」，〔二〕在當時不可無一，不能有二。杜少陵《簡薛華醉歌》云：「近來海内爲長句，汝與山東李白好。何劉沈謝力未工，才兼鮑照愁絶倒。」此雖意重推薛，然亦見鮑之長句，何、劉、沈、謝均莫及也。〔三〕

〔一〕「長句」：指鮑集中樂府、七言歌行體詩。

〔二〕南朝梁劉勰《文心雕龍·明詩》：「並憐風月，狎池苑；述恩榮，叙酣宴；慷慨以任氣，磊落以使才。」

〔三〕杜少陵：唐杜甫。清仇兆鰲《杜詩詳注》卷四題作《蘇端薛復筵簡薛華醉歌》。按：「何」：何遜、「劉」：劉孝綽、「沈」：沈約、「謝」：謝朓，皆當時詩文名家。

〇五九　陳孔璋《飲馬長城窟》機軸開鮑明遠。〔一〕惟陳純乎「質」，而鮑濟以「妍」，〔二〕所以涉其流者，忘其發源所自。

〔一〕孔璋：三國魏陳琳之字。今人張蕾有《孔融陳琳合集校注》。「機軸」：猶機杼。指文章新奇的構思和佈局。明遠：南朝宋鮑照之字。詩見《玉臺新詠》卷一。

〔二〕唐張彦遠《法書要録》卷二引《梁中書侍郎虞龢論書表》：「夫古質而今妍，數之常也；愛妍而薄質，人之情也。」此移以論詩。

〇六〇　謝玄暉詩以情韻勝，〔一〕雖才力不及明遠，而語皆自然流出，〔二〕同時亦未有其比。

〔一〕玄暉：南朝齊謝朓之字，和同族前輩謝靈運齊名，稱「大小謝」，因曾擔任宣城太守，又稱「謝宣城」。《南齊書》卷四十七、《南史》卷十九有傳，今人曹融南有《謝朓集校注》。按：唐詩以「情韻」勝，見卷二第一五三，此當謂「玄暉詩變有唐風」也（見宋趙師秀《秋夜偶成》）。

〔二〕元陳繹曾《詩譜・謝朓》：「藏險怪於意外，發自然於句中，齊梁以下造語皆出此。」

〔六一〕江文通詩，〔一〕有淒涼「日暮」，不可如何之意。〔二〕此詩之多情而人之不濟也。雖長於「雜擬」，〔三〕於古人蒼壯之作亦能肖吻，〔四〕究非其本色耳。

〔一〕文通：南朝梁江淹之字，《梁書》卷十四、《南史》卷五十九有傳，明胡之驥有《江文通集彙注》，今人丁福林等有《江文通集校注》。

〔二〕按：江詩善以日暮烘托離別時的感傷情景，如《李都尉從軍》：「樽酒送征人，踟蹰在親宴。日暮浮雲滋，握手淚如霰。」《休上人怨別》：「西北秋風至，楚客心悠哉。日暮碧雲合，佳人殊未來。」故融齋即以此比江詩之風格。「不可如何」：猶言無可奈何。

〔三〕按：南朝梁蕭統《文選》卷三十一《雜擬》收録其《雜體詩》三十首。南朝梁鍾嶸《詩品》卷中《齊光禄江淹詩》：「文通詩體總雜，善於摹擬。筋力於王微，成就於謝朓。」宋嚴羽《滄浪詩話》：「擬古惟江文通最長。擬淵明似淵明，擬康樂似康樂，擬左思似左思，擬郭璞似郭璞，獨擬李都尉一首，不似西漢耳。」

〔四〕「肖吻」：像其口吻，比喻模仿得惟妙惟肖。

〇六二　庾子山《燕歌行》開唐初七古，〔一〕《烏夜啼》開唐七律，〔二〕其他體爲唐五絶、五律、五排所本者，〔三〕尤不可勝舉。

〔一〕子山：南北朝時期庾信之字。《周書》卷四十一、《北史》卷八十三有傳。舊有清吴兆宜《庾開府集箋注》、倪璠《庾子山集注》。明楊慎《丹鉛總録》卷十八：「庾信之詩爲梁之冠絶，啓唐之先鞭。」此云「開唐初七古」，謂其「節次多而情韻婉」也，參卷二第一八一。

《燕歌行》：

代北雲氣晝昏昏，千里飛蓬無復根。寒雁一一度遼水，桑葉紛紛落薊門。晉陽山頭無箭竹，疏勒城中乏水源。屬國征戍久離居，陽關音信絶能疏。願得魯連飛一箭，持寄思歸燕將書。度遼本自有將軍，寒風蕭蕭生水紋。妾驚甘泉足烽火，君訝漁陽多陣雲。自從將軍出細柳，蕩子空床難獨守。盤龍明鏡餉秦嘉，辟惡生香寄韓壽。春分燕來能幾日，二月蠶眠不復久。洛陽遊絲百丈連，黄河春冰千片穿。桃花顔色如好馬，榆莢新開似細錢。蒲桃一杯千日醉，無事九轉學神仙。定取金丹作幾服，能令華表得千年。

〔二〕「七律」：近體詩的一種。按照平仄、用韻、對仗要求寫作的，共八句五十六字的七言詩。

《烏夜啼》：

促柱繁絃非子夜，歌聲舞態異前溪。御史府中何處宿，洛陽城頭那得棲。彈琴蜀郡卓家女，織錦秦川竇氏妻。詎不自驚長淚落，到頭啼烏恒夜啼。

按：明胡應麟《詩藪》内編卷四：「齊梁陳隋句有絶是唐律者，彙集於後，俾初學知近體所從來……庾信『春朝行雨去，秋夜隔河來』，皆端嚴華妙。」又内編卷五：「余遍閲六朝，得庾子山『促柱調絃』、陳子良『我家吴會』二首，雖音節未甚諧，體實七言律也。」清沈德潛《唐詩别裁・凡例》：「五言律，陰鏗、何遜、庾信、徐陵已開其體。」

〔三〕「五絶」：一種按照平仄、用韻規定寫作的，共四句二十字的五言詩。「五律」：一種按照平仄、用韻、對仗要求寫作的，共八句四十字的五言詩。「五排」：五言排律。指超過十句以上的五言律詩。

〔六三〕隋楊處道詩，〔一〕甚爲「雄深雅健」。〔二〕齊梁文辭之弊，貴「清綺」不重「氣質」，〔三〕得此可以矯之。

〔一〕處道：隋楊素之字，《隋書》卷四十八有傳。今存詩十九首。《隋書》本傳：「素嘗以五言詩七百字贈番州刺史薛道衡，詞氣宏拔，風韻秀上，亦爲一時盛作。」

〔二〕見卷一第一五一。按：融齋《游藝約言》：「詩有兩種可爲：一雄深雅健，一純古澹泊。」

〔三〕《北史》卷八十三：「江左宫商發越，貴於清綺；河朔詞義貞剛，重乎氣質；氣質則理勝其詞，清綺則文過其意；理深者便於時用，文華者宜於詠歌；此其南北詞人得失之大較也。」

〇六四　唐初四子，源出子山。〔一〕觀少陵《戲爲六絶句》專論四子，而第一首起句便云「庾信文章老更成」，〔二〕有意無意之間，驪珠已得。〔三〕

〔一〕唐初四子：通稱「初唐四傑」，《舊唐書》卷一百九十上《楊炯傳》：「炯與王勃、盧照鄰、駱賓王以文詞齊名，海内稱爲『王楊盧駱』，亦號爲『四傑』。」清蔣清翊有《王子安集注》，陳熙晉有《駱臨海集箋注》，今人祝尚書有《盧照鄰集箋注》（增訂本），《楊炯集箋注》。又《四庫全書總目·庾開府集箋注》：「其駢偶之文，則集六朝之大成而導四傑之先路。」

〔二〕唐杜甫《戲爲六絶句》其一：「庾信文章老更成，淩雲健筆意縱橫。今人嗤點流傳賦，不覺前賢畏後生。」意謂庾信的文章到暮年更加渾成。

〔三〕「驪珠」：傳説驪龍頷下有寶珠，見《莊子·列禦寇》。引申爲要害、關鍵。

〇六五　唐初四子沿陳、隋之舊，〔一〕故雖才力迥絶，不免致人異議。〔二〕陳射洪、張曲江獨能超出一格，〔三〕爲李、杜開先。〔四〕人文所肇，豈天運使然耶？

〔一〕此當就其七言歌行體而言。清王士禛《師友詩傳録》：「問：七古换韻法？王答：此法起於陳隋，初唐四傑輩沿之。」

〔二〕唐杜甫《戲爲六絶句》其二：「王楊盧駱當時體，輕薄爲文哂未休。爾曹身與名俱滅，不廢江河萬古流。」知唐初四子至盛唐時猶譏議者衆。

〔三〕陳射洪：陳子昂。字伯玉，梓州射洪（今四川射洪）人，《舊唐書》卷一百九十中、《新唐書》卷一百七有傳。今人彭慶生有《陳子昂集校注》。張曲江：張九齡。字子壽，韶州曲江（今廣東韶關）人，《舊唐書》卷九十九、《新唐書》卷一百二十六有傳。今人劉斯翰有校注本《曲江集》、熊飛有《張九齡集校注》。明胡應麟《詩藪》内編卷二：「唐初承襲梁隋。陳子昂獨開古雅之源，張子壽首創清澹之派。盛唐繼起，孟浩然、王維、儲光羲、常建、韋應物，本曲江之清澹，而益以風神者也；高適、岑參、王昌齡、李頎、孟雲卿，本子昂之古雅，而加以氣骨者也。」

〔四〕唐韓愈《薦士》：「齊梁及陳隋，衆作等蟬噪。搜春摘花卉，沿襲傷剽盜。國朝盛文章，子昂始高蹈。勃興得李杜，萬類困陵暴。」又金元好問《論詩三十首》：「沈宋横馳翰墨塲，風流初不廢齊梁。論功若準平吴例，合著黄金鑄子昂。」並可參卷二第〇三四注〔五〕。

〇六六　曲江之《感遇》出於《騷》，〔一〕射洪之《感遇》出於《莊》，〔二〕纏綿超曠，〔三〕各有獨至。

〔一〕《全唐詩》卷四十七收張九齡《感遇》十二首。按：曲江《感遇》多沿屈子香草美人比興之傳統，清沈德潛《唐詩别裁》卷一謂其「漢上有游女」一詩，「首句『游女』指君，猶楚辭《思美人》之意」，即此意。

〔二〕《全唐詩》卷八十三收陳子昂《感遇》三十八首。

〔三〕按：出於《騷》者纏綿，可參卷三第〇六二；出於《莊》者超曠。

〇六七　太白詩以《莊》、《騷》爲大源，〔一〕而於嗣宗之「淵放」，〔二〕景純之「儁上」，〔三〕明遠之「驅邁」，〔四〕玄暉之「奇秀」，〔五〕亦各有所取，無遺美焉。

〔一〕太白：唐李白之字，號「青蓮居士」，《舊唐書》卷一百九十下、《新唐書》卷二百二有傳。舊有清王琦《李太白集注》，今人瞿蜕園等《李太白集校注》、詹鍈主編《李白全集校注彙釋集評》，安旗《李白全集編年注釋》、郁賢皓《李太白全集校注》，均可參考。清喬億《劍谿説詩》卷上：「李太白枕藉《莊》《騷》，長於比興，故多惝恍之詞。」又清龔自珍《最録李白集》：「《莊》《屈》實二，不可以并，并之以爲心，自白始；儒仙俠實三，不可以合，合之以爲氣，又自白始也。其斯以爲白之真原也已。」

〔二〕「淵放」：見卷二第〇三四及注〔二〕。

〔三〕「儁上」：見卷二第〇四〇及注〔三〕。又可參卷二第〇四一。

〔四〕「驅邁」：南朝梁鍾嶸《詩品》卷中《宋參軍鮑照詩》。見卷二第〇三七注〔一〕引。此指李白才力雄健有似鮑照也。可參卷二第〇六〇。又宋胡仔《苕溪漁隱叢話》前集卷五：「《雪浪齋日記》云：或云太白詩其源流出於鮑明遠，如《樂府》多用白紵。故子美云『俊逸鮑參軍』，蓋有譏也。」

〔五〕「奇秀」：當是「奇章秀句」之省。南朝梁鍾嶸《詩品》卷中《齊吏部謝朓詩》：「其源出於謝混。微傷細密，頗在不倫。一章之中，自有玉石。然奇章秀句，往往警遒，足使叔源失步，明遠變色。善自發詩端，而末篇多躓，此意鋭而才弱也，至爲後進士子之所嗟慕。」此謂李詩清新自然殆取法於小謝也。又可參卷二第〇六〇、卷二第〇八〇。

〇六八　《宣和書譜》稱賀知章：「草隸佳處，機會與造化爭衡，非人工可到。」〔一〕余謂太白詩佳處亦如之。

〔一〕語見宋不著撰人名字撰《宣和書譜》卷十八。按：賀知章，字季真，號四明狂客，會稽永興人。《舊唐書》卷一百九十中、《新唐書》卷一百九十六有傳。今人王啓興等有《賀知章詩注》。

〇六九　太白詩舉止極其高貴，不下商山采芝人語。〔一〕

〔一〕「商山采芝人」：指商山四皓。宋陳景沂《全芳備祖》後集卷十一「芝」部引《史記》：「四皓避秦，隱居商山。采芝而歌曰：『漠漠高山，深谷逶邐。曄曄紫芝，可以療飢。唐虞世遠，吾將何歸。駟馬高蓋，其憂甚大。富貴之留人，不如貧賤之肆志。』乃共入商山，隱於地肺山。秦滅，漢高祖召之不至，深入終南山。」

〇七〇 海上三山，方以爲近，忽又是遠。〔一〕太白詩言在口頭，想出天外，殆亦如是。〔二〕

〔一〕《史記》卷二十八《封禪書》：「自威、宣、燕昭使人入海求蓬萊、方丈、瀛洲。此三神山者，其傅在渤海中，去人不遠；患且至，則船風引而去。蓋嘗有至者，諸僊人及不死之藥皆在焉。其物禽獸盡白，而黄金銀爲宫闕。未至，望之如雲；及到，三神山反居水下。臨之，風輒引去，終莫能至云。」

〔二〕清沈德潛《唐詩别裁》卷六：「太白七言古，想落天外，局自變生。大江無風，濤浪自湧，白雲從空，隨風變滅，此殆天授，非人可及。」又沈德潛《説詩晬語》卷上：「七言絶句以語近情遥，含吐不露爲主，只眼前景，口頭語，而有絃外音，味外味，使人神遠，太白有焉。」

〇七一 李詩鑿空而道，歸趣難窮，〔一〕由「風多於雅」，〔二〕「興多於賦」也。〔三〕

〔一〕「歸趣」：旨歸、意趣。

〔二〕明徐𤊹《徐氏筆精》卷三：「太白風多於雅，子美雅多於風，至於義山、飛卿雖本《國風》，然篇篇入鄭衛之響矣。」

〔三〕明張以寧《翠屏集》卷三《釣魚軒詩集序》：「詩於唐贏五百家，獨李杜氏崒然爲之冠。近代諸名人類宗杜氏而學焉，學李者何其甚鮮也。嘗竊論：杜繇學而至，精義入神，故賦多於比興，以追二《雅》；李繇才而入，妙悟天出，故比興多於賦，以繼《國風》。」

〇七二 「有時白雲起，天際自舒卷」，〔一〕「却顧所來徑，蒼蒼横翠微」，〔二〕即此四語，想見太白詩境。

〔一〕語見李白《望終南山寄紫閣隱者》。清《唐宋詩醇》卷六：「白雲天際，無心舒卷，白詩妙有其意。」又清方東樹《昭昧詹言》卷十二：「大約太白詩與《莊子》文同妙：意接而詞不接，發想無端，如天上白雲，卷舒滅現，無有定形。」

〔二〕語見李白《下終南山過斛斯山人宿置酒》。

〇七三 太白與少陵同一志在經世，而太白詩中多出世語者，「有爲言之也」。〔一〕屈子《遠遊》曰：「悲時俗之迫阨兮，願輕舉而遠遊。」〔二〕使疑太白誠欲出世，亦將疑屈子誠欲「輕舉」耶？

〔一〕「經世」：經營國事。「有爲」：有針對性、有目的。《禮記·檀弓上》：「曾子曰：『參也與子游聞之。』有子曰：『然，然則夫子有爲言之也。』」

〔二〕屈原《遠遊》：「悲時俗之迫阨兮，願輕舉而遠遊。」東漢王逸《楚辭章句》：「哀衆嫉妒，迫脅賢也，翺翔避世，求道真也。」「輕舉」：謂高飛（避世）。

〇七四　太白云「日爲蒼生憂」，〔一〕即少陵「窮年憂黎元」之志也；〔二〕「天地至廣大，何惜遂物情」，〔三〕即少陵「盤飧老夫食，分減及溪魚」之志也。〔四〕

〔一〕語見唐李白《贈清漳明府侄聿》：「天開青雲器，日爲蒼生憂。」清《唐宋詩醇》卷五評：「『天開青雲器，日爲蒼生憂。』似范仲淹一流人物。」

〔二〕語見唐杜甫《自京赴奉先縣詠懷五百字》：「窮年憂黎元，嘆息腸内熱。」「黎元」：黎民、百姓。

〔三〕語見唐李白《設辟邪伎鼓吹雉子斑曲辭》。

〔四〕語見唐杜甫《秋野》五首其一。按：「分減」：《華嚴經》十布施之一。指得美食不獨自佔有，而與衆人分享。

〇七五　太白詩雖若「昇天乘雲」，〔一〕無所不之，然自不離本位。故「放言」實是「法言」，〔二〕非李赤之徒所能託也。〔三〕

〔一〕東漢王逸《楚辭章句》卷十二《招隱士章句》：「小山之徒，閔傷屈原，又怪其文昇天乘雲，役使百神，似若仙者，雖身沈没，名德顯聞，與隱處山澤無異。」

〔二〕「放言實是法言」：意謂李詩中一些看似放縱無所拘忌的語言却又是合乎正道的語言。「放言」：見卷一第二〇七注〔三〕。「法言」：爲「法語之言」之省。見卷二第〇四八注〔二〕。

〔三〕李赤：傳江湖浪人。自謂善爲歌詩類李白，故自號曰李赤。實爲厠鬼。見柳宗元《李赤傳》。又蘇軾《東坡志林》卷二：「過姑孰堂下，讀李白十詠，疑其語淺陋，不類太白。孫邈云：『聞之王安國，此李赤詩。秘閣下有赤集，此詩在焉，白集中無此。』赤見《柳子厚集》，自比李白，故名赤，卒爲厠鬼所惑而死。今觀此詩止如此，而以比太白，則其人心疾已久，非特厠鬼之罪。」

〇七六　「幕天席地，友月交風」，〔一〕原是平常過活，〔二〕非「廣己造大也」。〔三〕太白詩當以此意讀之。

〔一〕唐王績《答刺史杜之松書》：「帷天席地，友月交風。新年則柏葉爲樽，仲秋則菊花盈把。」

〔二〕「過活」：生活。

〔三〕《莊子·山木》：「顔回端拱還目而窺之，仲尼恐其廣己而造大也，愛己而造哀也。」意謂膨脹自己而故作豪言壯語。

〇七七　「以友天下之善士爲未足，又尚論古之人」，〔一〕神仙，猶古之人耳。故知太白詩好言神仙，〔二〕祇是將神仙當賢友，初非鄙薄當世也。

〔一〕見卷二第〇二六注〔四〕。

〔二〕宋葛立方《韻語陽秋》卷十一：「李太白《古風》兩卷，近七十篇，身欲爲神仙者，殆十三四：或欲把芙蓉而躡太清；或欲挾兩龍而凌倒景；或欲留玉舄而上蓬山；或欲折若木而遊八極；或欲結交王子晉；或欲高揖衛叔卿；或欲借白鹿於赤松子；或欲飡金光於安期生。豈非因賀季真有讁僊之目，而固爲是以信其説邪？抑身不用，鬱鬱不得志，而思高舉遠引邪？」

〇七八　太白詩言俠、言仙、言女、言酒，〔一〕特借用樂府形體耳。〔二〕讀者或認作真身，〔三〕豈非皮相？〔四〕

〔一〕宋胡仔《苕溪漁隱叢話》前集卷六引：「《鍾山語録》云：荆公次第四家詩，以李白最下，俗人多疑之。公曰：『白詩近俗，人易悦故也。白識見汚下，十首九説婦人與酒。然其才豪俊，亦可取也。』」融齋此論似隱然對此而發。

〔二〕「形體」：形式、體裁。按：據宋郭茂倩《樂府詩集》，樂府舊體中言俠之詩題，如《劉生》、《從軍行》、《結客少年場》、《遊俠篇》等；言仙之舊題，如《上陵》、《送神歌》、《鳳笙曲》、《王子喬》等；言女之舊題，如《列女引》、《貞女引》、《羅敷行》、《三婦豔詩》、《王昭君》、《莫愁》等；言酒之舊題，如《將進酒》、《對酒》、《飲福酒歌》、《上壽酒歌》、《舉酒》、《群臣酒行歌》等。

〔三〕「真身」：作者自身。

〔四〕「皮相」：外在的表像。

〇七九　學太白詩，當學其「體氣高妙」，〔一〕不當襲其陳意。〔二〕若言仙、言酒、言俠、言女，亦要學之，此僧皎然所謂「鈍賊」者也。〔三〕

〔一〕三國魏曹丕《典論・論文》：「孔融體氣高妙，有過人者。然不能持論，理不勝辭，至於雜以嘲戲。及其所善，揚班之儔也。」此藉以論李詩。

〔二〕宋胡仔《苕溪漁隱叢話》前集卷一：「《蔡寬夫詩話》云：齊、梁以來，文士喜爲樂府辭，然沿襲之久，往往失其命題本意。《烏將八九子》但詠烏，《雉朝飛》但詠雉，《雞鳴高樹巔》但詠雞，大抵類此。而甚有併其題失之者，如《相府蓮》訛爲《想夫憐》，《揚婆兒》訛爲《楊叛兒》之類是也。蓋辭人例用事，語言不復詳研考，雖李白亦不免此。惟老杜《兵車行》、《悲青坂》、《無家别》等數篇，皆因事自出己意立題，略不更蹈前人陳迹，真豪傑也。」

〔三〕唐僧皎然《詩式・三不同語意勢》：「不同可知矣。此則有三同，三同之中，偷語最爲鈍賊。」

〇八〇　學太白者，常曰「天然去雕飾」足矣。〔一〕余曰：此得手處，〔二〕非下手處也。〔三〕必取太白句意以爲祈嚮，〔四〕盍云「獮微窮至精」乎？〔五〕

〔一〕語見唐李白《經亂離後天恩流夜郎憶舊游書懷贈江夏韋太守良宰》：「清水出芙蓉，天然去雕飾。」宋胡仔《苕溪漁隱叢話》前集卷五：「荆公云：詩人各有所得。『清水出芙蓉，天然去雕飾。』此李白所得也；『或看翡翠蘭苕上，未掣鯨魚碧海中。』此老杜所得也。」

〔二〕「得手」：猶言上手，指達到的目標。

〔三〕「下手」：動手。指學習、取法的地方。

〔四〕「祈嚮」：向導、引導。

〔五〕語見唐李白《秋夕書懷》：「滅見息群動，獮微窮至精。」清《唐宋詩醇》卷八：「滅見息群動二語，頗有見地。」

〇八一　杜詩高、大、深俱不可及。〔一〕吐棄到人所不能吐棄，〔二〕爲高；涵茹到人所不能涵茹，〔三〕爲大；曲折到人所不能曲折，爲深。〔四〕

〔一〕杜甫：字子美，因曾在漢宣帝許后之少陵原居住，自稱「少陵野老」。又因曾官左拾遺，劍南節度府參謀、加檢校工部員外郎，後人又稱爲杜拾遺、杜工部。《舊唐書》卷一百九十下、《新唐書》卷二百一有傳。杜詩注本繁多，舊有清仇兆鰲《杜詩詳注》、浦起龍《讀杜心解》、楊倫《杜詩鏡詮》等。今人蕭滌非等有《杜甫全集校注》、謝思煒有《杜甫集校注》。清沈德潛《唐詩別裁》卷六：「（七言古）太白以高勝，少陵以大勝。」

〔二〕「吐棄」：謂遣詞造句「惟陳言之務去」。

〔三〕「涵茹」：謂内容海涵地負，無所不包。可參卷二第一五二。

〔四〕夏敬觀《説杜》評此條：「予曰：尚欠説一『拙』字。杜《詠馬詩》云：『顧視清高氣深穩。』『深』者，正『拙』之形容辭也。深穩自『拙』得來。」

〇八三　「不敢要佳句，愁來賦別離」二句，〔一〕是杜詩全旨。凡其云「念闕勞肝肺」，〔二〕「弟妹悲歌裏」，〔三〕「窮年憂黎元」，〔四〕無非離愁而已矣。〔五〕

〔一〕語見唐杜甫《偶題》。清仇兆鰲《杜詩詳注》卷十八：「《杜臆》：漂蕩之中，安得復有佳句？但愁來則賦別離耳。別離，即漂蕩意。」

〔二〕語見唐杜甫《樓上》：「戀闕勞肝肺，掄材愧杞柟。」此作「念」，誤。

〔三〕語見唐杜甫《九日登梓州城》：「弟妹悲歌裏，朝廷醉眼中。」

〔四〕見卷二第〇七四注〔二〕。

〔五〕清楊倫《杜詩鏡詮序》：「計公生平，惟爲拾遺侍從半載，安居草堂僅及年餘，此外皆饑餓窮山，流離道路。」

〇八三 「頌其詩」，貴「知其人」。〔一〕先儒謂杜子美情多，得志必能濟物，〔二〕可爲看詩之法。

〔一〕見卷二第〇二六注〔四〕。

〔二〕「濟物」：救濟世人。清《唐宋詩醇》卷三十一《東坡種花二首》後評語：「後一首推廣言之，與柳宗元《郭橐駝種樹説》同意。兼濟之志也。妙在説得極纖悉、極平淡，乃具真實本領。宋儒謂杜子美情多，得志必能濟物，亦是此意。」按：宋儒爲誰，俟考。

〇八四 太白早好縱横，晚學黄老，〔一〕故詩意每託之以自娱。少陵一生却只在儒家界内。〔二〕

〔一〕《新唐書》卷二百二《李白傳》：「（李白）喜縱横術、擊劍，爲任俠，輕財重施。……白晚好黄老，度牛渚磯，至姑孰。悦謝家青山，欲終焉。」

〔二〕按：杜甫詩中屢以儒生自比。如《奉贈韋左丞丈二十二韻》「紈袴不餓死，儒冠多誤身」，《賓至》「竟日淹留佳客坐，百年麤糲腐儒餐」，《江漢》「江漢思歸客，乾坤一腐儒」，指不勝屈。明胡應麟《詩藪》内編卷五：「曰仙、曰禪，皆詩中本色。惟儒生氣象，一毫不得著詩；儒家語言，一字不可入詩，而杜往往兼之，不傷格，不累情，故自難及。」

〇八五　杜詩云「畏人嫌我真」，〔一〕又云「直取性情真」，〔二〕一自詠，一贈人，皆於論詩無與，〔三〕然其詩之所尚可知。〔四〕

〔一〕語見唐杜甫《暇日小園散病將種秋菜督勒耕牛兼書觸目》：「不愛入州府，畏人嫌我真。」

〔二〕語見唐杜甫《贈王二十四侍御契四十韻》：「由來意氣合，直取性情真。」

〔三〕「無與」：不相干。

〔四〕明唐元竑《杜詩攟》卷二：「《狂歌行贈四兄》語語村樸，直作家書讀，所謂掇皮皆真。『兄將富貴等浮雲，弟竊功名好權勢。』誰肯自言好權勢者？一生喜怒常任真，真人前自難説假話。他日又云：『畏人嫌我真』云，『知余懶是真』云，『於我見子真顏色』，時時拈一真字，不獨人貴真，詩亦如之。文而僞，不若樸而真也。」又可參卷一第三二四及注〔二〕。

〇八六　杜詩只「有」、「無」二字足以評之。有者，但見性情氣骨也；〔一〕無者，不見語言文字也。〔二〕

〔一〕宋胡仔《苕溪漁隱叢話》前集卷九引：「《詩眼》云：老杜詩，凡一篇皆工拙相半，古人文章類如此。皆拙，固無取，使其皆工，則峭急無古氣，如李賀之流是也。然後世學者，當先學其工，精神氣骨，皆在於此。」

〔二〕唐僧皎然《詩式·重意詩例》：「兩重意已上，皆文外之旨。若遇高手，如康樂公，覽而察之，但見情性，不睹文字，蓋詣道之極也。」

〇八七 杜陵云：「篇終接混茫。」〔一〕夫「篇終」而「接混茫」，則全詩亦可知矣。且有混茫之人，而後有混茫之詩，故《莊子》云：「古之人在混茫之中。」〔二〕

〔一〕杜陵：即杜甫。因杜甫祖籍杜陵，又曾在杜陵附近居住，故常自稱杜陵野老、杜陵野客、杜陵布衣。引文見《寄彭州高三十五使君適虢州岑二十七長史參三十韻》：「意愜關飛動，篇終接混茫。」清仇兆鰲《杜詩詳注》：「用意愜當，則機神飛動，此詩思之妙；篇勢將終，而元氣混茫，此詩力之厚。二句極推高岑，實少陵自道也。」清楊倫《杜詩鏡銓序》：「公之爲詩，多出於所自道。其曰：『毫髮無遺憾，波瀾獨老成。』又『意愜關飛動，篇終接混茫。』皆非公不足當此語。」此當指杜詩之「虛渾」，可參卷二第一五五。

〔二〕語見《莊子·繕性》：「古之人在混芒之中，與一世而得澹漠焉。」意謂古代的人都生活在混沌茫昧之中。此喻杜詩海涵地負，浩瀚充盈之氣勢。

〇八八 意欲「沈著」，格欲「高古」。〔一〕持此以等百家之詩，〔二〕於杜陵乃無「遺憾」。〔三〕

〔一〕「沈著」、「高古」：皆爲署名唐司空圖《二十四詩品》中所標舉的二十四種美學風格之一。《沈著》：見卷一第〇三三注〔一〕。

《高古》：

畸人乘真，手把芙蓉。泛彼浩劫，窅然空蹤。月出東斗，好風相從。太華夜碧，人聞清鐘。虚佇神素，脱然畦封。黄唐在獨，落落玄宗。

〔二〕「等」：區分。

〔三〕唐杜甫《敬贈鄭諫議十韻》：「毫髮無遺憾，波瀾獨老成。」

〇八九　少陵云：「詩清立意新。」〔一〕又云：「賦詩分氣象。」〔二〕作者本取「意」與「氣象」相兼，而學者往往奉一以爲宗派焉。〔三〕

〔一〕語見唐杜甫《奉和嚴中丞西城晚眺十韻》：「政簡移風速，詩清立意新。」

〔二〕語見唐杜甫《秋日寄題鄭監湖上亭三首》：「賦詩分氣象，佳句莫頻頻。」仇兆鰲《杜詩詳注》卷二十引朱鶴齡注：「分氣象，分咏湖亭之氣象。」

〔三〕宋張鎡《仕學規範》卷三十九：「老杜詩云『詩清立意新』，最是作詩用力處。蓋不可循習陳言，只規摹舊作也。魯直云：『隨人作詩終後人。』又云：『文章切忌隨人後。』此自魯直見處也。近世人學老杜多矣，左規右矩，不能稍出新意，終成屋下架屋，無所取長。獨魯直下語未嘗似前人，而卒與之合，此爲善學。如陳無己，力盡規摹，已少變化。」按：夏敬觀《説杜》引卷二第○八一、卷二第○八七及本條評云：「引杜句評杜，妙極。」

〇九〇　杜陵五七古叙事，節次波瀾，[一]離合斷續，[二]從《史記》得來，而蒼莽雄直之氣，亦逼近之。[三]畢仲游但謂杜甫似司馬遷，[四]而不繫一辭，正欲使人自得耳。

〔一〕「節次波瀾」：章節次序與文勢起伏。

〔二〕「離合斷續」：均古代論文術語。「離合」：又稱「集散」。清包世臣《藝舟雙楫・文譜》：「集散者，或以振綱領，或以爭關紐，或奇特形於比附，或指歸示於牽連，或錯出以表全神，或補述以完風裁。是故集則有勢有事，而散則有縱有橫。」可參卷二第一二二七。「斷續」：可參卷一第〇五三。

〔三〕宋葉夢得《石林詩話》：「長篇最難。晉魏以前，詩無過十韻者。蓋常使人以意逆志，初不以序事傾盡爲工。至老杜《述懷》、《北征》諸篇，窮極筆力，如太史公紀傳，此固古今絶唱。」明王嗣奭《杜臆》評《義鶻行》：「此明是太史公一篇義俠傳。」《唐宋詩醇》卷九《自京赴奉先縣詠懷五百字》評語：「此與《北征》爲集中鉅篇，攄鬱結，寫胸臆，蒼蒼莽莽，一氣流轉。其大段有千里一曲之勢，而筆筆頓挫，一曲中又有無數波折也。」清沈德潛《説詩晬語》卷上：「五言長篇，固須節次分明，一氣連屬。然有意本連屬而轉似不相連屬者，叙事未了，忽然頓斷，插入旁議，忽然聯續，轉接無象，莫測端倪，此運《左》《史》法於韻語中，不以常格拘也。千古以來，且讓少陵獨步。」

〔四〕宋蘇軾《東坡志林》卷十一：「僕嘗問荔枝何所似？或曰：荔枝似龍眼。坐客皆笑其陋，荔枝實無所似也。僕云荔枝似江瑶柱，應者皆憮然。僕亦不辨。昨日見畢仲游，問：杜甫似何人？仲游曰：似司馬遷。僕喜而不答。蓋與曩言會也。」按：清沈德潛《説詩晬語》卷上：「五言長篇，固須節次分明，一氣連屬。然有意本連屬，而轉似不連屬者：叙事未了，忽然頓斷，插入旁議，忽然聯續，轉接無象，莫測端倪，此運《左》《史》法於韻語中，不以常格拘也。千古以來，且讓少陵獨步。」按：畢仲游字公叔，《宋史》卷二八一有傳，有《西臺集》二十卷傳世。

〔九一〕「細筋入骨如秋鷹」，「字外出力中藏稜。」〔一〕《史記》、杜詩其有焉。

〔一〕宋蘇軾《孫莘老求墨妙亭詩》：

蘭亭繭紙入昭陵，世間遺迹猶龍騰。顔公變法出新意，細筋入骨如秋鷹。徐家父子亦秀絶，字外出力中藏稜。嶧山傳刻典刑在，千載筆法留陽冰。杜陵評書貴瘦硬，此論未公吾不憑。短長肥瘦各有態，玉環飛燕誰敢憎。吴興太守真好古，購買斷缺揮縑繒。龜趺入坐螭隱壁，空齋晝静聞登登。奇踪散出走吴越，勝事傳説誇友朋。書來乞詩要自寫，爲把栗尾書溪藤。後來視今猶視昔，過眼百世如風燈。他年劉郎憶賀監，還道同時須服膺。

按：「細筋入骨」，謂「筋節隱而不露」也。可參卷三第○四七。「字外出力中藏稜」，謂「雄健」、「長於骨」也，可參卷二第一四八、卷二第一五五。

○九二 近體氣格「高古」尤難。〔一〕此少陵五排、五七律所以品居最上。

〔一〕按：《高古》爲署名唐司空圖《二十四詩品》中所標舉的二十四種美學風格之一，見卷二第○八八注〔一〕。

○九三 少陵以前律詩，枝枝節節爲之，氣斷意促，前後或不相管攝，〔一〕實由於古體未深耳。少陵深於古體，運古於律，〔二〕所以開闔變化，施無不宜。

〔一〕「相管攝」：本論書術語，又稱「相管領」。清馮武《書法正傳》卷六引《歐陽率更書三十六法·相管領》：「欲其彼此顧盼，不失位置。上欲覆下，下欲承上，左右亦然。」此藉以論詩。

〔二〕明許學夷《詩源辨體》卷二十：「盛唐高岑五言、子美七言，以古入律，雖是變風，然氣象風格自勝。」又清浦起龍《讀杜心解》卷三之二《秦州雜詩二十首》其十一後評語：「蒼蒼莽莽，以古爲律，乃前後關鍵也。」夏敬觀《説杜》引卷二第○九○、卷二第○九二及本條後云：「予案此即重在詩之有章法也。」

〇九四　杜詩有「不可解」及看不出好處之句。〔一〕「文章千古事，得失寸心知」，〔二〕少陵嘗自言之。作者本不求知，讀者非身當其境，亦何容强臆耶！〔三〕

〔一〕按：杜詩注本繁多，舊有千家注杜之説，此節所論，似隱然爲此而發。明胡應麟《詩藪》内編卷五：「杜《題桃樹》等篇，往往不可解。」清朱鶴齡《杜工部詩集輯注序》：「夫詩有可解者，有不可解者。指事陳情，意含諷諭，此可解者也；託物假像，興會適然，此不可解者也。不可解而强解之，日星動成比擬，草木亦涉瑕疵，譬諸圖罔象而刻空虚也。可解而不善解之，前後貿時，淺深乖分。欣忭之悟，反作誚譏；忠剴之詞，幾領怨懟；譬諸玉題瑁而烏轉舄也。」清薛雪《一瓢詩話》：「杜少陵詩，止可讀，不可解。何也？公詩如溟渤，無流不納；如日月，無幽不燭；如大圓鏡，無物不現，如何可解？」清浦起龍《讀杜心解·發凡》：「吾嘗謂杜之禍，一烈於宋人之注，再烈於近世之解。」

〔二〕語見唐杜甫《偶題》。

〔三〕「强臆」：竭力猜測。

〇九五　昌黎鍊質，少陵「鍊神」。〔一〕昌黎無疏落處，〔二〕而少陵有之。然天下之至密，莫少

陵若也。〔三〕

〔一〕「鍊質」：指對「意思刻畫」，見卷二第一一五。又可參卷二第一四八。「鍊神」：見卷一第一七二注〔一〕。

〔二〕「疏落」：稀疏、遺漏。

〔三〕清《唐宋詩醇》卷十五《南鄰》評：「申涵光曰：『秋水纔深四五尺，野航恰受兩三人。』語疏落而不酸。今人作七律，堆砌排偶，全無生氣。而矯之者又單弱無體裁，讀杜諸律可悟不整爲整之妙。」

〇九六 少陵於鮑、庾、陰、何樂推不厭。〔一〕昌黎云：「齊梁及陳隋，衆作等蟬噪。」〔二〕韓之論高而疏，不若杜之大而實也。〔三〕

〔一〕鮑：鮑照。庾：庾信。陰：陰鏗。何：何遜。杜詩中推重鮑、庾、陰、何之處：如《春日憶李白》：「白也詩無敵，飄然思不群。清新庾開府，俊逸鮑參軍。渭北春天樹，江東日暮雲。何時一樽酒，重與細論文。」又《解悶》其七：「陶冶性靈存底物，新詩改罷自長吟。熟知二謝將能事，頗學陰何苦用心。」

〔二〕語見唐韓愈《薦士》。

〔三〕「高而疏」：高妙却空疏。「大而實」：廣大而篤實。

〇九七　論李、杜詩者，謂太白志存「復古」，〔一〕少陵獨開「生面」；〔二〕少陵思精，太白韻高。然真賞之士，〔三〕尤當有以觀其合焉。

〔一〕唐孟棨《本事詩·高逸第三》：「白才逸氣高，與陳拾遺齊名，先後合德。其論詩云：『梁陳以來，艷薄斯極。沈休文又尚以聲律，將復古道，非我而誰與？』故陳李二集律詩殊少。」清沈德潛《唐詩別裁·凡例》：「五言古體，發源於西京，流衍於魏晉，頹靡於梁陳，至唐顯慶、龍朔間，不振極矣。陳伯玉力掃俳優，直追曩哲，讀《感遇》等章，何啻在黄初間也？張曲江、李供奉繼起，風裁各異，原本阮公。唐體中能復古者，以三家爲最。」

〔二〕唐杜甫《丹青引》：「開元之中常引見，承恩數上南熏殿。凌煙功臣少顏色，將軍下筆開生面。」此引杜語以贊杜詩。又清沈德潛《唐詩別裁·凡例》：「五言律：……杜少陵獨開生面。」並可參其《説詩晬語》卷上論杜詩處。

〔三〕「真賞」：真正懂得欣賞的人。

〇九八　王右丞詩，〔一〕一種近孟襄陽，〔二〕一種近李東川，〔三〕清高名儁，〔四〕各有宜也。

〔一〕王維：字摩詰，曾官尚書右丞。《舊唐書》卷一百九十、《新唐書》卷二百二有傳。舊有清趙殿成《王右丞集箋注》，今人陳鐵民有《王維集校注》。

〔二〕孟浩然：字浩然，襄州襄陽人，《舊唐書》卷一百九十下、《新唐書》卷二百三有傳。今人徐鵬《孟浩然集校注》、李景白《孟浩然詩集校注》、佟培基《孟浩然詩集箋注》（修訂本），皆可參考。按：此當就王維五言古體而言。

〔三〕李頎：東川人。今人劉寶和有《李頎詩評注》、王錫九有《李頎詩歌校注》。按：此當就七言近體及歌行而言。明李攀龍《選唐詩序》：「七言律體，諸家所難，王維、李頎，頗臻其妙。」清方東樹《昭昧詹言》卷十二《七古》：「東川纏綿情韻，自然深至，然往往有痕。所謂無意爲文而意已至，闊遠而絶無弩拔之迹，右丞其至矣乎？」卷十六《七律》：「東川視輞川，氣體渾厚，微不及之，而意興超遠，則固相近。」按：此當指王維七言近體及歌行體。

〔四〕按：「清高」指王孟五古之風格，即卷二第○九九所謂「無世俗之病」。「名雋」：即「明雋」。指王李七言近體及歌行之風格。

○九九　王摩詰詩，好處在無世俗之病。世俗之病，如恃才騁學，做身分，〔一〕好攀引，〔二〕皆是。

〔一〕「做身分」：猶言擺架子。又融齋《古桐書屋札記》：「敏莫過於好學，愚莫過於恃才。」

〔二〕「攀引」：攀附、牽引。此喻攀龍附鳳。

一〇〇　劉文房詩，〔一〕以研鍊字句見長，而清贍閑雅，「蹈乎大方」。〔二〕其篇章亦「儘有法度」，〔三〕所以能斷截晚唐家數。〔四〕

〔一〕文房：唐劉長卿之字，今人儲仲君有《劉長卿詩編年箋注》、楊世明有《劉長卿集編年校注》。

〔二〕見卷一第〇五一及注〔三〕。

〔三〕《管子·君臣》：「朝有定度，衡儀以尊主位，衣服緷絻盡有法度，則君體法而立矣。」

〔四〕夏敬觀《唐詩概説》評此條：「是極。」

一〇一　高適詩，〔一〕兩《唐書》本傳並稱其「以氣質自高」，〔二〕今即以七古論之，體或近似唐初，〔三〕而魄力雄毅，〔四〕自不可及。

〔一〕高適：字達夫、仲武，曾官散騎常侍，封渤海縣侯。《舊唐書》卷一百十一、《新唐書》卷一百四十三有傳。今人孫欽善有《高適集校注》、劉開揚有《高適詩集編年箋注》。

〔二〕《舊唐書》卷一百十一《高適傳》：「適年過五十，始留意詩什。數年之間，體格漸變，以氣質自高，每吟一篇，已爲好事者稱誦。」

〔三〕謂其「節次多而情韻婉」，類初唐四傑之詩也。可參卷二第一八一。

〔四〕屈原《九歌·國殤》：「身既死兮神以靈，魂魄毅兮爲鬼雄。」

一〇二　高常侍、岑嘉州兩家詩，〔一〕皆可亞匹杜陵。〔二〕至岑「超」高「實」，〔三〕則趣尚各有近焉。〔四〕

〔一〕岑嘉州：岑參，曾兩任嘉州刺史。今人陳鐵民等《岑參集校注》、劉開揚《岑參詩集編年箋注》、廖立《岑嘉州詩箋注》，皆可參考。

〔二〕「亞匹」：同一類人物。宋陸游《跋岑嘉州詩集》：「予自少時，絶好岑嘉州詩。往在山中，每醉歸，倚胡牀睡，輒令兒曹誦之。至酒醒，或睡熟，乃已。嘗以爲太白、子美之後，一人而已。」按：此似就七言古體、樂府詩而言。清沈德潛《唐詩別裁》卷五：「李杜外，高岑王李七言古中最矯健者。」

〔三〕「超」：超詣。「實」：實境。均爲署名唐司空圖《二十四詩品》中所標舉的二十四種美學風格之一。

《超詣》：

匪神之靈，匪幾之微。如將白雲，清風與歸。遠引若至，臨之已非。少有道契，終與俗違。亂山喬木，碧苔芳暉。誦之思之，其聲愈稀。

《實境》：

取語甚直，計思匪深。忽逢幽人，如見道心。清磵之曲，碧松之陰。一客荷樵，一客聽琴。情性所至，妙不自尋。遇之自天，泠然希音。

〔四〕「趣尚」：志趣與好尚。夏敬觀《唐詩概説》評此條：「所評極當。」

一〇三 元道州著書有《惡圓》、《惡曲》等篇，〔一〕其詩亦「一肚皮不合時宜」。〔二〕然剛者必仁，〔三〕此公足以當之。

〔一〕元道州：元結，字次山，曾任道州刺史，《新唐書》卷一百四十三有傳。《惡圓》、《惡曲》：今並見《次山集》卷十一。

〔二〕宋費袞《梁谿漫志》卷四《侍兒對東坡語》：「東坡一日退朝食罷，捫腹徐行，顧謂侍兒曰：『汝輩且道是中有何物？』一婢遽曰：『都是文章。』坡不以爲然。又一人曰：『滿腹都是識見。』坡亦未以爲當。至朝雲乃曰：『學士一肚皮不入時宜。』坡捧腹大笑。」

〔三〕《論語·子路》：「子曰：剛毅木訥近仁。」

一〇四 孔門如用詩，〔一〕則於元道州必有取焉，可由「思狂狷」知之。〔二〕

〔一〕西漢揚雄《法言・吾子》：「曰：詩人之賦麗以則，辭人之賦麗以淫。如孔氏之門用賦也，則賈誼升堂，相如入室矣，如其不用何？」融齋仿此。

〔二〕參卷一第一三七注〔二〕。又融齋《游藝約言》：「書雖小道，學書者亦要不見惡於聖人。聖人所惡者，舍狂狷而就鄉願也。」

一〇五 「獨挺於流俗之中，强攘於已溺之後。」〔一〕元次山以此序沈千運詩，〔二〕亦以自寓也。

〔一〕語見唐元結爲沈千運《篋中集》所作序，又見《次山集》卷七《篋中集序》。「强攘」：竭力阻止。

〔二〕元辛文房《唐才子傳》卷二：「千運，吳興人。工舊體詩，氣格高古，當時士流皆敬慕之，號爲沈四山人。天寶中，數應舉不第，時年齒已邁，遨遊襄鄧間，干謁名公。」又工八分，舊本題唐韋續撰《墨藪》卷一稱：「沈千運如饑鷹殺心，忍瘦筋骨。」

一〇六 次山詩令人想見「立意較然，不欺其志」，〔一〕其疾官邪、「輕爵禄」，〔二〕意皆起於「惻怛爲民」，〔三〕不獨《春陵行》及《賊退示官吏》作，〔四〕足使杜陵感喟也。〔五〕

〔一〕《史記》卷八十六《刺客列傳》：「太史公曰：世言荆軻，其稱太子丹之命，『天雨粟，馬生角』也，太過。又言荆軻傷秦王，皆非也。始公孫季功、董生與夏無且游，具知其事，爲余道之如是。自曹沫至荆軻五人，此其義或成或不成，然其立意較然，不欺其志，名垂後世，豈妄也哉？」「較然」：明白顯豁貌。

〔二〕《史記》卷一百三十《太史公自序》：「能設詭説，解患於圍城，輕爵禄，樂肆志。作《魯仲連鄒陽列傳》第二十三。」

〔三〕宋黄震《黄氏日抄》卷四十六：「文帝遺詔短喪，議禮者譏焉。然觀文帝惻怛爲民，惟恐妨之，至死彌篤。」

〔四〕按：宋黄徹《䂬溪詩話》卷六：「元道州《春陵行》云：『所願見王官，撫養以惠慈。奈何重驅逐，不使存活爲。緩逋違詔令，蒙責固所宜。亦云貴守官，不愛能適時。』《賊退示官吏》云：『使臣將王命，豈不如賊焉。令彼徵斂者，迫之如火煎。誰能絶人命，以作時世賢。』子美志之曰：『今盗賊未息，知民疾苦，得結輩十數公爲邦伯，萬物吐氣，天下少安，立可待矣。』余謂漫叟所以能然者，先民後己，輕官爵，重人命故也。觀其賦《石魚詩》云：『金魚吾不須，軒冕吾不愛。』此所以能不徇權勢，而專務愛民也。杜云：『乃知正人意，不苟飛長纓。』可謂深相知矣。」

〔五〕唐杜甫《同元使君春陵行》序：「覽道州元使君結《春陵行》兼《賊退後示官吏作》二首。志之曰：當天子分憂之地，效漢官良吏之日，今盗賊未息，知民疾苦，得結輩十數公，落落然參錯天下爲邦伯，萬物吐氣，天下少安可得矣。不意復見比興體制，微婉頓挫之詞，感而有詩，增諸卷軸，簡知我者，不必寄元。」

一〇七　元、韋兩家皆學陶。〔一〕然蘇州猶多一「慕陶真可庶」之意，〔二〕吾尤愛次山以不必似爲真似也。〔三〕

〔一〕按：此謂元詩情意真摯用語樸實，雖未明言效陶，而實得陶真髓。至於韋詩，則集中多有明言效陶淵明體者，如《與友生野飲效陶體》、《效陶彭澤》等。清沈德潛《唐詩别裁·凡例》：「左司嗣音彭澤。」又《四庫全書總目·韋蘇州集》：「（韋）五言古體源出於陶，而鎔化於三謝。故真而不朴，華而不綺，但以爲步趨柴桑，未爲得實。如『喬木生夏涼，流雲吐華月』，陶詩安有是格耶？」又清喬億《劍溪説詩又編》：「韋公多恤人之意，極近元次山（原注：歸愚先生曰：此無人道及）。」

〔二〕語見唐韋應物《東郊》。「真」原作「直」，據韋詩改。

〔三〕清賀貽孫《詩筏》：「晉人詩能以真樸自立門户者，惟陶元亮一人。唐詩人能以真樸自立門户者，惟元次山一人。次山不惟不似唐人，並不似元亮。蓋次山自有次山之真樸，此其所以自立門户也。」

一〇八　韋蘇州「憂民之意」如元道州，〔一〕試觀《高陵書情》云：「兵凶久相踐，徭賦豈得閑。促戚下可哀，寬政身致患。日夕思自退，出門望故山。」〔二〕此可與《春陵行》、《賊退示官吏》作並讀，但氣别婉勁耳。〔三〕

〔一〕韋蘇州：韋應物，官終蘇州刺史。今人陶敏等有《韋應物集校注》（增訂本）、孫望有《韋應物詩集繫年校箋》。「憂民之意」：宋劉克莊《後村詩話》卷四：「唐詩人出牧者，多誇説軍府之雄，邑屋之麗，士女之盛。惟元道州《賊退示官吏》云：『追呼且不忍，況乃鞭扑之。』韋蘇州《寄人》云：『身多疾病思田里，邑有流亡愧俸錢。』皆有憂民之意。」

〔二〕按：今集中題作《高陵書情寄三原盧少府》。

〔三〕此當與卷二第二〇五五互參。

一〇九　錢仲文、郎君胄大率衍王、孟之緒，〔一〕但王、孟之渾成，却非錢、郎所及。

〔一〕仲文：唐錢起之字，今人王定璋有《錢起集校注》。君胄：唐郎士元之字。王：王維。孟：孟浩然。按：此就五言古體而言。唐高仲武《中興間氣集》卷上《錢起》：「員外詩體格新奇，理致清贍。粤從登第，挺冠詞林。文宗右丞，許以高格。右丞没後，員外爲雄。芟齊宋之浮游，削梁陳之靡嫚，迥然獨立，莫之與群。且如『鳥道挂疏雨，人家殘夕陽』；又『牛羊上山小，煙火隔林疏』；又『長樂鐘聲花外盡，龍池柳色雨中深』，皆特出意表，標雅古今。又『窮達戀明主，畊桑亦近郊』，則禮義克全，忠孝兼著，足可弘長名流，爲後楷式。士林語曰：『前有沈宋，後有錢郎。』」又卷下《郎士元》：「員外河嶽英奇，人倫秀異。自家刑國，遂擁大名。右丞以往，與錢更長。自丞相以下更出作牧。二公無詩祖餞，時論鄙之。兩君體調大抵欲同，就中郎公稍更閑雅，近於康樂。如：『荒城背流水，遠雁入寒雲。』『去鳥不知倦，遠帆生暮愁。』又：『蕭條夜靜邊風吹，獨倚營門向秋月。』可以齊衡古人，掩暎時輩。又：『暮蟬不可聽，落葉豈堪聞。』古謂謝朓工於發端，比之於今，有慙沮矣。」清沈德潛《唐詩別裁》卷三：「仲文五言古仿佛右丞，而清秀彌甚。」夏敬觀《唐詩概説續》：「余以爲大曆十子詩，實衍沈宋之緒，加以崔顥王維，獨孤及《序皇甫冉詩》，言之詳矣。」

二〇　王孟及大曆十子詩，〔一〕皆尚清雅，〔二〕惟格止於此而不能變，〔三〕故猶未足籠罩一切。

〔一〕「大曆十子」：其説不一。唐姚合《極玄集》卷上《李端》：「與盧綸、吉中孚、韓翃、錢起、司空曙、苗發、崔洞、耿湋、夏侯審唱和，號十才子。」南宋計有功《唐詩紀事》卷三十：「大曆十才子，《唐書》不見人數。盧綸、錢起、郎士元、司空曙、李端、李益、苗發、皇甫曾、耿湋、李嘉祐。又云：吉頊、夏侯審亦是。或云：錢起、盧綸、司空曙、皇甫曾、李嘉祐、吉中孚、苗發、郎士元、李益、耿湋、李端。」

〔二〕「清雅」：清贍、閑雅。明高棅《唐詩品彙總叙》：「有唐三百年，詩衆體備矣。……開元天寶間，則有……孟襄陽之清雅，王右丞之精緻。大曆貞元中，則有……錢郎之清贍。」

〔三〕清喬億《大曆詩略·説詩五則》：「大曆詩品可貴而邊幅稍狹。」

二二　詩文一源。昌黎詩有正、有奇。〔一〕正者，即所謂「約《六經》之旨而成文」；〔二〕奇者，即所謂「時有感激怨懟奇怪之辭」。〔三〕

〔一〕韓愈詩舊有清顧嗣立《昌黎先生詩集注》、方世舉《韓昌黎詩集編年箋注》。今人錢仲聯有《韓昌黎詩繫年集釋》。按：此當與卷一第一五六及注〔一〕引姜夔《白石道人詩説》互參。

〔二〕見卷一第一四二注〔二〕。

〔三〕見卷一第一五四注〔一〕。夏敬觀《説韓》評此條：「此見極是。」

二三　昌黎《贈張籍》云：「此日足可惜，此酒不足嘗。」〔一〕儒者之言，所由與任達者異。〔二〕

〔一〕今集作《此日足可惜一首贈張籍》。按：韓詩重光陰而輕享樂，故與任達者異。

〔二〕「任達」：放任、曠達。

二三　太白詩多有羨於神仙者，〔一〕或以喻「超世」之志，〔二〕或以喻「死而不亡」，〔三〕俱不可知。若昌黎云：「安能從汝巢神山。」〔四〕此固鄙夷不屑之意，然亦何必非「寓言」耶？〔五〕

〔一〕如《雜言用投丹陽知已兼奉宣慰判官》：「幸君持取無棄捐。無棄捐，服之與君俱神仙。」《過四皓墓》：「我行至商洛，幽獨訪神仙。」《題嵩山逸人元丹丘山居》：「提攜訪神仙，從此鍊金藥。」

《送内尋廬山女道士李騰空二首》之二：「多君相門女，學道愛神仙。」《夢遊天姥吟留别》：「且放白鹿青崖間，須行即騎訪名山。」《落日憶山中》：「願遊名山去，學道飛丹砂。」《感興八首》之五：「十五遊神仙，仙遂未曾歇。」

〔二〕《舊唐書》卷一百九十下：「李白字太白，山東人。少有逸才，志氣宏放，飄然有超世之心。」

〔三〕《老子》第三十三章：「不失其所者久，死而不亡者壽。」

〔四〕語見唐韓愈《記夢》。按：《愛日齋叢抄》卷四：「神仙意向可見。」宋羅大經《鶴林玉露》卷十三：「朱文公定『寧』字作『能』字。謂神仙亦且護短憑愚，則與凡人意態不殊矣。我若能屈曲謟媚，自在世間可也，安能巢神山以從汝哉？正柳下惠枉道而事人，何必去父母之邦之意。只一字之差，意味天淵敻别。」

〔五〕按：清《唐宋詩醇》卷三十一《記夢》後附評語：「只是寓言，勿真謂與鬼爭義。」又程學恂《韓詩臆説》：「只是結出本意，前言神仙處，都是寓言。」融齋此條當是暗對此而發。

一二四　昌黎詩「陳言務去」，〔一〕故有「倚天拔地」之意。〔二〕《山石》一作，〔三〕辭奇意幽，可爲《楚辭·招隱士》對，〔四〕如柳州《天對》例也。〔五〕

〔一〕見卷一第一四三注〔二〕。

〔二〕見卷一第一九二注〔二〕。

〔三〕《山石》：山石犖确行徑微，黄昏到寺蝙蝠飛。升堂坐階新雨足，芭蕉葉大支子肥。僧言古壁佛畫好，以火來照所見稀。鋪牀拂席置羹飯，疏糲亦足飽我飢。夜深静卧百蟲絶，清月出嶺光入扉。天明獨去無道路，出入高下窮煙霏。山紅澗碧紛爛漫，時見松櫪皆十圍。當流赤足蹋澗石，水聲激激風吹衣。人生如此自可樂，豈必局束爲人鞿。嗟哉吾黨二三子，安得至老不更歸。

〔四〕《招隱士》：見卷三第〇三二注〔五〕。

〔五〕《天對》：唐柳宗元作，以對屈原《天問》。今見文集卷十四。夏敬觀《説韓》評此條：「按：『山石犖确行徑微』一篇，此盡人所稱道者也。學昌黎者，亦惟此稍易近，緣與他家詩境近也。」

一二五　昌黎七古出於《招隱士》，當於意思刻畫、音節遒勁處求之。〔一〕使第謂出於《柏梁》，猶未之盡。〔二〕

〔一〕「意思刻畫」：指對詩意的雕琢，即所謂鍊質。見卷二第〇九五。「柏梁」：見卷二第〇二〇及注〔一〕。按：此言「出於《招隱士》」，謂其「辭奇意幽」、「骨之奇勁」也。可參卷二第一一四、卷三第〇三二。

〔二〕按：韓詩七古多終篇一韻，故前人或以爲效柏梁體。宋王伯大重編本《别本韓文考異》卷四《陸渾山火和皇甫湜用其韻》引《補注》：「筆墨間録上句，正《柏梁體》。」又清趙執信《聲調譜》：「古詩平韻句法，盡於此中（注者按：指《陸渾山火和皇甫湜用其韻》）。柏梁句句用韻，雜律句其中，猶不用韻之句偶入律調，以轉韻尤不可用，用之則失調矣。」又程學恂《韓詩臆説》評《鳴雁》：「平韻柏梁體，入後仍轉平韻，唯公多有之。」夏敬觀《説韓》評此條：「按：退之七古，别是一音節，不可不知。」

二六　「若使乘酣騁雄怪」，此昌黎《酬盧雲夫望秋作》之句也。〔一〕統觀昌黎詩，頗以「雄怪」自喜。〔二〕

〔一〕今集作《酬司門盧四兄雲夫院長望秋作》。

〔二〕「自喜」：自我陶醉、自負。

二七　昌黎詩往往「以醜爲美」，〔一〕然此但宜施之古體，若用之近體，則不受矣。是以「言各有當也」。〔二〕

〔一〕晉葛洪《抱朴子》内篇卷二《塞難》：「故兩心不相爲謀焉。以醜爲美者有矣，以濁爲清者有矣，以失爲得者有矣，此三者乖殊，昭然可知，如此其易也，而彼此終不可得而一焉。」又況乎神仙之事，事之妙者，而欲令人皆信之，未有可得之理也。」夏敬觀《説韓》評此條：「按：『以醜爲美』，即是不要人道好。詩至於此，乃至高之境。近體興於唐之以詩賦取士，將以博利禄者，不徇人意不可也。」按：此即「長於質」之意，參卷二第一四八。又可參卷五第二二一。

〔二〕宋蘇軾《思堂記》：「且夫不思之樂，不可名也。虚而明，一而通，安而不懈，不處而静，不飲酒而醉，不閉目而睡。將以是記思堂，不亦繆乎？雖然，言各有當也。」按：此當與卷一第三二一、卷二第二一九互參。

二八　昌黎自言「其行己不敢有愧於道」，〔一〕余謂其取友亦然。觀其《寄盧仝》云：「先生事業不可量，惟用法律自繩己。」《薦孟郊》云：「行身踐規矩，甘辱恥媚竈。」〔二〕以盧、孟之詩名，而韓所盛推，乃在人品，真千古論詩之極則也哉！

〔一〕語見唐韓愈《感二鳥賦序》：「因竊自悲，幸生天下無事時，承先人之遺業，不識干戈耒耜、攻守耕獲之勤。讀書著文，自七歲至今，凡二十二年，其行己不敢有愧於道。」

〔二〕今集作《薦士》。《全唐詩》卷三百三十七題下注：「薦孟郊於鄭餘慶也。」按：《論語·八佾》：「王孫賈問曰：與其媚於奥，寧媚於竈，何謂也？」三國何晏《集解》引漢孔安國注：「奥，内也。以喻近臣。竈，以喻執政。」

一一九　昌黎《送孟東野序》稱其詩以附於古之作者；〔一〕《薦士》詩以「横空盤硬語，妥帖力排奡」目之。又《醉贈張秘書》云：「東野動驚俗，天葩吐奇芬。」韓之推孟也至矣。後人尊韓抑孟，〔二〕恐非韓意。

〔一〕唐韓愈《送孟東野序》：「唐之有天下，陳子昂、蘇源明、元結、李白、杜甫、李觀皆以其所能鳴。其存而在下者，孟郊東野始以其詩鳴，其高出魏晉，不懈而及於古，其他浸淫乎漢氏矣。」

〔二〕按：歷史上「尊韓抑孟」最著名的有宋蘇軾、金元好問。

宋蘇軾《讀孟郊詩二首》其一：

夜讀孟郊詩，細字如牛毛。寒燈照昏花，佳處時一遭。孤芳擢荒穢，苦語餘詩騷。水清石鑿鑿，湍激不受篙。初如食小魚，所得不償勞。又似煮彭蜞，竟日持空螯。要當鬭僧清，未足當韓豪。人生如朝露，日夜火消膏。何苦將兩耳，聽此寒蟲號。不如且置之，飲我玉色醪。

金元好問《論詩絶句三十首》：

東野窮愁死不休，高天厚地一詩囚。江山萬古潮陽筆，合在元龍百尺樓。

一二〇　昌黎、東野兩家詩，〔一〕雖「雄富」、「清苦」不同，〔二〕而同一好難爭險。〔三〕惟中有質實深固者存，故較李長吉爲老成家數。〔四〕

〔一〕東野：唐孟郊之字。

〔二〕「雄富」：雄健、富贍。宋黄震《黄氏日抄》卷五十九《讀文集一・韓文》：「《元和聖德詩》典麗雄富。」「清苦」：清峻、寒苦。宋范仲淹《唐異詩序》：「詩家者流，厥情非一，失志之人其辭苦，得意之人其辭逸……如孟東野之清苦，薛許昌之英逸。」參卷二第一一九注〔二〕。

〔三〕「難」：難字。明方以智《通雅》卷八《釋詁》：「如退之文『苗薅髮櫛』（原注：《韓弘碑》：苗薅而髮櫛之幾盡，不一揃刈，不足令震駴），『目擩耳染』（原注：《房啓銘》：目擩耳染，不學以能），『劌目訹心，刃迎縷解，鉤章棘句，間見層出』（原注：《貞曜銘》），『曹誅五界』（原注：《曹成王碑》：大選江州，群能著職。王親教之，搏力句卒。嬴越之法，曹誅五界。著職，各任其職也。嬴越，謂秦與句踐也。曹，朋曹也，有罪連坐。五謂什伍也，有獲則分界之。此篇退之造字，可謂奇琢），『變索』（原注：仿子長之能索。索，盡也。温公采之），『噎喑』（原注：《張徹墓銘》曰：世顧慕以行，子揭揭也。噎喑以爲生，子獨割也。我銘以貞之，不肖者之呾也。噎喑二字，古無合者，言人喑噁以聲音笑貌度日。呾音獺。相呵也。呾嗟，語不止也。《莊子》嗒然同聲，蓋失聲而唾之意），他如『喁噞』（原注：水急則魚噞，韓用喁噞），『瘢疕』（原注：女黠切。韓詩：視傷悼瘢疕），『婠妠』（原注：女刮切。小兒肥貌。韓用巴豔收婠妠），『窋窡』（原注：張滑切。穴中見也。韓用闖竇楔窋窡），此類甚多。皆對《廣韻》鈔撮而又顛倒用之，故意聱牙。鹿門以爲生割，甚爲退之不取也。」即此意。「險」：險韻。宋歐陽修《六一詩話》：「而予獨愛其工於用韻也

（注者按：指韓愈）。蓋得其韻寬，則波瀾横溢，泛入傍韻，乍還乍離，出入迴合，殆不可拘以常格，如《此日足可惜》之類是也。得韻窄，則不復傍出，而因難見巧，愈險愈奇，如《病中贈張十八》之類是也。余嘗與聖俞論此，以謂譬如善馭良馬者，通衢廣陌，縱横馳逐，惟意所之。至於水曲蟻封，疾徐中節，而不少蹉跌，乃天下之至工也。」清何焯《義門讀書記》卷三十評韓愈《送文暢師北遊》：「未免以好用險韻，減其自然之美。」

〔四〕李賀：字長吉，《舊唐書》卷一百三十七、《新唐書》卷二百三有傳。舊有署名西泉吴正子箋注、須溪劉辰翁評點《箋註評點李長吉歌詩》，清王琦《李長吉歌詩彙解》、姚文燮《昌谷集注》、方扶南《李長吉詩集批注》。今人王友勝等校注彙評本《李賀集》、吴企明《李長吉歌詩編年箋注》、葉聰奇《李賀詩集疏證》，亦可參考。「家數」：家法傳統；指流派風格。多用於詩文、技藝等。宋嚴羽《滄浪詩話・答出繼叔臨安吴景仙書》：「世之技藝，猶各有家數。」

三二　孟東野詩好處，〔一〕黄山谷得之，無一輭熟句；〔二〕梅聖俞得之，〔三〕無一熱俗句。〔四〕

〔一〕孟郊：字東野，《舊唐書》卷一百六十、《新唐書》卷一百七十六有傳。今人華忱之等《孟郊詩集校注》、韓泉欣《孟郊集校注》、邱燮友等《孟郊詩集校注》、郝世峰《孟郊詩集箋注》，皆可參考。

〔二〕「輭」：媚輭。「不輭」：謂其「瘦硬」。可參卷一第二三一。「熟」：熟習，謂能於「詩家因襲語漱滌務盡」。按：此當與卷二第一五〇、卷二第一五四互參

〔三〕聖俞：北宋梅堯臣之字。

〔四〕「熱俗」：熱中、鄙俗。當謂其遣詞造句「苦心孤詣」，「不欲徇非常人之意」也。按：此當與卷二第一三五互參。

一三　陶、謝並稱，〔一〕韋、柳並稱。〔二〕蘇州出於淵明，〔三〕柳州出於康樂，〔四〕殆各「得其性之所近」。〔五〕

〔一〕按：「陶謝」並稱，始於唐杜甫。如杜甫《夜聽許十一誦詩愛而有作》：「陶謝不枝梧，風騷共推激。」又《江上值水如海勢，聊短述》：「焉得思如陶謝手，令渠述作與同遊。」

〔二〕宋蘇軾《書黄子思詩集後》：「獨韋應物、柳宗元發纖穠於簡古，寄至味於澹泊，非餘子所及也。」嚴羽《滄浪詩話・詩體》中有「韋柳體」，自注：「蘇州與儀曹合言之。」夏敬觀《説王孟韋柳》：「綜諸説觀之，韋柳並稱，始於東坡，且爲其晚年論詩之語。」又清王士禛《戲仿元遺山論詩絶句》之七：「風懷澄澹推韋柳，佳處多從五字求。解識無聲絃指妙，柳州那得並蘇州。」均謂其五言古體也。按：柳集舊有宋人魏仲舉《五百家注柳先生集》，今人王國安有《柳宗元詩箋釋》。

〔三〕「蘇州出於淵明」，參卷二第一〇七注〔二〕。此謂其同尚安恬也，參卷二第一六六。

〔四〕金元好問《論詩三十首》：

一語天然萬古新，豪華落盡見真淳。南窗白日羲皇上，未害淵明是晉人。

原注：柳子厚，晉之謝靈運；陶淵明，唐之白樂天。

又

謝客風容映古今，發源誰似柳州深。朱絃一拂遺音在，却是當年寂寞心。

按：此當謂柳才富，刻畫微眇，用理語而有勝境也。可參卷二第〇四八、卷二第〇四九、卷二第〇五〇。

〔五〕唐韓愈《送王秀才序》：「吾常以爲孔子之道，大而能博，門弟子不能徧觀而盡識也，故學焉而皆得其性之所近。」清沈德潛《説詩晬語》卷上：「陶詩胸次浩然，其中有一段淵深樸茂不可到處。唐人祖述者：王右丞有其清腴，孟山人有其閑遠，儲太祝有其朴實，韋左司有其沖和，柳儀曹有其峻潔，皆學焉而得其性之所近。」

二三　韋云「微雨夜來過，不知春草生」，〔一〕是道人語。〔二〕柳云「迴風一蕭瑟，林影久參差」，〔三〕是騷人語。〔四〕

〔一〕語見唐韋應物《幽居》。按：清賀貽孫《詩筏》：「韋蘇州擬陶諸篇，非不逼肖，而非蘇州本色。蘇州本色在『微雨夜來過，不知春草生』，『落葉滿空山，何處尋行迹』，『豈無終日會，惜此花間月』，『空館忽相思，微鐘坐來歇』，如此等語，未嘗擬陶，然欲不指爲陶，不可得也。」

〔二〕「道人語」：忘懷得失的悟道或得道人之語。宋朱熹所謂「氣象近道」也（見《朱子語類》卷一百四十）。

〔三〕語見唐柳宗元《南磵中題》。按：錢鍾書《談藝録》二四：「柳詩如《覺衰》、《飲酒》、《讀書》、《南磵》、《田家》五首，望而知爲學陶；《南磵》、《田家》兩作尤精潔恬雅。韋蘇州於唐賢中，最有晉宋間格，曾《效陶》二首，然《種瓜》一首，不言效陶，而最神似。蘇州行旅之什，全本謝客；柳州乃元遺山《論詩絶句》所謂『唐之謝靈運』。二家之於陶，亦涉筆成趣焉耳。」

〔四〕「騷人語」：憂讒畏譏之遷客騷人之語。柳宗元《遊南亭夜還叙志七十韻》：「投迹山水地，放情詠《離騷》。」宋嚴羽《滄浪詩話》：「唐人惟柳子厚深得騷學。」明陸時雍《古詩鏡·詩鏡總論》：「劉夢得七言絶，柳子厚五言古，俱深於哀怨，謂騷之餘派可。劉婉多風，柳直損致，世稱韋柳，則以本色見長耳。」清賀裳《載酒園詩話又編·柳宗元》：「柳五言詩猶能强自排遣，七言則滿紙涕淚。」皆此意。並可參卷一第一七三及注〔五〕。

二三四　劉夢得詩稍近徑露，〔一〕大抵骨勝於白，而韻遜於柳。〔二〕要其名雋獨得之句，〔三〕柳亦不能掩也。

〔一〕劉禹錫：字夢得，《舊唐書》卷一百六十、《新唐書》卷一百六十八有傳。今人瞿蜕園《劉禹錫集箋證》、蔣維崧等《劉禹錫詩集編年箋注》、陶敏等《劉禹錫全集編年校注》、高志忠《劉禹錫詩編年校注》等，皆可參考。「徑露」：直接顯露、不含蓄。即卷三第〇五二所謂「徑直露骨」，未能

「味餘文外」也。

〔二〕宋張表臣《珊瑚鉤詩話》卷一：「劉禹錫作《金陵》詩云：『千尋鐵鎖沈江底，一片降旗出石頭。』當時號爲絶倡。又六朝中《石頭城》詩云：『山圍故國周遭在，潮打空城寂寞回。』白樂天讀之曰：『吾知後人不復措筆矣。』其自矜云：『餘雖不及，然亦不幸樂天之賞耳。』」按：劉詩先與柳宗元齊名，號「劉柳」，後與白居易齊名，號「劉白」，故融齋此取與相較。

〔三〕此當與卷二第二八四五參。

二三五　尊老杜者病香山，〔一〕謂其「拙於紀事，寸步不移，猶恐失之」，不及杜之「注坡驀澗」似也。〔二〕至《唐書·白居易傳贊》引杜牧語，謂其詩：「纖豔不逞，非莊士雅人所爲。流傳人間，交口教授，入人肌骨不可去。」〔三〕此文人相輕之言，未免失實。

〔一〕白居易：字樂天，自號香山居士，《舊唐書》卷一百六十六、《新唐書》卷一百一十九有傳。今人朱金城有《白居易集箋校》、謝思煒有《白居易詩集校注》。「老杜」：杜甫。以別於晚唐之杜牧（小杜）。按：前代詩歌評論家尊杜貶白比較有代表性的有宋張戒。《歲寒堂詩話》卷上：「楊太真事，唐人吟詠至多。然類皆無禮。太真配至尊，豈可以兒女語黷之耶？惟杜子美則不然，《哀江頭》云：『昭陽殿裏第一人，同輦隨君侍君側。』不待云『嬌侍夜』、『醉和春』，而太真之專寵可知；不待云『玉容』、『梨花』，而太真之絶色可想也。至於言一時行樂事，不斥言太真，而但言輩前才人，此意尤不可及。如云：『翻身向天仰射雲，一笑正墜雙飛翼。』不待云『緩歌慢舞凝絲竹，盡日君王看不足』，而一時行樂可喜事，筆端畫出，宛在目前。『江水江花豈終極』，不待云『比翼鳥』、『連理枝』，『此恨綿綿無盡期』，而無窮之恨，《黍離》麥秀之悲，寄於言外。題云《哀江頭》，乃子美在賊中時，潛行曲江，睹江水江花，哀思而作。其詞婉而雅，其意微而有禮，真可謂得詩人之旨者。《長恨歌》在樂天詩中爲最下，《連昌宫詞》在元微之詩中乃最得意者，二詩工拙雖殊，皆不若子美詩微而婉也。元白數十百言竭力摹寫，不若子美一句，人才高下乃如此。」

〔二〕見卷一第二七八注〔三〕。

〔三〕《新唐書》卷一百十九：「杜牧謂纖豔不逞，非莊士雅人所爲。流傳人間，子父女母交口教授，淫言媟語，入人肌骨不可去。蓋救所失不得不云。」又清尤侗《艮齋雜説》卷二：「杜牧之嘗言：近日有元白者喜爲淫言媟語，鼓扇浮囂。吾恨方在下位，未能以法治之。此直以門户相軋耳。『揚州夢』，真浪子行徑，杜書記平善，又誰治耶？文人不自反如此。」按：《四庫全書總目·樊川文集》：「范攄《雲溪友議》曰：『先是李林宗、杜牧言元白詩體舛雜，而爲清苦者見嗤，因茲有恨。牧又著論，言近有元白者，喜爲淫言媟語，鼓扇浮囂。吾恨方在下位，未能以法治之。』《後村詩話》因謂牧風情不淺。如杜秋娘、張好好諸詩（原註：案杜秋詩非艷體，克莊此語殊誤。）青樓薄倖之句，街吏平安之報，未知去元白幾何？比之以燕伐燕，其説良是。《新唐書》亦引以論居易。然考牧集無此論，惟《平盧軍節度巡官李戡墓誌》述戡之言曰：『嘗痛自元和以來，有元白詩者，纖艷不逞，非莊士雅人，多爲其所破壞，流於民間，疏於屏壁，子父女母，交口教授，淫言媟語，冬寒夏熱，入人肌骨，不可除去。吾無位，不得用法以治之。欲使後代知有發憤者，因集國朝以來類於古詩得若干首，編爲三卷，目爲唐詩，爲序以導其志』云云，然則此論乃戡之説，非牧之説。或牧嘗有是語，及爲戡誌墓，乃借以發之，故據以爲牧之言歟？」今録此備參。

二三六　白香山《與元微之書》曰：「僕志在兼濟，行在獨善，奉而始終之，則爲道；言而發明之，則爲詩。謂之諷諭詩，兼濟之志也；謂之閑適詩，獨善之義也。」〔一〕余謂詩莫貴於知道，〔二〕觀香山之言，可見其或出或處，道無不在。

〔一〕白香山：白居易。晚年曾隱居洛陽香山，號香山居士。引文今集作《與元九書》。

〔二〕「知道」：謂知曉奉行儒家之學説。宋黎靖德《朱子語類》卷十六《大學三》：「大凡知道者，出言自别。近觀聖賢言語與後世人言語自不同，此學者所以貴於知道也。」又《晦庵集》卷九十《曹立之墓表》：「學必貴於知道，而道非一聞可悟，一超可入也。」融齋《昨非集序》：「余之少也，學不知道，雖從事於《六經》，然頗好周秦間諸子，又汎濫諸仙釋書，並騷人辭客之悲愁、放曠、惜衰、暮感、羈旅者，亦未嘗不寓目焉。故當時所作，指趣多所出入。」

一三七　代匹夫匹婦語最難。〔一〕蓋飢寒勞困之苦，雖告人，人且不知，知之必「物我無間」者也。〔二〕杜少陵、元次山、白香山不但如身入閭閻，〔三〕目擊其事，〔四〕直與疾病之在身者無異。「頌其詩」，顧可不「知其人」乎？〔五〕

〔一〕「匹夫匹婦」：普通百姓。按：此論樂府詩，當與卷二第二一五、卷二第二一六互參。

〔二〕「物我無間」：他人和作者之間沒有任何距離。語見《論語·公冶長》：「子張問曰：令尹子文三仕爲令尹，無喜色」句，宋朱熹注：「子文，姓鬬名穀於菟，其爲人也喜怒不形，物我無間。知有其國，而不知有其身，其忠盛矣。」

〔三〕「閭閻」：里巷、民間。

〔四〕如杜甫《三吏》、《三别》，白居易《宿紫閣山北村》等即是。

〔五〕見卷二第〇二六注〔四〕。

一三八　常語易，奇語難，此詩之初關也；〔一〕奇語易，常語難，此詩之重關也。香山用常得奇，此境良非易到。〔二〕

〔一〕禪宗以「初關」（本參）、「重關」、「牢關」爲三關，喻指修行的三個階段。此以「初關」喻指寫詩的初級階段。「重關」：喻指比「初關」更高的階段。按：宋王安石《題張司業詩》：「蘇州司業詩名老，樂府皆言妙入神。看似尋常最奇崛，成如容易却艱辛。」與此可互參。

〔二〕明高棅《唐詩品彙·叙目》：「（元白體）其詞欲贍欲達，去離務近，明露肝膽。樂天每有所作，令老嫗能解則録之，故格調扁而不高。然道情叙事，悲歡窮泰，如寫出人胸臆中語，亦古歌謡之遺意也，豈涉獵淺才者所能到耶？」按：此當與卷四第一〇三互參。

二三九 白香山樂府，與張文昌、王仲初同爲自出新意。〔一〕其不同者，在此平曠而彼峭窄耳。〔二〕

〔一〕張籍：字文昌，《舊唐書》卷一百六十有傳。今人陳延傑《張籍詩注》、李冬生《張籍集注》、徐禮節等《張籍集繫年校注》，皆可參考。王建：字仲初，今人尹占華、王宗堂皆有《王建詩集校注》。張、王二人以樂府並稱於世。清沈德潛《説詩晬語》卷上：「白樂天詩，能道盡古今道理，人以率易少之。然《諷喻》一卷，使言者無罪，聞者足誡，亦風人之遺意也。惟張文昌、王仲初樂府，專以口齒利便勝人，雅非貴品。」

〔二〕明陸時雍《古詩鏡·詩鏡總論》：「元白之韻平以和，張王之韻庳以急，其好盡則同。」又錢鍾書《談藝録》二五：「其詩（注者按：指張籍）自以樂府爲冠，世擬之白樂天、王建，則似未當。文昌含蓄婉摯，長於感慨，興之意爲多；而白王輕快本色，寫實叙事，體則近乎賦也。近體唯七絶尚可節取，七律甚似香山。按其體多與元白此喁彼于，蓋雖出韓之門牆，實近白之壇坫。」

一三〇 杜樊川詩「雄姿英發」，〔一〕李樊南詩深情綿邈。〔二〕其後李成宗派而杜不成，〔三〕殆以杜之較無窠臼與？〔四〕

〔一〕杜樊川：指杜牧，曾居長安城南樊川別墅。舊有清馮集梧《樊川詩集注》，今人吴在慶有《杜牧集繫年校注》。按：蘇軾《念奴嬌·赤壁懷古》：「遥想公瑾當年，小喬初嫁了，雄姿英發，羽扇綸巾。」此藉用。

〔二〕李樊南：李商隱。字義山，號玉谿生，自序文又稱「樊南生」，清馮浩以爲因其開成中，移家關中，居長安正南之樊川谷，故云（見《樊南文集詳注》）。融齋曾批點清順治十六年刻本《李義山詩集三卷》。《舊唐書》卷一百九十、《新唐書》卷二百三有傳。舊有清人馮浩《玉溪生詩集箋注》。今人葉葱奇《李商隱詩集疏證》，劉學鍇等《李商隱詩歌集解》（增訂重排本）、黄世中《類纂李商隱詩箋注疏解》，均可參考。按：此以「深情綿邈」概括李詩風格，似隱喻李詩胎息宋玉，可參卷三第〇三二。

〔三〕如宋初楊億等「西崑體」，即以學李相號召。宋嚴羽《滄浪詩話》：「李商隱體即西崑體也。」可參卷二第一三二。夏敬觀《説李商隱》：「余謂詩成宗派，作者之力量也。學之者多，而不善學，乃有窠臼。即論老杜詩，今日之學之者，亦有窠臼也。」

〔四〕「窠臼」：比喻舊有之現成格式、老套子。夏敬觀《唐詩概説續》評：「所見甚是。」

一三一　詩有借色而無真色，雖藻績實死灰耳。李義山却是絢中有素。〔一〕敖器之謂其「綺密瓌妍，要非適用。」〔二〕豈盡然哉？至或因其《韓碑》一篇，遂疑氣骨與退之無二，〔三〕則又非其質矣。〔四〕

〔一〕按：此當與卷四第〇九一互參。

〔二〕器之：宋敖陶孫之字，號臞翁。著有《臞翁詩評》。宋魏慶之《詩人玉屑》卷二引《臞翁詩評》：「李義山如百寶流蘇，千絲鐵網，綺密瓌妍，要非適用。」

〔三〕清管世銘《讀雪山房唐詩序例》：「李義山《韓碑》句奇語重，追步退之。」馮浩《玉谿生詩集箋注》卷一引姚木菴：「賦韓碑即學韓文序事筆法，神物之善變如此。」

〔四〕夏敬觀《説李商隱》評此條：「此語尚當。」

一三二　宋王元之詩自謂樂天後進，〔一〕楊大年、劉子儀學義山爲西崑體，〔二〕格雖不高，五代以來，未能有其安雅。

〔一〕元之：王禹偁之字，《宋史》卷二百九十三有傳。今人徐規有《王禹偁詩集著作編年》。所謂自謂樂天後進，語見其《前賦〈春居雜興詩〉二首，間半歲不復省視，因長男嘉祐讀杜工部集，見語意頗有相類者，咨於予，且意予竊之也。予喜而作詩，聊以自賀》。

〔二〕大年：楊億之字。子儀：劉筠之字。《四庫全書總目·西崑酬唱集》：「凡億及劉筠、錢惟演、李宗諤、陳越、李維、劉騭、刁衎、任隨、張詠、錢惟濟、丁謂、舒雅、晁迥、崔遵度、薛映、劉秉十七人之詩，而億序乃稱：『屬而和者，十有五人。』豈以錢劉爲主，而億與李宗諤以下爲十五人歟？詩皆近體，上卷凡一百二十三首，下卷凡一百二十五首。而億序稱二百有五十首，不知何時佚二首也（注者按：實有二百五十首，《總目》誤）。其詩宗法唐李商隱，詞取妍華而不乏興象，效之者漸失本真，惟工組織，於是有優伶撏撦之戲。石介至作《怪説》以刺之，而祥符中遂下詔禁文體浮艷。然介之説，蘇軾嘗辨之，真宗之詔，緣於宣曲一詩有取酒臨卭之句，陸游《渭南集》有《西崑詩跋》，言其始末甚詳，初不緣文體發也。其後歐梅繼作，坡谷迭起，而楊劉之派遂不絶如綫。要其取材博贍，練詞精整，非學有根柢，亦不能鎔鑄變化，自名一家，固亦未可輕詆。《後村詩話》云：『《西崑酬唱集》對偶字面雖工，而佳句可録者殊少，宜爲歐公之所厭。』又一條云：『君僅以詩寄歐公。公答云：先朝楊劉風采，聳動天下，至今使人傾想。豈公特惡其碑板奏疏？其詩之精工穩切者，自不可廢歟？』二説自相矛盾。平心而論，要以後説爲公矣。」

一三三　東坡謂歐陽公：「論大道似韓愈，詩賦似李白。」〔一〕然試以歐詩觀之，雖曰似李，其「刻意形容」處，〔二〕實於韓爲逼近耳。〔三〕

〔一〕宋蘇軾《六一居士集叙》：「予得其詩文七百六十六篇於其子棐，乃次而論之曰：歐陽子論大道似韓愈，論事似陸贄，記事似司馬遷，詩賦似李白。此非余言也，天下之言也。」按：今人劉德清等有《歐陽修詩編年箋注》。

〔二〕明方以智《通雅》卷首三：「退之有時生割，刻意形容，琢古磨石，未免乎痕。」

〔三〕明胡應麟《詩藪》外編卷五《宋》：「歐陽自是文士，旁及詩詞。所爲……《滄浪篇》、《詠雪行》，體制稍合，然亦退之後塵。」「（宋之）學韓退之者，歐陽永叔。」

一三四　歐陽永叔出於昌黎，梅聖俞出於東野。〔一〕歐之推梅不遺餘力，〔二〕與昌黎推東野略同。〔三〕

〔一〕永叔：北宋歐陽修之字。聖俞：北宋梅堯臣之字。歐陽修《讀蟠桃詩寄子美》：「韓孟於文詞，兩雄力相當。篇章綴談笑，雷電擊幽荒。衆鳥誰敢和，鳴鳳呼其凰。孟窮苦纍纍，韓富浩穰穰。窮者啄其精，富者爛文章。發生一爲宫，揪斂一爲商。二律雖不同，合奏乃鏘鏘。天之産奇怪，希世不可常。寂寥二百年，至寶埋無光。郊死不爲島，聖俞發其藏。患世愈不出，孤吟夜號霜。霜寒入毛骨，清響哀愈長。玉山禾難熟，終歲苦飢腸。我不能飽之，更欲不自量。引吭和其音，力盡猶勉彊。誠知非所敵，但欲繼前芳……」即以「韓孟」比己與梅也。清吴之振《宋詩鈔》卷十一：「其（注者按：指歐陽修）詩如昌黎，以氣格爲主。昌黎時出排奡之句，文忠一歸之於敷愉，略與其文相似也。」錢鍾書《談藝録》四九《梅宛陵》：「歐公苦學昌黎，參以太白、香山，而聖俞之於東野，則未嘗句摹字擬也。集中明仿孟郊之作，數既甚少，格亦不類。哀逝惜殤，著語遂多似郊者。」

〔二〕宋葛立方《韻語陽秋》卷一：「歐公一世文宗，其集中美梅聖俞詩者，十幾四五。稱之甚者，如：『詩成希深擁鼻謳，師魯卷舌藏戈矛。』又云：『作詩三十年，視我猶後輩。』又云：『少低筆力容我和，無使難追韻高絶。』又云：『嗟哉吾豈能知子，論詩賴子能指迷。』聖俞詩佳處固多，然非歐公標榜之至，詩名亦安能至如此之重哉。」

〔三〕韓愈推崇孟郊之詩甚多，如《醉留東野》：

昔年因讀李白杜甫詩，長恨二人不相從。吾與東野生並世，如何復躡二子蹤。東野不得官，白首誇龍鍾。韓子稍姦黠，自慚青蒿倚長松。低頭拜東野，願得終始如駏蛩。東野不迴頭，有如寸莛撞鉅鍾。我願身爲雲，東野變爲龍。四方上下逐東野，雖有離別無由逢。

「略同」：完全相同。

〔三五〕聖俞詩深微難識，〔一〕即觀歐陽公云：「知聖俞者莫如修，常問聖俞生平所最好句，聖俞所自負者，皆修所不好；聖俞所卑下者，皆修所極賞。」〔二〕是其苦心孤詣，且不欲徇非常人之意，〔三〕況肯徇常人意乎？

〔一〕梅堯臣：字聖俞，安徽宣城人，宣城古稱宛陵，故世或稱「梅宛陵」。《宋史》卷四百四十三有傳，今人朱東潤有《梅堯臣集編年校注》。歐陽修《六一詩話》：「聖俞子美齊名於一時，而二家詩體特異。子美筆力豪雋，以超邁横絶爲奇；聖俞覃思精微，以深遠閑淡爲意；各極其長，雖善論者不能優劣也。」

〔二〕宋胡仔《苕溪漁隱叢話》後集卷二十三引《劉貢甫詩話》：「永叔云：知聖俞詩者莫如修。嘗問聖俞平生所得最好句？聖俞所自負者，皆修所不好；聖俞所卑下者，皆修所稱賞。蓋知心賞音之難如是。」

〔三〕「徇」：迎合。又融齋《昨非集》卷三《與客論詩戲作》：「詩求佳句挂人口，徇物忘己真可憐。有志堪寫直須寫，不爾莫使詩魔牽。」清沈祥龍《樂志簃筆記》卷二《吾園日記》下：「作文字衹求當於理，不可徇人之好。人之所好各有不同，必欲隨所好以投之，於理焉能曲當？而文必不佳。」並可與此互參。

一三六　梅、蘇並稱。〔一〕梅詩幽淡極矣，然幽中有雋，淡中有旨；〔二〕子美雄快，令人見便擊節。〔三〕然雄快不足以盡蘇，猶幽淡不足以盡梅也。

〔一〕蘇：蘇舜欽，字子美，《宋史》卷四百四十二有傳，今人傅平驤等有《蘇舜欽集編年箋注》。宋魏泰《臨溪隱居詩話》：「蘇舜欽以詩得名，學書亦飄逸，然其詩以奔放豪健爲主。梅堯臣亦善詩，雖乏高致，而平淡有工。世謂之蘇梅。」

〔二〕梅堯臣《讀邵不疑學士詩卷杜挺之忽來因出示之且伏高致輒書一時之語以奉呈》：「作詩無古今，唯造平淡難。」此以梅詩評梅詩之風格。

〔三〕「擊節」：敲打節拍。另可參卷二第一三五注〔一〕。

一三七　王荆公詩學杜得其「瘦硬」，〔一〕然杜具「熱腸」，〔二〕公惟冷面，〔三〕殆亦如其文之學韓，〔四〕同而未嘗不異也。

〔一〕王荆公：王安石。嘗封荆國公。詩舊有宋李壁《王荆文公詩箋注》、清沈欽韓《王荆公詩文沈氏注》，今人李之亮有《王荆公詩注補箋》。「瘦硬」：見卷一第二三一注〔一〕。又王安石《老杜詩後集序》：「予考古之詩，尤愛杜甫氏。」

〔二〕見卷二第〇七四注〔二〕。此謂杜詩「代匹夫匹婦語」，「不但如身入閭閻，目擊其事，直與疾病之在身者無異」，可參卷二第一二七。

〔三〕「冷面」：言其過於矜持，「未能『涉樂必笑，言哀已嘆』」也。可參卷一第二三七、卷四第〇一三。

〔四〕可參卷一第二二四。

一三八　東坡詩打通後壁說話，〔一〕其精微超曠，〔二〕真足以開拓心胸，推倒豪傑。〔三〕

〔一〕「打通後壁説話」：即卷二第一三九所謂「能透過一層」。按：蘇軾詩舊有清查慎行《補注東坡編年詩》、馮應榴《蘇文忠詩合注》、王文誥《蘇文忠公詩編注集成》等。

〔二〕此謂蘇詩源本《莊》《騷》也。可參卷二第〇六六、卷二第一四九。

〔三〕「推倒豪傑」：猶言使豪傑傾倒。

一三九　東坡詩推倒扶起，「無施不可」，〔一〕得訣只在能透過一層及善用翻案耳。〔二〕

〔一〕宋朱弁《曲洧舊聞》卷九：「東坡天才，無施不可。以少也實嗜夢得詩，故造詞遣言，峻峙淵深，時有夢得波峭。」

〔二〕「透過一層」：更進一層。清人論詩術語。清沈德潛《説詩晬語》卷上：「（少陵）又有透過一層法。如《無家别》篇中云：『縣吏知我至，召令習鼓鞞。』無家客而遣之從征，極不堪事也，然明説不堪，其味便淺，此云『家鄉既蕩盡，遠近理亦齊』。轉作曠達，彌見沉痛矣。」

「翻案」：即反用。指詩文中對前人成句或原意反而爲之。宋楊萬里《誠齋詩話》：「老杜有詩云：『忽憶往時秋井塌，古人白骨生青苔，如何不飲令心哀。』東坡則云：『何須更待秋井塌，見人白骨方銜杯。』此皆翻案法也。」《古今圖書集成·理學彙編·文學典》第一百八十卷《經義部》引董其昌《論文·翻》：「劉勰曰：『詞徵實而難巧，意翻空而易奇。』夫翻者，翻公案之意也。老吏舞文，出入人罪，雖一成之案，能翻駁之。文章家得之，則光景日新。且如馬嵬驛詩，凡萬首，皆刺明皇寵貴妃，只詞有工拙耳。最後一人乃云：『尚是聖明天子事，景陽宮井又何人？』便翻盡從前窠臼。曹操有疑塚七十二，古人有詩云『直須盡發疑塚七十二』，已自翻矣。後人又云：『以操之奸安知不慮及於是？七十二塚必無真骨。』此又翻也。昔齊鬼説善解結，鄰國以必不可解致齊王。齊王令鬼説解之，鬼説曰：『此結不可解，臣乃以不解解之也。』此非翻乎？又如法服和尚曾問徒弟曰：『猛虎項下金鈴，是誰解得？』人多不能對。其後有一僧出曰：『擊得解得。』此非翻乎？」所論極詳，可參觀。另可參清顧嗣立《寒廳詩話》十三「韓昌黎詩句句有來歷，而能務去陳言者，全在於反用」條及三五「證山最喜王半山詠史絶句，以爲多用翻案法，深得玉溪生筆意」及梁章鉅《浪迹叢談》卷十《禪語翻進一層》。

一四〇　東坡詩善於空諸所有，〔一〕又善於無中生有，〔二〕機括實自禪悟中來。〔三〕以辯才三昧而爲韻言，〔四〕固宜其舌底瀾翻如是。〔五〕

〔一〕「空諸所有」：摒除舊説。按：「空諸所有」者「清」。參卷四第〇九五。

〔二〕「無中生有」：又稱「絶處逢生」（見明茅坤《唐宋八大家文鈔》卷一百十《樂論》後評語），亦即「拈來法」或「想當然法」。可參卷一第二〇六及注〔一〕、卷一第二一〇「故設困境以顯通之之妙用」、卷三第一〇三。宋樓昉《崇古文訣》卷二十五《倡勇敢》評語：「回斡精神，變態百出，首尾相救，曲盡人情物理。看東坡文字，須學他無中生有。」《古今圖書集成·理學彙編·文學典》

第一百八十卷《經義部》引沈位《論文·文要無中生有》：「古文如歐公《朋黨論》，東坡《范增論》，皆得無中生有法。時文則荆川尤衆。」可參卷一第二一二。又稱「設字訣」，可參卷三第一〇三。

〔三〕「機括」：弩上的扳機，此指詩文創作中的新巧構思和佈局。「禪悟」：此當指禪宗之頓悟，與漸悟相對，指無須長期按次第修習，一旦把握住佛教真理，即可突然覺悟而成佛。

〔四〕「三昧」：本爲佛典語。梵文音譯。又譯「三摩地」。意譯爲「正定」。謂屏除雜念，心不散亂，專注一境。《大智度論》卷七：「何等爲三昧？善心一處住不動，是名三昧。」此指奥妙、訣竅。宋周紫芝《竹坡詩話》：「集句近世往往有之，唯王荆公得此三昧。」宋張浚《天寧萬壽禪寺置田記》：「勤公圓悟禪師，有大因緣於世，能以辯才三昧闡揚佛教，無論士庶，皆知信仰。」

〔五〕「瀾翻」：水勢翻騰貌，此喻滔滔不絶。金元好問《論詩絶句三十首》：「鬭靡誇多費覽觀，陸文猶恨冗於潘。心聲只要傳心了，布穀瀾翻可是難。」

一四一　滔滔汩汩説去，一轉便見主意，《南華》、《華嚴》最長於此。〔一〕東坡古詩，慣用其法。〔二〕

〔一〕《南華》：即《莊子》。《舊唐書》卷九《玄宗本紀》下：「天寶元年……莊子號爲南華真人，文子號爲通玄真人，列子號爲沖虚真人，庚桑子號爲洞虚真人。其四子所著書改爲《真經》。」宋真宗時，又名《沖虛至德真經》。

「華嚴」：即《大方廣佛華嚴經》，又稱《華嚴經》、《雜華經》。乃大乘佛教要典之一。我國華嚴宗即依據本經，立法界緣起、事事無礙等妙義爲宗旨。今《華嚴經》之譯本（相當華嚴經之全部），有下列三種：（一）《六十華嚴》。凡六十卷。東晉佛馱跋陀羅譯。又稱《舊華嚴》、《晉經》。收於《大正藏》第九册。（二）《八十華嚴》。凡八十卷。唐代實叉難陀譯。又稱《新華嚴》、《唐經》。收於《大正藏》第十册。（三）《四十華嚴》。凡四十卷。唐代般若譯。全稱《大方廣佛華嚴經入不思議解脱境界普賢行願品》，簡稱《普賢行願品》，又稱《貞元經》，收於《大正藏》第十册。按：此又當與卷一第〇六〇互參。

〔三〕清施補華《峴傭説詩》：「（東坡）《登州海市》詩，雖不襲退之《衡山》，而風格近似，蓋情事略同之故也。人所不能比喻者，東坡能比喻；人所不能形容者，東坡能形容。比喻之後，再用比喻；形容不盡，重加形容。此法得自《華嚴》、《南華》。東坡《秧馬歌》、《水車詩》，皆形容盡至之作，雖少陵不能也。」方東樹《昭昧詹言》卷十二：「《百步洪》『君看』句忽合，此爲神妙。惜抱先生曰：『此詩之妙，詩人無及之者也，惟有《莊子》耳。』余謂此全從《華嚴》來。」又宋陳模《懷古録》引：「誠齋云：作文貴轉多。……故東坡海外論最高者，以句句轉。」又可與卷五第一六二互參。

一四二　陶詩醇厚，東坡和之以清勁。〔一〕如宫商之奏，各自爲宫，其美正復不相掩也。〔二〕

〔一〕「陶詩醇厚」：可參卷二第〇四七注〔二〕。按：今蘇軾集中收《和陶詩》計一百零九篇。「清勁」：清新、勁健。

〔二〕「宫商」：見卷四第一三八注〔一〕。

一四三　東坡《題與可畫竹》云：「無窮出清新。」〔一〕余謂此句可爲坡詩評語，豈偶借與可以自寓耶？ 杜於李亦以「清新」相目，〔二〕詩家「清新」二字，均非易得。元遺山於坡詩，何乃以「新」譏之！〔三〕

〔一〕與可：宋文同之字，蘇軾表弟，著名畫家。引文見宋蘇軾《書晁補之所藏與可畫竹三首》其一：「與可畫竹時，見竹不見人。豈獨不見人，嗒然遺其身。其身與竹化，無窮出清新。莊周世無有，誰知此凝神。」

〔二〕參卷二第〇九六注〔一〕引。

〔三〕遺山：金末元初詩人元好問之號。元好問《論詩三十首》：「金入洪鑪不厭頻，精真那計受纖塵。蘇門果有忠臣在，肯放坡詩百態新。」融齋當對此而發。余按：遺山非譏做詩不當求新，《論詩三十首》：「一語天然萬古新，豪華落盡見真淳。南窗白日羲皇上，未害淵明是晉人。」「池塘春草謝家春，萬古千秋五字新。傳語閉門陳正字，可憐無補費精神。」均可證。遺山所批評者，乃蘇詩中「俳諧怒罵」之「新」，《論詩三十首》：「曲學虚荒小説欺，俳諧怒罵豈詩宜？ 今人合笑古人拙，除却雅言都不知。」可證。

一四四　東坡、放翁兩家詩，〔一〕皆有「豪」有「曠」。〔二〕但放翁是有意要做詩人，東坡雖爲詩而仍有夷然不屑之意，所以尤高。

〔一〕放翁：南宋詩人陸游之號。又融齋《昨非集》卷三《讀寒山詩二首》其二：「寒山詩妙處，其妙在不會。有意作詩人，此老喝門外。」可與此參觀。

〔二〕「豪」：豪放。「曠」：曠達。皆爲署名唐司空圖《二十四詩品》中所標舉的二十四種美學風格之一。可參卷二第〇二六。按：此又當與卷四第〇一六五互參。

一四五　退之詩「豪」多於「曠」，〔一〕東坡詩「曠」多於「豪」。「豪」「曠」非中和之則，〔二〕然賢者亦多出入於其中，以其與「齪齪」之腸胃，固遠絶也。〔三〕

〔一〕宋蘇軾《讀孟郊詩二首》：「要當鬭僧清，未足當韓豪。」

〔二〕「非中和之則」：不符合中正平和的原則。可參卷二第〇二九及注〔一〕。

〔三〕韓愈《齪齪》：「齪齪當世士，所憂在飢寒。」「齪齪」：拘謹、謹小慎微貌。「腸胃」：猶言心胸。按：融齋《游藝約言》：「詩文家每多以豪曠自喜，是故不能近道，然一味幽抑，弊亦均焉。」

一四六　遇他人以爲極艱極苦之境，而「能外形骸以理自勝」，〔一〕此韓、蘇兩家詩意所同。

〔一〕唐韓愈《與孟尚書書》：「潮州時，有一老僧號大顛，頗聰明識道理。遠地無可與語者，故自山召至州郭，留十數日，實能外形骸以理自勝，不爲事物侵亂。」「外形骸」：猶言置生死於度外。「自勝」：克制自己。

一四七　東坡詩，意頹放而語遒警，頹放過於太白，遒警亞於昌黎。〔一〕

〔一〕「亞」：近於。清張謙宜《絸齋詩話》卷五：「坡老精神到處只是豪放，不到處頹唐淡薄而已。」

一四八　太白長於風，〔一〕少陵長於骨，〔二〕昌黎長於質，〔三〕東坡長於趣。〔四〕

〔一〕「長」：擅長。「風」：此指抒情。

〔二〕「風骨」：見南北朝梁劉勰《文心雕龍·風骨》：「詩總六義，風冠其首，斯乃化感之本源，志氣之符契也。是以怊悵述情，必始乎風；沈吟鋪辭，莫先於骨。故辭之待骨，如體之樹骸；情之含風，猶形之包氣。結言端直，則文骨成焉；意氣駿爽，則文風清焉。若豐藻克贍，風骨不飛，則振采失鮮，負聲無力。是以綴慮裁篇，務盈守氣，剛健既實，輝光乃新，其爲文用，譬征鳥之使翼也。故練於骨者，析辭必精；深乎風者，述情必顯。捶字堅而難移，結響凝而不滯，此風骨之力也。若瘠義肥辭，繁雜失統，則無骨之徵也；思不環周，索莫乏氣，則無風之驗也。昔潘勗錫魏，思摹經典，群才韜筆，乃其骨髓峻；相如賦仙，氣號凌雲，蔚爲辭宗，迺其風力遒也。能鑒斯要，可以定文，茲術或違，無務繁采。」此之「骨」，則指議論。可參卷四第〇八八。

〔三〕「質」：鍛煉語意。即卷二第一一五所謂「意思刻畫」。

〔四〕「趣」：趣味。《宋史》卷三百三十八《蘇軾傳》：「雖嬉笑怒罵之辭，皆可書而誦之。」宋惠洪《冷齋詩話》卷五《柳詩有奇趣》：「東坡云：詩以奇趣爲宗，反常合道爲趣。」殆爲夫子自道也。又清袁枚《隨園詩話》卷七：「東坡詩，有才而無情，多趣而少韻；由於天分高，學力淺也。」

一四九　詩以出於《騷》者爲正，以出於《莊》者爲變。〔一〕少陵純乎《騷》，〔二〕太白在《莊》、《騷》間，〔三〕東坡則出於《莊》者十之八九。〔四〕

〔一〕按：「出於《騷》者」，多忠君愛國之意；「出於《莊》者」，多謬悠之說，荒唐之言，無端崖之辭。一「纏綿」，一「超曠」也。可參卷二第〇六六，另可參繆鉞《詩詞散論・論李義山詩》。

〔二〕宋阮閱《詩話總龜》後集卷十二：「杜云：『文章千古事，得失寸心知。騷人嗟不見，漢道盛於斯。』則知杜之所得在《騷》。」清吴瞻泰《杜詩提要自序》：「子美之詩駕乎三唐者，其旨本諸《離騷》。……所以有『竊攀屈宋宜方駕』之語也。」

〔三〕參卷二第〇六七注〔一〕。

〔四〕按：此當與卷一第二〇九注〔一〕、卷二第一四一互參。

一五〇 山谷詩未能若東坡之行所無事，〔一〕然能於詩家因襲語漱滌務盡，〔二〕以歸獨得，〔三〕乃如「潦水盡而寒潭清」矣。〔四〕

〔一〕山谷：黄庭堅。字魯直，自號山谷道人、晚號涪翁。《宋史》卷四百四十四有傳。舊有宋任淵、史容、史季温等的《山谷詩集注》，今人陳永正等有《山谷詩注續補》。「行所無事」：比喻舉重若輕。又融齋《游藝約言》：「《孟子》以性善爲宗，《荀子》以勸學爲宗，其文亦若有性、學之别。蓋一則行所無事，一則奮然用力也。抑豈惟孟荀哉？百世之文，皆可以是等之。」

〔二〕按：此即「去俗務盡」之意，當與卷五第一六四互參。

〔三〕按：此當與卷二第二八四互參。

〔四〕唐王勃《滕王閣詩序》：「時維九月，序屬三秋。潦水盡而寒潭清，煙光凝而暮山紫。」融齋此喻江西詩派「清」的特點。

一五一 山谷詩取過火一路，〔一〕妙能出之以深雋，所以露中有含，透中有皺，令人一見可喜，久讀愈有致也。〔二〕

〔一〕「過火」：超出一定限度。

〔二〕「致」：情致。按：此條可與卷一第二三一參。

一五二　無一意一事不可入詩者，唐則子美，宋則蘇、黄。〔一〕要其胸中具有鑪錘，〔二〕不是金銀銅鐵强令混合也。

〔一〕蘇黄：蘇軾、黄庭堅。《宋史》卷四百四十四《黄庭堅傳》：「庭堅於文章尤長於詩，蜀江西君子以庭堅配軾，故稱蘇黄。」按：此可與卷四第〇一六五參。

〔二〕「鑪錘」：火鑪與鐵錘，均爲冶煉工具。此喻蘇黄有將各種作詩的材料融爲一爐的手段。清葉燮《原詩》卷三：「蘇詩包羅萬象，鄙諺小説，無不可用，譬之銅鐵鉛錫，一經其陶鑄，皆成精金。」又清沈德潛《説詩晬語》卷下：「蘇子瞻胸有洪鑪，金銀鉛錫，皆歸熔鑄。」

一五三　唐詩以情韻、氣格勝。宋蘇、黄皆以意勝，惟彼胸襟與手法俱高，故不以「精能」傷「渾雅」焉。〔一〕

〔一〕「渾雅」：渾成、雅致。宋魏慶之《詩人玉屑》卷二引《臞翁詩評》：「本朝蘇東坡如屈注天潢，倒連滄海，變眩百怪，終歸雄渾。」而清《唐宋詩醇》卷三十二《眉山蘇軾詩一》引作「屈注天潢，倒連滄海，變眩百怪，終歸渾雅」，此或從《唐宋詩醇》。劉即節選後人稱贊蘇詩之語，擬蘇詩風格。關於融齋本人可能使用《唐宋詩醇》的證據，還可參卷二第〇八三注〔二〕、卷二第一一三注〔五〕等處。

一五四　「陳言務去」，杜詩與韓文同。〔一〕黄山谷、陳後山諸公學杜在此。〔二〕

〔一〕見卷一第一四三注〔二〕。按：融齋《游藝約言》：「學詩以爲文者，昌黎似子美，東坡似太白。」

〔二〕陳師道：字履常、又字無己，别號後山居士。《宋史》卷四百四十四有傳。舊有宋任淵《後山詩注》，近人冒廣生有《後山詩注補箋》。黄庭堅《山谷集》卷十九《答王子飛書》：「陳履常正字，天下士也。讀書如禹之治水，知天下之絡脈有開有塞，而至於九州滌源，四海會同者也。其作詩淵源得老杜句法，今之詩人不能當也。」又《答洪駒父書》：「自作語最難。老杜作詩、退之作文，無一字無來處。蓋後人讀書少，故謂韓杜自作此語耳。古之爲文章者，真能陶冶萬物。雖取古人之陳言入於翰墨，如靈丹一粒，點鐵成金也。」宋魏慶之《詩人玉屑》卷五《忌隨人後》：「文章必自名一家，然後可以傳不朽。若體規畫圓，準方作矩，終爲人之臣僕，古人譏屋下架屋，信然。陸機曰：『謝朝花於已披，啓夕秀於未振。』韓愈曰：『惟陳言之務去。』此乃爲文之要。《苕溪漁隱》曰：『學詩亦然。若循習陳言，規摹舊作，不能變化自出新意，亦何以名家？魯直詩云：隨人作計終後人。又云：文章最忌隨人後。誠至論也。』」

一五五　杜詩雄健而兼虛渾。〔一〕宋西江名家學杜幾於「瘦硬通神」，〔二〕然於水深林茂之氣象則遠矣。〔三〕

〔一〕「虛渾」：闊大，渾成。虛：天空。此謂雖雄健而能不露筋骨，天然渾成。即卷二第〇九一所謂「細筋入骨」者是也。

〔二〕「西江名家」：即江西詩派中諸公。黄庭堅乃江西豫章人，故史稱這一派爲「江西派」。宋胡仔《苕溪漁隱叢話》前集卷四十八：「吕居仁近時以詩得名，自言傳衣江西。嘗作《宗派圖》，自豫章以降，列陳師道、潘大臨、謝逸、洪芻、饒節、僧祖可、徐俯、洪朋、林敏修、洪炎、汪革、李錞、韓駒、李彭、晁冲之、江端本、楊符、謝薖、夏傀、林敏功、潘大觀、何覬、王直方、僧善權、高荷，合二十五人以爲法嗣，謂其源流皆出豫章也。」「瘦硬通神」：見卷一第二三一注〔一〕。此喻「雄健」。

〔三〕「水深林茂之氣象」：指深邃的意境。按：融齋《游藝約言》：「高山深林，望之無極，探之無盡。書不臻此境，未善也。」

一五六　西崑體貴富，實貴清，〔一〕襞積非所尚也；〔二〕西江體貴清，實貴富，寒寂非所尚也。〔三〕

〔一〕「西崑」：見卷二第一三二注〔二〕。按：《西崑酬唱集》舊有清周楨等注，今人王仲犖《西崑酬唱集注》、鄭爰居《西崑酬唱集箋注》，亦可參考。按：西崑所貴富，乃氣象之雍容富貴也。所貴「清」，乃氣韻之清華也。《四庫全書總目·武夷新集》：「（楊億）大致宗法李商隱，而時際昇平，春容典贍，無唐末五代衰颯之氣。」即此意。至於宋劉攽《中山詩話》：「祥符、天禧中，楊大年、錢文僖、晏元獻、劉子儀以文章立朝，爲詩皆宗尚李義山，號西崑體。後進多竊義山語句，賜宴優人有爲義山者，衣服敗敝，告人曰：『吾爲諸館職撏撦至此。』聞者歡笑。」則以「襞積」相尚，非西崑之本意。

〔二〕「襞積」：堆積。

〔三〕「寒寂」：寒窘、枯寂。按：西江體所貴清，謂詞語之清新，力去陳言也。所貴富，謂學殖之富也。

一五七 西崑體所以未入杜陵之室者，由文滅其質也。〔一〕質文不可偏勝。〔二〕西江之矯西崑，浸而愈甚，宜乎復詒口實與！〔三〕

〔一〕「文滅其質」：謂文章之形式掩蓋了內容。見卷一第一二一注〔一〕。金元好問《論詩三十首》：「望帝春心託杜鵑，佳人錦瑟怨華年。詩家總愛西崑好，獨恨無人作鄭箋。」按：關於西崑詩人學習杜甫的情況，可參張明華《西崑詩人對杜詩的學習與發展》（刊《阜陽師範學院學報》二○○八年第一期）。

〔二〕見卷一第〇一一注〔三〕。

〔三〕「口實」：話柄。按：金元好問《論詩三十首》：「古雅難將子美親，精純全失義山真。論詩寧下涪翁拜，未作江西社裏人。」與此可互參。

一五八　西江名家好處，在鍛鍊而歸於自然。〔一〕放翁本學西江者，〔二〕其云：「文章本天成，妙手偶得之。」〔三〕平昔鍛鍊之功，可於言外想見。

〔一〕按：西江名家鎔鑄前人語句，工巧而自然之例頗多，茲舉一則：宋楊萬里《誠齋詩話》：「如山谷《猩猩毛筆》：『平生幾兩屐，身後五車書。』『平生』二字，出《論語》；『身後』二字，晉張翰云『使我有身後名』；『幾兩屐』，阮孚語；『五車書』，莊子言惠施。此兩句，乃四處合來。又『春風春雨花經眼，江北江南水拍天』、『春風春雨』、『江北江南』，詩家常用。杜云『且看欲盡花經眼』，退之云『海氣昏昏水拍天』，此以四字合三字，入口便成詩句，不至生梗。要誦詩之多，擇字之精，始乎摘用，久而自出肺腑，縱横出没，用亦可，不用亦可。」

〔二〕按：陸游曾拜江西詩派曾幾爲師，《别曾學士》：「兒時聞公名，謂在千載前。稍長誦公文，雜之韓杜編。夜輒夢見公，皎若月在天。起坐三歎息，欲見亡繇緣。忽聞高軒過，驩喜忘食眠。袖書拜轅下，此意私自憐。道若九達衢，小智妄鑿穿。所願瞻德容，頑固或少痊。公不謂狂疏，屈體與周旋。騎氣動原隰，霜日明山川。匏繫不得從，瞻望抱悁悁。晝石或十日，刻楮有三年。賤貧未即死，聞道期華顛。他時得公心，敢不知所傳。」另可參鄭永曉《陸游與江西詩派之關係》（刊《文史知識》二〇〇五年第十一期）。

〔三〕語見宋陸游《文章》。清《唐宋詩醇》卷十七：「深識妙解，非淺人所能與。游常言：『詩欲工，而工亦非詩之極。鍛鍊之久，乃失本指；斲削之甚，反傷元氣。』觀其所言，其自命可知矣。李東陽謂：『宋人之詩，但一字一句，對偶雕琢之工。而天真興致，未可與道者。』不知能識此意否？」

一五九　放翁詩明白如話，〔一〕然淺中有深，平中有奇，故足令人咀味。觀其《齋中弄筆》詩云：「詩雖苦思未名家。」〔二〕雖自謙，實自命也。〔三〕

〔一〕放翁：陸游之號。字務觀。《宋史》卷三百九十五有傳，今人錢仲聯有《劍南詩稿校注》。

〔二〕語見宋陸游《齋中弄筆偶書示子聿》：「書爲半酣差近古，詩雖苦思未名家。」清《唐宋詩醇》卷四十六：「少陵云『語不驚人死不休』，放翁云『詩雖苦思未名家』，文人之豪，故自各有著力處。今人未涉其境，而漫以雕琢直率置之，可乎？」

〔三〕「自命」：自許。

一六〇　詩能於易處見工，便覺親切有味。白香山、陸放翁擅場在此。〔一〕

〔一〕「擅場」：技藝超群。又宋惠洪《冷齋夜話》卷一：「白樂天每作詩，令一老嫗解之。問曰：解否？嫗曰：解。則録之。不解，則易之。故唐末之詩近於鄙俚。」

又陸游《示子遹》：

我初學詩日，但欲工藻繪。中年始少悟，漸若窺宏大。怪奇亦間出，如石漱湍瀨。數仞李杜牆，常恨欠領會。元白纔倚門，温李真自鄶。正令筆扛鼎，亦未造三昧。詩爲六藝一，豈用資狡獪。汝果欲學詩，工夫在詩外。

一六一　朱子《感興詩》二十篇，〔一〕高峻寥曠，不在陳射洪下。〔二〕蓋惟有理趣而無理障，〔三〕是以至爲難得。

〔一〕按：今朱集作《齋居感興二十首》。今人郭齊有《朱熹詩詞編年箋注》。

〔二〕明胡應麟《詩藪》外編卷五《宋》：「《齋居感興》雖以名理爲宗，實得梓潼格調。」王世貞《藝苑卮言》卷四：「或謂紫陽《齋居》大勝拾遺《感遇》，善乎用脩言之也，曰：『青裙白髮之節婦，乃與靚粧袨服之冶女角色澤哉？』」清翁方綱《石洲詩話》卷四：「朱子《齋居感興二十首》於陳伯玉采其菁華，剪其枝葉，更無論阮嗣宗矣。作詩必從正道，立定根基，方可印證千條萬派耳。」

〔三〕「理趣」：見卷二第〇四九注〔三〕。「理障」：可參卷一第三一八注〔一〕。宋李耆卿《文章精義》：「晦庵詩音節從陶韋柳中來，而理趣過之，所以不可及。」又明胡應麟《詩藪》内編卷二《古體中》：「禪家戒事理二障，余戲謂宋人詩，病政坐此。蘇黄好用事，而爲事使，事障也；程邵好談理而爲理縛，理障也。」此指在詩文中一味説理而不顧文學的特性的現象。可參卷三第一二八。

一六二　嬰孩始言，唯「俞」而已，〔一〕漸乃由一字以至多字。字少者含蓄，字多者發揚也。〔二〕是則五言七言，消息自有别矣。〔三〕

〔一〕「俞」：應答之辭。《禮記·内則》：「子能食食，教以右手。能言，男『唯』女『俞』。」東漢鄭玄注：「俞，然也。」

〔二〕「發揚」：發揮、傳揚。

〔三〕「消息」：奥妙、玄機。

一六三　五言如《三百篇》，〔一〕七言如《騷》。《騷》雖出於《三百篇》，〔二〕而境界一新，蓋醇實瓌奇，分數較有多寡也。〔三〕

〔一〕《三百篇》：指《詩經》，因共收入自西周初年至春秋中葉大約五百多年的詩歌三百零五篇，舉其成數，故云。

〔二〕可參卷二第〇一七。

〔三〕「分數」：比例。

一六四　五言質，七言文；〔一〕五言親，七言尊。幾見田家詩而多作七言者乎？〔二〕幾見骨肉間而多作七言者乎？〔三〕

〔一〕明胡應麟《詩藪》内編卷六：「五言絶，尚真切，質多勝文；七言絶，尚高華，文多勝質。」范罕《蝸牛舍説詩新語》：「此以意格言耳。予謂五言收，七言放，均有發揚，蘊藉二種。要以骨重神凝爲極致。」

〔二〕「田家詩」：描寫農家及田園生活的詩歌。按：今晉陶淵明、唐王維、孟浩然、儲光羲等田園詩多爲五古。

〔三〕范罕《蝸牛舍説詩新語》：「按：此可見五七言之天然節奏。」

一六五　五言與七言因乎情境，如《孺子歌》「滄浪之水清兮」，〔一〕「平澹天真」，〔二〕於五言宜；寧戚歌「滄浪之水白石粲」，〔三〕「豪蕩感激」，〔四〕於七言宜。

〔一〕《孟子·離婁上》：「有孺子歌曰：『滄浪之水清兮，可以濯我纓；滄浪之水濁兮，可以濯我足。』」

孔子曰：『小子聽之：清，斯濯纓；濁，斯濯足矣。自取之也。』」按：融齋《游藝約言》：「《論語》獨記《楚狂之歌》，《孟子》獨稱《孺子之歌》。狂乎？孺乎？其聲歌之天趣乎？」

〔二〕宋米芾《畫史》：「董源平淡天真多，唐無此品。」此藉以論詩。

〔三〕語見《藝文類聚》卷四十三：「齊甯戚扣牛角歌曰：『滄浪之水白石粲，中有鯉魚長尺半。敝布單衣裁至骭，清朝飯牛至夜半。黃犢上坂且休息，吾將捨汝相齊國。』」

〔四〕唐杜甫《觀公孫大娘弟子舞劍器行並序》：「昔者吴人張旭善草書，書帖數嘗於鄴縣，見公孫大娘舞西河劍器，自此草書長進，豪蕩感激，即公孫可知矣。」此藉以論詩。

一六六　五言尚安恬，七言尚揮霍。〔一〕安恬者，前莫如陶靖節，後莫如韋左司；〔二〕揮霍者，前莫如鮑明遠，後莫如李太白。〔三〕

〔一〕「揮霍」：此與「安恬」相對，形容迅疾。晉陸機《文賦》：「體有萬殊，物無一量，紛紜揮霍，形難爲狀。」唐李善注：「揮霍，疾貌。」

〔二〕韋左司：韋應物，曾任左司郎中。按：此當就五古而言。可參卷二第一〇七。

〔三〕按：此當指七言歌行樂府耳。明陸時雍《古詩鏡·詩鏡總論》：「鮑照材力標舉，凌厲當年。如五丁鑿山，開人世之所未有。當其得意時，直前揮霍，目無堅壁矣。駿馬輕貂，雕弓短劍，秋風落日，馳騁平岡，可以想此君意氣所在。」清沈德潛《古詩源》卷十一：「明遠樂府，如五丁鑿山，開人世所未有，後太白往往效之。」並可參卷二第〇五七。又夏敬觀《劉融齋詩概詮說》：「此仍是就古詩言也。安恬二字，尚不足以盡五言；揮霍二字，亦不足以盡七言。故融齋他條，又有『五言質，七言文，五言親，七言尊』之喻。質文親尊，亦仍不足以盡之，故融齋又言：『五言要如山立時行，七言要如鼛鼓軒舞。』然仍不足以盡之。蓋五七言皆有樂府體，樂府又另一作法也。融齋別爲樂府立論，乃備矣。然仍未盡也。蓋安恬、揮霍、質文、親尊，五七言亦可互用，而其要素，總不離乎白之一字。」

一六七 五言要如「山立，時行」，〔一〕七言要如鼛鼓軒舞。〔二〕

〔一〕《禮記·玉藻》：「山立，時行。」東漢鄭玄注：「山立，不動摇。時行，時而後行。」又《禮記·樂記》：「子曰：居，吾語汝。夫樂者，象成者也。總干而山立，武王之事也。」東漢鄭玄注：「山立，猶正立也。」此指端莊嚴肅。宋魏慶之《詩人玉屑》卷三「兩句純好難得」引「劉昭禹云：五言如四十個賢人，著一個屠酤不得」，似與此意近。

〔二〕《尚書大傳》：「鼛乎鼓之，軒乎舞之。」「鼛」：音昌。鼓聲。此喻盡情揮灑。融齋《游藝約言》：「文多莊，詩多狂。然亦有文狂詩莊者。五言多莊，七言多狂，然亦有五言狂，七言莊者。此因題各有宜，不可狃於成見也。要在各如其題耳。」

一六八　五言無閑字易，有餘味難；〔一〕七言有餘味易，無閑字難。〔二〕

〔一〕宋劉克莊《野谷集序》：「古人之詩，大篇短章皆工。後人不能皆工，始以一聯半句擅名。頃趙紫芝諸人尤尚五言律體。紫芝之言曰：『一篇幸止有四十字，更增一字，吾末如之何矣。』其言如此。以余所見，詩當由豐而入約，先約則不能豐矣。」

〔二〕宋不著撰人姓氏《竹莊詩話》卷二十四：「七字句不要有閒字，若減兩字成五言而意思足，便是有閒字也。」《藏海詩話》：「七言律一篇中必有剩語，一句中必有剩字。如：『草草杯柈供笑語，昏昏燈火話平生。』如此句，無剩字。」

一六九　七言於五言，或較易，亦或較難；或較便，亦或較累。〔一〕蓋善爲者如多兩人任事，不善爲者如多兩人坐食也。

〔一〕宋嚴羽《滄浪詩話·詩法》：「律詩難於古詩，絶句難於八句，七言律詩難於五言律詩，五言絶句難於七言絶句。」此一説也。元郝經《陵川集》卷三十《唐宋近體詩選序》：「五言難於七言，四句難於八句。何者？言愈簡而義愈精也。」此又一説也。

一七〇　或謂七言如挽强用長。〔一〕余謂更當挽强如弱，用長如短，方見能事。

〔一〕「挽强用長」：挽强弓，用長箭。語本杜甫《前出塞》：「挽弓當挽强，用箭當用長。」此喻全力以赴，佛家所謂獅子搏兔。夏敬觀《劉融齋詩概詮説》：「此三條（注者按：指卷二第一六八、一六九、一七〇）則可包括古詩與律詩言之矣。予謂就句法言，不可有閒字，就通篇言，尤不可有閒句。至於餘味，不僅在字，尤在意也。作五言詩截去一字，即成四言句，作七言詩截去二字，即成五言句者，其可截去之字，皆閒字也。作詩如作文，一篇文成，當審查其有無可删之字，可删之句，凡可删者皆閒字閒句也。多閒句，尤損餘味。餘味者，含蓄不盡，蓋亦不欲其盡也。作七言，能挽强如弱，用長如短，則是得之艱苦，而出之自然，不覺其用力也。五言亦當如是。若才大者，又是一説。太白所以異於子美也，子美用力，太白不用力。」

〔一七一〕潘邠老謂七言詩第五字要響，〔一〕如「返照入江翻石壁，歸雲擁樹失山村」，〔二〕「翻」字、「失」字；五言詩第三字要響，如「圓荷浮小葉，細麥落輕花」，〔三〕「浮」字、「落」字。〔四〕余謂此例何可盡拘？但論句中自然之節奏，則七言可以上四字作一頓，五言可以上二字作一頓耳。

〔一〕邠老：北宋潘大臨之字。

〔二〕語見唐杜甫《返照》。清仇兆鰲《杜詩詳注》卷十五：「雨痕初過，故日照江而石壁之影摇動；黄昏乍暝，故雲擁樹而山郭之路遮迷。」元方回《瀛奎律髓》卷十五：「翻字、失字，詩眼也。」

〔三〕語見唐杜甫《爲農》。

〔四〕宋阮閲《詩話總龜》後集卷二十四引《吕氏童蒙訓》：「潘邠老云：七言詩第五字要響，如：『返照入江翻石壁，歸雲擁樹失山村。』『翻』字、『失』字是響字也。五言詩第三字要響。如『圓荷浮小葉，細麥落輕花。』『浮』字、『落』字是響字也。所謂響者，致力處也。予竊以爲字字當活，活則字字自響。」又宋陸游《老學庵筆記》卷五：「李虚己侍郎字公受，少從江南先達學作詩，後與曾致堯倡酬。曾每曰：『公受之詩雖工，恨啞耳。』已初未悟，久乃造入。以其法授晏元獻，元獻以授二宋，自是遂不傳。然江西諸人每謂五言第三字、七言第五字要響，亦此意也。」並可參周振甫《詩『眼』與『活』字、『響』字》（刊《文史知識》一九九八年第三期）。

一七二　五言上二字下三字，足當四言兩句，如「終日不成章」之於「終日七襄，不成報章」是也。〔一〕七言上四字下三字，足當五言兩句，如「明月皎皎照我牀」之於「明月何皎皎，照我羅牀幃」是也。〔二〕是則五言乃四言之約，七言乃五言之約矣。太白嘗有「寄興深微，五言不如四言，七言又其靡也」之説。〔三〕此特意在尊古耳，豈可不達其意而誤增閑字以爲五七哉！

〔一〕「終日不成章」：見《古詩十九首》之十。「終日七襄」：語見《詩·小雅·大東》。

〔二〕「明月皎皎照我牀」：語見三國魏曹丕《燕歌行》。「明月何皎皎」：見《古詩十九首》之十九。

〔三〕唐孟棨《本事詩·高逸》引：「嘗言興寄深微，五言不如四言，七言又其靡也，況使束於聲調俳優哉？」

一七三　詩有合兩句成七言者，如「君子有酒旨且多」，〔一〕「夜如何其夜未央」是也；〔二〕有合兩句成五言者，如「祈父亶不聰」是也。〔三〕後世七言每四字作一頓，五言每兩字作一頓，而五言亦或第三字屬上，上下間皆可以「兮」字界之。

〔一〕語見《詩·小雅·魚麗》。

〔二〕語見《詩·小雅·庭燎》。

〔三〕語見《詩·小雅·祈父》。

一七四　七言講音節者，出於《漢·郊祀》諸樂府；〔一〕羅事實者，出於《柏梁詩》。〔二〕

〔一〕《漢·郊祀》：見卷二第〇二一注〔一〕。

〔二〕《柏梁詩》：見卷二第〇二〇注〔一〕。

一七五　七言爲五言之慢聲，〔一〕而長短句互用者，則以長句爲慢聲，以短句爲急節。此固不當與句句七言者並論也。

〔一〕「慢聲」：長聲，舒緩之聲調。

一七六　五言第二字與第四字，第三字與第五字；七言第二字與第四字，第四字與第六字，第五字與第七字，平仄相同則音拗，異則音諧。〔一〕講古詩聲調者，類多避諧而取拗。然其間蓋有天籟，〔二〕不當止以能拗爲古。

〔一〕按：此當就五七言近體而言。

〔二〕「天籟」：天然和諧之聲音。見卷一第〇五六注〔一〕引。按：清人於詩歌音節研究爲從來所未有，清翁方綱有《王文簡古詩平仄論》、《趙秋谷所傳聲調譜》、《五言詩平仄舉隅》、《七言詩平仄舉隅》、趙執信《聲調譜》等，專論古詩聲調，可參觀。

一七七　善古詩必屬雅材。〔一〕俗意、俗字、俗調，苟犯其一，皆古之棄也。〔二〕

〔一〕「雅材」：通「雅才」，指高雅之才華。

〔二〕宋嚴羽《滄浪詩話·詩法》：「學詩先除五俗：一曰俗體，二曰俗意，三曰俗句，四曰俗字，五曰俗韻。」清薛雪《一瓢詩話》：「人知作詩避俗句、去俗字，不知去俗意尤爲要緊。」夏敬觀《劉融齋唐詩概説》：「俗對雅而言，惟雅可以醫俗。胸次雅者，必無俗意。用字須通訓詁，小學深者，自無俗字；言語雅馴者，自無俗人口吻腔調。」按：此又當與卷三第一〇九五參。

一七八　凡詩不可以助長，〔一〕五古尤甚。故詩不善於五古，他體雖工弗尚也。《書譜》云：「思慮通審，志氣和平，不激不厲，而風規自遠。」〔二〕爲五古者，宜亦有取於斯言。

〔一〕「助長」：人爲的促其增長。宋黎靖德編《朱子語類》卷一百四十《論文下》：「韓退之詩：『强懷張不滿，弱力闕易盈。』上句是助長，下句是歉。」

〔二〕《書譜》：唐孫過庭著。夏敬觀《劉融齋詩概詮説》：「予謂學詩應先學爲五古，即此意也。五古爲《三百篇》後詩之所祖，譬若衆流之淵源，建築之基礎，先自他體起，是無源之水，無基之垣，他體必不能工，融齋他體雖工之説，尚是客氣。晚唐人多工爲律詩，而不能五古，是唐時以詩賦取士專用律體之故。晚唐律詩，猶之清代八股文，清初八股，有所謂五大家者，尚是從古文脱胎，此諸人皆曾從古文用功，猶之晚唐以前之詩人，皆能從五古入手也。至清末八股，則謂之墨卷矣。晚唐律詩，唐之墨卷也。融齋引《書譜》四語，爲作五古者所宜取法。曰思慮通審者，即予所言義理。求其通、求其審，必經思慮，與義理相背，即未通未審。曰志氣和平者，詩言志，所志必合於義理，志定則氣體得其正，而無過激之思想，志氣乃歸於和平。曰不激不厲者，屬於辭氣。詩旨主於温厚，激厲則失温厚之旨矣。曰風規自遠者，言其度也。處人處己之道，皆在於此。必由上三語入，然後得此。」

一七九　七古可命爲古近二體，〔一〕近體曰駢、曰諧、曰麗、曰綿；古體曰單、曰拗、曰瘦、曰勁。一尚風容，〔二〕一尚筋骨。此齊梁、漢魏之分，即初、盛唐之所以別也。

〔一〕「命」：通「名」，稱爲。融齋認爲七古可根據其藝術風格分爲近體七古、古體七古。

〔二〕「風容」：本謂風采、儀容。此指辭藻、文采。唐元稹《唐故工部員外郎杜君墓係銘》序：「士以簡慢、歙習、舒徐相尚，文章以風容、色澤、放曠、精清爲高。」

一八〇　論詩者謂唐初七古氣格雖卑，猶有樂府之意；〔一〕亦思樂府非此體所能盡乎？豪傑之士，焉得不更思進取！

〔一〕按：此條及下節似隱爲明何景明而發。何景明《明月篇序》：「僕讀杜子七言詩歌，愛其陳事切實，布辭沈著，鄙心竊效之，以爲長篇聖於子美矣。既而讀漢魏以來歌詩及唐初四子者之所爲，而反復之，則知漢魏固承《三百篇》之後，流風猶可徵焉。而四子者，雖工富麗，去古遠甚，至其音節往往可歌，乃知子美辭固沈著，而調失流轉，雖成一家語，實則詩歌之變體也。夫詩本性情之發者也，其切而易見者，莫如夫婦之間。是以三百篇首乎《雎鳩》，六義首乎風，而漢魏作者義關君臣朋友，辭必託諸夫婦以宣郁而達情焉，其旨遠矣。由是觀之，子美之詩博涉世故，出於夫婦者常少，致兼雅頌而風人之義或缺，此其調反在四子之下與？暇日爲此篇，意調若髣髴四子，而才質猥弱，思致庸陋，故摛詞蕪紊，無復統飭，姑録之以俟審聲者裁割焉。」清沈德潛《説詩晬語》卷下：「何景明《明月篇序》，大意謂子美七言詩，詞固沈著，而調失流轉，不如唐初四子音節可歌。蓋以子美爲歌詩之變體，而四子猶《三百》之遺風也。然子美詩每從風雅中出，未可執詞調一節以議之。王阮亭論詩云：『接迹風人《明月篇》，何郎妙悟本從天。王楊盧駱當時體，莫逐刀圭誤後賢。』能不被前人瞞過。」

一八二　唐初七古，節次多而情韻婉，〔一〕詠歎取之；盛唐七古，〔二〕節次少而魄力雄，鋪陳尚之。

〔一〕「唐初七古」：謂唐初四傑之七古。可參卷二第○六四、卷三第○六五。「節次」：節奏、次序。

〔二〕「盛唐七古」：謂李杜高岑之七古。可參卷二第○九○、卷三第一○一。

一八三　伏應轉接、夾叙夾議、〔一〕開闔盡變，〔二〕古詩之法，近體亦俱有之。惟古詩波瀾較爲壯闊耳。〔三〕

〔一〕「伏應轉接」：埋伏、呼應、轉折、接續。皆古代文章學術語。

〔二〕夏敬觀《劉融齋詩概詮説續》謂杜甫《送路六侍御入朝》：「童稚情親四十年，中間消息兩茫然。更爲後會知何地，忽漫相逢是別筵。不分桃花紅勝錦，生憎柳絮白於綿。劍南春色還無賴，觸忤愁人到酒邊。」「題是送別，而第三四句始出題意，緩起也。起亦得勢，亦爲主句在中，看此聯對偶，何等活動，何等力量。且忽漫相逢是應，消息茫然是伏。更爲後會知何地作上句，忽漫相逢是別筵作下句，又是倒挽法，亦是串對。第三聯挺接，是平對；且別出一意，不與上近接，乃曲接，又即插綰法。而以第七句接第三聯，力量全在下一還字，以應不分生憎等意，以收句應第四句，而虛收之。此詩作法，可謂開闔盡變矣。」

〔三〕「波瀾」：此指文筆之起伏變化。按：夏敬觀《劉融齋詩概詮説》：「此則論篇法也。古體篇法，猶之散文，在長篇中易於揣摩而得，短篇亦有篇法，則不易見。融齋此論，似專就長篇言。近體即指律詩。律詩篇法，亦有兩種，或如古詩之長篇，或如古詩之短篇。如長篇者，一氣流轉；如短篇者，潛氣内轉。作律詩必先於古詩用功，然後能工，此條所説，尤爲關鍵。」注者按：杜詩每運古於律，可參卷二第〇九三。

一八三 律與絶句，行間字裏，須有曖曖之致。〔一〕古體較可發揮盡意，然亦須有不盡者存。〔二〕

〔一〕「曖曖」：含蓄隱約之風致。夏敬觀《劉融齋詩概詮説》：「曖曖之致，不説盡之意也。説盡則餘味少。唐人律詩多不説盡而存餘味，北宋大家猶貴此，含蓄較唐已少，南宋則欠此者多矣。」

〔二〕融齋《游藝約言》：「琴家諸手法，吟爲最妙，爲其不盡也；詩文亦均以之。」按：此又可與卷二第二七〇互參。

一八四　律詩取律吕之義，〔一〕爲其和也；〔二〕取律令之義，爲其嚴也。

〔一〕「律吕」：本是古代校正樂律之器具。用竹管或金屬管制成，共十二管，管徑相等，以管之長短來確定音之不同高度。從低音管算起，成奇數的六個管稱做「律」；成偶數的六個管稱做「吕」，合稱「律吕」。後亦用以指樂律或音律。此用來强調律詩注重講求聲律的特點。清王應奎《柳南隨筆》卷三《馮補之論律詩》：「律有二義：一如法律之律，則首必貫尾，句必櫛字，對偶不可舛也，層次不可紊也；一如音律之律，則雙聲宜避，疊韻宜更，輕重不可渝也，清濁不可淆也。」與此可互參。

〔二〕「和」：和諧。

一八五　律詩要處處打得通，又要處處跳得起。草蛇灰綫，〔一〕生龍活虎，〔二〕兩般能事，當以一手兼之。

〔一〕「草蛇灰綫」：古代文藝理論批評家經常喜歡使用的一個術語，用來比喻事物留下的隱約可尋的綫索和迹象。此喻能「打得通」。清金聖歎《讀第五才子書法》：「《水滸傳》有許多文法，非他書所曾有，略點幾則於後：……有草蛇灰綫法。如景陽岡勤叙許多『哨棒』字，紫石街連寫若干『簾子』字等是也。驟看之，有如無物；及至細尋，其中便有一條綫索，拽之通體俱動。」

〔二〕「生龍活虎」：像虎和龍一樣富有生機和活力。此喻能「跳得起」。夏敬觀《劉融齋詩概詮説》：「打得通，脈絡一貫也。跳得起，活潑而得勢也。草蛇灰線，即一貫之脈絡，轉折提頓，有明有暗，暗者能無迹行空，尤爲高品。生龍活虎，即活潑之氣勢，而有雄健之姿，尤爲高品。」

一八六　律詩主意拏得定，〔一〕則開闔變化，惟我所爲。少陵得力在此。

〔一〕「主意」：主旨。「拏」：同「拿」。夏敬觀《劉融齋詩概詮説》：「凡文辭皆須有主意，主意拏定，則首尾中間，如何佈置，如何行我之筆，皆可任我爲之。律詩局格雖狹小，猶之一篇之文也。」

一八七　律詩主句或在起，〔一〕或在結，〔二〕或在中，而以在中爲較難。蓋限於對偶，非高手爲之，必至「物而不化」矣。〔三〕

〔一〕「主句」：表現詩意最爲關鍵的句子。

〔二〕夏敬觀《劉融齋詩概詮説續》謂杜甫《南鄰》：「錦里先生烏角巾，園收芋栗不全貧。慣看賓客兒童喜，得食階除鳥雀馴。秋水纔深四五尺，野航恰受兩三人。白沙翠竹江村暮，相對柴門月色新。」「題是《南鄰》，至收句始點出柴門相對，是主句在結也。」

〔三〕「物而不化」：拘滯而不能融貫變化。宋張載《張子全書》卷二：「彼語寂滅者，往而不反；徇生執有者，物而不化。二者雖有間矣，以言乎失道則均焉。」夏敬觀《劉融齋詩概詮説》：「主句，即所挈定之主意所在也。尋常在起句爲多，亦在起句者爲易得勢。在結則前六句不得脱離主句之所在，須一路逼近，所謂倒挽法也。其在中間者，以有對偶，須防對句之脱離，固極難。杜少陵律詩篇法最多，篇法須開闔盡變，須從杜詩中求之。」

一八八　律詩聲諧語儷，〔一〕故往往易工而難化。能求之章法，不惟於字句爭長，則體雖近而氣脈入古矣。

〔一〕「聲諧語儷」：律詩因爲講求平仄，故聲音追求和諧；又因爲中兩聯講求對仗，故句子講求駢儷。夏敬觀《劉融齋詩概詮説》：「先學古詩，律詩始能工。余前已明之矣。以古詩之篇法，推之於律詩，則氣脈入古，否則易工難化，是爲名言。章法二字，當改爲篇法。」

一八九　起有分合緩急，〔一〕收有虚實順逆，〔二〕對有反正平串，〔三〕接有遠近曲直。〔四〕欲窮律

法之變，必先於是求之。〔五〕

〔一〕夏敬觀《劉融齋詩概詮説續》謂杜甫《院中晚晴懷西郭茅舍》：「幕府秋風日夜清，澹雲疏雨過高城。葉心朱實看時落，階面青苔先更生。復有樓臺銜暮景，不勞鐘鼓報新晴。浣花溪裏花饒笑，肯信吾兼吏隱名。」「一二句分起」；杜甫《登高》：「風急天高猿嘯哀，渚清沙白鳥飛迴。無邊落木蕭蕭下，不盡長江滚滚來。萬里悲秋常作客，百年多病獨登臺。艱難苦恨繁霜鬢，潦倒新停濁酒杯。」「一二句合起」；杜甫《聞官軍收河南河北》：「劍外忽傳收薊北，初聞涕淚滿衣裳。却看妻子愁何在，漫卷詩書喜欲狂。白日放歌須縱酒，青春作伴好還鄉。即從巴峽穿巫峽，便下襄陽向洛陽。」「急起也」；杜甫《送路六侍御入朝》（詩見卷二第一八二注〔二〕）：「題是送别，而第三四句始出題意，緩起也。」

〔二〕夏敬觀《劉融齋詩概詮説續》謂杜甫《送路六侍御入朝》（詩見卷二第一八二注〔二〕）「以收句應第四句，而虚收之」；杜甫《院中晚晴懷西郭茅舍》（詩見卷二第一八九注〔一〕）「收句應第一句，是實收。」杜甫《客至》：「舍南舍北皆春水，但見群鷗日日來。花徑不曾緣客掃，蓬門今始爲君開。盤飧市遠無兼味，樽酒家貧只舊醅。肯與隣翁相對飲，隔籬呼取盡餘杯。」「七八句近接順收。」杜甫《江村》：「清江一曲抱村流，長夏江村事事幽。自去自來梁上燕，相親相近水中鷗。老妻畫紙爲棊局，稚子敲針作釣鈎。但有故人供禄米，微軀此外更何求。」「前六句皆爲末二句之意而設，乃是逆收。」

〔三〕南朝梁劉勰《文心雕龍·麗辭》：「故麗辭之體，凡有四對。言對爲易，事對爲難；反對爲優，正對爲劣。言對者，雙比空辭者也；事對者，並舉人驗者也；反對者，理殊趣合者也；正對者，事異義同者也。長卿《上林賦》云『修容乎禮園，翱翔乎書圃』，此言對之類也。宋玉《神女賦》云：『毛嬙鄣袂，不足程式；西施掩面，比之無色。』此事對之類也。仲宣《登樓》云：『鍾儀幽而楚奏，莊舄顯而越吟。』此反對之類也。孟陽《七哀》云：『漢祖想枌榆，光武思白水。』此正對之類也。凡偶辭胷臆，言對所以爲易也；徵人之學，事對所以爲難也；幽顯同志，反對所以爲優也；並貴共心，正對所以爲劣也。又以事對，各有反正，指類而求，萬條自昭然矣。」「平對」：謂上下兩聯意思平列。夏敬觀《劉融齋詩概詮説續》謂杜甫《江村》（詩見卷二第一八九注〔二〕）「二聯平對。」「串對」：指上下兩句語意相貫串，不能分割，又稱「流水對」。明胡震亨《唐音癸籤·法微三》：「嚴羽卿以劉昚虚『滄浪千萬里，日夜一孤舟』爲十字格，劉長卿：『江客不堪頻北望，塞鴻何事又南飛』爲十四字格。謂兩句只一意也，蓋流水對耳。」夏敬觀《劉融齋詩概詮説續》謂《南鄰》（詩見卷二第一八七注〔二〕）：「第三聯串對。」

〔四〕夏敬觀《劉融齋詩概詮説續》謂杜甫《院中晚晴懷西郭茅舍》（詩見卷二第一八九注〔一〕）「二聯近接雨過意，三聯用遮表法，遠接一二句」；杜甫《送路六侍御入朝》（詩見卷二第一八二注〔二〕）「第三聯挺接，是平對。且别出一意，不與上近接，乃曲接。」杜甫《登高》（詩見卷二第一八九注〔一〕）「第二聯直接。」

〔五〕按：夏敬觀《劉融齋詩概詮説》：「一詩既拏定主意，在首二句中，即將主意提出，急也；主句在中，緩也。其主意分作兩句出之，分也；一句出之，合也。收句非可脱離主意，虛收之；似脱非脱也，實收之，則回應主意。順收之，則二句順下，如流水句；逆收之，則二句倒挽。反對，以反面對正面也；正對，以正面對正面也；平對，則無反正可言，二句平列；串對，則二句相合爲一意，亦謂之流水對。遠接，緊接之處不接，而隔一二句，其意乃接也；近接，即連句相接，下聯之首句，與上聯之第二句相接，亦爲近接；曲接，别出一意，而迂曲以接之也；直接即挺接。此文法。在散文中不盡有之，蓋取法於駢文者。」

一九〇　律詩既患旁生枝節，〔一〕又患「如琴瑟之專壹」。〔二〕融貫變化，兼之斯善。〔三〕

〔一〕「旁生枝節」：此謂語意枝蔓蕪雜，不能融貫。

〔二〕《禮記·樂記》：「《春秋傳》曰：若以水濟水，誰能食之？若琴瑟之專一，誰能聽之？」此藉指單一而缺乏變化。夏敬觀《劉融齋詩概詮説》：「旁生枝節，則脈絡不清，然遇題有旁生枝節者，此非有大本領，不能作律。蓋遇此等題，須化枝節以附根本，始能通貫。律詩貴能推開題目作詩，沾滯於題，則患專一而無變化，不沾滯之道，却非旁生枝節也。」

〔三〕按：此又可與卷四第〇六三互參。

一九一　律詩篇法，有上半篇開，下半篇合；有上半篇合，下半篇開。所謂半篇者，非但上四句與下四句之謂，〔一〕即二句與六句，六句與二句，亦各爲半篇也。〔二〕

〔一〕清金聖嘆《貫華堂選批唐才子詩》及《唱經堂杜詩解》，一律將律詩前四句與後四句分成前後兩解。夏敬觀《劉融齋詩概詮說續》謂杜甫《江村》（詩見卷二第一八九注〔二〕）：「此論篇法，前六句開，後二句合。亦即前張後歛之法。」

〔二〕夏敬觀《劉融齋詩概詮說》：「篇法妙處，全在開闔，不知開闔，則不能盡變。開闔即張歛，已詳詩之局勢條，一聯中及一句中用開闔之法者，須視全篇局勢而定避就，恐於篇法有礙也。」按：融齋《游藝約言》：「詩無論五言、七言，總不出分、並二法。何謂分？一句分作數句是也。何謂並？數句合作一句是也。當分而並，則躁而竭；當並而分，則鈍而累。故分合極宜審也。」

一九二　律詩一聯中，有以上下句論開合者；一句中，有以上下半句論開合者，惟在相篇法而知所避就焉。〔一〕

〔一〕「相」：仔細觀察。「避就」：本傳爲唐歐陽詢論書三十六法之一，此移以論詩。

一九三　律詩手寫此聯，眼注彼聯，自覺減少不得，增多不得。若可增可減，則於「律」字名義

失之遠矣。〔一〕

〔一〕按：此條可與卷二第一八四互參。夏敬觀《劉融齋詩概詮説》：「可減則爲閒句，可增則嫌不足。古詩可減增，刪羨餘補不足，乃作古詩功夫。律詩祇八句，不得有羨餘，亦不得不足。然排律則等於古詩矣，作成後，亦可刪補也。」

一九四 律詩之妙，全在無字處。每上句與下句轉關接縫，〔一〕皆機竅所在也。

〔一〕「轉關接縫」：指轉折、關合、接續、彌縫。夏敬觀《劉融齋詩概詮説》：「上下句轉關接縫，中間未有銜接轉捩之字，此指全爲實字者言，若兩句中有虚字，仍係有字。」

一九五 律有似乎無起無收者。要知無起者後必補起，無收者前必豫收。〔一〕

〔一〕夏敬觀《劉融齋詩概詮説》：「此即倒挽法也，乃鍊格中之一種，觀杜少陵『東閣觀梅動詩興』一首可悟。前有『律詩主意或在起或在結』一條，可參看。古詩固有不見首不見尾者，此從其法變化出。」按：夏氏《劉融齋詩概詮説續》謂杜甫《和裴迪登蜀州東亭送客逢早梅相憶見寄》：「東閣官梅動詩興，還如何遜在揚州。此時對雪遥相憶，送客逢春可自由。幸不折來傷歲暮，若爲看去亂鄉愁。江邊一樹垂垂發，朝夕催人自白頭。」「全篇用倒挽之筆，以收筆爲起筆，收筆亦用倒挽之法，不似收句而能收住。開口即指裴迪而言，又似急起。末句又似逆收，所謂無起無收，後必補起，前必預收也。」

一九六　律詩中二聯必分寬緊遠近，〔一〕人皆知之。惟不省其來龍去脈，〔二〕則寬緊遠近爲妄施矣。

〔一〕夏敬觀《劉融齋詩概詮説續》謂杜甫《江村》（見卷二第一八九注〔二〕）「第二聯寬遠，第三聯緊近。」

〔二〕「來龍去脈」：本堪輿術語。謂山脈的走勢。後成八股論文術語，清包世臣《藝舟雙楫·或問》：「古文言皆己意，八比則代人立言，故其要首在肖題，而肖題之機，決於審脈。脈有來有去，其長章巨節，以中間一二閑語命題者，文中詞意，俱不得出本題之外。而眼光手法，注射操縱，必使牽全身以一髮，現全神於一顧，然意則全身全神，而筆仍一髮一顧，乃爲能事。其單句爲章者，發此言也有由，便是來脈；如其言則得，不如其言則失，便是去脈。」此指詩歌的綫索脈絡。夏敬觀《劉融齋詩概詮説》：「此言中間兩聯，當寬、當緊，當遠、當近，須視起收兩頭之意境、筆勢而定之也。」

一九七　律體中對句用開合、流水、倒挽三法，〔一〕不如用遮表法爲最多。或前遮後表，或前表後遮。表謂如此，遮謂不如彼，二字本出禪家。〔二〕昔人詩中有用「是」、「非」、「有」、「無」等字作對者，「是」、「有」即表，「非」、「無」即遮。惟有其法而無其名，故爲拈出。

〔一〕「開合對」：謂前句宕開，後句綰合之類對句也，又稱「虚實對」。唐杜甫《贈田九判官梁丘》：「崆峒使節上青霄，河隴降王款聖朝。宛馬總肥秦苜蓿，將軍只數漢嫖姚。陳留阮瑀誰争長，京兆田郎早見招。麾下賴君才並美，獨能無意向漁樵。」清何焯《義門讀書記》卷五十三：「『陳留阮瑀誰争長』一聯，虚實對。」按：上聯「陳留阮瑀誰争長」是宕開，虚寫；「京兆田郎早見招」則屬綰合，實筆。「流水對」：謂上下兩聯共爲一意，如流水不可分割。又稱「串對」，見卷二第一八九注〔三〕。「倒挽」：又稱逆挽。謂顛倒順序，不按照時間先後或事物發展順序進行叙述。清沈德潛《説詩晬語》卷上：「義山『此日六軍同駐馬，當時七夕笑牽牛』，飛卿『回日樓臺非甲帳，去時冠劍是丁年』，對句用逆挽法。詩中得此一聯，便化板滯爲跳脱。」夏敬觀《劉融齋詩概詮説續》謂杜甫《送路六侍御入朝》（詩見卷二第一八二注〔二〕）「更爲後會知何地作上句，忽漫相逢是别筵作下句，又是倒挽法，亦是串對。」

〔二〕「遮」：遮蓋。「表」：表露。唐裴休《釋宗密禪源諸詮序》：「尚恐學者之難明也，又復直示宗源之本末、真妄之和合、空性之隱顯、法義之差殊、頓漸之異同、遮表之回互、權實之深淺、通局之是非。」又見宋釋普濟《五燈會元》卷二引，故融齋云出禪家。夏敬觀《劉融齋詩概詮説》：「遮表與藏見之意同。藏者，暗也；見者，明也。以又有如此不如此推廣之義，故别製遮表二字以明之。」夏氏《劉融齋詩概詮説續》以杜甫《院中晚晴懷西郭茅舍》(詩見卷二第一八九注〔一〕)「三聯用遮表法。」

一九八　律詩不難於凝重，亦不難於「流動」；難在又凝重，又「流動」耳。〔一〕

〔一〕「流動」：爲署名唐司空圖《二十四詩品》中所標舉的二十四種美學風格之一：若納水輨，如轉丸珠。夫豈可道，假體如愚。荒荒坤軸，悠悠天樞。載要其端，載聞其符。超超神明，返返冥無。來往千載，是之謂乎。

又夏敬觀《劉融齋詩概詮説》：「從凝重入手者，能凝重後，遂力求流動，易。從流動入手者，欲求凝重，難。蓋流動非滑，從流動入手者，則易趨於滑之一路也。」

一九九　律體可喻以僧家之律：狂禪破律，〔一〕所宜深戒；小禪縛律，〔二〕亦無取焉。

〔一〕「狂禪」：言行舉止狂誕不守僧律的僧徒。此指不遵守詩律。

〔二〕「小禪」：株守於僧律的僧徒。此指爲詩律所束縛，拘泥於詩律。

二〇〇　絶句取徑貴深曲，蓋意不可盡，以不盡盡之。正面不寫，寫反面；〔一〕本面不寫，寫對

面、旁面，〔二〕須如睹影知竿乃妙。〔三〕

〔一〕「正面」、「反面」：均爲八股論文術語。清梁章鉅《制義叢話》卷二：「唐翼修曰：前輩制藝之法有六位。六位者，……曰面，……曰背。」「面位者，題之正面，不煩言而解者也。」「背位者，題之反面也。從反面挑剔，逆取其勢，則正面愈醒矣。」清曹宫《文法心傳》卷上《文章八面》：「反面者，將題義反轉看也。惡是善之反，弱是强之反，邪是正之反，佞是忠之反，薄是厚之反。推之語默、動静、行止、進退、疏密、久暫、離合、淺深、大小、精粗之類皆是。無反面則正面不醒，無反面則正面不靈。天以陰晴、寒暖爲反正，地以高下、斷連爲反正，龍以昇降爲反正，虎以伏見爲反正，草木以枯榮、開謝爲反正。天下之物無物無反正者，何獨於文不然？凡文之開合、縱擒、離接、放收，皆由反而正者也。」清李調元《雨村詩話》卷上：「凡詩有有題者，有無題者。有題，是詩之正面；無題，是詩之反面。如樂府《隴西行》，何篇中無隴西之意？爲尊者諱也。立是名，補詩之不足也。『隴西』二字是題正面，全詩却是反射旁擊。漢武有事於西南，窮兵黷武，隴西男子，無不荷戈從戎，巨室細民莫敢匿。故篇中備言婦人待客，委曲盡禮，以見家中無男子也。言豪富者何無男子，貧窮者豈容燕息乎？夫勞苦疆埸，必餐風露宿，今反寫歡樂，其勞苦却在言外，使後人於無字處默會也。寫隴西以反襯天下，寫豪富以反襯貧苦，寫婦人反襯男子，寫閨門反襯邊廷，可悟作文之法。若唐以後人作《隴西行》，必備寫山川風景，有何妙意？《善哉行》乃倉卒棄家，最不堪事，而反曰《善哉》，蓋事拙而自慰之詞也。故詩貴反用，詩題亦然。」

〔二〕「旁面」、「對面」：均爲八股論文術語。清梁章鉅《制義叢話》卷二：「唐翼修曰：前輩制藝之法有六位。六位者，……曰影。……影位者，題之對面與旁面也。影在對面，描寫其對面；影在旁面，描寫其旁面。知題有影位，則題中題外不患無生發，且有離奇境界也。」清曹宫《文法心傳》卷上《文章八面》：「旁面者不在上面，不在下面，而在中間，乃與題相似而不同者也，故謂之賓。賓者，主之客也。客與主同類，而其性情形貌各有不同，故借以爲襯。如説善，善之中有淺深；説惡，惡之中亦有淺深。本似相同一類，而就中分出不同處，以相映發。如武王有十亂，則舜之五臣，賓也；賜也聞一知二，則回也聞一知十，賓也。譬如繡花用紅線，則有深紅、淺紅、桃紅、杏紅、粉紅、殷紅，皆是旁面。其他可類推。」「對面者，題説吾之於人，便先説人之於吾；題説鳥之於人，便先説人之於鳥；説誦詩便先説詩要人誦。如兩人對立，説此便先説彼。」清金聖歎《讀第五才子書法》：「《水滸傳》有許多文法，非他書所曾有，略點幾則於後：……有背面鋪粉法。如要襯宋江奸詐，不覺寫作李逵真率；要襯石秀尖利，不覺寫作楊雄糊塗是有也。」趙翼《甌北詩話》卷五：「放翁古詩好用儷句，以炫其絢爛；東坡則行墨間多單行，而不屑於對屬。且昌黎、放翁多從正面鋪張；而東坡則反面、旁面，左縈右拂，不專以鋪叙見長。」清沈祥龍《樂志簃筆記》卷三《論文隨筆》：「古人作傳誌，往往舉一二瑣碎事，極意摹寫，淋漓盡致，令讀者動色，見有關係。而於人人能道之言論，反略引其端，即歸含蓄。如神龍見首不見尾，此文家避正位，趨旁位之法也。文如是，始空宕而不板實。」與融齋「正面不寫寫反面，本面不寫寫對面、旁面」之説，可互參。夏敬觀《劉融齋詩概詮説》：「絶句至宋賢王荆公，益開發出無數作法，至楊誠齋又開發出無數作法，誠齋自云：『予之詩，始學江西諸君子，既又學後山五字律，既又學半山老人七字絶句，晚乃學絶句於唐人。』又云：『五七字絶句，最少而最難工。雖作者亦難得四句全好者，晚唐人與介甫最工於此。』其《讀唐人及半山絶句》云：『半山便遣能參透，猶有唐人是一關。』蓋作法最多，不止於融齋所説也。」

〔三〕按：古人或以日影長短測時，故有立竿見影之説，東漢魏伯陽《周易參同契》卷下：「立竿見影，呼谷傳響。」此反用。

二〇一 絶句於六義多取風、興，〔一〕故視他體尤以「委曲」、「含蓄」、「自然」爲尚。〔二〕

〔一〕《毛詩序》：「故詩有六義焉：一曰風、二曰賦、三曰比、四曰興、五曰雅、六曰頌。上以風化下。下以風刺上，主文而譎諫。言之者無罪，聞之者足以戒，故曰風。」東漢鄭玄《箋》：「風化、風刺，皆謂譬喻，不斥言也。」「興」，宋朱熹《詩集傳·關雎》注：「興者，先言他物以引起所詠之辭也。」

〔二〕按：「委曲」、「含蓄」、「自然」：均爲署名唐司空圖《二十四詩品》中所標舉的二十四種美學風格之一。《委曲》、《含蓄》：見卷二第〇二六注〔二〕。

《自然》：

俯拾即是，不取諸鄰。俱道適往，著手成春。如逢花開，如瞻歲新。真與不奪，强得易貧。幽人空山，過雨採蘋。薄言情悟，悠悠天鈞。

二〇二　「以鳥鳴春」，「以蟲鳴秋」，〔一〕此造物之借端託寓也。〔二〕絶句之小中見大似之。

〔一〕唐韓愈《送孟東野序》：「物之善鳴者也，維天之於時也亦然，擇其善鳴者而假之鳴。是故以鳥鳴春，以雷鳴夏，以蟲鳴秋，以風鳴冬，四時之相推敚，其必有不得其平者乎？」

〔二〕「藉端託寓」：借助某一個方面來寄託自己的旨意。

二〇三　絶句意法，無論先寬後緊，先緊後寬，總須首尾相銜，開闔盡變。至其妙用，惟在借端託寓而已。〔一〕

〔一〕融齋《游藝約言》：「詩中有詩，文中有文，真也；詩莫作詩解，文莫作文解，寓也。」

二〇四　詩以律絶爲近體，〔一〕此就聲音言之也。其實古體與律絶，俱有古近體之分，此當於氣質辨之。〔二〕

〔一〕「近體」：即近體詩，又稱今體詩、格律詩。是至唐代始發展成熟的一種對用韻、平仄、對仗、字數都有嚴格限制與規定的新體詩歌。

〔二〕清王應奎《柳南隨筆》卷三：「詩之有律，非特近體爲然，即古體亦有之。」又夏敬觀《劉融齋詩概詮説》：「律絶均有仄韻者，古體中之近體也。律絶均有拗體，近體中之古體也。此亦就聲音言之也。以氣質言，律絶本皆出於古體，氣質近古者爲上。」

二〇五　古體勁而質，近體婉而妍，詩之常也。論其變，則古婉近勁，古妍近質，亦多有之。〔一〕

〔一〕「古質近妍」：可參卷二第〇五九及注〔三〕。又夏敬觀《劉融齋詩概詮説》：「古體婉而妍者，其氣質爲古體中之近體，亦漸開近體之作法。近體勁而直者，其氣質得之於古體，爲近體中之古體。」

二〇六　論古近體詩，參用陸機《文賦》，曰：絶：「博約而温潤」；律：「頓挫而清壯」；五古：「平徹而閑雅」；七古：「煒煜而譎誑」。〔一〕

〔一〕晉陸機《文賦》：「銘博約而温潤，箴頓挫而清壯；頌優遊以彬蔚，論精微而朗暢；奏平徹以閒雅，説煒曄而譎誑。」唐李善《文選注》卷十七：「博約，謂事博文約也。銘以題勒示後，故博約温潤；箴以譏刺得失，故頓挫清壯；頌以褒述功美，以辭爲主，故優遊彬蔚；論以評議臧否，以當爲宗，故精微朗暢。……奏以陳情叙事，故平徹閒雅；説以感動爲先，故煒曄譎誑。」

可知。

二〇七　樂之所起，「雷出地」，〔一〕「風過簫」，發於天籟，〔二〕無容心焉。〔三〕而樂府之所尚

〔一〕《易·上經》：「象曰：雷出地奮，豫。先王以作樂崇德，殷薦之上帝，以配祖考。」

〔二〕「風過簫」：語源《莊子·齊物論》，參卷一第〇五六注〔一〕引，晉郭象注：「籟，簫也。」宋李昉《文苑英華》卷十三即收録有唐范傳正《風過簫賦》。此喻發於天籟。

〔三〕「容心」：刻意之心，此喻自然。

二〇八　「文辭志」合而爲詩，〔一〕而樂則重聲。《風》、《雅》、《頌》之入樂者，姑不具論，即漢樂府《飲馬長城窟》之「青青河畔草」，〔二〕與《古詩十九首》之「青青河畔草」，〔三〕其音節可微辨矣。

〔一〕見卷一第一〇三注〔三〕。

〔二〕「青青河畔草」：今通作「青青河邊草」，見南朝梁蕭統編《文選》卷二十七《古辭·飲馬長城窟

行》(南朝陳徐陵編《玉臺新詠》作東漢蔡邕)。

〔三〕見《古詩十九首》其二。

二〇九 《九歌》,樂府之先聲也。〔一〕《湘君》、《湘夫人》是南音,《河伯》是北音,〔二〕即設色選聲處可以辨之。

〔一〕《九歌》:包括《東皇太一》、《雲中君》、《湘君》、《湘夫人》、《大司命》、《少司命》、《東君》、《河伯》、《山鬼》、《國殤》、《禮魂》。融齋以爲《九歌》「純是性靈語」,「雖婦人女子無不可與」,故此云爲「樂府之先聲」。可參卷三第〇二五、卷三第一二〇。

〔二〕夏敬觀《劉融齋詩概詮説》:「《楚辭》皆南音,安得《河伯》一章爲北音?《文心雕龍》云:『塗山歌於候人,始爲南音;有娀謠於飛燕,始爲北聲。夏甲歎於東陽,東音以發;殷整思於西河,西音以興。』蓋以方言,非以設澤選聲辨也。」

二一〇 《楚辭·大招》云:「四上競氣,極聲變只。」此即古樂節之「升歌、笙入、間歌、合樂」也。〔一〕屈子《九歌》全是此法。樂府家轉韻、轉意、轉調,無不以之。〔二〕

〔一〕「升歌」、「笙入」、「間歌」、「合樂」:都是古代鄉飲酒禮樂歌的程式。「升歌」:樂工在堂上鼓瑟歌詩。「笙入」：吹奏笙的樂工進入，準備吹奏。「間歌」：互相更替的一歌一吹。「合樂」：最後堂上歌詩，堂下吹笙，衆聲俱作。見《儀禮·鄉飲酒第四》。

〔三〕「轉」：換。「以」：通「似」。夏敬觀《劉融齋詩概詮説》：「『四上競氣』，王逸注：『謂上四國，代秦鄭衛也。』洪興祖《補注》曰：『四上，謂聲之上者有四，謂代秦鄭衛之鳴竽也，伏羲之駕辯也，楚之勞商也，趙之簫也。』以合樂解之尚可，若屈子《九歌》全是此法，此説甚不可通。更謂樂府家轉韻、轉意、轉調，無不以之，更不可通。如《儀禮·鄉飲酒禮》，笙入，奏《南陔》、《白華》、《華黍》。間歌，則歌《魚麗》，笙《由庚》，歌《南有嘉魚》，笙《崇丘》，歌《南山有臺》，笙《由儀》，乃合樂周南《關雎》、《葛覃》、《卷耳》，召南《鵲巢》、《采蘩》、《采蘋》，燕禮亦如之。其所歌非止一詩，此何與於樂府之轉韻、轉意、轉調耶？」

二一一　樂府聲律居最要，〔一〕而意境即次之，尤須意境與聲律相稱，乃爲當行。〔二〕

〔一〕按：樂府本機構名，由漢武帝設立，主要是收集整理采自於各地的民間音樂，後來人們把這一機構收集制作的用於演唱的詩歌叫做「樂府詩」。故此云「聲律最要」。

〔二〕「當行」：本行。宋嚴羽《滄浪詩話·詩辯》：「大抵禪道惟在妙悟，詩道亦在妙悟……惟悟乃爲當行，乃爲本色。」夏敬觀《劉融齋詩概詮説》：「漢世用金石樂，晉以後樂器散亡，胡樂漸多雜入，至隋以後，則用鄭譯所演之八十一調，然祇四旦二十八調耳。南曲盛行，宋詞歌法又亡，今人讀漢魏樂府，欲研求其聲律，殆不可明。讀唐樂府，知其與宋詞一脈而已，讀宋詞以無拍節亦不能明。謂作樂府詩，須意境與聲律相稱，吾人無從知其聲律矣。何由使意境與之相稱耶？此欺人之語也。融齋長於崑曲，遂欲以崑曲上論漢宋之樂，無一而可也。今人且有謂《楚辭》之『四上競氣』，四上，即工尺上四合等之音符者，真是夢囈。研求詩詞作法是一事，研求音樂又是一事，不必牽混言之，使人墮五里霧中也。」

二一二　樂府之出於《頌》者，最重「形容」。〔一〕《楚辭·九歌》狀所祀之神，〔二〕幾於恍惚有物矣。〔三〕後此如《漢書》所載《郊祀》諸歌，其中亦若有肸蠁之氣，〔四〕蒸蒸欲出。

〔一〕見卷二第〇〇七及注〔一〕。按：署名唐司空圖《二十四詩品》亦有《形容》。

〔二〕《九歌》：參卷三第〇二四注〔一〕。

〔三〕《老子》第二十一章：「忽兮恍兮，其中有像；恍兮忽兮，其中有物。」

〔四〕「肸蠁」：連綿不絕貌。夏敬觀《劉融齋詩概詮説》：「漢樂府出於《騷》，因高帝好楚聲，武帝尤好《楚辭》，故漢樂府詩，近於《騷》者多於《雅》。魏以後則分二派，宗廟歌詩摹《雅》《頌》，樂府則《風》《雅》《騷》兼之，又演爲歌行體。」

二一三　樂府有「陳善納誨」之意者，〔一〕《雅》之屬也，如《君子行》便是。〔二〕

〔一〕宋朱熹《詩集傳》卷十《鶴鳴》注：「此詩之作，不可知其所由，然必陳善納誨之辭也。」意謂陳述善言，接納教誨。

〔二〕《君子行》：樂府舊題。屬《相和歌辭·平調曲》。宋郭茂倩《樂府詩集》卷三十二引：「《樂府解題》曰：古辭云：君子防未然。蓋言遠嫌疑也。又有《君子有所思行》，辭旨與此不同。」夏敬觀《劉融齋詩概詮説》：「唐以後新題樂府，本於此意。」

二二四　《漢書·藝文志》云：「自孝武立樂府而采歌謠，於是有代、趙之謳，秦、楚之風，皆感於哀樂，緣事而發。」〔一〕由是觀之，後世樂府近《風》之體多於《雅》、《頌》，其由來亦已久矣。

〔一〕語見《漢書》卷三十。夏敬觀《劉融齋詩概詮説》：「采民謳以入樂府詩，是最高之一境，《鐃歌十八曲》，類皆如此。」

二二五　樂府是「代」字訣，〔一〕故須先得古人本意。然使不能自寓懷抱，又未免爲無病而呻吟。〔二〕

〔一〕按：所謂代字訣，本爲八股論文術語。明董其昌《畫禪室隨筆》卷三：「凡作文原是虛架子，如棚中傀儡，抽牽由人，非一定死煞真有一篇文字。有代當時作者之口，寫他意中事，乃謂注於不涸之源。且如《莊子·逍遥篇》鷽鳩笑大鵬，須代他説曰：『我決起而飛，搶榆枋，時則不至，而控於地而已矣；奚以之九萬里而南爲？』此非代乎？若不代，只説鷽鳩笑亦足矣。又如太史公稱燕將得魯仲連書，云『欲歸燕，已有隙，恐誅；欲降齊，所殺虜於齊甚衆，恐已降而后見辱。喟然嘆曰：「與人辨我，寧自辨？」』此非代乎？」此指代匹夫匹婦語。宋王正德《餘師録》卷三：「唐子西論文云：古樂府命題皆有主意。後之人用樂府爲題者，直代其人而措辭。如《公無渡河》，須作妻止其夫之辭，太白輩或失之，惟退之《琴操》得體。」此指「代匹夫匹婦語」，可參卷二第一二七。又可參卷四第一四二。

〔二〕「無病而呻吟」：指没有感觸而爲文造情。元劉壎《隱居通議》卷六《桂舟評論》：「然亦必有爲而作，有關涉而作。若無病而呻吟，雖奔濤走石，冶葉倡條，動可人心，於道何補！」明李贄《覆焦漪園書》：「文非感時發己，或出自家經畫康濟，千古難易者，皆是無病呻吟，不能工。」夏敬觀《劉融齋詩概詮説》：「用樂府古題，所作非題意，其始殆用其聲律耳，其後則相去益遠。但作者自寓懷抱，不管題義，既不歌，亦未必是其聲律，祇是一種古詩耳。故不如相題作詩，以寓懷抱，師其筆路，以擬古意。」

二一六　樂府易不得，難不得。深於此事者，能使豪傑起舞，愚夫愚婦解頤，〔一〕其神妙不可思議。

〔一〕「解頤」：笑掉下巴。按：此句即雅俗共賞之意。又夏敬觀《劉融齋詩概詮説》：「此數語能形容樂府詩之妙境矣，可以此推之於作詞，得是訣即上乘。」

二七　樂府調有疾徐，韻有疏數。〔一〕大抵徐疏在前，疾數在後者，常也；若變者，又當「心知其意」焉。〔二〕

〔一〕「數」：音促，《集韻》：趨玉切。稠密。

〔二〕西漢司馬遷《史記》卷一《五帝本紀》：「非好學深思，心知其意，固難爲淺見寡聞道也。」

二八　古題樂府要超，新題樂府要穩。〔一〕如太白可謂超，〔二〕香山可謂穩。〔三〕

〔一〕「古題樂府」：或稱往題樂府、擬古樂府。明胡震亨《唐音癸籤》卷一：「樂府内又有往題、新題之别。往題者，漢魏以下，陳隋以上樂府古題，唐人所擬作也（原注：諸家概有，而李白所擬爲多，皆仍樂府舊名。李賀擬古樂府多别爲之名而變其舊）。新題者，古樂府所無，唐人新製爲樂府題者也（原注：始於杜甫，盛於元白、張籍、王建諸家。元微之嘗有云：後人沿襲古題，唱和重複，不如寓意古題，刺美見事，爲得詩人諷興之義者，此也）。其題或名歌、亦或名行、或兼名歌行，又有曰引者、曰曲者、曰謡者、曰辭者、曰篇者，有曰咏者、曰吟者、曰嘆者、曰唱者、曰弄者，復有曰思者、曰怨者、曰悲若哀者、曰樂者，凡此多屬之樂府，然非必盡譜之於樂。」其實融齋這裏説的古題樂府應該是指重在學習樂府形式的沿用樂府舊題的詩歌；而新題樂府指的是重在學習樂府批判現實精神，即事名篇，無復依傍的詩歌。

〔二〕明胡震亨《唐音癸籤》卷九：「太白於樂府最深，古題無一弗擬。或用其本意，或翻案另出新意，合而若離，離而實合，曲盡擬古之妙。嘗謂讀太白樂府者有三難：不先明古題辭義源委，不知奪換所自；不參按白身世遘遇之概，不知其因事傅題借題抒情之本指；不讀盡古人書，精熟《離騷》《選》《賦》及歷代諸家詩集，無繇得其所伐之材與巧鑄靈運之作略。今人第謂太白天才，不知其留意樂府，自有如許功力在。非草草任筆性懸合者，不可不爲拈出。」又「擬古樂府至太白幾無憾，以爲樂府第一手矣。」

〔三〕白居易《白香山詩集》卷三、卷四收《新樂府》五十首。又夏敬觀《劉融齋詩概詮説》：「當更加一句，少陵新題，亦超亦穩。」

二一九　雜言歌行，〔一〕音節似乎無定，而實有不可易者存。蓋歌行皆樂府支流，樂不離乎本宮，〔二〕本宮之中，又有自然先後也。

〔一〕明徐師曾《文體明辨序説・雜言古詩》：「大略與樂府歌行相似而其名不同。」又《樂府》：「樂府命題，名稱不一。蓋自琴曲之外，其放情長言，雜而無方者曰歌；步驟馳騁，疏而不滯者曰行，兼之曰歌行。」雜言歌行詩始著於南北朝宋鮑照。可參卷四第一〇六注〔一〕。

〔二〕「本宮」：本意是指開初以宮聲爲主的調式。如元王實甫《西廂記》第二本第四折：「這一篇與本宮，始終不同。」此喻爲主的音節。夏敬觀《劉融齋詩概詮説》：「歌行之音節，有多種。漢魏是一種，六朝是一種，初唐是一種。李杜以後，各人所作，又有多類，須多讀始知之，衹是腔口之不同耳。其不可易者，則各派别中之腔口，有可混同者，有不可夾雜者，若謂樂不離乎本宮，本宮之中，又有自然先後，此涉及音律，吾所不解。」此指固有之聲律。可參卷二第二一一。

二三〇　賦「不歌而誦」，〔一〕樂府歌而不誦，詩兼歌誦，而以時出之。〔二〕

〔一〕《漢書》卷三十《藝文志》：「傳曰：不歌而誦謂之賦。登高能賦可以爲大夫。言感物造耑，材知深美，可與圖事，故可以爲列大夫也。」唐顔師古注：「因物動志，則造辭義之端緒。」按：此又當與卷三第二二三互參。

〔二〕按：此當與卷二第二二四互參。

二三一　《詩》，一種是「歌」，「君子作歌」是也；〔一〕一種是「誦」，「吉甫作誦」是也。〔二〕《楚辭》有《九歌》與《惜誦》，〔三〕其音節可辨而知。

〔一〕語見《詩·小雅·四月》：「君子作歌，維以告哀。」此謂以聲情勝，可參卷二第二二四。

〔二〕見卷二第〇〇九注〔一〕。又《詩·大雅·崧高》：「吉甫作誦，其詩孔碩。」此謂以意法勝，可參卷二第二二四。

〔三〕《惜誦》：見屈原《九章》。

二三二 《九歌》，歌也；《九章》，〔一〕誦也。詩如少陵近《九章》，太白近《九歌》。〔二〕

〔一〕《九歌》：可參卷二第二〇九注〔一〕。《九章》：包括《惜誦》、《涉江》、《哀郢》、《抽思》、《懷沙》、《思美人》、《惜往日》、《橘頌》、《悲回風》。全章有以「誦」名篇而無以「歌」名篇者，故云「《九章》，誦」。按：此當謂《九歌》近《詩》，《九章》近賦。可參卷二第二二四。

〔二〕按：此謂杜工叙事，李善言情；杜多學問語，言典致博；李多性靈語，如出天籟；杜以意法勝，李以聲情勝也。可參卷二第二二三、卷三第〇二五、卷三第一二〇、卷三第二二四。

二三三 「誦」顯而「歌」微。故長篇「誦」，短篇「歌」；〔一〕叙事「誦」，抒情「歌」。〔二〕

〔一〕三國曹丕《燕歌行》：「援琴鳴絃發清商，短歌微吟不能長。」《陳書》卷三十六《始興王叔陵傳》：「叔陵脩飾虛名，每入朝，常於車中馬上執卷讀書，高聲長誦，陽陽自若。」按：此又當與卷三第一一八注〔二〕及注〔三〕互參。

〔二〕此當與卷二第二二二互參。

三四　詩以意法勝者宜「誦」，以「聲情」勝者宜「歌」。〔一〕古人之詩，疑若千支萬派，〔二〕然曾有出於「歌」「誦」外者乎？

〔一〕此當與卷二第二二二互參。按：以聲情勝者，近《詩》，故宜歌；以意法勝者，近賦，故宜誦。可參卷三第〇〇八。

〔二〕「千支萬派」：此喻風格之多樣。

三五　文有文律，陸機《文賦》所謂「普辭條與文律」是也。〔一〕杜詩云：「晚節漸於詩律細。」〔二〕使將「詩律」「律」字解作五律七律之「律」，〔三〕則「文律」又何解乎？大抵只是以法爲律耳。

〔一〕《文賦》：「普辭條與文律，良余膺之所服。」《六臣注文選》卷十五：「濟曰：普見文章之條流及與音律，實我心之所服翫也。」據注：則陸機《文賦》中的「文律」，本指文章之音律而非律法。融齋斷章取義。

〔二〕語見唐杜甫《遣悶戲呈路十九曹長》。

〔三〕清朱彝尊《曝書亭集》卷三十三《寄查德尹編修書》：「蒙竊聞諸昔者吾友富平李天生之論矣，少陵自詡晚節漸於詩律細，曷言乎細？凡五七言近體，唐賢落韻共一紐者，不連用，夫人而然。至於一三五七句，用仄字、上去、入三聲，少陵必隔別用之，莫有疊出者，他人不爾也。」即以詩中「詩律」爲指五七言近體而言。

二三六　詩之局勢非前張後歙，〔一〕則前歙後張，古體律絶無以異也。〔二〕

〔一〕「局勢」：本八股論文術語，此論詩，指格局、體式。夏敬觀《劉融齋詩概詮説》：「張歙亦可謂之收放。老子曰：『將欲歙之，必欲張之。』即前張後歙之道也。前張後歙，乃逆取勢，前歙後張，乃順取勢。此亦國文文法，用之作詩亦然。動手作詩，不知取勢，則筆不振。」夏氏《劉融齋詩概詮説續》以爲杜甫《江村》即用前張後歙之法（見卷二第一八九注〔二〕）。

〔二〕「古體」：古體詩。主要指唐代以前出現的不拘平仄、對仗、不受字數限制、用韻自由的古詩。以區别於唐代逐漸發展成熟的近體詩。

二三七　詩以離合爲跌宕，故莫善於用遠合近離。近離者，以離開上句之意爲接也。離後復轉，而與未離之前相合，即遠合也。〔一〕

〔一〕夏敬觀《劉融齋詩概詮説》：「跌宕者，使其筆不平鋪，而句句跳動，上句是此意，而下句以他意接之。其後復轉而相合，意仍不脱，乃不即不離之謂。曹植《洛神賦》云：『神光離合，乍陰乍陽。』可作此詮。此法用之律詩爲多，至此，言文法者，凡十。」夏氏《劉融齋詩概詮説續》謂杜甫《涪城縣香積寺官閣》：「寺下春江深不流，山腰官閣迥添愁。含風翠壁孤雲細，背日丹楓萬木稠。小院迴廊春寂寂，浴鳧飛鷺晚悠悠。諸天合在藤蘿外，昏黑應須到上頭。」「深不流是伏，晚悠悠是應，亦遠合近離法。」

三八　篇意前後摩盪，〔一〕則「精神」自出。〔二〕如《豳風·東山》詩，種種景物，種種情思，其摩蕩祇在「徂」、「歸」二字耳。〔三〕

〔一〕「摩盪」：語見《易·繫辭上》：「是故剛柔相摩，八卦相盪，鼓之以雷霆，潤之以風雨。日月運行，一寒一暑，乾道成男，坤道成女，乾知大始，坤作成物。」「相摩」：晉韓康伯注：「切摩也。」「相盪」：晉韓康伯注：「相推盪也。」此指離合。

〔二〕「精神」：又爲署名唐司空圖《二十四詩品》中所標舉的美學風格之一。欲返不盡，相期與來。明漪絶底，奇花初胎。青春鸚鵡，楊柳樓臺。碧山人來，清酒深杯。生氣遠出，不著死灰。妙造自然，伊誰與裁。

〔三〕語見《詩·豳風·東山》。又夏敬觀《劉融齋詩概詮説》：「引《三百篇》之《豳風·東山》詩以喻，好極！熟讀之可悟摩盪之意。摩盪，非徒跌宕也。此又在十種文法之外而出於十種文法之中。」

二三九　問短篇所尚？曰：「咫尺應須論萬里。」〔一〕問長篇所尚？曰：「萬斛之舟行若風。」〔二〕二句皆杜詩，而杜之長短篇即如之。杜詩又云：「大城鐵不如，小城萬丈餘。」〔三〕其意亦可相通相足。〔四〕

〔一〕語見唐杜甫《戲題王宰畫山水圖歌》：「尤工遠勢古莫比，咫尺應須論萬里。」按：此喻短篇要能小中見大，有尺幅千里之勢。可參卷二第二〇二。

〔二〕語見唐杜甫《夔州歌十絶句》之七：「蜀麻吴鹽自古通，萬斛之舟行若風。」按：此喻長篇要能舉重若輕。可卷二第一七〇。

〔三〕語見唐杜甫《潼關吏》。

〔四〕「相通相足」：互相貫通，互相補足。夏敬觀《劉融齋詩概詮説》：「短篇有咫尺萬里之勢，蓋於小中見大也。然篇短，其中雖亦有伏應轉接，開闔以盡變，不能使用長筆爲之，必突兀遒峭，以行其筆，故别是一種篇法。雖可稍夾議論，無地位可以夾叙。長篇如行文，然伏應轉接之處，亦自有詩篇万法，其過於顯明者，謂之以文爲詩。此類詩，必議論多，風趣少也。」

二三〇　長篇宜横鋪，不然則力單；〔一〕短篇宜紆折，不然則味薄。

〔一〕「單」：通「殫」，盡。夏敬觀《劉融齋詩概詮説》：「横鋪者多用駢句，駢須不合掌，夾駢夾散，方見力量，又須無一可删段落。今人喜勉强湊合，貪多不厭，號爲長篇，以裝門面，可笑也。紆折者，言短意密，無一句可以鬆懈。今人以爲隨便作數句，便是短篇，可笑也。」

二三一　大起大落，大開大合，用之長篇，此如黄河之「百里一曲，千里一曲一直」也。〔一〕然即短至絶句，亦未嘗無尺水興波之法。〔二〕

〔一〕《爾雅・釋水》：「河出崑崙虚，色白。所渠並千七百一川，色黄。百里一小曲，千里一曲一直。」

〔二〕按：清俞正燮《癸巳類稿》卷七《尺水字義》：「《道藏》正一部、《意林》載桓譚《新論》云：『龍無尺水，無以昇天；聖人無尺土，無以王天下。』『尺水』言其少，以喻『尺土』。」「尺水興波」又作「尺水丈波」，常用來比喻因小事而引起大風波。唐孟郊《君子勿鬱鬱士有謗毁者作詩以贈之》之一：「須知一尺水，日夜增高波。」宋孫光憲《北夢瑣言》卷九：「唐孟弘微郎中誕妄不拘……又嘗忿狷，擠其弟落井，外議喧然，乃致書告親友曰：『懸身井半，風言沸騰，尺水丈波，古今常事。』」此指在短小篇幅中表現出恢弘之意境。夏敬觀《劉融齋詩概詮説》：「大起大落，大開大合，形容其波瀾壯闊也。尺水興波，是微瀾風動。前者可挾泥沙俱下，後者須澄清無滓，大有分别。」似理解有誤。

二三二　長篇以叙事，短篇以寫意，七言以「浩歌」，五言以「穆誦」。〔一〕此皆題實司之，〔二〕非人所能與。

〔一〕「浩歌」：語本《楚辭·少司命》：「望美人兮未來，臨風怳兮浩歌。」東漢王逸《楚辭章句》：「言己思望司命，而未肯來。臨疾風而大歌。冀神聞之而來至也。」「穆誦」：見卷二第〇〇九注〔一〕。

〔二〕「司」：主管。「題實司之」：題目所決定的。夏敬觀《劉融齋詩概詮説》：「長篇不止於叙事一種，亦有寫意、寫景、寫情，或參錯於其間，或專寫意、寫景，寫情。短篇不止於寫意一種，亦有用之叙事者，情景二種尤多。七古不特浩歌一派，偏於浩歌，嫌太放。五古亦不止穆誦一派，偏於穆誦，嫌太莊。題實爲之一語，則顛撲不破，相題而施，各得其妙。」

二三三　伏應、〔一〕提頓、〔二〕轉接、藏見、〔三〕倒順、綰插、〔四〕淺深、離合諸法，〔五〕篇中、段中、聯中、句中均有取焉。然非渾然無迹，未善也。

〔一〕夏敬觀《劉融齋詩概詮説續》謂杜甫《送路六侍御入朝》（詩見卷二第一八二注〔二〕）：「忽漫相逢是應，消息茫然是伏。」

〔二〕夏敬觀《劉融齋詩概詮説續》謂杜甫《聞官軍收河南河北》（詩見卷二第一八九注〔一〕）「第二聯近接第二句，一提一頓，以愁喜應涕淚之伏」。

〔三〕「見」：通「現」。夏敬觀《劉融齋詩概詮説續》謂杜甫《野人送櫻桃》：「西蜀櫻桃也自紅，野人相贈滿筠籠。數迴細寫愁仍破，萬顆勻圓訝許同。憶昨賜霑門下省，退朝擎出大明宮。金盤玉筯無消息，此日嘗新任轉蓬。」「第二聯，上句是隱，下句是見。」

〔四〕夏敬觀《劉融齋詩概詮説續》謂杜甫《南鄰》（詩見卷二第一八七注〔二〕）「第三聯串對，別出一意，曲接而縮插之。」《送路六侍御入朝》（詩見卷二第一八二注〔三〕）：「第三聯挺接，是平對。且別出一意，不與上近接，乃曲接，又即縮插法。」

〔五〕范罕《蝸牛舍説詩新語》：「按：此説宜與議、叙、寫條合參。」夏敬觀《劉融齋詩概詮説》：「此合古詩、律詩言之。伏應等八種名辭，皆國文文法。伏應者，前用一筆埋伏此意，而後文應此意也。提頓者，文氣至此一頓又一提，以顯抑揚頓挫之妙。轉接者，文氣至此當轉，轉則當接（尚有挺接一法，則無轉之痕迹）。藏見者，即遮表，融齋另有一條説明，詳後。倒順者，即倒挽及流水句法也，順則如流水，逆則倒挽。縮插者，其意在文中若無安放處，則相度其地位，而插入數語。淺深者，淺者以深語文之，深者以淺語出之。離合者，即遠合近離，融齋別有一條説明，詳後。」

二三四　少陵《寄高達夫》詩云：「佳句法如何？」〔一〕可見句之宜有法矣。然欲定句法，其消息未有不從章法、篇法來者。〔二〕

〔一〕今集作《寄高三十五書記》。清仇兆鰲《杜詩詳注》卷三：「今按：各體中皆有法度。長篇則有段落勻稱之法，連章則有次第分明之法，首尾有照應之法，全局有開闔之法，逐層有承頂之法。且章有章法，句有句法，字有字法，謹嚴於法而又能神明變化，於法方稱宗工巨匠。此云『佳句法如何』，蓋欲與之互證心得耳。」夏敬觀《劉融齋詩概詮説》：「此條稍欠明朗，當言句法不稱，在篇中立不住，篇法不稱，則全篇立不住。章法篇法是二，全篇謂之篇法，古詩在一篇中分章次，則有章法。後來不復分章，只是長篇中有段落而已，則篇法該之。後來一題作數詩者，亦有章法，與古詩分章者，稍有不同。融齋於篇章二字未分別，特於此明之。」

〔二〕「消息」：奧秘。

二三五　「河水清且漣」，〔一〕「間關車之舝」，〔二〕皆是五言，且皆是上二字下三字句法，而意有順倒之不同。

〔一〕語見《詩·魏風·伐檀》。

〔二〕語見《詩·小雅·車舝》。按：宋朱熹《詩集傳》卷五：「間關，設舝聲也。舝，車軸頭鐵也。」故融齋云此爲倒裝句。

三六 詩無論五七言及句法倒順，總須將上半句與下半句比權量力，〔一〕使足相當。不然，頭空足弱，無一可者。

〔一〕「比權量力」：比並、衡量。夏敬觀《劉融齋詩概詮説》：「此言句法也。大頭小尾，遂不相稱，句中所忌，篇中尤忌。姜白石《詩説》云：『作大篇尤當佈置，首尾停匀，腰腹肥滿。多見人前面有餘，後面不足，前面極工，後面草草，不可不知也。』此即言不稱之弊也。」

三七 鍊篇、鍊章、鍊句、鍊字，總之所貴乎鍊者，是往活處鍊，非往死處鍊也。夫活亦在乎認取詩眼而已。〔一〕

〔一〕「詩眼」：一詩之眼目，引申指要害、關鍵。宋范祖禹之子范温曾撰《潛溪詩眼》一書。按：此當與卷四第〇四〇五參。

三八 詩眼，有全集之眼，有一篇之眼，有數句之眼，有一句之眼；有以數句爲眼者，有以一句爲眼者，有以一二字爲眼者。〔一〕

〔一〕按：范罕《蝸牛舍説詩新語》：「按詩眼之説，前人已有之。先生之言更精透。」夏敬觀《劉融齋詩概詮説》：「詩眼，即提醒處，猶之畫龍之點睛，往活處鍊，則若龍睛之有一定處所也。故提醒處，在認取其扼要處。扼要處篇篇不同，句句不同，故一篇中有一篇之眼，數句連接中，有數句之眼，一句中有一句之眼。在一篇之中，有以數句爲眼者，非一句所能提醒也。又有不必以全句爲眼者，得一二字，已足提醒矣。至於全集之眼，則不易言。全集中以某詩爲能見其志，而他詩皆無背此志，是其一集之眼也。」

二三九　冷句中有熱字，熱句中有冷字；情句中有景字，景句中有情字。〔一〕詩要「細筋入骨」，〔二〕必由善用此字得之。

〔一〕「冷句（字）」：客觀描寫景物之句（或字）。「熱句（字）」：作者主觀抒情之句（或字）。按：明王世貞《藝苑卮言·評周柳詞》：「美成能作景語，不能作情語。」清沈祥龍《論詞隨筆》：「詞雖濃麗而乏趣味者，以其但知作情景兩分語，不知作景中有情、情中有景語耳。『雨打梨花深閉門』、『落紅萬點愁如海』，皆情景雙繪，故稱好句，而趣味無窮。」所論雖詞，頗可與此互參。又王國維《人間詞話》：「昔人論詩詞，有景語、情語之别，不知一切景語皆情語也。」似本融齋。

〔二〕見卷二第〇九一及注〔一〕。此喻相互交融，不露痕迹。

二四〇　詩有雙關字，有偏舉字。如陶詩「望雲慚高鳥，臨水愧游魚」，〔一〕「雲」、「鳥」、「水」、「魚」是偏舉，「高」、「游」是雙關。偏舉，舉物也；雙關，關己也。〔二〕

〔一〕語見晉陶淵明《始作鎮軍參軍經曲阿作一首》。唐李善注：「言魚鳥咸得其所，而已獨違其性也。」夏敬觀《劉融齋詩概詮説》：「此二條（注者按：指卷二第二三九、卷二第二四〇。）言鍊字向活處鍊，亦即明一句之眼也。情景須兼融，人人知之矣。偏舉雙關，即情景兼融之一法也。冷句安熱字，熱句安冷字，乃熟句鍊生，生句鍊熟之一法，所言法尚未備，學者當舉一反三。」

〔二〕按：「高」、「游」二字，表面上是作者對自然界中鳥魚狀態的客觀的描摹，而實際上又於「高」字中，蘊含作者羨慕其高遠、不受籠罩與約束之意，於「游」字中，又寓作者羨慕其自由、愜心之意。故融齋將詩中此類字稱之爲「雙關字」。

二四一　問韻之相通與不相通，〔一〕以何爲憑？曰：憑古。古通者，吾亦通之。《毛詩》、《楚辭》、漢魏、六朝詩，杜、韓諸大家詩，以及他古書中有韻之文，〔二〕皆其準驗也。〔三〕

〔一〕「通韻」：近體詩押韻限用平聲韻，且要求一詩一韻到底，不能雜以他韻。但前人詩歌中，間有以鄰韻混押者（所謂鄰韻，除江與陽、佳與麻、蒸與侵爲罕見的特例外，一般依詩韻的次序，以排列相近而音又相似的韻認爲鄰韻），這就是通韻。

〔二〕按：現存最早的詩韻是《廣韻》，共有二〇六韻，唐初許敬宗等奏議，把二〇六韻中鄰近的韻，加以合併。宋淳祐年間，江北平水人劉淵刊行的《壬子新刊禮部韻略》，合併二〇六韻爲一〇七韻，稱「平水韻」。元陰時遇著《韻府群玉》復並上聲之拯部，爲一百零六韻，清編《佩文韻府》因之，並改稱「平水韻」爲《佩文詩韻》（簡稱《詩韻》）。因爲平水韻是根據唐初許敬宗奏議合併的韻，所以唐及唐以後的人寫詩，實際上遵守和沿用的是平水韻。平水韻分上平聲十五韻，下平聲十五韻；上聲二十九韻；去聲三十韻；入聲十七韻。但古人寫詩用韻的情況其實是非常複雜的：如杜牧《池州送孟遲先輩》一詩，月、薛、末、曷、黠、屑、没七韻同用，不僅超出了《廣韻》同用的規定，甚至還超出了攝的範圍（明胡應麟《詩藪》外編卷三《唐上》亦有舉證）。因此融齋認爲後人作詩如果出現了這種情況，只要有前人詩歌作爲依據，亦可視爲押韻。這就是所謂的「憑古」、「古通者，吾亦通之」，即承認詩韻具有特殊性，在符合一定的原則性的前提下，可以變通。又宋沈義父《樂府指迷》：「押韻不必盡有出處，但不可杜撰。若只用出處押韻，却恐窒塞。」所論雖爲詞韻，亦可與此互參。

〔三〕「準驗」：標準和用來檢驗（的依據）。按：清袁枚《隨園詩話》卷十二：「余祝彭尚書壽詩，七虞内誤用『餘』字，意欲改之。後考唐人律詩，通韻極多，因而中止。」即此意。

二四二　辨得平聲韻之相通與不相通，斯上聲去聲之通不通，因之而定。〔一〕東、冬、江通，則董、腫、講通矣，送、宋、絳亦通矣。推之：支、微、齊、佳、灰通，則紙、尾、薺、蟹、賄通，寘、未、霽、泰、卦、隊通。魚、虞通，則語、麌通，御、遇通。真、文、元、寒、刪、先通，則軫、吻、阮、旱、潸、銑通，震、問、願、翰、諫、霰通。蕭、肴、豪通，則篠、巧、皓通，嘯、效、號通。歌、麻通，則哿、馬通，個、禡通。庚、青、蒸通，則梗、迥通，敬、徑通。侵、覃、鹽、咸通，則寢、感、儉、豏通，沁、勘、豔、陷通。陽無通，則養亦無通，漾亦無通。〔三〕尤無通，則有亦無通，宥亦無通。

〔一〕按：《廣韻》是把每一韻按四聲來區分的。例如「東、董、送、屋」就是東韻的平、上、去、入四聲，每一個韻目字既代表一個韻，也代表聲調。平常音韻學上提到某一平聲韻的時候，往往包括上聲和去聲，這就是所謂的「舉平以賅上去」。融齋就是要利用這個特點，根據某兩個或兩個以上平聲韻之間是否相通，來推測它們所對應的上聲和去聲韻是否也相通。「董」、「腫」、「講」是「東」、「冬」、「江」三韻所對應的上聲韻，「送」、「宋」、「絳」則是「東」、「冬」、「江」三韻所對應的去聲韻，後同此。

〔二〕「陽無通，則養亦無通，漾亦無通」：如果某個字和陽韻不通，那麼它所對應的上聲韻也不會和養韻相通，所對應的去聲韻也不會和漾韻相通。

二四三　入聲韻之通不通，亦於平聲定之。〔一〕東、冬、江通，則屋、沃、覺通。〔二〕真、文、元、寒、删、先通，則質、物、月、曷、黠、屑通。庚、青、蒸通，則陌、錫、職通。侵、覃、鹽、咸通，則緝、合、葉、洽通。陽無通，則藥亦無通。

〔一〕融齋認爲根據上節所談到的方法還可進而由兩個或兩個以上的韻平聲是否相通來推斷這個韻所對應的入聲韻是否也相通。

〔二〕「屋、沃、覺」是「東、冬、江」相對應的入聲韻。後同此。

二四四　論詩者，或謂鍊格不如鍊意，或謂鍊意不如鍊格。〔一〕惟姜白石《詩説》爲得之，〔二〕曰：「意出於格，先得格也；格出於意，先得意也。」〔三〕

〔一〕宋魏慶之《詩人玉屑》卷八《鍊格》引《金針格》：「鍊句不如鍊字，鍊字不如鍊意，鍊意不如鍊格。以聲律爲竅，物象爲骨，意格爲髓。」又融齋《游藝約言》：「論詩者謂『鍊字不如鍊意』，此未能鍊意者之言也。夫鍊字，亦鍊字之意而已矣，豈舍意而別有所謂鍊字乎？」

〔二〕《詩説》原作《詩話》，此或因形近致誤。卷一第一五六、卷四第〇八六所引皆不誤。

〔三〕語見宋魏慶之《詩人玉屑》卷一引《白石詩説》。

二四五　文所不能言之意，詩或能言之。大抵文善醒，詩善醉，醉中語亦有醒時道不到者。〔一〕蓋其天機之發，不可思議也。故余論文旨曰：「惟此聖人，瞻言百里。」〔二〕論詩旨曰：「百爾所思，不如我所之。」〔三〕

〔一〕按：古人有「醉時是醒時語」的説法。宋蘇軾《與陳季常》其九：「老媳婦云：『一絶乞秀英君』大爲愧悚，真所謂醉時是醒時語也。」又胡仔《苕溪漁隱叢話》前集卷四：「東坡云：陶潛詩：『但恐多謬誤，君當恕醉人。』此未醉時説也。若已醉，何暇憂誤哉？然世人言醉時是醒時語，此最名言。」此處更進一層而言。「醒」：警醒。「醉」：酣醉。又范罕《蝸牛舍説詩新語》：「按先生醒醉之説，前人無此精到。」

〔二〕語見《詩・大雅・桑柔》。西漢毛亨《傳》：「瞻言百里，遠慮也。」

〔三〕見卷二第〇四四注〔二〕。又清吴喬《圍爐詩話》卷二：「五絶，仙鬼勝於兒童女子，兒童女子勝於文人學士，夢境所作勝於醒時。」夏敬觀《劉融齋詩概詮説》：「以醒醉二字言詩文，妙極。善醉，故有時能迷離惝怳出之。文則除騷賦外，皆不能用此法也。凡詩詞歌賦，其至者常若有神經病人語，類皆淵源於《莊》、《騷》，即前所謂迷離者也。」今人宗白華《藝境・略論文藝與象徵》：「詩人藝術家在這人世間，可具兩種態度：醉和醒，醒者張目人間，寄情世外，拿極客觀的胸襟『澈滌萬物，牢籠百態』（原注：柳宗元語）。……所以詩人善醒，他能透徹人情物理，把握世界人生真境實相，散布着智慧，那由深心體驗所獲得的晶瑩的智慧。但詩人更要能醉，能夢。由夢由醉，詩人方能暫脱世俗，超俗凡近，深深地深深地墜入這世界人生的一層變化迷離，奥妙惝恍的境地。……這樣一個因體會之深而難以言傳的境地，已不是明白清醒的邏輯文體所能完全表達。醉中語有醒時道不出的，詩人藝術家往往用象徵的（比興的）手法才能傳神寫照。……所以最高的文藝表現：寧空毋實，寧醉毋醒。西洋最清醒的古典意境，希臘雕刻，也要在圓渾的肉體上留有清癯而不十分充滿的境地，讓人們心中手中波動一痕相思和期待。阿波羅神像在他極端清朗秀美的面龐上，仍流動著沉沉的夢意在額眉眼角之間。」可與此互參。

二四六　詩之所貴於言志者，〔一〕須是以「直温寬栗」爲本。〔二〕不然，則其爲志也荒矣，如《樂記》所謂「喬志」、「溺志」是也。〔三〕

〔一〕見卷一第三四〇注〔三〕。

〔二〕《尚書·皋陶謨》：「皋陶曰：『都，亦行有九德。亦言其人有德，乃言曰，載采采。』禹曰：『何？』皋陶曰：『寬而栗、柔而立、願而恭、亂而敬、擾而毅、直而温、簡而廉、剛而塞、彊而義，彰厥有常，吉哉。』」意謂既寬宏大量又堅毅威嚴，既性情温和又堅定不移，既小心謹慎又嚴肅莊重；既處事幹練又嚴謹有序，既虚心納諫又剛毅果斷，既行爲耿直又態度温和，既著眼大局又注重小節，既剛正不阿又充實全面，既勇敢頑强又善良仁義。

〔三〕《禮記·樂記》：「子夏對曰：『鄭音好濫，淫志；宋音燕女，溺志；衛音趨數，煩志；齊音敖辟，喬志。』此四者，皆淫於色而害於德，是以祭祀弗用也。」意謂鄭國的音樂好淫濫，這會使意志放縱；宋國的音樂好投女子所好，這會使意志消沈；衛國的音樂急促，這會使意志煩勞；齊國的音樂傲佷，這會使意志驕縱。

二四七　詩之言持，〔一〕莫先於内持其志，〔二〕而外持風化從之。〔三〕

〔一〕《詩緯含神霧》：「詩者，天地之心，君德之祖，百福之宗，萬物之户也。刻之玉板，藏之金府，集微揆著，上統元皇，下序四始，羅列五際，故詩者，持也。」另可參卷二第二五六及注〔一〕。

〔二〕按：融齋《持志塾言叙》：「《孟子》始言『持志』，志之賴於持也久矣。持之義不一端，大要維持之欲其正也，操持之欲其久也。持之方亦不一端，大要善其志之所以養也，慎其志之所以發也。」

〔三〕「風化」：諷喻教化。《毛詩序》：「上以風化下，下以風刺上。」東漢鄭玄箋：「風化、風刺，皆謂譬喻不斥言也。」

二四八　古人因志而有詩，〔一〕後人先去作詩，却推究到詩不可以徒作，〔二〕因將志入裹來，已是倒做了，〔三〕況無與於志者乎？

〔一〕《毛詩序》：「詩者，志之所之也。在心爲志，發言爲詩。」

〔二〕按：清沈祥龍《樂志簃筆記》卷三《論文隨筆》：「文章不能無故而作，必因事以發其所蘊，武侯不盡瘁，則《出師表》僅後世一奏牘耳，淵明不隱居，則《歸去來辭》僅文人一詞賦耳，故文之先自有事在。」可與此互參。

〔三〕「倒做」：宋代理學家喜歡使用的一個術語，指本末倒置。

二四九　《文心雕龍》云：「嵇志清峻，阮旨遥深。」〔一〕鍾嶸《詩品》云：「郭景純用儁上之才，劉越石仗清剛之氣。」〔二〕余謂「志」、「旨」、「才」、「氣」，人占一字，此特就其所尤重者言之。其實此四字，詩家不可缺一也。

〔一〕語見南朝梁劉勰《文心雕龍·明詩》。

〔二〕見卷二第〇四〇注〔二〕。

二五〇　「思無邪」，〔一〕「思」字中境界無盡，〔二〕惟所歸則一耳。嚴滄浪《詩話》謂「信手拈來，頭頭是道」，〔三〕似有得於此意。

〔一〕「思無邪」：見卷二第〇〇二注〔三〕。宋邢昺《論語注疏》引包咸注：「歸於正。」宋朱熹《四書集注》："《魯頌·駉篇》之辭，凡《詩》之言，善者可以感發人之善心，惡者可以懲創人之逸志，其用歸於使人得其情性之正而已。然其言微婉，且或各因一事而發，求其直指全體，則未有若此之明且盡者。故夫子言《詩三百篇》而惟此一言足以盡蓋其義，其示人之意亦深切矣。"本意是説"思想内容没有邪惡的"。

〔二〕按：王國維論詞，喜標舉"境界"，《人間詞話》："詞以境界爲最上，有境界則自成高格，自有名句。"又："然滄浪所謂『興趣』，阮亭所謂『神韻』，猶不過道其面目，不若鄙人拈出『境界』二字爲探其本也。"其實融齋已先其而發。本條及卷二第一六三可證。

〔三〕"嚴滄浪"：宋代嚴羽。字丹丘，一字儀卿，號滄浪逋客。引文見其《滄浪詩話》："學詩有三節：其初，不識好惡，連篇累牘，肆筆而成；既識羞愧，始生畏縮，成之極難；及其透徹，則七縱八橫，信手拈來，頭頭是道矣。"

二五一　雅人有深致，〔一〕風人、騷人亦各有深致。後人能有其致，則《風》、《雅》、《騷》不必在古矣。〔二〕

〔一〕"雅人深致"：學者文士深邃的意旨。參卷二第二五二注〔二〕。

〔二〕"在"：在乎、看重。

二五二　「昔我往矣，楊柳依依；今我來思，雨雪霏霏。」〔一〕雅人深致，〔二〕正在借景言情。若舍景不言，不過曰春往冬來耳，〔三〕有何意味？　然「黍稷方華」，「雨雪載塗」，〔四〕與此又似同而異，須索解人。〔五〕

〔一〕語見《詩·小雅·采薇》。

〔二〕南北朝宋劉義慶《世説新語·文學》：「謝公因子弟集聚，問毛詩何句最佳？　遏稱曰：『昔我往矣，楊柳依依。今我來思，雨雪霏霏。』公曰：『訏謨定命，遠猷辰告。』謂此句偏有雅人深致。」

〔三〕宋吕祖謙《吕氏家塾讀詩記》卷十七引：「董氏曰：楊柳依依，春之中也。雨雪霏霏，冬之末也。」

〔四〕語見《詩·小雅·出車》。

〔五〕按：宋吕祖謙《吕氏家塾讀詩記》卷十七：「《采薇》之所謂往，遣戍時也；此詩之所謂往，在道時也。《采薇》之所謂來，戍畢時也；此詩之所謂來，歸而在道時也。」「解人」：見事高明，通解理趣的人。

二五三　夏侯湛作《周詩》成，〔一〕示潘安仁，安仁曰：「此非徒温雅，乃別見孝弟之性。」〔二〕余謂「孝弟之性」，乃其所以「温雅」也。二而言之，〔三〕安仁於是爲不知詩矣。

〔一〕夏侯湛：字孝若，西晉譙國譙人。幼有盛才，文章宏富，善構新詞而美容觀，與潘岳（字安仁）友善，每行止同輿接茵，京都謂之「連璧」。《晉書》卷五十五有傳。詩見《世説新語・文學》劉孝標注引。又劉孝標注：「湛集載其叙曰：《周詩》者，《南陔》、《白華》、《華黍》、《由庚》、《崇丘》、《由儀》六篇，有其義而亡其辭，湛續其亡，故云《周詩》也。」

〔二〕語見《世説新語・文學》，又見《晉書》卷五十五《夏侯湛傳》。

〔三〕「二而言之」：分成兩方面來談論。

二五四　謝靈運詩：「事爲名教用，道以神理超。」〔一〕下句意須離不得上句，不然，是「名教」外別有所謂「神理」矣。

〔一〕見《文選》卷二十二謝靈運《從游京口北固應詔》。唐李善注：「言上二事乃爲名教之所用，而其至道，實神理而超然也。《文子》曰：『聖人所由曰道，所爲曰事。』」

二五五　不「發乎情」，即非禮義，〔一〕故詩要「有樂有哀」；〔二〕「發乎情」，未必即禮義，故詩要「哀樂中節」。〔三〕

〔一〕參卷二第〇二一注〔四〕。又融齋《昨非集》卷二《讀詩序》：「『發乎情，止乎禮義。』蓋詩之情正者即禮義，初非情縱之而禮義操之也。」

〔二〕《逸周書》卷一《文酌解第四》：「民生而有欲有惡，有樂有哀，有德有則。」又《禮記・樂記》：「是故先王有大事，必有禮以哀之；有大福，必有禮以樂之。哀樂之分，皆以禮終。」

〔三〕《禮記・中庸》：「喜怒哀樂之未發謂之中，發而皆中節謂之和。」「中節」：合乎禮義法度。

二五六　天之福人也，莫過於予以「性情之正」；〔一〕人之自福也，莫過於正其性情。〔二〕從事於詩而有得，則「樂而不荒」，「憂而不困」，〔三〕何福如之！

〔一〕宋朱熹《論語集注》卷二：「子曰：關雎樂而不淫，哀而不傷」句注：「欲學者玩其辭、審其音，而有以識其性情之正也。」另可參卷二第〇一五。

〔二〕此當與卷四第一一五五互參。

〔三〕《左傳》襄公二十九年：「（吴公子札來聘，請觀於周樂），爲之歌《邶》、《鄘》、《衛》。曰：『美哉淵乎！憂而不困者也。吾聞衛康叔、武公之德如是，是其《衛風》乎！』……爲之歌《頌》。曰：『至矣哉！直而不倨，曲而不屈，邇而不偪，遠而不攜，遷而不淫，復而不厭，哀而不愁，樂而不荒』……」又《後漢書》卷六十《馬融傳》：「夫樂而不荒，憂而不困，先王所以平和府藏，頤養精神，致之無疆。」意思是説快樂而不流於放縱，憂愁而不深陷其中。范罕《蝸牛舍説詩新語》：「此語爲予終身藥石。予謂天之生詩人也，將奪其人生一一之美好，而予以美好之全體。全體不可有，而可覺也。一一之美好，世人知之而趨赴之，得之而愛昧之，詩人不屑也。不屑而有詩，則真美好矣。此樂非人與之者，或謂天與之，可；謂先奪之而後予之，亦可；謂無所奪，亦未嘗予，亦可。要惟詩人自知之，亦惟知詩者知之，他無與焉。」

二五七　景有大小，〔一〕情有久暫。詩中言景，既患大小相混，又患大小相隔。言情亦如之。〔二〕

〔一〕清王夫之《夕堂永日緒論内編》：「有大景，有小景，有大景中小景。」黄生《詩麈》卷一：「然有大景、小景、遠景、近景、全景、半景……如：『云霞出海曙，梅柳渡江春。淑氣催黄鳥，晴光轉緑蘋。』一大景，一小景也。」

〔二〕按：此當與卷四第〇八六互參。又夏敬觀《劉融齋詩概詮説》：「此以平帖停匀言也，律詩尤重。相混，認識不清也。當大而語之以小，當小而語之以大，則與題不相稱。讀《大言賦》、《小言賦》，可以悟矣。相隔，組合不類也。上句太大，下句太小，或大頭小尾，小頭大尾。情之久暫，因景而有别。情景宜兼融，故言情亦如之。他條引謝靈運詩『事爲名教用，道以神理超』，謂下句意離不得上句。不然，是名教外别有所謂神理矣。即不可相隔之道也。於此可悟言情之不可相隔。」

二五八　興與比有闊狹之分。蓋比有正而無反，興兼反正故也。〔一〕

〔一〕按：比有正而無反，故狹；「興」兼反正，故闊。「以彼不然興此不然」是爲正興，「以彼不然興此當然」是爲反興。參元劉玉汝《詩纘緒》卷十二《角弓》。

二五九　昔人謂「激昂之言出於興」，〔一〕此「興」字與他處言興不同。激昂大抵只是情過於事，如太白詩「欲上青天覽日月」是也。〔二〕

〔一〕宋胡仔《苕溪漁隱叢話》前集卷八：「《詩眼》云：形似之意，蓋出於詩人之賦，『蕭蕭馬鳴，悠悠旆旌』是也。激昂之語，蓋出於詩人之興，『周餘黎民，靡有孑遺』是也。古人形似之語，如鏡取形、燈取影也。故老杜所題詩，往往親到其處，益知其工。激昂之言，孟子所謂不以文害辭，不以辭害志，初不可形迹考。然如此乃見一時之意。余遊武侯廟，然後知《古柏詩》所謂『柯如青銅根如石』，信然，決不可改，此乃形似之語。『霜皮溜雨四十圍，黛色參天二千尺。雲來氣接巫峽長，月出寒通雪山白。』此激昂之語，不如此，則不見柏之大也。文章固多端，警策往往在此兩體耳。」

〔二〕語見唐李白《宣州謝朓樓餞別校書叔雲》：「俱懷逸興壯思飛，欲上青天覽明月。」

二六〇　山之精神寫不出，以煙霞寫之；春之精神寫不出，以草樹寫之。故詩無氣象，則精神亦無所寓矣。〔一〕

〔一〕唐李白《上安州裴長史書》：「前此郡督馬公，朝野豪彦，一見盡禮，許爲奇才。因謂長史李京之曰：『諸人之文，猶山無煙霞，春無草樹。李白之文清雄奔放，名章俊語，絡繹間起，光明洞徹，句句動人。』」宋張戒《歲寒堂詩話》卷上：「大抵句中若無意味，譬之山無煙雲，春無草樹，豈復可觀？」夏敬觀《劉融齋詩概詮説》：「此以畫喻詩也。詩中之畫亦然。故寫景詩必寫景之精神。表現精神，端在氣象，故非寫景詩，亦貴有氣象。」按：此又當與卷三第〇八八互參。

二六一　詩格，一爲品格之格，如人之有智愚賢不肖也；一爲格式之格，如人之有貧富貴賤也。〔一〕

〔一〕傳唐王昌齡著有《詩格》，今已散佚，宋陳應行《吟窗雜録》、日僧空海《文境秘府論》有節引。清薛雪《一瓢詩話》：「格有品格之格，體格之格。體格一定之章程，品格自然之高邁。品高雖被緑蓑青笠，如立萬仞之峰，俯視一切；品低即拖紳搢笏，趨走紅塵，適足以誇耀鄉閭而已。所以品格之格與體格之格，不可同日而語。」與此可互參。

二六二　詩品出於人品。〔一〕人品「悃款朴忠」者最上，〔二〕「超然高舉」、「誅茅力耕」者次之。「送往勞來」、「從俗富貴」者，無譏焉。〔三〕

〔一〕清薛雪《一瓢詩話》：「詩文與書法一理，具得胸襟，人品必高。」又：「著作以人品爲先，文章次之，不可以『不以人廢言』爲藉口。」李調元《雨村詩話》卷下：「詩以人品爲第一，蔡京書法，荆公文章，直不可寓目，所謂惡其人者，惡其儲胥也。」清陳廷焯《白雨齋詞話》卷五：「詩詞原可觀人品，而亦不儘然。詩中之謝靈運、楊武人，人品皆不足取，而詩品甚高。尤可怪者，陳伯玉掃陳隋之習，首復古之功，其詩雄深蒼莽中，一歸於純正。就其詩以論人品，應有可以表見者，而諂事武后，騰笑千古。詞中如劉改之輩，詞本卑鄙。雖負一時重名，然觀其詞，即可知其人之不足取。獨怪史梅溪之沉鬱頓挫，溫厚纏綿，似其人氣節文章，可以並傳不朽。而乃甘作權相堂吏，致與耿檉、董如璧輩並送大理，身敗名裂。其才雖佳，其人無足稱矣（原注：梅溪姓氏，不見録於文苑中，職是之故）。視陳西麓之不肯仕元，當時有海上盜魁之目，寧不愧死。」則又以爲詩品原無關人品也。融齋《持志塾言》卷下《人品》章，與此並可互參。

〔二〕「悃款朴忠」：誠摯朴實而又忠厚。參卷一第一九八注〔一〕。

〔三〕「誅鋤草茅以力耕」：盡心力於農作，此喻隱者艱辛的生活。「送往勞來」：指官場迎來送往的交際應酬。「從俗富貴」：指隨俗以博取富貴者。均出《楚辭·卜居》，可參卷一第一九八注〔一〕。「無譏」：「自鄶無譏」之省，指不值一提。融齋《游藝約言》：「詩之正品，有『肫肫其仁』，有『浩浩其天」，其中皆須有個『淵淵其淵』在。」又《持志塾言》卷下《人品》所論，亦可與此參觀。夏敬觀《劉融齋詩概詮説》：「人品定於所志，然所言之志，有真僞焉，則悃款朴忠者最上一語，爲顛撲不破之定評。至於超然高舉，誅茅力耕，必其真而不僞者，斯亦悃款朴忠之徒也。今之人方力謀富貴，而示人於澹泊，或身居華廈，而謂志在誅茅力耕，吾見此類人之詩，比比皆是矣。自宋以來，以詩人忠愛爲口頭禪，推其行迹，果忠愛乎？故真僞之辨，不可不知也。送往勞來，從俗富貴者，詩品固下，人品尤卑，僞君子正與其相等。而以僞掩人耳目，使人不察，易受其欺，予尤不取。」

二六三　言詩格者必及氣，或疑太鍊傷氣，〔一〕非也。傷氣者，蓋鍊辭不鍊氣耳。

〔一〕清方東樹《昭昧詹言》卷五《大謝》：「太鍊則傷氣。」又卷一第○三七：「練不傷氣，必推景陽獨步。」

二六四　氣有清濁厚薄，〔一〕格有高低雅俗。詩家泛言氣格，〔二〕未是。

〔一〕參卷一第二六三注〔一〕。

〔二〕詩家以「氣格」論詩，最早見之於唐僧皎然《詩式·鄴中集》：「語與興驅，勢逐情起，不由作意，氣格自高。」夏敬觀《劉融齋詩概詮説》：「格即格調，亦即篇法也。品格之格，不由鍊出，然亦在格調篇法間。氣格之格，則在鍊氣。格意辭氣四者，皆須鍊，有一未至，非盡善盡美也。予曩言熟意鍊生，生意鍊熟，熟格鍊生，生格鍊熟，熟辭鍊生，生辭鍊熟，爲鍊之之訣，而遺氣不言。蓋氣無生熟也，惟鍊之使雄健，鍊之爲渾厚，鍊之爲靜穆，矜躁浮薄，皆所不取。氣果濁薄，格果低俗，則不足與言詩矣。」

二六五　林艾軒謂：「蘇、黄之別，猶丈夫女子之應接。丈夫見賓客，信步出將去，如女子則非塗澤不可。」〔一〕余謂此論未免誣黄而易蘇。〔二〕然推以論一切之詩，非獨女態當無，〔三〕雖丈夫之貴賤賢愚，亦大有辨矣。

〔一〕艾軒：宋林光朝之號，字謙之。著有《艾軒集》。引語見《艾軒集》卷五《讀韓柳蘇黄集》。按：宋黎靖德編《朱子語類》卷一百四十《論文下》：「蘇黄只是今人詩。蘇才豪，然一滚説盡，無餘意。黄費安排。」即此意。

〔二〕「易」：輕視。

〔三〕「女態」：卷五第二一二又稱「婦氣」。

二六六　詩以「悦人」爲心與以「夸人」爲心，品格何在？〔一〕而猶譊譊於品格，〔二〕其何異「溺

人必笑」耶！〔三〕

〔一〕「悦人」：宋朱熹《論語集注》卷一《巧言令色》章注：「好其言，善其色，致飾於外，務以悦人，則人欲肆而本心之德亡矣，聖人詞不迫切，專言鮮，則絶無可知，學者所當深戒也。」「夸人」：宋朱熹《論語集注》卷三《孟之反不伐》章引：「謝氏曰：人能操無欲上人之心，則人欲日消，天理日明。而凡可以矜己誇人者，皆無足道矣。」

〔二〕「譊譊」：齗齗爭辯貌。《莊子·至樂》：「彼唯人言之惡聞，奚以夫譊譊爲乎！」

〔三〕《左傳》哀公二十年：「使問趙孟，曰：『句踐將生憂寡人，寡人死之不得矣。』王曰：『溺人必笑，吾將有問也。』」晉杜預注：「以自喻所問不急，猶溺人不知所爲而反笑。」這裏用來比喻本末倒置。夏敬觀《劉融齋詩概詮説》：「以悦人誇人爲心者。是售其送往勞來從俗富貴之技也。若作討人説好，誇耀於人解，更深數層。融齋論宋梅堯臣云：『聖俞詩深微難識，即觀歐陽公云：知聖俞莫如修。嘗問聖俞生平所最好句，聖俞所自負者，皆修所不好，聖俞所卑下者，皆修所極賞。是其若心孤詣，且不欲徇非常人之意，況肯徇常人意乎？』此條既明指品格，則非謂不討人説好可知。愛好，固非不入品格者也。誇耀於人，又當别論。文章之事，實至名歸，自炫無濟也。」

二六七　或問詩偏於叙則掩意，偏於議則病格，〔一〕此説亦辨「意格」者所不遺否？〔二〕曰：遺

則不是，執則淺矣。〔三〕

〔一〕宋胡仔《苕溪漁隱叢話》前集卷五十五：「《蔡寬夫詩話》云：唐末五代，俗流以詩自名者，多好妄立格法，取前人詩句爲例，議論鋒出，甚有師子跳擲，毒龍顧尾等勢，覽之，每使人拊掌不已。大抵皆宗賈島輩，謂之賈島格，而於李杜特不少假借，李白：『女媧弄黄土，摶作愚下人。散在六合間，濛濛若埃塵。』目曰調笑格，以爲談笑之資。杜子美『冉冉谷中寺，娟娟林外峰。欄干更上處，結締坐來重』，目爲病格。以爲言語突兀，聲勢蹇澀。」

〔二〕按：以「意格」論文，始於宋姜夔。宋魏慶之《詩人玉屑》卷一引《白石詩説》：「意格欲高，句法欲響。只求工於句字，亦末矣。故始於意格，成於句字。」並可參卷二第二四四。

〔三〕夏敬觀《劉融齋詩概詮説》：「叙之法，漢魏已有之，夾議論，則宋以後始多。要在不掩意，不病格，夾叙夾議，以情景兼融之，波瀾壯闊，意味益厚，格自不傷。」

二六八　「其詩孔碩，其風肆好。」〔一〕後世爲詩者，於「碩」、「好」二字須善認。使非真「碩」，必且迂；非真「好」，必且靡也。

〔一〕語見《詩·大雅·崧高》。東漢鄭玄箋：「碩，大也。……言其詩之意甚美大，風切申伯，又使之長行善道。」

二六九　詩不「清」則蕪，不「穆」則露。「穆如清風」，〔一〕宜吉甫合而言之。〔二〕

〔一〕見卷二第〇〇九注〔一〕。明陸時雍《詩鏡總論》：「氣太重，意太深，聲太宏，色太厲，佳而不佳，反以此病，故曰：『穆如清風。』」清沈德潛《説詩晬語》卷下：「用意過深，使氣過厲，抒藻過穠，亦是詩家一病。故曰：『穆如清風。』」夏敬觀《劉融齋詩概詮説》：「此鍊氣至於上乘也。」

〔二〕吉甫：尹吉甫。周宣王時卿士。見《詩·崧高》小序。

二七〇　凡詩：迷離者，要不間；切實者，要不盡；「廣大」者，要不廓；「精微」者，要不僻。〔一〕

〔一〕《禮記·中庸》：「故君子尊德性而道問學，致廣大而盡精微。」此藉用。又夏敬觀《劉融齋詩概詮説》：「迷離者，迂回怪誕，無可捉摸，然其間自有脈絡，非胡説亂道也。不離乎本意，是不間也（間字去聲）。切實者，從正面寫也。正面寫易盡。須有餘味，故要不盡。廣大者，非充塞以擴之，須語有著落，故要不廓。精微者，抉擇鍛鍊，語須醇至，故要不僻。」

二七一　詩要避俗，〔一〕更要避熟。〔二〕剥去數層方下筆，〔三〕庶不墮「熟」字界裏。

〔一〕參卷二第一七七及注〔二〕。融齋《游藝約言》：「詩文書畫之病凡二：曰薄、曰俗。去薄，在培養本根；去俗，在打磨習氣。」「詩文書畫皆要去熟氣，然人乃氣之先見者也。」夏敬觀《劉融齋詩概詮説》：「務去陳言，爲作詩之要訣，俗更不可有，陳言不惟熟，且亦近俗也。然古今詩人，無累千百，經道過者皆熟也。惟有鍊之使生，是避熟之訣。」

〔二〕按：這裏的「熟」指得是缺乏創造性的「輕俗滑易」的程式化寫作，類似融齋所批評的書法中的「匠氣」。清吕留良《吕晚邨先生論文彙鈔》：「文最忌熟，熟則必俗。故士衡『怵他人之我先』，退之『惟陳言之務去』，習之以爲『造言之大端』。即書畫家亦惡熟，『俗以熟裏生』爲訣，正謂此也。」可參卷五第二一二、卷五第二二三。

〔三〕「剥去數層」：指去寒去俗之類。可參卷五第二二五。

二七二　詩要超乎空、欲二界。〔一〕空則入禪，〔二〕欲則入俗。超之之道無他，曰「發乎情，止乎禮義」而已。〔三〕

〔一〕此借佛典論詩。「空界」：六界之一，據《俱舍論》卷一載，虚空之外，别有空界，爲眼可見，如諸門窗及口鼻等内外之竅隙。此指乏情。「欲界」：梵語kâma－dhâtu，巴利語同。指有情生存狀態之一種，又指此有情所住之世界。欲界與色界、無色界合稱三界。即合地獄、餓鬼、畜生、阿修羅、人、六欲天之總稱。世上之物有情，以有食欲、淫欲、睡眠欲等，故稱欲界。此指濫情。可參卷一第二五五。

〔二〕「禪」：梵語dhyâna，巴利語jhâna。又作禪那、馱衍那、持阿那。意譯作靜慮（止他想，繫念專注一境，正審思慮）、思惟修習、棄惡（舍欲界五蓋等一切諸惡）、功德叢林（以禪爲因，能生智慧、神通、四無量等功德）。寂靜審慮之意。又指以菩提達磨爲初祖，探究心性本源，以期『見性成佛』之大乘宗派。因禪宗不重視佛典的研習，講究「不立文字」，「教外别傳」，所以劉熙載稱之爲「空」。

〔三〕見卷二第〇〇二注〔四〕。

二七三　或問詩何爲富貴氣象？〔一〕曰：大抵富，如昔人所謂「函蓋乾坤」，貴，如所謂「截斷衆流」便是。〔二〕

〔一〕宋歐陽修《歸田録》卷下：「晏元獻公喜評詩。嘗曰：『老覺腰金重，慵便枕玉涼，未是富貴語。不如笙歌歸院落，燈火下樓臺。此善言富貴者也。』人皆以爲知言。」又明陳霆《渚山堂詞話》卷二：「《花朝曲》古作者多矣，予見楊孟載一闋云：『鸞股先尋鬭草釵，鳳頭新繡踏青鞋，衣裳宫樣不須裁。雕玉壘成鸚鵡架，泥金鐫就牡丹牌，明朝相約看花來。』此詞造語雖富麗，然正宋人所謂看人富貴者耳，未必知富貴也。如温飛卿『籠中嬌鳥煖猶睡，門外落花閒不掃』，王隨『一聲啼鳥禁門寂，滿地落花春晝長』，則真富貴氣象。」亦可與此互參。

〔二〕宋釋普濟《五燈會元》卷十五：「信州西禪欽禪師。僧問：如何是函蓋乾坤句？師曰：天上有星皆拱北。曰：如何是截斷衆流句？師曰：大地坦然平。曰：如何是隨波逐浪句？師曰：春生夏長。問：古殿重興時如何？師曰：一回春到一回新。」又宋魏慶之《詩人玉屑》卷十四《三種句》引《石林詩話》：「禪宗論雲門有三種語。其一爲隨波逐浪句。謂隨物應機，不主故常。其二爲截斷衆流句。謂超出言外，非情識所到。其三爲函蓋乾坤句。謂泯然皆契，無間可伺其深淺，以是爲序。」又范罕《蝸牛舍説詩新語》：「可見詩之富貴，非一切世間所能喻也。」

二七四

詩質要如「銅牆鐵壁」，〔一〕氣要如「天風海濤」。〔二〕

〔一〕「銅牆鐵壁」：比喻堅固，難以摧毀。宋張洪等編《朱子讀書法》卷一：「且如老蘇輩，只讀孟子韓子，便翻得許多文字出來。譬如攻城，四面牢壯，任是銅牆鐵壁，如今但只消攻得他一面，破時則這城便是自家底了，自然不待更去攻那三面矣。」

〔二〕明彭大翼《山堂肆考》卷一百七十四《鼓山》：「宋趙汝愚詩：『幾年奔走厭塵埃，此日登臨亦快哉。江月不隨流水去，天風常送海濤來。』朱文公摘詩中『天風海濤』字題扁。嚴次山有《水龍吟》題於壁。」這裏比喻氣勢浩瀚充盈。按：范罕《蝸牛舍説詩新語》：「上句五七言俱有，下句在七言爲多。」按：此又當與卷五第一一一互參。「銅牆鐵壁」即所謂堅質，「天風海濤」即所謂浩氣。

二七五

詩不可有我而無古，更不可有古而無我，〔一〕「典雅」、「精神」，兼之斯善。〔二〕

〔一〕所謂有我，才能顯示己之「精神」；有古，才能顯已用辭之「典雅」。清袁枚《續詩品・著我》：「不學古人，法無一可。竟似古人，何處著我。字字古有，言言古無。吐故納新，其庶幾乎？孟學孔子，孔學周公。三人文章，頗不相同。」又鄧繹《藻川堂譚藝・比興篇》：「有我而無古人者，其文雖樸而不雅；有古人而無我者，其文雖巧而不真。」並可與此參觀。夏敬觀《劉融齋唐詩概説》：「此説與前條（注者按：指卷二第一七七）當互相發明，前條之俗，對雅而言，此條之古，對今而言。有我無古，則俗意、俗字、俗調皆來矣。有古無我，則非今世之人所作之詩也。澤於古而通於今，是不徒以雅醫俗也。進一步言，則我所作詩，必有我在。再進一步言，則天所賦於我者，無論學古至如何程度，皆不失我所受賦之性。古今詩人，皆自成家數者，以此。」

〔二〕按：《典雅》、《精神》皆爲署名唐司空圖《二十四詩品》中所標舉的二十四種美學風格之一。

《典雅》：

玉壺買春，賞雨茅屋。坐中佳士，左右修竹。白雲初晴，幽鳥相逐。眠琴緑陰，上有飛瀑。落花無言，人淡如菊。書之歲華，其曰可讀。

《精神》：見卷二第二二八注〔二〕。按：此又當與卷四第〇八二五參。

二七六　鍾嶸謂阮步兵詩「可以陶寫性靈」，〔一〕此爲以性靈論詩者所本。〔二〕杜詩亦云：「陶

治性靈存底物，新詩改罷自長吟。」〔三〕

〔一〕見卷二第〇三四注〔一〕。

〔二〕按：以「性靈」論詩，著名的有明代以袁宏道爲首的「公安派」和清代的袁枚。

〔三〕語見唐杜甫《解悶十二首》之七。清仇兆鰲《杜詩詳注》卷十七：「此自叙詩學。詩篇可養性靈，故既改復吟，且取法諸家，則句求盡善而日費推敲矣。」

二七七　元微之作《杜工部墓誌》，深薄宋、齊間「吟寫性靈、流連光景之文」。〔一〕其實「性靈」「光景」，自《風》《雅》肇興便不能離，在辨其歸趣之正不正耳。〔二〕

〔一〕微之：唐元稹之字。語見《元氏長慶集》卷五十六《唐故工部員外郎杜君墓係銘》：「宋齊之間，教失根本，士子以簡慢、歙習、舒徐相尚，文章以風容、色澤、放曠、精清爲高。蓋吟寫性靈、流連光景之文也，意義格力無取焉。陵遲至於梁陳，淫豔刻飾、佻巧小碎之詞劇，又宋齊之所不取也。」「性靈」：天性，心靈。「光景」：風光、景象。

〔二〕可參卷二第〇〇二注〔三〕。按：白居易《與元九書》：「陵夷至於梁陳間，率不過嘲風雪、弄花草而已。噫！風雪花草之物，《三百篇》中豈捨之乎？顧所用何如耳！」

二七八　詩涉修飾，便可憎鄙，〔一〕而修飾多起於貌爲有學，而不養本體。〔二〕晉東海王越《與阮瞻書》曰：「學之所入淺，體之所安深？」〔三〕善夫！

〔一〕融齋《游藝約言》：「真古無托，托古之意即俗也；真美無飾，飾美之意即醜也。」「『修辭』有『修潔』之『修』，有『修飾』之『修』。『潔』者，修之極；『飾』者，潔之賊也。」范罕《蝸牛舍說詩新語》：「予謂不假修飾，而自然修飾，斯爲上品。」並可參卷一第三一九。

〔二〕「本體」：理學家常語，指根本。

〔三〕東海王越：司馬越，字元超。《晉書》卷四十九《阮瞻傳》：「越與瞻等書曰：《禮》年八歲出就外傅，明始可以加師訓之則。十年曰幼學，明可漸先王之教也。然學之所入淺，體之所安深？」融齋《游藝約言》：「古人作文，視飾爲塵垢；後世作文，以塵垢爲飾。文品相去所由遠矣。」與此可互參。

二七九　詩一往作遺世自樂語，〔一〕以爲仙意，不知却是仙障。仙意須如陰長生《古詩》「遊戲仙都，顧愍群愚」二語，〔二〕庶爲得之。抑《度人經》所謂「悲歌朗太空」也。〔三〕

〔一〕「一往」：往往。

〔二〕語見署名東漢陰長生《古詩》三首之一。

〔三〕語見《道藏·洞真部本文類·靈寶無量度人上品妙經》卷一第一《欲界飛空之音》。夏敬觀《劉融齋詩概詮説》：「好作遺世自樂語，成爲一般抱道隱居之門面話頭，其中未有物也。與好用佛理，成爲口頭禪，同一病。仙障不可有，佛障亦不可有，用道家書、佛家書爲典故，滿紙皆是，亦可厭！淵明讀《山海經》，皆有託意。王荆公、黄山谷、蘇東坡使用佛典，皆善用之，亦非篇篇堆塞也。」

二八〇　詩一戒滯累塵腐，一戒輕浮放浪。凡「出辭氣，當遠鄙倍」，〔一〕詩可知矣。

〔一〕見卷一第二六二注〔一〕。

二八一　詩中固須得「微妙」語，〔一〕然語語微妙，便不微妙。須是一路坦易中，忽然觸著，〔二〕乃足令人神遠。

〔一〕宋魏慶之《詩人玉屑》卷一引《白石詩説》：「難説處一語而盡，易説處莫便放過。僻事實用，熟事虛用。説理要簡易，説事要圓活，説景要微妙，多看自知，多作自好矣。」另可參卷一第二〇九。

〔二〕按：此之「觸著」猶宋陸游《文章》「文章本天成，妙手偶得之。粹然無疵瑕，豈復須人爲」之「偶得」，指作者在長期的藝術修養浸淫下，經過看似偶然的途徑和方式得到的精工的字句。並可參卷二第二八一及注〔一〕、卷四第一〇四。又融齋《游藝約言》：「作書當如自天而來。不然，則所謂『爲者敗之，執者失之』也。昔人謂『好詩必是拾得』，書亦爾爾。」「詩文怕有好句，惟能使全體好，則真好矣；書畫怕有好筆，惟能使全幅好，則真好矣。」蓋詩有好句、妙句，則通體不稱矣。夏敬觀《劉融齋詩概詮説》：「易處見工，始覺親切有味，故不在語語微妙。微妙語，是偶然觸著而得，所謂『文章本天成，妙手偶得之』也。絶無一詩而能語語微妙之理。」范罕《蝸牛舍説詩新語》：「予謂『微妙』二字，即是中鵠耳。」

二八二　花鳥纏綿，雲雷奮發，絃泉幽咽，〔一〕雪月空明。〔二〕詩不出此四境。〔三〕

〔一〕唐白居易《琵琶行》：「間關鶯語花底滑，幽咽泉流水下灘，水泉冷澀絃疑絶，疑絶不通聲暫歇。」疑融齋用此句意。

〔二〕南朝宋謝靈運《歲暮》：「明月照積雪，朔風勁且哀。」疑融齋用此句意。

〔三〕融齋《游藝約言》：「如蘭、如玉、如金、如石，文章書畫兼此『四如』，那得差？」又范罕《蝸牛舍説詩新語》：「予謂雲雷奮發，尤爲難能可貴。」

二八三　《詩》「喓喓草蟲」，〔一〕聞而知也；「趯趯阜螽」，〔二〕見而知也；「有車鄰鄰」，〔三〕知而聞

也；「有馬白顛」，〔四〕知而見也。詩有外於知與聞見者耶？〔五〕

〔一〕〔二〕語見《詩・召南・草蟲》。「喓喓」：蟲鳴聲。「趯趯」：跳躍貌。按：范罕《蝸牛舍説詩新語》：「此乃探本之論。予謂作詩不必臨時構題作意，平日見聞覺知，積之久，隨時借題發揮者，真詩也。」

〔三〕〔四〕語見《詩・秦風・車鄰》。

〔五〕按：《孟子・盡心下》：「孟子曰：由堯舜至於湯，五百有餘歲。若禹皐陶則見而知之，若湯則聞而知之。由湯至於文王，五百有餘歲，若伊尹萊朱則見而知之，若文王則聞而知之。由文王至於孔子，五百有餘歲。若太公望、散宜生則見而知之，若孔子則聞而知之。」此節當爲此而發。

二八四　「清風朗月不用一錢買」，上四字共知也，下五字獨得也。〔一〕凡佳章中必有獨得之句，佳句中必有獨得之字。〔二〕惟在首、在腰、在足，則不必同。

〔一〕「朗月」：原作「明月」，據李集改。唐李白《襄陽歌》：「清風朗月不用一錢買，玉山自倒非人推。」可參卷一第三一七注〔二〕。融齋《游藝約言》：「文莫貴於深造自得。深造，人之盡也；自得，天之道也。」又范罕《蝸牛舍説詩新語》：「此説自先生發明，予幼即聞之。」

〔二〕按：融齋《游藝約言》：「文有大概語，有特地語。特地語每從大概語得之，亦以互映生色也。」「特地語」即此之「獨得之字」、「獨得之句」。

二六五　「曲徑通幽處，禪房花木深」，六一賞之；〔一〕「四更山吐月，殘夜水明樓」，東坡賞之。〔二〕此等處古人自會心有在，後人或强解之，或故疑之，皆過矣。〔三〕

〔一〕引文見唐常建《題破山寺後禪院》。原作「竹逕通幽處，禪房花木深」。宋魏慶之《詩人玉屑》卷六《有渾然意思》：「江西之詩，自山谷一變，至楊廷秀，又再變，遂至今日越要巧越醜差。楊大年輩文字雖要巧，然巧中自有渾然意思，便巧也使得不覺。歐公早漸漸要說出，然歐公詩自好。所以喜梅聖俞詩，蓋枯淡之中自有意思。歐公最喜《朝士送行》兩句云：『曉日都門道，微凉苑樹秋。』又深喜常建兩句云：『曲徑通幽處，禪房花木深。』自言平生要學不得，今人都不識此意，只是要鬬事，使難字，便謂之好文字。」又見宋胡仔《苕溪漁隱叢話前集》卷二十。

〔二〕引文見唐杜甫《月》。宋蘇軾《東坡志林》卷十：「司空表聖自論其詩，以爲得味外味。『緑樹連村暗，黄花入麥稀。』此句最善。又云：『棋聲花院閉，幡影石壇高。』吾嘗獨游五老峰，入白鶴觀。松陰滿地，不見一人，惟聞棋聲，然後知此句之工也。但恨其寒儉有僧態。若杜子美云『暗飛螢自照，水宿鳥相呼』、『四更山吐月，殘夜水明樓』，則材力富健，去表聖之流遠矣。」

〔三〕按：宋張鎡《仕學規範》卷三十八：「蘇尚書符，東坡先生之孫。嘗與人論詩，或曰：『前輩所好不同。如文忠公於常建詩，愛其竹徑通幽處，禪房花木深。謂此景與意會，常欲道之而不得也。至山谷乃愛山光悅鳥性，潭影空人心。則與文忠公異矣。又二公所愛和靖梅花詩亦然。』公曰：『祖父謂老杜四更山吐月，殘夜水明樓。以爲古今絕唱。此乃祖父於此有妙悟處，他人未易曉也。大凡文字須是自得自到，不可隨人轉也。』」

卷三　賦概

〇〇一　班固言「賦者，古詩之流」，〔一〕其作《漢書・藝文志》，論孫卿、屈原賦「有惻隱古詩之義」。〔二〕劉勰《詮賦》謂賦爲「六義附庸」。〔三〕可知「六義」不備，非詩即非賦也。

〔一〕語見《文選》卷一班固《兩都賦序》：「或曰：賦者，古詩之流也。」唐李善注：「毛詩序曰：『詩有六義焉：二曰賦。』故賦爲古詩之流也。」

〔二〕孫卿：即荀卿。「孫」、「荀」古音相近。引文見《漢書》卷三十《藝文志》：「大儒孫卿及楚臣屈原離讒憂國，皆作賦以風，咸有惻隱古詩之義。」「六義」：見卷二第二〇一注〔一〕。

〔三〕語見南朝梁劉勰《文心雕龍》卷二：「然賦也者，受命於詩人，拓宇於楚辭也。於是荀況《禮》《智》、宋玉《風》《釣》，爰錫名號，與詩畫境，六義附庸，蔚成大國。」

〇〇二　「賦，古詩之流」。古詩如《風》、《雅》、《頌》是也。〔一〕即《離騷》出於《國風》、《小雅》可見。〔二〕

〔一〕參卷二第二〇一注〔一〕。

〔二〕見卷二第〇一七注〔一〕引淮南王劉安《離騷傳》。

〇〇三　言情之賦本於《風》，〔一〕陳義之賦本於《雅》，〔二〕述德之賦本於《頌》。〔三〕

〔一〕《毛詩序》：「國史明乎得失之迹，傷人倫之廢，哀刑政之苛，吟詠情性以風其上。」故此云：「言情之賦本於《風》。」

〔二〕「雅」、「義」，古音近相通。東漢劉熙《釋名》卷六《釋典藝》：「爾，昵也；昵，近也。雅，義也；義，正也。五方之言不同，皆以近正爲主也。」故此云：「陳義之賦本於《雅》。」

〔三〕《毛詩序》：「頌者，美盛德之形容，以其成功告於神明者也。」故此云「述德之賦本於《頌》」。

〇〇四　李仲蒙謂：「叙物以言情謂之賦，索物以託情謂之比，觸物以起情謂之興。」〔一〕此明賦、比、興之别也。然賦中未嘗不兼具比興之意。

〔一〕李仲蒙：名育，北宋仁宗時吴人（據葉夢得《避暑録話》卷下）。引文見宋胡寅《斐然集》卷十八《致李叔易》：「叔易近日看閱何書？侍下優游所得，計益粹。大人嘗言：學詩者必分其義，如賦比興，古今論者多矣，惟河南李仲蒙之説最善。其言曰：叙物以言情謂之賦，情物盡也。索物以託情謂之比，情附物者也。觸物以起情謂之興，物動情者也。」

〇〇五　詩爲賦心，賦爲詩體。詩言持，〔一〕賦言鋪，〔二〕持約而鋪博也。古詩人本合二義爲一，至西漢以來，詩賦始各有專家。〔三〕

〔一〕「詩言持」：見卷二第二四七注〔一〕。

〔二〕「賦言鋪」：語本《周禮·春官·大師》東漢鄭玄注：「賦之言鋪，直鋪陳今之政教善惡。」

〔三〕按：東漢班固《漢書》卷三十《藝文志》賦與歌詩已分列。

〇〇六　賦起於情事雜沓，〔一〕詩不能馭，故爲賦以鋪陳之。斯於千態萬狀、層見迭出者，吐無不暢，暢無或竭。《楚辭·招魂》云：「結撰至思，蘭芳假些。人有所極，同心賦些。」曰「至」、曰「極」，此皇甫士安《三都賦序》所謂「欲人不能加」也。〔二〕

〔一〕「雜沓」：紛雜繁多貌。另可參卷三第一一五。

〔二〕士安：皇甫謐之字，《晉書》卷五十一有傳。語見《文選》卷四十五皇甫謐《三都賦序》：「玄晏先生曰：古人稱不歌而頌謂之賦。然則賦也者，所以因物造端，敷弘體理，欲人不能加也。引而申之，故文必極美；觸類而長之，故辭必盡麗。然則美麗之文，賦之作也。」

〇〇七　樂章無非詩，〔一〕詩不皆樂；賦無非詩，詩不皆賦。故樂章，詩之宮商者也；〔二〕賦，詩之鋪張者也。

〔一〕「樂章」：配樂之詩。《禮記·曲禮下》：「居喪，未葬讀喪禮，既葬讀祭禮。喪復常，讀樂章。」唐孔穎達疏：「樂章，謂樂書之篇章，謂詩也。」

〔二〕「詩之宫商」：謂詩之合乎音律者也。

〇〇八　賦別於詩者，詩「辭情少而聲情多」，賦「聲情少而辭情多」。〔一〕皇甫士安《三都賦序》云：「昔之爲文者，非苟尚辭而已。」〔二〕正見賦之「尚辭」不待言也。

〔一〕按：「聲情」、「辭情」本爲明人論曲術語。「聲情」：指樂聲韻律所表現傳達出的情感。「辭情」：指文章辭藻所表現傳達出的情感。明王世貞《曲藻》引何良俊語：「凡曲，北字多而調促，促處見筋；南字少而調緩，緩處見眼。北則辭情多而聲情少，南則辭情少而聲情多；北力在絃，南力在板；北宜和歌，南宜獨奏；北氣易粗，南氣易弱；此吾論曲三昧語。」融齋取爲論學術語。

〔二〕語見《文選》卷四十五皇甫謐《三都賦序》。

〇〇九　古者辭與賦通稱。《史記·司馬相如傳》言「景帝不好辭賦」，〔一〕《漢書·揚雄傳》「賦莫深於《離騷》，辭莫麗於相如」，〔二〕則辭亦爲賦，賦亦爲辭，明甚。

〔一〕語見《史記》卷一百十七《司馬相如列傳》：「相如既學，慕藺相如之爲人，更名相如。以貲爲郎，事孝景帝爲武騎常侍，非其好也，會景帝不好辭賦。」

〔二〕語見《漢書》卷八十七《揚雄傳》：「賦莫深於《離騷》，反而廣之，辭莫麗於相如，作四賦，皆斟酌其本，相與放依而馳騁云。」

〇一〇 《騷》爲賦之祖。〔一〕太史公《報任安書》：「屈原放逐，乃賦《離騷》。」〔二〕《漢書·藝文志》「屈原賦二十五篇」，〔三〕不別名騷。劉勰《辨騷》曰：「名儒辭賦，莫不擬其儀表。」又曰：「雅頌之博徒，而辭賦之英傑也。」〔四〕

〔一〕《騷》：《離騷》。宋宋祁《宋景文筆記》卷中：「宣獻宋公嘗謂：左丘明工言人事，莊周工言天道，二子之上無有文矣。雖聖人復興，蔑以加云。予謂老子《道德篇》，爲玄言之祖；屈宋《離騷》，爲辭賦之祖；司馬遷《史記》，爲紀傳之祖；後人爲之，如至方不能加矩，至圓不能過規矣。」

〔二〕語見《漢書》卷六十二《司馬遷傳》引。

〔三〕見《漢書》卷三十《藝文志》。

〔四〕語見南朝梁劉勰《文心雕龍》卷一。

〇一一 太史公《屈原傳》曰：「離騷，猶離憂也。」於「離」字初未明下注腳，應劭以「遭」訓

「離」，〔一〕恐未必是。王逸《楚辭章句》：「離，別也；騷，愁也。言己放逐離別，中心愁思。」〔二〕蓋爲得之。然不若屈子自云：「余既不難夫離別兮，傷靈修之數化。」〔三〕尤見離而騷者，爲君非爲私也。

〔一〕語見唐司馬貞《史記索隱》卷二十注引：「應劭云：離，遭也；騷，憂也。」

〔二〕見東漢王逸《楚辭章句》卷一：「離，別也。騷，愁也。經，徑也。言己放逐離別，中心愁思，猶依道徑以風諫君也。」

〔三〕語見屈原《離騷》。東漢王逸《楚辭章句》：「言我竭忠見過，非難與君離別也。傷念君信用讒言，志數變易，無常操也。」又融齋《昨非集》卷二《讀楚辭》：「性爲陽，陽主施。主施者，悲世者也。情而不純乎性則爲陰，陰主受。主受者，悲己也。……吾讀屈子之言，曰『余既不難夫離別兮，傷靈修之數化』，又曰『雖萎絶其亦何傷兮，哀衆芳之蕪穢』，反復玩之，乃知屈之辭雖極之千百言之多，其志亦猶是也。若宋玉所作者，其意可以兩言見之，曰『惆悵兮而私自憐』，曰『私自憐兮何極』。宋固學於屈，且欲推屈之意以爲言者，而其言若此，非其悲世與悲己異乎？則所以致此者，抑可思矣。」可參觀。

〇三　《離騷》云：「余固知謇謇之爲患兮，忍而不能舍也。」《九章》云：「知前轍之不遂兮，未改此度。」〔一〕屈子見疑愈信，被謗愈忠，〔二〕於此見矣。

〔一〕語見屈原《九章・思美人》。

〔二〕《史記》卷八十四《屈原列傳》：「屈平正道直行，竭忠盡智，以事其君，讒人間之，可謂窮矣。信而見疑，忠而被謗，能無怨乎？屈平之作《離騷》，蓋自怨生也。」此反用。

〇一三　班固以屈原爲「露才揚己」，〔一〕意本揚雄《反離騷》，所謂「知衆嫮之嫉妬兮，何必揚纍之蛾眉」是也。〔二〕然此論殊損志士之氣。王陽明《弔屈平廟賦》「衆狂穉兮，謂纍揚己」二語，〔三〕真足令讀者稱快。

〔一〕見東漢王逸《楚辭章句》卷三《班孟堅叙》引。

〔二〕賦見宋朱熹《楚辭集注》卷二《楚辭後語》。朱熹注：「言原自舉其眉，使衆憎嫉也。」

〔三〕陽明：明王守仁，號陽明子。語見《王文成全書》卷十九《弔屈平賦》。

〇一四　《騷》辭較肆於《詩》，此如「《春秋》謹嚴，《左氏》浮夸」，〔一〕「浮夸」中自有「謹嚴」意在。

〔一〕見卷一第〇九一注〔三〕。

〇一五　「《國風》好色而不淫，《小雅》怨誹而不亂」，淮南以此傳《騷》，而太史公引之。〔一〕少

陵《詠宋玉宅》云：「風流儒雅亦吾師。」〔二〕「亦」字下得有眼，蓋對屈子之「風雅」而言也。〔三〕

〔一〕見卷二第〇一七注〔一〕。
〔二〕語見唐杜甫《詠懷古迹》其二。清仇兆鰲《杜詩詳註》卷十四：「此懷宋玉宅也。」
〔三〕南朝梁劉勰《文心雕龍·辨騷》：「固知楚辭者，體慢於三代，而風雅於戰國。乃雅頌之博徒，而詞賦之英傑也。」

〇一六　賦當以真僞論，不當以正變論。〔一〕正而僞，不如變而真。屈子之賦所由尚已。

〔一〕按：昔人論賦，每愛標舉正變。如宋項安世《項氏家説》卷八《詩賦》：「嘗讀漢人之賦，鋪張閎麗，唐至於宋朝，未有及者。蓋自唐以後，文士之才力盡用於詩，如李杜之歌行、元白之唱和，序事叢蔚，寫物雄麗，小者十餘韻，大者百餘韻，皆用賦體作詩，此亦漢人之所未有也。予嘗謂賈誼之《過秦》、陸機之《辯亡》，皆賦體也。大抵屈宋以前，以賦爲文。《莊周》、《荀卿子》二書，體義聲律，下句用字，無非賦者。自屈宋以後爲賦，而二漢特盛，遂不可加。唐至於宋朝，復變爲詩，皆賦之變體也。」元祝堯編《古賦辯體》卷八《宋體》：「以樂而賦，則讀者躍然而喜；以怨而賦，則讀者愀然以吁；以怒而賦，則令人欲按劍而起；以哀而賦，則令人欲掩袂以泣。動蕩乎天機，感發乎人心，而兼出於風比興雅頌之義焉，然後得賦之正體而合賦之本義。」清王之績《鐵立文起前編》卷九《賦通論》：「王懋公曰：故論賦者亦必首律之以六義，如得風、雅、頌、賦、比、興之意則爲正，反是則爲變。若以古賦而間流於俳與文，亦變體也。」均可與此互參。

〇一七　變風變雅，〔一〕變之正也。《離騷》亦變之正也。〔二〕「跪敷衽以陳辭兮，耿吾既得此中正」，〔三〕屈子固不嫌自謂。

〔一〕據《詩譜序》：「五霸之末，上無天子，下無方伯，善者誰賞？惡者誰罰？紀綱絶矣。故孔子録懿王、夷王時詩，迄於陳靈公淫亂之事，謂之變風、變雅。」又可見卷二第〇〇五注〔一〕。

〔二〕按：融齋《昨非集》卷三《論文四首》之四：「出語不能庸，此是吾人病。靈均好奇服，奇或亦爲正。」

〔三〕按：東漢王逸《楚辭章句》：「敷，布也。衽，衣前也。陳辭於重華，道羿、澆以下也。故下句云：發軔於蒼梧也。」又：「耿，明也。言己上睹禹湯文王脩德以興，下見羿、澆、桀、紂行惡以亡，中知龍逢、比干執履忠直，身以菹醢。乃長跪而布衽，俛首自念，仰訴於天，則中心曉明，得此中正之道，精合真人，神與化游，故設乘雲駕龍，周歷天下，以慰己情，緩幽思也。」又融齋《持志塾言》卷下《處事》：「於變風變雅見天理之常存，人心之不死。在變能不變，斯可處變也矣。」

〇一八　《離騷》東一句，西一句，天上一句，地下一句，極開闔抑揚之變，而其中自有不變者存。〔一〕

〔一〕此條所論猶今人所謂形散而神不散也。「極開闔抑揚之變」者，形迹也，「其中自有不變者」，忠君愛國之心也。可參卷一第〇二二、卷三第〇七〇。卷一第〇五九又稱回抱法。

〇一九　荀卿之賦「直指」，〔一〕屈子之賦「旁通」。〔二〕景以寄情，文以代質，〔三〕「旁通」之妙用也。

〔一〕「直指」：直言指出，無所回避。《荀子》卷二《不苟》：「正義直指，舉人之過，非毀疵也。」按：此以荀子之語移評荀賦。

〔二〕「旁通」：《易·乾》：「六爻發揮，旁通情也。」唐孔穎達疏：「言六爻發越揮散，旁通萬物之情也。」此指側面貫通。

〔三〕漢班固《白虎通義》卷上《三軍》：「又改正朔者，文代其質也。文者先其文，質者先其質。」

〇二〇　王逸云：「小山之徒，閔傷屈原，又怪其文昇天乘雲，役使百神，似若仙者。」〔一〕余案：此但得其文之似，尚未得其旨。屈之旨蓋在「臨睨夫舊鄉」，不在「涉青雲以汎濫游」

也。〔三〕

〔一〕語見東漢王逸《楚辭章句》卷十二《招隱士章句》。

〔二〕按：「臨睨夫舊鄉」語見屈原《離騷》：「陟陞皇之赫戲兮，忽臨睨夫舊鄉。僕夫悲余馬懷兮，蜷局顧而不行。」及《遠游》：「涉青雲以汎濫游兮，忽臨睨夫舊鄉。僕夫懷余心悲兮，邊馬顧而不行。」然據後引「涉青雲以泛濫游」，則此以指《遠游》爲宜。

〇二二 《騷》之「抑遏蔽掩」，〔一〕蓋有得於「《詩》、《書》之隱約」。〔二〕自宋玉《九辯》已不能繼，以才穎漸露故也。〔三〕

〔一〕參卷一第一四七注〔二〕。此指屈賦「筋節隱而不露」，可參卷三第〇四七。

〔二〕《史記》卷一百三十《太史公自序》：「七年，而太史公遭李陵之禍，幽於縲紲，乃喟然而歎曰：『是余之罪也夫，是余之罪也夫。身毁不用矣。』退而深惟曰：『夫《詩》《書》隱約者，欲遂其志之思也。』」

〔三〕《九辯》：東漢王逸《楚辭章句》卷八：「《九辯》者，楚大夫宋玉之所作也。辯者，變也。謂陳道德以變説君也。九者，陽之數，道之綱紀也。故天有九星，以正機衡；地有九州，以成萬邦；人有九竅，以通精明。屈原懷忠貞之性，而被讒邪，傷君闇蔽，國將危亡，乃援天地之數，列人形之要，而作《九歌》、《九章》之頌，以諷諫懷王。明己所言，與天地合度，可履而行也。宋玉者，屈原弟子也。閔惜其師，忠而放逐，故作《九辯》以述其志。」見《文選》卷三十三。「才穎」：本意是説才華像錐尖一樣鋒利尖鋭，此謂文勝質、辭勝意，漸落形迹也。可參卷三第〇四七。南朝梁劉勰《文心雕龍・才略》：「賈誼才穎，陵軼飛兔，議愜而賦清。」

〇三二　頓挫莫善於《離騷》，〔一〕自一篇以至一章，及一兩句，皆有之，此《傳》所謂「反覆致意」者。〔二〕

〔一〕「頓挫」：猶揚抑。後成八股論文術語。清唐彪《讀書作文譜》卷七《頓挫》：「文章無一氣直行之理。一氣直行則不但無飛動之致，而且難生發。故必用一二語頓之，以作起勢（原注：此『頓』字須作『振頓』之『頓』字看。）或用一二語挫之，以作止勢，而後可施開拓轉折之意，此文章所以貴乎頓挫也。若以『頓』作『住』字解，則誤矣。按：抑揚者，先抑後揚也。頓挫者，猶先揚後抑之理，以其不可名『揚抑』而名『頓挫』，其實無二義也。」可參卷一第〇一八。

〔二〕「反覆致意」句：疑指《史記》卷八十四《屈原列傳》：「屈平既嫉之，雖放流，睠顧楚國，繫心懷王，不忘欲反，冀幸君之一悟，俗之一改也。其存君興國而欲反覆之，一篇之中三致志焉。」

〇三三　「叙物以言情謂之賦」，〔一〕余謂《楚辭・九歌》最得此訣。如「嫋嫋兮秋風，洞庭波兮木葉下」，〔二〕正是寫出「目眇眇兮愁予」來；〔三〕「荒忽兮遠望，觀流水兮潺湲」，〔四〕正是寫出「思公子兮未敢言」來，〔五〕俱有「目擊道存，不可容聲」之意。〔六〕

〔一〕見卷三第〇〇四注〔一〕。

〔二〕〔三〕〔四〕〔五〕語見屈原《九歌·湘君》。

〔六〕語見《莊子·田子方》：「子路曰：『吾子欲見温伯雪子久矣，見之而不言，何邪？』仲尼曰：『若夫人者，目擊而道存矣，亦不可以容聲矣。』」本意是説視綫所到的地方就是大道所存在的地方，也就不需要再用語言來傳達了。按：錢鍾書《管錐編·楚辭洪興祖補注》一五：「李仲蒙説『六義』，有曰『叙物以言情，謂之賦』（原注：參觀《毛詩》卷論《關雎》），劉熙載《藝概》卷三移以論《楚辭》……妙得文心。」

〇二四　《楚辭·九歌》，〔一〕兩言以蔽之，曰：「樂以迎來，哀以送往。」〔二〕

〔一〕《九歌》：東漢王逸《楚辭章句》卷二：「《九歌》者，屈原之所作也。昔楚國南郢之邑，沅湘之間，其俗信鬼而好祠，其祠，必作歌樂鼓舞以樂諸神。屈原放逐，竄伏其域，懷憂苦毒，愁思沸鬱，出見俗人祭祀之禮，歌舞之樂，其詞鄙陋，因爲作《九歌》之曲。上陳事神之敬，下見己之冤結，託之以風諫，故其文意不同，章句雜錯，而廣異義焉。」

〔二〕《禮記·祭義》：「樂以迎來，哀以送往，故禘有樂而嘗無樂。」本意是説用欣喜的心情迎接親人的神靈到來，用悲哀的心情禮送親人的神靈逝去。

〇二五　《九歌》與《九章》不同，〔一〕《九歌》純是性靈語，《九章》兼多學問語。〔二〕

〔一〕《九章》：東漢王逸《楚辭章句》卷四：「《九章》者，屈原之所作也。屈原放於江南之壄，思君念國，憂心罔極，故復作《九章》。章者，著也，明也。言己所陳忠信之道，甚著明也，卒不見納，委命自沈，楚人惜而哀之，世論其詞，以相傳焉。」

〔二〕「性靈語」者，多出天籟，「雖婦人女子無不可與」，「學問語」者，「重以脩能，嫺於辭令，非學士大夫不能爲也」。可參卷三第一二〇。

〇二六　屈子《九歌》，如《雲中君》之「猋舉」，〔一〕《湘君》之「夷猶」，〔二〕《山鬼》之「窈窕」，〔三〕《國殤》之「雄毅」，〔四〕其擅長得力處，已分明一一自道矣。

〔一〕語見屈原《九歌·雲中君》：「靈皇皇兮既降，猋遠舉兮雲中。」東漢王逸《楚辭章句》：「猋，去疾貌。……（言雲神）猋然遠舉，復還其處也。」此當喻文章大開大闔。卷一第〇三六所謂用筆得斗字訣是也。

〔二〕語見屈原《九歌·湘君》：「君不行兮夷猶，蹇誰留兮中洲。」宋朱熹《楚辭集注》卷二：「夷猶，猶豫也。」此當喻爲文善於空中蕩漾也。可參卷四第〇六一。

〔三〕語見屈原《九歌·山鬼》：「既含睇兮又宜笑，子慕予兮善窈窕。」宋朱熹《楚辭集注》卷二：「窈窕，好貌。」此當喻摇曳多姿。

〔四〕語見屈原《九歌·國殤》：「身既死兮神以靈，魂魄毅兮爲鬼雄。」此指氣勢雄渾剛毅。

〇二七　屈子之文，取諸「六氣」，故有「晦明」變化、「風雨」迷離之意。〔一〕讀《山鬼》篇足覘其概。〔二〕

〔一〕「六氣」：《莊子·逍遥遊》：「夫列子御風而行，泠然善也，旬有五日而後反。彼於致福者，未數數然也。此雖免乎行，猶有所待者也。若夫乘天地之正，而御六氣之辯，以遊無窮者，彼且惡乎待哉？」晉郭象注：「六氣：陰陽，風雨，晦明也。」按：融齋此處暗示屈賦與《莊子》之關係，此類手法，書中尚復多有，讀者可以隅反。

〔二〕「覘」：窺測。《山鬼》：見《楚辭·九歌》。

〇二八　屈子之辭，沈痛常在轉處。〔一〕「氣繚轉而自締」，〔二〕《悲回風》篇語可以借評。

〔一〕「轉」：轉折。如《離騷》前半極言「回朕車以復路兮，及行迷之未遠」，「忽反顧以游目兮，將往觀乎四荒」，「勉遠逝而無狐疑兮，孰求美而釋女？」乃終之以「既莫足與爲美政兮，吾將從彭咸之所居。」此即「轉」也。「有路可走，卒歸於無路可走」，故爲「沈痛」。可參卷一第〇六〇、卷二第一四一。

〔二〕語見屈原《九章·悲回風》：「心鞿羈而不開兮，氣繚轉而自締。」東漢王逸《楚辭章句》：「思念纏綣而成結也。」

〇三九　屈子《橘頌》云：「秉德無私，參天地兮。」又云：「行比伯夷，置以爲像兮。」〔一〕「天地」、「伯夷」大矣，而借橘言之，故得不迂而妙。

〔一〕「秉德」句：東漢王逸《楚辭章句》：「秉，執也。言己執履忠正，行無私阿，故參配天地，通之神明，使知之也。」「行比」句：東漢王逸《楚辭章句》：「像，法也。……屈原亦自以脩飾潔白之行，不容於世，將餓餒而終，故曰：以伯夷爲法也。」

〇四〇　《橘頌》品藻精至，〔一〕在《九章》中尤純乎賦體。〔二〕《史記·屈原傳》云：「乃作《懷沙》之賦。」〔三〕知此類皆可以賦統之。〔四〕

〔一〕「品藻」：品評，鑒定。另可參卷一第〇〇三注〔五〕。

〔二〕按：謂其長於鋪叙，能「不迂而妙」也。參卷三第〇二九。

〔三〕語見《史記》卷八十四。

〔四〕清吴喬《圍爐詩話》卷二引馮班：「賦出於詩，故曰：『古詩之流』。《漢書》云：『《屈原賦》二十五篇。』《史記》云『作《懷沙》之賦』，則騷亦賦也。」按：《懷沙》與《橘頌》同屬於《九章》。故融齋引爲同類。

〇三一　長卿《大人賦》出於《遠游》，〔一〕《長門賦》出於《山鬼》；〔二〕王仲宣《登樓賦》出於《哀郢》；〔三〕曹子建《洛神賦》出於《湘君》、《湘夫人》。〔四〕而屈子深遠矣。

〔一〕《大人賦》：見《史記》卷一百一十七《司馬相如列傳》。按：宋龔頤正《芥隱筆記・古人作文皆有依仿》：「司馬長卿《大人賦》全用屈平《遠游》中語。」又可參卷三第一二三。

〔二〕《長門賦》：見《文選》卷十六。

〔三〕仲宣：王粲之字，賦見《文選》卷十一。

〔四〕子建：曹植之字，賦見《文選》卷十九。

〇三二　屈子以後之作，志之「清峻」，〔一〕莫如賈生《惜誓》；〔二〕情之綿邈，莫如宋玉《悲秋》；〔三〕

骨之奇勁，〔四〕莫如淮南《招隱士》。〔五〕

〔一〕南朝梁劉勰《文心雕龍·明詩》：「唯嵇志清峻，阮旨遥深，故能標焉。」此移用。

〔二〕東漢王逸《楚辭章句》：「《惜誓》者，不知誰所作也。或曰賈誼，疑不能明也。惜者，哀也。誓者，信也、約也。言哀惜懷王，與己信約，而復背之也。古者君臣將共爲治，必以信誓相約，然後言乃從而身目親也。蓋刺懷王有始而無終也。」賦見《楚辭章句》卷十一。

〔三〕《悲秋》：即宋玉所作《九辯》，因首句爲：「悲哉秋之爲氣也！蕭瑟兮，草木摇落而變衰；憭栗兮，若在遠行；登山臨水兮，送將歸。」故云。賦見《文選》卷三十三。

〔四〕南朝梁劉勰《文心雕龍·風骨》：「鷹隼乏采，而翰飛戾天，骨勁而氣猛也。」此移用。

〔五〕《招隱士》：西漢淮南小山作，賦見《文選》卷三十三。

〔三三〕宋玉《招魂》，〔一〕在《楚辭》爲尤多「異采」。〔二〕約之亦只兩境：一「可喜」，一可怖而已。〔三〕

〔一〕東漢王逸《楚辭章句》：「《招魂》者，宋玉之所作也。招者，召也。以手曰招，以言曰召。魂者，身之精也。宋玉憐哀屈原，忠而斥棄，愁懣山澤，魂魄放佚，厥命將落，故作《招魂》。欲以復其精神、延其年壽，外陳四方之惡，内崇楚國之美，以諷諫懷王，冀其覺悟而還之也。」賦見《楚辭章句》卷九。

〔二〕屈原《九章·懷沙》：「文質疏内兮，衆不知余之異采。」此引屈語以藉評宋賦。

〔三〕屈原《九章·橘頌》：「緑葉素榮，紛其可喜兮。」此引屈語以藉評宋賦。「約之」：概括、歸納。按：《招魂》，據東漢王逸《楚辭章句》：「外陳四方之惡，内崇楚國之美。」「内崇楚國之美」，故可喜；「外陳四方之惡」，故可怖。

〇三四 問：《招魂》何以備陳聲色供具之盛？〔一〕曰：「美人爲君子。珍寶爲仁義。」〔二〕以張平子《四愁詩序》通之，「思過半矣」。〔三〕且觀其所謂「不可以託」、〔四〕「不可以止」之處，〔五〕非即「水深雪雰爲小人」之例乎？〔六〕

〔一〕「供具」：陳設酒食之器具，亦指酒食。

〔二〕〔六〕語見《文選》卷二十九東漢張衡《四愁詩序》：「屈原以美人爲君子，以珍寶爲仁義，以水深雪雰爲小人，思以道術相報，貽於時君，而懼讒邪不得以通。」

〔三〕「思過半」：已領悟大半。《易·繫辭下》：「知者觀其彖辭，則思過半矣。」唐孔穎達《疏》：「思慮有益，以過半矣。」

〔四〕〔五〕見《招魂》。

○三五　宋玉《風賦》出於《雅》,〔一〕《登徒子好色賦》出於《風》,〔二〕二者品居最上。《釣賦》縱橫之氣,〔三〕駸駸乎入於説術,〔四〕殆其降格爲之。

〔一〕按:此當謂《風賦》有「陳善納誨」之意。參卷二第二二三。賦見《文選》卷十三。

〔二〕按:言情之賦本於《風》。參卷三第〇〇三。賦見《文選》卷十九。

〔三〕賦見《文選補遺》卷三十一。

〔四〕「説術」:遊説之權謀。即前所謂縱横家之習氣。

○三六　《文心雕龍》云:「楚人理賦。」〔一〕隱然謂《楚辭》以後無賦也。李太白亦云:「屈宋長逝,無堪與言。」〔二〕

〔一〕語見南朝梁劉勰《文心雕龍·詮賦》:「故知殷人輯頌,楚人理賦,斯並鴻裁之寰域,雅文之樞轄也。」「楚人理賦」:楚人作賦。

〔二〕語見唐李白《夏日諸從弟登汝州龍興閣序》:「嗚呼,屈宋長逝,無堪與言。起予者誰,得我二季。當揮爾鳳藻,挹予霞觴,與白雲老兄俱莫負古人也。」

○三七　朱子《答吕東萊》謂:「屈宋唐景之文,其言雖侈,其實不過悲愁、放曠二端而已。於是屏絶不復觀。」〔一〕按：朱子此言，特有爲而發，觀其爲《楚辭集注》，〔二〕何嘗不取諸家好處？

〔一〕語見宋朱熹《晦庵集》卷三十三《答吕伯恭》：「屈宋唐景之文，熹舊亦嘗好之矣。既而思之，其言雖侈，然其實不過悲愁、放曠二端而已。日誦此言，與之俱化，豈不大爲心害？於是屏絶不敢復觀。」

〔二〕《四庫全書總目·楚辭集注》：「宋朱子撰。以後漢王逸《章句》及洪興祖《補注》二書詳於訓詁，未得意旨，乃櫽括舊編，定爲此本。以屈原所著二十五篇爲《離騷》，宋玉以下十六篇爲《續離騷》，隨文詮釋，每章各繫以興比賦字，如《毛詩傳》例。其訂正舊注之謬誤者，别爲《辨證》二卷附焉。自爲之序。又刊定晁補之《續楚辭》、《變離騷》二書，録荀卿至吕大臨凡五十二篇爲《楚辭後語》，亦自爲之序。」

〇三八　賈誼《惜誓》、《弔屈原》、《服賦》，〔一〕俱有鑿空亂道意。騷人情境，於斯猶見。〔二〕

〔一〕《惜誓》：見卷三第〇三二注〔二〕。《弔屈原賦》：又名《弔屈原文》，見《文選》卷六十。《服賦》：即《鵩鳥賦》，見《文選》卷十三。

〔二〕「鑿空亂道」：見卷二第〇二七注〔一〕。

〇三九《服賦》爲賦之變體。〔一〕即其體而通之，凡能爲子書者，於賦皆足自成一家。〔二〕

〔一〕按：賈誼《鵩鳥賦》今收入於《文選》卷十三賦作中的《鳥獸》門，同門中尚有三國魏禰衡的《鸚鵡賦》和晉張華的《鷦鷯賦》。但賈誼的《鵩鳥賦》却不像其他二賦那樣致力於對物象的描摹，而是談齊死生、輕去就的玄理。故融齋云「《服賦》爲賦之變體」。錢鍾書《管錐編·全上古三代秦漢三國六朝文》一三：「賈誼《鵩鳥賦》。按《文選》録之入《鳥獸》門，何焯評『此特借鵩鳥以造端，非從而賦之也……宜與《幽通》、《思玄》同編』，是也。《晉書·庾敳傳》『乃著《意賦》以豁情，衍賈誼之《鵩鳥》也』，其賦亦申『榮辱同貫』、『存亡均齊』之旨，初未『借』鳥獸『以造端』，蓋識賈賦謀篇所在，亦徵蕭《選》之皮相題目矣。」說似是而實非，蓋古人編目，首便查檢，初不必盡切合内容也。

〔二〕按：以賦名篇，始於荀卿。明胡應麟《詩藪》外編卷一《周漢》：「然荀自以子重，賦非子亦不能傳。」此後揚雄撰《法言》、賈誼撰《新書》，都屬於古代圖書分類中「子」部的範疇，蓋凡能爲子書者，皆善託寓萬物，因淺見深，與賦正同。故融齋云。可參卷一第二四七、卷三第〇七七、卷三第〇八七。清章學誠《校讎通義·漢志詩賦第十五》：「古之賦家者流，原本《詩》《騷》，出入戰國諸子：假設問對，《莊》、《列》寓言之遺；恢廓聲勢，蘇張縱横之體也；排比諧隱，《韓非·儲說》之屬也；徵材聚事，《吕覽》類輯之義也。雖其文逐聲韻，旨存比興，而深探本原，實能自成一子之學。」《文史通義·詩教下》：「賦家者流，猶有諸子之遺意，居然自命一家之言者。」王氣中《藝概箋注》謂「《鵬鳥賦》闡發老莊變化不居，禍福無常思想，文辭與《鶡冠子・世兵篇》多同」。此襲劉勰《文心雕龍・事類》：「唯賈誼《鵬賦》，始用《鶡冠》之説。」恐非。且其書真僞莫明，未必即出賈誼之前，可參柳宗元《辨鶡冠子》。

〔四〇〕《惜誓》，余釋以爲：惜者，惜己不遇於時，「發乎情」也。誓者，誓己不改所守，「止乎禮義」也。〔一〕此與篇中語意俱合。王逸注：「哀惜懷王與己約信而復背之。」〔二〕其説似淺。

〔一〕見卷二第〇〇二注〔四〕。按：融齋《游藝約言》：「『發乎情，止乎禮義』，豈惟《詩》哉？《離騷》亦然。」

〔二〕見卷三第〇三二注〔二〕。

〔四一〕讀屈、賈辭，不問而知其爲「志士仁人」之作。〔一〕太史公之合傳、〔二〕陶淵明之合贊，〔三〕非徒以其遇，殆以其心。〔四〕

〔一〕《論語・衛靈公》：「子曰：志士仁人，無求生以害仁，有殺身以成仁。」

〔二〕指《史記》卷八十四《屈原賈生列傳》。

〔三〕《陶淵明集》卷五《讀史述九章》其六有《屈賈》。

〔四〕「遇」：遭遇。「心」：心迹。

〇四二　「詩人之優柔，騷人之清深」，〔一〕後來難並矣。〔二〕惟奇倔一境，雖亦《詩》《騷》之變，而尚有可廣，此淮南《招隱士》所以作與？〔三〕

〔一〕見卷一第〇四九注〔一〕。

〔二〕「難並」：難以與之相比。

〔三〕明胡應麟《詩藪》内編卷一：「求《騷》於漢之世，其《招隱》乎？」「漢詩文賦皆極至，獨《騷》不逮。然《大風》之壯，小山之奇，冠絕千古，故不在多。」

〇四三　王無功謂薛收《白牛溪賦》：「韻趣高奇，詞義曠遠，嵯峨蕭瑟，真不可言。」〔一〕余謂賦之足當此評者，蓋不多有，前此其惟小山《招隱士》乎？

〔一〕無功：唐王績之字。《舊唐書》卷一百九十二、《新唐書》卷一百九十六有傳。引語見《東皐子集》卷下《答馮子華處士書》：「吾往見薛收《白牛溪賦》，韻趣高奇，詞義曠遠，嵯峨蕭瑟，真不可言。壯哉，邈乎！揚班之儔也。」按：《白牛溪賦》今已佚。

〇四四　屈子之賦，賈生得其質，相如得其文，〔一〕雖途徑各分，而無庸軒輊也。〔二〕揚子雲乃謂「賈誼升堂，相如入室」，〔三〕以己多依效相如故耳。〔四〕

〔一〕參卷一第〇一一注〔三〕引《論語·雍也》。

〔二〕「軒輊」：車前高後低叫軒，前低後高叫輊。此指褒貶、抑揚。

〔三〕見卷二第一〇四注〔一〕。「升堂」「入室」：語出《論語·先進》：「由也升堂矣，未入於室也。」後以升堂喻指初窺門徑，入室指得其精髓。

〔四〕參卷一第一〇八注〔一〕。

〇四五　賈生之賦志勝才，相如之賦才勝志。賈、馬以前，景差、宋玉已若以此分途，今觀《大招》、《招魂》可辨。〔一〕

〔一〕《大招》：據東漢王逸《楚辭章句》卷十：「《大招》者，屈原之所作也。或曰景差，疑不能明也。」宋朱熹《楚辭集注》卷七：「然今以宋玉《大小言賦》考之，則凡差語皆平淡醇古，意亦深靖閒退，不爲詞人墨客浮夸豔逸之態，然後乃知此篇決爲差作無疑也。」融齋此處當取朱説。《招魂》：據東漢王逸《楚辭章句》卷九則宋玉所作。按：此謂宋景等人有屈之才而無屈之志。《史記》卷八十四《屈原賈生列傳》：「屈原既死之後，楚有宋玉、唐勒、景差之徒者，皆好辭而以賦見稱。然皆祖屈原之從容辭令，終莫敢直諫。」「從容辭令」，即屈才之謂也。「直諫」：即屈志之謂也。

〔四六〕相如一切文，皆善於「架虛行危」。〔一〕其賦既會「造出奇怪」，又會撇入窅冥，〔二〕所謂「似不從人間來者」，〔三〕此也！至「模山範水」，猶其末事。〔四〕

〔一〕「架虛行危」：本是後人對蘇軾文章藝術特色的歸納，喻指其行文立意之高遠，此移用。宋葉適《習學紀言》卷五十：「蘇軾用一語、立一意，架虛行危，縱横倏忽數百千言，讀者皆如其所欲出，推者莫知其所自來。雖理有未精，而辭之所至，莫或過焉，蓋古今論議之傑也。」「虛」：空中，「危」：高。這裏用它來形容後面所説的相如辭賦「不似從人間來者」。卷一第一〇〇「司馬長卿文雖乏實用，然舉止矜貴」，即此意。

〔二〕「窅冥」：高空。明胡震亨《唐音癸籤》卷六引陳繹曾語：「李白詩祖風騷，宗漢魏，下至徐庾楊王，亦時用之。善掉弄，造出奇怪，驚動心目，忽然撇出，妙入無聲，其詩家之仙者乎？格高於杜，變化不及。」

〔三〕語見署名劉歆《西京雜記》卷三：「司馬長卿賦，時人皆稱典而麗，雖詩人之作不能加也。揚子雲曰：『長卿賦不似從人間來，其神化所至邪？』子雲學相如爲賦而弗逮，故雅服焉。」

〔四〕南朝梁劉勰《文心雕龍・物色》：「及長卿之徒，詭勢瓌聲，模山範水，字必魚貫。所謂詩人麗則而約言，辭人麗淫而繁句也。」

〇四七　屈子之賦，筋節隱而不露；〔一〕長卿則有迹矣。然作長篇，學長卿入門較易。

〔一〕「筋節」：謂文章轉换處也。可參卷三第〇二一。按：「筋節隱而不露」：謂當細筋入骨也。可參卷一第〇九一、卷二第二三九。又：融齋《昨非集》卷二《文喻》：「文章家之有練筋骨也。練筋者，綜諸脈理；練骨者，核於字句。隱顯蓋亦猶是。李習之、孫可之兩家，其大較也。」

〇四八　相如之淵雅，〔一〕鄒陽、枚乘不及；然鄒、枚「雄奇」之氣，〔二〕相如亦當避謝。〔三〕

〔一〕「淵雅」：淵深、博雅。

〔二〕按：此當謂漢初鄒、枚之文尚具先秦諸子之風。可參卷一第〇六七、卷三第〇八一。按：南朝梁劉勰《文心雕龍·辨騷》：「是以枚賈追風以入麗，馬揚沿波而得奇。」融齋則以相如之賦「麗」，鄒枚之賦「氣」，與劉所論適相反。

〔三〕「避謝」：回避辭謝，表示不及。

〇四九　《漢書·枚乘傳》：「梁客皆善辭賦，乘尤高。」〔一〕則知當日賦名重於相如矣。後世學相如之「麗」者，〔三〕還須以乘之「高」濟之。

〔一〕語見《漢書》卷五十一。

〔二〕可參卷一第〇一五注〔一〕。

〇五〇　枚乘《七發》出於宋玉《招魂》，〔一〕枚之秀韻不及宋，而「雄節」殆於過之。〔二〕

〔一〕《七發》：見《文選》卷三十四，唐李善注：「七發者，説七事以起發太子也，猶《楚詞》七諫之流。」按：巫陽「備陳聲色供具之盛」，訴四方之惡；與吴客鋪張揚厲，説七事啓發太子，事正相類。

〔二〕「雄節」：雄偉高遠的節操。晉夏侯湛《東方朔畫贊》：「雄節邁倫，高氣蓋世。」按：錢鍾書《管錐編·楚辭洪興祖補注》一八：「枚乘命篇，實類《招魂》、《大招》。移招魂之法，施於療疾，又改平鋪而爲層進耳。」

〇五一　班倢伃《擣素賦》「怨而不怒」，〔一〕兼有「塞淵」、「温惠」、「淑慎」六字之長，〔二〕可謂深得風人之旨。〔三〕

〔一〕班倢伃：原作「班倢仔」，今據《續修四庫》本改。東漢班況之女，漢成帝劉驁之妃。「倢伃」：即

「婕妤」，宮中女官名。漢武帝時始置，位視上卿，秩比列侯。引文見《國語·周語上》：「召公曰：『……夫事君者，險而不懟，怨而不怒，況事王乎？』」賦見《歷代賦彙》卷九十八。

〔二〕語本《詩·國風·邶風》：「仲氏任只，其心塞淵。終温且惠，淑慎其身。」原是讚美衛國的仲氏誠實有涵養、温柔賢惠、心地善良而又持身謹慎。

〔三〕「風人」：詩人。

〇五二　後漢趙元叔《窮鳥賦》及《刺世嫉邪賦》，〔一〕讀之知爲「抗髒」之士，〔二〕惟徑直露骨，未能如屈賈之味餘文外耳。

〔一〕元叔：趙壹之字，《後漢書》卷八十有傳。按：《窮鳥賦》原作《窮魚賦》，誤。《窮鳥賦》及《刺世嫉邪賦》並見《後漢書》本傳引。

〔二〕「抗髒」：高亢耿直貌。語見《刺世疾邪賦》引秦客詩。唐李賢注：「抗髒，高亢婞直之貌也。」此引其賦作之語以還評其人。

〇五三　建安名家之賦，氣格遒上，〔一〕意緒綿邈；〔二〕「騷人清深」，〔三〕此種尚延一綫。後世不問意格若何，〔四〕但於辭上爭辯，賦與騷始異道矣。

〔二〕「遒上」：挺拔高邁。

〔三〕按：「綿邈」本是融齋對宋玉賦美學特徵的概括，見卷三第〇三二，故後云建安名家之賦尚存騷體賦之特徵。並可參卷三第〇三一。

〔三〕見卷一第〇四九注〔一〕。

〔四〕「意格」：參卷二第二六七注〔一〕。

〇五四　楚辭風骨高，〔一〕西漢賦氣息厚，〔二〕建安乃欲由西漢而復於楚辭者。若其至與未至，所不論焉。

〔一〕「風骨」：見卷二第一四八注〔二〕。謂能「自鑄偉辭」也。參卷三第〇五七。

〔二〕「氣息」：此謂能「取鎔經義」也。參卷三第〇五七。又清阮元《揅經室集續三集》卷二《與友人論古文書》：「是故兩漢文章，著於班范，體制和正，氣息淵雅，不爲激音，不爲客氣。」

〇五五　問楚辭、漢賦之別？曰：楚辭「按之而逾深」，漢賦「恢之而彌廣」。〔一〕

〔一〕語見陸機《文賦》：「言恢之而彌廣，思案之而逾深；播芳蕤之馥馥，發青條之森森。」唐李善注：「杜預《左氏傳》注曰：『恢，大也。案，抑按也。』言思慮一發，愈深恢大。」

〇五六　楚辭尚「神理」，〔一〕漢賦尚「事實」。〔二〕然漢賦之最上者，機括必從楚辭得來。〔三〕

〔一〕此當截取南朝宋謝靈運《從遊京口北固應詔一首》：「事爲名教用，道以神理超。」似指奇思妙想。按：句又見卷二第二五四引。

〔二〕東漢班固《兩都賦》：「義正乎揚雄，事實乎相如。」此即截取班賦之語以論漢賦，似指「足爲文獻之徵」之處。可參卷三第一二九。

〔三〕「機括」：弩上的扳機，引申爲關鍵。

〇五七　或謂楚賦「自鑄偉辭」，〔一〕其「取鎔經義」，〔二〕疑不及漢。〔三〕余謂楚取於經，深微周浹，無迹可尋，實乃較漢尤高。

〔一〕〔二〕語見南朝梁劉勰《文心雕龍·辨騷》：「楚辭者，體慢於三代，而風雅於戰國，乃雅頌之博徒，而詞賦之英傑也。觀其骨鯁所樹，肌膚所附，雖取鎔經意，亦自鑄偉辭。」

〔三〕「漢」：此指漢賦。

〇五八　楚辭，賦之《樂》；漢賦，賦之《禮》。〔一〕歷代賦體，只須本此辨之。

〔一〕此謂楚辭「深婉」、「尚神理」；而漢賦「雄峻」、「尚事實」也。可參卷一第一三四、卷三第〇五六。

又融齋《持志塾言》卷下《禮樂》：「樂主於發散，禮主於收斂。禮樂互根，而陰陽通復之義存乎其間。」又《古桐書屋札記》：「《禮》以辨分，《樂》以達情。經綸之道，不能外此。」似並可與此互參。

〇五九　屈靈均、陶淵明，皆狂狷之資也。〔一〕屈子《離騷》一往皆「特立獨行」之意。〔二〕陶自言：「性剛才拙，與物多忤，自量爲己，必貽俗患。」〔三〕其賦品之高，亦有以矣。

〔一〕「靈均」：屈原之字。《離騷》：「皇覽揆余于初度兮，肇錫余以嘉名。名余曰正則兮，字余曰靈均。」「狂狷」：見卷一第一三七注〔二〕。

〔二〕「一往」：一向。「特立獨行」：獨立而單行，此喻不隨波逐流。參卷一第二九四注〔一〕。

〔三〕語見《宋書》卷九十三《陶潛傳》引《與子書》：「吾年過五十，而窮苦荼毒，以家貧弊，東西游走。性剛才拙，與物多忤。自量爲己，必貽俗患，僶俛辭世，使汝幼而飢寒耳。」

〇六〇　屈子辭，「靁填」「風颯」之音；〔一〕陶公辭，木榮泉流之趣。〔二〕雖有一激一平之别，其爲「獨往獨來」則一也。〔三〕

〔一〕屈原《九歌·山鬼》：「雷填填兮雨冥冥，猨啾啾兮狖夜鳴。風颯颯兮木蕭蕭，思公子兮徒離憂。」

〔二〕晉陶淵明《歸去來兮辭》：「木欣欣以向榮，泉涓涓而始流。」

〔三〕《莊子·在宥》：「出入六合，遊乎九州，獨往獨來，是謂獨有。」又《莊子·天下》：「獨與天地精神往來而不敖倪於萬物。此謂不隨流俗。」

〇六一　《離騷》不必學《三百篇》，〔一〕《歸去來辭》不必學《騷》，〔二〕而皆有其獨至處，固知「真古」自與摹古異也。〔三〕

〔一〕可參卷二第〇一七。

〔二〕按：宋朱熹《楚辭集注》卷四《歸去來辭》：「歐陽公言：『兩晉無文章，幸獨有此篇耳。』然其詞義夷曠蕭散，雖託楚聲，而無其尤怨切蹙之病云。」朱云「託楚聲」也者，則以爲《歸去來兮辭》學《騷》也。

〔三〕南朝梁鍾嶸《詩品》卷中《宋徵士陶潛詩》：「其源出於應璩，又協左思風力。文體省淨，殆無長語。篤意真古，辭興婉愜。每觀其文，想其人德。世歎其質直。至如『歡言酌春酒』，『日暮天無雲』，風華清靡，豈直爲田家語耶？古今隱逸詩人之宗也。」又可參卷二第二七八注〔一〕。

〇六二　屈子之纏綿，枚叔、長卿之「巨麗」，〔一〕淵明之高逸，〔二〕宇宙間賦，歸趣總不外此三

種。〔三〕

〔一〕「巨麗」：猶壯麗。西漢司馬相如《上林賦》：「且夫齊楚之事又烏足道乎？君未睹夫巨麗也。獨不聞天子之上林乎？」此引司馬相如賦中之語以移評其賦。

〔二〕明唐順之《荆川稗編》卷七十三：「陶靖節高風逸韻，直超建安而上之。」按：可參卷二第〇四五。

〔三〕「歸趣」：見卷二第〇七一注〔一〕。

〇六三 李白《大獵賦序》云：「辭欲壯麗，義歸博達。」〔一〕似約相如《答盛覽問賦》之旨，〔二〕而白賦亦允足稱之。〔三〕

〔一〕語見李白《大獵賦序》：「白以爲賦者，古詩之流。辭欲壯麗，義歸博達。不然，何以光贊盛美，感天動神？」

〔二〕事見署名劉歆《西京雜記》卷二：「其友人盛覽字長通，牂牁名士。嘗問以作賦。相如曰：合綦組以成文，列錦繡而爲質，一經一緯，一宫一商，此賦之迹也。賦家之心，苞括宇宙，總覽人物，斯乃得之於内，不可得而傳。覽乃作《合組歌》、《列錦賦》而退，終身不復敢言作賦之心矣。」

〔三〕「稱」：匹配、符合。

〇六四　李白《大鵬賦序》云：「睹阮宣子《大鵬讚》，鄙心陋之。」《大獵賦序》於相如《子虛》、《上林》，子雲《長楊》、《羽獵》，且謂「齷齪之甚」，〔一〕皆是尊題法。〔二〕尊題，則賦之識見、氣體不由不高矣。

〔一〕語見李白《大獵賦序》：「而相如、子雲競誇辭賦，歷代以爲文雄，莫敢詆訐。臣謂語其略，竊或褊其用心。《子虛》所言，楚國不過千里，夢澤居其大半，而齊徒呑若八九，三農及禽獸無息肩之地，非諸侯禁淫述職之義也。《上林》云左蒼梧、右西極，考其實，地周袤纔經數百。《長楊》誇胡設網，爲周阹，放麋鹿其中，以搏攫充樂。《羽獵》於靈臺之囿，圍經百里而開殿門，當時以爲窮壯極麗，迨今觀之，何齷齪之甚也。」

〔二〕明楊慎《丹鉛餘録》卷十四：「古人詩句，不知其用意用事，妄改一字，便不佳。孟蜀牛嶠《楊柳枝詞》：『吴王宫裏色偏深，一簇煙條萬縷金。不分錢塘蘇小小，引郎松下結同心。』按：《古樂府》『小小歌』有云：『妾乘油壁車，郎乘青驄馬。何處結同心，西陵松柏下。』牛詩用此意，詠柳而貶松，唐人所謂尊題格也。後人改『松下』作『枝下』，語意索然矣。」清吴景旭《歷代詩話》卷五十三：「吴旦生曰：唐人尊題，往往强此而弱彼。如舒元輿《牡丹賦》：『玫瑰羞死，芍藥自失。夭桃斂迹，穠李漸出。躑躅宵潰，木蘭潛逸。朱槿灰心，紫薇屈膝。』則是斥衆花以伸牡丹也。唐彦謙《詠柳》詩：『楚王宫裏三千女，饑損蠻腰學不成。』是又尊柳而貶美人矣。何況於松？若作『枝下』，幾不成語。」另可參卷六第〇〇五。

〇六五　韓昌黎《復志賦》，〔一〕李習之《幽懷賦》，〔二〕皆有得於《騷》之波瀾意度而異其迹象。故知「獵豔辭」、「拾香草」者，皆童蒙之智也。〔三〕

〔一〕《復志賦》：今見《五百家注昌黎文集》卷一。

〔二〕賦見《李文公集》卷一。

〔三〕南朝梁劉勰《文心雕龍·辨騷》：「故才高者苑其鴻裁，中巧者獵其艷辭；吟諷者銜其山川，童蒙者拾其香草。」這裏指後世一些作家，在學習《離騷》的過程中，僅僅滿足於獵取其中華麗的辭藻、撿拾香草美人的比興手法（即前所説迹象），而忽視了其精神實質的做法（即前所説意度）。

〇六六　孫可之《大明宮賦》，〔一〕語極遒練，意多勸誡，與李習之《幽懷賦》殊途並美。

〔一〕《大明宮賦》：見唐孫樵《孫可之集》卷一。按：融齋《昨非集》卷二《文喻》：「文章家之有練筋骨也。練筋者，綜諸脈理；練骨者，核於字句。隱顯蓋亦猶是。李習之、孫可之兩家，其大較也。」

〇六七　唐之劉復愚、〔一〕宋之黄山谷，皆學《楚辭》而困躓者。〔二〕然一種孤峻之致，正復難蹤，特未可爲「舉肥」之相者道耳。〔三〕

〔一〕復愚：唐劉蜕之字，舊有《文泉子集》六卷。劉蜕學楚辭之文，今具見《文泉子集》卷一，共收《憫禱辭》、《弔屈原辭三章》、《愚謗》五篇。另此條可與卷一第一九一互參。

〔二〕「困躓」：受挫，顛沛窘迫。宋朱熹《楚辭集注》卷六收有黄庭堅《毁璧》，並且説：「《毁璧》者，豫章黄太史庭堅之所作也。庭堅以能詩致大名，而尤以楚辭自喜。然以其有意於奇也泰甚，故論者以爲不詩若也。獨此篇爲其女弟而作，蓋歸而失愛於其姑，死而猶不免於水火，故其詞極悲哀，而不暇於爲作，乃爲賢於它語云。」

〔三〕戰國宋玉《九辯》：「變古易俗兮世衰，今之相者兮舉肥。」東漢王逸《楚辭章句》：「不量才能，視顔色也。」按：宋李耆卿《文章精義》：「學楚辭者多矣，若黄魯直最得其妙。魯直諸賦及他文，愈小愈工，但作長篇苦於氣短，又且句句要用事，此其所以不能長江大河也。」可與此互參。

〇六八　《周禮》太師之職，始見「賦」字。鄭《注》：「賦之言鋪。」〔一〕而於鋪之原委，〔二〕仍引而未發也。

〔一〕《周禮·春官宗伯》：「大師。掌六律、六同，以合陰陽之聲。……教六詩曰風、曰賦、曰比、曰興、曰雅、曰頌。」東漢鄭玄注：「賦之言鋪，直鋪陳今之政教善惡。」

〔二〕「原委」：來龍去脈。

〇六九　鋪，有所鋪，有能鋪。司馬相如《答盛覽問賦書》，有「賦迹」、「賦心」之説。迹，其所；心，其能也。心迹本非截然爲二。覽聞其言，乃終身不敢言作賦之心，〔一〕抑何固哉！〔二〕且言賦心，不起於相如，自《楚辭·招魂》「同心賦些」，已發端矣。〔三〕

〔一〕見卷三第〇六三注〔二〕。

〔二〕「固」：鄙陋。

〔三〕語見《招魂》：「人有所極，同心賦些。」東漢王逸《楚辭章句》：「賦，誦也。言衆坐之人，各欲盡情與己同心者，獨誦忠信與道德也。」

〇七〇　《楚辭·涉江》、《哀郢》，「江」、「郢」，迹也；「涉」、「哀」，心也。推諸題之但有迹者亦見心，但言心者亦具迹也。〔一〕

〔一〕《涉江》、《哀郢》：見《楚辭·九章》。按：此當與卷三第〇六九互參。

〇七一　賦，「辭」欲「麗」，迹也；「義」欲「雅」，心也。〔一〕「麗辭雅義」，見《文心雕龍·詮賦》。〔二〕前此《揚雄傳》云：「司馬相如作賦，甚弘麗溫雅。」〔三〕《法言》云：「詩人之賦麗以則。」〔四〕「則」與「雅」無異旨也。

〔一〕三國魏曹丕《典論・論文》：「夫文本同而末異：蓋奏議宜雅，書論宜理，銘誄尚實，詩賦欲麗，此四科不同，故能之者偏也，唯通才能備其體。」

〔二〕語見南朝梁劉勰《文心雕龍・詮賦》：「原夫登高之旨，蓋睹物興情。情以物興，故義必明雅；物以情觀，故詞必巧麗。麗詞雅義，符采相勝，如組織之品朱紫，畫繪之著玄黄，文雖新而有質，色雖糅而有本，此立賦之大體也。」

〔三〕語見《漢書》卷八十七《揚雄傳》：「先是時，蜀有司馬相如，作賦甚弘麗温雅，雄心壯之，每作賦，常擬之以爲式。」

〔四〕見卷二第一〇四注〔一〕。

〇七二　古人賦詩與後世作賦，事異而意同。〔一〕意之所取，大抵有二：一以諷諫，《周語》「瞍賦矇誦」是也；〔二〕一以言志，《左傳》趙孟曰：「請皆賦，以卒君貺，武亦以觀七子之志。」〔三〕韓宣子曰：「二三子請皆賦，起亦以知鄭志」是也。〔四〕言志諷諫，非「雅」「麗」何以善之？〔五〕

〔一〕清《歷代賦彙序》：「賦之於詩，具其一體，及其閎肆漫衍，與詩並行，而其事可通於用人。……古者諸侯卿大夫交接鄰國，時稱詩以喻志，不必其所自作，皆謂之賦。如晉公子重耳賦《六月》、魯文公賦《菁菁者莪》、鄭穆公賦《鴻雁》、魯穆叔賦《祈父》之類，皆取古詩歌之以喻其志，即詠吟之遺音，得心意之所存，使聞之者足以感發興起，而因以明其如相告語之情，猶之敷布其義而直陳之，故謂之賦也。春秋之後，聘問詠歌不行於列國，於是羈臣志士自言其情，而賦乃作焉。」

〔二〕語見《國語·周語》：「故天子聽政，使公卿至於列士獻詩，瞽獻曲，史獻書，師箴，瞍賦，矇誦，百工諫……」

〔三〕語見《左傳》襄公二十七年。

〔四〕語見《左傳》昭公十六年。原作：「宣子曰：二三君子請皆賦，起亦以知鄭志。」

〔五〕「雅」「麗」：當爲「麗詞雅義」之省。參卷三第〇七一。

〇七三　太史公《屈原傳贊》曰：「悲其志。」〔一〕《叙傳》曰：「作辭以諷諫。」〔二〕「志」與「諷諫」，賦之體用具矣。〔三〕

〔一〕語見《史記》卷八十四《屈原賈生列傳》：「太史公曰：余讀《離騷》、《天問》、《招魂》、《哀郢》，悲其志。」

〔二〕語見《史記》卷一百三十《太史公自序》：「作辭以諷諫，連類以爭義，《離騷》有之，作《屈原賈生列傳》第二十四。」

〔三〕按：賦之體雖出言志（可參卷三第〇八五：「賦無往而非言志也」），其用却在諷諫。

〇七四　屈兼言「志」、「諷諫」，馬揚則「諷諫」爲多，〔一〕至於班張則「揄揚」之意勝，〔二〕「諷諫」之義鮮矣。

〔一〕馬揚：司馬相如、揚雄。按：《漢書》卷八十七《揚雄傳》：「雄以爲賦者，將以風也，必推類而言，極麗靡之辭，閎侈鉅衍，競於使人不能加也。既乃歸之於正，然覽者已過矣。往時武帝好神仙，相如上《大人賦》，欲以風，帝反縹縹有陵雲之志。繇是言之，賦勸而不止，明矣。又頗似俳優淳于髡優孟之徒，非法度所存，賢人君子詩賦之正也，於是輟不復爲。」又《漢書》卷五十七《司馬相如傳》：「相如雖多虚辭濫説，然要其歸引之於節儉，此亦《詩》之風諫何異？揚雄以爲靡麗之賦，勸百而諷一，猶騁鄭衛之聲，曲終而奏雅，不已戲乎？」可與此互參。

〔二〕班張：班固、張衡。今《文選》收録有班固《兩都賦》，張衡《二京賦》、《南都賦》等。《後漢書》卷四十《班固傳》：「（班固）自爲郎後，遂見親近。時京師脩起宫室，濬繕城隍，而關中耆老猶望朝廷西顧。固感前世相如、壽王、東方之徒，造搆文辭，終以諷勸，乃上《兩都賦》，盛稱洛邑制度之美，以折西賓淫侈之論。」又《後漢書》卷五十九《張衡傳》：「時天下承平日久，自王侯以下莫不踰侈，衡乃擬班固《兩都》作《二京賦》因以諷諫。精思傅會，十年乃成。」「揄揚」：稱引、讚揚。東漢班固《兩都賦序》：「或以抒下情而通諷諭，或以宣上德而盡忠孝，雍容揄揚著於後嗣，抑亦《雅》《頌》之亞也。」此引班賦之語以評其文。

〇七五　「風雨如晦，雞鳴不已。」〔一〕屈子言「志」之指；「無已太康，職思其居。」〔二〕馬揚「諷諫」之指。

〔一〕語見《詩·鄭風·風雨》。《毛詩注疏》卷七引東漢鄭玄《箋》：「喻君子雖居亂世，不變改其節度。」

〔二〕語見《詩·唐風·蟋蟀》。宋朱熹《詩集傳》卷三：「今雖不可以不爲樂，然不已過於樂乎？盍亦顧念其職之所居者，使其雖好樂而無荒。」按：融齋《持志塾言》卷下《處境》：「處逆境之要，蔽之以兩言，曰：『風雨如晦，雞鳴不已。』處順境之要，蔽之以兩言，曰：『無已太康，職思其居。』」

〇七六　《史記·司馬相如傳贊》曰：「相如雖多虚辭濫説，然其要歸，引之節儉。此與《詩》之風諫何異！」〔一〕《叙傳》曰：「《子虚》之事，《大人》賦説，靡麗多誇，然其指風諫，歸於無爲。」〔二〕揚雄《甘泉賦序》曰：「奏《甘泉賦》以風。」〔三〕《羽獵賦序》曰：「聊因《校獵賦》以風之。」〔四〕《長楊賦序》曰：「藉翰林以爲主人，子墨爲客卿以風。」〔五〕賦之諷諫，可於斯取則矣。

〔一〕語見《史記》卷一百十七《司馬相如列傳》。

〔二〕語見《史記》卷一百三十《太史公自序》。

〔三〕語見《漢書》卷八十七《揚雄傳》：「正月，從上甘泉，還奏《甘泉賦》以風。」

〔四〕語見《漢書》卷八十七《揚雄傳》：「又恐後世復修前好，不折中以泉臺，故聊因《校獵賦》以風。」

〔五〕語見《漢書》卷八十七《揚雄傳》：「雄從至射熊館，還，上《長楊賦》，聊因筆墨之成文章，故藉翰林以爲主人，子墨爲客卿以風。」

〇七七　古人一生之志，往往於賦寓之。《史記》、《漢書》之例，賦可載入列傳，〔一〕所以使讀其賦者，即「知其人」也。〔二〕

〔一〕如《史記》卷八十四《屈原賈生列傳》即收録有屈原《懷沙》，賈誼《吊屈原賦》、《服鳥賦》，卷一百一十七《司馬相如列傳》即收録有司馬相如《子虚賦》、《上林賦》、《大人賦》等，《漢書》卷四十八《賈誼傳》，卷五十七《司馬相如傳》同。

〔二〕見卷二第〇二六注〔四〕。

〇七八　《屈原傳》曰：「其志絜，故其稱物芳。」〔一〕《文心雕龍・詮賦》曰：「體物寫志。」〔二〕余謂志因物見，故《文賦》但言「賦體物」也。〔三〕

〔一〕語見《史記》卷八十四《屈原賈生列傳》：「其文約，其辭微，其志絜，其行廉，其稱文小而其指極大，舉類邇而見義遠。其志絜，故其稱物芳；其行廉，故死而不容。」

〔二〕見南朝梁劉勰《文心雕龍》卷二。

〔三〕語見晉陸機《文賦》：「詩緣情而綺靡，賦體物而瀏亮。」唐李善注：「詩以言志，故曰緣情；賦以陳事，故曰體物。綺靡，精妙之言；瀏亮，清明之稱。」

〇七九　董廣川《士不遇賦》云：「雖矯情而獲百利兮，復不如正心而歸一善。」〔一〕此即「正誼明道」之旨。〔二〕司馬子長《悲士不遇賦》云：「没世無聞，古人唯恥。」〔三〕此即「述往事、思來者」之情。〔四〕陶淵明《感士不遇賦》云：「寧固窮以濟意，不委曲而累己。」〔五〕此即「屢空晏如」之意。〔六〕可見古人言必由志也。

〔一〕董仲舒，廣川人，故云。賦見《歷代賦彙》外集卷三。

〔二〕語見《漢書》卷五十六《董仲舒傳》：「夫仁人者，正其誼不謀其利，明其道不計其功。是以仲尼之門，五尺之童羞稱五伯，爲其先詐力而後仁誼也。」

〔三〕賦見《歷代賦彙》外集卷三。

〔四〕語見《史記》卷一百三十《太史公自序》：「昔西伯拘羑里，演《周易》；孔子戹陳蔡，作《春秋》；屈原放逐，著《離騷》；左丘失明，厥有《國語》；孫子臏腳，而論《兵法》；不韋遷蜀，世傳《吕覽》；韓非囚秦，《説難》、《孤憤》；《詩三百篇》，大抵聖賢發憤之所爲作也。此人皆意有所鬱結，不得通其道也，故述往事，思來者。於是卒述陶唐以來，至於麟止，自黃帝始。」

〔五〕賦見《陶淵明集》卷六。

〔六〕語見陶淵明《五柳先生傳》：「環堵蕭然，不蔽風日，短褐穿結，簞瓢屢空，晏如也。」又《始作鎮軍參軍經曲阿作一首》：「被褐欣自得，屢空常晏如。」「晏如」：恬適貌。

〇八〇 《漢書·藝文志》曰：「學詩之士，逸在布衣，而賢人失志之賦作矣。」〔一〕余案：所謂失志者，在境不在己也。屈子《懷沙賦》云：「離慜而不遷兮，願志之有像。」〔二〕如此雖謂「失志」之賦，即勵志之賦可矣。

〔一〕語見《漢書》卷三十《藝文志》：「春秋之後，周道寖壞。聘問歌詠不行於列國，學詩之士逸在布衣。而賢人失志之賦作矣。大儒孫卿及楚臣屈原，離讒憂國，皆作賦以風，咸有惻隱古詩之義。」

〔二〕語見《楚辭·九章·懷沙》。東漢王逸《楚辭章句》：「像，法也。言己自勉修善，身雖遭病，心終不徙，願志行流於後世，爲人法也。」

〇八一 鄒陽《獄中上書》，〔一〕氣盛語壯。禰正平賦鸚鵡於黃祖長子座上，〔二〕蹙蹙焉有自憐

依人之態，於生平志氣，得無未稱？〔三〕

〔一〕鄒陽：西漢人。《漢書》卷五十一有傳。《獄中上書》：通稱《獄中上書自明》，見《文選》卷三十九。

〔二〕正平：禰衡之字。《後漢書》卷八十有傳，稱其「少有才辯，而尚氣剛傲，好矯時慢物」，「賦鸚鵡於黃祖長子座上」，事見本傳：「射時大會賓客，人有獻鸚鵡者，射舉卮於衡曰：『願先生賦之，以娛嘉賓。』衡攬筆而作，文無加點，辭采甚麗。」賦見《文選》卷十三。

〔三〕宋劉克莊《後村詩話》卷三：「按：《鸚鵡賦》極籠檻栖託之悲，有母子伉儷衆雛之感。……噫，衡自知不免，哀鳴躑躅，求容於祖者如此，亦可憐已。」按：唐段成式《酉陽雜俎》卷一二《語資》引魏肇師曰：「《鸚鵡賦》，禰衡、潘尼二集並載。」則或非禰所作也。又錢鍾書《管錐編·全上古三代秦漢三國六朝文》六四：「按：其鳴也哀，以此爲全篇歸宿，似寓託庇受廛之意。故張雲璈《選學膠言》卷八疑其與衡之傲世慢物不稱，或是他人所作。……然《全三國文》卷一四陳王植《鸚鵡賦》亦曰：『蒙含育之厚德，奉君子之光輝，……常戢心以懷懼，雖處安其若危。永哀鳴以報德，庶終來而不疲。』與衡所作，詞旨相襲。豈此題之套語耶？抑同心之苦語也？」

〇八二　志士之賦，無一語隨人笑歎。〔一〕故雖或顛倒複沓，糾轇隱晦，〔二〕而斷非文人才客，求慊人而不求「自慊」者所能擬效。〔三〕

〔一〕「隨人笑歎」：跟隨人歡笑和悲歎。

〔二〕「糾轇」：糾纏、交錯。

〔三〕「慊人」：猶迎合他人。「自慊」：自我滿足。《禮記・大學》：「所謂誠其意者，毋自欺也。如惡惡臭，如好好色，此之謂自謙，故君子必慎其獨也。」東漢鄭玄注：「謙讀爲慊。慊之言厭也，厭讀爲饜。饜，閉藏貌也。」融齋《游藝約言》：「文取自慊，非求慊人。慊人者，鄉願之文也。」「擬效」：類比、效仿。清尤侗《艮齋雜説》卷三：「凡人著書立説，衹當求慊於己，不必迎合於人。」

按：此條又可與卷一第〇六六互參。

〇八三 《雄雉》之詩「瞻彼日月」兩章，〔一〕自來「賢人失志之賦」，〔二〕不出此意，所謂「行有不得，反求諸己」也。〔三〕若一涉「怨天尤人」，〔四〕豈有是處？

〔一〕見《詩・邶風》。《詩小序》：「《雄雉》，刺衛宣公也。淫亂不恤國事，軍旅數起，大夫久役，男女怨曠，國人患之，而作是詩。」

〔二〕見卷三第〇八〇注〔一〕。

〔三〕語見《孟子・離婁上》：「孟子曰：『愛人不親反其仁，治人不治反其智，禮人不答反其敬。行有不得者，皆反求諸己，其身正而天下歸之。』」宋孫奭疏：「此章言行有不得於人，反求於身，是爲責己之道也。」

〔四〕語見《論語·憲問》：「子曰：『莫我知也夫？』子貢曰：『何爲其莫知子也？』子曰：『不怨天，不尤人，下學而上達，知我者其天乎？』」宋邢昺疏：「孔子言己不用於世，而不怨天；人不知己，亦不非人也。」

〇八四　《漢書·藝文志》言「賢人失志之賦，有惻隱古詩之意」。〔一〕余謂江湖憂君、廟堂憂民，〔二〕惻隱不獨「失志」然也。觀姬公《東山》、《七月》可見。〔三〕

〔一〕見卷三第〇八〇注〔一〕。

〔二〕宋范仲淹《岳陽樓記》：「嗟夫，予嘗求古仁人之心，或異二者之爲，何哉？不以物喜，不以己悲，居廟堂之高，則憂其民；處江湖之遠，則憂其君；是進亦憂，退亦憂，然則何時而樂耶？其必曰：先天下之憂而憂，後天下之樂而樂乎。」這裏「江湖」喻失職在野，「廟堂」喻供職朝廷。

〔三〕「姬公」：周公。《東山》：見《詩·豳風》。據《詩小序》説：「《東山》，周公東征也。周公東征三年而歸，勞歸士大夫美之，故作是詩也。」《七月》：亦見《豳風》，據《詩小序》説：「《七月》，陳王業也。周公遭變故，陳后稷先公風化之所由，致王業之艱難也。」

〇八五　或問古人賦之言志者，漢如崔篆之《慰志》、〔一〕馮衍之《顯志》，〔二〕魏如劉楨之《遂志》、〔三〕丁儀之《勵志》，〔四〕晉如棗據之《表志》、〔五〕曹攄之《述志》，〔六〕然則賦以徑言其志

爲尚乎？余謂賦無往而非言志也。必題是志而後其賦爲言志，則志「或幾乎息矣」。〔七〕

〔一〕賦見《後漢書》卷五十二《崔駰傳》。

〔二〕賦見《後漢書》卷二十八《馮衍傳》。

〔三〕賦見《藝文類聚》卷二十六。

〔四〕賦見《藝文類聚》卷二十六。

〔五〕賦見《藝文類聚》卷二十六。

〔六〕賦見《藝文類聚》卷二十六。

〔七〕《易·繫辭上》：「乾坤成列，而易立乎其中矣。乾坤毁，則无以見易。易不可見，則乾坤或幾乎息矣。」

〇八六 「實事求是」，〔一〕「因寄所託」，〔二〕一切文字不外此兩種，在賦則尤缺一不可。若「美言不信」，〔三〕「玩物喪志」，〔四〕其賦亦不可已乎？

〔一〕見卷一第二五四注〔三〕。

〔二〕語本晉王羲之《蘭亭集序》：「夫人之相與，俯仰一世，或取諸懷抱，晤言一室之内；或因寄所託，放浪形骸之外；雖趣舍萬殊，靜躁不同；當其欣於所遇，暫得於己，快然自足，不知老之將至。」

〔三〕見卷一第二〇八注〔一〕。

〔四〕語見《尚書·旅獒》：「玩人喪德，玩物喪志。」僞孔安國《傳》：「以器物爲戲弄則喪其志。」

〔八七〕《風》詩中賦事，往往兼寓比興之意。鍾嶸《詩品》所由竟以「寓言寫物」爲賦也。〔一〕賦兼比興，則以言內之實事，寫「言外之重旨」。〔二〕故古之君子上下交際，不必有言也，以賦相示而已。〔三〕不然，賦物必此物，〔四〕其爲用也幾何？

〔一〕語見南朝梁鍾嶸《詩品序》：「故詩有三義焉：一曰興，二曰比，三曰賦。文已盡而義有餘，興也。因物喻志，比也。直書其事，寓言寫物，賦也。」

〔二〕南朝梁劉勰《文心雕龍·隱秀》：「夫心術之動遠矣，文情之變深矣。源奧而派生，根盛而穎峻。是以文之英蕤，有秀有隱。隱也者，文外之重旨者也。秀也者，篇中之獨拔者也。」

〔三〕南朝宋劉義慶《世說新語·文學》：「左太冲作《三都賦》初成，時人互有譏訾，思意不愜。後示張公，張曰：『此《二京》可三。然君文未重於世，宜以經高名之士。』思乃詢求於皇甫謐，謐見之嗟歎，遂爲作叙。」

〔四〕宋蘇軾《書鄢陵王主簿所畫折枝二首》：「論畫以形似，見與兒童鄰。賦詩必此詩，定非知詩人。詩畫本一律，天工與清新。邊鸞雀寫生，趙昌花傳神。何如此兩幅，疏淡含精匀。誰言一點紅，解寄無邊春。」此化用其意。

〇八八　春有草樹，山有烟霞，皆是造化自然，〔一〕非設色之可擬。故賦之爲道，重象尤宜重興。〔二〕興不稱象，雖紛披繁密而生意索然，〔三〕能無爲識者厭乎？

〔一〕見卷二第二六〇注〔一〕。「造化」：創造、孕育。

〔二〕「象」：物象（的描摹）。「興」：（作者的）感興。

〔三〕「紛披」：盛多貌。「生意」：生機、生命力。

〇八九　賦與譜録不同。〔一〕譜録惟取誌物，而無「情」可言，無「采」可發，〔二〕則如數他家之寶，無關己事。〔三〕以賦體視之，孰爲親切且尊異耶？〔四〕

〔一〕「譜録」：本爲兩種不同的文體。南朝梁劉勰《文心雕龍·書記》：「譜者，普也。注序世統，事資周普。鄭氏譜《詩》，蓋取乎此。」「録者，領也。古史《世本》，編以簡策，領其名數，故曰録也。」後成爲中國古代圖書分類的一個類目名稱，宋尤袤《遂初堂書目·子部》開始出現「譜録」的名稱，《四庫全書總目》沿用。「譜録」主要用於記載某一事物之産地、形態、類别、特性、逸聞趣事及與之相關的文學作品，間附插圖。如晉戴凱之的《竹譜》、梁陶弘景的《古今刀劍録》、唐陸羽的《茶經》、宋吕大臨的《考古圖》、元忽思慧的《飲膳正要》、明王象晉的《群芳譜》等等。

〔二〕按：南朝梁劉勰《文心雕龍》有《情采》篇。

〔三〕按：此佛典常喻。如東晉天竺三藏佛駄跋陀羅譯《大方廣佛華嚴經》卷五《四諦品第四之二》：「譬如貧窮人，日夜數他寶，自無半錢分，多聞亦如是。」隋智顗《童蒙止觀》卷上：「若虚構文言，情乖所説，空延歲月，取證無由。事等貧人，數他財寶，於己何益者哉？」

〔四〕融齋《游藝約言》：「文當兼尊、親二字。高風亮節，尊也；深情厚誼，親也。」

〇九〇 賦必有關著自己痛癢處。〔一〕如嵇康叙琴，〔二〕向秀感笛，〔三〕豈可與無病呻吟者同語？

〔一〕「痛癢」：喻利害關係。

〔二〕《文選》卷十八有嵇康《琴賦》。

〔三〕《文選》卷十六有向秀《思舊賦》。

〇九一 在外者，物色。〔一〕在我者，生意。〔二〕二者相摩相盪而賦出焉。〔三〕若與自家生意無相入處，則物色衹成閑事，志士遑問及乎？〔四〕

〔一〕「物色」：事物的外在形態。南朝梁劉勰《文心雕龍》有《物色》篇。

〔二〕「生意」：生發出來的意思。

〔三〕「相摩相盪」：《禮記·樂記》：「地氣上齊，天氣下降，陰陽相摩，天地相盪，鼓之以雷霆，奮之以風雨；動之以四時，煖之以日月，而百化興焉。」又稱相離合。可參卷二第二二八注〔一〕及卷四第〇五四、卷六第〇六一。

〔四〕此當與卷二第二二八互參。

〇九二　賦欲不朽，全在意勝。〔一〕《楚辭·招魂》言賦，先之以「結撰至思」，〔二〕真乃千古篤論。

〔一〕此當與卷一第二五九、卷一第二六〇互參。

〔二〕見卷一第一六〇注〔三〕。

〇九三　賦家主意定則群意生。〔一〕試觀屈子辭中，忌己者如黨人，憫己者如女嬃、靈氛、巫咸，〔二〕以及漁父別有崇尚，詹尹不置是非，〔三〕皆由屈子先有主意，是以相形相對者，皆若沓然偕來，拱向注射之耳。〔四〕

〔一〕「主意」：主旨。「群意」：主旨之外的旁意。

〔二〕黨人、女嬃、靈氛、巫咸：均見《離騷》，可參卷一第〇四四及注〔三〕。

〔三〕漁父：見《漁父》。「詹尹」：即鄭詹尹，見《卜居》。

〔四〕「拱向」：拱衛、朝向。「注射」：傾注，噴射。按：此可與卷五第一九四互參。

〇九四　《周南·卷耳》四章，只「嗟我懷人」一句是點明主意，〔一〕餘者無非做足此句。賦之體約用博，自是開之。

〔一〕《詩·周南·卷耳》：

采采卷耳，不盈頃筐。嗟我懷人，寘彼周行。

陟彼崔嵬，我馬虺隤，我姑酌彼金罍，維以不永懷。

陟彼高岡，我馬玄黄，我姑酌彼兕觥，維以不永傷。

陟彼砠矣，我馬瘏矣。我僕痡矣，云何吁矣。

《詩小序》：「后妃之志也，又當輔佐君子，求賢審官，知臣下之勤勞。内有進賢之志，而無險詖私謁之心，朝夕思念，至於憂勤也。」

〇九五　賦兼叙、列二法：〔一〕列者，一左一右，横義也；叙者，一先一後，豎義也。〔二〕

〔一〕「叙」：通序。指順序。《詩·大雅·常武》：「左右陳行，戒我師旅。」唐陸德明《經典釋文》：

「行，列也。」

〔二〕所謂横義當指空間之分佈。所謂豎義當指時間之先後。

○九六　司馬長卿論賦云：「一經一緯。」〔一〕或疑經可言一，緯不可言一，不知乃舉一例百，合百爲一耳。

〔一〕見卷三第○六三注〔三〕。清段玉裁《説文解字注》：「經：織從絲也。」即卷三第○九五所謂「叙」、「豎義」。「緯：織衡絲也。」即卷三第○九五所謂「列」、「横義」。

○九七　賦欲「縱横自在」，〔一〕係乎「知類」。〔二〕太史公《屈原傳》曰：「舉類邇而見義遠。」〔三〕《叙傳》又曰：「連類以争義。」〔四〕司馬相如《封禪書》曰：「依類託寓。」〔五〕枚乘《七發》曰：「離辭連類。」〔六〕皇甫士安叙《三都賦》曰：「觸類而長之。」〔七〕

〔一〕宋釋普濟《五燈會元》卷三：「是以解道者行住坐卧，無非是道；悟法者縱横自在，無非是法。」

〔二〕《禮記·學記》：「九年知類通達，强立而不反，謂之大成。」東漢鄭玄注：「知類，知事義之比也。」另可参卷三第○七四注〔一〕引《漢書·揚雄傳》：「雄以爲賦者，將以風也，必推類而言。」

〔三〕見卷三第○七八注〔一〕。

〔四〕見卷三第〇七三注〔二〕。

〔五〕語見《史記》卷一百十七《司馬相如列傳》：「依類託寓，諭以封巒。」

〔六〕語見《文選》卷三十四：「比物屬事，離辭連類。」

〔七〕見卷三第〇〇六注〔二〕。按：皇甫語又本《易·繫辭上》：「引而申之，觸類而長之，天下之能事畢矣。」

〇九八　張融作《海賦》不道鹽，因顧顗之之言乃益之。〔一〕姚鉉令夏竦爲《水賦》，限以萬字。竦作三千字，鉉怒，不視，曰：「汝何不於水之前後左右廣言之？」竦益得六千字。〔二〕可知賦須當有者盡有，更須難有者能有也。〔三〕

〔一〕張融：字思光，南朝宋齊之間人。事見《南史》卷三十二《張融傳》：「又作《海賦》，文辭詭激，獨與衆異。後以示鎮軍將軍顧顗之。顗之曰：『卿此賦實超玄虚，但恨不道鹽耳。』融即求筆注曰：『漉沙構白，熬波出素；積雪中春，飛霜暑路。』此四句後所足也。」原賦今殘，《藝文類聚》卷八有節引。「顧顗之」：原作「顧凱之」，今據《南史》改。

〔二〕姚鉉：字寶臣。宋太平興國中進士。事見宋司馬光《涑水紀聞》卷三。按：《水賦》今已佚。

〔三〕按：此當與卷一第三一五互參。

〇九九　司馬長卿謂「賦家之心，包括宇宙」，〔一〕成公綏《天地賦序》云：「賦者貴能分賦物理，敷演無方，天地之盛，可以致思矣。」〔二〕意與長卿宛合。〔三〕

〔一〕見卷三第〇六三注〔二〕。

〔二〕成公綏：晉人。《晉書》卷九十二有傳。賦見《歷代賦彙》卷一。

〔三〕「宛合」：完全吻合。

一〇〇　賦取窮物之變。如山川草木，雖各具本等意態，〔一〕而隨時異觀，則存乎「陰陽、晦明、風雨」也。〔二〕

〔一〕「本等」：本來。

〔二〕「陰陽、晦明、風雨」：即《莊子》所謂「六氣」。見卷三第〇二七注〔一〕。

一〇一　賦家之心，「其小無内，其大無垠」，〔一〕故能隨其所值，「賦像」「班形」，〔二〕所謂「惟其有之，是以似之」也。〔三〕

〔一〕《管子・心術》：「其大無外，其小無内。」唐尹知章注：「所謂大無不包，細無不入也。」又《關尹子・八籌》：「關尹子曰：古之善揲著灼龜者，能於今中示古，古中示今；高中示下，下中示高；

小中示大，大中示小；一中示多，多中示一；人中示物，物中示人；我中示彼，彼中示我。是道也，其來無今，其往無古；其高無蓋，其低無載；其大無外，其小無内；其外無物，其内無人；其近無我，其遠無彼。不可析、不可合、不可喻、不可思，惟其渾淪，所以爲道。」此藉用。

〔二〕南朝宋謝惠連《雪賦》：「值物賦像，任地班形。」「形」：或作「行」。

〔三〕見卷一第二八六注〔二〕。

一〇二　賦以「象物」，按實肖象易，憑虛構象難。〔一〕能構象，象乃生生不窮矣。唐釋皎然以「作用」論詩，〔二〕可移之賦。

〔一〕《易·繫辭上》：「聖人有以見天下之賾，而擬諸其形容，象其物宜，是故謂之象。」

〔二〕唐僧皎然《詩式·明作用》：「作者措意，雖有聲律，不妨作用。如壺公瓢中，自有天地日月，時時拋鍼擲綫，似斷而復續，此爲詩中之仙。拘忌之徒，非可企及矣。」按：融齋《游藝約言》：「道不泥言説形象，亦不離言説形象。是故文章書畫皆道。」

一〇三　賦之妙用，莫過於「設」字訣，〔一〕看古作家無中生有處可見。〔二〕如設言值何時、處何地、遇何人之類，未易悉舉。

〔一〕「設」：假設、設想。清顧炎武《日知録》卷十九《假設之辭》：「古人爲賦，多假設之辭。序述往事，以爲點綴，不必一一符同也。子虛、亡是公、烏有先生之文，已肇始於相如矣。後之作者，實祖此意。謝莊《月賦》：陳王初喪應劉，端憂多暇。又曰：抽毫進牘，以命仲宣。按：王粲以建安二十一年從征吴，二十二年春道病卒。徐陳應劉，一時俱逝，亦是歲也。至明帝太和六年，植封陳王，豈可掎摭史傳，以議此賦之不合哉？庾信《枯樹賦》既言殷仲文出爲東陽太守，乃復有桓大司馬，亦同此例（原注：仲文爲桓玄侍中。桓大司馬，則玄之父温也。此乃因殷仲文有此樹婆娑之言，桓元子有木猶如此之歎，遂以二事湊合成文）。而《長門賦》所云：陳皇后復得幸者，亦本無其事。俳諧之文，不當與之莊論矣（原注：《長門賦》乃後人託名之作，相如以元狩五年卒，安得言孝武皇帝哉）。陳后復幸之云，正如馬融《長笛賦》所謂屈平適樂國，介推還受禄也。」又清姚鼐《古文辭類纂序目》：「辭賦類者，風雅之變體也。楚人最工爲之，蓋非屈子而已。余嘗謂《漁父》及楚人以弋説襄王、宋玉對王問遺行，皆設辭無無事實，皆辭賦類耳。」

〔二〕此當與卷一第一一二、卷二第一四〇五參。

一〇四　賦必合數章而後備，故《大言》、《小言》兩賦，〔一〕俱設爲數人之語。準此意，則知賦用一人之語者，亦當以參伍錯綜出之。〔二〕

〔一〕《大言》、《小言》：舊均題宋玉作，見《藝文類聚》卷十九。

〔二〕「參伍」：交互、錯綜。

一〇五 賦須「曲折」「盡變」。〔一〕孔穎達謂：「言事之道，直陳爲正。」〔二〕此第明賦之義，非論其勢，勢曲固不害於義直也。

〔一〕「曲折」：可參卷四第一五八。「盡變」：似截取《荀子・解蔽》：「夫道者，體常而盡變，一隅不足以舉之」語以論賦。

〔二〕見卷二第〇一〇注〔一〕。

一〇六 賦取乎「麗」，而麗非奇不顯，〔一〕是故賦不厭奇。然往往有以竟體求奇，〔二〕轉至不奇者，由不知以蓄奇爲洩奇地耳。〔三〕

〔一〕見卷三第〇七一注〔一〕。又南朝梁劉勰《文心雕龍・辨騷》：「是以枚賈追風以入麗，馬揚沿波而得奇，其衣被詞人，非一代也。」此似本此而發。

〔二〕「竟體」：通體、全體。

〔三〕「以蓄奇爲洩奇地」：在文章中，把積蓄新奇作爲留待抒發新奇的餘地。

一〇七　譚友夏論詩，謂：「一篇之朴，以養一句之靈；一句之靈，能回一篇之朴。」〔一〕此説每爲談藝者所訶，〔二〕然徵之於古，未嘗不合。如《秦風・小戎》「言念君子」以下，〔三〕即以靈回朴也，其上皆以朴養靈也。《豳風・東山》每章之意，俱因收二句而顯，若「敦彼獨宿」以及「其新孔嘉」云云，皆靈也；每二句之前，皆朴也。賦家用此法尤多。至靈能起朴，更可隅反。〔四〕

〔一〕友夏：明譚元春之字，與鍾惺同爲竟陵派領袖。語見其《題簡遠堂詩》：「夫詩文之道，非苟然也，其大患有二：朴者無味，靈者有痕。故有志者常精心於二者之間，而驗其候以爲深淺。必一句之靈能回一篇之朴，一篇之朴能養一句之神，乃爲善作。」

〔二〕清王夫之《夕堂永日緒論外編》：「譚友夏論詩云：『一篇之朴，以養一句之靈；一句之靈，能回一篇之朴。』囈語爾。以朴養靈，將置子弟於牧童樵豎中，而望其升孝秀之選乎？靈能回朴，村塢間茅苫土壁，塑一關壯繆，衮冕執圭，席地而坐，望其靈之如響，爲嗤笑而已。」

〔三〕語見《詩・秦風・小戎》。

〔四〕「隅反」：《論語・述而》：「舉一隅不以三隅反，則不復也。」後即以「隅反」指類推，舉一端即知其餘。

一〇八　賦中駢偶處，語取蔚茂；〔一〕單行處，〔二〕語取清瘦。此自宋玉、相如已然。

〔一〕「蔚茂」：豐蔚、茂盛。

〔二〕「單行」：散體。

一〇九　賦之尚古久矣。〔一〕古之大要有五：性情古、義古、字古、音節古、筆法古。〔二〕

〔一〕「尚」：崇尚。

〔二〕按：此又當與卷二第一七七互參。

一一〇　古賦難在意創獲而語自然，〔一〕或但執「言之短長」、「聲之高下」求之，〔二〕猶未免刻舟之見。〔三〕

〔一〕按：古賦之名始於唐，所以別乎律賦也。明徐師曾《文體明辯》將賦作分爲「古賦」、「俳賦」、「文賦」、「律賦」四體。以《離騷》、《遠游》、《招魂》及《九歌》、《九章》、《九辨》爲古賦之祖。《卜居》爲文賦之祖。「創獲」：創造性的收穫，取得前人所没有的成果。

〔二〕見唐韓愈《答李翊書》。參卷一第一四三注〔二〕。此借指文章外在的形式。

〔三〕「刻舟」：喻拘泥成法，固執不知變通。事見《吕氏春秋·察今》。

一二　古賦調拗而諧，采淡而麗，〔一〕情隱而顯，勢正而奇。〔二〕

〔一〕「采」：文辭。按：此當與卷一第二七一互參。

〔二〕融齋《昨非集》卷三《論文四首》其四：「出語不能庸，此是吾人病。靈均好奇服，奇或亦爲正。」可與此互參。

一三　古賦「意密體疏」，〔一〕俗賦體密意疏。

〔一〕戰國宋玉《登徒子好色賦》：「於是處子怳若有望而不來，忽若有來而不見，意密體疏，俯仰異觀，含喜微笑，竊視流眄。」本指情意接近而身體疏遠，形容若即若離，欲拒還迎之狀，此斷章取義，指意思細密而體裁疏漏。「意」：內容；「體」：形式。

一三　俗賦一開口，便有許多後世事迹來相困躓。〔一〕古賦則「越世高談，自開户牖」，〔二〕豈肯屋下蓋屋耶？〔三〕

〔一〕「困躓」：受挫、窘迫。

〔二〕參卷一第〇六七注〔二〕。此指另闢蹊徑。

〔三〕南朝宋劉義慶《世說新語·文學》：「庾仲初作《揚都賦》成……人人競寫，都下紙爲之貴。謝太傳云：『不得爾，此是屋下架屋耳。事事擬學而不免儉狹。』〔二〕此喻重複他人之所爲而無創新。

二四　賦兼才學。〔一〕才，如《漢書·藝文志》論賦曰：「感物造耑，材知深美」；〔二〕《北史·魏收傳》曰：「會須作賦，始成大才士。」〔三〕學，如揚雄謂「能讀賦千首，則善爲之」。〔四〕

〔一〕可參卷一第二二一注〔一〕。

〔二〕可參卷二第二二〇。

〔三〕語見《北史》卷五十六《魏收傳》：「收以温子昇全不作賦，邢雖有一兩首，又非所長。常云：『會須能作賦，始成大才士。』」

〔四〕語見《藝文類聚》卷五十六引桓譚《新論》：「余素好文，見子雲工爲賦，欲從之學。子雲曰：『能讀千賦，則善爲之矣。』」

二五　以賦視詩，較若紛至沓來，〔一〕氣猛勢惡。故才弱者往往能爲詩，不能爲賦。積學以廣才，〔二〕可不豫乎？

〔一〕「較若」：明顯貌。可參卷三第〇〇六。

〔二〕南北朝梁劉勰《文心雕龍·神思》：「積學以儲寶，酌理以富才。」又可參卷三第〇四五注〔一〕。

一一六　賦從貝，欲其「言有物」也；〔一〕從武，欲其「言有序」也。〔二〕《書》：「具乃貝玉。」〔三〕《曲禮》：「堂上接武，堂下布武。」〔四〕意可思矣。

〔一〕按：《説文》：「賦，斂也。從貝，武聲。」則爲形聲字，非從貝，從武之會意字也。然此自爲斷章取義，不必拘泥。古人或以貝充當一般等價物，故此云：「賦從貝，欲其言有物也。」另參卷一第二八三。

〔二〕古「武」即「舞」，舞蹈必須步伐進退有序，故云。《禮記・樂記》：「夫武之備戒之已久，何也？」東漢鄭玄注：「武，謂周舞也。」另參卷一第二八三。

〔三〕語見《尚書・商書・盤庚中》：「兹予有亂政同位，具乃貝玉。」本意指聚斂財寶。

〔四〕語見《禮記注疏》卷二。本謂在堂上行走應該腳跟著腳，在堂下行走則可邁步前行。

一二七　古人稱「不歌而誦謂之賦」。〔一〕雖賦之卒，往往系之以歌，如《楚辭》「亂曰」、「重曰」、「少歌曰」、「倡曰」之類皆是也，〔二〕然此乃古樂章之流，使早用於誦之中，則非體矣。大抵歌「憑心」、誦憑目。〔三〕方「憑目」之際，欲歌焉，庸有暇乎？

〔一〕見卷二第二二〇注〔一〕。

〔二〕「亂曰」：見《離騷》、《涉江》、《哀郢》、《抽思》、《懷沙》、《招魂》等。「重曰」：見《遠遊》。「少歌曰」、「倡曰」：見《抽思》。

〔三〕「憑心」：語見《九章·思美人》：「獨歷年而離愍兮，羌憑心猶未化。」按：「抒情歌」，故「憑心」；「叙事誦」，故「憑目」。可參卷一第二一三。

二八　《楚辭·惜誦》無歌調，〔一〕《九歌》無誦調。〔二〕歌誦之體，於斯可辨。〔三〕

〔一〕《惜誦》：見《九章》。東漢王逸《楚辭章句》：「章者，著明也。」是「章」有彰顯之意。可參卷二第二二二及注〔一〕。

〔二〕《九歌》：見卷二第二〇九注〔一〕。「無誦調」：當謂《九歌》中無以「誦」名篇之作也。按：「諷諫」，即微辭之意。

〔三〕按：此當謂「誦顯而歌微」也。可參卷二第二二一、卷二第二二二、卷二第二二三。

二九　言《騷》者取「幽」「深」，柳子厚謂：「參之《離騷》，以致其幽。」〔一〕蘇老泉謂「騷人之清深」是也。〔二〕言賦者取「顯」「亮」，王文考謂「物以賦顯」，〔三〕陸士衡謂「賦體物而瀏亮」是也。〔四〕然二者正須相用，乃見解人。

〔一〕見卷一第〇〇九注〔五〕。

〔二〕見卷一第〇四九注〔一〕。

〔三〕文考：東漢王延壽之字。引文見其《魯靈光殿賦》：「物以賦顯，事以頌宣，匪賦匪頌，將何述焉？」

〔四〕參卷三第〇七八注〔三〕。

一三〇　學《騷》與《風》有難易。《風》出於性靈者爲多，故雖婦人女子無不可與；《騷》則「重以脩能」，〔一〕「嫻於辭令」，〔二〕非學士大夫不能爲也。賦出於《騷》，「言典致博」，〔三〕既異家人之語，〔四〕故雖宏達之士，未見數數有作，〔五〕何論隘胸襟、乏聞見者乎！

〔一〕語見屈原《離騷》：「紛吾既有此内美兮，又重之以脩能。」宋朱熹《楚辭集注》卷一：「重，再也。脩，長也。能，才也。」

〔二〕語見《史記》卷八十四《屈原列傳》：「屈原者，名平，楚之同姓也，爲楚懷王左徒。博聞彊志，明於治亂，嫻於辭令。」

〔三〕隋末王通《中說》卷五《問易》：「叔恬曰：『敢問策何謂也？』子曰：『其言也典，其致也博。憫而不私，勞而不倦，其惟策乎？』」

〔四〕「家人」：本爲庶人及宮婢中無封號人之稱。《史記》卷一百二十一《轅固生傳》：「竇太后好《老子》書，召轅固生問《老子》書。固曰：『此是家人言耳。』」此指淺顯俚俗之語。

〔五〕「宏達」：才學廣博通達。漢班固《西都賦》：「又有承明金馬，著作之庭。大雅宏達，於兹爲群。」

「數數」：猶汲汲，言頻繁。

三三　范梈論李白樂府《遠别離》篇曰：「所貴乎楚言者，斷如復斷，亂如復亂，而詞義反復，屈折行乎其間，實未嘗斷而亂也。」〔一〕余謂此數語，可使學騷者得門而入，然又不得執形似以求之。

〔一〕范梈：字德機，元代學者，《元史》卷一百八十一《虞集傳》稱其「耽詩工文，用力精深」。著有《木天禁語》、《詩學禁臠》、《詩格》。引文見明高棅《唐詩品彙》卷二十六引。按：此當與卷一第二七八互參。

三三　騷調以虚字爲句腰，〔一〕如之、於、以、其、而、乎、夫是也。腰上一字與句末一字平仄異爲諧調，平仄同爲拗調。如「帝高陽之苗裔兮」，〔二〕「攝提貞於孟陬兮」，〔三〕「之」、「於」二字爲腰，「陽」、「貞」腰上字，「裔」、「陬」句末字，「陽」平「裔」仄爲異，「貞」、「陬」皆平爲同。《九歌》以「兮」字爲句腰，腰上一字與句末一字，句調諧拗亦準此。如「吉日兮辰良」、〔四〕「日」仄「良」平；「浴蘭湯兮沐芳」，〔五〕「湯」、「芳」皆平。

〔一〕「句腰」：句子的中間部份。宋黎靖德編《朱子語類》卷八十一：「『鴻飛遵渚，公歸無所』；『鴻飛遵陸，公歸不復』。『飛』、『歸』叶。是句腰亦用韻，詩中亦有此體。」

〔二〕〔三〕語見屈原《離騷》。

〔四〕語見屈原《九歌・東皇太一》。

〔五〕語見屈原《九歌・雲中君》。

一二三　賦長於擬效，〔一〕不如高在本色。〔二〕屈子之《騷》，不沾沾求似《風》《雅》，故能得《風》《雅》之精。長卿《大人賦》於屈子《遠遊》，未免落擬效之迹。〔三〕

〔一〕可參卷三第〇七一注〔三〕。

〔二〕融齋《游藝約言》：「英雄出語多本色，辛稼軒詞於是可尚。」並可參卷一第三一九。

〔三〕「落擬效之迹」：留下比擬仿效的痕迹。

一二四　賦有夷、險二境。讀《楚辭・湘君》、《湘夫人》，便覺有「逍遥」「容與」之情；〔一〕讀《招隱士》，便覺有罔沕潦栗之意。〔二〕

〔一〕《九歌・湘君》：「時不可兮驟得，聊逍遥兮容與。」東漢王逸《楚辭章句》：「逍遥，游戲也。《詩》

曰『狐裘逍遥』，言天時不再至，人年不再盛，己既年老矣，不遇於時，聊自逍遥而游，容與而戲，以待天命之至也。」

〔二〕西漢淮南小山《招隱士》：「心淹留兮，恫慌忽，罔兮沕，憭兮栗。」宋朱熹《楚辭集注》卷八：「恫，痛也。慌忽，鬼神也。罔，失志貌。沕，潛藏也。又有虎豹穴於其間，林薄高深，而上者恐慄也。」

二三五　戴安道畫《南都賦》，范宣歎爲有益。〔一〕知畫中有賦，即可知賦中宜有畫矣。〔二〕

〔一〕安道：東晉戴逵之字。事見南朝宋劉義慶《世説新語・巧藝》：「戴安道就范宣學，視范所爲。范讀書亦讀書，范抄書亦抄書。唯獨好畫，范以爲無用，不宜勞思於此。戴乃畫《南都賦》圖，范看畢咨嗟，甚以爲有益，始重畫。」

〔二〕按：前人本有「詩中有畫，畫中有詩」之説，此移以論賦。元辛文房《唐才子傳》卷二《王維》：「維詩入妙品上上，畫思亦然。至山水平遠，雲勢石色，皆天機所到，非學而能。自爲詩云：『當代謬詞客，前身應畫師。』後人評維『詩中有畫，畫中有詩』，信哉。」

二三六　以精神代色相，〔一〕以議論當鋪排，賦之别格也。〔二〕正格當以色相寄精神，以鋪排藏議論耳。

〔一〕「色相」：亦作「色象」。本爲佛典語。《涅盤經·德王品四》：「（菩薩）示現一色，一切衆生各各皆見種種色相。」此指物象。

〔二〕按：賦以象物，故須設色著相；賦尚鋪陳，故須鋪排也。可參卷三第一〇二、卷三第〇〇六。

一三七　賦蓋有思勝於辭者。〔一〕荀卿《禮》、《智》、《雲》、《蠶》諸賦，〔二〕篇雖短，却已想透無遺。陸士衡《文賦》精語絡繹，其曰：「非華説之所能精。」〔三〕命意蓋可見矣。

〔一〕按：南北朝梁劉勰《文心雕龍》有《神思》、《麗辭》篇。

〔二〕俱見《荀子》卷十八《賦篇》。

〔三〕晉陸機《文賦》：「是蓋輪扁所不得言，故亦非華説之所能精。」《六臣注文選》：「凡發言不能成功者，謂之華説也。文章之妙，故非此輩所能精察而言也。」按：陸謂雖華美之言辭，不能傳達精微之意旨。

一三八　以老莊、釋氏之旨入賦，固非古義，然亦有「理趣」、「理障」之不同。〔一〕如孫興公《游天台山賦》云：「騁神變之揮霍，忽出有而入無。」〔二〕此理趣也。至云：「悟遺有之不盡，覺涉無之有間。泯色空以合迹，忽即有而得玄。釋二名之同出，消一無於三幡。」則落理障

甚矣。〔三〕

〔一〕「理趣」：見卷二第〇四九注〔三〕。「理障」：見卷一第三一八注〔一〕。

〔二〕興公：晉孫綽之字，《晉書》卷五十六有傳，賦見《文選》卷十一。

〔三〕按：「騁神變之揮霍，忽出有而入無」一句，本是孫綽描寫游山過程中，所見山中雲氣瞬息萬變的奇妙景象，但實際上却又暗含了《老子》「故有無相生，難易相成，長短相較，高下相傾，音聲相和，前後相隨」的哲理。在這裏，文學形象和所抒發的玄理高度結合，得到了有機的統一，所以說是「理趣」。至於「悟遣有之不盡，覺涉無之有間。泯色空以合迹，忽即有而得玄。釋二名之同出，消一無於三幡」一段，則已經没有任何文學形象可言，流於空洞的闡述老莊、釋氏之旨了，所以說是「理障」。錢鍾書《管錐編·全上古三代秦漢三國六朝文·全晉文卷六一》：「（劉熙載）蓋謂詞章異乎義理，敷陳形而上者，必以形而下者擬示之，取譬拈例，行空而復點地，庶堪接引讀者。」南朝梁鍾嶸《詩品》卷上：「永嘉時，貴黄老，稍尚虚談。於時篇什，理過其辭，淡乎寡味。爰及江表，微波尚傳，孫綽、許詢、桓庾諸公詩，皆平典似《道德論》。」又南朝梁劉勰《文心雕龍·時序》：「自中朝貴玄，江左稱盛。因談餘氣，流成文體。是以世極迍邅，而辭意夷泰，詩必柱下之旨歸，賦乃漆園之義疏。」並可與此互參。

一三九　賦有以所紀之「事實」重者，〔一〕如王無功《游北山賦》，〔二〕似不過寫其閑適曠達之

意，然敘文中子一段抽出之，〔三〕足爲文獻之徵，乃賦中有關係處也。〔四〕

〔一〕見卷三第〇五六及注〔二〕。

〔二〕王績：字無功，唐代文學家，《舊唐書》卷一百九十二、《新唐書》卷一百九十六有傳，今人金榮華有《王績詩文集校注》。賦見《東皋子集》卷上。

〔三〕按：此當指賦中：「信兹山之奥域，昔吾兄之所止。許由避地，張超成市。察俗删《詩》，依經正史。康成負笈而相繼，安國摳衣而未已。組帶青衿，鏘鏘儗儗。階庭禮樂，生徒杞梓。山似尼丘，泉疑洙泗。忽焉四散，於今二紀。地猶如昨，人今已矣。念昔日之良遊，憶當時之君子。佩蘭蔭竹，詠茅席芷。樹即環林，門成闕里。姚仲由之正色，薛莊周之言理。觸石橫肱，逢流。」

〔四〕此又可與卷四第一〇七互參。

一三〇　揚子雲謂「雕蟲篆刻，壯夫不爲」。〔一〕然壯夫自有壯夫之賦，不然，則周公、尹吉甫敘事之作，〔二〕亦不足稱矣。楊德祖《答臨淄侯牋》，先得我心。〔三〕

〔一〕語見西漢揚雄《法言·吾子》：「或問：吾子少而好賦？曰：然。童子彫蟲篆刻。俄而曰：壯夫不爲也。」

〔二〕按：此當是沿用三國魏楊修的説法。楊修《答臨淄侯牋》：「修家子雲，老不曉事，强著一書，悔其少作，若比仲山、周旦之儔，爲皆有諐邪？」周公：周公旦。周武王之弟。據《毛傳》：今《詩·豳風》中的《七月》、《鴟鴞》、《東山》等皆爲其所作。尹吉甫：周宣王時卿士。據《毛傳》：今《詩·大雅》中的《崧高》、《烝民》、《韓奕》、《江漢》等篇，皆爲其所作。

〔三〕當指三國楊修《答臨淄侯牋》：「若乃不忘經國之大美，流千載之英聲；銘功景鍾，書名竹帛；斯自雅量素所畜也。豈與文章相妨害哉？」見《文選》卷四十。

一三一　賦因人異。如荀卿《雲賦》言雲者如彼，〔一〕而屈子《雲中君》亦雲也，〔二〕乃至宋玉《高唐賦》亦雲也；〔三〕晉楊乂、陸機俱有《雲賦》，〔四〕其旨又各不同。以賦觀人者，當於此著眼。〔五〕

〔一〕見卷三第一二七注〔二〕。

〔二〕見《楚辭·九歌》。

〔三〕見《文選》卷十九。

〔四〕楊乂：字玄舒，晉汝南人，賦見《藝文類聚》卷一。陸機《浮雲賦》、《白雲賦》，並見《藝文類聚》卷一。

〔五〕「著眼」：用心考察。

一三二　詩，持也，〔一〕此義通之於賦。如陶淵明之《感士不遇》，持己也；〔二〕李習之之《幽懷》，持世也。〔三〕

〔一〕「持」：秉持、保持。見卷二第二四七及注〔一〕。

〔二〕「持己」：保持自己（操守）。即窮則獨善其身之謂。《感士不遇賦》：見《陶淵明集》卷五。

〔三〕習之：唐李翺之字。賦見《李文公集》卷一。

一三三　名士之賦，歎老嗟卑；俗士之賦，從諛導侈。〔一〕以持己、持世之義準之，〔二〕皆當見斥也，況「流連」「般樂」者耶？〔三〕

〔一〕「從諛」：迎合，奉承。

〔二〕此條當與卷三第一三二互參。

〔三〕「流連」：《孟子·梁惠王下》：「睊睊胥讒，民乃作慝。方命虐民，飲食若流，流連荒亡，爲諸侯憂。」漢趙岐注：「恣意飲食，若水流之無窮極也。」「般樂」：《尚書·五子之歌》：「太康尸位以逸豫，滅厥德，黎民咸貳。乃盤遊無度，畋于有洛之表，十旬弗反。」漢孔安國傳：「盤樂遊逸無法度。」

一三四　賦尚才不如尚品。〔一〕或竭盡雕飾以夸世媚俗，非才有餘，乃品不足也。徐、庾兩家賦所由卒未令人滿志與？〔二〕

〔一〕按：前人每以能作賦方爲大才。參卷三第一一四注〔三〕。

〔二〕徐：徐陵。字孝穆，號稱「一代文宗」。《陳書》卷二十六、《南史》卷六十二有傳。舊有清吴兆宜《徐孝穆集箋注》，今人許逸民有《徐陵集校箋》。庾：庾信。可參卷二第○六二注〔一〕。《周書·庾信傳》：「然則子山之文，發源於宋末，盛行於梁季。其體以淫放爲本，其詞以輕險爲宗。故能誇目侈於紅紫，蕩心逾於鄭衛。昔楊子雲有言：『詩人之賦麗以則，詞人之賦麗以淫。』若以庾氏方之，斯又詞賦之罪人也。」「滿志」：猶滿意。

一三五　「升高能賦」，〔一〕「升高」雖指身之所處而言，然才識懷抱之當高，即此可見。如陶淵明言「登高賦新詩」，〔二〕亦有微旨。

〔一〕《詩·鄘風·定之方中》：「卜云其吉，終焉允臧。」毛《傳》：「故建邦能命龜，田能施命，作器能銘，使能造命，升高能賦，師旅能誓，山川能説，喪紀能誄，祭祀能語，君子能此九者，可謂有德音，可以爲大夫。」又左思《三都賦序》：「升高能賦者，頌其所見也。」

〔二〕語見其《移居》其二。

一三六　或問左思《三都賦序》以「升高能賦」爲「頌其所見」，〔一〕所見或不足賦，奈何？曰：嚴滄浪謂「詩有別材」、「別趣」，〔二〕余亦謂賦有別眼。〔三〕別眼之所見，顧可量耶？

〔一〕見卷三第一三五注〔一〕。

〔二〕語見宋嚴羽《滄浪詩話》：「夫詩有別材，非關書也。詩有別趣，非關理也。然非多讀書、多窮理，則不能極其至。」

〔三〕「別眼」：另外一雙眼。按：此當如南朝梁劉勰《文心雕龍》所謂神思。

一三七　皇甫士安《三都賦序》曰：「引而伸之，觸類而長之。」〔一〕劉彦和《詮賦》曰「擬諸形容」、「象其物宜」。〔二〕余論賦則曰：「仁者見之謂之仁，智者見之謂之智。」〔三〕

〔一〕見卷三第〇〇六注〔二〕。

〔二〕語見南朝梁劉勰《文心雕龍》卷二：「至於草區禽族，庶品雜類，則觸興致情，因變取會；擬諸形容，則言務纖密；象其物宜，則理貴側附；斯又小制之區畛，奇巧之機要也。」按：劉語實本《易·繫辭上》，見卷三第一〇二注〔一〕。

〔三〕語見《易·繫辭上》：「仁者見之謂之仁，知者見之謂之知。」